Benjamin Monferat ist ein Pseudonym, hinter dem sich der deutsche Autor Stephan M. Rother verbirgt. Als Schriftsteller und Historiker hat er sich ganz der Geschichte verschrieben – in all ihren Bedeutungen. Neben einem Kleinbahnhof an der innerdeutschen Grenze aufgewachsen, gehört das Schnaufen historischer Dampflokomotiven zu seinen ältesten Erinnerungen. Die Lebensgeschichte seines Großvaters, der im Dritten Reich am Bau luxuriöser Salonwagen beteiligt war und gleichzeitig tätigen Widerstand gegen das Regime übte, war einer der Impulse, aus denen heraus «Welt in Flammen» entstand. Auch mit «Der Turm der Welt» bietet Monferat seinen Lesern wieder großes Kino.

«Spannend und detailliert beschreibt Benjamin Monferat die fiktiven Ereignisse rund um Macht und Intrigen im historischen Europa.» DAS NEUE BLATT

«Vor der Kulisse der Pariser Weltausstellung 1889 entwirft Benjamin Monferat in seinem historischen Spionageroman ein Gesellschaftspanorama, das von den Konflikten der Großmächte durchdrungen ist.» VOGUE

«Rother erzählt flott und entwickelt vielschichtige Figuren.» FRANKFURTER NEUE PRESSE

««Der Turm der Welt› ist eine packende, mit viel Historie verwobene Geschichte, mit viel Liebe zum Detail und zur großen, leuchtenden Stadt Paris erzählt.» LÜBECKER NACHRICHTEN

«Eine Mischung aus Follett, le Carré, Downton Abbey. Ein Schmöker für fast jedes Familienmitglied.» ARD, KARLA PAUL ÜBER «WELT IN FLAMMEN»

Benjamin Monferat

DER TURM DER WELT

Roman

Rowohlt Taschenbuch Verlag

Veröffentlicht im Rowohlt Taschenbuch Verlag,
Reinbek bei Hamburg, September 2017
Copyright © 2016 by Rowohlt Verlag GmbH,
Reinbek bei Hamburg
Redaktion Johanna Schwering
Karte auf Seite 702 – 703 © Peter Palm, Berlin
Umschlaggestaltung Hafen Werbeagentur, Hamburg
Umschlagillustration Gil Jouin / Agentur M. Hubauer e. K.
Satz aus der Trinité No. 2 PostScript (InDesign)
Gesamtherstellung CPI books GmbH, Leck, Germany
ISBN 978 3 499 27148 9

Fluctuat nec mergitur

Auf den Wogen schwankend, wird sie doch
nicht untergehen
(Inschrift auf dem Stadtwappen von Paris)

Die Zeit warf gespenstische Schatten.

Fahles Mondlicht drang durch das Dach der Halle. Widerstand gab es nicht, denn zu diesem Zweck war der Bau ersonnen worden: als Symphonie aus Glas und Stahl. Einem gigantischen Gewächshaus gleich thronte er über seinen mechanischen Bewohnern, die Atem zu schöpfen schienen in rasselnden, zischenden, dampfenden Träumen. Die Galerie des Machines, die Maschinenhalle, war das pochende Herz der Weltausstellung, doch es schlug langsam in der Nacht, viel zu langsam für die menschliche Wahrnehmung. Zwielicht herrschte und Schweigen, wenn die größte Schau, die das Jahrhundert gekannt hatte, ihre Pforten für den Abend geschlossen hatte.

Doch nicht in dieser Nacht. Da war ein Wispern, da waren Fetzen einer Unterhaltung. Da war ein nervöses Räuspern, ein unterdrücktes Hüsteln dann und wann. Und da waren andere, noch undeutlichere Laute, die vage nach einem krampfhaften Schlucken klangen. Als ob ein Mensch sich bemühte, den Inhalt seines Magens dort zu behalten, wo er hingehörte.

In einem weiten Halbkreis umstanden die Männer Berneaus gewaltige mechanische Uhr, jene grandiose Erfindung, die die Zeit mit bis dahin unerreichter Präzision anzuzeigen vermochte. Der mehrere Meter hohe Koloss, der den filigranen Mechanismus hütete, erhob sich an einem Ehrenplatz nahe dem Ende der Halle. Seine kleineren Vettern schienen respektvoll Abstand zu halten.

Nicht anders als die Versammlung der Honoratioren, die Berater des Präsidenten, der Präfekt der Polizei, der Vertreter der Gendarmerie und weitere Offizielle: alle, denen eine Rolle zukam, wenn die Sicherheit der größten Schau der Welt zum Gegenstand wurde. Sie alle hielten Abstand, die Köpfe geneigt, die Zylinderhüte in den Händen. Hielten Abstand nicht allein vom klobigen Körper der Berneau'schen Uhr, sondern selbst von dessen Umriss, den das Licht des Mondes auf das Pflaster malte.

Denn etwas stimmte nicht mit diesem Umriss, ließ sich nicht recht übereinbringen mit dem allseits bekannten Erscheinungsbild, das der große Konstrukteur dem Gehäuse verliehen hatte. Zwei Ausbuchtungen ragten über die Haube hinweg. Ausbuchtungen, die es nicht hätte geben dürfen und die von den Körpern zweier Männer stammten, durchbohrt von den gut daumendicken Zeigern.

Die Versammelten waren von Kurieren aus unterschiedlichen Winkeln der Stadt zusammengerufen worden und hatten die Halle vor etwa zwanzig Minuten gemeinsam betreten. Seitdem verharrten sie in ihrer Formation, während Gendarmen die entfernteren Abschnitte der Halle durchkämmten. Sie schienen auf etwas zu warten.

Ihre gedämpften Gespräche verstummten, als ein neues Geräusch ertönte. Tack *tschick-tack*, tack *tschick-tack*. Rhythmisch und exakt. Es hätten die Laute sein können, mit denen eine der komplizierten Apparaturen Fahrt aufnahm – die dampfgetriebene Pflasterverlegemaschine vielleicht oder Le Roys vollautomatisierter Eierkocher, doch den Umstehenden war das rhythmische Geräusch bestens vertraut. Langsam wandten sie sich um.

Der Mann mochte einen Meter sechzig messen, weniger vermutlich, gestützt auf seinen Gehstock, den er mit entschlossenen Bewegungen aufsetzte, Bruchteile von Sekunden, bevor sein rechter Fuß den Boden berührte. Tack *tschick-tack*, tack *tschick-tack*. Sein Körper schien ausschließlich aus Haut und Sehnen zu bestehen, die Konzentration so ziemlich das Einzige, was ihn aufrecht hielt. Die Konzentration und der steife Stoff seiner dunklen Uniform, deren Brust mit einer ganzen Batterie militärischer Auszeichnungen geschmückt war.

Einen Atemzug lang nahm er die grauenhaft veränderte Uhrenapparatur in den Blick. Ohne zu blinzeln und scheinbar ohne die Umstehenden wahrzunehmen. Schweigend. Um dann doch zu den Versammelten zu sehen, die einer um den anderen die Augen niederschlugen.

Général Philippe Auberlon stand seit Napoleons Zeiten im Dienste des französischen Staates. Seit den Zeiten des ersten Kaisers Napoleon, wohlgemerkt. Sieben – oder waren es acht? – politische Regime, die aufeinander gefolgt waren, doch von der Politik hatte er stets die Finger gelassen.

Er war Soldat, wenn auch sein Kampfplatz nicht das offene Schlachtfeld war. Noch immer, mit weit über neunzig, war er der Mann, in dessen gichtgekrümmten Fingern die Fäden im gewaltigen Apparat des Deuxième Bureau zusammenliefen. Im militärischen Geheimdienst der französischen Republik.

Er betrachtete sie, die Mächtigen der Republik, die nicht auf seine Worte hatten hören wollen. Bis heute. Nun, da sie in ihrer Not nach Philippe Auberlon gerufen hatten. Nun, da es zu spät war und zwei seiner Beamten auf den Zeigern der gigantischen Uhr thronten wie die Trophäen eines grausigen Schmetterlingsfängers.

War er der Einzige? Der Einzige, der auf der Stelle begriff, was dieses Bild bedeutete?

Zwei tote Körper auf den beiden stählernen Zeigern des monströsen mechanischen Apparats. Einer von ihnen nahezu senkrecht, der andere leicht nach links geneigt. Exakt um fünf Minuten vor zwölf war das gigantische Räderwerk knirschend zum Stillstand gekommen.

TEIL EINS

29. Oktober 1889
L'après-midi / Am Nachmittag

ZÜNDUNG IN 59 STUNDEN, 51 MINUTEN
Deux Églises, Picardie – 29. Oktober 1889, 12:09 Uhr

«Und doch stellt selbst dies noch nicht den Höhepunkt der abendlichen Zerstreuungen dar.»

Gebannt hing Mélanie an den Lippen ihrer Cousine. Was Agnès indessen zum Anlass nahm, den *Figaro* sinken zu lassen und eine bedeutungsvolle Pause einzulegen. Nachdenklich sah sie zunächst Mélanie, dann deren Mutter an, die allerdings keine Miene verzog. Was Agnès achselzuckend fortfahren ließ.

«Die demoiselles im Publikum erscheinen einig, dass es sich bei diesem Höhepunkt um die Darbietung der wilden Kanaken handelt, welche im zuckenden Schein der Öllampen einen urtümlichen Tanz aus ihrer fernen Heimat ...»

«Kanaken?» Mélanie hatte den Rest ihrer Brioche zum Mund führen wollen, dann aber mitten in der Bewegung innegehalten. Sie glaubte, das Bild vor Augen zu sehen: nackte Wilde, Kannibalen womöglich, die zum hypnotischen Klang der Buschtrommeln mit ihren Speeren hantierten. Gefährlich. Einschüchternd. Und unberechenbar – wie sämtliche Völker jenseits der Grenzen der Französischen Republik, jenseits der Grenzen Europas. Sie musste sich räuspern, bevor sie wieder ein Wort herausbekam. «Echte Kanaken?»

Agnès hatte das Zeitungsblatt abgelegt und musterte sie mit zweifelndem Blick. «Ich habe noch nie von unechten Kanaken gehört. Wie sollte man das auch machen? Höchstens, dass man sie schwarz anmalen könnte ...» Sie warf einen Blick nach rechts. «Sind Kanaken schwarz, *tata* Albertine?»

Mélanie hatte ebenfalls den Kopf gedreht. Vicomtesse Albertine de Rocquefort saß am Kopfende der Frühstückstafel und war dem Gespräch der beiden Mädchen schweigend gefolgt. War sie beim Wort *tata*, Tantchen, kurz zusammengezuckt? Vermutlich nicht. Kein Mensch wusste seine Contenance zu wahren wie Mélanies Mutter. Doch Mélanie hätte die Reaktion gut verstehen können. Albertine de Rocquefort hatte einmal als eine der schönsten Damen von Paris gegolten, und selbst heute noch vermochte sie ihre Taille auf einen Umfang zu schnüren, um den sie Frauen beneidet hätten, die nicht die Hälfte ihrer Jahre zählten. Ein Tantchen war sie mit Sicherheit nicht.

Die Vicomtesse warf ihrer Nichte einen prüfenden Blick zu. «Kanaken haben eine dunkle Hautfarbe, soviel ich weiß. Aber sie sind nicht regelrecht schwarz. Ein Bronzeton, denke ich.»

«Ungefähr wie die Kommode?» Agnès wies auf das schwere Möbelstück aus glänzend poliertem Mahagoni. «Wenn sie von ihren Tänzen erhitzt sind und sich das Fackellicht auf der nackten Haut ihrer Körper ...»

«Möglich.» In einem sehr endgültigen Tonfall schnitt Albertine de Rocquefort dem Mädchen das Wort ab. «Wobei du gerade etwas von Öllampen vorgelesen hast. Ich gehe davon aus, dass sie mit offenem Feuer vorsichtig sein werden an der Esplanade des Invalides. Mitten in der Stadt. Selbst wenn die wilden Völker in ihrer eigenen Heimat ...»

«Im Senegal! Auf der Ausstellung gibt es auch ein Negerdorf aus dem Senegal! Und Tempeltänzerinnen aus Annam. Das ist in Hinterindien! Mit einem eigenen Tempel! Und sie machen Musik auf Instrumenten, die noch kein Mensch in Europa zu Gesicht bekommen hat! Auf den Champs de Mars wird der größte Edelstein der Welt gezeigt, und der stählerne Turm ...»

Albertine de Rocqueforts Blick traf das junge Mädchen, und diesmal kam er ohne Worte aus. Agnès verstummte, und im Grunde war es wie immer. Auf eine Weise tat es Mélanie leid. Natürlich wurde ihre Cousine manchmal ungeduldig, wenn sich Mélanie nicht auf der Stelle anstecken ließ von ihrer Begeisterung und ihren verrückten Einfällen: ein Ausritt mitten in der Nacht. Ein Boulespiel gegen eine Mannschaft aus dem Dorf. Doch was spielte das schon für eine Rolle? Meistens liebte sie es einfach nur, Agnès zuzuhören, deren Augen zu leuchten begannen, wenn das Wort auf halbnackte Menschenfresser kam, während sich Mélanie selbst der Magen zusammenzog und sie Angst bekam, allein der Gedanke könnte einen ihrer Anfälle auslösen.

Die Vicomtesse schien jetzt beide Mädchen aufmerksam zu mustern. «Ich habe über etwas nachgedacht», erklärte sie. «Als wir die Stadt verlassen haben, um den Sommer hier auf dem Lande zu verbringen, hatte die Ausstellung eben erst begonnen. Und wie ihr wisst ...» Ein winziges Zögern. «Schon damals haben sehr viele Menschen das Gelände besucht, sehr viele ... gewöhnliche Leute. Und der Doktor hatte Mélanie jede Art von Aufregung streng untersagt.» Unvermittelt drehte sie sich zur Seite. «Doch der Sommer hat dir gutgetan, Mélanie, nicht wahr?»

Hitze durchfuhr das Mädchen. Agnès genoss es, im Mittelpunkt der Aufmerksamkeit zu stehen, und tatsächlich tat sie das ja oft genug. Doch Mélanie selbst? Mit einem Mal waren die Augen auf sie gerichtet. Was wollte Maman von ihr hören? Ja, sie fühlte sich besser als am Beginn des Sommers, als die Anfälle beinahe Tag für Tag gekommen waren und sie es kaum noch gewagt hatte, ihr Nachtlager zu verlassen, um sich auf dem Balkon mit Blick auf den Élysée-Palast in den Lehnstuhl zu betten. Zögernd nickte sie.

Die Vicomtesse schien ihre Reaktion geahnt zu haben. «Ich habe mir überlegt, dass es vielleicht noch nicht zu spät ist», sagte sie, ohne die Mädchen aus den Augen zu lassen. «Ich erhalte Korrespondenz von Herrschaften, deren Urteil ich vertraue, und sie versichern mir, dass ein Besuch der Ausstellung nicht allein für Personen niederen Standes ein lohnendes Erlebnis darstellt. Und du bist kein Kind mehr, Mélanie. Du bist eine junge Dame und wirst mich in der kommenden Saison in die Salons begleiten können.» Eine kurze Pause. «Ihr alle beide. – Zum Abschluss der Ausstellung sind spezielle Darbietungen angekündigt, die sich als lehrreich erweisen könnten. Neue technische Konstruktionen, die im Betrieb zu erleben sein werden. Eiffels Turm und das gesamte Gelände sollen in besonderer Weise illuminiert werden. Ja, von einer letzten, großen Innovation ist die Rede, welche die Aussteller bis zu den Abschlussfeierlichkeiten zurückhalten würden, um sie erst übermorgen Abend den staunenden Augen der Welt zu präsentieren, kurz bevor das größte bisher gekannte Feuerwerk die Monate der Exposition beschließen wird.»

Agnès hatte den Mund bereits geöffnet, doch jetzt genügte Albertine de Rocquefort die bloße Andeutung eines Seitenblicks, und sie schloss ihn wieder, ohne gesprochen zu haben.

«Nachdem deine Gesundheit nun tatsächlich so erfreuliche Fortschritte gemacht hat, wüsste ich nicht, was einer Rückkehr in die Stadt noch entgegensteht», wandte sich die Vicomtesse an ihre Tochter. «Hättest du Freude daran, die Exposition Universelle zu besuchen?»

Die Weltausstellung! Mélanie war erstarrt. Jeden Tag brachte der Zeitungsbote den *Figaro* nach Deux Églises, und jeden Tag war wenigstens eine Seite der Ausgabe mit Neuigkeiten von der Exposition gefüllt. Im Wechsel lasen die beiden Mädchen jene Berichte vor, doch Mélanie war es am liebsten, wenn ihre Cousine an der Reihe war. Dann konnte sie sich ganz den Bildern hingeben, die in ihrem Kopf erwachten: wilde und gefährliche Bilder einer fremden, unbekannten Welt, die vom vertrauten Terrain am Quai d'Orsay Besitz ergriffen hatte. Eine Welt voller grausamer kleiner Pygmäen mit bunt bemalten Gesichtern, die aus dem Rhododendron giftige Pfeile verschossen. Voller schnaufender, pochender Maschinen, die stinkenden, schwarzen Qualm ausstießen. Und voller wagemutiger Menschen, die sich mit dem elektrischen ascenseur bis an die Spitze von Eiffels stählernem Turm befördern ließen, um Vögeln gleich die große Stadt von oben zu betrachten.

Schwindelerregende Bilder, im wahrsten Sinne des Wortes. Bilder, die ihr den Atem nahmen und doch den einen entscheidenden Vorteil hatten: Sie existierten einzig und allein in ihrem Kopf. Wenige Tage noch, und das gesamte wilde Spektakel, so fern und so nah zugleich, würde seine Tore schließen, und erleichtert würde Mélanie feststellen, dass die Stadt, in die sie zurückkehrten, noch immer das vertraute Paris war.

Deswegen hatten sie die Stadt in diesem Jahr so früh verlassen: damit Mélanie nicht gezwungen sein würde, sich dieser Unruhe auszusetzen. Und nun: *Hättest du Freude daran, die Exposition Universelle zu besuchen?*

«Ich ...» Es war ein Gefühl wie ein Nebel in ihrem Kopf, dem Gefühl, mit dem ihre Anfälle sich ankündigten, gar nicht unähnlich, aber dann doch wieder ganz anders. Und auf irgendeine Weise sorgte es dafür, dass ihr Mund sich öffnete, die Worte wie von selbst über ihre Lippen kamen: «Ich glaube, die Musik würde ich wirklich gerne hören.»

Agnès stieß einen Laut des Entzückens aus. Die Vicomtesse nahm ihn nicht zur Kenntnis. Ihr Blick blieb prüfend auf Mélanie gerichtet.

«Und du fühlst dich kräftig genug für einen Besuch der Ausstellung?»

Mélanie erwiderte den Blick ihrer Mutter, vorsichtig zunächst, aber dann ... Sie konnte nicht sagen, woher die plötzliche Entschlossenheit kam. Stumm nickte sie.

«Das wird un-glaub-lich!», jubelte Agnès. «Wir müssen uns überlegen, was wir anziehen, ta... Tante Albertine! Mein Reitkleid ...»

Noch immer schenkte die Vicomtesse ihr keine Beachtung. Ihr Blick blieb auf ihre Tochter geheftet, und jetzt spürte Mélanie etwas: War es möglich, dass es ein kleiner Triumph war? In diesem Moment ging es nicht um Agnès, der so oft die gesamte Aufmerksamkeit galt. Es ging um sie, um Mélanie allein.

«Ja», sagte sie und sah ihrer Mutter in die Augen. «Ich bin mir sicher: Es geht mir sehr viel besser. Ich möchte die Ausstellung sehen.»

Ein feines Lächeln erschien auf den Lippen Albertine de Rocqueforts. Nur selten konnte Mélanie erkennen, was im Kopf ihrer Mutter tatsächlich vorging, doch jetzt sah sie es deutlich, sah die Genugtuung.

«D'accord», murmelte die Vicomtesse, faltete ihre Serviette und legte sie neben dem Teller ab. Ein Zeichen an das Hausmädchen, dass die Tafel aufgehoben war. «Ich erwarte einen Gast heute Nachmittag, doch Marguerite wird dem Kutscher Bescheid geben und alles arrangieren. Uns bleibt nicht mehr viel Zeit. Zwei Tage und drei Nächte, bis die Exposition ihre Tore schließt. Schon morgen kehren wir in die Stadt zurück.»

***

ZÜNDUNG IN 59 STUNDEN, 43 MINUTEN
Exposition Universelle, Esplanade des Invalides, Paris, 7. Arrondissement – 29. Oktober 1889, 12:17 Uhr

«Extraordinaire, mon cher secretaire! Extraordinaire!»

Die Worte tönten hohl. Vom breiten Akzent, der so deutlich nach der märkischen Heide klang, war nichts mehr zu hören. Darüber hinaus klangen sie durchaus bedrohlich, was vermutlich auch Drakensteins Absicht gewesen war, als er Kopf und Hals im mächtigen Rohr der französischen Haubitze versenkt hatte.

Friedrich aber sah genauer hin. Während seine Aufmerksamkeit vorgeblich dem Oberhaupt seiner Delegation galt, registrierte er die Reaktion der Gastgeber in jedem Detail. Sekretär Longueville, der die Gäste aus dem Deutschen Reich offiziell begrüßt hatte, war ein Diplomat alten Schlages. Deutlich untersetzt, die Haare auf bizarre Weise quer über den erkahlenden Schädel gekämmt. Keine Regung auf seinem Gesicht, der Ausdruck höflichen Interesses blieb an Ort und Stelle. Einige der jüngeren Beamten aus dem französischen Kriegsministerium hatten sich weniger unter Kontrolle. Deutlich verzog sich der eine oder andere Mund zu einem überlegenen Lächeln. Und das zu dulden war eine Herausforderung.

Drakenstein *war* natürlich ein Idiot, zugleich aber war er der Anführer dessen, was einer offiziellen deutschen Delegation auf der Weltausstellung noch am nächsten kam. Zufällig wusste Friedrich, welche Mühe es gekostet hatte, den Kaiser zu bewegen, in letzter Minute doch noch eine solche Delegation auf den Weg zu schicken. Eine recht hochrangige Delegation obendrein. Drakenstein war der Milchbruder des verstorbenen Vaters Seiner Majestät. Seite an Seite hatten die beiden an den Brüsten der kaiserlichen Amme gelegen. Wie der Mann sich auch gebärden mochte: Die Franzosen schuldeten ihm Respekt als einem offiziellen Gesandten des Reiches.

Und davon konnte nicht die Rede sein. Feixende Mienen, während auf Friedrichs eigenem Gesicht nicht die leiseste Regung ablesbar war. Er beschloss, sich die Gesichter sorgfältig einzuprägen. Die internationale Lage war gespannt wie seit Jahren nicht. Alle diplomatische Höflichkeit konnte nur mühsam darüber hinwegtäuschen, dass man sich eher früher als später auf dem Schlachtfeld wiedersehen würde. Und dann würden die Geschütze geladen sein.

«Famos.» Drakensteins Kopf kam wieder ins Freie. Die Franzosen mussten das Ausstellungsstück sorgfältig gereinigt haben. Kein Staubkorn auf seinem feisten Gesicht mit dem mächtigen Walrossbart. «Fernwaffe», wandte er sich auf Deutsch an Friedrich. «Hohe Reichweite. Was denken Sie, hm? Geht noch besser. Werden irgendwann bis Paris reichen, wenn wir welche von der Sorte an der Grenze im Elsass aufstellen.»

Friedrich beschränkte sich auf ein Nicken. Die wenigsten Franzosen machten sich in ihrer Arroganz die Mühe, ein Wort Deutsch zu lernen; schließlich war ihre Sprache die Muttersprache der Diplomatie. Doch galt das auch für Longueville und seine Offiziellen? Er hatte Zweifel, dass Drakenstein darüber nachgedacht hatte.

Der Blick des Gesandten ging einen Moment lang suchend hin und her. Sie befanden sich vor dem Pavillon des französischen Kriegsministeriums, einem Palast im Stile des Sonnenkönigs, das Hauptportal flankiert von unterschiedlichen historischen Geschützen. Selbstverständlich überragte der Bau sämtliche anderen Gebäude auf dem Kolonialgelände der Weltausstellung: die Pavillons von Algerien, Tunesien, Indochina, jeweils im Stil der betreffenden Region gehalten. Unmittelbar gegenüber, vor dem Quartier der Kolonie Annam, waren die Tempeltänzerinnen eben dabei, Besuchern Tee zu reichen.

«Nicht dumm. Gar nicht dumm», murmelte Drakenstein, bevor er sich an Longueville wandte in etwas, das aus seinem Mund dem Französischen noch am nächsten kam: «Die Wilden immer unter Kontrolle, hm? Wenn sie aufmüpfig werden, wirkt sie Wunder, die große Kanone, hm?»

Longueville neigte stumm den Kopf. Doch Drakensteins Augen waren schon weiter, blieben an Friedrich hängen.

«Ah.» Die Hand des Gesandten legte sich auf die Schulter des jungen Mannes. «Hab ich Ihnen noch gar nicht vorgestellt, mon cher secretaire. – Hauptmann Friedrich-Wilhelm von Straten.» Vertraulich: «Ziehsohn von Graf Gottleben. Nummer zwei im deutschen Generalstab. Graf Gottleben natürlich, nicht der Junge.»

Longueville nickte grüßend, während Friedrich militärisch salutierte, den Blick geradeaus, was ihm die Gelegenheit gab, den Franzosen ganz offen im Auge zu behalten.

Funktionierte es? Drakenstein war nicht eingeweiht. Es hätte ein Risiko bedeutet, ihn einzuweihen, und wie sich gerade gezeigt hatte, war dieses Risiko unnötig gewesen. Die erste sich bietende Gelegenheit, mit der Nähe seines Adjutanten zu einem der Mächtigen des Reiches herauszuplatzen, und schon hatte der Mann sie genutzt. Und ja: Longueville, wie erhofft, schien anzubeißen, wandte nach zwei Sekunden den Blick wieder ab und lud die Gäste aus dem Deutschen Reich mit einer Armbewegung ein, ihm in die Tiefen des Geländes zu folgen.

Friedrich verkniff sich ein zufriedenes Nicken. Diplomaten neigten dazu, Menschen in Schubladen einzusortieren. Friedrich von Straten, ein Adelssöhnchen, das seine Chance auf erste diplomatische Meriten seinen familiären Verbindungen verdankte. Unterschätzt zu werden konnte mehr als einen strategischen Vorteil bedeuten. Es konnte sich als Waffe erweisen.

Denn es hatte eine besondere Bewandtnis mit seiner Anwesenheit in Paris. Eine besondere Bewandtnis mit der frisch aus der Taufe gehobenen Sektion innerhalb der dritten Abteilung des Generalstabs, in der er Dienst tat. Eine Sektion, in der es den jungen Offizieren bewusst war, dass sie mit jeder Minute ihr Leben aufs Spiel setzten, selbst in Zeiten, da ringsum trügerischer Frieden herrschte. Wohl wissend, dass ihr Tun den Augen des Deutschen Volkes verborgen bleiben würde. Den Augen der Franzosen ohnehin. Ihre Einsätze bedeuteten einen ständigen Kampf, doch dieser Kampf war unsichtbar, wurde nicht mit dem stählernen Helm auf dem Haupte ausgefochten. Denn auch ihr Gegner kämpfte nicht mit der Waffe in der Hand, sondern verborgen und tückisch: Franzosen, Russen, Briten – Agenten der feindlichen Mächte, fieberhaft auf der Suche nach Schwachstellen, die sie erbarmungslos nutzen würden an jenem Tag, da sie sich zusammenrotten würden, um aus allen Himmelsrichtungen über das Deutsche Reich herzufallen.

Noch war dieser Tag nicht gekommen. Wenn er aber kam, dann würde Deutschland bereit sein, und Friedrich von Straten würde das Seine dazu beitragen. Diese Reise war seine Gelegenheit, den Beweis anzutreten und sich für neue, noch höhere Aufgaben zu empfehlen. *Unter anderem* diente sie diesem Zweck, dachte er. Doch vom letzten Punkt auf Friedrichs Agenda wusste der deutsche Generalstab so wenig wie die Franzosen.

Sekretär Longueville hatte zu einer weitschweifigen Erklärung ausgeholt, deutete in Richtung des Pavillons der Kolonie Kambodscha, in dem Friedrich einen Nachbau der Pagode von Angkor erkannte, die er auf Fotografien gesehen hatte. Eine ganze Welt war hier versammelt. Die ganze Welt, soweit die Franzosen sie beherrschten, von den halbnackten, nachtschwarzen Eingeborenen des Senegal bis zu den Chinesen in ihren langen Kutten, die reglos vor ihrer Behausung hockten und an ihren Opiumpfeifen pafften. Die eigentlichen Wunder der Ausstellung, die technischen Wunder, hatte er überhaupt noch nicht zu Gesicht bekommen. Und diese Massen von Menschen, von Besuchern: Allein in diesem Moment mussten es Tausende sein, die sich auf der Promenade drängten. Staunende Gesichter, *verzauberte* Gesichter. Hatte er solche Gesichter jemals in Potsdam und Berlin gesehen?

Höflich hielt er sich mehrere Schritte hinter Drakenstein und dem französischen Sekretär. Ganz wie das Protokoll es gebot. Unsichtbar, wie es erwartet wurde von Drakensteins Adjutanten. Unsichtbar – doch nicht taub. Aufmerksame Ohren verlangte seine Mission für den Generalstab.

Sein Blick ging nach links, wie beiläufig. Das Hauptareal der Ausstellung mit der Galerie des Machines, der Gemäldegalerie und den Bauten der auswärtigen Mächte befand sich mehrere Straßenzüge entfernt. Lediglich die Spitze der stählernen Turmkonstruktion nach den Plänen Eiffels ragte über die Dächer, einem Skelett, einem bloßen Provisorium ähnlicher als einem bereits vollendeten Bau. Das höchste Gebäude der Welt, Stahl gewordenes Zeichen für den Hochmut einer Nation, die noch vor weniger als zwei Jahrzehnten vor den Deutschen im Staub gekrochen war.

War es wirklich angemessen, eine solche Veranstaltung nun doch noch mit einer offiziellen Delegation aus dem Reich zu ehren? Das zu beurteilen, war nicht Friedrich von Stratens Aufgabe. Seine Aufgabe war anderer Natur, und sie wartete hier in Paris auf ihn. Bisher hatte er noch nicht wesentlich mehr gesehen als das Hotel, in dem man ihnen bei ihrer Ankunft einen fast schon lächerlich guten preußischen Sauerbraten aufgetragen hatte, und nun, heute Morgen, das Kolonialgelände der Weltausstellung. An diesem Abend aber würde er auf seinen Kontaktmann treffen, der bereits in der Stadt am Werke war. Und wie auch immer die Instruktionen aussehen mochten, die auf Friedrich warteten: In einer Hinsicht konnte er sich sicher sein. Dass sie Longueville nicht gefallen würden. Und ebenso wenig seinen Offizieren, die jetzt eitel wie die Pfauen zwischen den Tempeltänzerinnen umherstolzierten, wie es einem deutschen – einem preußischen – Offizier niemals in den Sinn gekommen wäre. Friedrichs eigene Uniform saß sauber und ordentlich, die beiden Hauptmannssterne am Schulterstück noch der auffälligste Schmuck.

Hochmut, dachte er, kommt vor dem Fall. Ein letzter Blick zur stählernen Spitze des Turms, die sich gegen den wolkenlosen Himmel abhob. Dreihundert Meter. Dreihundert Meter waren eine ganz beachtliche Höhe.

***

Zündung in 59 Stunden, 30 Minuten
Hôtel Vernet, Paris, 8. Arrondissement –
29. Oktober 1889, 12:30 Uhr

«Die Dame in der Nummer zwölf hat sich erneut beschwert.» Der Concierge warf einen raschen Blick auf seinen Notizblock. «Also die Dame, die jetzt in der Nummer zwölf wohnt und vorher in der Nummer drei gewohnt hat, wo sie den strengen Geruch bemängelt hat. Der Geruch sei immer noch da, klagt sie, *obwohl* sie ein Zimmer auf einer anderen Etage *und* auf der anderen Seite des Hauses bekommen hat. Unser letztes freies Zimmer überhaupt, die Prinzensuite ausgenommen.»

Aus dem Augenwinkel sah Celeste Marêchal, wie eine der Reinemachefrauen eilig ihren Putzeimer beiseitezog. Eine gute Entscheidung. Serge war nicht in der Verfassung, auf seine Schritte zu achten. Nicht, wenn er seine Liste abspulte. Anders als Celeste selbst, die mit ihren ausladenden Röcken theoretisch sehr viel mehr Raum einnahm als der ihr hinterhereilende spindeldürre Concierge. Und die dem Eimer und seiner Besitzerin dennoch mit einer routinierten Bewegung auswich.

Sie kamen in das Foyer des Hotels, einen schattigen, mit dunklen Hölzern verkleideten Raum, an der Decke ein altertümlicher Kristalllüster. Celeste nickte grüßend in Richtung des österreichischen Ehepaars aus der Nummer neunzehn, das soeben ins Hotel zurückkehrte, und hob die Hand, als eines der Zimmermädchen auf sie zukam: nicht jetzt, nicht hier draußen.

«Die Nummer sechzehn.» Serge, weiter auf ihren Fersen. «Monsieur Søndergracht gibt an, dass er wieder kein Auge zugetan habe. Was sich allerdings nicht verträgt mit der Aussage der Dame in der Nummer sechs, also direkt unter ihm, die ebenfalls nicht geschlafen haben will. Weil er nämlich so laut geschnarcht habe. Ich würde einem von ihnen ein anderes Zimmer geben, aber wie Sie wissen ...»

«Lassen Sie sie die Zimmer tauschen», erwiderte Celeste und nahm im gleichen Atemzug von Sophie, der Rezeptionistin, ein Schreiben entgegen, das sie eilig überflog.

«Der neue Händler in den Kaufhallen», setzte Sophie mit gedämpfter Stimme an. «Derjenige, von dem wir die Zutaten für das Souper der deutschen Delegation beziehen. Er müsse seine Lieferanten auch auf der Stelle bezahlen und nicht erst am Monatsende. Heute hat Gustave die Ware noch mitnehmen dürfen, aber er hat gedroht ...»

Celeste hob die Hand. «Ich werde mit ihm reden.»

«Madame?» Der Concierge, in fragendem Tonfall.

Sie drehte sich um, straffte sich. «Wenn Gäste sich beschweren, haben sie eine konkrete Erwartung: dass irgendetwas passiert. Also wird etwas passieren.» Celeste schenkte ihm ein aufmunterndes Lächeln. «Die Herrschaften werden zufrieden sein, alle beide. Glauben Sie mir, Monsieur Serge.»

Ein zweifelnder Blick auf den Notizblock. «Oui, Madame.»

«Das wäre dann alles?»

«Für den Moment?» Zögernd. «Ja.»

«Dann machen Sie es so.»

Der Concierge blinzelte kurz, zog sich dann aber mit einem letzten *Oui, Madame* zurück.

Celeste holte Luft und warf einen Blick auf die Uhr über der Rezeption. Zwölf Uhr dreißig am Mittag, und sie war buchstäblich noch keine Minute zum Durchatmen gekommen. Und der Tag versprach noch heißer und stickiger zu werden als seine Vorgänger. Wenn es tatsächlich die Hitze von draußen war. Wenn sie nicht aus Celeste Marêchal selbst kam. Regelmäßig und doch vollständig unvorhersehbar. Sie nickte der Rezeptionistin zu und verzog das Gesicht, während sie in den Flur einbog, der zu ihrem Büro führte. Die Hitze. Und alles andere. Der Rest der Welt hielt sie für siebenundvierzig. In Wahrheit aber war sie vier Jahre älter. Im selben Alter hatte ihre Mutter aufgehört zu bluten.

Die Tür fiel ins Schloss, und Celeste sank gegen das schwere Holz. Sie gab sich fünf Sekunden, atmete ein, langsam wieder aus, zog das Taschentuch aus dem Ärmel ihres Kleides, berührte vorsichtig Stirn und Schläfen. Eine Schüssel kaltes, klares Wasser wäre in diesem Moment ein Traum gewesen, und ein Traum würde sie auch bleiben. Mindestens bis nach dem Déjeuner.

Ein langgezogenes Poltern ertönte, gleichzeitig wurden hinter der Milchglasscheibe die schemenhaften Umrisse eines Handkarrens in der Zufahrt sichtbar. Gut. Gustave war von seinem Mittagsbesuch auf dem Markt zurück. Die Küche konnte mit den Vorbereitungen für das Souper am Abend beginnen, noch während die Mittagsmahlzeit aufgetragen wurde; für den Wein würde Celeste selbst in den Keller steigen und die Auswahl vornehmen. Alles hätte seinen Gang gehen können wie seit Jahren eingeübt – wäre da nicht jenes spezielle Problem gewesen.

Ihr Blick fiel auf die unterste Schublade ihres Sekretärs. Jene Schublade, die sich nicht mehr schließen ließ, weil der Stapel der Rechnungen schlicht zu hoch geworden war. Wie hatte es so weit kommen können? Das Hotel quoll über vor Gästen, nun, auf dem Höhepunkt der Exposition, doch die Preise für Lebensmittel von einer Qualität, die ein Haus wie das Vernet seinen Gästen bieten *musste*, sprengten seit Wochen jedes realistische Maß. Nicht anders als die Gehaltswünsche des Personals im gesamten Hotelgewerbe der Hauptstadt, wobei sich Celeste in dieser Hinsicht noch glücklich schätzen konnte. Etliche ihrer Angestellten waren von der ersten Stunde an dabei und ließen eine gewisse Rücksicht walten, selbst wenn sie nicht ahnen konnten, wie ernst die Situation tatsächlich war.

Zwanzig Jahre, dachte sie. Sie hatte Bertie überrascht. Vermutlich war er selten in seinem Leben dermaßen überrascht worden wie an jenem

Tag, als er nach Paris zurückgekehrt war, um festzustellen, dass sie seine großzügigen Geschenke zu Geld gemacht und mit diesem Geld ihr eigenes Hotel erworben hatte. Vielleicht war es ja genau das, eine bestimmte Art von Respekt, die dafür gesorgt hatte, dass sie bis heute Freunde waren. Soweit eine Freundschaft möglich war zwischen einem Mann, den nur der Atem einer siebzigjährigen Matrone von der Herrschaft über ein Weltreich trennte, und der Betreiberin eines Hotels in der Seitenstraße einer Seitenstraße der Champs-Élysées. Albert Edward, Prince of Wales. *Bertie* für jene, die ihm nahestanden. Bertie, der das kleine Etablissement natürlich seinen Freunden empfohlen hatte und dem Celeste letztlich auch Gäste wie Graf Drakenstein verdankte. Politische Spannungen hin oder her; der deutsche Kaiser war schließlich Verwandtschaft. Bertie, der seinen eigenen Besuch bereits angekündigt hatte zum Abschluss der Ausstellung, und es war ein Besuch, auf den sie sich freute.

Doch wie sollte sie sich von ganzem Herzen freuen, wenn es womöglich das letzte Mal war? Zwanzig Jahre. Die Zeiten waren hart, aber waren sie das nicht immer gewesen? Durchhalten, dachte Celeste Maréchal. Und wusste doch nur zu gut, dass ihr lediglich eine letzte Frist geschenkt worden war: bis zum Ende der Ausstellung. Keiner ihrer Kreditgeber wäre so dumm gewesen, inmitten des einzigartigen Geschäfts rund um die Exposition Universelle Scherereien zu riskieren, die ein Besitzerwechsel unweigerlich mit sich bringen würde. Am nächsten Morgen, sobald alles vorbei war, würde sie Kassensturz machen. War es auch nur möglich, dass es noch einmal gutgehen würde?

«Kopf oder Zahl», murmelte Celeste Maréchal. Für sie selbst. Für die Zimmermädchen und die Pagen und alle, denen das Vernet ein Zuhause war. Nein, das Glücksspiel war niemals ihre Welt gewesen.

***

ZÜNDUNG IN 57 STUNDEN, 26 MINUTEN
**Boulevard de Clichy, Paris, 9. Arrondissement –
29. Oktober 1889, 14:34 Uhr**

Lucien Dantez musste daran denken, wie alles begonnen hatte. Es war
zwei Jahre her, und er war eben frisch nach Paris gekommen. Er hatte seine Kamera unterhalb des Trocadéro-Palastes aufgebaut, gegenüber dem
Gelände, das inzwischen die Weltausstellung beherbergte. Die Gärten
dort besaßen zu einer bestimmten Stunde des Nachmittags einen ganz
besonderen Zauber, und damals hatte er über die Auswahl seiner Motive
nicht großartig nachdenken müssen. Ein einzelner Magnesiumblitz ver-
schlang ein Vermögen, wenn man in den Dimensionen eines Jungen aus
Pontoise denken musste, und ohne einen solchen Blitz – oder eine Kamera mit modernster Ausstattung wie den neuartigen Schlitzblenden –
war es schlichtweg unmöglich, irgendetwas in ausreichender Schärfe
im Bilde einzufangen, wenn es sich ständig unwillkürlich bewegte. Und
das taten Menschen nun einmal, selbst dann, wenn sie glaubten, für ein
Porträt vollständig stillzusitzen. An jenem Tag aber waren wie durch ein
Wunder lediglich eine Handvoll Flaneure unterwegs gewesen. Für einige
kostbare Minuten, hatte Lucien gedacht, würde der Trocadéro ihm gehören.

Und dann war sie erschienen. Zum allerersten Mal hatte er sie tatsächlich durch das Mattglas des Suchers erblickt, ein schemenhaftes Etwas
unter einem schneeweißen Schirm, das langsam ins Bild kam. Oder in
das, was sein Bild hätte werden sollen. Mit einem lautlosen Fluch hatte er
sich aus seiner gebückten Haltung aufgerichtet. Was hätte er tun sollen?
Abwarten, bis sie mit ihren müßigen Schritten den Bildausschnitt durchquert hatte und wieder aus dem Blickwinkel der Kamera verschwunden
war? Genau das hatte sie *nicht* getan. Eine Sitzbank, nahezu exakt in seiner
Sichtachse. Versonnen hatten ihre behandschuhten Finger imaginären
Schmutz beiseite gestrichen. Zwei Sekunden später, und sie hatte dort gesessen, im Zentrum des Bildes, das den Trocadéro hätte zeigen sollen. Sie
zu bitten, eine andere Sitzbank zu wählen, war natürlich nicht in Frage
gekommen bei einer Dame der Gesellschaft. Und das war sie ganz un-

übersehbar, in der Mode jener Jahre mit der gewaltigen Tournüre und dem ausladenden cul de Paris, dem Gestänge, auf dem sich die Röcke über den Hinterteilen der Damen zu bizarren Formen aufbauschten. Doch die Alternative? Einen anderen Standort für die Kamera suchen? Er hatte sich ausrechnen können, dass jenes besondere Licht längst verschwunden sein würde, bis er einen solchen Ort gefunden hatte.

Mit einem Knurren war er ein letztes Mal hinter den Okularen und dem Sucher verschwunden, in der Hoffnung, dass die Dame vielleicht nur ganz klein auf der Fotografie zu sehen sein würde. Was natürlich nicht der Fall gewesen war. Stattdessen hatte er *sie* gesehen, die nahezu den gesamten Bildausschnitt einnahm, mit ihren Kleidern aus schwerer, dunkler Seide, dem samtenen Mantel – und ihrem Blick, der sich über den Fluss hinweg verlor, in einem geheimnisvollen Irgendwo. Einem Blick, wie er ihn noch niemals gesehen hatte bei einem sterblichen Menschen. Eine Göttin, thronend über dem Reich der Sterblichen. Ein so großes Bild, übermenschlich groß. Und ebendieses Bild hatte sich auf alle Zeiten in seinem Herzen eingebrannt, schärfer, deutlicher und lebendiger, als jede Fotografie es vermocht hätte.

Mademoiselle? Seine Stimme hatte sich rau angehört. *Trauen Sie es sich zu, sich mehrere Minuten lang überhaupt nicht zu bewegen?*

Ja, so hatte es angefangen. Und wie weit waren sie gekommen seit jener Zeit.

«Das bin ich», flüsterte Madeleine. Lucien musste die Worte von ihren Lippen lesen, so leise wurden sie gesprochen.

Er genoss dieses Bild. Wobei er das Bild, die Fotografie in diesem Augenblick überhaupt nicht sehen konnte: sein neuestes Porträt, das vor wenigen Tagen unter Zuhilfenahme sämtlicher technischer Werkzeuge, über die er heute verfügte, in seinem Atelier entstanden war. Er hatte einen goldlackierten Rahmen erstanden und die Fotografie hinter Glas fassen lassen, und nun stand sie auf dem kleinen, ovalen Tisch, wo das Licht durch die Fenster in Madeleines Boudoir fiel. Ihr zugewandt.

Heute war ein besonderer Tag. Und schon dies war ein besonderer Moment, der Moment einer doppelten Spiegelung: die Fotografie, in der er die junge Frau eingefangen hatte wie in einem unzerbrechlichen Spiegel – und ihre Reaktion auf dieses Bild, wie eine erneute Spiegelung auf ihr Gesicht zurückgeworfen.

Er sah, wie ihre Augen sich bewegten, erst dieses, dann jenes Detail in den Blick nahmen. Sah tausend Gefühle, tausend Eindrücke über ihre Miene huschen. Erstaunen. Einen Hauch von Befriedigung, woraus er schloss, dass sie die hohen Wangenknochen musterte, die er tatsächlich mit beträchtlicher Sorgfalt in Szene gesetzt hatte. Und dann doch ein Anflug von Skepsis, vielleicht weil sie die Frisur betrachtete und soeben feststellte, dass sie nicht hundertprozentig symmetrisch geordnet war: eine winzige Unregelmäßigkeit, die wiederum ihm ganz besonders gefiel. Jetzt aber, und an irgendetwas erkannte er, dass sie das Bild noch einmal im Ganzen in den Blick nahm: Bewunderung. Und sie war voll und ganz gerechtfertigt, denn die Frau, die das Porträt zeigte, *war* wunderschön.

«Und?», fragte er. «Was sagst du?»

Noch einmal betrachtete sie die Aufnahme, und sein Herz machte einen Sprung, als sie sich fast ein wenig widerwillig von ihr löste, um sich ihm zuzuwenden.

«Nun», bemerkte sie. «Ich dachte wirklich, meine Nase wäre etwas länger.»

Schweigen. Dann, nach weniger als zwei Sekunden, ihr glockenhelles Lachen. «Oh Lucien!» Federleicht kam sie von ihrem Stuhl in die Höhe. «Du hättest gerade dieses Bild sehen müssen! Was du für ein Gesicht gemacht hast!» Für Atemzüge versank er in ihrer weichen, duftenden Umarmung. «Das ist das schönste Geschenk, das ich jemals bekommen habe», sagte sie leise. «Danke!»

Erst jetzt, stellte er fest, begann der Druck auf seiner Brust, sich zu lösen. Er räusperte sich. «Ich bin froh», sagte er, «dass du mir erlaubt hast, die Aufnahme anzufertigen. Und dass es dir gefällt, dein Bild durch meine Augen, durch mein ...» Er sprach es nicht aus, sondern ergriff ihre Hand und legte sie auf die Brust seines Gehrocks.

Sie lächelte ihn an, doch nur für einen Moment, dann glitt ihr Blick zurück zu der Fotografie. «Das ist mehr als ein Bild», sagte sie, plötzlich ernster. «Mehr als das, was man im Spiegel sieht. *Anders.* Fast ein bisschen wie, ja, Zauberei. Jede Fotografie kommt mir ein bisschen vor wie Zauberei, aber deine ... ganz besonders.»

Diesmal war er es, der lächelte. Natürlich war es ihm alles andere als unrecht, wenn sie ihn bewunderte. Und ihm war bewusst, dass diese Gelegenheiten nicht allzu häufig sein konnten. Dazu waren ihre Welten zu unterschiedlich. Zu außergewöhnlich die Menschen, mit denen Madeleine zusammentraf, die Orte, an denen sie verkehrte, die großen Salons und die Feste derjenigen, die in der Republik das Sagen hatten. Dass er selbst in dieser Welt nicht vorkam, hatte ihm schon mehr als eine schlaflose Nacht beschert, doch jetzt kam es darauf an, dass sie nicht anfing, ihn für einen schrulligen Zauberlehrling zu halten.

«Mag sein, dass es aussieht wie Zauberei», gab er zu und hielt einen Moment inne. Es konnte nicht schaden, wenn er durchblicken ließ, dass sie mit dieser Meinung nicht alleinstand. «Aber in Wahrheit ist es einfach nur ein gewisser Umgang mit dem Licht. Das Geheimnis besteht darin, den Blick in eine bestimmte Richtung zu lenken. Die Dinge, die der Fotograf in den Mittelpunkt stellt, soll der Betrachter besonders deutlich wahrnehmen.»

Sie sah ihn an, die Stirn plötzlich leicht in Falten gelegt, dann kehrte ihr Blick zurück zum Bild. «In den Mittelpunkt? – Meine Nase?»

Er verspürte das Bedürfnis, sich auf die Zunge zu beißen. Zu kompliziert! Nur dass die Technik der Fotografie tatsächlich eine recht komplizierte Materie darstellte, während in ihrer Welt ... Ihre Welt!

«Die Oper!», sagte er rasch.

Sie hob die Augenbrauen, und ein Stein fiel ihm vom Herzen. Die Oper liebte sie und ließ sich regelmäßig dorthin einladen – von Herren, denen andere finanzielle Mittel zu Gebote standen als ihm selbst.

«In der Oper kommt es darauf an, dass das Publikum beobachtet, was auf der Bühne passiert», erklärte er. «Richtig? Deshalb wird die Bühne auf eine bestimmte Weise ausgeleuchtet. Die Plätze im Parkett dagegen, auf den Rängen, in den Logen ... diese Plätze bleiben im Dunkeln.»

Sie nickte. Zögernd. «Es ist nicht richtig dunkel», schränkte sie ein. «Jedenfalls in den Logen nicht. Wir könnten uns unseren Aufputz sparen, wenn das so wäre. Aber ist es nicht klar, dass das Publikum auf die Bühne achtet? Deshalb ist es doch gekommen, um zu sehen, was auf der Bühne passiert.»

«Genau. Und deshalb ist es in der Oper leichter. Weil ständig etwas passiert, wird das Publikum auch nicht müde, es zu beobachten.»

Auf ihrer Stirn war eine senkrechte Falte entstanden. Sie sah zurück zu der Porträtaufnahme, zurück zu ihm. Schon wieder begann sich jene einzelne nachtschwarze Haarsträhne zu lösen, knapp über dem rechten Ohr. Jene vorwitzige Strähne, die sie zu etwas Unvollkommenem machte und der er aus ebendiesem Grunde so unendlich dankbar war.

«Auf einer Fotografie passiert nichts», murmelte sie. «Das Bild ist unbeweglich. Bilder sind totes Papier. Und doch sind sie lebendig. Deine Bilder jedenfalls.»

Er neigte den Kopf. «So sagt man», bestätigte er bescheiden. War das der Moment? Der eigentliche und entscheidende Moment? Ihm war bewusst, wie wichtig die nächsten Worte sein konnten. Er holte Luft. «Ich habe letzten Monat über dreißig Bilder verkauft. Viele davon in mehreren Abzügen. Ich habe mehr als zweihundert Francs verdient.»

«Tatsächlich?» Sie klimperte mit den Augenlidern. «Das ist wirklich hübsch, Lucien.» Wieder ging ihr Blick zu der Fotografie, doch schon sah er, wie ihre Augen sich weiterbewegten, zu dem hohen Spiegel, prüfend, wie sie *in diesem Moment* aussah, heute Nachmittag.

Er biss die Zähne aufeinander. Sie hatte eine Verabredung an diesem Abend, zu einem Empfang am Rande der Ausstellung. Gleich bei seiner Ankunft hatte sie ihm das mitgeteilt. Eine Verabredung mit einem Baron oder Vicomte oder einem Fabrikbesitzer; er hatte es vergessen. Was er niemals vergessen würde, war, wie diese Verabredungen mit ziemlicher Sicherheit regelmäßig endeten. Auf welche Weise Madeleine ihr Leben in der Wohnung am Boulevard de Clichy bestritt.

Er räusperte sich. «Zweihundert Francs sind noch nicht viel», gab er zu. Was eine glatte Lüge war. Zweihundert Francs waren mehr, als ein Junge aus Pontoise sich jemals hätte träumen lassen. Aber er war kein Junge aus Pontoise mehr. Er war Lucien Dantez, der aufstrebende junge Fotograf mit dem kleinen Ladengeschäft im achtzehnten Arrondissement. Doch dass es für *sie* keine große Summe war, stand fest. Zweihundert Francs würden einige ihrer Kavaliere an einem einzigen Abend auf den Kopf schlagen, nicht eingeschlossen der Posten für die charmante Begleitung durch Madeleine.

«Aber es ist ein Anfang», sagte er mit Betonung. «Oder, nein, mehr als ein Anfang. Erinnere dich, was ich vor ein paar Monaten verdient habe. Und jetzt stell dir vor, was ich vielleicht in ein oder zwei Jahren verdienen werde. Genug für ein großes Haus, für eine Kutsche, für ein ...»

Sie hatte sich vollständig ihrem Spiegel zugewandt, musterte sich kritisch, kniff mit Daumen und Zeigefinger in die Wangen, ließ die Hand dann lächelnd sinken. Ihre Augen trafen sich im Spiegel, und noch bevor sie den Mund öffnete, wusste er, dass es nicht funktioniert hatte. Nicht heute. Sie konnte sich nicht vorstellen, wie weit er es bringen würde. Dass einmal ganz Paris, dass die ganze Welt über die Aufnahmen sprechen würde, die sie doch selbst als *lebendige* Bilder bezeichnet hatte. Noch konnte sie es sich nicht vorstellen.

«Mon petit rêveur», sagte sie leise. *Mein kleiner Träumer.* Ein Ausdruck der Zuneigung in ihrem Blick, der Wärme, der Freundlichkeit.

Lucien schnitt er ins Herz. Es war einer jener Blicke, die die Halbweltdamen ihren Schoßhündchen zuwarfen. War es ein Zufall, dass Madeleine kein solches Hündchen besaß? Lag es daran, dass sie *ihn* hatte?

Nein. Nein, es war etwas anderes zwischen ihnen beiden. Sie beide wussten, dass es unzählige Kavaliere gab, die bereit waren, für eine Nacht oder einige Stunden mit Madeleine zu bezahlen – aber nur einen, der sie aufrichtig verehrte. Der sie liebte. Und der alles dafür tun würde, ihr einen Ausweg zu eröffnen aus diesem Leben, aus diesem Gewerbe, selbst wenn sie ihm in einem Quartier nachging, das einer Comtesse würdig gewesen wäre. Einen Adelstitel würde auch Lucien ihr nicht verschaffen können, doch er würde alles dafür tun, damit sie auf keinen Luxus würde verzichten müssen in einem Leben an seiner Seite. Zweihundert Francs im Monat, doch schon im nächsten Jahr konnten es zweitausend werden, wenn er nur weiterhin entschlossen genug ...

«Lucien?»

Er zuckte zusammen. Sie hatte sich umgewandt und musterte ihn so eindringlich, dass er spürte, wie er rote Ohren bekam.

«Madeleine?»

«Ich hatte gefragt, wie du es angestellt hast, dass du jetzt so viel verdienst. Ich freue mich für dich. Hast du den Auftrag am Chinesischen Pavillon bekommen?»

Er biss sich auf die Innenseite der Wangen. Madeleine selbst war es gewesen, die ihn mit den Verantwortlichen zusammengebracht hatte: nicht etwa offiziellen Vertretern des chinesischen Kaiserreichs, das auf der Weltausstellung überhaupt nicht vertreten war, sondern einem Konsortium asiatischer Händler. Was, wenn er sich wirklich Mühe gegeben und auf die Wünsche der Männer eingegangen wäre? Hätte er den Auftrag dann tatsächlich bekommen? Er war sich nicht sicher. Was war es gewesen, das ihn davon abgehalten hatte? Das Wissen, dass der Pavillon von spanischen Handwerkern nach den Plänen eines französischen Architekten zusammengebaut worden war und bei näherem Hinsehen so viel Chinesisches an sich hatte wie Sammeltassen aus Limoges? Sein Widerwille, an etwas mitzuwirken, das sich unecht und einfach falsch anfühlte? *Dann sollte ich vielleicht noch an ganz anderer Stelle auf diesen Widerwillen hören.*

«Leider nein», sagte er leise. «Aber ich habe einen … Partner.»

«Oh?» Jetzt war sie voll und ganz bei ihm.

Er knabberte an seiner Unterlippe. Sollte er es ihr erzählen? Jetzt? Ein weiter Weg, den er gegangen war seit ihrer ersten Begegnung, und so viel von dem, was er seither erreicht hatte, verdankte er ihr. *Du weißt sehr genau, was ihre Reaktion sein wird, wenn du ihr die Wahrheit erzählst.* Ja, er würde es ihr erzählen, aber nicht jetzt, nicht heute. Sobald er zweitausend Francs im Monat verdiente und ihr das Leben bieten konnte, das ihr zukam, einer Göttin, hinabgestiegen ins Reich der Sterblichen. Er wusste es, er *hoffte* es: Dann würde sie verstehen.

Sie hatte sich wieder zu ihrem Spiegel umgewandt, schien den Gegenstand des Gesprächs bereits vergessen zu haben. Über ihre Schulter hinweg sah Lucien in sein eigenes Gesicht. Und fragte sich, was er von *diesem* Bild halten sollte.

***

ZÜNDUNG IN 56 STUNDEN, 41 MINUTEN
Boulevard de Clichy, Paris, 9. Arrondissement –
29. Oktober 1889, 15:19 Uhr

«Mon petit rêveur.» Madeleine stand lächelnd am Fenster des Boudoir und sah ihm nach, wie er mit zielstrebigen Schritten über den Boulevard eilte, die Schultern durchgedrückt, die Nase voran, als ob sie es noch eine Spur eiliger hätte als der Rest von Lucien Dantez. Sie kannte seine Gewissenhaftigkeit. Er musste ein Schild in das Fenster seines Ateliers gehängt haben mit der Uhrzeit, zu der er wieder öffnen würde. Als könnte ihn bereits eine Schlange von Menschen vor der Tür erwarten. Sie hatte eine ungefähre Vorstellung davon, wie es um die Kundschaft des Ateliers bestellt war. Diese Kundschaft existierte nicht. Madeleine hatte ihren eigenen Kundenkreis immer wieder ermuntert, das kleine Ladengeschäft in der Rue Lepic aufzusuchen, und von mehreren der Herren wusste sie, dass sie dies auch brav getan hatten. Um sich bei ihrem nächsten Treffen durchaus anerkennend zu äußern. Doch sie bezweifelte, dass einer von ihnen diesen Besuch ohne ihre Ermunterung wiederholt hatte.

Mit einem Seufzen wandte sie sich ab. Es war ein kleines, nicht hörbares, ein *privates* Seufzen. Nicht jener Laut, in dem sie sich monatelang geübt hatte, den von dichten Wimpern umschatteten Blick aufmerksam auf dem Gesicht ihres Publikums. Des kleinsten und erlesensten Publikums der Welt, das jeweils aus einem einzigen Herrn bestand.

Madeleine Royal war eine Künstlerin. Der Titel ihrer Darbietung lautete *Betörung*, und in diesem Sinne fühlte sie sich Lucien durchaus verwandt. Möglicherweise musste man Franzose sein, Bürger der Hauptstadt gar, um das Wesen ihrer Kunst vollständig begreifen zu können. Bedeutende Künstler hatten an den Höfen dieses Landes gewirkt, angefangen mit dem großen Leonardo. Ob diese Männer jemals tatsächlichen Einfluss auf die Geschäfte des Staates ausgeübt hatten, wusste Madeleine nicht zu sagen. Die Madame de Pompadour dagegen hatte das ganz eindeutig getan als offizielle königliche Mätresse: ein Titel, ja, ein *Amt*, dem wenige andere im Königreich gleichgekommen waren. Und nach dem Ende der Monarchie hatten andere Frauen ihr Erbe angetreten. Dumas' Kameliendame, Lola Montez, Cora Pearl. Die großen Kurtisanen. Madeleine Royal empfand nicht geringen Stolz, wenn ihr eigener Name in einem Atemzug mit diesen Namen ausgesprochen wurde.

Große, wahre Kunst. Das war es, was Frauen wie sie unterschied von den Huren, die die Straßen rund um den Montmartre bevölkerten. So wie sich Luciens Fotografien von gewöhnlichen Aufnahmen unterschieden, die ein bloßes Abbild der Wirklichkeit als den Gegenstand selbst ausgaben. Weil sie anders waren, eine eigene Wahrheit an sich.

Ein Seufzen. Diesmal von jener Art, die ihrem Publikum vorbehalten war. Es war das *Besondere*, welches das Publikum zu würdigen wusste. Der gigantische Aufwand, wenn etwas zu einer Wahrheit aus sich selbst heraus wurde. In seiner Profession wie in der ihren. Das Eigentliche, der Schoß irgendeiner Frau, war schließlich für eine weit geringere Investition zu haben in den Straßen abseits des Boulevard de Clichy. Und auf der Exposition Universelle wurden neuartige fotografische Kameras präsentiert, die angeblich jeder Laie bedienen konnte. Waren die Aufnahmen einmal eingefangen, wurde die Kamera an den Hersteller geschickt, und Wochen später kamen die fertig entwickelten Positive zurück, mitsamt dem Apparat, der schon wieder vollständig befüllt war mit neuen, unbelichteten Platten.

«Und so verliert die Welt ihren Zauber», murmelte Madeleine und verharrte einen Moment, um den Worten nachzulauschen. Unsinn. Das war nicht ihre Art zu denken: rückwärtsgewandt. Es war der Augenblick, der zählte, der kostbare, leuchtende, unwiederbringliche Augenblick, der alles enthielt, was ein Leben nur ausmachte. Die Männer, die sie ausführten, mochten glauben, dass sie auf diese Weise etwas kaufen konnten vom Zauber solcher Augenblicke, doch in Wahrheit war das natürlich unmöglich. Madeleine Royal war nicht zu kaufen. Sie war unendlich weit entfernt davon, und genau das hatte ihren Namen zur Legende gemacht: ein fernes Echo dieses Wissens, welches die Männer erreichte.

Das, was wirklich zählte, konnte nur verschenkt und als Geschenk empfangen werden. Und es wurde fortgegeben, ohne sich dabei zu vermindern. Eine Form von Glück, das nur noch anwuchs beim Schenkenden wie beim Beschenkten. Etwas, das Madeleine mit aller Bedenkenlosigkeit aus der Hand geben konnte, wieder und wieder. Warum also nicht an ihre großzügigen Kavaliere? Auch diese Männer bescherten ihr schließlich einen Abend voller Glück und Freude – auf ihre Weise. Jeder Mann, bei dem sie aus einem Impuls heraus das Bedürfnis verspürte, dieses Glück mit ihm zu teilen, ob nun Geld im Spiel war oder nicht. Ausgenommen Lucien natürlich, den sie so gerne um sich hatte und bei dem sie sich aus genau diesem Grund jene Art der Nähe von Anfang an verboten hatte. Sie kannte seine Träumereien und ließ ihn damit gewähren, doch dieses eine würden sie niemals miteinander teilen.

Über dreißig Bilder verkauft. Mehr als zweihundert Francs in diesem Monat. Wie hatte er das nur angestellt? Doch Madeleine hatte sich bereits entschlossen, ihm sein Geheimnis zu gönnen, bis er irgendwann von selbst entschied, es ihr zu offenbaren.

Ein Klopfen von der Tür.

Überrascht wandte sie sich um. Hatte Lucien etwas vergessen? – «Entrez!»

Schweigen. Madeleine wartete. Zwei Atemzüge lang, dann entstand ein Lächeln auf ihrem Gesicht. Sie ging zur Tür und öffnete, den Blick bereits nach unten gerichtet.

Zwei große blaue Augen sahen ihr entgegen, aus einem nicht sehr sauberen Gesicht. Irgendjemand musste sich wieder einmal die Mühe gemacht haben, das strohblonde Haar zu ordentlichen Zöpfen zu flechten, doch von diesem strapaziösen Manöver war schon nicht mehr viel übrig.

«Hallo, Yve», begrüßte sie das kleine Mädchen, das aus dem dunklen Flur heraus blinzelnd zu ihr emporsah. Wenn sie langsam sprach, konnte die Kleine die Worte von ihren Lippen lesen.

«'leine.» Undeutlich, aber doch erkennbar die zweite Silbe ihres Vornamens. Und ein etwas ungeschickter höflicher Knicks dazu.

«Das war sehr, sehr gut!», lobte Madeleine und beobachtete, wie sich ein scheues Lächeln auf dem Gesicht der Kleinen ausbreitete.

Niemand konnte mit Sicherheit sagen, wo Yve herkam. In der Nachbarschaft der einschlägigen Etablissements wimmelte es von solchen Kindern. Die Kleine war eines Tages einfach da gewesen. Die Frau des

Hauswirts ließ sie in einer Kammer zum Hinterhof schlafen und steckte ihr wohl hin und wieder ein Stück Brot zu. Im Gegenzug erledigte Yve kleine Botengänge für die Hausbewohner und bekam auch auf diese Weise den einen oder anderen Sous zugesteckt. Das Haus hatte sie adoptiert, dachte Madeleine. Ohne dass irgendein Papier unterschrieben worden war. Und *alles* war besser als die staatlichen Waisenanstalten. Geschweige denn die Bordelle, die die Kinder der Huren widerwillig durchfütterten, bis sie so weit waren, selbst etwas zu verdienen. Und ein Mädchen, das weder hören noch richtig sprechen konnte, wäre alldem noch hilfloser ausgesetzt als jedes andere.

«Möchtest du dir dein Macaron abholen?», erkundigte Madeleine sich freundlich. Das kleine Mädchen war so viel auf den Beinen, dass es ihm nicht jeden Tag gelang, vorsichtig an ihre Tür zu klopfen, um sich mit dem süßen Mandelgebäck verwöhnen zu lassen.

Die kugelrunden Augen der Kleinen hatten sich bei der Erwähnung des Macarons noch eine Idee weiter geöffnet, doch gleichzeitig begann Yve, in den Ärmel ihres verschossenen Kleidchens zu tasten, das einmal der Tochter der Hauswirtin gehört hatte. Mit ernsthafter Miene brachte sie ein Kuvert zum Vorschein.

Es fiel Madeleine nicht leicht, doch diesmal verkniff sie sich das Lächeln. Yve legte größten Wert darauf, dass sie sich das Leben in dem herrschaftlichen Gebäude auch tatsächlich verdiente. Gut, dachte Madeleine. Das Geschäftliche zuerst.

«Oh? Post für mich?» Sie streckte die Finger aus.

Mit einem bedeutungsvollen Nicken wurde der Umschlag in ihre Hand gelegt. Sofort fiel ihr auf, wie leicht er war. Fast als ob er leer wäre. Im selben Moment aber ertastete sie bereits den Umriss in der unteren linken Ecke. Die Größe war charakteristisch: eine Visitenkarte.

«Hat der Herr ... Wartet er unten?», fragte sie an das kleine Mädchen gewandt. Dass es ein Herr war, war keine Frage, wenn er auf diese Weise bei Madeleine Royal vorstellig wurde.

Yve schüttelte den Kopf. Ihre Hand beschrieb eine wedelnde Geste in Richtung Fenster. Nein, übersetzte Madeleine. Er war sofort wieder gegangen. Doch jetzt hielt das kleine Mädchen einen Moment lang inne, schien zu zögern, bevor es sich ein Stückchen nach rechts drehte und die Geste wiederholte, zur Tür, die in Madeleines Schlafzimmer abging.

Madeleine kniff die Augen zusammen. «Er ist schon wieder weg und ...» Sie stutzte. Nein. Nicht das Schlafzimmer. «Er ist nicht in Richtung Montmartre verschwunden, sondern in die andere Richtung. Zum Arc de Triomphe, zum Trocadéro!»

Die Kleine nickte gemessen, winkelte dann die Ärmchen an, brachte zuerst die linke Faust nach vorn, dann die rechte, dann wieder die linke ... Wie die Dauerläufer, die man am frühen Morgen an den Ufern der Seine beobachten konnte.

«Er ist sehr schnell wieder verschwunden?» Staunend betrachtete Madeleine das Mädchen, das bestätigend nickte. Unglaublich, wie viel die Kleine erzählen konnte, ohne ein Wort zu sagen. Madeleine hob den Umschlag und führte ihn einem Impuls folgend unter der Nase entlang. Der Hauch eines Duftes? Ja, ein herbes Herrenparfüm, das sie nicht sicher einordnen konnte, doch noch etwas anderes. Das Aroma von Mandeln? Hier war sie sich noch weniger sicher. Direkt neben Luciens Geschenk stand schließlich eine Papiertüte mit einem halben Dutzend Macarons auf dem Tisch.

«Hast du den Mann schon einmal gesehen?», fragte sie nach.

Kopfschütteln.

Madeleine überlegte. Sie wollte das Mädchen nicht überfordern, und wenn der Umschlag eine Visitenkarte enthielt, musste sie ihn schließlich nur öffnen, um zu erfahren, von wem er stammte. Trotzdem: Das Spiel hatte eine Faszination gewonnen, und mit einem Mal war sie sich sicher, dass ihr die Einschätzung des kleinen Mädchens womöglich sehr viel mehr verraten würde, als irgendein Name das tun würde.

«Wie sah er aus?», fragte sie. «War er dick oder dünn? Hatte er einen Mantel an oder ...» Sie hielt inne.

Yve zögerte. Dann nickte sie knapp, schien sich zu konzentrieren, bevor sie an den Ärmeln ihres Kleidchens, anschließend am hoch geknöpften, leicht aus der Form geratenen Kragen zupfte. Jetzt noch einmal und ... Die Hand der Kleinen fuhr an ihre Stirn, wurde dann gesenkt. Fragend sah das Mädchen zu der jungen Frau hoch.

«Ich ...» Madeleine sog die Unterlippe zwischen die Zähne. «Ich fürchte, das verstehe ich nicht.»

Yve hob die Augenbrauen. Rügend beinahe. Eine Sekunde lang rührte sie sich nicht, dann zupfte sie erneut an ihren Ärmeln. Am Kragen. Und wieder die Hand an die Stirn und ... Das Mädchen ließ die Hände sinken, machte einen demonstrativen Schritt zur Seite, sah zu Madeleine auf und hob die linke Hand, zeigte ihre Handfläche – und berührte sie mit dem Zeigefinger der rechten, als ob sie ... Als ob sie etwas *schrieb*.

Plötzlich war es da. «Zwei», murmelte Madeleine. «Du sprichst von zwei *verschiedenen* Männern. Der eine von ihnen hat den Brief geschrieben. Diesen Mann hast du überhaupt nicht gesehen. Der andere, derjenige, der dir das Kuvert gegeben hat ...» Sie zupfte selbst an ihrem Ärmel. «Er war zerlumpt. Hatte abgerissene Kleider an. Ein Clochard.» Sie fuhr sich an den Kopf. «Du hattest das Gefühl, dass er nicht ganz bei Verstand war. Deshalb bist du dir so sicher, dass er keinen Brief schreiben kann.»

Ein breites Grinsen war die Antwort, bei dem nahezu ein volles Dutzend kleiner weißer Zähne zum Vorschein kam. Der obere rechte Schneidezahn hatte gerade Platz gemacht für seinen Nachfolger.

Mit einem Lächeln griff Madeleine nach der Papiertüte aus der Patisserie. Ursprünglich hatte sie vorgehabt, dem Mädchen lediglich zwei oder drei der Macarons zu geben und den Rest bis zum nächsten Tag zu verwahren. Doch so schnell, wie das Gebäck hart wurde ... Yve hatte es sich wirklich verdient.

Sie beobachtete, wie die Kleine das erste Macaron gleich auf der Stelle in den Mund stopfte, bevor sie sich mit einem neuen, tiefen Knicks verabschiedete. Das Wort konnte ein *voir* sein, wie in *au revoir*, doch da war das Mädchen schon draußen, und die Tür schloss sich.

Immer noch lächelnd, betrachtete Madeleine den Umschlag, nahm den Brieföffner zur Hand und öffnete das Kuvert mit einem entschlossenen Schnitt. Tatsächlich, nichts als eine Visitenkarte, und ... Auf der einen Seite einige wenige Worte, jedoch nicht per Hand geschrieben, sondern mit einer jener Maschinen, deren neueste Serie ebenfalls auf der Exposition zu bewundern war. Einer ihrer Begleiter hatte kürzlich bemerkt, vermutlich mache Remington mit diesen *Schreibmaschinen* inzwischen bessere Geschäfte als mit seinen Gewehren. Doch daran hatte Madeleine in diesem Moment kaum einen Gedanken. Sie drehte die Karte um.

Die Vorderseite, wo der Name und die Anschrift des Besitzers hätten zu lesen sein müssen: kein einziges Wort, und doch war die cremeweiße Kartonfläche nicht leer. In die obere rechte Ecke war eine einzelne nachtschwarze Rose geprägt. Das war alles. Stirnrunzelnd bemühte sie sich, aus den Worten schlau zu werden, die die Typenhebel der Remington in das Papier gegraben hatten.

***

ZÜNDUNG IN 56 STUNDEN, 14 MINUTEN
Deux Églises, Picardie – 29. Oktober 1889, 15:46 Uhr

Im dichten Laub fing sich die schwülheiße Luft des Nachmittags. Mélanies Röcke verhakten sich in den Zweigen, sofort wieder, kaum dass sie sie befreit hatte. Zu allen Seiten eine wuchernde Hölle aus üppigem Grün. Sie spürte Schwindel, Hitze, die in ihrem Körper aufstieg, tastete nach ihrem Puls, fand ihn flatternd in ihrer Kehle.

«Agnès?» Geflüstert. Sie hörte das Zittern kurz vor dem Punkt, an dem nur noch ein ersticktes Fiepen aus ihrer Kehle dringen würde und Maman sie zu Bett schicken würde, damit sie Ruhe fand, sich von dem Anfall erholte. Doch Maman war weit weg auf der Terrasse an der Rückseite des Herrenhauses, wenn nicht bereits drinnen im Salon, um ein Gespräch mit ihrem Gast zu führen. Und nun war auch Agnès verschwunden.

Vorsichtig drehte sie sich im Kreis, der Boden unter ihren Füßen weich und nachgiebig, die Luft erfüllt von den Gerüchen des schwülen Nachmittags, der eher in den Spätsommer gepasst hätte. Gerüche nach Erde und überreifen wilden Früchten, die ihr den Atem nahmen.

Eine Hand packte nach ihren Fingern. Mélanie brachte einen unterdrückten Laut hervor – und sah in das Gesicht ihrer Cousine, das unvermittelt aus dem Dickicht aufgetaucht war.

«Wo bleibst du denn?» Agnès' Ungeduld war unüberhörbar. Der breitkrempige weiße Hut saß nachlässig auf dem dunklen Haar.

«Ich ...» Mélanie holte Atem. «Die Luft hier draußen drückt mir die Kehle zu. Wir müssen zurück zum Haus, sofort. Marguerite wird schon nach uns suchen und ...»

«Du kriegst besser Luft als ich, wenn du so viel reden kannst. Komm jetzt.»

Mélanie versuchte, ihre Finger zu befreien, doch ihre Cousine fasste nur noch entschlossener zu. «Wenn wir uns nicht beeilen, kommen wir zu spät. Der Duc de Tortue will vor dem Dunkelwerden wieder aufbrechen. Das bedeutet, dass sie ihm die Pferde vorbereiten müssen.»

Mélanie legte die Stirn in Falten. «Du weißt, was Maman davon hält, wenn wir ihn so nennen: *Tortue*. – Schildkröte.»

«Er sieht aber aus wie eine. Und schließlich hast du verstanden, wen ich meinte. Also, komm jetzt!»

Das ältere Mädchen zog Mélanie mit sich, ohne länger auf ihre Widerrede zu achten. Oder auf die Zweige, die am Stoff ihres Kleides rissen, auf der empfindlichen Seide ihren Schmutz zurückließen.

Warum nur war Agnès so ... So wie sie eben war? Am Beginn des Sommers hatten Onkel Alphonse und Tante Bernadette das Mädchen in Mamans Obhut zurückgelassen, während sie selbst Amerika besuchen würden, und seitdem hatte sich etwas verändert. Es war nicht so, dass Mélanies Cousine hübscher gewesen wäre. Nein, mit ihrer Stupsnase und der Ahnung von Sommersprossen hatte sie beinahe etwas Gewöhnliches; nicht zu vergleichen mit Mélanies blasser, fast durchscheinender Haut und dem feinen blonden Haar. Blieb der Umstand, dass Agnès ein halbes Jahr älter und einen halben Kopf größer war und schon so deutlich die Formen einer erwachsenen Frau trug, nach denen Mélanie bei sich selbst mit wachsender Verzweiflung Ausschau hielt. Und ihr freches Mundwerk natürlich, das zuverlässig dafür sorgte, dass sich ihr sämtliche Blicke zuwandten. Selbst Mamans Blicke – ausgenommen heute.

Mir, dachte Mélanie, mir allein ist es zu verdanken, dass wir die Ausstellung doch noch zu sehen bekommen werden. Hätte sie nur darauf vertrauen können, dass dieses Gefühl, das sie bereits den ganzen Nachmittag beschlich, die Ahnung eines bevorstehenden Anfalls, nicht genau damit zu tun hatte: mit der nahenden Abreise. Mit dem, was sie in der auf unglaubliche Weise veränderten Stadt erwarten würde, auf dem Gelände der Exposition Universelle. Als hätte die Welt einen ganzen Sommer lang den Atem angehalten. Um nun, auf einen Schlag, von neuem schwindelerregend Fahrt aufzunehmen.

Sie warf einen Blick nach oben und bereute es im selben Moment. Das Geäst bewegte sich in der Macht einer Brise, die hier unten nicht zu spüren war: schwere, erstickende Fächer aus dunklem Grün vor dem erdrückenden Blau des Himmels. Agnès hatte ihre Hand jetzt losgelassen, doch verbissen blieb Mélanie ihr auf den Fersen. Nur ihre Cousine nicht noch einmal aus den Augen verlieren in den verwilderten Ausläufern des Parks, die seit Jahren sich selbst überlassen waren.

«Halt!» Nicht mehr als ein Wispern. Aber die Warnung kam zu spät. Sie stieß gegen das größere Mädchen, strauchelte, griff blind ins Geäst – und zog mit einem Keuchen die Finger zurück. Ein Blutstropfen quoll aus der Kuppe ihres Zeigefingers.

«Jetzt pass doch auf!», zischte Agnès. Doch sie drückte ihr ein Taschentuch in die Hand, das Mélanie mit klopfendem Herzen um den Finger wand, während ihre Augen nach dem Stachelzweig suchten, dessen Dornen sich in ihre Hand gebohrt hatten. Ihr Zeigefinger pochte.

«Glaubst du, es gibt hier giftige Sträucher?», flüsterte sie.

«Wahrscheinlich wird der Finger dir abfaulen», murmelte Agnès, ohne auch nur länger in ihre Richtung zu sehen. Stattdessen hatte sie sich noch zwei Schritte nach vorn bewegt, schob die Zweige vorsichtig beiseite. Leises Geplätscher war zu vernehmen. Sie hatten den Lauf der Droite erreicht, wo sich das Bächlein zu einem kleinen Teich staute.

«Na also.» Das ältere Mädchen, die Stimme ein klein wenig höher als gewöhnlich. «Pass auf!» Geflüstert. Sie rückte ein Stück zur Seite und winkte Mélanie zu sich heran in den Schutz einer Gruppe üppiger Farnstauden.

Vorsichtig lugte Mélanie durch eine Lücke im Laubwerk. Der Teich lag vor ihnen. Die Sonne spiegelte sich auf der bewegten Oberfläche, dass es beinahe in den Augen schmerzte. Doch da war noch eine andere Bewegung, und sie ging vom hohen Schilf am anderen Teichufer aus: Ein dunkler Schopf kam zum Vorschein.

Mélanie sog die Luft ein. Luis, der Hilfskutscher. Ein Junge mit nahezu schwarzen, fast schulterlangen wilden Haaren, sonnengebräunter Haut und den mandelförmigen Augen der Leute aus dem Süden. Zwei oder drei Jahre älter als sie und mit Sicherheit schon ... Nein, kein Junge mehr, aber natürlich auch kein Herr, sondern, ja, ohne jeden Zweifel ein Mann mit seinen breiten Schultern, die unter den gestärkten weißen Hemden so deutlich sichtbar waren, wenn Maman die Kutsche anspannen ließ. Und doch nicht so deutlich wie jetzt. Jetzt, da sie nackt waren. Da der Junge überhaupt nackt war bis zu den Hüften, um die er lediglich eine weite, fadenscheinige Hose trug, deren ausgeblichener Stoff sich gegen den tiefen Ton seiner Haut abhob.

«Er muss ...» Mélanie räusperte sich leise. Wieder schien sich ihre Kehle zusammenzuziehen, aber diesmal verstand sie nicht, warum. Ein leichter Schwindel war in ihrem Kopf erwacht, während sie beobachtete, wie Luis sich vollständig aus dem Buschwerk löste und sich mit geschmeidigen Schritten dem Ufer näherte, Knöchel und Waden bis an den Saum der schnittlosen Hose im selben dunklen Ton wie Schultern, Brust und Arme. «Er muss wirklich oft hier sein», flüsterte sie heiser. «Sein ganzer Körper ist braun von der Sonne.»

«Allerdings.» Agnès' Augen blieben auf die Gestalt des Jungen gerichtet, der seine Zehen prüfend ins Wasser streckte. «Bei der Hitze kommt er fast jeden Nachmittag. Aber es ist wohl nicht der ganze Körper.» Ein Glitzern in ihren Augen. «Die Hose behält er immer an.»

«Agnès!» Mélanie, eine Spur zu laut, was ihr einen strafenden Blick ihrer Cousine eintrug.

Luis war jetzt vollkommen ins Wasser eingetaucht, breitete die Arme aus und beschrieb zwei, drei kräftige Schwimmzüge, mit denen sein dunkler Körper elegant unter der glitzernden Oberfläche dahinschoss. Ein magisches Geschöpf, das für dieses Element geboren schien.

«Das muss wunderschön sein», flüsterte Mélanie. Ihr selbst war das Schwimmen natürlich verboten, schon aus Rücksicht auf ihre Gesundheit. Und hätte Maman es gestattet, in der Sommerfrische vielleicht, wo die Damen in ihren Badekleidern an speziell für sie reservierten Strandabschnitten kichernd die Fußspitzen ins Wasser streckten ... Nein, das wäre nicht dasselbe gewesen. Nicht diese Wildheit, diese Urtümlichkeit, dieses Einswerden mit dem Element.

Ein Seufzen. Das Mädchen drehte den Kopf. Die Augen ihrer Cousine waren unverwandt auf den Körper des Schwimmers gerichtet, der jetzt halb aus dem Wasser tauchte, eine Kehre beschrieb und sich mit weit ausholenden Armbewegungen in die entgegengesetzte Richtung wandte. Schimmernde Wassertropfen auf der nackten Haut wie Tau auf den Blättern einer geheimnisvollen Pflanze.

Mélanie sah hin und her zwischen dem Körper des Jungen, der ungezügelten Kraft seiner Bewegungen – und ihrer Cousine, aus deren Haltung genau das Gegenteil sprach. Sie war voller Anspannung, der Blick gefesselt von dem Geschehen im Teich, während ihre Hand ... Mélanie runzelte die Stirn. Agnès' Hand lag auf dem Stoff ihres Kleides, direkt über der Brust. Doch sie lag nicht still, sondern sie bewegte sich, fuhr über den Stoff, streichelnd, nein, *knetend*.

«Agnès?» Mélanies Stimme, piepsig wie die einer Maus, doch dieses eine Mal verschwendete sie keinen Gedanken daran. «Was ...»

«Kannst ...» Die Lippen des älteren Mädchens zitterten. «Kannst du dir vorstellen, wie er ... wie *er* ... das bei dir ...»

Mélanies Augen hatten sich weit geöffnet. Sie sah, was ihre Cousine tat, sie *wusste*, was Agnès tat. Sie hatte erlebt, wie sich das anfühlte, was mit ihr geschah, wenn sie selbst sich unbeabsichtigt dort berührte. Etwas, das kein Schmerz war, sondern eher verwirrend, kitzlig und, ja, beinahe angenehm. Doch was sollte es anderes sein, hatte sie gedacht, was hätte es anderes sein können als ein Teil ihrer Krankheit, wenn sie spürte, wie der Puls in ihren Ohren zu rauschen begann, ihre Kehle eng wurde und Schwindel von ihr Besitz ergriff? Erschrocken hatte sie die Hände zurückgezogen, in Angst, in Panik, einen Anfall auszulösen, an dem sie sterben konnte.

«Du ...» Ihre Stimme war so leise, dass sie sich nicht sicher war, ob sie über das Plätschern des Wassers hinweg überhaupt bei dem älteren Mädchen ankam. «Du hast keine Angst davor, dass du davon krank wirst? Dass du ... sterben könntest?»

Agnès reagierte nicht. Lediglich die Bewegungen ihrer Hände auf ihrem Körper waren heftiger, beinahe krampfartig geworden, während ihr Blick weiter auf den Jungen gerichtet blieb, der nun mit langsamen Bewegungen aus dem Wasser stieg und ihnen dabei den Rücken zuwandte. Mélanie stieß einen unterdrückten Laut aus. Das dünne Gewebe seiner Hose flatterte nicht länger lose um seine Beine, sondern klebte nun eng an der Haut, den muskulösen Oberschenkeln, den schmalen Hüften und den Hinterbacken.

«Oh mein Gott», flüsterte sie, im selben Moment, in dem Luis sich ins weiche Gras sinken ließ, auf die Ellenbogen gestützt, die Beine nachlässig ausgestreckt, und auch an der Vorderseite seiner Hose ... «Oh mein *Gott!*»

«Ja ...», hauchte Agnès an ihrer Seite. «Ein kleines bisschen fühlt es sich tatsächlich an wie ... Sterben.»

***

ZÜNDUNG IN 56 STUNDEN, 11 MINUTEN
Deux Églises, Picardie – 29. Oktober 1889, 15:49 Uhr

«Um ehrlich zu sein, ma chère.» Mit einer eleganten Bewegung stellte François-Antoine, Duc de Torteuil, das hauchfeine Porzellantässchen zurück auf die Untertasse. «Ich hatte dann doch damit gerechnet, dass ich sie wenigstens zu Gesicht bekommen würde.»

Albertine, Vicomtesse de Rocquefort, führte ihr Tässchen ruhig an die Lippen. Natürlich war es bereits leer, und er wusste, dass es leer war. Wusste, dass sie wusste, dass er wusste, und dieses Spiel ließ sich beliebig fortsetzen. Sie waren geübt in diesen Andeutungen und frivolen kleinen Scharaden, alle beide, und das seit einer Zeit ... Nein, es gab keinen Grund, die Anzahl der Jahre zu berechnen. Er war eine stattliche Erscheinung, noch immer, der Paletot auf den Leib geschneidert, die Haare sorgfältig nach hinten frisiert. Die ergrauenden Schläfen schienen ihm nur noch etwas Bedeutsameres zu verleihen. Nun, selbstredend war ihr nicht entgangen, wie er neuerdings im Gespräch den Kopf ein wenig nach vorn reckte, das Kinn um eine Idee vorgeschoben, auf eine Weise, die in der Tat an eine Schildkröte erinnert hätte, hätte sich ein solcher Gedanke nicht verboten angesichts seines immer noch guten Aussehens. Doch was mochte der Grund sein für die veränderte Haltung? Eine beginnende Schwäche der Augen oder ein Versuch, der Haut, die an Hals und Kiefer nicht mehr so straff saß wie einst, einen Eindruck von Spannkraft zu verleihen? Bisher hatte Albertine de Rocquefort keine Antwort gefunden.

Mit nachdenklicher Miene setzte sie das Tässchen auf der Untertasse ab. «Mir ist zu Ohren gekommen, dass Sie neuerdings in Indochina investieren, Monsieur le Duc? In Tee und Zinn?»

Torteuil betrachtete sie, nickte bedächtig, gab mit keiner Miene zu erkennen, dass ihn ihr scheinbarer Themenwechsel überraschte. «Das trifft zu. Demnächst vermutlich auch in Kautschuk. Zusätzlich zu den carpathischen Erzgruben, versteht sich. Schließlich kann der Mensch auf einem Bein nicht stehen. Die neuartigen Produktionsprozesse ...»

Albertine führte nicht die Hand an den Mund, als müsse sie ein Gähnen verbergen. Sie waren beide weit jenseits solch plumper Gesten. Lediglich ihr Blick wanderte einen Lidschlag lang über seine Schulter zu den Vorhängen, die der Décorateur in diesem Sommer auf eine wirklich etwas zu dramatische Weise drapiert hatte. Eine Weise, die dem Stil des Jahres 1889 einfach nicht mehr entsprach. Doch der Duc reagierte sofort, sah sie fragend an.

«Ein gewaltiger Aufwand, ein solches Geschäft, will mir scheinen.» Beiläufig kehrten ihre Augen zu ihm zurück. «Gewiss werden Sie doch den Tee und das Zinn bei den Eingeborenen vor Ort persönlich prüfen wollen. Und den Kautschuk. Wenn Sie doch alles vorher sehen wollen. Wenn das Ihrer Gewohnheit entspricht, bevor Sie eine größere Investition tätigen.»

Diesmal kräuselte ein leichtes Lächeln seine Lippen unter dem aufgezwirbelten Schnurrbart und ließ nun tatsächlich etwas von seiner alten Ausstrahlung zurückkehren. Ihr Blick blieb auf ihn gerichtet, und es war keine Rüge in diesem Blick. Ihre Retoure war deutlich ausgefallen, beinahe schon eine Missachtung der Spielregeln, und es war nur angemessen, dass er die Maske für einen Augenblick senkte und den Treffer akzeptierte. Doch alles in einem gesunden Maß, dachte Albertine de Rocquefort. Sie waren einiges, Verbündete waren sie nicht, und seit bald dreißig Jahren achtete sie sorgfältig darauf, dass sich diese Art der Vertraulichkeit zwischen ihnen immer nur für Momente einstellte.

«Ich kann Ihnen versichern, dass keinerlei Anlass besteht, sie vor Ihnen zu verstecken», fuhr sie in neutralem Tonfall fort. «Sie haben mich gekannt, als ich in diesem Alter war. Sie wissen, was Sie erwartet. Im Frühling erreicht sie ihr sechzehntes Jahr. Bis dahin wird sie in die Gesellschaft eingeführt sein, und die Dinge mögen ihren Lauf nehmen wie vereinbart. Bis zu diesem Zeitpunkt aber ...» Sie holte Luft. «Der Sommer ist fast vorüber. Es ist an der Zeit, nach Paris zurückzukehren. Wobei ich Zweifel habe, ob ich die Stadt im Augenblick werde ertragen können, vollgestopft mit vulgären Ausländern.»

Er nickte bestätigend. «Das ist sie. Seit dem Aufstand der Commune ist es nicht mehr so laut gewesen. Was mitnichten bedeutet, dass es nur diese unerfreuliche Seite gäbe. All die Menschen, Investoren aus aller Welt, die ganz friedlich zusammenkommen. Es hat wirklich bemerkenswert wenige Tote gegeben seit der Eröffnung der Ausstellung. Und niemand dabei, der wichtig war. Und all das im Zeichen des ungeheuren technischen Fortschritts unseres Zeitalters.»

«Sie werden noch zum Republikaner, mon cher, wenn Sie damit nur ein paar zusätzliche Teekessel verkaufen.» Sie neigte den Kopf, betrachtete den Fächer in ihrer Hand, sah wieder auf. «Aber gut. Wenn das denn heute Ihre Welt ist.»

Sein Gesichtsausdruck veränderte sich. Die Beiläufigkeit, ja Schläfrigkeit war verschwunden, als sein Blick sich auf sie richtete. «Es ist unser aller Welt», sagte er ernst. «Die Ihre. Die meine. Die Welt von Monsieur de Rothschild wie die der Arbeiter in den Fabriken und ebenso die Welt unserer Vettern, die noch auf ihren Thronen sitzen. Heute ist es ein und dieselbe Welt. Eine fürchterlich demokratische Welt, ich weiß.» Ein kleines Zögern. «Und entsprechend langweilig. Auf jeden Fall ganz anders als die Welt, in welche Menschen wie Sie und ich geboren wurden. Doch liegt es nicht an uns, was wir daraus machen?»

Teekessel zum Beispiel, dachte Albertine de Rocquefort. Und dennoch war kaum zu leugnen, dass Torteuil zu jenen Angehörigen des alten

Adels zählte, die die Zeichen der Zeit erkannt hatten. Einer der wenigen, die der Untergang der Monarchie nur noch wohlhabender gemacht hatte.

«Vor allem aber wird es auch die Welt Ihrer Tochter sein, Madame la Vicomtesse.» Er nahm die Augen nicht von ihr. «Wenn wir uns denn nach wie vor einig sind. Eine Welt, mit der sie sich nicht früh genug vertraut machen kann angesichts der Rolle, die sie als meine Gemahlin dort erwartet. Mögen wir heute noch Teekessel produzieren. Zwei Tage noch, und die Welt wird eine Überraschung erleben. Niemand wird die Bedeutung der Geste unterschätzen, wenn der carpathische Prinzregent selbst am letzten Tag der Ausstellung unsere neue Maschine feierlich in Betrieb nehmen wird, die letzte und größte Erfindung des verblichenen Monsieur Berneau. Sie kennen meinen Wunsch: In diesem Augenblick will ich die Frau an meiner Seite wissen, die mir meinen Erben schenken wird, den künftigen Inhaber der *Societé Torteuil*. Und dass Sie sie begleiten werden, ma chère, versteht sich von selbst.»

Albertine schwieg. Falls er auf die kleine Spitze am Ende eine Reaktion erwartet hatte, täuschte er sich natürlich. Und in der Sache war ihre Entscheidung längst gefallen.

Sie ließ den Fächer sinken. «Da Sie nun einen solchen Wert darauf legen: Ich nehme Ihre Einladung an, für uns alle beide. Wir werden die Ausstellung aufsuchen und Sie können uns Ihre stinkenden und stampfenden, Kautschuk oder weiß der Himmel was verschlingenden Apparate vorführen. Und Ihren Prinzregenten. Wenn ich mir auch beim besten Willen nicht vorstellen kann, wie sich irgendein junges Mädchen für solche Maschinen begeistern sollte. Selbst wenn es nicht der Gesellschaft angehörte.» Eine Pause. «Was bei meiner Tochter allerdings der Fall ist. Sie werden Gelegenheit haben, sie zu betrachten, Monsieur le Duc. Mit Abstand. Wie die gute Sitte es verlangt.»

«Die gute Sitte.» Er schürzte die Lippen. «Ich entsinne mich, dass Sie selbst keinen Tag älter waren, Madame. In Ihrer Zeit. Sollten gerade Sie es für unmöglich halten, dass es Seiten gibt an einem jungen Menschen ... Dinge, die uns überraschen würden, wenn wir von ihnen wüssten?»

Einen Lidschlag lang spürte sie, wie der Druck ihrer Finger um den Fächer sich verstärkte. Torteuil betrachtete sie, scheinbar müßig. Mit äußerster Konzentration lockerte sie die Finger, entspannte sie. Der letzte Satz: War er eine beiläufige Bemerkung gewesen – oder hatte er ihn ganz bewusst platziert? War es – eine Probe? Er war zurück ins Spiel geschlüpft, und sie hatte nicht achtgegeben. Auf seiner Miene lag der gewohnt bedächtige, beinahe schläfrige Ausdruck. Derselbe Ausdruck allerdings, den auch der Alligator in der *Ménagerie du Jardin des Plantes* tragen würde, kurz bevor er blitzartig nach seiner Beute schnappte. Und lag da nicht ein verborgenes Glühen hinter den Lidern, die sich in der trägen Hitze des Nachmittags halb geschlossen hatten?

Nein. Nein, er konnte nichts wissen. Sie hob den Fächer, versetzte die Luft in Bewegung, fächelte sich Kühlung zu. Ein deutliches Zeichen. Zu deutlich, wenn die Bemerkung tatsächlich eine Probe gewesen war. Doch er *konnte* nichts wissen. Torteuil war ihr in ihrem sechzehnten Jahr vorgestellt worden, in ihrem ersten Sommer in Paris, dem ersten Sommer mit dem Vicomte. Nein, er *konnte* nichts wissen.

Sein Blick veränderte sich nicht. Das konnte alles bedeuten. Sie nickte, wie zu sich selbst. Mit geübter Bewegung ließ sie die Lamellen des Fächers ineinanderfallen.

«Nun», sagte sie. «Es waren andere Zeiten.» Und trotz allem war Albertine de Rocquefort unsicher, ob sich nicht eine winzige verräterische Note in ihre Stimme stahl. Doch, nein, es war nicht möglich. *Nicht nach so vielen Jahren.*

***

ZÜNDUNG IN 55 STUNDEN, 26 MINUTEN
Deux Églises, Picardie – 29. Oktober 1889, 16:34 Uhr

«Oh mein Gott.» Zikaden sangen. Der Abend war erwacht. Mélanies Lippen waren kalt wie Eis, und sie zitterten noch immer. «Oh mein Gott.» Sie konnte nicht sagen, zum wievielten Mal sie dieselben sinnlosen Worte wiederholte und, schlimmer noch, dabei den Namen des Herrn lästerlich führte. «Da war nichts als der Teich zwischen ihm und uns. Der Teich und die Stauden. Wenn er uns ...»

Agnès war anders als zuvor. All die mühsam unterdrückte Aufregung, die das Mädchen erfüllt hatte, seitdem es Mélanie verkündet hatte, nun, da sie nach Paris zurückkehren würden, werde ihre Cousine erfahren, wo sie seit Wochen die Nachmittage verbrachte: Nichts davon war mehr da. Agnès schien zu schweben, nein, zu springen wie ein munteres Zicklein, zu trillern wie ein Vogel. Dabei war der Weg zurück zum Herrenhaus nicht ungefährlicher als der Hinweg. Wenn Marguerite die beiden Mädchen hier draußen ertappte ...

«Hmmm-mmm-mmm.» Eindeutig: ein Summen.

«Agnès?»

«Wenn er uns – was?» Das ältere Mädchen wurde kaum langsamer. Ein leises, jetzt doch wieder aufgeregtes Kichern. «Wenn er quer durch den Teich geschwommen wäre und sich auf uns gestürzt hätte, auf dich und mich?» Sie blieb stehen, wandte sich zu Mélanie um, betrachtete sie einen Moment lang nachdenklich. «Oder zuerst auf mich und dann auf dich.»

Mélanie spürte, wie ihr die Hitze ins Gesicht stieg. Was genau die Bemerkung zu bedeuten hatte, konnte sie nicht sagen, doch den Anflug von Herablassung hörte sie.

«So weit hätte es gar nicht kommen müssen», erklärte sie. «Es hätte schon ausgereicht, wenn er uns entdeckt hätte, wie wir ihn ...»

Sie brach ab. Sie war sich selbst nicht sicher, wie sie den Satz hatte beenden wollen, denn natürlich war es mehr gewesen als nur *beobachten*. Und ganz gleich, was es war: Es hatte sich zutiefst unschicklich angefühlt. Doch das war nicht der Grund, aus dem sie verstummt war. Es waren die Augen ihrer Cousine, die immer größer und runder wurden, bis Mélanies Herz ins Stolpern geriet, als ihr der Gedanke kam, dass der Junge ihnen gefolgt sein könnte, sich in diesem Moment in ihrem Rücken näherte. Aber nein, so war es nicht.

Agnès sah sie an, als hätte sie eine Schwachsinnige vor sich: «Du denkst, er wusste nicht, dass wir da waren?» Mélanie öffnete den Mund, aber

Agnès ließ sie nicht zu Wort kommen. «Was glaubst du denn, was er da gemacht hat?»

Mélanie blinzelte, plötzlich unsicher. «Er ist geschwommen.»

«Und dann?» Agnès rührte sich nicht von der Stelle, doch mit einem Mal hatte das jüngere Mädchen das Gefühl, als wäre sie auf eine gespenstische Weise näher gerückt. «Willst du mir sagen, du weißt nicht ... Du hast nicht gesehen, was er da vorne in der Hose hat?»

Mélanie zuckte zusammen, aber im nächsten Moment drückte sie die Schultern durch. Der Park von Deux Églises wimmelte von Skulpturen, die heidnische Götter darstellten, antike Heroen und allegorische Gestalten, und die wenigsten dieser steinernen Bewohner hatten sonderlich viel am Leibe.

Sie musterte ihre Cousine, so entschlossen sie konnte. «Er hat einen Piephahn», stellte sie fest.

Agnès starrte sie an, die Augen immer größer und runder, bis unvermittelt ein Laut aus ihrer Kehle aufstieg. Ein Keuchen, das sich zu einem hemmungslosen Kichern steigerte. «Er ... Er hat einen ...»

Mélanies Haltung verkrampfte sich. Ihre Hände ballten sich zu Fäusten. Sie *hasste* ihre Cousine. In diesem Moment hasste sie sie mehr, als sie je zuvor einen Menschen gehasst hatte. Nein, das Schlimme war nicht, dass Agnès ihre Überlegenheit ausspielte. Das tat sie andauernd. Aus irgendeinem Grund schien sie mehr zu wissen als andere Leute, selbst als die Erwachsenen. Doch das hier war anders. Das Gesicht des dunkelhaarigen Mädchens hatte sich gerötet. Agnès presste die Hand vor den Mund, um dem hilflosen Kichern Einhalt zu gebieten. Eine einzelne Träne machte sich auf den Weg über die Wange. «Er ... Er hat einen *Piephahn*.»

Böse stierte Mélanie die Ältere an. Sie hatte begriffen, dass sie offenbar etwas unbeschreiblich Lächerliches gesagt hatte, doch Agnès sollte nur nicht behaupten, sie hätte sich getäuscht. Sie wusste, was sie gesehen hatte. Was sich mehr als deutlich durch den abgewetzten Stoff von Luis' Beinkleidern abgezeichnet hatte, auf eine Weise, dass sie selbst nicht begreifen konnte, warum sie gegen ihren Willen gezwungen gewesen war, ausgerechnet auf seine geheimste Stelle zu starren, während das Blut in ihren Schläfen und an anderen Stellen, tiefer in ihrem Körper, pulsierte.

Wie etwas über sie gekommen war, das sich angefühlt hatte wie ein An-fall und doch so ganz anders gewesen war, verwirrend und beunruhigend und auf eine nicht zu beschreibende Weise *köstlich* zugleich.

Mühsam gelang es Agnès, sich zu fassen. «Und was ... was glaubst du, hat er da gemacht mit seinem ...» Diesmal wurde das Wort nicht aus-gesprochen. Sie bemühte sich tatsächlich, nicht wieder in Gelächter aus-zubrechen. «Und was denkst du, hat er da *gemacht*?», fragte sie.

«Gemacht?» Mélanie blinzelte. «An seiner Hose? Sie war nass vom Schwimmen, also musste er sie ...»

Agnès sah sie an, und jetzt war ein neuer Ausdruck in ihrem Gesicht. Nachdenklich, bis das Mädchen innerhalb von Sekunden eine Entschei-dung zu treffen schien. Mit bedächtigen Schritten kam sie auf Mélanie zu, hielt eine Armlänge vor ihr inne, betrachtete sie. «Du hast gesehen, was *ich* gemacht habe?», fragte sie, hob die Finger an ihre Brust, die sich unter dem Stoff des Kleides abzeichnete, wo bei Mélanie beinahe nichts zu sehen war, fuhr verdeutlichend mit den Fingern über die Wölbung.

Mélanie nickte beklommen. Es war merkwürdig. Sie selbst tat über-haupt nichts. Ihre Hände hingen an den Seiten ihres Körpers herunter, noch immer leicht zu Fäusten geballt. Sie berührte sich nicht, und doch spürte sie, wie erneut dieses Gefühl erwachte: eine gesteigerte Empfind-lichkeit in ihrer Brust, ein angenehmes Summen in ihrem Kopf, ihrem Körper.

Agnès sah ihr in die Augen, während ihre Finger sich weiter über den Stoff bewegten, zum Hals, langsam den obersten der Verschlüsse an der in dunklerem Gewebe eingelegten Knopfleiste öffneten, den zweiten.

«Was ...» Mélanie verstummte. Die unbarmherzige Schwüle, die Son-ne, die sich bereits dem Horizont entgegensenkte, doch gerade in diesen Minuten einen Weg durch das Blätterdach der Bäume gefunden hatte und auf ihren ausladenden Hut brannte. Ein Schwindel, der in ihrem Kopf erwachte, während sie auf die Finger des älteren Mädchens starrte, ohne sich dagegen wehren zu können. Agnès' Haut war anders als die des Jungen, die so häufig der Sonne ausgesetzt war. Nur eine Idee dunkler als Mélanies eigene Haut. Das Mädchen zog den Stoff auseinander, und Mélanie holte mühsam Atem. Agnès' Brüste waren wunderschön, vollkommene feste Halbkugeln, die Spitzen, umgeben von dunklen Höfen, deutlich zu erkennen.

«Siehst du?» Agnès klang heiser. Ihre Finger berührten die Brustwarzen, und fasziniert beobachtete Mélanie, wie sie sich veränderten, sich zusammenzuziehen und gleichzeitig aufzurichten schienen. «Siehst du, wie sie hart werden?», flüsterte sie, sah Mélanie weiter in die Augen, nahm zur Kenntnis, wie das Mädchen mit zugeschnürter Kehle nickte. «Genauso ist es bei ihm, wenn er seinen ...» Ein kurzer Biss auf die Unterlippe. «Wenn er sich berührt. Zwischen den Beinen. Er wird hart. Für ihn ist es ganz genauso. Ganz genauso ... schön.»

«Aber woher weißt du das?»

Für eine Sekunde Unwille im Blick des älteren Mädchens. «Warum würde er es sonst wohl machen? Er weiß, dass ich da bin. Und dass ich genau dasselbe mache. Wahrscheinlich sogar, dass wir diesmal beide da waren, du und ich. Es ist nicht so, als ob man es ... gegenseitig machte, der eine beim anderen, aber trotzdem ...»

«Aber ...» Der Schwindel in Mélanies Kopf war so stark geworden, dass sie nicht sagen konnte, wie sie sich überhaupt noch auf den Beinen hielt. «Aber er ist ein Dienstbote! Ein Domestik! Wie kannst du so etwas mit einem Domestiken tun?»

«Was denn?» Agnès hob die Schultern; eine Geste vollkommener Unschuld. «Was tue ich denn mit ihm? Was hast du denn mit ihm getan? Überhaupt nichts. Und selbst *wenn* wir etwas tun würden: Was sollte es für eine Rolle spielen, solange wir es niemandem erzählen?»

Sie fuhr mit den streichelnden Bewegungen fort, aber ihre freie Hand hob sich nun, bewegte sich zielstrebig an die Brust ihrer Cousine. Eine Gänsehaut erwachte auf Mélanies Körper. Die Finger glitten unter den obersten Knopf ihres Kleides, lösten ihn. Sie war erstarrt. Was hier geschah, war ... Es war mehr als unschicklich. Es war falsch, und es war, ja, mit Sicherheit war es *krank*, in so viel mehr als einer Weise. Der hohe Kragen ihres Kleides klaffte von Sekunde zu Sekunde weiter auseinander. Die Luft des Sommertages fühlte sich kühl an, doch noch kühler die Finger des Mädchens, die ihre Haut streiften.

«Ich ... Du bist so schön, Agnès, aber ich bin so ... so flach und ...»

«Psst.» Gewispert. Das Kleid stand jetzt offen. Licht und Schatten tanzten auf den kaum angedeuteten Wölbungen ihrer Brüste, und Mélanie spürte, wie sich die Spitzen ebenfalls vorsichtig aufzurichten begannen, im nächsten Moment entschlossener, als Agnès sie fast schmerzhaft zwischen die Finger nahm.

«Ich ...»

«Psst.» Das dunkelhaarige Mädchen beugte sich vor. Warmer Atem fuhr über Mélanies Haut, und die Lippen ihrer Cousine ...

«Monsieur?»

Mélanie fuhr zusammen, schlug schützend die Arme vor die Brust, während Agnès zurückstolperte, das Gesicht in glühendem Rot.

«Monsieur?» Das war Luis' Stimme. Doch sie ertönte ein Stück entfernt, jenseits der Bäume, von den Stallungen her. «Monsieur?»

Mélanie öffnete den Mund, aber im nächsten Moment hörte sie ein weiteres Geräusch: ein lautes Knacken wie von einem trockenen Zweig, der unter einem schweren Fuß entzweibrach. Ein vernehmliches Rascheln.

«Da drüben!», flüsterte Agnès, und zugleich sah Mélanie es selbst. Eine Gestalt in einem dunklen Paletot, den Kopf zwischen die Schultern gezogen. Hastig entfernte sie sich durch das verwilderte Gesträuch.

«Tortue!», flüsterte das ältere Mädchen.

Mélanie antwortete nicht. Sie presste die Hand vor den Mund. Der Gast ihrer Mutter, ein alter Bekannter aus Paris, den sie in der Stadt aber kaum jemals zu Gesicht bekommen hatte. Ein Mann mit finsterem Gesicht, den die beiden Mädchen immer nur aus der Ferne beobachtet hatten. Ohne einen Blick zurück stapfte er den Stallungen entgegen, wo Luis sein Pferd für die Abreise vorbereitet hatte. Mélanies Blick huschte zum verkrüppelten Stamm einer uralten Robinie, von Efeu überwuchert. Dort musste er gestanden haben, nur Meter von den beiden Mädchen entfernt.

«Oh mein Gott.» Endlich fand sie ihre Sprache wieder, doch nichts als ein dünnes, kraftloses Pfeifen drang aus ihrer Kehle. «Oh mein Gott, was hat er gesehen?»

***

Zündung in 55 Stunden, 24 Minuten
Boulevard Raspail, Paris, 14. Arrondissement –
29. Oktober 1889, 16:36 Uhr

«Es ist *hässlich!*»

Pierre Trebut bremste ab. Er hätte gewarnt sein müssen. Tack *tschick-tack*, tack *tschick-tack*. Das Geräusch von Auberlons Schritten – und seines Stocks – war seit ihrem Aufbruch vom Quai d'Orsay allgegenwärtig gewesen. Der alte Mann hatte darauf bestanden, dass Pierre voranging, und aus der Tatsache, dass es Général Philippe Auberlon war, der diesen Wunsch geäußert hatte, ergab sich von selbst, dass er der Aufforderung auch nachgekommen war. Und zwar ohne Rückfragen, von denen die eine oder andere durchaus auf der Hand gelegen hätte: Denn unbestreitbar *war* Pierre circa sieben Jahrzehnte jünger als der Général und entsprechend besser zu Fuß. Und sein oberster Vorgesetzter *hatte* ihm zwar mitgeteilt, dass sie sich Richtung Montparnasse auf den Weg machen wollten, sich über das exakte Ziel jedoch ausgeschwiegen. So oder so: Die Schritte – und der Stock – mussten bereits seit mehreren Sekunden verstummt sein. Auberlon hatte zwanzig Meter hinter ihm haltgemacht.

«Es ist hässlich», wiederholte der alte Mann. Er blickte in Pierres Richtung, doch der Stock beschrieb eine missvergnügte Geste nach rückwärts. «Das da. Dieser stählerne Zahnstocher.» Ein griesgrämiges Verziehen der Mundwinkel. «Ich war auf der Krim. Ich war in sämtlichen unserer Kolonien. Sogar in der Gascogne bin ich gewesen, und ich behaupte, dass ich so ziemlich jede Scheußlichkeit gesehen habe, die irgendwelche Wilden sich ausgrübeln können. *Das da* schlägt alles.» Eine neue Geste, weitgehend unbestimmt, aber doch deutlich genug. Denn in dieser Richtung, der Richtung auf die Champs de Mars mit dem Gelände der Weltausstellung, gab es nicht sonderlich viel, auf das die Beschreibung gepasst hätte. Im Grunde überhaupt nichts, das von hier aus zu sehen war, über die Dächer der halben Stadt hinweg – bis auf das Prunkstück und Symbol der *Exposition Universelle.* Eiffels Turm.

«Im Grunde wird es ... wird er recht gut angenommen beim Publikum», bemerkte Pierre vorsichtig.

Auberlons Augen fixierten ihn, zusammengekniffen zu schmalen Schlitzen. Als überlegte er, ob er dem Jüngeren trauen konnte, und sei es in einer noch so nebensächlichen Angelegenheit. Was Pierre ihm im Grunde auch nicht übel nehmen konnte, schließlich hatten sie bis vor einer halben Stunde noch kein einziges Wort miteinander gewechselt. Eigentlich hatte er lediglich im Foyer des Amtsgebäudes gestanden, inmitten einer Gruppe anderer junger Kandidaten für die *wirklich* aufregenden Einsätze des Deuxième Bureau, als von der Treppe her das charakteristische Tack *tschick-tack* ertönt war und sie allesamt Haltung angenommen hatten. Der Général hatte sie ungefähr zwei Sekunden lang gemustert und das Wort dann an Pierre gerichtet. *Wie heißen Sie?* und *Mitkommen!* Nicht allzu ausführlich für den Anfang. Noch immer fragte sich Pierre, was Auberlon in ihm gesehen hatte, das er in den anderen offenbar nicht sah. Ein schlanker junger Mann von zwanzig Jahren, etwas mehr als mittelgroß, der dunkle Backenbart weich und wattig, weil er ihn hatte stehen lassen, kaum dass der erste Flaum gesprossen war. Eine Beschreibung, die auf die Hälfte seiner Kollegen ebenso zutraf. Er empfand sich in keiner Beziehung als außergewöhnlich.

Jetzt sah ihn der alte Mann noch einen Moment lang an, nickte dann knapp. «Wenn der ganze Zauber nur schon vorbei wäre. Dann wären wir auch dieses Ungetüm wieder los.» Düsterer. «Sobald Eiffels Vertrag ausläuft. Von hier an bleiben Sie hinter mir!»

Pierre nickte stumm. Eine Erwiderung schien nicht erwartet zu werden – und ganz gewiss keine Frage nach Sinn und Zweck und Ziel dieses obskuren Abendspaziergangs. Die Miene des Alten wirkte finster und verknittert, doch anders hatte Pierre ihn niemals erlebt, seitdem er seine Tätigkeit aufgenommen hatte.

Sie hatten den Boulevard Raspail erreicht, eine jener schnurgeraden Prachtstraßen, die die Stadt der Bauwut Napoleons verdankte – des dritten Napoleon natürlich und seines Architekten Haussmann. Strenge, aber dann doch wieder verspielte Fassaden, eine an der anderen. Die schmucken fünfstöckigen Gebäude gehörten zu den Vorzeigestücken der Hauptstadt. Schließlich stellte Paris in diesen Monaten nicht allein technische und künstlerische Errungenschaften zur Schau, sondern vor allem sich selbst. Pierre hielt sich hinter dem alten Mann, während sie dem Verlauf des Boulevards in südlicher Richtung folgten, fort vom Zentrum der Stadt. Die Trottoirs leerten sich zunehmend, während die Sonne sich aus den Straßen zurückzog.

Nach einer Weile überquerte der Général unvermittelt die Straße. Er steuerte einen Durchlass zwischen zwei herrschaftlichen Gebäuden an, der sich in nichts von den Durchlässen weiter links und weiter rechts unterschied, Pierre auf seinen Fersen. Als sie in die Schatten traten, spürte der junge Beamte eine plötzliche Gänsehaut in der Kühle der schluchtartigen Passage, an deren Ausgang in diesem Moment nichts zu erkennen war als gelbliches Abendlicht. Bis Auberlon am Ende der Gasse stehen blieb und Pierre an seine Seite trat. Die Hand des jungen Mannes berührte das Mauerwerk, das zur Rückfront des eleganten Gebäudes gehörte. Der feine Putz war warm unter seinen Fingern, hatte die Hitze des Tages gespeichert.

Sie waren im Begriff, eine andere Welt zu betreten. Steil stieg das Gelände an zum Hügel von Montrouge. Ein Trampelpfad zog sich auf einen Rebhang zu, bis er hinter den Weinstöcken unsichtbar wurde. Eine Gruppe von Obstbäumen, aus der ein baufälliges Ziegeldach hervorsah, weitere Dächer, rohes Mauerwerk, daneben ein plumpes, windschiefes Türmchen, das zu einer Dorfkirche im hintersten Winkel der Auvergne gepasst hätte. Als hätte das Kind eines Riesen seine Bauklötze wild auf dem baumbestandenen Hügel verstreut. Entlang der Boulevards hatten der Kaiser und sein Architekt die Position eines jeden Pflastersteins auf den Zentimeter genau berechnet. Wie es jenseits der eindrucksvollen Häuserfronten aussehen mochte, konnte sie nicht sonderlich interessiert haben.

Mit finsterer Miene ruhte Auberlons Blick auf dem verwahrlosten Viertel, und wie zufällig fiel Pierre Trebuts Blick auf seinen eigenen Arm. Die Abendsonne beschien ihn mit wärmenden Strahlen, doch die Gänsehaut war nicht von seinem Handrücken gewichen. Die Umrisse der Bäume und Bauten begannen, ihre Schattenfinger nach dem tiefer gelegenen Gelände auszustrecken, über das Brachland voranzukriechen. Schatten. Während Pierre Trebut noch hinsah, schien das Licht der sinkenden Sonne verschiedene Tönungen zu durchlaufen, von einem dunklen Gelb hin zu einem unheilverkündenden Rot, das sich auf die Bäume und Dächer legte. Es war die Stunde des Tages, zu der in den Gassen die tiefen blauen Schatten erwachten.

Nein, das war nichts, das er sich lediglich einbildete. Die Schatten waren tatsächlich da und verwandelten das Gesicht des alten Mannes in eine zerklüftete Felsenlandschaft, als der junge Beamte noch einmal zur Seite blickte. Irgendetwas an Auberlon war verändert. Pierre glaubte sie sehen zu können, die düsteren Gedanken, die er in seinem Kopf hin und her bewegte. Was immer diesen merkwürdigen Ausflug veranlasst hatte: Es musste sich um etwas handeln, das selbst Philippe Auberlon in Unruhe stürzte. Und ihr offensichtliches Ziel sprach für sich. Der Général nickte noch einmal knapp, dann stapfte er auf seinen Stock gestützt voran, dem Hügel entgegen, wo jetzt, als der Rebhang den Blick freigab, mehr und mehr von den aufeinandergestapelten maroden Behausungen sichtbar wurde. Montrouge war uralt, wie ein eigenes Dorf innerhalb der Stadtbefestigungen, in dem eigene Gesetze galten, andere Gesetze als jene eines Kaisers oder Königs oder Präsidenten der Republik, und in das sich nur wenige wagten, die nicht dort zur Welt gekommen waren. Jedenfalls nicht nach Einbruch der Dunkelheit.

Und doch wusste der Alte offenbar sehr genau, wo er hinwollte. Die auf den Stock gestützte Gestalt verschwand in einer Art Bresche zwischen zerbröckelnden Mauern, humpelte mehrere Stufen empor, um sich dann unvermittelt nach links zu wenden, wo der jüngere Mann im Leben keinen Durchgang vermutet hätte. Eine Gasse, menschenleer, doch Pierre Trebut gehörte dem Deuxième Bureau lange genug an, konnte spüren, dass das auf die Häuser ganz entschieden nicht zutraf. Leere Fensterhöhlen, unverglast, hoch über der Straße, aber in der Dunkelheit dahinter war etwas: Augen, die aufmerksam einem jeden Schritt der beiden Männer folgten, Ohren, zweifellos, die jedem ihrer angestrengten Atemzüge lauschten. Und wenn schon Pierre all das bewusst war, musste es für den Général doppelt und dreifach gelten, selbst wenn er demonstrativ nicht ein einziges Mal den Blick nach oben wandte. Vor sich hin brummelnd, suchte er sich seinen Weg über den ausgetretenen Untergrund, stieß mit dem Stock etwas beiseite: einen Kadaver. Pierre sah nicht lange genug hin, um identifizieren zu können, um was für ein Tier es sich handelte. Der Weg ging in roh in den Fels gehauene Stufen entlang einer Hausfassade über, an der letzte Überreste von Putz zu erahnen waren; weit oben Fenster, schmal wie Schießscharten.

«Wir werden einen Besuch machen.» Am Fuß der Treppe blieb der Général so plötzlich stehen, dass Pierre Mühe hatte, kurzfristig zu bremsen.

«Einen Besuch?»

«Das Bureau hat einen Auftrag zu vergeben. Einen nicht ganz ...» Auberlon zögerte. «Einen nicht ganz unbedeutenden Auftrag. Sie werden einer der beiden Männer sein, die diese Mission wahrnehmen werden.»

Pierre blinzelte. Die ganze Zeit war der Alte stumm wie ein Fisch geblieben, abgesehen von der Schimpfkanonade, die er in Richtung auf Eiffels Turm abgefeuert hatte. Und nun *das*, ein paar Stufen vor dem Ziel, das obendrein in einem Winkel lag, der sich selbst auf dem Montrouge kaum finsterer denken ließ. Dass es kein ganz unbedeutender Auftrag sein konnte, verstand sich von selbst, wenn Philippe Auberlon sich die Mühe machte, ihn persönlich zu vergeben. Aber warum ...

«Ich?» Mehr brachte Pierre nicht hervor.

Eine Frage, die der Général keiner Antwort würdigte. Er hatte sich bereits mit einem Grunzen abgewandt und auf seinen Stock gestützt die Hälfte der Stufen erklommen, als Pierre Trebut der Gedanke kam, dass die plötzliche Mitteilung im Anschluss an ein so ausgedehntes Schweigen möglicherweise auf etwas ganz anderes zurückzuführen war als auf Gedankenlosigkeit. Dass Auberlon die Situation im Gegenteil mit aller Geschicklichkeit eingefädelt hatte. Wenn sich sein junger Beamter nicht in der Lage sah, vernünftige Fragen zu stellen, blieb es dem Général auch erspart, diese Fragen beantworten zu müssen.

Und nun war es zu spät. Mit eiligen Schritten folgte Pierre, holte den Alten ein, eben als dieser am Ende der Treppe anlangte. Hinter dem schmiedeeisernen Geländer, das deutlich bessere Tage gesehen hatte, ging es Meter abwärts. Wie tief, ließ sich nicht ausmachen; der Erdboden war verborgen unter einem Blätterdach. In der Hauswand eine Tür, die einen massiveren Eindruck machte als der Rest des Gemäuers. Auberlon fasste seinen Stock am blankpolierten Schaft und ließ den Knauf gegen die Tür pochen.

Schweigen. Irgendwo im Geäst das Krächzen einer Krähe. Nur kurz kam Pierre der Gedanke nachzufragen, ob Auberlon ihren Besuch eigentlich angekündigt hatte. Auf dem Montrouge gestalteten sich Besuche der Staatsmacht im Allgemeinen so, dass plötzlich ein halbes Dutzend bewaffnete Gendarmen vor der Tür stand, mit Vorliebe bei Tageslicht, da in der Nacht die einschlägige Kundschaft ihren dunklen Geschäften nachging. Wie sich das bei dieser Mission ... Der junge Beamte stutzte. *Sie werden einer der beiden Männer sein, die diese Mission wahrnehmen werden.* Zwei Beamte, wie es bei den Missionen des Deuxième Bureau üblich war. Wenn der zweite Beamte nicht Auberlon selbst war – und diesen Wahnsinn konnte er sich nicht einmal bei der grauen Eminenz seiner Behörde vorstellen –, dann blieb nur eine einzige Schlussfolgerung. Es war nicht seine Mission, die sie hierhergeführt hatte.

«Hier wohnt mein ...»

Auberlon nahm ihn nicht zur Kenntnis. Der Knauf des Gehstocks knallte gegen die Tür, bedeutend vernehmlicher diesmal. Dazu die Stimme des Généráls: «Machen Sie auf, Marais! Ich weiß, dass Sie da sind!» Die Krähe stimmte mit rauem Ruf ein.

Pierre Trebut drehte ganz langsam den Kopf. «Marais?»

Auberlon fuhr herum. Die winzig kleinen Augen blitzten. «Sind Sie ein Papagei?»

«Nein, ich ...» Der junge Beamte schüttelte den Kopf. Er wurde nicht klarer davon. Marais. Er sparte sich die Frage, *welcher* Marais. Es gab nur den einen. Und mit einem Mal schien alles zusammenzupassen: Auberlons persönliche Verwicklung, die konspirativen Umstände der gesamten Mission. Was sich nach wie vor nicht ins Bild fügen wollte, war Pierre Trebut selbst, doch wenn Alain Marais ins Spiel kam ... Alain Marais, die Legende des Deuxième Bureau, von dem man munkelte, dass er sich mutterseelenallein und mit gezogenem Säbel den bourbonischen Putschisten entgegengestellt hatte, die Präsident MacMahon Dekrete aufzwingen wollten, welche die Republik hinweggefegt hätten. Alain Marais, der im Casino von Baden-Baden den Emissär Fürst Bismarcks nicht allein um die Aufmarschpläne an der lothringischen Grenze erleichtert hatte, sondern obendrein um eine sechsstellige Summe in Mark des Deutschen Reiches, die er anschließend der Republik überlassen hatte. Marais, der sich vor Jahren aus dem aktiven Dienst zurückgezogen und das Land mit unbekanntem Ziel verlassen hatte, nun, da die Republik in ruhigere Fahrwasser steuerte und Helden seines Schlages nicht mehr zu brauchen schien. Alain Marais, dessen Konterfei in mehr als einem Dienstzimmer des Deuxième Bureau die Wand schmückte, gerade bei den jüngeren Beamten und so auch bei Pierre – neben dem Porträt des amtierenden Präsidenten, das dort zwingend vorgeschrieben war. Aber ... Alain Marais in einer Bruchbude im vierzehnten Arrondissement? Auf dem *Montrouge*?

«Candidat Trebut, brechen Sie die Tür auf!»

«*Was?*» Pierre starrte den Alten an.

Auberlon antwortete nicht, doch die Art, in der er einen Schritt zurücktrat, die Augen auf die Tür gerichtet, machte unmissverständlich deutlich, was er vorhatte, falls der junge Beamte es darauf anlegte, den Gehorsam zu verweigern.

«Halt!» Pierres Mund war trocken, doch er holte Luft. «Agent Marais!», rief er, so laut er konnte. Seine Stimme hallte von den bröckeligen Fassaden wider. «Bitte machen Sie die Tür auf!»

Schweigen.

Er wartete mehrere Sekunden lang, nickte dann düster, eben rechtzeitig, bevor der Général Anstalten machen konnte, doch noch persönlich tätig zu werden. «Bitte treten Sie einen Schritt zurück», sagte er leise und nahm Anlauf.

Was in den folgenden Sekunden geschah, sollte Pierre Trebut erst im Nachhinein zu einer logischen Abfolge von Geschehnissen zusammensetzen können: Er visierte einen Punkt oberhalb der Türklinke an, stürmte los, die Schulter voran. Dann ein Geräusch. Im Nachhinein war er sich sicher, dass er dieses Geräusch gehört hatte, während er bereits auf dem Weg war, zu spät, um abzubremsen. Der Laut, mit dem sich ein monströser, rostiger Schlüssel in seinem Mechanismus bewegte? Vermutlich ja, im Nachhinein, doch nahezu unmöglich zu erkennen in den Bruchteilen von Sekunden, in denen er die Schritte bis zur Tür zurücklegte. Seine

Schulter traf auf dem Türblatt auf. Nicht so allerdings, wie er es erwartet hatte. Die Tür gab nach, doch nicht vollständig. Widerstand, der im nächsten Moment ebenfalls nicht mehr da war, stattdessen ... Unartikulierte Laute, die Umrisse einer Gestalt, die rückwärts durch den düsteren Raum taumelte, sich eine Sekunde lang zu fangen schien, und für einen Lidschlag war Pierre sich sicher, dass sein Blick den Augen des anderen begegnete. Wenn diese Augen in der Lage waren, im eigentlichen Sinne des Wortes etwas wahrzunehmen. Denn es waren nicht die Augen eines Menschen, der im landläufigen Sinne bei Bewusstsein war. Und über allem ein stechender Geruch, ein *Gestank*, der Pierre Trebut die Tränen in die Augen trieb.

Einen Moment lang noch stand Alain Marais aufrecht. Dann kippte er wie ein gefällter Baumstamm auf ein unordentliches Lager.

***

ZÜNDUNG IN 51 STUNDEN, 13 MINUTEN
Boulevard de Clichy, Paris, 9. Arrondissement –
29. Oktober 1889, 20:47 Uhr

«*Attention, Mademoiselle!*» Eilig glitt der junge Mann von seinem Kutschbock. «*Un moment, s'il vous plaît!*»

Mit einem stillen Lächeln verharrte Madeleine Royal. Das Trottoir war belebt zu dieser Stunde des Abends. Im Grunde zu jeder Tageszeit, doch am Abend tauchten die Laternen den Boulevard de Clichy in ein ganz eigenes Licht, das weder vollständig dem Tag noch vollständig der Nacht angehörte. Eine Atmosphäre des Vagen, des Ungefähren, des im wahrsten Sinne des Wortes *Zwielichtigen* – und ein Teil dessen, was die Straßenzüge an den Hängen des Montmartre ausmachte. Mit ihren Clubs und Etablissements, ihren Künstlern, Kurtisanen und unzähligen weit bemitleidenswerteren Kreaturen. Eine Melange, die die Flaneure anzog, die auswärtigen Gäste zumal, für die ein Besuch der großen Stadt nicht vollständig gewesen wäre ohne einige Schritte über das sündhafte Pflaster.

Da und dort waren Herrschaften stehen geblieben, durchaus in respektvollem Abstand, die Köpfe zueinander geneigt, während sie unauffällig in Madeleine Royals Richtung wiesen. Eine der großen, verrufenen Bewohnerinnen des legendären Viertels, leibhaftig zu bewundern.

Mit raschen Schritten kam der junge Kutscher um seine Kalesche herum, eine elegante Victoria mit baldachinartigem dunklem Verdeck. Eine tiefe Verneigung, als er seiner Passagierin den Arm bot, um ihr beim Einstieg behilflich zu sein, *äußerst zuvorkommend in Anbetracht der Tatsache, dass sich der Zustieg exakt auf einer Ebene mit dem Trottoir befand.* Eine besondere Aufmerksamkeit gegenüber dem Fahrgast im Allgemeinen – und bestimmten Körperteilen dieses Fahrgasts im Besonderen. Eine Aufmerksamkeit, die Madeleine durchaus bereit war zu belohnen. Für einen großzügig bemessenen Atemzug zögerte sie, bevor sie ihr Dekolleté mit dem Fächer bedeckte und auf seinen Arm gestützt einstieg.

Ein Kribbeln der Vorfreude erfüllte sie. Festliche Bälle und Empfänge spielten eine einzigartige Rolle im Leben der Hauptstadt. Gewiss liebte Madeleine auch die Oper, die legendären Aufführungen im Palais Garnier: vom aufgeregten Flüstern, ehe der Vorhang sich hob, bis zum donnernden Schlussapplaus. Oder den Äußerungen des Missfallens, mit denen das verwöhnte Pariser Publikum sich ebenso wenig zurückhielt. Andererseits: *Ist es nicht klar, dass das Publikum auf die Bühne achtet? Deshalb ist es doch gekommen, um zu sehen, was auf der Bühne passiert.*

Genau *das* war anders auf den Bällen. Dort gab es keine ausgefeilte Lichtregie, die alle Aufmerksamkeit auf die Bühne lenkte. Weil diese Abende selbst eine Bühne waren, auf der ein jeder Besucher beides war, Akteur und Publikum zugleich. Und seit der Eröffnung der Exposition hatte sich der Kreis der Besucher noch einmal auf faszinierende Weise erweitert angesichts der Vielzahl internationaler Gäste. Hätte Madeleine nur gewollt, so hätte sie an jedem einzelnen Abend eine Verabredung haben können wie in dieser Nacht. Doch natürlich waren ihr die Gesetze bewusst, denen eine Künstlerin zu folgen hatte. Sie musste sich rarmachen.

Die Victoria ruckte an. Die gummibereiften Räder klapperten über das Pflaster. Die Federung ließ nicht zu, dass die Erschütterungen vollständig zu Madeleine durchdrangen. Ihre Augen glitten über die vertrauten Fassaden entlang des Boulevards, ihre Gedanken aber waren anderswo. Nein, nicht bei dem Kavalier, der sich heute mit ihrer Begleitung schmücken würde. Der ihr seine Kutsche gesandt hatte und sie vor den Türen des Festsaals begrüßen würde. Sie galten jenem privaten Schauspiel, das sie an diesem Abend erwartete. Einem Schauspiel mit offenem Ausgang, wie Spiele jener Art es nun einmal an sich hatten: Herausforderung und Erwiderung. Wenn sie sich entschied, eine Herausforderung anzunehmen, dann war sie jedenfalls entschlossen, als Siegerin vom Platz zu gehen. Vom Schlachtfeld der Liebe, oder wie auch immer man das frivole Spiel beschreiben mochte. An ebendiesem Nachmittag hatte sie eine solche Herausforderung akzeptiert. Und jetzt schon war sie voller Geheimnisse.

Ein phantomhafter Galan: Nicht einmal die kleine Yve hatte ihn mit eigenen Augen gesehen, und nur das eine wusste Madeleine Royal mit Sicherheit. Er würde an diesem Abend ebenfalls anwesend sein.

Ihre Finger steckten in Handschuhen, die bis zu den Ellenbogen reichten. Zugleich aber glaubte sie ihn spüren zu können, den festen Karton einer Visitenkarte, in die sich die Typen einer Remington-Schreibmaschine gegraben hatten, mit einer Gewalt, dass die feinen Erhebungen noch auf der anderen Seite zu ertasten waren. Der Vorderseite, welche nichts als eine stilisierte schwarze Rose zierte. Ihr Mundwinkel zuckte. Unübersehbar: Es war dem Unbekannten gelungen, ihr Interesse zu wecken. Aber war er tatsächlich ein Unbekannter? Dass die Karte weder Name noch Adresse trug, verstand sich von selbst, wenn es seine Absicht war, seine Identität zu verheimlichen. Der Umstand dagegen, dass der kurze Text mit einer Maschine geschrieben war: Ließ dieser Umstand nicht eine Schlussfolgerung zu?

«Warum hätte er das tun sollen?», murmelte sie. «Wenn er nicht befürchten müsste, dass ich seine Handschrift wiedererkenne? Ich *muss* ihn kennen.»

Ja, in Wahrheit schien sogar festzustehen, woher sie ihn kannte. Schließlich hatte er einen bestimmten Abend erwähnt auf seiner Karte, den festlichen Empfang beim Prinzen von Joinville im vergangenen Frühjahr, den sie an der Seite eines phantasielosen Menschen aufgesucht hatte, der den ganzen Abend von seinen Teekesseln erzählt hatte und den sie kurz darauf von der Liste der Herren gestrichen hatte, die das Privileg genossen, sie ausführen zu dürfen. Nein, von ihm stammte die Karte mit Sicherheit nicht. Doch wenn der Unbekannte jenen Empfang erwähnte: Musste es nicht jemand sein, dem sie dort begegnet war?

Das stand keineswegs fest. Der *Figaro* hatte ausführlich über den Abend berichtet, mit einer Illustration sogar, nach einer Fotografie, die in der Residenz des Prinzen entstanden war. Einer höchst eindrucksvollen Fotografie, auf der sich die übrigen Damen um Madeleine zu gruppieren schienen wie ein herrschaftliches Gefolge um seine Königin. Was wiederum kein Zufall war. Die Aufnahme war ein Werk von Lucien Dantez.

Jeder Mensch, der Zeitung las, kannte dieses Bild und wusste, dass sie dort gewesen war. Und jeder Mensch, der eine Remington-Maschine bedienen konnte, war in der Lage, auf diese Weise die Rückseite einer Visitenkarte zu beschriften. Alle vermeintlichen Hinweise bewiesen letztlich überhaupt nichts. In Wahrheit konnten sie eine Finte sein, ersonnen, um die Adressatin von der tatsächlichen Spur abzulenken, die sich vielleicht irgendwo auf der Karte versteckte. Madeleine wusste nicht zu sagen, warum sie das für möglich hielt. Warum der geheimnisvolle Kavalier das hätte tun sollen. Es war nicht mehr als ein Gefühl. Der Unbekannte war ein Mann mit Phantasie, und sie spürte, dass sich mehr hinter dieser Karte verbarg, etwas, das sie noch nicht ansatzweise zu fassen bekam. Es war wie ein Schauer, wie eine fremde Hand, die unvermittelt über ihren Rücken fuhr. Nein, sie wusste nicht einmal zu sagen, ob es sich um einen angenehmen Schauer handelte, doch genau das verlieh diesem Abend einen ganz besonderen Kitzel.

«Welch ein Aufwand», flüsterte sie. Welch ein Aufwand – allein um ihretwillen. Und der sonderbare Wunsch, auf den das Schreiben hinauslief …

Ihr Gedankenfluss brach ab. Rufe. Unruhe auf der Straße vor ihnen, die am Lycée Chaptal in eine Kreuzung mündete. Das Zugpferd scheute, und fluchend riss der Kutscher an den Zügeln. Das Tier unternahm einen Versuch, zur Seite auszubrechen, und instinktiv schlossen sich Madeleines Finger um das Chassis der Victoria, doch im nächsten Moment gehorchte das Pferd. Mit einer Hand bemühte sich der junge Mann auf dem Kutschbock, seinen Zylinder zu richten, während die Finger der anderen das Geschirr jetzt straff gespannt hielten. Er stieß gemurmelte Verwünschungen aus. Madeleine beugte sich zur Seite, versuchte, an ihm vorbeizusehen. Menschen auf der Straße, die auf den Trottoirs furchtsam zurückwichen. Andere, die in die entgegengesetzte Richtung drängten, in die Mitte der Fahrbahn, wo sich noch vor Sekunden ein dichter Strom von Kutschen und Lastkarren bewegt hatte. Eine Traube von Menschen, die sich im Licht der Laternen an irgendetwas zu schaffen machte. Aus ihrer Mitte mit einem Mal ein grauenhafter Laut, ein panisches Wiehern, welches das Kutschpferd der Victoria mit einem nervösen Schnauben quittierte.

«Was ist da los?», flüsterte Madeleine.

Eine Frau in mittleren Jahren schob sich an der Kutsche vorbei in Richtung Gehsteig, auf ihrem Arm ein Junge von drei oder vier Jahren, der sich aus Leibeskräften wehrte und sich den Hals verrenkte, um die Stelle im Blick zu behalten, an der die Menschentraube am dichtesten war. Die Frau schimpfte leise vor sich hin.

«Was ist passiert?» Madeleine beugte sich aus der Kutsche.

Mit blassem Gesicht sah die Frau zu ihr auf. Ein Rinnsal von Schweiß sickerte unter ihrem dunklen Strohhut hervor. Ein kurzer Blick über die Schulter, wo jetzt eine Handvoll Polizisten auf die Kreuzung eilte und sich bemühte, die Menschenmenge zurückzudrängen.

«Ein Unglück», murmelte sie und war kaum zu verstehen. «Der ... der Pferdeomnibus zum Place Pigalle. Ich habe es nicht richtig gesehen. Ich glaube, niemand hat es richtig gesehen.» Ein Kopfschütteln, dann kurz, gezischt: «Thierry!» Der kleine Junge hatte einen neuen Versuch unternommen, sich loszumachen. «Ein Clochard», erklärte sie, an Madeleine gewandt. «Es gab ein Gedränge am Rande des Trottoirs, und er muss einen Augenblick nicht aufgepasst haben. Oder er war betrunken.» Ihr Gesicht verzog sich. «Er ist direkt vor die Pferde gestolpert. Es ging viel zu schnell; der Kutscher hatte keine Chance. Der Mann ist unter die Hufe geraten, unter ... unter die Räder, und die Pferde: Sie sind durchgegangen, und ... Es war schrecklich. – Mademoiselle?»

Madeleine nickte stumm. Sie war in ihren Sitz zurückgesunken, plötzlich ernüchtert. *Er muss einen Augenblick nicht aufgepasst haben.* Ein einzelner Augenblick genügte, um ein ganzes Leben auszulöschen. Sie zog ihr Tuch fester um die Schultern. Mit einem Mal erschien ihr dieser Vorfall, der doch so überhaupt nichts mit ihr zu tun hatte, wie ein Zeichen.

Die Kutsche ruckt wieder an, passierte die Unfallstelle, sodass am Horizont der Umriss des Arc de Triomphe sichtbar wurde, eine bedrohliche Masse von Stein vor einem letzten, düsteren Nachglühen des Sonnenuntergangs. Geradezu verzweifelt sehnte sich Madeleine Royal mit einem Mal nach Menschen, nach Licht, nach Wärme. Der Schauer auf ihrem Rücken war immer noch da, doch er hatte sich in etwas anderes verwandelt. In etwas, das Nadeln von Kälte durch ihren Körper sandte.

***

ZÜNDUNG IN 50 STUNDEN, 03 MINUTEN
Tottenham Street, London – 29. Oktober 1889, 21:57 Uhr

Mombasa. Oder ... Kairo? Oder Bombay oder Kalkutta. Oder ...

«Die Bermudas», flüsterte Basil Fitz-Edwards. Natürlich: die Bermudas!

Für einige Schritte wurde er langsamer. Die Gasleuchten hoch über dem Straßenpflaster glichen bloßen Lampions, deren Licht nicht bis an den Boden drang.

Basils Aufgabe bestand darin, die Schatten im Auge zu behalten, doch der vom Fluss, von Covent Garden, von Soho herauftreibende Dunst verwandelte die Szenerie in ein einziges, unfassbares Grau, das weder Schatten noch Licht kannte, ausgenommen die Gaslaternen, die hinter Schleiern aus Feuchtigkeit in nervösem Leben zu pulsieren schienen. Die Fassaden entlang der engen Gasse waren kaum zu erahnen, hier und dort wohl ein Durchlass in einen Hinterhof. Der Kohlegeruch von Herdfeuern lag erstickend in der Nachtluft. Die klamme Kälte fand einen Weg durch sämtliche Schichten seiner Kleidung.

Eine Nacht ganz wie im vergangenen Jahr, als der Nebel ähnlich früh im Herbst gekommen war. Und mit dem Nebel der Tod. Basil war nicht der Einzige, der in dieser Nacht durch die Straßen schritt. Hunderte von

Schutzleuten hielten zu dieser Stunde die Augen offen, innerhalb der City of London und über ihre Grenzen hinaus. In dieser Nacht wie in der vorangegangenen und in der Nacht zuvor, Monat um Monat seit dem Tag, an dem Inspector Abberline und die Ermittler von Scotland Yard begriffen hatten, dass die Taten in Whitechapel das Muster eines einzigen Täters bildeten. Des Whitechapel-Mörders oder wie man ihn außerhalb der Ermittlungsakten nannte: *Jack the Ripper.*

Ein raschelnder Laut ließ den jungen Beamten zusammenzucken. Da, an der Häuserfront zur Linken, zehn Schritte voraus! Aber, nein, viel zu klein für einen Menschen. Ein Kätzchen? Basil schüttelte sich. Eine Ratte von beachtlicher Größe.

Fröstelnd zupfte er am hochgeschlagenen Kragen seiner Uniform, der dunklen Montur eines Constable der Metropolitan Police. Mit ihren metallglänzenden Knöpfen machte sie durchaus etwas her und hatte eigentlich nur einen einzigen Schönheitsfehler: eben den, dass es die Uniform eines Streifenbeamten der City of London war und nicht die schmucke Dienstkleidung eines jungen Offiziers in Kairo, Kapstadt oder Mombasa. In all den sonnenverwöhnten Niederlassungen des britischen Empire, wo jene Posten in Aussicht standen, um die sich Basil Fitz-Edwards eigentlich beworben hatte. Was genau im Meldebüro geschehen war, konnte er sich bis heute nicht vollständig zusammenreimen. Wirklich deutlich entsann er sich lediglich des Tonfalls, in dem der Schalterbeamte ihm mitgeteilt hatte, dass es um Posten in den Kolonien derzeit leider sehr, sehr ungünstig bestellt sei. Es sei denn – mit verschwörerischer Stimme –, der junge Mann wäre bereit, einen kleinen Umweg in Kauf zu nehmen und sich für eine Übergangszeit für den Dienst in den Straßen Londons zu verpflichten. In diesem Fall sei vieles möglich.

Elf Monate seitdem, dachte Basil finster. Und noch immer dauerte sie an, die Übergangszeit. Und sie würde auch weiter andauern, solange die Londoner Behörden jeden irgendwie verfügbaren Mann in ihre Reihen pressten, um den Menschen der Hauptstadt zumindest ein *Gefühl* der Sicherheit zu geben vor dem unfassbaren Täter, der des Nachts die Straßen unsicher machte. Jack the Ripper – selbst jener Name war lediglich aus einer Reihe hohnvoller Schreiben bekannt, die den Ermittlern zugestellt worden waren, verfasst, wie es schien, vom Täter persönlich. Jack the Ripper, der seine Opfer wie Abfall am Tatort zurückließ, die Kehlen der ermordeten Frauen durchtrennt, ihre Körper förmlich ausgeweidet. Wobei er den leblosen Leibern letztendlich nur einzelne Organe entnahm, um sie als gespenstische Trophäen in seinen Unterschlupf zu verschleppen.

Basil holte Atem. Geradeaus mündete seine Route in die Cleveland Street. Er blieb stehen. Dies war eine eigene Welt mit ihren soliden Backsteinbauten, bewohnt von nicht minder soliden bürgerlichen Existenzen. Eine andere Welt als das Armeleuteviertel von Whitechapel unweit der Docks, wo die Ärmsten der Armen in ihren feuchten und verseuchten Mietskasernen hausten und wo der Ripper seine Opfer gefunden hatte. In Whitechapel, aber auch darüber hinaus: Wenn die Tote auf der High Street, die wenige Tage vor Weihnachten gefunden worden war, ebenfalls auf sein Konto ging, musste er sich flussabwärts bewegt haben, nach Poplar. Ein noch übleres Loch, wenn das möglich war, aber eben auch der Beweis, dass die Gefahr überall in der großen Stadt an der Themse lauerte.

Das britische Empire hatte alle seine Bürger zu schützen. Basil konnte sich noch glücklich schätzen, dass ihm persönlich dieser vergleichsweise behagliche Winkel der Hauptstadt zugefallen war. Seine Aufgabe nahm er jedenfalls äußerst ernst. Er straffte sich. Solange Basil Algernon Fitz-Edwards auf ihren Straßen patrouillierte, konnten Londons schöne Damen ruhig schlafen.

Schmucke Ziegelbauten säumten die Straße, auch hier die Gaslaternen in einer präzisen Reihe, die rechter Hand auf die Metropolitan Station an der Portland Street hinführte. Ein belebter Ort bei Tageslicht, um diese Zeit aber verlassen wie alle besseren Wohngegenden.

Wieder war es ein Geräusch, doch anders diesmal. Nicht die huschenden Laute eines vierbeinigen Bewohners der Nacht, sondern – Schritte. Sekundenlang wollte Basil sich einbilden, dass es sich um das Echo seiner eigenen Schritte handelte, die von den Backsteinfassaden zurückgeworfen wurden, doch nein: Es war ein vollkommen anderer Rhythmus, raschere, ja, kürzere Schritte, und sie klangen ...

Er wusste es. Wusste, dass es die Laute von Damenschuhen waren, die das Pflaster auf ganz eigene Weise berührten. Wusste es, noch bevor sich

68

einen Lidschlag lang der Widerschein einer der Laternen auf kupferfarbenem, auftoupiertem Haar fing, das unter einem eleganten kleinen Hütchen hervorschimmerte. Eine Dame der Gesellschaft, hochgewachsen, die Taille apart geschnürt, die Hüften betont durch eine fischbeinverstärkte Tournüre. Sie war dem jungen Constable vielleicht einen halben Häuserblock voraus, doch eilig, wie sie sich bewegte, schien sich die Distanz eher zu vergrößern. Eilig? Nahezu unbewusst steigerte er seinerseits sein Schritttempo und, ja, nun war kein Zweifel mehr möglich: Die fremde Dame befand sich eindeutig nicht auf einem müßigen Abendspaziergang. Sie hielt ihre schweren Röcke ein kleines Stück gerafft, um rascher voranzukommen.

Auf der Flucht? Ein Prickeln fuhr über seinen Nacken. Er warf einen Blick über die Schulter. Nein, sonst war niemand zu sehen. Und eine Dame, die sich ernsthaft in Gefahr glaubte, hätte doch mit Sicherheit um Hilfe gerufen? Möglicherweise war es nichts als die gespenstische Stimmung dieses Abends, die selbst auf Basil nicht ohne Wirkung blieb. Er zögerte. Sollte er der unbekannten Schönen zurufen, dass die Augen des Gesetzes über ihre Schritte wachten? Besser nicht. Sie glaubte sich allein auf der Straße. Nicht ausgeschlossen, dass ein unerwarteter Zuruf einen jener Zustände der Neurasthenie oder Hysterie heraufbeschwor, von denen die Damen aus besseren Kreisen mehr denn je heimgesucht wurden, seitdem die Nachrichten über den Ripper sämtliche Blätter füllten, vom Daily Telegraph bis zum Manchester Guardian. Nein. Behutsam passte er seine Geschwindigkeit der ihren an, zwanzig Schritte Abstand. Ein unsichtbarer Beschützer, dachte Basil Fitz-Edwards. Es war einer jener Momente, in denen er sich beinahe mit seinem Dasein als Streifenbeamter anzufreunden begann.

Sie folgte dem langgezogenen Band der Straße, einem in den diffusen Schimmer der Gaslichter getauchten Tunnel im Nebel. Die Station der Metropolitan Line musste ihr Ziel sein. Verkehrten um diese Zeit überhaupt noch Züge? Er versuchte, sich zu entsinnen, aber noch bevor sein Gedächtnis die Erinnerung freigeben konnte, zog etwas anderes seine Aufmerksamkeit auf sich.

In den Schatten auf der anderen Straßenseite, bereits im Rücken der

Frau, bewegte sich etwas. Eine gedrungene Gestalt schickte sich an, der unbekannten Schönen zu folgen. Eine Gestalt, die sich in der Deckung der Häuserfassaden hielt, geduckt, auch jetzt, als sie den Lichtkegel einer Laterne passierte. Ein langer Mantel, auf dem Kopf ein hoher, steifer Hut, ein dunkler Schal um Hals und Nacken gewunden, sodass die Gesichtszüge nicht auszumachen waren, als der Fremde einen Atemzug lang sichernd nach hinten blickte. Ohne Basil zu entdecken. Genau in diesem Moment befand sich der junge Constable seinerseits an einem Punkt auf halber Strecke zwischen den Gaslichtern, und das Zwielicht schützte ihn.

Der Ripper! Basils Puls beschleunigte, schlug hämmernd in seinen Ohren, übertönte die Schritte des Vermummten. Doch, nein: Seiner gedrungenen Statur zum Trotz schien sich der Fremde auf nahezu lautlose Weise zu bewegen, während das Klacken, mit dem die Absätze der Frau auf das Pflaster trafen, nach wie vor zu vernehmen war. Sie war schneller geworden.

Der Ripper! Basils Finger glitten in die Tasche der Uniformhose, schlossen sich um den *truncheon*, den kurzen Schlagknüppel, der einem Beamten von seinem Dienstrang als einzige Waffe zur Verfügung stand. *Der Ripper!* Er wusste, dass der Mann bewaffnet war. Die Ermittler hatten unterschiedliche Mutmaßungen angestellt, wie das Messer aussehen musste, das die Kehlen seiner Opfer durchtrennt, nein, *zerfetzt* hatte. Das ihre Leiber vom Brustkorb bis zum Schritt auseinandergerissen hatte wie die Hauer einer blindwütigen Bestie. Ein Schlachtermesser. Nicht ohne Grund hatte Abberline seine Ermittlungen in den ersten Wochen auf die großen Schlachthöfe unweit der Docks gerichtet.

Basil umklammerte den *truncheon*, während seine andere Hand an die Brust tastete, nach der Alarmpfeife, mit der er Hilfe herbeirufen konnte – wenn der Constable im Nachbarbezirk überhaupt in der Lage war, ihn zu hören, irgendwo auf der anderen Seite der Metropolitan Station. Zumindest aber würde Basil für Aufmerksamkeit sorgen. Und dann?

Ihm blieben nur Augenblicke. Dennoch zögerte er. Der Vermummte hatte sich seinem Opfer bis auf wenige Schritte genähert. Würde er ohne Verzug auf die junge Frau einstechen? Einige der früheren Opfer waren kurz vor ihrem Tod mit einem Unbekannten gesehen worden. Dem

Täter? Die Beschreibungen unterschieden sich. Doch musste Basil nicht davon ausgehen, dass ihm Zeit bleiben würde, und seien es nur Sekunden, während der Täter die Dame ansprach, den Versuch unternahm, sie an einen noch einsameren Ort zu locken? Basils Chance: den Fremden überraschen, während dessen Aufmerksamkeit vollständig seinem auserwählten Opfer galt. Ihn unschädlich machen, anstatt ihm mit einer übereilten Aktion die Gelegenheit zur Flucht zu verschaffen.

Jetzt überquerte der Mann die Straße. Seine Augen waren ganz auf die Frau gerichtet. Den jungen Constable nahm er nicht wahr. Die Frau ...

Mit einer ruckartigen Bewegung fuhr sie zu ihrem Verfolger herum. Ihre Züge waren nicht zu erkennen. Ein dünner Schleier aus Chiffon verhüllte ihr Gesicht.

Im selben Moment war Basil heran. Er hatte den Umgang mit dem *truncheon* geübt, war aber noch niemals in die Verlegenheit gekommen, ihn tatsächlich einzusetzen. Jetzt schwang er ihn, legte alle Kraft in die Bewegung und ließ den Stock ungebremst auf den Hinterkopf des Mannes sausen, exakt unterhalb der Krempe des hohen Zylinders.

Der Fremde klappte zu Boden, als habe das Leben ihn verlassen.

Basil machte einen unfreiwilligen Schritt rückwärts, fing sich im nächsten Moment und hielt schwer atmend inne.

Ein erstickter Laut. Die Frau war rückwärts gegen die Hausfassade getaumelt, presste die Hand vor den Mund. Im diffusen Licht und hinter dem Schleier war ihr Gesicht noch immer nur undeutlich zu erkennen. Es waren die im Entsetzen aufgerissenen Augen, die es beherrschten.

Basils Blick ging zu dem reglosen Körper auf dem Straßenpflaster, dann zurück zu der Frau. «Mistress?» Seine Stimme war heiser. Er räusperte sich. «Sind Sie ... Geht es Ihnen gut?»

Sie rührte sich nicht. Wieder sah Basil auf den schlaffen Körper zu seinen Füßen, widerstand dem Impuls, ihn mit der Schuhspitze anzustoßen. Hatte er den Mann getötet? Auf den Ripper wartete der Galgen, doch zuvor mussten die Vorgänge aufgeklärt werden, die zum Tod seiner Opfer geführt hatten. Es musste eindeutig festgestellt werden, ob die Taten wirklich alle auf das Konto dieses einen Täters gingen. Unter allen Umständen musste dieser Mann lebend in die Hände der Justiz gelangen.

Basil stutzte. Er hörte Schritte in seinem Rücken. Laute Männerstimmen. Er warf einen Blick über die Schulter, und ...

Die Aktion kam vollständig überraschend. Das Überraschendste war, dass sie nicht von dem Mann am Boden ausging. Ein Stoß vor seine Brust, der ihm die Luft aus den Lungen trieb und ihn mehrere Schritte zurücktaumeln ließ. Als er wieder zu Atem kam, war die Frau bereits auf halbem Weg zum Lichtkreis der nächsten Laterne – in der Richtung, aus der sie gekommen war.

«Mis... Mistress!» Basils Brustkorb ächzte, jeder Atemzug war ein Messerstich. Sie musste mit aller Kraft ihrer Panik auf ihn losgegangen sein. Gehetzt sah er in sämtliche Richtungen. Die Männer, silhouettenhafte Umrisse. Sie waren noch ein Stück entfernt, doch sie kamen auf ihn zu. Der Körper zu seinen Füßen war nach wie vor ohne Regung. Die Frau entfernte sich Sekunde für Sekunde. Hatte er eine Wahl?

Unter Schmerzen holte er Luft und blies mit voller Kraft in die Alarmpfeife, dass der grelle Laut von den Häusern widerhallte und in seinen Ohren ein schrilles Klingeln erwachte. Dann setzte er sich in Bewegung und heftete sich an die Fersen der flüchtenden Frau.

Basil konnte nur beten, dass einer der Constables in den angrenzenden Straßenzügen das Signal gehört hatte. Alan am Regent's Park oder der alte Geoff auf der Portland Road, der ohnehin die ganze Nacht nichts zu tun hatte, weil die Anwohner einen privaten Wachdienst unterhielten. Nein, Basil hatte keine Wahl. Der Angreifer war tot oder bewusstlos und würde sich nicht von der Stelle rühren. In welchem Zustand sich dagegen die elegant gekleidete Dame befand, ließ sich unmöglich sagen. In den entscheidenden Sekunden hatte der Körper des Täters die Szene verdeckt; er konnte den tödlichen Stich bereits angebracht haben, die Wunde von außen unsichtbar unter den Schichten ihrer Kleidung und dem eng geschnürten Mieder. Das Schicksal des Opfers konnte schon besiegelt sein. Möglicherweise war es einzig die Panik, die den Schritten der Sterbenden Kraft verlieh. Großen, gänzlich undamenhaften Schritten, mit denen sie die Straße hinab das Weite suchte, die Röcke jetzt auf eine Höhe gerafft, dass nicht allein ihre von Knopfstiefeln verhüllten Knöchel zu erkennen waren, sondern selbst ihre Waden, die sich unter dem dünnen Stoff der Strümpfe abzeichneten, als ob sie splitterfasernackt wären. Ja, etwas an der Art, in der sie sich bewegte, war ... nicht richtig. Zu hektisch, zu hart.

«Mistress! Madam!» Schritt für Schritt schloss Basil mit seinem zweckmäßigeren Schuhwerk zu der Dame auf. Und auch hinter ihm weiterhin Schritte: Die unbekannten Männer hatten nicht am Körper des Rippers haltgemacht. Rufe, die er nicht verstehen konnte. Im Laufschritt folgten sie Basil und der Frau, und sie schienen näher zu kommen. Ein Geräusch irgendwo über ihm, als sich ein Fenster öffnete, die Anwohner Ausschau hielten, wer zu dieser Uhrzeit einen solchen Lärm veranstaltete.

«Mistress!»

Ohne langsamer zu werden, hatte sie die Einmündung der Tottenham Street passiert und hielt auf die große Kreuzung am Middlesex Hospital zu. Von dort aus konnte sie sich in die unterschiedlichsten Richtungen wenden; vor allem aber würden jene Straßen auch um diese Zeit belebt sein, ihr mehr als eine Gelegenheit geben, ihn abzuschütteln. Er musste sie vor der Kreuzung einholen.

«Halt!» Die Stimme eines seiner Verfolger, und sie überschlug sich. «Stehen bleiben!»

Stehen bleiben? Er, Basil? Er trug eine Uniform der Metropolitan Police! Der gewölbte schwarze Helm war bei jeder Witterung unverkennbar!

Drei Schritte trennten ihn von der Frau. Zwei Schritte. Im Halbdunkel ein letzter Durchlass in irgendeinen Hinterhof und ... Ein Ruck an seiner Schulter. Nein, nicht die Verfolger, die noch immer viel zu weit entfernt waren. Etwas anderes, *jemand* anderes, der sich unvermittelt aus dem Durchlass gelöst hatte. Im nächsten Moment traf ein Schlag Basils Magen, trieb ihm zum zweiten Mal innerhalb von Minuten den Atem aus den Lungen, und diesmal war es nicht so schnell vorbei. Er rang nach Luft, noch einmal. Übelkeit stieg in seiner Kehle auf, Schwindel in seinem Kopf. Diffuse Wortfetzen, Geräusche einer Auseinandersetzung. Die Stimmen der Verfolger und, sehr viel näher, andere, neue Stimmen. Der Eindruck von etwas Muffigem, das über Basils Kopf gezogen wurde, seinen flackernden Blick vollständig auslöschte. Erst *dann* ein dumpfer Schlag auf seinen Hinterkopf, der ihn ins Reich der Träume schickte.

TEIL ZWEI

29. Oktober 1889
La nuit / In der Nacht

ZÜNDUNG IN 50 STUNDEN, 00 MINUTEN
Hôtel Vernet, Paris, 8. Arrondissement –
29. Oktober 1889, 22:00 Uhr

«Die neue Buchung für die Nummer elf ...»

Sophie, die Rezeptionistin, hielt inne, doch Celeste Marêchal ermunterte sie mit einem Nicken weiterzusprechen. Ohne die Augen von der Auflistung zu lösen, die der Küchenchef ihr gereicht hatte. Die Folge der Gerichte für das Souper am kommenden Abend, wenn die deutsche Delegation im Haus speisen würde. Saurer Braten, saurer Kohl ... Ob die preußische Küche auch saure Kartoffeln kannte? Ference machte jedenfalls gute Arbeit. Hauptmann von Straten, Monsieur Drakensteins Adjutant, hatte sich am Vorabend anerkennend geäußert.

«Die neue Buchung für die Nummer elf habe ich mit einem Telegramm bestätigt», erklärte die Rezeptionistin. «Die Herrschaften kommen mit dem Morgenzug aus Straßburg. Die Kutsche zum Bahnhof ...»

Das Formular für die Kutsche. Celeste sah es aus dem Augenwinkel, zog es zu sich heran, zeichnete ab, wandte sich wieder der Speisenfolge zu und setzte auch unter dieses Papier ihren Namen. Fragend sah sie zu der jungen Frau auf. Sophie war bereits im Mantel, und obwohl sie vom Bauchnabel abwärts hinter dem Tresen unsichtbar war, ahnte Celeste, dass sie unruhig von einem Fuß auf den anderen trat. Ihr neuer Verehrer harrte draußen auf sie, um sie nach Hause zu geleiten. Wobei er zwei Häuser entfernt harrte. Celeste hatte ihm durch den Concierge bedeuten lassen, diesen Abstand einzuhalten. Das Vernet konnte nicht peinlich genug auf seinen Ruf achten.

Sophie biss sich kurz auf die Lippen. «Madame Pendergast hat noch einmal versichert, dass sie wirklich nichts auszusetzen hätte am Aufenthalt im Vernet. Es sei ausschließlich die Erkrankung ihrer Schwester, die sie zwinge, ihren Besuch in Paris abzubrechen.»

Celestes Augen schlossen sich zu schmalen Schlitzen. Sie *wusste*, dass noch etwas kam.

Sophie holte Luft. «Madame Pendergast hat sich erkundigt, ob es wohl möglich wäre, ihr die Summe für die kommenden Übernachtungen, die sie nun nicht in Anspruch nehmen wird, auszuzahlen. Es schien ihr ...»

Celeste hob die Hand. «Madame Pendergast zahlt ihren Aufenthalt per Bankanweisung?»

«Ja.» Zögernd. «Ja, Madame. Wie jedes Mal.»

«Dann wird es uns ein Vergnügen sein, ihr die Summe per Bankanweisung gutzuschreiben.»

Für den Bruchteil einer Sekunde schien sich Sophies Mund noch einmal öffnen zu wollen. Dann senkte die junge Frau den Blick. «Oui, Madame.» An der Art, wie sich ihre Haltung entspannte, erkannte Celeste, dass sie diesmal tatsächlich am Ende war. Noch vor dem gemurmelten *Bonne nuit, Madame*, mit dem sie sich am Tresen vorbeischob, um sich eilig in Richtung Ausgang zu bewegen.

Ein Luftzug. Die Flügeltüren zum Speisesaal hatten sich geöffnet. Einer der jungen Pagen erschien im Foyer, auf dem Gesicht jener leicht selige Ausdruck, der allerorten auf den Gesichtern des Personals anzutreffen war, wenn auf der Uhr über der Rezeption die Zeiger auf die Zehn rückten. Mit einer flinken Bewegung zog er seine Mütze vom Kopf, warf sie übermütig in die Höhe, fing sie in der Luft wieder auf und ... erstarrte einen Lidschlag lang, als er dem Blick der Inhaberin begegnete. Dann, eben noch rechtzeitig, eine tiefe Verneigung, den Arm samt Mütze nicht ohne Eleganz zur Seite ausgestreckt, um sich im nächsten Moment ebenfalls auffallend hurtig zu entfernen.

Celestes Augen begleiteten ihn ausdruckslos, bis er aus ihrem Blick verschwunden war. Erst dann trat ein müdes Lächeln auf ihre Lippen. Für die Männer und Frauen des Personals ging der Arbeitstag zu Ende. Schon schlurfte der alte Gustave an ihr vorbei, um die Türen zur Straße und das Tor der Hofeinfahrt für die Nacht zu schließen. Für Hotelgäste, die den Abend außer Haus verbrachten, war draußen an der Fassade ein eiserner Kettenzug angebracht, der mit einer Glocke in der Kammer des alten Mannes verbunden war. Wenn es einen Menschen im Hotel gab, der noch weniger Ruhe fand als Celeste Maréchal, dann war es Gustave. Er wurde zu alt dafür und hatte doch kein anderes Heim als das Vernet. Ausgeschlossen, ihn jemals an die Luft zu setzen.

Ihre Augen folgten ihm, bis er ebenfalls außer Sicht war. «Bonne nuit, Gustave», murmelte Celeste, bevor sie das nun menschenleere Foyer durchquerte. Zwei Zimmermädchen hielten sich bereit, falls einer der Gäste in der Nacht einen Wunsch äußerte, und Celestes Privaträume grenzten unmittelbar an – für den Fall, dass unvorhergesehene Umstände eintraten. Der Rest des Personals war nun auf dem Weg nach Hause.

Nach Hause. Am Ende eines unscheinbaren Korridors öffnete sie eine Tür und trat hinaus in den winzigen Innenhof des Hotels, ihrem Refugium zu dieser Zeit des Abends, und nun, mit einem Mal, spürte sie, wie alle Kraft, welche sie diesen gesamten unendlichen Tag hindurch aufrecht gehalten hatte, auf einen Schlag ihren Körper zu verlassen schien. Wie das Wasser nach einem langen, erschöpfenden Bad, wenn in der Wanne der Stöpsel gezogen wurde. Unsicher gelangen ihr die letzten Schritte, bevor sie im Zentrum des Hofes auf dem Rand des gemauerten Brunnenbassins niedersank. Aufrecht und reglos saß sie da, ihr Blick verloren in der Dunkelheit, in den matten Reflexionen auf der Wasserfläche.

Es war vorbei. Gleich nach dem Déjeuner, in jener kurzen Stunde, die im chaotischen Tagesablauf des Vernet ihr gehörte, hatte sie die Verkaufshallen aufgesucht, den Händler, von dem die Spezialitäten für die Gäste aus Deutschland stammten. Ein Händler, von dem sie nicht regelmäßig Ware bezogen, weshalb es verständlich war, dass er Zurückhaltung übte, dem Hotel bis zum Monatsende Kredit zu gewähren. Also hatte Celeste sich höflich vorgestellt, darauf hingewiesen, dass ihr Haus seit Jahrzehnten einen soliden Ruf genoss und mit etlichen der benachbarten Stände ein entsprechendes Arrangement pflegte. In der sicheren Erwartung, dass er im Grunde gar nicht anders konnte, als sich für das Missverständnis zu entschuldigen und ihr entgegenzukommen.

Das Gegenteil war geschehen. Er hatte sie von oben bis unten gemustert, eine Hand nachlässig in der Arbeitsschürze vergraben. Und hatte sich erkundigt, ob sie gekommen sei, um die Rechnung für den heutigen Einkauf zu begleichen. Er jedenfalls denke nicht daran, *irgendeinem* Hotel Kredit zu gewähren.

Schwindel. Celeste Maréchal hatte ihn in jenem Moment verspürt, und nun spürte sie ihn wieder, stärker als zuvor. Was hatte sie tun können, als die Summe tatsächlich auf den Tisch zu legen, wohl wissend, dass sie schon damit ein Risiko einging, weil selbst ein so beiläufiger Betrag in den kommenden Tagen über Sein oder Nichtsein des Vernet entscheiden konnte? Sie hatte sich abgewandt, und beinahe war es eine Flucht gewesen, zu den *anderen* Ständen, zu Gesichtern, die ihr vertraut waren, und doch … War es bloße Einbildung gewesen, oder waren die Gesichter anders gewesen als sonst? Mit skeptischem Ausdruck? Natürlich war niemand auf irgendwelche Rechnungen zu sprechen gekommen. Schließlich hatte das Vernet stets zuverlässig zum Monatsende gezahlt. Dass dabei seit einiger Zeit Kredite und Hypotheken im Spiel waren, konnte niemand wissen.

Nur … War das tatsächlich so? Irgendetwas wurde in den Verkaufshallen geredet, in der gesamten Stadt vermutlich. Sie konnte sich der Wahrheit nicht länger verschließen. Und in jenem Moment, in dem ihre Kreditwürdigkeit in Zweifel stand … Sinnlos, ihre Gläubiger um eine Verlängerung der Hypotheken zu bitten. Sinnlos, sich um neue Kredite zu bemühen. Es war das Ende, und sie wusste es.

Durchhalten. Sie hatte zwei Jahrzehnte lang durchgehalten, Jahrzehnte, in denen andere Frauen eine Ehe schlossen und ihre Kinder großzogen. Ein ganzes Leben. Das Vernet *war* ihr Leben. Wenn sie das Haus tatsächlich verlor, die Forderungen sämtlicher Gläubiger erfüllte … Bis heute hatte sie noch nicht einmal darüber nachgedacht, ob ihr unter diesen Umständen genug bleiben würde zum Leben. Vermutlich noch immer mehr als Gustave oder Sophie und all den anderen Angestellten. Nein, sie verbot sich diesen Gedanken. *Durchhalten.* Aber wie, in einem Kampf, den sie nur verlieren konnte?

«Bertie.» Ihre Stimme war kaum mehr als ein Flüstern. Mit einem Mal war der Gedanke da. Oder hatte er sie bereits den gesamten Nachmittag begleitet? Der Erbe des britischen Empire konnte ein Objekt wie das Vernet aus seiner Reiseschatulle bezahlen, doppelt und dreifach, wenn es sein musste. Und sie *waren* Freunde. Wenn Celeste Maréchal darüber nachdachte, war er der älteste Freund, den sie besaß. Was aber war die Grundlage einer jeden Freundschaft, über geteilte Erinnerungen und eine lange Vertrautheit hinaus? Es war der gegenseitige Respekt. Der Respekt, von dem sie sich sicher war, dass er ihn für sie empfand. Weil sie etwas gemacht hatte aus den Chancen, die er ihr mit seinen Geschenken eröffnet hatte, von denen sie jenes kleine, am Anfang so unscheinbare Hotel erworben hatte, das unter ihrer Leitung zu einem Haus von internationalem Ruf geworden war, ohne dass sie ihn auch nur ein einziges Mal um Hilfe hatte angehen müssen. Weil sie anders war. Anders als seine unzähligen Favoritinnen, verheiratet oder unverheiratet, käuflich – im engeren Sinne – oder nicht. Frauen, mit denen er ein einziges Mal das Bett geteilt hatte, und andere, denen es gelungen war, über Jahre hinweg seine Leidenschaft immer aufs Neue zu entfachen. Seine Leidenschaft. Nicht seinen Respekt.

Leise Geräusche in der Luft. Fledermäuse, die in den Wirtschaftsgebäuden rund um den Innenhof Zuflucht fanden. Ein Taubenpaar hatte in der einzelnen Zypresse am Rande des Bassins sein Nest gebaut. Eine Zuflucht, nicht anders als dieser Hof auch für Celeste Marêchal eine Zuflucht war. Dabei war er weder ein sonderlich romantischer noch ein sonderlich besinnlicher Ort. Keine zehn Schritte entfernt hing hinter einer Holztür eine Rinderhälfte im Schuppen, und quer gegenüber türmten sich auf einer Schütte die Essensabfälle, bis Gustave sie einmal in der Woche fortschaffte. Und beides war zu riechen. Dennoch: Der Hof war ihr Refugium. Wie lange würde es ihr noch gehören?

Sie musste eine Entscheidung treffen. Vorgeben, alles sei wie immer und in bester Ordnung – oder Bertie die Wahrheit sagen, sobald er eintraf. Bertie *bitten* … Sie biss sich auf die Lippen, näherte ihre Hand der funkelnden Wasserfläche, zog sie zurück, bevor die Feuchtigkeit ihre Haut benetzen konnte.

«Ich werde etwas verlieren», flüsterte sie. Mit jeder Stunde wurde die Erkenntnis klarer. «Irgendwann in den nächsten Tagen werde ich etwas verlieren. Das Hotel oder … ihn.»

«Madame?»

Sie fuhr zusammen. Eine Silhouette löste sich aus dem Winkel hinter der Zypresse, zur Hofeinfahrt hin, wo die Schatten noch ein wenig tiefer waren. Doch sie hatte die Stimme bereits erkannt.

«Monsieur Serge.» Ihre Hand tastete über ihren Hals, den hoch geschlossenen Kragen, auf der Suche nach … Schweiß? Tränen? Sie wusste es selbst nicht. In der Dunkelheit wäre ohnehin nichts davon zu sehen gewesen.

«Madame.» Die dürre Gestalt des Concierge beschrieb eine angedeutete Verneigung. «Ich wollte nicht stören.»

«Nein.» Sie hob die Hand. Wenn er sich bereits im Hof aufgehalten hatte, als sie ihre Zuflucht betreten hatte, was hätte er denn tun sollen? Sich lautlos davonschleichen? Unmöglich. Sie hätte das Hoftor gehört. Doch, nein, das Tor musste mittlerweile ebenso verschlossen sein wie der Eingang zum Foyer. Sie hatte nicht geahnt, dass sich neben Gustave und den beiden diensthabenden Mädchen noch jemand vom Personal im Gebäude befand. «Sie stören nicht, Monsieur Serge. Aber Sie sollten seit dem Souper zu Hause sein.»

«Ich bin noch einmal zurückgekommen.» Ein angedeutetes Lächeln war zu erahnen, als er einen Schritt näher trat und eine Reflexion von der spiegelnden Wasserfläche sich auf seinem hageren Gesicht fing. «Ich hatte mir gedacht ...» Ein winziges Zögern. Der Concierge war erst im vergangenen Jahr zum Personal gestoßen. Mittlerweile war er eine entscheidende Stütze im alltäglichen Wahnsinn des Vernet, und doch fiel es ihr noch nicht leicht, ihn sicher einzuschätzen. Etwas sagte ihr, dass eine irgendwie unangenehme Eröffnung folgen musste. Unangenehm für ihn. Hörbar stieß er den Atem aus. «Wegen des ... Zimmertauschs, den wir heute Morgen vorgenommen haben: Monsieur Søndergracht ist ausgesprochen angetan von der Nummer sechs. Er hat seiner Überzeugung Ausdruck gegeben, dass er heute Nacht ganz wunderbar schlafen wird. Und die Dame unter ihm ... jetzt über ihm ...»

Ein amüsiertes Geräusch kam über Celestes Lippen. «Hoffen wir, dass er nicht zu gut schläft, damit ihre Nachtruhe nicht aufs Neue von seinem Schnarchen gestört wird.»

«Das glaube ich nicht. Dass sie sich stören wird. Die Nummer sechzehn scheint ihr zuzusagen. Was ich sagen wollte ...» Ein Atemzug. «Sie hatten recht, Madame. Mit Ihrem Vorschlag, die beiden Herrschaften ihre Zimmer tauschen zu lassen. Alle beide machen einen höchst zufriedenen Eindruck.» Ein letztes Zögern, bevor sich die hagere Gestalt zu einer erneuten Verneigung anschickte. «Bonne nuit, Madame.»

«Bonne nuit, Monsieur Serge.» Sie lächelte, beobachtete, wie er den Innenhof in Richtung Foyer verließ. Wenn es nur immer so einfach wäre, die richtige Entscheidung zu treffen, dachte Celeste Marêchal.

***

ZÜNDUNG IN 48 STUNDEN, 24 MINUTEN
**Palais du Trocadéro, Paris, 16. Arrondissement –
29. Oktober 1889, 23:36 Uhr**

«Oh nein, Hauptmann!» Ein entschiedenes Kopfschütteln. «Das Kavalleriemanöver bei Sedan war ein Teufelsstreich.» Das Rotweinglas wurde mit einer Entschlossenheit auf dem Tisch abgesetzt, dass einige Tropfen über den Rand spritzten. «Ehre, wem Ehre gebührt! Da hat sich Ihr Herr Vater selbst übertroffen. Das muss man ihm lassen.»

Friedrich von Straten war sich sicher, dass er dem alten Offizier vorgestellt worden war. Ebenso wie nahezu allen übrigen Anwesenden, die sich zu Ehren der deutschen Gesandtschaft im Festsaal des Trocadéro-Palastes versammelt hatten, einer dreistelligen Zahl von Menschen. An den Namen des Franzosen konnte er sich nicht erinnern, doch wenn man ihn reden hörte, konnte man glauben, die Schlacht bei Sedan hätte nicht mit der Kapitulation des französischen Heeres geendet, sondern mit einem glorreichen Sieg über die Streitkräfte aus Deutschland.

Friedrich neigte den Kopf. Bescheiden, ein wenig widerstrebend. Eine Geste, von der er vermutete, dass sie an dieser Stelle erwartet wurde. Dann hatte Gottleben eben Militärgeschichte geschrieben mit seinem verfluchten Reiterangriff! Er fluchte auf den Offizier, fluchte auf jeden Einzelnen, der ihn an diesem Abend bereits in ein Gespräch verwickelt hatte, um ihn zu den Kriegstaten seines Ziehvaters zu beglückwünschen. Doch er fluchte lautlos. Er konnte diesen Gesprächen nicht ausweichen. Das hätte seine Tarnung in Gefahr gebracht. Je stärker er als Gottlebens Sohn wahrgenommen wurde, desto besser. Dass er unter genauester Beobachtung stand, war keine Frage. Mit Sicherheit waren Angehörige des französischen Geheimdienstes im Saal, die weder ihn noch Drakenstein oder die übrigen Mitglieder der Delegation für eine Minute aus den Augen ließen. Unsichtbar, wie auch Friedrich selbst unsichtbar war in seiner Rolle als offizieller Adjutant des Gesandten. Solange er keinen Fehler beging.

Der französische Offizier schien sich inzwischen mehr für seinen Rotwein zu interessieren als für die Erinnerungen an die Schlacht bei Sedan. Unauffällig begannen Friedrichs Augen, sich durch den Saal zu bewegen. Eine festlich gedeckte Tafel bog sich unter erlesenen Köstlichkeiten. Das Licht der Ölleuchten brach sich auf Kristall und kostbaren Metallen. Das Personal in aufwendigen Uniformen, stets eilfertig zur Stelle, noch ehe die Gläser leer waren. Doch Friedrich wusste die Pracht der Inszenierung zu deuten. Nur zum Teil entsprang sie dem Wunsch nach besonderer Gastfreundschaft gegenüber der Delegation aus Deutschland. In Wahrheit erfüllte dieser Abend dieselbe Funktion wie die gesamte Weltausstellung: eine Demonstration des Reichtums und der Größe der Französischen Republik. Eine Warnung beinahe, exakt berechnet bis in die Feinheiten der Speisenfolge hinein. Eine Warnung, den Nachbarn jenseits des Rheins besser nicht zu unterschätzen. Ein Gedanke, der Friedrich von Straten ohnehin keine Sekunde lang gekommen wäre.

Auf den Ehrenplätzen war Drakenstein in ein Gespräch mit mehreren Franzosen vertieft. Der Leiter der Delegation hatte sich den Bauch vollgeschlagen und schien sich bestens zu amüsieren. Einmal mehr war Friedrich froh, dass das Oberhaupt seiner Gesandtschaft nicht unterrichtet war über seine Mission. Wer nichts wusste, konnte gar nicht erst in die Verlegenheit kommen, etwas auszuplaudern. Aus einem Nebenraum drangen die Klänge eines Tanzorchesters, und er beobachtete, wie sich mehrere Paare in diese Richtung entfernten. Ob die Männer des Deuxième Bureau unter ihnen waren, zur Tarnung Begleiterinnen an ihrer Seite? Die Franzosen hatten Jahrzehnte Vorsprung in dieser Art von Missionen. Friedrich machte sich wenig Hoffnung, seine Widersacher identifizieren zu können.

Doch sie waren es auch nicht, nach denen er Ausschau hielt. *Ein Schwan.* Das war das Zeichen, an dem er seinen Kontaktmann an diesem Abend erkennen sollte. Die geheimdienstliche Sektion des deutschen

Generalstabs war jung, und die Überlegenheit der Franzosen war kein Geheimnis; die eigenen Strukturen mussten mit aller Vorsicht gehütet werden. Ein Schwan: Mehr hatte er nicht erfahren. Möglich, dass sich ihm ein Herr *von Schwanenburg* vorstellen würde oder, wahrscheinlicher, ein Monsieur *Le Cygne*. Denn war nicht zu erwarten, dass der Kontaktmann Franzose war? Oder aber der Mann würde sich auf eine Weise offenbaren, die Friedrich noch gar nicht in den Sinn gekommen war. Dies jedenfalls sollte das Zeichen sein: ein Schwan.

«Ah, der junge Herr Gottleben ...» Eine Stimme in seinem Rücken.

Friedrich schloss die Augen. Aber wie durch ein Wunder erhielt er eine Atempause: Der Sprecher wurde abgelenkt.

Gottleben. Er war kein Gottleben. Es war nicht so, dass der Haushalt seines Ziehvaters ihn zu offiziellen Anlässen am Katzentisch platziert hatte, doch es hatte tausend andere Wege gegeben, deutlich zu machen, dass er nicht eigentlich dazugehörte. *Straten* war eine halbverfallene Siedlung einige Dörfer von Gottlebens Schloss entfernt, und irgendeinen Namen hatte das Kind nun haben müssen. Wie auch immer Gottleben es bewerkstelligt hatte, ein entsprechendes Diplom ausstellen zu lassen, das seinen Ziehsohn in den Adel erhob – in die allerunterste Klasse des Adels, wohlgemerkt, die es ihm indes ermöglichte, an den gesellschaftlichen Anlässen auf dem Schloss teilzunehmen. Nein, keine Minute hatte man ihn vergessen lassen, dass er kein Gottleben war. Und heute war er froh darüber, nachdem er bald zwanzig Jahre lang aus nächster Nähe hatte verfolgen können, auf welcher Ebene sich die Fähigkeiten eines wahren Gottleben bewegten: eben genug Verstand im Kopf, um den väterlichen Gutsbetrieb zu bewirtschaften. Und dennoch waren seine Ziehbrüder bereits im Begriff, Karriere zu machen: im Auswärtigen Amt, in der Kavallerieabteilung des Prinzen von Preußen. Und sollte es nichts werden mit der Laufbahn in Politik und Militär, so war noch immer das Geld da, gab es noch immer die weiten Ländereien jenseits der Elbe.

Friedrich von Straten hatte nichts von alledem. Weder Geld noch Land, noch den Namen der Nummer zwei im Generalstab. Zumindest seinen Posten hatte er Gottleben zu verdanken – der mit Sicherheit nicht geahnt hatte, in welche Sektion es Friedrich verschlagen würde. Ein kleiner

Posten in einer nachrangigen Abteilung, auf dem er sein bescheidenes Auskommen finden mochte, vor allem aber den alten Mann von der Notwendigkeit befreite, je wieder einen Gedanken an ihn zu verschwenden.

Damit hätte es enden sollen, doch es war Friedrich von Stratens eiserner Entschluss, dass es damit nicht enden *würde*. Was immer aber kommen würde, er würde es sich allein zu verdanken haben. Deshalb war er hier in Paris: Er würde mehr sein als ein Gottleben. Unendlich viel mehr als Gottlebens Ziehsohn. Eines Tages. Seine Mission konnte ein Schritt auf diesem Wege sein, doch nicht sie war der entscheidende Grund für seine Anwesenheit in der Stadt. In Wahrheit ...

«Ah, Gottleben.» Bedeutend verbindlicher. Die Atempause war beendet.

Friedrich erhob sich, wandte sich um – und hob überrascht die Augenbrauen. Gaston Longueville persönlich stand vor ihm, der Sekretär des Präsidenten der Republik. Und er war nicht allein.

Friedrich von Straten war geübt darin, seine Miene unter Kontrolle zu halten. Wer mit zwei bösartigen Ziehbrüdern aufwuchs, lernte sehr rasch, sich seine Gefühle nicht anmerken zu lassen. Eine Fähigkeit, die er bei seiner Tätigkeit für den Generalstab weiter hatte schulen können und in der er es mittlerweile zu einer gewissen Meisterschaft gebracht hatte.

Doch nicht in diesem Moment. Die Dame an der Seite des Sekretärs, die Finger in den langen, dunklen Handschuhen vertraulich auf Longuevilles Arm gelegt: Sie war eine der schönsten Frauen, die Friedrich jemals zu Gesicht bekommen hatte, aber nicht das war es, was ihm den Atem in der Kehle stocken ließ. Es war ihr Dekolleté.

Der wahrhaft großzügige Brustausschnitt war eine aufwendige Arbeit, das sah selbst Friedrich, der sich mit derartigen Künsten niemals befasst hatte: Rüschen und Spitze und winzige Zuchtperlen, die mit Goldfäden in den Saum gefasst waren, genauso aber in die figürliche Stickerei, die von der Hüfte aufwärts die gesamte Vorderseite des Kleides einnahm: ein Schwan, der über den Brüsten der jungen Frau majestätisch seine Flügel breitete, die Augen leuchtende Rubine. Ein Schwan!

Eine Sekunde – oder waren es zwei? –, dann hatte Friedrich seinen Gesichtsausdruck wieder in der Gewalt. Doch zu spät. Er wusste, dass er sich eine Blöße gegeben hatte. Hatte Longueville sie bemerkt?

«Madeleine, ma chère.» Der Sekretär wandte sich an seine Begleiterin. «Hauptmann ... oh. Nein, nicht Gottleben. Verzeihen Sie, Hauptmann. Hauptmann von Straten begleitet den Herrn Gesandten auf seiner Mission», erklärte er.

Madeleine. Seine Frau? Eine klassische Schönheit: dunkle Haare, grüne Augen, hohe Wangenknochen. Eine einzelne Haarsträhne, die sich nicht recht in den Haarputz fügen wollte, war das einzig Unvollkommene an ihr. Sie betrachtete ihn, konzentriert, eine Spur von Neugier in ihrem Blick. Sie war zu jung für Longueville, doch was sagte das schon aus in den Kreisen der Macht? Was machte das für einen Unterschied für Friedrichs Mission, wenn er sich – und sie – soeben verraten hatte?

Longuevilles Blick war auf ihn gerichtet, seine Miene nicht zu lesen. Die Frau streckte ihm die Hand entgegen. Friedrich ergriff sie und ... Im letzten Moment traf er eine Entscheidung. Anstatt die Finger in ihrem nachtdunklen Handschuh sachte in Richtung Lippen zu führen, Millimeter entfernt aber innezuhalten und den Kuss lediglich anzudeuten, senkte er den Kopf eine entscheidende Winzigkeit weiter, berührte die Seide tatsächlich, eine Idee zu lange obendrein, sodass es Longueville nicht entgehen *konnte*. Ein Fauxpas – und seine einzige Chance. Er musste den Eindruck bestätigen, den ersten Eindruck vom Vormittag. Friedrich von Straten, Ziehsohn eines tumben Militärs aus Ostpreußen, auf seinem ersten diplomatischen Auftrag. Unübersehbar zeigte er sich den gesellschaftlichen Gepflogenheiten nicht gewachsen.

«Enchanté, Madame», sagte er und ließ den deutschen Akzent etwas stärker in den Vordergrund treten. Noch einmal auf das Dekolleté stieren? Er entschloss sich dagegen.

«Hauptmann von Straten.» Die Dame deutete eine Verneigung an, schenkte ihm ein kurzes, nun, verschwörerisches Lächeln, doch *sie* musste er nicht überzeugen. Diese Frau war der Schwan, seine Verbündete. Nicht für eine Sekunde hatte Friedrich in Erwägung gezogen, dass sein Kontaktmann in Wahrheit eine Kontakt*frau* sein könnte. Das Entscheidende war Longuevilles Reaktion.

«Ich hoffe, Ihr Aufenthalt in Paris verläuft angenehm, Herr Hauptmann?», erkundigte sich der Sekretär im Plauderton.

Friedrich drehte den Kopf. Nun war er wahrhaftig perplex, denn Longueville hatte soeben *deutsch* gesprochen. Die leichteste Andeutung eines Lächelns auf den Lippen des Sekretärs, aber deutlich genug. Er wusste, was Friedrich in diesem Moment durch den Kopf schießen musste: Drakensteins Äußerung über die Kanonen, die eines Tages von der Grenze aus Paris erreichen könnten. Longueville hatte jedes Wort verstanden und sich mit keinem Wimpernschlag verraten.

Friedrich neigte den Kopf. «Die Stadt gefällt mir ganz außerordentlich, Monsieur le Secretaire», erwiderte er, und, gottlob, seine Stimme klang fest. Gleichzeitig aber wuchs seine Verwirrung. Longueville zog ihn ins Vertrauen. Warum tat er das? Warum tat er das ausgerechnet *in diesem Moment*?

«Das ist mir eine Freude.» Der Franzose, nach wie vor im Plauderton. «Ich selbst bin kein Soldat, müssen Sie wissen, Herr Hauptmann.» Beiläufig tätschelte er das Heft des aufwendig verzierten Degens an seiner Seite, Teil seiner Galauniform. «Bin mein Leben lang Diplomat gewesen.» Das Lächeln wurde etwas deutlicher. «Doch natürlich ist mir der Name Ihres Herrn Vaters – Ihres Herrn Ziehvaters – vertraut. Ebenso wie seine militärischen Erfolge.» Hier neigte er den Kopf eine Winzigkeit auf die Seite. «Umso bemerkenswerter, dass sein Sohn eine so ganz andere Richtung einschlägt.»

Friedrich spürte, wie eine plötzliche Kälte von seinem Körper Besitz ergriff. Wurde er blass? Hatte es einen Sinn zu leugnen?

«Als Angehöriger einer diplomatischen Gesandtschaft», fügte der Sekretär an, und sein Gesichtsausdruck veränderte sich keine Winzigkeit. Der Atem stockte in Friedrichs Kehle. Longueville hatte also doch nicht begriffen? Ein joviales Lächeln breitete sich auf dem Gesicht des Franzosen aus. «Eine gute Entscheidung, Herr Hauptmann, möchte ich sagen. Die Diplomatie, das ist unsere Zukunft! Eine freundliche Nachbarschaft unserer beiden Völker. Und nun kommen Sie mit! Die Terrassen des Trocadéro bieten den schönsten Blick auf den Turm und das gesamte Gelände der Exposition. Sie werden etwas zu sehen bekommen, das Sie so schnell nicht vergessen werden!»

Friedrich war sich nicht sicher, ob der Mann sein Nicken noch registrierte. Longueville hatte sich bereits abgewandt. Lediglich seine Begleiterin, die Finger nach wie vor auf dem Arm des Sekretärs, warf einen Blick zurück. Einen deutlichen Blick, der Friedrichs Augen fand. *Madeleine.* Longuevilles Frau oder doch nicht? Der Sekretär hatte ihr den Gast aus Deutschland vorgestellt, ohne das Manöver umgekehrt zu wiederholen. Nun, sie war Friedrichs Verbündete. Nur das stand fest.

Seine Beine fühlten sich unsicher an, als er den beiden folgte. *Etwas, das Sie so schnell nicht vergessen werden.* Nein, mit Sicherheit würde er diesen Abend nicht vergessen. Schon jetzt war kein Zweifel möglich. Paris, das Herz aller diplomatischen Intrigen. Friedrich selbst war es gewesen, der in der Sektion darauf gedrängt hatte, gerade ihm die Mission an der Seite des Gesandten anzuvertrauen. Aus ganz eigenen Gründen letzten Endes, von denen seine Vorgesetzten so wenig ahnen konnten wie die Franzosen, aber eben auch überzeugt davon, jeder denkbaren Situation gewachsen zu sein. Auf einen Schlag wurde ihm bewusst, dass er in Wahrheit noch einen weiten Weg zu gehen hatte. Wobei sein Weg zunächst lediglich bis auf die weite Terrasse vor dem Trocadéro-Palast führte.

Breite Türen waren von unsichtbarer Hand geöffnet worden. Friedrich fand sich in einem Strom von Menschen wieder, der unter erwartungsvollem Geplauder ins Freie strömte. Ein Stück vor ihm sah er nun auch Drakenstein, zwei seiner Gesprächspartner im Schlepptau. Longueville entdeckte das Gespann, winkte es heran, und Friedrich beobachtete, wie der Gesandte den *cher secretaire* überschwänglich begrüßte, als hätten sie sich Monate nicht gesehen. Die Frau namens Madeleine ... Sie hatte sich von der Seite des Sekretärs gelöst, ließ sich zurückfallen. Ein Blick über die Schulter. Ihre Augen trafen sich, als Friedrich eben ins Freie trat. Nahezu sämtliche Leuchten im Festsaal waren verloschen, während sich die Gäste auf den Weg nach draußen gemacht hatten. Auf der Terrasse hoch über den Gärten und Rabatten herrschte ein unbestimmtes Zwielicht, doch Friedrich erkannte die Andeutung einer Bewegung, mit der sie den Kopf zur Seite wandte, nach links, an den Rand der Menge.

Er neigte den Kopf, ebenso beiläufig. Die Gunst des Augenblicks. Longueville war abgelenkt, alles war abgelenkt in Vorfreude auf das Schauspiel, das der Sekretär angekündigt hatte. Vorsichtig bewegte Friedrich sich nach vorn. Spürte er Blicke auf sich, andere Blicke als diejenigen der Frau, die Schritt für Schritt weiter in die Schatten zurückwich? Rings um ihn fremde Gesichter, ein Stück entfernt zwei niederrangige Angehörige der deutschen Delegation, sichtbar angeheitert. Der französische Geheimdienst ... Jeder Besucher konnte zum Deuxième Bureau gehören. Doch die Dunkelheit schien von Sekunde zu Sekunde zuzunehmen, und überall war Bewegung, waren Menschen, die sich hin- und herschoben. Friedrich gelang es, sich in die gewiesene Richtung zu halten, noch immer unauffällig, falls Beobachter ihn im Blick hatten. Auf der Suche nach einem günstigen Platz an der Balustrade scheinbar, die die Aussichtsterrasse zu den abfallenden Rabatten hin begrenzte.

Links von ihm nun Stufen, die in weitem Bogen abwärtsführten, hinab in die unbeleuchteten Gärten. Ein letzter, sichernder Blick zurück. Nein, niemand hatte Augen für ihn. Zwei rasche Schritte, und er spürte den glatten Marmor der Treppe unter den Füßen. In der Tiefe einen Lidschlag lang ein hellerer Fleck, als sich verirrtes Licht auf der Stickerei fing, dem Abbild des Schwans oder der weißen Haut des Dekolletés.

Ein Geräusch in seinem Rücken. Er kam nicht dazu, sich umzuwenden. Eine Hand schloss sich um seinen Nacken.

* * *

Zündung in 48 Stunden, 21 Minuten
Salon Chou-Chou, Paris, 18. Arrondissement – 29. Oktober 1889, 23:39 Uhr

Die Hure spuckte Blut. Schweiß strömte über ihre Stirn. Vor die aufgerissenen Lippen presste sie einen Lumpen, der bereits über und über mit ihrem Auswurf durchtränkt war. Unübersehbar hatte sie Mühe, sich überhaupt auf dem Stuhl zu halten, und dennoch vermied sie es verzweifelt, mit dem verschmutzten Lappen den Stoff ihres samtenen Kleides zu berühren, den seidenen Schal, der ihr Dekolleté verhüllte.

Lucien Dantez kaute auf seiner Unterlippe. Unschlüssig. Alles war vor-

bereitet: Die Gasleuchten und die reflektierenden Schirme waren sorgfältig ausgerichtet, sodass sie die Chaiselongue mit ihren verschwenderischen Polstern in Licht tauchten, während der Hintergrund zu einem
Ungefähr verschwimmen würde. Seine Kamera war bereit, der Platz an
der Rückseite verhüllt von einem Tuch aus dunklem Gewebe, unter dem
auch Lucien selbst bis zu den Hüften verschwinden würde, wenn er die
letzten Einstellungen vornahm. Die gelatinebeschichtete Platte im Innern des Gehäuses musste vor jedem zufälligen Lichteinfall geschützt
werden. Alles, was ihm blieb, war, sein Modell zwischen den Polstern
zu arrangieren, die Belichtungszeit gegebenenfalls anzupassen und am
Ende den Magnesiumblitz auszulösen. Wieder und wieder und wieder,
während der Seidenschal und das schwere Kleid fallen würden, dann die
gerüschten Unterkleider, und das Mädchen mehr und mehr preisgeben
würde von seiner bleichen Nacktheit, drapiert in immer neuen lasziven
Posen. Dieselbe Aufgabe wie an so vielen Abenden zuvor in den vergangenen beiden Monaten, mit unterschiedlichen Mädchen selbstverständlich.
Die Kunden waren begierig, und der bleiche Strom junger Frauen aus
den lichtlosen Hinterhöfen jenseits des Boulevard de Clichy schien unerschöpflich. Schon der Gedanke an diesen Lindwurm aus fahlem Frauen-
fleisch drehte ihm den Magen um. Der Gedanke an ihre Gesichter, die
in seiner Erinnerung mehr und mehr zu einem einzigen verschwammen,
an ihre erloschenen, blicklosen Augen. Der Gedanke an die Wirklichkeit,
die erst der Blick durch den Sucher seiner Kamera in etwas Verführeri-
sches und Begehrenswertes verwandelte.

War es Zauberei? Mit Sicherheit war es das: die Zauberei eines neuen
Zeitalters, welche sich die Menschen früherer Generationen niemals hätten ausmalen können. Und die Magie seines Blicks, der Dinge sah, bevor
sie wirklich da waren, und wusste, wie es sich technisch bewerkstelligen
ließ, sie in dieser Weise zu zeichnen. Er hätte allen Grund gehabt, Stolz zu
empfinden, doch wenn er in seinem Innern forschte, empfand er nichts
dergleichen, sondern weit eher das genaue Gegenteil. Und dennoch: *Zweitausend Francs.* Zweitausend Francs für eine Göttin, für ein Leben, wie
Madeleine es verdient hatte.

Unruhig sah er zu der kranken Frau. Sie hätten beginnen können –

beginnen *müssen*. Die Aufnahmen würden vielleicht eine Stunde in Anspruch nehmen. Den größten Teil seiner Arbeit würde er wie üblich in der Dunkelkammer verrichten.

Er fuhr sich mit der Zunge über die Lippen. «Denken Sie, Mademoiselle, dass wir ...»

Er brach ab. Mit stierem Blick sah die Hure ihn an. Für eine Sekunde schien sie zu einer Antwort anzusetzen, doch im nächsten Moment krümmte sich ihr Körper in einem neuen, grauenhaften Hustenanfall. Betreten wandte Lucien die Augen ab. Die Frauen gaben in diesem Raum alles von sich preis. Nichts blieb ihm und dem Auge seiner Kamera verborgen. Und doch erschien es ihm, als ob die Krankheit, die Schwäche dieser Frau noch mehr, noch etwas anderes offenbarte, etwas, das über die Nacktheit hinausging. Etwas, das ein Mensch in sich hüten musste, wollte er nicht Schaden nehmen an seiner Seele.

Bilder sind totes Papier. Unvermittelt kamen ihm Madeleines Worte in den Sinn. *Und doch sind sie lebendig. Deine Bilder jedenfalls.* Konnten Bilder am Ende lebendiger werden als das, was sie zeigten? Es war der knöcherne Tod, mit dem er heute Abend diesen Raum teilte. Wenige Wochen, und diese junge Frau würde nicht mehr am Leben sein. Er hatte bereits Menschen in diesem Stadium der Schwindsucht gesehen, viel zu viele von ihnen. Sie würde den kommenden Frühling nicht erleben.

«Ma chérie?»

Lucien fuhr zusammen. Er war mit der Hure allein gewesen in dem niedrigen Zimmer mit dem abgedunkelten Fenster zum Hinterhof. Ganz, wie er es immer hielt. Selbst Materne hatte nach einiger Zeit einsehen müssen, dass eine gewisse Ruhe und Konzentration unabdingbar waren, wenn Bilder von jener Qualität entstehen sollten, die er von dem Fotografen erwartete. Lucien bezweifelte, dass der Zuhälter im eigentlichen Sinne *verstanden* hatte, was zu erklären er sich bemüht hatte: dass er weder Pinsel noch Farbpalette oder Staffelei für seine Arbeit zur Verfügung hatte, sondern nichts als das Licht. Und dass jeder Gegenstand im Raum eine Auswirkung auf dieses Licht hatte, selbst wenn er nicht ins Bild rückte. Zumindest aber hatte der Zuhälter das Ergebnis gesehen, wenn Lucien Dantez ungestört arbeiten konnte. Ein Ergebnis, das bares Geld bedeutete.

Insofern war es auch gleichgültig, dachte Lucien, während er aus zusammengekniffenen Augen beobachtete, wie Materne in den Raum stolziert kam, in einem Sakko aus glänzendem Samt, gestreiften Beinkleidern, und den Spazierstock müßig in der Hand wirbeln ließ. Gleichgültig, ob die Anwesenheit seines Auftraggebers tatsächlich die Ausleuchtung beeinträchtigte – oder ob er es einfach nicht ertrug, sich länger als für ein paar Atemzüge mit diesem Mann in ein und demselben Raum aufzuhalten.

Materne spazierte auf die Hure zu, hielt zwei Schritte vor ihr inne und musterte sie, das Kinn in die Hand gestützt. «Ihr seht etwas blass aus, Teuerste, ein wenig indisponiert.»

Ihre Lider flatterten, doch ruckartig wandte sie den Blick in seine Richtung. Zitternd ließ sie den Lumpen sinken, sodass ihr ausgemergeltes Gesicht zum Vorschein kam. Ein Gesicht, das niemals besonders attraktiv gewesen sein konnte, selbst als die Frau sich noch ihrer Gesundheit erfreut hatte. Eine alte Narbe, die die rechte Augenbraue in zwei verschieden breite Abschnitte teilte, gab ihren Zügen etwas Irritierendes, doch das waren Details, die ein Betrachter in ihrem derzeitigen Zustand kaum noch wahrnahm. Stier sah sie den Zuhälter an. Das Blut haftete an ihren Lippen wie eine besonders vulgäre – oder besonders morbide – Bemalung. Im nächsten Moment aber ging ein neuer Schauer durch ihren Körper, ein neues Aufbäumen. Hektisch brachte sie das Tuch wieder an den Mund und krümmte sich vornüber. Krampfhaft suchten ihre Füße am Boden nach Halt, glitten aus in der schmutzigen Lache, die sich dort gesammelt hatte.

«Monsieur Materne.» Lucien holte Luft. «Patron. Sie sehen doch, dass wir unmöglich ...»

«Ihr hört es selbst.» Der Zuhälter ließ ihn nicht ausreden. Doch es war die halb ohnmächtige Frau, zu der er sprach. «Auch unser Monsieur Dantez verliert allmählich die Geduld. Er kann seine Arbeit nämlich nicht in wenigen Minuten auf einer behaglichen, weichen Chaiselongue verrichten, oh nein: Unser Monsieur Dantez wird den Rest der Nacht in einer abgedunkelten Kammer zubringen, über Bäder voller geheimnisvoller Substanzen gebeugt, mit schmerzendem Nacken, umhüllt von giftigen

Dämpfen. Alles nur, damit wir unseren Kunden eine Ware bieten können, die sie wahrhaft zufriedenstellen wird. Ihr versteht, ma chérie? Die Zeit, fürchte ich, läuft uns davon. Wir warten nur auf Euch. Wenn Ihr also die Güte hättet?»

«Patron ...», setzte Lucien noch einmal an, doch Materne nahm ihn nicht zur Kenntnis, sondern trat zu der Hure, wobei er dem Unrat am Boden auswich.

Mit übertriebener Neugier beugte er sich vor. «In der Tat», murmelte er. «Ihr wirkt eine winzige Spur unpässlich. Ihr seid erhitzt. Ich sehe Schweißtropfen auf Eurer Stirn.» Er richtete sich auf. «Übermäßige Wärme erzeugt Trägheit. Und Trägheit müssen wir überwinden, wenn wir uns ans Werk machen.»

Das Folgende geschah in Sekunden. Neben dem Stuhl stand ein Wassereimer, dazu ein hoher Spiegel und weitere Utensilien, mit denen sich die Damen, die Lucien in diesem Raum ablichtete, zwischen den einzelnen Aufnahmen von neuem herrichten konnten. Materne griff nach dem Eimer. Die Frau, die ihren Anfall eben überwunden hatte, erfasste die Bewegung. Lucien sah die Panik in ihren Augen, sah, wie sie den Mund öffnete – doch es war zu spät. Ein Schwall eisigen Wassers traf die Fiebernde, die im letzten Moment die Arme hochgerissen hatte, das Gleichgewicht verlor, vom Stuhl rutschte, in ihrem durchnässten, schweren Kleid zu Boden ging. Aber nur für eine Sekunde. Maternes Finger krallten sich in ihr Haar und rissen sie hoch.

«Patron!» Luciens Stimme überschlug sich. Er war wie erstarrt gewesen, jetzt eilte er auf den Mann und seine Gefangene zu, kam aber keine drei Schritte weit.

«Hinter die Kamera!» Der Spazierstock zielte auf seine Brust wie ein Rapier. «Wir ändern den Plan. Heute werden Sie ganz besondere Bilder einfangen, Monsieur Dantez.»

Luciens Mund war trocken. Die Spitze des Stocks berührte seine Brust und ließ ihn unwillkürlich zurückweichen. Die Kamera! Ein hektischer Blick über die Schulter. Nein, er hielt nicht auf den kostbaren Apparat zu. «Monsieur Materne, diese Frau ist krank. Sie wird wahrscheinlich bald ...» Er schluckte. «Wenn Sie sie ... Wenn Sie ihr Gewalt antun, kann das ihr Tod ...»

94

Für einen Atemzug hielt der Zuhälter inne. «Wie Sie soeben anmerkten, stirbt sie sowieso.» Sein Griff im Haar der wimmernden Frau verstärkte sich. Er zerrte sie der Chaiselongue entgegen; auf Händen und Knien versuchte sie zu folgen. «Wissen Sie, was unsere Kunden wollen, Lucien Dantez? Was sie *wirklich* wollen?»

Lucien stellte fest, dass er hinter seiner Kamera stand. Er konnte nicht sagen, wie er dorthin gekommen war. «Sie wollen Bilder schöner Frauen», begann er heiser. «Sie wollen ...»

«Sie wollen keine *schönen* Bilder», zischte der Patron. «Was sie wollen, ist *Macht*. Und diese Frauen sind auf Ihren Bildern gefangen. Sie können sich nicht rühren, sich nicht verweigern. Wer diese Bilder hat: Sie sind ihm preisgegeben.»

«Aber ...»

«Aber das können unsere Kunden jeden Abend haben. Hier im Chou-Chou und im halben Arrondissement rauf und runter. Richtig.» Noch einmal riss der Mann in den gestreiften Hosen die wimmernde Frau in die Höhe und stieß sie grob in die Polster. «Die meisten Mädchen bleiben mehrere Jahre lang ansehnlich, und man kann sie immer wieder verkaufen. *Das hier* aber ...»

Er wandte sich um. Das Kleid der Fiebernden war zerrissen. Verzweifelt versuchte sie, es wieder an sich zu raffen, ihre Blöße zu bedecken. Blut sickerte aus ihrem Mundwinkel, das lange Haar hing ihr in durchnässten Strähnen vor das totenblasse Gesicht. Einzig die Narbe in der Augenbraue leuchtete in einer Farbe, als wäre die Wunde ihr eben frisch zugefügt worden.

«Das hier aber können sie *nicht* jeden Abend haben.» Langsam drehte er sich zu Lucien um. Flüsternd. «So viele Mädchen habe auch ich nicht, dass wir jeden Abend eins zu Tode vögeln können.»

Lucien schauderte. Er spürte es: Auch sein Gesicht hatte keine Farbe mehr.

Materne hatte sich schon wieder halb zu dem wimmernden Bündel umgewandt, drehte sich nun noch einmal über die Schulter um. «Keine Sorge, Monsieur Dantez. Ich habe nicht vor, dieser Mademoiselle die Kehle durchzuschneiden.» Sein Mundwinkel zuckte. «Auch solche Bilder wären vermutlich teuer zu verkaufen, doch wir müssten allzu sehr darauf achten, wem sie in die Hände geraten. Der Präfekt der Polizei ist geübt im Wegsehen – doch nicht *dermaßen* geübt. Und es gibt andere Möglichkeiten.» Mit einem heftigen Ruck riss er der Kranken das Kleid von der mageren Brust.

«Zeit für die erste Aufnahme, Monsieur Dantez», murmelte Materne, während er sich das Sakko von den Schultern streifte und es achtlos zu Boden fallen ließ. «Wenn wir gute Arbeit leisten, werden wir sehr gutes Geld verdienen. Sie und ich, und selbst Ihr, meine Teuerste.» Er trat einen Schritt beiseite, während Lucien mit zitternden Fingern den Magnesiumblitz auslöste. «Selbst Ihr», wisperte Materne und umfasste den Hüftgürtel der Hure mit beiden Händen. «Genug für den Rest Eures Lebens.»

***

Zündung in 48 Stunden, 18 Minuten
Deux Églises, Picardie – 29. Oktober 1889, 23:42 Uhr

Albertine de Rocquefort fand an diesem Abend keine Ruhe.

Seit Jahren hatte sie es sich zur Gewohnheit gemacht, sich noch einmal an den Sekretär zu setzen, nachdem Marguerite sie ausgekleidet und ihr eine gute Nacht gewünscht hatte. Im Haus im achten Arrondissement wie auch hier in Deux Églises; sie besaß zwei einander sehr ähnliche Stücke aus der Epoche des fünfzehnten Louis. Natürlich schrieb sie nichts nieder. Das wäre zu gefährlich gewesen. Doch sehr bewusst richtete sie ihre Gedanken auf die Ereignisse des vergangenen Tages, bevor der Schlaf die Erinnerung verfälschen konnte. Im Laufe der Zeit hatte sie auf diese Weise eine Technik entwickelt, die es ihr ermöglichte, sich Worte und Eindrücke präzise ins Gedächtnis zurückzurufen, sie einer Prüfung zu unterziehen, für die im Moment des Geschehens keine Zeit blieb. Betonungen nachzulauschen, dem möglichen Sinn eines Satzes, der sich im Gespräch nicht erschlossen hatte. Der Frage nachzuspüren, warum das eine oder andere möglicherweise *nicht* gesagt worden war. Einordnungen vorzunehmen, Optionen und Strategien zu entwickeln. Ein Verfahren, das nicht geringen Anteil daran hatte, dass sie heute war, wo sie war. Was sie war, mehr als ein Jahrzehnt nach dem Tod des Vicomte. Sie war ein Faktor, den es zu bedenken galt: in den Salons, in der Gesellschaft, im Leben der Hauptstadt und der gesamten Republik.

Nichts davon war ihr an diesem Abend gelungen. Jedes Detail des Gesprächs mit Torteuil ließ sich an den ihm zugewiesenen Platz schieben, nicht aber jenes eine, entscheidende Element: das Aufblitzen einer fernen Vergangenheit, das unvermittelt Unbekannte ins Spiel gebracht hatte, die die Vicomtesse niemals in ihre Erwägungen einbezogen hatte. Und die das Ergebnis des gesamten Spiels verändern konnten. Weil Albertine de Rocquefort nicht in der Lage war, den Sinn von Torteuils letzten Bemerkungen einzuschätzen.

Dass Sie selbst keinen Tag älter waren, Madame. In Ihrer Zeit. ... Dinge, die uns überraschen würden, wenn wir von ihnen wüssten. Er konnte nichts wissen!

War das tatsächlich unmöglich? Sie hatte gekämpft, hatte versucht, sich die unterschiedlichen Möglichkeiten vorzulegen, sie eine nach der anderen einem Urteil zu unterziehen. Ausgerechnet jetzt aber verweigerte Albertines einziger und wichtigster Verbündeter die Zusammenarbeit: ihr überlegen planender, unbestechlicher Verstand. Minuten nur, und ihre Gedanken hatten begonnen, sich im Kreis zu drehen.

Sie wusste, was es war, das ihren Geist gefangen hielt, ausgerechnet jetzt, da so viel auf dem Spiel stand. Es war Mélanie. Ja, Albertine war erleichtert gewesen, als das Mädchen von sich aus den Wunsch geäußert hatte, in die Stadt zurückzukehren und die Exposition zu sehen. Wobei ihr bewusst war, dass sie ebenso gut den Dingen hätte ihren Lauf lassen können. Agnès hätte keine zwei Sätze gebraucht, um Mélanie zu überzeugen. Und auch das war ein Grund zur Erleichterung. Unübersehbar tat die Gesellschaft des älteren Mädchens ihrer Tochter gut. Und doch war all das nicht das Entscheidende, denn nicht dort lag das Problem.

Das Problem bin ich, dachte sie. Das Problem waren die Gefühle und Rücksichten, die Einfluss zu nehmen begannen auf ihren Verstand. Gefühle und Rücksichten, für die jetzt kein Platz war. Das Für und Wider, das sich aus einer Verbindung mit Torteuil ergeben würde, hatte sie lan-

ge gegeneinander abgewogen, und das Ergebnis war mit aller Eindeutig-
keit ausgefallen, nachdem sie ihre Tochter eine Weile beobachtet hatte.
Torteuil. Ein Duc. Eine Familie, die mit den Bourbonen und den Orleans
verschwägert war und über diese mit Häusern, die bis heute an der Macht
waren. Und reich war der Mann obendrein, wenn er den größeren Teil seines Vermögens auch seinen Teekesseln verdankte. Die beste Wahl für das
Leben, das ihre Tochter erwartete, so wie das Mädchen nun einmal war.
So vollkommen anders als ihre Mutter. Was nicht ungünstig sein musste.
Ein Leben wie das ihre hätte sie ihrer Tochter jedenfalls nicht wünschen
mögen. Ein Leben, das nur mit jener Zähigkeit und Entschlossenheit zu
bewältigen war, die Albertine de Rocquefort auszeichneten. Nein, es war
nur gut, dass Mélanie anders war. Wenn Agnès' Gesellschaft dazu führte,
dass ein klein wenig von der Stärke, von der Selbstsicherheit zurückkehrte,
die das Mädchen durchaus einmal besessen hatte, würden die Dinge sich
zum Besten fügen, ganz wie die Vicomtesse sie ersonnen hatte. Duchesse
de Torteuil: Mélanie würde in ihrem Leben all die Sicherheit haben, die
Albertine de Rocquefort nie gekannt hatte.

Doch die Worte des Duc hatten in ihrem Kopf einen Mahlstrom in
Gang gesetzt. Gefühle. Rücksichten. *Skrupel.* War es nicht viel zu früh,
Mélanies Leben für alle Zeiten festzulegen? Das Mädchen war so jung, so
unglaublich jung. *Dass Sie selbst keinen Tag älter waren ...*

Albertine schüttelte sich. Längst saß sie wieder an ihrem Sekretär.
Nachdem sie festgestellt hatte, dass sie nicht in der Lage war zu denken,
hatte sie kurz entschlossen eine Kerze ins Fenster gestellt, und zehn Minuten später war Luis' gebräunter Körper mit eleganten Bewegungen in
den Raum geklettert, um sich mit allem Enthusiasmus seiner siebzehn
Jahre seiner Aufgabe zu widmen. Albertine wusste aus Erfahrung, dass sie
für ein oder zwei Tage wund sein würde. Doch selbst das hatte nicht geholfen. Es musste ein harter Tag gewesen sein für den Jungen; hinterher
war er tatsächlich eingeschlafen, in *ihrem* Bett, und Albertine hatte sich
dabei ertappt, wie sie ihn betrachtete, die hohen Wangenknochen, die
langen, weichen Wimpern, das rührende, leicht einfältige Lächeln auf seinem Gesicht, das die meisten Männer *post coitum* auszeichnete. Rührend!
Als hätte es noch eines Beweises bedurft, dass etwas in ihr aus der Balance

war. Sie hatte den Jungen wach gerüttelt, und er hatte sich zurück zu den Pferden getrollt.

Nein, die Ruhe wollte nicht kommen. Skrupel. Rücksichten. Sie waren keine Entschuldigung. Albertine de Rocquefort hätte nicht Jahrzehnte in der Pariser Gesellschaft überlebt, wenn sie sich erlaubt hätte, Schwächen zu entschuldigen. Als Allerletztes ihre eigenen. Eine einzige Schwäche zog weitere Schwächen nach sich, und schon jetzt war es, als hätte die Vergangenheit, die sie seit Jahren tot und begraben geglaubt hatte, lediglich in einem langen, todesähnlichen Schlummer gelegen. Um nun, von neuem erwacht, den mächtigen, lindwurmartigen Leib zu regen, der bedrohlich, unfassbar zugleich den Horizont verfinsterte.

Nein. Albertine legte die Hände flach auf den Tisch. Schon wieder beging sie einen Fehler. Die Vergangenheit mochte eine Bedrohung bedeuten. Entscheidend aber war, dass sie diese Bedrohung erkannt hatte. Zu einer Gefahr konnte sich die finstere Chimäre nur dann auswachsen, wenn Albertine die Augen vor ihr verschloss. Das Gegenteil musste sie tun: Was konnte Torteuil wissen? Wie viel konnte er wissen?

Ihre Finger waren kalt, als sie sich nach der obersten Schublade des Sekretärs ausstreckten und leicht dagegendrückten, während sie gleichzeitig mit dem Fuß nach einer unscheinbaren Erhebung unter dem Tisch tastete. Geräuschlos gehorchte der Mechanismus, den sie seit dem Tag ihrer Ankunft nicht mehr betätigt hatte, und gab das verborgene Schubfach frei. Ein abgegriffenes hölzernes Kästchen kam zum Vorschein. Irgendwann, vor Jahren, war Albertine aufgegangen, dass es an einen winzigen Sarg erinnerte, und auf gewisse Weise war das nur angemessen. Sie hatte es seit einem halben Leben nicht mehr geöffnet, doch unter keinen Umständen hätte sie es jemals in Paris zurückgelassen, wo in dem so ähnlichen Sekretär im Haus im achten Arrondissement eine gleichgeartete Vorrichtung existierte.

Mit einer entschlossenen Bewegung hob sie den Deckel an. Briefe, vergilbte Fotografien, der Geruch von altem Papier. Eine Miniatur in Öl, die Albertine zeigte, doch wer sie heute betrachtete, wäre überzeugt gewesen, dass auf dem winzigen Porträt Mélanie dargestellt war.

Was konnte François-Antoine de Torteuil wissen? Albertine musste

99

sich erinnern, die Briefe, die wenigen, die sie besaß, von neuem lesen, die Fotografien betrachten. Ihre Finger zitterten, als sie eines der Stücke aus der Schatulle nahm, eine hellblonde Haarlocke streichelte. Sie musste zurückkehren. Zurückkehren in die Vergangenheit.

***

Zündung in 48 Stunden, 16 Minuten
Marlborough House, London – 29. Oktober 1889, 23:44 Uhr

Bergamotte. Das war das Erste, was Basil Fitz-Edwards wahrnahm. Er konnte nicht sagen, wo er sich befand. Hatte keine Erinnerung, wie er hierhergekommen war, wo immer dieses hier auch war. Er lag auf weichem Untergrund, doch vor seinen Augen war Dunkelheit, nach wie vor. Über allem aber war dieses Aroma: Bergamotte. Wo immer er sein mochte: Er befand sich in der Nähe einer dampfenden Tasse Tee.

«Wie es scheint, sind Sie bei Bewusstsein.»

Der Satz war eine Feststellung, und er kam von einer Männerstimme, die dem jungen Constable unbekannt war. Doch da war etwas am Tonfall des Sprechers, das Basil stutzen ließ. Oxford. Nicht ganz der affektierte Akzent, mit dem sich die studierten und studierenden Herrschaften in der Universitätsstadt unterhielten, aber doch eine Spur davon. Die Sprache eines Mannes, der irgendwann einmal dort studiert hatte. Die Sprache der Upperclass.

Wozu auch einige andere Eindrücke passten, die Basil in diesem Moment bewusst wurden: das leise Knistern eines Kaminfeuers. Dezenter Geruch nach Tabakrauch und Rosenholzöl und etwas, das er nicht einordnen konnte. Und das Gefühl unter seinen Fingern, feiner Damast, mit dem die Chaiselongue, auf der er lag, bezogen war. Basil hob die Hand, versuchte, sich gleichzeitig auf seinen Arm aufzustützen. Das Pochen, das in seinem Hinterkopf erwachte, ließ ihn in halb liegender Position erstarren.

«Warten Sie.» Erneut die Männerstimme. Etwas streifte seine Schläfe, und im nächsten Moment konnte Basil wieder sehen, kniff aber auf der Stelle die Lider zusammen, als der Schmerz mit neuer Intensität in seinen Schädel stach.

«Keine Sorge, falls Ihnen übel ist.» Die fremde Stimme klang ruhig und durchaus höflich, kam allerdings ohne ein Übermaß an Mitgefühl aus. «Das kommt vom Chloroform.»

Basil wusste nicht, was Chloroform war, und glücklicherweise hielt sich zumindest die Übelkeit in Grenzen, auch jetzt, als er ein vorsichtiges Blinzeln wagte und das Bild sich verschwommen zusammenzusetzen begann.

Er blickte auf einen mit gediegenen Hölzern verkleideten Raum. Schwere Kandelaber an den Wänden, dazwischen ein großformatiges Gemälde, das eine Jagdszene zeigte, dunkel vom Firnis des Alters. In einer Nische hinter einem kunstvoll verzierten Gitter das Kaminfeuer, sehr viel näher an Basil aber ein Beistelltischchen mit, wie erwartet, dampfendem Tee. Wobei es auch andere Getränke gab, alkoholischer Art. Ein Rauchersalon, dachte er. Ein privater und nebenbei ganz außerordentlich luxuriöser Rauchersalon. Zwei Fenster befanden sich in seinem Blickfeld; an einem von ihnen war der Vorhang zurückgezogen. Ein deutlich untersetzter Mann im Tweedanzug wandte Basil den Rücken zu und blickte in die Nacht. Seine Hände lagen auf dem Rücken verschränkt, die Finger der Rechten um das Handgelenk der Linken, deren Zeige- und Mittelfinger sich ruhelos krümmten und wieder streckten.

Es war nicht dieser Mann, der gesprochen hatte. Auf einem hochlehnigen Stuhl saß ein Herr in einem dunklen Abendanzug. Basil kniff die Augen zusammen. Genauso gut hätte der Mann den Kittel eines Marktverkäufers tragen können: Nichts hätte darüber hinwegtäuschen können, dass er Soldat, Offizier war. Sein buschiger Schnauzbart war eisengrau, ebenso die Augenbrauen, doch er hielt sich kerzengerade auf eine Art, die von einem halben Leben im Sattel sprach, als Kommandeur einer Kavallerieeinheit vermutlich. Er musterte Basil aufmerksam, während er das feuchte Tuch, das über den Augen des Verletzten gelegen hatte, auf dem Tischchen ablegte.

Basil räusperte sich. «Wer ... Wo ...»

Der Offizier hob Einhalt gebietend die Hand, und aus irgendeinem Grund verstummte Basil auf der Stelle. «Wir haben einige Fragen an Sie, Constable. Deshalb haben Sie uns begleitet.»

Begleitet? Diese Männer hatten ihn niedergeschlagen! Sie oder vermutlich ihre Lakaien oder Unterstützer.

Der Offizier schien seinem Gedankengang zu folgen. «Ich bedaure, dass wir zu diesem Schritt gezwungen waren», fügte er einschränkend hinzu. «Und ich kann Ihnen versprechen, dass keine meiner Fragen – und keine Ihrer möglichen Antworten – Sie in irgendeinen Konflikt mit den Maximen Ihres Dienstes bringen wird. Im Grunde ...» Er beugte sich vor. «Im Grunde ist genau das Gegenteil der Fall.» Eine Pause. Weiterhin lagen die Augen des Mannes auf Basil. Dann eine Feststellung: «Sie glauben mir.»

Basil stutzte. Tat er das? Konnte so viel aus seiner Miene zu lesen sein? Langsam, aber doch zum größten Teil überzeugt, nickte er. Natürlich: Ihm war bewusst, dass man ohne weiteres in einem wohlhabenden Haushalt leben, teure Anzüge tragen und dabei Pläne verfolgen konnte, die sich mit den Anliegen der Metropolitan Police ganz und gar nicht vertrugen. Doch dieser schnauzbärtige Militär war kein Mann, der log. Davon abgesehen, dass eine Bestimmtheit von ihm ausging, die jede Widerrede ohnehin ausschloss.

Der Offizier nickte knapp. «Sie sind Constable der Metropolitan Police. Ihr Name?»

Basil holte Luft. «Fitz-Edwards. Basil Algernon Fitz-Edwards.» Nach einer Winzigkeit angefügt: «Sir.»

«In Ordnung.» Der Gesichtsausdruck des Mannes blieb unverändert. «Versuchen Sie einmal, ob Sie sich aufsetzen können, Constable.»

Etwas skeptisch bewegte Basil die Beine und stellte fest, dass irgendjemand sie mit einem wollenen Plaid bedeckt hatte. Derselbe vermutlich, der den Kragen seiner Uniform gelockert hatte. Zollweise ließ er die Füße von der Chaiselongue gleiten, richtete gleichzeitig den Oberkörper auf, jeden Moment auf eine neue Schmerzattacke gefasst. Doch diese blieb aus.

Als er sich in eine sitzende Position befördert hatte, den Rücken gegen die Lehne des Möbels, hielt ihm der Offizier eine Tasse Tee entgegen, die er mit exakten Bewegungen eingegossen hatte, um ungefragt zwei Stück Zucker in der dampfenden Flüssigkeit zu versenken. Basil dankte mit einem vorsichtigen Nicken. Er hatte soeben festgestellt, dass er erheblichen Durst hatte.

Der Unbekannte, der augenscheinlich nicht die Absicht hatte, sich seinerseits vorzustellen, gewährte ihm eine Minute, bis er die Tasse mit vorsichtigen Schlucken geleert hatte und sie zurückgab. Hauchfeines chinesisches Porzellan, das Normalsterbliche in einer Vitrine hüten würden. Irgendetwas sagte Basil, dass der ältere Mann Sorge trug, dass ihm solche Details bewusst wurden. Jedes Wort, jede Geste war höflich und verbindlich, doch gleichzeitig wurde der Versuch unternommen, ihn auf beinahe unmerkliche Weise einzuschüchtern.

Das würde nicht gelingen. Basil Fitz-Edwards war Beamter der Metropolitan Police, Teil der Staatsmacht des britischen Empire, und streng genommen noch immer im Dienst. Diese beiden Männer dagegen konnten alles Mögliche sein, allen Bekundungen bezüglich der Maximen seines Dienstes zum Trotz. Basil löste den Rücken von der Lehne der Chaiselongue und setzte sich aufrechter hin, bereit für ihre Fragen. Wenn sie sich mit seinen Maximen vereinbaren ließen.

Im nächsten Moment änderte er seinen Entschluss. «Einen Moment bitte», sagte er und sah dem älteren Mann in die Augen. «Als Sie beschlossen haben, dass ich Sie begleiten sollte, befand ich mich auf einem Einsatz. Ich bin einer ... Person gefolgt. Bevor wir uns über irgendetwas unterhalten, muss ich wissen, ob sie unversehrt ist.»

Die Hand des Offiziers beschrieb eine abwinkende, sichtbar ungehaltene Geste. «Es ist niemand ernsthaft zu Schaden gekommen, Constable, können wir uns darauf verständigen, ja?» Basil öffnete den Mund, doch der ältere Mann ließ ihn nicht zu Wort kommen. «Noch ist niemand zu Schaden gekommen.»

Basil biss sich auf die Unterlippe, warf einen Seitenblick zum Fenster. Der Mann im Tweedanzug rührte sich nicht, ausgenommen das nervöse Spiel seiner Finger, das alle Ruhe und Sicherheit, die der Offizier demonstrierte, ad absurdum führte. Da war eine Atmosphäre mühsam unterdrückter Anspannung, die Basil immer bewusster wurde, je mehr er sich von den Nachwirkungen seiner Blessuren und des ominösen Chloroforms erholte. *Was zum Himmel geht hier vor?*

Der Mann auf dem Stuhl legte die Hände ineinander. «Sie waren auf einem Einsatz unterwegs, Constable Fitz-Edwards? Auf einer ... Mission?»

Das letzte Wort nach einer winzigen Pause. – Basil nickte stumm.

«Die Cleveland Street ist eine recht gute Adresse, habe ich mir sagen lassen», bemerkte der Offizier beiläufig. «Wenig Anlass für eine Mission der Metropolitan Police, sollte man vermuten. Ruhige Anwohner in einer ruhigen Straße.»

«Ein guter Grund, dafür zu sorgen, dass das auch so bleibt.» Basil griff den Tonfall auf und wandte den Blick nicht ab. «Nicht wahr?»

Ganz kurz hatte er das Gefühl, dass sich im Gesicht des anderen etwas bewegte, ein Zucken der Mundwinkel. Anerkennend womöglich? Basil begriff immer weniger, was hier gespielt wurde. Es sei denn ...

Der Ripper. Er hatte Mühe, seine Miene unter Kontrolle zu behalten. Detective Inspector Abberlines erste Spur waren die Schlachthöfe gewesen, doch nachdem diese Fährte ins Nichts geführt hatte, waren andere Theorien entwickelt worden. Unzählige andere. Und bei einer dieser Theorien spielten jene Schreiben eine besondere Rolle, die die Signatur *Jack the Ripper* trugen. Die Formulierungen und die Ausdrucksweise in jenen Schreiben, die jedenfalls nicht zu einem Hilfsarbeiter in den Schlachthallen passten, selbst für den Fall, dass dieser Hilfsarbeiter lesen und schreiben konnte. Im Gegenteil: Wenn diese Briefe vom Täter stammten, so musste der Ripper unter den Gebildeten, den Reichen und Mächtigen zu suchen sein. Das jedenfalls besagte jene Theorie.

Reiche und Mächtige – wie die beiden Männer, welche sich gegenwärtig mit Basil Fitz-Edwards in diesem Raum aufhielten.

Die Hände des jungen Constable waren eiskalt geworden. Zitterten sie? Erfasste der Offizier die Veränderung? Mit Sicherheit tat er das. Der Mann mit dem Schnauzbart beobachtete den Verletzten weiterhin voller Aufmerksamkeit, und auch Basil selbst hatte den Blick nicht abgewandt. Er glaubte eine gewisse Genugtuung zu erkennen. Eine stille Zufriedenheit, dass die Sicherheit des Jüngeren doch noch ins Wanken gekommen war. Aber Triumph? Der Triumph des Übeltäters, dessen Opfer endlich begreift, dass es in der Falle sitzt?

Nein. Ganz allmählich begriff er. Irgendetwas konnte nicht stimmen mit seinen Schlussfolgerungen. Wenn diese Männer, seine Gastgeber, tatsächlich mit dem Ripper im Bunde waren oder ... Neue Kälte überfiel ihn. Wenn einer von ihnen der Ripper *war* ... Schließlich hatte er keinen Beweis, dass er den Vermummten tatsächlich nachhaltig ausgeschaltet hatte. Und dessen Gesichtszüge hatte er nicht erkennen können. Wenn irgendetwas davon zutraf, dann ... dann ...

Dann passte etwas nicht. Wären diese Männer Spießgesellen der Bestie gewesen, dann hätten sie sich alle Fragen, alle Skrupel, alle Nervosität von Anfang an sparen können. Dann wäre Basil Algernon Fitz-Edwards in diesem Moment nicht mehr am Leben gewesen.

Scotland Yard, dachte er. Oder der Geheimdienst. Irgendeine der Organisationen, die parallel zur Metropolitan Police operierte, ohne zwangsläufig jede einzelne Erkenntnis mit Abberline und seinem Stab zu teilen, aber doch einig in den *Maximen*. In einem Ziel mit der Metropolitan Police vereint: den Täter unter allen Umständen dingfest zu machen.

Der Offizier betrachtete ihn, nach wie vor ruhig. Basil war längst klar, dass er die meisten seiner Gedankengänge erriet.

«Dann erzählen Sie uns bitte, was sich heute Abend zugetragen hat, Constable.»

Basil holte Luft. *Wer* den Ripper zur Strecke brachte, war im Grunde gleichgültig. Seine eigene Chance hatte er am Tatort verspielt, und was immer geschehen war, nachdem man ihn ins Reich der Träume geschickt hatte, eines stand fest: Der Ripper befand sich in diesem Moment jedenfalls *nicht* im Gewahrsam der Behörden. Anders ließ sich die Unruhe der beiden Männer nicht erklären.

Er nickte, signalisierte Einverständnis. «Ich habe mich auf der Straße umgesehen», begann er. «Ein Teil meiner Mission, wenn Sie so wollen. Für gewöhnlich ist die Cleveland Street um diese Uhrzeit verlassen, und angesichts des Nebels ...» Er hob die Schultern. «Ich war überrascht, dass eine Dame allein unterwegs war, also bin ich ihr gefolgt. Zu ihrem Schutz natürlich.» Seine Finger fuhren durchs Haar, zogen sich zurück, als sie die Stelle berührten, an welcher der Knüppel – vermutlich ebenfalls ein *truncheon* – ihn getroffen hatte.

«Weiter.» Aus den Gesichtszügen des Offiziers sprach jetzt Anspannung.

Basil stieß den Atem aus. «Dann habe ich begriffen, dass wir nicht allein waren, die Frau und ich. Da war ein Mann, ich habe ihn nicht erkennen können. Er trug einen Mantel, einen hohen Zylinder und ...»

«Und er hat sich der Dame genähert. Weiter!»

Basil kniff die Augen zusammen. «Ja. Und ... Was hätte ich tun sollen? Alarm schlagen? Sie werden mir zustimmen, dass das angesichts der Umstände undenkbar war. Nachdem ich begriffen hatte, wen ich vor mir hatte ...»

Ein Knall. Ein splitternder Laut. Ein Zischen durch die Zähne.

«Gottverfluchter Mist!» Der Mann am Fenster, der Unbekannte, der reglos in die Nacht gestarrt hatte, die Nervosität einzig am ruhelosen Spiel der Finger ablesbar – er hatte sich umgewandt, umklammerte wiederum seine Finger, von denen sich jetzt einzelne Blutstropfen lösten, während die Kälte der Nacht durch die zerborstene Fensterscheibe in den Raum drang. Er starrte auf Basil, nein, auf den Offizier. «Himmelhölleherrgottverfluchter Mist!»

Doch es war kein Unbekannter. Die Tweedjacke stand offen. Der Gürtel der Hose spannte sich über einem ansehnlichen Wanst. Ein sorgfältig gestutzter Knebelbart, das zurückweichende Haar von einer undefinierbaren Farbe.

Basil hatte diesen Mann nur ein einziges Mal gesehen, noch dazu aus zweihundert Yards Entfernung, doch natürlich kannte er ihn, erkannte sein Gesicht. Jeder kannte Albert Edward, genannt *Bertie*, den Prince of Wales. Jeder kannte den Thronerben des britischen Empire.

***

Zündung in 48 Stunden, 16 Minuten
**Montrouge, Paris, 14. Arrondissement –
29. Oktober 1889, 23:44 Uhr**

«Durst!» Das Wort war nur mit Mühe zu verstehen. Was allerdings keine große Rolle spielte, war es doch das erste Wort, das Alain Marais überhaupt von sich gab.

Schon war Pierre Trebut auf den Beinen, eilte zu dem Mann, der sich hustend, beinahe röchelnd auf seinem Lager regte, und beglückwünschte sich zu seiner Voraussicht. Während sie gewartet hatten, Auberlon und er, dass der bedeutendste Agent, den das Deuxième Bureau je besessen hatte, wieder zu Bewusstsein kam, hatte er sich unter den wachsamen Blicken des Générals in der Behausung umgeschaut. Am Anfang immer sorgfältig durch den Mund atmend, bis er sich irgendwann an die Ausdünstungen gewöhnt hatte. Vielleicht war es auch die frische Luft gewesen, die den übelsten Gestank vertrieben hatte, nachdem er die hölzernen Läden vor den Fenstern aufgerissen hatte. Jedenfalls hatte er festgestellt, dass es hier offenbar kein Wasser gab. Und Wasser würde Marais brauchen, sobald er wieder in das Reich der Lebenden zurückkehrte.

Also hatte sich Pierre Trebut im zunehmenden Zwielicht hinab auf die Straße begeben, sich jede Sekunde der Blicke hinter den leeren Fensterhöhlen der Nachbargebäude bewusst. Der Brunnen, auf den er nach einigem Umherirren gestoßen war, hatte wenig vertrauenerweckend gewirkt, doch zumindest der Schöpfeimer hatte einen soliden Eindruck gemacht. Offenbar war die Vorrichtung in Gebrauch. Das Brunnenwasser würde Alain Marais nicht vergiften, wenn das den Spirituosen noch nicht gelungen war, dachte Pierre, die der Mann sich offenbar aus freien Stücken zuführte. Mit raschen Schritten näherte er sich jetzt dem Lager des Dürstenden, einen einfachen Tonbecher in der Hand, den er in einer Ecke des Zimmers auf einem wilden Stapel von Hausrat gefunden hatte. Nach sekundenkurzem Zögern schob er den Arm unter Marais' Nacken und half ihm in eine sitzende Position.

«Vorsichtig», mahnte er, während er den Becher an die spröden Lippen des Älteren führte. «Erst mal nur einen kleinen Schluck.»

Marais hatte die blutunterlaufenen Augen geschlossen. Jetzt rümpfte er die Nase und schlug die Lider auf. «Was ist das?»

«Wasser. Ich ...»

«Absinth, verflucht!» Das Wort wurde rau hervorgestoßen. Im selben Moment schlossen sich die Augen wieder, auf dem blassen Gesicht ein Ausdruck, der nach beträchtlichen Kopfschmerzen aussah. «Bringen Sie mir Absinth», wiederholte Marais leiser, aber nicht weniger nachdrücklich.

Pierre wechselte einen Blick mit Auberlon. Seitdem sie im Haus waren, war der Alte wieder in dieselbe Einsilbigkeit zurückgefallen, die ihn bereits auf dem Weg vom Quai d'Orsay ausgezeichnet hatte. Jetzt nickte er knapp.

Mit einem Seufzen richtete Pierre sich auf und trat an ein deckenhohes Regal. Die säuberlich aufgereihten Flaschen, gefüllt mit einer giftgrünen Flüssigkeit, schienen ihn dämonisch anzufunkeln. Sie waren fest verschlossen, doch das stechende Aroma von Wermut beherrschte nach wie vor den gesamten Verschlag. Er sah sich um.

Auberlon warf ihm einen fragenden Blick zu.

«Ich suche den Absinthlöffel», erklärte Pierre. «Den Zucker.»

«Geben Sie mir die Flasche, verflucht!» Marais, wieder lauter.

Pierre hob die Augenbrauen. «Man kann Absinth nicht pur trinken.»

«Er kann.» Der Général, in abgeklärtem Tonfall, die Augen auf Alain Marais gerichtet, der nun mühsam die nackten Beine von seinem Lager gleiten ließ. Kalkweiß: der Hautton eines Menschen, der seine vier Wände nicht verlässt, solange die Sonne am Himmel steht.

«Agent Marais und ich haben eine Vereinbarung», erläuterte der Général, während Pierre dem Mann auf dem Lager wortlos die Flasche in die Hand drückte. Wenn er keinen Absinthlöffel brauchte und kein Stück Zucker, das man vorsichtig auf den Löffel legte und mit heißem Wasser beträufelte, damit die Flüssigkeit in den sattgrünen Alkohol rinnen konnte, was diesem erst sein einzigartiges Aroma verlieh ... Wenn Alain Marais all das nicht brauchte, würde er vermutlich auch keinen Becher brauchen.

«Heute Abend darf Agent Marais so viel trinken, wie er nur möchte», erklärte der alte Mann. Es war seltsam: Mit einem Mal klang er beinahe

108

gut gelaunt, zumindest für seine Verhältnisse. «Und das nächste Mal dann wieder, sobald er seinen Auftrag ausgeführt hat.»

«Vergessen Sie Ihren Auftrag», brummte Marais, bevor er die Flasche, die im Ganzen einen Dreiviertelliter fassen mochte, an den Mund führte und, ohne abzusetzen, zur Hälfte leerte.

Der Général betrachtete ihn ungerührt. In den Stunden von Marais' Delirium hatte Pierre ein halbes Dutzend Versuche unternommen, aus dem alten Mann herauszukitzeln, was es denn nun mit dem *nicht unbedeutenden* Auftrag auf sich hatte, für den er selbst und die Legende des Deuxième Bureau ausersehen sein sollten. Schweigen. Und irgendwann hatte er sich erinnert, was Auberlon den Kandidaten des Deuxième Bureau zu verkünden pflegte, wann immer sie ihm auf den Fluren des Dienstgebäudes in die Arme liefen: Schweigen – die höchste Tugend eines Nachrichtendienstlers. Auberlon selbst, das musste man ihm lassen, hielt sich an seine Prämisse. Eisern.

Zumindest war Pierre nach einer Weile klargeworden, dass er Marais nicht etwa mit dem Türblatt bewusstlos geschlagen hatte. Nachdenklich betrachtete er den Agenten, fasziniert, dass ein Mensch in der Lage war, zwei Wassergläser unverdünnten Absinths in sich hineinzuschütten, ohne zwischendurch auch nur Luft zu holen. Und ganz zweifellos handelte es sich keineswegs um den ersten derartigen Trunk für diesen Tag. So also sah das Leben des Mannes aus, den ganze Generationen junger Nachrichtendienstler zu ihrem Idol erkoren hatten: ein Leben zwischen Suff und Delirium, bei dem es keiner größeren Anstrengung mehr bedurfte, ihn für einige Stunden ins Reich der Träume zu schicken. Aber warum tat ein Mann wie Alain Marais sich das an? Was trieb er ausgerechnet auf dem Montrouge? *Und was im Himmel hat das alles mit mir zu tun?*

Marais setzte die Flasche ab und stierte mit getrübtem Blick geradeaus. Immerhin gab er keinen Rülpser von sich, und dafür war Pierre Trebut schon dankbar. Das hätte seine letzten Illusionen zerstört. Ohnehin hatte das blasse, verquollene Gesicht samt den blutunterlaufenen Augen wenig Ähnlichkeit mit dem fotografischen Porträt, das sein Dienstzimmer schmückte. Er sah bereits vor sich, wie er es bei der nächsten Gelegenheit unauffällig in seiner Schreibtischschublade verschwinden lassen würde.

Auberlon musterte den Mann auf dem unordentlichen Lager. «Fühlen Sie sich dann betrunken genug, um sich anzuhören, was ich Ihnen zu sagen habe, Agent Marais?»

Ganz kurz schien in den Augen des Agenten etwas aufzublitzen. Dann aber nickte er knapp. «Reden Sie.» Die Stimme klang überraschend ruhig und fest. «Aber ich werde nicht akzeptieren.»

***

Zündung in 48 Stunden, 15 Minuten
Exposition Universelle, Galerie des Machines, Paris, 7. Arrondissement – 29. Oktober 1889, 23:45 Uhr

Schatten. An diesem Abend schienen sie überall zu sein. Die Berneau'sche Uhr, die auch heute die Besuchermassen angezogen hatte, thronte an ihrem Ehrenplatz. Nun, mehrere Stunden nachdem die Ausstellung für die Nacht ihre Tore geschlossen hatte, lag ihr Umriss in einem unbestimmten Zwielicht. Selbst die beiden Agenten des Deuxième Bureau, die zu beiden Seiten der Apparatur Position bezogen hatten, schienen mit den Schatten zu verschmelzen. Sie hatten nicht erfahren, warum dem Artefakt nunmehr eine Sonderbehandlung zukommen sollte. Eingedenk ihrer Position am unteren Ende der nachrichtendienstlichen Nahrungskette hatten sie auch keine Fragen gestellt. Es lag im Wesen eines geheimdienstlichen Apparats, dass nicht jeder alles wissen konnte.

Schatten, so ein grundlegendes physikalisches Prinzip, verdanken ihre Existenz dem Licht. Anders als vierundzwanzig Stunden zuvor hatte sich der Himmel bald nach Sonnenuntergang bezogen, Vorbote eines ersten herbstlichen Regens, der in den Morgenstunden über der Stadt niedergehen sollte. Durch die kühne, gläserne Haube der Galerie des Machines drang nichts als Dunkelheit. Nun verfügte die Halle zwar über ein Beleuchtungssystem; die Offiziellen der Ausstellung waren indessen der Ansicht, dass es unnötig sei, die kostbaren Ressourcen an Gas und Elektrizität auf die Stunden nach Schließung der Veranstaltung zu verschwenden. Wenn Techniker, Arbeiter, Konstrukteure irgendwo Hand anzulegen hatten, würden sie sich mit der Beleuchtung an ihren Ständen und Exponaten behelfen müssen. Was sie auch taten: schimpfend und fluchend.

Eine seltsame Spannung schien über den Gängen zu liegen, als wären die funkensprühenden Felder elektrischer Statik, mit denen einige der Stände Besucher in Staunen versetzten, heute nicht bei Toresschluss in sich zusammengefallen. Als hätten sie nach wie vor Bestand, unsichtbar jetzt und mit einem beunruhigenden Knistern, welches das menschliche Ohr nicht länger wahrnehmen konnte. Sehr wohl allerdings andere Sinne. Sinne, deren Funktionsprinzipien auch in einer Epoche des Aufbruchs der Wissenschaften noch weitestgehend unerforscht waren.

Aggressivität lag in der Luft. Unfreundliche Worte flogen hin und her. Das ärgerliche Pochen in diesem oder jenem Schädel war möglicherweise auf die heraufziehende Regenfront zurückzuführen, und wo sich keine derartigen Symptome einstellten, waren schon die Umstände nicht dazu angetan, die Stimmung zu heben. An nahezu jedem einzelnen Stand, nahezu jeder einzelnen Maschine waren Techniker im Einsatz, mit verbissenen Gesichtern über die Mechanik gebeugt. Keine Katastrophen, lästige Kleinigkeiten nur, die notgedrungen erledigt werden mussten, sollten die komplizierten Apparate am folgenden Morgen erneut bereit für den Einsatz sein. Eines der eigens gefertigten Werkzeuge war verschwunden, die den stampfenden Maschinenpark über Monate hinweg am Laufen hielten. Eines der speziellen Kabel, die die Apparaturen mit dem zentralen Stromnetz verbanden. Ersatzteile für eine Vorrichtung, die plötzlich und unerwartet den Weg alles Irdischen geggangen war.

Es war kein ungewöhnliches Bild, dass in den Abendstunden hier und dort eine Reparatur vorgenommen werden musste. Nicht aber in diesem Ausmaß. Überall in der Halle war irgendeine Art von Schaden zu beklagen, überall ein wichtiges Werkzeug abhandengekommen. Das Seltsamste war vielleicht, dass keine der Mannschaften zu bemerken schien, dass nicht sie allein von den Vorkommnissen betroffen war.

Möglicherweise waren es die Schatten. Tausenderlei Schatten, hervorgerufen von tausenderlei unterschiedlichen Lichtquellen: elektrischen

Glühbirnen und irisierenden Gaslaternen, matten Öllampen und offenen Flammen sogar, in deren Hitze man sich bemühte, geborstene Nähte von neuem aneinanderzufügen. Jede einzelne Mannschaft war voll und ganz auf ihre ureigenen Herausforderungen konzentriert. Keine Zeit für Blicke zur Seite, für einen Gedanken an das, was an den Nachbarmaschinen vor sich ging oder auf der entgegengesetzten Seite der Halle. Und wäre Zeit geblieben für solche Blicke, so wären sie auf wenig mehr getroffen denn auf – Schatten.

So kam es, dass das gesamte Bild nicht zu erkennen war für einen Betrachter, der sich zwischen den schweren Maschinen am Boden der Halle aufhielt. Wenn es überhaupt zu deuten sein sollte, dann einzig von *oben*: nicht von den Aussichtsgalerien oder den mächtigen beweglichen Plattformen, auf denen Besucher während der Öffnungszeiten Gelegenheit hatten, die Vielzahl der Apparate zu bestaunen. Sondern aus der Dunkelheit unter dem Skelett der Hallenkonstruktion selbst, deren Scheitel sich mehr als vierzig Meter über dem Boden wölbte.

Und diese Dunkelheit war nicht leer. Hier oben, wo Stahl und Glas mit der Nacht verschmolzen, war Bewegung.

Es war eine menschliche Gestalt, so viel war sicher. Nur dass sie sich nicht in der Art der menschlichen Spezies bewegte, die selbst in den erleuchteten Zeiten des Jahres 1889 noch keinen Weg gefunden hatte, den Gesetzen der Schwerkraft zu trotzen. Der geheimnisvolle Besucher glitt an stählernen Trägern entlang und schien das schwere Metall kaum zu berühren. Er stieß sich unvermittelt ab, um Meter entfernt mit der aristokratischen Eleganz einer Raubkatze auf einer hochgelegenen Plattform wieder auf die Füße zu kommen. Und bei alldem blieb er unsichtbar und wäre auch unter günstigeren Lichtverhältnissen unsichtbar geblieben: Der biegsame Körper war vollständig bekleidet, doch es musste sich um eine unbekannte Faser handeln, die ihn umhüllte. Eine Faser, die es überflüssig machte, Garderobe mühsam auf den menschlichen Leib zu schneidern, wenn es doch möglich schien, diesen mit einer zweiten, nachtschwarz schimmernden Haut zu versehen.

Und wieder huschte die schemenhafte Gestalt davon, wechselte ihren Standort, hierhin und dorthin, folgte in schwindelerregender Höhe den eisernen Trägern und Streben. Ein Beobachter. Und nichts entging seinen Augen. Ausbesserungsarbeiten. Vermisste Werkzeuge. Unbekannte Umstände hatten an Dr. Edisons Phonographen das Paraffinwachs der mechanischen Aufnahmewalzen zum Schmelzen gebracht. Berneaus Porzellankondensatoren waren nach mehrfacher Prüfung zwar vollzählig vorhanden, schienen indessen auf unerklärliche Weise vertauscht worden zu sein. Isolierte Ereignisse, scheinbar, bedeutungslos wie Sandkörner. Doch wenn Sand in einen komplizierten Mechanismus dringt, dann vermag er auf die Dauer auch die mächtigste Maschine zu lähmen. Einzig von hier oben war zu erkennen, dass es die Halle selbst war, die gesamte gigantische Maschinerie aus Stahl und Blech, aus Kautschuk und Leder, die nicht mehr vollständig rundzulaufen schien.

Die dunkle Gestalt registrierte diese Dinge, jedes Detail, aus katzenhaften Augen, bis sie am Ende ihres Besuchs zum höchsten Punkt der Wölbung zurückkehrte, einer Luke, die Wartungsarbeiten vorbehalten war. Schon war der nächtliche Gast ins Freie geschlüpft, mit traumwandlerischer Sicherheit, und in der Dunkelheit verschwunden.

Sekunden, bevor der Nachthimmel über der Galerie explodierte.

***

ZÜNDUNG IN 48 STUNDEN, 00 MINUTEN
**Jardin du Trocadéro, Paris, 16. Arrondissement –
30. Oktober 1889, 00:00 Uhr**

Ein Brodeln. Ein tiefes Donnern. Ein schrilles Pfeifen, das sich höher und höher schraubte, für den Bruchteil einer Sekunde innehielt, um sich in einer trockenen Detonation zu entladen.

Lichter tanzten vor Friedrich von Stratens Augen. Um seinen Nacken ein stählerner Griff, doch nicht dieser war es, den er mehr als alles andere wahrnahm. Da war ein fast beiläufiger Druck unterhalb seines Rippenbogens, auf den Punkt genau an jener Stelle, die den Rekruten in seiner Sektion bezeichnet worden war. Die kürzeste Strecke: Zwerchfell und Sehnen und Muskelgewebe – Zentimeter nur, die die Spitze der schmalen Klinge von seinem Herzen trennten.

Rufe, die von oben kamen, von den Festgästen an der Balustrade. *Madeleine.* Der Schwan. Friedrichs Verbündete war nur wenige Schritte voraus gewesen, doch am Fuße der Treppe war niemand mehr. Vor seinen Augen nichts als Schwärze und die Explosionen des Feuerwerks, das um Schlag Mitternacht über dem Gelände der Ausstellung gezündet worden war.

Der Mann, der die Finger um seinen Nacken und den Dolch gegen seine Rippen presste, schwieg. Das Deuxième Bureau. Der französische Geheimdienst. Friedrich war erstarrt, wagte kaum zu atmen. Kontakt mit seiner Verbindungsperson aufzunehmen, hier, unter den Augen des Feindes: Alles war viel zu einfach gewesen.

«Wie Sie vermutlich bemerkt haben, ist es nicht meine Absicht, Sie zu töten.» Die Stimme sprach deutsch, doch der französische Akzent war unüberhörbar. Ebenso im nächsten Moment ein Anflug von Humor. «Fast bedauerlich. Es war so eine hübsche Gelegenheit. Ich werde das Messer jetzt wegnehmen. Sie werden sich ganz langsam umdrehen, und wir beide werden ein beiläufiges, freundliches Gespräch führen, wie man es auf einem solch festlichen Anlass erwarten kann. Haben Sie mich verstanden?»

Was blieb Friedrich übrig? «Ja.» Seine Stimme zitterte. Nicht sehr stark, doch kein Zweifel, dass es dem Mann nicht entging. Langsam drehte er sich um.

Ein schlanker Herr in mittleren Jahren. Dunkler Frack, an der Brust eine Handvoll Orden. Möglich, dass Friedrich ihm vorgestellt worden war, ebenso gut war aber auch das Gegenteil möglich. Dunkle Haare, an der Stirn bereits zurückweichend, durchschnittliche Züge. Beinahe auffällig unauffällig.

«Was wollen Sie von mir?» Friedrichs Stimme klang nun etwas fester, während sein Blick über die Schulter des Fremden glitt. Am Ende der Treppe lehnte eine Gruppe von Festgästen über der marmornen Brüstung und verfolgte staunend das Lichterspektakel. Durchaus in Hörweite – wenn man laut sprach.

«Wie gesagt: ein Gespräch mit Ihnen führen, Herr Hauptmann.» Die

Augen des Fremden musterten ihn, und Friedrich glaubte eine Warnung in ihnen zu lesen: besser kein Widerspruch. Und schon gar kein Versuch, sich der Situation zu entziehen. Die Hand des Mannes hing jetzt locker an seiner Seite, doch nach wie vor hielt sie das Messer.

«Gerne.» Friedrich nickte. «Ich bin ...»

«Ich weiß, wer Sie sind. Lassen Sie uns nach oben gehen. Dort ist mehr Licht.»

Der Mann wandte sich ab. Nun, während er die Stufen emporstieg, zurück zur Terrasse, warf er nicht einen Blick über die Schulter, ob Friedrich ihm folgte.

Drei Schritte. Für einen Augenblick zögerte Friedrich. Drei Schritte, und er konnte in der Dunkelheit verschwunden sein. In der Dunkelheit, wo Madeleine wartete. Der Schwan. Warum war der Mann sich so sicher, dass er ihm folgen würde? Woher wollte er wissen, dass Friedrich nicht ebenfalls eine verborgene Waffe trug? Doch, nein, dazu waren die Gäste des festlichen Empfangs zu nahe. Unmöglich, den anderen unbemerkt auszuschalten – selbst wenn er eine Waffe gehabt hätte. Eine sinnvollere Waffe als den Galadegen an seinem Gürtel. Ein letzter Blick zurück in die Dunkelheit, und er schloss sich dem Unbekannten an, der quer über die Terrasse die Türen des Festsaals ansteuerte, während sich die Gäste nach wie vor an der Brüstung drängten.

«Wein.» Der Mann gab einem der Bediensteten ein Zeichen. Die meisten waren im Saal zurückgeblieben. «Und Wasser dazu. – Sie werden einen klaren Kopf brauchen.» Die letzte Bemerkung war an Friedrich gerichtet.

An einem Tisch mit Blick auf die Terrasse ließ er sich nieder, wartete, dass Friedrich es ihm gleichtat, mit einer raschen Bewegung seine Uniformjacke richtete. Wein und Wasser wurden gebracht. Eine Öllampe spendete gedämpfte Helligkeit. Die Hände übereinandergelegt, das Kinn auf die Finger gestützt, betrachtete der Unbekannte den jüngeren Mann.

«Die Frau ist eine Hure.»

Friedrich blinzelte.

«Sie haben sich gefragt, ob sie Longuevilles Ehefrau ist, richtig?» Der Mann sprach im Plauderton, während er Wein in zwei Gläser schenkte und mit Wasser auffüllte. «Wenn Sie sich noch einmal in einer vergleichbaren Situation wiederfinden und einer Dame vorgestellt werden, ohne dass der Vorgang umgekehrt wiederholt wird – gehen Sie davon aus, dass die Frau eine Hure ist.» Eines der Gläser wurde zu Friedrich geschoben. «Keine Straßendirne natürlich. Eine Kurtisane. Sie logiert am Boulevard de Clichy, in der *bel étage*. Beste Referenzen.»

«Referenzen?»

«Es gibt eine …» Einen Moment bewegte die Hand sich suchend. «Eine *plaquette*. Eine Art Katalog, in dem die Damen aufgeführt sind. Sie sind in Paris, Herr Hauptmann. Manches hier mag Ihnen chaotisch erscheinen angesichts des festen Reglements in Berlin und Potsdam, doch es existiert eine Vielzahl von Möglichkeiten, Erkundigungen im Vorfeld einzuziehen. Sie wussten, dass es Sekretär Longueville sein würde, der Ihre Delegation begrüßen wird, und Sie hätten herausfinden können, wer seine offizielle Favoritin ist. Dass diese Favoritin eigenwillig ist, selbst für eine Angehörige ihres Berufsstandes, und dass es ganz eigene Möglichkeiten gibt, ihre Gunst zu gewinnen. Sie haben ihr offenbar gefallen.»

Friedrich hatte nach seinem Glas greifen wollen, zog die Hand jetzt zurück. Wie Madeleine ihn angesehen hatte: der Blick einer Frau, die in Paris die Interessen des Deutschen Reiches wahrte und auf eine Möglichkeit sann, ihn im Geheimen zu instruieren – oder der Blick einer Hure, einer Kurtisane, einer leichtfertigen Person, die einen jungen Mann bewegen will, ihr in die Dunkelheit eines nächtlichen Parks zu folgen? Madeleine *war* überhaupt nicht seine Kontaktperson?

«Es gibt sehr viele Dinge, die Sie über einen Menschen herausfinden können, lange bevor Sie ihm zum ersten Mal gegenüberstehen.» Der Franzose hatte einen Schluck getrunken und lehnte sich nun gelassen in seinem Stuhl zurück, sodass das Licht der Öllampen auf die Orden an seiner Brust fiel. «Friedrich-Wilhelm von Straten, Ziehsohn des Generalquartiermeisters Johann von Gottleben. Hauptmann in der Sektion b der dritten Abteilung des deutschen Generalstabs.»

Friedrich sah ihn an. Wie viele Menschen wussten von der neugeschaffenen Sektion? Selbst in den militärischen Führungskreisen des Reiches war ihre Existenz nicht allgemein bekannt. Doch dieser Mann …

Die Orden an seiner Brust. Sie stammten aus unterschiedlichen Ländern, als solches nicht ungewöhnlich bei jemandem, der sich in den höheren Kreisen der Diplomatie bewegte. Das Abzeichen eines Ritters der französischen Ehrenlegion, der britische Bathorden und ... Friedrich kniff die Augen zusammen. Die Plakette war in Rot gehalten, umgeben von einem Geflecht in der Farbe dunklen Goldes. Im Zentrum prangte ein Schwan mit zum Flug gebreiteten Schwingen.

«Gut», gestand der Franzose. «Selbst ich war überrascht, als ich entdeckte, für welche Garderobe sich Mademoiselle Royal an diesem Abend entschieden hat. Doch Sie hätten es wissen können, Junge! Ihnen hätte klar sein müssen, dass eine solche Person kaum für eine derartige Aufgabe in Betracht kommt.»

Friedrichs Kehle war eng geworden. Kein Beamter des Deuxième Bureau. *Dieser Mann* war sein Kontaktmann.

«Fabrice Rollande. Seidenstoffe Im- und Export.» Ein angedeutetes Nicken. «Wobei meine eigentliche Profession kein Geheimnis ist.» Eine knappe Geste, die den Festsaal und die Zuschauer im Freien einbezog. «Genauso wenig vermutlich die Ihre. Jetzt ganz gewiss nicht mehr.»

Friedrich hatte seine Gesichtszüge längst nicht mehr unter Kontrolle.

«Oh, keine Sorge», beruhigte ihn Rollande. «Die Herren vom Deuxième Bureau haben lange begriffen, dass das Vergnügen, Männer wie Sie und mich tot zu sehen, nicht konkurrieren kann mit den Vorteilen, die es bietet, wenn wir unter ihren Augen unserer Tätigkeit nachgehen.»

«*Sie wissen,* dass wir für das Reich arbeiten?»

Rollande schien zu zögern, führte das Glas an die Lippen. «Ungewöhnlich, wenn Sie das nicht täten als rechte Hand des Gesandten. Doch ja, sie wissen um die Natur unserer Missionen. Genau wie ich Ihnen umgekehrt die Herren der Gegenseite bezeichnen könnte, die am heutigen Abend abgestellt sind, jeden unserer Schritte zu verfolgen.» Rollande musterte den Jüngeren noch einmal sorgfältiger als bisher, als wollte er zu einer endgültigen Einschätzung kommen. «Das, Herr Hauptmann, ist das einzig Entscheidende: Wissen. Wissen über die andere Seite, Wissen über die eigene. Wissen, was die anderen über Sie wissen. Und ihnen das entscheidende Wissen voraushaben, ohne dass es der anderen Seite bewusst wird.»

Rollandes Gesicht befand sich kaum einen Meter entfernt, und Friedrich hielt gebannt die Augen auf ihn gerichtet. Sein Kontaktmann lehnte sich noch etwas weiter zurück und ... ganz kurz bewegte sich Rollandes Blick durch den Raum, in dem sich außer ihnen in diesem Moment nur noch das Personal aufhielt. Doch wer wollte mit Sicherheit sagen, dass Beamte des Deuxième Bureau nur unter den *Gästen* zu finden sein sollten? Wissen. Bis zu diesem Augenblick hatte sich jede ihrer Aktionen unter den Augen des Feindes abgespielt. In diesem Moment begann der Part, von dem die andere Seite *nichts* wissen durfte.

Unauffällig glitt die Hand des Mannes ins Innere seines Fracks. Ein Kuvert kam zum Vorschein. Rollande wog es nachdenklich in der Hand, öffnete vorsichtig die Lasche des Umschlags, auf eine Weise, dass der Inhalt für den Jüngeren unsichtbar blieb.

«Was also gibt es über Sie zu wissen?» Ein fragender Gesichtsausdruck. «Ein junger Mann, der wie aus dem Nichts auftaucht, an der Seite des offiziellen kaiserlichen Gesandten. Ein junger Mann, über den niemand etwas weiß, wenn ich nach Berlin telegraphiere. Gewiss, er ist Gottlebens Ziehsohn, doch Gottleben ...» Eine wegwerfende Geste. «Der Alte scheint sich so wenig für ihn zu interessieren wie der Rest der Welt. In einer solchen Situation, wenn es schwierig wird, an Informationen zu gelangen, müssen Sie umso hartnäckiger nachforschen, Herr Hauptmann! Und möglicherweise könnte es geraten sein, *andersherum* zu denken. Warum kommt dieser junge Mann tatsächlich nach Paris, müssen Sie fragen. Wenn kein Grund zu erkennen ist, weshalb die neue Sektion im Generalstab ausgerechnet ihn mit dieser Mission hätte betrauen sollen. Liegt es dann nicht nahe, dass die Initiative von ihm selbst ausgegangen ist? Dass er sich in ganz besonderer Weise um diesen Auftrag bemüht hat? Aus Gründen, die nicht vollständig unbedeutend sein dürften für eine Einordnung der Vorgänge? Nun, dieses Wissen ...» Das Kuvert wurde vorsichtig zwischen den beiden Männern abgelegt. «Dieses Wissen dürfte ich dem Deuxième Bureau voraushaben.»

Friedrich starrte den anderen an. Dies war der Moment, in dem Rollande – der Schwan – ihm Instruktionen hätte erteilen, ihn vertraut machen sollen mit dem, was der deutsche Generalstab während des Aufenthalts in Paris von Friedrich erwartete. Doch Fabrice Rollande sprach nicht von Instruktionen. Er sprach von Friedrich. Von den wahren Gründen seines Aufenthalts. Da waren seine Aufgaben als Drakensteins Adjutant, und da war seine Mission als Angehöriger der neugeschaffenen Sektion im Generalstab. Doch entscheidend war jener dritte, jener eigentliche Grund, von dem *niemand* wissen konnte. Als Allerletztes irgendjemand im Generalstab. Wie hätte das auch möglich sein sollen, wenn selbst er, Friedrich von Straten, nicht *wusste*, sondern sich lediglich Möglichkeiten zusammenreimte auf der Basis bloßer Andeutungen, bloßer Fetzen von Informationen.

Fast gegen seinen Willen senkten seine Augen sich auf den Umschlag. Auf das Dokument, das durch die geöffnete Lasche hervorsah, und auf den Namen am Kopf der Seite. Auf den Namen.

***

ZÜNDUNG IN 47 STUNDEN, 53 MINUTEN
**Jardin du Trocadéro, Paris, 16. Arrondissement –
30. Oktober 1889, 00:07 Uhr**

Farbige Lichter zogen am Nachthimmel ihre Bahn, tauchten die exotischen Gewächse am Rande der Rasenfläche in ein unwirkliches Licht. Bizarre Schatten auf den Beeten und Rabatten, Schatten, die sich bewegten, ihre Richtung veränderten – und mit einem Mal nicht mehr da waren, wenn eines der schimmernden Geschosse hoch über dem Fluss explodierte und in einem Regen winziger Sterne niederging.

Der Augenblick, dachte Madeleine Royal. Welch ein gewaltiges Bild für den Augenblick, für seine Schönheit wie für seine Vergänglichkeit. Sie stand wenige Schritte entfernt von dem Punkt, an dem die marmornen Stufen in die Rasenfläche mündeten. Er konnte sie nicht übersehen, wenn er dort anlangte.

Das beklemmende Gefühl, das in der Kutsche von ihr Besitz ergriffen hatte, schien Jahre zurückzuliegen. Der Tod eines Clochards unter den

Rädern des Pferdeomnibusses. Ein Zeichen? Ja, mit Sicherheit war es ein Zeichen gewesen. Ein Zeichen für die Kürze des Lebens und für seine Einzigartigkeit. Hell aufleuchtend für die Dauer eines Lidschlags, ersterbend schon im nächsten Moment und voll Ehrfurcht gebietender Schönheit noch im Niedertaumeln. Den von Menschenhand geschaffenen Sternen gleich vor der Silhouette des stählernen Turms jenseits des Flusses. Sterne. Wie viele Menschen brachten ihr gesamtes Leben in einem trüben Zwielicht dahin? Unzählige. Die allermeisten. Und doch gab es auch jene wenigen anderen, in Paris vermutlich mehr von ihnen als an jedem anderen Ort der Welt; Menschen, die Sterne waren und überhaupt keine andere Wahl hatten, als zu leuchten.

Friedrich von Straten: Konnte der junge Deutsche tatsächlich ihr namenloser Verehrer sein? Wie sie Longueville verstanden hatte, war der Hauptmann eben erst in der Stadt angekommen. Und dass man in Berlin und Potsdam den *Figaro* studierte, dort auf die Abbildung Madeleine Royals beim Empfang des Prinzen von Joinville stieß und daraufhin nach Paris eilte, um auf diese Weise bei ihr vorstellig zu werden … Nein, das konnte sie beim besten Willen nicht glauben.

Doch im Grunde war es gleichgültig. War es die Art gewesen, wie er sie angesehen hatte? Der Ausdruck, mit dem er in ihr Gesicht geblickt hatte und dann – wesentlich länger – auf ihr Dekolleté? Ehrfürchtig oder doch beinahe erschrocken? War es der halb freche, halb unbeholfene Handkuss gewesen? Nun, im Grund spielte das keine Rolle. Er hatte ihr dieses Gefühl zurückgegeben, und sie schuldete ihm Dank dafür. Das Gefühl, etwas Besonderes zu sein. Ein Stern zu sein.

Das Feuerwerk erreichte seinen Höhepunkt. Bahnen aus Licht schossen in den Nachthimmel, in Blau, Weiß und Rot, den Farben der Trikolore. Für Atemzüge schienen sie über der Spitze von Eiffels Turm zu verharren, bevor sie in einer mächtigen Salve in die Dunkelheit zerstoben und von der Balustrade her, hoch über Madeleine, Beifall aufbrandete.

Und dann war es vorbei. Vollständige Finsternis senkte sich über die Parkanlagen. Samtene Schwärze rings um Madeleine, gesättigt von den Düften der Nacht, dem Aroma fremdländischer Gewächse. Nein, es war mehr als ein Duft. Es war der geheime Herzschlag der großen Stadt an der

Seine, ein Locken und Sehnen, und sie war sich sicher, dass die Männer und Frauen dort oben auf der Terrasse ihn ebenfalls verspürten. Und dennoch waren die meisten von ihnen unfähig, sich dem Flüstern einer jener Nächte hinzugeben, wie nur Paris sie kannte. Denn da waren Geräusche im Unterholz, ein Wispern voller geheimnisvoller Versprechen. Friedrich, dachte sie. Friedrich von Straten, mit dem sie das Abenteuer dieser Nacht teilen würde. Zögerlich glommen hoch über ihr die Gaslaternen von neuem auf, sodass eine unbestimmte Dämmerung auf die Rasenfläche fiel. Madeleine wandte sich um – und ganz langsam legte ihre Stirn sich in Falten.

Friedrich von Straten war nirgendwo zu sehen. Von der Balustrade drang Gemurmel, als die Feiernden unter lebhaften Gesprächen in den Festsaal zurückkehrten. Undeutlich hob sich die Windung der marmornen Stufen inmitten des Dunkels ab, doch die Stufen waren leer. Sie öffnete den Mund, doch sogleich schloss sie ihn wieder. Undenkbar, dass eine Madeleine Royal so plump auf sich aufmerksam machte. Wo aber war der junge Deutsche? Hatte Gaston Longueville ihn entdeckt und wieder in ein Gespräch verwickelt? Weil er Madeleines Vorhaben durchschaut und beschlossen hatte, es zu vereiteln? Nein, das hätte dem Sekretär nicht ähnlich gesehen. Madeleine war den gesamten Abend an seiner Seite gesehen worden – und darauf war es angekommen als Teil der Inszenierung dieses Abends. Eine der großen, glanzvollen Lebedamen der Stadt an seiner Seite. Er wäre der Letzte gewesen, ihr ein Abenteuer zu später Stunde zu missgönnen. Wo also war Friedrich? Nein, sie hatte keinen Beweis, dass er der Kavalier war, von dem die mysteriöse, mit einer Rose versehene Visitenkarte stammte. Doch selbst, wenn er es *nicht* war: Ihre Augen hatten sich getroffen, und er war im Begriff gewesen, ihr zu folgen, so unauffällig das möglich war für einen Mann, der sich nicht damit aufhielt, einen Handkuss lediglich anzudeuten. Wie konnte er ...

«Die Rose, ach, die Rose ...»

Sie zuckte zusammen, fuhr herum.

«Sie ist der Blumen Königin.»

Eine einzelne, nachtschwarze Rose wurde ihr auf Brusthöhe entgegengestreckt. Welche Farbe sie tatsächlich hatte, war nicht auszumachen, genauso wenig die Züge des Mannes, dessen Gestalt sich unvollkommen vor dem Zwielicht abhob. Jedenfalls war es nicht Friedrich von Straten, und er war auch nicht aus Richtung der Treppe gekommen. Seine Stimme klang eine Winzigkeit heiser, und Madeleine war sicher, sie noch nie gehört zu haben. Und doch: *die Rose.*

«Monsieur?»

«Es ist mir eine Freude, Mademoiselle. Eine Freude, dass Sie das Kleid tatsächlich tragen.»

Ihre Lippen schlossen sich. Das war der Beweis. Genau das war sein Wunsch gewesen: Ebendieses Kleid, das Schwanenkleid, in dem sie den Empfang des Prinzen von Joinville besucht hatte, möge sie an diesem ein zweites Mal tragen. Davon konnte nur der Verfasser der Nachricht wissen. Und dennoch: Er hatte kaum eine Handvoll Worte gesprochen bisher, doch er war anders, als sie ihn sich vorgestellt hatte. Oder war es einzig sein überraschendes Erscheinen, in einem Moment, in dem sie sich allein geglaubt hatte in der Dunkelheit?

Wie beiläufig bewegte sie sich einen halben Schritt zur Seite. Im Widerschein der Gaslichter konnte er sie vermutlich leidlich erkennen, doch umgekehrt war das nicht der Fall. Schlank. Sehr schlank. Ein langer Mantel von mondänem Schnitt und dazu ein hoher, steifer Zylinderhut, ganz wie die kleine Yve vermutet hatte. Ebenso beiläufig machte er ihre Bewegung mit, hielt sich weiterhin im selben Winkel. Ein dunklerer Umriss vor der etwas unvollkommeneren Dunkelheit. Ein Umriss, den sie mit keinem der Festgäste überein bringen konnte. Davon abgesehen, dass dort oben Hunderte von Menschen versammelt waren.

«Richtig.» Sie nickte, nachdrücklicher, als sie beabsichtigt hatte, und auch ihre eigene Stimme hatte einen Ton, der ihr nicht gefiel. «Dann freue ich mich, dass ich Ihnen eine Freude machen konnte, Monsieur.» Schroff. Wie jemand, der im Begriff steht, ein unwillkommenes Gespräch so schnell wie möglich zu beenden.

Hatte sie das tatsächlich sagen wollen? Von diesem Mann ging etwas aus ... Sie konnte es nicht benennen, und doch war da ein unbehagliches Gefühl in ihrem Innern. *Licht*, dachte sie. *Und Menschen.* Die Stufen hinauf und zurück in den Saal: *sofort.* Ein rascher Blick über die Schulter.

«Der Schwan.» Sie zuckte zusammen. Seine Hand schloss sich um ihren Unterarm. «Und die Rose.» Die Blume wurde in ihre Hand gelegt, ihre Finger um den Stängel geschlossen. «Schwarz und weiß», flüsterte er, und der Druck verstärkte sich. «Wie das Licht und die Schatten.»

Die feine Seide ihres Handschuhs bot den Dornen keinen Widerstand. Sie bohrten sich in ihre Haut. «Monsieur!» Ihre Stimme überschlug sich. «Sie tun mir weh!»

Sekundenlang schwieg er, ohne sich zu rühren. Seine Hände verharrten fest um ihre Finger geschlossen. Ein Blutstropfen sickerte durch den dünnen Stoff ihres Handschuhs. Der Herzschlag pochte in ihren Schläfen.

Dann ließ er die Hände sinken. «Gewiss», sagte er mit einer angedeuteten Verneigung. «Gewiss.»

Die Rose fiel zu Boden. Mühsam drang die Luft in Madeleines Lungen, während sie einen halben Schritt zurückwich. *Gewiss.* Selbst dieses Wort klang gespenstisch. *Gewiss* war keine Entschuldigung. Es war das Gegenteil.

«Mademoiselle.» Eine erneute Verneigung. «Um zu meinem Anliegen zu kommen ...»

«Ich bin nicht interessiert.» Die Worte waren heraus, bevor sie darüber nachdenken konnte. Der Mann machte ihr Angst, und mit einem Mal fragte sie sich, ob ihr allererster Gedanke nicht doch richtig gewesen war, angesichts des Vorfalls auf dem Weg zum Trocadéro, des toten Clochards. Ein Omen, das vom Tod sprach. Wenn sie ... Ein neuer Gedanke, der den Atem in ihrer Kehle stocken ließ. Ein Clochard, der der kleinen Yve den Brief übergeben hatte – und ein anderer Clochard, der Stunden später auf halber Strecke zwischen Boulevard de Clichy und Trocadéro den Tod gefunden hatte. Zwei verschiedene Männer. Das war die *eine* Möglichkeit.

«Sehen Sie ...» Der Mann sprach ganz ruhig, und nun trat er tatsächlich einen Schritt beiseite, sodass das schwache Licht auf sein Gesicht fiel. Schmale Züge. Und er war nicht mehr jung. Doch sie hatte ihn noch niemals gesehen. «Sehen Sie, Mademoiselle, ich hatte aus bestimmten Gründen den Wunsch, eine ungestörte Unterredung mit Ihnen zu arrangieren. Was gewisse Vorkehrungen notwendig machte. Vorkehrungen, bei denen dieses fürchterlich vulgäre Kleid eine Rolle spielte, in dem Sie im *Figaro* zu sehen waren. Dass Sie im Laufe des Abends auf den wackeren Hauptmann von Straten treffen würden, war absehbar. Wie er reagieren würde angesichts dieses Kleides … Sagen wir, dass mir gewisse Informationen zur Verfügung stehen. Wie *Sie* wiederum reagieren würden … Würden Sie mir glauben, dass ich Ihr Tun bereits eine gewisse Zeit verfolge?»

Sie wich weiter zurück, doch irgendetwas hinderte sie daran, sich auf dem Absatz umzuwenden und mit raschen Schritten die Stufen emporzueilen, zur Terrasse, in den Festsaal, in den Schutz der Menschenmenge. War es Schwäche? Lähmung? War es etwas anderes, eine grausige Faszination, die sie zwang, seine Rede weiter anzuhören?

«Nun.» Mit einer beiläufigen Geste richtete er den Zylinder auf seinem Kopf, und für einen Atemzug streifte sie eine Ahnung des herben Herrenparfüms, das bereits von der Visitenkarte ausgegangen war. Vermischt, ja, mit einer dunklen Mandelnote. «Ich gehe davon aus, dass der Hauptmann seinen Schwan – den wahren Schwan – inzwischen gefunden hat.» Ein kurzes Zucken der Mundwinkel. «Oder vermutlich eher umgekehrt. Für uns beide ist das indessen ohne Belang. Mein Bote hat seine Aufgabe erfüllt. Sonst wären Sie nicht hier.»

«Sie …» Mühsam holte sie Atem. «Ihren Boten, den Clochard: Sie haben ihn …»

«Er hatte seine Aufgabe erfüllt.» Er hob die Schultern. «Seine Entlohnung hatte er natürlich bereits enthalten. *Pacta sunt servanda.* Ich bin ein Mann, dem seine Zusagen heilig sind. Ich möchte Sie bitten, Mademoiselle, das gut im Gedächtnis zu behalten. Betrachten Sie den Vorgang als eine Demonstration meiner Arbeitsweise. Und besinnen Sie sich darauf, bevor Sie sich entschließen, mein Anliegen abzulehnen.»

«Sie …» Nun gelang es ihr doch, weiter von ihm zurückzuweichen, rückwärts. Wie viele Schritte waren es bis zu den Stufen? Bewegte sie sich in die richtige Richtung? «Sie können mich nicht …»

«Sehen Sie, Mademoiselle», begann er behäbig, während er ihr ohne jede Eile folgte. «Ganz selbstverständlich könnte ich Sie jederzeit töten, wenn das mein Wunsch wäre.» Eine winzige Pause. «Und wer weiß: Vielleicht habe ich das ja bereits getan? Spüren Sie das Pochen in Ihren Fingern, dort, wo die Dornen durch Ihre Haut gedrungen sind?» Er legte den Kopf ein wenig schief. «Geradezu *unangemessen* schmerzhaft, möchte ich behaupten. Was, wenn ich diese Dornen mit einem außerordentlich wirkungsvollen Gift benetzt hätte? Außerordentlich schnell in seiner Wirkung und außerordentlich zuverlässig? Sodass Sie den Trocadéro vermutlich gar nicht mehr erreichen würden. In jedem Fall aber rettungslos verloren wären, selbst wenn Sie ihn erreichten.»

«Sie ...» Er hatte recht: Sie spürte das Pochen, und es *war* schmerzhaft, schien von den Fingern bis in das Handgelenk auszustrahlen, und weiter, den Arm hinauf, während sich das Gift einen Weg zu ihrem Herzen ... *Halt!* War dieses Gefühl bereits da gewesen, bevor er von dem Gift erzählt hatte?

Madeleine verharrte. Bewusst holte sie Atem. «Sie lügen», stellte sie fest. «Sie wollen etwas von mir, und wer oder was Sie auch sind: Sie sind kein dummer Mann. Sie werden mich nicht töten. Nicht, bevor Sie mir auch nur erzählt haben, was Sie von mir wollen.»

«Oh?» Amüsiert. «Wie erfreulich, dass Sie sich da so sicher sind, Mademoiselle. So wenige Dinge sind sicher im Leben. Wobei Sie mir in diesem Fall einfach nur hätten zuhören müssen: *Wenn es mein Wunsch wäre, Sie zu töten.* Das waren meine Worte. Und das ist nicht der Fall. Weil ich nämlich in der Tat ein Anliegen an Sie habe, eine ganz beiläufige Gefälligkeit übrigens: Da ist etwas, das ich benötige. Etwas, das nur Sie mir verschaffen können. In vierundzwanzig Stunden, um Mitternacht, werden wir uns genau hier wieder treffen, und Sie werden es mir aushändigen. Das ist alles. Sie erfüllen meinen Wunsch, und Sie werden nicht sterben.»

Eine Nachtbrise kam vom Fluss herauf, kühl auf der schweißnassen Haut ihres Gesichts und ihres Dekolletés. Ihr Atem beruhigte sich, eine Spur lediglich, denn in Wahrheit bestand kein Anlass dazu. Was aus denjenigen wurde, die seine Wünsche erfüllt hatten, hatte er gerade ohne Zögern zugegeben: Der Clochard war von seiner Hand gestorben. Ein Stoß im Gedränge, der ihn vor die Zugpferde des Omnibusses hatte stolpern lassen, oder wie auch immer es geschehen war. Und auf irgendeine Weise hatte er exakt den Moment abgepasst, als Madeleine in der Kutsche des Sekretärs die Kreuzung am Lycée Chaptal erreicht hatte. Damit sie Zeugin seiner *Arbeitsweise* wurde. Nein, es bestand kein Zweifel, wozu dieser

Mann in der Lage war. Er hatte nicht vor, sie auf der Stelle zu töten, doch sobald sie ihm das Gewünschte übergeben hatte ...

«Mein Wort.»

Sie fuhr zusammen. Vielleicht war es einzig die Betonung der beiden Silben, vielleicht der Umstand, dass sie für einen Moment weggetreten gewesen war. Unbemerkt war er von neuem so dicht an sie herangerückt, dass er sie hätte berühren können.

Doch das tat er nicht. «Es ist nicht schwer zu erraten, was Ihnen durch den Kopf geht, Mademoiselle. Und genau aus diesem Grunde habe ich Ihnen erläutert, welche Bedeutung mein Wort hat. Hiermit gebe ich Ihnen mein Wort, dass Ihnen nichts geschehen wird. Vorausgesetzt, Sie führen mein Ansinnen ganz genau so aus, wie ich es Ihnen auftragen werde.»

Eine Pause. Hoch über ihnen, im Ballsaal, hatte das Tanzorchester wieder zu spielen begonnen. Fetzen von Musik drangen zu ihnen, gedämpft, doch sie schienen in Madeleines Kopf zu dröhnen, dass sie Mühe hatte, einen klaren Gedanken zu fassen. Konnte sie dem Mann tatsächlich trauen? Dem Clochard musste er Geld versprochen haben. Und diesen Lohn hatte der Mann erhalten. Vor seinem Tod. Ihr versprach er ihr Leben.

Die Kälte in ihrem Innern hatte sich um keine Winzigkeit vermindert. Vor ihr stand der unheimlichste Mensch, dem sie in ihrem Leben begegnet war, und doch: Leben – oder sterben. Gleich auf der Stelle, falls sie es wagte, sein Angebot abzulehnen.

«Einverstanden.» Ihre Stimme war ein Flüstern.

«*Excellent*. Und nur der Vollständigkeit halber: Sollten Sie das Gewünschte in der kommenden Nacht nicht dabeihaben ...»

Sie öffnete den Mund.

«Nein, Mademoiselle. Bitte. Seien Sie so gut und ersparen Sie uns die Erläuterungen. Es ist nicht meine Absicht, Ihnen mitzuteilen, dass ich Sie in diesem Fall töten würde. Aus dem simplen Grund, dass Sie dann nicht erscheinen würden. Was natürlich keinen Unterschied machte, ausgenommen ein paar überflüssige Scherereien, bis ich Sie gefunden hätte. Denn wenn ich Sie tot sehen wollte ... und da wären wir wieder am Anfang. Sterben, Mademoiselle, werden Sie nur dann, wenn Sie sich zur vereinbarten Stunde nicht hier einfinden. Doch glauben Sie mir: Sie wollen nicht mit leeren Händen kommen. Sie sind eine bemerkenswerte junge Dame, doch ein jeder Mensch besitzt ganz bestimmte, einzigartige Schwächen. Sie können mir vertrauen, wenn ich Ihnen sage, dass mir Ihre Schwächen nicht entgangen sind.»

«Aber ...»

«Aber ich will sie Ihnen nicht verraten? Nein, das will ich nicht. Worte, Mademoiselle, und Taten und die *Ankündigung* von Taten sind Werkzeuge. Wer sich auf ihren Gebrauch versteht, wird sorgfältig das jeweils geeignete Werkzeug auswählen.» Ein kurzes Schweigen. «Meine Ankündigung dürfte die größere Wirkung entfalten, wenn Sie sich selbst ein wenig Gedanken über die Antwort machen.»

***

ZÜNDUNG IN 47 STUNDEN, 49 MINUTEN
**Montrouge, Paris, 14. Arrondissement –
30. Oktober 1889, 00:11 Uhr**

«Morimond.»

Alain Marais' Blick ging geradeaus. Während Auberlons Bericht hatte er sich von seinem Lager erhoben, mit steifen Schritten den Raum durchmessen, von der Tür bis zu einem Durchgang, hinter dem schemenhaft ein weiterer, vollgestopfter Verschlag zu erkennen war, und wieder zurück. Ein um das andere Mal. Bis er nun stehen blieb, nun, da der Général seine Erzählung über die Vorgänge in der vergangenen Nacht beendet hatte. Um dieses eine Wort zu wiederholen, diesen einen Namen. Als wollte er sichergehen, dachte Pierre Trebut. Sichergehen, dass er richtig gehört hatte.

Was Pierre selbst anbetraf: In seinem Fall beschränkte sich das Gefühl der Unwirklichkeit nicht auf diesen einzelnen Namen. Jules Crépuis und Pascal Morimond, zwei erfahrene Beamte, bekannte Gesichter auf den Fluren seiner Behörde. Auf bizarre Weise zu Tode gebracht im Herzen der Exposition Universelle. Aufgespießt auf den mächtigen stählernen

Zeigern der Berneau'schen Uhr. Er spürte Schwindel. Er spürte Übelkeit, eine innere Kälte. Doch mehr als das spürte er etwas anderes, das er mit einer gewissen Scham als plumpe Neugier identifizierte. In dem unaufgeräumten Raum hatte sich etwas verändert. Eine knisternde Spannung schien in der Luft zu liegen zwischen der grauen Eminenz des Deuxième Bureau und dem ehemaligen Agenten.

Der Général betrachtete Marais, sagte aber kein Wort mehr, neigte lediglich zustimmend den Kopf. «Was haben Sie sich dabei gedacht?» Unvermittelt fuhr Marais den Alten an. «Was haben Sie sich dabei gedacht, ihn mit Crépuis zusammenzuspannen? Sie wissen, wie Crépuis arbeitet! Dass er volles Risiko spielt. *Immer.* Während Pascal Morimond ...»

«Gespielt hat.» Auberlon wandte den Blick nicht ab. «Doch ansonsten gebe ich Ihnen recht. Volles Risiko: So hat Agent Crépuis gearbeitet. Nicht wenige in der Behörde haben bereits die Ansicht geäußert, er habe offensichtlich vor, ein zweiter Alain Marais zu werden.»

Bei der letzten Bemerkung schien Marais in der Bewegung einzufrieren. Pierre sah ihn nur von hinten, doch seine Haltung drückte eine Anspannung aus, eine grenzenlose Wut: Pierre musste den Blick nicht sehen, der Philippe Auberlon durchbohrte und der die meisten anderen Menschen zu Boden geschickt hätte. Auf den alten Mann blieb er ohne Wirkung. Oder doch beinahe ohne Wirkung.

Wieder neigte Auberlon den Kopf. Eine Geste des Respekts, vielleicht auch des Verständnisses für Alain Marais' Reaktion. Die Geste eines Mannes, der zu viele Tote gesehen hat in seinem Leben. Der sich bewusst ist, dass es seine Befehle gewesen sind, die sie in den Tod geschickt haben. Und der diese Befehle ganz genau so wieder erteilen würde.

«Die Entscheidung lag nahe.» Die Stimme des Alten jetzt eine Winzigkeit leiser. «Den Mann, der an der Seite von Alain Marais so erfolgreich gearbeitet hat, einem Agenten zuzuteilen, der nach Prinzipien operiert, die der Vorgehensweise Alain Marais' ähnlich sind.»

«Das tut er nicht!» Wieder fuhr Marais auf, doch diesmal dämpfte er seine Stimme im nächsten Satz. «Das hat er nicht getan. Jules Crépuis hat nicht nach meinen Prinzipien gearbeitet. Pascal Morimond war ein Agent, der sich mit den Akten und Schriftstücken einer Ermittlung auseinander-

128

gesetzt hat wie kein zweiter. Der das Für und Wider sorgfältig gegeneinander abgewogen und dann vorsichtig seine Anmerkungen vorgetragen
hat, um im Zweifel immer dafür zu sprechen, ein Risiko besser nicht einzugehen. Und *ich* wusste, wann ich auf ihn zu hören hatte. Ich stände
nicht mehr hier, wenn ich das nicht getan hätte.»

«Und Jules Crépuis steht in der Tat nicht mehr hier.» Der Général
sprach jetzt tatsächlich leiser. «Und genauso wenig Pascal Morimond.»

Marais rührte sich nicht von der Stelle. Pierre konnte erkennen, wie
sich seine Schultern ganz langsam senkten. Aus irgendeinem Grunde
wusste er, dass es keine unbewusste Geste war. Marais kämpfte. Als wollte
er die Anspannung zwingen, seinen Körper zu verlassen.

«Nein», sagte der Agent. «Genauso wenig Pascal Morimond. Und doch
muss ich Sie enttäuschen, mon général. Ich bedaure, aber Sie haben den
Weg auf den Montrouge vergeblich auf sich genommen.» Wie um den
Worten Nachdruck zu verleihen, griff er nach der Absinthflasche und
führte sie wieder in Richtung Mund. Doch wenige Zentimeter vor seinen
Lippen hielt sie inne.

Denn Auberlon betrachtete ihn, beide Hände auf den Knauf seines
Stocks gestützt, mit einer Miene, aus der wenig zu lesen war. Abwartend.
Als hätten Alain Marais' Worte nichts zu bedeuten.

Marais ließ die Flasche sinken, ohne getrunken zu haben. Ein Nicken,
mit Nachdruck. «Ich bin ein freier Mann und nicht länger Angehöriger
der Behörde. Und ich habe nicht die Absicht, an diesem Zustand etwas zu
ändern. Es tut mir leid, aber ich bin nicht interessiert an einer Mission in
dieser Ermittlung.»

Schweigen. Doch es war ein *seltsames* Schweigen. Pierre trat einige
Schritte in den Raum, blickte zwischen den beiden Männern hin und her.
Noch immer sah der alte Mann den Agenten an, der seine Ablehnung nun
deutlich zum Ausdruck gebracht hatte. Und noch immer wirkte seine
Miene sichtbar erwartungsvoll. Was allerdings nicht das Merkwürdigste
war. Das Merkwürdigste war die Bewegung, mit der Marais die Flasche
jetzt tatsächlich wieder an die Lippen führte, einen Schluck nahm. Die
Flasche absetzte, das Gesicht verzog. Ungehalten.

«Sie haben geglaubt, Sie hätten mich in der Falle.» Sein Blick fixierte den Alten. «Wenn Sie mir erzählen, dass Pascal Morimond tot ist. Wie er und Crépuis gestorben sind, aufgespießt an den Zeigern dieser verfluchten Uhr. Sie haben geglaubt, ich könnte überhaupt nicht anders: Ich würde mich verpflichtet fühlen herauszufinden, wer für ihren Tod verantwortlich ist.»

Auberlon musterte ihn. Sein Gesichtsausdruck veränderte sich nicht. Höchstens, dass ... Ja, der mumienhafte Schädel neigte sich eine Winzigkeit zur Seite, nach links. Schon möglich, übersetzte Pierre die Geste. Eine Möglichkeit.

«Aber Sie täuschen sich.» Marais ließ die Augen nicht mehr von dem alten Mann. «Wenn Sie vermutet haben, dass Morimonds Tod mich treffen würde, dann haben Sie recht gehabt. Doch nicht ich vergebe die Ermittlungsaufträge im Deuxième Bureau. Nicht ich habe ihn und Crépuis auf Ihre neueste Mission angesetzt. Das waren Sie, mon général. Wenn Sie herausfinden wollen, warum die beiden gestorben sind: Bitte. Ihnen steht das gesamte Bureau zur Verfügung. Die Zeiten, da Sie Alain Marais nötig hatten, sind für immer vorbei. Sie haben sich verrechnet. Ich stehe nicht zur Verfügung.»

Schweigen. Und es dauerte an; der Alte verharrte ohne Regung.

Ganz langsam zogen Marais' Brauen sich zusammen. «Da ist noch etwas anderes», konstatierte er.

Wieder keine Antwort. Vermutlich, weil sie überflüssig war, dachte Pierre. Weil die Worte des Agenten ohnehin schon eine Feststellung gewesen waren. Auberlons Miene nach wie vor erwartungsvoll: Sagen Sie es mir.

Marais' Augen hatten sich zu dünnen Schlitzen geschlossen. «Das ist nicht Ihr Ernst.» Beinahe flüsternd. Auf gefährliche Weise leise. «Ich habe meinen Kopf riskiert für Sie, für das Deuxième Bureau, für Frankreich. Ich habe getan, was ich konnte, bis selbst Sie haben eingestehen müssen, dass damit abgegolten war, was nur abgegolten werden konnte. Und dafür haben Sie ... hat das Bureau ...» Er brach ab. «Sehen Sie mich doch an, Auberlon! Warum bin ich hier? Weil das hier der letzte Ort ist, an dem man nach mir suchen würde. Und genau das tun diese Leute. Sie suchen nach mir, immer noch, wollen immer noch mehr. – Ich kenne Sie, Général. Sie sind unfähig, irgendetwas wegzuwerfen, das noch von Nutzen sein könnte. Ich weiß, dass Sie meine Schuldscheine haben. Aber das will ich nicht glauben, dass Sie versuchen, mich auf diese Weise unter Druck zu setzen.»

Pierre stutzte. «Ihre ...» Er räusperte sich. «Ihre *Schuldscheine*? Aber haben Sie denn nicht im Casino in Baden-Baden ...»

Marais antwortete nicht. Es war Auberlon, der dem jungen Beamten einen Seitenblick zuwarf, und mit einem Mal nahmen die Gedanken in Pierre Trebuts Kopf Fahrt auf. Grübelte er nicht seit Stunden, dass hier irgendetwas nicht stimmen konnte? Alain Marais, der legendäre Agent, der Bismarcks Gesandten übertölpelt, die Bank des Casinos gesprengt und das Deuxième Bureau auf dem Höhepunkt seiner Karriere verlassen hatte, um einsam in den Sonnenuntergang zu reiten ... Oder zu fahren. Die allgemeine Überzeugung in der Behörde ging dahin, dass er sich in die Vereinigten Staaten aufgemacht hatte, um dort, fern der Zivilisation, ein neues Leben zu beginnen. Ein solcher Alain Marais, der in einem Steinklotz auf dem Montrouge im Absinthrausch dahindämmerte? Unvorstellbar. Ein Marais dagegen, der ungeheure Summen *verloren* oder sonst wie durchgebracht hatte, mit Frauen vermutlich, denn seine Frauengeschichten waren legendär wie der ganze Mann: Das passte.

Alles. Mit einem Mal passte alles, ergab alles einen Sinn. Die Geschichte vom heldenhaften Agenten Marais war eine einzige Lüge. Und Pierre Trebut war lange genug in der Behörde beschäftigt, um zu wissen, wer sie sich ausgegrübelt hatte. Auf genau diese Weise arbeitete das Bureau. Auberlon hatte dafür gesorgt, dass die Schulden des Agenten bezahlt wurden, oder zumindest der größte Teil von ihnen. Und dann hatte er die Legende vom tapferen Marais in die Welt gesetzt, zum Ansporn für junge Beamte, wie Pierre einer war. Während der echte Marais vor seinen Gläubigern zitternd auf dem Montrouge hockte und unverdünnten Absinth in sich hineinschüttete.

Und diesen Mann wollte der Général auf Biegen und Brechen zurück? Pierre war kurz davor, die Frage laut zu stellen, doch in diesem Moment tat sich etwas: Wieder neigte der alte Mann den Kopf leicht zur Seite, nach rechts diesmal, und wieder schien er die Fragen des Agenten zu beantworten, ohne den Mund zu öffnen: Will ich Sie erpressen, Agent Marais? Auch das wäre eine Möglichkeit.

Jetzt aber holte der Alte Luft. «Wenn Sie mich fragen, Agent Marais.» Er klang bedächtig, jedes Wort überlegt. «Wenn Sie mich fragen, warum ich mir so sicher bin, dass Sie diese Mission am Ende akzeptieren werden: weil Sie Alain Marais sind. Weil Sie wissen, dass ich gar keine andere Wahl habe, als Sie mit dieser Aufgabe zu betrauen. Weil Ihnen klar sein muss, dass mir der ganze gewaltige Apparat des Deuxième Bureau hier keine Hilfe sein kann. Jedenfalls glaube ich, dass Sie all das erkennen werden, wenn Sie sich nur die Mühe machen, zehn Sekunden darüber nachzudenken. Zwei Männer, zwei Agenten unserer Behörde, durchbohrt von den Zeigern einer Uhr im Herzen der Exposition Universelle. Fünf Minuten vor zwölf. Der Alain Marais, den ich seit zwanzig Jahren kenne, wird dasselbe sehen, was auch ich sehe. Sollte ich mich täuschen, so bitte ich um Entschuldigung.» Tatsächlich eine angedeutete Verneigung. «Dann werde ich Sie nicht länger behelligen in Ihrem Domizil. Doch ich glaube nicht, dass ich mich täusche. – Was sehen Sie, Agent Marais?»

Was hatte Pierre erwartet? Jedenfalls nicht das, was tatsächlich geschah. Marais stand eine Sekunde lang reglos, dann trat er an das Regal und setzte die Absinthflasche vorsichtig auf einem der Böden ab. Eine vollkommen gezielte Bewegung, die unvereinbar schien mit einem Mann, der bald einen halben Liter der Spirituose in sich hineingekippt hatte. Er machte sich sogar die Mühe, das Gefäß wieder zu verschließen.

Seine Miene war ausdruckslos. Mit langsamen Schritten ging er auf das Fenster zu. Er kam so nahe an Pierre vorbei, dass der Ärmel des zerschlissenen Hemdes den Arm des Jüngeren streifte. Marais nahm es nicht zur Kenntnis, baute sich vor dem Fenster auf, den Rücken zum Zimmer. Schweigend. Länger als die zehn Sekunden, die der Général ihm zugesprochen hatte. Die einzigen Laute kamen aus der Nacht draußen; Pierre glaubte sogar das Krächzen der Krähe wiederzuerkennen, das sie bei ihrer Ankunft begrüßt hatte.

«Fünf Minuten vor zwölf.» Marais sprach wie zu sich selbst. «Crépuis und Morimond sind tot, doch nicht die Tatsache ihres Todes ist es, die Sie hergetrieben hat, mon général, richtig? Es ist das Zeichen: das, was diese

Toten bedeuten, ihr Tod zu genau dieser Uhrzeit. Zwei unserer Agenten, die jemand um fünf Minuten vor zwölf im Zentrum der Weltausstellung zu Tode bringt. Was, das ist die natürliche Frage, wird dann erst um Mitternacht geschehen? – Der Tod der beiden ist eine Warnung. Und deshalb sind Sie hier.»

Auberlon rührte sich nicht. Da Marais in die Nacht blickte, hätte er ohnehin nicht sehen können, wenn der Général eine Reaktion gezeigt hätte.

«Um Mitternacht.» Marais' Stimme war ein Murmeln. «Übermorgen um Mitternacht endet die Ausstellung, und dieser Abend dürfte so ziemlich alles in den Schatten stellen, was die Welt bisher gesehen hat. Auf welchen Zeitpunkt der Gegner zielt, dürfte also nicht in Frage stehen. Wenn es aber um fünf Minuten vor zwölf zwei Tote gab, müssen wir damit rechnen, dass ein Verbrechen, das auf diese Weise angekündigt wird, noch weit verheerendere Dimensionen annehmen wird. Daraus aber ergibt sich eine weit entscheidendere Frage: Warum sollten sie das tun, diejenigen, die Morimond und Crépuis getötet haben? Warum sollten sie uns warnen? Was wollen sie damit erreichen? – Ich nehme an, dass keine Forderungen eingegangen sind? Kein Versuch, die Republik zu erpressen oder die Verantwortlichen der Weltausstellung? Nein.» Ein Kopfschütteln. «Nein, dann wären Sie nicht hier. Dann wären Sie beim Präsidenten.»

Noch immer keine Antwort von Auberlon, doch jetzt glaubte Pierre ein winziges Funkeln in den Augen des Alten wahrzunehmen, das vorher nicht da gewesen war. Der Fisch zappelte an der Angel, und niemand war überraschter als Pierre Trebut, wie logisch und durchdacht er zappelte, Schlussfolgerungen zog, auf die er selbst nie gekommen wäre.

«Nein», murmelte Marais. «Nein, es gibt keine Forderungen. Diese Warnung hat nur eins zur Folge: Sie verschafft uns die Gelegenheit, den geplanten Anschlag zu vereiteln. Und das ergibt keinen Sinn.» Er drehte sich um. «Es sei denn, genau das ist beabsichtigt.»

Und damit war der Punkt erreicht, an dem Pierre wahrhaftig nicht mehr folgen konnte. «Die Täter wollen, dass wir ihren Anschlag verhindern?»

Marais antwortete nicht. Fragend sah Pierre zu Auberlon – und wieder wurde er überrascht. Jetzt war es deutlich: Ein Ausdruck der Genugtuung lag auf der Miene des Alten. «Erklären Sie es ihm», bat der Général, an Marais gewandt.

Dessen Gesichtsausdruck hatte sich ebenfalls verändert, allerdings in die entgegengesetzte Richtung. Er war finsterer geworden. «Es ist ein Spiel», sagte er, während seine Augen sich auf Pierre richteten. «Ein perfides Spiel. Wir haben zwei Möglichkeiten: Wir können sämtliche Kräfte des Deuxième Bureau auf die Nachforschungen ansetzen, und die Kräfte des Präfekten der Polizei dazu. Tausende von Männern, die unterschiedlichen Spuren nachgehen. Ein Vorgang, der sich unmöglich geheim halten lässt vor den Hunderttausenden von Besuchern, die zum Abschluss der Ausstellung in die Stadt kommen werden. Wir müssten mit offenen Karten spielen. Wir müssten bekannt geben, was geschehen ist und was der Général offenbar bisher geheim halten konnte. Mit beträchtlicher Mühe, wie ich vermute. Oder aber wir warten ab, ob unsere Gegner bluffen. Und gehen das Risiko ein, dass der verheerende Anschlag tatsächlich erfolgt. Das Ergebnis wäre dasselbe: Wir würden genau das Chaos entfesseln, das die Täter beabsichtigt haben.»

«Ein Fest des Friedens und des technischen Fortschritts.» Auberlon verzog das Gesicht zu einer Grimasse. «Ich habe mich mit einigen Herrschaften unterhalten dürfen, die sich das so lange eingeredet haben, bis sie am Ende selbst daran glaubten. Und auch die Besucher der Ausstellung glauben daran, weil sie daran glauben *wollen*. Weil sie nur zu gerne die Augen davor verschließen, wie die Welt tatsächlich aussieht, ganz Europa bewaffnet bis an die Zähne, eifersüchtig auf den letzten Landfetzen im hintersten Afrika schielend, den sich der Nachbar einverleibt. Durch Bündnisse aneinandergefesselt, die den gesamten Kontinent in die Luft jagen werden, wenn an einer von tausend Stellen die Lunte zündet.»

Pierre sah von einem der beiden Männer zum anderen. Natürlich, er wusste von diesen Dingen, wusste, wie es wirklich in der Welt aussah. Schließlich lagen die aktuellen Ausgaben des *Temps* und des *Figaro* für die Mitarbeiter des Bureau auf der Behörde aus. Doch kein Mensch vermochte das Wirrwarr der unterschiedlichen Militärbündnisse mehr vollständig zu durchschauen, Fürst Bismarck, der deutsche Reichskanzler, vielleicht ausgenommen; und der hatte sich das Ganze ausgegrübelt, um Frankreich in Schach zu halten.

«Sie denken, Bismarck will ...»

«Das ist nicht die Frage, Candidat Trebut.» Auberlon musterte ihn düster. «Es ist nicht die Frage, ob Bismarck will. Ob wir wollen oder die Briten, der russische Zar oder der österreichische Kaiser. Was wird passieren, wenn bekannt wird, was im Herzen der Weltausstellung geschehen ist? Wenn die Menschen begreifen, dass wir weder wissen, wer dafür verantwortlich ist, noch garantieren können, dass Ähnliches und weit Schlimmeres nicht wieder geschieht? Eine Massenflucht aus der Stadt wäre noch die günstigste Aussicht.» Ein kurzes, meckerndes Lachen. «Longueville würde weinen, doch in Wahrheit bliebe uns damit das Schlimmste erspart. – Aber ich glaube nicht daran, dass es so kommen wird. Es wird schlimmer kommen. Wir erwarten hohen Besuch zum Abschluss der Ausstellung. Der carpathische Regent ist bereits in der Stadt, und auch die Briten dürften wohl über ihren Schatten springen und einen offiziellen Vertreter ihres Königshauses entsenden, vermutlich sogar den Thronfolger persönlich. Was, glauben Sie, wird passieren, wenn wir anstelle der Agenten Crépuis und Morimond den Prince of Wales auf den Zeigern der Berneau'schen Uhr auffinden, den Carpathier vielleicht oder den Grafen Drakenstein? Oder aber seine Exzellenz, unseren vielgeliebten Präsidenten – in einer Stadt, vollgestopft mit Ausländern, deren Landsleute Gewehr bei Fuß an unseren Grenzen stehen? Wie werden unsere Besucher reagieren, wenn ihnen plötzlich aufgeht, dass nicht der freundliche und friedliche Nachbar das Zimmer nebenan im Hotel bewohnt, sondern der Feind? Was wird dann geschehen in dieser Stadt? Die Bartholomäusnacht wird sich wie eine freundschaftliche Rangelei ausnehmen gegen das Gemetzel, das in diesem Moment über Paris hereinbrechen wird. – Und Sie, Candidat Trebut, Sie glauben, dass es dann noch eine Rolle spielt, ob der deutsche Reichskanzler einen Krieg auch will?»

Der junge Beamte schüttelte stumm den Kopf, sah hilfesuchend zu Marais, doch der ehemalige Agent hatte sich ins Halbdunkel am Fenster zurückgezogen, lehnte mit geschlossenen Augen an der Wand. Vermutlich machte er sich mit der Tatsache vertraut, dass er offensichtlich wieder im Dienst war.

Der Général betrachtete Pierre. «Eine Handvoll halbnackter Wilder, eine Halle voller stinkender Maschinen und der hässliche Turm dazu, und schon läuft Paris den Metropolen Europas den Rang ab und wird ohne einen Schwertstreich von neuem zur Hauptstadt des Kontinents. Und die Gegner dieser Republik stehen freundlich im Kreis und applaudieren. Das ist es, was Männer wie Sekretär Longueville sich vorgestellt haben.» Grimmig. «Ich habe sie gewarnt, doch sie wollten nicht hören. Ich wusste nicht, *wann*, ich wusste nicht, *wo*, und noch weniger wusste ich, *wie*, aber *dass* etwas geschehen würde, war mir klar, vom ersten Tage an. Denn dieses Land ist umgeben von Feinden, und ganz genauso lauern diese Feinde mitten unter uns. Das Bureau einzusetzen, haben mir die Herrschaften dort oben verwehrt. Zwei meiner besten Männer zu bitten, die Augen offen zu halten, das war alles, was ich tun konnte. Ihr Tod beweist, wie recht ich hatte, doch nun ist es zu spät. Besucher aus der halben Welt verlustieren sich auf diesem Fest des Friedens, und nun, da die Feierlichkeiten zum Abschluss bevorstehen, treffen mit jeder Stunde mehr von ihnen ein. Wir müssen herausfinden, von wem die Gefahr ausgeht, Candidat Trebut. Und dafür haben wir weniger als achtundvierzig Stunden Zeit. Doch das muss ohne Aufsehen geschehen. Unsere Chance ...», ein Nicken zum Fenster, «ist dieser Mann.»

Pierre spürte, wie die Kehle ihm eng wurde. Paris im Chaos. Eine Katastrophe, die ganz Europa erfassen konnte, die ganze Welt. Ein *Weltkrieg*. Und der Einzige, der den Globus von diesem Schreckensszenario trennte ... Er kniff die Augen zusammen. Alain Marais stand aufrecht, sein Hinterkopf aber war gegen das Mauerwerk gekippt. Sein Mund hatte sich leicht geöffnet. Nicht laut, und doch ohne ernsthaften Zweifel war ein tiefes Schnarchen zu vernehmen.

«Ihre Aufgabe wird darin bestehen, ihn vom Alkohol fernzuhalten», erklärte Général Auberlon.

***

Zündung in 47 Stunden, 48 Minuten
Marlborough House, London – 30. Oktober 1889, 00:12 Uhr

«Er hat begriffen, wen er vor sich hatte.» Aus schmalen, bedrohlichen Schlitzen richteten sich die Augen der Nummer eins der britischen Thronfolge auf Basil Fitz-Edwards. «Ihm war obendrein klar, dass es Wahnsinn gewesen wäre, unter diesen Umständen Alarm zu schlagen. Er besitzt augenscheinlich einen gewissen Verstand.»

Basil war bewusst, dass der Thronfolger zwar *über* ihn sprach – auf eine mit gutem Willen dann doch irgendwie schmeichelhafte Weise –, aber eindeutig nicht *mit* ihm. Sondern mit seinem schnauzbärtigen Gefolgsmann, der sich jetzt vorsichtig räusperte. «Hoheit ... Bertie ...»

Endlich löste der Prince of Wales seinen Blick von Basil, baute sich stattdessen vor dem Offizier auf. «Vertraulichkeiten machen es keinen Deut besser, *Colonel O'Connell!* Sie wussten, dass Scotland Yard das Haus an der Cleveland Street im Auge hatte! Und Sie wissen, wie unerfreulich sich mein Verhältnis zum Commissioner gestaltet! Der Mann wartet nur auf die Gelegenheit, mir Scherereien zu machen.» Ein heftiges Kopfschütteln. «Vermutlich ist der Kerl verkappter Republikaner.»

Der Offizier räusperte sich. «Hoheit, ich hatte zu bedenken gegeben, dass der Commissioner auf Ihre Kontakte zu seiner Gattin ...»

«Lassen Sie Betsy aus dem Spiel!» Der Thronfolger stemmte die Fäuste in die Hüften. Basil sah, dass sein Stiernacken sich gerötet hatte. «Sie wussten, dass es an der Cleveland Street gefährlich werden konnte! Ihre Aufgabe bestand darin, Eddy vor genau solchen Situationen zu schützen!»

Die Cleveland Street? Nach Kräften bemühte sich Basil, dem Gespräch zu folgen. Was sollte gefährlich sein an der gutbürgerlichen Cleveland Street oder irgendeinem speziellen Haus an ebendieser Straße? Aber ... Eddy? Der älteste Sohn des Prince of Wales, die Nummer zwei der Thronfolge. Basil spürte, wie ganz langsam eine Gänsehaut über seinen Rücken kroch. Auch das Konterfei von Albert Victor, genannt Eddy, dem Duke of Clarence and Avondale, kannte jeder Brite. Doch Basil hatte das Gesicht des Rippers überhaupt nicht erkennen können, als dieser sich der Frau auf der nächtlichen Straße genähert hatte. Unter dem Zylinder und den

Schals war es nahezu unsichtbar gewesen. O'Connell hätte den Prinzen vor *solchen Situationen* schützen sollen. Situationen, in denen ein Geheimnis enthüllt werden könnte? Ein Geheimnis des Königshauses, das so schrecklich war, dass Basil es nicht einmal in Gedanken beim Namen nennen mochte?

«Ich ...» Seine Stimme war rau. Vielleicht war es dieser Umstand, der den Thronfolger dazu brachte, seine Schimpftirade zu unterbrechen und sich fragend zu ihm umzuwenden.

«Ich habe den Mann wirklich nicht erkennen können, Hoheit», sagte Basil schwach. «Ich habe nur gesehen, wie er auf die ... die Frau zugekommen ist, und habe zugeschlagen. Wenn ich ihn ernsthaft verletzt haben sollte ...»

Eine wegwischende Handbewegung. «Das war gut und richtig. – Doch damit haben Sie *einen* von ihnen ausgeschaltet. Vorübergehend. Und wir wissen nicht, was er gesehen hat. Und was die anderen gesehen haben.»

«Die anderen?»

«Die anderen Männer von Scotland Yard. Die Männer, die hinter Ihnen her waren, als Sie O'Connell und den Gardisten in die Arme gelaufen sind.» Der Thronfolger holte Luft. «Sie haben das Herz am rechten Fleck, junger Mann. Unübersehbar schlägt es für Ihr Königshaus. Doch leider können wir nicht wissen, ob das bei Scotland Yard ebenso der Fall ist, in dieser Höhle des Republikanismus. Wenn diese Männer gesehen haben, was Sie gesehen haben, könnte das Entwicklungen in Gang setzen, die ...» Ein Kopfschütteln. «Die Monarchie selbst könnte in Gefahr geraten.»

Basil starrte ihn an. Diesen wohlbeleibten Herrn im Tweedanzug. Seinen zukünftigen König. Er begriff immer weniger. Er begriff überhaupt nichts mehr. «Der ...» Er holte Luft. «Der Mann mit dem Zylinder war ein Beamter von Scotland Yard? Es war nicht ...» Er stieß den Atem aus. «... Eddy?»

Die Augenlider des Thronfolgers zuckten. Für den Bruchteil einer Sekunde schien der Adelsmann nachzudenken, das königliche Hirn unterschiedliche Möglichkeiten abzuwägen.

«Wenn ich ...» Ein Räuspern von O'Connell. «Wenn ich einen Vorschlag machen dürfte, Hoheit? Vielleicht sollten wir dem Constable jetzt doch etwas Ruhe ...»

Das gab den Ausschlag. Der Blick des Thronfolgers fixierte den Offizier. Unübersehbar, dass sein Bedürfnis an Vorschlägen und Anregungen für diese Nacht vollständig gedeckt war. Zumindest, wenn sie von O'Connell kamen. Unvermittelt wandte er sich ab, ging mit steifen Schritten zu einer Tür, die in der dunklen Vertäfelung neben dem Kamin nahezu unsichtbar war, riss sie auf. «Reinkommen!»

Ein Seufzen von O'Connell, der sich resigniert über die Stirn strich.

Zwei Sekunden lang geschah überhaupt nichts. Dann schob sich eine schlaksige Gestalt in dunkler Militäruniform in den Raum, hob widerwillig den Kopf. Ein junger Mann, zwei oder drei Jahre älter als Basil, schmales, längliches Gesicht, die Haare streng nach hinten gekämmt, auf der Oberlippe ein dünner Schnurrbart. Prinz Eddy. Wieder ein Gesicht, das Basil von Fotografien kannte – und nur von dort.

Bis der Blick des Prinzen auf ihn fiel und Eddy mit einem Ausdruck der Panik und des Grauens die Augen aufriss.

Einem Ausdruck, den Basil heute schon einmal gesehen hatte: unter einer Gaslaterne an der Cleveland Street, verhüllt von einem Gesichtsschleier, während dieser Mann, ja, dieser Mann die Hand vor den Mund gepresst hatte, um Mundpartie und Schnurrbart vor den Blicken des jungen Constable zu verbergen.

Es war dieser Moment, in dem Basil Algernon Fitz-Edwards zum zweiten Mal in dieser Nacht die Sinne schwanden.

***

Zündung in 45 Stunden, 46 Minuten
Deux Églises, Picardie – 30. Oktober 1889, 02:14 Uhr

Mélanie drückte die Arme an den Körper, presste die Hände flach an die Oberschenkel. Sie erschrak. Die Kälte ihrer Finger drang durch den dünnen Stoff ihres Nachtkleides, als wäre es überhaupt nicht da. Doch sie gab nicht nach. Wenn sie sich mit allen Kräften anspannte, würde es ihr vielleicht gelingen, sich einzureden, dass sie überhaupt nicht zitterte. Oder dass das Zittern ganz natürlich zu erklären war; schließlich war es mitten in der Nacht, und in ihrem Zimmer ... In ihrem Zimmer war es brütend heiß. Seit Tagen schon. In der Frühe, kaum dass Mélanie sich erhoben hatte, stieß Marguerite die Fenster auf, damit kühle Morgenluft in den Raum strömen konnte, doch selbst das hatte in den letzten Tagen keinen Unterschied mehr gemacht. Die Luft im Zimmer war heiß und stickig, aber Mélanies Körper war mit kaltem Schweiß bedeckt.

Sie wusste, dass es kein gewöhnlicher Anfall war. Ihre Anfälle folgten einem bestimmten Muster, begannen mit einer Unruhe und Verwirrung, die in Schwindel und Atemnot überging, sich binnen Minuten steigerte, um dann langsam, viel zu langsam abzuebben, wenn Maman sie zu Bett geschickt, Marguerite ihr eine heiße Milch gebracht hatte und das Medikament, das streng nach Kampfer und beruhigend nach Hopfen duftete. Eine, höchstens zwei Stunden insgesamt, und häufig konnte Mélanie den Punkt ganz genau bestimmen, an dem die Schwäche kam, die Erschöpfung, auf deren Wellen sie irgendwann in den Schlummer davontrieb. Noch niemals hatte ein Anfall vergleichbar lange angehalten, seit kurz nach dem Abendessen, als sie Maman, Marguerite und ihrer Cousine eine gute Nacht gewünscht und sich auf ihr Zimmer in der ersten Etage des Ostflügels zurückgezogen hatte, dessen Fenster hinaus auf die Zufahrt gingen.

Sie wusste, was die Schübe ihrer Krankheit auslöste. Der Doktor daheim im achten Arrondissement hatte es ihr geduldig erklärt: Frauen neigten zur Hysterie, und das einzige Mittel gegen ihr Leiden bestand darin, sie von jeder Art Aufregung fernzuhalten. Deshalb hatten sie Paris verlassen und das Landgut aufgesucht, das dem Vicomte gehört hatte, Mélanies Vater. Früher im Jahr als gewöhnlich, und nun ... *Hättest du Freude daran, die Exposition Universelle zu besuchen?*

In diesem Moment war sie sich wirklich sicher gewesen: Ja, sie wollte all das sehen. Die schnaufenden Maschinen und den mächtigen stählernen Turm, dessen Gerippe in den vergangenen Jahren über der Stadt aufgewachsen war. Den kaiserlichen Diamanten, der in einem gesonderten

Gebäude ausgestellt wurde. Buffalo Bill und seine Rothäute aus den Wildnissen der Vereinigten Staaten. Die Senegalesen, die Inder und Chinesen, ja selbst die wilden Kanaken. Und doch: Paris. All die vielen Menschen, all die neuen, fremdartigen Bilder und mitten dazwischen, wie eine Spinne in ihrem Netz: Tortue. Der Duc de Torteuil. Würde sie auch ihm gegenüberstehen, wenn er doch ein Freund ihrer Mutter war und die Vicomtesse angekündigt hatte, dass Mélanie sie künftig in die Salons begleiten würde? Und hatte nicht auch Tortue eine Fabrik? Würde er womöglich ebenfalls auf der Exposition sein? Würde Mélanie ihm dort gegenüberstehen, zwischen den stöhnenden, rasselnden, fauchenden Apparaturen? Tortue, der im Schatten der Robinie gelauert hatte und gesehen haben musste, wie …

Eine neue Welle der Unruhe schlug über ihr zusammen. Ihre Kehle eng, der leichte Stoff des Nachtkleides mit einem Mal wie eine Garotte um ihren Hals, dass ihr die Luft … Luft! Sie schlug die Decken beiseite, die Bettvorhänge, kam schwindlig in die Höhe, spürte die Kälte des Bodens unter den Fußsohlen, obwohl es doch der weiche Stoff des persischen Läufers war, den ihre Zehen berührten. Mehr als ein Anfall. Sie musste nach Marguerite rufen! Mutters Gesellschafterin schlief zwei Zimmer weiter und hatte einen leichten Schlummer. Marguerite würde kommen und … Mit ihrer Sorge würde sie eine solche Unruhe verbreiten, dass sich sämtliche Symptome von Mélanies Krankheit nur noch verstärken würden.

Nein. Wie von selbst lösten ihre Finger die Verschnürung des nassgeschwitzten Nachtgewands, ließen es von ihren Schultern gleiten, womit die Empfindung von Kälte auf ihrer Haut noch zunahm. Zugleich aber fühlte es sich wie eine Befreiung an, und sei es nur für einen Augenblick. Mit unsicheren Schritten ging sie auf das Fenster zu, schloss die Augen und presste die Stirn gegen das kühle Glas. Es gab nur einen Menschen, mit dem sie reden wollte: ihre Cousine.

Was hatte Tortue gesehen? Kaum dass er verschwunden war, hatte Marguerite die Mädchen zum Abendessen gerufen, und sie hatten keine Gelegenheit mehr bekommen, sich allein zu unterhalten. Agnès' Zimmer befand sich im entgegengesetzten Flügel des Hauses. Ausgeschlossen, sich mitten in der Nacht unbemerkt zu ihr zu schleichen. Und damit wusste Mélanie, dass sie kein Auge schließen würde in dieser Nacht vor dem Aufbruch nach Paris. Agnès. Agnès, die so viel wusste. Agnès, die verstehen würde. Die *alles* verstehen würde.

Sie musste sich die Erinnerung nicht vor Augen rufen. Agnès' Berührungen. Das, was Luis' Anblick in Mélanie ausgelöst hatte und was er ganz offensichtlich auch in ihrer Cousine auslöste. War es möglich, dass *alle* Frauen dieses Gefühl kannten? Selbst Marguerite? Selbst Maman? Aber wie war dann zu erklären, dass keine dieser Frauen unter diesem Gefühl zu *leiden* schien? Eher im Gegenteil, wenn sie sich an Agnès' Reaktion erinnerte. War es möglich, dass dieses Gefühl, das Mélanies Krankheit so ähnlich war, der eigentliche *Grund* für ihre Krankheit war? Dass sie diesem Gefühl nur ein einziges Mal nachgeben musste, um sich zu … heilen? Ohne dass sie es bemerkt hatte, war ihre Hand an ihre Brust geglitten. Erst jetzt wurde sie sich der Berührung bewusst, als ihre Finger über die Knospe strichen, die sich erschauernd zusammenzog. Das Mädchen erstarrte, und doch … Millimeterweise bewegten ihre Finger sich zurück zu der empfindlichen Stelle.

Sie mochte nicht in völliger Dunkelheit schlafen. Schon als kleines Kind war ihr das unmöglich gewesen. Der gedämpfte Schimmer einer Talgleuchte unweit der Tür tauchte den Raum in ein warmes Zwielicht, hell genug, dass sich Mélanies Abbild in der Fensterscheibe spiegelte: eine junge Frau, die ihre Brust berührte, und dahinter …

Wieder erstarrte sie. Kälte, die ihr jetzt durch Mark und Bein fuhr, weit heftiger als zuvor.

Denn da war etwas. In der Fensterscheibe, aber es war keine Spiegelung aus dem nächtlichen Zimmer. Mélanie griff nach dem Ersten, das sie zu fassen bekam, den Stores, den schweren Vorhängen, presste sie vor die Brust, doch ihre Augen waren unfähig, sich abzuwenden.

Dort draußen bewegte sich etwas. Ein Stück abseits der gepflasterten Zufahrt, die zu beiden Seiten von Öllampen flankiert wurde. Der Gutshof lag ein Stück vom Dorf Deux Églises entfernt, und Maman, die den Krieg erlebt hatte, die marodierenden Soldaten nach der Zerschlagung des Heeres bei Sedan, bestand darauf, dass sie die ganze Nacht brannten. Dort draußen war jemand. Mélanie erkannte die Silhouette einer Gestalt, daneben den größeren Umriss eines Pferdes, das er am Zügel führte. Ja, er. Ein Mann. Jetzt, da sich ihre Augen an das Licht gewöhnten, konnte sie die breiten Schultern ausmachen. Luis mit einem der Pferde? Nein, aus irgendeinem Grund wusste sie, dass es nicht Luis war, der aus der Dunkelheit zum Haus hinüberblickte. Zu ihrem Fenster? Das war nicht zu erkennen. Der Fremde versuchte, sich außerhalb des Lichtkreises zu halten. Doch wenn es nicht Luis war und, nein, mit Sicherheit auch nicht Tortue, dessen steife Haltung unverkennbar gewesen wäre ...

Jetzt, und mit einem Mal spürte sie es überdeutlich, hoben sich die Augen des Unbekannten und blickten genau in ihre Richtung. Konnte er sie sehen? Mit Sicherheit. Das Talglicht schien hell genug. Der Umriss eines schmalen jungen Mädchens. Und auch sie sah nicht mehr als seinen Umriss, den Umriss eines hochgewachsenen schlanken jungen Mannes. Trug er eine Uniform? Sie war sich nicht sicher. Sie betrachteten einander, ein Scherenschnitt den anderen, und jeder von ihnen wusste, dass der andere wusste. Er *wusste*. Ihr Herz überschlug sich. Selbst wenn er nicht mehr als ihre Silhouette wahrnahm, die Schultern nackt, musste er aus der Art, wie sie ihre Blöße mit dem schweren Samt bedeckte, doch seine Schlüsse ziehen. Er *weiß, dass ich nackt bin, und trotzdem sieht er mich an.*

Doch es war seltsam. Denn es war *anders*. Ein vollkommen anderes Gefühl als bei Luis, für den sie unsichtbar gewesen war, als bei Tortue, von dessen tastenden Blicken sie nichts geahnt hatte. Als ob ihre Nacktheit keine Rolle spielte. Da war etwas, etwas, das zwischen ihnen vorging, ohne dass im eigentlichen Sinne etwas geschah. Sie betrachteten einander. Reglos. Das kühle Glas des Fensters trennte sie voneinander und dahinter die samtene Schwärze der Nacht, die über dem schweigenden Anwesen lagerte. Und doch war ein Gefühl der Nähe zwischen ihr und diesem vollkommen Fremden, einem gewisperten Gespräch gleich, einem geteilten Geheimnis. Nun, da er sich bewegte, eine Winzigkeit nur, das Haar aus der Stirn zurückstrich, erschien ihr diese Bewegung vertraut wie etwas, das sie tausendmal gesehen hatte. Wie eine Erinnerung. Ja, eine Erinnerung: mit dem einzigen unglaublichen Unterschied, dass sie an etwas gemahnte, das sich einfach noch nicht zugetragen hatte. Ein Moment der

Nähe, der Vertrautheit im schwachen Licht der Talgleuchte, dem Licht der Öllampen, dem matten Schein des Mondes und der Sterne.

Bis er sich abwandte, unvermittelt, und sich mit einer eleganten Bewegung in den Sattel schwang. Eine rasche Wendung des Pferdes – eines hellen Pferdes, eines Apfelschimmels –, und er wurde eins mit der Nacht.

Mélanie blieb zurück, allein mit ihrem Herzschlag, ihrem Atem, der sich verändert hatte. War er ruhiger geworden? Tiefer jedenfalls als zuvor. Ein Gefühl des ... des Trostes? Der Zuflucht? Der Sicherheit? Kein Name, kein Gesicht. Ein Schatten nur. Phantomhaft, aber kein Traum, keine Täuschung der fiebrigen Nacht. Er war da gewesen, und obwohl er für ihre Augen nicht mehr gewesen war als ein Silhouette, war sie sich sicher, dass sie ihn wiedererkennen würde, sollten sie sich jemals gegenüberstehen. Aber warum hielt sie es für möglich, dass es dazu kommen würde?

Ihr Blick haftete auf der Stelle, an der er vor Sekunden noch gestanden hatte. Was hatte er hier zu suchen gehabt? Mitten in der Nacht, in den Schatten jenseits des Gutshofs. Wenn es nicht Luis war und nicht Tortue: *Wer ist es dann gewesen?*

***

ZÜNDUNG IN 43 STUNDEN, 02 MINUTEN
Rue Lepic, Paris, 18. Arrondissement –
30. Oktober 1889, 04:58 Uhr

Lucien Dantez war unbeschreiblich müde. Irgendwann während der Nacht war ein Platzregen über der Stadt niedergegangen. Einen Fuß vor den anderen zu setzen, den Pfützen auszuweichen und gleichzeitig zu vermeiden, die Fassaden zu beiden Seiten der engen Gasse zu touchieren: Beinahe war es mehr, als er noch zustande brachte.

Natürlich war es nicht dunkel. Das war gar nicht möglich einen Steinwurf vom Place Pigalle. Der Schimmer bunter Lichter drang auf die Gasse, Stimmengewirr aus einem Lokal, das die Sperrstunde missachtete. Die letzten Nachtschwärmer waren noch nicht in ihre Betten gesunken, wenn die ersten Frühaufsteher bereits durch das Labyrinth der Passagen streiften auf der Suche nach schneller Liebe. *Liebe*. Ein bitterer Geschmack stieg in seiner Kehle auf. Nichts hätte weiter davon entfernt sein können.

Zwei dürre, sichtlich übernächtigte Huren lehnten an einer Hausfassade. Demonstrativ wechselte er auf die andere Seite der Gasse, wusste bereits, dass sie das nicht bremsen würde. Ihre Worte nahm er nicht wahr, er kannte sie ohnehin auswendig. Zunächst die immer drängenderen Versuche, sich selbst anzubieten, danach, mit zunehmend gesenkter Stimme, die Verheißung anderer Vergnügen, die sie gegen ein geringes Salär zu arrangieren wüssten. Dickere. Jüngere. Mehrere auf einmal. Knaben. Es mochte Straßenzüge geben, näher an der Île de la Cité, die noch eine Spur verkommener waren als das achtzehnte Arrondissement. Der einzige Unterschied bestand darin, dass die Preise hier, zu Füßen des Montmartre, höher waren. Nichts, das es nicht zu kaufen gab.

Von heute an auch eine Reihe von Fotografien, die Lucien Dantez vor einer Viertelstunde an der Tür des Chou-Chou abgeliefert hatte, jeweils ein Exemplar von jeder Aufnahme der gesamten Serie, die in dieser Nacht entstanden war.

Er schloss die Augen und schleppte sich weiter bergauf, wo der Weg auf den Metern vor ihm frei war. Es war ein Albtraum gewesen, und er war sich keineswegs sicher, ob er bereits aus ihm erwacht war. Er hatte hinter der Kamera gekauert, die Haube aus dunklem Gewebe über Kopf und Schultern, erstickend wie das Innere eines Sarges. Doch da war nicht die barmherzige Stille und Kühle des Grabes gewesen. Da waren die Geräusche gewesen, das unterdrückte Knurren von den Lippen des Zuhälters, die dumpfen Laute seiner Schläge und, schwächer werdend, das Wimmern der Hure. Da war eine Hitze gewesen, von der er zuvor nichts gespürt hatte. Schweißtropfen auf seiner Stirn, die sich gegen das Gehäuse presste, die Augen gefangen vom Mattglas des Suchers, das durchsichtig war und doch nicht vollständig: wie ein anderes Auge, das Auge eines Fremden, durch das sein eigenes Auge geblickt hatte, während er den Magnesiumblitz auslöste, der Schnur gleich, die die blitzende Klinge der Guillotine niedersausen ließ. Mit dem Unterschied, dass es unter der Guillotine rasch und ein für alle Mal vorbei war, während es hier … Wieder und wieder, bis Materne zum Ende gekommen war, und doch noch nicht zum Ende. Schwer atmend hatte er sich von der Frau erhoben und ihr fast spielerisch einen letzten Tritt versetzt. Erst damit war es tatsächlich zu Ende gewesen. Oder hatte es damit erst wirklich begonnen?

Den ganzen Abend hindurch hatte Lucien sich einreden können, dass er nichts war als ein bloßer Zuschauer. Was hatte er denn getan? Die Bühne vorbereitet, das improvisierte Atelier in einem Hinterzimmer des Chou-Chou. Um Aufnahmen zu fertigen wie an all den Abenden zuvor. Schöne Bilder. Schöner jedenfalls als die Wirklichkeit. Materne! Materne war es gewesen, der den Spielplan geändert und die Regie übernommen hatte. – Doch war es tatsächlich so gewesen? Wie trefflich Lucien Dantez sich eingerichtet hatte in dieser Vorstellung, hinter dem matten Schleier der Lüge!

Zwei Stunden später war das nicht länger möglich gewesen. Der Schleier war zerfasert, war zerrissen wie die Reste des samtenen Kleides, welche die um Atem ringende Frau an sich gepresst hatte. Hatte sich aufgelöst, als die Konturen schärfer und schärfer hervorgetreten waren, Lucien unfähig gewesen war, die Augen von der Porzellanwanne des Oxidationsbades zu lösen. Seine Hände hatten gezittert, als er die Aufnahmen der Flüssigkeit entnommen, sie zum Fixieren in Essigsäure gegeben hatte. Negative natürlich, doch sein Blick war geübt, sie zu lesen wie das fertige Positivbild. Die todesbleiche Haut der sterbenskranken Frau: ein Abgrund von Schwärze.

Kein Zuschauer. Das habe *ich* geschaffen. Mit fahrigen Fingern hatte er den Vorgang in die Wege geleitet, an dessen Ende die Abzüge auf fotografischem Papier standen, die nun in Maternes Etablissement lagen. Er wollte sie nicht im Haus haben, im Ladengeschäft, das ihm zugleich als Wohnung diente. Wohl wissend, dass auch dies nicht mehr war als Heuchelei und Verleugnung.

Zweitausend Francs. *Zweitausend* Francs. Für ein Leben, wie Madeleine es verdient hatte. Ein Leben, das in seinem Kopf einmal so deutliche Konturen besessen hatte, als wäre es selbst bereits ein fotografisches Positiv. Ein Bild, das er festhalten musste, sollte es nicht verschwinden wie eine Chimäre der Nacht. Ein Leben mit Madeleine, und wo auch immer sie leben würden: Es würde weit entfernt sein von Paris, weit entfernt vom Schatten des Montmartre. Vielleicht ...

Ein plötzlicher Ruck riss ihn aus seinen Gedanken. Etwas traf seine Schulter und brachte ihn aus dem Gleichgewicht, sodass er hart gegen eine Mauer schrammte.

Er schüttelte sich. Ein gackerndes Lachen. Ein Schatten schräg vor ihm, wo linker Hand die Rue Tourlaque abzweigte, den Hügel abwärts. Eine gedrungene Gestalt, auf einen Gehstock gestützt, die Gesichtszüge unter einem struppigen schwarzen Bart kaum zu erkennen. Ein hoher Bowlerhut sollte die Kleinwüchsigkeit vermutlich kaschieren, bewirkte allerdings das genaue Gegenteil.

«Henri.» Lucien stieß den Atem aus, wischte sich über die Schulter. «Was war das? Pferdemist?»

«He, besser als mein eigener!» Noch immer hielt sich der kleine Mann kichernd den Bauch.

Lucien schloss die Augen, nur für einen Moment diesmal, mehr wäre gefährlich gewesen. Er selbst verbot sich jedes Glas Wein an einem Abend, an dem ein Auftrag anstand. Henri de Toulouse-Lautrec war das genaue Gegenteil und behauptete, ohne Absinth überhaupt nicht arbeiten zu können. Wobei Henri natürlich Maler war, Plakatmaler. So verschwenderisch, wie er mit den Farben umging, mussten sie auch mit benebeltem Kopf noch gut zu erkennen sein.

Lucien mochte den kurzgewachsenen Künstler. Sie hatten einen ähnlichen Ehrgeiz, den Blick innerhalb des Bildes in bestimmte Richtungen zu lenken, den Eindruck von Bewegung in einem statischen Bild einzufangen. Solange er nicht zu betrunken war, konnte Henri ein umgänglicher Mensch sein. Was heute Nacht augenscheinlich nicht der Fall war.

«Nun.» Lucien nickte knapp. «Dann sollte ich mich vermutlich bedanken, dass es nicht deine Exkremente waren. – Bonne nuit, Henri.»

Eine großspurige Verbeugung. «Keine Ursache. Lass dich nur nicht aufhalten. Das nächste Mal kannst du dich dann ja überraschen lassen von deinem Besucher.»

Lucien hatte sich bereits abgewandt. Jetzt blieb er stehen, stutzte. «Welcher Besucher?»

Aber statt einer Antwort lüpfte der kurzgewachsene Maler nur noch einmal den Hut, dann drehte er sich um und humpelte auf seinen Stock gestützt die Rue Tourlaque abwärts. Nach Hause vermutlich. Es war fünf Uhr in der Frühe. Keine ungewöhnliche Uhrzeit für Henri de Toulouse-Lautrec, dachte Lucien. Wohl aber für jede Art von Besuch, selbst hier an den Hängen des Montmartre mit seinen Künstlern, Huren und eigenwilligen Adelsleuten.

Mit langsamen Schritten näherte er sich dem mehrstöckigen Gebäude hinter der Kreuzung, einem Putzbau, wie er unter dem dritten Napoleon überall in der Stadt errichtet worden war. Tatsächlich: An einem der in die Fassade eingelassenen metallenen Ringe war ein Pferd angebunden. Ein Apfelschimmel, doch es hob nur kurz und müde den Kopf, als Lucien sich näherte. Noch aus zwei Metern Entfernung spürte er die Hitze, die Ausdünstungen, die vom Körper des Tieres ausgingen. Das Pferd musste mit größter Eile bewegt worden sein.

Lucien zögerte. Sein Atelier befand sich im Parterre; hinter einer großzügigen Glasscheibe waren Proben seiner Arbeit ausgestellt, unsichtbar jetzt, da eben erst die Dämmerung über der Stadt erwachte. Und doch war es nicht dunkel in dem kleinen Ladengeschäft. Ein unruhiger Lichtschimmer fiel in den Verkaufsraum. Die Öllampe im Kontor, dem rückwärtigen Raum, in dem Lucien sämtliche Arbeiten versah, die sich außerhalb der Entwicklerkammer verrichten ließen. Er hatte das Licht gelöscht, er war sich sicher. Bei aller Müdigkeit, allen wirren Gedanken: Niemals hätte er das Öllicht unbeaufsichtigt brennen lassen.

Henri hatte die Wahrheit gesagt. Lucien Dantez wurde erwartet. Ob er die Tür verschlossen hatte, konnte er *nicht* mit Sicherheit sagen. Schließlich hatte er sich nur für wenige Minuten entfernt.

Er legte die Hand auf die Türklinke, drückte sie nieder. Eine Glocke ertönte. Wenn er in der Dunkelkammer zugange war, allein mit seinen Bildern, brauchte es einen starken akustischen Reiz, um ihn in die Wirklichkeit zurückzuholen. Doch genauso war nun der Besucher gewarnt, dass er nicht länger allein war.

Reglos verharrte Lucien. Der Besucher war zu einer ungewöhnlichen Uhrzeit erschienen. Und ebenso ungewöhnlich war es, dass er nicht auf dem Trottoir gewartet hatte, bis der Inhaber des Ateliers zurückkehrte. Was, wenn er etwas ganz anderes war als ein Besucher, ein Kunde? Doch Lucien war lange genug fort gewesen: Der Unbekannte hätte alles von Wert einsammeln und in die Dämmerung verschwinden können, ohne eine Konfrontation zu riskieren.

Blieb eine letzte Möglichkeit: Wenn der Fremde gar nicht auf Diebstahl aus war ... Bilder traten vor die Augen des jungen Fotografen. Magere, bleichgesichtige Huren, zu Dutzenden. Hatten die Frauen tatsächlich alle für Materne gearbeitet? Wenn es nicht so war: Hatten ihre wahren Beschützer überhaupt von den Aufnahmen gewusst?

Vorsichtig bewegte er sich auf das Kontor zu. Wenn der Fremde hinter dem Durchgang lauerte, hatte Lucien möglicherweise eine Chance, ihn zu entdecken, bevor er selbst in dessen Reichweite geriet.

Der Mann stand mit dem Rücken zum Raum, den Blick zur Wand gerichtet. Kein Zuhälter. Hochgewachsen, helle Haare und eine Uniform, die Lucien nichts sagte, zumindest von hinten nicht. Lucien kniff die Augen zusammen. Etwas an der Haltung des Fremden war ungewöhnlich. Eine Anspannung schien von ihr auszugehen. Er musste die Türglocke gehört haben, doch er rührte sich nicht, die Augen an die Wand geheftet, wo Lucien zu seinem persönlichen Vergnügen einige Aufnahmen befestigt hatte, die er für besonders gelungen hielt. Auf eine bestimmte Fotografie.

Lucien erstarrte. *Madeleine.* Die Augen des Mannes waren auf das Porträt gerichtet, das er ihr an diesem Nachmittag verehrt hatte, sein persönliches Positiv. Es *war* eine bemerkenswerte Aufnahme, doch konnte das ein völlig Fremder, jemand, der Madeleine niemals gesehen hatte, wahrnehmen, sodass gerade diese Fotografie ihn fesselte, wenn sie neben Bildern hing, auf denen die Frauen bedeutend weniger am Leibe hatten? Konnte der Mann wegen *Madeleine* ...

Der Fremde wandte sich um, so plötzlich, dass Lucien unwillkürlich zurückzuckte. «Friedrich-Wilhelm von Straten.» Ein harter Akzent. Eine steife Verbeugung. «Aus dem Deutschen Reich.»

***

ZÜNDUNG IN 42 STUNDEN, 49 MINUTEN
Rue Lepic, Paris, 18. Arrondissement –
30. Oktober 1889, 05:11 Uhr

Schweiß lief über Friedrichs Schläfen, kam kitzelnd unter dem Haaransatz hervor. Bemerkte es der Fotograf? Lucien Dantez. Die Adresse des Ateliers hatte in den Dokumenten aus Rollandes Kuvert gestanden. Wie so unglaublich vieles andere.

Nein. Unwahrscheinlich, dass Dantez mitbekam, in welchem Zustand sein Besucher sich befand. Aus seinem schmalen Mäusegesicht mit den furchtsam aufgerissenen Augen starrte er Friedrich an, als hätte er einen Geist vor sich oder, natürlich, einen Einbrecher. Die Tür war nicht verschlossen gewesen, und Friedrich war schlicht nicht in der Lage gewesen, dort draußen zu warten, auf dem regennassen Pflaster. Hatte er überhaupt einen Versuch unternommen, sich bemerkbar zu machen? Im Nachhinein konnte er nicht einmal das mit Sicherheit sagen. So oder so: Das Atelier war leer gewesen. Und doch nicht leer. Madeleine Royal. Der Schwan – und doch nicht der Schwan. Ein Bild, gewiss, nicht mehr als ein Bild. Und dennoch auf beängstigende Weise lebendig. Ein Zufall? War das möglich? Es war unerklärlich, wie so vieles unerklärlich schien in dieser Nacht, von Anfang an.

Wissen. Der dritte Grund, der eigentliche Grund, aus dem Friedrich von Straten nach Paris gekommen war. Jener Grund, von dem weder Drakenstein wissen konnte noch die Franzosen oder der deutsche Generalstab. Jener Grund, den Friedrich selbst nicht vollständig begriff, weil er kaum mehr gewesen war als eine Ahnung, eine halb eingestandene Hoffnung. Eine Chance. Und wer als Gottlebens Ziehsohn aufgewachsen war, wäre ein Dummkopf gewesen, nicht nach jeder noch so schwachen Chance zu greifen. Und doch: Am Ende lief alles auf jene eine Frage hinaus. Jene Frage, die er so lange Zeit kaum vor sich selbst laut auszusprechen gewagt hatte, aus Furcht vor der möglichen Antwort. Und die in dieser Nacht ein Stück weit einer anderen, einer konkreteren Frage Platz gemacht hatte: Wie hatte Rollande wissen können? Was hatte den Kontaktmann des Generalstabs dazu getrieben, jene Schriftstücke zusammenzustellen, die im Kuvert verborgen gewesen waren? Welchen Plan verfolgte Rollande? Existierte ein solcher Plan überhaupt, oder trieb den Mann nichts als das Offensichtliche: Friedrich von Straten zu beweisen, welche Macht das *Wissen* besaß in jener Welt, in die zu begeben er sich anschickte.

Auch den Schimmel verdankte er Rollande, und er hatte ihm die Sporen gegeben, hinaus aus der Stadt. Um sich zu überzeugen von etwas, das in seinem Herzen längst festgestanden hatte. Und nun? War er überzeugt? Auch der Hinweis auf den Fotografen stammte von Rollande. Auf die Bilder. Die Bilder, die ihm zeigen würden, was dort draußen nichts gewesen war als eine Silhouette, ein Scherenschnitt in der Dunkelheit.

Dantez war einen halben Schritt in den Raum getreten. Friedrich bemerkte, wie er achtgab, dass sich der Durchgang, der Weg hinaus auf die Straße weiterhin unmittelbar in seinem Rücken befand.

Der Fotograf räusperte sich. «Lucien Dantez.» Seine Stimme zitterte, aber war das ein Wunder? Wie musste Friedrich auf ihn wirken, erhitzt, mit verknitterter Uniform und wirrem Haar, den Galadegen am Gürtel? «Womit ... Womit kann ich Ihnen zu Diensten sein, Monsieur von Straten?»

Friedrich holte Luft, zwang sich zur Ruhe. «Sie haben vor einiger Zeit einen Auftrag erhalten, Monsieur Dantez.» Der geschäftsmäßige Ton klang lächerlich angesichts der Situation, selbst in seinen eigenen Ohren. «Einen Auftrag, der Sie in die Picardie geführt hat. Sie sollten ...»

Dantez blinzelte. Noch einmal. Und dann, innerhalb von Sekunden, schien sein Gesicht sich aufzuhellen. «Ah!» Ein erleichterter, ein geradezu erfreuter Laut. Seine Haltung vollständig verändert. «Natürlich! Der Auftrag!» Auf dem Absatz wandte der Fotograf sich um, zu einem deckenhohen Schrank voller Schubladen, die mit winzigen Schildern versehen waren.

«Bitte, Sie müssen entschuldigen, Monsieur von Straten. Ich hätte sofort darauf kommen können, aber ... Sie verstehen? Die Uhrzeit?» Dantez reckte sich, kniff die Augen zusammen. Seine Lippen bewegten sich, als er versuchte, eine Beschriftung zu entziffern. «Selbst wenn ein solcher Auftrag zugegebenermaßen ungewöhnlich ist. Die meisten Kunden kommen

persönlich vorbei, müssen Sie wissen. Wenn sie einen Auftrag erteilen.»
Der Mann redete schnell. Und er redete *viel*. Die Nervosität vermutlich,
noch immer, angesichts des nächtlichen Besuchs. Eine Nervosität, die
so groß war, dass er Friedrichs Zustand nach wie vor nicht zu bemerken
schien. «Doch wenn Sie jetzt erst in die Stadt kommen, versteht sich das
natürlich von selbst.» Ein kurzer Blick über die Schulter. «Ich hatte mich
lediglich gefragt, was ich tun sollte, wenn niemand käme, um die Bilder
abzuholen. Das Honorar war ja enthalten in Ihrem Anschreiben, aber
ohne einen Absender ... Wohin hätte ich ... – Ah!»

Friedrichs Herz überschlug sich. Der Mann hatte das Schubfach gefunden, entnahm ihm eine flache Holzschachtel.

«Ich darf erwähnen, dass es doch eine gewisse Herausforderung darstellte», bemerkte der Fotograf. «Nicht in technischer Hinsicht selbstverständlich. Aufnahmen dieser Art sind schon seit einer Reihe von Jahren
keine Schwierigkeit mehr. Etwas komplizierter hat es sich allerdings
gestaltet, jegliches Aufsehen zu vermeiden. So wie Sie das gewünscht
hatten.»

Friedrich rührte sich nicht. Auf Dantez' Gesicht stand eine Frage,
doch nur für einen Moment, bevor er sich auf seine Professionalität zu
besinnen schien. Möglicherweise waren die Umstände des Auftrags eben
doch nicht *vollständig* ungewöhnlich gewesen – in einer Stadt, in der man
selbst die Dirnen in Katalogen nachschlagen konnte. So oder so war es
nicht Friedrich gewesen, der den Auftrag und die entsprechenden Anweisungen erteilt hatte. Sondern Fabrice Rollande.

Der Fotograf stellte das Kästchen auf einen Tisch. «Am Ende habe ich
jedenfalls eine unverfängliche Möglichkeit gefunden», erklärte er. «Wobei ich abwarten musste, bis sie das Gelände des Gutes verlassen haben,
nach Chantilly.» Sein Mund verzog sich zu einem Lächeln. «Der Besitzer
des Cafés dort schien höchst erfreut, als ich ihm angeboten habe, Aufnahmen seines Interieurs anzufertigen. Er hat selbstverständlich nur
diejenigen Fotografien erhalten, auf denen die Damen nicht zu sehen
sind, und ...»

Friedrich spürte Schwindel. Eine Erschöpfung, die mehr war als die
rein körperliche Schwäche nach einer Nacht im Sattel. Er hob die Hand,

fuhr sich über die Stirn. «In Ordnung, Monsieur Dantez. Alles in Ordnung. Aber wenn wir jetzt bitte ...» Er trat einen Schritt näher. Sein Herz schlug bis zum Hals.

Dantez öffnete das Kästchen. Eine großformatige Fotografie lag obenauf, und sie war wahrhaft bemerkenswert, wenn der Fotograf tatsächlich die gesamte Innenansicht des Cafés auf die Gelatineplatte gebannt hatte und der Bildausschnitt eine mehrfache Vergrößerung darstellen musste. Die Schärfe der Konturen, die gesamte Komposition des Bildes: als hätte die Dame für ein Porträt gesessen mit ihrem strengen, dunklen Kleid und ihrem konzentrierten Blick, während sie vielleicht gerade der Unterhaltung der beiden jungen Mädchen lauschte.

Ja, wahrhaft bemerkenswert. Doch nein, nicht allein aus diesem Grund.

«Et voilà.» Dantez trat beiseite. «Vicomtesse Albertine de Rocquefort.»

TEIL DREI

30. Oktober 1889
Le matin / Am Morgen

ZÜNDUNG IN 41 STUNDEN, 00 MINUTEN
**Hôtel Vernet, Paris, 8. Arrondissement –
30. Oktober 1889, 07:00 Uhr**

«Monsieur Søndergracht hat um einen Schlummertrunk gebeten.» Sie
waren auf dem Weg ins Foyer. Das Zimmermädchen hatte Mühe, mit Celeste Marêchal Schritt zu halten und gleichzeitig die Ereignisse der Nacht
zu rekapitulieren. «Das war ... Halt, nein, ich weiß es genau: Das war um
kurz nach Mitternacht. Er hat genau in dem Moment geklingelt, in dem
Giselle und ich uns gerade das Feuerwerk ansehen wollten.»

Wie rücksichtslos von ihm, dachte Celeste Marêchal, sagte aber kein
Wort. Sie erreichten die Eingangshalle, wo der alte Gustave eben durch
den Raum schlurfte, um die Türen zur Straße zu öffnen.

«Danach muss er dann auch glei... ei...» Das Zimmermädchen, das hörbar gegen ein Gähnen kämpfte. «Gleich eingeschlafen sein. Und er schläft
noch immer; ich bin an seinem Zimmer vorbeigegangen. Man hört ihn
bis auf den Flur.»

Der Kommentar brachte ihr ein warnendes Zungenschnalzen von Celeste ein. Auf diese Weise wurde im Vernet nicht über Gäste geredet. Auch
zu dieser Uhrzeit nicht, wenn auf den Zimmern noch alles schlief. Und
ganz gewiss nicht in normaler Gesprächslautstärke.

Die Türen zur Straße schwangen auf. Das Tagespersonal wartete bereits auf den Stufen, die Gesichter grau wie der Morgen.

«Bonjour, Madame.» Der Concierge, mit der Andeutung einer Verneigung.

«Bonjour, Monsieur Serge.»

Ein erneutes Nicken, und er war an ihr vorbei. Wenn er sich an die
Szene vom Vorabend erinnerte, gab er es nicht zu erkennen. Oder, wahrscheinlicher, hatte es für ihn gar keine Szene gegeben. Celeste war allein
gewesen in ihrer Zuflucht, allein mit ihren düsteren Gedanken. Sie konnte sich nicht entsinnen, ob sie überhaupt ein Wort gesprochen hatte, bevor er sich aus dem Dunkel bemerkbar gemacht hatte.

Das Zimmermädchen schlüpfte in seinen Mantel, während Celeste aufmerksam die Reihe der Mädchen musterte, die zur Tagesschicht eintrafen und die Inhaberin des Vernet jeweils mit einem Nicken und einem *Bonjour, Madame* begrüßten.

«Danach gab es keine Vorkommnisse mehr. Die Deutschen sind erst in den Morgenstunden zurückgekommen.» Etwas leiser, bedeutungsvoller: «Hauptmann von Straten sogar erst vor einer Stunde. Doch sie hatten keine besonderen Wünsche.»

Celeste Marêchal nickte stumm. Zwei Zimmermädchen für die Nacht waren ein Mädchen zu viel angesichts der Lage, in der das Vernet sich befand. Doch dieses Mädchen hier kam vom Lande und war in Paris völlig auf sich allein gestellt. Und Giselles Ehemann hatte sich einen hartnäckigen Husten eingefangen, mit dem er das Bett hüten musste. Unter keinen Umständen konnte die Familie auf die Zulage für die Nachtschicht verzichten. Nein, Celeste hatte keine Wahl. *Durchhalten*, dachte sie.

«Gut», sagte sie, wandte sich zu der jungen Frau um. «Merci. Dann bis heute Abend.»

«Einen schönen Tag, Madame.»

«Bonne nuit», erwiderte Celeste nüchtern. Nun doch mit einem kurzen Lächeln huschte das Mädchen nach draußen.

Celeste bezweifelte, dass sie wesentlich mehr geschlafen hatte als die beiden jungen Frauen, die sich den Dienst geteilt hatten. Zu viele Gedanken, nach wie vor, doch wenigstens war sie zu einer Entscheidung gelangt: Sie würde mit Bertie reden, gleich heute. Zumindest ging sie fest davon aus, dass er im Laufe des Tages eintreffen würde, wenn morgen bereits die Abschlusszeremonie anstand. Sie konnte nicht beurteilen, wie weit er mit solchen Dingen vertraut war als Erbe eines Empire, doch auf keinen Fall konnte ihm entgangen sein, dass die Zeiten härter geworden waren. Ruhig und konzentriert würde sie ihm die Situation schildern, ihm die Veränderungen aufzählen, die notwendig waren, um das Vernet wieder zu einem Haus zu machen, das mit den Hotels am Montmartre konkurrieren konnte. An erster Stelle elektrisches Licht auf den Zimmern. Ja, Celeste Marêchal würde ihren alten Freund um einen Kredit bitten. Einen Kredit, kein Almosen. Einen Kredit, mit dem sie sämtliche ausstehenden Verbindlichkeiten einlösen konnte und dennoch ausreichend Kapital übrig behielt für die überfälligen Investitionen. Wenn er akzeptierte, würde nicht länger ein halbes Dutzend Hypotheken auf dem Vernet lasten, sondern nur noch eine einzige. Diese dann allerdings von monströser Höhe. Ausgestellt auf Albert Edward von Sachsen-Coburg-Gotha, den Prince of Wales. – Schuldner und Gläubiger sein und trotzdem Respekt voreinander haben, trotzdem befreundet sein: Das musste möglich sein.

Konnte sie es spüren? Spüren, dass die Anspannung eine Winzigkeit nachgelassen hatte? Sie war schlicht zu müde dazu. Wichtig war, dass ihre Entscheidung nun feststand. Alles andere würde seinen Weg gehen. Sie *wusste* es. Wusste, dass sich die alte Vertrautheit wieder einstellen würde, wenn sie einander nur gegenüberstanden. Der alte Zauber? Ein unangemessenes Wort. Wenn sie tatsächlich einmal Liebende gewesen waren, war das ein halbes Leben her. Die einzige Herausforderung würde darin bestehen, den unmöglichen Menschen fernzuhalten, der ihn mit Sicherheit wieder …

«'jour, Madame.»

Sie sah auf. Eines der Mädchen der Tagesschicht, gehetzt und noch im Mantel. Und schon fast an Celeste Marêchal vorbei.

«Einen Moment bitte.» Celeste trat nahe an die junge Frau heran. Ein Gesicht wie ein Engel, das dunkelblonde Haar züchtig zu einer Tagesfrisur gesteckt, welche die Haube der Uniform verbergen würde. Puder auf den Wangen, der den Mädchen gestattet war, weil er einen gesunden und ebenmäßigen Teint verlieh. Doch ihre Lippen … Celeste streckte die Hand aus und berührte die Unterlippe der jungen Frau, betrachtete die Spitze ihres Zeigefingers. «Du hast Lippenrot aufgetragen.»

«Nur eine Winzigkeit, Madame. Wirklich.» Celeste hatte das Mädchen genau im Auge: Wenn es errötete, verbarg das der Puder. «Es ist doch kaum zu sehen, Madame. Niemand wird es bemerken.»

«*Ich* habe es bemerkt. Und wenn es keinen Unterschied macht, kannst du es ebenso gut abwaschen. Das Personal im Vernet ist nicht Sarah Bernhardt. Du wirst dieses Lippenrot entfernen, bevor du deinen Dienst antrittst.»

Die Brust der jungen Frau hob sich. Ihre Augen funkelten, doch im nächsten Moment schlug sie den Blick nieder. «Oui, Madame.»

Celeste nickte stumm, beobachtete, wie sie mit steifen Schritten jenseits der Rezeption verschwand, sog die Luft ein. Das Mädchen war kurz vor einem Widerspruch gewesen. Schon jetzt, viel zu früh am Morgen, glaubte sie den Schweiß auf ihrer Stirn zu spüren, die selbstverständlich ebenfalls sorgfältig gepudert war. Die Anspannung zehrte an ihr, mit jedem Tag stärker. Zwei Tage noch, dachte sie. Die Ausstellung war fast vorüber. Wenn Bertie ...

«Madame?» Gustave, in der offenen Tür zur Straße, die Augen mit zusammengezogenen Brauen auf etwas gerichtet, das er in der Hand hielt. «Ein junger Mann war gerade da und hat das hier gebracht.» Ein Briefumschlag, was sein Stirnrunzeln zum Teil erklärte. Das Lesen zählte nicht zu Gustaves Fähigkeiten. «Der Uniform nach ...» Mit schleppenden Schritten kam er auf Celeste zu. «Aus der Rue du Faubourg Saint-Honoré.»

Ihr Puls überschlug sich. In anderen Hotels würde man an alles Mögliche denken, wenn die exklusivste Adresse der Stadt ins Spiel kam, von den Rothschilds bis zum Elysée-Palast mit dem Amtssitz des Präsidenten. Zwischen Celeste Marêchal und den Männern und Frauen, die seit Jahren im Vernet Dienst taten, verhielt es sich anders. Die Britische Botschaft! Bertie! Mit mühsam beherrschten Schritten ging sie dem alten Mann entgegen. Doch als ihre Hand sich nach dem Schreiben ausstreckte, stellte sie fest, dass ihre Finger zitterten.

Das eingeprägte Wappen mit den drei englischen, dem einzelnen schottischen Löwen und der irischen Harfe, darunter der königliche Wahlspruch: *Honi soit qui mal y pense. – Ein Schelm, wer Arges dabei denkt.* Die Lasche des Umschlags war lediglich eingesteckt. Beim zweiten Versuch gelang es ihr, sie zu öffnen, während Gustave sich diskret entfernte.

Kein Brief. Ein Telegramm. Es war Jahre her, dass Bertie sich auf diese Weise gemeldet hatte, doch einen großen Vorteil besaßen Telegramme: Sie waren schnell. Die Botschaft musste erst in den Morgenstunden in Marlborough House aufgegeben worden sein, oder wo Bertie sich gegenwärtig auch aufhielt. Das konnte nur bedeuten, dass er in diesem Moment bereits auf dem Weg war und ... Ihre Augen huschten über den Text. Zogen sich zusammen. Begannen noch einmal am Anfang, langsamer, denn sie *musste* etwas falsch verstanden haben. Doch die Worte blieben dieselben.

Celeste Marêchal bekam noch mit, wie sich das Schreiben aus ihren Fingern löste und in sanften Bahnen dem Boden entgegensegelte. Wie sie selbst auf dem Marmor auftraf, Gustave und der Concierge aus unterschiedlichen Richtungen zu ihr eilten – da war schon Dunkelheit.

***

ZÜNDUNG IN 37 STUNDEN, 37 MINUTEN
**An Bord der SS Calais / Douvres, Ärmelkanal –
30. Oktober 1889, 10:23 Uhr**

Schlafen. Es gab Menschen, die unter diesen Umständen tatsächlich schlafen konnten. Oder zumindest *einen* solchen Menschen gab es, verbesserte Basil Fitz-Edwards in Gedanken.

Prinz Eddy saß auf einer hölzernen Bank, den Rücken gegen die hohe Lehne gelagert. Sein Kopf war nach hinten gesackt, sodass der Mund unter dem dünnen, aufgezwirbelten Schnurrbart sich geöffnet hatte. Dem langen Pferdegesicht fehlte im Schlaf jede Spannung. Nein, der übernächste britische Monarch machte keinen sonderlich wachen Eindruck. Weit entfernt damit von Basil Fitz-Edwards, ehemals Constable der Metropolitan Police of London. Was seine neue Funktion anbetraf, war er nicht sicher, ob sie im eigentlichen Sinne einen Namen hatte. Schlafen? Wie hätte ihm ein solcher Gedanke kommen sollen, wenn er doch längst das Gefühl hatte, sich inmitten eines Traums zu befinden?

Seine Hände stützten sich auf die Reling. Salzige Gischt schoss ihm ins Gesicht. Die SS Calais / Douvres maß 342 Fuß, mehr als einhundert Meter Länge, konnte mit ihren gigantischen Schaufelrädern auf bis zu achtzehn Knoten beschleunigen und bot bei neunundfünfzig Mann Besatzung mehr als eintausendzweihundert Passagieren Raum. Laut der Angaben am Maschinenraum. Sie waren nicht länger auf den Britischen Inseln! Sie befanden sich mitten auf dem Kanal mit Kurs auf Calais! Es war ...

Ein Schatten in seinem Augenwinkel. Basil drehte den Kopf: Colonel James O'Connell, rechte Hand des Prince of Wales und der zweite seiner beiden Reisegefährten. Aus schmalen Augenschlitzen musterte der Offizier den jüngeren Mann, die Mundwinkel nach unten gezogen. Ob ihm die Seereise nicht bekam? Nein, vermutlich lag Basil mit einer alternativen Vermutung näher. Irgendwie hatte O'Connell einiges von der Verbindlichkeit eingebüßt, die er in der Residenz des Thronfolgers an den Tag gelegt hatte. Sie war in jenem Moment verschwunden, in dem klargeworden war, dass Basil ihn und Eddy begleiten würde.

«Er war wohl ziemlich müde», bemerkte Basil mit einem Nicken auf den Prinzen, nachdem der Offizier keine Anstalten machte, ein Wort zu sagen.

O'Connell verzog das Gesicht. «Wäre er wach, würde er doch nur seekrank werden. Es ist besser, wenn er schläft.»

«Seekrank?» Irritiert sah Basil zwischen O'Connell und dessen Schutzbefohlenem hin und her. «War er nicht zwei Jahre lang bei der Marine und hat den kompletten Globus umsegelt?»

«Er wäre beinahe gestorben.» Düster. «Doch er ist der älteste Sohn des Thronerben, und ein künftiger Herrscher des Empire hat nicht die Wahl, Constable. Dieses Land beherrscht die Meere. Selbstverständlich wird erwartet, dass er sich bemüht, das Leben an Bord kennenzulernen.» Im nächsten Satz veränderte sich der Tonfall. Freundlicher wurde er nicht dabei. «Sollten Sie noch irgendwelche Fragen haben: Jetzt können Sie sie stellen. Im Moment hört keiner zu, denke ich.»

Eine Bemerkung, der Basil nur beipflichten konnte. Die Schaufelräder zu beiden Seiten des stählernen Schiffsleibes veranstalteten einen derartigen Lärm, dass selbst er Schwierigkeiten hatte, O'Connells Worte zu verstehen. Entsprechend waren die Plätze in diesem Bereich der SS Calais/Douvres auch nicht sonderlich begehrt. Und exakt deswegen mussten sie unter den gegebenen Umständen als vorzügliche Wahl erscheinen. Zwar hatte das Bordpersonal sie mit ihren gefälschten Ausweisen ohne Zögern passieren lassen, wie sich schon in der Londoner Victoria Station keine Schwierigkeiten ergeben hatten und anschließend im Neun-Uhr-Express nach Dover. Nur waren die Passagiere im Londoner Vorortverkehr eben ausnahmslos Briten, denen unhöfliche Neugier schon als solche fremd war. Was sich auf dem Fährschiff anders verhielt. In jenem Moment aber, in dem irgendjemand den Reisegefährten in ihren schlichten Straßenanzügen einen genaueren Blick zuwarf: Diesmal war Eddys Gesicht nicht hinter einem Chiffonschleier versteckt, und damit waren sie wieder am Anfang. Eddys Gesicht kannte jeder.

Der Plan. Basil war sich keineswegs sicher, ob er jedes Detail mitbekommen hatte. Als er aus seiner erneuten Besinnungslosigkeit wieder zu sich gekommen war, war soeben ein weiteres königliches Donnerwetter herniedergegangen, diesmal an O'Connells und Eddys Adresse gleichermaßen gerichtet.

«Also ...» Basil begann vorsichtig. O'Connells Miene lud nämlich keineswegs zu Nachfragen ein. «Ich habe verstanden, dass dieses ... Haus in einem speziellen Ruf steht. Das Haus an der Cleveland Street, um das sich alles drehte. Ich meine: Ich verstehe, dass der Thronfolger sich aufgeregt hat, weil Eddy unterwegs war dorthin und, äh, *wie* er dorthin unterwegs war, aber ... ich ... Ich frage mich, ob das wirklich so ... so ...» Seine Stimme war bei jedem Wort leiser geworden. «... so schlimm ...»

Das Gesicht des Offiziers hatte sich mit jeder Silbe verfinstert. Basil biss sich auf die Zunge. Existierte überhaupt eine Formulierung, mit der er dezent darauf hätte hinweisen können, dass nicht nur das Haus an der Cleveland Street einen speziellen Ruf genoss, sondern der Thronfolger selbst bekanntlich ebenfalls? Schließlich war es kein Geheimnis, dass kein Rock vor ihm sicher war. Andererseits: Zumindest stand der Prince of Wales nicht im Verdacht, diese Röcke persönlich zu tragen. Ob genau das im Etablissement an der Cleveland Street nun an der Tagesordnung war oder nicht: Das eine hatte Basil begriffen. Dass dort Körper verkauft wurden, war kein eigentliches Problem. Das Problem war, dass es sich dabei um *männliche* Körper handelte. Und dass Scotland Yard unmittelbar im Begriff stand, das Sündenbabel auszuheben.

«Nicht?» O'Connell mit ausdrucksvoll gehobenen Augenbrauen und in einem übertrieben neugierigen Tonfall. «Aber nein, natürlich ist das *nicht so schlimm*, Constable! Vermutlich machen wir uns im Grunde vollkommen unnötige Sorgen! Schließlich wurde die Todesstrafe für derartige Vergehen vor ein paar Jahren aufgehoben. Seine Hoheit würde also lediglich für den Rest seines Lebens in den Steinbruch wandern.» Mit einem Mal sehr viel lauter: «War es das, was Sie andeuten wollten?»

«Eigentlich nicht. Ich ...»

«Was, glauben Sie, wird passieren, wenn der Mensch mit dem Zylinder Eddy erkannt hat? Was wird passieren, wenn offizielle Ermittlungen in Gang kommen?» Eine Idee verbindlicher. «Natürlich nicht der Steinbruch. Aber können Sie sich vorstellen, wie das Königshaus dastehen würde, wenn die Tageszeitungen auf die Geschichte einsteigen?»

Basil kaute auf der Unterlippe. «Nicht sonderlich gut?»

«Ganz und gar nicht gut. Wir haben genau eine Chance: Kein Mensch kann an zwei Orten zugleich sein. Eddy musste aus der Stadt verschwinden. Sofort. Und er muss an einem Ort auftauchen, an dem wir uns sicher sein können, dass er gesehen wird.»

«In Paris.» Ein heiserer Ton schlich sich in Basils Stimme. «Auf der Weltausstellung.»

«Auf der Weltausstellung. Wenn er heute Abend in Paris gesehen wird und wir bei der Gelegenheit andeuten, dass er sich bereits seit mehreren Tagen in der Stadt aufhält, unerkannt, zu seinem Schutz: Dann haben wir – vielleicht – eine Chance.»

«Die französische Presse wird das glauben?»

«Warum sollte sie es nicht glauben? Und wenn die französischen Zeitungen drucken, dass Seine Hoheit in Paris weilt, wie könnte die Londoner Presse das Gegenteil behaupten? Schnelligkeit, Constable. Darauf kommt es jetzt an. Noch heute Nachmittag werden wir Paris erreichen. Schnelligkeit – und Diskretion. Wir werden in einem Etablissement logieren, in das wir volles Vertrauen haben können.» Das Gesicht des Colonels verfinsterte sich. «In dieser Hinsicht zumindest.»

Was der letzte Hinweis zu bedeuten hatte, war für Basil nicht wahrnehmbar. Er nickte lediglich zustimmend. Möglicherweise war es besser, die Auskunftsbereitschaft des Colonels nicht unnötig zu strapazieren. Was er von Basil Fitz-Edwards Teilnahme an der gegenwärtigen Expedition hielt, war schließlich unübersehbar. Wäre es nach O'Connell gegangen, hätte der Thronfolger jene schicksalhafte Tür in Marlborough House jedenfalls nicht geöffnet, um Eddy in den Salon zu nötigen. Basil wäre gar nicht erst zum Mitwisser geworden und hätte niemals die Gelegenheit erhalten, diese Reise zu begleiten, als zusätzlicher Aufpasser für den Duke of Avondale oder was auch immer. Nach Paris! Zur Weltausstellung!

Basils Finger tasteten nach der Reling. Einer der Seeleute hatte erwähnt, dass sie einen günstigen Tag für die gut einstündige Überfahrt gewählt hätten; es herrsche nur eine ganz leichte Dünung. Das mächtige Schiff bewegte sich dennoch spürbar auf den Wellen auf und ab. Trotzdem war Basil sich sicher, dass die leichte Irritation seines Gleichgewichts mit dem Seegang nichts zu tun hatte. Es war exakt dasselbe Gefühl, das sich augenblicklich einstellte, sobald er sich vergegenwärtigte, wohin sie unterwegs waren.

Mombasa, Kairo, die Bermudas: All das war ein Nichts, verglichen mit den magischen einhundertsechzehn Hektar im Herzen der französischen Hauptstadt, auf denen sich sämtliche Wunder von Orient und Okzident die Klinke in die Hand gaben! Ein Traum. Basils Traum, seit Monaten schon. Jede einzelne Zeile, die der Manchester Guardian über die Ausstellung gebracht hatte, hatte er verschlungen. Die eindrucksvollsten Illustrationen hatte er sorgfältig ausgeschnitten, sodass sie nun die Wand seines möblierten Zimmers in Kensington zierten. Jenes möblierten Zimmers, das er in dieser Nacht nicht noch einmal hatte aufsuchen dürfen. Schnelligkeit. Und Diskretion natürlich. Im Frachtraum reiste ein Koffer mit vollständiger Garderobe für einen mehrtägigen Aufenthalt in Paris, gestiftet vom Haushalt des Prince of Wales in Marlborough House. Basil konnte nur hoffen, dass sie auch passen würde. Die Jacke des Anzugs spannte beträchtlich.

«Wir werden jeden Augenblick auf der Hut sein müssen.» O'Connell musterte ihn streng. War er einen Moment lang weggetreten gewesen, gedanklich bereits zwischen wilden Senegalesen und verführerischen Javanerinnen über die sonnige Esplanade des Invalides flaniert? Oder war die Bemerkung eher als allgemeiner Hinweis zu verstehen? Er straffte die Schultern und ließ sie augenblicklich wieder locker, als aus Richtung der Kappnaht ein leises, aber umso verräterischeres Geräusch ertönte.

«Gewiss.» Er nickte gemessen. «Niemand darf den Prinzen erkennen, bevor wir Paris erreichen.»

«Das versteht sich von selbst.» Der alte Offizier ließ ihn nicht aus den Augen. «Doch das muss nicht Ihre Sorge sein.» Ein kurzes Schweigen. «Ich habe seit mehr als sieben Jahren ein Auge auf Seine Hoheit, und Sie können versichert sein, dass ich sehr genau weiß, wie ich mit der Situation umzugehen habe.»

Basil nickte verstehend. Der spontane Gedanke regte sich tatsächlich nur ganz kurz: An der Cleveland Street hatte O'Connell jedenfalls keine überzeugende Probe seiner Fähigkeiten abgelegt. Hätte Basil nicht ...

Der Blick des Offiziers schien zu flackern. Basil biss sich auf die Zunge, doch der schnauzbärtige Militär überraschte ihn. O'Connell stieß den Atem aus und lehnte sich müde gegen die Reling. «Leider bin ich mir nicht sicher, ob Sie wirklich verstehen, Constable. Wenn es darum geht, dass Eddy keine Dummheiten macht wie in Fitzrovia, kann ein zweites Paar Augen nicht einmal schaden. Der Kern des Problems ist ein anderer. Der Kern des Problems besteht darin, dass wir auf dem Weg nach Paris sind.»

Basil sah ihn an. Ein Gedanke regte sich in seinem Hinterkopf. «Sie wollen sagen, in Frankreich haben sie noch ... die Todesstrafe? Bei ... solchen Vergehen?»

O'Connell schnaubte. «Ich habe Zweifel, ob solche Vergehen dort überhaupt verfolgt werden. Nein, die Frage ist eine ganz andere. Die Frage ist, ob Sie sich bewusst sind, in was für eine Welt wir unterwegs sind. Und, nein!» Basil hatte den Versuch unternommen, den Mund zu öffnen. «Nein, Constable, das war keine Aufforderung, diese Frage zu beantworten. Ich habe ein gewisses Interesse daran, dass wir die kommenden Tage hinter uns bringen, ohne dass Sie oder Eddy eine internationale Krise auslösen. Sie hatten Gelegenheit, Ihre Fragen zu stellen. Jetzt hören Sie zu!»

***

ZÜNDUNG IN 37 STUNDEN, 36 MINUTEN
Montrouge, Paris, 14. Arrondissement –
30. Oktober 1889, 10:24 Uhr

Ein Krachen. Ein Poltern. Ein Fluch.

Pierre Trebut fuhr in die Höhe, und ein Knüppel drosch auf seinen Nacken nieder. So fühlte es sich an. Für eine Sekunde. Bis er begriff, wo er sich befand: im Hinterzimmer von Alain Marais' Behausung auf dem Montrouge. Und er sich bewusst wurde, dass nicht allein sein Nacken, sondern jeder einzelne Knochen in seinem Körper schmerzte. Aus trüben Augen fiel sein Blick auf das Bündel aus zerknittertem Zeitungspapier, auf dem er sich in der Dunkelheit ausgestreckt hatte.

Die Erinnerung an den vorangegangenen Abend war verschwommen. Am deutlichsten vor Augen stand ihm Général Auberlons unausgesprochene Erwartung: Pierre Trebut würde seine Mission antreten, gleich und auf der Stelle. Eine Erwartung, gegen die der junge Mann überhaupt nichts einzuwenden hatte. Aufgeregt, beinahe schwindlig im Kopf angesichts der Erkenntnis, dass ihn das Schicksal und die graue Eminenz des Deuxième Bureau mitten ins Herz einer blutigen internationalen Affäre gestoßen hatten, bei der die Zukunft der Welt auf dem Spiel stehen konnte. Eine Ermittlung an der Seite des legendären Alain Marais, der seinem Ruf am Ende doch noch alle Ehre gemacht hatte.

Tack tschick-tack, tack tschick-tack. Die Schritte des Alten waren in der Dunkelheit verhallt. Dass er nicht einmal Licht brauchte, war beinahe zu erwarten gewesen. Pierre hatte die Tür hinter Auberlon verriegelt und sich umgewandt. Die Kehrseite der Medaille: Nach kaum einer Stunde im Wachzustand hatte der legendäre Marais schon wieder auf seinem unordentlichen Lager vor sich hin geschnarcht.

Und die Zeit lief ab. Weniger als achtundvierzig Stunden. Der Abschluss der Exposition Universelle rückte unaufhaltsam näher. Den Agenten von der Absinthflasche fernzuhalten, konnte sich als entscheidend erweisen für den Erfolg der Mission. Und damit für das Schicksal des gesamten Kontinents.

Für diese Nacht allerdings war es eindeutig zu spät gewesen. Nur schwer hatte Pierre Ruhe gefunden, in seinem Kopf Bilder der Gefahren, die in den kommenden Tagen auf die beiden Agenten lauerten. Bilder der Konsequenzen, wenn sie versagten. Zumindest würde er ausschlafen können, war ihm in den Sinn gekommen, als er bereits im Begriff war, in den Schlummer davonzutreiben. Er würde längst wieder auf den Beinen sein, wenn Marais aus dem Absinthrausch erwachte.

Hier musste er sich getäuscht haben. Das Geräusch wiederholte sich: der Laut, mit dem ein schwerer Gegenstand über den Boden schleifte. Ein menschlicher Körper? Im nächsten Moment stand Pierre Trebut aufrecht. Die Attentäter! Oder die Gläubiger des Agenten!

Der Puls rauschte in seinen Ohren, als er sich dem Türdurchgang näherte, der Hauptraum in den Blick kam. Bei Tageslicht sah der Verschlag nicht freundlicher aus. Fahle Helligkeit sickerte durch die Fenster, die groben Bohlen des Fußbodens waren voller Flecken. In einem Winkel eine Pfütze, über deren Herkunft Pierre Trebut nicht nachdenken wollte. An der Wand vor dem hohen Regal mit dem Absinthvorrat ein Schemel. Alain Marais trug ein Etwas, das an ein Leichenhemd erinnerte. Auf bloßen Füßen reckte er sich nach der Decke und hantierte mit einem ... Pierre kniff die Augen zusammen. Mit einem Seil!

«Agent Marais!» Seine Stimme überschlug sich. In der Nacht hatte der Mann stabil gewirkt, abgeklärt beinahe. Er schien sich nicht allein in sein Schicksal zu fügen, sondern begriffen zu haben, dass er tatsächlich die einzige Chance war, das drohende Unheil abzuwenden. Doch jetzt ...

Marais fuhr herum. Der Schemel kippelte. Pierre öffnete den Mund, aber der Agent hielt das Gleichgewicht, durchbohrte ihn aus Augen, die in den blutunterlaufenen Höhlen nahezu verschwanden.

«Pierre Trebut.» In vollständig neutralem Tonfall. Das Seil, im Grunde nicht mehr als eine kräftigere Schnur, in beiden Händen.

Pierre fuhr sich mit der Zunge über die Lippen, plötzlich unsicher. Hinter dem Agenten entdeckte er mehrere zerschlissene Laken, die an der Wand befestigt waren, und an diesen Laken ...

«Sie ...» Er räusperte sich. «Sie wollten sich gar nicht ...»

«Geben Sie mir das Tuch da drüben. Aber vorsichtig! Die Bilder sind schon befestigt.»

Bilder? Pierre bückte sich und hob das Leinenlaken auf, mit spitzen Fingern allerdings. Nicht allein der Bilder wegen, sondern mehr noch wegen des Geruchs, der von dem Lumpen ausging. Marais nahm das Laken entgegen und platzierte es mit Hilfe der Schnur am Ende der improvisierten Galerie. Mit einem unterdrückten Ächzen stieg er vom Schemel herab und musterte den Jüngeren, der die Gelegenheit ergriff, sich seinerseits ein Bild von dem Mann zu machen, den er bisher nur im Halbdunkel und im fortgeschrittenen Zustand des Deliriums hatte betrachten können. Ja, es war eine gewisse Ähnlichkeit vorhanden mit der Fotografie in seinem Dienstzimmer. Das kräftige Kinn, die Adlernase, die ausgeprägte Stirn, alles ein wenig verschwommen nach Jahren des Absinthkonsums. Doch nach wie vor war es ein ausdrucksstarkes Gesicht. Ein Gesicht, auf das für eine Sekunde ein nachdenklicher Ausdruck trat.

«Sie brauchen ein Mädchen.»

Pierre starrte ihn an. «Ein ...»

Marais hatte sich bereits umgedreht. «Sie geraten viel zu schnell aus der Ruhe, Pierre Trebut. Das wird besser, wenn Sie ein Mädchen haben. Aber darum kümmern wir uns später.»

Er bückte sich. Im Raum herrschte dasselbe Chaos und nahezu derselbe stechende Absinthgeruch wie am Vorabend. Erst als der Agent ein Paar Beinkleider von einem Stapel fischte, erkannte Pierre, dass Marais auch seine Garderobe bereits vorbereitet hatte. Konzentriert begann sich der Agent anzukleiden, in einen Zweireiher, den man mit viel gutem Willen noch als konservativ bezeichnen mochte. Treffender war er seit etwa einem Jahrzehnt aus der Mode gekommen. Der Agent zupfte die Revers zurecht und wandte sich zu dem Jüngeren um.

«Fünf Minuten vor zwölf», begann er übergangslos und ließ den Satz für einen Atemzug wirken. «Morimond und Crépuis sind tot, und unsere Gegner haben sämtliche Trümpfe in der Hand. Heute noch, morgen noch, und die Weltausstellung wird ihre Tore schließen. Spätestens dann wird die Uhr zwölf schlagen. Millionen von Menschen, die noch einmal in die Stadt strömen werden: der Zeitpunkt, zu dem er mit der größten tödlichen Wucht geführt werden kann, jener Schlag, der das Zeug haben könnte, diese Stadt, dieses Land, diesen Kontinent in die Dunkelheit zu stürzen.» Er trat einen Schritt auf Pierre zu. «Und weder wissen wir, wie dieser Schlag aussehen wird, noch sind offensichtliche Hinweise zu erkennen, von wem die Bedrohung ausgeht.»

«Mit Sicherheit werden Crépuis und Morimond über ihre Ermittlungen Buch geführt haben. Wenn wir …»

«Wenn dort etwas zu finden wäre, hätte Auberlon uns davon berichtet. Ich kenne den Général seit Zeiten vor Ihrer Geburt. Wenn …» Er zögerte. «Wenn diese Ermittlung eine Ermittlung wäre wie jede andere, hätte er sich den Weg hierher sparen können.»

Pierre nickte, die Zähne aufeinandergepresst. Marais und er selbst waren die letzte und einzige Hoffnung des Générals. Weil sie anders arbeiten würden als eine gewöhnliche Mannschaft des Deuxième Bureau. Geschweige denn als Hunderte solcher Mannschaften, die sich die unterschiedlichen Verdächtigen einzeln vornehmen und damit die gesamte Stadt aufscheuchen würden. Sie würden verschwiegener arbeiten. Unauffälliger. Doch wie sollten sie den Gegner stellen, solange sie nicht einmal wussten, wer der Gegner *war*?

«Indem wir nachdenken.»

Pierre riss die Augen auf. «Woher wissen Sie, was ich gedacht habe?»

«Es ist offensichtlich, was Sie gedacht haben.» Marais schloss die Lider. Wie lange mochte er auf den Beinen sein? Er sah noch immer nach Kopfschmerzen aus. Schwer ließ er sich auf dem Schemel nieder.

«Die geheimdienstliche Arbeit eröffnet uns eine Reihe von Möglichkeiten», begann er leise. «Nehmen wir an, Sie hätten jemanden ausgemacht, von dem Sie vermuten, dass er sachdienliches Wissen besitzt. Was tun Sie? Sie sind ein Beamter des Deuxième Bureau und an Gesetze und Reglements nur sehr bedingt gebunden. Also setzen Sie ihm das Messer auf die Brust, und schon wird er reden, ziemlich schnell und ziemlich viel. Nur nicht unbedingt zuverlässig.» Ein Atemzug. «Eine weitere Möglichkeit bestände in der geheimen Korrespondenz des Gegners. Natürlich bemüht sich das Deuxième Bureau, diese Korrespondenz in die Hände zu bekommen. Ähnlich wie sich die Gegenseite um unsere Korrespondenz bemüht. Und jeder von uns weiß, dass die andere Seite genau diese Schritte unternimmt. Dem Gegner Papiere in die Hände zu spielen, aus denen *vermeintlich* geheime Pläne hervorgehen, gehört zu den Fingerübungen in unserem Geschäft. Und in dieser Weise existieren viele andere Möglichkeiten mehr. Ihre Zahl ist Legion. – Wenn Sie mich fragen, worin der erfolgversprechendste Weg besteht, dem Gegner auf die Schliche zu kommen ...» Eine winzige Pause. «Mit offenen Augen durch die Welt zu gehen.»

Wieder nickte Pierre. Womit Marais dann ziemlich genau jene Strategie beschrieben hatte, für die er selbst am allerwenigsten in Frage kam, nachdem er sich die letzten Jahre auf dem Montrouge verbarrikadiert hatte.

«Ein durchaus zutreffender Gedanke, Pierre Trebut. Doch wie Sie sehen, verfolge ich aufmerksam die Presse.» Ein Nicken zu seiner improvisierten Galerie.

Pierre starrte ihn an. Der Mann hatte schon wieder ...

Marais ließ ihn keinen Gedanken fassen. «Und ich bemühe mich, auch über die Hintergründe im Bilde zu bleiben.» Ein erneutes Nicken, diesmal über die Schulter des Jüngeren hinweg.

Pierre wandte sich um. Der Raum, in dem er genächtigt hatte: eine düstere, vollgestopfte Höhle, deckenhohe Regale, gefüllt mit ... Nein, nicht mit grünlichen Spirituosen wie im Hauptraum der Behausung, sondern mit dicken, ledergebundenen Wälzern, mit zerlesenen Zeitungsausgaben, zu hohen Stapeln gebündelt, jahrgangsweise vermutlich. Ein privates Archiv, wie ein Zwillingsbruder der Aktenkeller in der Behörde.

«Sie haben auf dem *Figaro* vom vergangenen Mittwoch übernachtet», kommentierte Marais mit einer Geste auf Pierres Schlafplatz. «Keine Sorge; es stand nichts Wichtiges drin. Wichtiger ist, was Sie gestern gesagt haben, Pierre Trebut.»

«Ich?»

«Sie haben einen Namen genannt», erklärte der Agent. «Fürst Bismarck. Was hat Sie auf den Gedanken gebracht, dass es die Deutschen sein könnten, von denen die Bedrohung ausgeht? Geheime Depeschen? Ein Geständnis, das Sie einem ihrer Agenten entlockt haben?»

Pierre schüttelte den Kopf. «Nein ... Die Deutschen sind mit halb Europa verbündet. Gegen uns. Das ...»

«Das können Sie jeden Tag in der Zeitung lesen. Richtig. Sie müssen einfach nur die Augen offen halten, und schon gelangen Sie zu einer Theorie, die in den seltensten Fällen vollkommen danebenliegt.»

Pierre starrte ihn an. «Dann ... dann habe ich recht?» Sein Blick ging über die Schulter des Agenten zum vordersten der Leinenlaken: eine Porträtfotografie, die den Fürsten Bismarck zeigte, den Kanzler des Deutschen Reiches, mit grimmiger Miene unter dem schlohweißen Schnauzbart, auf dem Haupt eine stählerne preußische Pickelhaube. «Die Berneau'sche Uhr, Crépuis und Morimond. Sie glauben, das waren die Deutschen?»

Marais betrachtete ihn kühl. «Erinnern Sie sich, was Ihnen der Général auf diese Frage geantwortet hat?»

Pierre kniff für einen Moment die Augen zusammen, doch dann war es da. «Ja», murmelte er. «Ich erinnere mich. Er sprach davon, dass es fast bedeutungslos wäre, ob Bismarck einen Krieg überhaupt will. Wenn das Chaos in der Stadt einmal ausgebrochen ist.»

«Eine äußerst günstige Situation, nicht wahr?»

«Für Bismarck?» Pierre blinzelte. «Oder für uns?»

«Für Bismarck.» Ein tiefer Atemzug. «Für den Fall nämlich, dass er tatsächlich Krieg will. Er käme gar nicht mehr in die Verlegenheit, zu Hause irgendjemanden davon überzeugen zu müssen, dass ein militärisches Eingreifen notwendig ist. Den Reichstag mit den widerspenstigen Katholiken und den zögerlichen Liberalen. Seinen neuen, jungen Kaiser, der sich viel stärker in die Politik einmischt, als sein Großvater das je getan hat. Nur dass die Angelegenheit einen Schönheitsfehler besitzt: All das ist nichts als eine Hypothese. Weder wissen wir, ob er den Krieg nun wirklich will, noch dürfen wir uns einbilden, er wäre der Einzige, der diese Republik im Staub sehen möchte.»

Langsam drehte er sich um. Drei fadenscheinige Leinenlaken, welche die gesamte Front des Verschlages einnahmen. Wobei lediglich hier und da einige wenige Quadratzentimeter Stoff hervorsahen. Den Rest füllte ein Meer von Fotografien, von Lithographien und Kupferstichen, von säuberlich herausgetrennten Zeitungsartikeln, die einander nach einem undurchschaubaren Muster zugeordnet waren.

«Sie wollen wissen, wer unser Gegner ist, Pierre Trebut? Jeder ist unser

Gegner, in sämtlichen Himmelsrichtungen und aus dem Herzen dieser Stadt dazu. In einem von ihnen aber ist der Hass so groß, dass er bereit ist, den gesamten Kontinent in den Abgrund zu reißen, um seine Ziele zu erreichen.» Ein nachdenklicher Blick auf das Bettleinen. «Wir müssen nur noch herausfinden, um wen es sich handelt.»

* * *

Zündung in 37 Stunden, 25 Minuten
Île de la Cité, Paris, 1. Arrondissement – 30. Oktober 1889, 10:35 Uhr

Nebel trieb über dem Fluss. Gestaltlos, unfassbar, dem Echo eines Albtraums gleich.

Die Stadt war erwacht, der Vormittag fortgeschritten, noch immer aber hatte die Sonne Mühe, sich einen Weg durch den Dunst zu kämpfen. Madeleines Hand lag auf der Brüstung der Pont au Change, einer der Brücken, die den rechten Arm der Seine überspannten, zwischen dem nördlichen Ufer des Flusses und der Île de la Cité. Unter ihren Fingern war der raue Sandstein, doch der Eindruck der Berührung drang nicht in ihr Bewusstsein. Ihr Blick folgte einem Schwarm schmutzig weißer Möwen, die sich unter gellenden Schreien in die Tiefe stürzten, als die Mannschaft eines Fischerkahns Abfälle ins Wasser warf.

Ein Albtraum. Wie einfach es gewesen wäre, alles, was sich in der vergangenen Nacht zugetragen hatte, für einen Albtraum zu erklären. Vom Tod des Clochards unter den Rädern des Pferdeomnibusses bis zu der dunklen Gestalt in den Gärten des Trocadéro. Dem Mann mit der Rose. Wie einfach es gewesen wäre und wie verführerisch – wäre da nicht das dumpfe Pochen gewesen, das in ihrem Ringfinger erwachte, sobald sie versuchte, die Hand zur Faust zu schließen. Die Stelle, an der einer der Dornen der Rose sich in ihre Haut gebohrt hatte. Eine Mahnung, dachte sie, eine Erinnerung, und sie fragte sich, ob der Mann ihr die Verletzung aus genau diesem Grund beigebracht hatte. Damit sie sich erinnerte. Sich erinnerte, dass sie verletzlich war. Sterblich. Und dass der Fremde ein Mann war, der seine Versprechen hielt.

Ein jeder Mensch besitzt ganz bestimmte, einzigartige Schwächen. Madeleine hatte wach gelegen, den größten Teil der Nacht hindurch, und über die kryptische Bemerkung nachgegrübelt. Vierundzwanzig Stunden hatte er ihr gewährt. Um Mitternacht würde sie ihm in der Dunkelheit zu Füßen des Trocadéro erneut gegenüberstehen. Und bis dahin hatte sie einen Auftrag zu erfüllen. Wenn ihr das nicht gelang, wenn sie mit leeren Händen erschien ... Sterben werde sie nicht, hatte er gesagt, und er würde sein Wort halten. Doch ihre persönliche, geheimste Schwäche ... *Nein!* Nein, sie wollte nicht länger darüber nachdenken. Sie durfte nicht, wenn sie verhindern wollte, dass genau diese Situation eintrat.

Da ist etwas, das ich benötige. Etwas, das nur Sie mir verschaffen können. Hatte sie es in diesem Moment bereits geahnt? Geahnt, worauf es hinauslaufen würde? Auf wen es hinauslaufen würde? Gaston Longueville. Natürlich Longueville, der außerordentliche Sekretär des Präsidenten. Keiner ihrer Kavaliere nahm eine vergleichbare Stellung ein im politischen Räderwerk der Republik. Keiner war mit einer derartigen Vielzahl von Vorgängen betraut, für die Menschen bereit waren zu töten. Wer war der Fremde, der Mann mit der Rose? Der Gesandte einer feindlichen Macht? Doch spielte das überhaupt eine Rolle? Seinen Auftrag ausführen, ihm das Gewünschte übergeben und niemals wieder an ihn denken müssen.

Seinen Auftrag ausführen. Sie löste sich von der Brüstung, betrachtete unverwandt die Silhouette der Île de la Cité. *Eine ganz winzige Gefälligkeit,* hatte er erklärt. Keine dreißig Sekunden von dem Moment, in dem sie die Tür zu Longuevilles Kabinett öffnen würde, bis zu jenem Augenblick, in dem sich diese hinter ihr wieder schließen würde. *Die unterste Schublade auf der rechten Seite des Schreibtischs.* Wieder und wieder rief sie sich die Worte in Erinnerung. *Sie ziehen sie heraus, soweit das möglich ist. Erst dann drücken Sie gegen die hintere Wand. Die Papiere befinden sich in einer blauen Mappe. Bringen Sie die komplette Mappe mit.*

Madeleine erinnerte sich an den Schreibtisch. Sie hatte ihn sogar sehr deutlich in Erinnerung, wobei sie auf irgendwelche Schubladen niemals sonderlich geachtet hatte. Ihre Aufmerksamkeit hatte dem Schreibtischstuhl gegolten. Dem Herrn Sekretär auf diesem Schreibtischstuhl. Wohl kein anderer ihrer Kavaliere hegte eine derartige Vorliebe für das *sucer*, wobei natürlich auch die Örtlichkeit ihrer beider Möglichkeiten Grenzen setzte. Gaston Longueville war ein vielbeschäftigter Mann. Von jeher hatten sich ihre Begegnungen intimer Natur auf die Tagesstunden und auf seine Amtsräume konzentriert. Eine Nachricht an Madeleine, in der er um das Vergnügen ihrer Gesellschaft bat, und zum vereinbarten Zeitpunkt musste er nichts weiter tun, als sich im Stuhl zurückzulehnen, während ihre Lippen ihr Werk verrichteten.

An seinem Schreibtisch. In seinen Amtsräumen. Ihre Augen wandten sich nach links. Als turmgekrönte steinerne Wucht säumte die Conciergerie das Ufer der Île de la Cité. Errichtet einst als königliche Residenz, während der Schreckensjahre der Revolution Gefängnis für die künftigen Opfer der Guillotine, beherbergte sie heute verschiedene Behörden der Republik. Madeleine atmete tief durch und machte sich auf den Weg. Ein mehrere Meter hohes schmiedeeisernes Gitter schloss den Hof zwischen den Gebäudeflügeln zur Straße hin ab. Ein Durchlass in diesem Gitter war der einzige Zugang. Ein halbes Dutzend Männer in dunklen Uniformen verharrte an der gesicherten Pforte und nahm den Blick nicht von der Straße. Madeleine reckte das Kinn vor. Schon hatten die Männer sie entdeckt, sahen ihr mit nicht zu deutenden Mienen entgegen. *Ich bin Künstlerin.* Sie wiederholte den Satz in ihrem Kopf, wieder und wieder. Und jetzt stand ihr die schwierigste Rolle der Welt bevor: Sie würde *sich selbst* spielen müssen. Madeleine Royal, die den Sekretär zu einem ihrer gewohnten Tête-à-Têtes aufsuchte.

«Mademoiselle Royal.» Einer der jungen Wachmänner deutete eine Verneigung an. Es gelang ihm, keinen zu deutlichen Blick auf ihr Dekolleté zu werfen. «Ein Besuch beim Monsieur le Secretaire?» Jetzt doch ein Heben der Augenbraue. Selbstverständlich wussten die Männer, zu welchem Zweck sie Longueville gemeinhin aufsuchte. Und ebenso selbstverständlich kannten sie auch die offizielle Version.

«Ich habe gute Neuigkeiten für Seine Exzellenz.» Sie schenkte ihm ein strahlendes Lächeln. «Unser Projekt in der Vorstadt macht große Fortschritte.»

«Das Haus für ledige Mütter in Pontoise?» Mit großem Interesse. «Dann wird er sich mit Sicherheit freuen, das zu hören! Von Ihren Lippen.»

Gab es dem etwas hinzuzufügen? Ihr Lächeln veränderte sich um keine Winzigkeit. Ohne ein weiteres Wort ließ er sie passieren. Sie war bereits mehrere Schritte entfernt, als sie das leise Kichern der jungen Männer in ihrem Rücken hörte. Und die letzte Bemerkung, mehrfach prustend wiederholt: *Von Ihren Lippen!* Madeleine Royal wusste nicht zu sagen, zum wievielten Mal sie sich fragte, warum die Republik halbe Schuljungen zum Dienst vor einer wichtigen Behörde einsetzte.

Sie hielt sich gerade, als sie die Stufen der Freitreppe erklomm, die zum Portal des Gebäudes führte. Das gefährliche Spiel hatte begonnen.

Sie betrat die Eingangshalle. Der weitläufige Raum wimmelte von Beamten, die in tausend Angelegenheiten hin und her eilten. Eine Treppe führte in die oberen Etagen, die Handläufe voller protziger Verzierungen. Beiläufig ließ Madeleine ihre Augen umherwandern, wie man es von einer Besucherin erwarten konnte. Doch es waren nicht die schwülstigen Wandgemälde aus der Epoche Louis-Philippes, denen ihre Aufmerksamkeit galt. In diesen Räumen schlug das Herz der französischen Justiz. Gesetzesparagraphen, die beraten werden mussten, Rechtsstreitigkeiten, die einer Entscheidung harrten. Urteile, die das Zeug hatten, Existenzen zu vernichten, märchenhafte Vermögen zu einem Nichts schrumpfen zu lassen. Selbst wenn nicht länger tagtäglich Dutzende von Todesurteilen unterzeichnet wurden, wie es ein knappes Jahrhundert zuvor in diesen Räumen der Fall gewesen war, während draußen im Hof die Henkerskarren warteten: Die Conciergerie gehörte zu den am besten bewachten Gebäuden des Landes.

Auf den Stufen kamen ihr zwei Uniformierte entgegen, in der Mitte einen Mann in Häftlingskleidung, mit Handschellen gesichert. Weitere Uniformierte vor den Korridoren, die zu den Gerichtssälen führten. Uniformierte mit Augen, denen nichts entging. Mehr als einer dieser Männer war Madeleine bekannt. Vom Sehen, von einem flüchtigen Gruß. Und diese Männer kannten sie. Schließlich war sie ein gewohntes Gesicht auf den Fluren der Conciergerie, die zu den Diensträumen des Sekretärs führten. Und doch: An diesem Tag glaubte sie die Augen der Wachhabenden auf sich zu spüren bei jedem ihrer Schritte. Dutzende von Malen war sie hier gewesen, als Besucherin, auf persönliche Einladung des Sekretärs. Nun kehrte sie zurück, als Diebin, als Verräterin. Musste ihr die Veränderung nicht anzusehen sein? Was sollte sie tun, wenn Longueville selbst unvermittelt auf einer der Galerien auftauchte?

Nichts dergleichen geschah. Sie erreichte die Etage mit seinen Räumen, und hier verharrte sie, Auge in Auge mit einem totenblassen Gesicht. Die allegorische Darstellung der Göttin Justitia bestand aus glänzend weißem Marmor, ein Arm hielt eine messingfarbene Waage und war elegant gehoben, in einem Winkel, dass die blankpolierten Marmorbrüste aus keiner Blickrichtung verdeckt wurden. Eine stumme Wächterin. Und in diesem Moment hätte auch ein halbes Dutzend mit Gewehr und Bajonett bewehrter Gardisten diese Aufgabe nicht wirkungsvoller versehen können. Denn hier musste Madeleine eine Entscheidung treffen.

Sie war dem Sekretär nicht begegnet. Niemand hatte sie aufgehalten. Was konnte das anderes bedeuten, als dass Longueville sich dort befand, wo er sie jedes Mal empfangen hatte, wenn er um ihren Besuch gebeten hatte? In seinem Arbeitsraum, hinter dem Schreibtisch. Ein Seraph mit zurückweichendem Haaransatz, über die geheime Akte in ihrem geheimen Fach wachend.

Mit vorsichtigen Schritten trat sie in den mit Tapisserien geschmückten Korridor. Mehrere Türen zweigten ab, gedämpfte Stimmen hinter der ersten von ihnen. Mit klopfendem Herzen stahl Madeleine sich vorbei. Die übrigen Räume schienen leer zu sein – oder aber die Beamten grübelten still über ihren Akten und Vorgängen. Was keine Garantie darstellte, dass sich nicht unvermittelt eine der Türen öffnen und einer von ihnen auf den Gang treten würde. Und Madeleine ihm keine Erklärung würde liefern können, was sie hier zu suchen hatte, ohne eine Einladung, ohne eine Verabredung. Und selbst wenn man ihr glaubte, dass sie den Sekretär habe überraschen wollen, *Longueville*, der Überraschungen in etwa ebenso schätzte wie einen Streik der Bauarbeiter kurz vor Fertigstellung eines spektakulären öffentlichen Projekts ... Im selben Moment würden ihre Chancen, an die Mappe zu gelangen, zu einem Nichts schrumpfen.

Sie würde gezwungen sein, sich mit leeren Händen auf den Weg zum Trocadéro zu machen.

Weitere Büroräume, am Ende des Ganges eine schwere Tür, hinter der sich Longuevilles Allerheiligstes verbarg. Madeleine holte Luft. Dreißig Sekunden. Die Tür öffnen, die Mappe aus ihrem Versteck holen und die Tür wieder schließen. Sie war zum Greifen nah, doch wenn sich Longueville im Raum aufhielt, hätte sie ebenso gut auf dem Mond liegen können. Sie legte das Ohr an das Holz, versuchte, ihren Herzschlag zu beruhigen.

«... kenne sie seit einem halben Leben.»

Sie fuhr zurück. Eine Stimme! Doch sie war nicht aus dem Raum gekommen, sondern aus ihrem Rücken, aus dem Treppenhaus.

«Mit Verlaub, *votre Excellence*.» Dieselbe Stimme. «Aber ich weiß, wie ich sie anzufassen habe.»

«Tatsächlich?» Ein Schnauben. «Was uns das bisher genützt hat, können wir ja beide bezeugen. Wenn Sie ...»

Madeleines Herz überschlug sich. Longueville! Die zweite Stimme gehörte Longueville, und die beiden Sprecher hielten auf den Korridor zu. Sie riss die Tür auf, stürzte in den Raum, drückte sie wieder ins Schloss, doch vorsichtig, im Namen aller Heiligen vorsichtig! Die Stimmen. Sie kamen auf die Tür zu. *Natürlich* kamen sie auf die Tür zu! Longueville war mit seinem Gast auf dem Weg in seinen Raum. Gehetzt sah sie sich um: Aktenschränke, eine Fotografie, die den amtierenden Präsidenten zeigte, sehr viel größer ein Gemälde mit viel nackter Haut. Der Schreibtisch, eine Monstrosität aus poliertem Palisanderholz. Die Front wurde von Schnitzereien eingenommen, die eine Jagdszene zeigten, und sie reichte bis zum Boden. Das einzige Versteck im Raum. Madeleine ging in die Knie, kroch unter den Schreibtisch, sprach ein lautloses Dankgebet, dass die Zeiten des cul de Paris vorüber waren, doch selbst so begannen sich ihre Röcke zu einem Wust von Stoff zu verwirren, bis sie ...

«Zugegeben.» Longueville, der in den Raum trat. «Ich kenne die Dame nicht so gut wie Sie, Monsieur le Duc. Aber dass sie misstrauisch werden *muss*, wenn er ausgerechnet jetzt in die Stadt kommt, sollte sich von selbst verstehen. Misstrauisch, was *uns* anbetrifft. Weil *Sie* nicht den Mund halten konnten!»

«Mit Verlaub, *votre Excellence* ...»

«Nein!» Longueville. Madeleine zuckte zusammen, als er die Faust auf den Tisch niedersausen ließ. Er musste sich vor dem Monstrum aufgebaut haben.

Die andere Stimme ... Auch diese Stimme war ihr vertraut. Der Mensch mit den Teekesseln, der sie auf den Empfang des Prinzen von Joinville begleitet hatte. François-Antoine, Duc de Torteuil. Ihr schwirrte der Kopf. Nein, das musste ein Zufall sein, und doch: Kälte hatte von ihr Besitz ergriffen. Die Mappe war nahe, getrennt von ihr einzig durch das Holz des Schreibtischs. Und doch unmöglich zu erreichen, solange sich die beiden Männer im Raum aufhielten. Schritte. Energische, ja, wütende, *stampfende* Schritte, die um den Tisch herumkamen. Mit einem Schnauben ließ Longueville sich auf den Stuhl fallen. «Wenn Sie ...»

In diesem Moment trafen sich ihre Augen. Auf der Miene des Sekretärs ein Ausdruck, dem das Wort Verblüffung nicht ansatzweise gerecht wurde. Doch nur für einen Moment. «Nun ...» Schon hatte sein Blick sich wieder abgewandt, ging über den Tisch hinweg zu seinem Gast, während er auf seinem Stuhl ein Stück näher heranrückte, dass Madeleine die Hände zurückzog, sich tiefer in ihre Höhle duckte. «Wenn Sie mir einen Gefallen tun wollen, Monsieur le Duc: Halten Sie sich an den Part, den wir vereinbart haben.» Leiser. «Haben Sie ein Auge auf sie. Was Ihre persönlichen Pläne anbetrifft: Meinen Segen haben Sie. Doch ansonsten ...» Die Stimme von neuem verändert. «Sie wissen, was ich von Ihnen erwarte.»

Seine Fußspitze hob sich, berührte den Boden, zweimal hintereinander. *Auffordernd.* Madeleine spürte, wie die Kehle ihr eng wurde. Er konnte doch nicht ... Aber war die Aufforderung nicht eindeutig?

Ihre Finger zitterten, als sie sie nach den Knöpfen am Schritt seiner Hose ausstreckte. Doch er reagierte auf der Stelle, ließ sich wohlig ein Stück in seinem Stuhl zurücksinken. Im Plauderton fuhr er über den Tisch hinweg fort: «Um zum Geschäftlichen zu kommen ...»

* * *

Zündung in 37 Stunden, 23 Minuten
**An Bord der SS Calais / Douvres, Ärmelkanal –
30. Oktober 1889, 10:37 Uhr**

«Sie halten das hier für einen Vergnügungsausflug?» O'Connells Fäuste
stützten sich auf die Reling. Sein Blick lag auf der grauen Wasserfläche
des Kanals.

Basil schluckte. Er hätte es nicht *exakt* so ausgedrückt. Aber letztendlich wohl recht ähnlich – wenn auch mit Sicherheit nicht dem Colonel
gegenüber. Seiner Verantwortung als Beamter des Empire war er sich
schließlich bewusst, und dass es zu diplomatischen Verwicklungen führen konnte, sollte der Duke of Avondale auf den Gedanken verfallen, in der
französischen Hauptstadt ausgefallene Garderobe anzulegen ...

«Es ist ein Hauen und Stechen.» O'Connell, in finsterem Ton. «Doch die
Schläge werden weder mit dem mittelalterlichen Bidenhänder geführt
noch mit dem handlicheren Florett. Und auch die Kanonen sprechen
noch nicht. *Noch* nicht. Aber man bringt sich in Position auf dem internationalen Parkett, und schon sind die meisten Rollen höchst eindeutig ver-
teilt.» Ein Atemzug. «Die Österreicher und die Ungarn. Die Italiener. Die
Rumänen. Und mit Sicherheit auch die Russen. Auf irgendeine komplizierte Weise, die man der Öffentlichkeit vorenthält. Auf irgendeine Weise
sind alle mit den Deutschen verbündet. *Alle.* Der Sekretär des französischen Präsidenten scheint irgendwas mit den Carpathiern eingefädelt zu
haben, doch das spielt keine große Rolle. Alle, auf die es ankommt, sitzen
bei den Deutschen im Boot. Bis auf uns natürlich. Und das bedeutet, dass
die Franzosen allein stehen, während der Rest des Kontinents sein Netz
von Bündnissen enger und enger zieht. Und die Deutschen sind es, die
darüber entscheiden werden, wann der entscheidende Schlag geführt
wird.»

Unauffällig wanderten Basils Augen ebenfalls über die Reling. Soeben
pflügte an Backbord der Bug eines mächtigen Kanaldampfers durch die
grauen Wasser und grüßte die SS Calais / Douvres mit einem tiefen Horn-
signal. Der Fährhafen war jetzt nahe, die Einfahrt gesäumt von hölzernen
Wellenbrechern, die Kaianlagen überragt von einem palastartigen Emp-

fangsgebäude. Von geschmückten Fahnenmasten wehte die französische Trikolore, die Landungskais waren belebt mit Menschen. Allein? Einsam sah es nicht eben aus an der Küste der französischen Republik.

«Was grundsätzlich nicht unser Problem wäre.» O'Connell, jetzt nur noch undeutlich zu verstehen. «*Wir* werden ja scheinbar nicht bedroht. Dennoch: Das britische Empire beherrscht die Meere. Der Handel ist unsere Waffe ebenso wie das Schwert. Wir müssen ein Interesse daran haben, dass zwischen den übrigen Mächten ein Gleichgewicht besteht. Solange das der Fall ist, haben sie miteinander zu tun, und uns kommt niemand ins Gehege.»

«Aber wenn die Deutschen zu mächtig werden ...» Basil dachte nach. «Das wäre nicht gut. Also müssten wir uns an die Seite der Franzosen stellen, damit wieder ein Gleichgewicht zustande kommt.»

Langsam drehte der Offizier sich um. «Und sehen Sie, Constable: Genau da beginnt das Problem.»

Schweigen. Basil wartete. Ein Problem? Offenbar ein besonders kniffliges Problem. O'Connell schwieg, den Rücken zu Basil, die Augen über die Reling gerichtet. Mit gedrosselten Motoren näherte die SS Calais / Douvres sich den mächtigen Kaianlagen. Eine Handvoll Jungen hatte sich auf den Mauern versammelt, ließ die nackten Füße in die Tiefe baumeln und winkte den Passagieren lebhaft zu. *Robbie! Robbie!* Über den Lärm der Schaufelräder war der Name nur undeutlich zu verstehen. Suchend sah sich Basil Fitz-Edwards nach dem kleinen Fahrgast um, der von seinen Gefährten so begeistert begrüßt wurde.

«*Damit* beginnt das Problem.»

Basil wandte sich um. «Sir?»

Der Offizier bewegte sich nicht. Sein Blick fixierte den Kai, nein, die Versammlung der Gassenjungen. «*Rosbifs.* – Begrüßt man so die Retter in der Not? Indem man sie nach ihrem Nationalgericht tituliert?»

Basil kniff die Augen zusammen, spähte hinüber zu den Jungen. «*Uns?*»

In der Tat. Die Rasselbande war jetzt keine vierzig Fuß mehr entfernt. Deutlich war zu erkennen, dass es sich bei dem, was Basil für ein Winken gehalten hatte, in Wahrheit um höchst einschlägige Gesten handelte, deren Sinn auch jenseits des Kanals verstanden wurde. Gesten, die im nächsten Moment allerdings eingestellt wurden, als ein Herr in Uniform erschien und die jugendlichen Bürger von Calais mit eher gutmütiger Miene verscheuchte. Inhaltliche Kritik an ihrer Aktion war nicht auszumachen.

«Diese Leute haben ein langes Gedächtnis», brummte O'Connell. «Die Franzosen. Wer hat seit dem zwölften Jahrhundert regelmäßig Krieg gegen sie geführt? Wer hat dem Parvenü Bonaparte von Anfang an Paroli geboten? Wer hat ihn am Ende bei Waterloo geschlagen? Das Britische Empire. Ja, das Gedächtnis der Franzosen ist lang. Und dass sie gegenwärtig keine Gefahr für den Kontinent darstellen, macht es nur noch schlimmer. In die Enge getrieben sind sie nur noch empfindlicher, die verfluchten *frogs*.»

Basil nickte nachdenklich. Die *frogs*. Die Frösche. War es von der Hand zu weisen, dass auf den Britischen Inseln ebenfalls eine höchst spezielle Bezeichnung für die Nachbarn jenseits des Kanals reserviert war? Nicht in feindseliger Absicht selbstverständlich, sondern eher liebevoll. Beinahe jedenfalls. Sich einem Gegner gemeinsam entgegenzustellen, würde eine gänzlich neue Erfahrung werden.

«Und das hat Folgen», fuhr O'Connell mit düsterer Miene fort. «Die Franzosen wissen sehr genau, dass sie auf dem Kontinent keine Blütenträume hegen müssen. Auf absehbare Zeit jedenfalls. Entsprechend konzentrieren sie sich auf ihre Kolonien: in Indochina, im Pazifik – und in Afrika. Ihre Exposition Universelle ist die große Gelegenheit, ihre Senegalesen und Kanaken der gesamten Welt vorzuführen und ihren Anspruch zu untermauern, dass sie immer noch eine Weltmacht sind.»

Jetzt wandte er sich um, musterte Basil eindringlich. «Und an *dieser* Stelle wird es interessant: Verfügt das Deutsche Reich über eine vergleichbare Anzahl an Kolonien?» Basil öffnete den Mund, doch wie üblich war der Offizier schneller. «Nein, das ist nicht der Fall. Sicher, die Deutschen besitzen durchaus eine Reihe kolonialer Niederlassungen – weil es eben dazugehört, Kolonien zu besitzen. Ihr Hauptinteresse aber ist auf das europäische Festland gerichtet. Was, Constable, erscheint Ihnen bedrohlicher für ein Empire, dessen Lebensader die Meere darstellen? Ein Deutsches Reich, das eine beherrschende Stellung auf dem europäischen

Festland gewinnt – oder eine Französische Republik, die eine solche Stellung auf dem gesamten Globus anstrebt? Seit Jahren ist Paris im Begriff, seine Kolonien im Senegal, im Westen Afrikas, mit seinem Stützpunkt im Osten des Kontinents zu verbinden. Ihnen ist bekannt, worin unsere eigenen Absichten auf dem afrikanischen Kontinent bestehen?»

Unvermittelt spürte Basil Fitz-Edwards einen Kloß im Hals. «Unsere Besitzungen im Süden Afrikas mit dem Protektorat im Norden zu verbinden. Die Kap-Kairo-Linie.»

O'Connell verzog das Gesicht. «Zwangsläufig müssen diese beiden Linien irgendwann aufeinandertreffen. Und der Regierung Ihrer Majestät ist nicht entgangen, wie überraschend konziliant der deutsche Reichskanzler sich in den letzten Jahren den Franzosen gegenüber gezeigt hat, sobald die Kolonien ins Spiel kamen. Den Todfeinden der Deutschen. Erstaunlich, nicht wahr?»

Basil zog die Brauen zusammen. «Tatsächlich. Ziemlich erstaunlich.»

«Die Deutschen haben ganz Europa im Boot, Constable. Ausgenommen die Franzosen – und uns. Was, wenn Fürst Bismarck seine Zugeständnisse an die vermeintlich so verhassten Franzosen noch ausdehnt? Was, wenn diese auf den Gedanken kommen, dass das ein oder andere koloniale Häppchen sich auch dann als wohlschmeckend erweisen könnte, wenn es von den Deutschen serviert wird? Wissen wir *mit Sicherheit*, gegen wen all die Bündnisse der Deutschen in Wahrheit gerichtet sind?»

Unvermittelt spürte Basil, wie seine Finger kalt wurden. «Wir ständen allein», murmelte er. «Gegen die ganze Welt.»

Stille. Die Maschinen der SS Calais / Douvres schwiegen. Der Trubel, der an Bord erwachte, als der Übergang zum Kai hergestellt wurde, schien aus weiter Ferne zu kommen.

«Es heißt, man könnte ihn spüren.» Der Colonel hatte seine Stimme gesenkt. Basil musste seine Ohren anstrengen, um die Worte zu verstehen. «Einen großen Krieg, wenn er näher kommt. So wie man ein bevorstehendes Unwetter spürt, wenn sich in den Wipfeln der Bäume noch kein Lüftchen regt. Und genau in diesem Moment kommen wir nach Paris.» Noch leiser, mit einem Seitenblick auf Eddy, der jetzt blinzelnd den Kopf hob und mit einer unauffälligen Bewegung einen Speichelfaden aus dem

Mundwinkel entfernte. «Und nicht der Prince of Wales, der sein Leben lang vertraut ist mit den Spielen der Diplomatie, wird das Königshaus vertreten, wie das seit Monaten geplant war. Sondern Eddy wird in diese Schlangengrube gestoßen, in diesen Moloch von Stadt, der überquillt von Vertretern der unterschiedlichsten Mächte, der unterschiedlichsten Interessen. Solchen, denen Sie ihr Metier anmerken werden, und solchen, bei denen das ganz entschieden nicht der Fall sein wird. Und die zu allem, ich wiederhole: zu *allem* in der Lage sind, Constable, wenn sie irgendwo eine Schwäche wittern, die ihren Plänen dienlich sein könnte. Verstehen Sie jetzt?» Seine Stimme war kaum mehr als ein Flüstern. «Die Waagschale kann sich zu unserer wie zur Seite der Deutschen neigen. Die falschen Worte zum falschen Zeitpunkt: Die Folgen könnten unabsehbar sein. Bei den Deutschen wissen wir, dass wir mit allem zu rechnen haben. Und der Rest Europas läuft ihnen hinterher. Am allerwenigsten aber können wir den Franzosen trauen.»

* * *

Zündung in 37 Stunden, 22 Minuten
Montrouge, Paris, 14. Arrondissement –
30. Oktober 1889, 10:38 Uhr

«Am allerwenigsten aber können wir den Briten trauen.»

Marais trat einen Schritt von seinen Laken zurück und wandte sich zu Pierre um. «Dass die Deutschen uns hassen und der Rest des Kontinents dazu, das ist kein Geheimnis. Doch die Briten?» Ein Kopfschütteln. «Den Briten ist es seit einem Dreivierteljahrhundert gelungen, andere ihre Kriege führen zu lassen und sich selbst fein herauszuhalten. Die *Rosbifs* haben die nachrichtendienstliche Arbeit erfunden, und es ist kaum ein Zweifel möglich, dass sie ihr auch hier in dieser Stadt nachgehen. Nur dass uns ihr konkretes Personal seit Jahren unbekannt ist, von ein paar Handlangern einmal abgesehen. Schwierig einzuschätzen, ob eine solche Tat ihnen zuzutrauen ist. Der Mord an Morimond. Und Crépuis. Ob sie nach einer Gelegenheit zur Eskalation suchen, um ihre Herrschaft über den afrikanischen Kontinent in Stein zu meißeln, Seite an Seite mit den Deutschen. Der Général rechnet offenbar damit, dass der Prince of Wales die Abschlussfeierlichkeiten beehren wird. Wenn wir uns unter seinem Gefolge auf die Suche nach einem Nachrichtenoffizier begeben, dürften wir nicht vollständig danebenliegen.»

«Das ist gut.»

Ein skeptischer Blick. «Da der britische Thronfolger aller Erfahrung nach mit mindestens dreißig Personen anreisen wird, ist das vor allen Dingen unübersichtlich.»

Unübersichtlich. Deutsche, Russen, Österreicher, Briten. Pierre Trebut schwirrte der Kopf. Hatte er jemanden vergessen? Natürlich: die Italiener. Wobei den Italienern für einen Anschlag in größerem Maßstab die Energie fehlte. Zumindest nach den Worten von Alain Marais. Den Österreichern fehlte obendrein auch eine gemeinsame Grenze mit der französischen Republik, an der sie von einem Zusammenbruch des Landes hätten profitieren können. Das war jedenfalls nachvollziehbar. Die Russen dagegen und ihr carpathisches Brudervolk ...

Nahezu unmerklich schüttelte Pierre den Kopf. Nahezu unmerklich und sehr, sehr vorsichtig. Er fühlte sich in etwa so, wie Alain Marais noch immer aussah. In den Bureaus der Behörde pflegte man den Tag mit einer großen Tasse schwarzen, heißen Kaffees zu beginnen, bevor an irgendwelche Ermittlungsaufgaben auch nur zu denken war. Von Ermittlungen wie diesen einmal ganz zu schweigen. Pierre Trebut hatte am Vorabend gewisse Vorstellungen entwickelt, was der Tag bringen würde, auf den Spuren einer großen, blutigen, internationalen Affäre, an der Seite der Koryphäe des Deuxième Bureau: düstere Hinterhöfe, in welche die Ermittlung ihn und Marais führen würde. Finstere Verschwörer, die sich an jenen abgelegenen Orten versammelten und denen der Agent auf die Spur kommen würde, um ihnen an Ort und Stelle das Handwerk zu legen. Eine dramatische Jagd durch ein halbes Dutzend Arrondissements. Stattdessen aber ...

Theorien. Erläutert anhand vergilbter Fotografien und säuberlich ausgeschnittener Zeitungsartikel. Galerien von Verdächtigen, von hoch

Verdächtigen und über alle Maßen Verdächtigen. Als hätte der ehemalige Agent, der sich gestern noch mit Händen und Füßen dagegen gewehrt hatte, wieder mit einer Mission betraut zu werden, in Wahrheit seit Jahren auf genau diese Gelegenheit gewartet. Doch auf *diese* Weise? Langsam, aber nachdrücklich gewann in Pierre Trebuts Kopf ein Gedanke Raum. Wenn Marais womöglich die Absicht hatte, den kompletten Fall *hier in diesem Raum* zu lösen, ohne auch nur den Fuß vor die Tür zu setzen? In diesem Fall würde sich Auberlon jedenfalls nicht beschweren können, dass sie irgendjemanden verängstigt oder irgendetwas ins Chaos gestürzt hätten. Theorien. Und *kein* Kaffee.

«Und schließlich die Franzosen.»

Pierre drehte den Kopf. «Wir?»

«Wir sind sogar am verdächtigsten von allen», erklärte Marais mit strenger Miene. «Diese Republik besitzt nicht allein im Ausland Feinde, Pierre Trebut. Die Sozialisten der Commune haben schon einmal die Macht in Paris an sich gerissen, bis Marschall MacMahon ihnen den Garaus gemacht hat. Sie würden enorm profitieren von einem Chaos in der Stadt, und anders als die auswärtigen Mächte wären sie auf der Stelle vor Ort, um ihren Gewinn aus diesem Chaos zu schlagen. Weil sie nämlich die ganze Zeit hier sind, mitten unter uns. Und doch habe ich nicht die Sozialisten im Kopf, wenn ich daran denke, wie Morimond und Crépuis gestorben sind.» Marais trat vor das letzte der Laken. Jenes zerschlissene Stück Stoff, das Pierre ihm gereicht hatte. «Ich denke an diejenigen, die dieser Republik voll und ganz den Garaus machen wollen. Ich denke an die Monarchisten. Und das reicht schon aus, damit mir schwindlig wird.»

«Weil es so viele verschiedene gibt.»

Marais' Nicken war nicht mehr als eine Andeutung. Er hob die Augen nicht von seinen Dokumenten. «Die Anhänger der Bourbonen. Jenes Königshauses, das dieses Land jahrhundertelang beherrscht hat, bis zur großen Revolution, als der Kopf des Königs unter der Klinge der Guillotine fiel. Seine Brüder kehrten später zurück, allerdings nur, um durch die eigene Verwandtschaft wieder abgesetzt zu werden. Durch die Orleans.» Ein Nicken auf eine altertümliche Ablichtung, die König Louis-Philippe zeigte, jenen Herrscher, der den Backenbart in Mode gebracht hatte.

«Durchaus populär am Anfang, und selbstredend genießen auch sie bis heute Unterstützung in Teilen der Bevölkerung, in den Reihen des Adels zumal. Doch ob nun Bourbon oder Orleans: Könnte einer dieser Namen mit der Strahlkraft jenes *anderen* Namens konkurrieren?»

Er trat einen Schritt zurück, und Pierre, in diesem Moment selbst ein wenig überrascht, spürte den Impuls, sich der Geste anzuschließen. Aus einem Gefühl des Respekts heraus? Der Ehrerbietung?

«Bonaparte.» Marais verharrte, die Augen auf das Bild gerichtet: der erste Napoleon, hoch zur Ross, den Zweispitz tief in die Stirn gezogen. Es handelte sich um einen Kupferstich nach einem bekannten Porträt, und er nahm unbestritten die Position im Zentrum des Leinentuchs ein. «Der Mann, der dieses Land zum Herrn Europas gemacht hat. Sieger in unzähligen Schlachten, die Ihnen noch heute jeder Schuljunge auswendig aufsagen kann. Am Ende geschlagen, gewiss, doch hat das die Bonapartes jemals verleiten können, ihre Ansprüche aufzugeben? Und sind sie dabei jemals zimperlich gewesen in der Wahl ihrer Mittel?»

Ein nachdenklicher Blick über mehrere kleinere Darstellungen, die die weit verzweigte Verwandtschaft des großen Kaisers darstellten. «Und hat der Erfolg ihnen nicht am Ende recht gegeben, Pierre Trebut? Der einzige Sohn des Kaisers, der zweite Napoleon, starb in jungen Jahren. Das Vermächtnis ging an die Neffen des Kaisers über, und es konnte kaum ein Zweifel daran bestehen, welcher von ihnen sich mehr als alle anderen berufen fühlte, es zu erfüllen.»

Pierres Augen wanderten nach rechts: Napoleon III., das Kinn mit dem aufgezwirbelten Bärtchen arrogant gehoben. Zumindest in den Ausmaßen schien das Porträt die Darstellung seines Onkels noch in den Schatten zu stellen. Was wohl auch das Ziel des neuen Kaisers gewesen war, dachte Pierre. Im übertragenen Sinne. Mit Haussmanns Prachtstraßen und gigantischen Bauprojekten hatte der dritte Napoleon der Hauptstadt seinen Stempel aufgedrückt wie kein Machthaber vor ihm. Und der schmählichen Niederlage von Sedan zum Trotz galt seine Herrschaft vielen Parisern bis heute als eine der glanzvollsten Epochen ihrer Geschichte. Auch weil sie mit ebenjenem Namen versehen war: Bonaparte.

Aber Marais fuhr sich mit der Hand über die Stirn, schüttelte den Kopf.

«Doch ich sehe Gespenster.» Ein tiefer Atemzug. «Geister der Vergangenheit. Tatsache ist jedenfalls, dass die Linie der Bourbonen mittlerweile erloschen ist. Die Erbfolge ist umstritten, wird aber unter anderem von den Orleans in Anspruch genommen, wo eine ganze Reihe von Nachkommen existiert. Und die Bonapartes ...» Wieder hielt er inne, bevor er langsam fortfuhr. «Der dritte Napoleon hat die Niederlage bei Sedan nur um wenige Jahre überlebt. Sein Sohn starb kurz darauf, als Offizier in britischen Diensten. Und welcher unter seinen verschiedenen Neffen und Großneffen ein Anrecht auf den Thron besäße, wenn dieser Thron noch existierte, ist heute sogar in der Familie selbst umstritten. Sie können sich keine Chancen ausrechnen, solange ihre Anhänger sich nicht einig sind, wem die Krone rechtmäßig zukommt. Sie mögen Hasardeure sein, doch ein Spiel zu eröffnen, das er nicht gewinnen kann: Kein Bonaparte würde das tun.»

«Theoretisch gibt es keinen eindeutigen Thronbewerber», murmelte Pierre. «Praktisch gibt es sehr, sehr viele.»

«Sie sagen es, Pierre Trebut. Sie sagen es. Sehr, sehr viele und sehr, sehr zerstrittene Bewerber. Was bleibt uns also übrig?» Ruckartig wandte Marais sich ab. Ein Griff in die Jacke seines Straßenanzugs. Er strich sich über die Haare, schien mit irgendetwas zu hantieren.

Pierre kniff die Augen zusammen. «Was ist das?»

Marais wandte das Gesicht in seine Richtung. «Eine Brille.»

«Das ...» Pierre schüttelte den Kopf. «Das sehe ich. Aber die Gläser sind *schwarz*.»

Der Agent neigte den Kopf, als müsste er über die Bemerkung nachdenken. «Das ist richtig beobachtet», gestand er. «Und doch kann ich Sie ganz hervorragend erkennen, Pierre Trebut. Betrachten Sie diese Brille als Schutz.»

«Vor den Attentätern?»

«Vor der Sonne.» Eine Grimasse. «Und vor den Schergen, die das Casino mir auf den Hals gehetzt hat.» Ein Zupfen am Revers seines Anzugs. «Also dann: Brechen wir auf.»

Pierre blinzelte. «Wohin?»

Marais sah ihn an, zum ersten Mal wirklich verständnislos. «Zur Exposition Universelle. Die Galerie des Machines ist der am schärfsten bewachte Ort der Welt in diesen Monaten. Und doch waren sowohl Morimond und Crépuis als auch ihre Mörder dort unterwegs. Mitten in der Nacht. Die beiden sind dort *gepfählt* worden. Und davon soll niemand etwas bemerkt haben?»

Pierre starrte ihn an, mit offenem Mund.

Marais, schon halb an der Tür, blieb noch einmal stehen. «Und keine Sorge: Auf dem Weg dorthin trinken wir einen Kaffee.»

TEIL VIER

30. Oktober 1889
L'après-midi / Am Nachmittag

ZÜNDUNG IN 35 STUNDEN, 30 MINUTEN
Hôtel Vernet, Paris, 8. Arrondissement –
30. Oktober 1889, 12:30 Uhr

«Die Dame in der Nummer zwölf ...» Diesmal hatte der Concierge die Augen in der richtigen Richtung. Er beschrieb einen Bogen um die Reinemachefrau, die ihren Putzeimer bereits ahnungsvoll aus dem Weg gezogen hatte. «Die Dame, die vorher in der Nummer drei gewohnt hat und jetzt in der Nummer zwölf ... Sie hat sich endlich beruhigt», erklärte er. «Der strenge Geruch, über den sie seit Tagen geklagt hat, stammte offenbar von einer Portion bretonischer Muscheln, die ihre Gesellschafterin im Gepäck vergessen hatte und ...»

Celeste Marêchal nickte zerstreut, die Augen auf den Boden gerichtet. Das Parkett auf dem Korridor war abgestoßen, doch die wirklich schäbigen Stellen hatte sie vor Beginn der Exposition mit einer Reihe persischer Läufer bedecken lassen. Ein gefälliger Anblick. Nur dass die Gäste von den Britischen Inseln diesen Flur überhaupt nicht zu Gesicht bekommen würden. Und in der obersten Etage, vor der Prinzensuite, war der Boden in Ordnung, sodass für Läufer keine Notwendigkeit bestand. Trotzdem: Die Teppiche waren ein Blickfang, und wenn jemand auf die Idee kommen sollte, unter ihnen nachzusehen, ob das Vernet etwas Unerfreuliches hatte verstecken wollen ...

«Die Läufer kommen nach oben.» Über die Schulter, zu Serge, der mitten im Satz abbrach. «Das Vernet kann es sich leisten, ein tadelloses Parkett mit Teppichen zu verhüllen. Wenn sie hübscher sind.»

«Madame?» Die Irritation war unüberhörbar. «Darf ich anmerken, dass das Parkett *hier unten* ...»

Ihre Haltung war offenbar Antwort genug. Er führte den Satz nicht zu Ende.

Celeste stieß die Tür zum Foyer auf, kniff die Lider zusammen. In dem weitläufigen Raum herrschte ein Halbdunkel, doch irgendetwas musste mit ihren Augen passiert sein, als sie am Morgen auf dem Marmor aufgeschlagen war. Tageslicht war schlicht unerträglich, und selbst gedämpfte

Helligkeit sorgte dafür, dass hinter ihrer Stirn ein schmerzhaftes Pochen erwachte. Wütend drängte sie die Irritation beiseite, steuerte quer durch den Raum die Rezeption an, nahm von Sophie ein Formular entgegen. Die Kutsche zum Gare du Nord, Ankunft der Zugverbindung aus Calais um zehn Minuten vor sechs. Sie zeichnete ab.

«Madame Celeste ...» Eine leise Stimme. Eine schmale Gestalt in der Uniform der Zimmermädchen, die sich im Hintergrund der Rezeption in den Schatten hielt. *Charlotte*, erinnerte sich Celeste Maréchal. Seit einem Dreivierteljahr im Vernet, und in diesen Monaten waren keine Klagen gekommen. Bis heute. Celeste presste die Lippen aufeinander, nickte dem Mädchen zu, wies mit dem Kinn nach links, in Richtung auf ihren Büroraum, und hob zwei Finger. *In zwei Minuten.*

Sie drehte sich um zu Serge. «Das wäre dann alles?»

Ein winziges Zögern. «Alles wirklich Wichtige? – Ja.» Auf irgendeine Weise gelang es ihm, eine Form von Tadel in die Bemerkung zu legen. Und dieser Tadel kam an. *Alles im Vernet ist wirklich wichtig*, dachte Celeste. Doch jetzt ging es um Sein oder nicht Sein. Sie musste auswählen.

Sie war eben im Begriff, sich zu bedanken und ihn zurück an die Arbeit zu schicken, als der Concierge sich räusperte. «Bezüglich der Gäste aus London: Wie Sie wissen, habe ich heute meinen freien Abend, sodass ich nicht zugegen sein werde, wenn sie eintreffen. Sie hatten davon gesprochen, dass es möglicherweise Sonderwünsche geben könnte?»

Celeste presste die Lippen aufeinander, nickte. Ja, das hatte sie. Als sie noch davon ausgegangen war, dass es Bertie sein würde, der in der Prinzensuite Quartier nehmen würde. Im Vernet existierten eherne Gesetze. Unter gar keinen Umständen war es einem Gast gestattet, eine Dame, bei der es sich nicht um seine Ehefrau handelte, mit auf sein Zimmer zu nehmen. Exakt eine einzige Ausnahme kannte dieses Gesetz: Albert Edward, den Prince of Wales.

Doch Berties Sohn? Was wusste sie über den Duke of Avondale? Er war jung, galt aber bereits als gestandener Seemann, das war so ziemlich alles, was ihr einfiel. Und Berties Telegramm hatte sie auch nicht klüger gemacht. Schon weil der Thronfolger natürlich vorsichtig gewesen war mit seinen Formulierungen. Überschwänglich hatte er sich bedankt, dass das Vernet seinem Sprössling und dessen Begleitern *bereits seit drei Tagen* Obdach gewähre. Widersinnig? Nur dann, wenn man einander nicht seit so langer Zeit vertraut war, wie das bei Bertie of Wales und Celeste Maréchal der Fall war. Albert Victor Duke of Avondale nebst Begleitern, Gast des Vernet seit dem siebenundzwanzigsten Oktober. Ganz genau so stand es nunmehr in den Büchern verzeichnet. Und exakt diese Auskunft würden auch der *Temps* oder der *Figaro* erhalten, sollten sie sich diesbezüglich erkundigen. Während die Gäste in Wahrheit erst an diesem Abend eintreffen würden, mit jener Verbindung zum Gare du Nord, die sie angeblich drei Tage zuvor genutzt hatten. Für die Kutsche, die sie am Bahnhof aufnehmen würde, hatte Celeste Maréchal soeben Dispositionen getroffen. Was für ein Geheimnis sich hinter der Maskerade verbarg, würde sie beizeiten erfahren oder eben nicht. Jedenfalls war es keine Frage, die ihr schlaflose Nächte bereiten würde. Was dagegen die Sonderwünsche anbetraf, wenn der Prinz noch ein grüner Junge war ...

Der Concierge warf einen Blick auf seinen Notizblock. «Wie ich es verstanden habe, wird uns Seine Hoheit ja nicht allein beehren. Ein Monsieur Fitz-Edwards ist an seiner Seite. Und ein Colonel McConnell.»

«O'Connell», verbesserte Celeste automatisch. «Colonel James O'Connell.» Sie schloss die Augen, bemühte sich, das Hämmern in ihren Schläfen auszublenden. Briten waren sie allesamt und entsprechend kompliziert einzuschätzen. Bei O'Connell war es zumindest kein Geheimnis, was er vom Hôtel Vernet hielt. Im Allgemeinen. Und von dessen Betreiberin im Besonderen. Doch seine Loyalität zu Bertie stand nicht in Frage.

«Wenn Seine Hoheit einen entsprechenden Sonderwunsch äußert, werden Sie sich beim Colonel rückversichern», wies sie den Concierge an. «Und bitte geben Sie das an die Zimmermädchen weiter.»

Ein Nicken. Eine Kritzelei auf seinem Block, die vermutlich nur bestätigte, was er sich ohnehin bereits vorgenommen hatte.

Ich bin das Vernet, dachte Celeste Maréchal. *Ich treffe die Entscheidungen.* Eine plötzliche Aufwallung von ... Wut war zu viel gesagt. Von Entschlossenheit. Doch so schnell, wie sie gekommen war, war sie auch wieder vorbei. Der Concierge versuchte nur zu helfen. «Danke, Monsieur Serge.»

«Madame.» Ein letztes Nicken.

Müde sah Celeste ihm nach, dann wandte sich ihr Blick zur Uhr über der Rezeption. Zwölf Uhr dreißig. Nach dem Vorfall am Morgen hatte sie ihr Kleid gewechselt, doch schon konnte sie spüren, wie es von neuem auf ihrer feuchten Haut klebte. Und der Tag würde härter werden als alle vorangegangenen. Ein Nicken zu dem jungen Zimmermädchen, noch einmal das Zeichen: zwei Minuten. Von *jetzt* an. Sie schlug den Weg zu ihrem Büroraum ein, schloss die Tür hinter sich. Poltern von der Auffahrt. Gustave mit einem Karren voller Spezialitäten für die besonderen Gäste. Spezialitäten aus Deutschland *und* Spezialitäten aus England nunmehr. Erstere in bar bezahlt.

Ihr Blick fiel auf das Telegramm. Diese Nachricht war das Ende. Ausgeschlossen, mit Berties Sohn zu erörtern, was sie mit Bertie erörtert hätte. Ein Kredit, um die bestehenden Hypotheken abzulösen, ihr Luft zu verschaffen für die dringenden Investitionen. Für den jungen Prinzen war das Vernet ein Haus wie irgendein anderes, selbst wenn Celeste die Absicht seines Vaters erkannte: Bertie gab ihr eine Chance. Die Chance, ihr Haus zum Stammquartier auch der nächsten Generation des Königshauses zu machen. Doch vom wahren Ausmaß ihrer Bedrängnis konnte er nichts wissen. Was blieb ihr damit? Ihm die Situation per Brief schildern, als Bittstellerin? Die Gläubiger am Ende der Ausstellung um einige letzte Tage vertrösten und sich auf den Weg nach London machen, um persönlich mit ihm zu sprechen? Sie war noch niemals auf den Britischen Inseln gewesen. Sie waren noch niemals an einem anderen Ort zusammengetroffen als in Paris. *Undenkbar.* Es war vorbei, und dennoch musste es weitergehen. Durchhalten, dachte sie. Durchhalten.

Ein Klopfen von der Tür. Sie holte Luft, zupfte die Rockschöße zurecht. «Entrez!»

Die Tür wurde zwei Finger breit geöffnet, und das blasse Gesicht des Mädchens erschien. So schmal, dass in Celeste für eine Sekunde die irrsinnige Vorstellung aufblitzte, Charlotte könnte wahrhaftig durch den Spalt schlüpfen.

«Bitte komm herein», sagte sie und trat hinter ihren Schreibtisch, zögerte für eine Sekunde, bevor sie sich niederließ. Sie mochte es nicht, den

Angestellten den Rangunterschied auf diese Weise deutlich zu machen. Doch es war unübersehbar, worauf die Situation hinauslaufen würde, und sie wusste, dass es auf diese Weise einfacher werden würde. Für beide Seiten.

Charlotte verharrte vor dem Tisch. Ihre Hände hielten einander vor dem Bauch umklammert, ihr Blick war zu Boden gerichtet. Stumm.

Celeste betrachtete die Jüngere. «Du weißt, warum du hier bist.»

Der Blick des Mädchens hob sich, kaum mehr als ein nervöses Flackern. Die Lippen zitterten, doch die junge Frau schien nicht einmal den Versuch zu unternehmen, ein Wort zu sagen.

Celeste schloss die Augen. Warum musste das Mädchen es ihnen noch schwerer machen? Nicht allein, dass es ihr um diese junge Frau in die Seele schnitt. Niemand im gesamten Hotel, der nicht bereits Zusatzstunden versah. Und wenige Tage vor Ende der Exposition Universelle einen Ersatz zu finden, für ein Etablissement, das in der kommenden Woche vielleicht nicht mehr ihr gehören würde? Ausgeschlossen.

«Fünfzig Francs», sagte sie kühl. Leugnen würde sie nicht dulden. Die Polizei hatte in diesen Tagen mehr als genug zu tun, doch es blieb Celeste Maréchal überlassen, ob sie das Mädchen umstandslos auf die Straße setzte, ohne Zeugnis selbstverständlich und ohne einen Sous für den laufenden Monat. Oder ob sie außerdem die Behörden benachrichtigte. «Fünfzig Francs aus Monsieur Søndergrachts Portemonnaie.»

«Ich ...»

«Ich höre.»

«Er ... Er ...» Das Mädchen blickte auf, und die Augen schimmerten verräterisch. Celeste zwang sich, dem Blick standzuhalten. Sie hatte solche Situationen bereits erlebt, nicht oft, aber zu oft. Zwei- oder dreimal in den vergangenen Jahren. Und das Mädchen wusste so gut wie Celeste selbst, dass ihr keine Wahl blieb. «Ich ... Ich *wollte* nicht, Madame, aber er ... er hat gesagt, wenn ich nicht ... wenn ich mich verweigere, würde er zu Monsieur Serge gehen, und er würde sagen ...»

Celestes Augenbrauen bewegten sich langsam in die Höhe. Søndergracht *war* zum Concierge gegangen. Und er *hatte* etwas gesagt. Er hatte eine vollkommen andere Geschichte erzählt: Während er im Salon seinen Morgenkaffee genommen habe, habe Charlotte wie jeden Tag sein Zimmer hergerichtet. Seine Geldbörse habe zwar noch an Ort und Stelle gelegen, als er zurückgekehrt sei. Doch fünfzig Francs hätten gefehlt.

«Madame, ich ...» Das Mädchen strich sich die Tränen von den Wangen, gewahrte offenbar im letzten Moment Celestes Blick und widerstand der Versuchung, sie mit dem Ärmel ihrer Uniform trocken zu wischen. «Madame, ich ... Ich weiß, was es bedeutet, wenn ich ... wenn jemand von uns mit einem Gast ...»

Celeste presste die Lippen aufeinander. Ein Gast, der entgegen den Regeln des Hauses eine fremde Dame mit auf sein Zimmer nahm, wurde aufgefordert, das Hotel umgehend zu verlassen. Handelte es sich bei dieser Bekanntschaft um eine junge Frau aus den Reihen des Personals, so galt diese Regel auch für diese. Das Vernet verlassen: für immer.

Machte es also einen Unterschied? Ganz kurz nur kam ihr der Gedanke, warum Søndergracht sich seine Geschichte überhaupt ausgedacht hatte. Die Antwort lag auf der Hand: Das Mädchen hatte sich zunächst verweigert. Hatte er befürchtet, Charlotte könne zu Serge oder zu Celeste selbst kommen, wenn sie bereute, was geschehen war? In diesem Fall hätte er zum Höhepunkt der Exposition ohne Quartier dagestanden. Von der unangenehmen Situation einmal abgesehen. Vielleicht wollte er auch schlicht seine fünfzig Francs zurück, eine läppische Summe für einen Gast des Vernet. Doch unter dem Strich: Es machte keinen Unterschied. Nicht, was Charlotte anbetraf.

«Madame, ich ...» Die Stimme des Mädchens versagte. Charlottes Finger schlangen sich umeinander, lösten sich, schienen über die Schürze zu wischen. «Ich ... Ich konnte nicht ... *Fünfzig* Francs, ich ...»

Celeste kniff die Augen zusammen: die Finger des Mädchens, die über die Schürze glitten, welche sich vom dunklen Kleid ihrer Tracht abhob, eng geschnürt wie bei allen jungen Frauen, die im Vernet Dienst taten, und doch ...

«Mon dieu», flüsterte Celeste.

Charlotte war unverheiratet. Celeste wusste nicht, ob das Mädchen einen Liebsten hatte. Oder ob womöglich ein Gast des Hauses dafür verantwortlich war. Doch was sie sah, war so deutlich, dass sie schier nicht begreifen konnte, wie es ihr wochenlang hatte entgehen können.

Das Mädchen war schwanger.

***

ZÜNDUNG IN 35 STUNDEN, 23 MINUTEN
Zwischen Deux Églises und Creil –
30. Oktober 1889, 12:37 Uhr

Das unendlich weite, unendlich ebene Land mit seinen Getreidefeldern, seinen Wiesenrainen, seinen schnurgeraden Alleen zwischen den verstreuten Dörfern und Hainen. Wie mit Pastellkreide gezeichnet im Licht einer herbstlichen Sonne. Eine Landschaft, die Albertine de Rocquefort vertraut war. Der bescheidene Gutshof ihrer Eltern hatte nur wenige Dörfer entfernt gelegen von Deux Églises, dem Landsitz der Vicomtes de Rocquefort. Kein bedeutendes Anwesen, nein, aber doch eine Familie mit makellosem Stammbaum zurück bis in schriftlose Zeiten, Adel, so alt wie die Erde selbst. Und immer wieder war sie hierher zurückgekehrt in den vergangenen Jahren, nun, da sie selbst die Herrin auf Deux Églises war – und dort im Übrigen auch Herrin *bleiben* würde, selbst wenn Mélanie sich vermählte. Auf einen entsprechenden Passus hatte sie sich gleich zu Beginn mit Torteuil verständigt.

Aber was bedeutete das schon? Den allergrößten Teil der vergangenen zweieinhalb Jahrzehnte hatte sie in der Hauptstadt verbracht, in den Salons des achten Arrondissements. Dort, wo das Wort oder das bloße Stirnrunzeln, der bloße Augenaufschlag der Vicomtesse de Rocquefort ein solches Gewicht besaß. Bemerkenswert, dass gerade jetzt diese Gedanken zu ihr kamen. Nur war es letztendlich überraschend?

Die Wahrheit war, dass es sich um dieselbe Route handelte. Dieselbe Route wie damals. Vor so vielen Jahren, als sie das vertraute Leben hinter sich gelassen und die Kutsche sie über genau diese Straßen getragen hatte, nach Creil, wo die stählernen Gleise begannen, welche auch damals schon an weit entfernte Orte geführt hatten, an Orte selbst jenseits der Grenzen des französischen Kaiserreichs. Creil, wo die Fernverbindungen der *Compagnie de Chemin de fer du Nord* heute nicht länger haltmachten. Es sei denn, die Vicomtesse de Rocquefort bat James de Rothschild per Telegramm um einen kleinen Gefallen. Heute würde die Verbindung aus Calais auf dem kleinen Bahnhof einen Stopp einlegen.

Albertines Augen waren geschlossen. Licht und Dunkelheit auf ihren Lidern, wenn die Sonne hinter dem Spalier der Alleebäume unsichtbar und wieder sichtbar wurde. Das leise Klicken von Marguerites Stricknadeln und gedämpft die Unterhaltung der beiden Mädchen. Es war jener eine Gedanke, der ihre Aufmerksamkeit fesselte, seit bald vierundzwanzig Stunden nun: die Vergangenheit. Was konnte François-Antoine, Duc de Torteuil, wissen über Dinge, die sich zugetragen hatten, noch bevor die Vicomtesse ihm zum ersten Mal begegnet war? *Seiten an einem jungen Menschen ... Dinge, die uns überraschen würden ...* Jene Dinge, die Albertine seit so vielen Jahren aus ihrer Erinnerung verbannt hatte. Was würde es bedeuten, wenn er um diese Dinge wusste? Wenn er beschließen sollte, dieses Wissen einzusetzen. Wenn diese Dinge bekannt wurden in der Hauptstadt eines Landes, das seit bald zwei Jahrzehnten Republik war und dessen Gesellschaft doch eine ungekrönte Königin besaß.

Es hatte nur den einen Weg gegeben: das Kästlein ihrer Erinnerungen. Sie hatte zurückkehren müssen an jenen Ort, den zu betreten sie so viele Jahre vermieden hatte. Sie hatte die Fotografien betrachtet, die wenigen, die ihr geblieben waren, hatte die Briefe studiert, auf denen die Tinte längst begonnen hatte zu verblassen. Ihre Finger hatten Gegenstände berührt, von denen sie sich seit Jahrzehnten ferngehalten hatten. Den winzigen Anhänger mit der einzelnen Perle in der Farbe ihrer Haut, so wie sie damals gewesen war. Und die Bilder waren zu ihr zurückgekommen. Sie war erschrocken über die Schärfe dieser Bilder, dieser Erinnerungen. Doch hatte Albertine sie nicht mit derselben Entschlossenheit weggesperrt, wie sie die greifbaren Gegenstände in ihrer sargartigen Schachtel begraben hatte? Mumifiziert, dachte sie, um nun aus dem Grabe aufzuerstehen, zu geisterhaftem Leben.

Am Anfang hatte natürlich *sein* Gesicht gestanden, seine Gestalt in der prachtvollen Uniform, wenn er sich aus dem Sattel des Reitpferdes schwang, die Augen bereits suchend zu den Fenstern im oberen Stockwerk des Gutshauses gerichtet. Eine geübte und, ja, eine durchaus gesetzte Bewegung. Er war kein junger Mann mehr gewesen, kaum jünger als Torteuil es heute war. Doch das hatte keine Rolle gespielt. Seine weltmännischen Umgangsformen, seine atemberaubenden Erzählungen über die Jahre auf Reisen, die Jahre im Krieg, als Gefangener hinter den Mauern der Conciergerie. Jener ganz besondere Zauber, der von seiner reinen Gegenwart ausging, vom Blick seiner dunklen Augen unter den kühn geschwungenen Brauen. Konnte man behaupten, dass sie ihm *erlegen* war? Mit Sicherheit konnte man das; schließlich war sie vierzehn Jahre alt gewesen. Doch seit langer Zeit schon wusste Albertine, dass das nur die halbe Wahrheit war. Sie waren *einander* erlegen, einer dem anderen. Es war etwas Besonderes für *beide* Seiten gewesen. Sie hatte keinen Grund, daran zu zweifeln.

Dieser Sommer ... Wie deutlich sie war, die Erinnerung. Albertine de Rocquefort glaubte den Geschmack auf der Zunge schmecken zu können, von den ersten, frühen Erdbeeren bis zur bitteren Süße des Holunders. Schwer von Frucht, hatten die Zweige sich gebogen, als die Jagdgesellschaft sich bereit gemacht hatte, in die Stadt zurückzukehren. Die Perle in ihrer auf den ersten Blick so simplen Fassung war ein Geschenk gewesen und ein Versprechen zugleich. Ein Versprechen, dem Albertine geglaubt hatte, wie man mit vierzehn Jahren eben daran glaubte, dass die Liebe alles andere gegenstandslos machte, wenn sie nur groß genug war. Und sei es eine Ehefrau, die in Paris auf ihn wartete.

Bilder. Vorsichtig hatte sie die Perle zurück in ihr Behältnis gelegt und die Briefe hervorgeholt – und mit ihnen neue Eindrücke, neue Erinnerungen. Die Wochen nach seiner Abreise. Das Warten auf seine Briefe, die zuverlässig eingetroffen waren, am Dienstag einer jeden Woche. Briefe, in denen er die Tage gezählt hatte, die Stunden, bis der Herbst da wäre, Albertines Familie im Stadthaus im vierten Arrondissement Quartier nehmen würde und sie einander endlich wieder nahe sein würden. Und das *andere* Warten. Das Warten auf ihre Monatsblutung, die *nicht* eingetreten war, während der Sommer sich geneigt und das Leben auf dem Gut seinen ruhigen Fortgang genommen hatte. Bis zu jenem Vormittag, an dem sie ihren Eltern die Wahrheit gesagt hatte.

Diese Erinnerung war die deutlichste von allen. Ihre Mutter, die begonnen hatte zu schreien, laut und schrill, nicht wieder hatte aufhören wollen, bis Albertines Vater weit ausgeholt und ihr mit der flachen Hand einen Schlag auf die Wange versetzt hatte. Der Blick ihrer Mutter, der sich auf Albertine gerichtet hatte: Du hast mir das angetan! Ihr Vater, der sich vor dem Fenster aufgebaut hatte, den Rücken zum Salon. Er hatte auf den Park geblickt, der von beachtlicher Größe gewesen war für eine Familie des kleinen Adels, Besitz ihres Hauses seit Zeiten, die so unendlich weit zurückreichten über die auf nervöse Weise wechselnden Regierungsformen der vergangenen Jahrzehnte, die Revolutionen und Restaurationen, den frivolen Pomp der Bonapartes. Dort war er verharrt, für Stunden, wie es seiner Tochter erschienen war. Bis er unvermittelt eine Entscheidung getroffen hatte.

Es war die beste Entscheidung seines Lebens gewesen. Am nächsten Morgen hatte Albertine in der Kutsche gesessen, auf ebendieser Straße, und war Creil entgegengefahren, auf dem Sitz gegenüber eine ältliche Zofe der Familie.

Was die folgenden Monate anbetraf, die Monate in Königsberg: Es waren ruhige Monate gewesen, die beinahe einem anderen Leben anzugehören schienen, während ihre Stunde nähergerückt war. Regelmäßig hatten sie Briefe ihres Vaters erreicht, in höflichem, ja freundlichem Ton. Briefe, in denen ihre Mutter niemals erwähnt wurde. Eine Form von Ehrlichkeit, für die sie Respekt empfunden hatte. Was die anderen Briefe anbetraf, *seine* Briefe: Sie hatte keinen Zweifel daran, dass diese Briefe weiterhin auf dem kleinen Landgut eingetroffen waren. Und dass ihr Vater sie ungeöffnet dem Kaminfeuer übergeben hatte.

Die Geburt selbst – möglicherweise war es ganz natürlich, dass sie kaum Erinnerungen an diese Stunden besaß. Die Erinnerung an Mélanies Geburt war in einen ähnlichen Nebel gehüllt. Nur zu deutlich aber entsann sie sich, wie es hinterher gewesen war, damals, in Königsberg. Wie man ihn an ihre Brust gelegt und er zu ihr aufgesehen hatte, aus jenen dunklen Augen, die so sehr die Augen seines Vaters waren.

Die Haarlocke. Jene blonde Haarlocke aus dem im Dunkel ihres Sekretärs verborgenen Behältnis, die ihre Finger mit einer Scheu berührt hatten, welche ihr seltsam unangemessen vorkam, ja, *unwürdig* der Frau, die sie heute war. Und doch, mit dieser blonden Haarlocke war alles zu ihr zurückgekommen. Der einzigartige Duft des frisch gebadeten Neugeborenen. Das winzige Köpfchen, das an ihrer Halsbeuge geruht hatte. Die faszinierenden kleinen Laute, die er von sich gegeben hatte. Jener viel zu kurze Augenblick, den sie ihn bei sich hatte haben dürfen. *Frédéric*, dachte sie. *Frédéric.* Das war alles gewesen, was sie ihm hatte geben können: seinen Namen. Bevor die Zofe ihn fortgenommen hatte, um ihn an eine Pflegefamilie zu geben, eine *gute* Familie, wie man Albertine wieder und wieder versichert hatte. Es werde gut für ihn gesorgt werden, und Albertine, strahlend jung und strahlend schön, werde ihre Chance auf eine Ehe wahren, wie sie für eine Angehörige ihres Standes angemessen war, ja, *über* ihrem Stand womöglich, sodass sie ...

«Maman?» Mélanies Stimme.

Albertine schlug die Augen auf, blinzelte. Ein irritierendes Gefühl auf ihrer Haut. Sie spürte, wie langsam eine einzelne Träne über ihre Wange rann.

«Verflixte Sonne», murmelte sie und strich sich über das Gesicht. Die Augen des Mädchens weiteten sich angesichts des rüden Ausdrucks – aber es kam keine weitere Bemerkung.

Albertines Lider schlossen sich wieder – doch nicht vollständig. Aufmerksam behielt sie das Mädchen im Blick. Wie anders Mélanie war. Wie sehr sie sich von ihrer Mutter unterschied. Wobei sich kaum behaupten ließ, dass sie nach dem Mann schlug, den Albertine am Ende tatsächlich geheiratet hatte. Ihrem Vater, dem alten Liederjan, dem Vicomte. Natürlich war sie nicht immer so gewesen, und doch: Auch das muss also ein Teil von mir sein, dachte Albertine. Ihre Tochter würde zu jener Frau werden, die Albertine hätte sein können. Wenn Königsberg nicht gewesen wäre, das etwas in ihr zerrissen hatte. Eine klaffende Wunde, und doch war sie am Ende verheilt, und zurückgeblieben war jene Frau, die sie heute war.

Und damit schlossen ihre Lider sich tatsächlich wieder, ihr Geist in tiefster Konzentration. Was von alldem konnte er wissen, François-Antoine de Torteuil? Albertines Eltern waren lange tot. Den Namen der Familie, bei der der Junge aufgewachsen war – wenn er so lange gelebt hatte –, hatte ihr Vater mit ins Grab genommen. Doch die Diener auf dem Gut ihrer Familie würden sich erinnern, dass Albertine das Anwesen für mehrere Monate verlassen hatte. Mit vierzehn Jahren. Albertines urplötzlich anberaumter Aufbruch zu einer vorgeblichen Kur in den Bädern war mit Sicherheit nicht das erste derartige Arrangement in der Geschichte des französischen Adels gewesen.

Konnte *das* Torteuils Quelle sein? Fünfundzwanzig Jahre alter Klatsch aus der Gutsküche? Albertine de Rocquefort unterschätzte die Bedeutung derartiger Gerüchte keineswegs. An den richtigen Stellen platziert, konnten sie sich ohne weiteres zu einem Problem auswachsen – für eine schwächere Frau, als sie es war. Doch Torteuil kannte sie. Hatte er es nicht mehr als ein Mal erlebt? Wie kühl ihr Verstand zu kalkulieren wusste, mit welcher Ruhe sie eine solche Situation zu betrachten vermochte, um im entscheidenden Moment mit kalter Präzision zurückzuschlagen. Konnte er dermaßen dumm sein? Undenkbar. Und was hätte er überhaupt zu gewinnen gehabt?

Unauffällig betrachtete sie ihre Tochter. Wenn er von der Wahrheit des Gerüchts überzeugt war: Konnte das ein Grund sein, die Verbindung in letzter Sekunde auszuschlagen? Unsinn. Dass Mélanie die Tochter und Erbin des Vicomte war, stand schließlich nicht in Frage. Gerüchte über einen Skandal im Vorleben ihrer Mutter würden daran nichts ändern.

Da ist noch etwas anderes. Wieder und wieder derselbe Gedanke, so oft Albertine die Möglichkeiten Revue passieren ließ. Was würde geschehen an diesem Abend, der einen besonderen Stellenwert besaß in der Gesellschaft des achten Arrondissements? Seit Tagen schon hatte Albertine sämtliche Vorbereitungen getroffen für den Empfang in ihrem Stadtpalais an der Rue Matignon, der traditionsgemäß den Reigen der festlichen Salons eröffnete. Gestern Abend, zu jenem Zeitpunkt, da sie sich mit Torteuil unterhalten hatte, mussten die Karten ihren Gästen zugegangen sein, und selbstverständlich würde auch der Duc selbst anwesend sein. Doch was hatte François-Antoine de Torteuil seinerseits vorbereitet? Was erwartete die Vicomtesse an diesem Abend? Ihre Unruhe wollte nicht weichen. *Da ist etwas. Etwas, das ich noch nicht sehen kann.*

***

Zündung in 35 Stunden, 16 Minuten
**Hôtel Vernet, Paris, 8. Arrondissement –
30. Oktober 1889, 12:44 Uhr**

«Fabrice Rollandes Seidengroßhandel?» Der Alte schien zu grübeln. «Ah.» Die Erleuchtung. «Das ist nicht weit, Monsieur, äh, ich meine ... *Hauptmann von Straten.* Sie gehen einfach bis ans Ende der Straße, und da biegen Sie dann nach links, nein, nach rechts natürlich. Auf die Avenue de l'Alma und von da aus auf die Rue de Chaillot. Und da sind es dann nur noch ein paar Schritte bis zur ...» Ein irritiertes Blinzeln.

«Zu Monsieur Rollandes Seidengroßhandel?», half Friedrich.

«Genau.» Der Alte nickte eifrig. Das Faktotum des Hôtel Vernet, das ihn eingelassen hatte, als er im Morgengrauen zurückgekehrt war. Einen Moment lang glomm es in den Augen des alten Mannes listig auf. «Wenn Sie allerdings auf der Suche nach wirklich hübschen *dessous* sind für Ihre Liebste daheim, dann könnte ich Ihnen ...»

«Gustave!» Eine hagere Gestalt war aus den Türen des Hotels ins Freie getreten. Aus strengen Augen musterte der Concierge den Alten, der sich augenblicklich entschuldigte: *Mon dieu,* sein Karren! Die Einkäufe! Schon war er verschwunden. «Bitte verzeihen Sie, Hauptmann von Straten.» Der Concierge deutete eine Verneigung an. «Monsieur Rollandes société befindet sich an der Rue de Lubeck unweit des Trocadéro. Wenn Sie wünschen, lasse ich Ihnen eine Kutsche rufen.»

Friedrich schüttelte den Kopf. «Vielen Dank, Monsieur, aber das ist nicht nötig. Ich wollte mir ohnehin die Füße vertreten. Einen schönen Tag.» Rasch wandte er sich ab und schlug die Richtung ein, die der Alte ihm gewiesen hatte. Schließlich hatte er seine Gründe gehabt, sich mit seiner Frage an den tumben Laufburschen zu wenden und nicht an den

Concierge oder die Dame an der Rezeption. Spürte er die Blicke des livrierten Lackaffen auf seinem Rücken? Seit der Begegnung mit Rollande hatte Friedrich von Straten das Gefühl, jeden einzelnen Augenblick unter Beobachtung zu stehen in dieser Hölle von Stadt.

Rocquefort. Ein Name auf dem Papier. Ein Scherenschnitt in der Dunkelheit. Und nun, seit dem Morgen, eine Folge von Fotografien, von denen sein Blick sich nicht hatte lösen wollen, als er sie auf seinem Zimmer betrachtet hatte. Doch wäre all das nötig gewesen? Nein. Er hatte es gewusst, im selben Moment, in dem Rollande das Kuvert über den Tisch geschoben hatte, bereits geöffnet, sodass der Name am Kopf der Seite hervorgesehen hatte. *Rocquefort.* Unter Mühen nur war es ihm in den Stunden seit seiner Rückkehr in das Vernet gelungen, zurück zu jener Disziplin zu finden, die einen preußischen Offizier auszeichnete.

Friedrichs Augen glitten über die Fassaden zu beiden Seiten der Straße. Heller, gleichförmiger Sandstein, und doch trug ein jedes der Gebäude den Anspruch vor sich her, einen einzigartigen herrschaftlichen Wohnsitz zu beherbergen. Eine Impertinenz, die *alles* in dieser Stadt atmete, von dem hässlichen Stahlskelett ihres Turms über die elektrische Straßenbeleuchtung bis zum Schuhputzer an der Ecke. *Franzosen.*

Friedrich war ein kleiner Junge gewesen, doch nur zu gut erinnerte er sich an die Zeit kurz nach Sedan, als die preußischen Armeen die frechen Franzosen in den Staub gestoßen hatten und siegreich in die Heimat zurückgekehrt waren. Jubel in den Straßen, nun, da er endlich niedergerungen war, der dritte Napoleon, dessen Schatten sich drohend über den Völkern Deutschlands erhoben hatte wie eine düstere Erinnerung an den ersten Träger seines Namens, unter dessen unbarmherzigen Schlägen der Kontinent mehr als ein Jahrzehnt lang erzittert war. Gottleben, der an der Spitze seines Aufgebots in den Schlosshof geritten war. Für seine Kavallerieattacke war er frisch zum Oberst befördert worden. Frankreich war besiegt und würde niemals wieder eine Gefahr darstellen für das frisch aus der Taufe gehobene Deutsche Reich unter der Führung des preußischen Königshauses. Und *jeder*, bis hin zu den Gassenjungen, hatte in seiner Sippe einen Kriegshelden aufzuweisen. Jeder – ausgenommen Friedrich, der als Ziehsohn des Obersts auf dem schlossartigen Anwesen leben durfte und der doch ein Nichts, ein Niemand war, so weit er nur zurückdenken konnte.

So waren die Jahre dahingegangen. Irgendwann, als er alt genug gewesen war, hatte er sich eine Zeitlang eingebildet, er könnte Gottlebens eigener Sohn sein, außerhalb der Ehe gezeugt – doch damit wäre nicht zu erklären gewesen, warum dessen Gemahlin ihm mit einer Freundlichkeit begegnete, wie man sie von einer gottesfürchtigen Frau nur erwarten konnte. Nein, seine Herkunft war ein Geheimnis geblieben. Wenn er es gewagt hatte nachzufragen, war er auf verschlossene Mienen gestoßen.

Was war ihm geblieben? Im Alter von vierzehn Jahren hatte er eine Entscheidung getroffen. Wo der Oberst seine Korrespondenz verwahrte, war kein Geheimnis gewesen. Genauso wenig, dass der Herr des Gutes ein Tagebuch führte. Und sich am Tag der Fuchsjagd mit einem Unwohlsein zu entschuldigen, hatte keine große Schwierigkeit dargestellt. Ja, Friedrich erinnerte sich gut, erinnerte sich, wie er lautlos durch das weitläufige Gebäude geschlichen war, in dem zu dieser Stunde nur in den Wirtschaftsräumen Leben herrschte. Erinnerte sich an den Geruch der angestaubten Seiten aus den Tiefen der mächtigen Truhe, die Gottlebens Unterlagen hütete. Er war zusammengezuckt, jedes Mal, wenn auf dem Korridor das Geräusch von Schritten ertönt war. Doch die schwere Kassettentür des Arbeitszimmers hatte sich nicht geöffnet. Friedrich hatte sich auf die Suche machen können, ohne recht zu wissen, wonach er suchte, doch irgendeine Form von Aufzeichnungen musste existieren über die Zeit kurz nach seiner Geburt.

Als er auf die Zeilen gestoßen war, hätte er sie beinahe übersehen.

Gottleben bediente sich eines undurchschaubaren Systems von Abkürzungen. Bestimmte Teile von Sätzen pflegte er grundsätzlich auszulassen, und selbst das, was er in seiner wüst verschlungenen Schrift letztendlich ausschrieb, war nur mit Mühe zu entziffern. Unter dem Datum vom März 1870 aber, zu einem Zeitpunkt, als Friedrich bereits mehrere Jahre auf dem Anwesen gelebt hatte, eine winzige Notiz: «*Heute letzte Korrespondenz mit O. Einig, Kontakt wg. polit. Lage abzubrechen. Die M. (Starkenfels) weiter auf Zweikirchen. Gut so. Habe versichert, dass F. bester Gesundheit.*»

Dahinter, in noch etwas unleserlicherer Schrift: «*Frage mich, was ich getan hätte.*» Das Wort *ich* zweimal unterstrichen.

Friedrich konnte sich nicht entsinnen, ob er im März des Jahres 1870 bester Gesundheit gewesen war. Er war sieben Jahre alt gewesen. Doch es hatte kein Zweifel bestanden, dass diese wenigen Zeilen – und nur sie – ihm Auskunft gaben über das Geheimnis seiner Herkunft. Weitere Aufzeichnungen hatte er nicht gefunden. Weder über den geheimnisvollen O. noch über Starkenfels oder Zweikirchen. Bei F. aber musste es sich um Friedrich selbst handeln. Und wer anders sollte *die M.* sein als – seine Mutter? *Starkenfels*. Wieder und wieder hatten seine Lippen jenen Namen wiederholt. *Seinen* Namen? Seinen *wahren* Namen?

Er blieb stehen. Trubel um ihn her, Menschen, die sich hastig an ihm vorbeischoben. Er war versunken gewesen in der Erinnerung, hatte kaum darauf geachtet, wohin seine Füße ihn getragen hatten. Er war an einen breiten Boulevard gelangt. Der Weg zur Rue de Lubeck, zu Fabrice Rollandes Handelsniederlassung? Er sah sich um. Kutschen, Passanten, eine Gardeeinheit zu Pferde, die sich in militärischem Trab in Richtung Arc de Triomphe bewegte. Die Trottoirs quollen über vor Menschen, und jeder schien es eilig zu haben, aber es war seltsam: Friedrich war niemals zuvor in der Stadt gewesen; dennoch glaubte er auf Anhieb die geborenen Pariser ausmachen zu können in der Masse der Menschen, die sich in den letzten Tagen der Ausstellung auf den Straßen drängten.

Es war die Art, in der sie sich bewegten. Die Selbstverständlichkeit, mit der sich schmale Frauenpersonen in ihren langen, durchgeknöpften Kostümen ihren Weg über die vollgestopften Trottoirs nicht etwa suchen mussten. Nein, wie von selbst schienen sich im dichten Strom der Passanten Lücken aufzutun, wohin auch immer die Damen ihren Fuß zu setzen wünschten. Rasche Schritte, ja, aber jeder einzelne von ihnen voller Anmut und Eleganz. Voller Selbstsicherheit. Und diese Selbstsicherheit zeichnete nicht allein die Damen aus. Es war dasselbe Bild, überall, von den schmuddeligen Straßenhändlern bis zu den Gendarmen am Rande des Fahrstreifens, die ihre Uniformen mit einer Lässigkeit trugen, die an *Nachlässigkeit* grenzte. Die Attitüde jener Nation, die sich allen anderen Völkern überlegen glaubte und die sie niemals aufgeben würde, ihre

Pläne von Macht und Herrschaft über den Rest der Welt. Pläne, denen Grenzen zu setzen dem Deutschen Reich aufgetragen war.

Friedrich blickte sich um, erinnerte sich an die Beschreibung des Alten. Die zweite Straße, die rechter Hand von der breiten Allee abzweigte. Eine Tafel an der Häuserecke: *Rue de Lubeck.* Er atmete auf, als das Chaos des Boulevards hinter ihm zurückblieb.

Starkenfels. Und Zweikirchen. Wochenlang hatte der junge Friedrich diese beiden Namen im Geiste hin und her bewegt. *Auf Zweikirchen,* hatte Gottleben geschrieben, also musste es sich um ein Adelsgut handeln. Jenes Gut, auf dem seine Mutter lebte. Doch was hatte er tun können? Sich wie beiläufig bei Gottleben erkundigen? Undenkbar. Auf der Stelle hätte der Oberst wissen wollen, woher er jene beiden Namen kannte. Friedrich hatte abwarten müssen, bis sich die Familie nach Königsberg aufmachte, was mehrmals im Jahr geschah. Königsberg, die berühmte Universität – und ihre berühmte Bibliothek.

Mit einem merkwürdigen Gefühl im Bauch hatte er das schlossartige Gebäude betreten, hatte sich durchgefragt zu den Adelskatalogen, den Verzeichnissen der Schlösser und Landgüter auf dem Boden des Deutschen Reiches. Voller Scheu hatte er zu blättern begonnen. Starkenfels. Zweikirchen. Irgendwo in den Registern dieser mächtigen Folianten musste sich die entscheidende Spur verbergen, die Spur in die Vergangenheit. Der Name seiner Mutter. Seines Vaters. Die Herkunft seines Geschlechts, die Lage des Anwesens mit Namen Zweikirchen.

Er hatte Stunden zugebracht über jenen Büchern, mit wachsender Verzweiflung. Hatte Namen gefunden, die ähnlich klangen – Starken*bach.* Starken*berg.* Starken*stein.* Aber nein, kein Starken*fels.* Und die verschlungenen Buchstaben aus Gottlebens Aufzeichnungen hatten sich unauslöschlich vor seinen Augen eingebrannt: Er wusste, dass er das Wort richtig gedeutet hatte. Und dennoch: Eine Familie mit Namen Starkenfels hatte niemals existiert. Und Zweikirchen war ein winziges Dorf im Königreich Bayern, das zu keinem Zeitpunkt ein Adelsgut besessen hatte.

Reglos hatte er innegehalten auf dem unbequemen hölzernen Stuhl. Noch heute glaubte er zu spüren, wie die gedrechselte Lehne in seinen Rücken kniff. Bis ein freundliches Gesicht in seinen Blick gerückt war, das vollständig aus Falten zu bestehen schien – und einer schmalen Nickelbrille, die eine Spur zu weit vorne auf der Nase saß. Der Herr, der ihm die Bücher ausgehändigt hatte, einer der Aufseher im Lesesaal. Fragend hatte er den Jungen angesehen – und Friedrich hatte ihm erzählt, nach welchen Namen er auf der Suche war. Der alte Herr hatte einen kurzen Blick über Friedrichs Schulter geworfen, auf das Register, hatte verstehend genickt. Und war wortlos verschwunden. Minuten später war er wieder da gewesen, in den Händen ... Friedrichs Herz hatte sich überschlagen. Ein weiteres Buch, und die gichtigen Finger des Alten hatten bereits an einer bestimmten Stelle zwischen den Seiten gelegen wie ein Lesezeichen. Er hatte den Wälzer aufgeschlagen vor Friedrich abgelegt, um sich mit einem stillen Lächeln zu entfernen, und der Junge, mit klopfendem Herzen, hatte auf den Text geblickt.

Deux Églises, ein Landgut am Rande der Picardie, wenige Meilen nördlich von Paris. Letzter Besitzer: Baudouin-Louis, *Vicomte de Rocquefort*. Derzeitige Bewohnerin: *Albertine de Rocquefort*, Witwe des vorigen.

Deux Églises: *Deux* – das französische Wort für die Zahl zwei. *Églises* – die Kirchen. Zweikirchen.

Rocquefort: *Rocque* oder *Roche* – der Felsen. *Fort* – stark, mächtig. *Starkenfels*.

Wie oft hatte Gottleben sich darüber aufgeregt, dass die Herrschaften in den besseren Kreisen der Gesellschaft die Vorliebe hatten, sich auf Französisch zu unterhalten? Bis hin zum Reichskanzler. Eine Schwäche, der der Oberst selbst niemals erlegen war. Das Trottoir war für ihn ein *Gehsteig*, das Billett ein *Fahrschein*. Selbst die Pariser Notre-Dame war die *Kirche Unserer Lieben Frau*. Stur übersetzte Gottleben ins Deutsche – und in seinen Aufzeichnungen hatte er auch die Namen übersetzt, voll Widerwillen, sie in der ursprünglichen – französischen – Form niederzuschreiben. Franzosen! Friedrichs Eltern waren *Franzosen*! Er selbst war kein Deutscher, kein Preuße, sondern ein ... Er besaß keine Erinnerung daran, wie er die Bibliothek verlassen hatte. Doch die Frage nach seiner Herkunft hatte er auf Jahre hinaus nicht wieder gestellt.

Nun presste er die Kiefer aufeinander, während er rascher ausschritt. Er hatte lange Kämpfe mit sich ausgetragen, als er älter geworden war und jene dunkle Neugier, ja, jenes Verlangen von neuem in ihm erwacht war: die Frage danach, wer er wirklich war. Was ihn auf Gottlebens Gut verschlagen hatte. Warum seine Eltern, und seien sie auch Franzosen, ihn nicht hatten bei sich haben wollen.

Es waren zwei Gründe, die am Ende den Ausschlag gegeben hatten, zu jener Frage zurückzukehren. Auf der einen Seite die Erkenntnis, dass er niemals ein wahrer Gottleben sein würde. Dass ihm niemals jene Wege offen stehen würden, die sich seinen einfältigen Ziehbrüdern wie selbstverständlich eröffneten. Und auf der anderen Seite all die Ungereimtheiten, die ihm erst nach und nach aufgegangen waren. *Starkenfels.* Warum hatte Gottleben jenen Namen überhaupt notiert hinter dem Kürzel für Friedrichs Mutter, in Klammern, wie eine Ergänzung? *Die M.* hätte doch ausgereicht, wie auch ein F. für Friedrich ausgereicht hatte. Musste das nicht bedeuten, dass Gottleben Friedrichs Mutter eben *nicht* unter dem Namen Rocquefort – Starkenfels – kannte, sondern unter einem ganz anderen Namen? Dem Namen, den sie getragen hatte, *bevor* sie jenen mittlerweile verstorbenen Vicomte geheiratet hatte, der damit auch nicht Friedrichs Vater sein konnte. Wer aber war dann sein Vater? Jener geheimnisvolle O., mit dem der Oberst in Kontakt gestanden und den Friedrich noch immer nicht identifiziert hatte? O. wie Otto? Wie Oskar? Sein Vater vielleicht doch ein Deutscher? Und seine Mutter womöglich auch? War Albertine nicht ein deutscher Name? Konnte sie schweren Herzens in den Antrag eines französischen Vicomte eingewilligt, sich aber entschlossen haben, ihren Sohn in Deutschland zurückzulassen, um zu verhindern, dass er unter Franzosen aufwachsen musste? Unzählige Möglichkeiten schienen mit einem Mal zu existieren. Unzählige mögliche Wahrheiten. Welches aber die *eine* Wahrheit war, das würde nur Friedrich allein ergründen können. Das war der eigentliche Grund, aus dem er nach Paris gekommen war. Um herauszufinden, wer er wirklich war. Mehr als ein Gottleben. Eines Tages, wenn er es aus eigener Kraft zu etwas gebracht hatte, würden die Menschen seinen Namen mit Respekt aussprechen. Sobald er wusste, wie dieser Name lautete. Und das bedeutete …

«Dann war es keine erfolgreiche Nacht, Herr Hauptmann?» Fabrice

Rollande lehnte an einer Toreinfahrt, zum Ausritt gekleidet. «Ihrem Gesichtsausdruck nach zu schließen», fügte er erklärend hinzu, betrachtete Friedrich von oben bis unten. «Ich war überzeugt davon, Ihnen alles Notwendige ...»

«Warum?» Friedrich war stehen geblieben, fixierte seinen Kontaktmann. Über der Toreinfahrt prangte ein mächtiges Firmenschild mit der schlichten Aufschrift *Societé Rollande*. «Warum haben Sie das getan? Mir dieses Dossier zusammengestellt? Woher wussten Sie überhaupt davon, von ... ihr? Woher wussten Sie, wonach Sie zu suchen hatten?» Er holte Luft. «Das war es doch, was Sie unbedingt von *mir* wissen wollten: warum ich nach Paris gekommen bin. Ja, auch deswegen bin ich gekommen. Doch zunächst einmal bin ich als deutscher Offizier in einer Mission hier, und auch das will ich wissen: worin diese Mission besteht. Alles andere ...»

Rollande musterte ihn. «Pflichtbewusst gesprochen, Hauptmann. Ein Offizier, wie ihn der Generalstab sich wünschen kann. Nur dass ich persönlich Zweifel habe, ob ein junger Mann, der nicht einmal mit Sicherheit weiß, wer er selbst ist, von Nutzen sein kann auf einer Mission, bei der die Sicherheit des Deutschen Reiches auf dem Spiel steht.»

Friedrich verharrte. Seine Fäuste öffneten sich, schlossen sich wieder. Der Seidenhändler hatte recht. Er selbst hätte an Rollandes Stelle exakt dieselben Bedenken angemeldet. Doch alles in ihm wehrte sich dagegen, seinen Kontaktmann die Entscheidung treffen zu lassen. Rollandes Hand glitt in die Rocktasche und ... Friedrich verdrehte die Augen: ein Kuvert. Diesmal allerdings machte der Mann keine Anstalten, den Umschlag zu öffnen, sondern ließ ihn nachdenklich gegen seine Rockschöße klopfen.

«Keine Sekunde käme es mir in den Sinn, an Ihrem Pflichtbewusstsein zu zweifeln, Hauptmann.» Der Tonfall um eine Idee verändert. «Und noch weniger an Ihrem Ehrgeiz. Doch denke ich, dass wir uns mittlerweile einig darüber sind, welche Bedeutung das *Wissen* in unserem Geschäft besitzt. Spüren Sie nicht ebenfalls eine gewisse Unruhe bei der Vorstellung, dass die andere Seite, das Deuxième Bureau, womöglich mehr über Sie wissen könnte als Sie selbst?»

Friedrich schlug den Blick nieder. So weit hatte er überhaupt noch nicht gedacht. Doch natürlich hatte Rollande auch damit recht. Nicht zu wissen, war schlimm genug. Aber nicht zu wissen, ob die *anderen* wussten, die Franzosen: eine Vorstellung, die mit einem Mal unerträglich schien.

«In diesem Augenblick befindet sich Albertine de Rocquefort auf dem Weg nach Paris.» Rollande, ganz und gar nicht mehr im Plauderton. «Sie kehrt von ihrem Landsitz zurück. Ein Ereignis, dem in den besseren Kreisen dieser Stadt eine beachtliche Bedeutung beigemessen wird. Die Vicomtesse pflegt es mit einem Empfang in ihrem Palais zu begehen. Einem Empfang, zu welchem hinzugebeten zu werden ich für gewöhnlich die Ehre habe.» Das Kuvert wurde Friedrich entgegengestreckt, cremeweißes Papier, ein eingeprägtes Wappen, das einen Burgturm auf einer Anhöhe zeigte. «Heute, Hauptmann, werden Sie an meiner Stelle gehen.»

* * *

Zündung in 34 Stunden, 41 Minuten
Rue du Champ de Mars, Paris, 7. Arrondissement –
30. Oktober 1889, 13:19 Uhr

«Wie immer.»

Pierre Trebut blinzelte, doch Alain Marais war bereits am Tresen vorüber. Ebenso am Wirt der düsteren Kaschemme an einer der engen Gassen, die in den Champ de Mars mündeten. Jenes weitläufige, noch vor wenigen Monaten nahezu unbebaute Gelände, das nun eine ganze Welt beherbergte. Oder doch das Abbild einer ganzen Welt: die Exposition Universelle.

In dieser finsteren Höhle hätte die Weltausstellung auch ein halbes Dutzend Arrondissements entfernt sein können. Der Wirt hatte kaum aufgeblickt, als Marais sich an ihm vorbeigeschoben hatte, um einen Tisch in der hintersten Ecke der Gaststube anzusteuern. Ruhig fuhr er fort, ein Glas abzutrocknen, schüttelte den Putzlumpen aus, hielt das Glas gegen das Licht, wenn bei dem, was durch die schlierigen Scheiben fiel, von Licht die Rede sein konnte. Und wandte sich wortlos um zu einer Batterie von Flaschen, die sich hinter dem Tresen in hohen Regalen reihten. Eilig folgte Pierre dem Agenten, quetschte sich an mehreren voll besetzten Tischen vorbei, an denen sich die Gäste finster über ihre Getränke beugten. Marais gegenüber ließ er sich nieder.

«Wie immer?» Unauffällig warf er einen Blick über die Schulter. «Wie lange waren Sie nicht hier?»

«Zehn Jahre.» Mit gedämpfter Stimme. «Aber der Mann ist außerordentlich zuverlässig.»

Pierres Augenbrauen bewegten sich in die Höhe. «Und er muss ein außerordentlich gutes Gedächt...»

Ein Glas. Eine Flasche Absinth. Beides kurz hintereinander vor Marais auf den Tisch geknallt. Eine halbe Sekunde später das Gleiche vor Pierre.

«Und?» Marais, in Richtung des Wirts. «Wie geht das Geschäft?»

Der Mann spuckte auf den Boden, zwei Zentimeter vor Pierre Trebuts linkem Schuh. Dann verschwand er wortlos wieder hinter dem Tresen.

Pierre räusperte sich. «Obendrein ist er auch noch außerordentlich verschwiegen, wollten Sie vermutlich anfügen.»

Ein schiefes Grinsen entstand auf dem Gesicht des Agenten. «In der Tat.» Seine Finger näherten sich munter der Absinthflasche.

Pierres Hand legte sich um Alain Marais' Finger. Der junge Beamte musste sich über den Tisch hinwegstrecken, sodass die Geste nicht so nachdrücklich ausfiel, wie er sich das gewünscht hätte. Doch sie verfehlte ihre Wirkung nicht. Marais' Haltung gefror in der Bewegung.

Eine schwer abzuschätzende Zahl von Geschichten wurde auf den Fluren des Deuxième Bureau über die Taten des Agenten Marais kolportiert. Nun war Pierre Trebut seit dem vergangenen Abend geneigt, den Wahrheitsgehalt der einen oder anderen dieser Geschichten vorsichtig in Zweifel zu ziehen. Was indessen nicht für jene Erzählung galt, die für ihn persönlich ganz oben rangierte auf der Liste der Legenden, die sich um den Agenten rankten. Demnach hatte Marais in einer Taverne im Quartier Latin gesessen, rechts und links von ihm zwei glutäugige Schönheiten, die er wenige Tage zuvor dem Harem des ottomanischen Paschas entrissen hatte, des offiziellen Gesandten der Hohen Pforte aus dem fernen Konstantinopel. Ob es tatsächlich mehrere Tage gedauert hatte, bis der Pascha das Fehlen der beiden Odalisken bemerkt hatte, verriet die Geschichte nicht. Nur so viel berichtete sie, dass der Haremswächter, bekannt als der *Schwarze Hassan*, sich in exakt jenem Augenblick vor Alain Marais' Tisch aufgebaut hatte, da der Agent im Begriff gewesen war, ein Glas Dessertwein zum Mund zu führen. Um ihn mit rüden Worten aufzufordern, mit vor die Tür zu kommen, um den Disput über das Schicksal der Damen mit blanker Klinge auszutragen. Marais, darin waren sich die Berichte einig, habe sich *äußerst* schnell bewegt. Er sei mit gezogenem Säbel in die Höhe gefahren. Eine rasche Bewegung der Klinge, die man unter den Gästen der Taverne als Zeichen gedeutet habe, dass er die Herausforderung annahm. Dann habe der Agent sich ruhig wieder niedergelassen, um sein Glas vollständig zu leeren. Um erst dann, als er bemerkt habe, dass nach wie vor sämtliche Augen auf ihn gerichtet waren, dem Tisch einen dezenten Schubs zu versetzen, der das Möbel eher sanft gegen die Hüfte des Schwarzen Hassan habe stoßen lassen. Ein Ruck, und der Schädel des Haremswächters, den Marais' Säbel im Zuge jener vermeintlich beiläufigen Geste von dessen Schultern getrennt hatte, habe sich von selbigem gelöst und sei auf dem Tisch zu liegen gekommen. Und zwar exakt auf einem silbernen Tablett.

Dies war eine Geschichte, die nicht bezweifelt werden *konnte*. Das Tablett nämlich schmückte bis heute die Gaststube jener Taverne, und der *Tête Ottomane*, der *Ottomanenkopf* – in Wahrheit ein mit Sülze gefüllter Schafskopf –, zählte seither zu den Spezialitäten des Hauses. Was für den jungen Beamten indessen von geringerer Bedeutung war. Entscheidend war die Botschaft der Geschichte: Zwischen Alain Marais und seine Getränke zu geraten, stellte ein unkalkulierbares Risiko dar.

«Sie haben gestern getrunken.» Pierre Trebuts Finger lagen noch immer auf der Hand des Agenten. «Und gerne können Sie weitertrinken. Sobald wir diese Ermittlung abgeschlossen haben.»

Die nachtschwarzen Brillengläser fixierten ihn. «Auf der Stelle nehmen Sie diese Hand weg, Pierre Trebut. Tun Sie das noch einmal, und Sie sterben.»

Langsam zog der junge Beamte die Hand zurück. «Daran habe ich keinerlei Zweifel, Agent Marais.» Sein Herz klopfte zum Zerspringen, aber seine Stimme klang fest. «Doch wir beide sind nun eine Mannschaft, und Ihr Fehlverhalten ist damit auch meins. Sobald Sie die Hände nach irgendetwas ausstrecken, das größere Mengen an Alkohol enthält als eine Tasse Pfefferminztee, werde ich versuchen, es zu verhindern. Bis zum Ende dieser Ermittlung.»

Marais rührte sich nicht. Die Brillengläser waren noch immer auf Pierre Trebut gerichtet. Schließlich ein Seufzen: «Ich hätte es wissen müssen. Auberlon hatte schon immer einen zuverlässigen Griff.» Seine Haltung entspannte sich. Er hob die Hand. «Zwei Tassen Kaffee!»

Möglicherweise war es die verbrauchte Luft in der Kaschemme. Oder aber es lag schlicht daran, dass Marais ihm den Kaffee zwar bereits auf dem Montrouge in Aussicht gestellt, ihn aber zunächst einmal quer durch die halbe Stadt geschleift hatte. Jedenfalls verspürte Pierre einen unvermittelten Schwindel. Er hatte gewusst, dass dieser Moment kommen würde, doch er hatte ihn durchgestanden. Der Blick des Agenten schien wehmütig auf den Absinthflaschen zu liegen. Seine gesamte Haltung aber drückte eine Entspannung aus, wie sie angesichts der Situation nur möglich schien. Es war ein Test gewesen. Und Pierre Trebut hatte ihn bestanden.

Sekundenlang war er vollauf damit beschäftigt, ein- und wieder auszuatmen. In seinen Ohren das Geräusch eines Mahlwerks. Das Etablissement führte tatsächlich Kaffee, und er wurde sogar frisch zubereitet.

Ein unauffälliger Blick über die Schulter. «Der Wirt ...» Er sprach leise, lehnte sich ein Stück über den Tisch. «Ist das jemand, der für Sie arbeitet?»

Marais hob die Schultern. «Wenn es sich ergibt. Sonderlich gesprächig ist er wirklich nicht. Aber solange wir nicht wissen, mit wem wir es zu tun haben, wäre es jedenfalls zu gefährlich, wenn ich selbst auf der Ausstellung in Erscheinung träte. Ein deutlicheres Signal könnten wir der Gegenseite gar nicht übermitteln.» Etwas leiser, in vertraulichem Tonfall. «Man wird auf uns zukommen.»

Ein Räuspern. Pierre drehte sich um – und sah in ein Gesicht. Er sah *un-mittelbar* in ein Gesicht, ohne den Blick heben zu müssen. Aschgraue Haut, umrahmt von einem wildwuchernden schwarzen Bart, auf der Nase eine Nickelbrille mit kugelrunden Gläsern, auf dem Kopf ein Bowlerhut.

«Bonjour, Alain Marais.» Zwei Finger tippten an die Hutkrempe.

«Bonjour, Henri.» Exakt im selben Tonfall. «Wie geht's?»

«Ach ...» Ein Schulterzucken, auf schwer zu beschreibende Weise unsymmetrisch. Der Mann war nicht nur kleinwüchsig, dachte Pierre. Es musste eine Krankheit sein oder eine Verletzung, die ihn verkrüppelt hatte. Was seine Laune gegenwärtig nicht zu beeinträchtigen schien. «Geschäft geht gut.» Ein Grinsen, bei dem ein Gebiss zum Vorschein kam, das Pierre Trebut zeit seines Lebens nicht vergessen sollte. «Neue Flamme. *Sehr* ansehnlich.» Eine Geste mit beiden Armen, die in der Tat höchst ansehnliche Formen beschrieb. «Ihr habt Absinth?» Ein Nicken auf den Tisch.

Marais lehnte sich zurück. «Das kommt darauf an, was du zu erzählen hast.»

«Oh?» Ein überraschter Blick. «Nun, das kommt natürlich darauf an, was du erfahren möchtest.»

Eine erneute Veränderung in Marais' Haltung. Pierre sah, wie seine Stirn sich konzentriert in Falten legte. «Die Namen sämtlicher Beamter, die in der Nacht von vorgestern auf gestern auf dem Champ de Mars Dienst hatten. Die Namen der Männer der privaten Wachdienste, die die Exposition Universelle oder irgendeiner der Aussteller beschäftigt und die in jener Nacht dort waren. Die Namen sämtlicher Ingenieure, Konstrukteure, Techniker oder was auch immer sich vorgestern nach Schließung der Ausstellung auf dem Gelände aufgehalten hat. Putzfrauen. Huren für eine schnelle Nummer in der Telegraphenstube. *Alles.* Und alles, was dir an Geschichten über ungewöhnliche Ereignisse *an* diesem Abend und *seit* diesem Abend zufliegen sollte.»

«Das dürften eine Menge Namen werden, Alain.»

«Wir haben *zwei* Flaschen Absinth.»

Zögern. Der Kopf des Mannes namens Henri kippte nachdenklich zur Seite. «*D'accord.* Klingt nach einem fairen Geschäft.» Erst jetzt sah Pierre den Gehstock, auf den der kleine Mann sich stützte, als er sich umwandte, im nächsten Moment noch einmal stehen blieb. «Gib mir zwei Stunden.» Drei Schritte – und er drehte sich ein zweites Mal um. Mit gesenkter Stimme. «Falls ihr ernsthaft vorhaben solltet, hier etwas zu essen: Lasst die Finger vom Coq au Vin. *Gestern* war diese Straße noch voller Tauben.» Humpelnd schob er sich zwischen den Tischen hindurch und war verschwunden.

Pierre drehte sich zurück zu Alain Marais. «*Das* ist der Mann, der für Sie die Augen offen hält?»

Der Agent nahm seine dunkle Brille von der Nase, legte sie sorgfältig zusammen und verstaute sie in der Brusttasche seiner Anzugjacke. «Ich denke, ich möchte sehen, was ich esse», kommentierte er.

«*Das* ist der Mann, den Sie ...»

«Einer von ihnen. Meine Augen und Ohren in der Stadt. Wie stellen Sie sich einen verdeckten Ermittler vor, Pierre Trebut?»

«Wie?» Mühsam dämpfte Pierre seine Stimme. «Auf jeden Fall wesentlich unauffälliger!»

Ein zustimmendes Nicken. «Unauffällige Männer, die sich unauffällig umsehen. Wie aus dem Lehrbuch unserer Zunft. Wonach, Pierre Trebut, werden unsere Gegner vermutlich Ausschau halten, wenn sie damit rechnen müssen, dass wir ihnen auf der Spur sind?»

Pierre stutzte, öffnete den Mund, schloss ihn wieder.

Alain Marais betrachtete ihn. «Henri de Toulouse-Lautrec ist Künstler. Er malt Plakate. Für das *Chat Noir*, das *Mirliton* und inzwischen vermutlich auch für dieses neue Etablissement, das *Moulin Rouge*. Er misst einen Meter vierundfünfzig, was ihm einen unbestreitbaren perspektivischen Vorteil eröffnet, wenn die Damen auf der Bühne ihre Beine in die Luft werfen. Dieser Mann ist vermutlich das erste Geschöpf in der Geschichte der Menschheit, das seinen Voyeurismus zum Beruf gemacht hat. Würden Sie Verdacht schöpfen, wenn ein solcher Mann merkwürdige Fragen stellt und sich an Orten herumdrückt, an denen er eigentlich nichts zu suchen hat?»

Wieder öffnete Pierre Trebut den Mund. Doch dann schüttelte er stumm den Kopf.

Marais' Blick ging zum Tresen. «Das gebackene Kaninchen dürfte vermutlich Katze sein. Ich denke, mit dem Rinderbraten sind wir auf der sicheren Seite.»

***

ZÜNDUNG IN 32 STUNDEN, 19 MINUTEN
Gare de Creil – 30. Oktober 1889, 15:41 Uhr

Ein dumpfer Knall, mit dem die Puffer aufeinanderstießen. Dann sekundenlange Stille. Ein quietschendes Geräusch, als der Mann im Führerstand seine Regler in eine neue Position brachte. Ein sattes Fauchen, mit dem die Rangierlokomotive Fahrt aufnahm und den Frachtwaggon einige Meter über die Gleise schob, bevor sie mit einem erneuten Ächzen innehielt.

«Hat er …»

«Psst!»

«Hast du ihn …»

Mélanie verdrehte die Augen. Schon blickte ihre Mutter über die Schulter, was die beiden Mädchen zu flüstern hatten. Mélanie hatte darum gebeten, im Schatten einer Baumgruppe zurückbleiben zu dürfen, am Rande des staubigen Bahnhofsgeländes. Die stundenlange Fahrt in der Kutsche habe sie erschöpft. Was der Wahrheit entsprach. Und ihr Kopf dröhne wie der Dampfkessel der Rangierlok. Wovon nicht die Rede sein konnte. Jedenfalls hatte sie bleiben dürfen, und Agnès würde ihrer geschwächten Cousine Gesellschaft leisten.

Albertine de Rocquefort warf den Mädchen einen letzten Blick zu, dann machte sie sich über das schattenlose Pflaster auf den Weg zu jenem Teil des langgestreckten Empfangsgebäudes, in dem sich die Diensträume des Stationsvorstehers verbargen, Marguerite an ihrer Seite. Ein aufgespannter Seidenschirm verhinderte, dass die Haut der Vicomtesse der Sonne ausgesetzt wurde. Mélanie fiel auf, dass ihre Mutter sich eine Spur schneller bewegte als gewöhnlich. Unterwegs hatte es ein Problem mit einem der Kutschräder gegeben, und sie hatten beinahe eine Stunde verloren, bevor die Bediensteten den Schaden hatten beheben können. Nun konnte es nur noch wenige Minuten dauern, bis der Expresszug aus Calais Einfahrt hielt. Die Tür des Gebäudes öffnete sich. Mit einer Verneigung trat der Vorsteher auf die Vicomtesse zu.

Im selben Moment war Agnès nicht mehr zu bremsen. «Wie sah er aus? Hat er etwas gesagt? Hast du etwas gesagt? Kennst du ihn? Kenne *ich* ihn?»

«Psst!» Überdeutlich diesmal. Solange sie sich leise unterhielten, würde die Vicomtesse nicht mehr auf sie achten. Mélanie erkannte es an der Haltung ihrer Mutter, während der Stationsvorsteher unter mehrfachen Bücklingen auf sie einredete. Sie hielt sich steifer, aufrechter als zuvor. Ein deutliches Zeichen, dass irgendetwas nicht nach ihren Wünschen ging. Das würde sie die nächsten Minuten beschäftigt halten.

«Wenn er etwas gesagt hat, dann habe ich es nicht gehört», flüsterte Mélanie. «Das Fenster war schließlich geschlossen mitten in der Nacht. Er war ohnehin so weit weg, dass er hätte brüllen müssen. Das hättet ihr alle mitbekommen.»

«Aber du bist dir sicher, dass er *dich* beobachtet hat?»

Mélanie warf dem älteren Mädchen einen Blick zu, nicht unglücklich über die Gelegenheit, dass zur Abwechslung einmal sie es war, die diese Sorte Blicke verteilen konnte.

«Stimmt.» Agnès knabberte auf ihrer Unterlippe. «Im Ostflügel schläft sonst nur noch Marguerite.» Ein Blick auf den verknöcherten Rücken von Albertine de Rocqueforts Gesellschafterin. «Aber du warst *nackt*?» Das letzte Wort eine Winzigkeit zu laut. Gottlob nicht so laut, dass die Vicomtesse aufmerksam wurde, die dem unglücklich wirkenden Bahnhofsbeamten mit scharfen Worten etwas auseinanderzusetzen schien.

«Mir war warm», wisperte Mélanie. Sie spürte, wie Röte über ihre Wangen huschte, wobei sie sich nicht sicher war, was sie hervorrief: die Erinnerung an den Moment am Fenster oder Agnès' pure Gegenwart. Dabei machte ihre Cousine gar nicht mehr den Mund auf. Wie nur bekam sie es hin, aus allem etwas Unanständiges zu machen, einfach nur indem sie *da* war? «Aber es war anders», sagte Mélanie leise. «Ganz anders als … draußen. Am Teich. Mit Luis.» Ein rascher Blick über die Schulter, aber der junge Hilfskutscher war bei dem Fuhrwerk zurückgeblieben, das ihr Gepäck transportierte. «Er, der Mann an der Zufahrt … Er hat mich nicht … nicht auf eine solche Weise angesehen.»

«Luis hat uns überhaupt nicht angesehen!» Klang Agnès eine Winzigkeit gekränkt? Leiser fuhr sie fort: «Er hat uns ja überhaupt nicht sehen können. Aber du hast ihn sehen können, diesen Mann in der Zufahrt? Hast du sein Gesicht gesehen?»

«Nein.» Mélanie schüttelte den Kopf. Vorsichtig. Schließlich war ihr tatsächlich ein wenig übel, und vom Bahnhofsgelände stieg ihnen bereits der beißende Qualm der Kohlefeuerung in die Nase. «Nein», sagte sie leise. «Es war zu dunkel, und er ... Es war zu dunkel.»

Ein etwas enttäuschter Ausdruck schlich sich auf das Gesicht ihrer Cousine. Doch nur für eine Sekunde. «Aber er hat eine Uniform getragen? Da bist du dir sicher?»

Mélanie biss sich auf die Zunge. War sie sich sicher? Vor allen Dingen war es seine Haltung gewesen. Soldaten hatten eine bestimmte, besonders gerade Haltung, die sie sich vermutlich beim Exerzieren angewöhnten. «Ja», sagte sie leise. «Ja, ich denke schon.»

«Wie romantisch!» Agnès' Wangen glühten aufgeregt. Doch schon im nächsten Moment veränderte sich ihr Tonfall. Nachdenklich: «Wobei er natürlich ein einfacher Soldat sein könnte. In Clermont gibt es eine ganze Garnison davon.»

Mélanie legte die Stirn in Falten. Wenn er ein einfacher Soldat gewesen war, war es weniger romantisch? Doch natürlich verstand sie, woran ihre Cousine dachte. Ein Offizier war so etwas wie ein Herr von Stand, und einen Herrn von Stand würde sie ... Sie schüttelte den Kopf. Sie wusste selbst nicht, was sie sich vorstellen sollte. Oder wollte. Im Schutze der Nacht hatte der Moment etwas Geheimnisvolles, etwas Magisches gehabt. Jetzt aber, im hellen Tageslicht, wenn sie versuchte, ihrer Cousine zu schildern, wie es sich angefühlt hatte, fremd und vertraut zugleich und auf jeden Fall vollkommen anders als die Lauerei zwischen den Farnstauden, während der Hilfskutscher an seinen Beinkleidern fummelte: Nein, es war einfach nicht möglich. Beinahe bereute sie schon, dass sie Agnès überhaupt ins Vertrauen gezogen hatte. Doch sie musste einfach darüber reden, und Agnès war ...

Ein tiefer, dröhnender Ton ließ sie zusammenzucken. Im selben Moment spürte sie, wie der Boden unter ihr vibrierend in Bewegung geriet, als sich die tonnenschwere Lokomotive dem Bahnhof näherte und jenseits des Stationsgebäudes eine Qualmwolke sichtbar wurde. Agnès an ihrer Seite reckte neugierig den Hals. Für den Moment war der geheimnisvolle Beobachter vergessen.

Eine Bewegung am Bahnhofsgebäude. Maman, die sich brüsk von dem Bahnbeamten abwandte, Marguerite, die ihr folgte, mit einem Nicken aber den Weg zur Kutsche einschlug, bevor sie die Baumgruppe erreichten. Auf dem Gesicht der Vicomtesse lag ein düsterer Ausdruck. Sie wartete ab, bis der Zug aus Calais – dunkelgrüne Waggons hinter der monströsen, tiefbraunen Dampflokomotive – seine Halteposition erreicht hatte. Mit einem fauchenden Geräusch kam die Maschine zum Stillstand.

«Die Influenza grassiert in Creil.» Der Name der Krankheit wurde ausgesprochen wie etwas, das Albertine de Rocquefort mit spitzen Fingern anfasste. «Bedauerlicherweise sieht sich der Monsieur von der Bahnstation außerstande, uns die Hilfe seiner Gepäckträger anzubieten. Luis wird unsere Koffer tragen müssen.»

Aus dem Augenwinkel konnte Mélanie erkennen, wie ihre Cousine mit den Schultern zuckte. Mehr als ein Vierteljahr, dachte sie. Mehr als ein Vierteljahr hatte Agnès nun bei ihnen auf Deux Églises verbracht. Wie war es möglich, dass sie noch immer nicht ansatzweise begriff, was ein Bruch des Protokolls für Mélanies Mutter bedeutete?

«Mit Sicherheit wird es ihm fürchterlich unangenehm sein, Maman», sagte Mélanie vorsichtig. «Dem Stationsvorsteher. Aber im Grunde ... im Grunde ist es doch nicht so wichtig, ich meine, hier draußen. Anders als am Gare du Nord, wenn wir in Paris sind.»

Die Vicomtesse betrachtete sie einen Moment lang unverwandt, nickte dann knapp. Im letzten Jahr hatte ein Fotograf des *Temps* am Bahnhof gewartet, als die Familie in die Stadt zurückkehrte. Die Ankunft Albertine de Rocqueforts in der Hauptstadt und der abendliche Empfang an diesem Tage kamen einem offiziellen Signal gleich, das die neue Saison der Salons und der herbstlichen Bälle eröffnete. Ob in diesem Jahr, dem Jahr der Exposition, auch dies anders sein würde?

Der Blick der Vicomtesse hatte sich bereits abgewandt. Marguerite hatte die Kutsche und das Fuhrwerk erreicht. Luis, in einem gestärkten weißen Hemd, machte sich schicksalsergeben ans Abladen, wuchtete einen der schweren Koffer auf seinen Rücken. Mélanie war es den gesamten Morgen gelungen, ihm nicht über den Weg zu laufen, und während der Fahrt hatte er seinen Platz natürlich auf dem Fuhrwerk gehabt, das der Kutsche gefolgt war. Doch hatte Marguerite nicht erwähnt, dass er die Familie in diesem Jahr nach Paris begleiten würde? Sie würde ihm nicht ewig ausweichen können.

Sie spürte, wie ihr Herz beschleunigte, als er wenige Schritte entfernt an der Baumgruppe vorüberkam, ohne einen Blick in ihre Richtung zu werfen. Was, wenn er tatsächlich wusste, wie auch immer, dass dieses Mal nicht Agnès allein zwischen den Stauden gekauert hatte? Sie spürte einen Kloß im Hals, als sie beobachtete, wie die Muskeln an seinem gebräunten Nacken hervortraten, während er den Koffer auf dem Rücken balancierte. Wie eine Haarsträhne ihm verwegen über die Schläfe fiel. Wie die muskulösen Beine einen Schritt vor den anderen setzten. Es war vollkommen anders. Vollkommen anders, wenn man einen Menschen nackt gesehen, gebannt das Spiel seiner Muskeln betrachtet hatte.

Fast hatte er den Bahnsteig erreicht. Mehrere Stufen führten zu der Plattform empor, auf der sich einige der Passagiere des Zuges die Beine vertraten, froh über den unvorhergesehenen Aufenthalt. Der Stationsvorsteher schritt an der Reihe der Wagen entlang, wechselte einige Worte mit einem Herrn in der Uniform der Reisezuggesellschaft. Wenn schon keine Gepäckträger vor Ort waren, hätten zumindest diese beiden Männer Luis zur Hand gehen können, dachte Mélanie. Doch keiner von ihnen machte Anstalten, auch die Fahrgäste nicht, obwohl mehrere von ihnen den jungen Hilfskutscher aufmerksam beobachteten. Ein hochgewachsener junger Mann in Straßenkleidung, der sich etwas abseits im Schatten der Lokomotive hielt, schien ihn überhaupt nicht aus den Augen zu lassen, während er versonnen die Spitzen seines Schnurrbarts zwirbelte.

Die letzte Stufe. Luis setzte den Fuß auf die Plattform, musste das Gewicht auf seinem Rücken verlagern. In diesem Moment geschah es: Er kam ins Schwanken, lehnte sich unter der Last des monströsen Koffers gefährlich zur Seite. Mélanies Herz überschlug sich.

«Holla!» Der Mann mit dem Schnurrbart. Schon war er heran, stemmte die Schulter unter das Gepäckstück, gab Luis die Gelegenheit, die Last von neuem zurechtzurücken. «Jetzt ganz ruhig, junger Mann, einen Schritt vor den anderen. Keine Sorge: Ich passe auf.» Mit einer ausladenden Handbewegung dirigierte er den Jungen auf den Fourgon zu, den Gepäckwagen am hinteren Ende des Zuges.

Mélanie war in ihrem Schrecken aufgestanden, Agnès jetzt an ihrer Seite. Wenn der Fremde nicht eingegriffen hätte ... Wäre Luis tatsächlich gestürzt, die Stufen hinab? Sie war sich nicht sicher. Doch es *wäre* möglich gewesen. Und Luis hätte sich ernsthaft verletzen können.

«Fast, als ob er mit so was gerechnet hätte.» Agnès klang nachdenklich. Mélanie wandte sich zu ihr um, doch das ältere Mädchen zuckte lediglich mit den Schultern. «Vielleicht wollte er einfach gerne helfen.»

Albertine de Rocquefort ließ ein unwilliges Schnauben hören. Aufmerksam beobachtete Mélanie die Haltung ihrer Mutter. Die Augen der Vicomtesse hatten sich zu schmalen Schlitzen geschlossen, während sie verfolgte, wie die beiden Männer den Fourgon erreichten und der schnurrbärtige Fremde dem jüngeren Mann behilflich war, das schwere Gepäckstück in eine Luke zu bugsieren. Nun, endlich, packte auch ein Schaffner mit an. Das Werk war vollbracht. Anerkennend klopfte der Fremde Luis auf die Schulter. Möglicherweise wollte er auch nur den Staub von seinem Hemd entfernen.

Unvermittelt löste sich Albertine de Rocquefort aus den Schatten der Baumgruppe und hielt auf die Plattform zu.

***

ZÜNDUNG IN 32 STUNDEN, 06 MINUTEN
Gare de Creil – 30. Oktober 1889, 15:54 Uhr

«Constable!»

Alarmiert fuhr Basil Fitz-Edwards in die Höhe, im Kopf Fetzen eines ausgesprochen realistischen Traums, in dem eine bezaubernde Javanerin von der Exposition Universelle eine Rolle gespielt hatte, die mit einem exotischen Bauchtanz ... Unsinn! Jeder halbwegs gebildete Mensch wusste, dass der Bauchtanz eine Sitte der arabischen und nicht der indischen

Welt war. Von Anfang an hätte ihm klar sein müssen, dass es sich um einen Traum handelte.

Das hier dagegen war kein Traum: der Colonel, halb aufgerichtet, eine Hand auf die Abteiltür gestützt, die andere vor den Leib gepresst. Schweiß stand auf seiner Stirn.

«Sir! Ist es das Herz? Soll ich einen ...»

«Hände weg! Es ist mein verfluchter Rücken!» Mit aufeinandergepressten Zähnen sackte der Offizier in die Polster zurück. «Eddy ist verschwunden! Suchen Sie ihn!»

Mit Verspätung huschte Basils Blick zu den Polstern am Fenster, durch das ein Bahnsteig zu erkennen war. Der Zug stand, und in der Tat: Der Platz des Duke of Avondale war leer. Der Waggon gehörte der älteren Generation von Personenwagen an, bei der die Fahrgäste vom Bahnsteig aus unmittelbar in ihre rollende Bleibe stiegen wie in das Innere einer Kutsche. Und auf dieselbe Weise wieder ausstiegen. In diesem Moment marschierte eine attraktive und sehr aufrechte Dame an der Einstiegstür vorbei. Gefolgt von einer zweiten – sichtbar weniger attraktiven – Dame, die einen Sonnenschirm umklammerte. Gefolgt von zwei jüngeren Mädchen.

«Worauf warten Sie, verflucht!», schimpfte O'Connell. «Finden Sie Eddy, bevor er sich ins Unglück stürzt! Wenn ihn hier jemand erkennt, können wir genauso gut umkehren!»

Ein Argument, das sämtliche Fragen abschnitt. Basil riss die Tür auf. Der Bahnsteig befand sich einen Fuß unterhalb des durchgehenden Trittbretts, auf welchem sich die Schaffner während der Fahrt von Abteil zu Abteil hangelten. Gehetzt sah er sich um. Qualm waberte unter der Zugmaschine hervor, doch im Augenblick trieb ihn der Wind von der Plattform weg. Passagiere waren ausgestiegen und ließen plaudernd die Augen über das Bahnhofsgelände schweifen.

Am hinteren Ende der Wagenreihe, vor dem Fourgon, stand Eddy. Zusammen mit einem jungen Mann in einem blütenweißen Hemd, mit dem er sich freundschaftlich zu unterhalten schien. Die Reihe der Damen, die Basil durch die Tür beobachtet hatte, hielt auf die beiden zu.

«Sir!» Basil setzte sich ebenfalls in Bewegung. «Lord ...» Er brach ab. Wil-

dermere? Wintermere? O'Connell hatte ihnen Tarnnamen zugeteilt für
den Fall, dass sie wider Erwarten in ein Gespräch verwickelt wurden, ehe
sie das Hotel in Paris erreichten. Einen Fall, den es tunlichst zu vermeiden galt. Den Zug bei einem Zwischenhalt zu verlassen: eine Möglichkeit
dermaßen außerhalb des Vorstellbaren, dass der Colonel sie gar nicht erst
erwähnt hatte. Doch wer hatte auch damit rechnen können ... Basil biss
die Zähne zusammen. Keiner von ihnen hatte in der vorangegangenen
Nacht Gelegenheit erhalten, wirklich die Augen zu schließen. Ihr Schutz-
befohlener hatte sein Schläfchen daraufhin an Bord der Fähre hinter sich
gebracht. Seine Aufpasser hatten es nun im Zugabteil nachgeholt. Alle
beide offenkundig.

Zwei Herren in Reisekleidung wichen an den Rand des Bahnsteigs zurück, als Basil sie mit einer gemurmelten Entschuldigung passierte. Bei
der Gruppe der Damen war das nicht möglich, schon weil sie ihrerseits
zu schnell waren. Gemeinsam mit ihnen langte der junge Constable am
Gepäckwagen an. Überrascht blickte der vorgebliche Lord Wildermere auf.
Seine Konversation hatte ihn offenbar vollständig in Anspruch genommen. Sein Gesprächspartner nahm so etwas wie Haltung an.

Für den Bruchteil einer Sekunde legte sich ein Stirnrunzeln auf die
Miene von Basils Schützling, bevor er eine leichte Verneigung andeutete.
«Madame.» Auf der Stelle hatte er die reife Schönheit an der Spitze als An-
führerin der Damengruppe identifiziert. «Der junge Mann hier gehört zu
Ihnen?» Ein angedeutetes Lächeln, das ihre Begleiterinnen einbezog.

Basil beobachtete, wie die Dame seinem Reisegefährten ihre behandschuhten Finger entgegenstreckte, sah, wie er sie ergriff, einen Handkuss andeutete. An seinen Manieren war jedenfalls nichts auszusetzen.
Letztendlich fast schon das Wichtigste für einen künftigen Monarchen.
Heutzutage. Wenn es nun noch gelang, ihn unerkannt nach Paris zu befördern ...

«Albertine, Vicomtesse de Rocquefort.» Die Dame ging tief in die Knie
in der Flut ihrer Röcke. «Erlauben Sie mir, Ihnen für Ihre Aufmerksamkeit
zu danken, Königliche Hoheit.»

Unvermittelt schien sich Basil Fitz-Edwards Kehle zusammenzuziehen.

Im selben Moment schob sich eines der Mädchen nach vorn. Die ältere der beiden jungen Damen, dunkles Haar und ein aufgeregtes Glühen auf dem Gesicht. «Königliche Hoheit?» Die Stimme etwas unsicher. Nicht so die Geste, mit der sie Eddy den Handrücken entgegenstreckte.

War der Prinz zusammengezuckt, als die Vicomtesse ihn mit Hoheit angesprochen hatte? Noch hatte er sich unter Kontrolle, neigte sich über die dargebotene Hand, während Albertine de Rocquefort das Mädchen als ihre Nichte vorstellte, gleich darauf – und mit etwas stärkerem Nachdruck – die andere ihrer jungen Begleiterinnen als ihre Tochter Mélanie.

«Enchantée!» Eddy, offensichtlich an sämtliche Damen gleichermaßen gerichtet. «Es ist mir ein Vergnügen, Ihre Bekanntschaft zu machen hier ...» Ein kurzes Innehalten. Ein Blick über das Bahnhofsgelände. «... draußen.»

«Sie sind auf dem Weg zur Exposition Universelle, Königliche Hoheit?», erkundigte sich Albertine de Rocquefort in einem Tonfall, wie man ihn bei einer höflichen Konversation anschlug.

Doch es war keine höfliche Konversation. Was die Vicomtesse nicht wissen konnte. Auf der Miene des Prinzen ein Flackern von Panik, das er nur noch mühsam verbergen konnte. Ein hilfesuchender Blick zu Basil. Sie steuerten unmittelbar auf den Abgrund zu, wenn sich Basil Fitz-Edwards nicht auf der Stelle etwas einfallen ließ, das die Anwesenheit der Nummer zwei der britischen Thronfolge in einem Express *nach* Paris erklärte, während er sich angeblich seit drei Tagen *in* der Stadt aufhielt. Schon sah er vor sich, wie sie dem Express hinterherwinkten, während sie auf den Gegenzug warteten, zurück auf die Britischen Inseln. Und sich auf den Hohn der Londoner Blätterwelt einstellten, die das Geheimnis des Prinzen an die Öffentlichkeit zerren würde.

Sekunden. Die wichtigsten Worte vielleicht, die er in seinem Leben sprechen würde. Worte, die über Sein oder Nichtsein seines Königshauses entscheiden konnten. Basil holte Luft. «Wir ...» Im selben Moment hatte der Wind sich gedreht. Von der Lokomotive stieg Qualm auf. «Wir ...» Ein Röcheln verließ seine Kehle, als ihn ein plötzlicher Hustenanfall schüttelte, ihm Tränen in die Augen trieb. Was zumindest *einen* Effekt hatte: Sämtliche Blicke wandten sich in seine Richtung. «Wir ...»

«Baldwin Fitz-Edmunds», stellte der Duke of Avondale mit müder Stimme vor. «Mein Adjutant.»

«Basil.» Rau hervorgepresst. «Fitz-Edwards. Wir ...» Das Interesse an seiner Person schien Sekunde für Sekunde anzuwachsen. Wenn ihm etwas einfiel, *sofort* ... Mühsam straffte er seine Haltung. «Wir sind ausgesprochen beeindruckt von der Hauptstadt Ihres schönen Landes, Madame la Vicomtesse», brachte er hervor. «Insbesondere von der Ausstellung natürlich, die wir in den vergangenen Tagen bereits voller Begeisterung durchwandert haben.» Hier senkte er die Stimme. «Inkognito, versteht sich. Seine Königliche Hoheit legt größten Wert darauf, dass ihm keinerlei Sonderbehandlung zuteilwird, wenn er sich unter seinem Volk bewegt. Oder unter unseren französischen Freunden natürlich.» Eilig nachgeschoben, als er sah, wie die Augenbrauen der Vicomtesse sich in die Höhe bewegten. Ein beschwörender Blick zu Eddy. *Nicken!* Der Prinz, deutlich skeptisch, tat ihm den Gefallen. «All die Wunder aus tausend fremden Ländern!», fuhr Basil in schwärmerischem Tonfall fort. «Die Lehmhütten der Senegalesen! Der indische Teepavillon! Die japanischen Hutmacher! Und die Maschinen, die tausend Maschinen ...» Er schüttelte den Kopf. «Wir brauchten einfach einmal eine Pause heute.»

«Eine Pause.» Albertine de Rocquefort klang hörbar erstaunt.

«In Amiens.» Er nickte gemessen. Der letzte – und einzige – Halt, an den er sich erinnerte. Irgendwo auf halber Strecke von Calais. «Es ist einfach ruhiger dort und trotzdem viel ...» Ein Schweißfilm begann sich auf seinen Handflächen auszubreiten. Der Gesichtsausdruck der Vicomtesse war deutlich. Nein, sie war alles andere als überzeugt. «Viel zu sehen», erklärte er. «Also die ... die berühmte ... Kirche und ...»

«Das Gestüt!» Eddy griff ein.

Basil stieß den Atem aus.

«Das berühmte Gestüt.» Plötzlich schien der Prinz wieder in seinem Element zu sein. «Sie müssen wissen, die Pferdezucht ist eine besondere Leidenschaft von mir», fügte er etwas vertraulicher in Richtung der Vicomtesse hinzu, um dann unvermittelt den Kopf zu drehen. «Waren Sie schon einmal dort, Luis? Wirklich: Das sollten Sie sich auf keinen Fall entgehen lassen, wenn Sie Pferde lieben.»

Der junge Mann, mit dem der Prinz sich so angeregt unterhalten hatte. Er musste ein Dienstbote der Vicomtesse sein. Ein Lederriemen hielt das lange Haar aus seinem Gesicht, auf dem jetzt ein etwas unsicherer Ausdruck stand.

Die Augen der Vicomtesse richteten sich auf den Jungen, zu schmalen Schlitzen geschlossen. Basil, der Luis' Blick gefolgt war, bekam es mit, anders als die übrigen Anwesenden.

«Klar.» Luis räusperte sich. «Ich meine: Leider war ich noch niemals dort, Sire, aber natürlich würde ich das furchtbar gerne mal sehen. Ich meine: Ich wäre begierig, mir das alles einmal anzuschauen und ...»

Basil sah, wie die Vicomtesse den Mund öffnete, doch Eddy kam ihr zuvor. «Was denken Sie, Mr. Fitz-Edmunds? Ein Besuch auf dem Gestüt für den jungen Mann? Das bekommen wir doch hin?»

Ein Ausflug für den Dienstboten der Vicomtesse de Rocquefort? Auf ein Gestüt, von dem Basil zumindest hoffte, dass es tatsächlich existierte? Er neigte den Kopf. «Das dürfte mit Sicherheit zu machen sein, Sir.»

«Famos.» Gut gelaunt sah der Prinz in die Runde. «Also dann.» Ein kurzer Blick zu Basil. «Wie ich verstanden habe, gibt es noch ein oder zwei Gepäckstücke, die in den Fourgon befördert werden müssten. Ob Sie den Herrschaften wohl ein wenig zur Hand gehen könnten, mein Guter?»

***

Zündung in 29 Stunden, 46 Minuten
Rue des Martyrs, Paris, 9. Arrondissement – 30. Oktober 1889, 18:14 Uhr

Der Stoff des Kleides klebte an Madeleine Royals Körper. Verschmutzt. Zerknittert. Ganz genau so wie sie selbst sich vorkam. Ihre Füße fühlten sich an wie etwas, das nicht zu ihr gehörte, nachdem sie den ganzen Tag unterwegs gewesen war auf Schuhen, die auf einen nachmittäglichen Empfang ausgelegt waren, im höchsten Fall auf einen Besuch in der Oper. Nicht anders als das Kleid: gesittet genug, dass sie es am Tage tragen konnte, verrucht genug, um dem Monsieur le Secretaire eine Freude zu machen. Die ihm nun ja auch widerfahren war, anders als Madeleine es beabsichtigt hatte.

Ihre Hände schlossen sich zu Fäusten, öffneten sich wieder, während sie das ansteigende Gelände zum Boulevard de Clichy in Angriff nahm. Sollte sie Gaston Longueville bewundern? Auf eine widerstrebende Weise tat sie das tatsächlich. Mit dem Duc de Torteuil über die Konditionen für die Charge einer Lieferung zu plaudern – Teekessel vermutlich, was sonst? –, mit denen die Grenadierregimenter an der Grenze zum Elsass ausgerüstet werden sollten, während Madeleines Lippen sein bestes Stück verwöhnt hatten. Ja, sie hatte sich sogar besondere Mühe gegeben – und zwar aus purer Bosheit. Voll ohnmächtiger Wut, weil er ihren Plan vereitelt hatte. Sie hatte es darauf angelegt, ihn aus der Fassung zu bringen, ihn zu Lauten zu verlocken, die Torteuil unmissverständlich klargemacht hätten, dass unter dem Ungetüm von Schreibtisch etwas vorging. Wohl wissend, dass sie damit jede noch so geringe Chance verspielt hätte, doch noch an die blaue Mappe zu gelangen.

Aber dazu war es am Ende ohnehin nicht gekommen. Madeleines Hoffnung hatte darin bestanden, dass Longueville seinen Gast aus dem Gebäude geleiten würde. Stattdessen aber hatte der Sekretär sich lediglich an der Tür von Torteuil verabschiedet, nachdem Madeleine die Knöpfe am Schritt seiner Hose wieder ordnungsgemäß verschlossen hatte. Um ihr anschließend mit spielerisch drohendem Zeigefinger klarzumachen, dass das überraschende erotische Intermezzo ihm zwar Vergnügen bereitet habe, er sich im Übrigen aber darauf verlasse, dass derlei unangekündigte Besuche nicht zur Gewohnheit würden. Woraufhin er *sie* nach draußen geleitet hatte.

«Zum nächsten Intermezzo», murmelte Madeleine Royal, «bringe ich eine Schere mit.»

Ihr Plan war gescheitert – wenn sie einen wirklichen Plan je besessen hatte. *Etwas, das nur Sie mir verschaffen können.* Der Mann mit der Rose hatte recht gehabt. Ohne Schwierigkeiten war es ihr gelungen, bis auf den Flur vor Longuevilles Büroraum zu spazieren. Doch was war das am Ende wert? Solange der Sekretär sich dort aufhielt, blieb die Mappe unerreichbar. Was also hatte sie noch tun können? Sie hatte sich von Longueville verabschiedet – und sich einen Platz vor einem Straßencafé gesucht, von dem aus sie den Zugang zur Conciergerie hatte im Auge behalten können. Sobald er das Gebäude verlassen würde ... Irgendetwas würde ihr schon einfallen. Ihre Tasche, die sie in seinen Räumen vergessen hätte. Irgendetwas. Doch der Sekretär hatte sich nicht noch einmal sehen lassen. Und natürlich wusste Madeleine, dass für die Beamten, die in der Conciergerie Dienst taten, eine Reihe anderer Ausgänge existierten.

Nichts mehr, was sie hätte unternehmen können. Sie hatte ihre Chance verpasst. Die Straßen waren belebt. Menschen strömten von ihren Arbeitsstätten im Zentrum der Stadt zu ihren Wohnungen in den äußeren Arrondissements. Um diese Zeit würde man sie unter keinen Umständen noch einmal einlassen. Um Mitternacht würde der Mann mit der Rose auf sie warten, um die Mappe entgegenzunehmen. Und sie würde mit leeren Händen vor ihm stehen.

Sie können mir vertrauen, wenn ich Ihnen sage, dass mir Ihre Schwächen nicht entgangen sind. Eisige Finger schienen sich um ihr Herz zu schließen, und doch: Auf eine bizarre Weise vertraute sie diesem Mann tatsächlich. Sein Wort war ihm heilig. Töten würde er sie nur dann, wenn sie die erneute Begegnung versäumte. Doch ihre größte Schwäche ... Nein, er war kein Mann, der leere Drohungen ausstieß. Sie zweifelte nicht daran, dass er alles wusste, was es über Madeleine Royal zu wissen gab. Dass er ihre Schwächen kannte, die Geheimnisse ihrer Vergangenheit.

Niemand stellte die Frage, wo Frauen wie Madeleine Royal *herkamen.* Verzaubert genoss man, wer sie *waren.* Die großen Pariser Kurtisanen. Ein Teil des Wesens der großen Stadt an der Seine auf dieselbe selbstverständliche Weise wie die Notre-Dame, der Arc de Triomphe oder das Hôtel des Invalides. Ein Teil ihrer Magie. Sterne, funkelnde Edelsteine auf dem Festkleid aus changierender dunkler Seide, das die Lichterstadt mit Anbruch der Dämmerung anlegte. Ein festlicher Schmuck der Salons, der Bälle und Empfänge, auf denen die Kavaliere, und seien sie von noch so hoher Geburt, ihnen von gleich zu gleich gegenübertreten konnten. In ihrem früheren Leben mochten sie Damen von hoher Geburt gewesen sein oder Gewächse der Gosse. Beides war in ihren Reihen vertreten, doch nichts davon spielte länger eine Rolle, wenn sie zu Sternen geworden waren am Himmel über den Pariser Salons.

Für die Welt spielte es keine Rolle. Sterne, hieß es, seien in Wahrheit kleine Sonnen, unvorstellbar weit entfernt in der Dunkelheit der Nacht, sodass kein Funke ihrer Wärme die Erde erreichte. Wie anders aber musste es sich aus der Perspektive der Sterne selbst darstellen, deren Wesen der Schmerz des Verglühens war, vom Augenblick ihrer Geburt an? Madeleine Royal kannte diesen Schmerz. Sie konnte ihn spüren. Er mochte so weit entfernt sein wie die Sterne, zurückgelassen in einer halb vergessenen Vergangenheit, und doch hatte er sie niemals verlassen. Bis heute trug dieser Schmerz einen Namen, und nur wenige Menschen wussten, welche Bedeutung dieser Name für Madeleine Royal besaß. Nur zu denken, zu wissen, dass er noch immer am Leben war, ja, dass sie nach wie vor in ein und derselben Stadt lebten, dass sie damit rechnen musste, ihm unvermittelt gegenüberzustehen, wenn sie nur einen Schritt ...

Schritte. Rasche Schritte in ihrem Rücken. Sie waren an ihrer Seite, noch bevor sie dazu kam, sich umzuwenden. Die kleine Yve, das fadenscheinige Gewebe ihres Rocks mit Daumen und Zeigefinger gerafft. Zwei hoheitsvolle Schritte neben Madeleine her, das Kinn gereckt: eine Dame von Welt. Grinsend sah die Kleine zu ihr hoch – und im nächsten Moment veränderte sich der Gesichtsausdruck des Mädchens.

«Bö... Böse?» Eine senkrechte Falte auf der Stirn, während das Kind ein Stück zurückwich.

«Nein», sagte Madeleine rasch. Himmel, was hatte *sie* für ein Gesicht gemacht? Sie war sich nicht sicher, ob das Lächeln ihr recht gelang. «Nein, ich bin nicht böse, oder ....» Sie zögerte. Aus irgendeinem Grund hatte sie das Gefühl, dass sie dem Mädchen die Wahrheit schuldete. «Ja», sagte sie. «Ich bin böse. Oder ... traurig. Aber das hat nichts mit dir zu tun.»

Das war so nahe an der Wahrheit, wie ein fünf- oder sechsjähriges Kind es möglicherweise begreifen konnte. Die volle Wahrheit wäre gewesen, dass sie Angst hatte. Panische Angst. Vor dem Treffen im Trocadéro. Und mehr noch vor der einzigen Möglichkeit zu verhindern, dass der Mann mit der Rose seine Drohung wahr machte.

Die Kleine hielt jetzt einen Schritt Abstand, schien Madeleine nachdenklich zu betrachten. Ein tastender Griff in die Ärmel ihres Kleidchens, und ... Madeleines Herz überschlug sich: ein Kuvert.

Unschlüssig wurde der Umschlag ihr entgegengestreckt. Dieses kleine Mädchen besaß die Gabe, aus Gesichtern zu lesen, wie erwachsene Menschen es nicht vermochten. Madeleine musste ihre Finger zwingen, sich nach dem Kuvert auszustrecken. Sie *wusste*, von wem es stammte. Etwas anderes war überhaupt nicht möglich.

«Danke.» Ihre Stimme zitterte. Die Kleine blickte zu ihr auf, jetzt unübersehbar in Sorge. Doch Madeleine war nicht mehr in der Lage, auf sie zu achten. Ihr Finger fuhr unter die Umschlaglasche, riss sie auf.

Eine Visitenkarte. Wie beim ersten Mal. Die eingeprägte Rose, und diesmal war diese Seite der Karte beschriftet. Ein einziges Wort, fünf Buchstaben, von den Typen einer Remington-Maschinen ins Papier getrieben: *Perdu. – Verloren.* Ihre Finger waren eiskalt geworden, doch sie hielten die Karte umklammert, drehten sie um. *Keine Sorge. Dieser Bote erfreut sich bester Gesundheit.*

Perdu. Die Karte entfiel ihren Händen. Keine Luft. Der Atem in ihrer Kehle schien ein hohes, pfeifendes Geräusch zu verursachen. *Perdu.* Verloren. Er wusste es! Der Mann mit der Rose *wusste*, dass es ihr nicht gelungen war, an die Mappe zu kommen. Er musste ...

Er hat es beobachtet! Der Gedanke schoss durch ihren Kopf. Er war dort gewesen, vor den Toren der Conciergerie, hatte beobachtet, wie sie das Gebäude betreten hatte, um es eine halbe Stunde später unverrichteter Dinge wieder zu verlassen. Unverrichteter Dinge? Natürlich. Aus welchem anderen Grund hätte sie sich vor das Café setzen und den gesamten Nachmittag dort ausharren sollen, die Augen gebannt auf die Pforte im schmiedeeisernen Gitter gerichtet? Dasselbe Café! Die meisten Tische waren besetzt gewesen, doch sie hatte kaum auf die anderen Gäste geachtet. Er konnte wenige Tische entfernt gesessen haben, ja, direkt in ihrem Rücken, so nahe, dass seine Hände sie hätten berühren können.

«–leine?» Die erste Silbe von Madeleines Vornamen wollte dem Mädchen partout nicht gelingen. Doch sie hatte keinen Gedanken mehr für die kleine Yve.

Sie wollen nicht mit leeren Händen kommen. Ganz bestimmte, einzigartige Schwächen. Sie wusste nicht, *was* er tun würde. Doch inzwischen war sie davon überzeugt, dass er zu allem in der Lage war. Wie auch immer er es anstellen würde: In dieser Nacht würden die Albträume ihrer Vergangenheit zu neuem Leben erwachen, und es gab nur eins, das sie noch tun konnte. Madeleine Royal begann zu laufen.

***

Zündung in 29 Stunden, 43 Minuten
Rue Richard Lenoir, Paris, 11. Arrondissement – 30. Oktober 1889, 18:17 Uhr

«Denken Sie nicht, dass das alles viel zu einfach ist?»

Pierres Stimme war ein Flüstern. Dennoch war er sich sicher, dass die Worte bei Alain Marais ankamen, der ihm zwei Schritte voraus war. Der Agent reagierte, nicht mit Antworten zwar, doch mit einem Blick nach hinten oder einer Veränderung seiner Haltung. Er reagierte auf eine jede Bemerkung seines Begleiters.

Marais bog nach links. Die Laternen an der Rue de Charonne waren noch nicht zum Leben erwacht, doch ein Rest Tageslicht reichte aus, um die Tafel an der Häuserecke lesen zu können: *Rue Richard Lenoir*. Pierre warf einen Blick auf die Liste. Auch sie war noch gut zu entziffern, nachdem er sich einmal an die phantasievolle Handschrift des kleinwüchsigen Plakatmalers gewöhnt hatte. Die Adresse stimmte. Und trotzdem …

«Ich habe hier außerdem einen Paul Mesnil», wisperte er. «An der Rue Basfroi. Da sind wir gerade vorbei. Mesnil ist in der vergangenen Nacht ebenfalls nicht zum Dienst erschienen, und die Rue Basfroi war damals eines der allerersten Zentren der Commune. Denken Sie nicht …»

Unvermittelt blieb Alain Marais stehen. Dermaßen unvermittelt, dass Pierre Trebut nicht mehr bremsen konnte und mit einem matten *Uff!* in den Körper des Älteren stieß, der sich nicht mehr von der Stelle rührte. Wie auf dem Trottoir einzementiert.

«Ich denke, Pierre Trebut!», zischte er. «Ich denke die ganze Zeit! Oder, richtiger: Ich bemühe mich zu denken. Was Sie mir keinen Deut erleichtern. Henri de Toulouse-Lautrec hat sich seinen Absinth doppelt und dreifach verdient. Die Liste, die Sie da in der Hand halten, eröffnet uns eine solche Vielzahl von Spuren, dass wir sie in Monaten nicht abarbeiten könnten.» Er senkte die Stimme. «Eine Zeitspanne, die uns nicht ansatzweise zur Verfügung steht. In weniger als dreißig Stunden werden möglicherweise nichts als Trümmer von der einstigen Existenz dieser Stadt künden, wenn es uns nicht vorher gelingt, aus diesem Wust von Hinweisen die eine, entscheidende Spur zu extrahieren. – Wie hieß der Mann? Basfroi?»

Pierre schluckte. «Mesnil. – Die Rue Basfroi ist die Straße, an der die Commune ...»

«Gleichgültig. Sein Name beginnt mit einem M.»

«Und das ... das bedeutet?»

«Das bedeutet, dass er nicht in Frage kommt. – Robespierre. Ravaillac. Die Namen von Schurken beginnen mit einem R.»

Pierre starrte ihn an. Doch der Agent hatte ihn bereits stehen lassen.

«War das ...» Er verstummte. *War das ernst gemeint?* Exakt zwei Antworten existierten auf diese Frage: Ja und nein. Entweder hatte Alain Marais beschlossen, seinen Partner nicht länger in seine Spekulationen einzubeziehen. Oder aber Pierre Trebut hatte soeben den letzten Beweis erhalten, dass die Legende des Deuxième Bureau endgültig den Verstand verloren hatte.

Machte es einen Unterschied? Irgendwo mussten sie anfangen, und eine innere Stimme sagte Pierre Trebut, dass er die Legende für diesen Tag ausreichend gereizt hatte. Wenn diese Spur sich als die falsche erwies, würden sie sich eben die nächste vornehmen und die übernächste. Während die Zeit ihnen davonlief.

Mit raschen Schritten bewegte sich Marais auf dem Trottoir, dicht an den Fassaden der Häuserzeile entlang, unsichtbar von den Fenstern in den oberen Etagen aus – zumindest wenn ein Beobachter vermeiden wollte, sich seinerseits zu offenbaren, indem er sich weit ins Freie beugte. Pierres Blick ging zum Eingang des Gebäudes, das sie soeben passierten.

Die Nummer 45. Eine ungerade Zahl: Sie waren auf der richtigen Straßenseite. Mietshäuser. Dieser Teil des elften Arrondissements war ein ruhiges, bürgerliches Quartier. Rätselhaft genug, dass es seinerzeit zu einer der Keimzellen des Aufstands geworden war. Doch im selben Moment erinnerte er sich, dass Marais die Anhänger der Commune bereits ausgeschlossen hatte als Mörder von Morimond und Crépuis. Ausländische Geheimdienste waren verdächtig. Oder eine Verschwörung der Monarchisten. Oder irgendjemand, dessen Name mit einem R begann.

Etienne Robert, wohnhaft in der Rue Richard Lenoir. Hausnummer 53, dritte Etage. Einer von einem halben Dutzend Wachmännern, die in der Nacht von Crépuis' und Morimonds Tod auf dem Champ de Mars Dienst getan hatten, in der folgenden Nacht, der Nacht zu heute, aber nicht auf ihrem Posten erschienen waren. Robert war der einzige dieser Männer, dessen Nachname mit einem R begann.

Vier Häuser voraus, jetzt nur noch drei. Pierre wich einer älteren Dame aus, die ihrerseits soeben Alain Marais ausgewichen war, welcher sich noch immer an der Fassade entlangdrückte, nun an der Haustür der Nummer 49 vorbei. Zwei Häuser voraus. Lediglich auf der entgegengesetzten Straßenseite tauchte das Nachglühen des Sonnenuntergangs die Fassaden noch in ein rötliches Licht.

Im selben Moment eine Bewegung am Eingang der Nummer 53. Eine Dame trat ins Freie, wandte sich aber nicht in Richtung der beiden Agenten, sondern in die Gegenrichtung, zum Boulevard Voltaire. Unvermittelt steigerte Marais sein Tempo. Ein halbes Dutzend rasche Schritte, eine einzelne Stufe, und er stand in der offenen Tür, sah seinem Begleiter mit düsterem Lächeln entgegen.

«Ein automatischer Schließmechanismus. Wir wären nicht einmal bis in den Flur gekommen.»

Verblüfft sah Pierre ihn an. «Und das wussten Sie?»

«Selbstverständlich wusste ich das nicht. Doch wäre es nicht ziemlich ärgerlich gewesen, Pierre Trebut, vor der Tür festzustellen, dass wir nicht ins Haus kommen?»

Pierre biss sich auf die Unterlippe, nickte.

Marais nahm es nicht zu Kenntnis. «Monsieur Robert wird einigermaßen überrascht sein, wenn wir direkt an seine Tür klopfen. – Kommen Sie!» Mit durchdringendem Blick: «Leise.»

Im hinteren Teil des Flurs ein Treppenhaus, in das von der rückwärtigen Seite dämmriges Licht fiel. Marais machte sich an den Aufstieg, Pierre blieb wenige Stufen hinter ihm, lauschend. Auf der zweiten Etage Geräusche: das leise Weinen eines Kindes. Auf der dritten Etage Wohnungstüren wie zuvor, Namensschilder. Zur Linken ein Schriftzug, den Pierre nicht entziffern konnte, doch auf jeden Fall zu lang für *Robert* oder selbst für *Etienne Robert*.

Die rechte Seite also. Marais blickte über die Schulter, wies auf Pierre, dann auf die Wand unmittelbar rechts neben der Tür. Der junge Beamte hob die Augenbrauen, gehorchte aber schweigend. Marais selbst postierte sich ebenfalls, und zwar auf der anderen Seite. Erst jetzt sah er noch einmal in Pierres Richtung, nickte zur Tür, hob die Hand, Zeige- und Mittelfinger gerade ausgestreckt, die übrigen Finger und den Daumen angewinkelt. *Eine Pistole.* – Wo? Wer? Der Mann in der Wohnung? Jähe Kälte trat auf Pierre Trebuts Nacken.

Marais straffte sich. Seine Faust pochte gegen das Türblatt.

Pierre hielt die Luft an, lauschte. Nichts. Irgendwo von draußen auf der Straße eine schrille Frauenstimme. Pierre öffnete den Mund, doch Marais' Blick gebot ihm Schweigen, und erneut hob der Agent die Faust, doch im selben Moment ertönte ein Geräusch aus der Wohnung, ein *Quietschen*, dann ein Poltern.

«Zurück!», wisperte Marais. Der Agent entfernte sich beinahe bis zum Eingang der gegenüberliegenden Wohnung. Ohne darauf zu achten, ob der Jüngere ihm gehorchte. Und ohne sich darum zu kümmern, dass er sich in die Schusslinie begab, wenn der Bewohner tatsächlich eine Waffe besaß.

Drei schnelle Schritte, und Marais' Schulter prallte gegen Etienne Roberts Wohnungstür. Ein Krachen, Splittern. Staub rieselte. Pierre hatte sich so weit wie möglich entfernt, doch schon stand er ebenfalls in der Tür.

Kein Korridor. Ein mittelgroßer Raum, leer, zwei Fenster zur Straße. Ein schwerer Bücherschrank, ein Polstersessel, ein niedriger Tisch, zwei

Kaffeetassen, eine aufgeschlagene Tageszeitung. Marais stand mitten im Zimmer, schüttelte sich, die Finger mit einer Grimasse gegen die Schulter gedrückt. Linker Hand eine Tür, nicht vollständig geschlossen. Marais riss sie auf. Eine Schlafkammer, ebenfalls ein Fenster. Es stand offen.

Mit zwei Schritten war der Agent am Fenster, umfasste den Rahmen, wuchtete sich in die Höhe.

«Agent Marais!» Pierres Stimme überschlug sich. Doch im selben Moment war der Agent verschwunden.

Mit klopfendem Herzen langte Pierre am Fenster an. Marais kauerte auf Händen und Knien eineinhalb Meter unter ihm auf einer Dachschräge, die zu einem Nebengebäude gehörte. Am äußersten Rand dieser Dachschräge, Zentimeter neben seinen Füßen, befand sich die Traufe und dahinter zehn Meter Luft bis zum Pflaster des Hinterhofs.

Eine Gestalt am jenseitigen Ende des Daches, wo sich ein höheres Gebäude anschloss, doch vom First aus konnte das Dach jenes Hauses möglicherweise zu erreichen sein. Etienne Robert – es musste der Wachmann sein, klein und gedrungen – kämpfte sich auf allen vieren empor. Ein Fuß rutschte weg, doch schon fand er neuen Halt.

Mit verzerrtem Gesicht begann Alain Marais, sich aufzurichten, die Finger jetzt krampfhaft um die Schulter gepresst.

«Vorsichtig.» Pierre flüsterte, ohne es recht zu bemerken.

«Jetzt kommen Sie, verdammt!» Alain Marais.

Pierre Trebut verspürte ein *äußerst* unangenehmes Gefühl im Magen. War es *das*, was er heute Morgen überhaupt nicht hatte erwarten können?

Er zog sich auf das Fensterbrett hoch. Mit einem lautlosen Fluch ließ er sich fallen. Er glitt aus. Sein Fuß! Ein stählerner Griff umklammerte seinen Arm.

«Ruhig!» Marais, durch die Zähne gepresst.

Pierre nickte, einen Kloß im Hals. Auf Händen und Füßen hielt er sich auf der Schräge.

«Hoch da!», kommandierte Marais in einem Ton, der keine Widerrede duldete.

Pierre visierte den Dachfirst an. Sein linker Knöchel pochte, doch Zentimeter für Zentimeter kroch er empor, den Blick nach oben gerichtet. Der

Abendhimmel über der Stadt war von einer Farbe, die es schwer machte, nicht an etwas zu denken, das mit Blut, mit *sehr* viel Blut zu tun hatte.

Ein Blick nach rechts. Der Wachmann hatte den First erreicht, das Gesicht vor Anstrengung gerötet. Er reckte sich balancierend nach der Traufe des höheren Gebäudes, doch etwas war seltsam. Pierre hielt inne, die Finger Zentimeter vom Dachfirst entfernt. Etienne Robert streckte sich, aber seine Haltung wirkte verkrampft, unsicher. Hatte er sich beim Sprung aus dem Fenster verletzt? Ein weiteres Mal bemühte er sich, die Traufe zu erreichen, mit der rechten Hand, während die linke sich in einem seltsamen Winkel gegen den Körper presste. Weit unterhalb der Dachziegel glitten seine Finger vom Mauerwerk ab.

«Etienne Robert!» Marais. «Setzen Sie sich hin! Wir holen Sie!»

Verwirrt sah Pierre zu seinem Partner, doch im selben Augenblick ... Ein knirschendes Geräusch. Sein Blick jagte zu Robert, der unvermittelt mit den Armen ruderte. Das Bein, das rechte Bein: Ohne ersichtlichen Grund schien es unter ihm nachzugeben. Der Wachmann stürzte, und das Dach erzitterte, dass noch Pierre es spürte. In einem ungeschickten Winkel traf Robert auf der Schräge auf, unternahm verzweifelte Versuche, sich festzuklammern, fand keinen Halt, als er hinabzurutschen begann, schneller und schneller. Ein letzter Ruck, als der Körper über den Rand des Daches schoss. Ein schriller Schrei und nach einer Sekunde:

ein Geräusch, das Pierre Trebut niemals vergessen sollte. Dann Stille.

***

ZÜNDUNG IN 29 STUNDEN, 18 MINUTEN
Rue Lepic, Paris, 18. Arrondissement – 30. Oktober 1889, 18:42 Uhr

Lucien Dantez massierte seinen Nacken, seine Schläfen, doch eine Veränderung wollte sich nicht einstellen.

Für eine Sekunde keimte in seinem Hinterkopf ein beinahe neidvoller Gedanke an Henri de Toulouse-Lautrec auf. Der Plakatmaler hatte wenigstens einen unterhaltsamen Abend verlebt, wenn er mit pochendem Schädel aufwachte. Wenn er sich an diesen Abend auch vermutlich nicht erinnern konnte. Und das hatte Lucien ihm voraus.

Sein gespenstischer nächtlicher Besucher. Friedrich von Straten. Lucien musste an sein Erschrecken denken, als er geglaubt hatte, der Eindringling mustere ausgerechnet die Porträtaufnahme von Madeleine mit besonderem Interesse. Doch vielleicht war das ja sogar der Fall gewesen. Madeleine war schließlich eine bezaubernde Erscheinung, und nach wie vor empfand Lucien einen erheblichen Stolz auf die wahrhaft gelungene Ablichtung. Aber deswegen hatte von Straten das Atelier jedenfalls nicht aufgesucht. Warum er ausgerechnet um fünf Uhr in der Frühe in Luciens Arbeitsraum gestanden hatte, hatte der junge Fotograf nicht erfahren, am Ende jedoch war das von keiner größeren Bedeutung.

«Diskretion ...» Lucien räusperte sich, verlieh seiner Stimme einen festeren Klang. «Diskretion ist eine der Maximen unseres Geschäfts, Monsieur.» Er lauschte den Worten nach. Professionell, dachte er. Und auf den Punkt gebracht.

Er beugte sich über die Arbeitsfläche. Achtzehn Bilder umfasste die komplette Serie aus Chantilly. Die Doubletten lagen vor ihm. Elf der Fotografien hatte er dem Deutschen ausgehändigt; die übrigen zeigten unterschiedliche Ansichten aus dem Innenraum des Cafés, auf denen die Vicomtesse de Rocquefort sich nicht im Bild befand. Doch Lucien war natürlich gezwungen gewesen, mit äußerster Vorsicht vorzugehen, und ein wenig zu seiner eigenen Überraschung war das Manöver ohne Schwierigkeiten geglückt. Weder der Wirt noch die Vicomtesse und ihre Begleiterinnen hatten bemerkt, welchem Gegenstand sein Interesse in Wahrheit gegolten hatte. Wie hätten sie auch ahnen sollen, zu welchen Wundern die moderne fotografische Technik in der Lage war? Wie sie ein Detail, das auf einer gewöhnlichen Ablichtung vielleicht münzgroß zu sehen war, mit Hilfe wiederholter Reproduktionen so nahe heranholen konnte: als hätte er Albertine de Rocquefort am Tisch gegenübergesessen.

Ja, es war an der Zeit, dass Lucien Dantez seinen Blickwinkel ganz grundlegend veränderte. Sich auf eine neue Art von Bildern besann.

«Lucien Dantez», murmelte er. «Diskrete Fotografie.»

Die Worte hatten einen Klang, der ihm gefiel. Eine gewisse Aura des Geheimnisvollen. Ebendiese Aura galt es zu vermitteln.

Er reckte das Kinn vor. «*Geheimnisse sind unser Geschäft, Monsieur!*»

Mit einem tiefen Atemzug löste er sich von der Arbeitsfläche. Sechzig Francs. Sechzig Francs hatte der Auftrag in Chantilly ihm eingebracht. Natürlich waren da die Kosten für die Zugverbindung gewesen und für sein Quartier im Dorf, ein Stück vom Gutshof Deux Églises entfernt. Und drei Tage lang hatte er sich außerhalb der Stadt aufgehalten. Drei Tage, für die das *Atelier Dantez* notgedrungen hatte schließen müssen. Doch nachdem er heute Nachmittag seine Abrechnungen noch einmal sorgfältig überprüft hatte, hatte er feststellen können, dass die Einkünfte denjenigen aus einem Auftrag bei Materne ohne weiteres vergleichbar waren. Wenn er erst einmal richtig im Geschäft war, im *neuen* Geschäft ... Warum nicht eine Mademoiselle einstellen, die im Ladengeschäft neue Aufträge entgegennahm, während Lucien selbst unterwegs war auf geheimer Mission?

Männer, die an der Treue ihrer Gattinnen zweifelten: Sie würden den größten Teil seiner Kundschaft darstellen, vermutete er. Und wer weiß, vielleicht ebenso umgekehrt? Die Zeiten änderten sich. War im *Temps* nicht kürzlich von einer Gruppe von Damen zu lesen gewesen, die sogar den Präsidenten der Republik wählen wollten? Gemeinsam mit dem männlichen Teil der Bevölkerung vermutlich. Was mochte diese Sorte Damen für Vorstellungen bezüglich der Treue ihrer Ehemänner hegen? Vielleicht konnte genau das der Kern seines Geschäfts werden! Lucien Dantez, der geheime, ritterliche Verbündete der Pariser Damenwelt. Womit dann auch eine Persönlichkeit hinter den Tresen gehörte, die schon durch den Zauber ihrer Erscheinung das Besondere des neuen Ateliers zum Ausdruck brachte. Wenn er recht überlegte, kam überhaupt niemand anderes als Madeleine in Frage. Und damit ...

Er hielt inne. «Ruhig, Lucien», flüsterte er. «Ganz, ganz ruhig.»

Sein Unternehmen würde ein Wagnis darstellen. Er war durchaus in der Lage, der Wahrheit ins Gesicht zu sehen. Weit entscheidender aber war, dass er *Madeleine* wieder würde ins Gesicht sehen können und trotzdem über kurz oder lang zu Einkünften kommen konnte, mit denen er ihr ein Leben würde bieten können, wie sie es verdiente. Wenn die Liebe ins Spiel kam, konnte schließlich keine Summe zu hoch sein. Was nicht allein für ihn selbst galt, sondern ebenso für seine künftigen Kunden. *Lucien Dantez, Diskrete Fotografie* würde hochklassige Arbeit bieten – zu einem angemessenen Preis.

Materne. Das Chou-Chou. Die abgemagerten Frauen im Hinterzimmer des Etablissements, gezwungen, auch das Letzte von sich preiszugeben: Von diesem Tage an waren sie Vergangenheit. Lucien Dantez stieß den Atem aus. Und im selben Augenblick stellte er fest, dass das Pochen in seinem Schädel verschwunden war. Er war bereits im Verkaufsraum, auf halbem Weg zur Tür, als ihm klarwurde, was er im Begriff war zu tun. Aber es fühlte sich richtig an. Die Zusammenarbeit mit Materne war beendet, und je eher er dem Zuhälter mit kühler Stimme mitteilte, dass er sich beruflich neu zu orientieren gedachte, desto besser. Er griff nach seinem Mantel und dem beigefarbenen Zylinder, den er aus zweiter Hand erstanden hatte. Ein solcher Zylinder gehörte einfach dazu für einen aufstrebenden jungen Geschäftsmann. Es war nur angemessen, ihn weiterhin zu tragen. Seine Tätigkeit würde lediglich eine neue Richtung nehmen.

Dämmerung lag über der Straße. Aus Richtung des Boulevards der Widerschein der Straßenbeleuchtung. Mit wenigen Schritten war er an jener Kreuzung, an der er in der vergangenen Nacht auf Henri gestoßen war – oder Henri auf ihn, wie er düster brütend dem Atelier entgegenstapfte war, nicht ahnend, dass sich binnen Stunden alles verändern würde.

Nein, dachte er, niemals hätte er es fertiggebracht, Madeleine die Wahrheit zu beichten, ihr den Namen seines Auftraggebers zu nennen. Schon weil sie ihm ausdrücklich verboten hatte, jenen Namen jemals in ihrer Gegenwart in den Mund zu nehmen. Was genau zwischen ihr und Materne vorgefallen war, lange vor ihrer ersten Begegnung, das hatte er niemals erfahren. Seitdem er die persönliche Bekanntschaft des Zuhälters gemacht hatte, waren die Bilder in seinem Kopf schon deutlich genug.

Er bog rechter Hand in eine Gasse. Der Umriss des Chou-Chou wuchs vor ihm auf: ein dreistöckiges Gebäude, mehrere Fenster von farbigem Licht erhellt. Die Töne eines verstimmten Klaviers drangen auf die Straße, von irgendwoher schrilles Lachen. Oder das genaue Gegenteil.

Die Kiefer aufeinandergepresst, nahm Lucien Dantez die Stufen zum Eingang in Angriff. Jeder Augenblick des Zögerns war ein Augenblick, der seine Entschlossenheit ins Wanken bringen konnte.

Der dicke Dodo hatte Dienst an der Tür. Ihm fehlte sowohl ein Auge als auch die Mehrzahl der Finger an der rechten Hand, doch bei nahezu zwei Metern Länge und zweieinhalb Zentnern Körpermasse fiel das nicht weiter ins Gewicht. Das einzelne, winzig kleine Auge blinzelte, als er Lucien erkannte.

«Monsieur Dantez?» Ein Kratzen an der feuerroten Narbe, die sich von der leeren Augenhöhle quer über den kahlen Schädel zog. «Habt Ihr aber heute keine neuen Fotos nicht.» Zögernd. «Oder?»

«Nein.» Der junge Fotograf straffte seine Gestalt. «Ich meine: doch. Ich möchte ...»

«Oh?» Ein verwirrender Eindruck. Als wäre der kanonenkugelartige Schädel durchsichtig, als könnte Lucien beobachten, wie in dem reptilienhaften Hirn etwas in Bewegung geriet. Wie etwas zustande kam, das selten genug anzutreffen war an jenem düsteren Ort: ein Gedanke. Der Mann beugte sich vor, und sein übler Atem streifte den Fotografen. «Haben eine Kleine aus dem Süden jetzt», verriet er mit gedämpfter Stimme. «Kohl-raben-schwarz. Und fast noch neu. – Soll ich fragen, ob sie frei ist?»

«Nein!» Sehr rasch und sehr deutlich. Fast zu deutlich. Dummkopf oder nicht, der Mann blieb zwei Meter groß. «Besten Dank, Monsieur ... Dodo. Aber ich möchte lediglich mit Monsieur Materne reden.»

«Oh?» Ein zweifelnder Blick. «Wird in seinem Zimmer sein. Denk ich. Hab gerade erst angefangen eben. Aber ist kein Freund von Reden ohne Termin. Der Patron.» Nachdenklich. «Wobei ... Weiß nicht, wie das ist, wenn Sie es sind.»

«Es handelt sich um eine äußerst wichtige Angelegenheit, die ich mit Monsieur Materne zu erörtern habe.» Lucien sprach langsam, betonte jedes Wort. «Ich könnte mir vorstellen, dass er nicht sehr erfreut wäre, wenn er nicht auf der Stelle davon erfährt.»

«Na?» Ein Gesichtsausdruck, der bei einem anderen Menschen als nachdenklich durchgegangen wäre. Der Türsteher hob die Schultern, trat einen halben Schritt beiseite. «Dann.»

Lucien schlüpfte an ihm vorbei.

«Aber wenn Sie Lust haben hinterher. Auf die Kleine, die aus dem Süden ...» In seinem Rücken. Doch er nahm es nicht mehr zur Kenntnis.

Seit mehr als einem Vierteljahr hatte Lucien Dantez das Chou-Chou immer wieder aufgesucht. Manchmal an jedem zweiten Abend, mindestens aber einmal in jeder einzelnen Woche. Den Weg in sein improvisiertes Atelier im Hinterzimmer hätte er mit verbundenen Augen gefunden. Eine unscheinbare Treppe empor, rechter Hand an einem Raum vorbei, der aus unerfindlichen Gründen Teeküche genannt wurde und in dem sich immer einige der Damen aufhielten, die gerade dienstfrei hatten. Ihre Trinkgläser mit etwas ganz anderem als Tee gefüllt.

Das Büro des Zuhälters dagegen hatte Lucien nur ein einziges Mal betreten, bei seinem allerersten Besuch zwei Tage nachdem Materne ihn auf der Rue Lepic auf eine mögliche Zusammenarbeit angesprochen hatte. Geschäftlicher Natur. Lucien erinnerte sich an einen Raum im Souterrain, an einen schweren Schreibtisch aus dunklem Tropenholz und an eine Récamière, ausgeschlagen mit hochflorigem bordeauxfarbenem Samt. Und an ein großformatiges Geschäftsbuch, das der Zuhälter in aller Ruhe geschlossen hatte, als der junge Fotograf in den Raum getreten war.

Die Treppe in die untere Etage. Lucien musste am Durchgang zum Salon des Hauses vorbei, die Vorhänge waren einen Spaltbreit geöffnet. Ein untersetzter Herr, der eine mintfarbene Krawatte trug – und *ausschließlich* diese Krawatte –, balancierte ein Champagnerglas auf der Nase, während ihm eine von Maternes Huren – vollständig bekleidet – mit einer Fliegenpatsche Schläge auf den Hintern versetzte. Die übrigen anwesenden Damen klatschten rhythmisch im Takt. Nach dem, was aufgerichtet unter der Wampe des Mannes hervorsah, schien das Arrangement ihm größte Freude zu bereiten. Schaudernd wandte Lucien sich ab.

Das Chou-Chou stand in dem Ruf, jede denkbare Exzentrik zu bedienen. Noch aber war es früh am Abend. Lucien hatte andere, weit üblere Szenen beobachtet, wenn zu vorgerückter Stunde die Betrunkenen kamen. Er hatte zerbrechliche Mädchen gesehen, die blassen Brüste von blauen Flecken und kaum verheilten Narben entstellt, und einmal war

Materne mit einem besonders zufriedenen Grinsen auf dem Gesicht im Hinterzimmer erschienen und hatte beiläufig erwähnt, dass er einem Kunden soeben hundert Francs zusätzlich berechnet hatte für *jeden einzelnen Zahn*, den eine der Frauen an diesem Abend verloren hatte.

Gedämpfte Schreie von irgendwoher, als Lucien die Stufen hinabstieg. Das gesamte Gebäude schien zu ächzen unter der dunklen Last der Verbrechen, die im Namen der Lust in seinen Mauern begangen wurden, an jedem Abend wieder. Das Souterrain, der Raum am Fuße der Treppe, von dem mehrere Türen abzweigten. Eine Petroleumleuchte verbreitete eine Ahnung von gelblicher Helligkeit, weit oben an den Wänden Fenster, durch die verwischte Lichter drangen, von der Straße her. Es war die Tür zur Linken, einen Korridor entlang und an dessen Ende die Räume des Zuhälters, die auf den Garten gingen.

Er öffnete die Tür, trat in den spärlich beleuchteten Flur, schloss sie wieder und sog einen Moment lang den Atem ein. Stille, so plötzlich, dass es beinahe schmerzhaft war.

Er verharrte. Noch konnte er umkehren. Die einzige Herausforderung würde darin bestehen, noch einmal an Dodo vorbeizukommen, der einen neuen Versuch unternehmen würde, ihm das Mädchen aus dem Süden aufzudrängen. Ihm kam in den Sinn, dass sämtliche Frauen, die er in Maternes Auftrag abgelichtet hatte, blasse, hellhäutige Weiße gewesen waren. Wie würde er die Ausleuchtung verändern müssen für ein Mädchen mit schwarzer Haut? Er erinnerte sich an eine Decke aus feiner, naturfarbener Wolle bei den Requisiten, die er noch niemals ...

Lucien Dantez schüttelte sich. Er spürte, dass er ins Schwanken geraten war, so dicht vor dem Ziel. Waren es Zweifel? War es Angst? Ein Held war er nicht, und mittlerweile war er sich sicher, dass er seinen Entschluss, die Zusammenarbeit mit dem Chou-Chou abzubrechen, eher hervorstottern würde, doch inzwischen hatte er begriffen, dass er schlicht nicht weitermachen *konnte*. Nicht, wenn er noch einmal Aufnahmen anfertigen sollte wie in der vergangenen Nacht. Und, nein, nicht allein um Madeleines willen, der er den Namen seines Partners auf ewig würde verschweigen müssen, und er wusste, dass das nicht möglich war. Ebenso um seiner selbst willen. Wenn er jetzt umkehrte, um zum nächsten vereinbarten Termin zurückzukehren, würde er nicht länger Lucien Dantez sein. Ausgeschlossen. Er würde die Begegnung mit Materne durchstehen. Der Zuhälter würde wütend werden, doch totschlagen würde er den Fotografen nicht. Welchen Vorteil hätte ihm das eingebracht?

Und doch verharrte Lucien, lauschte. Stille. Eine geisterhafte Stille nach dem Trubel eine Etage über ihm. Nein, jetzt ein Geräusch. Es war undeutlich, wie ein rasches Atmen. Oder war es ein Stöhnen? Wie im Liebesakt? Lucien Dantez wusste, dass Materne neue Mädchen zuweilen *ausprobierte*. Nicht beim ersten Mal zwar, denn dieses erste Mal ließ er sich von Kunden, die entsprechende Vorlieben hegten, mit einem besonderen Preis entlohnen. Kurz danach allerdings. Aber nein, dies war ein anderes Geräusch. Es war ein ... ein Wimmern. Begleitet von etwas anderem, von raschen Schritten, die sich unschlüssig hin und her bewegten. Und ganz eindeutig kamen diese Geräusche vom Ende des Korridors her, von der Tür, hinter der sich das Arbeitszimmer des Zuhälters verbarg.

Lucien ging auf die Tür zu, ehe ihm auch nur bewusst war, dass er sich in Bewegung gesetzt hatte. Eine Gänsehaut hatte sich auf seinen Unterarmen aufgestellt. Den Zylinder hatte er abgesetzt, als er das Gebäude betreten hatte; wie von selbst fiel er aus seinen Fingern. Er würde seine Hände brauchen. – Um sich zu verteidigen? Seine Kehle war eng geworden. Er wusste es: Hinter dieser Tür wartete etwas auf ihn, etwas, das ihn zwingen würde ...

Sie war nicht vollständig geschlossen. Gaslicht fiel in einem schmalen Streifen auf den düsteren Korridor, doch es war keine stete Helligkeit. Etwas bewegte sich, *jemand* bewegte sich in dem Raum. Das Wimmern war lauter geworden. Oder war es ein Flüstern? Vernehmlicher jetzt, doch es war nicht die Stimme des Zuhälters.

Lucien Dantez stieß die Tür auf.

Ein Schatten hinter Maternes Schreibtisch. Der Zuhälter saß in seinem Stuhl, und hinter ihm war eine zweite Gestalt. Ruckartig richtete sie sich auf, und Lucien fuhr zurück.

Das Licht der Gaslampe fiel auf Madeleine Royals Gesicht. Ein Ausdruck, wie Lucien ihn noch niemals gesehen hatte. Der Ausdruck eines Menschen, dessen Albträume Wahrheit geworden waren. Aus ihrem

Mund kamen Geräusche, die keine Worte waren. Taumelnd wich sie zurück, streckte die Hände aus, als wollte sie ihn von sich fortstoßen.

Ihre Hände waren rot vor Blut. Mit durchschnittener Kehle hing der Leib des Zuhälters in seinem Stuhl.

***

ZÜNDUNG IN 28 STUNDEN, 53 MINUTEN
**Boulevard Haussmann, Paris, 8. Arrondissement –
30. Oktober 1889, 19:07 Uhr**

«Hervorragend.» Colonel O'Connell rieb sich die Hände. «Ganz hervorragend.»

Basil Fitz-Edwards verkniff sich einen Kommentar. Desgleichen der Duke of Avondale. Lediglich die Augenbrauen des Prinzen schienen sich zweifelnd eine Idee in die Höhe zu bewegen. Was ohne weiteres nachvollziehbar war. Schließlich hatten sie den Colonel mehr oder minder in die Kutsche tragen müssen, die im Auftrag ihres Hotels am Gare du Nord auf sie gewartet hatte. Und schließlich hielt sich der Offizier lediglich mit Hilfe einer Konstruktion aus sämtlichen Kissen und Decken, die sich im Innern des Gefährts hatten auffinden lassen, in einer sitzenden Position. Zumindest zuckte er nicht mehr bei jeder Unebenheit des Pflasters zusammen, seitdem sie auf den prächtigen Boulevard gebogen waren. Es gab keine Unebenheiten mehr.

«Hervorragend.» Ein drittes Mal. «Das war ein Meisterstück, Hoheit, wenn ich das so sagen darf. Wie Sie die Vicomtesse um den Finger gewickelt haben.» Verbindlich. *Äußerst verbindlich.* Dem Constable war nicht entgangen, dass sich O'Connell Eddy gegenüber gänzlich anders anhörte als im Gespräch mit Basil selbst. Allzu dienstfertig beinahe, solange man nicht durchschaute, was sich in Wahrheit dahinter verbarg. Der Colonel schlug einen Ton wie gegenüber einem verwöhnten Kind an, einem fünfundzwanzigjährigen ewigen Sorgenkind. Einem Sprössling, der auch für Kleinigkeiten ausdrücklich gelobt werden musste.

Eddy schien sich ein Stück in den Polstern aufzurichten, warf dann aber, zögernd, einen Blick zu Basil. «Nun», sagte er bescheiden. «Der Constable hat natürlich auch seinen Teil beigetragen.»

O'Connell winkte ab. «Nein, Sir. Ich bleibe dabei. Ihr Instinkt war es, der uns gerettet hat. Wie Sie die Eitelkeit dieser Person auf der Stelle richtig eingeschätzt haben. Der Vicomtesse. Welche Bedeutung sie dem Prestige beimisst, das sie in dieser Stadt genießt.»

Der Colonel neigte sich ein Stück in Richtung Fenster, als wollte er noch einmal prüfen, ob sich auch wirklich niemand an das Trittbrett klammerte, um ihre Worte zu belauschen. Doch so weit kam er nicht. Als er einen bestimmten Punkt erreichte, schien er zu erstarren, den Rücken kerzengerade aufgerichtet, um im nächsten Moment mit verzerrtem Gesicht in seine Kissen zurückzusacken, die Hand auf das verlängerte Rückgrat gepresst.

«*Verfluchter Ischias!*» Schweres Atmen, sekundenlang. «Oh ja, Hoheit ...» Noch immer etwas mühsam. «Ich kenne Albertine de Rocquefort. Ihr Vater kennt sie natürlich ebenfalls, die Königin der Salons.» Ein winziges Zögern, dann, eher halblaut: «Nein, nicht auf *diese* Weise. Denke ich. – Aber *Sie* kannten sie nicht, richtig? Wie hätten Sie ahnen können, welches Ereignis es darstellt, wenn sie im Herbst in die Stadt zurückkehrt? Dass sich die komplette Pariser Presse auf dem Bahnsteig versammeln würde, um ihre Ankunft abzupassen? Und selbst dann ...» Ein Kopfschütteln, sehr vorsichtig. «Wie Sie sich eingehängt hat unter Ihrem Arm, ehe die Fotografen auch nur ihre Kameras aufgestellt hatten: als ob Sie ein halbes Leben auf vertrautem Fuß miteinander ständen! Die Pressemenschen *müssen* annehmen, dass wir diesen ganzen ominösen Ausflug nach Amiens einzig unternommen hätten, um auf der Rückfahrt nach Paris das Vergnügen ihrer Gesellschaft genießen zu können. – Woraus sich ganz von selbst ergibt, dass auch der Rest der Wahrheit entsprechen muss. Seit Tagen halten Sie sich in Paris auf, Hoheit, unerkannt bis zu diesem Abend: Niemand wird das nun mehr bezweifeln. Wir hätten erzählen können, was wir wollen. Nichts hätte dermaßen überzeugend geklungen. – Mit Gold nicht aufzuwiegen, die Frau. Und das Beste ist, dass sie nichts davon ahnt.»

Eddy räusperte sich. «Was denken Sie, Colonel? Ob wir uns nicht doch irgendwie revanchieren sollten? Dieser Empfang heute Abend, Sie erinnern sich? Zu dem sie uns eingeladen hat? Wenn ich dort zugegen wäre, wäre das doch mit Sicherheit eine feine Sache für ihr Renommee in der Stadt. Und unsererseits könnten wir sichergehen, dass die Presse tatsächlich ...»

«Gott im Himmel!» O'Connell, in einem Ton des Entsetzens. «Ich meine ... Verzeihen Sie, Sir, aber das ist bedauerlicherweise ausgeschlossen. Diese Fotografien auf dem Bahnhof sind *eine* Sache. Unmöglich aber können Sie sich drei Tage lang in dieser Stadt versteckt halten und dann zu Ihrem ersten offiziellen Termin eine Familie des alten Adels aufsuchen. Das würde eine Brüskierung der französischen Republik darstellen. Mit jedem Wort, mit jeder Geste müssen wir von diesem Augenblick an vorsichtig sein. Und auf einem Termin, den wir überhaupt nicht wahrnehmen, können wir auch keinen Fehler machen. Die sicherste Möglichkeit wäre vermutlich, wenn wir uns gleich morgen früh wieder in den Zug setzen würden.»

Unvermittelt verspürte Basil Fitz-Edwards ein äußerst unangenehmes Gefühl in der Magengegend.

«Was aber leider nicht möglich ist.» O'Connell mit tiefem Bedauern. «Wir werden bis zur Abschlusszeremonie am Ende der Ausstellung durchhalten müssen. Irgendwas mit diesem Turm, wenn ich mich richtig erinnere. Das Festprogramm ist Marlborough House zu Beginn des Monats zugegangen, als wir noch davon ausgegangen sind, dass Ihr Vater den Anlass wahrnehmen würde. Um neun Uhr abends geht es los, irgendeine Sensation wird vorgestellt, und um Mitternacht ist der Zauber wieder vorbei. Doch solche Anlässe haben Sie bereits absolviert, Sir, mehr als ein Mal. Ich habe überhaupt keinen Zweifel, dass wir auch die kommenden Tage meistern werden – solange wir uns der delikaten Situation bewusst bleiben. Uns mit jedem Augenblick vergegenwärtigen, dass wir niemandem vertrauen dürfen in dieser Stadt. *Niemandem.* – Sie müssen bedenken ...»

Basil, der sich seiner eigenen Unterweisung an Bord der Fähre recht gut entsann, hörte nur noch mit halbem Ohr hin. Paris. Wirklich und wahrhaftig: Sie waren in Paris. Er hatte es gespürt, im selben Augenblick, in dem sie den Expresszug am Gare du Nord verlassen hatten. Es war weit mehr als jene beiläufige Eleganz, die eine Bahnhofshalle in der französischen Hauptstadt von einer Bahnhofshalle an irgendeinem anderen Ort der Welt unterschied. Es war tatsächlich der Geruch, der Duft, der anders war. Die Blumenhändlerinnen, die sich in Erwartung des Zuges auf der Plattform versammelt hatten. Wer wollte entscheiden, welche Anteile am Potpourri der Düfte den Veilchen, den Rosen, dem Lavendel zuzuschreiben waren und welche Anteile den Mädchen selbst, deren offenherzige Dekolletés den Blick ganz von allein auf das florale Angebot lenkten. Und es war so vieles mehr: Es waren die Lichter, die sie begrüßt hatten, als sie aus dem Bahnhofsportal ins Freie getreten waren. Als sei der Sternenhimmel auf die Erde hinabgestiegen, um für den Abend zu beiden Ufern der Seine zu verweilen. Und überall war Musik, wie eine allgegenwärtige Melodie in den Straßen der Stadt, die aus den Türen und Fenstern der Häuser drang und die laue Abendluft erfüllte. Und Menschen, die die erleuchteten Trottoirs bevölkerten und mit ihrem singenden Tonfall ...

«Putain de merde!» Ein Ruck ging durch das Gefährt. Der Colonel stöhnte auf, während draußen die Stimme des Kutschers zu einer Flut von Beschimpfungen ansetzte, aus der Basil mit ausreichender Sicherheit lediglich ein *Bâtard anglais!* identifizieren konnte. *Englischer Bastard?* Seine Stirn legte sich in Falten, doch, nein, die Bemerkung hatte nicht den Fahrgästen gegolten. Irgendjemand draußen auf der Straße. Er beugte sich zum Fenster: Der Boulevard war erleuchtet, wie es im Nebel der Themse undenkbar gewesen wäre. Doch um die Nationalität eines Verkehrsteilnehmers auszumachen ...

«Bonaparte.» Der Colonel, mit gepresster Stimme.

«Sir?» Basil drehte sich um und bekam aus dem Augenwinkel eben noch mit, wie eine Kutsche mit dunklem Verdeck am Gefährt der britischen Delegation vorbeizog.

«Diese Leute fahren auf der falschen Seite der Straße», erklärte der Offizier. «Die Franzosen. Und die Deutschen und der Rest des Kontinents dazu. Überall dort, wo Bonaparte Europa sein Siegel aufgedrückt hat. Eine von tausend Irrsinnigkeiten, die den Britischen Inseln erspart geblieben sind.»

Verblüfft wandte Basil sich zurück zum Fenster. Tatsächlich: Ihre Kutsche bewegte sich auf der falschen, auf der *rechten* Fahrbahnseite.

«Wenn jemand *richtig* fährt, auf der *linken* Fahrbahnseite, so muss es ein Brite sein.» O'Connell verzog das Gesicht, als er versuchte, sich gerader aufzusetzen. «Woraufhin die Menschen in diesem Moloch fuchsteufelswild werden. Geben Sie acht, Constable, bevor Sie einen der hiesigen Boulevards überqueren. Diese Leute sehen aus wie ganz normale Menschen, doch in Wahrheit ...»

Er vollendete den Satz nicht. In Wahrheit sind sie *frogs*, dachte Basil. Franzosen. *Französische* Bastarde. Ganz allmählich begann ihn eine Ahnung zu beschleichen, wie kompliziert es sich tatsächlich gestalten würde, mit den Menschen auf dieser Seite des Kanals zu einer Übereinkunft zu kommen angesichts des heraufdämmernden militärischen Konflikts. Wenn sich schon bei der Verkehrsregelung ein kultureller Abgrund auftat. Ein Ausweg konnte höchstens darin bestehen, den drohenden Krieg überhaupt zu vermeiden. Ganz gleich, mit wem: Franzosen, Deutschen, Russen, Österreichern. Wobei Basil eine gewisse Scheu empfand, sich zu erkundigen, ob die Regierung Ihrer Majestät eine solche Möglichkeit schon einmal ins Auge gefasst hatte.

Die Kutsche legte sich ein wenig auf die Seite, als sie linker Hand in eine schmalere Straße einschwenkte. Auf der anderen Seite erhaschte Basil für Sekunden einen Blick auf den Arc de Triomphe, von einem Reigen elektrischer Lichter erhellt, einem schillernden Diadem gleich im Zentrum eines Platzes, auf dem mehrere breite Alleen zusammenliefen. Es musste eine Möglichkeit geben, dachte Basil Fitz-Edwards. Eine Möglichkeit, einen Krieg zu vermeiden. Zu verhindern, dass über dem alten Kontinent die Lichter erloschen.

Die Kutsche wurde langsamer. Vor dem Fenster ragte ein mehrstöckiges Gebäude auf, noch eine Spur exklusiver als die Gebäude rechts und links davon. Über dem repräsentativen Eingang war ein eleganter Schriftzug angebracht: *Hôtel Vernet*. Einladendes gelbes Licht erfüllte die Fenster im Erdgeschoss, und zum ersten Mal seit ihrem Aufbruch von der Victoria Station wurde Basil bewusst, dass er im Grunde fürchterlich müde war. Gut, zum ersten Mal seit seinem Schläfchen im Express, aus dem ihn der Colonel so unsanft aufgestört hatte. Er machte sich bereit zum Aussteigen – doch in diesem Moment rollte die Kutsche am Eingang vorbei.

«Zumindest das.» O'Connell, brummelnd. «Sie bemüht sich mitzudenken. Ein Auflauf auf der Straße ist das Letzte, was wir gebrauchen können.»

Die Kutsche beschrieb eine steile Kurve und bog in eine Tordurchfahrt. Sekundenlang Dunkelheit, bevor sie einen Innenhof von eher bescheidenen Dimensionen erreichten. Ein gemauerter Brunnen, eine einzelne Zypresse und ein dezenter Geruch, der darauf hinwies, dass irgendwo in diesem Bereich die Küche untergebracht war. Doch nicht in einem Ausmaß, dass Basil ihn als störend empfunden hätte. Eher im Gegenteil: Dies war ein Ort, an dem man sich wohlfühlen konnte.

Zwei Stufen, die zu einem Hintereingang führten. Eine einzelne Dame schien auf sie zu warten, gekleidet in ein durchgeknöpftes, schlichtes Kostüm. Sie wirkte gepflegt, befand sich aber nicht mehr in der allerersten Blüte der Jugend. Neben ihr zwei Pagen, die auf die Kutsche zueilten, kaum dass das Gefährt zum Stehen gekommen war.

Eddy machte Anstalten, sich von seinem Sitz zu erheben, doch O'Connell gebot ihm mit einer Handbewegung Einhalt. «Das erledige ich – Constable!» Zwischen den Zähnen hervorgepresst, den Arm nach Basil ausgestreckt.

Basil verstand, kletterte rückwärts aus der Kutsche, spürte, wie hinter ihm etwas eilig zurückwich, ein Page vermutlich. Die Finger des Offiziers schlossen sich um seinen Unterarm wie eine Kralle, als O'Connell sich mit einem mühsam unterdrückten Laut aufrichtete, einen Schritt auf die Trittleiste machte, einen zweiten auf das Hofpflaster.

«Madame.» Der Colonel, an die Dame gewandt, die mit beherrschten Schritten zu ihnen hinabstieg.

«Colonel.»

«Ich darf erwarten, dass alles vorbereitet ist?» O'Connell. *Steif* war kein Ausdruck. Davon abgesehen, dass der Offizier tatsächlich unfähig war zu jeder beiläufigen Bewegung.

Nahm die Dame seinen Zustand wahr? Kaum vorstellbar, wie er ihr hätte entgehen sollen. «Seine Königliche Hoheit ist seit vergangenem Mittwoch unser Gast. Wie Sie wissen, können Sie vollstes Vertrauen in unser Haus haben.»

«Es ist unerheblich, ob ich Vertrauen habe. Der Prince of Wales scheint dieses Vertrauen zu besitzen.» Schweigen. Bevor der Offizier mit einem Brummen anfügte: «Basil Fitz-Edwards. Er ist mit dabei.»

Eine wenig präzise Umschreibung von Basils Funktion. Doch es fiel schwer, ihr zu widersprechen. Der junge Constable neigte höflich den Kopf. «Madame.»

«Willkommen im Hôtel Vernet, Mr. Fitz-Edwards.» Freundlicher als dem Colonel gegenüber. Was allerdings nicht schwierig war. «Celeste Maréchal, die *patronne* dieses Hauses.» Eine angedeutete Verneigung. Basil konnte an der Frau nichts Unsympathisches finden.

O'Connell sah über die Schulter. «Eure Königliche Hoheit?»

Jetzt waren die beiden Pagen zur Stelle. Einer von ihnen öffnete die Tür der Kutsche vollständig. Der andere bezog auf der gegenüberliegenden Seite Position.

Eddy kam ins Freie, sah sich einen Moment lang um. Celeste Maréchal war bereits bei ihm. «Königliche Hoheit.» Die Art, wie sie bei den Worten in die Knie sank, machte deutlich, dass ihr der Umgang mit Herrschaften seines Standes vertraut war. «Willkommen im Hôtel Vernet, Königliche Hoheit.»

«Wie?» Irgendetwas musste Eddys Aufmerksamkeit auf sich gezogen haben. Basil folgte seinem Blick: das Dach des Hotels, eine Reihe von Schornsteinen, die oberhalb der Gaubenfenster hervorsahen, und im Schatten eines dieser Schornsteine ... Basil blinzelte. War dort etwas gewesen? Ein Schatten, der sich eilig in die Dunkelheit zurückgezogen hatte? Jetzt war nichts mehr zu sehen.

Der Duke of Avondale war wieder vollständig bei der Sache. «Willkommen? – Gewiss. Gerne.» An Celeste Maréchal gewandt. Ein kurzes Zögern, bevor er einen Handkuss andeutete. «Ich soll Ihnen die Grüße meines Vaters übermitteln, Madame. Er hat den Aufenthalt ... hier ... immer sehr genossen und freut sich bereits auf seinen nächsten Besuch.»

«Das ist ...»

«Sehr gut», unterbrach O'Connell. «Ich schlage vor, dass wir uns nunmehr in unsere Räumlichkeiten begeben.»

«Die rückwärtige Treppe führt unmittelbar zu Ihrer Suite.» Der Tonfall der Hotelwirtin ließ sich mit dem Wort kühl nur unvollständig beschreiben. «Wo Sie bisher auch die Mahlzeiten eingenommen haben. Aus Rücksicht auf Ihr Inkognito.»

O'Connell warf einen Blick in ihre Richtung, nickte aber lediglich stumm. «Constable?»

Basil hatte einen letzten Blick zum Dach geworfen, doch nein, dort war nichts mehr. Wenn überhaupt etwas da gewesen war. Ein Nachtvogel löste sich aus einem Winkel unter der Traufe und verschwand in den Zweigen der einzelnen Zypresse. Sie machten sich auf den Weg, der Colonel auf Basils Arm gestützt, hinter ihnen Eddy, während die Pagen ihr Gepäck auszuladen begannen. Celeste Maréchal ging voraus. Jetzt, da sie ihnen den Rücken zuwandte, schien sich der alte Offizier um eine Winzigkeit zu entspannen. Wobei er sich nach wie vor gerade hielt. Basils Tante Dotty hatte mehr oder weniger regelmäßig an ihren Hexenschüssen zu leiden. Das gesamte Haus daheim in Norridge wurde zu Ohrenzeugen, wenn sie sich auch nur zum Abort schleppte. Er mochte sich nicht vorstellen, welche Zustände bei jedem Schritt über den Colonel kommen mussten.

O'Connells Abneigung gegenüber der Eigentümerin des Vernet war mit Händen zu greifen. Und augenscheinlich beruhte sie auf Gegenseitigkeit. Doch in seiner Verfassung: Die Pagen hätten ihn auf ihren Schultern aus der Kutsche gehoben und hinauf in die Suite getragen, wenn er eine entsprechende Anweisung erteilt hätte. Vermutlich sogar, ohne ihn rein versehentlich fallen zu lassen.

Aber nein. *Das erledige ich.* Partout hatte O'Connell diesen Empfang in aufrechter Haltung hinter sich bringen wollen. Ungewöhnlich, dachte Basil Fitz-Edwards. Wenn er die Frau so offensichtlich nicht ausstehen konnte.

***

ZÜNDUNG IN 28 STUNDEN, 51 MINUTEN
Rue Richard Lenoir, Paris, 11. Arrondissement –
30. Oktober 1889, 19:09 Uhr

«Er war bereits tot.» Alain Marais' Worte waren eine Feststellung. Er drehte der Wohnungstür den Rücken zu. Oder dem, was übrig war von dieser Wohnungstür. Seine Nase steckte in einem Buch. Die Brille mit den getönten Gläsern saß auf seiner Nasenspitze, sodass er über sie hinwegblickte.

Pierre Trebut schluckte, nickte stumm. Sein Gesicht war erhitzt vom erneuten Aufstieg in den dritten Stock, doch in seinem Innern war eisige Kälte. Ein Sturz aus zehn Metern Höhe. Natürlich war der Wachmann bereits tot gewesen, hatte mit verdrehten Gliedern auf dem Pflaster gelegen, die Augen aufgerissen, blicklos auf einen Abtritt in einem Winkel des Hinterhofs gerichtet. Blut, wenige Tropfen nur, die aus seiner Nase, seinen Ohren getreten waren. Tot. Für diese Feststellung wäre es in der Tat unnötig gewesen, den Hinterhof aufzusuchen. Allerdings hatte Pierre auf diese Weise einige Worte mit den Streifenpolizisten wechseln können, die kurz nach ihm dort eingetroffen waren, herbeigerufen von den Bewohnern der unteren Etagen. Er hatte den Männern seine Karte gezeigt, die ihn als Mitarbeiter des Deuxième Bureau auswies. Die Beamten hatten sie mehrere Sekunden lang neugierig beäugt, sich am Ende aber ohne ernsthaften Widerspruch wieder entfernt.

Sie mussten in diesen Tagen mehr als genug zu tun haben. Die Stadt beherbergte das Drei- oder Vierfache der gewohnten Bevölkerung. Rangeleien, Unfälle an einer der feuerspeienden Höllenmaschinen auf dem Champ de Mars, Besucher, die mehr getrunken hatten, als sie vertragen konnten. All das, was unweigerlich die Folge war, wenn so viele Menschen aus vollkommen unterschiedlichen Teilen der Welt auf so engem Raum beisammenlebten. Noch stand die Aufregung angesichts der Exposition Universelle im Mittelpunkt, die Erwartung der Abschlussfeierlichkeiten. Doch noch wusste auch niemand vom Ende Crépuis' und Morimonds auf den Zeigern der Berneau'schen Uhr. Geschweige denn von jenem Schlag, der der Lichterstadt zum Ende der Ausstellung drohte.

Ausgenommen Pierre Trebut und sein Ermittlungspartner. Alain Marais, der aus einer ganzen Liste möglicher Spuren einen unscheinbaren Wachmann namens Etienne Robert ausgewählt hatte. Weil sein Nachname mit einem R begann. Blühender Irrsinn. Wäre da nicht der Umstand gewesen, dass der zerschmetterte Körper des Mannes nun im Innenhof seines Wohnhauses lag.

Pierre räusperte sich. «Er muss die Nerven verloren haben», sagte er. «Als wenn er schon mit uns gerechnet hätte.» Er sah sich im Zimmer um. Der Sessel: Er sah behaglich aus, war aber von gewöhnlicher Qualität. Der Tisch, die Kaffeetassen. Es waren *zwei* Kaffeetassen, doch in der Schlafkammer stand lediglich ein einzelnes Bett. Der Wachmann musste an diesem Tag Besuch gehabt haben. Ein hölzerner Stuhl war zusätzlich an den Tisch gerückt geworden. Nichts davon konnte Marais entgangen sein.

«Denken Sie ...» Pierre brach ab. «Haben Sie irgendetwas gefunden, das uns weiterhelfen könnte?», formulierte er stattdessen.

Die Stirn des Agenten legte sich in Falten. Er schloss das Buch, legte es sorgfältig auf dem Tisch ab. «Wie gesagt ...» Mit einem resignierten Gesichtsausdruck schob Marais die Brille am Nasenrücken empor. «Er war bereits tot.»

Der junge Beamte nickte. Wäre Robert *nicht* tot gewesen, wäre es an *ihm*, Pierre Trebut, gewesen, dies dem Agenten mitzuteilen. Nicht umgekehrt. Schließlich war *er* bei der Leiche gewesen. Doch in einem gewissen Umfang hatte er es aufgegeben, aus bestimmten Bemerkungen Alain Marais' schlau zu werden. Früher oder später würde der Agent sich vollständig erklären. Oder eben nicht.

«Ansonsten ...» Ein Seufzen. «Nun, das Offensichtliche. Sie sehen den Bücherschrank?»

Erneut nickte Pierre. Das Monstrum war unübersehbar. Die eher plumpe Nachahmung eines Regence-Möbels.

«Überraschend, dass ein einfacher Wachmann ein dermaßen eifriger Leser war, finden Sie nicht?» Marais musterte die Bücherwand noch einmal nachdenklich. «Wobei wir möglicherweise etwas anders formulieren sollten: Der verstorbene Monsieur Robert war zweifellos ein passionierter *Sammler* von Büchern.»

Fragend sah Pierre ihn an. Marais trat einen halben Schritt beiseite, nickte dem Jüngeren zu. Pierre kam an seine Seite und nahm das Bücherregal in den Blick.

«Staub», murmelte er. Nicht eben fingerdick, doch im matten Licht der Deckenlampe war ein feiner Staubfilm auf dem Schnitt der einzelnen Bände zu erkennen. *Balzac, Dumas* – einmal quer durch die heimische Literatur.

«Staub», bestätigte Marais. «Ausgenommen hier oben, in der zweitobersten Reihe, hinter der sich entsprechend ...» Er streckte die Hand aus, nach dem Band am Ende der Reihe. Eine leichte Berührung nur; er nahm das Buch nicht vollständig aus dem Regal. Ein Geräusch. Langsam kippte die gesamte Phalanx der Bände nach vorne, und doch fiel keiner von ihnen zu Boden.

Pierre keuchte auf. Es waren überhaupt keine Bücher! Ein geheimes Fach! Und es war nicht leer. Er sah weitere Bücher, die bis zu diesem Augenblick verborgen gewesen waren, dazu zwei voluminöse Aktenmappen. Und einen matten, metallisch schimmernden Gegenstand. Ein Revolver!

Marais wandte sich ab, trat an den Tisch und nahm das Buch auf, in dem er geblättert hatte. «Scharnhorst», erklärte er. *«Vom Kriege.* In der deutschen Originalausgabe natürlich. So deutsch wie alles Übrige in diesem so wunderhübschen Versteck.»

Pierre starrte ihn an. Flüsternd: «Die Deutschen.»

Ein Nicken. «Die ganze Zeit frage ich mich, ob sie uns tatsächlich für dermaßen dumm halten kann.»

«Sie?» Pierre blinzelte. «Uns?»

Ein tiefes, resigniertes Seufzen. «Sie brauchen ein Mädchen, Pierre Trebut. Ich glaube mich zu erinnern, dass ich diesen Umstand heute schon einmal erwähnt habe. Doch ohne Ihnen zu nahe treten zu wollen: Ist es möglich, dass Sie Frauen nicht einmal *ansehen?*»

«*Was?*» Diesmal fuhr der junge Mann auf. Hatte in der Bemerkung ein gewisser beiläufiger, vage mitschwingender Ton gelegen? Als hätte Marais etwas *ganz Bestimmtes* andeuten wollen?

Doch schon winkte der Agent ab. «Sie erinnern sich? Wie sie aussah? Die Frau, die dieses Gebäude verlassen hat, als wir angekommen sind.»

«Die ...» Pierre stutzte. Ja, da war eine Frau gewesen. Sie hatte das Haus verlassen, sich in Richtung Boulevard Voltaire gewandt, und Marais hatte die Schwelle eben noch rechtzeitig erreicht, um zu verhindern, dass die Tür ins Schloss fiel. «Eine Frau», murmelte er, versuchte, sich zu erinnern. «Ja. Eine Frau. Sie war ... ziemlich groß?»

«Ich ahne eine Spur Hoffnung. Haarfarbe?»

«Dunkel?»

«Ja.»

«Wirklich?»

Marais fuhr sich mit den Fingern durchs Haar. Mit einer Leidensmiene auf dem Gesicht. «Frauen aus dem Norden, Pierre Trebut, aus der Normandie oder der Picardie: Solche Frauen sind groß und blond. Das Erbe der Normannen oder was weiß ich. Frauen aus dem Süden dagegen, aus der Provence, aus dem Languedoc: Solche Frauen sind klein und dunkel. Aber *groß* und *dunkel*?»

«*Das macht sie verdächtig?*»

«In der Regel nicht.» In nüchternem Tonfall. «Wenn allerdings zehn Minuten später ein toter Mann im Hof liegt, könnte es geboten sein, noch einmal darüber nachzudenken. – Sie sehen diesen Tisch, Pierre Trebut? Bitte beugen Sie sich über diesen Tisch, über die Kaffeetassen, und sagen Sie mir, was Sie riechen.»

Der Tisch. Zwei Kaffeetassen. Leer, ausgenommen den Kaffeesatz am Boden. Pierre neigte sich über die Tassen, sog den Atem ein. Kaffeeduft. Etwas säuerlich. Und dann noch ... etwas anderes, das ...

«Maiglöckchen.» Marais, hörbar ungeduldig. «Ein billiges Parfüm. Die gesamte Wohnung stinkt danach. Was noch?»

«Was ...» Pierre verstummte. Allmählich dämmerte ihm, dass die obskure Brille noch einen ganz anderen Zweck hatte als den offensichtlichen. Eine jener verrückten Erfindungen vielleicht, die Berneau nicht mehr zur Patentreife hatte bringen können. Marais kannte schließlich die seltsamsten Leute. Doch vermutlich waren überhaupt keine Kunststücke notwendig. Wer nicht richtig sehen konnte, war gezwungen, sich stärker auf seine übrigen Sinne zu konzentrieren, und tatsächlich: Die Maiglöckchen roch Pierre nun überdeutlich, doch in der Tat war da noch etwas anderes, ein penetranter Geruch geradezu, den er mit irgendetwas in Verbindung brachte.

«Mandeln», konstatierte Marais. «Richtig?»

Pierre richtete sich auf, nickte. Im selben Moment eine Erinnerung. Ein zumindest theoretisches Wissen um gewisse Substanzen gehörte zum Rüstzeug eines jeden Beamten im Deuxième Bureau. «Cyanid!», flüsterte er. «Bittermandel.»

«*Acide prussique*», bestätigte der Agent. «Im Herkunftsland als *Berliner Blausäure* bekannt. Noch ein Hinweis, falls wir alles Übrige übersehen sollten. *Blausäure!* Weißes Arsenpulver ist vollständig geruchlos, und Sie bekommen es an jeder Straßenecke nachgeworfen! Aber nein, es musste original Preußische Blausäure sein, damit uns auch auf gar keinen Fall ...»

«Sie ...» Der junge Beamte wich von dem Tisch und den beiden Tassen zurück. Zwei Schritte, soweit es in dem Raum möglich war. «Sie wollen sagen ...»

«Ich will sagen, Pierre Trebut, was ich gebetsmühlenartig wiederhole, seitdem Sie diesen Raum betreten haben: Er – war – bereits – tot. Zehn Minuten sind vergangen zwischen dem Zeitpunkt, an dem die Frau dieses Gebäude verlassen hat, und jenem Moment, als sich beim Opfer zentralnervöse Symptome einstellten: Schwindel. Krämpfe. Gerötete Hautfarbe. Kein Antidot dieser Welt hätte einer Dosis beikommen können, auf die der Körper in einer solchen Geschwindigkeit reagiert hat. Der Mann war dem Tode geweiht, unwiderruflich, noch bevor wir in diese Straße gebogen sind, und diese Frau, vorausgesetzt, es war eine Frau, wovon Sie mich selbst mit vorgehaltener Waffe nicht überzeugen werden ... Diese vermeintliche Frau hat alles, aber auch wirklich alles dafür getan, dass uns das unter gar keinen Umständen entgeht.»

Pierre Trebut spürte einen unvermittelten Schwindel. Ein unauffälliger Blick auf seinen Handrücken. Aber nein, keine Rötung, im Gegenteil war seine Haut eher blass. Cyanid war extrem giftig, dabei aber ebenso flüchtig. Vermutlich hätte er die Luft aus der Kaffeetasse inhalieren können, ohne bleibende Schäden davonzutragen.

«Es ist ein Spiel, Pierre Trebut.» Alain Marais hatte die Zähne aufeinandergepresst. «Ein perfides Spiel. In kaum mehr als achtundvierzig

Stunden gehen wir über die Zielgerade, und unser Gegner beweist uns, dass er uns meilenweit voraus ist.»

«Er ...» Pierre schluckte. «Immerhin hat er es offenbar für nötig gehalten, seinen Mitwisser auszuschalten.»

«Hat er das?» Der Agent musterte ihn. «Möglicherweise ja. Möglicherweise aber auch nicht. Die Namen großer Schurken beginnen mit einem R, richtig, doch die Namen bloßer *Handlanger*? Halten Sie es für einen Zufall, dass uns unsere allererste Fährte an genau diesen Ort geführt hat? – Nur aus einem Grund sind wir hier: weil er wollte, dass wir herkommen. Ja, er hat uns beinahe auf die Minute abgepasst! Er weiß, wie wir arbeiten, und er hat gewusst, dass der Name Etienne Robert unsere Aufmerksamkeit wecken würde. Und nicht erst seit gestern! Aus genau diesem Grund hat er diesen Mann überhaupt ausgewählt, um ihn zu seinem Spießgesellen zu machen. Damit er uns nun ein Zeichen geben konnte, wie es deutlicher kaum möglich wäre. *Die Deutschen!*» Er griff nach dem Buch, das er auf dem Tisch abgelegt hatte, schmetterte es gegen die Wand. «Ebenso gut hätte er dem armen Teufel eine verfluchte Pickelhaube aufsetzen können! – Er spielt mit uns! Und wir? Was werden wir nun tun?»

«Wir werden gerade nicht gegen die Deutschen ermitteln?» Vorsichtig.

«Und das Risiko eingehen, dass er ebendas mit diesem Theater bezweckt hat? – Nein.» Marais trat an das Fenster, die Hände zu Fäusten geballt. «Die Botschaft. Als Erstes nehmen wir uns die Deutsche Botschaft vor, im Palais Beauharnais. Und Rollande natürlich, Fabrice Rollande. Ein Seidenhändler an der Rue de Lubeck, der seit Jahren für das Reich die Stellung hält. Geben Sie mir zwei Minuten, und mir wird noch mehr einfallen. – Wir tun genau das, was er von uns erwartet.» Gewispert. «Während er irgendwo in dieser Stadt weiterhin ungestört seine Fäden zieht.»

***

ZÜNDUNG IN 28 STUNDEN, 41 MINUTEN
**Salon Chou-Chou, Paris, 18. Arrondissement –
30. Oktober 1889, 19:19 Uhr**

«Madeleine.»

Lucien Dantez war sich nicht sicher, ob sie ihn hören konnte. Bis ein Ruck durch ihren Körper ging und ihr Blick, der wie gefesselt auf dem Leichnam gelegen hatte, zu ihm jagte, ihr Mund sich öffnete. Heraus kam kein Wort. Sie starrte ihn an, mit demselben Grauen, das auf ihren Zügen lag, seitdem er den Raum betreten hatte. War sie verletzt? Ihr Körper war ein einziger zitternder Krampf, doch er konnte keine Wunden ausmachen.

Materne dagegen: Es war unübersehbar, dass jede Hilfe zu spät kam. Das Sakko aus glänzendem Samt, das Geschäftsbuch, das vor ihm auf dem Tisch lag: Alles war mit seinem Blut besudelt. Madeleines Kleid ... Nein, eindeutig war es nicht ihr Blut. In diesem Raum war einzig Maternes Blut geflossen. Erleichterung erfasste Lucien, doch nur für Sekunden. *Wird in seinem Zimmer sein. Denk ich. Hab gerade erst angefangen eben.* Die Worte des Türstehers.

Er trat einen Schritt auf die Kurtisane zu. «Madeleine! Hat Dodo gesehen, wie du ins Haus gekommen bist?»

Ihre Lippen bewegten sich. Doch noch immer war kein Wort zu hören.

«Hat Dodo dich gesehen, Madeleine?» In beschwörendem Tonfall. Er versuchte, ihre Augen auf sich zu ziehen. Ihr Blick schien zu flackern, und er spürte, wie sie darum kämpfte, sich aus der Umklammerung von etwas zu lösen, das nur in ihrem Kopf da war. Mühsam, unendlich mühsam gelang ihr ein Kopfschütteln.

«Er ...» Nur die eine Silbe. Den Arm ausgestreckt, die Finger auf Materne gerichtet.

«Er ist tot.» Seine Stimme lauter als beabsichtigt, eine Idee höher als gewöhnlich, der Panik nahe. Er holte Luft, so tief er konnte. Atmete ein, wieder aus. «Er ist tot, Madeleine», wiederholte er leiser. Er hielt ihren Blick fest, trat langsam auf sie zu. «Du ... Du musst keine Angst mehr vor ihm haben.»

Ein irrwitziger Satz. Sie hatte diesem Mann die Kehle durchgeschnitten! Ganz kurz huschte sein Blick zum Tisch. Eine Waffe war nirgendwo zu sehen. Er fuhr sich mit der Zunge über die Lippen, streckte die Hand nach ihr aus. Der Garten. Eine schmale Tür führte hinaus in den Garten, der an die Nachbargrundstücke stieß. Von Mauern umgeben, doch mit etwas Geschick mussten sie zu überwinden sein. Nur hatte Madeleine bereits Mühe, sich auch nur auf den Beinen zu halten.

«Er kann dir nichts mehr tun», sagte er leise. Einen letzten Moment zögerte er, bevor er die Hand auf ihren Oberarm legte. Eine Blutspur zog sich über ihre Schulter. «Aber wir müssen …»

Eine Bewegung. Ihr Kopf ruckte vor, ihr Blick traf den seinen. «Er ist tot.» Geflüstert.

Lucien spürte, wie sich die Haare in seinem Nacken aufrichteten. Was auch immer geschehen war, abgesehen von dem Offensichtlichen. Sie war nicht vollständig bei Verstand, und trotzdem musste er sie irgendwie hier rausbringen. Mit einer gewaltigen Menge Glück hatte tatsächlich niemand gesehen, wie sie das Gebäude betreten hatte. Was in seinem Fall anders aussah.

Er holte Luft. Ruhig bleiben! «Ja», sagte er, und irgendwie gelang es ihm, seine Stimme in normaler Tonlage zu halten. «Er ist tot. Daran lässt sich nichts mehr ändern. Er war ein böser Mensch, doch das Gesetz macht keinen Unterschied, ob ein guter oder ein böser Mensch getötet wird. Die Strafe ist dieselbe, wenn man dich hier findet, Madeleine.»

Sie blinzelte. Kniff die Augen zusammen. Blinzelte noch einmal.

«Nein.» Ganz leise. *«Lucien!»* Für einen Moment ein Blick, als ob sie ihn jetzt erst erkannte. «Nein.» Ihre Hand, zögernd, bewegte sich an ihre Kehle. Die Guillotine: bis heute die Strafe für einen Mord. «Nein», flüsterte sie. «Nein, das kann nicht sein. Ich werde *nicht* sterben.» Die letzte Bemerkung kam mit einer derartigen Überzeugung, dass Lucien fröstelte. Was immer geschehen war, was immer sie zu der Tat getrieben hatte: In diesem Moment war sie nicht bei Sinnen.

Seine Gedanken hielten inne. Geräusche. Das Chou-Chou hatte rund um die Uhr geöffnet, und gedämpftes Stöhnen, das Quietschen von Bettfedern war allgegenwärtig in dem Gebäude. Auf den oberen Etagen.

Nichts davon drang in die Stille des Souterrains, und doch war jetzt ein rhythmisches Knarren zu hören. Die Treppe!

«Madeleine!» Gehetzt.

«Hier.» Ihre Stimme war ein Flüstern. «Genau hier ist es gewesen. Hier in diesem Zimmer.»

«Madeleine!» War das Knarren noch zu hören? Im selben Moment, in dem es aufhörte, hatte der Unbekannte das Untergeschoss erreicht. Die Tür, der Korridor: dreißig Sekunden im Höchstfall. *Du bist kein Held, Lucien Dantez.* Eine Stimme in seinem Hinterkopf. *Du hast es vollkommen richtig eingeschätzt.* Nur war gerade niemand anderer zur Hand.

Er packte ihre Oberarme, spürte, wie sie sich versteifte, doch ihnen blieb keine Zeit mehr. Er riss die Tür zum Garten auf. «Über die Mauer!», zischte er. «Lauf nach Hause! Steig in die Wanne und in Gottes Namen: Lass dieses Kleid verschwinden!»

Ein Klopfen von der Zimmertür.

«Lass es irgendwo verschwinden!» Hektisch. «Aber nicht bei dir zu Hause!»

Ein Stoß, und sie stand draußen im Garten, unsicher auf den Beinen. Die Dunkelheit. Die Nacht über Paris musste ihr Beschützer sein, wie sie seit Jahrhunderten so vielen Menschen Schutz gewährt hatte, die keine andere Zuflucht kannten.

Lucien drückte die Tür ins Schloss und war mit zwei Schritten am Tisch. Im selben Moment, in dem die Zimmertür sich öffnete.

***

ZÜNDUNG IN 26 STUNDEN, 25 MINUTEN
Conciergerie, Paris, 1. Arrondissement –
30. Oktober 1889, 21:35 Uhr

Ein lauer Abend hatte sich über die Stadt gesenkt. Scharen von Müßiggängern schlenderten über die prächtigen Boulevards, vom Hôtel de Ville zum Louvre-Palast, vom Louvre-Palast bis zur Anhöhe des Trocadéro. Das allabendliche Feuerwerk über dem Champ de Mars war bereits vorüber. An diesem Tag war es wieder zur gewohnten Zeit gezündet worden, um einundzwanzig Uhr, und möglicherweise war es eine Spur weniger eindrucksvoll ausgefallen als in der Nacht zuvor, als es gegolten hatte, die Delegation aus dem Deutschen Reich auf der Stelle stumm zu machen angesichts der Glorie der Französischen Republik. Doch vermutlich stellten nur wenige unter den Flaneuren solche Vergleiche an.

Gestern, heute, morgen: Begriffe, die schon zu gewöhnlichen Zeiten wenig Bedeutung besaßen im Leben der Lichterstadt. Dieser Sommer aber, der Sommer der Exposition Universelle, war den Parisern wie ein einziger, großer, trunkener Augenblick erschienen. Hatten nicht selbst die Wettergötter ein Einsehen gehabt? Hielt Zephyrus nicht nach wie vor seinen Regen fern, Boreas seine Kälte? Der Sommer hatte sich bis weit in den Herbst hinein verlängert.

Liebespaare, die einander bereits vertraut waren, desgleichen solche, die sich eben erst gefunden hatten: Sie verharrten an den Balustraden entlang der Promenaden, die Finger ineinander verschmolzen, die Augen auf dem Meer der Lichter jenseits des Flusses. Auf dem stolzen, stählernen Turm, erhellt von Tausenden elektrischer Leuchten. Auf den Pavillons der Kolonien an der Esplanade des Invalides, vor denen die Wachtfeuer der Eingeborenen flackerten – im Schutze einer speziellen polizeilichen Erlaubnis. Ruhiger und dunkler lag einzig die Île de la Cité da, gleich einem gewaltigen schweigenden Schiff inmitten der Fluten. Wie in Rauchglas spiegelten die dunklen Wasser die Lichter vereinzelter Laternen.

Ein Bild des Friedens. Und es war trügerisch.

Die Conciergerie zählte zu den bedeutendsten öffentlichen Gebäuden der Stadt. Die Erinnerung an seine einzigartige Vergangenheit war lebendig im Gedächtnis der Menschen. Und doch hatte das Gebäude in den Monaten der Ausstellung im Schatten gelegen, und das tat es auch in dieser Nacht, im wahrsten Sinne des Wortes.

In Abstimmung mit dem Deuxième Bureau hatte der Präfekt der Polizei die Mannschaften rund um das Gelände der Ausstellung diskret verstärken lassen, speziell an jenem Pavillon, der den Kaiserlichen Diamanten hütete. Schließlich waren die beiden Beamten des Bureau auf den Zeigern der Berneau'schen Uhr gestorben. Wenn eines festzustehen schien angesichts der Bedrohung, die über der Hauptstadt schwebte: Es war die Exposition Universelle, die sich im Visier der Täter befand. Der Conciergerie zusätzlichen Schutz angedeihen zu lassen: Wer hätte auf einen solchen Gedanken kommen sollen?

Drei Paare von Wachmännern patrouillierten rund um den Gebäudekomplex: von der fest verschlossenen Pforte im schmiedeeisernen Gitter zum Uhrenturm an der Einmündung der Pont au Change, von dort aus den Quai oberhalb des Flusses entlang und an der Rückseite des Gerichtsgebäudes zurück zur repräsentativen Pforte, die nach wie vor zuverlässig gesichert war mit einem nicht minder repräsentativen Schloss. Die Wachhabenden waren junge Rekruten, frisch von der Akademie. Dass man sie angesichts der angespannten Personalsituation zu Sonderschichten verpflichtet hatte, war schon als solches kein Grund zur Freude. Dass diese Sonderschichten allerdings ausgerechnet in den letzten Tagen der Exposition abzuleisten waren, da die auswärtigen Besucherinnen bekanntlich nur eins im Kopf hatten: ein wildes Abenteuer, das sie für den Rest ihres Lebens an die große Pariser Ausstellung erinnern würde ... Konnten sie diesen Umstand als etwas anderes empfinden denn als persönliche Demütigung? Nun, man musste das Beste machen aus der Situation.

«Eine Belohnung?» Ein Kopfschütteln. «Aber nein, Mademoiselle! Ein Beamter der Französischen Republik erwartet keine Belohnung! Einer bezaubernden fremdländischen Dame einen Dienst erwiesen zu haben, ist mehr als Belohnung genug! – Also verneige ich mich, du weißt schon: so richtig, und drehe mich um zur Tür. Aber als ich die Klinke drücken will: Abgeschlossen! – Also drehe ich mich wieder um und sehe gerade noch, wie sie das Bändchen löst, das dieses Gewand um ihre Schultern hält. Dieses Gewand aus wirklich hauchzarter, beinahe durchsichtiger Seide. Und ehe ich auch nur den Mund aufkriege, gleitet es auch schon zu Boden und darunter ...»

Der Rekrut Philibert maß einen Meter sechzig. Sein Leibesumfang war umso beeindruckender. Antoine, sein Patrouillenpartner, war sich einigermaßen sicher, dass der Dicke in seinem Leben noch nicht näher an eine Frau herangekommen war, als er, Antoine, pinkeln konnte. Und er schaffte ganz beachtliche Weiten. Aber was konnte der Junge erzählen!

«Und?» Antoine hüstelte. «Nun sag schon!» Seine rechte Hand war bis zum Gelenk in der Hosentasche vergraben. Mit der Linken ließ er den Schlagstock über das Metallgitter der Pforte rasseln. Das Signal an die beiden anderen Patrouillen – an der Uferpromenade und an der Rückseite des Komplexes –, dass sie ihre Runde beendet hatten und die nächste begannen. Auf diese Weise hielten sie etwa gleichmäßigen Abstand voneinander.

«Aaaalso ...» Gedehnt. «Mir war ja schon aufgefallen, dass sie unmöglich ein Korsett tragen konnte. Schon als ich ins Zimmer gekommen bin und sie vor dem Fenster stand, sodass die Sonne durchschimmerte durch dieses Seiden... dings. Und als ich ihr ihren Ring gebracht habe, den ich auf der Straße ...»

«Ich denke, es war eine Kette!»

«Ist doch egal! Willst du jetzt hören, was sie anhatte?»

«Na gut», brummte Antoine. «D'accord.» Er war vollständig auf seine rechte Hand konzentriert, als sie am Uhrenturm auf die Promenade bogen, welche zu Füßen des Gebäudes entlangführte. Einzelne, unscheinbare Türen durchbrachen die Fassade.

«Was soll ich sagen?» Der Rekrut Philibert machte eine Kunstpause. Ein tiefer Atemzug. «Darunter hatte sie ü-ber-haupt nichts an.»

«Nicht mal ...»

Sie passierten eine der Laternen. Zur Linken die Fassade der Conciergerie, zur Rechten die gemauerte Brüstung und einige Meter tiefer die nächtlichen Fluten der Seine. Vor ihnen jetzt einer der schattenhaften Zugänge ins Innere des Gebäudes, eine Nische in der mächtigen Fassade.

«Gar nichts!» Philiberts Schlagstock pochte gegen das Metall, um die Aussage zu unterstreichen. «Ich sehe natürlich ihre *miches*, ihre Dinger, und die sind wirklich ... Mann! Die waren ja schon durch die Seide zu sehen. Doch als ich dann weiter nach unten schaue ...»

Antoine verabscheute die Kunstpausen seines Patrouillenpartners. In diesem Moment allerdings, da die Geschichte – und mit ihr der Rekrut Antoine – unweigerlich auf ihren Höhepunkt zusteuerte, vergingen mehrere Sekunden. Mehrere Sekunden, bis der junge Mann, der unweigerlich langsamer geworden war, mit einem gemurmelten *Mon Dieu!* vollständig innehielt, Luft holte, sich schüttelte und ...

«Phili?»

Der Dicke war nicht mehr an seiner Seite. Antoine sah sich um, und tatsächlich: Mehrere Schritte zurück lehnte Philibert an der Laterne, den Kopf in den Nacken gelegt, die Augen auf die Fassade der Conciergerie gerichtet.

«Phili?» Langsam bewegte er sich auf der Promenade zurück. «Ist da irgendwas?»

Philibert rührte sich nicht. Antoine beugte sich zu ihm, als ... Ein Schatten aus dem Türeingang: ein bloßer Eindruck, keine Bewegung. Die kurze, breite Klinge eines Messers, die unterhalb des Kehlkopfs in den Hals des jungen Mannes drang, die Möglichkeit zu einem Schrei augenblicklich abschnitt. Zu allem, das mehr war als ein ersticktes Gurgeln. Ein Krampf, der den Körper des Rekruten schüttelte, sekundenlang, bis er unvermittelt erschlaffte, aufgefangen wurde, ehe er zu Boden gleiten konnte.

Schon hatte sich ein zweiter schattenhafter Umriss aus dem Türeingang gelöst. Mit raschen, konzentrierten Bewegungen wurden die Körper der beiden Rekruten entkleidet, streiften sich die Männer die Uniformen der Getöteten über. Dumpfe Geräusche, als die leblosen Leiber auf der Wasseroberfläche auftrafen. Sie würden nicht versinken, sondern gegen Morgen bei Saint-Cloud ans Ufer getrieben werden, doch das war ohne Bedeutung. Die beiden Männer lösten sich von der Brüstung, im selben Moment, in dem von ferne ein rasselndes Geräusch erklang, als einer der Beamten der nachfolgenden Patrouille seinen Schlagstock über das Gitter an der Pforte schrammen ließ. Mit raschen Schritten entfernten sich die Täter, die Promenade entlang auf dem Rundkurs um den Gebäudekomplex. Als die neue Patrouille auf diesen Abschnitt einbog, hatten sie sich bereits in weit entfernte Schatten verwandelt. Unmöglich zu erkennen, wie wenig Ähnlichkeit die linke der beiden Silhouetten mit der ausladenden Statur des Rekruten Philibert besaß.

Schneller als das Licht hatten die Männer ihre Tat vollbracht. Fern jeder menschlichen Beobachtung. So musste es erscheinen.

Doch das war nicht die Wahrheit. Die Art und Weise, in der die nächtlichen Täter operierten, besaß eine lange und stolze Tradition in der Stadt. Auf dem Montrouge mochte ein Meuchelmörder seine Herkunft auf eine ganze Dynastie von Halsabschneidern zurückführen, mit dem gleichen Selbstbewusstsein, mit dem ein Goldschmied auf Generationen von Edelmetallschmieden unter seinen Vorfahren zurückblickte. Alle beide waren sie ein Teil dessen, was Paris von jeher ausgemacht hatte. Vergleichbar seinen grandiosen Kirchenbauten. Oder seinen Huren.

Wie vollständig anders verhielt es sich mit jener anderen Gestalt. Jener Gestalt nämlich, die am Abend zuvor das Geschehen in der Galerie des Machines verfolgt hatte, gekleidet in nachtdunkles Gewebe, das ihren Körper einer zweiten Haut gleich umgab. Und welche vor wenigen Stunden erst auf dem Dach des Hôtel Vernet um ein Haar von einem jungen Constable der Londoner Metropolitan Police erspäht worden wäre. In schwindelerregender Höhe verbarg sie sich nunmehr im Dachstuhl der Conciergerie, der einen Logenplatz dargestellt hatte während der Tat.

Jetzt verließ sie ihre Zuflucht. Mit katzenhafter Eleganz durcheilte sie Abschnitte des Dachstuhls, passierte scheinbar schwerelos eine Kuppel, die sich über einem der Gerichtssäle wölbte, und kam zwischen den Arkaden des Hauptportals wieder ins Freie, hoch über dem Innenhof, den das schwere Gitter gegen den Boulevard du Palais hin absperrte. Und sie sah, was zu sehen sie erwartet hatte.

Die beiden Männer, die sich in die Uniformen der Rekruten Antoine und Philibert gekleidet hatten, hatten die Pforte im Gitter erreicht. Die beiden anderen Patrouillen wussten sie weit entfernt auf ihren jeweiligen Abschnitten des Rundgangs. Rasch führte einer der Männer den Schlüssel ins Schloss. Sekunden später schlüpften beide in den Hof, den einer von ihnen durcheilte, um zu Füßen des unsichtbaren Beobachters im Innern des Gebäudes zu verschwinden. Während der andere seinen Schlagstock über die Stäbe der Pforte rasseln ließ, nur um sich gleich darauf in einem Winkel des Hofes in die Schatten zurückzuziehen. *Keine besonderen Vorkommnisse.* Die nachfolgende Patrouille würde ihren Rundgang in der gewohnten Geschwindigkeit fortsetzen.

Das Gebäude der Conciergerie war menschenleer zu dieser Stunde des

Abends. Der Kontrast zum Gewimmel, das zu Dienstzeiten in den hohen Räumen herrschte, hätte nicht größer sein können. Und natürlich war es dunkel, was den Mann in der Uniform des Rekruten Antoine aber nicht zu bremsen vermochte. Er musste sich mit der Lage der Räumlichkeiten vertraut gemacht haben. Und sehr genau schien er zu wissen, wohin er wollte, als er mit raschen Schritten die Skulptur der Göttin Justitia passierte, deren Augenpartie – anders als ihre Brüste – ein aus dem Marmor gemeißeltes Tuch verhüllte.

Die Gestalt des heimlichen Beobachters war ins Innere des Gebäudes zurückgekehrt und dem Uniformierten gefolgt, vorsichtig Abstand haltend. Sie registrierte, wie der Mann am Ende eines Korridors vor einer Tür verharrte, einen schlüsselartigen Gegenstand aus der Tasche zog, und auf der Stelle war ihr klar, dass keine Möglichkeit bestand, ihm ungesehen durch diese Tür zu folgen, hinter der sich die Amtsräume eines hochrangigen Würdenträgers verbergen mussten. Eine rasche Entscheidung: Mehrere Büroräume zweigten vom Korridor ab. Schon hatte die dunkle Gestalt einen von ihnen betreten, das Fenster geöffnet und befand sich auf dem Sims, der unterhalb der Fenster an der Fassade entlanglief.

Dieser Sims war kaum mehr als eine Handfläche breit, doch in genau solchen Manövern war die Gestalt geübt. Ihre Hände tasteten über das Mauerwerk, wo die Fingerspitzen zwischen den unverputzten Quadern Halt fanden. Sie bewegte sich an der Fassade entlang, fünfzehn Meter über dem Boden, in einer Geschwindigkeit, dass ein Fußgänger auf seinem bequemen Trottoir Mühe gehabt hätte, mit ihr Schritt zu halten. Das vorderste der hohen Fenster, die zu den Amtsräumen gehörten, erreichte sie in ebenjenem Moment, da der Körper des Uniformierten hinter einem Schreibtisch gewordenen Ungetüm aus Palisanderholz verschwand.

Was genau im Kabinett vor sich ging, war nicht zu erkennen. Der Mörder der beiden Rekruten führte eine Petroleumlampe mit sich, die allerdings nur einen vagen Schimmer von Helligkeit spendete. Er schien sich mit dem Innenleben des Schreibtischs zu befassen. Jetzt kam er wieder zum Vorschein, in der Hand eine Mappe, die er eilig in seine Montur gleiten ließ, um mit der anderen Hand ... Ein Umschlag, den er ablegte?

Im nächsten Augenblick wandte sich der Mann der Tür zu. Blitzartig wich die Gestalt des Beobachters vom Fenster zurück, verharrte auf dem Sims, die Finger in den Fugen vergraben. War sie entdeckt worden? – Warten. Ihre Brust hob und senkte sich unter dem dunklen Gewebe aus unbekannter Faser. Minuten vergingen, bis sie sich wieder ins Innere des Gebäudes gleiten ließ, durch dasselbe Fenster, das ihr Zugang auf den Sims gewährt hatte.

Lauschend hielt sie inne. Stille auf dem Korridor. Ein Blick zurück zum Fenster, doch der Innenhof, die Pforte, der Zugang durch das Gitter waren von dieser Seite des Gebäudes nicht einsehbar. Ihr blieb nur das Risiko.

Die Tür. Verlassen lag der Korridor in unvollständiger Dunkelheit. Atemzüge? Nein. Der Täter hatte sich bereits entfernt. Vermutlich war er schon nicht mehr auf dem Gelände, genauso wenig sein Gefährte. Das Rasseln am Gitter der Pforte würde ausbleiben. Minuten, und den überlebenden Patrouillen musste aufgehen, dass etwas geschehen war.

Wenige Schritte, und die Gestalt hatte den Zugang zu dem repräsentativen Raum erreicht. Eine Tür zu öffnen, die eigentlich verschlossen bleiben sollte, bereitete auch ihr keine größeren Umstände.

Das Kabinett. Der Schreibtisch. Der Uniformierte hatte den Umschlag im Zentrum der Arbeitsfläche abgelegt. Der dunkle Besucher nahm ihn zur Hand, die Lasche war lediglich eingesteckt. Er ließ den Inhalt auf den Schreibtisch gleiten.

Eine Serie von Fotografien: ein Mann – und eine Frau. Die Frau schmal und krank, der Mann dagegen, der einem Tier gleich über die Kranke herfiel … Eine Fotografie um die andere, während sich die Stirn der Gestalt in Falten legte. Es war eindeutig, was die Aufnahmen zeigten. Doch aus welchem Grund hatte der Eindringling sie an diesem Ort zurückgelassen? Hier, auf dem Schreibtisch eines hohen Amtsträgers der Republik im Herzen der Conciergerie? Es ergab keinen Sinn. Und es war nicht das Erste, das keinen Sinn ergab in den vergangenen Tagen.

Verstreute, scheinbar in keinerlei Zusammenhang stehende Ereignisse, und dennoch war ihnen eines gemein: Sie atmeten Gefahr. Gefahr, die mit Händen zu greifen war und doch unfassbar blieb. Für einen letzten Moment noch verharrte das schattenhafte Wesen, dann wurden die Fotografien wieder in den Umschlag gesteckt, und der Umschlag fand zurück auf die Tischplatte.

Hinaus in den Korridor. Eine unscheinbare Stiege, die in den Dachstuhl führte, und dort eine Route zu einem Punkt, von dem aus das Dach des Nachbargebäudes mit einem gewagten Sprung zu erreichen war.

Der dunkle Beobachter verließ das Gelände der Conciergerie. Im selben Augenblick, da in dem verwinkelten Gebäudekomplex die Alarmglocken ihre unheilverkündenden Stimmen erhoben.

***

ZÜNDUNG IN 26 STUNDEN, 10 MINUTEN
**Rue Matignon, Paris, 8. Arrondissement –
30. Oktober 1889, 21:50 Uhr**

Langsam, im Schritttempo kaum, rollte die Kutsche an Friedrich von Straten vorüber. Ein edles Gefährt, eine Victoria mit einem schweren, dunklen Verdeck und glänzend rot lackierten Speichen, der Mann auf dem Kutschbock in eleganter Livree. Die Vorhänge waren geschlossen, doch aus dem Innern glaubte Friedrich ein aufgeregtes Wispern zu vernehmen. Eine lange Reihe repräsentativer Kaleschen bewegte sich durch die Straßen des achten Arrondissements, von der Avenue des Champs-Élysées her, die Pferde in gemessenem Schritt. Bis sie vor dem hohen, erleuchteten Gebäude innehielten, von dessen Stufen zwei festlich gekleidete Lakaien auf den Gehsteig traten. Sie schienen etwas in Empfang zu nehmen, um es sorgfältig zu prüfen.

Das Kuvert, das Friedrich an der Rue de Lubeck erhalten hatte, befand sich in der Brusttasche seiner Uniform. Er konnte es spüren, mit jedem schweren Schlag seines Herzens. Die Einladung zum Empfang der Vicomtesse de Rocquefort. Seiner Mutter.

Er war stehen geblieben, kaum dass er in die Straße eingebogen war, gegenüber einer Parkanlage, die er für einen Teil des Tuileriengartens hielt. Kutschen, eine um die andere. Minutenlang hatte er die Szene verfolgt, und nicht ein einziger Besucher war zu Fuß eingetroffen. Keine Kutsche, kein Zutritt. Das Bild war eindeutig.

Gedanken, die in seinem Kopf durcheinanderwirbelten. Eine Mietkutsche. An jeder zweiten Straßenecke war es möglich, ein Gefährt samt Kutscher für einen Abend mit Beschlag zu belegen. Seine Sektion im deutschen Generalstab hatte ihm einen gewissen Posten für seine Aufwendungen zur Verfügung gestellt. Keinen bedeutsamen Posten zwar, doch sollte sich im Rahmen seines Auftrags die Notwendigkeit für größere Auslagen ergeben, würde er auf die Hilfe seines Kontaktmanns zurückgreifen können. So jedenfalls hatte er vermutet. Nur dass das Unternehmen dieses Abends mit seiner Mission nichts zu tun hatte. Er stand vor dem Stadtpalais seiner Mutter, einige Straßenzüge vom Hôtel Vernet entfernt. Er war zu Fuß. Und jede auch nur entfernt annehmbare Kutsche würde die Summe an Francs übersteigen, die er in der Tasche trug.

«Und natürlich hat er das gewusst», flüsterte Friedrich von Straten. Böse starrte er die Karosse an, die soeben feierlich an ihm vorbeizog. Wie Rollande alles zu wissen schien. Und immer nur so viel verriet wie eben gerade notwendig. Von Friedrichs eigentlichen Fragen hatte er wiederum keine einzige beantwortet. Weder hatte der Hauptmann erfahren, worin seine Mission in der Stadt denn nun bestand, noch hatte Rollande sich dazu geäußert, woher die Informationen zur Herkunft des jungen Mannes stammten, über die er offenbar verfügte. Was Friedrich allerdings erst aufgegangen war, als er Rollande hinterhergeblickt hatte, wie dieser sich hoch zu Ross entfernte.

«Es ist eine Probe.» Immer noch flüsternd. Ganz bewusst hatte Rollande sich entschlossen, ihm das entscheidende Wissen vorzuenthalten. Weil genau darin die Probe bestand. Wenn es Friedrich gelang, trotz allem auf dem Empfang vorgelassen zu werden, Licht in das Dunkel zu bringen, das seine Vergangenheit umgab, dann hatte er sie bestanden. Ein Mann, der wusste, wer er war: Nur einem solchen Mann würde Fabrice Rollande jenen Auftrag anvertrauen, bei dem die Sicherheit des Reiches auf dem Spiel stehen konnte, wie der Seidenhändler selbst zugegeben hatte.

Zögernd trat er an den Rand des Trottoirs. Noch immer waren Spazier-

gänger unterwegs. Eine kleine Traube von Menschen hatte sich vis-à-vis
vom Palais Rocquefort versammelt. Wackere Bürgersleute, die staunend
die eintreffenden Gäste beobachteten, wie diese ihren Karossen entstiegen
und von den Domestiken begrüßt wurden. Er sah es voraus. Die Zurück-
weisung durch die Lakaien jener Frau, die seine Mutter war. Doch welche
Wahl blieb ihm? Ohne Kutsche vorstellig zu werden, war schlimm genug.
Obendrein verspätet zu erscheinen war schlimmer. Er holte Luft.

Ein Geräusch. Ein Geräusch, das ihn aus irgendeinem Grund aufmerksam machte, seiner Anspannung zum Trotz. Von rechts? Dort war es
dunkler; die Parkanlage war zu erahnen, auf den Louvre und den Fluss zu.
Eine Gestalt? Friedrich zögerte. Ja, eindeutig eine Gestalt vor dem Hintergrund des nächtlichen Grüns. Hatte sie das Geräusch von sich gegeben?
Das Geräusch eines Menschen in Not?

Friedrich kniff die Augen zusammen. Es war keine einzelne Gestalt. Es
waren zwei. Quer gegenüber, vielleicht dreißig Schritt entfernt: ein Mann
mit einem hohen Zylinder, gehüllt in einen dunklen Mantel, und eine
Frau, blass und schmal. Ein helles Kleid? Ein tiefes Rückendekolleté, das
selbst die Schultern frei ließ? Würde eine Frau ein solches Kleid auf offener Straße tragen? Selbst in Paris? Wenn die Frau sich freiwillig auf diese
Weise entblößt hatte. Hatte sie sich nicht unsicher bewegt, stolpernd am
Arm ihres Begleiters? Schon waren die beiden eingebogen in das Nacht
gewordene Grün der Parkanlage, wurden unsichtbar in der Dunkelheit
zwischen den Bäumen.

Eine unvermittelte Erinnerung schoss Friedrich durch den Kopf.
Madeleine Royal. Wie sie in ihrem Schwanenkleid in den nächtlichen Gärten des Trocadéro verschwunden war. Im nächsten Moment hatten sich
die Finger des Seidenhändlers um Friedrichs Nacken geschlossen. Hätte
Rollande nur gewollt: Er hätte ihn töten können.

Schon war Friedrich von Straten auf dem Weg über die Straße, auf die
ersten Reihen der Bäume zu. Ein warnender Ruf zu seiner Rechten. Noch
eine Kutsche, die eilig heranrollte. Hektisch wich er aus, erreichte die
andere Straßenseite, hielt inne.

Er hatte sich eingeprägt, an welcher Stelle er die beiden Gestalten zuletzt erspäht hatte. Ein Weg, der sich ins Dunkel des Buschwerks wand,

kiesgestreut. Für einen Atemzug lauschte Friedrich. Er tastete an seine Seite, spürte das Heft des Galadegens. Besser als die bloßen Fäuste.

Mit einem Atemzug trat er in die Schatten. Der Kies unter seinen Füßen verursachte verräterische Geräusche. Nach wenigen Schritten hielt er von neuem inne, horchte in die Nacht, versuchte, das schalkhafte Spiel der Schatten mit seinen Blicken zu durchdringen. Hier gabelte sich der Weg, führte linker Hand auf eine Lichtung zu, rechter Hand tiefer in den nächtlichen Park. Ein strenger Geruch bewies, dass die baumbestandene Anlage nach Einbruch der Dunkelheit als Abtritt genutzt wurde, doch darüber lag noch etwas anderes, die Ahnung eines schweren Parfüms.

«Wenn Sie selbst eine Patrone einlegen wollen ...»

Friedrich fuhr herum. Der Mann im dunklen Mantel, hager, hochgewachsen, sein Gesicht war in den Schatten nicht recht zu erkennen. Sein Mantel war eine Art Cape, das er mit dem rechten Arm um die Schultern der Frau geschlungen hatte, sodass kaum mehr als ihr Gesicht und ihr bloßer Hals hervorsahen: ausgemergelt, blass, kränklich beinahe, in den Augen ein glasiger Blick. Ein verstörender Anblick, der im verirrten Widerschein des Lichts sichtbar wurde. Eine verheilte Narbe teilte ihre rechte Augenbraue in zwei ungleiche Hälften.

«Monsieur?» Friedrichs Herz hatte sich überschlagen. Der Mann war wie aus dem Nichts erschienen, doch es war nicht die Überraschung allein. Es war seine Haltung, sein Tonfall, ein gänzlich *unbesorgter* Tonfall, und nicht zuletzt war es die Formulierung, die mit einem Mal einen ganz anderen Gedanken aufblitzen ließ in Friedrich von Stratens Kopf. *Mettre une cartouche.* Eine Kartusche in den Lauf schieben. Eine Patrone. Oder, ganz plump ...

Die Hand des Mannes senkte sich ein Stück. Die rechte Brust der Frau wurde sichtbar, nackt, mager und schlaff. Seine Finger versetzten ihr einen Stoß, sodass sie obszön hin und her schwang. Die Frau tat nichts, um sich dagegen zu wehren, ihr Blick verloren im Irgendwo.

«Auf der anderen Seite vom Élysée-Palast sind sie am billigsten.» Der Mann, und das war das Schlimmste: in einem Tonfall, in dem man einen väterlichen Rat erteilte. «Ein paar Francs mehr, und sie machen alles, was Sie ihnen sagen.»

Brennende Röte schoss auf Friedrichs Gesicht. Abscheu überfiel ihn. Schwindel. Eine plötzliche Übelkeit. Undenkbar, sich auch nur eine Sekunde länger dieser demütigenden Situation auszusetzen. Er wich zurück, stolperte, fing sich, stapfte mit steifen Schritten davon. Zweige peitschten in sein Gesicht, das Rascheln des Laubes jagte ihm nach wie höhnisches Gelächter. Doch vielleicht lachten sie ihn ja tatsächlich aus, der Mann und seine magere Hure. Der Ausgang zur Straße hin, das Trottoir: Die Rue Matignon lag vor ihm, unverändert, als wäre überhaupt nichts geschehen.

Schmerzhaft sog Friedrich den Atem ein. *Er hasste diese Stadt.* An den eisernen Mast einer Laterne gestützt, hielt er inne, wartete, dass sein Atem, der Schlag seines Herzens sich beruhigte. Er hatte helfen wollen. Eine Dame in Not, und er hatte ihr helfen wollen. Niemals wieder, schwor er sich, niemals wieder würde er sich in eine solche Situation bringen. Niemals wieder würde er sich der Impertinenz dieser Menschen ausliefern in all seiner Arglosigkeit.

Er verharrte. Schattenhafte Gestalten schlenderten an ihm vorüber, ohne von ihm Notiz zu nehmen, und er glaubte, ihre Gedanken lesen zu können, wenn sie denn tatsächlich einen Gedanken an ihn verschwendeten: ein Betrunkener? Ein Verrückter? Ein Verzweifelter? Bedeutungslos. Die Wahrheit, das wahre Wesen eines Menschen war bedeutungslos in dieser Stadt. Einen Steinwurf von der Residenz des Präsidenten konnte sich ein Mann mit einer billigen Hure in die Büsche schlagen und ihr für ein paar zusätzliche Francs Unaussprechliches antun. Und niemand sah hin, niemand interessierte sich dafür, weil niemand davon wissen *wollte*.

Das Wissen, dachte Friedrich von Straten. Das Wissen ist bedeutungslos. Die *Wahrheit* ist bedeutungslos. Alles in dieser Stadt war Maske und Verkleidung: Kutschen, Titel, aufwendige Garderobe. Nur eines zählte wirklich: die eigene Lüge überzeugend zu verkaufen. An die eigene Lüge zu glauben. *Das* war Frankreich. Niemals konnte und würde Friedrich von Straten wie diese Menschen sein. Und doch …

Auch er verstand sich auf Masken und Tarnungen. Er war geübt in Spiegelgefechten mit Abgesandten feindlicher Mächte. Er hatte sich auf dem Empfang im Trocadéro-Palast bewegt, und kein Verdacht war auf ihn gefallen – ausgenommen vonseiten derjenigen, die ohnehin Bescheid gewusst hatten, Rollande und ebenso die Männer der Gegenseite, die den Seidenhändler ständig im Visier hatten und einen jeden, der mit ihm in Verbindung trat. Friedrich konnte sich verwandeln, er wusste es. Er konnte zu allem werden, was eine Mission von ihm erforderte, und die Festlichkeiten auf Schloss Gottleben mochten Provinzempfänge gewesen sein, aber in den beiden vergangenen Jahren, in Berlin, in Potsdam, hatte er Anlässe von weit größerer Bedeutung aufgesucht. Und er war selbst erstaunt gewesen, welchen Eindruck er zu erzeugen vermochte, wenn er es darauf anlegte, hoch aufgerichtet in seiner Uniform. Ein Mann, dem ein Respekt entgegenschlug, wie er sich aus seinem eher unbedeutenden Dienstrang kaum erklären ließ. – Doch an diesem Abend, da er jener Frau gegenübertreten würde, die seine *Mutter* war? Da es gerade darum ging zu erfahren, wer er *wirklich* war? Gerade dann. Er konnte sein, was er wollte. Französischer als jeder Franzose. In jeder Hinsicht, auf die es ankam.

«Wenn es das ist, was ihr wollt», flüsterte er. «Dann sollt ihr es haben.»

Er löste sich vom Mast der Laterne. Zwei Atemzüge, und seine Kiefer pressten sich aufeinander, als er sich auf den Weg über die Straße machte, militärisch aufrecht. Die Brusttasche seiner Uniform barg eine Einladung zum Empfang im Palais Rocquefort. Friedrich von Straten hatte beschlossen, dass er keine Kutsche brauchte.

TEIL FÜNF

30. Oktober 1889
La nuit / In der Nacht

Zündung in 26 Stunden, 00 Minuten
Hôtel Vernet, Paris, 8. Arrondissement –
30. Oktober 1889, 22:00 Uhr

Ein anerkennendes *Aaaah!* erscholl aus mehr als einem Dutzend preußischer Kehlen. Graf Drakenstein und seine Begleiter begannen, beifällig in die Hände zu klatschen, und binnen Sekunden wurde ein Rhythmus daraus. Sie waren merkwürdige Leute, die Deutschen, dachte Celeste Maréchal. Aus allem mussten sie einen Marschrhythmus machen. Selbst wenn sie sich lediglich für ein gelungenes Diner bedanken wollten.

Ference, der kahlköpfige *chef de cuisine* des Vernet, verbeugte sich in sämtliche Richtungen. Ein zweites Mal, nachdem sich die Delegation von jenseits des Rheins nicht beruhigen wollte. Einige der Herren hatten angefangen, mit ihren Bestecken auf die Tische zu stampfen, rhythmisch selbstverständlich. Ein Bild und eine Geräuschkulisse, die das Hôtel Vernet in mehr als zwei Jahrzehnten noch nicht erlebt hatte. Doch schließlich war es auch das erste Mal, dass das Haus eine offizielle Gesandtschaft aus dem Deutschen Reich beherbergte. Was, wenn es eine alte preußische Tradition darstellte, seiner Begeisterung auf diese Weise Ausdruck zu geben? Drakenstein hatte zweimal mit bedeutungsvollem Blick in Celestes Richtung geprostet, was sie mit einem höflichen Nicken quittiert hatte, doch wohlweislich hielt sie sich abseits. Dies war Ference' Stunde, der nun seine Mitstreiter aus der Küche in den Saal winkte, um das lautstarke Lob mit ihnen zu teilen.

«Extraordinaire!» Der deutsche Emissär hatte sich erhoben, ein rosiges Glühen auf Nase und Wangen, die Handflächen beinahe anbetend aneinandergelegt. «Magnifique! Merveilleux, Monsieur Ference!» Der Name des Chefkochs klang verdächtig nach dem Landesnamen *France*. «Ihre gefüllte Gans, wirklich! Wenn ich das sagen darf: Die Köchin meiner Großmutter hätte das nicht besser hinbekommen. Göttlich, einfach göttlich. – Sie sehen, meine Herren ...» Ein strenger Blick in die Runde seiner Begleiter. «Allen Unkenrufen zum Trotz sind wir eben doch sehr viel näher beieinander, als uns gewisse Herrschaften in Potsdam regelmäßig

279

erzählen wollen. Wer eine solche Gans zuzubereiten weiß, der kann kein schlechter Mensch sein.» Ference setzte zu einer dritten Verbeugung an. «Und sei er hundertmal Franzose!», verkündete Drakenstein zur Krönung seiner Jubelrede. Celeste Marêchal musste ihren *chef de cuisine* bewundern. Er zuckte nur ganz leicht zusammen.

Mit einem Lächeln wandte sie sich ab, um den Speisesaal unauffällig zu verlassen. Was die Gesandtschaft aus dem Reich anbetraf, war dieser Abend eindeutig als Erfolg zu verbuchen.

Sie betrat das Foyer. Sophie kam soeben hinter dem Tresen der Rezeption hervor, bereits im Mantel. Mit einem flüchtigen Knicks verabschiedete sie sich von der Eigentümerin, im selben Moment, in dem aus Richtung des Wirtschaftstraktes der alte Gustave in den weitläufigen Raum geschlurft kam. Pünktlich auf die Minute, dachte Celeste Marêchal. Wie an einem jeden Abend. Die Türen mussten für die Nacht geschlossen werden, und für den alten Mann würde es eine unruhige Nacht werden. Mehrere Gäste hatten das Haus verlassen und würden ihn zu den unterschiedlichsten Zeiten aus dem Schlaf reißen. Selbst die Delegation aus dem Reich war nicht ganz vollzählig. Nun, Hauptmann von Straten gehörte zu den wenigen wirklich gutaussehenden Deutschen, die Celeste jemals zu Gesicht bekommen hatte. Wenn er den Besuch in der Stadt für ein Abenteuer nutzte, war ihm das kaum zu verdenken. Warum sollten sich junge Deutsche und junge Franzosen in dieser Hinsicht auch unterscheiden?

Nachdenklich wanderte ihr Blick zum Treppenhaus. Und junge Briten? Es war seltsam, wie blass Berties Sohn wirkte, in jeglicher Beziehung. Nichts von der Ausstrahlung seines Vaters, nichts von Berties Temperament. Was in so komplizierten Zeiten nicht einmal von Nachteil sein musste für den Erben eines Weltreichs. Und was nun seine körperliche Erscheinung anbetraf: Seine Mutter, Berties Gemahlin, hatte Celeste Marêchal niemals persönlich kennengelernt. Aus begreiflichen Gründen. Sie war ihr lediglich von Fotografien bekannt, doch das längliche Gesicht hatte der Junge eindeutig von ihr.

«Bonne nuit, Madame.» Gustave, der die Eingangstüren verriegelt hatte. Eine angedeutete Verbeugung, bevor er sich zum Hoftor aufmachte.

«Bonne nuit, Gustave.» Nur halb bei der Sache.

Berties Sohn. Eddy, wie seine Familie ihn nannte. Wenn Celeste ehrlich war, hatte sie sich kaum auf die erste Begegnung mit dem jungen Mann konzentrieren können, dessen Zufriedenheit mit dem Vernet von einer solchen Bedeutung war.

Celeste war erschrocken. Sie hatte tatsächlich zweimal hinsehen müssen, bevor sie in der gebeugten Kreatur, die auf Fitz-Edwards' Arm gestützt aus der Kutsche gekrochen war, den Colonel erkannt hatte. Andererseits gab es eigentlich keinen Grund dafür. Sie hatte auf der Stelle mehr als einen einst schneidigen Kavallerieoffizier vor Augen, den die Arthritis nach Jahrzehnten im Sattel zum Krüppel gemacht hatte. Und dass O'Connell ein Ekelpaket war, das keine Spur Mitleid verdient hatte, das stand nun außer Frage. Dennoch sah es Bertie ähnlich, dass er den Offizier nach Paris gejagt hatte, offenbar ohne einen Gedanken an dessen Zustand zu verschwenden. Einfach, weil dem Thronfolger bewusst war, dass er keinen besseren Mann hatte, wenn sich wieder einmal ein Angehöriger des Königshauses in Schwierigkeiten gebracht hatte. Diesmal nicht Bertie selbst, sondern eben sein Sohn. Dennoch wurde der Colonel alt. Was ihn in seiner Loyalität offenbar nicht beeinträchtigte. Vermutlich war es gewesen wie immer: Bertie musste nur die Augenbraue heben, und O'Connell würde bis in die Kapkolonie reisen für ihn.

Celeste schüttelte sich. Das war nicht ihre Angelegenheit. *Wir alle werden alt.* O'Connell hatte sein ganzes Leben der Aufgabe gewidmet, hinter Albert Edward of Wales die Scherben aufzusammeln. Wenn er sich nunmehr entschlossen hatte, sich für Berties Sohn endgültig zugrunde zu richten, dann hatte er es nicht besser verdient. Seltsam genug, dass Celeste dennoch ein Gefühl der Entrüstung verspürte.

«Weil es Verschwendung ist», murmelte sie. Verschwendung hatte sie noch niemals ausstehen können. Und es *war* Verschwendung, einen fähigen Mann als Kindermädchen für den Duke of Avondale zu verheizen. Sie stieß den Atem aus. «Und sei dieser fähige Mann noch so ein Hornochse.»

Celeste wurde abgelenkt. Die Türen des Speisesaals öffneten sich. Ference und seine Mannschaft verließen den Raum, der kahle Schädel des Küchenchefs noch immer glühend vor Stolz. Ihr Blick glitt über die

Männer und Frauen, hielt inne. Sie sah genauer hin – und ihre Stirn legte sich in Falten.

«Ference?»

«Madame?» Der *chef de cuisine* löste sich aus den Reihen seiner Begleiter, während in seinem Rücken der Sommelier den Speisesaal betrat. Der Abend würde sich noch längere Zeit hinziehen, vermutete Celeste Marêchal. Sie konnte nur hoffen, dass die Preußen dem Wein nicht in einem Maße zusprechen würden, dass sie das Diner am nächsten Morgen wieder vergessen hatten. Das wäre ganz eindeutig Verschwendung gewesen.

Sie musterte den Küchenchef. Ference gehörte zu den Angestellten des Hauses, die von der ersten Stunde an dabei waren. Er konnte es sich erlauben, sich in ihrer Gegenwart den Schweiß von der Stirn zu tupfen. Über seine Schulter warf sie einen letzten Blick auf das Küchenpersonal, das sich mit glücklichen Gesichtern in Richtung auf die Wirtschaftsräume entfernte. «Ich habe Charlotte überhaupt nicht gesehen», sagte sie.

Er sah sie an, im ersten Moment immer noch mit seinem stolzen Lächeln auf dem Gesicht. Schon tat es ihr leid, dass sie ihn überhaupt angesprochen hatte. Doch es erschien ihr seltsam, dass die junge Frau …

«Charlotte?» Ein verwirrter Gesichtsausdruck, bevor er den Kopf schüttelte. «Das Zimmermädchen?»

Ganz langsam zogen sich Celestes Augenbrauen zusammen. Sie zögerte. Nein, die Einzelheiten gingen den Küchenchef nichts an. Von den Vorgängen des Morgens wussten nur Celeste selbst und der Concierge. Und Serge war verschwiegen wie ein Grab. Es war ein Impuls gewesen. Wer der Schuldige war in der Affäre um Søndergrachts ominöse fünfzig Francs, stand für sie nicht in Frage. Nachdem der Gast des Hauses aber behauptet hatte, dass das Geld ihm gestohlen worden sei, gab es keine Möglichkeit, ihn aus dem Hotel zu entfernen. Die gesamte Härte der hausinternen Regeln hätte also Charlotte allein getroffen, was Celeste Marêchal nicht gerecht erschien. Nur dass es dennoch undenkbar war, ein schwangeres Zimmermädchen zu beschäftigen. Zu schweigen von einem schwangeren Zimmermädchen, das die Gäste gegen einen Obolus auf deren Räume begleitete. Was dagegen das Küchenpersonal anbetraf, verhielten sich die Dinge anders. Von jenem speziellen Nebenverdienst natürlich abgesehen, und das würde sich von alleine regeln. Schließlich hatten die Küchenangestellten praktisch keinen Kontakt zu den Gästen.

Gedanken, die sie dem Mädchen gegenüber selbstverständlich nicht ausgeführt hatte. Charlotte hatte die Anweisung erhalten, sich für den Rest des Tages in die Küche zu begeben und am nächsten Morgen noch einmal bei der Inhaberin vorstellig zu werden. Bis dahin, hatte Celeste gehofft, würde sie die Dinge geklärt haben.

«Sie ist nicht zu Ihnen gekommen?», wandte sie sich an Ference.

Der *chef de cuisine* sah sie an, schüttelte bedauernd den Kopf. «Nein, Madame. Leider nicht. Hätte sie ... das tun sollen?»

Celeste holte Luft. Der tastende Tonfall des Mannes entging ihr nicht. Ihr Gesicht verriet Dinge, die es nicht hätte verraten dürfen. Immer deutlicher wurde der Tribut an das Chaos der vergangenen Tage, und in diesem Moment, mit zwei hochrangigen ausländischen Delegationen im Haus, *durfte* sie keine Schwäche zeigen. Wenn sie auch nur die geringste Chance auf ein Überleben für das Hotel wahren wollte, musste die Routine unter allen Umständen weitergehen.

«Anscheinend hat sie mich falsch verstanden», bemerkte sie beiläufig. Nicht zu beiläufig allerdings. Ihre Geduld mit Angestellten, die eine Anweisung falsch verstanden, war nicht übermäßig ausgeprägt. Einem Mann, der seit zwei Jahrzehnten für sie arbeitete, konnte das kaum entgangen sein. Eine wegwischende Handbewegung. «Das war gute Arbeit heute Abend, Ference. Mein Glückwunsch.»

«Madame.» Eine Verneigung. «Merci beaucoup, Madame. Hoffen wir, dass wir unsere Gäste von den Britischen Inseln ebenso werden überzeugen können.»

«Ich bin mir sicher, dass Ihnen das gelingen wird. Bonne nuit, Ference.»

«Bonne nuit, Madame.»

Sie sah ihm nach. Gedanken waren in ihrem Kopf in Gang gekommen. Konnte Charlotte sie tatsächlich falsch verstanden haben? Gewiss, eine ungelernte Kraft in der Küche wurde schlechter bezahlt als ein Zimmermädchen, das eine lange Ausbildung durchlaufen hatte. Doch so weit waren sie überhaupt nicht gekommen. Davon abgesehen, dass Celeste Maréchal für sich bereits beschlossen hatte, dass der jungen Frau genug zum Leben bleiben würde für sich und das Kind, wenn es einmal da war. Was genau hatte Celeste gesagt? *Für den Rest des Tages meldest du dich in der Küche?* Etwas in dieser Richtung.

Ihre Finger bewegten sich an ihre Schläfen. Die Überempfindlichkeit gegen helles Licht hatte sich im Laufe des Tages gelegt. Zurückgeblieben war ein Dröhnen in ihrem Kopf. Aber während des Gesprächs mit dem Mädchen war sie nicht vollständig bei sich gewesen. Und Charlotte war aus begreiflichen Gründen ebenfalls nicht vollständig bei sich gewesen. *Für den Rest des Tages meldest du dich in der Küche – und ab morgen stehst du dann auf der Straße?* Mit Sicherheit waren das nicht Celeste Marêchals Worte gewesen. Doch konnte das Mädchen sie womöglich so verstanden haben?

«Aber selbst dann …» Ihre Stimme war ein Flüstern. Hätte Charlotte nicht selbst unter diesen Umständen begreifen müssen, dass sie zumindest nicht auf der Stelle entlassen wurde? Dass sie vielleicht noch eine Chance hatte? Allerdings nicht, wenn sie Celeste Marêchals Anweisung ignorierte. Ohne eine Anstellung, ohne ein Zeugnis, sehr bald mit einem Kind, für das sich vermutlich kein Vater verantwortlich fühlte: Eine junge Frau, die ihrer Sinne mächtig war, hätte bleiben *müssen*.

Sie ließ die Arme sinken. Nachdenklich durchquerte sie das Foyer. Durch das Fenster neben der nunmehr verriegelten Tür blickte sie in die Dunkelheit, während ihr Daumen die Innenfläche ihrer Hand massierte. Ein unangenehmes Gefühl hatte von Celeste Besitz ergriffen.

***

Zündung in 25 Stunden, 47 Minuten
**Palais Rocquefort, Paris, 8. Arrondissement –
30. Oktober 1889, 22:13 Uhr**

«Es ist ungerecht!» Eine halbe Drehung. «So un-glaub-lich ungerecht!» Beim Wort *unglaublich* drei balancierende Schritte auf den Zehenspitzen, dann war der orientalische Teppich im Weg. Agnès verharrte auf der Stelle, beugte sich vor und streckte ein Bein gerade nach hinten weg: eine

Arabesque. «Die halbe Stadt ist da unten im Saal!» Etwas atemlos, als sie wieder aufrecht stand. «Eine dicke Frau haben sie sogar die Treppe hochgetragen, *in ihrem Stuhl!*»

«Die Königin von Spanien.» Mélanies Augen schlossen sich. «Die ehemalige Königin von Spanien», präzisierte sie. «Sie wohnt an der Avenue Kléber, seit zwanzig Jahren schon. Sie kommt nicht viel raus, sagt Maman. Aber den Herbstsalon hat sie noch nie versäumt.»

«Wahrscheinlich, weil sie sich mit Trüffeln vollstopfen kann. Bestimmt nicht, um zu tanzen. Wenn *ich* tanzen dürfte ...» Agnès beschrieb eine Pirouette, die Röcke mit den Fingern gerafft. «Darüber würde die ganze Stadt sprechen!»

Mélanie warf einen kurzen Blick in ihre Richtung. «Wenn du *so* tanzt, dann mit Sicherheit. Wenn du allen Leuten deine Waden zeigst. Wobei es ein Salon ist heute Abend. Auf einem Salon wird sowieso nicht getanzt. Die Musik soll dem Ereignis nur einen angemessenen Rahmen verleihen.»

«Ungerecht ist es trotzdem!» Von Details ließ sich Mélanies Cousine nicht beirren. «*Tata* Albertine hat selbst gesagt, dass sie uns in die Gesellschaft einführen will. Das hätte sie heute Abend einfach machen können, und schon ...»

Mélanie hörte nicht mehr zu. Ihr Kopf schwirrte wie ein Bienenstock, und es war nicht ihr Kopf allein. Es war der gesamte mehrstöckige Bau des Palais Rocquefort. Eine Woge von Geräuschen, ein wirrer Brei von Lauten, die im Einzelnen nicht zu unterscheiden waren: Wortfetzen, unterschiedliche Stimmen, die einander übertönen wollten, das Klirren von Gläsern und tief darunter ein auf- und abschwellendes Dröhnen, pulsierend im Rhythmus des musikalischen Ensembles auf der bel étage, zwei Stockwerke unter ihnen.

Sie legte den Kopf zurück, spürte das beruhigende Gefühl der massiven Wände. Das Palais Rocquefort ging auf das vierzehnte Jahrhundert zurück und war damals beinahe so etwas wie eine Burg gewesen. Eine kleine Festung innerhalb der Mauern von Paris, wie die großen Familien sie ihr Eigen nannten. Eine Zuflucht, dachte sie, vor der Unruhe und dem Lärm der Straßen – so lange man diese Unruhe und diesen Lärm nicht zu sich einlud. Sie hatte niemals begriffen, warum der Empfang tatsächlich an genau dem Tag stattfinden musste, an dem sie wieder in der Stadt eintrafen. Selbst an Maman konnte doch die stundenlange Fahrt nicht spurlos vorübergehen, zuerst in der Kutsche, dann in der Eisenbahn. Vermutlich war es eine Geste, ein Zeichen. Albertine de Rocquefort verfügte über unzählige Möglichkeiten, solche Zeichen zu geben: die Auswahl der Gäste, die Reihenfolge, in der sie begrüßt wurden, unter Umständen auch nur die Position, in der sie ihren Fächer hielt, wenn sie das Wort an jemanden richtete. Als kleines Mädchen hatte Mélanie diese Vorgänge voller Faszination verfolgt, im Schutze eines Vorhangs, aus einem Alkoven, der an den Festsaal grenzte. Sie hatte sich ausgemalt, wie es sein würde, selbst zu dieser Gesellschaft zu gehören, dort womöglich eines Tages den Platz ihrer Mutter einzunehmen. Und im Grunde tat sie das auch heute noch. Mit dem Unterschied, dass sie heute spürte, wie ihre Kehle eng wurde bei diesem Gedanken.

Agnès plapperte weiter vor sich hin, während sie zum Takt der Musik unterschiedliche Schrittkombinationen improvisierte. Ja, Melanies Cousine konnte es kaum erwarten, zu einem Teil dieser Welt zu werden, sich in das schwindelerregende Spiel der Salons, der Bälle und Empfänge zu stürzen, wo niemals klar ersichtlich war, wer nun auf wessen Seite stand. Niemand wusste sich in dieser Welt zu bewegen wie Mélanies Mutter, doch mit Sicherheit würde auch Agnès die Regeln in Windeseile lernen, wenn die Zeit gekommen war. Den Saum ihrer Röcke genau so weit anzuheben, um die Blicke der Herren auf sich zu ziehen, ohne sich dabei in der Gesellschaft unmöglich zu machen. Nur dass nicht Agnès die Tochter und Erbin der Vicomtesse de Rocquefort war. Sondern Mélanie.

Es war ein merkwürdiges Gefühl, nach den Sommermonaten wieder in Paris zu sein, jedes Jahr aufs Neue. Sie saß auf ihrem Lieblingsplatz in der Laibung eines der großen Fenster, die über die Parkanlagen an den Champs-Élysées auf das Meer der Lichter blickten. Der Fluss und die Île de la Cité waren ein dunklerer Fleck in diesem Ensemble; lediglich die Türme von Notre-Dame wurden von Lichtern erhellt; fernen, Rettung verheißenden Leuchtfeuern gleich. Ein Kloster, dachte Mélanie. Im letzten Winter, bevor Agnès zu ihnen nach Deux Églises gekommen war, hatte

Mélanie sich tatsächlich ausgemalt, dass das ein Weg für sie sein könnte: ein stiller, freundlicher Ort mit festen Regeln, die jede Minute des Tages prägten. Ein sinnvolles Leben mit dem Lob des Herrn und der Heiligen Jungfrau auf den Lippen. Doch natürlich war das unmöglich für die Erbin eines der großen Namen des alten Königreichs. Um so vieles älter als das kurzlebige Kaisertum der Bonapartes, auf das man eher herabsah in jenen Kreisen des achten Arrondissements, in denen ihre Mutter sich bewegte. Und ganz wesentlich älter als die Republik, mit der die Vicomtesse allerdings ihren Frieden geschlossen hatte. Was ihr nicht allzu schwergefallen sein konnte, dachte Mélanie. Eben *weil* es keine Königin gab, hieß die Königin der Salons Albertine de Rocquefort. Und an diesem Abend hatte ihr Hofstaat sich versammelt, um ihr zu huldigen.

Mélanie löste ihren Blick von den Türmen der Notre-Dame. Ein leises Seufzen kam über ihre Lippen. Agnès, noch immer in ihre Tanzschritte und ihre Selbstgespräche vertieft, nahm es nicht zur Kenntnis. Nein, es war gut, dass Mélanie niemals den Versuch unternommen hatte, ihre Mutter auf ihre Träume anzusprechen, nun, da sie wusste, dass ein Leben im Kloster niemals für sie in Frage kommen konnte. Nun, da sie sich ihrer Verderbtheit bewusst geworden war.

Kannst du dir vorstellen, wie er das bei dir macht? Agnès' Worte, als sie ihre Brust berührt hatte, während ihrer beider Augen auf Luis' gebräuntem, beinahe entblößtem Körper gelegen hatten. Und Mélanie *hatte* es sich vorgestellt, bis jenes verwirrende Gefühl sie durchströmt hatte. Ebenso später, auf der Lichtung, wo Tortue sie beobachtet hatte, aus den Schatten der Robinie. Selbst heute Nachmittag, als der arme Luis sich mit den Koffern abgeschleppt hatte. Mit dem *ersten* Koffer zumindest. Den Rest hatte dann der lustige Mr. Basil aus London getragen. So oder so: Sie war verderbt, durch und durch, befleckt mit der Sünde Evas. Niemals würde sie zu jener Reinheit finden, die von einer Braut Christi erwartet werden konnte. Doch genauso wenig konnte sie ein Leben führen wie Maman, irgendwann womöglich irgendeinen Mann heiraten und sich in eine der großen, geheimnisvollen Damen der Gesellschaft verwandeln.

Die Straße zu ihren Füßen. Die Rue Matignon. Wie von selbst waren ihre Augen hinab zur Straße gewandert, nachdem sie sich von den

Türmen der Kirche gelöst hatten. Eine, zwei letzte Kutschen, die vor den Stufen zur Residenz haltmachten. Die Domestiken in ihrer Livree, bereits etwas steifer und brüsker in ihrem Gebaren angesichts der verspäteten Gäste. Und von der anderen Straßenseite, vom Rande des Parks her …

Ihr Herz überschlug sich. Er war noch mindestens fünfzig Schritte entfernt und mehr als zehn Meter unter ihr, doch sie erkannte ihn auf der Stelle. Seine gerade, militärische Haltung, das blonde Haar streng aus der Stirn gekämmt. Nur sein Gesicht konnte sie auch jetzt noch nicht sehen. Er trug keinen Bart, das war eindeutig. Doch sie war sicher: Er war es. Er, der Unbekannte aus der vergangenen Nacht, der in der Zufahrt zum Gutshof gestanden hatte, seinen Apfelschimmel am Zügel. Der sie unverwandt betrachtet hatte und sie ihn, ein Schattenriss den anderen.

Sah er sie? Nein, heute hatte er keinen Blick für Mélanie. Wahrscheinlich hätte er sie sowieso nicht entdeckt am Fenster ihres Zimmers, in dem wiederum nur eine schwache Leuchte brannte. Wohingegen die Fenster zwei Etagen unter ihr in dieser Nacht hell erleuchtet waren. Und auf ebenjene Fenster, nein, auf die Stufen zum Eingangsportal waren seine Augen gerichtet. Das Herz in ihrer Brust begann zu hämmern. Er war auf dem Weg zum Palais! Doch er war zu Fuß. Niemand kam zu Fuß zum Empfang der Vicomtesse de Rocquefort. Und dennoch hielt er zielstrebig auf die Stufen zu. Er war auf dem Weg zum Salon ihrer Mutter!

Ihre Kehle war plötzlich eng. Nichts als ein erstickter Laut kam hervor. Bitte! Alles, aber jetzt kein Anfall! «Ag… Agnès.»

«… würde mir natürlich schon gefallen.» Ihre Cousine, nach wie vor in ihren Selbstgesprächen, ohne mitzubekommen, wie Mélanie um Worte kämpfte. «Irgendwie hat er so traurige Augen und … Na ja, dieser Bart ist irgendwie seltsam. Ich finde, Männer, bei denen der Bart nicht richtig wächst, sollten besser keinen tragen. Aber schließlich ist er ja ein Prinz, und Prinzen müssen sich keine Gedanken machen, was die Leute von ihrem Bart halten. – Eddy. Seine Familie nennt ihn Eddy. Habe ich in der Zeitung gelesen. Aber …»

«Agnès!» Mélanies Kehle brannte, doch endlich kam ein verständliches Wort. «Er ist da unten!»

«Eddy?» Die Stimme der Älteren überschlug sich. Schon war sie an Mélanies Seite. Sie musste direkt in ihrem Rücken gestanden haben. «Ich habe ihm noch gesagt, dass ich mich ganz besonders freuen würde, wenn er kommt, doch ich hätte niemals gedacht …»

«Nicht Eddy», flüsterte Mélanie. «Er. Der Mann an der Zufahrt. Von heute Nacht.»

Die Nase ihrer Cousine drückte sich an die Fensterscheibe. Hätte er in diesem Augenblick nach oben geblickt, hätte er mit Sicherheit etwas gesehen. Doch das tat er nicht. In kerzengerader Haltung überquerte er die Straße. Die beiden Domestiken in ihren Uniformen, deren Schnitt sich seit den Tagen des elften Vicomte – in der Mitte des vergangenen Jahrhunderts – nicht verändert hatte: Sie waren eben im Begriff, den Marquis de Montasser und dessen Gemahlin die Stufen emporzugeleiten, und kehrten jetzt zurück auf das Trottoir.

«Sehr freundlich sieht er aber nicht aus», wisperte Agnès. Dann, noch leiser: «Aber was für Schultern!»

Der junge Mann hatte die Lakaien der Vicomtesse erreicht. *Zu Fuß.* Mélanie konnte sich nicht erinnern, dass jemals einer der Gäste zu Fuß erschienen wäre. Selbst Madame la Falaise, die zwei Häuser entfernt wohnte, gab ihrem Kutscher Anweisung, die Avenue des Champs-Élysées hinaufzufahren, den Arc de Triomphe zu umrunden und sich dann in der Reihe der Kaleschen an der Rue Matignon anzustellen, ein paar Schritte von der eigenen Haustür.

Der geheimnisvolle Fremde zog einen Umschlag aus der Brusttasche seiner Uniform. Natürlich trug er eine Uniform, wie Mélanie schon in der vergangenen Nacht vermutet hatte, und doch war es jetzt noch deutlicher: Es schien eine Autorität von ihm auszugehen, wie sie sie noch niemals bei einem Menschen gesehen hatte. Mit einer einzigen Ausnahme vielleicht: Maman. Ja, er strahlte eine ganz ähnliche Sicherheit aus, wie sie auch die Vicomtesse umgab, die zu jedem Anlass auf selbstverständliche Weise Vorrang vor allen anderen Damen genoss. Einfach weil sie erwartete, dass es so sein musste. Und weil jeder um ihren Einfluss wusste, natürlich, und schon deshalb kein Domestik im achten Arrondissement auf die Idee gekommen wäre, sich ihrem Willen zu widersetzen. Dass dagegen irgendjemand diesen jungen Mann kannte, konnte Mélanie sich nicht vorstellen. Sie selbst jedenfalls hatte ihn noch niemals gesehen; nicht vor der Begegnung gestern, die keine Begegnung gewesen war.

«Er sieht gut aus», sagte Agnès mit gedämpfter Stimme. «Aber was ist das für eine Uniform? Eine englische?»

«Eine ...» Mélanie sah genauer hin. Die Uniform war gut geschnitten, und, ja, sie betonte seine breiten Schultern und die schmalen Hüften. Wo immer er auch Dienst tat: Es konnte keine Reitereinheit sein. Sie kannte mehrere Reiteroffiziere, die zum Kreis um ihre Mutter gehörten. Irgendwie veränderte es den Körper, wenn ein Mann den ganzen Tag im Sattel saß. Die Hüften wurden breiter. Dieser Unbekannte dagegen ... «Der Stoff ist kornblumenblau», flüsterte sie. «Und siehst du die beiden Sterne an der Schulter? Ich glaube, das ist eine deutsche Uniform.»

«Deutsch?» Mit einem Mal war Agnès' Tonfall verändert. Keine der beiden Cousinen hatte den Krieg miterlebt, in dem die Preußen das Aufgebot ihrer Nation in den Staub gestoßen hatten. Doch die Deutschen waren der Feind, und sie würden noch in hundert Jahren der Feind sein. «Trotzdem.» Agnès, nachdenklich. «Gut sieht er trotzdem aus.»

Die beiden Lakaien beugten sich über die Karte, die der Unbekannte aus seinem Umschlag gezogen hatte. Eine Einladung! Er hatte tatsächlich eine Einladung! Mélanie war sich sicher gewesen, dass sie jeden einzelnen der Gäste kannte. Manchmal brachten sie neue Gesichter mit, wenn ihre Söhne und Töchter in die Gesellschaft eingeführt worden waren, doch dieser Mann kam allein. Und er kam zu Fuß! Die Lakaien schienen einen Augenblick zu zögern. Der Fremde sagte etwas. Etwas, das natürlich nicht zu verstehen war durch die geschlossenen Fenster und Meter über dem Trottoir. Doch wieder war es seine Haltung: *Sie werden ihn einlassen.* Es ging eine derartige Sicherheit von ihm aus: Bis zu diesem Moment hatte Mélanie sich die Deutschen als ewig Sauerkraut in sich hineinstopfende, rotgesichtige Wilde vorgestellt, doch *er* war vollkommen anders.

Die Lakaien verneigten sich. Einer von ihnen beschrieb eine einladende Armbewegung die Treppe empor, der andere hatte die Karte an sich genommen. Der Weg war frei! An der Tür zum Salon würde der Domestik die Karte verlesen, und das Mädchen ahnte, dass die Erscheinung des jungen Mannes auch auf die Gäste des Empfangs ihren Eindruck nicht verfehlen würde.

«Der Alkoven», flüsterte sie.

Fragend sah Agnès sie an.

«Wir müssen über den Hof!» Mélanie spürte, wie ihr Gesicht zu glühen begonnen hatte. Ihre Finger fuhren über den Stoff ihres Kleides. «Wir müssen über die hintere Treppe runter in den Hof. Im Küchentrakt wird viel los sein, aber da wird uns niemand aufhalten. Das habe ich früher schon gemacht. Von dort aus kommen wir zu dem Alkoven oberhalb des Salons. Da gibt es einen Vorhang, aber man kann jedes Wort hören, das gesprochen wird, und wenn wir vorsichtig sind, können wir auch sehen, was ...»

«Das erzählst du jetzt?» Agnès war bereits an der Tür. «Los!»

***

ZÜNDUNG IN 25 STUNDEN, 15 MINUTEN
Hôtel Vernet, Paris, 8. Arrondissement –
30. Oktober 1889, 22:45 Uhr

Drei Schläge. Sekundenlang Stille, dann, wie ein Echo, drei weitere Schläge. Und dann setzte es ein: ein Meer von Klängen, von höheren, von tieferen Tönen, das sich über die Dächer der nächtlichen Stadt zu senken schien. Die Stimmen der Glocken von Paris.

Basil Fitz-Edwards zückte seine Taschenuhr. «*Onze heures moins le quart.* – Viertel vor elf.»

Sein guter Schulmeister daheim in Norridge! Mit Sicherheit hatte er sich auch selbst eine Freude machen wollen, als er sich entschlossen hatte, einigen seiner eifrigsten Schüler die Urgründe des Französischen nahezubringen. Einen Moment lang verspürte Basil das Bedürfnis, ein stilles Gebet für den wackeren Mann gen Himmel zu schicken. Bis er sich erinnerte, dass dieser sich nach wie vor blendender Gesundheit erfreut hatte bei Basils letztem Besuch daheim. So oder so: Hätte der Prince of

Wales feststellen müssen, dass der junge Constable nicht in der Lage war, sich jenseits des Kanals verständlich zu machen, wäre Basil mit Sicherheit nicht in die Verlegenheit gekommen, diese Reise zu begleiten. Die keine Vergnügungsreise war. «Aber doch ziemlich nahe dran», murmelte er.

Zum sicherlich zehnten Mal nahm er sein Hotelzimmer in Augenschein. Es war weniger die Größe des Raumes, die ihm den Atem verschlagen hatte, als er auf Einladung des Pagen eingetreten war. Nein, von den reinen Ausmaßen her war seine möblierte Kammer in Kensington durchaus vergleichbar. Allerdings nicht, was den Komfort anbetraf. Die Wände waren mit kostbarem dunklem Holz verkleidet, vor das herrlich bequeme Lager war ein Teppich mit hohem, weichem Flor gebreitet worden, und in einer Ecke des Raumes verbarg sich eine unscheinbare Tür, die zu einem wahrhaftigen eigenen Wasserklosett führte. Über dem Kopfende des Bettes hing eine kolorierte Fotografie, die den stählernen Turm nach den Plänen Eiffels zeigte, erleuchtet von Tausenden elektrischer Lichter. Und auf dem Kopfkissen hatte ein mit zartem Seidenpapier umhülltes Stücklein *chocolat* gelegen. Dieser Raum war ein Palast, und doch sollte er lediglich einen Begleiter der jeweiligen Herrschaft aufnehmen, die im Herzen der Prinzensuite Quartier nahm. Wie erst jene Räumlichkeiten aussehen mochten: Nun, Basil würde es in wenigen Minuten erfahren. *Dans quelques minutes.*

Ein Klopfen an der Tür. *«Constable?»* Das Missvergnügen war selbst durch massives Holz unüberhörbar.

Basil seufzte, zupfte am Kragen seines Hemdes, dessen obersten Knopf er nicht schließen konnte. Der Vorbesitzer seiner Garderobe musste zwei oder drei Zoll weniger messen als er selbst. Er öffnete.

Der Colonel stand an den Türrahmen gestützt. Eine Winzigkeit aufrechter als zuletzt?

«Es geht Ihnen besser», stellte Basil fest.

Hinter dem eisgrauen Schnauzer ein Brummen. «Am besten lassen Sie mich reden», instruierte der Offizier ohne Einleitung. Den hilfsbereit angebotenen Arm ignorierte er, stützte sich stattdessen an der Wand ab, während sie sich langsam den Korridor hinabbewegten, auf die Zimmerflucht am Ende des Flurs hin. «Er kann manchmal etwas … zurückhaltend sein, wenn er seine Wünsche äußert. Zu große Rücksicht, hm? Denkt zu wenig an sich selbst. Aber wenn er diese Wünsche schon äußert, ist es besser, wenn er sie uns gegenüber äußert, als dass er mitten in der Nacht nach dem Zimmermädchen klingelt.»

«Je weniger Kontakt zum Personal, desto besser», vermutete Basil.

Die Antwort war ein erneutes Brummen. Diesmal klang es beipflichtend.

Dies wäre der Augenblick gewesen, dachte Basil. Der Augenblick, sich zu erkundigen, was genau O'Connell auszusetzen hatte am Hôtel Vernet im Allgemeinen und an dessen Betreiberin im Besonderen. Was selbstverständlich ausgeschlossen war unter Briten. Mit welcher Leidenschaft Basil Fitz-Edwards auch Bürger des Britischen Empire war: Hin und wieder konnte sich dieser Umstand eine Idee anstrengend gestalten.

Unvermittelt blieb der Colonel stehen, die Hand gegen die Tapete gestützt. Die Bahnen aus Textil zeigten ein etwas nervöses Blumendekor.

«Sir?»

Die Augen des Offiziers waren auf den Korridor gerichtet. Die Gaslampen brannten auf niedriger Flamme. Die Biegung zum Treppenhaus war am jenseitigen Ende gerade eben sichtbar.

«Bemerkenswert.» O'Connell nickte zum Boden. «Diese Teppiche.»

Basil blinzelte. In der Tat: Eine Folge stilvoller orientalischer Läufer schmückte den Boden. Ein Fest für die Augen. Sie waren in einem rötlichen Ton gehalten, übersät mit einer Fülle geometrischer Muster, und maßen vielleicht drei Fuß in der Breite. Links und rechts davon sah das glänzende Parkett hervor. «Ein hübscher Kontrast», bemerkte er. «Zu den Wänden. – Aus Indien?»

«Persien.» Knapp. «Und sie sehen aus, als wären sie soeben frisch verlegt worden. Ob Sie wohl so gut wären, einen von ihnen ein Stück anzuheben?»

«Sir?»

Ganz langsam drehte der Offizier den Kopf. «Dieses Etablissement gibt vor, zu den besten Häusern der Stadt zu gehören, Constable. Und aus einer gewissen Sentimentalität heraus hat Seine Hoheit beschlossen, dieser Fiktion Vorschub zu leisten. Seine Königliche Hoheit, der Prince of

Wales. Er hat sich entschlossen, darüber hinwegzusehen, dass dieses Haus *alles* ist, aber mit Sicherheit keine geeignete Umgebung für den Erben der Krone des Empire. Oder für den Erben des Erben der Krone des Empire.»

Zögernd bückte sich Basil, während der Colonel fortfuhr. «Darüber hinwegzusehen, dass sich unter all dieser mit der letzten Handvoll Sous zusammengestückelten *Eleganz* nichts anderes verbirgt als schäbigste ...»

Basil hob den Teppich an: Parkettboden, ebenso wie wenige Zoll weiter links und weiter rechts. Glänzend und frisch gewienert. Absolut neuwertig. Fragend sah er zum Colonel.

O'Connell starrte den Boden an. Seine Stirn lag in Falten wie eine Ziehharmonika. Eindeutig nicht in der Absicht, Hickory Dickory Duck zu spielen.

«Oh, sie ist clever», raunte der Colonel. «Und verschlagen. Das macht sie so gefährlich.»

Sorgfältig platzierte Basil den Läufer wieder an Ort und Stelle. Vor der Tür zu den Gemächern des Prinzen hielt O'Connell inne. Ein Blick zu Basil, und er straffte sich – so gut wie möglich – und klopfte.

Stille. Der Offizier wartete für einige Sekunden, versuchte es dann erneut. «Eure Königliche Hoheit?»

Keine Reaktion. Wobei gewisse abgeschiedene Räume existierten, dachte Basil. Räume, die selbst Könige zu Fuß aufzusuchen pflegten. Und auch zu Fuß wieder verließen, was von Fall zu Fall einen Augenblick in Anspruch nehmen konnte.

«Eure Königliche Hoheit?», wiederholte O'Connell in Richtung Tür, eine Spur lauter diesmal.

«Vielleicht hat er sich schon zur Ruhe begeben?», schlug Basil vor.

«Ihnen ist nicht bewusst, wie man in Kreisen des Königshauses lebt, Constable. Das Mindeste ist, dass wir ihm eine gute Nacht wünschen, bevor er sich zurückzieht. In Sandringham House stehen rund um die Uhr mindestens zwei Leibdiener zu seiner Verfügung, von denen einer seine Nachtwäsche vorwärmt und der andere ...» Ein erneutes Klopfen, jetzt sehr viel nachdrücklicher. «Hoheit?»

Ein unangenehmes Gefühl begann sich in Basil Fitz-Edwards Nacken auszubreiten. Im vergangenen Frühjahr hatte er gemeinsam mit einem

Kollegen die Tür einer Wohnung in Clerkenwell aufbrechen müssen, nachdem die Nachbarn sie alarmiert hatten. Der Geruch, der ihnen im Treppenhaus entgegengeschlagen war, hatte sie bereits vorbereitet auf das, was sie vorfinden würden. Doch Eddy war vor wenigen Stunden noch wohlauf gewesen!

«Verfluchte Hölle.» O'Connell ließ den Arm sinken. Er klang eher besorgt als wütend. «Constable, wir ...» Er wandte sich um – und verstummte.

Basil folgte seinem Blick. Celeste Marêchal stand wenige Schritte hinter ihnen abwartend auf dem Teppich. In höflichem Abstand, doch irgendetwas an der Art, wie sie dort stand, machte deutlich, dass sie den letzten Wortwechsel der beiden Männer verfolgt hatte.

«Schau an: Madame.» O'Connell, in einem Tonfall bestätigter Erwartung. «Ich hätte schwören können, *dafür* hätten Sie Ihre Zimmermädchen.»

«Nach den Wünschen unserer Gäste in der Prinzensuite pflege ich mich persönlich zu erkundigen.» Celeste Marêchal jetzt ebenfalls mit einer gewissen Schärfe in der Stimme. «Wenn Sie nicht hören, dass man Sie anspricht, Colonel, weil Sie auf eine Tür einschlagen, liegt das kaum in meiner Verantwortung.»

Ein Knurren. Mit sehr viel gutem Willen war es als Waffenstillstandsangebot zu interpretieren. «Haben Sie einen Schlüssel?»

«Ich habe sämtliche Schlüssel.» Die Inhaberin des Vernet trat an die Seite der beiden Männer und griff in die Jackentasche ihres Kostüms. Sie hielt sich gerade, beherrscht, doch vielleicht war es eine Ahnung von Blässe unter dem Rouge auf ihren Wangen, die sie verriet: Auch Celeste Marêchal war in Sorge. Ein diskretes mechanisches Geräusch, als der Schlüssel in den Schließmechanismus griff.

«Königliche Hoheit?» Humpelnd schob sich O'Connell an der Frau vorbei. «Sir?»

Die Prinzensuite. Auf der Stelle fühlte Basil sich genötigt, sämtliche Gedanken zu korrigieren, die ihm bezüglich seiner eigenen Bleibe gekommen waren. Dunkles Mobiliar wie aus dem Rokoko – vermutlich weil es tatsächlich aus dem Rokoko stammte. An den Wänden stilvolle Tapisserien, der Boden mit Teppichen bedeckt, deren Qualität die Auslegeware auf dem Korridor noch weit in den Schatten stellte. Holzscheite, in einer Feuerstelle säuberlich aufgeschichtet, schräg darüber ein Gemälde in jenem hemmungslos dramatischen Stil, der um die Mitte des vorigen Jahrhunderts in Mode gewesen war: der Kampf eines Ritters gegen eine Drachenkreatur. Das Wappen des Recken war nicht zu erkennen. Wer konnte auch wissen, *welcher* Prinz Quartier nehmen würde in der Prinzensuite?

«Sir?» O'Connell humpelte in die Tiefe des Zimmers hinein. Rechter Hand gingen zwei Türen ab, und beide standen offen: ein großzügiges Schlafzimmer mit einem überdimensionalen Himmelbett, die Vorhänge zurückgezogen. Bett und Zimmer waren leer. Ebenso jener höchst private Raum, in dem Basil den Prinzen vermutet hatte. Wobei seine Augen dennoch eine Sekunde lang ungläubig verharrten. Samtbezogene Klosettbrillen hatte er nicht für möglich gehalten.

«Seine Hoheit ist nicht hier.» Die Eigentümerin des Vernet sprach das Offensichtliche aus. «Ich komme soeben von unten. In einem der Speisesäle sind noch einige Herrschaften aus dem Deutschen Reich versammelt, doch ansonsten ist dort ebenfalls alles leer. Wie es aussieht, können wir wohl davon ausgehen, dass er das Haus verlassen hat.»

«Sie!» O'Connell fuhr herum, zuckte zusammen, musste sich schwer gegen die Wand stützen. «Dafür werden Sie sich verantworten! Der Erbe des Britischen Empire! Eine Persönlichkeit, auf die es sämtliche Anarchisten und Sozialisten des Kontinents abgesehen haben! Und vermutlich die Hälfte der Wirrköpfe in Ihrer verfluchten Stadt! Keine vier Stunden sind wir in Ihrem Etablissement, und Seine Hoheit ...»

«Macht vielleicht einen Abendspaziergang?» Celeste Marêchal verzog keine Miene, doch Basil musste sich sehr täuschen, wenn sie nicht noch eine Spur blasser geworden war. «Wenn es Ihr Wunsch war, dass wir Wachen vor seinem Zimmer aufstellen, dann hätten Sie uns das mitteilen müssen, Colonel. Und die gewünschten Wachen hätten Sie dann am besten gleich mitgebracht, weil dieses Haus nämlich ein Hotel ist und kein Gefängnis. Wenn unsere Gäste den Wunsch haben, das Vernet zu verlassen, dann steht ihnen das frei. Jederzeit.»

Die Hände des Offiziers ballten sich zu Fäusten. Sein Gesicht hatte ebenfalls eine ungesunde Blässe angenommen. Jetzt, binnen Sekunden, stieg brennende Röte auf. «*Sie!*»

«Bitte, Sir!» Basil bemühte sich um einen beruhigenden Tonfall. Ein Mensch musste einen klaren Kopf bewahren in diesem Moment. Ein Akt körperlicher Gewalt zwischen dem offiziellen Beschützer des Duke of Avondale und der Eigentümerin des Hotels, das den Duke beherbergte ... oder gegenwärtig eben *nicht* beherbergte ... Auf diese Weise würden sie Eddy mit Sicherheit nicht zurückbekommen.

«Was wollen Sie?» Böse starrte der Colonel ihn an.

«Dasselbe, was wir alle wollen.» Demonstrativ bezog Basils Blick die Hotelwirtin ein. «Herausfinden, wo Seine Hoheit sich aufhält, und ihn heil zurückbringen. – Madame Celeste ...», wandte er sich an die Eigentümerin. «Gibt es jemanden, der ein Auge darauf hat, wer das Haus verlässt? Jemanden, bei dem sich ein Gast vielleicht nach dem Weg erkundigen würde, wenn er fremd ist in der Stadt?»

Celeste Maréchal nickte. «Unser Portier Gustave. Allerdings hat er die Türen vor bald einer Stunde verriegelt. Wenn Seine Hoheit das Haus nach diesem Zeitpunkt verlassen hat, müsste er sie eigens für ihn wieder geöffnet haben.»

«Unsinn!» O'Connell. «Ed... Seine Hoheit weiß sehr gut, dass ich es nicht gutheißen würde, wenn er sich ohne Begleitung aus dem Haus entfernt. Die Hölle würde er tun, eine Ihrer Kreaturen einzuweihen! Er muss vorher gegangen sein – vor mehr als einer Stunde!»

Basil biss sich auf die Innenseite der Wangen. Ein Zittern hatte sich in O'Connells Stimme gestohlen. Ein Zittern, das nachvollziehbar war. Denn nicht Celeste Maréchal würde der Prince of Wales zur Verantwortung ziehen, wenn seinem Sohn etwas zustieß. Davon abgesehen, dass Basil keinen Zweifel hatte: Natürlich war der Offizier ein alter Knurrhahn. Doch Eddy lag ihm tatsächlich am Herzen.

«Ist Seine Hoheit zum ersten Mal in der Stadt?», erkundigte er sich bei O'Connell.

Der Colonel zögerte. «Er war noch ein Kind, als er zum letzten Mal hier war. Ich glaube nicht, dass er sich daran erinnert. Er kennt keinen Menschen in diesem Sündenbabel!»

Das machte die Sache noch einmal schwieriger. Basil überlegte. Mit Sicherheit hatte Eddy darauf geachtet, dass niemand mitbekam, wie er das Haus verließ. Doch wenn er ... «Nein», murmelte er, sah den Colonel an. «Das ist nicht richtig. Dass er niemanden kennt in Paris. Wir haben heute Nachmittag jemanden kennengelernt.»

Für eine Sekunde starrte O'Connell ihn an, dann wurde sein Gesicht wahrhaftig kreideweiß. «Die Rocquefort, verflucht! Ihr Empfang, auf dem sich weiß Gott was für Leute herumtreiben werden.»

«Anarchisten und Wirrköpfe?»

«Schlimmer! Politiker!» Mit verkniffenem Gesicht löste der Offizier sich von der Wand. «Sie müssen auf der Stelle jemanden losschicken, Madame! Jede Minute kann uns ...»

«Gustave ist an die achtzig Jahre alt, Colonel. Ansonsten sind lediglich zwei meiner Zimmermädchen im Haus, und weder für Sie noch für Bertie of Wales werde ich eine junge Frau mitten in der Nacht durch die Straßen jagen. Wirklich, es tut mir leid.» Ein Kopfschütteln, und Celeste Marêchals Gesichtsausdruck machte deutlich, dass die Bemerkung ernst gemeint war. «Doch auf den Champs-Élysées patrouilliert eine Streife der Polizei. Möglicherweise könnten wir ...»

«Ausgeschlossen! Nichts, das noch zusätzlich Aufsehen verursacht.»

Schweigen. Sekundenlang. Dann, ganz langsam, wandten sich die Köpfe beider Kontrahenten in Richtung Basil Fitz-Edwards'.

Er schluckte. Der Herbstsalon der Vicomtesse. Wie nebenbei hatte Albertine de Rocquefort erwähnt, dass ihr Palais nur wenige Häuserblocks vom Hôtel Vernet entfernt läge, am anderen Ende der Avenue des Champs-Élysées. Ein Spaziergang durch das nächtliche Paris erschien nicht als unangenehmste Möglichkeit, den Abend zu beschließen, und am Ziel wartete ein rauschender Empfang. Und, so Gott wollte, Eddy, der womöglich ganz froh sein würde, wenn Basil ihn von neuem aus einer misslichen Situation rettete. Ein weiteres Mal würde Basil Fitz-Edwards Gelegenheit erhalten, sich um das Britische Empire verdient zu machen.

Wäre da nicht, so unvermittelt wie ungebeten, jenes Bild in seinem Kopf erschienen: Eddy, der aus der Kutsche stieg, während die Hotelwirtin auf ihn zueilte und in der Flut ihrer Röcke in einen Hofknicks sank.

298

Der Prinz hatte sie kaum zur Kenntnis genommen; er hatte nach *oben* geblickt. Zum Dach des Hotels, das sich scharf gegen das unvollkommene Dunkel des Himmels abgehoben hatte. Die Silhouetten der Schornsteine wie eine Reihe von Wachtürmen, und im Schatten eines dieser Türme ... War dort tatsächlich etwas gewesen? Ein Umriss, der sich eilig in die Dunkelheit zurückgezogen hatte? Basil hätte es nicht beschwören mögen, *doch was hatte Eddy gesehen?*

Tiefe Klänge, die unvermittelt in den Raum drangen.

«*Onze Heures*», murmelte Basil Fitz-Edwards. «Elf Uhr.»

***

ZÜNDUNG IN 24 STUNDEN, 53 MINUTEN
**Palais Rocquefort, Paris, 8. Arrondissement –
30. Oktober 1889, 23:07 Uhr**

Isabella von Spanien lachte ihr wieherndes Lachen. Es musste noch am entgegengesetzten Ende des Salons zu vernehmen sein, und es war ihr eigener Witz, über den sie sich amüsierte. Ein Witz, den sie mit einem dermaßen grauenhaften Akzent vorgetragen hatte, dass Albertine de Rocquefort kein Wort hatte verstehen können. Da sich die ehemalige Königin den ganzen Abend nicht aus ihrem sänftenartigen Sessel erhoben hatte, konnte man ihr obendrein bis in den Rachen schauen, als sie den Mund aufriss.

So viel zu den Bourbonen, dachte die Vicomtesse. Isabellas Zweig der Familie hatte vor bald zwei Jahrhunderten auf jedes Erbrecht an der Krone Frankreichs verzichtet, und das war alles, was diese ordinäre Person vom französischen Thron trennte, nachdem man sie schon aus ihrem eigenen Land verjagt hatte. Das und der Umstand, dass der französische Thron nicht länger existierte. Wobei beides nichts daran änderte, dass Isabella die ranghöchste Angehörige des einstigen Herrscherhauses war, die gegenwärtig in der Stadt weilte. Selbstverständlich stand sie auf der Gästeliste.

Albertine hob ihren Fächer, sodass er die untere Hälfte ihres Gesichts verdeckte. Die Geste war ein Zeichen. Ein feines Lächeln würde einer Dame der Gesellschaft niemand verwehren. Ein Lachen dagegen, bei dem sie mehr als ein Maximum von vier Zähnen zeigte, galt als unfein. Und nach einem solchen Lachen schien der unfassbar komische Scherz der ehemaligen Königin zu verlangen.

Ein großer Teil der Gäste hatte sich um Isabellas Stuhl versammelt. Weniger, weil sich die einstige Monarchin einer solchen Wertschätzung erfreute. Eher angesichts der Tatsache, dass dieser Winkel des Salons am weitesten von den Musikern entfernt war, sodass hier eine Unterhaltung möglich war, ohne die Stimme übermäßig zu heben. Doch es war nur gut, dachte die Vicomtesse. Es war nur gut, dass ihre Gäste einen Vergleich anstellen konnten zwischen einer Frau, die ihr Blut zu einer Königin gemacht hatte, und Albertine de Rocquefort, die ihren Status ihrer Haltung verdankte.

Der Empfang der Vicomtesse war der erste Termin der neuen Saison in der Hauptstadt, nachdem die Gesellschaft des achten Arrondissements sich für Monate in die Sommerfrischen zerstreut hatte. Ein jeder in diesem Raum war Beobachter und Objekt von Beobachtungen zugleich, und für niemanden galt dies stärker als für die Gastgeberin.

Albertine trug ein Kleid aus cremefarbenem Musselin, das ihre schlanken Formen betonte, welche die Schnürung um die Taille noch unterstrich. Applikationen in tiefem Rot hoben die Lebendigkeit ihres Teints hervor. Das gewagteste Accessoire indes bestand in einem Hauch von feiner Spitze, welche vermeintlich züchtig ihr Dekolleté bedeckte, wie es vielleicht einer gesetzten Matrone angemessen gewesen wäre. Vermeintlich. Der interessierte Beobachter musste der Vicomtesse schon sehr, sehr nahe kommen, um festzustellen, dass das Batistgewebe, auf dem die Spitze appliziert war, in Wahrheit eine beachtliche Transparenz aufwies. Es war durchsichtig und doch wieder nicht und stand in erheblichem Kontrast zu den Roben der allermeisten Besucherinnen, die den Ansatz ihrer Brüste in der Tat unbedeckt ließen, ganz gleich, ob die Statur der jeweiligen Dame nun nach einer solchen Selbstentblößung schrie. Das Diktat der Mode, dem sich nahezu eine jede Frau unterworfen glaubte, ausgenommen eben Albertine de Rocquefort, die ihre Geheimnisse auch an dieser Stelle zu wahren wusste, wo andere Frauen bloßes, fahles Fleisch zu Markte trugen, in die Höhe gepresst von der erstickenden Enge ihrer Schnürmieder. Und die auf unbestreitbares Interesse stieß mit dieser uralten Technik der Andeutung, des gewisperten Versprechens. Mehr als die Hälfte der anwesenden Herren hatten die vorgebliche Verhüllung einer eingehenden Prüfung unterzogen, als sie sich zum Handkuss über die Finger der Gastgeberin gebeugt hatten. Ebenso – selbstredend – sämtliche Damen.

Natürlich aber galt all die Aufmerksamkeit nicht Albertines Garderobe allein. Dutzende von Augenpaaren, die Ausschau hielten nach einer Schwäche ihrer Haut. Kein Wort, keine Geste von ihr, die nicht dreimal im Kreis gewendet wurde auf der Suche nach einer verborgenen Bedeutung, und mit jedem Atemzug war sich Albertine de Rocquefort all dieser prüfenden Aufmerksamkeit bewusst. Sie war der Mittelpunkt dieser Gesellschaft, der Pariser Gesellschaft überhaupt: Angehörige der alten Fürstenhäuser, Staatssekretäre, Botschafter mit ihren Amtsketten und Offiziere im Glanz ihrer Uniformen, die Waffen sichtbar am Gürtel. Als Garnierung waren der eine oder andere Künstler oder ein Professor von der Sorbonne geladen. Nebst den jeweiligen Gattinnen. Alles, was einen Namen hatte in der Lichterstadt, war auf ihrem Empfang vertreten. Die Grübeleien, die Anspannung, die seit dem vergangenen Tag von Albertine Besitz ergriffen hatten, waren nicht verschwunden. Weit stärker aber war ein anderes Gefühl: Sie war wieder zu Hause.

Ihr Blick schweifte über die Reihen der Anwesenden. Natürlich: Hätte überraschend doch noch der Duke of Avondale vor der Tür gestanden, wäre das ein Coup gewesen, der sämtliche Salons der vergangenen Jahre in den Schatten gestellt hätte. Aber auch ohne den Prinzen konnte ihre Gesellschaft sich wahrhaft sehenlassen.

Auch wenn nicht jeder einzelne Gast über alle Maßen aufregend war, dachte Albertine. Beatrice la Falaise war fülliger um die Hüften geworden, was ihr Korsett eher betonte, als es zu verdecken. In ihrem Taftkleid sah sie aus wie eine billige Süßigkeit in buntem Flitterpapier. Um den Prinzen von Joinville hatte sich wie üblich eine ganze Gruppe von Damen versammelt: Man hätte glauben können, dass er ihrem Geplapper aufmerksam zuhörte. Hätte nicht die ganze Welt gewusst, dass der Mann von Kindesbeinen an so gut wie taub war. Torteuil ...

Über den Rand seines Champagnerglases warf der Duc einen Blick in ihre Richtung und prostete ihr mit einem feinen Lächeln zu, aufmerksam wie immer. Ihr war bewusst, dass diesen scheinbar so schläfrigen Augen nichts entging, während er seinen eigenen persönlichen Gast mit den Anwesenden bekannt machte. Den carpathischen Regenten, ein Wesen, das der Vicomtesse bis knapp über die Schulter reichte und das mit Ausnahme der Uniform samt protziger Ehrenschnüre vollständig aus einem zotteligen Bart zu bestehen schien sowie einem Etwas auf der Stirn, bei dem Albertine beim besten Willen nicht sagen konnte, ob es sich um ein schlechtsitzendes Toupet handelte oder um eine traditionelle balkanische Kopfbedeckung. Dass der Mann weder Französisch sprach noch irgendeine andere Sprache der zivilisierten Welt, kam hinzu.

Torteuil selbst hatte die Gastgeberin bisher lediglich höflich begrüßt und seine Einladung wiederholt, sie morgen an seinem Stand in der Galerie des Machines aufzusuchen, wenn der Carpathier das Bändchen durchschneiden und die erste seiner neuen Maschinen ihrer Bestimmung übergeben würde. Das Vermächtnis des großen Berneau, immerhin, aber an einem *Stand*? Schon das Wort hatte einen furchtbar gewöhnlichen Klang. Doch natürlich würde die Vicomtesse kommen, und Mélanie und Agnès würden sie begleiten. Heute Abend hatte er nicht darauf hoffen können, Albertines Tochter zu Gesicht zu bekommen, und er hatte das Mädchen mit keinem Wort erwähnt. Morgen dagegen konnte er darauf zählen, dass er seinen Willen bekam, wenn all das denn so wichtig war.

Albertines Augen wandten sich ab. Dort drüben stand er. Er. Seit mehr als einer Stunde hatten ihre Blicke sich wieder und wieder in seine Richtung bewegt, ganz bewusst, weil ein neues Gesicht auf einem ihrer Empfänge eine Unbekannte bedeutete, die es einzuordnen galt. Mehr als ein Mal aber hatte sie sich dabei ertappt, dass genau dasselbe geschehen war, ohne dass es ihre erklärte Absicht gewesen wäre. In diesem Moment stand er am Buffet, in ein beiläufiges Gespräch mit dem Marquis de Montasser vertieft, dem Geschäftsträger des russischen Zarenreichs, und mit dessen

Gemahlin, der Marquise. Ebenso beiläufig lag seine Hand auf dem Heft seines Galadegens. Eine fast schon dekadente Beiläufigkeit, die weichlich gewirkt hätte bei einem Mann, den nicht seine besondere Haltung auszeichnete. Die aufrechte, zugleich geschmeidige Haltung des geborenen Soldaten, die Albertine schon immer angesprochen hatte, seit ... Ein winziges Lächeln trat auf ihr Gesicht, für keinen Außenstehenden zu erkennen. Seitdem sie vierzehn Jahre alt gewesen war.

Ein Deutscher. Sie hatte sich seine Karte bringen lassen, Fabrice Rollandes Einladungskarte, auf welcher einer der Lakaien mit raschem Federstrich seinen Namen notiert hatte. *Friedrich von Straten.* Ein Name, der Albertine nichts sagte, doch natürlich war es ein deutscher Name, passend zu seinem strohblonden Haar, seiner kornblumenblauen preußischen Hauptmannsuniform. Nun, dass der Seidenhändler im Sold der Deutschen stand, war ein offenes Geheimnis. Dass er tatsächlich einen preußischen Offizier als seinen Vertreter entsandte, konnte selbst für Fabrice Rollandes Verhältnisse als exzentrisch gelten.

Wieder wurde ihre Aufmerksamkeit in eine andere Richtung gezogen. Beatrice la Falaise schob sich zwischen den Gästen hindurch und bot der Vicomtesse ein Glas von ihrem – Albertines – eigenen Champagner an. Ein armseliger Versuch, ins Gespräch zu kommen, doch Albertine entschloss sich, sie für dieses Mal gewähren zu lassen. Die Frau hatte sich in einem günstigen Winkel aufgebaut. Das gab der Vicomtesse Gelegenheit, über ihre Schulter hinweg weiterhin den jungen deutschen Hauptmann im Auge zu behalten, während sie sich eine erbärmlich durchsichtige Geschichte über die herrlichen Rebhänge an der Loire anhörte, die Beatrice' Neffe sein Eigen nannte. Selbstverständlich war der Neffe unverheiratet. Und selbstverständlich beabsichtigte er, demnächst nach Paris zu kommen.

Von Straten schien den Montassers aufmerksam zuzuhören. Vor allem war es der bejahrte Marquis, welcher auf seinen Gehstock gestützt das Gespräch bestritt, hin und wieder unterstützt von seiner Gemahlin sowie, zu Albertines Überraschung, dem Carpathier. Montasser war weit genug in der Welt herumgekommen als Gesandter des russischen Zarenhofs, sodass er offenbar eine seiner obskuren Sprachen beherrschte.

Doch es war der deutsche Offizier, auf den sich Albertines Augen richteten. Anerkennend bemerkte sie, welch strategische Position er gewählt hatte, unterhalb des schweren Vorhangs zum Alkoven. In seinem Rücken thronten auf einem niedrigen Bord die exotischen Zimmerpflanzen, soweit sie die Abwesenheit der Hausherrin überlebt hatten. Albertine hatte sich bereits vorgenommen, den verantwortlichen Domestiken zur Rede zu stellen. Dennoch sorgte die Phalanx der Gewächse dafür, dass sich im Rücken des Hauptmanns niemand nähern konnte, während ihm seinerseits nichts von den Vorgängen im Raum entging. Albertine hätte es nicht anders gemacht in einer Gesellschaft voller Unbekannter. Sehr sorgfältig hätte sie sich einen Überblick verschafft, bevor sie sich eingebracht hätte.

Und genau das tat er: Wie ein Feldherr machte er sich ein Bild von der Position der Gefechtslinien. Seine Blicke kehrten zwar immer wieder zum Marquis zurück, verharrten aber nach und nach auf jedem einzelnen der Besucher, während sie das Netz der Beziehungen einzuordnen suchten: Königin Isabella, Joinville, jetzt Torteuil, der den Blick des jungen Mannes einfing, ihn mit einem wölfischen Lächeln erwiderte.

Auf Torteuil sollte ich achtgeben. Ein Flüstern aus jenem Winkel von Albertines Bewusstsein, der unablässig auf der Wacht war, ganz gleich, was sie gerade tat. Der Instinkt jener majestätischen Raubkatzen der afrikanischen Savanne in ihren Gehegen in der *Ménagerie du Jardin des Plantes*, an denen Albertine hin und wieder voller Respekt verweilte, weil sie in ihnen Verwandte erkannt hatte. Und hätte sie nicht allen Grund gehabt, auf dieses Flüstern zu hören? Selbst wenn der Duc so offensichtlich keine Anstalten machte, seinen ominösen Andeutungen an diesem Abend Taten folgen zu lassen. *Dinge, die uns überraschen würden, wenn wir von ihnen wüssten.* Doch nein, Torteuil war weit weg an diesem Abend. Sie war nicht bereit, dem Flüstern stattzugeben.

Friedrich von Straten. Ihre Blicke trafen sich. Zum wievielten Mal an diesem Abend? Es war ein Zwang, keine bewusste Handlung. Er hatte den Raum betreten, und nach wenigen Minuten bereits hatte sie es gespürt, jene Energie, jene Verbindung zwischen ihr und diesem Unbekannten, über einen Raum voller Menschen hinweg. Verunsichernd?

Gewiss war es verunsichernd – doch auf eine überaus köstliche Weise. Wie wenige Männer kannte sie, die sie als ebenbürtig empfand, als Herausforderung?

Da war eine Faszination. Und sie ging von beiden Seiten aus. Vom ersten Augenblick an hatte kein Zweifel daran bestanden, wem seine Aufmerksamkeit galt in einem Raum, in dem sich reihenweise attraktive Frauen aufhielten. Drei jungfräuliche Debütantinnen sowie eine weitere Debütantin, welche zumindest deren Mutter für jungfräulich hielt. Und doch war es Albertine, zu der seine Blicke wieder und wieder zurückkehrten. Albertine, die ihm Jahre voraushatte. Natürlich waren ihr derlei Blicke vertraut. Blicke, die nur einen Menschen im Raum kannten. Nur dass sie ihr bei den meisten Männern gleichgültig waren. Anders bei ihm. Längst musste er erkannt haben, dass die Faszination erwidert wurde. Und doch hatte er keinen Versuch unternommen, sich ihr zu nähern. Selbstverständlich nicht. Das hätte die Etikette nicht zugelassen. An ihr war es, den Gast zu begrüßen, der ihren Salon zum ersten Mal aufsuchte. Und sehr bewusst hatte sie diesen Moment hinausgezögert, entschlossen, die Situation bis zum letzten Augenblick auszukosten, bevor sie das Wort an ihn richtete.

Mehr als eine Stunde lang. Nun aber hatten die Uhren elf geschlagen. Nun war dieser Augenblick gekommen.

«Ganz wunderbar.» Sie unterbrach Beatrice la Falaise mitten im Satz. «Dann soll Ihr Neffe meinem Kellermeister bitte unbedingt ein Dutzend Flaschen zukommen lassen von seinem wundervollen Rebsaft. Sie haben mein Wort: Wir werden an Sie denken, wenn wir sie verkosten.»

Der Mund der Frau stand noch immer offen, als die Vicomtesse sie stehen ließ, den Raum durchquerte und die Gäste beiseite wichen, mit einem Respekt, wie niemand als Albertine de Rocquefort ihn genoss.

«Und da sieht der Kämmerer des Schahs mich an und …» Der Marquis de Montasser wandte ihr den Rücken zu, hielt mitten im Satz inne, als er der schwindenden Aufmerksamkeit seiner Zuhörer gewahr wurde. Er drehte sich um. «Madame la Vicomtesse.» Auf seinen Stock gestützt, beugte er sich über ihre Hand, mit aller höfischen Grandezza, die einem Mann zu Gebote stand, der in den Traditionen des Ancien Régime mit seinen gepuderten Perücken aufgewachsen war. «Ihr Empfang ist ein Ereignis wie stets. Die Gespräche prickelnd wie der Champagner, und die Musik ...»

«Nicht eine Idee zu laut, Monsieur le Marquis?» Albertine verzog keine Miene. Auf seine Weise bereitete ihr auch der kürzeste Wortwechsel mit diesem Vertreter einer versunkenen Epoche ein Vergnügen.

«Nun ...» Gemütlich. «Dem Gesang der Sirenen gleich, möchte ich meinen.» Für eine Sekunde blitzte der Schalk in seinen Augen auf. «Zu meiner Schande muss ich gestehen, dass ich selbst dann nicht mehr sonderlich gut höre, wenn ich darauf verzichte, meine Ohren mit Wachs zu verschließen.»

Ein feines Lächeln trat auf Albertines Gesicht. Die Marquise begrüßte sie ebenfalls. Der Carpathier deutete eine Verneigung an, bei der die Vicomtesse einen Blick auf sein Toupet werfen konnte und sich bei dem Gedanken ertappte, ob in den Gebirgsflüssen oberhalb von Kronstadt wohl Fischotter heimisch waren. Dann aber stand er vor ihr. Friedrich von Straten. Er war nicht ganz so groß, wie sie geglaubt hatte. Selbst darüber vermochte seine aufrechte Haltung hinwegzutäuschen.

«Madame la Vicomtesse.» Eine Verneigung. Seine Hand in einem schneeweißen Handschuh, die ihre Finger emporhob, innehielt, bevor seine Lippen sie berühren konnten.

«Hauptmann von Straten.» Sie deutete ebenfalls eine Verneigung an. «Sosehr ich bedaure, dass Monsieur Rollande uns heute Abend versetzt zu haben scheint, habe ich doch den Eindruck, als habe er uns einen mehr als angemessenen Ersatz gesandt.» Sie sah zu ihm auf. Größer als sie war er trotz allem. Ihre Lider waren halb geschlossen, und sie brachte einen Ausdruck in ihren Blick, in dem sich Interesse und ein Hauch von Herausforderung mischten, und er ...

Sie kam nicht dazu, seine Reaktion zu beobachten. Ein gellender Schrei drang in den Festsaal. Beatrice la Falaise, tief gekränkt, war eben im Begriff gewesen, den Empfang zu verlassen. Sie stand im Foyer; die Vorhänge waren zurückgezogen, die Vicomtesse konnte sie durch den offenen Bogen erkennen. Ihre Nachbarin schrie, die Hände zitternd erhoben, auf Höhe des Gesichts, als könne sie sich nicht entscheiden, ob sie sie vor den Mund oder vor die Augen pressen wollte. Sie tat keines von beidem. Sie starrte nach draußen, hinaus auf das Trottoir, und schrie so laut, dass sie selbst die Musiker übertönte, welche irritiert ihre Darbietung abbrachen. Eine Sekunde später, und Albertine de Rocqueforts Gäste drängten zum Ausgang.

***

Zündung in 24 Stunden, 45 Minuten
**Avenue des Champs-Élysées, Paris, 8. Arrondissement –
30. Oktober 1889, 23:15 Uhr**

«*Onze heures le quart.*» Basil vergrub die Hände in den Taschen der Anzughose, während er noch etwas schneller ausschritt. «Viertel nach elf.» Eindeutig, dachte er. Er hatte sich getäuscht. Paris war anders, als er erwartet hatte.

Nicht, was die Menschen anbetraf. Die Flaneure drängten sich entlang des breiten Boulevards, dass stellenweise kaum ein Durchkommen war, und sie unterhielten sich nicht allein auf Französisch, sondern in einem ganzen Dutzend weiterer Zungen an diesem Abend kurz vor Abschluss der Exposition Universelle. Nicht, was die Gerüche anbetraf. Bei jedem zweiten Schritt traf ihn eine neue Woge eines schweren Duftwassers, das seine Sinne benebelte. Auch nicht, was die Musik anbetraf, die aus den offenen Türen der verschiedensten Etablissements auf die Straße drang. Vorausgesetzt, sie wurde nicht gerade vom Geläut übertönt, welches das Nahen eines Pferdeomnibusses verkündete, oder von den schrillen Pfiffen, wenn einer von Basils französischen Kollegen seine Alarmpfeife betätigte, auf der Jagd nach einem Langfinger, der sich das Gedränge auf den Trottoirs zunutze gemacht hatte.

Nein, all das war wie erwartet. Vom nebligen Schweigen der Straßen von Fitzrovia hätte Basil Fitz-Edwards nicht weiter entfernt sein können. In einem Punkt allerdings war er einem Irrtum erlegen. Er trug nichts als einen leichten Sommeranzug, der sich allen Versuchen widersetzte, die Knopfleiste des Jacketts zu schließen. Und doch war es Ende Oktober, und zu dieser Jahreszeit konnte es offenkundig auch in Paris bitterkalt werden zu vorgerückter Stunde. So denn die Temperaturen tatsächlich der Grund waren für sein beständiges Frösteln. Beim Gedanken an Eddy überfiel ihn eine Kälte ganz eigener Art, wenn er sich ausmalte, dass er womöglich schon wenige Schritte am Erben des Erben des Britischen Empire vorbeigelaufen war, der mit durchschnittener Kehle in irgendeinem Hofeingang lag, nachdem ihn eine dunkel verhüllte Gestalt aus seiner Suite entführt hatte.

Hätte Basil sich dem Colonel anvertrauen sollen? Ihm von der Beobachtung berichten sollen, die er möglicherweise zwischen den Schornsteinen des Vernet gemacht hatte? Er hatte mit dem Gedanken gespielt. Doch nach den Ereignissen des Abends hatte O'Connell tatsächlich leidend ausgesehen, und unübersehbar hatte sich dieses Leiden nicht auf sein verlängertes Rückgrat beschränkt. Nein. Unübersehbar machte der Offizier sich schon genug Vorwürfe. Sich selbst und der Inhaberin des Vernet dazu. Im günstigsten denkbaren Fall würde Basil in einer Stunde wieder ins Hotel zurückkehren, den Prinzen im Schlepptau. An jeden anderen Fall weigerte er sich zu denken.

Er erreichte einen freien Platz, an dem mehrere Boulevards sternförmig zusammenliefen, und hier begann sich die Menschenmenge zu zerstreuen. Basil hatte sich in den vergangenen Monaten recht eingehend mit einem Plan der französischen Hauptstadt auseinandergesetzt, immer in dem Bewusstsein, dass sich schwerlich die Gelegenheit ergeben würde, sein auf diese Weise erworbenes Wissen in der Realität zu erproben. Jetzt kam es ihm zustatten. Die Rue Matignon: Er wandte sich nach links. Wenige Schritte nur, und er befand sich allein auf der Straße.

Wieder war es anders. Anders als auf dem belebten Boulevard, und anders als in den nebligen Straßen Londons. Nur die Kälte war dieselbe, die mit jedem Schritt zuzunehmen schien, während die Lichter der Champs-Élysées hinter ihm zurückblieben. Was würde er tun, wenn er feststellte, dass der Prinz sich tatsächlich nicht auf dem Empfang aufhielt? Die Pariser Polizei verständigen? Der nächstliegende Gedanke. Doch O'Connell hatte jedes Aufsehen vermeiden wollen. Nur – galt das auch, wenn Eddys Leben auf dem Spiel stand?

Unsinn! In ebendiesem Moment verlebte der Sohn des Prince of Wales einen Abend zwischen den Reichen und Schönen der französischen Hauptstadt. Schöne Frauen, schöne Kleider. Der einzige Wermutstropfen bestand vermutlich darin, dass er keine Gelegenheit erhalten würde, eines dieser Kleider anzuprobieren.

Das Palais der Vicomtesse, ein Hôtel im engeren Wortsinn, ein repräsentatives Haus in der Stadt: Schon glaubte Basil das herrschaftliche Gebäude zu erkennen, helles Licht hinter den Fenstern der bel étage auf der linken Seite der Straße, während sich zur Rechten schwarz und schweigend ein Park erstreckte. Vor Basil jetzt Bewegung auf der Straße: ein Betrunkener, nein, zwei Betrunkene, die von den Bäumen her über die Fahrspur wankten, Silhouetten nur vor der Lichterpracht des Palais Rocquefort. Einer der beiden schien dermaßen mitgenommen, dass sein höher gewachsener Kumpan ihn mehr oder minder mitschleifte. Basil ging langsamer. Zu dieser Uhrzeit mussten die Gäste der Festivität vollzählig eingetroffen sein. Er konnte auch keine Lakaien entdecken, die vor dem Palais ihren Dienst versahen. Dennoch schien es kein guter Gedanke, gleichzeitig mit zwei womöglich stadtbekannten Clochards vor Albertine de Rocqueforts Stadtresidenz einzutreffen, wenn man sich mit der Absicht trug, ihren Empfang aufzusuchen, und sich nicht im Besitz einer Einladung befand. Dass die Offerte, die sich theoretisch an den Prinzen und Basil gleichermaßen gerichtet hatte, in erster Linie Eddy gegolten hatte, konnte schließlich nicht in Zweifel stehen. Wenn der Duke of Avondale sich also tatsächlich auf dem Empfang aufhielt ...

Die beiden Betrunkenen hatten das Gebäude erreicht. Just in diesem Moment schienen den größeren der beiden seine Kräfte zu verlassen. Sein Spießgeselle sackte auf die Eingangstreppe, willenlos wie eine Gliederpuppe. Ein blitzartiger Eindruck: Die Gestalt wirkte heller, blasser als ihr Kumpan und ... zierlicher? Eine *Frau*? Basil stutzte. Mitten in der Nacht, mitten auf der Straße, in diesem Zustand?

Die andere Gestalt hielt auf dem Trottoir inne, schien die Gestrauchelte zu mustern. Worte wurden nicht gewechselt; Basil war jetzt nahe genug. Lediglich durch die Fenster des Palais drangen Fetzen einer wenig mitreißenden Melodie. Der größere ... ja, ganz eindeutig ein Mann: hochgewachsen und schmal, um die Schultern ein dunkler Mantel, auf dem Kopf ein Zylinder. Für eine Sekunde ein Gedanke in Basils Kopf: Hochgewachsen und schmal – wie der Duke of Avondale. Unsinn! Wiederum Unsinn. Die Stadt wimmelte von Menschen, und notgedrungen musste ein bestimmter Prozentsatz von ihnen eine entsprechende Statur aufweisen. Und hätte Eddy überhaupt so rasch Anschluss finden können? Trug er auch nur Bares in der Tasche? Nein, der Prinz befand sich im Festsaal im Innern des Gebäudes, nicht draußen auf der Straße. Wenige Schritte noch, und Basil würde seine Mission absolvieren können. Sobald die Betrunkenen sich wieder auf den Weg machten.

Eine Bewegung. Basil drehte den Kopf, blinzelte. War da etwas gewesen, über ihm, an der Fassade des Palais? Heller Sandstein, der im ungewissen Licht zu einem schwefligen Grau verschwamm. Fünf Stockwerke insgesamt, darüber das Dach. Die Schornsteine waren vom Trottoir aus nicht zu erkennen. Unsinn, schon wieder Unsinn! *Ich sehe Gespenster.* Er war im Begriff, den Blick abzuwenden, doch in diesem Moment ...

«Und da ist *doch* etwas», flüsterte er. Eine Gänsehaut war auf seinen Nacken getreten. Auf einem Gesims, ein Stockwerk über der Festetage: ein Schatten, der eine Idee tiefer war als das umgebende Mauerwerk. Bewegte er sich?

Ein Geräusch. Basil fuhr herum. Der Betrunkene. Der Betrunkene, der mit einem Mal nicht mehr betrunken wirkte. Er entfernte sich, mit festen, sicheren Schritten. *Raschen* Schritten. Ohne zu laufen, doch schon war er zwei Gebäude weiter, und seine Begleiterin ...

«Darn!», fluchte Basil. Die Füße der Frau ragten auf das Trottoir. Sie waren nur schemenhaft erkennbar, doch nichts deutete darauf hin, dass sie die Absicht hatte, sich in allernächster Zukunft zu erheben und ihrem Begleiter zu folgen. Nein, Basil würde nicht gleichzeitig mit den beiden vor dem Palais eintreffen. Er würde gezwungen sein, über eine Schnapsleiche zu klettern, bevor er an die Haustür der Vicomtesse klopfte!

Mit einem unterdrückten Knurren machte er sich auf den Weg. Die Betrunkene unauffällig zur Seite bugsieren, sie vor dem Nachbargebäude ablegen, damit sie dort ihren Rausch ausschlief? Wenig charmant, doch unter den gegebenen Umständen ...

In diesem Moment hatte er die Treppe erreicht. Von einem livrierten Empfangskomitee war keine Spur zu sehen, und die Tür machte einen verschlossenen Eindruck. All das aber drang nur ganz kurz in sein Bewusstsein und war im nächsten Augenblick wieder verschwunden.

Die Füße der Frau. Bis zu diesem Moment hatte er nichts als ihre Füße sehen können, im Rausch dahingestreckt. Der Rest war unsichtbar gewesen hinter hohem, immergrünem Buschwerk, das die Fassade des Hauses säumte. Die Füße. Am rechten fehlte der Schuh. Das war tatsächlich das Erste, was ihm auffiel. Am linken Bein dagegen war die Fußbekleidung vorhanden. Dieses Bein war angewinkelt, aber in einem unbequemen Winkel zur Seite gekippt. Nein: in einem Winkel, der unbequem *gewesen wäre*. Wäre die Frau noch am Leben gewesen.

Ein ausgemergeltes Gesicht, die Augen aufgerissen in namenlosem Entsetzen, die rechte Augenbraue von einer Narbe in zwei ungleiche Hälften geteilt. Die bloßen Reste eines Kleides aus heller Seide, das vom Hals an aufklaffte, über den Brust- und Bauchbereich der Toten bis in den Schritt. Das aufklaffte wie der Leib der Toten, der Rippenkasten mit zerstörerischer Gewalt aufgebrochen, auseinandergerissen, die Bauchhöhle eine Leere, angefüllt mit schwarzem Blut.

Ausgeweidet, dachte Basil Fitz-Edwards. Ausgeweidet wie sämtliche Opfer des Rippers. Basils Finger zitterten, als sie mechanisch an seine Brust tasteten, nach der Alarmpfeife. Alan konnte in Minuten hier sein vom Regent's Park, und der alte Geoff ... Die Bewegung brach ab. *Er war nicht in Fitzrovia!* Er trug nicht die Uniform eines Constable der Metropolitan Police, sondern einen Straßenanzug aus dem Fundus von Marlborough House, in dem er sich nur mit Mühe bewegen konnte. Er befand sich nicht in London! Er war in Paris, stand vor dem Anwesen der Vicomtesse de Rocquefort und konnte nur beten, dass Eddy ... *Eddy!*

Sein Blick jagte nach rechts. Die hochgewachsene Gestalt: der Mann, der den Leichnam der Frau auf der Treppe des Palais abgelegt hatte. Eddy. Der Ripper. *Eddy.* Eddy, der zu einem unbekannten Zeitpunkt aus dem Vernet entwichen war und sich in diesem Moment überall befinden konnte in der großen Stadt an der Seine. Genau wie ... Was hatte der Thronfolger gesagt? Wie hatte O'Connell sich geäußert? Hatten sie es ausgesprochen? Oder hatte Basil sich aus ihren Worten lediglich zusammengereimt, dass der Abend an der Cleveland Street nicht das erste Mal gewesen war, dass der Prinz seinen Aufpassern entwischt und mutterseelenallein unterwegs gewesen war in den Straßen Londons, in denen der Ripper sein Unwesen trieb?

Eisige Kälte war in Basils Innerm erwacht, und doch: gleichgültig! Gleichgültig, ob der Täter Eddy war: Er war der Täter. Er war jetzt mehrere Häuser entfernt, doch noch war er zu sehen, passierte eben eine Laterne.

Ein Geräusch. Das Geräusch, mit dem eine Tür geöffnet wurde. Basils Blick huschte zurück zur Treppe: eine Frau, nicht sehr schlank, in einem Kleid aus bonbonfarbenem Taft, ein verdrießlicher Ausdruck auf dem Gesicht. Überrascht sah sie Basil an, der am Fuß der Treppe verharrte, eben im Begriff, sich abzuwenden. Sie blinzelte. Blinzelte noch einmal, als ihr Blick sich senkte und auf die Tote fiel. Blinzelte erneut, bevor unvermittelt Unglaube, im nächsten Moment Entsetzen auf ihr Gesicht trat, ihr Mund sich ganz langsam öffnete.

«Nein!» Basil, heiser. Er befeuchtete die Lippen. «Ich ... Madam ... Ich meine: *Madame, ich ... Je ne suis pas ...*»

In diesem Moment begann sie zu schreien. Basil schüttelte sich. Keine Zeit! Der Täter! Er begann zu laufen. Nach zwei Schritten spürte er, wie die Kappnaht über seinen Schultern, die bereits den gesamten Tag über bei der geringsten Regung protestiert hatte, mit einem beinahe wohligen Laut entzweiriss. Gleichgültig, alles gleichgültig! Der Mann mit dem Zylinder, hundert Yards voraus. Er hatte die Laterne passierte. Bewegte er sich schneller?

«Stehen bleiben!» Basil keuchte. «Bleiben Sie stehen! – *Bouge ... Bouge pas!*»

Die Straße war menschenleer. Keine Seele, die ihn unterstützen, den Mann aufhalten konnte, lediglich ... Stimmen. Stimmen aus seinem Rücken: die Gäste von Albertine de Rocqueforts Empfang, alarmiert von den Schreien der Frau im bonbonfarbenen Kleid. Doch sie waren noch hinter Basil, noch weiter entfernt von dem Flüchtenden. Wenn sie nicht ... Wenn sie nicht *ihn* für den Täter hielten.

Ein Déjà-vu. Es war nicht vollständig. Auf der Cleveland Street hatte er nicht den Täter verfolgt, sondern die Frau, die vermeintlich Verletzte. Die Frau, die in Wahrheit Eddy gewesen war. Wobei es möglich war, dass er auch in diesem Moment wieder Eddy … Doch in diesem Moment war der Mann mit dem Zylinder verschwunden.

Eine Lücke zwischen den Häusern! Basils Lungen stachen, als er einen Spalt zwischen zwei Gebäuden erreichte. Nein, zu schmal, und der Punkt, an dem er den Mann zuletzt gesehen hatte, war weiter hinten gewesen, halbwegs auf die nächste Laterne zu. Jetzt Gestalten vor ihm, ein junges Paar auf der anderen Straßenseite. Die beiden hielten inne, bevor, unvermittelt, ein Knall die Stille zerriss.

Basil zuckte zusammen, doch wohin der Schuss auch traf: Er war unverletzt. In diesem Moment aber bestand kein Zweifel mehr, wen die Gäste der Vicomtesse für den Täter hielten. Jetzt der Durchlass: breit genug für einen Menschen – und stockfinster. Und keine Chance, einem Mann auszuweichen, der dort in der Dunkelheit lauerte, mit einem Mordwerkzeug, das die Brust der Ermordeten aufgebrochen hatte wie den Kadaver einer Jagdbeute. Nur: Hatte Basil eine Wahl?

Er schob sich zwischen die Mauern der benachbarten Gebäude, keuchte auf, als sein Fuß ungeschickt von einer unsichtbaren Stufe rutschte. Sofort fand er wieder Halt, ebenen Boden, nachgiebig unter seinen Füßen. Ein unangenehmes Schmatzen entstand, als er den Fuß löste.

Tastend bewegte er sich voran, bemühte sich, eher auf seine Ohren denn auf seine Augen zu vertrauen. Was er allerdings hörte, war beunruhigend genug: Schritte. Rasche Schritte hinter ihm, auf dem Trottoir. Die Gäste der Vicomtesse, und er wusste, dass sie bewaffnet waren. In der schluchtartigen Passage war es unmöglich, einer Kugel auszuweichen.

Er bewegte sich schneller, halbblind in der Dunkelheit, tastete sich voran. Ein modriger Geruch erfüllte den Hohlweg, zwang ihn, keuchend durch den Mund zu atmen. Irgendetwas schrammte schmerzhaft über seine Schulter: ein Wandvorsprung, die Kante eines Aborts vielleicht, der sich in die Gasse entleerte. Dann war er an der Engstelle vorbei, verbot sich, langsamer zu werden. Doch jeden Augenblick konnte ein neues Hindernis vor ihm aufwachsen, ein Schacht konnte unvermittelt in die Tiefe führen, und vor seinen Augen war nichts als graues Ungefähr. Der

Mörder brauchte nichts weiter zu tun, als seine Waffe in Basils Richtung zu strecken, und der Constable würde aus der Kraft der eigenen Bewegung in die Klinge laufen.

Das Blut dröhnte in seinen Ohren, das Echo seiner Herzschläge. Waren die Verfolger noch hinter ihm? Hatten sie gesehen, an welcher Stelle er die Straße verlassen hatte? Ein dumpfer Laut, ein schmerzerfüllter Fluch hinter ihm. Sie waren auf seiner Spur, hatten den Vorsprung am Abort erreicht! Der Boden unter seinen Füßen war jetzt regelrechter Schlamm, doch verzweifelt versuchte er, sein Tempo noch einmal zu steigern. Wurde es eine Spur heller vor ihm, eine neue, etwas lichtere Schattierung von Grau?

Drei Schritte. Beim letzten von ihnen stieß sein Fuß gegen einen Vorsprung des Fundaments, der unsichtbar aus dem Boden ragte, und im nächsten Moment stand er in einem Innenhof, wenige Meter im Quadrat, umgeben von senkrechten Mauern. Und dieser Hof war menschenleer.

Schwer atmend hielt Basil inne. Unmöglich! Er war sich sicher, dass er die richtige Abzweigung genommen hatte! Und dennoch: im Dunkel, auf der langen Wegstrecke von der Rue Matignon hierher ... Eine verborgene Tür, ein Einstieg in einen Kellerverschlag, was auch immer!

Der Mann mit dem Zylinder war verschwunden. Basil war allein, die Gäste der Vicomtesse waren wenige Schritte hinter ihm, und die dicke Frau hatte niemanden gesehen als Basil Fitz-Edwards. Seine Kehle schnürte sich zusammen. Sie *mussten* ihn für den Mörder halten. Und der Täter war fort. Er hatte keine Chance, seine Unschuld zu beweisen.

Eine Bewegung. Er fuhr herum, kniff irritiert die Augen zusammen: weiterhin Stimmen aus dem Durchlass, doch für den Moment schienen sie nicht näher zu kommen. Hatte einer der Verfolger sich am Wandvorsprung verletzt? Eng, wie die Passage war: War es möglich, an einem Verletzten vorbeizukommen? Mit Sicherheit war das möglich. Eine Frage von Minuten, wenn nicht Sekunden. Und es gab keinen Ausweg aus dem Hof. Basil saß wie eine Ratte in der Falle, das nächstgelegene Fenster war Meter über ihm, und irgendwann ...

Sein Blick hielt inne: ein länglicher Schatten dicht neben einem der Fenster, zu dünn für ein Regenrohr, und wenn er genau hinsah ...

Ein Pfiff. Seine Augen schossen nach oben: an der Dachkante ein Umriss, eine Gestalt vor dem nächtlichen Himmel, den der Widerschein der Lichter von Paris erhellte. Der Schatten neben dem Fenster bewegte sich, und Basil fühlte sein Herz stolpern: ein Seil! Zwei Schritte, und er konnte das untere Ende berühren. Und es war kein gewöhnliches Seil. Seine Finger spürten Knoten, die in die Faser geflochten waren, in regelmäßigen Abständen. Knoten, die das Klettern erleichtern sollten.

Das Seil ruckte in seiner Hand. Auffordernd, keine Frage. Er legte den Kopf in den Nacken. Fünf Stockwerke über ihm: eine Silhouette, die sich kaum zu rühren schien. Der Mann mit dem Zylinder? Nein, ausgeschlossen, nicht allein weil der Zylinder fehlte. Die Umrisse waren weicher. Eleganter. Weniger hart und kantig. Eindeutig war es nicht der Täter. Es war die *Gestalt*. Es war der Schatten, den er an der Fassade des Palais Rocquefort gesehen hatte, und aus irgendeinem Grund hatte er keinerlei Zweifel, dass es sich um dasselbe ... *Wesen* handelte, das vom Dach des Hôtel Vernet aus die Ankunft der britischen Delegation beobachtet hatte.

Doch was sagte das aus? Was sagte es darüber aus, wer der Beobachter war? Auf wessen Seite er stand, wie seine Pläne aussahen?

Ein Poltern aus dem Durchlass. Flüche. Basils Verfolger, die im Begriff standen, das Hindernis zu überwinden.

Er hatte die Wahl. Die Verfolger, die ihn in ein französisches Zuchthaus schleppen würden, mit Aussicht auf ein Ende unter der Klinge der Guillotine. Wenn sie ihn nicht auf der Stelle lynchen würden. Oder aber das Seil, die rätselhafte Gestalt.

Basil Fitz-Edwards begann zu klettern.

***

ZÜNDUNG IN 24 STUNDEN, 43 MINUTEN
Gare de Neuilly – Porte Maillot, Paris, 17. Arrondissement –
30. Oktober 1889, 23:17 Uhr

Der helle Klang einer Glocke, und endlich, *endlich* kam der Zug zum Stehen. Der kein Reisezug mit behaglichen Polstern war, sondern eine Verbindung auf der *Petite Ceinture*, dem Eisenbahngürtel, der im Schatten der
mächtigen Befestigungsanlagen einmal rund um die Hauptstadt führte.
Die Schlagader des Pariser Nahverkehrs. Und wie bei einem jeden ohnehin schon übergewichtigen Patienten, der sich weiterhin eine Süßigkeit
nach der anderen einverleibte – Millionen von Besuchern seit Beginn der
Ausstellung –, war diese Schlagader verstopft bis an die Grenze ihrer Be-
lastbarkeit, mit jedem Tag wieder.

Was noch nicht einmal das drängendste Problem war, dachte Pierre
Trebut, während er versuchte, sich durch das Innere des Passagierwag-
gons zum Ausstieg vorzukämpfen. Weit entscheidender war, dass die
Schienen zwar im Kreis um die Stadt *herumführten*, nicht aber nennenswert in die Stadt *hinein*. Die Mehrheit der Stadtväter war davon überzeugt gewesen, dass Paris derartige Verbindungen nicht brauchte, auch
in Zeiten der *Exposition Universelle* nicht. Die Pferdeomnibusse würden
ausreichen. Lediglich auf eine Abzweigung zum Champ de Mars hatte
man sich widerstrebend eingelassen, jenseits des Flusses, im fünfzehnten
Arrondissement. Alles andere aber ...

«Sie –» Alain Marais. «Sie – werden – es – noch – erleben.» Mit jedem
Wort brachte der Agent eine Schulter nach vorn, zuerst die linke, dann die
rechte. Mit dem Ergebnis, dass er beim Kampf in Richtung Ausstieg sehr
viel erfolgreicher war als Pierre, der sich kurz entschlossen in die einmal
entstandene Schneise drängte. Ein vierschrötiger Geselle blockierte den
letzten Meter vor Marais, ein Hafenarbeiter mit einem eintätowierten
Seil rund um das Handgelenk. Für eine Sekunde sah der Mann den Agenten prüfend an, dann gab er wortlos den Weg frei. Vielleicht war es die
Brille, die den Ausschlag gab, die Gläser in undurchdringlichem Schwarz.
Die beiden Ermittler schoben sich hinaus auf den Bahnsteig.

«Bedauerlicherweise muss ich Ihnen recht geben, Pierre Trebut.» Mit einem missvergnügten Gesichtsausdruck strich Marais sich imaginären Staub vom Revers seines Anzugs. «Die ganze Welt kommt zu Besuch, in den modernsten Expresszügen, die man sich nur vorstellen kann. Über Nacht sind die Leute hier, von sonst woher. Doch wenn sie einmal in der Stadt sind? Dann erwarten wir ernsthaft, dass sie sich mit der Kutsche auf den Weg zur Ausstellung machen?»

Pierre verkniff sich einen Kommentar. Natürlich hatte er seine Gedanken nicht ausgesprochen. Was ja auch unnötig schien, wenn man an der Seite Alain Marais' mit einer Ermittlung betraut war. Im Rücken des Agenten verschloss nun ein uniformierter Angestellter des *Syndicat de Ceinture* die Einstiegstür des Zuges. Ein Signal aus seiner Pfeife, und die Kette der Waggons ruckte scheppernd wieder an.

«Aber Sie werden es noch erleben», prophezeite Marais. «Möglicherweise werde selbst ich es noch erleben, solange ich nicht noch einmal den Fehler begehe, einen Fuß in diese rollende Blechbüchse zu setzen. In der Vergangenheit hat Paris alle elf Jahre eine Exposition Universelle ausgerichtet. Beim nächsten Mal, Pierre Trebut, wird diese Stadt über eine Metropolitan-Linie verfügen. Unterirdisch, vermute ich, wie in London.» Mit einem Mal finsterer. «Womit ich nicht behauptet habe, dass die Stadt dann noch Paris heißen wird. Und nicht *Neu Berlin*. Oder dass wir die Schächte der Untergrundbahn nicht durch qualmende Trümmer graben werden.» Er schüttelte sich. «Doch das liegt einzig in unserer, in Ihrer und meiner Hand. Ob es uns gelingt, unseren Gegner rechtzeitig zu identifizieren. Ihm in den Arm zu fallen, bevor er die Gelegenheit erhält, sein Werk zu vollenden. *Die Deutschen*. Jener Hinweis, den wir einzig ihm verdanken. Und der uns nun *wohin* zu führen scheint?»

In eine Sackgasse, dachte der junge Beamte.

«Exakt», brummte der Agent.

Sie hatten die Deutsche Botschaft aufgesucht, im Palais Beauharnais. Sie waren an der Rue de Lubeck gewesen, an einem Lagerhaus für Seidenstoffe, dessen Inhaber nach den Worten des Agenten insgeheim für das Reich tätig war. Fabrice Rollande, der Nachname mit einem R beginnend, was vermutlich der Grund gewesen war, dass sie an dieser Adresse die mit Abstand längste Zeit zugebracht hatten. Und sie hatten weitere Orte besucht, die der Agent auf die eine oder andere Weise mit den Gegnern von jenseits des Rheins in Verbindung brachte, allerdings ohne dass sie auch nur eines der Gebäude betreten hatten. Wie aus dem Nichts hatten sich mehr oder minder zwielichtige Gestalten eingestellt, die Alain Marais sämtliche Fragen erschöpfend hatten beantworten können. Sein Netz von Spitzeln in der Stadt schien auch ein volles Jahrzehnt nach seinem Ausscheiden aus dem Deuxième Bureau noch hervorragend zu funktionieren. Die Frage war lediglich, was all das wert war, wenn sich in diesem Netz keine Hinweise verfingen, die sie auch nur einen Schritt weiterbrachten. Wenn sie offensichtlich einer falschen Spur nachjagten.

«Eine Sackgasse», murmelte der Agent und schlug den Weg zur Treppe ein, die sie im Stationsgebäude an die Erdoberfläche bringen würde. Die *Ceinture* glich einer klaftertiefen Schlucht, die sich Meter unter dem Niveau der großen Boulevards durch die Stadt zog. «Und das ergibt keinen Sinn. Wenn die Fährte uns ablenken soll, muss er irgendetwas tun, damit wir auf dieser Fährte bleiben. Um zu verhindern, dass wir womöglich in die richtige Richtung denken und ihm auf die Spur kommen. Die Fährte muss irgendwo *hinführen*. Und nachdem sie offensichtlich *nicht* in die deutsche Botschaft führt und *nicht* in die Rue de Lubeck oder zu einem der anderen Orte, an denen wir die Deutschen in dieser Stadt am Werke wissen –» Eine Sekunde Schweigen, dann ein tiefer Atemzug. «Was bleibt dann noch anderes übrig als das Hôtel Vernet?»

«Ein Hotel?»

«Das Hôtel Vernet auf der Rue Vernet. Jenes Etablissement nämlich, in dem der Sondergesandte abgestiegen ist, mit dem die Deutschen die Ausstellung am Ende doch noch beehren. Ein gewisser Graf Drakenstein.»

Pierre schwirrte der Kopf. Wie im Himmel kam der Mann an seine Informationen?

«Indem ich den *Temps* von der ersten Seite an lese», bemerkte Alain Marais. «Und nicht sofort zu den Sportwetten vorblättere.»

Pierre zuckte zusammen, doppelt ertappt. Doch natürlich hatte der Mann selbst jahrelang einen Schreibtisch im Gebäude des Deuxième Bureau besessen. Die Abläufe mussten ihm vertraut sein. *Jeder* in der Behörde blätterte zu den Sportwetten vor.

Doch seltsamerweise schien der Agent für einen Moment nicht vollständig bei der Sache zu sein. «Das Vernet.» Gemurmelt. Sein Blick ging ins Nirgendwo. «Wenn ich mir irgendeinen Ort der Stadt aussuchen dürfte ...» Er brach ab, schien fast wütend den Kopf zu schütteln. «Gleichgültig», erklärte er. «Gleichgültig, Pierre Trebut. Alles andere haben wir ausgeschlossen. Unsere Fährte, die Fährte der Deutschen, führt ins Hôtel Vernet.»

Sie hatten das Ende der Treppe erreicht, die Halle des Stationsgebäudes. Ein Strom von Menschen kam ihnen entgegen, die hinab zu den Gleisen hasteten, um den Zug in der Gegenrichtung zu erhaschen, eine der letzten Verbindungen an diesem Abend. Zielstrebig steuerte Marais einen der Schalter an, das Büro mit dem Telegraphenapparat. Pierre sah ihm über die Schulter, während er einige rasche Buchstaben auf ein Formular warf: ihr nächstes Ziel – und einen Code, der das an die Zentrale des Deuxième Bureau gerichtete Telegramm direkt auf Général Auberlons Schreibtisch befördern würde. Der alte Mann sollte jederzeit wissen, wo er die beiden Ermittler erreichen konnte.

Der Agent zahlte, wandte sich ab, auf die breiten Türen zu, die hinausführten auf die Avenue de la Grande Armée. Er trat ins Freie, sah suchend hin und her, während er sich langsam zur Fahrbahnmitte bewegte. Ohne auf den Kutschverkehr zu achten, der der vorgerückten Stunde zum Trotz beträchtlich war. «In diese Richtung», verkündete er schließlich. «Stadteinwärts. Auf die andere Seite des Arc de Triomphe.»

Pierre nickte, bereit, sich in sein Schicksal zu ergeben, doch in diesem Moment wurde er abgelenkt.

Alain Marais hatte an diesem Tag mehr als einen Beweis dafür geliefert, dass er augenscheinlich über gedankenleserische Fähigkeiten verfügte. Was immer dem jungen Beamten im Kopf herumging: Der Agent schien es vor ihm zu wissen. Und doch hatte sich Marais an einer Stelle getäuscht, wie ein Mensch sich nur täuschen konnte. Die Vermutung, Pierre Trebut würde Frauen nicht einmal ansehen, entbehrte jeder Grundlage. Frauen – hübsche Frauen – anzusehen, gehörte im Gegenteil zu seinen erklärten Leidenschaften. Sei es in der Mittagspause, wenn er mit einigen seiner Kollegen eines der Bistros am Quai d'Orsay aufsuchte. Sehr aufmerksam hatten sie ein Auge auf die reizenden *demoiselles* in ihren geschnürten Kleidern, die sich an den Nachbartischen niederließen oder müßig über den Quai promenierten. Oder sei es nach Feierabend, wenn er auf dem Weg nach Hause einen Abstecher in die Verkaufshallen machte, wo es ihm zwei oder drei der Verkäuferinnen besonders angetan hatten. Gut, möglicherweise war er eine Idee ... zurückhaltend, wenn die Begegnung an den Punkt kam, an dem er etwas Verbindlicheres hätte äußern müssen als den Wunsch nach zwei Macarons – vom rechten der beiden Stapel bitte ... Eines jedoch stand in Stein gemeißelt fest: dass er junge Damen nicht ansehen würde, war schlicht und einfach die Unwahrheit.

Sie stand einige Schritte rechts von ihnen und lehnte an dem schmiedeeisernen Geländer der Brücke, die sich über die Schienenstränge der *Ceinture* spannte. Und irgendwie wirkte sie ... nein, nicht allein müde. Er konnte sie recht gut erkennen, weil eine Laterne die Brücke erhellte, wo bei Tageslicht die Flaneure gerne für einige Minuten innehielten, um die einfahrenden Züge zu beobachten. Ja, eindeutig sah sie erschöpft aus, tief in Gedanken auf jeden Fall, irgendwie einsam und geradezu traurig. Ein eher schmales Gesicht, ansonsten aber sichtbar weibliche Formen. Unter ihrer Uniform – sie musste ein Hausmädchen sein oder ein Zimmermädchen in einem der Hotels – glaubte er sogar ein kleines Bäuchlein zu erahnen. *Demoiselles* mit einem kuscheligen kleinen Bäuchlein betrachtete er besonders gerne. Doch es tat ihm leid, dass sie offenbar nicht glücklich war. Zu gerne hätte er sie angesprochen, mit einer scherzhaften Bemerkung vielleicht, die den grüblerischen Ausdruck von ihrem Gesicht gezaubert hätte. Wäre er nicht so schrecklich zurückhaltend gewesen. Und wäre da nicht Alain Marais gewesen natürlich, der ...

«Pierre Trebut!»

Er zuckte herum. Der Agent fixierte ihn, mit rügender Miene, bevor seine Augen über die Schultern des jüngeren Mannes hinweggingen und Pierre, ohne dass er etwas dagegen tun konnte, seinem Blick folgte, denn das junge Mädchen hatte wirklich fürchterlich einsam ausgesehen.

Ein tiefer Laut. Unmerklich zunächst begann der Boden unter ihren Füßen zu erbeben. Der Gegenzug von der Avenue du Bois de Boulogne näherte sich der Station. Die ganze Zeit hatte die junge Frau sich nicht gerührt. Auf die Ellenbogen gestützt, das Kinn auf den ineinander gefalteten Händen, hatte sie über den nächtlichen Schienenstrang geblickt, wo, wie Pierre plötzlich klarwurde, in der Dunkelheit überhaupt nichts zu sehen war. Jetzt mit einem Mal regte sie sich, richtete sich auf.

Möglich, dass sie abfärbte: Alain Marais' Fähigkeit, auf scheinbar übersinnliche Weise zu erkennen, was im Kopf eines Menschen vorging. Pierre Trebut wusste es; mit einem Mal war überhaupt kein Zweifel möglich. Noch bevor die junge Frau sich auf das Geländer stemmte, sich bemühte, einen Fuß über die Brüstung zu bringen.

«Mademoiselle!» Sein Herz überschlug sich. Eine Kutsche kam ihm entgegen. Pierre wich aus, hastete voran. Die junge Frau: Beim dritten Versuch hatte sie den Fuß über das Geländer gebracht, versuchte, ihren Körper nachzuziehen, doch der Stoff ihrer Uniform behinderte sie.

«Mademoiselle!» Die Brücke. Der tiefe, warnende Ton des Lokomotivsignals, als der Zug sich von der anderen Seite der Brücke her der Station näherte. Pierre war noch drei Schritte entfernt, zwei. Sah sie ihn?

Sie hatte die Brüstung überwunden. Für einen letzten Augenblick schien sie zu zögern, den Blick in die dunkle Tiefe gerichtet, die Finger um den Handlauf des Geländers gekrampft. Ein Atemzug, er konnte erkennen, wie ihre Brust sich hob, und ...

Pierre packte ihre Schultern, hielt sie eisern fest. Ein Geräusch von ihren Lippen, keine Worte. Er spürte, wie ihre Muskeln arbeiteten. Sie kämpfte, versuchte, sich zu befreien, während tief unter ihr der schwarze Schatten der Lokomotive stampfend unter der Brücke verschwand, in der Station Einfahrt hielt. Ein Bild in seinem Kopf, eine Erinnerung, die sich nicht beiseiteschieben ließ: der Körper des Wachmanns im Hinterhof an der Rue Richard Lenoir. Nur wenige Tropfen Blut, die aus seinen Ohren getreten waren, doch gebrochen hatte sein Blick auf dem Abtritt gelegen, in einer Ecke des Hofes. Wenn die Frau sich befreien konnte, wenn sie sprang: Es würde mehr Blut werden, sehr viel mehr Blut, doch auch sie würde tot sein.

Sehnige Finger, die sich unter den Achseln der jungen Frau um ihre Brust schlossen. Alain Marais, endlich! Der Zug hatte die Brücke passiert, doch noch immer gähnte die Tiefe zu Füßen des Mädchens, das keuchend und wimmernd weiterhin Widerstand leistete. Marais hielt sie fest umklammert, während Pierre ihre Finger mit Gewalt von der Brüstung lösen musste. Ein Herr im gesteppten Mantel war zögernd zu ihnen getreten, zog sich jetzt zurück, als er sah, dass seine Hilfe nicht mehr benötigt wurde. Gemeinsam hievten die beiden Agenten den Körper der jungen Frau über das Geländer. Ihre Haut war kalt, als ob sie einem Leichnam gehörte.

Vorsichtig setzten sie die Gerettete auf dem Boden ab. Nur für eine Sekunde stand sie aufrecht, dann, übergangslos, gaben ihre Beine nach. Pierre stützte sie, beobachtete aus dem Augenwinkel, wie eine uniformierte Gestalt auf die Gruppe zukam, entschlossener als die Neugierigen, die sich zögernd herandrängten mit einer Mischung aus echter Besorgnis und morbider Faszination. Marais nickte dem Jüngeren zu, trat dem Polizisten entgegen, in der Hand bereits seine Dienstkarte, die Général Auberlon ihm am Ende des gestrigen Abends mit einer nüchternen Geste überreicht hatte.

«Alles wird gut. Alles wird gut.» Mit gedämpfter Stimme sprach Pierre auf das Mädchen ein, bemerkte erst jetzt, dass er begonnen hatte, tröstend dessen Schulter zu streicheln. Er zog die Hand zurück, als hätte er sich verbrannt. Zudringlichkeiten gegenüber einer jungen Frau, die verzweifelt war, überhaupt nicht bei Sinnen! Die überhaupt nicht mitbekam, was um sie her geschah.

Doch er wurde überrascht. «Sie hätten mich springen lassen sollen.» Eine leise Stimme, in einem Ton, der ihm die Gänsehaut auf den Nacken trieb. Und dennoch klar und deutlich und präzise formuliert.

Im selben Moment spürte er, dass sie die Gewalt über ihren Körper zurückgewonnen hatte. Er lockerte seinen Griff und gab sie vorsichtig frei, achtete lediglich darauf, zwischen ihr und dem Geländer zu bleiben. Wobei die Brücke natürlich auf beiden Seiten Geländer hatte. Doch aus irgendeinem Grund war er sich sicher, dass sie keinen neuen Versuch unternehmen würde, sich in die Tiefe zu stürzen. Nicht jetzt auf der Stelle. Trotzdem hielt er sich bereit – für den Fall, dass ihre Kräfte sie aufs Neue verlassen würden.

«Warum haben Sie mich nicht springen lassen?» Noch leiser. Sie sah zu Boden; jetzt hob sie den Blick. «Es wäre jetzt schon vorbei gewesen.»

Ihr Gesicht war von geisterhafter Blässe, in ihren Augen ein Ausdruck ... *Verzweifelt*, dachte er. Und doch war es nicht länger jene wilde, aufflackernde Verzweiflung, die sie hatte den Tod suchen lassen. Ein Ausdruck stiller Resignation war auf ihr Gesicht getreten. Die Einsicht, dass sie kein zweites Mal die Kraft aufbringen würde, in die dunkle Tiefe zu blicken und sich fallen zu lassen. *Weil sie es gar nicht wirklich gewollt hat.* Ein unvermittelter Gedanke, und doch: ob es tatsächlich möglich war, sich mit der Menschenkenntnis eines Alain Marais zu infizieren oder nicht. Sogar in diesem Augenblick der Schwäche war es unverkennbar, auch wenn das Mädchen es vermutlich selbst noch nicht verstand: Diese junge Frau würde sich nicht dem Tod in die Arme werfen. Nicht, wenn sie die Gelegenheit erhielt, wirklich über ihre Situation nachzudenken. Worin die Situation auch immer bestehen mochte, die sie veranlasst hatte, auf so grauenerregende Weise den Tod zu suchen. Diese junge Frau würde den Kampf aufnehmen.

Diese Augen: Es waren ganz bemerkenswerte Augen. In einem warmen Haselnussbraun, soweit sich das im Laternenlicht beurteilen ließ. Hübsche Augen, und er konnte sich sehr gut vorstellen, wie sie aussehen würden, wenn sie lachten. Noch viel, viel hübscher.

«Warum ...», setzte sie ein drittes Mal an.

«Seinetwegen.» Das Wort war heraus, bevor er nachdenken konnte. Dabei ein angedeutetes Nicken, halb über ihre Schulter hinweg, auf Alain Marais, der sich in ein kontroverses Gespräch mit dem Straßenpolizisten verwickelt hatte, mit spitzem Zeigefinger wiederholt auf seine Dienstkarte deutete, ausgestellt auf das Datum des Vortags. Der Streifenbeamte hielt sie in der Hand, mit einer Miene, aus der beträchtliche Skepsis sprach, die möglicherweise schlicht mit der ungewöhnlichen Erscheinung des Agenten zusammenhing. Wobei sich genauso wenig ausschließen ließ, dass Marais vielleicht in einem ungeschickten Moment die Gedanken des Mannes gelesen hatte, oder ...

«Wer ist das?» Das Mädchen. Für eine halbe Sekunde hatte Pierre die junge Frau beinahe vergessen. Doch ihr Tonfall war verändert. Beinahe so etwas wie erwachendes Interesse.

«Er ...» Pierre fuhr sich über die Lippen. «Ich ...» Mit Verspätung wurde ihm bewusst, dass er sein Vorhaben nicht zu Ende gedacht hatte. Das Mädchen retten: ja. Doch was dann? Was sollte er erzählen, nachdem es ihm gelungen war, das zitternde Geschöpf wieder auf die Beine zu stellen? Etwas Charmantes. Etwas, das ein Lächeln auf die Lippen der jungen Frau zauberte. *Zwei Macarons – vom rechten der beiden Stapel bitte.* Dies war der Punkt, an dem er noch jedes Mal die Waffen hatte strecken müssen.

«Er trägt *gestreifte Hosen!*» Das Mädchen. Leiser: «Aber er sieht nicht aus wie ein Zuhälter.»

«Ich ...» Pierre räusperte sich. Sie wandte sich wieder zu ihm um. Nein, noch lachten ihre Augen nicht. Dazu bestand schließlich kein Anlass. Eindeutig aber hatte sich ihr Ausdruck verändert. «Ich soll auf ihn aufpassen», brachte er hervor. «Pierre Trebut.» Er straffte sich und streckte ihr die Hand entgegen. «Vom Deuxième Bureau.»

«Vom Deuxième Bureau?» Jetzt hoben sich ihre Augenbrauen. «Ist er gefährlich?»

«Da bin ich mir nicht so sicher.» Wieder war der Satz heraus, bevor er dazu kam, darüber nachzudenken. «Wenn Sie den Schwarzen Hassan fragen würden, wohl schon. Falls Sie die Taverne kennen im Quartier Latin. Und das Silbertablett.»

«Leider nein.» Sie schüttelte den Kopf. Noch immer kein Lächeln, doch auf welche Weise auch immer, sie kam ihm tatsächlich eine Idee amüsiert vor. «Sollte ich?», fragte sie. «Die Taverne kennen? Aber warum haben Sie ...» Ein Blick zur Brüstung. Ein ganz kurzer Blick nur. «Seinetwegen?»

Alain Marais war einen Schritt von dem Streifenpolizisten zurückgetreten, die Hand an die Brust gelegt, als wollte er sich gegen einen ungerechtfertigten Vorwurf verwahren. Die andere Hand am Gürtel, wo zu seiner aktiven Zeit ein Säbel gehangen haben musste. In seinem in die Jahre gekommenen Anzug, die obskure Brille auf der Nase, das Haar, das seit Jahren kein Friseur zu sehen bekommen hatte, wirr in unterschiedliche Richtungen abstehend nach dem Gedränge im Zug: Er bot keinen eigentlich *komischen* Anblick. Dazu wirkte der Mann zu gefährlich, auch in seiner augenblicklichen Erscheinung. Doch auf jeden Fall vage *absonderlich*.

Pierre holte Luft. Er musste es versuchen. «Um ehrlich zu sein.» Verschwörerisch senkte er die Stimme. «Er ist mein Kollege vom Bureau. Doch ganz alleine habe ich etwas Angst vor ihm.»

Er biss die Zähne aufeinander. Ein armseliger Versuch zu einem Scherz! Aber schließlich war es auch sein erster Versuch in so einem Moment. Davon abgesehen, dass es gar kein vollständiger Scherz war. Er *hatte* Angst vor dem Agenten.

Kein Lachen. Kein Lächeln. Doch dann: Ganz leicht nur kräuselten sich die Lippen der jungen Frau, und ihre Augen: Beinahe verschlug es ihm den Atem. Sie *war* um so vieles hübscher.

«Sie sind ein guter Mann, Pierre Trebut vom Deuxième Bureau», sagte sie leise. Dabei nun tatsächlich ein Lächeln, das dennoch traurig wirkte. Dann holte sie Luft. «Charlotte Dupin. Aus ...» Ein kurzer Blick auf ihre Tracht. «Aus dem Hôtel Vernet. Bisher.»

Es dauerte weniger als eine Sekunde. Alain Marais, der dem Beamten seine Karte aus der Hand rupfte, den verdutzten Schutzmann stehen ließ. Mit großen Schritten kam er auf Pierre und das Mädchen zu. Ein kurzer Blick nur auf Charlotte Dupin.

«In unserem Geschäft existieren sehr unterschiedliche Wege der Ermittlungsarbeit, Pierre Trebut. Sie können versuchen, einen Angehörigen der Gegenseite in die Finger zu bekommen und ihm das Messer auf die Brust zu setzen. Sie können sich um die geheime Korrespondenz der anderen Seite bemühen. Sie können deduktive Schlüsse ziehen. Und Sie können Ausschau halten nach Beteiligten, deren Nachname mit einem R beginnt.» Pause, dann, die Stimme bedeutungsvoll gehoben. «*Manchmal* aber ... Manchmal bekommen wir ein Zeichen.»

Er drehte sich um, begann die Avenue de la Grande Armée hinabzumarschieren, in Richtung auf den Arc de Triomphe. Und auf das Hôtel Vernet. Ein Blick über die Schulter. «Mitkommen! Beide!»

***

Zündung in 24 Stunden, 41 Minuten
**Palais Rocquefort, Paris, 8. Arrondissement –
30. Oktober 1889, 23:19 Uhr**

Madame la Falaise schrie. Der Schrei war schrill, und er dauerte an, und das reine, nackte Entsetzen sprach aus ihm. Mélanie spürte, wie sich auf ihrem Körper eine Gänsehaut aufgerichtet hatte.

«Sie laufen zum Ausgang», flüsterte Agnès, ein Auge gegen den Spalt im Vorhang gepresst, während ihre Finger sich in den Stoffbahnen festhielten. Mélanie hatte ihr schon mehrfach gesagt, dass sie nicht so fest zufassen sollte. Der Vorhangstoff war schwer, doch allzu heftige Manöver konnten vom Salon aus zu sehen sein. «Alle. Sogar die dicke Königin ist aufgestanden.» Die Stimme jetzt eine Spur lauter, doch immer noch so leise, dass Mélanie sie über die Schreie hinweg nur verstehen konnte, weil sie in der Dunkelheit unmittelbar neben dem älteren Mädchen stand. «Fast alle jedenfalls. – Nein, jetzt doch alle. Aber der Mann mit dem Zottelbart ist nicht ganz so schnell wie die anderen.»

«Der Prinz von Joinville ist so gut wie taub», murmelte Mélanie. Sie ging in die Knie und bemühte sich, unter dem Kinn ihrer Cousine ebenfalls einen Blick durch den Spalt zu werfen. Bisher hatte das funktioniert, doch bisher hatte Agnès sich auch einigermaßen ruhig verhalten, anstatt nervös von einem Fuß auf den anderen zu treten.

Tatsächlich hatte ihr Versteck sich als perfekte Wahl erwiesen. Beinahe jeden Winkel des Raums hatten sie im Blick gehabt und sämtliche Gäste beobachten können. Die Großnichte des Prinzen, die im selben Monat Geburtstag hatte wie Agnès, im letzten Jahr aber schon in die Gesellschaft eingeführt worden war. Ihr Kleid war so eng geschnürt, dass sie beinahe in der Mitte durchzubrechen schien, während ihre Brüste so weit nach oben gedrückt wurden, dass Mélanie jeden Augenblick damit gerechnet hatte, dass sie sich selbständig machen und ins Freie hüpfen würden. Was natürlich nicht geschehen war. Und selbstverständlich war auch Torteuil da gewesen, eine finstere Gestalt, die höfliche Konversation mit Königin Isabella gemacht hatte. Für eine Weile jedenfalls, bevor er sich abgewandt hatte, um sich in ein offenbar weit anregenderes Gespräch mit der jungen

Witwe eines Reeders zu stürzen, der die Lagerhäuser stromabwärts am Hafen gehörten.

Und Mélanie hatte *ihn* gesehen. *Hauptmann von Straten.* Den Vornamen hatte niemand in den Mund genommen, doch so hatte der Marquis de Montasser ihn angesprochen: *Hauptmann von Straten.* Er hatte keine zwei Schritte entfernt gestanden, den Rücken zum Alkoven. Jenseits des Vorhangs, hinter der Reihe exotischer Pflanzen auf ihrem kniehohen Bord. Er sah unglaublich aus in seiner Uniform, kerzengerade aufgerichtet, stattlich, wie ein General, der seine Truppen exerzieren ließ, um sie mit strengem Blick zu mustern. Aber sehr viel jünger natürlich, ganz anders als Generäle auf Gemälden aussahen. Wie ein Kriegsheld hatte er ausgesehen, wie ein Prinz aus Märchen und Abenteuergeschichten. Er. Hauptmann von Straten, dessen Augen sie in der vergangenen Nacht auf sich gespürt hatte, als wäre weder die Dunkelheit noch das Fensterglas oder auch nur der schwere Stoff der Stores zwischen ihnen, den sie an ihren nackten Körper gepresst hatte. Eine Verbindung. Eine geheimnisvolle Nähe.

All dies hatte Mélanie auch jetzt gespürt, obwohl es anders gewesen war, während er in einem Raum voller Menschen in sein Gespräch mit dem Marquis und dessen Gemahlin vertieft war und mit dem strubbeligen carpathischen Regenten. Während er nicht hatte ahnen können, dass sie ihm so nahe war, so viel näher als in der vergangenen Nacht. Wie stark der Wunsch gewesen war, ihn anzusprechen, ihm durch den Vorhang hindurch ein Zeichen zu geben, selbst wenn sie wusste, dass das unmöglich war. Ein Schwindel in ihrem Kopf, betäubend, schlimmer als bei einem jeden ihrer Anfälle und doch so vollkommen anders. Ihr Körper, der auf ihn reagiert hatte, und dann …

Dann hatte Madame la Falaise angefangen zu schreien, und die gesamte Festgesellschaft war aus dem Raum geströmt, Hauptmann von Straten dicht hinter Mélanies Mutter, die ihn soeben auf ihrer Gesellschaft willkommen geheißen hatte.

Ein Luftzug. Mélanie sah auf. Ihre Cousine machte sich am Stoff der Vorhänge zu schaffen, im Begriff, sie zu öffnen. «Agnès!», zischte sie. «Lass das!»

«Jetzt sind sie alle weg.» Flüsternd, doch ohne sich stören zu lassen.

«Wir können hinterher. Das Geschrei muss man im ganzen Haus gehört haben. Wir können von überall gekommen sein.»

«Aber ...»

In diesem Moment gaben die Vorhänge den Weg frei. Agnès schob eine Lorbeerpflanze samt Topf beiseite, hüpfte auf den Boden. Zurückbleiben? Jetzt? Im nächsten Moment stand Mélanie an ihrer Seite, lauschte. Doch sie musste nicht lauschen. Madame la Falaise' Geschrei war verstummt; vielleicht war noch ein ersticktes Wimmern zu hören, das aber in der Geräuschkulisse unterging. Flüche, aufgeregte Wortfetzen, neue, spitze Schreie. Dann mit einem Mal trampelnde Schritte. Schritte mehrerer Männer, Schritte, die sich entfernten.

«Nein ...» Die Stimme ihrer Mutter. «Nein, Hauptmann, bitte. Wenn der Prinz von Joinville ihn nicht stellen kann, dann wird das niemandem gelingen. Er ist einer der besten Schützen der Stadt. Sie bleiben bitte hier. Wir ... Wie wollen wir wissen, ob es nur der eine ist?»

In diesem Moment bogen die beiden Mädchen um einen ausladenden Buffettisch und konnten durch den mächtigen Bogen sehen, der den Salon vom Foyer der Residenz trennte. Eine Reihe von Gästen war im Eingangsbereich versammelt, nahezu ausschließlich die Damen allerdings, dazu, auf seinen Stock gestützt, der Marquis de Montasser – und Hauptmann von Straten, auf dessen Arm die Hand der Vicomtesse lag. Die reichverzierten Eichenholztüren hinaus auf die Straße standen offen. Sämtliche Blicke waren dorthin gerichtet, auf die Rue Matignon, auf die Freitreppe mit der marmornen Brüstung, die auf das Trottoir hinabführte. Ein Blick, der den Cousinen noch versperrt war.

Die Vicomtesse war blass. Ausnahmslos alle Anwesenden waren blass, wobei es Madame la Falaise nach wie vor am schlimmsten zu ergehen schien. Ihr Mund öffnete und schloss sich, lautlos jetzt, während sie die flache Hand auf ihre Brust presste, wo unter dem knisternden Taft das Schnürmieder saß. Auf die beiden Mädchen achtete niemand.

Langsam, Schritt für Schritt, bewegte Agnès sich durch den Türbogen, sorgfältig bemüht, nicht ins Blickfeld der Vicomtesse zu geraten. Mit klopfendem Herzen schloss Mélanie sich an. Nur kein Geräusch verursachen, auch wenn sie sich gleichzeitig fragte, ob selbst ein Pistolenschuss die Versammelten aus ihrer Starre hätte reißen können, mit der sie gebannt ins Freie ...

Ein Schuss! Mehrere Damen stolperten zurück. Madame la Falaise, die jetzt doch wieder einen Laut von sich gab, die Hand an die Stirn gepresst, bevor sie mit einem fast dankbaren Seufzen nach hinten weg in Ohnmacht sank – in die Arme des alten Marquis, der instinktiv seinen Stock fallen ließ und die füllige Frau doch nicht halten konnte. Nur die Wand in seinem Rücken verhinderte, dass er mit ihr zu Boden ging.

Doch damit war der Blick hinaus auf die Straße frei, hinaus auf die Treppe, auf der ... Ein Geräusch an Mélanies Seite: ihre Cousine, die zweimal keuchend Luft holte, sich dann unvermittelt nach vorn beugte und ihr Abendessen von sich gab, auf das Taftkleid von Albertine de Rocqueforts Nachbarin, die ohne Besinnung am Boden lag, während die Marquise de Montasser bereits hektisch nach ihrem Riechsalz tastete.

Die Treppe. Die Szene war hell erleuchtet. Vom Trottoir auf der gegenüberliegenden Seite der Fahrbahn spendete eine Straßenlaterne gelbliches Licht. Dazu brannten Öllampen auf den Marmorsockeln am Ende der Treppenbrüstung. Mélanie musste sich lediglich ein Stück zur Seite beugen, um an *ihm*, an Hauptmann von Straten, vorbeizuschauen, der beim Knall des Schusses die Hand ihrer Mutter von seinem Arm gelöst hatte und in die Türöffnung getreten war, die Finger auf dem Heft seines Galadegens. Die breiten Schultern, die aufrechte Haltung: ein Scherenschnitt vor dem Licht wie in der Nacht zuvor. Und doch war alles anders.

Denn das Mädchen *sah*. Mélanies Blick haftete auf dem, was dort draußen auf der Treppe lag, und die Zeit schien einzufrieren.

Mélanie de Rocquefort erinnerte sich gut: Sie war zehn Jahre alt gewesen und noch ein ganz anderer Mensch, als sie es heute war. Ein kleines Mädchen, das in dem Bewusstsein aufgewachsen war, dass es keinen Wunsch gab, den man ihm verwehrte, wenn es nur sein trotziges Gesicht aufsetzte und entschlossen genug darauf bestand.

In jenem Sommer nun war es Mélanies Wunsch gewesen, erstmals die Jagdgesellschaft zu begleiten, die sich alljährlich auf Deux Églises zusammenfand, um zum Klang der Hörner in die weiten Waldgebiete um Senlis und Chantilly aufzubrechen, hoch zu Ross und in verwegenen Jagdkostümen, begierig, sich mit den Tieren des Waldes zu messen. Ein Ansinnen, von dem Maman natürlich nichts hatte wissen wollen. Undenkbar! Mélanie sei viel zu jung, und eine Jagd sei gefährlich. Doch Mélanie hatte sich geweigert, klein beizugeben. Sie war aus dem Raum gestürmt, hatte ihre Puppen in die Ecke geworfen und stundenlang düster vor sich hin brütend im Erkerfenster gesessen. Sie *wollte* mit auf die Jagd. Und am Ende ... am Ende hatte Mélanie gewonnen. Nach viereinhalb Tagen hatte Albertine de Rocquefort mit erschöpfter Miene ihr Einverständnis gegeben. Die Vicomtesse musste ihre Entscheidung seit jenem Tag unzählige Male bereut haben.

Es war ein herrlicher Morgen gewesen, azurblau und strahlend über der Weite der Picardie. Beinahe eine Idee zu kühl für den August, genau damit aber das perfekte Wetter für eine Jagd, wie einer der Herren bemerkt hatte, die die Gesellschaft anführten. Albertine de Rocquefort hatte sich in ebendieser Gruppe bewegt, der Gruppe der Anführer. Nur kurz hatte sie den Versuch unternommen, Mélanie an einen Platz weiter hinten in der Gesellschaft zu verweisen, wo die meisten der Damen dem Zug langsamer folgen würden. Doch nein, Mélanie war die Letzte der Rocquefort, und mit einem Schmunzeln hatten die Herren sie gewähren lassen. Sollte das Mädchen die Gelegenheit erhalten, sich zu bewähren.

Es war ein fröhlicher Ritt gewesen durch die taufeuchten Wiesen, dem blauen Saum des Waldes entgegen. Die Herren hatten Mélanie wie eine Dame behandelt, mit einer Spur von freundlichem Spott möglicherweise. Doch schließlich war sie die Tochter Albertine de Rocqueforts: Sie hatte höflich und bestimmt geantwortet, mit exakt derselben Freundlichkeit, die auch die Herren an den Tag legten, und als sie den Waldrand erreicht hatten, hatte kein Zweifel mehr bestanden, dass man sie als vollwertiges Mitglied der Gesellschaft betrachtete.

Und dann hatte die Jagd begonnen. Die Treiber hatten sich bereits geraume Zeit zuvor vom Zug getrennt und in einem anderen Bereich des Waldes Stellung bezogen. Auf die Minute genau war die Uhrzeit vereinbart worden, sodass auch die Jäger selbst in Position waren, ein jeder sich auf seinem Posten befand, als es losging, die Treiber ihre Stimmen erhoben, mit ihren Stöcken gegen das Buschwerk zu schlagen begannen. Eine

Woge aus Lärm, die über die Wipfel heranrollte und das aufgeschreckte Wild vor sich hertreiben würde, in die Arme der Schützen.

Bewusst hatte sich Mélanie ein Stück von ihrer Mutter entfernt und sich einer Gruppe jüngerer Jagdteilnehmer angeschlossen – älter als sie selbst natürlich, doch voll jugendlichem Ungestüm, als sie zur linken Flanke in unübersichtliches Gelände ausbrachen, den erfahreneren Jägern voraus und doch nicht in Gefahr, selbst in deren Feuer zu geraten. Mélanie war eine sichere Reiterin gewesen, schon damals. Ohne Schwierigkeiten hatte sie mit den anderen mithalten können, in das Tal eines ausgetrockneten Bächleins hinab, angefüllt mit Dorngestrüpp, über den versiegten Wasserlauf hinweg, auf der anderen Seite den Hang wieder empor. Einem wilden Ritt um die Wette gleich. Ihr Herz hatte gejagt in ihrer Brust, als sie zu den vordersten Reitern aufgeschlossen hatte. Der Geruch des Waldes in ihrer Nase und Aufregung in der Luft. In eine neue, steilere Senke hinab, wo Wasser glitzerte im Licht der Vormittagssonne, die schräg durch die Zweige fiel. Eine Tränke des Wildes, ein Ort vielleicht, an den es sich zurückziehen würde!

In diesem Moment hatte Mélanie bemerkt, dass mit ihrem Pferd etwas nicht stimmte. Zögernd bereits war sie über einen halb vermoderten Baumstamm hinweggesetzt, dahinter weicher, moosbedeckter Boden, doch das Tier war langsamer geworden, plötzlich unsicher. Nach wenigen Metern war Mélanie klar gewesen, dass das Pferd sich einen Huf verletzt hatte. Im Schatten eines Brombeerdickichts hatte sie es zum Stehen gebracht, war aus dem Sattel gestiegen, der Puls noch immer hämmernd in ihren Schläfen vom Wirbel des wilden Ritts. Böse hatte sie ihre Stute angeschaut, Marie, ein vierjähriges, manchmal übermütiges Wesen, doch Mélanie hatte gewusst, dass sie nur sich allein die Schuld geben konnte. Seufzend hatte sie die erhitzte Flanke des Tieres getätschelt. Ein so aufregender Beginn ihrer ersten Jagd und ein so abruptes Ende.

Es war in diesem Moment gewesen, dass sie Blicke auf sich gespürt hatte. Ein Gefühl, das nicht recht zu beschreiben war und dennoch so deutlich. Wie ein Kitzeln auf ihrem Nacken, aber mehr noch als das. Langsam hatte sie sich umgewandt, und dort hatte es gestanden: das Reh.

Es war ein junges Tier gewesen, allerdings kein Kitz mehr. Die dunkle Nase schnuppernd in den Wind gereckt, eine leichte Brise nur, aber sie war aus Mélanies Richtung gekommen. Das scheue Geschöpf des Waldes hätte sie wittern müssen. Und dennoch: Aus irgendeinem Grund hatte es innegehalten, ganz nah, auf einer kleinen Anhöhe, vielleicht acht oder zehn Meter entfernt, das Mädchen mit einem – Mélanie hätte es schwören können – mit einem äußerst nachdenklichen Blick betrachtend.

Ein wundervolles Tier. Licht und Schatten, die auf dem weichen Fell spielten und ... Rufe! Woher? Aus der Senke? Die Gruppe der jüngeren Jäger musste weit voraus sein. Hatte das Gros der Gesellschaft ebenfalls nach links geschwenkt? Das Reh hatte mit den Ohren gespielt, ebenfalls unsicher, aus welcher Richtung die Gefahr sich näherte. Die Gefahr!

«Lauf!», hatte Mélanie geflüstert. Eine Gänsehaut auf ihrem Körper. «Lauf!» Lauter. Ihr Herz hatte sich überschlagen. Mit einem Mal war es keine Frage mehr gewesen: Sie wollte nicht, dass dieses Reh getötet wurde. Sie wollte es retten, unter allen Umständen retten. In welcher Richtung konnte das Tier seinen Verfolgern entkommen? Auf die Treiber zu? Die Treiber waren unbewaffnet. Doch, nein, vor ihr stand kein Mensch, der solche Dinge begreifen konnte, sondern ein Reh mit seidig glänzendem Fell. Nach links! Scharf nach links, im Rücken jener Gruppe, die sich in die Senke hinein abgesetzt hatte. Den Hügelgrat entlang konnte das Reh das freie Feld erreichen, und keiner der Verfolger würde dort ein Auge haben. «Lauf!», drängte sie, während das Lärmen der Meute lauter und lauter wurde. «Lauf!» Mélanie ging auf das Tier zu, das sich noch immer nicht von der Stelle rührte. Beinahe hatte sie es erreicht. «Lau...»

Ein peitschender Knall. Das Reh wurde herumgerissen und – Blut spritzte in hohem Bogen aus dem Hals des Tieres, auf Mélanies Jagdkleid, das sie heute zum ersten Mal trug, auf ihre bloßen Arme, ihr Gesicht ... Hatte sie geschrien in diesem Moment? Sie konnte sich nicht erinnern. Das Reh brach in die Knie, doch seine Augen blieben auf Mélanie gerichtet. Blut, beinahe kochend heiß und dunkel auf ihrer Haut, und das Tier ... Das Reh begann zu weinen. Es war ein Weinen. Ein Weinen, wie ein kleines Kind weinte, nicht so sehr vor Schmerzen, sondern aus Angst, aus Angst vor der Dunkelheit. Mélanie war unfähig, sich zu rühren, unfähig – bis sie aus dem Augenwinkel Bewegung wahrnahm. Jener Reiter, der geschossen hatte. Mit einem Triumphschrei sprang er aus dem Sattel.

Stolpernd wich sie zurück, in den Schatten, in das Brombeergebüsch, hinter dem sich ihr Pferd befand, unsichtbar für den Neuankömmling, der sich lachend seiner Beute näherte, die noch immer jene Laute, jenes Weinen von sich gab. Er warf das Tier auf den Rücken, nicht auf dessen immer schwächer werdende Bewegungen achtend, griff nach seinem Jagdmesser – und riss mit einem einzigen Schnitt dem noch lebenden Reh den Bauch auf, dass die Gedärme dampfend ins Freie traten.

Ein würgender Gestank, der mit einem Mal über der Lichtung lag. Er war die letzte Erinnerung, die Mélanie an jenen Morgen besaß. Sie musste die Besinnung verloren haben, zu Füßen Maries, und als sie erwacht war, war der Reiter fort gewesen. Ja, so musste es abgelaufen sein. Hatte er den Kadaver zurückgelassen? Sie wusste, dass es so üblich war. Den Jagdherren folgte eine dichte Kette von Knechten, welche die Beute einsammelten, um sie am Ende des Tages zur Strecke auszulegen.

Doch an nichts davon hatte sie eine Erinnerung. Nicht daran, wie sie ihr lahmendes Pferd zurück an den Rand des Waldes geführt hatte, wie sie dort innegehalten hatte, im nassen Gras unter den Bäumen. Wie ihre Mutter selbst sie Stunden später gefunden, sie zurückgebracht hatte nach Deux Églises. Keine Erinnerungen, keine Bilder, Chimären nur aus den folgenden Wochen. An das Fieber, das sie befallen hatte, kaum dass sie das Gutshaus erreicht hatten. Maman und Marguerite, die jede Minute des Tages, jede Minute der Nacht betend an ihrem Lager gewacht hatten, Tränen in den Augen der Vicomtesse de Rocquefort. Wochen, in denen Mélanie zwischen Leben und Tod geschwebt hatte, bevor sie langsam, fast widerstrebend zurückgekommen war. Und die Mélanie gewesen war, die sie bis heute geblieben war.

Das letzte Bild, der letzte Eindruck: das sterbende Reh, dessen dampfende, dunkel schimmernde Eingeweide auf den Waldboden quollen wie sich windende Schlangen.

Ein Körper! Der nackte Körper einer Frau auf den Treppen des Palais Rocquefort. Aufgerissen von der Kehle bis zum Schritt, dass Brust- und Bauchhöhle offen lagen: leer. Ein Abgrund von Dunkelheit. Ein Abgrund.

«Mélanie!» Die Stimme ihrer Mutter. «Mélanie!» Eine Stimme aus dem Nebel, aus dem Dunst am Rande des Waldes, über den sich der Abend senkte, während die tiefen Töne der Hörner das Ende des Jagdtages verkündeten.

Mit fehlt nichts, Maman. Marie hat sich den Huf verletzt, und ich habe sie zurückgebracht. Doch es war seltsam. Keines ihrer Worte war zu hören.

«Mélanie!» Aus weiter Ferne spürte sie, wie die Finger ihrer Mutter sie berührten, gleich darauf noch andere, größere Hände, wie jemand sie auf seine Arme hob und ... Und sie hörte einen Namen. *Friedrich.* Natürlich, so hieß er. Er konnte gar keinen anderen Namen tragen. So friedlich fühlte es sich an, so unsagbar friedlich, als er sie davontrug in die Arme eines tiefen Schlummers.

***

ZÜNDUNG IN 24 STUNDEN, 38 MINUTEN
Rue Matignon, Paris, 8. Arrondissement –
30. Oktober 1889, 23:25 Uhr

Die Zähne aufeinandergepresst, ließ Basil die rechte Hand am Seil nach oben wandern. Für Sekunden musste die linke nahezu sein gesamtes Gewicht tragen. Krampfhaft waren seine Finger um einen der Knoten geschlossen, die sein Retter in den Strang aus Hanffasern geknüpft hatte. Seine Füße stemmten sich gegen die Fassade, in einem Winkel, dass sie einen Teil seines Gewichts abfangen konnten, bewegten sich Schritt für Schritt an der senkrechten Mauer empor. Falls einer der Schlafräume des Hauses zum Innenhof hin ausgerichtet war: Undenkbar, wie die Bewohner nicht bemerken sollten, dass hier draußen etwas vorging. Doch die Bewohner waren das geringste Problem. *«For God's sake!»*, presste er schmerzhaft durch die Zähne hervor. Dann hatten seine Finger den nächsten Knoten gefunden. Mit einem unterdrückten Ächzen hievte er sich ein, zwei Fuß weiter, höher und höher über dem steinharten Boden.

Die Jacke. Die verfluchte Anzugjacke, die für einen Pygmäen angefertigt worden sein musste, bevor sie auf unerklärlichen Pfaden in die Kleiderkammer von Marlborough House gelangt war und von dort in Basil Fitz-Edwards' Reisegepäck. Ein Riss den Rücken hinab war bereits während der Verfolgungsjagd entstanden. Um Schultern und Achseln dagegen wehrte sich der steife Stoff, auch nur einen Millimeter nachzugeben und dem jungen Constable jenen Spielraum zu verschaffen, den er dringend benötigte.

Basil fluchte. Er fluchte lautlos. Er war gezwungen, seinen Atem sorgfältig einzuteilen. Eben erst war er am untersten der Fenster vorbei, auf Höhe der ersten Etage über dem schachtartigen Innenhof. Vier Stockwerke lagen noch vor ihm, und schon jetzt fühlten seine Schultern sich an, als ob sie nicht länger zu ihm gehörten. Als wäre es nur noch der Anzug, der ihn zusammenhielt.

Basil Fitz-Edwards glaubte sich an eine Szene aus der Literatur zu erinnern. Sir Walter Scott? Vermutlich. Eine jener Abenteuergeschichten, die er in seiner Jugend beim Schein einer Petroleumleuchte verschlungen hatte, anstatt sich mit der Algebra auseinanderzusetzen oder mit dem Vokabular des Französischen, das ihm nun, in diesen Tagen, von solchem Nutzen hätte sein können. Vorausgesetzt, seine Sprachkarriere – und seine Existenz als solche – würde nicht in den nächsten Minuten auf dem Pflaster eines Pariser Hinterhofs ihr Ende finden. Doch, nein, es war nicht eine einzelne Szene gewesen. Seiner Erinnerung nach war in diesen Geschichten *fortwährend* geklettert worden, Burgmauern hinauf und wieder hinab, gerne auch im Schmuck von Wehr und Waffen. Seine Vermutung grenzte an Gewissheit: Sir Walters lebendige Schilderungen fußten auf keinerlei persönlicher Erfahrung.

Er betete. Lautlos, nahezu wortlos. Inzwischen war klar, dass seine Verfolger aufgehalten worden waren, vermutlich weil einer von ihnen sich im stockdunklen Durchlass verletzt hatte. Doch es *konnte* nur Minuten dauern, bis sie an dem Hindernis vorüber waren auf der Fährte des Mannes, den sie für den Tod der unbekannten Frau verantwortlich machten. Und jetzt auch für das Missgeschick ihres Gefährten.

Zwei schwere Atemzüge, dann löste er die Hand von neuem, tastete weiter nach oben. Knoten um Knoten, Meter um Meter, während seine

Füße sich emporarbeiteten. Die zweite Etage, die dritte. Immer wieder legte er den Kopf in den Nacken. Die Gestalt des Beobachters, seines dunkle Materie gewordenen Rettungsengels. Über was für Plänen jenes Wesen brüten mochte, Pläne, so finster wie seine Erscheinung: nicht darüber nachdenken! Quälend langsam schien der Umriss näher zu kommen, bis Basil endlich das Fenster des letzten Stockwerks erreichte. Zwei oder drei Meter, und er würde die Finger um die Dachkante schließen, und seine Verfolger ...

Poltern aus der Tiefe. Schritte. Schritte mehrerer Männer, die in den Hinterhof stolperten. Gehetzt verstärkte Basil seine Anstrengungen. Sobald einer von ihnen nach oben blickte: Sie *konnten* ihn nicht übersehen. Und sie hatten Schusswaffen. Sie würden ihn nicht verfehlen. Das letzte Fenster ...

«*Verflucht! Er ist nicht hier!*»

Eine Antwort, so undeutlich, dass Basil sie nicht verstehen konnte. Oder sein eigener Herzschlag war zu laut. Der Puls rauschte in seinen Ohren, als er die Finger der rettenden Dachkante entgegenstreckte. Doch der Abstand war zu groß, er konnte sie nicht erreichen. Keuchend holte er Atem, spannte seine Muskeln an, um sich einige letzte, entscheidende Zentimeter nach oben zu schieben, die schwerer zu bewältigen waren als der Stockwerke tiefe Abgrund, der bereits zu seinen Füßen gähnte. Hilflos glitten seine Schuhe von der Mauer ab; zu wenig Platz zur Fassade hin, nun, da das Seil unmittelbar voraus über die Kante führte. Sein gesamtes Gewicht hing an seinen zerschundenen Händen, an den brennenden Schultern ... Mühsam holte er Atem. Eine allerletzte Anstrengung!

«*Er – ist – nicht – hier*», tönte es aus der Tiefe, deutlicher und sehr viel lauter als zuvor.

«*Hä?*»

«*Er – ist – nicht – hier, – Sire.*» In unverminderter Lautstärke. «*Vielleicht – haben – Sie – ihn – doch – getroffen, – und – wir – sind – über – seinen – Leichnam ... – Ach, hol mich der Teufel.*» Die Anfügung mit gedämpfter Stimme, aber doch zu verstehen.

Mit einem Ächzen schloss Basil die Finger der Rechten um das Mauerwerk, versuchte, den anderen Arm nachzuziehen. Eine Hand! Eine Hand, die sich ihm entgegenstreckte. Er ließ das Seil los, packte zu, spürte, wie der Unsichtbare Mühe hatte, nicht selbst über den Rand gezogen zu werden. Basil baumelte über dem Abgrund, sekundenlang, bis es ihm gelang, sich stöhnend auf das Dach zu schieben, eine ebene Plattform, mit letzter Kraft die Beine nachzuziehen. Flach lag er auf dem Boden, rang rasselnd um Atem, während sich winzige spitze Kiesel in seine Wange drückten.

«Daaaa!» Ein unartikulierter Laut aus der Tiefe.

Eine Pause, dann: «Pardonnez-moi, Sire, aber ich sehe nichts da oben. Ich – sehe – nichts!»

Basil war nicht länger in der Lage, auf die beiden Sprecher zu achten. Vielleicht waren es auch mehr als zwei. Einer von ihnen hatte jedenfalls Schwierigkeiten mit dem Hören und mehr noch mit dem Sprechen. Derjenige, der den Flüchtenden gesehen haben musste. Gleichgültig. Basil hatte keine Kraft mehr. Seine Handflächen brannten, als hätten die Fasern des Seils die Haut bis auf das rohe Fleisch von seinen Fingern gerissen. Sein gesamter Körper fühlte sich an, als wäre er einmal quer durch die Hölle gekrochen und gleich wieder zurück, doch jetzt war er … in Sicherheit?

Ganz langsam hob Basil Fitz-Edwards den Kopf. Aus dem Augenwinkel hatte er beobachtet, wie die Gestalt das Seil mit geübten Bewegungen wieder zu sich emporgezogen hatte. Nun saß sie ruhig auf dem gekiesten Untergrund, ein Stück vom Rand des Daches entfernt, aus der Tiefe unsichtbar. Noch immer war sie eine bloße Silhouette, die Beine in einem Winkel übereinandergeschlagen, wie ihn möglicherweise ein indischer Schlangenbeschwörer als bequem empfinden mochte, doch nein: Auf den zweiten Blick hatte sie nur wenig von einem Fakir an sich, der für Stunden reglos an Ort und Stelle sitzen konnte, die Augen hypnotisch auf das tödliche Reptil gerichtet. Die Gestalt war schlank, nicht aber ausgezehrt oder sehnig. Im Gegenteil ging eine gewisse Lässigkeit von ihr aus. Sie stützte sich rückwärts auf eine Handfläche und begann, sich mit der freien Hand den Hinterkopf zu kratzen.

«Du wiegst mehr, als man dir ansieht, copain.» Ein Achselzucken. «Aber das Seil hat ja gehalten.»

Basil hätte sich nicht vorstellen können, dass ihn nach der Strapaze noch irgendetwas nennenswert erschüttern konnte. Doch er hatte sich getäuscht. Die Stimme des Mannes ...

Es war keine Männerstimme. Er starrte das Wesen an. Unendlich langsam begannen sich seine Augen an das Licht zu gewöhnen. Waren sie ihm nicht bereits aufgefallen, die muskulösen, aber schlanken Glieder, die *Anmut* der Haltung? Jetzt verlagerte sie ihr Gewicht, stützte sich auf die andere Hand, und für einen Moment war der sanfte Umriss einer weiblichen Brust zu erkennen. Eine *Frau*? Und *nackt*? Sein Puls überschlug sich. War das unmöglich, mit ganzen Stämmen afrikanischer Eingeborener auf der anderen Seite des Flusses? Nackt und – *schwarz*? Nein, Unsinn! Von ihrer Haut schaute einzig das Gesicht hervor, mit amüsiert gekräuselten Lippen, hohen Wangenknochen und etwas schrägstehenden, katzenhaften Augen, die ihn aufmerksam betrachteten. Der Rest des Körpers war von einem seidig glänzenden Gewebe verhüllt, das jeder Kontur des schlanken Leibes folgte, als wäre die Fremde in ein Bad von nachtschwarzer Tinte getaucht.

«Was ...» Er befeuchtete die Lippen. «Wer sind Sie?»

Keine Antwort. Ein feines Lächeln.

«Warum ... Warum haben Sie mir geholfen?»

Sie legte den Kopf schräg. «Da waren Leute hinter dir her. Wäre es dir lieber, ich hätte es nicht getan, *copain*?»

Copain, dachte er. Kumpan. Freund und Kupferstecher. Eine wenig formelle Anrede. Kaum überraschend, dass sie sich auch das distanzierte Sie sparte, auf das man gemeinhin einen solchen Wert legte jenseits des Kanals.

In diesem Moment wurde er abgelenkt. Stimmen aus der Tiefe, mit einem Mal lauter. Seine Verfolger, die den Hof durchsuchten! Wie lange *konnte* man einen vollständig leeren Hof durchsuchen, der vielleicht zwanzig Fuß im Quadrat maß? Und wie lange konnte es dauern, bis sie dem Schwerhörigen Glauben schenkten, der behauptet hatte, er habe an der Fassade etwas gesehen?

«Wir müssen verschwinden», flüsterte Basil. «Sie werden hier hochkommen! Durch die Fenster aufs Dach!»

Wieder legte sie den Kopf etwas schräg. «Dazu müsste man sie erst-

338

mal ins Haus lassen. Ist eine Weile her, dass die hohen Herrschaften die Haustüren einfach so aufbrechen konnten in der Nachbarschaft. Vor der Revolution, hm? Der allerersten. – Und selbst dann ...» Ein Schulterzucken, dann ein Nicken nach hinten.

Basil blickte in diese Richtung, verstand für eine Sekunde nicht, was sie meinte. Die Dachplattform besaß keinerlei Geländer. Wo nicht der Abgrund gähnte, schloss sich eine Dachschräge an. Er kniff die Augen zusammen: *eine Dachschräge ohne jedes Fenster!*

«Wie ... Wie sind dann *Sie* hier hochgekommen?»

«Wie bist du denn hochgekommen, *copain?*»

In einer fließenden Bewegung kam sie auf die Beine. Für eine Sekunde verspürte Basil Fitz-Edwards einen unvermittelten Schwindel. Gewiss, sie war bekleidet – doch machte das einen Unterschied, wenn er die schlanken Umrisse ihrer Beine sehen konnte, auf voller Länge von den Knöcheln bis ... soweit sie nur reichten? Die wohlgeformten Knie, den Ansatz der Hüften – nichts blieb der Phantasie überlassen. Damen der Gesellschaft vermochten der Männerwelt schon mit einem mutwillig entblößten Knöchel den Verstand zu rauben. Doch diese junge Frau, dieses katzenhafte Geschöpf? War es möglich, dass sie sich der Wirkung ihrer Garderobe überhaupt nicht bewusst war? Vermutlich machte sie sich schlicht keine Gedanken darüber.

Wieder legte sie den Kopf auf die Seite, lauschend jetzt. «Stimmt.» Nachdenklich. «Das ist natürlich auch eine Möglichkeit. – Wie es sich anhört, haben sie die Bewohner aus dem Bett geklingelt.»

Basil blinzelte, aber im nächsten Moment hörte er es selbst: Die Geräusche hatten sich verändert, schienen aus einer anderen Richtung zu kommen. Ein Wortwechsel und, auf unklare Weise zwischen den Häuserfassaden hin und her geworfen, Schritte, eilige, trampelnde Schritte.

«Sie kommen!» Jetzt war er ebenfalls auf den Beinen. Für einen Atemzug herrschte Leere in seinem Kopf. Er schwankte, als wäre ein Sturm erwacht über den Dächern von Paris. «Aber ...» Als er wieder klar sehen konnte, war sie einen Schritt näher gerückt, bereit, ihn aufzuhalten, sollte er in Richtung Dachkante taumeln. «Aber man kommt nicht aufs Dach, oder? Es gibt keine Fenster.»

Nachdenklich betrachtete sie ihn. Grüne Augen, kein Zweifel, unsicheres Licht hin oder her. «Richtig», bestätigte sie. «Keine Fenster. – Wenn die Leute hochwollen, nehmen sie die Leiter.»

Basils Kehle schnürte sich zusammen. Eine Feuerleiter! Die Handläufe ragten ein oder zwei Fuß über die Dachplattform empor, und jeden Augenblick musste dort der Kopf eines der Verfolger auftauchen.

«Wir sollten uns besser auf den Weg machen», bemerkte seine neue Bekannte.

«Aber sie sind schon im Haus! Sie kommen uns entgegen!»

Ein Kopfschütteln. «Nicht dort lang. – Dort lang.» Ein Nicken, auf den Abgrund zu.

«Unmöglich!» Er konnte aufrecht stehen. Das war alles. Dieselbe Klettertour noch einmal in der umgekehrten Richtung? Ausgeschlossen. Und mit Sicherheit hatten die Verfolger jemanden im Hinterhof zurückgelassen.

Sie griff nach seiner Hand, und er war zu überrascht, um Widerstand zu leisten. Sie zog ihn mit sich, aber nicht zum Hinterhof hin, sondern in jenen Bereich, wo sich in der Tiefe der Durchlass zum Hof befinden musste. Erst auf den letzten Schritten wurde sie langsamer.

Schwärze in der Tiefe, aus der ein Geruch aufstieg, der Basils letzte Zweifel beseitigte: Mit Sicherheit war es ein Abort gewesen, jenes Hindernis, das er selbst nur gestreift hatte. Wenige Schritte entfernt aber befand sich das Dach des Nachbarhauses. Keine ebene Plattform, sondern eine Schräge, drei oder vier Fuß tiefer als ihr gegenwärtiger Standort. Ein halbes Stockwerk vielleicht.

«Etwas knifflig, wenn man hochwill», räumte seine Begleiterin ein. Sie reckte sich sogar wie eine Katze. «Aber von hier aus ein Kinderspiel.»

«Ein Kinderspiel?» Seine Stimme bewegte sich auf einer unangenehmen Frequenz. «Direkt da vorne sind zwölf Meter Luft!»

«Und direkt *hier vorne* ...» Eine Bewegung. Zu schnell, um sie wirklich wahrzunehmen. «... ist das nächste Dach.»

Hier vorne. Sie stand mehrere Fuß unter ihm, auf der anderen Seite des Abgrunds. Hatte sie auch nur Atem geholt, bevor sie gesprungen war? Wie ein Spaziergänger, der müßig über einen Rinnstein hüpfte. Und tatsächlich war der Durchlass nicht wesentlich breiter als ein Rinnstein, dabei allerdings wesentlich *tiefer*.

Basil verharrte am Rande des Abgrunds. Unvermittelt hatte seine Kehle den Durchmesser eines Strohhalms angenommen. Augen zu und durch? Zweifelsfrei existierten Momente, in denen das die beste Empfehlung war. Diese Situation zählte eindeutig nicht zu jenen Momenten. Nicht der Part mit dem *Augen zu*.

Das Trampeln von Schritten. Der quietschende Laut, mit dem irgendwo unter ihm ein Fenster aufgerissen wurde: der Ausstieg zur Leiter, die die Verfolger in seinen Rücken bringen würde. Basil Fitz-Edwards empfahl seine Seele dem Allmächtigen und sprang.

***

Zündung in 24 Stunden, 17 Minuten
Quai de la Conference, Paris, 8. Arrondissement – 30. Oktober 1889, 23:43 Uhr

Lichter. Laternen auf der Promenade entlang der Seine, isolierte Inseln, an deren Rändern die Schatten haschten. Lichter auch jenseits des Flusses: die gegenüberliegenden Promenaden und dahinter mehrstöckige Gebäude, Schulter an Schulter, zwischen ihnen eine Schneise tieferer Nacht, die das Kolonialgelände der Weltausstellung bezeichnete. Und Lichter schließlich sogar *auf* dem Fluss, ein Ausflugsschiff mit flachem Kiel, das sich gemächlich vom Champ de Mars her näherte. Gesprächsfetzen drangen über das Wasser, ausgelassene Stimmen, der Rhythmus einer munteren Musik.

Paris, die Hauptstadt der Welt, in der das Leben niemals stillstand, zu keiner Stunde des Tages oder der Nacht. *Die Hauptstadt der Welt.* Friedrich von Straten trat nach einem Stein, der sich eher lustlos vom Boden löste und einige Meter davonkullerte. Bis er unvermittelt liegen blieb, auf den nächsten Passanten zu warten schien, dem der Sinn danach stand, sein Mütchen zu kühlen.

Friedrich verzog das Gesicht. Er spürte keine Wut. Was er spürte, war viel komplizierter. Es war ein Pulsieren in seinem Kopf, ein Flattern hinter seiner Netzhaut, ein Wirbel von Gedanken – und zugleich war es vollständige Leere.

Der Abend hatte in einem Chaos geendet. Endlich hatte sie vor ihm gestanden, Albertine de Rocquefort, seine Mutter. *Mutter*. Aus irgendeinem Grund fiel es schwerer als je zuvor, dem Wort auch nur in Gedanken Gestalt zu geben, *ihre* Gestalt.

Sie hatte ihn höflich auf ihrer Gesellschaft willkommen geheißen. Er hatte ihre Hand an seine Lippen geführt, und im nächsten Augenblick hatte sich der Empfang in ein Armageddon verwandelt, in hysterische Schreie, in wild durcheinanderlaufende Gäste, die zum Ausgang drängten, und die tote Frau ... *Nein!* Eine unwirsche Kopfbewegung. *Nein!* Friedrich trat an die steinerne Balustrade in der Hoffnung auf eine Nachtbrise von der offenen Wasserfläche. Doch wie ein schwarzer Spiegel lag der Fluss in der Dunkelheit. Nein, er hatte so vieles zu bedenken. Er würde *nicht* an die Frau denken. Stattdessen bemühte er sich, die Ereignisse des Abends heraufzubeschwören, sich klarzuwerden, was überhaupt geschehen war und was lediglich eine Einbildung darstellte, eine Ausgeburt seines überreizten Verstandes.

Die tote Frau. Eine der Besucherinnen hatte den Empfang gerade verlassen wollen und eben noch einen Blick auf den Täter erhascht, und die Herren aus der Gästeschar waren dem Mann hinterhergeeilt: der Prinz von Joinville, der Duc de Torteuil, der Carpathier und andere, an deren Namen Friedrich sich nicht erinnerte. Ihn, Friedrich von Straten, hatte Albertine de Rocquefort gebeten zu bleiben, und dann ... Das Mädchen, blond und blass und schmal. Das Mädchen, das seine Schwester war. *Mélanie*, wie aus Rollandes Papieren hervorging. Seine Schwester Mélanie, deren Silhouette er in der Nacht zuvor aus der Zufahrt nach Deux Églises beobachtet hatte. Friedrich wusste nicht zu sagen, wo sie heute Abend hergekommen war, doch urplötzlich hatte sie dort gestanden und nahezu übergangslos die Besinnung verloren. Er hatte sie aufgefangen, hatte sie nach den Anweisungen der Vicomtesse mehrere Treppen empor in einen Schlafraum getragen, der einer Prinzessin würdig gewesen wäre. Eine verknöcherte Gouvernante hatte sie dort erwartet, und ihrer Obhut hatte Albertine de Rocquefort das Mädchen anvertraut, bevor sie schweigend in die bel étage zurückgekehrt war, Friedrich wenige Schritte hinter ihr.

Ihre Besorgnis war zu spüren gewesen, überdeutlich, doch Albertine de Rocquefort verfügte über eine Haltung, der Friedrich in seinem Leben nur bei wenigen Menschen begegnet war. Sie hatte ihre Gäste in ein ruhiges Gespräch gezogen, ja, auch über den Vorfall, und doch mit jedem Zoll die beherrschte, Trost und Zuspruch spendende Gastgeberin. Eine der Säulen der Pariser Gesellschaft, und eben damit weit entfernt von einem starr in den Boden gepflanzten Pfeiler. Schlank und biegsam wie eine Klinge aus Stahl.

Domestiken waren zu den Champs-Élysées geeilt, wo die Kutschen der Gäste das Ende des Empfangs erwarteten. Andere Domestiken hatten die Leiche der Frau in den Hof getragen, wieder andere eine Patrouille der Polizei verständigt, während die Herren von ihrer Verfolgungsjagd zurückgekehrt waren, mit leeren Händen. Wobei es zu irgendeiner Art von Auseinandersetzung dennoch gekommen sein musste: Das Toupet des carpathischen Regenten hatte in einer anderen Position gesessen als zuvor, über der linken Schläfe beinahe. Eine Blessur, wie der Duc de Torteuil Friedrich flüsternd anvertraut hatte. Den Anblick wolle man den Damen nicht zumuten. Und dann hatten die Besucher ihre Kutschen bestiegen, einer um den anderen, Isabella von Spanien, der Prinz, der Duc mit seinem carpathischen Gefährten, der Marquis und die Marquise de Montasser. Und Friedrich von Straten war auf den Stufen des Palais Rocquefort zurückgeblieben, an der Seite jener Frau, die seine Mutter war.

«Hauptmann von Straten.» Eben noch hatte sie den Kaleschen nachgeblickt. Unvermittelt hatte sie sich zu Friedrich umgewandt.

Ihre Augen. Blau und kühl und so vollkommen anders als Friedrichs Augen, die dunkel waren und damit ein Erbteil seines Vaters sein mussten. Wie hatte er sich seine Mutter vorgestellt? Ein wenig wie Gottlebens Gemahlin vermutlich, die Obristin, eine etwas frömmlerische, im Grunde aber herzensgute Frau, der sechzig mittlerweile näher als der fünfzig und von einem Umfang, dass man ihr Ächzen über die halbe Etage hörte, wenn ihre Zofen sie in ihr Schnürmieder zwängten. Sie, Albertine de

343

Rocquefort, war anders. In jeder Hinsicht war sie anders. Die Fotografien hatten Friedrich vorbereitet, und doch waren sie kein Vergleich zu dem Erlebnis, sich mit ihr in ein und demselben Raum aufzuhalten.

Wieder und wieder, den gesamten Abend hindurch hatten seine Blicke auf ihr gelegen, auf der Suche nach Ähnlichkeiten, doch was er gefunden hatte, war allgemeiner Natur. Die schmale Form des Kopfes, die hohen Wangenknochen, das helle Haar, das seine Schwester ebenfalls geerbt haben musste. Jetzt, da sie auf der Treppe unmittelbar vor ihm gestanden hatte, hatte er durch das Spitzengewebe über ihrem Dekolleté etwas zu erkennen geglaubt: ein Muttermal nahe dem rechten Schlüsselbein, das bei ihm selbst an exakt derselben Stelle saß, in seinem Fall natürlich unsichtbar unter dem Kragen der Uniform.

Ihre Augen. In diesem Moment hatte er sie auf sich gespürt. Hatte sie die Richtung seines Blicks bemerkt? Auf ihr Dekolleté? *Allmächtiger!* Hatte es ausgesehen, als ob er ...

«Ich möchte Ihnen meinen Dank aussprechen, Hauptmann.» Ruhig und beherrscht, ohne ihn aus den Augen zu lassen mit diesem verunsichernden Blick.

«Es ...» Eine leichte Verneigung. Sein Mund mit einem Mal trocken. «Es war mir ein Vergnügen, Madame la Vicomtesse.»

Schweigen. Die Echos der Kutschräder, holpernd auf dem Pflaster, langsam verhallend in den Straßen der großen Stadt. Es wäre der Augenblick gewesen. Der Augenblick, sich seiner Mutter vorzustellen, sich *wirklich* vorzustellen. Was war es gewesen, das ihn zurückgehalten hatte? Die Umstände, unter denen der Empfang geendet hatte? Mélanies Anfall, der nicht der erste dieser Art gewesen war, wenn er richtig verstanden hatte? Oder war es dieser Blick gewesen, mit Sicherheit innerhalb der gesellschaftlichen Norm und doch auf eine irritierende Weise *herausfordernd*.

«Als Gastgeberin betrachte ich genau das als meine Pflicht, Hauptmann. Dass die Gäste einen Besuch meiner Salons als Vergnügen empfinden.» Unvermittelt hatte sie sich an seinem Arm eingehängt, und sein Körper hatte eine halbe Sekunde gebraucht, um auf die unerwartete Geste zu reagieren. «Als tatsächliches Vergnügen.» Ihr Unterarm auf dem seinen, sodass er die Wärme ihrer Haut spüren konnte durch den Stoff seiner

Uniform, durch die feine Seide ihres Handschuhs. Ein beunruhigendes Gefühl, ein ... ein *falsches* Gefühl.

«Und dieser Abend ...» Zu Füßen der Treppe war sie stehen geblieben. Ein neuer Blick aus kühlen Augen unter langen, dichten Wimpern. «Dieser Abend hat ganz gewiss nicht nach meinen Vorstellungen geendet.»

«Nein.» Er räusperte sich. «Nein, das ging mir ähnlich. Das ...» Eilig angefügt. «Das ist uns vermutlich allen so ergangen.»

«Sicherlich.» Ihr Tonfall ließ keinen Zweifel aufkommen, welche Bedeutung sie seiner letzten Bemerkung beimaß: überhaupt keine. « Und das bedaure ich zutiefst, Hauptmann. Doch ich glaube, dass ich eine Möglichkeit gefunden habe wiedergutzumachen, was Ihnen an diesem Abend entgangen ist. – Nein ...» Eine Handbewegung. «Nein, ich bestehe darauf. Es war das erste Mal, dass Sie meinen Salon aufgesucht haben, und ich hätte Ihnen sehr viel mehr von meiner Aufmerksamkeit widmen müssen. – Erlauben es Ihre Pflichten, mich morgen noch einmal aufzusuchen, mon cher? Am frühen Abend?»

Für einen Augenblick war Friedrich stumm geblieben. Am Vormittag stand ein Besuch in der Galerie des Machines an, an der Seite Graf Drakensteins. Ein Termin, den er unter keinen Umständen versäumen konnte. Schon als Friedrich das Oberhaupt seiner Delegation gebeten hatte, seine Abwesenheit beim Diner zu entschuldigen, hatte der Graf im ersten Moment irritiert reagiert, um ihm sodann umso herzhafter auf die Schulter zu klopfen und ihm *einen unterhaltsamen Abend am Montmartre* zu wünschen. Der frühe Abend hingegen ...

Selbstverständlich. Mit dem größten Vergnügen werde Friedrich die Vicomtesse noch einmal aufsuchen. Eine Aussage, die sie offenbar zufriedengestellt hatte. Noch einmal hatte er ihre Hand an seine Lippen heben dürfen, bevor sie ihm eine gute Nacht gewünscht hatte. Und er ihre Augen auf sich gespürt hatte, diese kühlen und doch so intensiven Augen, bis er unter den Laternen der Rue Matignon ihrem Blick entschwunden war.

Paris. Die Stadt lag vor ihm in der Nacht, eine Hölle aus Samt und Seide, aus Lüge und Perversion. Und doch war nichts in dieser Stadt, wie Friedrich es erwartet hatte. Nicht die Art, in der man ihm begegnete.

Sekretär Longueville, die rechte Hand des Präsidenten, der ihn in ein vertrauliches Gespräch verwickelt hatte. Der Sekretär hatte ihm zu verstehen gegeben, dass er insgeheim jedes Wort verstand, das Drakenstein auf Deutsch äußerte. Warum? Warum schien er Friedrich ein größeres Vertrauen entgegenzubringen als dem Oberhaupt der Delegation? Der Marquis de Montasser, seines Zeichens Gesandter des russischen Zaren und des Schahs von Persien, was offenbar niemand als Widerspruch empfand. Der Mann hatte mit Friedrich geplaudert wie mit einem alten Freund, hatte Bemerkungen zur Weltlage eingestreut, bei denen dem jungen Deutschen schwindlig geworden war. Und ihn am Ende zum Tee ins erste Arrondissement eingeladen, um das faszinierende Gespräch beizeiten fortzusetzen. Das Gespräch, zu dem Friedrich von Straten wenig mehr beigesteuert hatte als eine zustimmende Bemerkung hin und wieder. Selbst der carpathische Regent hatte mehr zu der Unterhaltung beigetragen, obwohl der Mann weder französisch noch deutsch sprach. Zumindest hatte Friedrich durch Montassers Vermittlung seinen ersten und einzigen carpathischen Satz gelernt: *sunt bucuros că aţi venit. – Ich bin erfreut über Ihr Kommen.*

Longueville und Montasser, zwei mächtige Männer der Gesellschaft, die Friedrich von Straten eine Beachtung geschenkt hatten, die er sich schlicht nicht erklären konnte. Welch Kontrast zu jenem Mann, der sich seiner in der Tat hätte annehmen sollen: Fabrice Rollande, sein Kontaktmann. Ein zwielichtiger Seidenhändler, der sich weigerte, mit den konkreten Instruktionen von Friedrichs Mission herauszurücken. Sein Ziel schien vielmehr darin zu bestehen, den jungen Offizier am ausgestreckten Arm verhungern zu lassen und ihn stattdessen in sein persönliches, undurchschaubares Spiel um *Wissen* zu drängen.

Was hatte all das zu bedeuten? Friedrichs eigene Mutter, die sich ihm genähert hatte wie zu einem frivolen Flirt. Doch wie hätte sie auch ahnen können, wer vor ihr stand? Madeleine Royal, Longuevilles bildschöne Maitresse in ihrem Schwanenkleid, die ihm Avancen gemacht hatte, ohne dass er dies auch nur zu deuten gewusst hätte. Und dann die Frau, die *Frau ...*

Friedrichs Ellenbogen stützten sich auf die Balustrade. Er grub das Gesicht in die Handflächen. Die Frau, deren Körper ihr Mörder auf die Treppen des Palais Rocquefort geworfen hatte wie einen stinkenden Kadaver. So entstellt sie auch war, Friedrich hatte sie auf der Stelle wiedererkannt. Es war die Frau aus dem Park. Die Frau, der er gegenübergestanden hatte, als sie bereits in den Armen ihres Mörders gelegen hatte. *Wenn Sie selbst eine Patrone einlegen wollen … Ein paar Francs mehr, und sie machen alles, was Sie ihnen sagen.* Alles? Wirklich alles? Nein, der Tod konnte nicht käuflich sein, selbst in den Straßen von Paris nicht. Doch wie hätte Friedrich ahnen können? Er hatte den Mann gewähren lassen, hatte sich mit glühenden Wangen entfernt. Und deshalb hatte die Frau sterben müssen.

«Mein Gott.» Seine Stimme war ein Flüstern. Er war in diese Stadt gekommen, um herauszufinden, wer er wirklich war. Doch hatte er das nicht recht genau gewusst, *vorher,* bevor er einen Fuß nach Paris gesetzt hatte? Er war ein junger preußischer Offizier. Er war weder feige noch auf den Kopf gefallen, und hatte er sich nicht bereits einen gewissen Ruf erarbeitet in seiner Abteilung innerhalb des Generalstabs? Er hatte die ersten Schritte schon getan. Es gab keinen Grund, warum nicht eine Laufbahn vor ihm liegen sollte, wie ein junger Mann von seiner Geburt sie sich nur wünschen konnte. Von bescheidener Geburt. Ein Mann, dessen Geburt keine Rolle spielte, weil sein Wert nicht in seiner Herkunft lag, sondern in dem, was er *war.*

«Warum?», flüsterte er. «Warum bin ich hergekommen? Ausgerechnet jetzt? Warum musste ich ausgerechnet jetzt …»

Ein leises Geräusch. Vielleicht war es schon eine Weile da gewesen, ohne dass er darauf geachtet hatte. Den Lauten gleich, mit denen die trägen Fluten gluckernd gegen die Uferbefestigungen spülten. Das Wispern der nächtlichen Wasser, doch dieses Wispern hatte – Worte.

«*Dass sie … Dass sie misstrauisch werden könnte, wenn er …*» Die Stimme kippte, setzte neu an, schwankte wie die Stimme einer Betrunkenen. «*Dass sie miss-trau-isch werden könnte, wenn er ausgerechnet jetzt in die Stadt kommt.*»

Die Stimme. Sie klang verwaschen, undeutlich, und dennoch: Er kannte diese Stimme! Wie ein Träumender löste sich Friedrich von der Brüstung. Doch hatte sie überhaupt ein Wort gesagt, sodass er in der Lage sein sollte, ihre Stimme wiederzuerkennen? Nicht mehr als seinen Namen, bevor sie sich entfernt hatte, hinaus auf die Terrasse, wenige Minuten vor Mitternacht, wenige Minuten, bevor die Lichter des Feuerwerks den Himmel über dem Champ de Mars in Farbe getaucht hatten.

Es war keine Explosion von Farben. Vage Helligkeit fiel auf das Wasser, von den Decks des Fahrgastschiffes, das die Promenade soeben passierte. Schemenhaft trat zu seinen Füßen eine Kaianlage aus der Dunkelheit, die sich nur knapp über den Spiegel des Flusses erhob, von der Promenade her über eine Treppe erreichbar.

«*Und?*» Die Frau holte Atem, während Friedrich langsam, dann immer schneller auf diese Treppe zuging. «*Ist sie misstrauisch geworden?*»

Die Folge der Stufen, und dann konnte er sie sehen. Sie sah in seine Richtung, während sie auf der Kante der Mole balancierte, knapp über den schweigenden nächtlichen Fluten, die Arme zur Seite ausgestreckt wie eine Hochseilartistin.

«Und?», erkundigte sich Madeleine Royal. «Ist sie misstrauisch geworden, Friedrich von Straten? Wenn Sie doch ausgerechnet jetzt in die Stadt kommen?» Sie beugte sich zur Seite, dem Wasser entgegen, und, nein, ob sie betrunken war oder nicht: Sie war nicht bei sich. «Oder eher nicht?» Eine Körperdrehung in die andere Richtung. Eine Tänzerin. Eine Tänzerin über dem Abgrund, zwischen der tödlichen Tiefe und dem festen Land, und es schien ihr ganz und gar gleichgültig zu sein, in welche Richtung die Reise gehen würde.

«Wovon reden Sie?» Friedrichs Stimme war heiser. «Reden Sie von mir?»

«Wissen Sie es nicht?» Einen Moment ohne Regung, bevor sie von neuem zu ihrem Balanceakt ansetzte, tapsig, unsicher auf den Beinen. Fünfzehn Schritte vielleicht, die sie voneinander trennten. «Doch ...», murmelte sie. «Doch, ich bin mir sicher, dass Sie es wissen.» Die Arme wieder ausgebreitet. Sie trug ein Kostüm, das beinahe züchtig wirkte für den Abend, wenn man ihre Profession bedachte. Doch als er genauer hinsah, so genau es möglich war im Zwielicht, das die Laternen auf der Promenade nicht erreichten: dunkle Flecke auf der Seide. Wasserflecke? Oder etwas vollkommen anderes? «Und wenn Sie es wirklich nicht wissen ...» Sie redete weiter, ganz auf ihr Kunststück konzentriert. Obwohl sie ihn ansprach, schien sie ihn kaum noch wahrzunehmen. «Wenn Sie es wirklich nicht wissen: Er wird es ja wissen, wenn er Sie ... *Huch!*»

Sein Herz überschlug sich. Sie schwankte, ihre Arme ruderten, als sie sich unfreiwillig zur Seite beugte, über das Wasser, doch im nächsten Moment ... Ein Kichern. Sie stand wieder aufrecht. «Weil er Sie ja im Auge behalten sollte», erklärte sie. «Oder sollte er *sie* im Auge behalten?» Nachdenklich. «Ich glaube, ich weiß es nicht mehr genau.»

Friedrich verspürte einen unvermittelten Schwindel. Was hatte er hier überhaupt zu suchen? Was ging ihn diese Frau an? Doch sie war eindeutig nicht bei sich, und mit ihren Kunststücken setzte sie ihr Leben aufs Spiel. Und heute war schon eine Frau gestorben, weil er beschlossen hatte, dass sie ihn nichts anging. Außerdem war Madeleine Royal ihm zumindest vorgestellt worden.

Aber wovon redete sie? Unmöglich, dass sie tatsächlich von *ihm* redete. Sie war nicht der Schwan, hatte nicht das Geringste zu tun mit seiner Mission. Rollande war der Schwan, und doch: *Weil er Sie ja im Auge behalten sollte.* – Rollande? Sprach sie von Rollande? Rollande, der ihn auf den Empfang seiner Mutter geschickt hatte? Doch der Seidenhändler war überhaupt nicht dort gewesen. Aber musste ein Fabrice Rollande vor Ort sein, um zu *wissen*?

«Wovon ...» Er holte Luft. «Von wem sprechen Sie, Mademoiselle Royal?»

«Nuuuuun ...» Langgezogen.

«*Von wem sprechen Sie?*», brüllte er. Als wäre in seinem Kopf ein Schalter umgelegt worden, der auf den winzigsten Druck der vollen Gewalt elektrischen Stroms den Weg freigab, eine Höllenmaschine zum Leben erweckte, den Kohlefaden einer Glühlampe aufflammen ließ in gleißendem Feuer. «*Von wem zur Hölle sprechen Sie?*»

Reglos. Mit einem Mal stand sie völlig reglos, sah ihn an, und sei es, dass sich ein Widerschein von Licht auf ihren Zügen fing: Sie sah ihn an, die Augen vollständig klar.

«Torteuil.» Mit eher leiser Stimme. «François-Antoine, Duc de Torteuil.»

Keiner von ihnen regte sich. *Torteuil.* Friedrich hatte es gewusst. Er hatte gewusst, dass Rollande seine Augen in Albertine de Rocqueforts Salon haben würde. *Torteuil.* Der Duc war ihm aufgefallen, weil die Vicomtesse wiederholt Blicke in dessen Richtung geworfen hatte, häufiger als auf jeden anderen der Anwesenden, Friedrich ausgenommen. *Mein Vater?* Bei jedem der männlichen Gäste im entsprechenden Alter hatte er sich diese Frage gestellt, nachdem er davon ausging, dass der verstorbene Vicomte jedenfalls nicht sein Vater war. Im Falle des Duc hatte er die Vermutung sofort wieder beiseitegeschoben. Er war eine hochgewachsene, auf ihre Weise respekteinflößende Erscheinung, doch die Ähnlichkeit hätte nicht geringer ausgeprägt sein können. Der Mann war so dunkel, wie Friedrich hell war. *Rollandes Spion?* Nicht der Umstand, dass Torteuil für den Seidenhändler spioniert hatte, ließ seine Kehle eng werden. Es war die Tatsache, dass Madeleine Royal davon wusste!

«Woher ...» Seine Stimme war ein Krächzen. «Woher wissen Sie davon? Wer sind Sie?»

Sie sah ihn an. Ihre Zunge fuhr über ihre Lippen. Sie hob die Hände wie zu einer hilflosen Geste, warf einen Blick auf ihre Füße. Zweifelnd? Überrascht? Als ob sie jetzt erst feststellte, wo sie sich befand. Auf einen Schlag schien alle Energie ihren Körper zu verlassen, alle Energie, die ihr überspannter Zustand ihr verliehen hatte. Eine junge Frau in einem zerknitterten Kleid. Ja, die Flecken waren Blut. Friedrich erkannte es, als sie einige Schritte auf ihn zukam, doch eindeutig war es nicht ihr eigenes Blut. Sie war müde, weit über den Rand der Erschöpfung hinaus, doch körperlich unverletzt. Sie deutete auf eine Sitzbank, die er bis zu diesem Augenblick nur als schemenhaften Umriss wahrgenommen hatte.

«Wer ich bin? Wenn Sie das tatsächlich wissen wollen ...» Ein Atemzug. «Dann hören Sie sich die Geschichte an.» Ein langer Blick in seine Richtung. «Nur glaube ich nicht, dass das im Moment die Frage ist, die Sie sich stellen sollten, Friedrich von Straten. Die Frage lautet, wer *Sie* sind.»

***

ZÜNDUNG IN 24 STUNDEN, 16 MINUTEN
**Avenue Marceau, Paris, 8. Arrondissement –
30. Oktober 1889, 23:44 Uhr**

«Und mein Großvater auch. Und der Bruder meines Großvaters dazu.»
Pierre hob die Schultern. «Das ist so üblich in meiner Familie. Ein Posten
bei der Polizei. Oder bei der Gendarmerie. Irgendwie hat es sich von selbst
ergeben.»

«Aber Sie sind nicht bei der Polizei oder bei der Gendarmerie, Pierre
Trebut.» Charlotte Dupin hielt ihre Rocksäume gerafft: die einzige Chance, mit Alain Marais mitzuhalten, der ihnen permanent mehrere Schritte
voraus war. Für Pierre bestand die Herausforderung darin, nicht zu offensichtlich auf ihre Knöchel zu schielen, die bei jedem Schritt unter dem
Saum hervorlugten. «Sie sind zum Deuxième Bureau gegangen», stellte
sie fest.

«Ja. Schon.» Klang das gerade entschuldigend? Er räusperte sich. «Das
hörte sich aufregender an.»

«Und ist es das? Aufregend?»

«Eigentlich nicht», gestand er. «Zumindest bis gestern nicht.»

Neugierig sah sie ihn von der Seite an, nur für einen Moment allerdings. Alain Marais hatte sich für eine der Straßen entschieden, die
sternförmig von der Freifläche um den Arc de Triomphe abgingen. Entschlossen bog er in die Avenue Marceau ein, sodass sie gezwungen waren,
die Route des Pferdeomnibusses zu kreuzen. Und einem dampfenden
Haufen Dung auszuweichen.

«Er scheint sich gut auszukennen im achten Arrondissement», bemerkte das Mädchen. «Und im sechzehnten.» Ein Blick nach rechts. «Und
im siebzehnten.» Ein Nicken über die Schulter. «Ist er häufiger hier, so ein
berühmter Agent, wissen Sie das?»

«Er war seit zehn Jahren nicht hier.»

«Das wissen Sie so genau?»

«Todsicher.»

Schweigen. Pierre biss sich auf die Zunge. *Ungeschickt!* Seite an Seite
waren sie die gesamte Länge der Avenue de la Grande Armée hinabmar-

schiert, und ganz von allein hatte sich eine Plauderei ergeben, wie ... wie junge Frauen eben mit jungen Männern plauderten, die sie aus irgendeinem Grund interessant fanden. Zumindest vermutete er, dass es genau diese Sorte Plaudereien waren, die auf jenen Moment folgten, in welchem dem betreffenden jungen Mann etwas Sinnvolleres eingefallen war als die Frage nach den Macarons vom rechten der beiden Stapel. Und seltsamerweise schien es in dieser Plauderei fast ausschließlich um ihn zu gehen, während er von ihr noch immer so gut wie gar nichts wusste. Andererseits hatte dieses junge Mädchen vor einer halben Stunde noch dem Tod ins Auge geblickt. Charlotte Dupin schien guter Dinge, doch selbst wenn sie den Gedanken an einen Sprung in die Tiefe aufgegeben hatte, konnte nicht alles an diesem müßigen Gespräch echt sein. Wie sehr er das Gespräch auch genoss. So oder so: *Todsicher* war keine geschickte Vokabel in dieser Situation.

«Wann haben Sie den letzten Toten gesehen?», erkundigte sie sich.

«Wa... Was?» Ein plötzlicher Hustenanfall schüttelte ihn, dass er um ein Haar ins Stolpern geriet. «Was?», wiederholte Pierre heiser.

«Wann Sie den letzten Toten gesehen haben.» Sie sprach in einem Allerweltston. Ein junges Mädchen, das mit seinem Galan über die Boulevards flanierte, beiläufig die Blumenanpflanzungen bewunderte und ihm im nächsten Moment womöglich die Finger unter den Arm schob und ...

Sie schob die Finger unter seinen Arm.

«Wenn Sie für das Deuxième Bureau arbeiten, haben Sie doch sicher schon mal einen Toten gesehen», erklärte sie. «Wann war das? Das letzte Mal?»

Um ein Haar hätte ich vor einer halben Stunde eine Tote gesehen. Er sprach es nicht aus. Für den Moment war er überhaupt nicht in der Lage, irgendetwas auszusprechen. Ihre Finger. Auf seinem Arm. Warm und weich und leicht wie eine Feder. Im Gehen berührte ihr Handrücken seine Brust, und er war sich nicht sicher, ob sie diese Berührung wahrnahm, doch *wenn* sie sie wahrnahm, musste sie dann nicht auch seinen Herzschlag bemerken, polternd plötzlich, stockend?

«Das dürfte gegen halb sieben gewesen sein», murmelte er. «Eher zwanzig nach sechs.»

«*Heute früh?*» Zum ersten Mal seit dem Moment an der Brücke schwankte ihre Stimme.

«Heute Abend. Vor ein paar Stunden.»

«Sie ...» Sie wurde eine Idee langsamer. Pierre, mit ihrer Hand auf seinem Arm, machte das Manöver automatisch mit. Ebenso Alain Marais, wie auch immer er wissen konnte, dass seine Begleiter langsamer wurden. «Nein», murmelte Charlotte, und jetzt war ihre Stimme eindeutig verändert. «Nein. Sie machen keinen Scherz.»

«Er ist von einem Dach gefallen», erklärte Pierre. «Aus dem vierten Stock.» *Was insofern keinen großen Unterschied mehr gemacht hat, als er sowieso gerade Preußische Blausäure zu sich genommen hatte.* Doch Details ihrer Ermittlung taten nichts zur Sache. Am meisten wunderte er sich, warum er mit einem Mal so ruhig war, während er spürte, wie das Mädchen an jeder Silbe von seinen Lippen hing. «Er sah eigentlich kaum verletzt aus», sagte er. «Nur ein paar Tropfen Blut. Aber er war ziemlich tot.» Ein Atemzug, und plötzlich war da ein Gedanke. «Er hatte sehr viele Bücher in seiner Wohnung», sagte er leiser. «Ist es nicht seltsam, sich vorzustellen, dass er die nun nie mehr lesen wird? Was er alles ... was er alles nicht mehr tun wird? Essen? Schlafen? Im Bistro einen Café trinken? Ganz einfache Dinge. Nichts davon wird er je wieder tun.»

Schweigen. Alain Marais bog in eine Seitenstraße ein; sie folgten ihm. Das Schild an einer Häuserecke wies die Abzweigung als Rue Vernet aus. Das Mädchen ... Pierre warf einen Blick zur Seite.

Tränen. Ihr Gesichtsausdruck war nicht zu deuten, aber es war kein trauriges Gesicht. Und dennoch rannen Tränen über ihre Wangen. Was in ihrem Kopf vorging, konnte nur sie allein wissen, doch ihre Finger schlossen sich eine Idee fester um seinen Arm, und jetzt musste sie ganz eindeutig die Frequenz seines Herzschlags spüren, der wieder ruhiger war und gleichmäßig. Jetzt, da sie sich enger an seinen Körper drückte, Halt suchend und auf eine seltsame Weise vertraut.

«Tatsächlich», sagte sie leise. «Sie sind ein guter Mann, Pierre Trebut vom Deuxième Bureau.»

Bin ich das? Pierre schwieg verwundert. Er hatte doch überhaupt nichts getan.

Er sah sich um. Die Straße, in die sie eingebogen waren, war eine Spur schmaler als die großen Boulevards, hatte aber wenig gemein mit dem Labyrinth der Gassen in Belleville, im zwanzigsten Arrondissement, wo er aufgewachsen war. So nahe am Arc de Triomphe war jede Gegend eine bessere Gegend. Bei Tageslicht würden hier die Herrschaften aus besseren Kreisen flanieren, junge Männer mit ihren *bien-aimées* am Arm. Ganz so wie jetzt dieses Mädchen an seinem Arm ging, Charlotte Dupin, so warm und weich und …

«Meine Familie kommt aus der Auvergne», sagte sie unvermittelt. «Dort gibt es keine Polizisten und kein Deuxième Bureau. Nur eine Gendarmerie, die für ein ganzes Dutzend Dörfer zuständig ist. In unserem Dorf waren alle Leute Bauern, mein Vater auch. Er ist gestorben, als ich noch sehr klein war, also sind wir hergekommen, nach Paris, meine Mutter und ich, weil es hier Arbeit gibt. Meine Mutter macht sauber in einem Bürohaus, immer noch im selben wie am Anfang. Das ist besser, als in der Fabrik zu arbeiten. Und ich habe dann Arbeit in einem der Hotels gefunden und …» Einen Moment Schweigen. «Seit Anfang des Jahres im Vernet. – Madame Maréchal ist eine gute Frau.» Noch einmal Schweigen. «Wirklich.» Beteuernd. «Sie ist eine gute Frau.»

Charlotte hielt den Blick jetzt geradeaus gerichtet. Natürlich, dachte Pierre. Diese Straßen mussten ihr vertraut sein. Er dachte daran, wie sie sich ihm vorgestellt hatte: *Charlotte Dupin. Aus dem Hôtel Vernet. Bisher.* Es war nicht schwierig, zwei und zwei zusammenzuzählen: ihre Verzweiflung, der Impuls, ihrem Leben ein Ende zu setzen. Die gute Madame Maréchal hatte dieses Mädchen an die Luft gesetzt. Und mit Sicherheit würde es nicht leicht werden, irgendwo eine neue Stelle als Zimmermädchen zu finden, nun, da die Exposition so gut wie vorbei war und der Ansturm von Besuchern auf die Stadt rasch nachlassen würde. Einmal vorausgesetzt, dass Paris noch existierte, wenn die Ausstellung vorbei war. Wofür zu sorgen die Aufgabe Pierre Trebuts und seines Partners war.

Wir werden es schaffen, dachte er und spürte eine plötzliche Entschlossenheit. Seine freie Hand legte sich auf die Finger des Mädchens, nicht aus einem bewussten, kühnen Entschluss heraus, sondern weil es sich richtig anfühlte. Wir werden *alles* schaffen. Was immer auch geschehen würde: Pierre Trebut würde Sorge tragen, dass diese junge Frau nicht auf der Straße landete. Sie konnte es nicht ahnen, aber in diesem Moment leistete er sich selbst und ihr ein heiliges Versprechen. Gab es nicht einen alten Sinnspruch? Wer ein Leben rettete, war für dieses Leben verantwortlich? Er reckte das Kinn ein Stück vor. Charlotte Dupin war ein bezauberndes junges Mädchen, und sie verdiente es, dass jemand sich um sie sorgte. Er war bereit, diese Verantwortung zu tragen.

Ein Stück vor ihnen fiel gelbes Licht auf die Straße. Das Hôtel Vernet war ein mehrstöckiges Gebäude, und zu Pierres Erstaunen wirkte es tatsächlich einladend. Keiner der protzigen Paläste, die in den letzten Jahren zu beiden Seiten der Champs-Élysées entstanden waren, sondern ein behagliches Quartier in einer Nebenstraße. Der Uhrzeit zum Trotz waren sämtliche Fenster des Erdgeschosses erleuchtet; ihr Licht fiel auf die Straße, und in diesem Licht tauchten soeben zwei Gestalten auf, Kinder, wie Pierre überrascht feststellte, ein Junge und ein Mädchen. Auch das war ungewöhnlich angesichts der Uhrzeit, doch schließlich waren es die letzten Tage der Exposition, und vielen Familien musste es schwerfallen, ihre Kinder ins Bett zu bekommen. Aufgeregt fieberten die Kleinen dem Feuerwerk zum Abschluss der Ausstellung entgegen, dem größten, wie es hieß, das die Welt je gesehen hatte. Und der *besonderen Sensation*, von der seit Wochen gemunkelt wurde, die wenige Stunden vor Mitternacht der Öffentlichkeit vorgestellt werden sollte. Etwas noch nicht Dagewesenes; etwas, das all die Wunder der Schau noch einmal in den Schatten stellen würde. Kichernd hüpften die beiden an Alain Marais vorbei, kamen auf Pierre und Charlotte zu.

Das Mädchen zupfte an den Fingern der jungen Frau: «Ist das dein ...» Ein Wort, das Pierre nicht verstehen konnte.

«Still!», schimpfte Charlotte mit gespielter Strenge. «Das ist Fabienne», stellte sie vor. «Die Nichte von Sophie, unserer ...» Ein winziges Zögern. «Der Rezeptionistin im Vernet. – Und der junge Mann hier heißt Pierre. Genau wie Sie.» Ein leichtes Lächeln zu ihrem Begleiter. «Das hier ist Monsieur Pierre Trebut vom Deuxième Bureau», erklärte sie den Kindern. «Er ist auf der Jagd nach Verbrechern, die unser aller Wohl gefährden.»

«Mitten in der Nacht?», staunte Pierres Namensvetter mit großen Augen.

«In der Nacht sind solche Verbrecher am gefährlichsten», erwiderte der junge Beamte mit düsterer Stimme.

«*Unheimlich!*» Die Kinder, wie aus einem Mund.

Pierre überlegte noch anzufügen, dass für Kinder der sicherste Ort ihr Zuhause war, ihre Betten zumal, nachts, wenn die unheimlichen, gefährlichen Verbrecher ihr Unwesen trieben – doch da waren die beiden schon kichernd verschwunden.

«Der kleine Pierre hat sich noch nicht entschieden, was er einmal werden möchte», bemerkte Charlotte. «Zuletzt war es Feuerschlucker, nachdem Sophie mit den beiden auf der Exposition war. Aber damit war seine Mutter nicht einverstanden. Vielleicht haben Sie ihn ja auf einen besseren Gedanken gebracht, Pierre Trebut vom Deuxième Bureau. – Mögen Sie Kin...»

«Das Vernet.»

Wie ertappt drehte Pierre den Kopf. Alle beide drehten sie die Köpfe. Als die Kinder sie angesprochen hatten, waren sie stehen geblieben, und Alain Marais, natürlich, war ebenfalls stehen geblieben. Mit ernster Miene wies er nun auf das erleuchtete Gebäude, und Pierre nickte stumm. Natürlich war es das Vernet, und natürlich, sie waren in einer Mission des Deuxième Bureau unterwegs, einer Mission, wie sie dringlicher nicht sein konnte, aber trotzdem: Er hätte Charlotte zumindest ausreden lassen können!

«War es überhaupt eine Frage?» Marais schien jetzt eher mit sich selbst zu sprechen, während er das Gebäude unverwandt betrachtete. «Selbstverständlich hat unser Gegner nicht auf Rollande gewiesen. Und selbstverständlich nicht auf die Botschaft im Palais Beauharnais. War es überhaupt eine Frage, dass wir am Ende vor dem Vernet stehen würden?»

Auf jeden Fall war es eine Frage, die Pierre Trebut ihm nicht beantworten konnte. Dem eher die Konsequenz aus dieser Frage durch den Kopf ging. Wenn ohnehin von vornherein festgestanden hatte, dass die Spur ins Vernet führte: Warum hatten Sie dann nicht zuallererst ...

«Aus ermittlungstaktischen Gründen.» Marais, ohne die Augen vom Bau des Hotels zu nehmen.

Pierre räusperte sich. Er war an die Seite des Agenten getreten, doch nur zu deutlich spürte er die Blicke des Mädchens auf seinem Rücken. Erwartungsvolle Blicke mit Sicherheit, schließlich war er ein junger Beamter des Deuxième Bureau, der tagtäglich mit Toten zu tun hatte. Und dem sie schon deshalb ein gewisses Maß an Bewunderung entgegenbrachte. Ein junger Beamter, der diesen Auftrag gemeinsam mit einem Partner absolvierte, seinem *Ermittlungspartner*. Wenn tatsächlich ernstzunehmende Gründe existierten, musste der Ältere ihn zumindest ...

«Das würde Sie nur verunsichern. Mitkommen! Beide!»

Schon war Marais auf dem Weg. Wie üblich warf er keinen Blick nach hinten, ob man ihm tatsächlich folgte. Dieses Mal allerdings streckte Pierre die Schultern durch: «Mit Verlaub, Agent Marais, aber ...»

Er brach ab. Die Finger des Mädchens schlossen sich um seine Hand. Charlotte sah zu ihm hoch, fragend. Doch war da nicht noch etwas ganz anderes, das sich in ihren Blick mischte?

Er schluckte. Unter welchen Umständen mochte sie das Hotel an diesem Tag verlassen haben? Wie lange war sie bereits durch die Straßen geirrt, während der verzweifelte Entschluss in ihrem Innern gereift war? Jedenfalls hatte der Tag damit geendet, dass sie sich auf die Gleise der *Ceinture* hatte stürzen wollen. Aufmunternd drückte er ihre Finger. Sie hatte in den letzten Stunden Schreckliches durchgemacht. Warum auch immer Marais darauf bestand, dass sie die beiden Agenten in das Hotel begleitete: Pierre Trebut würde nicht zulassen, dass irgendjemand in diesem Haus ihr gegenüber auch nur die Stimme hob.

Alain Marais hatte eben die Hälfte der Strecke zum Bau des Vernet zurückgelegt, als dessen Tür sich überraschend öffnete. Ein Lichtschimmer fiel auf das Trottoir, und eine gebeugte Gestalt trat aus dem Foyer in die Tür. Sah sie in ihre Richtung? Nein. Eine zweite Gestalt, die sich linker Hand aus den Schatten schälte; sie musste aus einer Seitenstraße gekommen sein. Der Mann mit der gebeugten Haltung wich beiseite, der Neuankömmling nickte knapp und war im Innern des Hotels verschwunden. Doch der Gebeugte kam nicht dazu, die Tür wieder zu schließen.

«Einen Moment bitte!» Alain Marais beschleunigte seine Schritte.

«Der alte Gustave», sagte Charlotte leise. «Der Mann, der so krumm geht. Er macht den Nachtdienst an der Tür. Ach, eigentlich macht er alles im Hotel, auch tagsüber. – Der andere ist Monsieur Serge. Der Concierge.»

Pierre nickte mit zusammengebissenen Zähnen, während sie zu Marais aufschlossen. *Serge der Concierge.* Der Mann musste sich etwas dabei gedacht haben, als er sich für seinen Beruf entschieden hatte. Wo er sich bei dem gebeugten Alten keineswegs sicher war, der vermutlich regelmäßig mitten in der Nacht von seinem Lager hochgejagt wurde, um seine Arbeit zu verrichten. Pierre Trebut war bereits äußerst gespannt auf die ominöse *Madame Maréchal.*

Alain Marais stand noch in der Tür, als sie ihn erreichten. Für einige Sekunden hatte Pierre nicht auf die Szene geachtet, aber offenbar hatte er sich bereits vorgestellt. Der Alte, Gustave, war einen Schritt ins Innere des Gebäudes zurückgetreten. Er schien keinen Versuch zu unternehmen, den Agenten am Betreten des Foyers zu hindern, doch er redete mit Händen und Füßen.

«... wirklich ungünstig. *Wirklich.* Wirklich ganz, ganz ungünstig.» Bei Pierre kamen nur Wortfetzen an. Mit einem leichten Druck seiner Finger bat er Charlotte, stehen zu bleiben. Alain Marais' Ermittlungsmethoden waren undurchschaubar – doch sie waren erfolgreich. Wenn er die Gelegenheit nutzen wollte, um den Alten zu befragen, war es besser, ihn nicht zu unterbrechen.

Nur kam Marais nicht dazu, eine Frage zu stellen. Wie ein Wasserfall redete der Greis auf ihn ein. Als wenn er dem Agenten sein Herz ausschüttete wie einem alten Bekannten. «... seit Jahren nicht erlebt, so ein schreckliches, schreckliches ... und die Herrschaften aus Deutschland ... und die anderen Herrschaften ... und er ist vor einer Stunde aufgebrochen und müsste *längst* zurück sein ... Sie können sich gar nicht vorstellen, wie sie das alles mitnimmt. Was sie natürlich niemals zeigen würde, aber ...»

Jetzt hob Alain Marais die Hand. «Wir werden mit aller Umsicht und Rücksicht vorgehen», versprach er und betrat das Foyer.

Der alte Mann schien sich kurz zu schütteln, dann schloss er sich dem Agenten an. Hatte er Pierre und das Mädchen überhaupt bemerkt? Ein letzter, aufmunternder Händedruck, und der junge Beamte zog Charlotte Dupin mit sich ins Foyer, sah sich um. Hier arbeitete sie also. Nein, korrigierte er: Hier hat sie gearbeitet. Ein weitläufiger Raum, Marmor am Boden, an den Wänden schimmerndes dunkles Holz, rechter Hand eine Rezeption, unbesetzt zu dieser Uhrzeit. Ein mächtiger Kristalllüster hing düster von der Decke. Das Licht spendeten Öllampen an den Wänden, und die Gestalten Marais' und des Alten warfen bizarre Schatten, als der Agent einen Weg an der Rezeption vorbei einschlug, zu einem unscheinbaren Durchgang, der zu den Wirtschaftsräumen führen musste.

«Monsieur.»

Unvermittelt blieb Alain Marais stehen. Eine Gestalt löste sich aus dem Durchgang, hochgewachsen und in einer Haltung, als hätte der Mann einen Stock verschluckt. Das Licht brach sich auf sorgfältig onduliertem Haar. Der Concierge.

«Kann ich Ihnen helfen, Monsieur?» Der Mann maß den Agenten mit einem distanzierten Blick. «Ich befürchte, dass wir leider vollständig belegt sind.»

Der alte Gustave schien etwas sagen zu wollen, doch Marais gebot ihm mit einer Geste Einhalt. «Alain Marais vom Deuxième Bureau», verkündete er knapp. «Wir sind mit einer Mission befasst, die keinen Aufschub duldet. Wenn Sie mir bitte sagen würden, wo ich Madame Marêchal finde?»

Noch immer waren Pierre und das Mädchen mehrere Schritte entfernt, und weder der Alte schien ihrer beider Anwesenheit zur Kenntnis genommen zu haben noch der Concierge, der den Blick fest auf Marais gerichtet hielt. «Madame dürfte sich bereits zurückgezogen haben», sagte er steif. «Ich selbst stehe Ihnen gerne für jede Auskunft zur Verfügung.»

«Sosehr ich ...», hob der Agent an, doch in diesem Moment ging der Blick des Concierge über seine Schulter, zog sich zusammen.

«Mademoiselle Charlotte?»

Pierre hatte den Mann im Auge, doch der Concierge wirkte überrascht, keinesfalls aber klang er feindselig. Auch der Alte, der sich in diesem Moment umwandte, zeigte keine Feindseligkeit, eher das genaue Gegenteil.

«Ich hole Madame.» Der Concierge hatte bereits kehrtgemacht. In derselben Sekunde war er im Durchlass verschwunden.

«Na also», murmelte Marais, die Stirn in Falten.

«Charlotte!» Auf dem Gesicht des Alten stand ein Ausdruck, aus dem pure Erleichterung sprach. «Mädchen!»

Unsicher machte sie sich von Pierre los, ging einen Schritt auf Gustave zu. «Ich dachte ...»

Der junge Beamte konnte nicht verfolgen, was zwischen den beiden geschah.

«Pierre Trebut!» Marais, im Befehlston.

Sofort war Pierre bei ihm.

«Was riechen Sie?», zischte Marais. «Augen zu!»

Pierre hob die Augenbrauen, schloss im nächsten Moment die Lider. *Riechen. Was roch er?*

«*Serge*», murmelte Alain Marais. «Serge der Concierge. Ich bin mir nahezu sicher, dass der Mann einen Nachnamen hat.»

Jeder Mensch hat einen Nachnamen. Nicht ablenken lassen! Pierre schnupperte, auf der Suche nach einem Geruch. Maiglöckchen? Nein. Aber trotzdem war da etwas! Ein Geruch, den er heute schon einmal in der Nase gehabt hatte. Ein Geruch, der dafür sorgte, dass eine plötzliche Kälte auf seinen Nacken trat.

«Sie riechen es auch», flüsterte Alain Marais. «Augen wieder auf! – Mandeln. Sie riechen Mandeln!»

«Ich ...»

«Sie riechen Mandeln.» Eine neue Stimme. Eine Frauenstimme. «Und geschwefelte Rosinen. Und vermutlich Majoran. Weil Sie nämlich direkt vor der Küche stehen. Und für eine gefüllte Gans ...»

Eine Dame mittleren Alters, gepflegt und aufrecht, möglicherweise etwas blass, was vielleicht der Uhrzeit zuzuschreiben war. Sie trat ins Foyer, warf einen Seitenblick auf Charlotte, und Erleichterung huschte über ihr Gesicht. Erleichterung, nicht Überraschung. Der Concierge musste ihr die Nachricht bereits verkündet haben. Jetzt aber ... Abrupt blieb sie stehen, als wäre sie gegen eine unsichtbare Wand geprallt. *Etwas blass?* Sämtliche Farbe war aus ihrem Gesicht gewichen.

«Alain.» Tonlos.

Langsam drehte Pierre sich zu Alain Marais um, dessen Gesichtsfarbe mit dem Teint auf Madame Marêchals Wangen jederzeit in Konkurrenz treten konnte. Alain Marais, der darauf bestanden hatte, zunächst einmal alle anderen möglichen und unmöglichen Örtlichkeiten aufzusuchen, bevor sie sich auf den Weg zum Vernet machten. Aus Gründen, über die er sich ausgeschwiegen hatte. *Das würde Sie nur verunsichern.* Jetzt war Pierre tatsächlich verunsichert. Agent Marais räusperte sich. Räusperte sich noch einmal. Er stand da, *unbehaglich.* Auf eine Weise, dass Pierre Mühe hatte, den Mann, den er den gesamten Tag begleitet hatte, wiederzuerkennen.

«Ja.» Ein drittes Räuspern. «Da bin ich wieder.»

«So sieht es aus», murmelte Celeste Marêchal. «Da bist du wieder.»

***

ZÜNDUNG IN 24 STUNDEN, 15 MINUTEN
Über den Dächern, Paris, 8. Arrondissement – 30. Oktober 1889, 23:45 Uhr

Der Turm. Der stählerne Turm. Die Konstruktion war eine Hunderte von Metern gen Himmel ragende Säule aus Licht. Vielleicht eine Meile entfernt schien sie über dem schwarzsamtenen Band des Flusses zu schweben, erhellt von Tausenden und Abertausenden elektrischer Leuchten.

Es war ein Anblick, der nicht zu beschreiben war. Ein Anblick, der in einem einzigen Bild die ganze fremdartige Schönheit des neuen Zeitalters einfing, des Zeitalters von Stahl und elektrischem Licht. Tatsächlich war es ein Bild, das noch vor einer Generation undenkbar gewesen wäre und das erst jetzt möglich wurde in einer Zeit, die endlich erwacht war aus Jahrhunderten mittelalterlicher Finsternis. In atemberaubender Geschwindigkeit hatte sie bewiesen, dass ihr alles gelingen konnte, alles, was vergangenen Geschlechtern versagt geblieben war. Entfernungen, die in sich zusammenschrumpften angesichts des Siegeszugs der Dampfrösser. Elektrizität, die die Nacht zum Tage machte. Dieser Turm war ein Zeichen. Die gesamte Stadt war ein Zeichen, die Stadt der Lichter und der Exposition Universelle, in der sich die Völker des Erdballs unter dem Turm der Welt versammelten.

«Ein Krieg?», flüsterte Basil Fitz-Edwards. «Ein Krieg? Unsinn! Wie
können wir an einen Krieg auch nur denken, wenn wir so etwas Großes
zustande bringen? Wenn wir das schaffen, dann …»

«Wir?» Eine interessierte Stimme in seinem Rücken.

«Die Menschen», murmelte er. «Es ist doch gleichgültig, wer ihn nun
gebaut hat! Ob es die frogs waren oder die krauts oder …»

«Krauts?»

«Die Deutschen. In Berlin, in Potsdam oder sonst wo.»

«Die boches.» Verstehend.

«Oder die Russen», flüsterte Basil. «Oder wer auch immer! – Verstehen
Sie nicht?» Er wandte sich um, während ihm verspätet zu Bewusstsein
kam, dass seine Begleiterin so ziemlich alles sein konnte – mit Sicherheit
aber in die Kategorie der frogs fiel, der Franzosen. Doch hier ging es um
Grundsätzliches. «Wenn wir anfangen, so zu denken, zu denken wie Eiffel,
wie Berneau, wie Edison. Wenn wir das schaffen», erklärte er. «Dann können wir alles schaffen. Warum sollen wir noch Kriege führen, wenn solche
Dinge möglich sind? Es gibt einfach keinen Grund mehr.»

Schweigen. Dann unvermittelt Glockenschläge. Tiefe Töne, elf an der
Zahl, im Anschluss drei höhere. «Minuit moins le quart», murmelte Basil.
Sein Blick suchte nach dem zugehörigen Kirchturm und fand gleich meh-
rere Kandidaten. «Eine Viertelstunde vor Mitternacht.»

Er kniete auf einem Dachvorsprung, welcher zu einem fünfstöckigen
Gebäude gehörte, das über die Nachbarhäuser und deren Innenhöfe hin-
wegragte wie die Kreidefelsen von Dover. Sie, die katzenhafte dunkle Gestalt, die Schlangenbeschwörerin, lehnte entspannt an einem Schornstein,
beinahe verschmolzen mit der Dunkelheit des Mauerwerks. Zu Schornsteinen schien sie eine besondere Beziehung zu unterhalten.

Die vergangenen Minuten waren eine undeutliche Erinnerung. Die
Stimmen der Verfolger, die hinter ihnen zurückgeblieben waren. Dach-
firste und abfallende Schrägen, Abgründe, die sich unvermittelt zu Basils
Füßen auftaten, und wenige Schritte vor ihm die Gestalt der jungen Frau,
die sich mit katzenhafter Anmut ihren Weg suchte über die Dächer des
achten Pariser Arrondissements. Irgendwo in ihrem Kopf musste eine
Karte existieren. Eine Karte von Pfaden durch die Lichterstadt, die um eine

dritte Dimension bereichert war. Eine Dimension, die sie weniger als Hindernis zu begreifen schien denn als stets willkommene Herausforderung. Wenn es geradeaus ging, dann ging es eben geradeaus. Sollte dieses Geradeaus zufällig zwei Stockwerke höher liegen, dann war das eben so. Vor seinen Augen hatte sie eine senkrechte, frisch verputzte Wand erklommen. *Ohne* Seil. Das Ende des Seils hatte sie *ihm* zugeworfen, nachdem sie oben war, was keine zehn Sekunden in Anspruch genommen hatte. Mit zwei Sekunden Zwischenstation auf einem Fensterbrett, von dem er nur hoffen konnte, dass es nicht zu einer Schlafkammer gehört hatte. Wenn die Bewohner sie gesehen hatten ... Doch vielleicht war ja genau das ihr Geheimnis: Das menschliche Hirn war bekanntlich eigen. Es existierten Dinge, die möglich waren, und andere Dinge, die nach menschlichen Maßstäben unmöglich waren. Und was nicht möglich war, konnte man auch nicht gesehen haben. Und sie war so ziemlich das Unmöglichste, das er sich ...

«Und?», erkundigte sie sich. «Was hältst du davon?»

«Wie?» Er zuckte zusammen. Hatte er seine Retterin angestarrt, während seine Gedanken sich auf den Weg gemacht hatten? Er sah hin und her, zwischen ihr und der magischen Säule aus Licht über den Dächern der Stadt. «Ja.» Er räusperte sich. «Wie gesagt. Das ist schon sehr ... beachtlich. Diese Lichter und ...»

«Nicht der Turm.» Mit eindrucksvoll gehobenen Augenbrauen. «Das da unten.» Ein Nicken in die Tiefe.

Das da unten: ein Hinterhof, und er wies ganz andere Dimensionen auf als der brunnenschachtartige Orkus, aus dem sie ihn befreit hatte. Ansonsten wirkte er ungefähr so, wie man sich den Hinterhof eines repräsentativen Wohngebäudes vorstellen konnte ein paar Minuten nach Mitternacht. Menschenleer vor allem. Und duster. Aber nein, da war eine Gestalt, die den Hof überquerte. Er spannte sich an, doch schon sah er, dass es nicht der Mann war, den er verfolgt hatte, der Mann mit dem Zylinder. Ein schneeweißes Hemd und ... Möglicherweise war es die Art, wie der Mann sich bewegte, mit Schritten, aus denen jugendliche Kraft sprach. «Luis», murmelte er überrascht. Der Dienstbursche der Vicomtesse de Rocquefort, mit dem der ganze Ärger begonnen hatte am Bahnhof von Creil. Und das bedeutete ...

363

Er wandte sich um. «Das ist das Palais Rocquefort», sagte er.

«Die Rückseite», gestand seine Begleiterin. «Ich dachte, dahin wolltest du zurück.»

Er schluckte. «Ja.» Ein paar Stockwerke tiefer allerdings. «Schon.»

Er drehte sich wieder um. Luis verschwand soeben in einem rückwärtigen Gebäudeflügel, seiner Unterkunft wahrscheinlich. Feierabend? Oder hatte er nur noch einmal den Abtritt aufgesucht? Oder eines der Dienstmädchen? Basils Blick ging zum Hauptgebäude. Die turmgekrönte Form des Daches hätte er auf der Stelle wiedererkennen müssen. Doch die Frage war, was in diesem Moment in diesem Gebäude vorging, im Salon der Vicomtesse. Waren Basils Verfolger bereits zurückgekehrt? Ging die Festivität weiter, oder war sie um diese Stunde bereits beendet? Wichtiger als alles andere: War der Duke of Avondale unter den Gästen? Denn wenn er das *nicht* war … Basil Fitz-Edwards verspürte eine unvermittelte Übelkeit.

«Eddy», murmelte er.

«Eddy?»

Er zögerte. War er in der vergangenen halben Stunde überhaupt zum Denken gekommen? Über seine ganz persönliche Situation, Weltfrieden hin oder her? Er befand sich auf einer Mission, die da lautete, den Duke of Avondale zurück ins Hôtel Vernet zu bringen. Aus der Residenz der Vicomtesse, wo er den jungen Mann zumindest vermuten musste. Basil besaß keine andere Anlaufstelle, und die Frage, ob Eddy sich dort aufhielt, musste dringender denn je erscheinen. Doch wie sollte er sie beantworten? Falls der Empfang noch andauerte: irgendwo außer Sichtweite lauern, ob der Sohn des Thronfolgers das Gebäude verließ? Ob Basils Gegenüber womöglich ein ähnlich guter Aussichtspunkt mit Blick auf die Front des Palais bekannt war?

«Eddy?», wiederholte das Gegenüber höflich.

Basil fuhr sich über die Lippen. «Mein …», begann er, besann sich dann anders. «Sie haben ihn gesehen», sagte er. «Im Hof des Vernet. Das waren Sie doch, auf dem Dach des Hotels?»

«Das waren die verflixten Tauben. Sonst hättest du mich im Leben nicht entdeckt. Das ganze Dach ist dermaßen zugeschissen, dass man nirgends einen Fuß hinsetzen kann.»

Sie sah aus wie eine dunkle Elfe, dachte Basil Fitz-Edwards. Und sie fluchte wie ein Milchkutscher. Aber was *war* sie?

«Ich war nicht euretwegen da», sagte sie abrupt. «Ich behalte ein paar Orte im Auge. Das Vernet ist einer davon.»

«Im Auge behalten? Von oben?»

«Von oben sieht man am besten.»

Er kaute auf seiner Unterlippe. War das zu leugnen? Kaum. Was noch keine ausreichende Erklärung für ihre Anwesenheit auf dem Hoteldach darstellte. Doch spielte es in diesem Moment eine Rolle, warum sie dort gewesen war? Sie war dort gewesen und hatte die Szene beobachtet.

«Sie haben den Duke of Avondale gesehen», sagte er. «Den Mann, der im Hof des Vernet aus der Kutsche gestiegen ist, als Letzter. Nach diesem Mann suche ich.»

«Vor dem Palais Rocquefort?»

Er zögerte. «Ich darf davon ausgehen, dass das Palais Rocquefort ebenfalls einer der Orte ist, die Sie im Auge behalten?»

Ganz kurz schien in ihren grünen Augen etwas aufzublitzen. Unwille? Oder das Gegenteil? Amüsement? Der Anzug aus einem Textil, wie er es noch niemals zu Gesicht bekommen hatte, umschloss ihren gesamten Körper, auch den Kopf – mit Ausnahme der Gesichtspartie. Ein Gesicht, das einen auffallend hellen Teint aufwies, dazu die funkelnden, leicht schrägstehenden Augen: Er war sich zu einhundert Prozent sicher, dass die enge Haube leuchtend kupferfarbenes Haar verbergen musste.

«Dein Freund ist nicht auf Albertine de Rocqueforts Empfang gewesen», sagte sie, und weiterhin spürte er ihre Augen auf sich. «Wenn es das ist, was du wissen wolltest», fügte sie an.

Basil biss die Zähne aufeinander. Das war *ein Teil* von dem, was er wissen wollte, und doch reichte die Auskunft schon aus, damit sich das unbehagliche Gefühl in seiner Magengegend weiter verstärkte. Eddy hatte das Hotel verlassen – und jetzt stand fest, dass er sich tatsächlich nicht bei Albertine de Rocquefort befand, der einzigen Person, die er in der Lichterstadt kannte. Was bedeutete, dass er überall sonst sein konnte. Dass er sich womöglich wirklich zum Salon aufgemacht hatte, dort aber niemals angekommen war. Weil sich unterwegs etwas anderes ergeben hatte? Weil Albert Victor, Duke of Clarence and Avondale, sich spontan erinnert hatte, wie er seine Abende daheim in London auszufüllen pflegte, wenn er seinen Aufpassern entwischt war?

Nein! Noch immer weigerte sich ein Teil von Basils Verstand, an eine solche Geschichte zu glauben. Eddy war auf dem Weg zum Haus auf der Cleveland Street gewesen, als der Constable auf ihn gestoßen war. Er hatte ein Kleid getragen. Das war sein Geheimnis! Doch was, wenn genau das die Erklärung war? Seit mehr als einem Jahr waren die Kräfte der Metropolitan Police auf die Fährte des Rippers angesetzt und hielten Ausschau nach jenem Mann, der womöglich Dutzende von Frauen auf bestialische Weise zu Tode gebracht hatte, in Whitechapel und darüber hinaus. Was, wenn das der Fehler war? Dass sie nach einem Mann Ausschau hielten?

Der schlaksige Fremde mit dem Zylinder, der über die Rue Matignon geschwankt war wie ein Betrunkener, in Wahrheit aber sein grauenhaft entstelltes Opfer mit sich geschleift hatte. Eddy, in einer neuen, sonderbaren Verkleidung? Oder begann Basil Fitz-Edwards Gespenster zu sehen?

«Ich habe nicht mehr gesehen als du, *copain*.»

Basil zuckte zusammen.

Sehr aufmerksam hatte sie ihn im Auge. Die Katze spielt mit ihrer Beute, schoss ihm durch den Kopf. Wenn seine Begleiterin etwas vermutet hatte, dann hatte seine Reaktion ihr soeben den Beweis geliefert.

«Ich habe einen Zylinder gesehen», erklärte sie. «Einen Zylinder mit ziemlich großer Krempe. Viel mehr sieht man nicht von oben. Dann bist du aufgetaucht, und die Dicke, die aus dem Palais gekommen ist, hat angefangen zu schreien. Daraufhin bist du in den Hinterhof der Nummer siebenundzwanzig gelaufen. Da hatte ich dann mit dir zu tun.»

«Sie wussten, dass es keinen Ausgang gab?»

«Den gibt es hier fast nirgends. Schlechte Karten ohne Seil.»

Er schluckte. Trotzdem war da ein Gedanke in seinem Hinterkopf. Etwas, das noch keinen Sinn ergab, noch nicht vollständig passte. «Warum haben Sie mir geholfen?», fragte er. «Sie haben das Palais im Auge behalten, aber Sie sagen selbst, dass Sie mit uns, also mit Ed... mit dem

Duke of Avondale nichts zu tun haben. Wahrscheinlich also mit einem der anderen Gäste, auf den Sie weiter ein Auge hätten haben müssen. Und stattdessen verschwinden Sie einfach, um *mir* zu helfen?»

Der Ausdruck in den grünen Augen veränderte sich. Wurde er wachsamer? Aufmerksamer? Basil glaubte außerdem einen zögernden Respekt zu erkennen, doch vor allem war es der Blick der Katze, die jetzt richtig neugierig geworden ist, was sie da gefangen hat.

«Warum hast du das getan?», fragte sie. «Warum bist du dem Mann hinterher?»

«Wie?» Er blinzelte. «Er hat die Frau auf dem Gewissen, und ... Und es ist möglich, dass ich ihn sowieso verfolge. Zu Hause, also ...»

«Du hättest nach der Polizei rufen können», stellte sie fest. «Oder einfach am Palais an die Tür klopfen. Dann hätte einer der Lakaien die Polizei geholt. Klar, der Mann wäre dann natürlich weg gewesen, aber was geht dich das an? Du wolltest doch auf diesen Empfang, oder? Deinen Duke da rausholen. Du hättest einfach klopfen können. Wäre sogar das Sicherste gewesen. Der Mörder würde bestimmt nicht klopfen. Stattdessen hast du dich verdächtig gemacht. – Warum bist du dem Mann hinterher?»

«Ich ...» Er war Constable der Metropolitan Police der City of London, und es war seine Aufgabe, für Recht und Ordnung zu sorgen. War das Erklärung genug? Vermutlich nicht. Er war nicht in London. Er befand sich in Paris. Hilflos hob er die Hände.

Sie fixierte ihn. Immer deutlicher konnte er sich in die Situation der Spitzmaus versetzen, die sich in den hintersten Winkel des Esszimmers geflüchtet hat. Die graziöse Gestalt des samtpfotigen Mörders nimmt ihr gesamtes Blickfeld ein mit ihrem glänzenden, nachtdunklen Fell: Stellt sich die Beute tot? Oder ist noch eine Fortsetzung des blutigen Spiels zu erwarten? Doch sie überraschte ihn. Ihr Gesichtsausdruck veränderte sich. Besorgnis, die nicht passen wollte zu diesem impulsiven Geschöpf der Dächer und Hinterhöfe von Paris.

«Es geht etwas vor in dieser Stadt, *copain*. Noch weiß ich nicht, was es ist, aber es gefällt mir nicht.» Und, sofort wieder in gewohnter Stimmlage: «Und hör endlich auf, so geschwollen zu reden.»

«So ...» Er schluckte. «In Ordnung. – Wie soll ich dich nennen?»

«Erzähl ich dir später. – Hier ist dein Duke also nicht. Gibt es noch irgendeinen Ort, an dem du nach ihm suchen kannst?»

Die Hurenhäuser. Sein spontaner Gedanke. Oder keine Hurenhäuser sondern Etablissements, die den speziellen Geschmack des Prinzen bedienten. Doch Eddy war fremd in der Stadt. War es möglich, dass man sich in Paris nach solchen Örtlichkeiten einfach auf der Straße erkundigen konnte? Basil Fitz-Edwards betete, dass sein Schützling nicht genau das getan hatte. Denn trotz allem: Wenn er ehrlich war, wollte er schlicht nicht glauben, dass Eddy sein Täter war. Es hätte einfach nicht gepasst zu dem schüchternen, im Grunde gutmütigen jungen Mann, den er kennengelernt hatte.

«Nein», murmelte er. «Ich wüsste nicht, wo ich sonst nach ihm suchen sollte.» Er schüttelte den Kopf. «Und ich muss zurück. Zurück ins Vernet. Der ... Mein anderer Begleiter wird außer sich sein vor Sorge. Und was ich ihm erzählen kann, wird es nicht besser machen.»

Sie hob die Schultern, zögerte dann. «Also, ich halte ja sowieso die Augen offen. Und ich weiß, wie er aussieht, dein Duke. Wenn ich ihn sehe ...»

«Du findest uns im Vernet.» Es war merkwürdig, doch mit einem Mal fühlte sich die Last auf Basils Schultern eine Spur leichter an. Ein Mensch, der seine Sorge teilte. Das unmöglichste Wesen, das man sich nur vorstellen konnte.

Der Abstieg zur Straße verlief wenig spektakulär. Ihr Aussichtspunkt verfügte über Fenster in der Dachschräge. Basil hätte schwören können, dass sie samt und sonders verschlossen gewesen waren, als sie das Dach betreten hatten, doch seine Begleiterin trat fast beiläufig an eine der Luken, tat zwei rasche Handgriffe, und Sekunden später standen sie in einem Treppenhaus. Die einzige Herausforderung bestand darin, sich in der Dunkelheit hinab auf die Straße zu tasten.

Die Rue Matignon. Dasselbe Laternenlicht wie früher am Abend, und doch schien es Basil mit einem Mal Wochen her zu sein, dass er auf diesem Trottoir einem Unbekannten hinterhergejagt war. Wenn es ein Unbekannter gewesen war. Er wandte sich um, wollte der jungen Frau

368

noch einmal danken, doch sie nickte über seine Schulter. «Da lang ist es besser.»

Überrascht sah er sie an. «Sie ... Du willst mitkommen?»

«Ein Stück weit. – Wenn es dich nicht stört?»

Er betrachtete sie von oben bis unten. «Wenn wir keine deiner Abkürzungen nehmen?»

Ein lausmädchenhaftes Grinsen huschte über ihr Gesicht. «Keine Dächer, versprochen. Aber meine Straßen sind nicht so hell.»

Tatsächlich hielt sie sich auch in diesem Moment im Schatten. Die Gasse, in die sie jetzt einbog, erinnerte im ersten Moment auf beunruhigende Weise an den finsteren Durchlass, an dem Basils Abenteuer begonnen hatte. Wenige Schritte weiter aber traten sie in einen Hof, von dem ein weiterer Durchlass abzweigte, dann in einen tunnelartigen Gang unter einem Gebäude hindurch, gleich darauf in einen neuen menschenleeren Hof. Und ganz genauso ging es weiter. Mehrfach überquerten sie etwas breitere Straßen, und an diesen Punkten wurde seine Führerin langsamer, spähte mit katzenhaftem Blick in sämtliche Richtungen, ehe sie ins Freie traten. Fasziniert beobachtete Basil den Instinkt eines Menschen, dessen Heimat genau diese Höfe, diese Dächer, diese Gassen sein mussten.

Wer war diese Frau? Was war sie? Warum beobachtete sie, was auch immer sie beobachtete? Irgendetwas hielt ihn zurück, seine Fragen offen zu stellen. Sie hatte ihn einer Probe unterzogen, und auf wundersame Weise musste er diese Probe bestanden haben. Aber hatte er nicht trotzdem eine Frage an sie? Ihren Namen hatte sie ihm noch immer nicht verraten. Was umgekehrt natürlich genauso galt, doch schließlich war er Celeste Marêchal vorgestellt worden, und da war das Geschöpf der Nacht nur wenige Meter entfernt gewesen, im Taubendreck auf dem Dach des Vernet. Wenn die Ohren seiner Führerin mit ihren Augen mithalten konnten, war ihr sein Name gewiss nicht entgangen. Was insoweit gleichgültig war, als sie ihn ohnehin *copain* titulierte.

Sie gelangten an eine größere Straße, die in regelmäßigen Abständen von Laternen erhellt wurde. Weiter links war bereits der Trubel der Champs-Élysées zu erahnen. Die junge Frau verharrte im Schutz eines

Torbogens, dem Eingang zu der Mietskaserne mit ihren hintereinander gestaffelten Höfen, die sie soeben durchquert hatten.

Basil holte Luft. «Bis hierhin kommst du mit?»

Ein Nicken. Nachdenklich betrachtete sie ihn. «Von hier aus findest du den Weg.»

«Ja.» Zögernd. «Ich denke schon. – Ich ...»

«Pass auf, *copain*.» Sie unterbrach ihn, schien dann einen Moment zu zögern. «Das meine ich ganz genau so: Pass auf dich auf. Und auf deinen Duke, wenn du ihn wiederfindest. – Irgendetwas wird in dieser Stadt passieren. Es passiert bereits, die ganze Zeit, und ich weiß nicht, was es ist. Ich halte die Augen auf, aber ich kann nicht überall sein. Beim nächsten Mal ...»

Basil reckte sich. «Ich bin Constable der Metropolitan Police der City of London!»

«Ganz genau. Und jetzt bist du in Paris, und im Moment erkenne ich die Stadt selbst kaum wieder. Also seht euch vor! Ich kann dir nicht sagen, worauf du achten musst. Es sind so viele Dinge, und sie passen nicht zusammen. Halte einfach die Augen offen. D'*accord*?»

«D'*a*...»

Glockenschläge. Tiefe Töne, nicht allein zu hören. Basil spürte die tiefe Vibration in seiner Brust.

Sie nickte ihm zu, drehte sich um, trat tiefer in die Dunkelheit des Torbogens.

«Wie ...» Basil fuhr sich über die Lippen. «Ich heiße Basil. Basil Fitz-Edwards. – Wie heißt du?»

Sie wandte sich noch einmal um, betrachtete ihn, doch dann schüttelte sie lächelnd den Kopf.

«Aber ...» Er ließ die Schultern sinken. – Die Töne. Die Töne der Glocken von Paris. Zwölf Schläge. Mitternacht. «*Minuit*», murmelte er.

«Minuit?» Ein letzter Blick aus den schrägstehenden grünen Augen. «Ich glaube, das gefällt mir.» Dann war sie in der Dunkelheit verschwunden.

Basil blinzelte. Doch da war nur noch der leere Durchgang in irgendeinen Hinterhof. «*Minuit*», murmelte er. Für einige Sekunden verharrte er, dann drehte er sich ebenfalls um und machte sich auf den Weg zum Vernet, um dem Colonel die Hiobsbotschaft zu überbringen.

Er kam vielleicht fünfzig Schritte weit. Dann hatte er die Champs-Élysées erreicht, wo sich die Flaneure zwar nicht mehr Schulter an Schulter drängten, doch im selben Moment, in dem er das Trottoir entlang der Prachtstraße betrat: Bewegung von links. Ein Umriss, der mit ungeschlachten Schritten auf ihn zukam.

«For God's sake!» Zu spät zum Ausweichen. Basil musste den Mann festhalten, damit sie nicht beide zu Boden gingen. Zum zweiten Mal in dieser Nacht, dass ihm ein Betrunkener über den Weg ... Er riss die Augen auf. *Eddy!* Das Gesicht des Duke of Avondale war dreißig Zentimeter von seinem eigenen entfernt. Sie standen unmittelbar unter einer der elektrischen Laternen. Und doch hatte der junge Constable zweimal hinsehen müssen, ehe er den Prinzen identifizieren konnte.

Das linke Auge seines Schützlings blickte ganz normal, zog sich jetzt zusammen, als er Basil erkannte. Das rechte Auge dagegen war blutunterlaufen und im Begriff zuzuschwellen. Den Hemdkragen zierte eine Blutspur, und die Anzugjacke wies einen gezackten Riss auf, vom Ärmelansatz bis zur Brust. Was immer dem Prinzen widerfahren war: Es war keine freundschaftliche Rangelei gewesen. Es musste ein Kampf gewesen sein. Auf Leben und Tod.

***

ZÜNDUNG IN 23 STUNDEN, 51 MINUTEN
**Quai de la Conference, Paris, 8. Arrondissement –
31. Oktober 1889, 00:09 Uhr**

Es waren die letzten Jahre des Kaiserreichs. Jene Jahre, in denen die Herrschaft der Bonapartes auf Generationen hinaus gesichert schien. Die Monarchie erfreute sich überraschender Stabilität, Bourbonen und Orleans waren aus dem Lande vertrieben, die Republikaner gedemütigt, und mit dem aufstrebenden preußischen Nachbarn jenseits des Rheins befand man sich in zufriedenstellendem Einvernehmen. Gelehrte und Künstler strömten in die Lichterstadt. Die Säckel des französischen Staates wie auch der Stadt Paris waren auf das erfreulichste gefüllt.

Es waren jene Jahre, in denen Napoleon, dritter seines Namens, nach der Gnade Gottes und dem Willen des Volkes Kaiser der Franzosen, sich an sein ehrgeizigstes Projekt begeben konnte: hinauszutreten aus dem übermächtigen Schatten seines Onkels, vor dem zu dessen Lebzeiten ein ganzer Kontinent gezittert hatte. Und seinem eigenen Namen Unsterblichkeit zu verleihen.

Allerdings sollte dieser Name in einem anderen Ton ausgesprochen werden als jener seines fernen Vorgängers. Nicht die blutgetränkten Schlachtfelder sollten von diesem Namen erzählen, sondern jeder einzelne Stein in Paris selbst sollte ihn verkünden, der Hauptstadt der Künste und des Fortschritts, der Hauptstadt der Welt.

In jenen Tagen hatte sich das Bild der Stadt seit dem Mittelalter kaum verändert. Enge, gewundene Gassen prägten es, flankiert von meist noch hölzernen Gebäuden, die ohne Rücksicht auf die Gesetze der Statik ein Geschoss auf das andere türmten. Es gab Gassen, in denen das Sonnenlicht den ganzen Tag nicht bis an den Boden drang, was allerdings fast als Gnade erscheinen musste. So wenig wie ein Straßennetz, das diesen Namen verdiente, existierte nämlich ein System, um dem Problem des Abwassers Herr zu werden, das bei einer Bevölkerung von bald zwei Millionen Menschen mit jedem Tag unaufhaltsam anfiel. Nach jedem Regenguss pflegten sich Teile des Stadtgebietes in einen Sumpf zu verwandeln, bis an die Hänge des Montmartre. Die Cholera war ein gefürchteter und doch so häufig gesehener Gast.

Ein gigantischer Plan der Stadt, so erzählte man sich, schmückte die Amtsräume des Kaisers. An jedem einzelnen Tag traf er dort mit dem Präfekten Haussmann zusammen, seinem wichtigsten Mitstreiter: erwägend, planend, Entscheidungen treffend, die das Gesicht der Stadt Paris auf alle Zeiten verändern sollten. Schnurgerade Boulevards, mit Haussmanns schwerem metallenen Lineal auf der Kartendarstellung eingezeichnet, würden die in Jahrhunderten gewachsene Bebauung durchschneiden, würden Raum geben für den täglich wachsenden Verkehr. Dass es sich im

Fall der Fälle sehr viel simpler gestalten würde, Einheiten des Militärs in die ewig unruhigen Viertel am Montmartre, an der Salpêtrière, am Montrouge zu kommandieren – das kam noch hinzu. Bedeutende Bauten wie ein standesgemäßes neues Opernhaus würden das Bild ergänzen, außerdem, unsichtbar natürlich, eine Kanalisation, die einer Metropole des neunzehnten Jahrhunderts angemessen erschien.

Konnten Zweifel bestehen, dass es sich um das größte Bauprojekt seit den Pyramiden von Giseh handelte? Zehntausende von Familien, die ihre Heimstatt verlieren, zugleich aber die Chance auf Obdach in den großen Mietshäusern entlang der neuen Boulevards erhalten würden. So sie denn in der Lage wären, die Mieten zu zahlen. Hunderttausende von Arbeitern strömten aus allen Winkeln des Landes in die Lichterstadt, um die Vision des Kaisers Wirklichkeit werden zu lassen. Arbeiter, die sich in Barackensiedlungen einrichteten, nicht selten mitsamt ihren Familien: unmittelbar auf den Baustellen, vor allem aber draußen, jenseits des Befestigungsrings, wo sich ihre Hütten bis an den Horizont dehnten. Und so, während zu beiden Ufern des Flusses das Paris der geometrisch ausgerichteten, prachtvollen Boulevards und der nach festem Plan gestaffelten cremefarbenen Fassaden heranwuchs, wuchs vor den Toren der Stadt ein zweites Paris, ein Paris des Hungers, des Elends und des Chaos.

Der Verschlag, in dem ihre Familie lebte, befand sich in einem Barackenlager unweit der Porte de Vincennes. Sie waren aus der Provence gekommen und teilten sich die Hütte mit zwei anderen Sippen. Ein halbes Dutzend Kinder in jeder Familie und dazu die *Tagesschläfer*, die auf den Baustellen die Nachtschicht bestritten und sich in Doppelreihen im Verschlag zur Ruhe legten, wenn die Familien ihre Unterkunft am Morgen verlassen mussten. Irgendeine der Frauen war immer schwanger, irgendeines der Kinder immer krank. Zwei oder drei ihrer Geschwister starben; wie viele genau, konnte sie später nicht mehr sagen. Zu essen gab es am Abend eine dünne Brotsuppe, in der sonntags einige Speckstücke schwammen. Das Wasser musste vom Fluss herangeschafft werden, von der anderen Seite des Bois de Vincennes, und selbstverständlich musste es sorgfältig abgekocht werden, bevor es trinkbar war. Als ihre Brüder zwölf Jahre alt wurden, begannen sie, ihren Vater auf die Baustelle zu begleiten, doch bei den Näharbeiten ihrer Mutter mussten sämtliche Kinder sehr viel früher mithelfen, wenn die Familie überleben wollte.

War es ein hartes Leben? Es war ein Leben, wie es eben war. Sie wohnten in keinem Palast wie andere Leute, doch sie mussten auch nicht unter freiem Himmel schlafen wie wieder andere Leute. Es war ihr Leben. Natürlich war sie ein anderer Mensch. Damals. Und natürlich war ihr Name nicht Madeleine Royal. Ihr Name war Maddalena, und diesen Namen hatte vor ihr bereits eine ihrer Schwestern getragen, die lange vor ihrer eigenen Geburt gestorben war, noch daheim in der Provence.

Es kam vor, dass Maddalena ihre Mutter in die Stadt begleiten durfte, in die *richtige* Stadt. Dann nämlich, wenn die Näharbeiten in den Verkaufshallen im ersten Arrondissement abgeliefert werden mussten. Dann sah sie, wie Paris sich veränderte, manches Mal von einem Monat auf den anderen. Wo eben noch windschiefe Häuser gestanden hatten, konnte sich beim nächsten Besuch eine wüstenartige Brache erstrecken, auf der die Fundamente eines neuen Boulevards gelegt wurden, und wieder einen Besuch später wurden bereits die Skelette der neuen Wohngebäude errichtet, fünf Stockwerke hoch ein jedes von ihnen. Träumte sie davon, eines Tages in einem dieser Häuser leben zu dürfen, mit einer eigenen Familie? War auch nur der Gedanke da? Sie wusste später nicht zu sagen, ob das jemals der Fall gewesen war.

Genauso wenig, wie sie sagen konnte, wann ihr Vater angefangen hatte zu husten. Viele der Männer im Barackenlager husteten. Einige waren vielleicht nur erkältet. Dann verschwand der Husten wieder. Oder es kam vom Rauchen. Doch bei den meisten war es wie bei ihrem Vater: Sie fingen an zu husten, und dieser Husten ging nicht wieder weg. Man konnte zusehen, wie sie blasser wurden und schmaler, wie sich dicke kupferrote Adern auf ihren Wangen abzeichneten, und dann wussten sie, dass sie die Krankheit hatten. Manche Männer konnten die Krankheit zwei oder drei Jahre lang haben, bevor sie starben, doch die meisten hielten nur ein paar Monate durch. So wie ihr Vater.

Natürlich machte er so lange wie möglich weiter auf den Baustellen; das taten sie alle. Es waren die Aufseher, die sie nach Hause schickten, wenn sie sahen, dass die Männer nicht länger die Leistung brachten, die ihre Bezahlung wert war. Also blieb ihr Vater zu Hause und versuchte, ihrer Mutter bei der Näharbeit zur Hand zu gehen, wenn der Husten ihn nicht zu heftig schüttelte, seine Finger nicht zu sehr zitterten. Und dabei unterhielten sich ihre Eltern, was sie tun sollten, ob sie in die Provence zurückgehen sollten, jetzt gleich, wenn der Vater sowieso nicht mehr auf der Baustelle arbeiten konnte, denn nur die Arbeit dort brachte genug Geld, um zurechtzukommen, und schon wurde die Brotsuppe mit jedem Tag dünner. Oder ob ihre Mutter abwarten sollte, bis er tot wäre. Und ob sie dann ohne ihn gehen sollten.

Maddalenas Mutter weinte natürlich. Ihr Vater weinte auch, aber das war anders, und Maddalena nahm an, dass es an den Schmerzen lag. Zuerst weinte er nur, wenn er glaubte, dass niemand es mitbekam, doch etwas später, zum Winter hin, konnte er manchmal auch dann nicht länger an sich halten, wenn Maddalena oder jemand anders hinsah, und irgendwann konnte er auch nicht mehr aufstehen. Doch als seine Stunde am Ende gekommen war, da war Maddalena schon nicht mehr dort gewesen.

Es fing an wie ein ganz gewöhnlicher Tag. Am Morgen hatte sie ihrem Vater vorgesungen. Sie hatte eine schöne Stimme, und er hatte es gern, wenn sie ihm vorsang. Seine Augen waren geschlossen; vielleicht war er schon zu schwach, um sie zu öffnen, oder aber er hatte ganz auf ihre Stimme lauschen wollen. Erst sehr viel später, Jahre nach diesen Ereignissen, sollte die Frau, die sich nun Madeleine Royal nannte, zu der Überzeugung gelangen, dass er es einfach nicht fertigbekommen hatte, sie an diesem Morgen ein letztes Mal anzusehen.

Es war einer der Tage, an denen ihre Mutter die Verkaufshallen aufsuchen wollte. Gemeinsam brachen sie auf; Maddalena war jetzt das einzige Mädchen in der Familie. Ihre beiden Brüder halfen mit, eine neue Häuserzeile am Boulevard Henri IV zu errichten, und ihre Schwester war zu einem Mann in das Lager unten am Fluss gezogen. Maddalena trug zwei der fest verschnürten Pakete mit neuen Uniformhemden, und sobald sie die Porte de Vincennes passiert hatten, begann sie sich neugierig umzusehen, wie sich die Stadt seit ihrem letzten Besuch verändert hatte.

War ihre Mutter irgendwie anders gewesen an diesem Morgen? Eine der Fragen, die Madeleine Royal sich später eine gewisse Zeitlang stellen sollte. War sie schweigsamer gewesen? Oder war genau das Gegenteil der Fall gewesen? Hatte ihre Mutter versucht, ein Gespräch mit dem Mädchen anzuknüpfen, waren besondere Worte gefallen, Worte der Zuneigung? Madeleine Royal sollte niemals zu einer sicheren Einschätzung gelangen. Mit der größten Wahrscheinlichkeit war dieser Morgen gewesen wie ein jeder Morgen, an dem sie sich zu den Hallen aufmachten.

Die Verkaufshallen waren ein Ort des Trubels. Verkäufer, die ihre Ware anpriesen, Kunden, die sich über die Gänge drängten, eine Schafherde, die blökend zum Schlachthof geführt wurde. Mit großen Augen sah sich Maddalena um, während ihre Mutter und der Händler über den Preis für die Näharbeiten feilschten. Auch dies war wie immer. Der Händler suchte nach jeder einzelnen unsauberen Naht und zählte auf, weswegen er den Preis mindern würde. Mutter widersprach dem Mann, drohte, zu einem der anderen Händler zu gehen. Er wiederum lud sie ein, dies gerne einmal zu versuchen. Nur zu! Nur zu! Bis sie sich am Ende auf einen Preis einigten, der gerade einmal für frisches Leinen ausreichte für neue Arbeiten, und ein winziges bisschen mehr dazu, zu wenig eigentlich, um nicht zu verhungern, nun, da Maddalenas Vater nicht mehr auf die Baustelle gehen konnte.

Im Anschluss, und das war tatsächlich ungewöhnlich an jenem Tag, hielt ihre Mutter an einem der Stände nahe dem Ausgang inne, schien einen Moment nachzudenken und zählte dann die Geldstücke in ihre Handfläche, bis sie einen einzelnen Sous gefunden hatte. Einen Sous, für den sie ihrer Tochter eine *sucette* kaufte, eine Zuckerstange. Rote und weiße Ringel: Noch Jahre später konnte jene Frau, deren Name nun Madeleine Royal war, sich das Bild in aller Klarheit vor Augen rufen, das Bild der verführerisch leuchtenden Süßigkeit in ihren schmutzigen Fingern, als sie den Komplex der Verkaufshallen verließen. An jede Einzelheit konnte sie sich erinnern, an den himmlisch süßen Geschmack, als sie zunächst scheu mit der Zungenspitze von der Stange naschte, bevor sie sie mit pochendem Herzen zwischen die Lippen schob. Es war seltsam, wie deutlich diese Erinnerung war, wenn man bedachte, in welches Zwielicht so viele andere Erinnerungen an jenen Tag getaucht waren.

Maddalena erwartete, dass sie sich, beladen mit dem frischen Leinen, sogleich zurück zur Porte de Vincennes aufmachen würden, doch ohne das Manöver irgendwie zu kommentieren, wandte sich ihre Mutter in eine ganz andere Richtung: in das Gewimmel der Gassen des alten Paris hinein, wo das erste Arrondissement in das zweite überging. Maddalena hatte nach einem halben Dutzend Abzweigungen die Orientierung verloren, doch ihre Mutter schien sehr genau zu wissen, wohin sie wollte, während das Gelände anstieg, beinahe unmerklich zu Beginn, dann immer steiler, sodass Maddalena unter der Last des Leinens zu schwitzen begann.

Dies waren Gegenden der Stadt, in die das Mädchen noch niemals einen Fuß gesetzt hatte. Düstere alte Häuser, die so überhaupt nichts gemein hatten mit dem cremefarbenen Dekor der stolzen Bauten entlang der Boulevards. Die Straßen waren keine großzügigen, kilometerlangen Schneisen, an deren Ende eines der berühmten Monumente, der Arc de Triomphe oder der Obelisk von Luxor, auf der Stelle verrieten, wo man sich befand. Sie waren enge Schluchten durch das Häusermeer, mit tausend Windungen und Verzweigungen, die beim nächsten Schritt im Nichts enden mochten, und Maddalena spürte, wie ihr Herz schneller und schneller pochte, mit einem Mal voll Panik, die Gestalt ihrer Mutter aus dem Blick zu verlieren. Niemals würde sie allein auf sich gestellt einen Weg hinaus finden aus dem Labyrinth der finsteren Gassen, die enger und stickiger wurden, je weiter sie sich vom Fluss entfernten.

Bis sie um eine neue Windung der Gasse bogen und mit einem Mal ein Berg vor ihnen aufragte. Ein Berg! Die Hänge waren mit Obstbäumen und Reihen von Rebstöcken bewachsen, und an der Spitze zeichneten sich die Umrisse mehrerer Windmühlen ab. Für einen Atemzug blieb Maddalena stehen. *Da wollen wir hin?* Ein Anblick wie aus einem Märchen, und nicht minder wunderlich wirkten die Häuser zu Füßen der Anhöhe, als sie näher kamen. Hier die geduckten Behausungen einfacher Dorfbewohner, wie sie in den Außenbezirken der Stadt überall anzutreffen waren, mit engen Türen und Fenstern, die im Winter so wenig Wärme wie möglich hinausließen und im Sommer vor der Glut der Sonne schützten. Dort aber, nur Schritte entfernt, geschmückte, mehrstöckige Bauten mit großzügigen, verglasten Fensteröffnungen, mit verzierten Fassaden und Ka-

minen. Feine Herrschaften lustwandelten vor diesen Gebäuden, Damen
mit ihren Sonnenschirmen, und Maddalena war sich sicher, dass es die
schönsten Frauen waren, die sie jemals zu Gesicht bekommen hatte in
ihren wundervollen samtenen Kleidern. Mit Sicherheit musste es sich
samt und sonders um Duchesses und Marquises, um Comtesses und Vi-
comtesses handeln. Die Herren – selbst wenn sie nicht alle so prachtvoll
gekleidet waren wie die Damen – schienen ihnen auch tatsächlich mit
einer entsprechenden Verehrung zu begegnen, wenn sie eine von ihnen
ansprachen, und die Dame mit einem Blick über ihren Fächer ...

«Maddalena!» Die Stimme ihrer Mutter. Es war das erste Wort, das sie
sprach, seitdem sie die Zuckerstange gekauft hatte, und es kam mit aller
Schärfe. Sie wandte sich nach links, an der Front der herrschaftlichen
Gebäude entlang, deren Fenster von Vorhängen aus kostbarem Samt geschmückt wurden. Ein unglaublicher Reichtum musste in diesen Häusern herrschen; selbst jetzt, mitten am Tag, leuchteten fröhliche rote
Lichter in einigen der Fenster.

Maddalena beeilte sich, zu ihrer Mutter aufzuschließen, musste nach
wenigen Schritten aber einem der Herren ausweichen, der für einen Moment Anstalten machte, sich ihr in den Weg zu stellen, dann aber lachend
zurücktrat, ihr etwas nachrief, das sie nicht recht mitbekam. Ihre Mutter:
Sie wartete an einer Straßenecke, an der eine schmalere Gasse abzweigte,
die sich höher am Hang des Berges hinaufwand. Mit strengem Blick musterte sie das Mädchen, befeuchtete ihre Finger, strich Maddalena über den
zuckerverklebten Mund, versuchte dann, die Haare in Form zu streichen,
bevor sie mit einem Kopfschütteln aufgab, sich umdrehte und die Gasse
hinaufzusteigen begann.

Auch hier wuchsen jene prachtvollen Häuser aus dem Boden, die deutlich den Stil der Bauten entlang der großen Boulevards aufgriffen, dabei
aber noch verspielter geschmückt waren, und erst jetzt begriff Maddalena, dass es sich um Wirtshäuser handeln musste. Die Namen konnte sie
natürlich nicht lesen – sie hatte erst vor kurzem gelernt, ihren eigenen
Namen zu buchstabieren –, aber sie sah die Schilder mit Zeichnungen, die
diese Namen in Bilder verwandelten: einen tanzenden Hasen, eine Meer-
jungfrau mit großen Brüsten, einen Elefanten mit einem langen, langen

Rüssel. Schließlich blieb ihre Mutter vor einem der Gebäude stehen, an dessen Fassade das Bild einer jungen Frau zu sehen war, die sich weit nach vorn beugte und die Flaneure zum Eintreten aufzufordern schien. Sie trug ein Abendkleid mit weit ausgeschnittenem Dekolleté.

Ein letztes Mal musterte ihre Mutter das Mädchen. «Du redest nur, wenn man dich anspricht!» Dieser eine Satz, dann stieg sie die Stufen zum Eingang hinauf und betätigte den Türklopfer.

Hastig versuchte Maddalena jetzt ihrerseits, ihr Haar zu glätten. Sie hatte noch niemals ein Wirtshaus betreten, ganz zu schweigen von einem Wirtshaus, das sich so offensichtlich an eine wohlhabende Kundschaft wandte. Schon aber öffnete sich die Tür, und eine jener bezaubernden jungen Frauen sah Maddalenas Mutter einen Moment lang fragend an, bevor sie sie mit einer freundlichen Geste hereinbat.

Ehrfürchtig betrachtete Maddalena die Pracht im Innern des Gebäudes, all die Seide und die kostbaren Metalle, die vielen Spiegel und die Gemälde, die schöne Frauen zeigten. Bis sie den Salon betraten, den Salon, in dem der *Monsieur* sie erwartete. Maddalena hatte noch niemals einen solchen Monsieur gesehen, so eindeutig ein Mann von Welt in seinem auf den Leib geschneiderten samtenen Sakko und den gestreiften Beinkleidern, doch immerhin wusste sie, dass Herren der besseren Gesellschaft solche Beinkleider seit neuestem trugen.

Der Monsieur trat auf seine Gäste zu und empfing Maddalenas Mutter mit einem Handkuss. Einem Handkuss! Noch nie hatte irgendjemand ihre Mutter auf diese Weise begrüßt! Das Mädchen selbst bedachte er nur mit einem kurzen, prüfenden Blick, und Maddalena sagte vorsichtshalber kein Wort, als sie sich an die Anweisung ihrer Mutter erinnerte. Wenn sie sich auch nicht sicher war, ob das Redeverbot eine einfache Begrüßung einschloss.

Ihre Mutter und der Monsieur zogen sich an ein Fenster zurück, während Maddalena nahe der Tür verharrte. Sie war nicht gebeten worden, näher zu treten, und hatte fürchterliche Angst, irgendetwas falsch zu machen. Staunend betrachtete sie die Einrichtung, die weichen Ottomanen mit ihren Stapeln samtener Kissen, den Buffettisch aus kostbarem Holz, auf dem die verschiedensten Gefäße aus Messing und feinem Glas standen. Die Wände wurden auch hier von Gemälden geschmückt, die schöne Frauen zeigten, die meisten von ihnen nackt oder doch beinahe, aber Maddalena wusste, dass die großen Künstler besonders gerne nackte Frauen malten; was irgendwie auch verständlich war. Bekleidete Frauen bekam man schließlich jeden Tag auf der Straße zu sehen.

Ganz besonders fielen ihr die Spiegel ins Auge. Es gab gleich mehrere davon, in unterschiedlichen Winkeln des Raumes, was einen verwirrenden Effekt ergab: Das Bild des einen Spiegels zeichnete sich in der geschliffenen Fläche seines Gegenübers ab, sodass Maddalena *ihren eigenen Rücken* sehen konnte mit dem langen, kastaniendunklen Haar, das bis an den mehrfach geflickten Saum ihres Kittels reiche. Sie hatte ihren eigenen Rücken noch *niemals* gesehen.

Das Gespräch zwischen dem Monsieur und ihrer Mutter dauerte an. Die beiden unterhielten sich leise, sodass Maddalena kein Wort verstehen konnte, doch sie bemerkte, dass beide mehrfach in ihre Richtung blickten. Zudem fiel ihr auf, dass ihre Mutter einen bestimmten Gesichtsausdruck aufgesetzt hatte, eine Miene, die das Mädchen kannte. Ganz ähnlich wie vor einer Stunde erst, als der Händler in den Verkaufshallen versucht hatte, den Preis für die Uniformhemden herunterzuhandeln. Die beiden schienen über irgendetwas zu verhandeln, und tatsächlich setzte auch der Monsieur hin und wieder einen ganz ähnlichen Blick auf wie jener Händler, einen scheinbar völlig uninteressierten Blick, als könnte er ohnehin nichts anfangen mit dem, was sie ihm anzubieten hatten. Nur dass sie ihm ja tatsächlich nichts anbieten konnten! Die Hemden hatten sie in den Hallen abgeliefert. Die Ballen mit frischem Stoff hatte Maddalenas Mutter im Vorzimmer des Salons abgelegt, und das Mädchen hatte es ihr gleichgetan. Je länger Maddalena an Ort und Stelle verharrte, desto unbehaglicher begann sie sich zu fühlen. Die Blicke des Monsieurs blieben beiläufig, und doch hatte sie das Gefühl, dass er sie in Wahrheit sehr genau ansah. Sie spürte diese Blicke. Ganz deutlich spürte sie ...

In diesem Moment tat sich etwas. Der Monsieur streckte die Hand aus, und Maddalenas Mutter schlug nach einem winzigen Zögern ein. *Genau* wie in den Hallen, und irgendwie war es ein merkwürdiger Widerspruch zu dem Handkuss, mit dem der Monsieur seine Besucherin begrüßt hatte. Das Mädchen sah, wie seine Hand in seine Weste glitt, wie er irgendetwas hervorholte, und ... Es war undeutlich. Alles begann von diesem Punkt an undeutlich zu werden, wenn Madeleine Royal sich in späterer Zeit die Ereignisse jenes Tages ins Gedächtnis zurückzurufen suchte.

Es waren Eindrücke, die sie mit mal mehr, mal weniger Erfolg in eine Reihenfolge zu bringen suchte. Ihre Mutter, die den Raum verließ: Das musste ganz am Anfang gewesen sein, doch sie wusste nicht zu sagen, wie sie, wie das Mädchen Maddalena darauf reagiert hatte. Hatte sie versucht, ihrer Mutter zu folgen? Hatte man sie mit Gewalt zurückgehalten? Hatte ihre Mutter doch noch einmal das Wort an sie gerichtet, oder war jenes *Du redest nur, wenn man dich anspricht!* tatsächlich das Letzte gewesen, was sie zu ihrer Tochter gesagt hatte? Hatte das Mädchen geweint? Madeleine Royal war sicher, dass sie geweint haben musste, doch sie besaß keine Erinnerung daran.

Das Nächste – sie vermutete, dass es das Nächste gewesen war – war ein warmes Bad, eine Wanne aus Metall, die mit einer duftenden Flüssigkeit gefüllt war, Milch und Honig und andere Düfte, Düfte, die sie noch niemals gerochen hatte. Und da war die alte Frau, damals schon alt, Martha, die eine Seife in das Haar des Mädchens massierte, eine Seife, die keine Seife sein konnte, weil auch sie ganz anders duftete, süß und traumhaft. *Martha.* Wie sie gelernt hatte, die Alte zu hassen mit ihrer Grausamkeit, ihrer kalten Berechnung. Doch das war noch nicht an jenem Tag gewesen. An jenem Tag: War da Angst gewesen? Aufregung mit Sicherheit, als ihr klargeworden war, dass sie von nun an in diesem herrschaftlichen Gebäude leben würde. Vor allem aber war da *er* gewesen.

Er. Monsieur Materne. Alle im Chou-Chou sprachen ihn mit Monsieur an. Ob Materne ein Vorname oder ein Nachname war, sollte sie weder an jenem Tag noch irgendwann später erfahren. *Materne.* Wann hatte sie begriffen, was er war? Was nun von ihr erwartet wurde? Natürlich hatte sie gewusst, dass es Männer wie Materne gab und Frauen, die für sie arbeiteten, schließlich gab es diese Frauen und ihre Beschützer auch in der Barackenstadt vor der Port de Vincennes. Und ob nun seidene Betttücher oder ein Winkel in einem schmutzigen Hinterhof ...

381

«Am Ende», sagte Madeleine Royal. «Am Ende ist das kaum ein Unterschied.» Ihre Stimme klang kühl, kühl wie die Nacht am Ufer der Seine unterhalb des Quai de la Conference.

Sie hatte ihre Geschichte erzählt, wie Friedrich von Straten es erbeten hatte. Nicht in jener Ausführlichkeit, in der die Bilder zu ihr zurückgekommen waren, doch sein Schweigen bewies, wie gefangen er lauschte. «Aber sie haben es nicht dort oben im Salon gemacht oder auf einem der Zimmer», fuhr sie fort. «Materne ist ein sehr vorsichtiger Mensch, Hauptmann. Er weiß sehr genau, wie weit er gehen kann, wenn er möchte, dass der Präfekt der Polizei wegsieht. Er trägt nicht die Maske eines Engels, so dumm ist er nicht. So dumm ...» Ein winziges Zögern. «So dumm *war* er nicht.» Sie hob die Hand, als er ein Wort einwerfen wollte.

«Er trägt die Maske eines Mannes, wie es viele gibt auf dem Montmartre. So viele, dass ich mir nicht einmal sicher bin, ob man sie allesamt als *böse* bezeichnen sollte. Es gibt nur wenig schwarz und weiß im Leben, dafür aber eine ganze Menge grau, und irgendwie überleben will ein jeder Mensch. – Es ist unten im Souterrain passiert, in dem Raum, in dem er seine Geschäftsbücher führt. Auf seinem Schreibtisch. Beim ersten Mal war es tatsächlich nur ein einziger Mann, wenn ich mich richtig erinnere, und, oh, natürlich trug er eine Maske. Das weiß ich genau, weil ich mich erinnere, dass mich das an einem bestimmten Punkt beruhigt hat. Ich wusste nicht, *was* sie da mit mir machten, aber wenn sie mich umbringen wollten, habe ich mir gedacht, warum sollte dieser Mann dann eine Maske tragen? Dann wäre es doch gleichgültig gewesen, ob ich ihn wiedererkennen könnte.» Ein Schulterzucken. «Da ist wenig, das ich mit Sicherheit sagen kann.» Jetzt ein winziges Stocken, dann ein Kopfschütteln. «Was ich aber weiß: Materne war *keiner* dieser Männer, die man damals, in den ersten Tagen, zu mir brachte. Er war der Mann, der mich festgehalten hat, während die anderen es mit mir taten.»

Ganz langsam stand sie auf, trat an die Kaimauer. «Es ist seltsam, Friedrich von Straten, aber es ist vor allem eine Sache, bei der ich mir ganz sicher bin, dass ich sie schon damals, gleich am ersten Abend, begriffen habe: Eigentlich gab es keinen Grund, meiner Mutter böse zu sein. Es war einfach an der Zeit. Ich musste anfangen, mein eigenes Geld zu verdienen.

Schließlich war es bei meinen Brüdern ganz genauso gewesen, als sie zum ersten Mal mit meinem Vater auf die Baustelle gegangen sind. Schließlich war ich zwölf Jahre alt.»

* * *

Zündung in 23 Stunden, 46 Minuten
Quai de la Conference, Paris, 8. Arrondissement – 31. Oktober 1889, 00:14 Uhr

Friedrichs Kehle war eng. Er hatte Madeleine Royals Worten zugehört, und sie redete noch immer, in ruhigem, sachlichem Ton, berichtete, wie sie in jenem Etablissement geblieben war, dem Chou-Chou, und bei dem Mann Materne, weil es schlicht keinen Ort gegeben hatte, an den sie hätte gehen können. Denn natürlich war ihre Mutter fort gewesen, in den Süden zurückgekehrt oder wohin auch immer sie verschwunden war. Die Frau, deren Name heute Madeleine Royal war, wusste nicht einmal zu sagen, ob sie es auch nur überprüft hatte, so selbstverständlich war es gewesen. Und warum hätte sie auch davonlaufen sollen, wenn sie doch gut zu essen bekam unter dem Dach des Hurenhauses und schöne Kleider dazu? Solange sie sich keinem Wunsch der Gäste verweigerte. Denn nur dann hatten die Mädchen Schläge bekommen, und keines von ihnen war davongelaufen in den Jahren, die Maddalena dort gelebt hatte. Weil ohne einen Beschützer doch nur der Tod auf sie wartete auf der Straße.

Madeleine Royal erzählte von diesen Dingen, als würde sie vom Leben einer Fremden berichten. Wie sich schließlich einer ihrer Kunden in sie vernarrt hatte. Wie er dem Mann namens Materne eine Ablösesumme bezahlt und Maddalena ein eigenes kleines Zimmer angemietet hatte, wo er – und nur er – sie jederzeit aufsuchen konnte. Wie sie begonnen hatte, diesen Mann zu gesellschaftlichen Anlässen zu begleiten, und dort andere, noch wohlhabendere Männer auf sie aufmerksam geworden waren, die größere Summen hatten aufbringen können. Für eine standesgemäßere Bleibe. Wie ihr Ruf sich verbreitet hatte in den feinen Kreisen der Stadt,

383

bis sie endlich zu dem geworden war, was sie heute war: eine Legende unter den Kurtisanen von Paris mit einer Adresse am Boulevard de Clichy.

Diese Frauen, Dirnen, gehörten zum Bild auf den Straßen. In Berlin und Potsdam war es in gewissen Vierteln nicht anders, ja selbst in Königsberg waren diese Frauen gegenwärtig. Nur zu gut erinnerte sich Friedrich an den Herbsttag, an dem Gottleben ihm und seinen beiden unausstehlichen Ziehbrüdern Anweisung gegeben hatte, sich für eine Fahrt in die Stadt bereit zu machen. Nein, die Obristin werde nicht mitkommen. Sie waren in eine Gegend von Königsberg gefahren, unweit des Hafens, in die Friedrich noch niemals einen Fuß gesetzt hatte. Ein unauffälliges Gebäude in einer Seitenstraße, und der Oberst hatte nicht mehr verlauten lassen, als dass die Mädchen hier zumindest sauber seien. Zwei Stunden später werde er die jungen Männer wieder abholen. Friedrich war sechzehn gewesen, sein *Mädchen* wenigstens fünfzehn Jahre älter, aber das hatte keine große Rolle gespielt. Die Frau war weder unfreundlich noch hässlich gewesen; er hätte es wesentlich übler treffen können. Doch er hatte keinen Grund gehabt, jemals wieder genauer über sie nachzudenken – oder über eine der Frauen, zu denen er in den letzten Jahren in Berlin ging, seltener als manche seiner Kameraden in der Sektion beim Generalstab, aber doch hin und wieder. Wie junge Männer das eben taten, wenn sie kein Liebchen hatten. Und ein Liebchen, das irgendwann Ehefrau wurde, war auch eine Frage der finanziellen Mittel. Dirnen waren weniger kostspielig.

Niemals hatte er über diese Frauen nachgedacht. Warum sie taten, was sie taten. Leicht verdientes Geld, musste er vermutet haben. Für dieselbe Summe hätte eine Waschfrau sich den ganzen Tag lang schinden müssen. War er jemals auf den Gedanken gekommen, dass einige dieser Frauen diesen ... diesen Beruf nicht freiwillig ausübten? Er hätte auf diesen Gedanken kommen können. Wenn er darüber nachgedacht hätte. Doch so jung, nicht als erwachsene Frau, nicht als junges Mädchen, sondern als *Kind*? Er spürte ein Brennen in seiner Brust, und er wusste, dass es Beschämung war.

«Sie wollten wissen, wer ich bin, Friedrich von Straten?» Madeleine Royal betrachtete ihn, ohne dass ihre Augen sich trafen. «Sie haben es gehört. Am Ende ist es kaum ein Unterschied, habe ich gesagt, doch das stimmt natürlich nicht. Messieurs, die eine gewisse Position innerhalb der Gesellschaft erreicht haben, pflegen irgendwann festzustellen, dass sie bereit sind, für den Unterschied ein kleines Vermögen auszugeben. Und nein ...» Sie hob die Hand, als er den Mund öffnete. «Ich spreche nicht von speziellen Vorlieben. Solche Vorlieben bedienen Etablissements wie das Chou-Chou, und die Mädchen bekommen wenig genug dafür. Ich spreche von dem *Besonderen*, von einem Bild, das zu einer Wahrheit aus eigenem Recht wird.» Sie hielt inne, sah ihn nachdenklich an, hob dann die Schultern. «Vermutlich muss man eine Weile in dieser Stadt gelebt haben, um das zu verstehen. – Bedauern Sie das Kind, das ich war, wenn Sie möchten. Doch sparen Sie sich Ihr Mitleid mit der Frau, die ich bin.» Der Tonfall verändert: «Die ich bis gestern war.»

«Was ...»

«Mein aktueller Kavalier ist Sekretär Longueville, wie Ihnen vermutlich nicht entgangen ist?»

«Nein.» Friedrich schüttelte den Kopf. «Ich meine: Doch, natürlich ist mir das klar. Falls ich gestern ...» Er hielt inne. Dass er sie für seine Kontaktfrau gehalten hatte in ihrem Schwanenkleid, das ging sie nichts an. Doch konnte er sich bei einer solchen Frau entschuldigen, weil er ihre Annäherungsversuche missdeutet hatte? Das Schlimmste war, dass er sich auf einmal nicht mehr sicher war, wie er jetzt auf solche Versuche reagieren würde. Von denen sie, das war ihm klar, in diesem Moment weit entfernt war. Doch was er über Madeleine Royal erfahren hatte: Es war eine so unendliche Stärke in dieser Frau, ihrem Zusammenbruch, ihrer Verwirrung zum Trotz, deren Zeuge er geworden war. Eine Verwirrung, die sie überwunden hatte, was auch immer sie hervorgerufen hatte. War ein größerer Beweis von Stärke denkbar? Mit Sicherheit gab es Männer, die sich von der Schwäche eines Mädchens angezogen fühlten. Eines Mädchens, wie die kleine Maddalena es gewesen war. Er, Friedrich von Straten, war keiner von ihnen. Ihre Stärke machte Madeleine Royal begehrenswert. Und überaus verwirrend.

«Der Monsieur le Secretaire ist ein vielbeschäftigter Mann.» Die Frau sprach weiter, als hätte es Friedrichs Einwurf nicht gegeben. «Was der

Grund ist, aus dem ich ihn zuweilen in seinem Kabinett aufsuche, wenn seine Aufgaben ihn am Abend unabkömmlich machen. In der Conciergerie, wo ich heute Morgen Zeugin eines Gesprächs zwischen ihm und dem Duc de Torteuil wurde. Bis dahin unbemerkt von den beiden.»

«Ein ...» Es war wie ein Stoß von elektrischem Strom durch seinen Körper. *Torteuil.* Über die Erzählung der Frau war seine eigene Situation beinahe in den Hintergrund geraten. Der Duc de Torteuil, der Friedrich auf dem Empfang im Auge behalten hatte. Ihn und die Vicomtesse, Friedrichs Mutter: ob sie denn *misstrauisch* wurde. Aber ... «*Longueville?*»

Er starrte Madeleine Royal an. Nicht Fabrice Rollande hatte Torteuil seinen Auftrag erteilt, sondern Gaston Longueville, der Sekretär des französischen Präsidenten?

«Das scheint Sie zu überraschen», bemerkte die Frau.

«Ich bin mir nicht sicher, ob mich noch besonders viele Dinge überraschen können», murmelte er und holte Atem. «Die beiden haben tatsächlich über mich gesprochen?»

Sie musterte ihn. «Wenn ich Ihre Reaktion bedenke, vorhin, gehe ich davon aus, dass *Sie* genau das vermuten.»

Er schüttelte den Kopf. *Longueville.* «Der Sekretär ...» Er versuchte, sich zu besinnen. «Er war sehr aufgeräumt gestern Abend im Trocadéro. Er schien mir mehr zu vertrauen als dem Grafen. Dem Grafen Drakenstein, dem Leiter unserer Delegation. Indem er mich auf Deutsch angesprochen hat, hat er mir gezeigt, dass er jedes Wort versteht, das wir innerhalb der Gesandtschaft untereinander reden. Würde er das einfach so tun? Weil er tatsächlich etwas von mir hält?»

«Gaston Longueville hat in seinem gesamten Leben noch nichts ohne Hintergedanken getan.»

Friedrich fuhr sich über die Stirn. «Also hatte er einen Grund. Er zieht mich ins Vertrauen. Und dann lässt er hinter mir herspionieren. Und der Marquis de Montasser ...»

«Montasser?» Madeleine Royal hob die Augenbrauen. «Sie lernen hochinteressante Persönlichkeiten kennen, Friedrich von Straten. Der Marquis hat sein Handwerk noch unter Talleyrand gelernt, dem Außenminister der Bourbonen. Praktisch noch im Ancien Régime der Kniebundhosen und Puderperücken. Wenn es jemanden gibt, der weiß, was hinter den Kulissen vorgeht, dann ist das Montasser. Jedes Wort, das er sagt, sollten Sie fünfmal im Kreis drehen, bevor Sie darüber urteilen. Wo treffen Sie auf solche Herrschaften, Hauptmann?»

Friedrich schwieg, besann sich, stieß dann den Atem aus. Vermutlich hatte sie ohnehin Möglichkeiten herauszufinden, wo sich der Marquis heute Abend aufgehalten hatte. «Im Salon von Albertine de Rocquefort», sagte er.

«Die Vicomtesse.» Madeleine Royal flüsterte. «Ich habe ihr Palais noch niemals von innen gesehen. Sie lehnt es ab, wenn ein Herr sich von einer Dame begleiten lässt, ohne dass die beiden zumindest ihr Aufgebot bestellt haben. Und es sagt einiges aus über ihren Stand in der Gesellschaft, dass sie in dieser Stadt damit durchkommt. Wenn Paris ein Schlangennest ist, dann ist Albertine de Rocquefort die Königskobra.» Sie hielt inne. Ihr Gesichtsausdruck veränderte sich. «Sie? Das ist sie? Die Frau, die misstrauisch wird, wenn Sie in die Stadt kommen?»

Hatte er eine Wahl? Diese Stadt war eine fremde Welt. Er begriff nicht ansatzweise, was um ihn her vorging und warum gerade er, Friedrich von Straten, in den Mittelpunkt dieser Ereignisse geraten war. Eine Dirne vom Montmartre. Und sie war das, was einer Verbündeten am nächsten kam. «Davon muss ich ausgehen», sagte er. «Doch auf mich hat sie keinen misstrauischen Eindruck gemacht.»

Schweigen. Madeleine Royal musterte ihn eingehend. Hinter ihr die dunkle Fläche der Seine und das jenseitige Ufer, wo die Lichter allmählich verloschen. Ihre Miene war eine Maske aus Konzentration im Streulicht von der Promenade. «Ich gehe davon aus, dass Sie nicht beabsichtigen, mir mitzuteilen, warum sie misstrauisch werden sollte.»

«Nein.» Friedrich erwiderte den Blick. «Das ist nicht meine Absicht.»

«Nun.» Sie betrachtete ihn nachdenklich. «Dann müssten Sie jetzt damit rechnen, dass ich Ihnen an dieser Stelle eine gute Nacht wünsche, Hauptmann.»

«Ja. Das müsste ich.» Er konnte selbst nicht sagen, warum ihm die Worte so schwerfielen. Doch dass er einer Pariser Kurtisane das Geheimnis seiner Herkunft anvertraute, war vollständig ausgeschlossen. «Das müsste ich befürchten.» Er holte Atem. «Es sei denn, Sie wären bereit, mir trotzdem zu helfen.»

Aus ihrer Miene war nichts mehr zu lesen. «Sie wissen, wie ich mein Geld verdiene. Und Sie halten mich für eine Frau, die so etwas tun würde? Ihnen helfen? Aus Sentimentalität, ohne Hintergedanken?»

Er presste die Kiefer aufeinander. Tat er das? Madeleine Royal, eine Hure mit sehr großem Herzen? Nein, daran glaubte er nicht. Er hatte ihre Geschichte gehört. Hätte sie sich von Selbstlosigkeit leiten lassen, wäre sie nicht dort gewesen, wo sie heute war. Vermutlich hätte sie nicht einmal überlebt. Und *dennoch* war da etwas. Und sei es nur die Tatsache, dass sie dieses Gespräch immer noch fortsetzten. Sie war wieder bei sich, vollständig konzentriert, aber kaum in der Verfassung, ein beiläufiges Spiel mit ihm zu spielen.

«Könnten Sie das denn?», fragte er. «Mir helfen? Wenn Sie das wollten?»

Ein kurzes Zucken ihrer Mundwinkel. «Nun, wie ich Ihnen berichtet habe, suche ich den Monsieur le Secretaire häufiger auf. Ich glaube nicht, dass er mir etwas erzählen würde, wenn ich ihn konkret danach frage, doch zuweilen ... Nun, zuweilen ergeben sich Möglichkeiten.»

Sie setzte eine Unschuldsmiene auf. Beinahe brachte sie ihn zum Lachen, der düsteren Situation zum Trotz. Doch Friedrich blieb ernst. «Halten Sie es denn für möglich, dass all das ... dass Longueville und Montasser und wer weiß wer noch verwickelt sein könnten in ... in was auch immer? Und dass es dabei um Albertine de Rocquefort geht? Dass sie eine Rolle spielt in Angelegenheiten, die ...» Er zögerte.

«Mir ist bewusst, dass Sie für den deutschen Geheimdienst tätig sind, Hauptmann. Ich glaube nicht, dass gestern Abend irgendjemand anwesend war, dem das nicht auf den ersten Blick klar gewesen ist.» Sie nahm einen Atemzug, strich ihr Haar zurecht. «Und die Antwort ist nein. Mit Sicherheit ist Albertine de Rocquefort die mächtigste Frau auf den Bällen des achten Arrondissements. Eine Einladung zu ihren Empfängen kann über Karrieren entscheiden, über die Zukunft von Menschen in dieser Stadt. Doch eine internationale politische Affäre? Ich kann mir nicht vorstellen, dass sie sich überhaupt für diese Art von Politik interessiert. Die Stadt, die Sie hier sehen: Das ist die Welt, in der sich Albertine de Rocquefort bewegt. In der sie sich auskennt und in der die Menschen zu ihr aufsehen. Hier ist sie Königin, auch wenn wir längst keine Königin mehr haben. Sie würde den Teufel tun, mit Deutschen, Russen oder sonst wem zu paktieren und diese Welt in Gefahr zu bringen. – Und doch hat der Sekretär Ihnen Torteuil auf den Hals gehetzt. Als ich die beiden reden hörte, war mir selbst nicht klar, dass es um Sie ging. Erst als ich vorhin Ihre Stimme hörte …» Sie schüttelte den Kopf. «Als Sie davon sprachen, warum Sie ausgerechnet jetzt in die Stadt kommen mussten. Ich war nicht vollständig bei mir, doch mit einem Mal schien es zu passen. Und nach dem, was Sie dann erzählten, nach dem, was Sie jetzt erzählen: Ich denke, es ist deutlich. Wenn Longueville sich einmischt, dann muss es einen Grund geben. Und dieser Grund heißt jedenfalls nicht Albertine de Rocquefort.»

Allmählich bekam Friedrich wieder Luft. «Sie würden mir tatsächlich helfen?»

Sie betrachtete ihn noch einmal, von oben bis unten. Unwillkürlich straffte er seine Haltung, ein seltsames Gefühl in diesem Moment, da er wie ein Altenteiler auf seiner Ruhebank saß. Sie musterte ihn, nickte dann. «Quid pro quo.»

Er blinzelte. «Wie?»

«Ich war ein Straßenkind aus den Lagern vor der Porte de Vincennes, Friedrich von Straten. Ich konnte weder lesen noch schreiben. Aber sobald ich die Möglichkeit hatte, habe ich mir das eine wie das andere angeeignet. Sie überleben nicht in diesen Kreisen der Stadt, wenn Sie nicht gewisse Umgangsformen besitzen und ein wenig Wissen. Quid pro quo: keine Leistung ohne Gegenleistung.»

Ernüchtert schüttelte er den Kopf. «Ich habe Ihnen schon gesagt, dass Sie nicht erfahren werden, warum die Vicomtesse …»

«Das Ding da.» Sie nickte in Richtung seines Gürtels. «Sie können damit umgehen?»

Brennende Röte schoss in sein Gesicht. «Sie …»

«Ich spreche von Ihrem Degen. – Sie können damit umgehen?»

«Ich …» Sein Herzschlag ging holpernd. «Ich bin ein preußischer Offizier. Selbstverständlich kann ich …» Er verstummte, sah sie an in ihrem zerknitterten, blutbefleckten Kleid. Sie war nicht bei sich gewesen, als er auf sie getroffen war. Sie sah aus wie eine Frau, die einer Horde von Unholden in die Hände gefallen und gerade noch mit dem Leben davongekommen war. Wie das Mädchen, das sie vor zwanzig Jahren gewesen war.

«Materne», flüsterte er. «Deshalb haben Sie mir diese Geschichte erzählt. Sie wollen, dass ich den Mann ...» Er schüttelte den Kopf. Mit aller Entschiedenheit. «Ausgeschlossen, Mademoiselle. Ich bin königlich preußischer Offizier. Ich bin *kein* Mörder.»

Sie starrte ihn an, für einen Moment ohne Regung. Dann, übergangslos, warf sie den Kopf in den Nacken und stieß ein Lachen aus: das unheimlichste Geräusch möglicherweise, das er in seinem Leben gehört hatte. Und so plötzlich, wie es begonnen hatte, endete es auch wieder.

«Ich könnte nicht weiter entfernt sein von einer solchen Bitte, Hauptmann von Straten.» Ihre Stimme war ruhig. «*Quid pro quo.* Es ist nicht meine Absicht, dass jemand zu Schaden kommt. Und wenn die Dinge verlaufen, wie ich glaube, dass sie verlaufen werden, wird das auch nicht geschehen. – Ihr Schwert. Ihre Hilfe. Und im Gegenzug erhalten Sie meine Unterstützung. Was kann Ihnen passieren? In ein paar Tagen werden Sie wieder aus der Stadt verschwunden sein. Konsequenzen haben Sie nicht zu fürchten.»

Er legte die Stirn in Falten. «Das glaube ich Ihnen, Mademoiselle. Aber das ist auch nicht meine Sorge. – Ich bin mir nicht sicher, ob ich Ihnen vollständig vertrauen sollte, doch ich frage Sie trotzdem. Ich gehe davon aus, dass ich nicht der erste Offizier bin, mit dem Sie näher bekannt werden. Nur eine einzige Sache muss ich wissen: Ist die ... Unterstützung, die Sie von mir erwarten, vereinbar mit dem Codex eines deutschen Offiziers?»

Sie musterte ihn, tief in Gedanken. «Ich ahne, was Sie von mir denken, Friedrich von Straten. Und vermutlich haben Sie im Wesentlichen recht. Und doch kann ich Sie beruhigen: Was ich von Ihnen erwarte, sollte Ihrer Offiziersehre vollauf Genüge tun. In einem Punkt nämlich täuschen Sie sich. – In bestimmten Momenten lasse ich mich ganz entschieden von Sentimentalitäten leiten.»

***

ZÜNDUNG IN 23 STUNDEN, 45 MINUTEN
Hôtel Vernet, Paris, 8. Arrondissement –
31. Oktober 1889, 00:15 Uhr

«Richtig.» Alain Marais schien eine Reihe von Mienen auszuprobieren: professionelle Distanz, den strengen Blick des Ermittlers, ein entwaffnendes Lächeln. Ohne sich recht entscheiden zu können. «Da bin ich also wieder. – Bin wieder im Dienst.» Ein Nicken in Richtung Pierre Trebut. «Mein neuer Partner.»

Celeste Marêchal fixierte ihn. Sie hatte sich für einen Gesichtsausdruck entschieden, und freundlich war er nicht. Und sie sagte kein Wort, wie auch sonst niemand ein Wort sagte. Charlotte Dupin, der alte Gustave, der Concierge, der mit der Inhaberin des Vernet in den Raum zurückgekehrt war, Pierre selbst: Alle Augen waren auf den Agenten des Deuxième Bureau und die Hotelwirtin gerichtet. *Wenn noch jemand frisches Gebäck verkaufen würde, könnten wir beim Hahnenkampf sein,* dachte der junge Beamte. Wobei er noch niemals erlebt hatte, dass einer der Hähne seinen Kontrahenten niedergestreckt hätte, indem er ihn einfach nur anstarrte. Celeste Marêchal schien auf dem besten Weg zu sein.

«In Ordnung.» Marais schob seine Brille zurecht. «Wir können das später bereden. – Agent Candidat Trebut und ich sind mit einer Mission befasst, die keinen Aufschub ...»

«Lasst euch nicht stören.»

«... duldet. So leid es mir tut, aber ich werde dir einige Fragen stellen müssen. Unter vier ...» Ein Blick zu Pierre. «Unter sechs Augen.»

«Bedaure. Ich war eben dabei, mich zurückzuziehen. *Bonne nuit,* Alain.»

«Celeste, wir haben keine Zeit für ...»

«Du.» Plötzlich mit gefährlich leiser Stimme. «Nach zehn Jahren mitten in der Nacht in mein Hotel zu spazieren und mir zu erklären, dass wir *keine Zeit* haben. Ich glaube nicht, dass es einen zweiten Menschen auf der Welt gibt, der dazu in der Lage wäre. Morgen Vormittag. Nicht vor zehn. *Bonne ...*»

«Das ist kein Spiel, Celeste!»

«Das habe ich auch nicht vermutet. Wenn du etwas über dieses Haus und seine Gäste wissen willst, dann komm tagsüber wieder. Wie dir bekannt ist, bin ich Patriotin. Mit Vergnügen stehen meine Bücher dem Deuxième Bureau zur Verfügung.»

Pierre Trebut kannte den Agenten Marais seit kaum mehr als vierundzwanzig Stunden. Allerdings hatte er den ganz überwiegenden Teil dieser vierundzwanzig Stunden in dessen Gesellschaft verbracht. Die Anzeichen, dass der Mann unmittelbar vor einer Explosion stand, waren unübersehbar.

«Madame Marêchal ...» Pierre fuhr sich über die Lippen, straffte seine Haltung. «Pierre Trebut. Mit Verlaub. – Was zwischen Ihnen und dem Agenten Marais vorgefallen ist, kann ich nicht beurteilen. Doch ich kann bestätigen, was er gesagt hat: Unsere Mission ist dringend, und es könnte ...» Er zögerte. Er durfte nicht zu deutlich werden, schon gar nicht, während Charlotte und die anderen zuhörten. «Es ist dringend», wiederholte er. «Menschenleben stehen auf dem Spiel.» *Sehr, sehr viele*, dachte er, doch irgendetwas sagte ihm, dass keine noch so große Zahl seine Mahnung stärker machen würde. Er blickte der Frau in die Augen. «Bitte, Madame. Nur einige Minuten.»

Sekundenlang tat sich überhaupt nichts. Dann schien sie etwas sagen zu wollen, besann sich im nächsten Moment offenbar anders. Unschlüssig sah sie zwischen Pierre und dessen Ermittlungspartner hin und her. Der junge Beamte schöpfte Hoffnung. Nur ganz kurz der Gedanke, dass Charlotte Dupin all das mitbekam und Zeuge wurde vom vielleicht wichtigsten Moment seiner Karriere. Sie *hatten* keine Zeit. Den ganzen Abend waren sie kreuz und quer durch die Stadt gelaufen, von der Deutschen Botschaft zu Fabrice Rollandes Quartier und sonst wohin, anstatt auf der Stelle das Vernet aufzusuchen, und nun zerrannen ihnen die Stunden zwischen den Fingern. Sie hatten nur diese eine Spur. Wenn ihr Gegner mit dem Hinweis auf die Deutschen tatsächlich auf das Vernet gewiesen hatte, dann gab es zwei Möglichkeiten. Eine falsche Fährte sollte sie verwirren. Oder sie folgten in der Tat einer brauchbaren Spur, die ihr Widersacher ihnen gewiesen hatte, um sein bizarres Spiel interessanter zu gestalten. Sie *mussten* herausfinden, welches von beiden zutraf.

«Bitte», sagte Pierre noch einmal.

Celeste Marêchal betrachtete ihn, nachdenkliche Falten auf der Stirn. Ein ganz knapper Seitenblick auf Alain Marais, der die Weisheit hatte, den Mund zu halten. Veränderte sich ihre Miene?

Schritte aus dem Korridor, der tiefer in die Räume des Vernet führte. Es waren unregelmäßige Schritte, schwere Schritte. Sie wurden von einem Knurren begleitet, und im nächsten Moment wurde im Durchgang eine Männergestalt sichtbar. Ein Herr in vorgerücktem Alter, gekleidet in einen Tweedanzug und mit einem buschigen, eisgrauen Schnurrbart. Bei jedem Schritt verzog er das Gesicht, musste sich gegen die Wand stützen. Jetzt kniff er die Augen zusammen und musterte die Versammlung.

«*Agent Marais.* Schau an, da sind Sie wieder. Ich hätte schwören können, dass ich Ihre Stimme gehört habe.» Höflich im Ton, dabei hörbar distanziert. Der Akzent war kaum ausgeprägt, doch auf der Stelle war klar, dass der Unbekannte Brite sein musste.

«Colonel.» Alain Marais reagierte ganz anders als bei Celeste Marêchal. Er verneigte sich, auf eine leicht übertriebene Weise. «Oder sind Sie inzwischen befördert worden?» Im nächsten Moment, an die Hotelwirtin gewandt und in weit weniger verbindlichem Ton: «Was hat der Mann hier zu suchen?»

«Colonel O'Connell ist ein Gast meines Hauses.» Celeste Marêchal sprach laut und überdeutlich, sofort wieder mit Schärfe in der Stimme. «Er bewohnt die Prinzensuite, und wenn du dir einbildest ...»

Schritte. Schon wieder. Eine weitere Männergestalt, in einer Uniform allerdings, übersät mit Ordenszeichen und wesentlich besser zu Fuß. Und von ganz anderer Statur: sichtbar wohlgenährt und mit einem Walrossbart, der das rötliche Gesicht beherrschte.

«*Ma chère* Madame Celeste. Gibt es Schwierigkeiten? Wenn Sie Unterstüt...» Wie angewurzelt blieb der Mann stehen, den Blick auf Alain Marais gerichtet. «*Sie!*»

Der Agent blinzelte irritiert. Celeste Marêchal und den Briten hatte er auf der Stelle erkannt. Diesmal schien er nicht zu wissen, wen er vor sich hatte.

«Agent Alain Marais vom Deuxième Bureau.» Der massige Mann musterte den Ermittler von oben bis unten. «Das ist doch Ihr Name, richtig?

Sie schulden mir eine Revanche, Agent Marais.» Das Wort *Revanche* wurde mit einem dermaßen grauenhaften Akzent ausgesprochen, dass selbst das E am Ende zu hören war. Der Mann war Deutscher; das stand jedenfalls fest.

Misstrauisch betrachtete Pierre den Fremden. Die Deutschen. Der Grund, aus dem sie das Hotel aufsuchten. Und wer eine solche Menge von Orden an der Brust trug, musste der Anführer der Delegation sein.

Marais kniff die Augen zusammen. Seine Hand hob sich, wies auf den Mann. «Baden-Baden!»

Ein Brummen war die Antwort. «Ferdinand Graf Drakenstein.» Eine angedeutete Verneigung. «Seit fünfzehn Jahren schulden Sie mir eine Revanche, Agent Marais.»

Der Agent legte den Kopf auf die Seite. «Pistolen? Oder Säbel?»

«Spielkarten.» Der gesamte Schädel des dicken Mannes hatte eine rötliche Farbe angenommen, doch es war nicht ganz klar, ob er mühsam gegen einen Gewaltausbruch ankämpfte oder sich über die Gelegenheit freute, doch noch seine Satisfaktion zu bekommen. «Wir spielen Pharo», erklärte er. «Genau wie damals. Und diesmal werde *ich* geben.»

«Graf Drakenstein.» Alain Marais verneigte sich. «Mit Vergnügen nehme ich die Herausforderung an.»

«Die Revanche.»

Die Revanche. Pierre hatte sich einige Schritte von den unterschiedlichen Kontrahenten zurückgezogen. Zumindest bei Drakenstein wusste er nunmehr, wen er vor sich hatte. Bismarcks Gesandter, das Casino in Baden-Baden, die deutschen Aufmarschpläne: wieder ein Kapitel aus den Legenden um Alain Marais, das augenscheinlich der Wahrheit entsprach.

«Wolltet ihr nicht ein Verhör führen?»

Pierre sah sich um. Charlotte war an seine Seite getreten, blickte verwirrt zwischen den Anwesenden hin und her.

«Um ehrlich zu sein, bin ich mir nicht ganz sicher, was wir wollten», murmelte er. Aus dem Augenwinkel beobachtete er, wie Celeste Marêchal den Deutschen und den Briten einander vorstellte. Marais stand mit säuerlicher Miene daneben, und Pierre beneidete ihn nicht: die Hotelwirtin noch einmal um ein Gespräch bitten, während der Hauptverdächtige danebenstand? Denn das war Drakenstein doch als Oberhaupt der deutschen Delegation: ihr Hauptverdächtiger. Wenn Pierre auch zugeben musste, dass er sich die Bestie, die für den Tod Crépuis' und Morimonds verantwortlich war, etwas anders vorgestellt hatte als den wohlgenährten und nunmehr sichtlich gut gelaunten Grafen.

«Deshalb seid ihr doch hier, oder?», flüsterte Charlotte. «Weil ihr eine Spur habt?»

Pierre nickte zögernd. Dass sie in Sachen einer Ermittlung hier waren, hatte Marais schließlich laut und deutlich geäußert. «Unsere Spur führt ins Vernet», erklärte er. «Aber ob sie zu einem dieser Herren führt ...»

«Die Deutschen sind seit ein paar Tagen hier», flüsterte das Mädchen. «Den Briten habe ich noch nie gesehen. Aber heute Abend sollten Gäste kommen.» Noch leiser. «Wir durften nicht darüber sprechen, doch auf jeden Fall ging es um die Prinzensuite. Und Madame hat gerade gesagt, dass der Colonel dort wohnt: in der Prinzensuite. Das sind die besten Räume.»

Pierres Stirn legte sich in Falten. Ein britischer Colonel bewohnte die Prinzensuite – und ein leibhaftiger deutscher Graf wurde in irgendeinem Zimmer untergebracht?

«Die Zimmer im dritten Stock sind aber auch ziemlich gut», flüsterte die junge Frau. «Die besten überhaupt eigentlich, bis auf die Prinzensuite eben. Die durfte seit mehreren Wochen nicht belegt werden.»

Wegen eines Colonels? Pierre sah sich um. Die Angelegenheit gewann einen zunehmend mysteriösen Anstrich, und nein, es war nicht Drakenstein, der ihr diesen Anstrich verlieh. Dass die Deutschen im Vernet waren, hatten sie schließlich gewusst. Deshalb waren sie hier. Doch was, wenn ... Seine Gedanken überschlugen sich.

«Was, wenn die Fährte die richtige ist?», flüsterte er. «Aber das Ziel ist das falsche?»

«Pierre?», fragte Charlotte mit leiser Stimme.

«Moment», murmelte er.

Das Ziel. Die Konzentration der Ermittler war ganz auf die Deutschen gerichtet; dafür hatte ihr Gegner Sorge getragen. Doch die beste Suite des Hotels bewohnte ein mysteriöser britischer Offizier, der sich nicht einmal kleidete wie ein Offizier und Mühe zu haben schien, sich überhaupt auf den Beinen zu halten. *Colonel O'Connell.* Begann der Nachname nun mit einem O oder mit einem C?

«Spielt das eine Rolle?», wisperte Pierre. «Jedenfalls beginnt er nicht mit einem R. Das macht ihn unverdächtig.»

«Pierre?»

«Sofort.»

Davon abgesehen, dass Marais den Mann ohnehin kannte. Doch was, wenn genau darin das bizarre Kalkül ihres Widersachers bestand? Sie ganz nah an die Wahrheit heranzuführen, an eine Wahrheit, die sie dann doch nicht sehen konnten? Ihnen ihr Versagen auf diese Weise erst wirklich deutlich zu machen? Bis es zu spät war. Wenn Pierre sich an die Geschichte vom Grafen von Monte Christo erinnerte ...

«Pierre!» Gezischt.

«Ja, was ist denn?», knurrte er, biss sich sofort auf die Zunge. Charlotte sah ihn nicht länger an. Starr ging ihr Blick an ihm vorbei.

«Bitte ...» Er fuhr sich über den Mund. «Es tut mir leid. Ich ...» Er stutzte, folgte ihrem Blick.

Die Tür. Sie sah zur Eingangstür des Vernet, einer Doppeltür, die im oberen Bereich mehrere Paare von Glasfenstern aufwies, durch hölzerne Stege voneinander getrennt. Der alte Gustave hatte sie nicht vollständig geschlossen, zu überrascht wahrscheinlich über das plötzliche Auftauchen Alain Marais'. Sie war auch jetzt nicht vollständig geschlossen. Und hinter dieser Tür, hinter den Glasscheiben, sah Pierre ein Gesicht. Nein. Nein, es waren zwei Gesichter. Ein ganz gewöhnliches Gesicht mit etwas zerzaustem rötlich blondem Haar, und daneben ...

Mit einem Mal waren alle beide verschwunden. Blut? Hatte er Blut gesehen? Ein Gesicht, von einem Kampf gezeichnet? Ein länglicher Schädel auf jeden Fall, mit dünnem Schnurrbart, eine echte Ganovenvisage. Zwei Ganoven, die zufällig vorbeigekommen waren auf der Suche nach einer günstigen Gelegenheit, oder ...

«Nein.» Die energische Stimme der Hotelinhaberin holte ihn zurück in die Situation im Foyer. «Nein, Alain, zum zehnten Mal: Es ist nach Mitternacht, und dieser Tag war wirklich, wirklich fürchterlich. – Charlotte ...» Der Name des Mädchens kam in einem anderen, einem erleichterten Ton.

Pierre wandte sich um. Die Augen der Hotelwirtin glitzerten feucht, als sie auf seine Begleiterin zukam, die Arme um sie legte. «Du bleibst bei uns, Charlotte.» Sie flüsterte beinahe. Nur die junge Frau und Pierre konnten es verstehen. «Alles andere besprechen wir morgen, aber auf keinen Fall wirst du uns verlassen, hörst du?»

«Oui.» Das Mädchen, mit gedämpfter Stimme aus der Umarmung der älteren Frau. «Merci, Madame.» Ganz leise. «Merci, merci.»

«Shht.» Ein beruhigender Laut, als die Finger der Älteren über das Haar des Mädchens tätschelten. Gustave trat zu den beiden, und Charlotte löste sich von Celeste Marêchal, um von dem greisen Faktotum ebenfalls in eine tröstende Umarmung gezogen zu werden mit ganz ähnlichen, hier etwas brummeligeren Lauten.

Pierre verspürte Erleichterung, irgendwo ganz weit hinten möglicherweise einen *Hauch* von Bedauern. Er, Pierre Trebut, hatte dieses Mädchen trösten wollen, vollkommen uneigennützig natürlich und mit einem gewissen respektvollen Abstand. Doch wer konnte schon sagen, was sich mit der Zeit ergeben hätte?

«Celeste.» Alain Marais kam auf die Inhaberin des Vernet zu. «Wir müssen wirklich ...»

«Mit Verlaub.» Colonel O'Connell, der sich vorsichtig von der Wand löste, kurz zusammenzuckte, dann aber schwankend aufrecht stand. «Ich denke, Madame war deutlich, Agent Marais: morgen Vormittag. Ab elf.»

«Ab zehn.» Pierre biss sich auf die Zunge, doch die Korrektur war bereits heraus.

Alain Marais warf ihm einen Blick zu. Einen Blick, aus dem pure, unverstellte Mordlust sprach.

«*Morgen Vormittag.*» Graf Drakenstein, mit Nachdruck. Er baute sich neben dem britischen Offizier auf, hielt diesem höflich den Arm hin. Dankbar stützte O'Connell sich ab. «Falls Sie im Anschluss Zeit haben, bringen Sie doch ein Kartenblatt mit, Agent Marais. Ich sollte gegen eins wieder im Haus sein.»

Marais sah finster von einem zum anderen. Undeutliches Gemurmel, doch zumindest Pierre, der genau neben ihm stand, war sich sicher, die Worte *Boches* und *Rosbifs* identifizieren zu können.

Celeste Marêchal hatte ein Taschentuch aus ihrem Ärmel gezogen, warf ihren beiden Kavalieren einen dankbaren Blick zu, tupfte sich dann kurz über die Wangen, während sie vielleicht für eine halbe Sekunde in Richtung von Alain Marais sah. Lange genug, dass Pierre Trebut erkennen konnte, wie ihre Augen noch immer glitzerten, eine Spur *anders* allerdings als in dem Moment, als sie Charlotte in die Arme geschlossen hatte. Möglicherweise doch mit einer stillen kleinen Freude? Wie auch immer die Verbindung zwischen Madame Marêchal und dem Agenten aussehen mochte: Die Frau war Alain Marais durchaus gewachsen.

Ein Geräusch in seinem Rücken. Er fuhr herum. Die Ganoven!

Doch, nein, es waren nicht die Ganoven. Die Außentüren hatten sich geöffnet, und es war ...

«Claude», murmelte Pierre verdutzt.

Der junge Mann blickte in seine Richtung. Ein kurzes Grinsen. Claude Guiscard, Pierres Schreibtischkollege im Bureau. Eine feste Größe, wenn sie sich in der Mittagspause um den Bistrotisch am Quai d'Orsay versammelten, um die zauberhaften demoiselles zu beobachten und unter Umständen sogar einen Kaffee zu sich zu nehmen.

Fast schon ehrfürchtig trat Pierres Kollege auf Alain Marais zu. «Agent Marais?» Ein kurzes Hüsteln. «Ich habe ...»

Marais reagierte sofort. Ein Nicken zu Pierre und dem Eingetretenen, ein böser Blick in Richtung Celeste Marêchals und ihrer heldenhaften Beschützer, und innerhalb von Sekunden standen alle drei Angehörigen des Bureau draußen auf der Straße. Wortlos streckte der Agent die Hand aus. Claude Guiscard blinzelte, zog aber gehorsam einen Umschlag aus seiner Jacke. Marais griff zu und verschwand in den Lichtkreis einer Laterne, um sich mit dem Kuvert zu beschäftigen.

«Es ...» Claude sah sichernd über die Schulter. Seine Stimme war ein Flüstern. «Es stimmt also wirklich?»

«Wie?» Pierre versuchte, um ihn herumzusehen, in sämtliche Richtungen zugleich, doch inzwischen waren Minuten vergangen. Die Verbrechervisagen mussten längst über alle Berge sein.

«Du bist sein neuer Partner?» Mit aufgeregter Stimme. «Ihr sollt das Leben des Präsidenten schützen?»

«Des Präsidenten?» Pierre verschluckte sich beinahe.

«Du darfst nichts sagen?» Noch aufgeregter. «Nicht mal zu mir? Aus ermittlungstaktischen Gründen?»

Weil ich keinen Schimmer habe. «Ja», murmelte Pierre. «So ungefähr.»

«Und dieses Hotel ...»

«Pierre Trebut!»

Pierre wandte sich auf dem Absatz um, doch sein Ermittlungspartner kam ihm bereits entgegen. «Die Kutsche wartet an den Champs-Élysées?», fragte er an Claude Guiscard gewandt. «Gut.» Mit raschen Schritten ging er an den beiden jungen Männern vorbei. Pierre schloss sich an, während sein Kollege zurückblieb, dann mit respektvollem Abstand folgte, diskret außer Hörweite. Pierre konnte sich vorstellen, wie die Neugier in ihm brennen musste. Claude Guiscard, mit dem er manchmal seine Biscuits tauschte, die zum Kaffee serviert wurden.

Ein Schwindel war in seinem Kopf. Würde das Leben je wieder sein, wie es vor seinem Auftrag mit Alain Marais gewesen war? Vor ... Er schluckte. Er hatte sich nicht einmal von dem Mädchen verabschiedet. Doch Charlotte Dupin war in Sicherheit, sie würde ihre Stelle behalten. Celeste Marêchal hatte die ganze Zeit auf sie gewartet, und eine innere Stimme sagte ihm, dass Marais, der die Hotelwirtin schließlich kannte, genau damit gerechnet haben musste. Womit dann auch geklärt war, warum er darauf bestanden hatte, dass Charlotte die beiden Agenten zum Vernet begleitete. So oder so: Ihm, Pierre Trebut, war es zu verdanken, dass sich dieses zauberhafte Geschöpf nicht ohne jeden Sinn und Zweck vor einen Vorortzug gestürzt hatte. War das nicht das Allerwichtigste? Nun, beinahe jedenfalls. Zumindest wusste er, wo er sie finden konnte, falls von der Stadt in ein paar Tagen noch etwas übrig war. Dann allerdings ...

«Gut gemacht.» Marais war in eine Seitenstraße eingebogen. Die Champs-Élysées waren nur einen schmalen Häuserblock entfernt. «Hervorragend gespielt, Pierre Trebut.»

«Was?» Pierre räusperte sich. «Ach das. – Was hätte ich ihm denn auch erzählen können? Ja, ich bin mit Claude, mit Candidat Guiscard befreundet, doch was ich selbst noch nicht weiß, kann ich nun schlecht ...»

«Im Foyer.» Mit finsterem Lächeln. «*Ab zehn.* Unterschätzen Sie niemals

Celeste Marêchal, Pierre Trebut, doch für dieses Mal hat selbst sie Ihnen die tumbe Ehrlichkeit abgekauft und darf sich zufrieden die Hände reiben. Sie lernen schnell. Das war wirklich hervorragend. Alle Punkte für Celeste Marêchal. Wir gehen mit leeren Händen.»

Pierre nickte unsicher. Exakt so verhielt es sich. Zumindest, was ihre Mission im Vernet anbetraf. Claude Guiscard und seine Nachricht standen auf einem anderen Blatt. Doch warum schien das ein Grund zur Freude zu sein?

«Vermutlich gehören sie zu O'Connell», murmelte Marais düster. «Drakenstein wird nur eine Handvoll subordinierter Beamter dabeihaben. Alles andere wäre zu offensichtlich in einer offiziellen Delegation. Was nicht bedeutet, dass wir uns diese Beamten nicht sehr genau ansehen sollten.» Die Gasse öffnete sich zu den Lichtern der Champs-Élysées. Der Arc de Triomphe war ein Stück links von ihnen, und in derselben Richtung wartete eine diskrete, schwarz verhängte Kutsche. «Wobei ein Veilchen von dieser Größenordnung für wenigstens eine Woche unübersehbar bleiben dürfte.»

«Ein ...» Pierre schluckte. Die Gesichter hinter der Tür. Natürlich hatte Marais diese Gesichter gesehen. Der Agent hatte sich am entgegengesetzten Ende des Foyers aufgehalten, in zäher Diskussion mit dem Abgesandten des Deutschen Reiches, mit einem ebenso undurchschaubaren wie hoch verdächtigen britischen Offizier – und, wie Pierre vermutete, mit seiner eigenen Verflossenen. Doch was bedeutete das schon? Natürlich würde Alain Marais aus dem Stegreif ein Porträt der beiden Gestalten zeichnen können, wenn denn das Zeichnen ebenfalls zu seinen vielfältigen Gaben gehörte. Natürlich würde er sie jederzeit wiedererkennen. Und natürlich hatte er auf der Stelle begriffen, was die beiden Ermittler hinter der Tür schemenhaft zu sehen bekommen hatten: eine Spur. Eine Spur, die ihnen ihr Gegner möglicherweise *nicht* hatte zeigen wollen. Wer auch immer ihr Gegner war. O'Connell? Drakenstein? Celeste Marêchal? Oder jemand, dem sie noch immer nicht begegnet waren?

«Eine Frau ist ermordet worden.»

«Wie?» Pierre drehte den Kopf.

Alain Marais öffnete die Tür der Kutsche. Dem Mann auf dem Kutsch-

bock hatte er lediglich zugenickt, was dieser mit einer knappen Geste
quittiert hatte: zwei Finger an die Krempe des Zylinders, allerdings nicht
den Zeigefinger und den Mittelfinger, sondern den Zeigefinger und den
Daumen. Der Vorteil geheimer Erkennungszeichen lag in dem Umstand,
dass Außenstehende sie nicht auf der Stelle erkennen konnten. Etwas
hilflos drehte sich Pierre über die Schulter um, warf Claude Guiscard zum
Abschied einen Gruß zu.

«Eine Frau», erklärte der Agent. «Mausetot und abgelegt auf den Stufen
des Palais Rocquefort an der Rue Matignon.» Sie ließen sich auf den Polstern nieder, im selben Moment, in dem die Kalesche anruckte. «Was es mit
dem Palais auf sich hat, werden wir noch herausfinden müssen. Wichtiger erscheint im Augenblick, dass wir diese Frau kennen. Wir, das Bureau.
Général Auberlon wurde vor einer halben Stunde in die Conciergerie gebeten, wo er die Dame auf einer Reihe von Fotografien bewundern durfte.
In höchst lebendigem Zustand.»

«In der Conciergerie?»

«Auf dem Schreibtisch des außerordentlichen Sekretärs des Präsidenten. Unser Gegner hat offenbar gesteigerten Wert darauf gelegt, dass wir
diese Bilder zu sehen bekommen. Zwei Posten der Wachmannschaft sind
spurlos verschwunden.»

Pierre schluckte.

«Sagt Ihnen zufällig der Name Chou-Chou etwas, Pierre Trebut?»

***

ZÜNDUNG IN 23 STUNDEN, 21 MINUTEN
Im Dunkeln – 31. Oktober 1889, 00:39 Uhr

«Ist er wach?» Die Stimme, eine Frauenstimme, kam von sehr weit weg.

«Weiß nicht genau, Madame.» Diese Stimme genauso. Mit dem Unterschied, dass sich in diesem Fall sofort ein Bild einstellte: ein kanonen-
kugelartiger kahler Schädel, über den sich eine feuerrote Narbe zog. Die
Höhle, in der das linke Auge gesessen hatte, unter einer ledernen Klappe

unsichtbar. «Kann schon sein, dass er wach ist. Aber wenn Sie mal gucken: Wir haben ihm die Augen verbunden. Da kann man das nicht so genau sagen, ob jemand jetzt wach ist.»

Etwas sehr Großes und sehr Hartes explodierte in Lucien Dantez' Magen. Und damit war er jedenfalls endgültig wach. Übelkeit. Sein Magen rebellierte. Er konnte spüren, wie sich seine Eingeweide zusammenzogen, der Mageninhalt sich auf den Weg machte ...

Nein! Panik griff nach ihm. Er wand sich, doch seine Hände und Füße waren an die Lehnen und Beine eines Stuhls gefesselt, und sein Mund ... Ein Knebel füllte würgend seinen Rachen. Einzig durch die Nasenlöcher konnte er noch pfeifend Atem holen. Wenn Erbrochenes in seiner Kehle aufstieg ... Er würde ersticken!

Schweiß lief von seiner Stirn. Die Augenbinde hatte sich während seiner hektischen Bewegungen gelöst. Er erkannte Umrisse, aber sie waren undeutlich. Irgendwo flackerte eine Öllampe, doch das war die einzige Lichtquelle. Maternes Büro: das Letzte, an das er sich erinnerte. Die Tür zum Garten, durch die er Madeleine in die Nacht gestoßen hatte. Die andere Tür, durch die man den Raum im Souterrain vom Chou-Chou aus erreichen konnte. Und Dodos ungeschlachte Gestalt, die diese Tür geöffnet hatte und volle zehn Sekunden gebraucht hatte, um das Offensichtliche in einen Zusammenhang zu bringen: Materne mit durchschnittener Kehle in seinem Schreibtischstuhl. Lucien, der abwartend am Schreibtisch lehnte. Das letzte Bild war die Faust des Türstehers, die auf Lucien zugekommen war. Danach nur noch Dunkelheit.

Noch immer war es nahezu dunkel, doch eindeutig befanden sie sich nicht länger im Büro des Zuhälters. *Sie müssen mich in einen anderen Raum geschafft haben.* Ein Gedanke in seinem Kopf, während sein Magen sich unendlich langsam beruhigte. Aber das, was an Licht vorhanden war, der Hall, der jedes Wort begleitete, war eindeutig. *Wir sind immer noch unter der Erde.*

Dodo stand mit hängenden Schultern zwei Schritte entfernt. Unmittelbar vor dem jungen Fotografen hatte sich eine andere Gestalt aufgebaut, mindestens zwei Köpfe kleiner und ein halbes Jahrhundert älter, in jeder anderen Hinsicht aber wesentlich gefährlicher. Madame Martha, das eisgraue Haar zu einem strengen Dutt gesteckt: Lucien war ihr nur zweimal begegnet bisher, und beim ersten Mal hatte Materne sie als seine *Amme* vorgestellt. Lucien stellte sich dieselbe Frage wie bei jedem Mal wieder: Konnte das womöglich die Wahrheit sein?

Jede Faser des gebrechlichen Körpers war mühsam unterdrückte Energie. Die Alte stützte sich auf ihren Gehstock. Der Knauf bestand aus Perlmutt oder Elfenbein, und Lucien konnte die Form noch immer überdeutlich in seiner Magengegend spüren.

«Du hast den Jungen umgebracht.» Ihre Stimme war ein Krächzen.

Einen Moment lang wog Lucien die Möglichkeiten ab. Die Worte schienen in Wahrheit eine Frage zu sein. Er konnte diese Frage verneinen. Worauf die nächste Frage folgen würde: Wer den Zuhälter denn dann getötet hätte. Lucien konnte antworten, dass ihm dies nicht bekannt sei. Er habe den Verstorbenen bereits in diesem Zustand vorgefunden. Das konnten sie ihm dann glauben – was unwahrscheinlich war. Oder sie konnten sich entschließen, die Wahrheit aus ihm herauszuprügeln. So oder so: Würden sie ihn am Leben lassen? Dieser Ausgang schien denkbar unwahrscheinlich, ganz gleich, was er sagte.

Er entschied sich für jene Reaktion, die zumindest alle Möglichkeiten offen ließ. Er schwieg. Jede Minute, die sie im Unklaren blieben, verschaffte Madeleine Zeit. Zeit, ihr blutbeflecktes Kleid verschwinden zu lassen, ein ausgiebiges Bad zu nehmen, vielleicht sogar einen Empfang aufzusuchen, auf dem man sich später nicht würde erinnern können, ob sie nicht bereits den ganzen Abend dort gewesen war. Sie war Madeleine Royal, der noch in jeder ausweglosen Lage etwas eingefallen war. Im vollständigen Gegensatz zu Lucien Dantez.

«Was sagen wir dazu?» Marthas Stimme hatte sich in ein Zischeln verwandelt. «Monsieur Dantez scheint nicht der Sinn nach einem Gespräch zu stehen.» Sie kam einen Schritt näher an den Gefesselten heran. Ihre Augen waren schwarz; so dunkel, dass sich Iris und Pupille nicht unterscheiden ließen. «Oder was denkst du, Dodo? Können wir sein Schweigen als Geständnis deuten? Wie würde Monsieur Materne in einer solchen Situation verfahren?»

Luciens Blick bewegte sich zur Gestalt des Türstehers. Dodo hatte seine Fingernägel betrachtet, sieben an der Zahl: fünf an der linken, zwei an der rechten Hand. Bei welcher Gelegenheit er die übrigen Nägel – mitsamt den zugehörigen Fingern – eingebüßt hatte, war Lucien nicht bekannt. Jetzt hob der Mann die noch vollständige Hand, tippte gegen seine Augenklappe. «Auge um Auge, hat Monsieur Materne gesagt. Zahn um Zahn. Steht in der Bibel.» Einen Moment lang nachdenkliches Schweigen. «Stehen gute Sachen drin in der Bibel, hat er gesagt. Wenn man mit gottesfürchtigen Leuten zu tun hat. Gibt aber keine gottesfürchtigen Leute auf dem Montmartre nicht.»

«Oh ja, unser Monsieur Materne kannte die Welt.» Wie Martha die Worte aussprach, klangen sie nach einem frommen Seufzen. «Und weißt du auch noch, was man auf dem Montmartre stattdessen tun sollte?»

Konzentriertes Schweigen. «Doppelt!» Die Erinnerung kam offenbar sehr plötzlich. Zur sichtbaren Freude des Türstehers, dass sie noch da war. «Immer doppelt, sagt Monsieur Materne. Erinnern Sie sich an den Flinken Luigi, Madame Martha, von den Savoyern an der Rue Saint-Rustique? Der das mit meinem Auge gemacht hat? – Dem haben wir das eine Auge ausgestochen, und dann das andere auch noch. Alle beide haben wir ihm ausgestochen.»

«Ja, natürlich.» Versonnen. «Ich erinnere mich. Er ist daran gestorben, der arme Tropf. Nach einigen Tagen.» Der Nachsatz kam als beiläufige, aber nicht unbedeutende Ergänzung.

Lucien spürte den Schweiß auf seiner Stirn. Sie konnten ihn umbringen. Oder sie konnten ihn *umbringen*. Ganz langsam und sorgfältig, über Stunden und Tage hinweg, und keiner seiner Schreie würde aus diesem Keller ins Freie dringen, selbst wenn sie ihn von dem Knebel befreiten. Was sie mit Sicherheit tun würden, um seine Schreie, sein Heulen und Wimmern auszukosten. Er bäumte sich auf in seinen Fesseln, doch es war sinnlos. *Madeleine*, dachte er, und der Name war wie ein Gebet. Er würde niemals erfahren, ob sein Opfer einen Sinn gehabt hatte, doch jede Minute, die sie mit ihm zu tun hatten, konnte helfen, ihr Leben zu retten.

«Müssten wir ihm die Kehle *zweimal* durchschneiden dann.» Dodo, der mit gedämpfter Stimme über dem kniffligen Problem brütete. «Müssten wir sehr schnell sein, weil er sonst schon tot ist, wenn wir zum zweiten Mal durchschneiden.»

Lucien spannte seine Waden an. Er war Künstler. Er hatte die Anatomie des menschlichen Körpers sorgfältig studiert. Seine Arme würde er nicht freibekommen, doch neben der Kiefermuskulatur waren es die Muskelgruppen in Waden und Oberschenkeln, die die größte Kraft besaßen. Seine Beine ruckten nach vorn ... Der Stuhl ächzte, kippte. Ein abrupter Schlag gegen seinen Hinterkopf. Gleißendes Licht, das vor seinen Augen explodierte und dann – nichts. Für eine ganze Weile.

«Ich fürchte, das ist etwas, das wir nicht akzeptieren können.» Plötzlich waren die schwarzen Augen ganz nah, blickten aus wenigen Zentimetern Entfernung auf Lucien herab. *Herab.* Er lag flach auf dem Rücken, doch wenn er zur Seite sah, was ihm nur in geringem Maße möglich war, stellte er fest, dass er nicht auf dem Boden lag, sondern, ja: Er musste auf einem Tisch liegen, seine Arme und Beine jetzt mit ledernen Gurten an Ort und Stelle fixiert, ebenso sein Rumpf. Auch seinen Hals zwang ein würgender Riemen auf die flache Unterlage. Dafür war der Knebel verschwunden, und er ahnte, was das bedeutete.

«Ein Leben für ein Leben, Monsieur Dantez», flüsterte die Alte. In der Hand hielt sie eine Kerze, mit der sie in seine Augen leuchtete. «Mindestens eins. Sie können doch nicht *ein* Leben nehmen und Ihr eigenes gleich dazu. Das müssen Sie schon uns überlassen.»

Zeit musste vergangen sein. *Gut so.* Wieder hatte er Madeleine Zeit erkauft. Sein Hinterkopf pochte, doch die Schmerzen waren kaum von Bedeutung, wenn ihr Leben mit ihnen gerettet wurde. Er fror. Er war bekleidet, doch erst in diesem Moment fragte er sich, in was für einer Vorrichtung er sich in Wahrheit befand, die Arme seitlich neben dem Körper fixiert, die Beine in einem schmerzhaften Winkel auseinandergespreizt. Ob die Alte und ihr schwachsinniger Gehilfe diese Vorrichtung in der Zeit, in der er ohne Bewusstsein gewesen war, improvisiert haben konnten oder ob sie bereits da gewesen war, Teil der Maschinerie von Maternes Unternehmen, ausersehen, die schwärzesten Lüste derjenigen zu stillen, die nur bereit waren, den Preis dafür zu zahlen.

Martha war für einen Moment aus seinem Blickfeld verschwunden.

Jetzt kehrte sie zurück. Ihre Stimme war ganz dicht an seinem rechten Ohr. «Was aber, wenn es überhaupt nicht notwendig ist, Ihr Leben zu nehmen?» Einen Moment Schweigen, um ihm die Ungeheuerlichkeit der Bemerkung klarzumachen. Die Ungeheuerlichkeit der Hoffnung, die sie bedeutete. Doch dann: «Was ich als Erstes von Ihnen wissen möchte: Wie kann es sein, Monsieur Dantez? Wie kann es sein, dass Sie einem Mann die Kehle durchschneiden, und der gesamte Raum sieht aus wie ein verfluchtes Schlachthaus – und einzig auf Ihrer Garderobe findet sich *nicht ein einziger Tropfen Blut?*»

Sein Herz überschlug sich. Heilige Maria, Mutter Gottes, sie wussten es! Sie wussten, dass nicht er den Zuhälter getötet hatte! Und er war ihnen ausgeliefert. Er war kein Held. Nein, am Ende war er kein Held. Sie konnten ihn stundenlang foltern, bis er sie aus zerfetzten Lippen anflehen würde, ihnen die Wahrheit sagen zu dürfen, bis er …

Im nächsten Moment war jeder Gedanke ausgelöscht. Und es war nicht der Schmerz, der ihn auslöschte. Es war der Gestank nach verschmortem Fleisch, der von seinem Ohrläppchen aufstieg.

***

Zündung in 22 Stunden, 47 Minuten
**Nahe dem Salon Chou-Chou, Paris, 18. Arrondissement –
31. Oktober 1889, 01:13 Uhr**

«Das ist es.» Friedrichs Stimme war heiser. Der Satz war eine Feststellung.

Ein kleiner Platz lag vor ihnen, eine Insel im Gewirr der Gassen an den Hängen des Montmartre. Eine einzige Laterne existierte an diesem entlegenen Ort, am entgegengesetzten Ende des Platzes. Das übrige Licht kam von den Fenstern des mehrstöckigen Gebäudes, das den Salon Chou-Chou beherbergte. Flackernd erschuf es Bewegung in den Einmündungen der Gassen.

Sie näherten sich von der Anhöhe her. Madeleine Royal hatte dem Kutscher einen halben Franc zusätzlich gezahlt, damit er sie ein Stück hügelaufwärts absetzte. Sie müsse etwas prüfen, hatte sie Friedrich mitgeteilt. Sie wolle sich vollkommen sicher sein, bevor sie sich an das Abenteuer machten, bei dem sie auf seine Unterstützung zählte. Zunächst also eine schmale Gasse empor und ... Für Sekunden war Friedrich stehen geblieben wie vom Blitz getroffen. An der Fassade die schweren metallenen Ringe, an denen er den Schimmel angebunden hatte. Daneben die Tür des kleinen Ladengeschäfts, die nicht verschlossen gewesen war. Die Rue Lepic. Das Atelier des Fotografen. Genau an diesem Punkt hatte Friedrich schon einmal gestanden, vor weniger als vierundzwanzig Stunden.

Lucien Dantez. Natürlich, die Verbindung zwischen dem Fotografen und Madeleine Royal war ihm bekannt gewesen. Schließlich hatte er die Porträtfotografie in Dantez' Arbeitszimmer gesehen. Doch wer hätte ahnen können, dass diese Verbindung so eng war, dass die Frau bereit war, ihrer beider Leben für den Fotografen zu riskieren? Lucien Dantez. Er war der Grund für das Unternehmen dieser Nacht.

Die Finger der Kurtisane hatten gezittert, als sie die Klinke niederdrückten. *Lucien?* Voll verzweifelter Hoffnung. Doch das Atelier war leer gewesen, wie es auch in der vergangenen Nacht leer gewesen war. Unverrichteter Dinge hatten sie das Ladengeschäft wieder verlassen. Einige Straßen die Anhöhe hinab, während sie ihn knapp über ihre Absichten unterrichtet hatte. Soeben schickte Madeleine Royal sich an, den Platz vor dem Chou-Chou zu betreten, doch in diesem Moment legte Friedrich die Hand auf ihren Arm.

«Ein letztes Mal.» Er sah ihr in die Augen. «Sie gehen also davon aus, dass Monsieur Dantez in diesem Gebäude festgehalten wird, weil man ihm einen Mord unterstellt. Den Mord an diesem Materne. Sie haben mir versichert, dass unser Unternehmen mit der Ehre eines Offiziers vereinbar ist. Geben Sie mir Ihr Wort, dass der Mann die Tat nicht doch begangen hat? Ihr Ehrenwort auf ... Was auch immer Ihnen heilig ist?»

Wenn sie verärgert war, zeigte sie das nicht. Sie schien einen Moment zu überlegen, dann legte sie den Kopf in den Nacken. «Auf die Sterne?», schlug sie vor.

«Wenn das Ihr Wunsch ist: auf die Sterne. Geben Sie mir Ihr Wort, dass wir keinen Schuldigen da rausholen.»

«Nun, Hauptmann.» Sie schürzte die Lippen. In ihren Augen ein kurzes, mutwilliges Funkeln. «Ich weiß natürlich nicht, wie das Verfahren in Berlin oder Potsdam aussieht. Aber in Frankreich finden Gerichtsprozesse für gewöhnlich nicht in Hurenhäusern statt. Und es sind auch nicht die Schläger dieser Hurenhäuser, die die Urteile fällen und vollstrecken. Ganz gleich, ob der Betreffende nach den Buchstaben des Gesetzes schuldig ist. Und ich wüsste auch nicht, wie es die Ehre von *irgendjemandem* beeinträchtigen sollte, wenn wir ihn vor dem bewahren, was man dadrin mit ihm anstellen wird. – Doch wenn es Sie beruhigt: Lucien Dantez ist unschuldig. Mein Wort bei allem, was Sie wollen.»

Friedrich brummte etwas vor sich hin. Wie machte sie das nur, ihn wieder und wieder auf dem falschen Fuß zu erwischen? Nicht allein, dass er ernsthaft mit einer Dirne über Ehre diskutierte. Obendrein schien diese Dirne auch noch eine ganz klare Vorstellung zu besitzen, wie Ehre eigentlich aussah. Eine beängstigend *logische* Vorstellung.

Noch einmal hielt er sie zurück: «Ich habe Ihr Wort? Ganz gleich, was wir in diesem Haus vorfinden. Auch wenn der Mann nicht dort ist. Auch wenn er nicht mehr am Leben ist: Unsere Vereinbarung gilt? Sie finden heraus, warum der Sekretär mir nachstellt.»

«Unsere Vereinbarung gilt.» Sie musterte ihn von oben bis unten. «Aber so wenig wie Sie mir einen Erfolg garantieren können, kann ich Ihnen versprechen, dass ich mit einer Antwort zurückkomme. – Wie es aussieht, Friedrich von Straten, ist das unser beider Risiko bei diesem Geschäft.»

Friedrich sah die Schatten. Schatten der Erschöpfung um ihre Augen, die ihren Zauber dennoch um keine Spur beeinträchtigten. Diese Frau besaß eine Stärke, wie er sie selten bei einem Menschen erlebt hatte, ausgenommen vielleicht bei jener Frau, die seine Mutter war. Und doch war jene Stärke in dieser Nacht erschüttert worden. An der Promenade war sie außer sich gewesen nach der erneuten Begegnung mit dem Zuhälter, Dingen, die sich in dem Etablissement zugetragen haben mussten und über die sie nicht hatte sprechen wollen. Doch stand das überhaupt in Frage? Materne war tot, und ihr Kleid war blutbefleckt. Ein preußischer Offizier, der mit einer *Mörderin* paktierte? Seltsamerweise spielte das kaum eine Rolle.

Er holte Luft. «Was halten Sie davon, wenn ich allein in das Haus gehe?», schlug er vor. «Nicht, weil ich auf die Idee kommen könnte, dass Sie Angst haben.» Eilig hinzugefügt. «Aber man kennt Sie dort. Das würde wahrscheinlich alles schwieriger machen. Ich dagegen ...» Er hob die Schultern. «Wenn es Häuser gibt, in denen fremde Männer nicht weiter auffallen, fremde Männer, die aussehen, als ob sie etwas Geld in der Tasche hätten ... Ich denke, das dürften dann Häuser wie das Chou-Chou sein.»

Er spürte ihre Augen auf sich. Wachsamer als zuvor. «Ist das so, Friedrich von Straten?»

Er nickte. «Doch, da bin ich mir sicher. Und wie Sie selbst gerade sagten: Wir haben beide unser Risiko. Monsieur Dantez da rauszuholen, ist mein Teil des Geschäfts.»

Ihre Augen hatten sich zusammengezogen. «Und Sie glauben, dass Sie ihn finden würden? Sie sind noch niemals in diesem Haus gewesen. Er ist im Souterrain, das habe ich Ihnen erzählt, doch selbst wenn Sie den Weg dorthin finden würden, ohne dass man sie aufhält, und ich kann Ihnen versichern, dass es äußerst ungewöhnlich ist, wenn Gäste das Souterrain aufsuchen, es sei denn auf spezielle Einladung ... Sie werden ihn nicht freiwillig hergeben, und das wird zumindest Lärm machen. Fänden Sie auch wieder hinaus, wenn Sie ihn haben? Durch den Garten womöglich? Ich habe jahrelang in diesem Haus *gelebt*, Hauptmann. Und ich bin heute schon einmal auf genau diesem Wege entkommen. Was spricht *wirklich* dagegen, dass wir beide gehen?»

«Ich ...»

«Ich habe mein Leben lang meine Schulden bezahlt.» Ihre Augen hatten sich in Eis verwandelt. «Und ich habe keine Ahnung, was ich bei Longueville erreichen werde. Unter Umständen werde ich *nichts* erreichen, während Sie dort drinnen auf alle Fälle Ihr Leben aufs Spiel setzen werden. Ihr Leben für ein Nichts? – Oder denken Sie möglicherweise anders?» Ihre Stimme senkte sich. «Glauben Sie möglicherweise, dass es dem *Ehrencodex eines preußischen Offiziers* so ganz und gar entsprechen würde, einem hilflosen gefallenen Mädchen selbstlos seine starke Schulter anzubieten?»

«Ich ...» Er verstummte, biss die Zähne zusammen. Sie erkannte einfach zu viel. Doch konnte sie nicht dieses eine Mal ...

«An Geschenken bin ich nicht interessiert, Hauptmann», sagte sie brüsk. «Sparen Sie sich Ihre Mildtätigkeiten. Ich lebe dieses Leben, seit ich zwölf Jahre alt bin, und bis heute habe ich hervorragend ohne Sie überlebt.»

«Aber ich ...» Er holte Atem. Sie stand vor ihm in ihrem zerknitterten, blutbefleckten Kleid.

«Ich sehe, dass da noch etwas anderes ist», sagte er mit leiser Stimme. «Soviel Sie mir auch über diesen Materne erzählt haben. Dass es einen Grund geben muss, aus dem das alles gerade heute geschieht. Irgendetwas ist seit gestern passiert, irgendein Schatten ...» Er schüttelte den Kopf. Er wusste selbst nicht zu sagen, woher er diese Gedanken nahm, aber er spürte, dass etwas *da* war. «Wäre es so schlimm, mir davon zu erzählen?»

Ihre Haltung war erstarrt. Noch immer ging eine ungeheure Stärke von ihr aus, und dennoch hatte sich etwas verändert. Starr, gerade und aufrecht, dachte er. Nicht zu beugen. Doch für diesen einen Moment: zerbrechlich wie Glas. Musik irgendwo aus der Dunkelheit. Nicht aus dem Chou-Chou, sondern aus einem entfernteren Gebäude. Diese Stadt kannte keinen Schlaf, und ihre Nächte waren von einem eigenen Leben erfüllt. Und sie, Madeleine Royal, war das Herz dieser Stadt. Ein Herz, das für einen winzigen Moment ausgesetzt hatte.

Sie nahm einen einzelnen, schweren Atemzug. Er sah, wie ihre Brust sich bewegte. «Wie es scheint, sehen Sie mehr als andere Männer, Friedrich von Straten.» Sie sprach in einem Tonfall, den er beim besten Willen nicht einordnen konnte. Für eine Sekunde Schweigen. «Und was Ihre Frage anbetrifft: Ja. Ja, es wäre so schlimm. – Wir gehen beide», schloss sie kühl, und jetzt war sie ganz und gar zurück. «Oder wir vergessen unser Geschäft. Sie haben die Wahl, Hauptmann.»

Er stieß den Atem aus. Tausend Dinge lagen ihm auf der Zunge, doch er wusste, dass es jetzt sinnlos war. «*Quid pro quo*», murmelte er. «Gehen wir.»

Entspannte sich ihre Haltung? Es war zu kurz, um etwas wahrzunehmen. Ihre Hand. Plötzlich schloss sie sich um seinen Unterarm, zog ihn zurück in die Schatten, dass er beinahe stolperte. Er öffnete den Mund, doch im nächsten Moment sah er es.

Bewegung in den Gassen, die vom Boulevard de Clichy auf den Platz vor dem Hurenhaus führten. Gestalten, es waren viele, und auf der Stelle erkannte er, dass es keine müßigen Flaneure waren. Sie bewegten sich, so lautlos wie es Männern in schweren Stiefeln möglich war, die Waffe am Gürtel. Zwei Dutzend von ihnen, drei? Unter einer Gruppe von Bäumen, dem Chou-Chou gegenüber, schienen sie sich zu sammeln. An ihrer Absicht konnte kein Zweifel bestehen.

***

Zündung in 22 Stunden, 36 Minuten
**Nahe dem Salon Chou-Chou, Paris, 18. Arrondissement –
31. Oktober 1889, 01:24 Uhr**

«Mit anderen Worten: Sie haben überhaupt nichts.»

Général Auberlon war kein Mann der unnötigen Worte. «Sie haben einen toten Zeugen», zählte er auf. «Sie haben eine Spur, von der Sie selbst zugeben, dass unser Gegner sie Ihnen aufs Auge gedrückt hat. Und Sie haben zwei Gesichter, von denen Sie nicht wissen, zu wem sie gehören. Am wahrscheinlichsten zwei Halunken, die nach einer Gelegenheit Ausschau gehalten haben, im Vernet das Tafelsilber mitgehen zu lassen. Ist das korrekt formuliert, Agent Marais?»

«Korrekt.» Marais nickte ruhig. «Und vollständig.»

«Wenn es vollständig wäre!» Der Général stützte sich auf seinen Stock und humpelte ein paar Schritte nach vorn, um durch das herbstliche Laubwerk auf den mehrgeschossigen Bau des Chou-Chou zu spähen. «Seit heute Nachmittag steht das Gelichter dieser Stadt Schlange vor dem Dienstgebäude der Behörde. Gelichter, dem *Sie* auf Kosten des Bureau Absinth versprochen haben!»

«Unsere Vereinbarung lautete dahingehend, dass *ich* nicht trinken werde, solange wir mit dieser Ermittlung befasst sind. Was meine Quellen anbetrifft ...»

«So sind diese Quellen ausgetrocknet und bodenlos obendrein, was den Verzehr von Absinth anbetrifft.» Ein Schnauben. «Wir haben nichts. Überhaupt nichts. Wir haben ein neues Rätsel. Ein Rätsel, das mit Ihren Ermittlungen nicht das Geringste zu tun hat. Wir haben einen Einbruch im Kabinett des außerordentlichen Sekretärs in der Conciergerie. Und Longueville besteht darauf, es sei nichts weggekommen. Vielmehr ist etwas dazugekommen.» Ein Griff in seine Uniformjacke. Ein Stutzen. Dann ein neuer Griff, mit der anderen Hand, in die andere Hälfte der Uniformjacke. Sollten die Betreiber des Chou-Chou Lunte riechen, was sich vor dem Hurenhaus zusammenbraute, stand der Verantwortliche jedenfalls fest. Bei jeder Bewegung gab die ordenbesetzte Uniformbrust des Générals ein Klimpern von sich, als ginge auf dem Platz vor den Toren des Bordells ein Geldregen nieder. Ein Schlüsselreiz in diesem Teil der Stadt.

Auberlon holte etwas aus der Jacke hervor, einen Stapel Fotografien, den er Alain Marais präsentierte. Und nur ihm. Sehr bewusst schien er seinen Rücken zwischen Pierre Trebut und die Beweisstücke zu bringen, was im Ergebnis keinen entscheidenden Unterschied machte bei einem Mann, den selbst sein allererster Dienstherr überragt haben musste. Der erste Napoleon.

«Ich denke, wir können Candidat Trebut den Anblick zumuten», bemerkte Marais beiläufig. «Er ist alt genug, um an der kommenden Wahl teilzunehmen.»

Auberlon brummte etwas, veränderte dann aber den Winkel, in dem er die Fotografien hielt. Im nächsten Moment wünschte Pierre Trebut, er hätte es nicht getan. Die Fotografien zeigten einen Mann – und eine Frau. Jene Frau, deren entseelter Körper in dieser Nacht auf den Stufen des Palais Rocquefort gefunden worden war. Marais hatte bereits angedeutet, dass sie auf den Aufnahmen zu sehen sein sollte, und zwar in höchst lebendigem Zustand. Doch so sah sie nicht aus. Die Frau war krank, auf den ersten Blick war das zu erkennen. Sie war abgemagert, und was der Mann mit ihr tat …

«Dieser Mann heißt Materne», knurrte der Général. «Er ist der Inhaber des Etablissements, das Sie vor sich sehen. Der Präfekt der Polizei hat seit Jahren ein besonderes Auge auf ihn, konnte ihm allerdings bis heute kein konkretes Vergehen nachweisen.»

«Was Verschiedenes bedeuten kann», murmelte Marais.

«In erster Linie bedeutet es, dass Monsieur Materne offenbar außergewöhnlich erfolgreiche Geschäfte macht.» Auberlon mit gesenkter Stimme. «Wenn er in Schmiergelder in einer entsprechenden Größenordnung investieren kann.» Er warf einen Blick über die Schulter. Der Général und seine beiden Sonderermittler waren die einzigen Beamten des Deuxième Bureau auf dem verwinkelten Platz. Auf diese Art von Einsätzen waren andere Behörden der Republik spezialisiert, die Gendarmerie oder hier in der Stadt die Polizei. Wie auch immer es dem alten Mann gelungen war, dem Präfekten eine Mannschaft von jener Stärke, die sich am Rande des Platzes sammelte, abzutrotzen. Doch die Männer, die er ihnen an die Seite gestellt hatte, hielten Abstand.

«Materne.» Auch Marais sprach leiser. «Mit einem M am Anfang.»

«Mit einem M am Anfang», bestätigte der Général, während er die oberste Fotografie umdrehte. «Jedenfalls nicht mit einem R. – Und genauso wenig auch *hier* ein R. Der Stempel auf der Rückseite weist die Fotografien als Arbeit aus einem Atelier an der Rue Lepic aus. Dem Atelier Dantez, welches die Agenten Lemond und Trichêt in diesen Minuten aufsuchen.»

«Ohne einen Begleiter aus den Reihen der Polizei?»

«Ohne einen solchen.» Keine Veränderung in der Faltenlandschaft auf dem Gesicht des Alten. Ein kurzes Funkeln möglicherweise in Richtung Alain Marais'. Ein Funkeln, das in den Augen des Agenten Antwort fand. Damit schien alles gesagt zu sein.

Pierre wurde nicht einbezogen, doch worum es ging, lag auf der Hand. Das Gerangel um Kompetenzen zwischen Polizei, Gendarmerie und Deuxième Bureau war eine Tatsache. Dass dem Präfekten der Polizei nicht vollständig zu trauen war, wenn der Montmartre ins Spiel kam, war selbst in jenes Büro auf dem untersten Flur der Behörde gedrungen, das sich Pierre Trebut mit Claude Guiscard teilte. Sehr sorgfältig musste Auberlon seine Möglichkeiten abgewogen haben. Zwei Zugriffe an ein und demselben Abend. Die Operation gegen das Hurenhaus war die gefährlichere. Den einen oder anderen Schläger beschäftigte jedes Etablissement, das etwas auf sich hielt. Eine Mannschaft der Polizei hinzuzuziehen war nur vernünftig. Die wichtigere Aktion dagegen würde an der Rue Lepic stattfinden. Schließlich hatten die Fotografien auf Sekretär Longuevilles Schreibtisch gelegen. Wenn der Einbruch dort auf das Konto ihres Widersachers ging, dann musste er Kontakt zum Fotografen haben – und nicht zwangsläufig zum Betreiber des Bordells. An genau diesem Punkt stockte Pierres Gedankengang. Warum sollte der Täter auf diesen Kontakt so offensichtlich hinweisen?

«Genau wie an der Rue Matignon», murmelte Pierre Trebut. «Preußische Blausäure. Ein Geheimfach voller deutscher Akten, das Agent Marais mit verbundenen Augen gefunden hätte. Es ist eine Spur, auf die er uns mit der Nase stößt.»

Marais warf ihm einen Seitenblick zu. «Möglicherweise ja.»

«Und möglicherweise auch nicht.» Der Général, der sich im nächsten Moment umwandte, als der Befehlshaber der uniformierten Polizisten sich näherte, ein Lieutenant, nur wenige Jahre älter als Pierre.

Ein kurzer Salut dem Général gegenüber. Der ranghöchste Vertreter der Polizei vor Ort gegenüber dem ranghöchsten Angehörigen des Bureau; und wenn ein ganzes Dutzend Dienstgrade zwischen den beiden Männern lagen. Alain Marais und Pierre Trebut nahm der Lieutenant nicht zur Kenntnis.

«Wir werden das Gebäude stürmen», teilte er dem Général mit.

Auberlon betrachtete ihn, den Kopf auf die Seite gelegt. «Ich gehe davon aus, dass Sie sich der unterschiedlichen Möglichkeiten vergewissert haben?»

«Das hier ist der Montmartre, Général. Wir können von Glück sagen, dass uns noch niemand entdeckt hat. Wir können nicht länger warten.»

«Es sind Ihre Beamten», bemerkte der alte Mann. Bildete nur Pierre sich einen gewissen Unterton ein, der in den Worten mitschwang? Schließlich hatte er den Vorabend mit Auberlon verbracht und war Zeuge des Gesprächs mit Marais geworden. Der Général konnte eine Menge sagen mit einer beiläufigen Bemerkung. Sogar mit dem, was er *nicht* sagte.

«Richtig.» Der Lieutenant straffte sich. Mit seinem unförmigen hohen *képi* überragte er den alten Mann um mehr als zwei Köpfe. «Ich wollte mich vergewissern, dass Ihre Leute aus dem Weg bleiben.»

414

Die *Leute*, die er noch immer keiner Beachtung würdigte, warfen dem Mann einen distanzierten Blick zu.

«Verstehe», murmelte der Général. «Wobei Ihnen natürlich bekannt ist, dass dieser Einsatz eine Ermittlung berührt, die *Agent Marais* und *Agent Candidat Trebut* namens meiner Behörde führen. Mögliche Spuren ...»

«Meine Männer werden das Gebäude sichern.» Kurz und zackig. «Dann können Ihre Leute sich ohne Gefahr umsehen.»

Ohne Gefahr, dass wir irgendetwas entdecken, was die Polizei und ihren Präfekten in Verlegenheit bringen könnte, dachte Pierre düster. Er warf einen Blick auf Alain Marais. Aus der Miene des Agenten war nichts zu lesen.

«Wenn Sie Ihre Leute jetzt anweisen würden?» Der Lieutenant, an den Général gerichtet. Nur der Form nach eine Frage.

«Sicherlich», murmelte Auberlon. «Sicherlich.» Schwer auf seinen Stock gestützt, wandte er sich zu seinen Mitarbeitern um. «Wenn Sie beide dort reingehen ...» Wie zwei winzige spitze Kiesel richteten sich seine Augen auf die beiden Ermittler. «... und Monsieur Materne und seine Getreuen schießen Sie über den Haufen – werden es dann unsere wackeren Streifenpolizisten sein, die Ihre aktuelle Ermittlung zu Ende führen? Was denken Sie, Agent Marais? Agent Candidat Trebut?» Pause. «Lassen Sie die Herren von der Polizei ihre Arbeit tun. Sie halten sich hinten, ist das klar?»

Pierre Trebut konnte beobachten, wie Marais die Kiefer aufeinanderpresste und die Sehnen an seinem Hals schmerzhaft hervortraten. Die einzige Laterne auf dem gesamten Platz stand nicht zu weit entfernt. Der Agent nickte, ruckartig, wie die Klinge der Guillotine, die sich aus ihrer Verankerung löste.

«D'accord», murmelte Auberlon. Dann folgte er dem Lieutenant, der mit militärischen Schritten zu seinen Männern stolzierte.

Düster sah Marais den beiden hinterher. Sie hatten versagt. Pierre spürte es ebenfalls. Den ganzen Tag waren sie Spuren nachgejagt, und am Ende hatten diese Spuren ins Nichts geführt. Hatten sie es besser verdient? Dies war eine völlig andere Fährte, die mit ihren Ermittlungen nichts zu tun hatte. Wenn sie die Chance bekamen, das Gebäude in Augenschein zu nehmen, nachdem die Polizisten dort fertig waren, konnten sie sich fast noch glücklich schätzen.

Alain Marais hatte abgewartet, bis die Gestalt des Généräls in den Reihen der Einsatzkräfte verschwunden war. Jetzt wandte er sich auf dem Fuße um.

«Agent Marais?» Schon hatte Pierre ihn eingeholt. «Was haben Sie vor? Gehen wir zum Atelier?»

«Zum Atelier?» Ein Brummen. «Ich habe Zweifel, dass dem Lieutenant das recht wäre. Könnte ebenfalls gefährlich sein. Giftige Gase aus der Entwicklerkammer. Lemond und Trichêt werden dort schon zurechtkommen. Wir sind Mitarbeiter des Deuxième Bureau, Pierre Trebut. Angehörige des Militärs der Französischen Republik und selbstverständlich an unsere Befehle gebunden. Wir sind die letzte Gefechtslinie, die noch zwischen dieser Kreatur und ihren Zielen steht. – Ich spreche von unserem Gegner, nicht vom Präfekten und seinen Mitstreitern.»

«Ver... verstehe», murmelte Pierre. Was eine glatte Lüge war. Marais hatte sich nach rechts gewandt, in eine Gasse hinein, ein Stück hügelaufwärts. Zwei Gestalten, ein Mann und eine Frau, wenn der junge Beamte es richtig erkannte. Sie wichen zurück, als die beiden Agenten sich näherten, doch das konnte kaum überraschen. Schließlich befanden sie sich mitten auf dem Montmartre, und natürlich waren die Straßen nicht leer um diese Nachtzeit. Nicht leer und nicht ungefährlich. Menschen mit Verstand sahen zu, dass sie allem aus dem Weg gingen, mit dem sie nichts zu tun hatten.

Wenige Meter entfernt blieb der Agent stehen. «Das Nachbarhaus», murmelte er.

«Wie?»

«Mitkommen!» Marais näherte sich dem Gebäude, doch er hielt sich im Schatten, hielt sich sogar noch weiter rechts, wo der Bau gegen ein weiteres Gebäude stieß, vom freien Platz, auf dem sich die Polizisten sammelten, nicht einsehbar. Nein, die Fassaden stießen nicht aneinander: ein Durchlass, kaum mannsbreit. Der Zugang zu einem Hinterhof.

«Was haben Sie vor?», wisperte Pierre.

«Einen Befehl ausführen.» Ein knapper Blick in seine Richtung, dann war Marais im Durchlass verschwunden, Pierre auf seinen Fersen. «Wir halten uns *hinten*», erklärte der Agent, seine Stimme einen Moment lang dumpf zwischen den Mauern des Hohlwegs. Im nächsten Augenblick traten sie in den Hinterhof, der bedeutend größer war, als Pierre erwartet hatte. Gemüsebeete, Beerensträucher, soweit im Zwielicht auszumachen. Ein versteckter Garten, der linker Hand an einer schemenhaft erkennbaren Mauer endete. Einer Mauer, die ihn vom Grundstück des Chou-Chou trennte.

«Sie ...» Pierre blieb stehen. *«Sie halten sich hinten»*, flüsterte er. «Sie wollen sagen, der Général *wollte* ...»

«Ich will sagen, dass Philippe Auberlon bereits das Gemetzel von Waterloo überlebt hat. Halten Sie einen Grünschnabel von Polizisten für eine ernsthafte Herausforderung für einen solchen Mann?»

Beinahe ehrfürchtig schüttelte Pierre den Kopf. Doch das bekam Marais schon nicht mehr mit. Schnurstracks hielt er auf die Gartenmauer zu, quer durch ein Kohlbeet, das auf den ersten Frost harrte. Die Grundstücksbegrenzung war knapp mannshoch und bestand aus grob übereinandergemauerten Feldsteinen. Kein ernsthaftes Hindernis.

Marais wuchtete sich hinauf, war im nächsten Moment verschwunden. Pierre folgte ihm, zuckte kurz zusammen, als sein Fuß abrutschte – derselbe Fuß, den er sich auf dem Dach an der Rue Richard Lenoir verletzt hatte –, dann war er auf der anderen Seite.

Es war nicht dunkel. Das war das Erste, das ihm auffiel. Nahezu sämtliche Fenster des Bordells waren erleuchtet und warfen ihr Licht auf eine parkartige Anlage. Der Mann namens Materne schien nicht allein eine unbekannte Zahl an Huren, sondern auch einen Gärtner zu beschäftigen. Ein kiesgestreuter Weg führte auf den mehrstöckigen Bau des Hurenhauses zu.

Marais war bereits mehrere Schritte voraus. «Eine Treppe», murmelte er.

«In den Keller», flüsterte Pierre.

Wenn der Agent ihm Antwort gab, so wurden seine Worte übertönt. Lärm von der anderen Seite des Hauses. Die Männer des Präfekten begannen ihren Sturmangriff. Fäuste, die auf der Straßenseite gegen die Tür hämmerten, Gewehrkolben, die Fensterglas durchschlugen, ohne auch nur abzuwarten, ob möglicherweise ganz freiwillig geöffnet wurde. Alles, was noch fehlte, war lautes Kriegsgeschrei.

Marais war die Stufen hinab. Nein, die Treppe führte nicht in einen Keller, sondern in ein wohnliches Souterrain. Ein Büroraum, eines der Fenster ging zu den Stufen, und das Zimmer war erleuchtet. Das Türschloss kostete den Agenten keine fünf Sekunden. Er hob die Hand zum Zeichen an den Jüngeren zurückzubleiben, trat in den Raum, sah sich sichernd um. Dann eine Geste an Pierre, ihm zu folgen.

Der junge Beamte kam hinterher – und blieb wie vom Donner gerührt stehen. Blut. Von draußen war es nicht zu sehen gewesen, doch der schwere Schreibtisch, die sündig weichen Ottomanen, die kostbaren Teppiche: Blut. Als hätte eine Schlacht stattgefunden in dem Raum, bei dem es sich um das Arbeitszimmer des Zuhälters handeln musste.

«Was hat das zu bedeuten?», flüsterte Pierre.

«Etwas, das uns ganz und gar nicht gefallen wird.» Marais war hinter den Schreibtisch getreten, riss eine Schublade auf, eine zweite. Dann stieß er ein Geräusch aus, das sich nur als zufriedenes Grunzen bezeichnen ließ. Der Agent hielt einen Revolver in der Hand, prüfte die Trommel. «Sie bleiben hinter mir!», wies er Pierre Trebut an, während er zur Tür eilte und öffnete.

Ein langgestreckter Korridor. Die beiden Agenten bewegten sich rasch. Die Geräusche über ihnen waren lauter geworden. Stimmen. Auseinandersetzungen? Schüsse waren nicht zu hören. Noch nicht.

Am Ende des Korridors eine zweite Tür. Marais öffnete, den Revolver in Bereitschaft. Dunkelheit. Lediglich aus dem Korridor drang ein Lichtschimmer in den Raum, aus dem eine schmale Treppe zu den Räumen des Chou-Chou führte. Eine Treppe, und am Ende dieser Treppe …

Pierre kniff die Augen zusammen: ein Umriss. Hüfthoch und unregelmäßig, auf dem Absatz am Ende der Stufen, unmittelbar vor der Tür, die in das Entrée des Hurenhauses führen musste. Ein Bücherstapel? Aufgetürmte Gerätschaften? Irgendetwas, das nicht zu erkennen war und unmittelbar unter der Türklinke endete. Die Türklinke: Sie wurde betätigt, senkte sich, und …

«*Sainte Marie, Mère de Dieu*», flüsterte Marais.

«Agent ...» Pierre kam nicht weiter. Marais stieß ihn zurück, heftig gegen die Brust. Für eine Sekunde nur ein Eindruck von ... Pierre konnte es zu keinem vollständigen Bild fügen. Riemen und schwere Zahnräder, die an ein Mahlwerk erinnerten, ein Mahlwerk allerdings, das sich selbsttätig bewegte. Eine *Maschine*. Der Umriss vor der Tür zum Entrée, die sich noch immer nicht öffnete, obwohl weiterhin an ihr geruckelt wurde. Die allererste Bewegung der Klinke musste die Maschine, den Mechanismus in Gang gesetzt haben. Ein tiefes regelmäßiges, *unheilvolles* Klicken, mit dem die Zahnräder ineinanderfassten.

«Laufen Sie!», brüllte der Agent.

Pierre lief. Lief, ohne zu überlegen: durch den Korridor, durch den Büroraum, keuchend, Alain Marais in seinem Rücken. Das Klicken: Unmöglich, dass es noch zu hören war außer in seinem Kopf, ein Mechanismus, der Sekunden rückwärts zählte wie das Gehäuse einer gigantischen Uhr.

Die Uhr! Die Berneau'sche Uhr! Die Zeiger! Fünf Minuten vor zwölf! Gedanken in seinem Kopf, als er die Stufen emporstürmte, hinaus in den Garten. Die Zeiger. Jules Crépuis und Pascal Morimond. Die Zeiger, die stehengeblieben waren. Sie waren wieder in Bewegung und ...

Ein Laut, wie er ihn noch niemals gehört hatte. Eine versengende Woge aus Feuer ging über die beiden Ermittler hinweg.

TEIL SECHS

31. Oktober 1889
Le matin / Am Morgen

ZÜNDUNG IN 17 STUNDEN, 00 MINUTEN
**Hôtel Vernet, Paris, 8. Arrondissement –
31. Oktober 1889, 07:00 Uhr**

«Einen Moment, Madame. So, und jetzt noch ...»

Ein kurzes Ächzen. Celeste Marêchal konnte nicht mit letzter Sicherheit sagen, ob es von dem schweren Riegel stammte, den Gustave aus der Führung löste, oder ob der alte Mann selbst das Geräusch von sich gab.

Die Doppeltüren des Hôtel Vernet schwangen auf. Kalte Luft schlug ihr entgegen, und sie trat einen Schritt zurück. Ihre Mitarbeiter hatten es mit jedem Morgen eiliger, in die Wärme des Foyers zu kommen, die Hände in den Taschen ihrer Mäntel vergraben. Es war nicht länger zu leugnen: Der Sommer war endgültig vorbei. Und mit ihm, dachte Celeste, auch die Exposition Universelle, in wenigen Stunden jedenfalls. Binnen Wochenfrist würden die Gläubiger in ihrem Büroraum stehen, mit mitleidlosem Blick auf die Zahlen, welche das bevorstehende Ende des Vernet verkündeten. Zumindest was das Vernet unter der Leitung Celeste Marêchals anbetraf.

Bertie war nicht gekommen. Ihre letzte Hoffnung hatte sich in Luft aufgelöst. *Ich sollte verzweifelter sein als je zuvor*, dachte sie. Doch war sie in den vergangenen vierundzwanzig Stunden auch nur zum Nachdenken gekommen?

«Bonjour, Madame.»

«Bonjour, Monsieur Serge.»

Der Concierge verneigte sich knapp. Müdigkeit sprach aus seinem Gesicht, und konnte das überraschen? Es war ein Akt der Verzweiflung gewesen, als Celeste eines der Mädchen der Nachtschicht zu seiner Wohnung geschickt hatte, mit der Bitte, der Uhrzeit und seinem freien Abend zum Trotz noch einmal ins Hotel zu kommen. *Um nach dem Mann zu suchen, der sich seinerseits auf der Suche nach unserem wichtigsten Gast befindet, der uns bedauerlicherweise abhandengekommen ist.* Was sie der schwatzhaften Giselle natürlich nicht erzählt hatte. Serge dagegen hätte sie es anvertraut. Was wäre ihr anderes übriggeblieben? Einzig sein Gebrechen hatte den Colonel daran gehindert, ruhelos in Celeste Marêchals Büroraum auf und ab zu laufen wie ein Tiger im Käfig. Grummelnd und brummelnd hatte er in seinem Fauteuil gesessen, und aus irgendeinem Grund hatte Celeste seine Anwesenheit sogar als tröstlich empfunden. Weil sie die Sorge dieses unmöglichen Menschen in diesem Fall verstehen konnte. Und weil seine Gegenwart sie von ihrer eigenen Sorge abgelenkt hatte, der Sorge um das Mädchen Charlotte. Und was nun Serge anbetraf ... Am Ende hatte er dann überhaupt nicht zu seiner Mission aufbrechen müssen. Berties Sohn war wieder da und mit ihm der junge Fitz-Edwards, doch unter welchen Umständen und in welchem Zustand ...

«Bonjour, Madame.»

Ein kurzes Lächeln huschte über Celestes Gesicht. *Alles hatte ein Gutes.* Charlotte nickte ihr etwas schüchtern zu, und für diesen einen Moment verspürte Celeste Marêchal nichts als Dankbarkeit. Der junge Eddy hatte zwei Begleiter, die für ihn verantwortlich waren. Die Verantwortung für Charlotte trug Celeste Marêchal. Wie für jeden ihrer Mitarbeiter.

«Bonjour, Charlotte.» Sie musterte die junge Frau. Sie sah sehr viel besser aus als gestern, die Haare sorgfältig hochgesteckt wie ein Mädchen, das Wert legte auf seine Erscheinung. Sie trug ein schlichtes Tageskleid, unter dem die Schwangerschaft tatsächlich unsichtbar war. Kleidung für die Küche würde Ference ihr zurechtlegen.

Celeste stutzte, als sie feststellte, dass sie das Mädchen in der Tat mit besonderer Aufmerksamkeit betrachtete. Wie sie an diesem Morgen auf jeden und alles im Vernet ein besonderes Augenmerk richtete. Doch war das nicht ganz und gar angemessen, wenn sie mit einem Besuch des Deuxième Bureau zu rechnen hatte? *Eine Mission, die keinen Aufschub duldet.* Was sich ohnehin von selbst verstand, wenn das Bureau seine größte Legende reaktiviert hatte. *Alain. Alain Marais.*

Zehn Jahre, dachte sie. *Zehn Jahre meines Lebens.* Wie viele dieser zehn Jahre hatte Celeste Marêchal gebraucht, bis sie es wirklich akzeptiert hatte: dass er fort war, mit ziemlicher Sicherheit nicht mehr am Leben? *Der Mann, für den ich um ein Haar all das hier aufgegeben hätte,* dachte sie. *Um mit ihm davonzulaufen, in Amerika ein neues Leben anzufangen.* Und nun war er wieder da, und mit einem einzigen Blick in sein Gesicht war klar gewesen, dass er nicht ihretwegen gekommen war. Dass es tatsächlich nur seine Ermittlung war, die ihn dazu gebracht hatte, das Vernet aufzusuchen. *Alain.* Es hatte Tage gegeben, gerade am Anfang, an denen sie alles getan hätte, nur um noch einmal in sein Gesicht zu sehen. Nur um zu wissen, dass er am Leben war. Und nun war er wieder da, ausgerechnet heute.

«Madame?» Mit einem etwas irritierten Blick sah das Mädchen sie an.

«Nichts.» Celeste straffte sich. Keine Gedankenausflüge! Diesen letzten Tag noch durchstehen, das Gespräch mit Alain, ohne ihn mit dem Briefmesser zu erdolchen. Dem verflixten Hornochsen von einem Briten in einer angemessenen Weise begegnen, dessen unerwartete Ritterlichkeit sie nicht weniger verstört hatte als Alains Erscheinen. Wobei ihr natürlich bewusst war, dass der Colonel für sein Eingreifen auch eigene Gründe gehabt hatte. Alain Marais musste so ziemlich der letzte Mensch sein, auf dessen Gegenwart er Wert gelegt hätte in dem Wissen, dass sein Schützling jeden Augenblick zurückkehren konnte, nachdem er womöglich Gott weiß was angestellt hatte. Und Drakenstein ... Celeste stieß ein tonloses Seufzen aus. Zumindest das sollte kein Problem darstellen. Vermutlich musste sie nur noch einmal durchblicken lassen, dass für die Speisen im Vernet ausschließlich Ference verantwortlich war. Sie hatte Drakensteins Blicke gesehen, die nachdenklich bei ihr verweilt waren, mehr als ein Mal am vergangenen Abend. Der Graf gehörte ganz eindeutig nicht zu jener Sorte von Männern, die spontan ihr Herz verlor. Diese Sorte Männer verlor ihren Magen.

«Ist wirklich alles in Ordnung, Madame?»

«Ja, das ist es!» Schärfer, als Celeste beabsichtigt hatte. Sie wollte noch etwas anfügen, ließ es dann aber bleiben. Das Mädchen war zurück, doch sie war ihm keine Erklärung schuldig. Selbst wenn gerade diese junge Frau sie vermutlich würde verstehen können. Irgendein Mann musste für ihr ungeborenes Kind verantwortlich sein. Wie würde das Mädchen reagieren, wenn er mit einem Mal wieder in der Tür stände? Natürlich war Celeste nicht entgangen, wie Charlotte vertraulich mit Alains neuem Partner getuschelt hatte, Pierre Trebut. Doch den jungen Agenten konnte sie eben erst kennengelernt haben, und selbst wenn er ein theoretisches Interesse an dem Mädchen hatte, würde es in jenem Moment vorbei sein, in dem er begriff, dass die Angehimmelte schwanger war.

«Dann ...» Charlotte, im Begriff, sich abzuwenden.

«Bonjour, Madame.» Sophie huschte herein. Die Rezeptionistin schüttelte sich kurz, als sie ihren dicken Mantel von den Schultern gleiten ließ. «Fürchterlich.» Ob sie die Kälte meinte oder irgendetwas anderes, blieb unklar.

Celeste nickte knapp. Die Zeit lief ihr davon. Zumindest die Bücher würde sie akribisch auf den aktuellen Stand bringen, bevor Alain eintraf. Das war sie ihm schuldig.

«Ausgerechnet heute», murmelte die Rezeptionistin. «Die ganze Stadt redet von nichts anderem.»

«Natürlich.» Celeste hielt inne. Irgendetwas ließ sie nachfragen. «Von der Kälte?»

Sophie sah sie an, sah zu Charlotte, zurück zur Inhaberin des Vernet. «Sie haben noch nichts davon gehört?»

Ein plötzliches ungutes Gefühl erwachte in Celestes Magen. «Was ist passiert?»

«Ein Haus am Montmartre.» Die junge Frau gab dem Wort *Haus* eine Betonung, bei der deutlich wurde, um was für eine Sorte Haus es sich handelte. «Es gab eine Art ... Einsatz heute Nacht, und das Haus ist in die Luft geflogen. Mitsamt den Beamten, die es gestürmt haben. Von den Champs-Élysées aus kann man immer noch die Qualmwolke über dem achtzehnten Arrondissement sehen. Der Sekretär des Präsidenten hat ein Bulletin herausgegeben, in dem es heißt, im Keller habe es eine Schwarzbrennerei gegeben, aber ...»

Unsinn. Die Gedanken in Celestes Kopf wirbelten durcheinander. Dass auf dem Montmartre illegaler Fusel hergestellt wurde, stand außer Frage, aber deswegen ein solcher Einsatz, in der Nacht vor dem Abschluss der Exposition, da die Beamten seit Wochen nicht an freie Tage denken konnten? Ein Einsatz. Der junge Mann, der mit einem Mal im Foyer des Vernet gestanden hatte. *Claude.* Candidat Trebut hatte ihn Claude genannt. Ein Beamter des Deuxième Bureau, keine Frage, und Alain musste schon mit ihm gerechnet haben. Er hatte auf dem Fuß kehrtgemacht, und sie waren nach draußen gestürmt wie zu einem ... wie zu einem dringenden Einsatz.

Ein Geräusch an ihrer Seite. Charlotte, kreidebleich, presste die Hände vor den Mund. Es war klar, an wen sie dachte. Celeste selbst bewegte sich nicht. Sie war nicht in der Lage dazu. *Alain?* Aber hatte sie sich nicht seit Jahren damit abgefunden, dass sie ihn niemals wiedersehen würde? Doch nun, da er zurück war ... Und auf eine solche Weise ...

«Die Leute sagen, dass es in Wahrheit etwas ganz anderes war», flüsterte Sophie. «Dass es in Wahrheit ein Anschlag war oder Leute, die einen Anschlag geplant haben. Die Deutschen. Oder die Sozialisten. Oder die Bonapartes. Dass noch mehr von ihnen in der Stadt sind und dass sie ...» Sie schüttelte den Kopf. Noch einmal. «Im Hôtel Bristol wollen mehrere Gäste abreisen. Weil sie glauben, dass das noch nicht alles war. Dass das erst der Anfang war und dass sie nicht länger sicher sind in der Stadt. Dass der eigentliche Anschlag erst noch kommen wird. Heute Abend, bei der Feier zum Abschluss der Exposition.»

***

Zündung in 16 Stunden, 51 Minuten
Boulevard de Clichy, Paris, 9. Arrondissement – 31. Oktober 1889, 07:09 Uhr

Es war ... Ja, es war seltsam, doch aus irgendeinem Grund war es wieder Abend.

Madeleine Royals Puls schlug schnell und heftig. Die gesamte Strecke vom Boulevard de Clichy aus hatte sie im Laufschritt zurückgelegt, nachdem die kleine Yve ihr die Nachricht, die zweite Nachricht des Mannes mit der Rose, übergeben hatte und der Umschlag ihren Fingern entglitten war. *Perdu.* – Verloren.

Nun, nach so vielen Jahren war sie wieder hier, in dem parkähnlichen Garten an der Rückseite des Chou-Chou. Tausendmal war sie an diesem Ort umherspaziert. Materne hatte niemals etwas dagegen einzuwenden gehabt, wenn sich die Mädchen müßig in der Anlage ergingen. Wie war es möglich?, dachte Madeleine. Wie war es möglich, dass sie die Mauern niemals wirklich wahrgenommen hatte, die die winzige Oase aus Grün umgaben wie die Mauern eines Gefängnishofs?

Doch Maddalena war zwölf Jahre alt gewesen, und alles, was sie bis dahin gekannt hatte, war das Elendsquartier vor der Porte de Vincennes gewesen. Hatte ihr das Leben im Chou-Chou nicht als Paradies auf Erden erscheinen müssen, mit ausreichend zu essen und voll mit wunderschönen Kleidern, die sie tragen durfte? Natürlich gab es die Kunden, ja, und manches, das sie von ihr verlangten, mochte absonderlich und unverständlich erscheinen, doch weh getan hatte es eigentlich nur noch selten nach den ersten Wochen. Und vor allem war *er* dort gewesen. Er, Monsieur Materne mit seiner eleganten Garderobe, seinem selbstsicheren Auftreten, seinem verwegenen Lächeln. Hatte Maddalena anders gekonnt, als sich in ihn zu verlieben? Wenn er sie doch ebenfalls liebte, wie er ihr versicherte. Sein bestes Pferdchen im Stall, wie er manchmal bemerkte, mit jenem ganz besonderen Lächeln, bei dem ihr schier das Herz stehenbleiben wollte. Sie hätte alles getan für ihn. Für ihn und einzig und allein für ihn.

Die Frau, deren Name Madeleine Royal war, die Frau, die sich durch die Schatten des Gartens den Stufen zum Souterrain näherte, hielt inne. Ja, aus dem Übelsten aller Gründe war sie Hure gewesen. Nicht weil sie gehungert hatte. Nicht weil sie eine Familie zu versorgen hatte. Nicht weil sie sich ein besseres Leben erträumt hätte. Sie war Hure gewesen, weil sie Hure – *seine* Hure – sein wollte, und beinahe hatte sie es freudig begrüßt, als seine Anforderungen härter geworden waren, seine Befehle unnachgiebiger, als wenn er ihre Liebe auf den Prüfstand stellen wollte. Zu allem war sie bereit gewesen für ihn, bereit, ein Nichts zu werden, Staub unter seinen Füßen. Wenn er sie nur mit jenem Lächeln belohnte, das ihr bewies, was sie in Wahrheit für ihn bedeutete.

Bis er sie verkauft hatte, an jenen Mann, der ihr ein Zimmer in der Stadt angemietet hatte. Bis sie in diesem winzigen Zimmer gesessen und nicht hatte begreifen können, wie er *sie* hatte verkaufen können, die doch einzig für ihn, für sein Lächeln gelebt hatte. Den Käufer, einen spindeldürren Mensch mit zurückweichendem Haar, der sie zuweilen besuchen kam, hatte sie kaum wahrgenommen. Der zärtlich, fast schüchtern mit ihr umging und der ihr nichts bedeutete. Denn wie hätte ihr irgendjemand, irgendetwas auf der Welt etwas bedeuten können, wenn sie doch nur für *ihn*, für Materne, gelebt hatte? Wenn alles andere nichts als ein Spiel gewesen war, dessen Regeln der Kunde bestimmte, welcher es auch sein mochte?

Sie hatte in jenem Zimmer gesessen, für eine unbestimmte Zeit, weil selbst die Zeit keine Bedeutung mehr hatte ohne *ihn*. Ob sie lebte oder starb. Und irgendwann musste sie begonnen haben, zu suchen, verzweifelt zu suchen, was da überhaupt noch war, was sie noch ausmachte, wenn doch Maddalena der Name des Mädchens gewesen war, dem er sein Lächeln geschenkt hatte. Wenn er dieses Mädchen fortgegeben hatte: Konnte sie dann länger Maddalena sein?

Sie war ein Nichts. Eine leere Leinwand, konturlos und ohne Begrenzung, unbestimmter noch als jedes Spiegelbild, das doch zuverlässig ein Abbild der Wirklichkeit zurückgab, während die leere Leinwand *jedes* Bild zeigen konnte, jede nur vorstellbare Wirklichkeit. Was *nichts* war – ebendas musste sie in jenem Moment begriffen haben –, das konnte in Wahrheit *alles* sein. Und genau das war es, was von ihr noch geblieben war: das Einzige, was sie jemals gelernt hatte. Die Fähigkeit, jedes Spiel zu spielen, jeden Wunsch und jeden Traum zu erkennen. Für die Dauer des Spiels eine eigene Wirklichkeit zu erschaffen. Eine eigene Wahrheit an und für sich.

War ihre Prüfung mit jener Erkenntnis vorüber gewesen? Das war sie natürlich nicht. Etwas zu geben ist ein verzehrender Prozess für den, der leer ist. Die Leinwand mit einem Bild zu füllen ohne Farben zur Hand. Das Leuchten des Sterns bietet ein prachtvolles Bild für den Betrachter, doch für den Stern ist es der Schmerz des Verglühens. Es war ein Schmerz gewesen, wie er nicht vorstellbar ist für den, der ihn nicht erlitten hat – wie ein jeder Geburtsprozess. Wie ein Schmetterling, der aus seinem Kokon schlüpft, war sie zu Madeleine Royal geworden, jener Frau, die ihrem Kavalier mehr schenken konnte als das Vergessen einer Nacht. Jener Frau, die Welten erschaffen konnte. Der strahlendste unter den Sternen über der Lichterstadt.

Madeleine verharrte. Ein Lichtkegel fiel durch die Fenster von Maternes Büroraum. Er würde an seinem Schreibtisch sitzen wie unzählige Male, wenn sie diesen Raum betreten hatte, vom Haus aus oder auch aus dieser Richtung, vom Garten her. Gerne hielt er die Tür einen Spalt geöffnet, wenn die Witterung es zuließ.

Sie hatte nie wieder ein Wort mit ihm gesprochen seit dem Tag, an dem er sie verkauft hatte. Sie hatte ihn gesehen, zwei- oder dreimal in den ersten Jahren, und nur zu gut entsann sie sich an das erste Mal, als das geschehen war, unterhalb der Kreuzung an der Rue Gabrielle. Seine Gestalt war nicht zu verwechseln. Die Lässigkeit seiner Haltung, die eng geschnittenen Hosen mit den eleganten Streifen, die Art, in der er den Abschnitt der Straße zu beherrschen schien unter so vielen Menschen, einfach indem er da war. Ihr Herz! Es hatte sich angefühlt wie eine Faust, die sich um ihre Brust schloss. Schwindel, der nach ihr gegriffen, Schweiß, der auf ihre Stirn getreten war, ihre Hände, die mit einem Mal gewesen waren wie Eis. Der Tod. So fühlte sich der Tod an. Der Tod oder der Wahnsinn. Keuchend war sie gelaufen. Fort, nur fort, vorbei an der Tür des Hauses, in dem ihr damaliger Kavalier sie eingemietet hatte, über den Boulevard hinweg. Fort. Erst am Palais Garnier war sie stehen geblieben mit einem Herzen, das ihre Brust noch immer zersprengen wollte.

Die folgenden Male ... Nun, Materne war weiter weg gewesen, weil sie von jenem Tag an die Augen offen gehalten hatte auf den Straßen des Montmartre. Aber von jenem Tag an hatte sie es gewusst: Er war der Tod; er war schlimmer. Er war schlimmer als der Tod.

Sie, die ein Nichts gewesen war, hatte sich unter Schmerzen neu erfunden. Und sie wusste, mit welchen Augen die Menschen jene Frau betrachteten, deren Name Madeleine Royal war. Eine starke Frau. Eine Frau, die sein konnte, was sie nur wollte. Doch an jenem Tag auf der Rue Gabrielle hatte sie begriffen, dass sie noch immer nicht frei war von ihm. Dass sie von neuem Maddalena sein würde – oder ein Nichts –, wenn es ihm nur in den Sinn kam.

Die Stufen hinab ins Souterrain lagen vor ihr. Die Worte des Mannes mit der Rose hallten in ihrem Kopf wider: *Sie können mir vertrauen, wenn ich Ihnen sage, dass mir Ihre Schwächen nicht entgangen sind.* Er wusste es! Nicht viele Menschen auf dem Montmartre kannten Madeleine Royals Vergangenheit, aber doch einige. Er hatte von ihr und Materne erfahren. Er kannte ihre größte Schwäche.

Der Umschlag aus Longuevilles Kabinett. Es war ihr nicht gelungen, ihn in die Hände zu bekommen. *Perdu.* – Verloren. Um Mitternacht würde sie dem Fremden in den Gärten des Trocadéro gegenüberstehen, und er würde seine Drohung wahr machen, denn sein Wort war ihm heilig. Wie auch immer er es bewerkstelligen würde, sein Vorhaben in die Tat umzusetzen. Vermutlich musste er Materne einfach nur den Vorschlag unterbreiten. Der Zuhälter war unberechenbar. Wenn das Angebot ihn reizte, würde er nicht lange darüber nachdenken.

Sie hatte nur die eine Chance: mit Materne reden. Jetzt. Noch waren es Stunden bis Mitternacht. Sie besaß eine gewisse Summe Geldes, konnte weiteres auftreiben, wenn es notwendig war. Er war Zuhälter. Geld war er immer zugänglich gewesen. Und sie war nicht länger zwölf oder vierzehn Jahre alt. Natürlich würde er ihre Angst spüren, natürlich würde ihm klar sein, wie wenig es bedurfte, um sie wieder zu dem zu machen, was sie gewesen war. Doch er vermochte zu kalkulieren. Wenn er ernsthaft darüber nachdachte, musste er begreifen, dass das, was sie ihm anzubieten hatte, mehr wert war. Sie hoffte es. Diese eine Chance, mehr nicht.

Sie trug Handschuhe, und doch spürte sie, dass ihre Finger kalt waren und nass von Schweiß, als sie sich gegen die Mauer stützte, die Treppe abwärts stieg, auf die Tür zu, die tatsächlich nicht vollständig geschlossen war. Ihre Hand zitterte, als sie sich ausstreckte, öffnete.

Er saß am Schreibtisch, den Rücken zu ihr. Sein Kopf war ein Stück in den Nacken gelegt, als ob er einen Punkt über der Tür zum Korridor betrachtete, in Gedanken versunken. Zu gut erinnerte sie sich, dass es gefährlich sein konnte, ihn aus diesem Nachsinnen aufzustören, doch sie hatte keine andere Wahl. Sie holte Luft, und ihre Kehle fühlte sich an wie von Feuer versengt. Zum ersten Mal seit Jahren sprach sie seinen Namen. *Monsieur Materne?*

Schweigen. Er musste den Luftzug gespürt haben, als sie die Tür geöffnet hatte, und natürlich musste er sie gehört haben. Materne war *immer* auf der Hut. Doch er rührte sich nicht.

Sie warf einen sichernden Blick durch den Raum, der leer war bis auf die Gestalt des Zuhälters. Madeleine trat ein, auf lächerliche Weise bestrebt, kein Geräusch zu verursachen. Wie es immer gewesen war, wie es *damals* gewesen war. Seine Hände: Die rechte lag auf dem Tisch, die linke auf der Lehne, nein, sie war ein Stück von der Lehne gerutscht, und ...

Madeleine Royal war um den Schreibtisch herum. Blut. Überall. Auf dem Schreibtisch mit dem klobigen Rechnungsbuch, auf dem glänzenden Samt seines Sakkos. Sein Hals, seine Kehle ... Blut, überall Blut. Der Mund war aufgerissen, die Augen ...

Sie stand da, erstarrt. Eine Ewigkeit, die sie auf seinen Leib stierte, sah und nicht begreifen konnte. Er war ...

Ganz langsam hob er den Kopf. Sie sah es, sah so deutlich, wie er sich bewegte, konnte nicht begreifen, wie das möglich sein sollte. Die Klinge hatte seinen Hals *zerfetzt*, hatte die Sehnen und Muskelstränge durchtrennt. Es war nicht möglich, und doch hob er den Kopf, blickte auf, sah sie an aus toten Augen, und er begann zu lachen, zu *lachen*, dass ...

«Nein!» Sie kämpfte. Ihr Herz überschlug sich. «Nein!» Etwas war ihr im Weg. Sie schlug um sich, mit Fingern und Krallen, wehrte sich. «Nein!» Ein Griff um ihre Arme, doch es war dunkel, sie konnte nichts sehen. «Nein! Nein, lass mich, ich ... Ich ... Ich habe ihn nicht getötet ... Ich ...»

Ein Schlag. Schmerz auf ihrer Wange, und sie riss die Augen auf. Nein, es war nicht dunkel. Eine Bahn von Morgenlicht fiel durch die cremefarbenen Stores in ihr Schlafzimmer am Boulevard de Clichy, fiel auf ihre Finger, die sich in die Bettdecke krampften, die andere Hand um das Handgelenk des Mannes, das unter dessen Uniformhemd hervorsah. Eine blutige Schramme dort, wo ihre Fingernägel sich in seine Haut gebohrt hatten. Seine Augen waren im Schreck geweitet, und es sprach mehr aus ihnen als bloße Besorgnis.

«Er war schon tot», flüsterte Madeleine Royal. «Er war schon tot, als ich ins Chou-Chou gekommen bin. Ich habe ihn nicht getötet.»

«Das ...» Er schüttelte den Kopf. «Ich glaube Ihnen», murmelte Friedrich von Straten.

Madeleine Royal stellte fest, dass er überrascht klang.

***

ZÜNDUNG IN 16 STUNDEN, 19 MINUTEN
Conciergerie, Paris, 1. Arrondissement –
31. Oktober 1889, 07:41 Uhr

«*Sie!*» Bedrohlich baute sich der Präfekt der Polizei im Zentrum des Raumes auf. Der ausgestreckte Zeigefinger zielte auf einen Punkt zwischen Général Auberlons Augenbrauen. «*Sie* haben meine Beamten auf dem Gewissen, jeden einzelnen von ihnen!»

Pierre Trebut musste an ein Gemälde im Louvre-Palast denken: Robespierre beim Prozess gegen Louis XVI., den stählernen Blick auf den Monarchen gerichtet, dessen Guillotinierung er einforderte. Die einzige Chance, das Vaterland zu retten.

Mit dem Unterschied, dass Robespierre ein ausgemergelter Asket gewesen war. Der respektable Wanst des Präfekten nahm seiner Geste einiges von ihrer Wirkung. Dennoch schwiegen die Anwesenden: Repräsentanten der Polizei, der Gendarmerie und eben des Deuxième Bureau, dazu Vertreter der Exposition Universelle und der Stadt Paris, die Sekretär Longueville in seinem Kabinett zusammengerufen hatte. Angespannt verfolgten sie den Fortgang der Konfrontation zwischen den beiden Männern: dem Präfekten, der das Kabinett der Länge nach durchmaß, sich mit hochrotem Kopf erneut vor dem Stuhl der grauen Eminenz des Deuxième Bureau aufbaute. Und Général Philippe Auberlon, zusammengesunken in seinem Fauteuil, kleiner, älter und gebrechlicher, als er Pierre Trebut jemals erschienen war. Und schweigend.

«Dieser Mann, Monsieur le Secretaire ...» Der Präfekt warf einen Seitenblick zu Longueville, der hinter seinem Schreibtisch thronte. Nervös pochten die Fingerspitzen des außerordentlichen Sekretärs auf die Tischplatte. «*Dieser* Mann hat meine Beamten vorsätzlich in die Falle laufen lassen, damit *seine* Leute ungeschoren davonkommen!»

Ungeschoren. Eine gewagte Formulierung. Pierres Augen wanderten zur Seite. Alain Marais war hinter ihm gewesen in der vergangenen Nacht, nur wenige Schritte von der Treppe zum Souterrain entfernt, als die im Hurenhaus verborgene Höllenapparatur ihre Ladung gezündet hatte. Als der Bau des Chou-Chou mit einer solchen Gewalt auseinandergeflogen war, dass die Trümmer über ihre Köpfe hinweg auf mehrere angrenzende Grundstücke verstreut worden waren. Sie konnten sich glücklich schätzen, dass sie mit dem Leben davongekommen waren, selbst wenn es den älteren Agenten ungleich härter erwischt hatte als Pierre Trebut. Nicht allein Marais' in die Jahre gekommener Anzug war nicht mehr zu retten gewesen. Seinem Haupthaar war es ähnlich ergangen. Ihre Retter hatten nur noch beherzt zum Rasiermesser greifen können. In Kombination mit der schwarz getönten Brille konnte der Agent jetzt mit den furchterregendsten Wilden auf dem Kolonialgelände in Konkurrenz treten.

«Dieser Mann ...», hob der Präfekt von neuem an.

«Genug!» Longueville stand unvermittelt auf und maß die Anwesenden mit finsterem Blick. «Genug. Wenn wir jetzt nicht beginnen, an einem Strang zu ziehen, haben wir bereits verloren. Ich habe Sie zusammengerufen, damit Ihnen allen klar wird, was auf dem Spiel steht. Wir werden angegriffen. Und ja, der Präfekt hat recht, schon jetzt haben wir Opfer zu beklagen, wobei es keinen Sinn hat, uns gegenseitig zu beschuldigen. Unser Gegner allein trägt die Verantwortung. Und leider kennen wir seine Identität noch immer nicht.»

Er ging an den Männern vorbei und trat ans Fenster, das auf das graue Band des Stroms blickte, auf das stählerne Skelett von Eiffels Turm, das jenseits der Flussbiegung über die Dächer ragte. «Wir glauben zu wissen, wann er zuschlagen wird. Heute Abend, wenn die Völker der Welt am Champ de Mars zusammenkommen. Wenn das pyrotechnische Spektakel alles bisher Gekannte noch einmal in den Schatten stellen wird. Oder doch kurz zuvor, wenn wir die Besucher dieser Stadt mit einer Innovation konfrontieren werden, über die schon morgen die ganze Welt sprechen wird in einer Zeit, die keine Entfernungen mehr kennt.»

Unauffällig wandte Pierre den Blick nach links, dann nach rechts. Alain Marais rührte sich nicht; ansonsten aber gewahrte er wissende Mienen, diskretes Nicken. Die große Überraschung, der die Pariser und ihre Gäste entgegenfieberten. War es möglich, dass *alle* Anwesenden von diesem Geheimnis wussten? Oder wollte sich nur niemand eine Blöße geben? Nachzufragen war vermutlich keine gute Idee.

«Persönlichkeiten sämtlicher Völker des Globus werden sich zu dieser

Stunde auf der obersten Plattform von Eiffels Turm versammeln», murmelte Longueville. «Natürlich liegt die Vermutung nahe, dass sie das Ziel sein werden. Beamte des Herrn Präfekten sind bereits zur Stunde dabei, jeden einzelnen Eisenträger, jede einzelne Niete zu inspizieren. Beamte der Gendarmerie kontrollieren die Fundamente auf der Suche nach Schwachstellen und etwaigen Sprengladungen. Ein Aufgebot an Sicherheitskräften, wie es die Welt noch nicht gesehen hat, wird dieses Ereignis schützen, und jede Person, die den Turm an diesem Abend betritt, wird sich einer Leibesvisitation unterziehen müssen. Selbst der carpathische Regent und der Erbe des Britischen Empire. Selbst der Präsident und ich.» Longueville stieß den Atem aus. «Und doch müssen wir befürchten, dass all das nicht ausreichen wird. Zu oft hat unser Gegner uns bereits bewiesen, wie weit er uns voraus ist. Und wir können nicht jedem ausländischen Besucher einen Aufpasser zur Seite stellen, jedem Würdenträger eine Eskorte. Weil uns die Männer fehlen, ebenso aber weil genau das die besondere Atmosphäre der vergangenen Monate ausgemacht hat: dass unsere Gäste sich bewegen konnten wie unter Freunden. Gäste, die nun in Gefahr sind.»

Ein Klopfen von der Tür. Auf ein Wort des Sekretärs öffnete sie sich, und eine uniformierte Ordonnanz überreichte ihm eine Reihe von Papieren. Die Stirn in Falten, trat Longueville an den Tisch, beugte sich über die Dokumente, blätterte sie durch, während seine Lippen sich fast unmerklich bewegten. Düster legte er die Blätter ab.

«Zwei tote Agenten auf der Berneau'schen Uhr. Ein toter Wachmann in der Rue Matignon. Eine tote Hure auf den Stufen zum Palais der Vicomtesse. Über alles haben wir hinwegdeuten können, doch was am Montmartre geschehen ist ...» Er schüttelte den Kopf. «Das hat die halbe Stadt aus dem Bett geholt. Und nun überschlagen sich die Ereignisse, und niemand ... niemand glaubt unserer Geschichte von der Explosion einer Schwarzbrennerei.»

Ein Blick in die Runde, doch keiner der Anwesenden schien etwas einwerfen zu wollen. Alle Augen waren auf den außerordentlichen Sekretär gerichtet, auf die Dokumente in seiner Hand. «Stattdessen munkeln die Leute, die Stadt sei das Ziel eines Angriffs fremder Mächte.» Longuevilles

Gesicht verfinsterte sich zunehmend, während er begann, die Papiere eines um das andere durchzugehen. «Die Mauern der österreich-ungarischen Botschaft sind mit Parolen beschmiert worden, die das Wiener Kaiserhaus als Urheber des Anschlags denunzieren, insbesondere die Kaiserin Elisabeth, mit Worten, die ich hier nicht wiederholen möchte. Nuntius Rotelli ist bereits abgereist. Was den Mob nicht daran gehindert hat, seine Kutsche mit Steinen zu bewerfen, weil man an der Avenue du Trocadéro nämlich eine Verwicklung des Vatikans vermutet. *Wegen* der Abreise des Nuntius. Und die Synagogengemeinde im neunten Arrondissement bittet um zusätzlichen Schutz, den wir ihr nicht gewähren können, weil uns schlicht die Männer fehlen.»

Ein Räuspern. Ein spindeldürrer älterer Herr erhob sich, seiner Uniform nach ein hoher Offizier der Gendarmerie. Er trug noch heute den aufgezwirbelten Bart des dritten Napoleon. «Mit Verlaub, Monsieur le Secretaire, aber unter diesen Umständen ...» Nervös huschten seine Augen über die Versammelten. «Unter diesen Umständen sieht sich die Gendarmerie außerstande, noch irgendeine Verantwortung für die Sicherheit der Exposition zu übernehmen. Wenn in den Straßen ...»

«Wenn es in den Straßen irgendwelche Probleme gibt, sind sie zunächst einmal Aufgabe der Polizei.» Der Präfekt hatte sich erst gar nicht wieder hingesetzt. Mit rotem Kopf blitzte er den neuen Kontrahenten an. «Sorgen Sie dafür, dass Ihre Männer nicht bei den ersten Schwierigkeiten von der Fahne gehen, und schon sind wir ...»

«Sie wollen andeuten ...» Die Schnurrbartspitzen des Gendarmerieoffiziers zitterten.

«*Sie* wollen sich rausreden, noch bevor der erste Schuss gefallen ist!»

«Genug!» Diesmal donnerte Longuevilles Faust auf den Tisch, und tatsächlich kehrte erneut Schweigen ein. An den Offizier der Gendarmerie gerichtet: «Sie wollen Ihre Kräfte vom Gelände der Exposition abziehen?»

Der Mann schluckte, musste sich zweimal räuspern, bevor er heiser antworten konnte. «Niemand von uns hat den Aufstand der Commune vergessen, Monsieur le Secretaire. Wenn in der Stadt Unruhen ausbrechen, ist es unmöglich, sowohl das Gelände der Exposition als auch Paris selbst zu schützen. Die Gendarmerie untersteht dem Kriegsministerium. Wenn in den Straßen keine Ruhe einkehrt, dann werden wir den Minister bitten, diese Order auszugeben.»

«Dann muss der Präsident den Minister anweisen, die Order zu verweigern.» Der Präfekt, drängend an Longueville gewandt. «Allein kann die Polizei das Gelände nicht sichern.»

«Der Kriegsminister wird nicht bereit sein, diese Verantwortung zu übernehmen.» Longuevilles Blick ging zum Fenster. «Nicht, wenn seine eigenen Männer ihn um das Gegenteil bitten. Damit hätten wir zu allem Übrigen auch noch eine Regierungskrise. Wenn wir das Chaos ...»

Ein Räuspern. Zum ersten Mal Général Auberlon, der sämtlichen Ausführungen schweigend zugehört und keine Miene verzogen hatte, als der Präfekt ihn mit Vorwürfen überschüttet hatte. «Zu einem Chaos wird es nicht kommen», erklärte er schlicht. «Agent Marais und Agent Candidat Trebut werden den Täter finden und stellen. Die Spuren aus dem Chou-Chou können erst ausgewertet werden, wenn die Trümmer vollständig beiseitegeräumt sind. Die Erkenntnisse aus dem Atelier an der Rue Lepic hingegen liegen bereits vor, und es sind hochinteressante Erkenntnisse. Erkenntnisse, die zur Stunde noch zu ganz unterschiedlichen Schlussfolgerungen Anlass geben. Ganz unterschiedlich, aber in jedem Fall ... *höchst* interessant.» Seine Hand fuhr in die Uniformjacke und brachte einen Umschlag zum Vorschein, den er dem Sekretär überreichte.

Longueville nahm das Kuvert entgegen, auf dem Pierre den Stempel des Deuxième Bureau erkannte. Der Sekretär schien einen Moment zu zögern, bevor er die Lasche öffnete und einen Blick auf den Inhalt warf. Schlagartig bewegten sich seine Augenbrauen in die Höhe.

«Wobei es sich hier nur um eine unter unseren möglichen Spuren handelt, Monsieur le Secretaire», schränkte Auberlon ein. «Andere Fährten sind vordringlich zu prüfen, und wenn wir dort erfolgreich sind, könnte es sich als überflüssig erweisen, diesen Indizien überhaupt noch weiter nachzugehen.» Mit einem unterdrückten Laut wandte er sich zu seinen beiden Ermittlern um. «Agent Marais und Agent Candidat Trebut arbeiten mit Hochdruck, um die Vielfalt der unterschiedlichen Spuren zu sichern. Tatsächlich habe ich mit mir gerungen, sie zu diesem Zeitpunkt aus ihren Ermittlungen zu reißen, erachtete es aber nicht für unbedeutend, dass Sie alle die beiden Männer einmal zu sehen bekommen, in deren Händen unser Schicksal liegt.»

Pierre Trebut blickte starr geradeaus. Es *gab* keine Spuren. Und wenn es sie gab, so wussten die Ermittler nichts davon. Auberlon war an den Toren des Lazaretts vorgefahren, wo sie zur Beobachtung die Nacht verbracht hatten, und hatte die beiden Agenten schnurstracks in die Conciergerie geschleift. Pierre selbst hatte sich eben erst erhoben, und Alain Marais war einer seiner Lieblingsbeschäftigungen nachgegangen: der Zeitungslektüre. Sie waren keinen Zentimeter weiter als in dem Augenblick, da das Hurenhaus in die Luft geflogen war.

«Die Aufgabe dieser beiden Männer besteht darin, den Täter dingfest zu machen», betonte der Général. «Und das wird ihnen gelingen. Doch dazu benötigen sie Zeit. Ist der Täter einmal ausgeschaltet, haben wir kein Chaos mehr zu befürchten. Und bis dahin müssen *Sie*, Monsieur le Secretaire, das Chaos verhindern. Und das wird wiederum *Ihnen* gelingen. Allerdings nicht, indem Sie Geschichten von Schwarzbrennereien erzählen.»

«Wie?» Longueville sah auf. Pierre hatte den Eindruck, dass er nicht wirklich aufmerksam zugehört hatte. Immer wieder ging der Blick des Sekretärs zu Auberlons Kuvert. Jetzt schien der Mann sich zusammenzunehmen, räusperte sich: «Aber jeder Mensch in der Stadt weiß, dass die Schwarzbrennereien ...»

«Genau. Jeder Mensch weiß, dass in dieser Stadt illegal gebrannt wird. Weil so ziemlich jeder Mensch um ein oder zwei Ecken selbst in solche Geschichten verwickelt ist. Und nun gibt es eine Explosion – und wer ist schuld? Die Leute wollen nicht hören, dass sie selbst schuld sind, Monsieur le Secretaire. Sie wollen hören, dass *Sie* schuld sind. Das ist schließlich der Grund, aus dem das Volk sich eine Regierung hält.»

«Was?»

«Verhaften Sie den Vorsitzenden der Gaswerke.»

«*Was?*»

«Der Vorsitzende der Gaswerke ist ein Teil der Regierung. So jedenfalls sieht es das Volk. Ein Netz von Gasleitungen durchzieht den Montmartre.

Diese Leitungen sind marode, zum größten Teil jahrzehntealt. Ganze Wohnviertel sind planiert worden seit den Tagen des dritten Napoleon, und wer hat überprüft, ob die Gasleitungen heute noch in Ordnung sind? Niemand. Ein Leck in einer Gasleitung hat die Explosion verursacht.»

«Aber das ...»

«Natürlich stimmt das nicht.» Sichtbar ungeduldig trat Auberlon an den Schreibtisch, nahm die Dokumente zur Hand, die von den Unruhen in der Stadt kündeten, warf sie nachlässig zurück auf den Tisch. «Es war Ihre Schuld, die Schuld der Regierung, das ist das Entscheidende. Keine Verschwörung, kein geplanter Anschlag. Versteckte Attentäter gibt es nicht. Sie sind schuld. Im selben Augenblick, in dem Sie das nur zugeben, erübrigt sich für das Volk jede weitere Frage. – Ist der Vorsitzende der Gaswerke Patriot?»

«Er ist der Schwager meiner Cousine! Jeder Mann in einer solchen Stellung ...»

«Dann soll er gestehen. Er wird seine Versäumnisse einräumen und zu Protokoll geben, wie er die für die Ausbesserung des Leitungssystems bestimmten Gelder auf die Seite geschafft hat für eine Villa in Neuilly-sur-Seine. Er wird seinen Posten verlieren, und in ein oder zwei Jahren, wenn Gras über die Sache gewachsen ist, wird er mit einer neuen, eine Spur lukrativeren Aufgabe betraut. Machen Sie das nicht immer so?»

«Natürlich. Aber ...»

«Hören Sie auf mich, Monsieur le Secretaire.» Der Général maß weniger als einen Meter sechzig, und doch hatte Pierre für einen Augenblick den Eindruck, als ob er den außerordentlichen Sekretär überragte. «Den Anschlag werden Sie damit nicht verhindern. Aber Sie verhindern, dass der Plan unseres Gegners zu diesem Zeitpunkt aufgeht.»

Longueville war hinter seinen Schreibtisch getreten. Ein ganz kurzer Blick nur auf Auberlons Kuvert. Die Muskeln in seiner Kehle arbeiteten.

«Vertrauen Sie mir», bat der Général. «Und haben Sie keinen Zweifel. Meine Beamten sind zu allem in der Lage.»

Das Haupt des außerordentlichen Sekretärs senkte sich. «D'accord», flüsterte er.

Auberlon wandte sich um. Sein Blick legte sich auf seine beiden Beamten. *Agent Marais und Agent Candidat Trebut arbeiten mit Hochdruck, um die Vielfalt der unterschiedlichen Fährten zu sichern.* Pierre Trebut schluckte. Es blieben weniger als sechzehn Stunden. *Und noch immer haben wir keine Spur, die diesen Namen verdient.*

***

Zündung in 15 Stunden, 22 Minuten
Île de la Cité, Paris, 1. Arrondissement –
31. Oktober 1889, 08:38 Uhr

Der Dunst war dicht an diesem Morgen; die Île de la Cité schien sich inmitten des Flusses zusammenzukauern gleich einem gigantischen versteinerten Schwan, in der feuchten Kälte bewegungslos an Ort und Stelle gebannt.

«Ihnen ist klar, dass Sie das nicht tun müssen», bemerkte Friedrich von Straten. «Ihnen ist klar, dass der Mann mit ziemlicher Sicherheit tot ist», fügte er mit ruhiger Stimme an, und Madeleine war ihm dankbar, dass er keinen Versuch unternahm, sie zu schonen. Nicht in dieser Hinsicht.

«Das ist mir klar, Hauptmann.» Die Allgegenwart des Nebels erzwang das Flüstern. «Beides», betonte sie. «Aber Sie selbst waren es, der darauf bestanden hat, unser Geschäft noch einmal ausdrücklich zu fixieren. *Auch wenn der Mann nicht dort ist. Auch wenn er nicht mehr am Leben ist:* Unsere Vereinbarung gilt. – Wenn Lucien Dantez im Chou-Chou war ...» Jetzt schlich sich ein leichtes Zittern in ihre Stimme. «... dann ist er jedenfalls nicht mehr am Leben. Wir wissen nicht, was der Einsatz gestern Abend zu bedeuten hatte. Die Explosion. Ein Abschiedsgeschenk Maternes vielleicht, das die alte Martha vorbereitet hat. Doch nichts davon macht einen Unterschied, was unsere Abmachung anbetrifft. Meinen Teil dieser Abmachung.»

Friedrich von Straten presste die Zähne aufeinander, verzog den Mund. Er sah nach Kopfschmerzen aus, dachte Madeleine Royal, und das konnte kaum überraschen, nachdem er die Nacht auf dem persischen Läufer in ihrem Boudoir verbracht hatte. Auf der Chaiselongue werde er kein Auge schließen, hatte er behauptet. Sie sei mindestens zehn Zentimeter zu kurz für ihn.

Ich hätte ihn mit ins Bett nehmen sollen, ging ihr durch den Kopf. Die Situation war ganz und gar nicht danach gewesen, nachdem ihnen noch eine Querstraße von Maternes Etablissment entfernt die Trümmer des Gebäudes um die Ohren geflogen waren. Madeleine war wie gelähmt gewesen. *Lucien!* Doch nach all dem, was sie an diesem Tag durchgemacht hatte ... *Es hätte uns beiden gutgetan.* Möglicherweise wäre dann der Traum nicht zu ihr gekommen, Materne, die Erinnerung, die ihr Kopf aus irgendeinem Grund weggesperrt hatte: *Er war schon tot. Ich habe ihn nicht getötet.* Doch das wäre es wert gewesen.

«Unsere Abmachung, die nebenbei auch nicht einschloss, dass Sie wie ein Schoßhund über meinen Schlaf zu wachen hätten», bemerkte sie.

«Mache ich auf Sie den Eindruck eines Schoßhündchens, Mademoiselle Royal?»

Ganz kurz nur brachte die Bemerkung sie zum Lächeln. «Nein, Friedrich von Straten», sagte sie leise. «Davon könnten Sie nicht weiter entfernt sein.»

Sie holte Atem. Die feuchte Luft stach in ihre Lungen. Etwas war anders als sonst, doch sie bekam es nicht zu fassen. Es war nicht die Anzahl der Posten. Nicht die erleuchteten Fenster in den oberen Etagen des Conciergerie-Gebäudes. Es war nicht ungewöhnlich, dass um diese Uhrzeit bereits gearbeitet wurde. Im Sekundentakt huschten subordinierte Beamte an ihnen vorbei und verschwanden mit raschen Schritten auf dem Gelände.

«Sie müssen sich auf den Weg machen, Hauptmann», sagte Madeleine. Ein Blick zur Conciergerie. «Wir beide müssen uns auf den Weg machen.»

«Ich könnte auf Sie ...»

«Sie können nicht hierbleiben, bis ich zurückkomme.» Madeleine sah ihm in die Augen. «Graf Drakenstein wartet auf Sie. Oder besser sollten Sie dafür sorgen, dass er nicht auf Sie warten muss. – Ich habe keine Ahnung, ob sich Gaston Longueville in diesem Augenblick in seinen Räumen aufhält, Hauptmann. Ist er dort, werde ich sehen, was ich von ihm erfahren

kann. Ist er nicht dort ...» Sie hob die Schultern. «Sie erinnern sich: Zuweilen ergeben sich Möglichkeiten. Doch ich kann Ihnen nicht sagen,
wie lange das dauern wird. Wenn ich dadrin bin, können Sie mir ohnehin
nicht mehr helfen.»

Sie konnte sehen, wie seine Brust sich hob, als er widerstrebend nickte. «Wir sollten gegen Mittag wieder im Hotel sein nach unserem Besuch
auf der Ausstellung», sagte er, zögerte. «Am Abend habe ich dann einen
weiteren Termin.» Mit Sicherheit bekam er nichts davon mit, doch aus
der winzigen Pause vor der Bemerkung war ihr auf der Stelle klar, dass
es sich bei diesem Termin um Albertine de Rocquefort handeln musste.
«Ich würde Sie am Mittag am Boulevard de Clichy aufsuchen», erklärte er.
«Wenn Sie damit ...»

Sie hob die Hand. Es war ein Impuls. Ihre Finger legten sich auf seine
Wange. «Das ist mir recht, Friedrich von Straten. Mehr als recht. Und ich
möchte Ihnen danken. Dass Sie ...» *Dass Sie da waren. Dass Sie über meinen
Schlaf gewacht haben.* Dass er mehr von ihr gesehen hatte als die meisten
anderen Menschen und dass doch ausgerechnet er, ein preußischer Offizier, in der Lage zu sein schien, Madeleine Royal als den Menschen zu
akzeptieren, der sie war. «Danke», sagte sie leise, die Spitzen von Zeige-
und Mittelfinger leicht auf seine Lippen gelegt. Und sie spürte, wie diese
Lippen reagierten.

Er räusperte sich, als sie die Hand wieder hatte sinken lassen, sah sie
einen Moment lang an. «Mademoiselle Royal.» Mit einer Verneigung. «An
mir ist es, Ihnen zu danken. Ich wünschte, ich könnte mehr tun, um das
zum Ausdruck zu bringen.»

Zwei Sekunden später, und er war im Nebel verschwunden. Madeleine
sah ihm nach, dann wandte sie sich um zum mächtigen Bau der Behörde,
zog das Tuch um ihre Schultern zurecht. Sie war biederer gekleidet als
am Vortag, angesichts der Witterung war ihr kaum eine andere Wahl geblieben.

Vor ihr erhob sich das Gitter, das den Innenhof der Conciergerie gegen die Straße hin abschloss, und in diesem Moment wurde ihr bewusst,
was anders war: Die Wachhabenden waren nicht die jungen Rekruten,
die dort für gewöhnlich Dienst taten. Es waren andere, ihr unbekannte

Männer, mit einer Haltung, aus der das Erlebnis von Kämpfen sprach, Soldaten, die im Krieg gedient hatten. Und es bestand kein Zweifel, dass sie Madeleine und den Deutschen die ganze Zeit im Auge gehabt hatten. Der beste Beweis dafür war, dass sie die junge Frau jetzt *nicht* ansahen, als sie mit langsamen Schritten auf die Pforte im Gitter zukam. *Als ob sie auf mich warten.* Was Unsinn war. Heute würde es mehr brauchen als einen frivolen kleinen Wortwechsel, bevor man sie passieren ließ. Und selbst dann ...

Sie war noch drei Schritte entfernt. Zwei Soldaten auf der Innenseite des Gitters, zwei auf der Außenseite. Ein Geräusch. Eine ruckartige Bewegung. Sie traten zurück, zwei Schritte, wortlos, mechanischen Apparaten gleich, wie von einem einzigen Willen gesteuert. Die Augen gingen starr geradeaus, die Gewehrkolben wurden auf den Boden gepflanzt, an den Läufen der tückisch funkelnde Stahl der Bajonette.

Der Weg war frei. Madeleine Royal durfte passieren. Und es war genau dieser Moment, in dem sich die Angst in ihr Herz senkte. Ihr Blick war auf die Freitreppe gerichtet, auf das Portal zum Gerichtsgebäude. Sie hörte die stampfenden Schritte, als die Männer wieder ihre Position einnahmen. Sie hatten sie nicht einmal nach ihren Papieren gefragt.

Ihr Herz begann zu hämmern in der nebligen Luft. Die Stufen zum Portal waren ihr noch niemals so steil vorgekommen, doch zurück ... *Wenn ich dadrin bin, können Sie mir ohnehin nicht mehr helfen.* Mit einem Mal wünschte sie, Friedrich von Straten würde eben doch dort draußen auf sie warten. Natürlich würde er nicht ahnen können, dass irgendetwas nicht in Ordnung war. Sie hatte ja selbst keinen Beweis, dass das so war. Nichts als die Kälte in ihrem Nacken, die mit jeder Stufe zuzunehmen schien. Doch es hätte gutgetan: zu wissen, dass er dort war.

Auf der obersten Stufe hielt sie inne. Sie schob die Tür auf, und jetzt, beim Blick in die Eingangshalle, wollte sich ihr Herzschlag etwas beruhigen. Alles schien wie immer. Besucher, die in dem weitläufigen Raum beieinanderstanden, Details eines Prozesses diskutierten, Kuriere, die durch die Reihen huschten, die Treppen empor, Depeschen zwischen den einzelnen Büros überbrachten.

Die vertraute Atmosphäre ließ sie wieder Tritt fassen. Eilig steuerte

Madeleine die Treppen an. Ihre Route war dieselbe wie gestern und so viele Male davor, als die Flure ungleich belebter gewesen waren. Und niemand hatte sie jemals aufgehalten. Immer weniger Menschen, je höher sie auf der Treppenflucht gelangte. Bis sie die nackte, blasse Justitia-Skulptur erreichte und auf der Etage mit den Räumen des Sekretärs keine Menschenseele zu sehen war.

Der Korridor zu seinem Kabinett lag vor ihr. Erst ein Teil der Gaslichter brannte. Ein Stück weit war sie mit Gaston Longuevilles Tagesablauf vertraut: Gleich in der Frühe pflegte er das Büro zu betreten, sich nach kurzer Zeit aber zu Besprechungen zu begeben, die ihn bis um die Mitte des Vormittags in Anspruch nahmen. Sie würde Zeit haben, die Schubladen des Schreibtischs zu öffnen, auch die unterste auf der rechten Seite. Zeit, gegen den Rücken dieser Schublade zu tasten, den Mechanismus auszulösen, der das Geheimfach freigab. Die blaue Mappe. Die geheimnisvolle blaue Mappe, mit der alles begonnen hatte. Madeleine hatte keinen Beweis, dass sie mit Friedrich zu tun hatte; zumindest aber war es auffällig, dass Gaston Longueville diese Mappe in seinem Schreibtisch verbarg und gleichzeitig den Duc de Torteuil auf den Deutschen angesetzt hatte. Musste nicht ein Zusammenhang bestehen?

Die letzte Tür, das Kabinett des Sekretärs: Sie hatte die Finger bereits nach der Klinke ausgestreckt, als sie an eine andere Tür denken musste, die sich unvermittelt geöffnet hatte ... Madeleine hielt inne, mit einem Mal erstarrt. Lucien. Im Chou-Chou. Die Tür hatte sich geöffnet, und er war in Maternes Raum getreten, hatte sie geschüttelt, hatte sich bemüht, sie notdürftig zu Bewusstsein zu bringen. Hatte sie hinaus in den Garten geschoben und war zurückgeblieben. Hatte sich für Madeleine geopfert. *Doch was im Himmel trieb Lucien Dantez in Maternes Hurenhaus?*

Sie war nicht bei sich gewesen, unfähig, einen Gedanken zu fassen. Sie war durch die Nacht geflohen, hatte sich irgendwann am Quai de la Conference wiedergefunden und Friedrich von Stratens Stimme gehört. Keine Sekunde hatte sie darüber nachgedacht, was der Fotograf im Chou-Chou zu suchen hatte, in Maternes privaten Räumen.

Ihre Lippen teilten sich. «*Lucien.*»

Ein Geräusch. Madeleine fuhr herum. Die Türen der Büroräume öff-

444

neten sich, nicht exakt im selben Augenblick, doch nahezu gleichzeitig. *Alle.* Männer in den Uniformen des Wachdienstes traten auf den Flur, diesmal mit den vertrauten Gesichtern der Rekruten von der Pforte, und dennoch waren diese Gesichter anders als sonst, härter, die Blicke auf Madeleine Royal gerichtet, unverwandt und ohne Überraschung.

Madeleine starrte die Männer an.

«Mademoiselle Royal.» Es war der junge Mann, der am Tag zuvor an der Pforte mit ihr gesprochen hatte, Stirn und Wangen von Pickeln übersät. Beiläufig nickte er über ihre Schulter. «Sie wollten einen Besuch machen? Neuigkeiten über das Haus für ledige Mütter?»

Sie fuhr sich über die Lippen. «Ich ...»

Er kam einen halben Schritt näher. «Los, weiter!» Geflüstert, kaum zu hören. Die Stimme zischelnd wie die Laute einer Schlange, kalte Reptilienaugen lagen auf Madeleine Royal.

Ihre Kehle war zugeschnürt. Sie wandte sich um: die Klinke. Wenn die Tür verschlossen war? Ein Versuch, in die Amtsräume des außerordentlichen Sekretärs des Präsidenten einzudringen? Würden die Männer sie auf der Stelle ...

Sie senkte die Klinke. Die Tür öffnete sich anstandslos.

Er saß in seinem Schreibtischstuhl. Dort, wo er hundertmal gesessen hatte, wenn sie den Raum betreten hatte, über seine Papiere gebeugt, mit einem zerstreuten Lächeln in ihre Richtung, einer Geste, die um einige Minuten Geduld bat, bis er Zeit fand für die *schönen Augenblicke des Tages,* wie er es ausdrückte.

Davon konnte jetzt nicht die Rede sein. Er sah ihr entgegen, die Hände übereinandergelegt, aufrechter in seinem Stuhl als gewöhnlich. Es war keine Frage, dass er auf sie gewartet hatte.

«Madeleine, ma chère?» Mit ruhiger Stimme. «Wenn du die Tür bitte schließen würdest?»

Sie gehorchte. Ihr Mund war trocken wie die Wüste. Sie unternahm einen Versuch, etwas zu sagen, wusste selbst nicht, was. Er wusste Bescheid? Worüber? Wie hatte er wissen können, dass sie auch heute wieder in die Conciergerie kommen würde? *Was geht hier vor?*

Er erhob sich von seinem Stuhl, und an diesem Morgen war er ein anderer Mensch als ihr jovialer Gönner mit der untersetzten Statur, der sein schütteres Haar quer über den Schädel kämmte. Er war der außerordentliche Sekretär des Präsidenten, der es zu dieser Position gebracht hatte, weil Sentimentalitäten für ihn keine Rolle spielten.

Er trat an das Fenster, blickte nach draußen, die Hände auf dem Rücken verschränkt. «Ich habe mich tatsächlich gefreut, dich zu sehen.» Ohne Betonung. «Gestern. Ich bin so blind gewesen. Ich bin mir ...» Er wandte sich um, das Gesicht wie von Schmerz verzerrt. «Ich bin verrückt, Madeleine. Weißt du, dass du mich verrückt gemacht hast?»

«Ich ...»

«Hör mir zu!», donnerte er plötzlich. «Ich frage mich ernsthaft, ob ich dir einen Vorwurf machen kann. So verrückt bin ich! Oder ob ich mir den Vorwurf machen muss, weil ich so blind gewesen bin.»

Sie öffnete den Mund, zögerte. Sie begriff nicht, was er redete.

«Die unterste Schublade», sagte er. «Auf der rechten Seite.»

Madeleine hatte nicht für möglich gehalten, dass ihr noch kälter werden könnte. Sie hatte sich getäuscht.

«Wer sie geöffnet hat, muss den Mechanismus gekannt haben.» Er sprach wieder ruhiger, tief in Gedanken, resigniert beinahe. «Ich erkenne keine Spur von Gewaltanwendung.»

Der Mechanismus? Sie sah ihn an, mit großen Augen. Sie hatte nicht einmal die Schublade geöffnet!

«Wo ist die Mappe?», fragte er.

«*Was?*» Ihr Blick wurde zu einem Starren.

Er kam einen Schritt auf sie zu, sprach jetzt sehr leise. «Ich bin mir sicher, dass du die Situation richtig einschätzt, Madeleine. Nun, da ich begreife, mit welcher Meisterschaft du all das eingefädelt hast. Ja, richtig: Es geht nicht allein um deinen Kopf. Genauso geht es um meinen. Die ganze verfluchte Stadt weiß von uns beiden. Doch es ist noch immer nicht zu spät, Madeleine. Es wird mir überhaupt nichts anderes übrig bleiben, als dich ebenfalls zu retten, wenn ich mich selbst retten will. Wo ist die blaue Mappe?»

Sie hatte keine Worte. *Die Mappe.* Sie hatte die Mappe nicht. So weit war sie nicht gekommen. Doch die Mappe war – verschwunden?

«Ich weiß, dass du sie nicht hast. Nach deinem Besuch war sie noch an Ort und Stelle. – Wer ist es? Die *boches*? Die *rosbifs*? Sag mir nicht, es sind die Russen. Geht es um Geld? Sag mir die Summe, und ich werde sehen, was ich auftreiben kann, aber sag mir verflucht noch mal, was das alles zu bedeuten hat!»

«Gaston, ich ...» Ganz selten nur sprach sie ihn beim Vornamen an, selbst in den intimsten Situationen. Er musste spüren, dass es ihr ernst war. Doch was sollte sie ihm erzählen? Die Wahrheit? «Ich weiß es nicht», flüsterte sie. «Ich weiß nicht, wer sie sind. Wer ... Wer er ist», verbesserte sie. «Es war vorgestern Abend, am Trocadéro. Es war dunkel; ich habe nichts als seinen Umriss gesehen, keine zehn Minuten. Er hat von mir verlangt ...»

Ein Schlag. Seine Handfläche, die ihre Wange traf. Sie schrie auf.

Er packte ihr Handgelenk, zog sie mit sich zum Tisch, so ruckartig, dass sie Mühe hatte, auf den Beinen zu bleiben. Er presste ihre Hand auf die Tischfläche, während er etwas aus seiner Jacke fingerte. Ein Umschlag. Nein, er hatte keine Ähnlichkeit mit den Kuverts, die der Fremde ihr hatte zukommen lassen. Ein auffälliger Stempel, den sie nicht zu deuten wusste. Longueville öffnete die Lasche, ließ den Inhalt auf die Arbeitsfläche gleiten.

Eine Fotografie. Und die Kurtisane kannte sie: Luciens Geschenk, das Porträt, in dem er ihr Wesen eingefangen hatte, auf eine Weise, die sie für unmöglich gehalten hätte, hätte sie die Aufnahme nicht mit eigenen Augen gesehen. *Lucien.* Ihre Lippen formten seinen Namen. Kein Ton war zu hören, doch der Sekretär hatte sie im Blick und konnte ihn lesen.

Triumph leuchtete in Longuevilles Augen auf – und ein Hass, der Madeleine frösteln ließ. Doch noch immer begriff sie nicht. Lucien? Es musste sich um sein Exemplar der Aufnahme handeln, das sie noch in der Nacht im Atelier gesehen hatte.

Endlich hatte Longueville ihre Hand losgelassen. Der Sekretär beugte sich über den Tisch, zog einen weiteren Umschlag zu sich heran, ganz anders als das erste Kuvert und sehr viel dicker. Er öffnete ihn und verteilte den Inhalt auf der Tischfläche.

Die Aufnahmen zeigten eine Frau, die Madeleine Royal noch niemals gesehen hatte, und sie zeigten Materne. Die Frau hatte die Krankheit, das war auf den ersten Blick zu erkennen, doch der Zuhälter nahm keine Rücksicht darauf. Als ob er sie töten wollte, vor dem Auge der Kamera, in einem Akt, den Menschen *Liebe* nannten.

Aber nicht das war es, was den Atem in ihrer Kehle stocken ließ. Luciens Arbeiten hatten etwas Einzigartiges. Unter Tausenden hätte sie eine seiner Fotografien erkannt. Auch diese Aufnahmen, ohne Zweifel, stammten von Lucien. Lucien – und Materne.

«Deine Freunde ...» Longuevilles Stimme war ein Flüstern. *«Deine Freunde haben dreißig Polizisten in den Tod gerissen.* Ich weiß nicht, ob du oder ich morgen noch am Leben sein werden, ganz gleich, was ich unternehme, aber was ich will, sind Antworten!»

Sie wich zurück. Sie hatte keine Antworten. Sie hatte jede Menge Fragen, und keine von ihnen würde er beantworten.

Abrupt wandte er sich zur Tür um. «Meine Herren!»

Die Wachmänner betraten den Raum.

«Bringen Sie diese Dame an einen Ort, an dem sie nachdenken kann», wies er sie an. «Und Sie werden sie bitte beim Nachdenken unterstützen.» Pause. «Nachdrücklich.»

Madeleine war nicht mehr in der Lage, sich zu rühren. Die Wachmänner packten ihre Schultern, stießen sie roh auf die Tür zu, doch der Sekretär hob noch einmal die Hand, und sie hielten inne.

«Antworten, ma chère.» Das Kosewort war wie ein angespitzter Dolch in ihr Herz. «Antworten, Mademoiselle Royal. Von Ihren Lippen.»

Er trat zurück, und die Männer stießen sie hinaus in den Korridor. Der Flur war eng, das Gesicht des pickligen jungen Mannes so nahe, dass sein Atem ihr in die Nase stieg: *«Von Ihren Lippen.»*

***

448

ZÜNDUNG IN 15 STUNDEN, 18 MINUTEN
Hôtel Vernet, Paris, 8. Arrondissement –
31. Oktober 1889, 08:42 Uhr

«Es könnte in Amiens passiert sein. Auf dem Gestüt.» Im Renaissance-spiegel suchte der Blick des Duke of Avondale nach den Augen seiner beiden Begleiter. «Wirklich», beharrte er. «Auf einem Gestüt ist es nicht ungefährlich. All die ... die Pferde und ...»

«Augen zu!», gab der Colonel Anweisung. Eine Puderwolke stieg in die Luft. Vom Stuhl vor der Spiegelkommode ein gepeinigter Laut. Selbst Basil, zwei Schritte entfernt, presste instinktiv die Lider aufeinander.

«Sieht es besser aus?» Eddy, mit weinerlicher Stimme, die Augen noch immer fest geschlossen, während sein Konterfei sich aus dem Pudernebel schälte.

Er sieht grauenhaft aus, dachte Basil Fitz-Edwards. Schlimmer als vor-her. Wie ein Schauspieler, der auf der Theaterbühne einen Leichnam dar-stellen sollte. Das Einzige, was noch immer durch den Puder schimmerte, war das Hämatom rings um das rechte Auge. Es hatte exakt dieselbe Farbe wie die Chaiselongue im Empire-Stil, auf der Basil in den Räumen des Prinzen Platz genommen hatte.

«Ob wir nicht doch eines der Zimmermädchen um Hilfe bitten soll-ten?», schlug er vor. «Oder Madame Marêchal?»

«*Madame* hat schon gestern mehr gesehen, als gut für sie ist.» Grimmig wandte O'Connell sich zu ihm um. «Geschweige denn für uns.» Nach-denklich betrachtete er sein Werk. «Aber so können wir Sie unmöglich auf die Straße lassen, Hoheit. Und auf die Ausstellung schon gar nicht. Nichts wäre schlimmer als der Eindruck, dass wir etwas zu verbergen hätten.»

Sehr deutlich atmete der Prinz auf. Eilig griff er nach dem weichen Lappen und beugte sich über die Waschschüssel, bevor der Colonel es sich noch einmal anders überlegen konnte.

Der Eindruck, dass wir etwas zu verbergen hätten, dachte Basil grimmig. Es war eine Kleinigkeit, diesem Eindruck beizukommen. Eddy musste ein-fach nur mit der Wahrheit herausrücken, wenigstens gegenüber seinen beiden Begleitern. Was der Prinz starrköpfig vermieden hatte, seit er Basil

Fitz-Edwards zum zweiten Mal innerhalb von vierundzwanzig Stunden unvermittelt über den Weg gelaufen war. Abermals unter mehr als verdächtigen Umständen. Eddy machte sich nicht einmal die Mühe, sich eine Geschichte auszugrübeln. Wie er an das Veilchen gekommen war, an das Blut auf seinem Hemdkragen, an den gezackten Riss, der seinen Anzug ruiniert hatte: Er sagte einfach gar nichts.

Basil hatte mit sich gerungen, die gesamte Nacht hindurch. Sollte er den Colonel in seinen schrecklichen Verdacht einweihen?

Eddy hatte sich von links genähert, als er auf den Champs Élysées in Basil gestolpert war. Er war aus jener Richtung gekommen, in der die Rue Matignon mit dem Palais Rocquefort lag. Jenem Palais, auf dessen Stufen die schlaksige Gestalt des Mörders ihr Opfer abgelegt hatte. Den todesblassen Leichnam der unbekannten Frau, ausgeweidet wie sämtliche Opfer des Rippers.

Es hatte eine Weile gedauert, bevor Basil und sein Schützling es hatten wagen können, das Vernet zu betreten. Mitten in der Nacht hatte im Foyer ein Menschenauflauf geherrscht, in dessen Zentrum zwei französische Polizisten gestanden hatten. Zwar hatten sie keine Uniform getragen, aber Basil Fitz-Edwards erkannte einen Polizisten, wenn er einen vor sich hatte. Er war selbst einer. Sie hatten abwarten müssen, bis sich die Anwesenden entfernt hatten. Celeste Maréchal selbst hatte ihnen am Ende geöffnet und als Einzige mitbekommen, in welchem Zustand der künftige Herrscher des Britischen Empire in das Hotel zurückgekehrt war. Sie hatte eine Augenbraue gehoben, aber das war auch alles gewesen.

Der Colonel hingegen hatte ein ganzes Füllhorn von Vorwürfen über den Prinzen ausgeschüttet. *Wo in Teufels Namen sind Sie gewesen?* Eddy hatte nur eine Antwort gekannt: Schweigen. Bis O'Connell schließlich aufgegeben hatte. Was in Basil Fitz-Edwards eine Annahme verfestigt hatte: Regelmäßig pflegten die Ausflüge des Duke of Avondale auf diese Weise zu enden: mit Schweigen.

Und auch Basil hatte geschwiegen. Zu deutlich war seine Ahnung gewesen, welche Fragen *ihn* erwarten würden, wenn er seine Geschichte erzählte. Spätestens, wenn er auf seine Retterin zu sprechen kam und ihre gemeinsame Flucht über die Dächer. Er fluchte innerlich. Zum dutzendsten Mal fragte er sich, wie es so weit hatte kommen können, aber er sah keinen Ausweg. Eddy tupfte sich das Gesicht ab. Er sah noch immer fürchterlich aus, doch zumindest ähnelte er nicht länger einem Leichnam.

«Wir müssen uns etwas einfallen lassen», murmelte O'Connell, während er den Prinzen musterte. «Wir können nicht so tun, als wäre *das da* nicht vorhanden. Irgendwie müssen Sie an die Verletzung gekommen sein. Und, nein, das Gestüt scheidet bedauerlicherweise aus, wenn wir uns nicht die Frage gefallen lassen wollen, wo diese Verletzung war, als man Sie gestern Abend an der Seite der Vicomtesse am Gare du Nord abgelichtet hat.»

«Er könnte über den Bettvorleger gestolpert sein», warf Basil ein. «Mit dem Kopf auf einen der Bettpfosten.»

«Was sich wenig königlich anhört.» Ein Seufzen von O'Connell. «Und damit vermutlich noch die besten Chancen hat, dass es geglaubt wird.» Mit einer routinierten Bewegung befreite er den Prinzen von dem Handtuch, das seine Uniform vor dem Puder geschützt hatte.

Tiefe Glockenschläge durch das Fenster.

«*Neuve heures moins le quart*», sagte Basil leise. «Wir haben fünfzehn Minuten.»

Eddy hatte sich bereits von seinem Stuhl erhoben. Basil musste zugeben, dass ihm das Veilchen etwas entschieden Verwegenes verlieh.

«Pünktlichkeit ist die Höflichkeit der Könige», verkündete der Duke of Avondale würdevoll. «Mr. Fitz-Edmunds, machen wir uns auf den Weg.»

Erhobenen Hauptes stolzierte er davon – um in dem diskreten Raum mit der samtbezogenen Klosettbrille zu verschwinden.

O'Connell fixierte Basil mit durchdringendem Blick. «Wenn Sie da draußen sind, werden Sie ihm sogar aufs Pissoir folgen! Keine Sekunde lassen Sie ihn aus den Augen!»

Basil räusperte sich. «Mit Verlaub, Colonel. Aber bei allen Eskapaden: Ist das nicht doch etwas ...»

«Ich denke nicht an seine Eskapaden.» Mit gesenkter Stimme. «Ich denke daran, dass das Leben einer Persönlichkeit von seinem Rang jeden Augenblick in Gefahr ist, wenn sie sich in die Öffentlichkeit begibt. Und dass unsere Zeit den Wirrköpfen dieses Planeten Möglichkeiten zur Ver-

fügung stellt, von denen sie in den Tagen unserer Altvorderen nicht einmal träumen konnten.» Noch leiser. «Beim italienischen König war es
noch ein herkömmlicher Säbel. Beim Fürsten Bismarck schon eine Pistole.
Beim russischen Zaren war es ein Sprengsatz.» Ein Nicken zum Fenster,
bedeutungsvoll. «Unter seiner Kutsche.»

Basil bemerkte, dass seine Kehle ihm eng wurde.

«Halten Sie die Augen offen, Constable!», schloss O'Connell raunend,
im selben Moment, in dem sich die Klosetttür wieder öffnete.

Zwanzig Minuten später saßen Basil und der Prinz in einer offenen
Kutsche, eskortiert von einer Ehrenschwadron Gardisten zu Pferde mit
hochmütigen Mienen und blankpolierten Helmen. Auf den Trottoirs
wälzte sich ein Besucherstrom dem Fluss und dem Gelände der Ausstellung entgegen. Hin und wieder ertönten Jubelrufe, wobei sich Basil
nicht sicher war, ob sie nun dem königlichen Gast galten oder eher der
allgemeinen Begeisterung, Zeuge zu werden beim Abschluss und Höhepunkt der größten Schau des Jahrhunderts.

Bei ihnen in der Kutsche hatte ein Herr in Galauniform Platz genommen: ein Adjutant des außerordentlichen Sekretärs des Präsidenten der
Republik – eine Position, die in Basils Augen auffallend viele Genitive
versammelte, wenn die Begrüßung schließlich der Nummer zwei der
britischen Thronfolge galt. Doch da der Colonel keine Einwände erhoben
hatte, musste das in Ordnung gehen. Der Mann hatte sie vor den Türen
des Vernet offiziell in der Französischen Republik willkommen geheißen
und war nunmehr dabei, den Prinzen mit höflichen Worten auf einige
Sehenswürdigkeiten hinzuweisen.

Basils Augen glitten über die Menge. Nirgendwo war Sicherheit für
einen Menschen in Eddys Position. Selbst Leibgardisten konnten besto-
chen werden, konnten insgeheim im Sold feindlicher Mächte oder ver-
brecherischer Kreise stehen. Der brave französische Adjutant konnte im
nächsten Moment in die Tasche greifen und …

Der Adjutant griff in die Tasche – und präsentierte dem Duke of Avondale eine Schnupftabakdose. Mit einem vernehmlichen Geräusch entwich der Atem Basils Lungen. Doch er durfte nicht nachlassen in seiner
Aufmerksamkeit.

Halten Sie die Augen offen, Constable! Die Mahnung des Colonel. Und wie ein Echo die Worte seiner katzenhaften dunklen Retterin: *Pass auf, copain. Pass auf dich auf. Und auf deinen Duke, wenn du ihn wiederfindest. – Irgendetwas wird in dieser Stadt passieren. Ich halte die Augen offen, aber ich kann nicht überall sein.* Basil straffte sich. Wo immer sie in diesem Moment die Augen hatte, wenn sie nicht geschlossen waren, wie bei Katzen ja tagsüber üblich: Er war Constable der Metropolitan Police der City of London, und seine Aufgabe galt dem Schutz von Eddys Leben.

Vom Mord an der grausam entstellten Frau auf den Stufen des Palais Rocquefort schien in der Stadt nichts bekannt zu sein. Diskret hatte er sich an der Hotelrezeption erkundigt: ob es in einer dermaßen überfüllten Stadt nicht jede Nacht schreckliche Vorkommnisse geben müsse. Die Rezeptionsdame, eine Mademoiselle Sophie laut Namensschild, hatte ihm traurig zugelächelt: In dieser Nacht erst sei ein Gebäude auf dem Montmartre den Flammen zum Opfer gefallen, wobei sich in diesem Fall allerdings erwiesen habe, dass ein Gasleck verantwortlich gewesen sei und die Schlamperei der Behörden. Ob denn die Behörden in London ganz ähnlich ... An dieser Stelle war sie verstummt. Vermutlich war ihr aufgegangen, dass ein junger Herr, dem die Sicherheit des Duke of Avondale anvertraut war, in irgendeiner Beziehung zu den Behörden des Britischen Empire stehen musste.

«Und nun ...» Der Adjutant des Sekretärs des französischen Präsidenten hob die Stimme, sah zum Duke of Avondale, dann zu Basil, um sicherzugehen, dass er auch tatsächlich ihre Aufmerksamkeit hatte. Vor ihnen bog die Reitereskorte um eine enge Kurve. «Messieurs: die Exposition Universelle!»

So viele Gedanken in Basils Kopf: In diesem Moment waren sie verschwunden. Der Tag hatte grau begonnen. In den letzten Minuten erst hatte die Sonne sich durch den dichten Oktobernebel gekämpft, der eben über den dunklen Wassern des Flusses zerfaserte und am jenseitigen Ufer ein Bild freigab, das Basil Fitz-Edwards zeit seines Lebens nicht vergessen sollte.

Der stählerne Turm: Erst jetzt, bei Tageslicht, wurden seine wahren Dimensionen sichtbar, ohne dass er dem Rest des Bildes irgendetwas von seiner unglaublichen Wucht genommen hätte. Hallen aus Glas und Stahl, von Ausmaßen, dass man den kompletten Londoner Crystal Palace in einer dieser Hallen hätte aufbauen können. Die Pavillons der ausländischen Mächte, die die Architektur versunkener Zivilisationen aufgriffen, der Azteken und Maya, der Hochkulturen des Orients, der Mogulkaiser Indiens. Langgezogene Promenaden, gesäumt von Reihen sprudelnder Fontänen, Flanierwege, auf denen sich Tausende, nein, Zehntausende von Menschen drängten, klein wie Ameisen über das Band des Flusses hinweg. Im Zentrum des Geländes aber eine Kuppel, nahezu vollständig aus Glas, geschmückt von Girlanden elektrischer Lichter, die selbst jetzt, mitten am Tage, in bunten Farben leuchteten. Gekrönt von einer monumentalen Siegesgöttin, deren Finger einen Lorbeerkranz in die Lüfte streckten. Der Querbau im Hintergrund, der Abschluss des Ausstellungsgeländes, musste die Galerie des Machines sein mit ihren tausend Wunderdingen, den Apparaten eines Berneau, eines Edison, mit …

«Eindrucksvoll», ließ der Duke of Avondale an Basils Seite vernehmen. Selbst er, ein Mann, der die Welt umsegelt hatte, der Enkel der Herrscherin des Empire, klang heiser. «In der Tat recht eindrucksvoll.»

Ringsum Fahnen, die sich in der Morgenbrise regten, und für eine Sekunde schwoll Basil Fitz-Edwards Brust, als er den Union Jack zu erkennen glaubte. Doch nein: Das Blau, Weiß und Rot der französischen Trikolore war eben identisch. Weiter links entschwand des Band des Flusses um die geschmückten Häuserzeilen des Quai d'Orsay, wo sich die Esplanade des Invalides verbergen musste mit den Pavillons der Kolonien, mit den Kanaken, den wilden Senegalesen, den weisen Chinesen und – natürlich – den Javanerinnen. In absolut jeder Beziehung war dieser Anblick …

«Eindrucksvoll», flüsterte Basil, und wenn er sich anhörte wie ein Echo, dann war ihm das gleichgültig.

***

Zündung in 14 Stunden, 22 Minuten
Exposition Universelle, Champ de Mars, Paris,
7. Arrondissement – 31. Oktober 1889, 09:38 Uhr

«Pferde!»

Unvermittelt blieb das Mädchen stehen, und Albertine de Rocquefort war gezwungen, ebenfalls abzubremsen. Was kein Vergnügen bereitete in der Menschenmenge, die sich über die flaschenhalsschmale Passage der Pont d'Iéna dem Champ de Mars entgegenwälzte.

Albertine verwünschte sich. Vor Tagen schon hatte sie entschieden, auf Torteuils Angebot einzugehen. Ja, sie würden die Ausstellung aufsuchen. Natürlich würden sie dem denkwürdigen Ereignis beiwohnen, wenn sein haariger kleiner Carpathier Berneaus letzte große Erfindung der Öffentlichkeit präsentierte. Schließlich stellte die erste, unverfängliche Begegnung zwischen dem Duc und ihrer Tochter einen entscheidenden Schritt dar in den Plänen der Vicomtesse. Vertragliche Spitzfindigkeiten hin oder her: Es war überhaupt nicht möglich, den ersten Eindruck zu überschätzen, den Torteuil von dem Mädchen gewinnen würde. Und die Umstände waren günstig. Wenn in diesem Moment Bewunderung im Blick ihrer Tochter stand, dann war bereits ein großer Schritt getan. Wenig entging den Augen des Monsieur le Duc, es sei denn, seine Eitelkeit kam ins Spiel. Unwahrscheinlich, dass er mitbekam, wenn die Bewunderung nicht ihm, sondern dem letzten Werk des verblichenen Monsieur Berneau galt oder einem der anderen Wunder der Ausstellung.

Und doch spürte Albertine de Rocquefort Verärgerung. Sie hätte alle Zeit der Welt gehabt, Vorkehrungen zu treffen und einen bevorzugten Einlass zu arrangieren. Noch gestern Abend hätte sie ein halbes Dutzend ihrer Gäste ansprechen können, und schon hätte sich an diesem Morgen irgendwo am Rande des Geländes diskret eine Pforte geöffnet für die Vicomtesse de Rocquefort samt Entourage. Sie hatte die Gelegenheit versäumt. Sie hatte die Exposition des Jahres achtundsiebzig im Sinn gehabt, die ebenfalls eindrucksvoll gewesen war, aber auf ihre Weise eben doch überschaubar. Nichts hatte sie auf diesen Wahnsinn vorbereitet, auf diese kollektive *folie*.

«Pferde!» Aufgeregt deutete Mélanie geradeaus, wo unter dem elegant geschwungenen Bogen des stählernen Turms hindurch mehrere Tiere in die Tiefe des Geländes geführt wurden.

Albertine de Rocquefort war sich nicht sicher, was sie davon halten sollte. Von Anfang an waren die Cousinen wie Tag und Nacht gewesen. Agnès war gelungen, worum Albertine jahrelang vergeblich gerungen hatte seit dem Tag der verhängnisvollen Jagd, von der ihre Tochter als veränderter Mensch zurückgekehrt war, ängstlich, blass und kränklich, dass keiner der großen Ärzte von Paris ihr hatte helfen können. Anders als Agnès. Mélanie war nicht eben *aufgeblüht*, aber der Umgang mit ihrer Cousine ließ doch Fortschritte erkennen. Kleine Fortschritte. Bis heute.

«Marie wird langsam alt.» Ernst blickte ihre Tochter sie an, einen Moment lang auf irritierende Weise erwachsen unter dem breitkrempigen Hut, den ein Gebinde von Straußenfedern krönte. Eine Kreation von Albertine de Rocqueforts persönlicher Schneiderin, vor Wochen für diesen Tag in Auftrag gegeben. Doch selbst in diesem Moment sah die Vicomtesse das Funkeln in Mélanies Augen; ein Funkeln, das dort seit Jahren nicht mehr zu sehen gewesen war. «Natürlich werde ich immer für sie da sein, auch wenn sie alt wird, aber ... Wir sind seit einer *Ewigkeit* nicht mehr richtig ausgeritten. Oder, Agnès? – Agnès?»

«Wie?» Das ältere Mädchen schüttelte sich. «Ja. Klar.» Jetzt ein Lächeln und ein neugieriger Blick in Richtung des Geländes. «Wo sie die Pferde wohl hinbringen?»

Auf Agnès hatte Albertine immer ein scharfes Auge. Sie hatte nicht vergessen, wie sie selbst in diesem Alter gewesen war. Und noch viel weniger hatte sie die Folgen, hatte sie Königsberg vergessen. Agnès war ein Wildfang, und stattliche junge Männer bevölkerten die Ausstellung in Scharen. Und worum die Gedanken stattlicher junger Männer kreisten, war ihr nicht unbekannt. Albertine warf einen Blick über die Schulter. Luis begleitete sie, ganz am Ende der Gruppe, noch hinter Albertines Gesellschafterin. Er würde mögliche Einkäufe tragen, und in diesem Moment sah er unbeteiligt geradeaus. Brav so, dachte Albertine. Sosehr sie seine jugendliche Begeisterung schätzte, wenn sie die Kerze in ihr Schlafzimmerfenster stellte, so wenig scheute sie deutliche Worte, wo sie ihr angemessen erschienen. Sie sei durchaus in der Lage, Wichtiges von Unwichtigem zu unterscheiden, hatte sie ihm mitgeteilt. Sollte Luis eines der beiden Mädchen auch nur auf eine falsche Weise ansehen, könne er sich darauf einstellen, sich demnächst von einem Körperteil zu verabschieden, das *ihm* jedenfalls nicht ganz unwichtig sein dürfte.

Nun, er war siebzehn Jahre alt und entsprechend leicht zu beeindrucken. Zumindest in ihrer Gegenwart hatte er bisher weder Agnès noch Mélanie einen Blick von der falschen Sorte zugeworfen.

«Maman!» Mélanie streckte den Arm aus. «*Indianer!*»

Albertine de Rocquefort legte die Stirn in Falten, doch, ja, das Mädchen hatte recht. Auf der Flaniermeile näherte sich eine weitere Reihe gedrungener kleiner Pferde, diesmal aber mit den Gestalten von Ureinwohnern des amerikanischen Westens im Sattel, mit Federschmuck im Haar. Die Vicomtesse konnte beobachten, wie die Besucher der Ausstellung respektvoll zurückwichen.

«Maman, bitte!» Mélanie sah ihre Mutter an. «Ich dachte, wir hätten Buffalo Bill verpasst und seine Indianer! Das müssen wir uns ansehen! Das ist die letzte Chance, und ...»

«Madame la Vicomtesse.»

Torteuil. Überrascht wandte Albertine sich um. Mehr als überrascht in Wahrheit, doch sie war Albertine de Rocquefort, und natürlich zeigte ihr Gesicht exakt das, was es zeigen sollte, als sie ihm die Finger zum Kuss entgegenstreckte. Wobei sie einen Lidschlag lang eine zweite Überraschung erlebte. Denn er kam nicht etwa mit bedächtigen Schritten auf sie zu, um sich über ihre Hand zu beugen. Der Duc lagerte in einem gepolsterten Sessel, einem Sessel, der auf zwei mächtigen Rädern ruhte, ergänzt um ein drittes, kleineres Rad im vorderen Bereich, wo seine Füße bequem übereinanderlagen. Ein Mann in einer dunklen Montur schob das Gefährt auf Albertine und ihre Begleiter zu. Die Livree erinnerte entfernt an die Uniform eines Gendarmen.

«Ma chère Madame.» Mit gewandten Bewegungen stieg Torteuil aus seinem Gefährt, beugte sich nun tatsächlich über ihre Hand, noch dazu mit besonderer Höflichkeit. «Es ist mir eine Freude, dass Sie gekommen sind.»

Er warf nicht mehr als einen beiläufigen Blick an ihr vorbei, doch wenn es einen Menschen gab, der einzuschätzen wusste, zu welchen Verstellungen François-Antoine, Duc de Torteuil, in der Lage war, dann war es Albertine de Rocquefort. Ob er sich seit einer Stunde am Zugang zum Gelände hatte hin- und herfahren lassen in seinem *fauteuil roulant*? Auf die Gelegenheit lauernd, einen Blick auf das Mädchen zu werfen? Das schien eher unwahrscheinlich. Dieser Tag bedeutete ein wichtiges Datum für ihn. Bei der Begegnung musste es sich tatsächlich um bloßen Zufall handeln, einen Zufall allerdings, der die Vicomtesse zu einer Reaktion zwang, noch bevor sie Mélanie hatte vorbereiten können.

«Meine Tochter Mélanie, Monsieur le Duc.» Sie trat einen halben Schritt beiseite. «Und ihre Cousine.» Nicht zu beiläufig angefügt, aber doch in einem Ton, der es dem Duc, vor allem aber Agnès unmöglich machte, ohne weiteres das Wort an den anderen zu richten. «Mélanie, dies ist der Duc de Torteuil, ein Freund deines Vaters.»

Ein alter Freund deines Vaters. – Verflixt! Sie wusste, dass ihrer Miene nichts anzumerken war, doch das Wort hatte ihr auf der Zunge gelegen. Der Moment kam zu plötzlich, trotz allem zu unvorbereitet. Das Mädchen sollte den Duc als angenehmen Menschen wahrnehmen: Mehr war für den Moment nicht notwendig, doch keinesfalls durfte Albertine sich mit weniger zufriedengeben. Und Torteuil sollte der Tochter der Königin der Pariser Salons begegnen und keinem verschüchterten Kindchen. Ein falscher Eindruck, und die Dinge konnten sich künftig ungleich schwieriger gestalten.

«Mademoiselle Mélanie.» Torteuil legte die Hand vor die Brust, deutete eine Verneigung an. Natürlich kein Handkuss; schließlich hatte Albertine ihm keine Dame der Gesellschaft vorgestellt, sondern ein Mädchen, das fünf oder fünfzehn Jahre hätte zählen können. In dieser Hinsicht machte das Protokoll keinen Unterschied. «Ich freue mich, Ihre Bekanntschaft zu machen», erklärte der Duc. «Ihre Mutter hat mir schon viel von Ihnen berichtet, und ich weiß, dass sie großen Stolz auf Sie empfindet. Es muss ihr eine große Freude sein, dass Sie sie zur Exposition begleiten.»

«Monsieur le Duc.» Es war kein Hofknicks, weit entfernt davon in

458

Wahrheit, doch genau die Abfolge der Bewegungen, die Albertine für eine solche Situation mit den Mädchen eingeübt hatte. «Ich freue mich, dass ich hier sein darf. Und gleich einem Monsieur begegne, der ... meinem Vater ein so guter Freund gewesen ist. Und meiner Mutter eine so große Stütze in einer schweren Zeit.» Ein angedeutetes Neigen des Kopfes.

Albertines Gesicht zeigte nichts als ein höfliches Lächeln. Aufatmen? Dazu war es zu früh, doch die Pause vor der Erwähnung des Vicomte, der Bedeutung Torteuils für Mélanies Eltern: exakt die richtige Länge. Lang genug, dass kein Zweifel bestehen konnte, dass ihre Mutter niemals ein Sterbenswörtchen hatte verlauten lassen über eine auch nur entfernte Bekanntschaft zwischen Torteuil und Mélanies Vater. Kurz genug, um zu zeigen, wie umsichtig das Mädchen die Situation bewältigte.

«Ich hoffe, Sie gegen elf an unserer Repräsentanz in der Galerie des Machines begrüßen zu dürfen, Mademoiselle Mélanie.» Torteuil verneigte sich nun seinerseits. Zum zweiten Mal nannte er das Mädchen beim Namen: ein gutes Zeichen. «Es handelt sich um einen vielleicht nicht ganz uninteressanten Anlass», erklärte er. «Seine Hoheit der carpathische Regent wird das letzte Werk des Monsieur Berneau der Öffentlichkeit vorstellen.»

«Oh?» Mélanies Augen weiteten sich so überzeugend, dass selbst Albertine sich fragte, ob ihr Erstaunen gespielt sein konnte. «Das klingt wirklich aufregend, Monsieur le Duc. Im *Temps* stand sehr viel über Monsieur Berneaus Erfindungen zu lesen. Nicht wahr, *Maman*?»

Die Vicomtesse nickte, das Lächeln nun eine Spur deutlicher. «Ich bin mir sicher, dass wir einen Besuch in der Galerie des Machines werden einrichten können.»

Erst jetzt stieß sie tatsächlich den Atem aus, unsichtbar natürlich für die Umstehenden. *Aufregend* war perfekt. Jetzt durfte Mélanie ihre Jugend betonen. Das Interesse an technischen Entwicklungen: gewagt. Nicht wenige Männer zeigten sich irritiert, wenn sie feststellten, dass eine Frau Interessen besaß. Zugleich aber war die Bemerkung ein Beweis dafür, dass Mélanie nicht etwa auswendig Gelerntes herunterbetete. Und *Maman*, die Koseform ... Fast ein wenig zu viel des Guten, wenn man Torteuil und sein besonderes Interesse an Mädchen in diesem Alter nicht kannte. Aber

Albertine registrierte den Blick des Duc. Ihre Tochter hatte ihn bereits gefangen.

Ein letztes Nicken von Torteuil, ein Lächeln darin, das sich auch an Albertine richtete. *Sie haben mir nicht zu viel versprochen.* Dann stieg er in seinen Rollsessel, und sein dienstbarer Geist schob ihn in die Tiefen des Geländes davon.

«Gut gemacht», murmelte Albertine de Rocquefort. Sollte ihre Tochter nur darüber nachdenken, warum es besondere Bedeutung hatte, wie sie diesem Mann gegenübergetreten war. Doch als sie zu den Cousinen blickte, stellte sie fest, dass die beiden gar keine Augen mehr hatten für den Duc und seinen Begleiter.

«Die Pferde biegen auf den freien Platz vor dem Turm!» Agnès. «Also die Indianer auf den Pferden. Bitte, Tante Albertine! Das müssen wir einfach sehen! Sie werden ihre *Show* aufführen!»

Davon ging Albertine de Rocquefort aus. Die Fläche zu Füßen des Turms bot als einzige ausreichend Platz für die Darbietungen Buffalo Bills und seiner Darsteller. *Pferde.* Wenn die Mädchen von einem mehr als genug zu sehen bekommen hatten in den Monaten auf Deux Églises, dann waren es Pferde. Das Gut zählte zu den bedeutendsten Gestüten der Region. Doch zumindest die Indianer waren zweifellos etwas Besonderes. Und die Mädchen hatten es verdient. Mélanie hatte es verdient. Albertine de Rocquefort hätte die Klauseln des Vertrages auf jede entfernte Eventualität vorbereiten können, doch sie kannte Torteuil: Er war glitschig wie ein Aal, wenn es darauf ankam. Wenn er feststellte, dass das Mädchen ihm nicht zusagte, würde er immer eine Möglichkeit finden, sich herauszuwinden.

«*D'accord*», murmelte sie. «Wahrscheinlich werden sie nicht die gesamte *Show* geben, sondern nur einige Kostproben, doch Indianer ...» Sie stellte fest, dass sie tatsächlich selbst gespannt war. «Indianer sieht man wohl wirklich nur ein Mal im Leben.»

***

ZÜNDUNG IN 13 STUNDEN, 51 MINUTEN
Exposition Universelle, Champ de Mars, Paris,
7. Arrondissement – 31. Oktober 1889, 10:09 Uhr

«Mr. Bill?» Drakensteins Geste war eine Verneigung. «Or might I say Mr. Buffalo?»

Friedrich kämpfte um eine neutrale Miene. Dass sich das höchst spezielle Französisch noch übertreffen ließ, mit dem das Oberhaupt seiner Delegation gegenüber den Gastgebern aufwartete, hatte er schlicht nicht für möglich gehalten. Er hatte sich getäuscht. Er hatte noch nicht erlebt, wie der Mann englisch sprach.

«Big pleasure. Very big pleasure.» Das Wort klang nach plätscher. Hingerissen beäugte der Gesandte den berühmten Westmann aus sämtlichen Richtungen: das 1873er-Winchester-Gewehr, den breitkrempigen Cowboyhut, die kniehohen Stiefel. Aus Büffelleder? Hatte Mr. Buffalo das Tier persönlich geschossen? Irgendwie gelang es Drakenstein, sich verständlich zu machen. Und Buffalo Bill schien bereit, die Fragen höflich zu beantworten, während im Hintergrund das Hauen und Stechen seiner Darsteller weiterging.

Der Mann war natürlich eine Berühmtheit. Seit Jahren war in den Zeitungen über die einzigartigen Erfolge seiner Wildwest-Schau zu lesen. Echte Indianer, Teilnehmer der blutigen Schlacht am Little Bighorn, die in ihren Originalgewändern, mit ihrer originalen Kriegsbemalung und ihren Originalwaffen die Ereignisse des nur wenige Jahre zurückliegenden Gemetzels vor den Augen des zahlenden Publikums zum Leben erweckten. Und ihre Kriegsgesänge anstimmten, während sie sich über ihre Gegner hermachten, die ebenfalls von Veteranen der Indianerkriege dargestellt wurden. Weißen Veteranen selbstverständlich, Veteranen der Gegenseite. Überfälle auf Planwagen und Reiterkunststücke rundeten das Spektakel ab, mit dem sich Mr. Buffalo bereits in den Vereinigten Staaten eine goldene Nase verdient hatte, um seinen Erfolg nun auf den Alten Kontinent auszudehnen. Die Schau hatte bereits vor der britischen Königin gespielt, zu ihrem Goldenen Thronjubiläum; der Papst plante angeblich, sie nach Rom zu holen, und in Deutschland ...

461

«Our new emperor is a big admirer of your show.» Drakenstein bot dem Westmann eine Zigarre an. «A very big admirer.»

Offensichtlich waren die Verhandlungen schon im Gange. Im Winkel zwischen einem der gigantischen Pfeiler des stählernen Turms und dem Pavillon der Republik Ecuador hatten die Mitstreiter des Wildwesthelden ein improvisiertes Buffet aufgebaut. Die übrigen Angehörigen der Gesandtschaft sprachen den Erfrischungen bereits zu. Der Whisky aus dem Tal des Tennessee-Flusses stieß auf besonderes Interesse.

Friedrichs Blick ging zu einer der großen Uhren, die an strategischen Stellen angebracht waren. Mehr als zwei Stunden, seitdem er Madeleine Royal verlassen hatte. Ob sie erfolgreich gewesen war oder nicht: Inzwischen musste sie in das Appartement am Boulevard de Clichy zurückgekehrt sein, das ihn am Abend so überrascht hatte. Schließlich war es nicht das erste Mal gewesen, dass er die Wohnung einer solchen Frau betreten hatte. Nur dass ihr Appartement eben keine Hölle aus Plüschsamt und venezianischen Spiegeln war, sondern eine behagliche Bleibe, die die Hand einer stil- und selbstbewussten Bewohnerin verriet. Weil Madeleine Royal keine *solche* Frau war.

Sie hatte geschrien, als sie aus ihrem Albtraum erwacht war, und er hatte sie festgehalten. Eine Hure. Es war ... *Sieh dich vor*, formten seine Lippen, und einen Moment lang stutzte er. Zu wem sprach er, wenn er sich der Kurtisane gegenüber doch nach wie vor der distanzierten Anrede bediente? «Sehen Sie sich vor, Mademoiselle Royal.» So leise, dass nur er selbst die Worte hören konnte. Es war eine merkwürdige Stimmung gewesen im Nebel vor den Toren der Conciergerie, und jetzt wünschte er, er hätte eine Möglichkeit gefunden, sie zurückzuhalten. Natürlich ging sie ein Risiko ein mit ihrem unangekündigten Besuch in den Räumen des außerordentlichen Sekretärs. Und dabei ging es um *ihn*, einzig und allein um *ihn*. Wovon Madeleine Royal nichts ahnte. Seinetwegen brachte sie sich in Gefahr.

Friedrich wurde abgelenkt. Schon jetzt, mitten am Vormittag, schien das Gelände der Exposition aus allen Nähten zu platzen. Ströme von Besuchern, die vom Flussufer her auf den Champ de Mars drängten, wie durch einen gigantischen Torbogen unter dem Skelett des Turms hindurch, bevor sich ihre Reihen am Beginn des Kampfplatzes teilten. Menschen blieben stehen, verfolgten den Fortgang des Spektakels, andere strebten einer der tausend anderen Attraktionen zu, Demonstrationen neuer Maschinen, der Ausstellung des kaiserlichen Diamanten, Musikdarbietungen, alles, was nur möglich war am letzten Tag der Weltausstellung. Die Exposition glich einem gigantischen Mechanismus, in dem eine Aktion auf die andere abgestimmt war: der Beginn einer Vorführung auf die Ankunft der Feldbahn, die den Champ de Mars und das Kolonialgelände in gleichmäßigem Takt verband, das Ende der Darbietung auf die Stoßzeiten in den *brasseries*, *buffets* und *restaurants*, die über das Gelände verstreut waren. Vermutlich hatte man sich sogar etwas einfallen lassen, damit die Schlangen vor den Wasserklosetts nicht zu lang wurden.

«Herr Hauptmann?»

Er drehte sich um. Strielow, einer der Beamten, die die deutsche Delegation begleiteten, die Wangen bereits vom Tennessee-Whisky gerötet.

«Seine Exzellenz will noch etwas mit den Rothäuten bereden. Friedenspfeife rauchen.» Ein alkoholseliges Grinsen. «Wir können uns ohne ihn weiter umsehen, sagt er. Hauptsache, wir sind heute Abend wieder hier.»

Friedrich sah über die Schulter des Mannes: Tatsächlich, Drakenstein entfernte sich, Buffalo Bill zur einen Seite, zur anderen einen wettergegerbten Indianerhäuptling mit prachtvollem Federschmuck. Den Indianer hatte der Gesandte mehr oder wenig untergeärmelt.

«Gut», murmelte Friedrich. «Danke. Ich denke, ich werde mich ein wenig ...» Doch da war der Beamte bereits mit schwankenden Schritten verschwunden.

Friedrich atmete auf. Er würde Madeleine Royal sehr viel früher aufsuchen können, als er geglaubt hatte. Er hoffte, dass sie ihm das nicht übelnehmen würde, war sich jetzt aber sicher, dass er keine Sekunde Ruhe finden würde, bevor er nicht wusste, dass sie unversehrt wieder zu Hause war. Zum nächsten Ausgang und dann den Pferdeomnibus.

Er wandte sich ab – und blieb wie angewurzelt stehen. Die Darbietung aus dem Wilden Westen war beendet. Die Menge begann sich zu zerstreuen. Die Menschen strebten in unterschiedliche Richtungen; nur wenige schienen noch zu verharren. Es war eine kleine Gruppe, genau gegenüber auf der anderen Seite des Kampfplatzes, beinahe an den Stufen, die zur schlossartigen Fassade des Palais des Beaux Arts emporführten.

Sie waren zu fünft: die Vicomtesse und die beiden Mädchen – Friedrichs Schwester und ihre Cousine, bei der er sich nicht sicher war, ob sie auch *seine* Cousine war. Je nachdem, ob die Verwandtschaft über Albertine de Rocquefort oder den verstorbenen Vicomte zustande kam. Dazu die knöcherige Gouvernante und ein langhaariger junger Mann, ein Domestik offenbar. Jetzt lösten sie sich von den Stufen. An den Fontänen vorbei hielten sie auf den mächtigen Bau mit der zentralen Kuppel zu, hinter dem die Abfolge der großen Ausstellungshallen begann, an deren Ende sich die Galerie des Machines erhob mit ihren mechanischen Wunderwerken.

Friedrich zögerte. Die Kurtisane wartete auf ihn – doch sie würde erst ab dem Mittag warten. Albertine de Rocquefort dagegen ... Seine Mutter. Einen ganzen Abend lang hatte er jede ihrer Bewegungen, jeden ihrer Blicke verfolgt, vorgeblich vollständig in sein Gespräch mit dem Marquis, mit dessen Gemahlin und dem carpathischen Regenten vertieft. Und anschließend hatte er die Gelegenheit gehabt, mit ihr selbst zu sprechen, unter vier Augen sogar, und an diesem Abend würde er Gelegenheit bekommen, sich ihr zu offenbaren.

Er fürchtete sich davor. Jetzt, in diesem Augenblick, drang die Erkenntnis zu ihm durch. Er hatte jede Gelegenheit der Welt gehabt. Und er hatte geschwiegen. Weil es sich nicht richtig angefühlt hatte? Weil sie anders war, als er sie sich vorgestellt hatte? Weil er sich noch immer keinen Reim auf diese Frau machen konnte, die ihn mit einem Blick betrachtet hatte, wie er ihn ... wie er ihn einer Frau wie Madeleine Royal zugetraut hätte.

Seine Füße setzten sich in Bewegung, ohne dass er ihnen die bewusste Anweisung erteilt hätte. An der Phalanx der Fontänen entlang, parallel zu der Gruppe um die Vicomtesse auf der anderen Seite des langgestreckten Bassins. Jetzt ging es einige Stufen empor, wobei Albertine de Rocquefort und die Ihren sekundenlang unsichtbar wurden hinter einer monumentalen geflügelten Brunnenskulptur, umgeben von einer Unzahl planschender Wasserwesen.

Langsamer! Beobachten, nicht mehr. Wie verhielt sich die Frau, wenn nicht gerade die *crème* der Pariser Gesellschaft in ihrem Salon zu Gast war? Jetzt kam die Gruppe wieder in seinen Blick. Seine Schwester Mélanie: Sie schien etwas zu erzählen, mit Händen und Füßen. Erleichtert stellte er fest, dass sie sich von ihrer Unpässlichkeit offenbar erholt hatte. Aufgeweckt, ja, *aufgeregt* deutete sie in sämtliche Richtungen. Die Vicomtesse dagegen: Natürlich hatte er sich getäuscht. *Wenn Paris ein Schlangennest ist, dann ist Albertine de Rocquefort die Königskobra.* Die Worte Madeleine Royals, und er musste lächeln, als er an diese Worte dachte. Natürlich war die Königskobra jede Sekunde auf der Hut, auch während eines Familienbesuchs auf der Exposition Universelle. Er beobachtete, wie sie jemanden grüßte, während sie das Wort an Mélanie richtete, wie sie in die andere Richtung einen Gruß erwiderte, einen Moment lang innehielt und dann – sehr bewusst, ohne jeden Zweifel – einen Gruß *nicht* erwiderte. Gesichter, die sich nach ihr umdrehten, wenn sie die Menschen passierte. Besucher, die die Köpfe zusammensteckten, sobald sie vorüber war. *Das ist die Welt, in der sich Albertine de Rocquefort bewegt. Hier ist sie Königin, auch wenn wir längst keine Königin mehr haben.* Wieder eine Bemerkung von Madeleine, und sie traf zu. Eine Königin, genau das war sie.

Jetzt näherte sich die Gruppe dem zentralen Kuppelbau. Die Front, von einem mächtigen Bogen eingefasst, bestand vollständig aus meterhohen Glaselementen, mittels schmaler Stege aneinandergefügt. Die Türen standen offen, um den Besucherstrom einzulassen. Friedrich wählte einen anderen Zugang als die Gruppe aus Deux Églises, bemüht, sie nicht aus den Augen zu verlieren, was im nächsten Moment wesentlich schwieriger wurde, als im Innern des Baus das wahre Gedränge begann.

Ein kurzer Eindruck nur von einem gewaltigen, lichtdurchfluteten Raum. Albertine de Rocquefort hielt sich links und bewegte sich langsam vorwärts, während ihre Augen umherschweiften. Eine Ausstellung funkelnder Schmuckstücke, Vitrine an Vitrine, einen Gang weiter die neuesten Kreationen der Pariser Mode. Hier wies eines der Mädchen auf eine Abendrobe mit besonders gewagtem Faltenwurf, dort ließ man eine Gruppe von Besuchern passieren, die ihrer Kleidung nach aus dem Ottomanischen Reich stammen mussten. Doch nirgendwo blieben die Vicomtesse und ihre Begleiter stehen; offenbar wollten sie sich zunächst einen Überblick verschaffen.

Immer wieder Abzweigungen, die tiefer in das Gewirr der unterschiedlichen Ausstellungen führten, abgetrennte Flächen, vor denen Posten in Livree die Stellung hielten. Fotografen, die ihre Kameras aufbauten, um die Auslagen abzulichten, wenige Schritte weiter eine Ausstellung, die ihrerseits fotografische Kameras präsentierte. Dort herrschte ein besonders heftiges Gedränge. Ein Bereich war mit massiven Wänden abgetrennt, ein chemisches Labor, wie Friedrich vermutete, in dem die Mitarbeiter belichtete Platten sogleich in ein Entwicklerbad geben konnten, um binnen Tagesfrist, womöglich binnen weniger *Stunden* den Besuchern die fertigen Abzüge vorzulegen. Ein schwarzer Vorhang. Der Zugang in das abgedunkelte Atelier? Eine kleine Menschentraube hatte sich auf dem Gang versammelt, doch niemand unternahm Anstalten einzutreten. Für einen Moment blieb Friedrich stehen.

Der Vorhang bewegte sich. Er bestand aus einem schweren Gewebe, die Falten reichten bis zum Boden. Eine Hand tastete sich ins Freie. Amüsierte Laute ertönten aus den Reihen der Beobachter, und dann ... Überrascht hob Friedrich die Augenbrauen. Er kannte den Mann, der sich auf den Gang schob. Der Regent des Königreichs Carpathien trug dieselbe Uniform wie am Vorabend, tastete über seine Brust: Die Ehrenschnüre auf der Uniform mussten sich verwirrt haben, während er sich durch den Vorhang kämpfte. Mit einer raschen Bewegung strich er sie glatt, blickte auf.

Lächelnd deutete Friedrich eine Verneigung an. «Sunt bucuros că aţi venit.» Jener Satz, den der Mann ihm beigebracht hatte, mit einigen Korrekturen seitens des Marquis de Montasser, der Wert darauf gelegt hatte, dass Friedrich sich auch wirklich die hochcarpathische Intonation aneignete. *Ich bin erfreut über Ihr Kommen.* Eine Bemerkung, die auch in diesem Moment hervorragend passte.

Der Regent sah ihn an, und ... Ein kurzes Blinzeln. «Bucuros.» Knapp, unwirsch beinahe. Zwei Schritte, und die struppige Gestalt war an Friedrich vorbei.

Verwirrt blickte der junge Deutsche dem Mann hinterher. *Als ob er mich noch nie gesehen hätte.* In diesem Moment bog der Regent auf die Hauptachse der Halle, nach links, tiefer in das labyrinthische Ausstellungsgelände. Noch einmal berührte er die Ehrenschnur, dann ein Griff zum Toupet.

Friedrich kniff die Augen zusammen, bemerkte kaum, wie er sich mit langsamen Schritten in Bewegung setzte. Der Carpathier war bald einen Kopf kleiner als er, sodass er dieses Toupet sehr genau im Blick gehabt hatte während der Unterhaltung mit dem Regenten und den Montassers. Das Toupet: wie ein räudiger Otter, der mitten auf dem Kopf des Mannes verendet war.

Und *dann* die tote Frau auf den Stufen des Palais: Die männlichen Gäste der Vicomtesse waren zur Verfolgung aufgebrochen, und als sie zurückgekehrt waren, war etwas anders gewesen. Torteuil hatte von einem unsichtbaren Hindernis berichtet, einem Mauervorsprung. Jeder andere wäre lediglich mit der Schulter dagegengestoßen, der Carpathier jedoch, angesichts seiner Größe ... sie hatten mehrere Minuten benötigt, um die Blutung an der Schläfe des Mannes zum Stillstand zu bringen, ohne Verbandszeug zur Hand, mit nicht mehr als eben dem Toupet, das für den Rest des Abends eine deutliche Schräglage besessen und halb über der Schläfe des Regenten die Verletzung verborgen hatte.

Friedrich erreichte die Hauptachse. Wo waren die Frauen aus Deux Églises? Unwichtig im Augenblick. Der Carpathier: Offenbar war er allein unterwegs, ohne Gefolge. Auf eigene Faust, vielleicht nicht einmal ungewöhnlich für einen Besucher aus den Wildnissen des Balkans. Der Mann sah nach links, nach rechts, als überlegte er, welchen Teil der Ausstellung er als Nächstes aufsuchen wollte. Das Gedränge nahm zu, und nahezu sämtliche Besucher überragten ihn, sodass es nicht leichtfiel, ihn im Blick zu behalten. Jetzt, unvermittelt, wandte der Mann sich über die Schulter um, doch Friedrich hatte Glück. Im selben Moment traten ein Mann und eine Frau aus einem der Gänge: Schweden. Es *mussten* Schweden sein bei ihrer Größe, und sie verdeckten Friedrichs Gestalt. Der Regent konnte ihn nicht gesehen haben.

Doch Friedrich hatte gesehen. Das Toupet: Es saß dort, wo es den gesamten Abend gesessen hatte – *vor* dem Aufbruch der Gäste zu ihrer Verfolgung. Die Schläfen zählten zu den wenigen Gesichtspartien, die aus dem wuchernden Bart- und Haupthaar hervorsahen. Von einer Verletzung war keine Spur zu sehen.

***

ZÜNDUNG IN 13 STUNDEN, 48 MINUTEN
Quai d'Orsay, Paris, 7. Arrondissement –
31. Oktober 1889, 10:12 Uhr

«Wir gehen nicht ins Vernet?»

«Wir gehen nicht ins Vernet.» Eines der Trümmerteile hatte Marais' rechte Wade gestreift. Er hielt das Bein ein wenig steif, ließ sich in seinem Tempo aber nicht beeinträchtigen. «Wenn das unsere Absicht wäre, hätten wir uns ziemlich verlaufen.»

«Das weiß ich. Ich ...» Pierre biss sich auf die Zunge. Überflüssige Fragen: eine von Alain Marais' allerersten Lektionen. Er setzte neu an. «Sie hatten gesagt, dass Sie Madame Marêchal ...»

«*Madame* hat uns mitgeteilt, dass sie ab zehn Uhr für ein Gespräch zur Verfügung steht. Woraus sich von selbst ergibt, dass wir sie zu jedem beliebigen Zeitpunkt des Tages aufsuchen werden, aber jedenfalls nicht um zehn Uhr. Wenn Sie eine Ermittlung führen, Pierre Trebut, müssen *Sie* es sein, der die Regeln bestimmt.»

«Aber ...»

«Was ganz allgemein gilt im Umgang mit Damen. Auch für Ihre kleine Freundin.»

«Sie ist nicht ...»

Unverständliches Gemurmel von Alain Marais. Pierre glaubte ein *Sie ist sogar* ziemlich zu hören.

«Was haben Sie gesagt?»

Der Agent wurde keinen Schritt langsamer. Links von ihnen erhob sich das Kolonialgelände an der Esplanade des Invalides. Über den Baumwipfeln grüßte der Nachbau der Pagode von Angkor.

«Ich habe vorgeschlagen, dass Sie vielleicht besser einige Tage ins Land

468

gehen lassen», erklärte der Agent. «Und sich die junge Dame dann noch einmal in Ruhe ansehen. Bei Tageslicht. Und sich überlegen, ob sie Ihnen immer noch so gut gefällt.»

Pierre blieb unvermittelt stehen. «Das haben Sie nicht gesagt.»

Nun, endlich, bremste der Agent seine Schritte. Seine Schultern hoben sich, als er Atem holte, sich umwandte, nachzudenken schien.

«Und wenn sie mir dann nicht mehr gefällt?», fragte Pierre. «Dann verschwinde ich einfach? Und lasse mich die nächsten zehn Jahre nicht mehr blicken, bis mich zufällig eine Ermittlung wieder ins Vernet führt? »

Alain Marais rührte sich nicht. Die dunkel getönten Gläser machten es nach wie vor unmöglich, aus seiner Miene zu lesen. «Ganz offensichtlich haben Sie nicht die Spur einer Ahnung, wovon Sie reden, Pierre Trebut», sagte er mit leiser Stimme. «In keiner Beziehung. Einiges wird Ihnen klarwerden, wenn Sie Mademoiselle Dupin das nächste Mal gegenüberstehen, aber anderes ...» Er trat einen halben Schritt näher an Pierre heran. «Ihnen ist bewusst, dass Männer gestorben sind – für weit weniger als das, was Sie mir eben ins Gesicht gesagt haben?» Er hob die rechte Hand, schien sie nachdenklich zu betrachten. «Säbel. Oder Pistole. Ich war recht gut mit beiden Waffen. Zu meiner Zeit.»

«Und mit den Spielkarten.» Pierre spürte sehr wohl, dass es besser gewesen wäre, jetzt den Mund zu halten. Doch irgendetwas ließ nicht zu, dass er sich wieder einmal zurückzog. War es Charlotte? Jedenfalls war sie es nicht allein. «Und mit dem Absinth, möchte ich wetten. Mit großspurigen Versprechungen, die Sie dann ... dann ...»

Marais schwieg, betrachtete ihn von oben bis unten, warf einen weiteren Blick auf seine Hand, als habe er es seit Jahren versäumt, sie genauer in Augenschein zu nehmen. «Es ist seltsam», sagte er schließlich. «Ich habe seit den Tagen des dritten Napoleon unter Philippe Auberlon gedient, und ich wäre bereit gewesen zu beschwören, dass sein Instinkt nicht zu täuschen ist. – Sie haben mit Ihren Kollegen zusammengestanden, nicht wahr? Der Général hat vorher niemals ein Wort mit Ihnen gewechselt, richtig? Er hat Sie einen Moment lang angesehen und Sie einfach mitgenommen.»

Pierre nickte irritiert.

«Auberlon hat recht genaue Vorstellungen davon, wie eine Mannschaft des Deuxième Bureau auszusehen hat», erklärte der Agent. «Eine solche Mannschaft hat sich zu *ergänzen*. So wie Pascal Morimond und ich uns ergänzt haben. Dem Général ist natürlich nicht verborgen geblieben, dass ich zu etwas spontanen Schritten neige, die sich im Einzelfall nicht zwingend im Sinne einer Ermittlung auswirken. Das war der Grund, aus dem er mir Pascal Morimond an die Seite gegeben hat. Weil Morimond *anders war.*»

Jetzt hob Pierre die Augenbrauen. «Morimond war ein *Feigling?*»

Abwehrend hob der Ältere die Hand. «Das sind Ihre Worte, Pierre Trebut, nicht meine. Morimond war bedächtig.» Nachdenklich. «Ja, das auf jeden Fall. Und klüger als wir beide zusammen. Sehr sorgfältig hat er die Dinge abgewogen, anstatt sich ...» Er betrachtete den Jüngeren, schüttelte schließlich resigniert den Kopf. «Vermutlich könnte ich auch schon das Aufgebot bestellen für Sie und Mademoiselle Dupin bei Ihrer Dickköpfigkeit. Vermutlich würden Sie ihr sogar einen Antrag machen, wenn eine entstellende und hoch ansteckende Krankheit sie befallen hätte und sie nicht bloß schwanger wäre.»

«*Schwanger?*»

«Und vor allem war es nahezu unmöglich, Pascal Morimond zu provozieren.» Marais, nach wie vor in Gedanken versunken.

Pierre starrte ihn an. *Schwanger?* Das kleine Bäuchlein. Natürlich: Er hatte dieses kleine Bäuchlein gesehen. Doch wenn Charlotte schwanger war, dann war sie doch mit Sicherheit bereits ... Nein, er war sich sicher, dass sie nicht verheiratet war. Und dass er sich nicht getäuscht hatte: Ohne Zweifel brachte sie ihm Interesse entgegen. Doch wenn sie ein Kind erwartete, erklärte das zumindest einige andere Dinge. Warum sie befürchtet hatte, dass sie ihre Stelle verlieren könnte. Was nicht geschehen würde, denn Madame Maréchal war tatsächlich eine gute Frau, und Pierre Trebut hatte absolut nichts dagegen einzuwenden, wenn Charlotte weiterhin im Vernet tätig blieb, wenn sie erst ... Wenn sie *verheiratet* waren? Charlotte Dupin war eine bezaubernde und gescheite junge Dame. Und Pierre Trebut hatte beschlossen, dass er für sie da sein würde, ganz gleich, was da komme. Schwanger oder nicht: Wenn er ein

Versprechen leistete – und sei es sich selbst gegenüber –, dann würde er dieses Versprechen auch halten. Vorausgesetzt natürlich, dass sie ihn überhaupt wollte.

Marais musterte ihn. Ein Seufzen. Ein Kopfschütteln. Er drehte sich um und setzte den Weg fort, am Quai d'Orsay entlang, dem Champ de Mars entgegen.

«Fragen Sie mich, warum ich Ihnen das erzähle», murmelte er schließlich. «Aber es gab einen Grund, warum ich Celeste Marêchal nicht mehr aufgesucht habe. Die Schulden. Die Casinos. Madame Marêchal besitzt ein Hotel, das zu diesem Zeitpunkt zu den beliebtesten Häusern der Stadt zählte. Würden Sie es akzeptieren, dass eine Frau für Ihre Spielschulden aufkommt? Aus Zuneigung?»

Ich würde erst gar keine Spielschulden machen, dachte Pierre Trebut.

«Dann ist es erfreulich, dass wir uns zumindest in dieser Hinsicht unterscheiden.» Marais nahm wie üblich keine Rücksicht darauf, dass Pierre die Worte nicht ausgesprochen hatte. «Also gut. Sie wollten wissen, warum wir auf dem Weg zum Champ de Mars sind?»

Ich wollte wissen, warum wir nicht auf dem Weg zum Vernet sind.

«Das eine ergibt sich aus dem anderen.»

Marais blieb einen Moment stehen, um eine größere Gruppe von Besuchern durchzulassen. Über den Ufersaum des Quai d'Orsay waren die Kolonialausstellung und das Gelände am Champ de Mars miteinander verbunden. Der Eintritt berechtigte zum Besuch beider Flächen, und auch die Promenade selbst säumten Stände von Ausstellern. Wobei die Präsentation internationaler Agrarerrungenschaften offenbar nicht mithalten konnte mit dem stählernen Turm oder den Wilden aus dem Senegal. Wilden, die man auf keinen Fall verpassen durfte, dem Tempo der Besucher nach zu schließen. Es blieb nur noch wenig Zeit bis zum Ende der Exposition. Weniger als vierzehn Stunden, dachte Pierre Trebut. Und noch immer hatten sie nichts in der Hand. Nichts als …

«Sie kennen dieses Gesicht?»

Pierre blinzelte. Alain Marais hatte etwas aus seiner Jacke hervorgeholt. Einer Jacke, die zu einem dunklen Anzug gehörte, der nun zumindest dem Stil des Jahres 1889 entsprach. Dass der Agent dennoch weiterhin die Blicke auf sich zog mit seinen dunklen Augengläsern und der frisch rasierten Glatze, verstand sich von selbst.

Pierre blickte auf die Zeitungsseite, die Marais ihm in die Hand drückte. Die Illustration, welche die obere Hälfte dieser Zeitungsseite beherrschte und einen Herrn und eine Dame zeigte, im Hintergrund weitere Gestalten und einen Eisenbahnwagen der *Compagnie de Chemin de fer du Nord*. Die Dame erkannte Pierre auf der Stelle. Die Vicomtesse de Rocquefort war eine aparte Erscheinung und während der Ballsaison häufig in den Illustrationen zu bewundern, die die Presse nach fotografischen Vorlagen fertigte. Der Mann dagegen ...

Pierre spürte, wie seine Kehle eng wurde. «Der Ganove», flüsterte er. «Der Ganove an der Tür des Vernet.»

«Der Sohn des Prince of Wales.» Marais' Kopfbewegung war ganz eindeutig ein Nicken. «Hier noch ohne Veilchen zu bewundern. Doch wenigstens wissen wir damit, warum sich der Colonel im Vernet aufhält.»

Pierre dachte an die humpelnde Erscheinung. «Eine Art Leibwächter?»

«Ein Mensch, der seine Finger überall hat, wo sie nicht hingehören.» Düster. «Zumindest aber sollte außer Frage stehen, wo der Duke of Avondale heute zu finden ist.»

«Auf der Weltausstellung», murmelte Pierre. «Am Abend auf Eiffels Turm, wie Longueville uns erzählt hat. Und vorher wahrscheinlich auf dem Champ de Mars.»

Ein zustimmendes Brummen, mit dem Marais seinen Weg fortsetzte. «Weiter: Sie erinnern sich an den Grafen Drakenstein?»

Pierre nickte. «Der Dicke mit der Uniform. Wobei Sie sich selbst nicht an ihn ...»

«Ich konnte mich an seinen *Namen* nicht erinnern», unterbrach Marais. «Weil er sich nicht mit diesem Namen vorgestellt hat in Baden-Baden. Betrogen hat er außerdem am Kartentisch. Nicht so gut wie ich allerdings.» Ein gewisser Stolz war aus dieser Feststellung herauszuhören. «Wie äußerte sich Graf Drakenstein nun heute Nacht? *Falls Sie bis mittags Zeit haben, bringen Sie doch ein Kartenblatt mit, Agent Marais. Ich sollte gegen eins wieder im Haus sein.*» Marais bemühte sich nach Kräften, doch keine französische Zunge vermochte den Akzent des Grafen vollständig einzufangen. «Vorher dürften wir also auch ihn vermutlich auf dem Champ de Mars finden.»

«Die Briten», murmelte Pierre. «Und die Deutschen. Beide Spuren aus dem Vernet führen auf den Champ de Mars.»

«Richtig. Was natürlich keine größere Bedeutung besitzt.»

«Wie?»

Marais blieb stehen. Sie hatten den Rand des Champ de Mars erreicht. Ganze Völkerscharen strömten aus sämtlichen Richtungen auf das Gelände. Pierre hatte die Ausstellung in den vergangenen Monaten immer wieder aufgesucht, doch dieses Gedränge war etwas Neues, die Gesichter, auf denen jetzt, als er genauer hinsah, ein Ausdruck stand, der im Sommer nicht da gewesen war. Etwas Eiliges, etwas Gehetztes beinahe.

«Angst», murmelte Marais. Leiser. «Nicht vor unserem Täter natürlich. Es ist die Angst, in letzter Minute noch etwas zu verpassen. An keinem Tag in den vergangenen Monaten war der Champ de Mars in diesem Maße gefüllt. Natürlich wird er heute zuschlagen. In ebendiesem Moment befindet er sich auf dem Gelände, und zwar genau ...» Er wandte sich nach links. «Dort.»

Pierre reckte den Kopf. Die Avenue de La Bourdonnais führte seitlich am Gelände entlang. Verwaltungsgebäude, dahinter der mächtige Komplex mit dem Palais des Beaux Arts, wo Kunstwerke aus aller Herren Länder versammelt waren.

«Noch weiter hinten.» Marais. «Ganz am Ende. Dort, wo Morimond und Crépuis gestorben sind: in der Galerie des Machines.»

«Das wissen Sie so genau?»

«Das Chou-Chou, Pierre Trebut. Was haben Sie gesehen auf den Stufen zum Chou-Chou, nachdem wir Monsieur Maternes Allerheiligstes durchquert hatten?»

Pierre kniff die Augen zusammen. Doch dann begriff er. «Die Höllenapparatur, die das Haus in die Luft gesprengt hat», flüsterte er. «Riemen und Walzen und Zahnräder. Eine Maschine. Und sie schien sich praktisch von allein zu bewegen.»

«Eine Maschine», bestätigte der Agent und bog entschlossen auf die Avenue. «Morimond und Crépuis sterben auf den Zeigern der Uhr. Das setzt den Mechanismus in Gang. Dann beginnt er uns zu lenken: zur Rue Richard Lenoir, auf die Spur der Deutschen und weiter ins Vernet. Und währenddessen tötet er die Hure und, wer weiß, den Zuhälter und den Fotografen ebenfalls. Und damit uns nicht entgeht, was das zu bedeuten hat, dringt er in die Conciergerie ein und hinterlässt den Umschlag mit den Fotografien, der auf das Chou-Chou verweist. Was verrät uns das über ihn?»

Pierre, zögernd: «Dass er nicht dumm ist?»

Ein Schnauben. «Er ist alles andere als dumm. Er denkt technisch. Er denkt *mechanisch*. Seine Aktionen sind Hebel, die im Voraus bestimmte Aktionen in Gang setzen. Er denkt wie ein Ingenieur.»

«Ein Ingenieur», wiederholte Pierre flüsternd.

«Was uns zu dem Problem führt, dass da vorne vermutlich mehr Ingenieure auf einem Haufen versammelt sind als zu jedem anderen Zeitpunkt in der Geschichte der Menschheit. Dennoch können wir das Täterfeld weiter eingrenzen.»

«Noch weiter?» Pierre hatte Mühe, dem Mann zu folgen. Es war ein Vorgang, den er zum wiederholten Mal erlebte. Als wäre der Agent selbst eine Maschine, bei der sich die Energie, mit der seine Hirnwindungen Fahrt aufnahmen, unweigerlich auf die Beine übertrug.

«Er ist ein äußerst erfolgreicher Ingenieur», erklärte Marais. «Ganz offensichtlich verfügt er nämlich über erkleckliche finanzielle Mittel – oder aber über einen Verbündeten, der über diese Mittel verfügt. Denn ohne jeden Zweifel hat er Helfer. Einzig zwischen dem Tod Etienne Roberts in der Rue Richard Lenoir und dem Zeitpunkt, zu dem die Frau auf der Treppe des Palais Rocquefort abgelegt wurde, liegen mehrere Stunden. Für diese Taten kann ein und derselbe Täter verantwortlich zeichnen. Doch der Einbruch in der Conciergerie? Die Ausschaltung gleich zweier Wachmänner? All das muss sich nahezu zum selben Zeitpunkt zugetragen haben, da zwei Arrondissements entfernt die Frau gestorben ist. Und die Maschine im Chou-Chou? Kein einzelner Mensch könnte ein solches Monstrum auf den Schultern tragen.»

«Eine ganze Bande von Verbrechern?»

«Nein.» Ein entschiedenes Kopfschütteln. Für eine Weile Schweigen.

An der Porte Rapp betraten sie eine gewaltige Galerie schneeweißer, schweigender Skulpturen, Leihgaben aus dem In- und Ausland und die größte Versammlung dieser Art, die die Menschheit bisher gekannt hatte. Noch ein Superlativ, dachte Pierre Trebut. Ein Superlativ wie alles auf der Exposition Universelle. Der höchste Turm und die größte umbaute Fläche in der Geschichte der Menschheit, die meisten Aussteller und die größte Zahl an Besuchern. Und die größte Katastrophe, wenn die beiden Ermittler versagten.

Der Agent bog nach links, wo jene Nationen, mit denen das Land zumindest nicht in offener Feindschaft lebte, ihre Künstler präsentierten. Dann eine Passage in die nächste Halle. Mehr und mehr begannen sich die Gänge zu füllen. Eine Galerie voller Geschmeide, Brillanten und Juwelen, die um die Wette glitzerten mit den Augen der Betrachterinnen, gleich darauf Gänge voller aufwendiger Garderobe nach dem neuesten Pariser Chic.

«Nein», murmelte Alain Marais und blieb stehen, Auge in Auge mit einer wächsernen Figur, wie Pierre Trebut sie aus den Schaufenstern an den Champs-Élysées kannte. Jene Sorte, bei der der Saum des Dekolletés buchstäblich Millimeter über den entscheidenden Stellen ansetzte und Pierre sich fragte, ob sich nicht ganz zwangsläufig ein Malheur ereignen musste, wenn eine Frau aus Fleisch und Blut eine solche Kreation anlegte. «Nein», wiederholte der Agent und maß die Figur abschätzend, die etwas unnatürlich aufgerissenen Augen mit den künstlichen Wimpern. «Keine Bande, Pierre Trebut. Ein einziges Hirn lenkt all diese Aktionen. Der Rest tut nur, was ihm gesagt wird, und stellt keine Fragen. In dieser Stadt ist für die richtige Münze alles zu haben. Hände, die sich um eine Kehle schließen; Augen des Gesetzes, die in eine andere Richtung sehen, wenn das gewünscht wird; ein Messer, das inmitten der Menge zwischen die Rippen des Opfers fährt, und wenn dieses Opfer am Boden liegt, ist der Täter bereits über alle ...» Schweigen.

Pierre verharrte. Alain Marais wandte ihm den Rücken zu, den Blick – soweit erkennbar – weiterhin auf das Gesicht der Wachsfigur gerichtet. Rechts von ihnen eine Mademoiselle hinter einem Tresen, die gedeckte Garderobe stammte zweifellos aus der eigenen Konfektion. Sie zupfte am

Saum ihrer Ärmel, demonstrativ, erst links, dann rechts, den Blick auf den beiden Beamten.

«Agent Marais?», setzte Pierre vorsichtig an. «Vielleicht sollten wir ...»

«Sehen Sie den Mann?», flüsterte Marais.

«Wie?» Pierre warf einen Blick über die Schulter. Nein, die Gestalt hinter dem Tresen war eindeutig eine Dame, und der Agent hatte ohnehin nicht sie im Blick. «Welchen Mann?»

«Sie bleiben hier», zischte Marais. «Er ist Ingenieur. Er hat das Chou-Chou gesprengt. Ein Zug in voller Fahrt ist leichter aus den Schienen zu heben als ein Zug, der noch steht.»

«Wie?»

«Wenn ich in zehn Minuten nicht zurück bin, treffen wir uns in der Galerie des Machines.»

«Aber ...»

Alain Marais löste sich aus seiner Position, und mit einem Mal war er ein anderer: schlendernd, wie ein müßiger Flaneur, dessen Blicke beiläufig über die Auslagen glitten, während er den Gang hinabwanderte. Wäre nicht die Brille ... Eine Bewegung, en passant, und die Augengläser verschwanden in der Brusttasche seiner Anzugjacke. Wäre nicht die frisch rasierte Glatze ... Ein Innehalten am nächsten Stand. Wieder eine Veränderung der Haltung: *interessierter*. Eine Münze, die den Besitzer wechselte, und der Agent streifte sich eine flache Mütze über den Kopf, spazierte weiter. Seine Gestalt verschwand in der Menge.

Sehen Sie den Mann? Fünfzehn Meter weiter mündete der Korridor der Modeausstellung in die Hauptachse der Halle. Pierre sah *Dutzende* von Männern, groß, klein, dick, dünn und einer unauffälliger als der andere. Er drehte sich um. Die Mademoiselle hinter der Verkaufstheke war jetzt in ein Gespräch mit einer Kundin vertieft. Pierre Trebut stand inmitten eines Angebots, das sich, wie ihm in diesem Moment klarwurde, auf Nachtwäsche spezialisiert hatte. Nachtwäsche für *Damen*. Er war der einzige einzelne Herr an diesem Stand, und von seinem Partner war keine Spur mehr zu sehen.

Beamte des Deuxième Bureau ermittelten immer zu zweit, und wenn das einmal nicht möglich war, fällten sie diesen Beschluss gemeinsam. Er reckte die Schultern durch. *Wenn ich in zehn Minuten nicht zurück bin, treffen wir uns in der Galerie des Machines.* Sollte Alain Marais früher zurückkommen, wusste er dann ja, wo er seinen Partner finden konnte.

Pierre lockerte die Schultern. *Schlendern.* Er war ein ganz gewöhnlicher Besucher der Exposition Universelle. Mit Sicherheit besaß Alain Marais die größere Übung, doch je unauffälliger er sich bewegte, desto größer seine Chancen ... Seine Chancen auf was? Was hatte Marais gesehen? Wen hatte er gesehen? *Er ist Ingenieur. Er hat das Chou-Chou gesprengt. Ein Zug in voller Fahrt ist leichter aus den Schienen zu heben als ein Zug, der noch steht.* Pierre *glaubte,* dass er die Bemerkung verstanden hatte. Wenn die Menschen einer Panik bereits nahe waren, würde der entscheidende Schlag ihres Gegners umso vernichtender ausfallen. Heute Morgen war die Panik noch einmal vermieden worden; der Vorsitzende der Gaswerke befand sich bereits in Arrest, und damit schienen sich die Pariser tatsächlich zufriedenzugeben. Doch eine neue Teufelei – hier und jetzt? Eine Höllenmaschine wie im Chou-Chou, die sich irgendwo im Labyrinth der Gänge und Hallen verbarg und unvermittelt Dutzende von Besuchern in den Tod reißen würde? Oder würde ihr Widersacher ein konkretes Ziel ins Visier nehmen, einen der hochrangigen Besucher? So viele Möglichkeiten, von Anfang an!

Pierre erreichte die Hauptachse der Ausstellung, die sich zehn oder zwölf Meter breit von der zentralen Kuppel bis zur Galerie des Machines zog. Hunderte von Menschen drängten sich dicht an dicht, beäugten die Exponate und die kunstvollen Skulpturen, die in der Mitte des Wandelganges aufragten, der eher einer eigenen, langgestreckten Halle glich. Zur Linken nun eine Ausstellung fotografischer Apparate, gleich darauf die neuesten Entwicklungen der chemischen Industrie, Pasten zur Reinigung der Zähne, gegen den Verlust des Haupthaars, zur Wiedererlangung der männlichen ...

Pierre wurde abgelenkt. Einige Besucher steckten tuschelnd die Köpfe zusammen. Gleich darauf sah er den Grund: Illustre Persönlichkeiten traten sich gegenseitig auf die Füße am letzten Tag der Exposition, Herrschaften, denen man nicht jeden Tag begegnete. An jenem Tag, an dem der carpathische Prinzregent in der Stadt eingetroffen war, hatte Pierre im *Temps* rein zufällig nicht sogleich zu den Sportwetten vorgeblättert. Das Konterfei des Mannes war ihm jedenfalls bekannt – was eben zu sehen war von den prinzlichen Zügen unter der wuchernden Bart- und Haartracht. Wie er jetzt allerdings feststellte, war der Mann kaum größer als Général Auberlon. Der Carpathier musste sich recken, um die Auslagen eines bestimmten Standes in Augenschein zu nehmen. Dort wurde ein Präparat für glänzendes Haar feilgeboten – bei Mensch *und* Tier. Mit einem Kopfschütteln wandte der Regent sich ab, spazierte weiter zum nächsten Aussteller, doch in diesem Moment schoben sich andere Besucher zwischen Pierre und den Carpathier. Ein blonder Mann in Uniform. Pierres Brauen zogen sich zusammen. In einer *deutschen* Uniform, einer kornblumenblauen Hauptmannsuniform, wenn er die beiden Sterne auf dem Schulterstück richtig deutete.

Doch schon kam der Regent wieder zum Vorschein. Der junge Beamte staunte über seine vielfältigen Interessen. Der Aussteller am Eingang zur kunstgewerblichen Abteilung schien sich auf historische Büsten spezialisiert zu haben, bot in dieser Hinsicht allerdings eine reiche Auswahl. Louis XVI. und den ersten Napoleon Seite an Seite aufzubauen, zeugte von einem eher eigenwilligen Humor.

Am folgenden Stand Brunnenskulpturen. Für sein persönliches Wappentier möge der Interessent den Preis erfragen. Der nächste Aussteller hatte sich lebensgroßen Bronzegüssen von Amazonenkriegerinnen verschrieben. Pierre gelang es, drei Varianten zu unterscheiden: die rechte Brust entblößt, die linke Brust entblößt und beide Brüste entblößt. Jene Variante, der auch der Carpathier einen nachdenklichen Blick zuwarf, bevor er seinen Weg fortsetzte und vor einer Serie dreiarmiger Kandelaber stehen blieb. Ein breites Kreuz versperrte Pierre unvermittelt den Blick, kornblumenblau. Der deutsche Hauptmann schien die nackte Amazone forschend zu betrachten, warf einen Blick nach links, bevor seine Augen zu der Skulptur zurückkehrten.

«*Wäre prachtvoll vor Ihr Schloss!*» Eine Gestalt hatte sich aus dem Hintergrund des Standes gelöst. Der Künstler, dem die Welt die nackten Amazonen verdankte, oder wahrscheinlicher sein Repräsentant. Eine Nadel mit dem Emblem des Herstellers zierte sein Revers.

Doch der Deutsche schüttelte nur kurz den Kopf, war bereits einen Stand weiter. Der Carpathier ...

Pierre hielt inne. Der carpathische Regent war wiederum einen Aussteller weitergewandert. Eine ganze Reihe von Besuchern spazierte durch die Ausstellung des Kunstgewerbes, betrachtete die Stücke. Doch die Leute hatten auch tatsächlich die Möglichkeit zu *spazieren*. Der Gang mit den Bronzegüssen war respektabel gefüllt, aber er war alles andere als überlaufen. Ganz anders als jene Abteilungen der Exposition, in denen man technische Neuerungen präsentierte, von denen die Besucher vor wenigen Jahren kaum hätten träumen können. Die Formen bronzener Güsse dagegen? Der erste Napoleon war seit zwei Generationen tot! Was sollte sich an seiner Büste noch verändern? Wohl kam es vor, dass ein bestimmtes Stück die Aufmerksamkeit von Besuchern auf sich zog, so wie in diesem Moment ein Kerzenhalter der zierlicheren Sorte, vor dem ein jüngeres Paar tuschelnd innehielt, Hand in Hand. Doch wer tatsächlich einen dieser Stände nach dem anderen aufsuchte, an jedem zweiten andachtsvoll verharrte, der musste schon ein ausgeprägtes Faible für jede Art des Kunsthandwerks besitzen. Ein Faible, das Pierre einem Wilden vom Balkan noch zutrauen wollte, der vielleicht zum ersten Mal die zivilisierte Welt betrat. Aber einem Hauptmann des preußischen Militärs?

Der Carpathier rückte vor zu einer Auswahl von Briefbeschwerern. Der Deutsche rückte vor zu den dreiarmigen Kandelabern. Nicht, dass er dem Balkanregenten auf die Füße trat, im Gegenteil: Stets befand sich eine Anzahl von Besuchern zwischen den beiden Männern. Entfernten sich jene Herrschaften aber, wandte sich der Deutsche entweder rasch den jeweiligen Ausstellungsstücken zu oder er wechselte auf die andere Seite des Korridors. Pierre bezweifelte, dass der Carpathier ihn überhaupt zur Kenntnis nahm.

Der junge Beamte verharrte. *Sehen Sie den Mann?* Nein. Diesen Mann hatte Pierre Trebut nicht gesehen. Nicht in jenem Moment, in dem Alain Marais in der Menge verschwunden war. Doch einen ganzen Abend lang waren Pierre und sein Partner den Deutschen hinterhergejagt, und der einzige Angehörige ihrer Gesandtschaft, den er bisher von Angesicht zu Angesicht gesehen hatte, war Graf Drakenstein. Wer sonst noch dazugehörte, wusste er nicht, aber diese Uniform war so deutsch, wie eine Uniform nur sein konnte. Und ihr Gegner, erinnerte er sich, war nicht mehr als ein *Hirn*. Ein Hirn, das entweder selbst über große finanzielle Mittel verfügte – oder über Verbündete, die in der Lage waren, solche Mittel zur Verfügung zu stellen. Und die Deutschen waren die beherrschende Macht des Kontinents.

Pierre Trebut spürte den Puls in seiner Kehle. Der Carpathier wanderte einen Stand weiter. Der Deutsche entdeckte seine Faszination für Briefbeschwerer.

***

Zündung in 13 Stunden, 41 Minuten
**Exposition Universelle, Galerie des Machines, Paris,
7. Arrondissement – 31. Oktober 1889, 10:19 Uhr**

«Nebel liegt in den Gassen. Ein geisterhafter Schleier verhüllt den Mond, dessen Licht zwischen den Fensterstreben hindurch auf den Boden fällt. Die einzigen Laute sind das Knarren und Knacken des altersschwachen Gebälks.»

Sieben Augenpaare hingen an den Lippen des Duke of Avondale. Eddy hingegen hatte nur Augen für Tristan, den jungen Adjutanten des außerordentlichen Sekretärs des Präsidenten der Französischen Republik, der ihn an der Spitze der sechsköpfigen Ehrengarde über die Exposition begleitete. Ihn und Basil Fitz-Edwards natürlich, der nicht mehr herauskam aus dem Staunen über seinen Schutzbefohlenen.

«Der Tag ist lang gewesen», fuhr die Nummer zwei der britischen Thronfolge fort. «Die raue See bei der Überfahrt. Die Strapazen, als ich mich entschloss, den hilflosen Damen an der Station Creil meine Unterstützung anzubieten – noch aber harrt meiner die Korrespondenz, die mich auf diese Expedition begleitet hat. Noch ist der Augenblick nicht gekommen, mein Haupt zur Ruhe zu betten.»

Eine wohl berechnete Pause. Dann mit einem Mal Anspannung in der Stimme: «Ein Geräusch! Vom Fenster her, das ich geöffnet halte nach der Hitze des Tages. Ein Schrei? Eine junge Frau in Not in den düsteren Gassen der fremden Stadt? Ich fahre in die Höhe, eile zum Fenster ...»

Atemloses Schweigen der Umstehenden.

«Ein Windstoß fährt in den Fensterflügel und verursacht genau jenes alarmierende Geräusch.» Ein schiefes Lächeln, und Eddy zuckte mit den Schultern. «Das Fenster hat mich voll erwischt. Sieht übel aus, oder?»

Die Männer lachten erleichtert, doch selbstverständlich lachte niemand über Eddy. Im Gegenteil schlug ihm respektvolle Anteilnahme entgegen angesichts des Veilchens, das unübersehbar das königliche Antlitz zierte. Wäre tatsächlich ein junges Mädchen in Not gewesen: Dem Halunken wäre der Prinz schon beigekommen. Von Tristan sogar ein bewunderndes Schulterklopfen, während der Duke of Avondale jegliche anerkennende Äußerung bescheiden abwehrte.

Basil Fitz-Edwards sagte überhaupt nichts. Inzwischen dankte er sämtlichen Göttern, dass Eddy einfach den Mund gehalten hatte ihm und dem Colonel gegenüber. Nicht auszudenken, wenn er sich eine Geschichte ausgegrübelt hätte, die ihn auf verschlungenen Pfaden kreuz und quer durch die Stadt geführt hätte auf einer Mission zum Schutze der Witwen und Waisen. Basil hätte sich verpflichtet gefühlt, die Route zu überprüfen, mitten in der Nacht.

Ein Ruck. Basils Finger schlossen sich um den Handlauf. Die beiden Gäste von den Britischen Inseln und ihr Ehrengeleit befanden sich zehn Meter über dem Boden. Es war ein merkwürdiges Erlebnis: Die Galerie des Machines lag tief unter ihnen, Besucher wanderten von einem Exponat zum nächsten. Die Beobachter aber, die sich scheinbar nicht von der Stelle rührten, überholten alle diese Menschen mühelos auf der gewaltigen fahrbaren Plattform.

«Die Leitungen für den elektrischen Strom sind in den Trägern verborgen.» Tristan nickte geradeaus. «Direkt unter uns. Sie verlaufen in mehreren parallelen Strängen über die gesamte Länge der Halle, mehr als vierhundert Meter jeweils, und überall wird die Elektrizität auf einer festen Spannung gehalten.» Es war unübersehbar, mit welchem Stolz er dem Prinzen den Einblick in die ausgefeilte Technik der Exposition vermittelte. «Nur so ist es möglich, dass sich die unterschiedlichen Aussteller an diesem Strom bedienen. Ihre Maschinen sind über Achsen und Transmissionen mit dem Leitungsstrang verbunden.»

«Beachtlich», murmelte Eddy. «Beachtlich.»

«Dort drüben sehen Sie eine der Attraktionen, die sich besonderen Zuspruchs erfreuen: Dr. Edison aus den Vereinigten Staaten von Amerika mit seinem Phonographen.» Tristan beugte sich über das Geländer. «Dr. Edison scheint momentan nicht zugegen zu sein, doch in Ihrem Fall, Hoheit, lässt sich mit Sicherheit eine Begegnung arrangieren. Der Phonograph stellt eine Möglichkeit dar, Geräusche auf einer Wachswalze aufzuzeichnen und auf diese Weise für die Ewigkeit zu erhalten. Sehen Sie die Stöpsel, die die Herrschaften dort unten gegen ihre Ohren drücken? Diese Stöpsel sind über metallene Kabel mit der Maschine verbunden. Die Herrschaften lauschen einem symphonischen Konzert, das ein Orchester in den Vereinigten Staaten aufgeführt hat. Vor mehreren Monaten! Tausende von Kilometern entfernt! Und auf diese Weise lässt sich jede Art von Geräusch aufzeichnen. Die menschliche Stimme! Stellen Sie sich vor, Sie würden Ihre Worte in den Trichter dort vorne sprechen. Noch in hundert Jahren könnte man diese Worte hören!»

«Beachtlich», wiederholte Eddy. «Wobei ich die Worte natürlich auch einfach aufschreiben könnte.»

«Naturellement.» Für eine Sekunde klang Tristan eine Winzigkeit verstimmt. «Aber das wäre nicht dasselbe.»

«Wie? Nein, gewiss nicht.» Vollständig überzeugt hörte sich der Duke of Avondale nicht an, doch O'Connells Anweisungen waren präzise gewesen in Sachen diplomatischer Höflichkeit. Selbst gegenüber Herrschaften, mit denen der Adelsspross nicht so trefflich harmonierte wie mit dem Adjutanten des außerordentlichen Sekretärs.

«Und selbstverständlich sehen Sie auch eine Vielzahl von Maschinen aus heimischer Produktion hier versammelt.» Tristan trat einen Schritt näher an den Prinzen heran und deutete quer über die Hallenfläche hinweg, sodass Eddy der Richtung folgen konnte. «Vollautomatisierte Nähmaschinen, die den Einsatz menschlicher Arbeitskraft in Kürze überflüssig machen werden. Druckmaschinen. Schuhputzmaschinen, die die bedauernswerten Kreaturen an der Straßenecke endlich von ihrer mühseligen Arbeit erlösen! Maschinen, die einen Luftstrom erzeugen, der durchnässte Kleider in Minuten trocknen lässt. Maschinen, die ohne menschlichen Eingriff eine Kartoffel von ihrer Schale befreien! Wir haben ...»

Für einen Moment verstummte der junge Mann. Die rollende Plattform passierte ein stampfendes, malmendes Etwas aus Hunderten von Kolben, Riemen und Zahnrädern. Ein Etwas, dem sein Sinn und Zweck beim besten Willen nicht anzusehen war und das doch eines mit all den geheimnisvollen Apparaturen in der Galerie des Machines gemein hatte: eindrucksvoll. Ganz gleich, ob die Geräte überhaupt einen Sinn und Zweck hatten. Sie alle waren unglaublich eindrucksvoll. Überall hielten Menschen inne, um die Wunderwerke der Technik zu bestaunen.

Als Tristan seine Erläuterungen fortsetzte, hatten sich Basils Augen bereits selbsttätig auf den Weg gemacht. Metallverarbeitende Maschinen, daneben Apparate, die sich dem Druck oder der Herstellung von Papier widmeten. Der linke Bereich der Halle beherbergte eine Ausstellung, die der textilen Industrie gewidmet war. Seit Jahrzehnten forschten findige Köpfe nach einer Möglichkeit, textiles Gewebe auf eine Weise zu imprägnieren, dass Feuchtigkeit ihm nichts mehr anhaben konnte, der Mensch durch strömenden Regen flanieren konnte und doch nicht nass wurde. Ohne Regenschirm, wohlgemerkt. Was bis dato lediglich in Sachen Fußbekleidung vollständig geglückt war, mit den gummierten *Wellington Boots*, die ihre Popularität keinem Geringeren verdankten als einem ihrer frühesten Propheten: dem Bezwinger des ersten Napoleon. Mit vulkanisiertem Kautschuk war man nun noch einen Schritt weitergekommen. Was dann wiederum den aktuellen Kautschukboom ausgelöst hatte. Nur dass es bis heute keine Möglichkeit gab ...

«... nicht die technisch bedeutsamste, aber zweifellos die eindrucksvollste Entwicklung Berneaus.» Tristans Stimme drang erneut an Basils Ohr. Der junge Constable warf einen Blick über die Schulter und konnte sehen, wie der Adjutant des außerordentlichen Sekretärs auf ein wahres Monstrum von Uhrenapparatur wies. Der Umriss ragte fast bedrohlich auf an seinem Ehrenplatz am Ende der Halle, die Zeiger zwei leeren

Fahnenmasten gleich, die über das Gehäuse hinweg schräg gen Himmel wiesen. «Gegen elf werden wir allerdings Gelegenheit haben, die neueste – und leider letzte – Erfindung von Monsieur Berneau zu bewundern, an der er bis zu seinem Tod gearbeitet haben soll. Der carpathische Regent wird es sich nicht nehmen lassen, das Werk persönlich ...»

Basil hörte nicht weiter zu. Die bewegliche Plattform, welche majestätisch über den Häuptern der Besucher dahinglitt, hätte das Dreifache an Personen fassen können, was man dem königlichen Gast von jenseits des Kanals natürlich nicht hatte zumuten können. Schon aus Sicherheitsgründen. Was Basil nun die Möglichkeit gab, sich unauffällig von Eddy und seinem Ehrengeleit zu lösen, bis er den Handlauf erreichte, der in die Weite der Halle wies, auf die Ausstellung der textilen Industrie am entgegengesetzten Ende.

Die Herausforderung eines wasserabweisenden Gewebes schien mittlerweile weitestgehend bewältigt. Eine Faser aber, die sich an die Konturen des menschlichen Körpers schmiegte, einer zweiten Haut gleich jede seiner Bewegungen mitmachte: Eine solche Faser existierte noch immer nicht. Selbst wenn die Damenschneider vermutlich für sie getötet hätten. Oder sollte die Wissenschaft gerade jüngst derartige Fortschritte gemacht haben? Wenn das so war, gab es einen Ort, an dem Basil Fitz-Edwards sich überzeugen konnte: vier Kreuzungen geradeaus und dann etwa zweihundert Meter nach links. Er versuchte, sich die Route einzuprägen. Vielleicht ließ Eddy sich ja zu einem Abstecher überreden. Die Damenkonfektion zählte schließlich zu seinen heimlichen Leidenschaften.

Was wiederum Basil anbetraf, so hatte dieser in der vergangenen Nacht ein gewisses Interesse an einer bestimmten jungen Dame entwickelt, die sich in eine solche geheimnisvolle Faser hüllte. Eine Faser von der Farbe der Mitternacht. *Minuit.* Er verschwendete keinen Gedanken daran, ob es erfolgversprechend erschien, nach ihr zu suchen. Wenn sie nicht gefunden werden wollte, dann würde er sie auch nicht finden. Irgendwo aber musste er anfangen, und die Textilausstellung war zumindest ... Er kniff die Augen zusammen.

Die Gänge zwischen den einzelnen Abteilungen wiesen eine Breite auf, dass eine ausgewachsene Dampflokomotive sie hätte passieren können.

Wären denn Bahngleise vorhanden gewesen, was lediglich an der Rue de Cairo der Fall war, wo die Eisenbahngesellschaften ihr Rollmaterial ausstellten. Heute aber, am letzten Tag der Ausstellung, drängten die Besucher sich dicht an dicht, quollen die Korridore über vor Menschen. Basil aus seiner Perspektive sah vornehmlich Köpfe, hier und da ein Gesicht, wenn jemand den Blick nach oben wandte, um die gläserne Dachkonstruktion zu bestaunen. Und eines dieser Gesichter kannte er.

Die Tür des Vernet. Basil Fitz-Edwards und der Duke of Avondale hatten ins Innere gespäht, auf die Versammlung, die sich rund um O'Connell und die Hotelwirtin aufgebaut hatte: ein dicker Mann mit ordenbesetzter Brust. Graf Drakenstein, wie Basil später vom Colonel erfahren hatte. Dazu der alte Pförtner, ein Zimmermädchen und ein hagerer Mann, der sich heute Morgen als Concierge des Hauses vorgestellt hatte. Und die beiden französischen Ermittler.

Es war der jüngere der beiden Franzosen. Ein freundliches Gesicht, Backenbart, etwa in Basils Alter. Er hatte mit dem Zimmermädchen getuschelt – bis die beiden unvermittelt in Richtung Tür gesehen hatten. Ein deutliches Zeichen an Basil und seinen Schützling: Zeit für einen strategischen Rückzug.

Ganz eindeutig war es derselbe Mann. Suchend blickte er eine Sekunde lang auf, doch schon sah er wieder geradeaus – oder nicht exakt geradeaus. Er war in der Nähe einer Apparatur stehen geblieben, die offensichtlich Knöpfe stanzte, wenn Basil die Tafeln an dem vielleicht zwanzig Yards entfernten Stand richtig deutete. Ein Hebelarm senkte sich, irgendetwas fiel in ein bereitstehendes Behältnis, der Hebel hob sich wieder, eine Schiene transportierte eine Leiste Rohmaterial um einige Zentimeter weiter, und erneut senkte sich der Arm. Mechanische Präzision, doch nicht dermaßen aufregend, dass Basil begriffen hätte, warum man den Vorgang minutenlang bestaunen sollte. Wenn es denn tatsächlich die Knopfstanzmaschine war, die der Franzose im Blick hatte.

Basil sah nur den Rücken des anderen Mannes: hellblondes Haar, recht hochgewachsen, und er trug den Uniformrock eines preußischen Hauptmanns. Dieser Mann beobachtete ganz eindeutig nicht den Stanzapparat. Er lehnte mit dem Rücken an jenem Stand. Wohin seine Augen gerichtet waren, ließ sich unmöglich sagen. Jetzt löste er sich aus seiner Position, ging einige Schritte weiter, am nächsten Stand vorüber und ... Urplötzlich blieb er stehen, lehnte sich gegen einen der stählernen Träger. Genau in derselben Haltung wie zuvor. Wohin er sah: Von neuem war es nicht auszumachen. Quer über den Gang hinweg wahrscheinlich, auf eine Maschine, die dünne Messingdrähte zu etwas verflocht, dessen Zweck Basil nicht recht erkennen konnte. Kunst vermutlich. Dafür befand er sich in Paris.

Eine Reihe von Herrschaften war bei der Präsentation der Flechtmaschine stehen geblieben. Der Franzose ... Basils Blicke suchten den Mann, fanden ihn ein Stück zurück, nun unmittelbar am Stanzapparat, in einer anderen Haltung als der Mann in der Hauptmannsuniform, aber exakt am selben Punkt, an dem zuvor der Deutsche verharrt hatte. Basil hatte keinen Zweifel mehr: Der Franzose verfolgte den Mann!

Gefesselt beobachtete er die Situation. Ein französischer Kollege im Einsatz. Doch musste der Deutsche nicht bemerken, dass er unter Beobachtung stand? Vermutlich nicht; schließlich genoss er nicht Basils Aussicht. Davon abgesehen, dass die Vorgänge an der Flechtmaschine seine Aufmerksamkeit offenbar vollständig in Anspruch nahmen. Oder irgendetwas anderes in dieser Blickrichtung. Jetzt machte sich ein Mitarbeiter des Ausstellers an dem Apparat zu schaffen. Vielleicht musste ein neuer Messingdraht eingelegt werden. Im selben Moment wandten sich mehrere Zuschauer ab, schlenderten weiter die Gasse zwischen den Exponaten entlang. Ein älteres Paar, ein kurzgewachsener Herr in einer Uniform, die Basil nicht zuordnen konnte, und ...

Der Deutsche löste sich von seinem Halt, nahm seine Wanderung mit bedächtigen Schritten ebenfalls wieder auf. Im selben Moment setzte sich auch der Franzose in Bewegung. An zwei, an drei Ständen vorbei. Basil biss die Zähne zusammen. Das Problem war nicht allein, dass die Männer sich bewegten. Das Problem war, dass er selbst sich ebenfalls bewegte, nahezu unmerklich zwar, doch ohne dass er etwas dagegen unternehmen konnte, gefangen auf der Plattform, deren vorbestimmter Kurs sich seinem Willen entzog. Sekunde für Sekunde wurde sein Beobachtungswinkel ungünstiger, insbesondere was jene Objekte anbetraf, die am weitesten entfernt waren. Die Besucher nämlich, die den Flechtstand verlassen hatten. Einem dieser Besucher musste das Interesse des Deutschen gelten.

Da! Der gedrungene Mann in der Uniform hielt inne. Basil konnte ihn nur noch an seiner wilden Haarpracht ausmachen. Der Deutsche verharrte ebenfalls, zögerte einen Moment, stützte sich dann auf eine Sicherheitsabsperrung vor einer Apparatur mit einem übermannshohen Transmissionsrad. Der Franzose war zehn Schritte hinter ihm, blieb einen Moment wie angewurzelt stehen, wandte sich dann den Auslagen des Standes zu, den er soeben erreicht hatte.

«Was zur Hölle geht da vor?», murmelte Basil Fitz-Edwards.

Ein sanfter Ruck. Die Plattform war zum Stehen gekommen. Basil fluchte. Er war sich sicher, dass dort unten etwas vorging. Etwas, das wichtig sein konnte, wenn sowohl die *krauts* als auch die *frogs* verwickelt waren und wohin auch immer der kurzgewachsene Geselle mit dem wilden Haar gehörte. Doch er würde keine Chance bekommen, es weiter zu verfolgen. Sie befanden sich mitten im Rundgang über das Gelände, und der Himmel wusste, wohin Tristan den Prinzen und seinen Beschützer als Nächstes führen würde. Nicht, dass Eddy einen Basil Fitz-Edwards im Moment nötig hatte. Die Männer vom Ehrengeleit hatten ein aufmerksames Auge auf seine Sicherheit. Wozu war ein Ehrengeleit schließlich da, wenn es nicht geleitete? Wenn es irgendeine Möglichkeit gäbe, sich abzusetzen ... Nervös trat Basil von einem Bein auf das andere.

«Gleich rechts», raunte es unmittelbar an seinem Ohr. «An der Papierpresse vorbei ins Freie. Direkt neben dem Restaurant.»

«Wie?» Basil drehte sich um.

«Das W.C.», deutete Tristan mit einer diskreten Kopfbewegung über die Schulter an, während Eddy und die übrigen Ehrengardisten sich bereits anschickten, die Plattform zu verlassen.

«Wie? – Oh.» Hatte Basil dermaßen nervös gewirkt? «Verbindlichen Dank.» Schon war er am Ausstieg, bezähmte mühsam seine Ungeduld, während es über eine metallene Wendeltreppe abwärts ging.

«Wir werden die metallurgische Abteilung aufsuchen», erklärte Tristan, als sie unten angekommen waren. «Bevor wir uns wieder zu einer der

487

Plattformen begeben, um zu verfolgen, wie der carpathische Regent das letzte Werk Berneaus in Betrieb nimmt. Sie finden uns ...»

«Mit Sicherheit. Verbindlichen Dank.» Mit einem knappen Nicken war Basil eilig verschwunden. Wenn der Adjutant bemerkte, dass er genau entgegengesetzt zu der Richtung lief, die ihm gewiesen worden war, war Basil schon zu weit entfernt.

Parallel zu den Trägern der rollenden Plattform. Über die Kreuzung hinweg? Ja. In den Korridor mit der Knopfstanzmaschine. Wertvolle Sekunden, in denen er sich durch das Gedränge kämpfte. Er wusste selbst nicht zu sagen, was er vorhatte, doch was er beobachtet hatte, *musste* wichtig sein. Er musste ihnen folgen. Dem Franzosen folgen, der dem Deutschen folgte, der dem gedrungenen Menschen ungeklärter Nationalität folgte. Wenn Basil sie einholte ...

Wenn er sie einholte.

***

ZÜNDUNG IN 13 STUNDEN, 20 MINUTEN
Exposition Universelle, Galerie des Machines, Paris, 7. Arrondissement – 31. Oktober 1889, 10:40 Uhr

Der Carpathier griff nach einem der geflochtenen Messingarmreifen. Nachdenklich wog er das Stück in der Hand, betrachtete es sekundenlang von unterschiedlichen Seiten, um es dann mit missvergnügtem Gesichtsausdruck in den Korb zurückzuwerfen. Er sagte etwas. Friedrich wagte sich nicht nahe genug heran, als dass er ein Wort hätte verstehen können. Was immer er von sich gab: Den Mitarbeiter am Stand des Ausstellers schien es kaltzulassen.

Ganz wie Friedrich erwartet hatte, schließlich beherrschte der Regent des carpathischen Königreichs keine der Sprachen der zivilisierten Welt. Er hatte keine Möglichkeit, sich verständlich zu machen. Vorausgesetzt, er war tatsächlich der Regent. Dafür allerdings sprach wenig.

Friedrich hatte Gelegenheit gehabt, ihn aus sämtlichen Richtungen in den Blick zu nehmen. Die Größe stimmte, ebenso die Statur. Zu den Gesichtszügen konnte er nichts sagen. Dazu sah einfach zu wenig Gesicht aus der Haarpracht und unter dem wilden Toupet hervor. Ausgenommen eben die Schläfen. Für einen Moment war sich Friedrich nicht mehr sicher gewesen, ob die Verletzung, die der Mann sich bei der Verfolgungsjagd zugezogen hatte, auf der linken oder der rechten Seite gesessen hatte. Mittlerweile aber hatte er beide Seiten in Augenschein nehmen können, diskret, aus der Sicherheit der Menschenmenge heraus, während die Aufmerksamkeit des anderen abgelenkt war. Weder hier noch dort war auch nur eine Schramme zu erkennen. Es gab nur eine Erklärung: Dieser Mann hatte niemals eine Verletzung erlitten. Er sah aus wie der Balkanregent, aber er war es nicht. Doch was hatte das zu bedeuten?

Friedrich wusste, wohin der Mann unterwegs war. Schließlich hatte Torteuil sich vernehmlich genug verbreitet im Salon Albertine de Rocqueforts. Die neue Maschine, über die der Duc allerlei Geheimnisvolles orakelt hatte, von einem Signal, welches sein Projekt in die ganze Welt aussenden werde. Nun, die Welt war zusammengeschrumpft an diesem speziellen Tag. Sie war komplett auf der Ausstellung vertreten. Wie allerdings unter all den vorgestellten Innovationen der Exposition ein neuartiger Mechanismus zur Produktion von Teekesseln die Aufmerksamkeit auf sich ziehen sollte, war Friedrich schleierhaft. Denn das war es doch, was Torteuil produzierte: Teekessel.

Es ergab keinen Sinn. Der Carpathier war in aller Seelenruhe durch den Korridor mit den kunsthandwerklichen Produkten geschlendert. Nun war er in der Galerie des Machines angekommen. Was konnte Friedrich tun? Dem Mann bis zu Torteuils Maschine folgen? Ihn mit der Frage nach seiner Verletzung konfrontieren? Mit Sicherheit war dort ein Dolmetscher anwesend. Den Hochstapler also an Ort und Stelle demaskieren? Friedrich war sich nicht sicher. Worin konnte der Plan des falschen Regenten bestehen? Torteuil zu schaden, das mit Sicherheit. Schließlich erwartete der Duc den echten Regenten. Und Torteuil war im Bunde mit Sekretär Longueville, der Friedrich den Teekesselfabrikanten auf den Hals gehetzt hatte. Franzosen waren die beiden außerdem. Welchen Grund also hatte Friedrich, Torteuil vor einer wie auch immer gearteten Falle zu bewahren?

Es gab keinen Grund. Keinen anderen Grund als den Umstand, dass Friedrich immer weniger begriff. Torteuil und der Sekretär. Der Marquis de Montasser. Seine eigene Mutter. Und jetzt der carpathische Regent. Nichts war, wie es schien; überall verbarg sich ein Hintergedanke, eine Täuschung. Fabrice Rollande, der den Hauptmann in sein eigenes undurchschaubares Spiel gezogen hatte. Doch wenn Friedrich seinem eigenen Kontaktmann nicht trauen konnte, wem sollte er dann noch trauen? *Madeleine Royal.* Verunsichernd, auf eine bizarre Weise tröstlich zugleich, dass er in diesem Moment an sie denken musste. An eine Kurtisane. Friedrich biss die Zähne aufeinander. Er war preußischer Offizier. Das war die einzige Gewissheit. Nur das allein durfte seine Richtschnur sein.

Eine Bewegung in seinem Augenwinkel. Der Carpathier, der sich vom Stand mit den Messingarmbändern löste. Friedrich verharrte zwei Sekunden lang, bevor er ihm von neuem zu folgen begann, weiter die Gasse zwischen den Exponaten hinab. Zur Linken eine Apparatur mit Kolben und Riemen und einem übermannshohen Transmissionsrad, dahinter schon der nächste Aussteller. Zur Rechten ... Unvermittelt blieb der Carpathier stehen, drehte sich um.

Rasch wandte Friedrich ihm den Rücken zu, das Gesicht zu dem Stand, an dem er sich eben befand. Sein Herz überschlug sich. Hatte der Mann ihn entdeckt? Was, wenn er ihn in diesem Moment entdeckte, die kornblumenblaue deutsche Hauptmannsuniform? Auf dem Gang mit dem Fotoatelier hatte Friedrich ihn bereits angesprochen. Er musste Verdacht schöpfen, wenn der Deutsche schon wieder zur Stelle war. Auf jeden Fall würde es unmöglich werden, ihm weiterhin unbemerkt zu folgen.

Starr sah Friedrich geradeaus, auf die Exponate. Kutschen. Warum auch immer jemand in einer solchen Umgebung Kutschen präsentierte, fast schon Relikte der Vorzeit in einer Welt, in der die Dampfeisenbahn längst ihren Siegeszug angetreten hatte. Warum auch immer der Aussteller diese vorsintflutlichen Gefährte auch noch mit einer verschwenderischen Zahl von Glühlampen ausleuchtete, Dutzenden mit Sicherheit.

«Kommen Sie nur näher.»

«Wie?» Friedrich blickte zur Seite.

Ein gemütlicher Herr mit Knebelbart. Er bückte sich kurz und löste eine Kordel aus ihrer Halterung. In Hüfthöhe angebracht, schien sie als eher symbolische Absperrung zu dienen.

«Wenn es aussieht, als könnte man einfach so reinlaufen, interessiert sich sowieso niemand dafür», erklärte der Aussteller mit einem Augenzwinkern. Und auf Deutsch, wenn man so wollte. Die schwäbische Färbung war unüberhörbar. «Bitte.» Eine einladende Handbewegung.

Friedrich biss die Zähne zusammen. War der Carpathier noch hinter ihm und betrachtete ihn abwägend? «Gern», murmelte er und betrat den Stand. Für den Augenblick war er der einzige Interessierte dort. Etwas hilflos sah er die Kutsche an, die zugegeben ausgesprochen leichtfüßig wirkte, die schlanken Räder ...

«Räder aus Stahl?», fragte er.

«Aber ja.» Ein gut gelauntes Nicken. «Es ist überraschend leicht, müssen Sie wissen.»

Es? Friedrich nickte ebenfalls. Natürlich war das Gewicht einer Kutsche nicht ohne Bedeutung. Bei dieser hier handelte es sich mit Sicherheit um einen Einspänner, für ein einzelnes Pferd also, wobei im Moment weder der Scherbaum noch das Geschirr angebracht war. Und letztendlich sah eben jede Kutsche etwas merkwürdig aus ohne Pferd davor.

«Ich nenne es Quadricycle», erklärte der Aussteller. «Weil es vier Räder hat. Anders als das Bicycle, das Fahrrad. Das hat nur zwei Räder.»

«Eine ... eine gute Idee.» Friedrich nickte verwirrt. Fast jede Kutsche hatte vier Räder.

«Hübsch, nicht?» Der Aussteller wies auf den Lichterschmuck seines Standes. «Genau der gleiche Motor.»

«Wie?» Doch im selben Moment sah Friedrich die etwas wirre Verkabelung, die von den Glühlampen zu einer vielleicht koffergroßen Apparatur führte. Sie brummte vor sich hin und stieß diskrete Qualmwolken aus. An ausnahmslos jedem Stand summte und brummte, pochte und hämmerte irgendetwas vor sich hin. Ein einzelner Motor ging einfach unter in der Kakophonie der Betriebsgeräusche. Wobei ...

«Sie holen sich den Strom nicht aus der zentralen Leitung?», fragte er überrascht. «Das dahinten bringt die Lampen zum Leuchten?»

«Aber ja.» Voller Stolz. «Das ist unsere Entwicklung: Ein V2-Verbrennungsmotor. *V*, weil wir den zweiten Zylinder in einem Winkel von siebzehn Grad am ersten montiert haben – wie beim Buchstaben V.»

«Ich ... Ich verstehe.» Einen Moment lang kam Friedrich ins Stottern. Zylinder? Er verstand überhaupt nichts, doch mit einem Mal betrachtete er die stählerne Kutsche mit anderen Augen und entdeckte das ebenfalls etwa koffergroße Etwas unter der Sitzbank. «Das da reicht aus, damit die Kutsche sich bewegt?», fragte er. «Ohne Pferde, automatisch? Auto... automobil?»

«Höchst zuverlässig und mit bis zu achtzehn Kilometer in der Stunde. Sie können zwischen vier verschiedenen Gängen hin und her schalten. Von Schorndorf haben wir nur wenige Tage gebraucht.»

«Damit?» Friedrich hob die Augenbrauen.

«Damit.» Der Aussteller schien jetzt beinahe eine Idee gekränkt. «Wilhelm?», rief er zum anderen Ende des Standes hin, wo das bärtige Gesicht eines weiteren Herrn mittleren Alters auftauchte. «Haben wir noch Broschüren?»

Friedrich wich einen halben Schritt zurück. «Ich denke, das wird nicht nötig sein.»

Sein neuer Bekannter hob die Schultern. «Nein. Jetzt vermutlich nicht mehr. – Der Herr ist am Ende des Ganges nach links gebogen.»

«Wie?»

«Der carpathische Regent.»

Friedrich presste die Kiefer aufeinander. Er würde *nicht* rot anlaufen. «Danke», murmelte er.

«Ich betrachte mich als Patrioten, Hauptmann. – Gottlieb Daimler. Ich habe keine Ahnung, in was für einer Mission Sie unterwegs sind, und ich will es auch gar nicht wissen. Aber vielleicht versuchen Sie, künftig ein wenig diskreter vorzugehen.»

«Angenehm», murmelte Friedrich. Zwei Sekunden später, und er befand sich wieder auf dem Korridor. *Am Ende des Ganges links.*

***

Zündung in 13 Stunden, 09 Minuten
Exposition Universelle, Galerie des Machines, Paris,
7. Arrondissement – 31. Oktober 1889, 10:51 Uhr

Menschen, überall Menschen. Mélanie schwirrte der Kopf. Tausende von Menschen. Viele Tausende. Und alle zwanzig Schritte lief ihnen irgendjemand über den Weg, der unter allen Umständen einige Worte mit Albertine de Rocquefort wechseln wollte, weil man sich ja so schrecklich lange nicht gesehen hatte. Entsprechend langsam kamen sie voran. Wobei wohl auszuschließen war, dass sie zu spät kommen würden, wenn der carpathische Regent Berneaus Vermächtnis in Betrieb nahm. Darauf würde die Vicomtesse ein Auge haben.

Ja, Mélanie schwirrte der Kopf, doch es war kein unangenehmes Gefühl. Ihre Wangen glühten. Aufgeregt hatte sie die *Show* aus dem Wilden Westen verfolgt, die wilden Indianerkrieger, die ihre gespenstischen Gesänge angestimmt hatten, bevor sie sich auf die *visages pâles* stürzten. Auf die Bleichgesichter, deren Schreie sich angehört hatten, als würden die friedlichen weißen Siedler vor den Augen und Ohren des Publikums tatsächlich massakriert. Häuptling Iron Tail hatte einen der Männer *skalpiert* und das blutige Haupthaar des Mannes triumphierend in die Höhe gestreckt, dass die Zuschauer aufgeschrien hatten. Alle. Selbst Maman, die den Mädchen gleich darauf versichert hatte, dass der Skalp natürlich in Wahrheit eine Perücke gewesen sei und das Blut Tomatensoße. Oder Himbeersirup. Was Mélanie ohnehin schon vermutet hatte, denn, ja, sie hatte die Aufregung, die Spannung gespürt, doch zugleich war ihr jeden Augenblick klar gewesen, dass nicht wirklich Gefahr drohte.

Sie wusste, was in der Nacht geschehen war, am Rande des Empfangs. Sie erinnerte sich an den schrecklich zugerichteten Körper der Frau auf den Stufen des Palais und wusste, dass in diesem Moment etwas zu ihr zurückgekommen war. Die Bilder vom Tage der Jagd. Das Reh, sein Blut und ... alles. Unmerklich schüttelte sie den Kopf. Irgendetwas war mit ihr geschehen, und dann hatte *er* sie auf ihr Zimmer hinaufgetragen. *Friedrich*. Friedrich von Straten, der geheimnisvolle Fremde, der Schattenriss in der Dunkelheit, der nun ein Gesicht bekommen hatte. Etwas hatte sich verändert. *Alles* hatte sich verändert, und sie fühlte sich, wie sie sich seit Jahren nicht gefühlt hatte. Am Leben, einfach nur am Leben, und dieses Leben war voller ungeahnter Aufregungen.

Es war seltsam gewesen. Albertine de Rocquefort hatte kein Wort sagen müssen. Mélanie hatte *gewusst*, was sie von ihrer Tochter erwartete, als Torteuil sich vor ihr verneigt, das Wort an sie gerichtet hatte. Wobei ihr natürlich hundertmal Unterweisungen erteilt worden waren, wie sie sich zu verhalten hatte in einer solchen gesellschaftlichen Situation. In Wahrheit hatte es sogar Spaß gemacht, nach genau den richtigen Worten zu suchen und einen Moment lang so zu tun, als wäre *sie* Albertine de Rocquefort. Es war unglaublich, fremdartig, mit Worten nicht zu beschreiben. Keine vierundzwanzig Stunden war es her, dass Mélanie sich kaum hatte vorstellen können, das Gelände der Exposition zu betreten, mit all den Menschen, all den einschüchternden Maschinen, mit Buffalo Bill und seinen wilden Indianern, und nun war sie hier, *und sie hatte keine Angst mehr.* Sie wusste es selbst nicht zu beschreiben, aber wenn sie tief in ihr Inneres horchte, dann konnte es keinen Zweifel geben: An diesem Morgen war ihre Krankheit verschwunden. Vielleicht ... Sie wagte kaum, daran zu glauben, aber vielleicht würde sie *niemals* wiederkommen.

«Klar, wir hätten einfach fragen können.» Ihre Cousine murmelte vor sich hin. «Wobei man natürlich niemals mit Sicherheit sagen kann, wie solche Leute reagieren, wenn man sie fragt. Dafür sind sie schließlich Wilde.»

«Wie? Was? Wilde?»

«Die Indianer.» Ungeduldig. «Jede der Federn auf ihrem Kopf bedeutet einen getöteten Mann. Das steht in der Broschüre.» Agnès hob das gefaltete Papier, das sie am Rande der Aufführung von einer *Squaw*, einer Indianerfrau, erworben hatten. «Deshalb haben die Häuptlinge so viele davon. Doch da steht kein Wort, was passiert, wenn sie eine *Frau* töten.»

Mélanie spürte, wie ihre Kehle nun doch wieder eng wurde. «Vielleicht ... vielleicht töten sie einfach keine Frauen?»

«Möglich», erwog Agnès mit nachdenklicher Miene. «Weil sie die Frauen aufheben wollen, damit sie ihren Lüsten dienen können.»

«Das steht da auch drin?»

«Das versteht sich doch von selbst. Hast du nicht gehört, wie Buffalo Bill das Halbblut vorgestellt hat? Ein Halbblut ist jemand, dessen Vater Indianer war, und die Mutter war Weiße. Oder umgekehrt. Aber wahrscheinlich war der Vater Indianer. Die Indianer haben die Frau geraubt, sie in ihr Lager verschleppt, und dann haben sie darum gekämpft, wer sie ...»

Das Mädchen verstummte. Mélanie sah über die Schulter. Ihre Mutter stand zwei Schritte hinter ihnen und musterte Agnès mit einem Blick, bei dem auch Mélanie sofort den Mund gehalten hätte. Marguerite hielt sich wie üblich halb in ihrem Rücken, Luis lehnte an einem der Metallträger, die zur Konstruktion der Galerie des Machines gehörten, und massierte seine Schulter. Albertine de Rocquefort hatte mittlerweile einige Besorgungen gemacht: eine Reihe chinesischer Vasen aus hauchfeinem Porzellan, eine Miniatur aus der Zeit des letzten Bourbonenkönigs, den einen oder anderen Meter eines mit Silberfäden durchwirkten Seidengewebes, das sie ihrer Schneiderin übergeben würde. Die Vicomtesse nickte ihrem Hilfskutscher wortlos zu, und schicksalsergeben nahm er die Last wieder auf.

Sie setzten ihren Weg fort. Links und rechts zweigten Korridore in unterschiedliche Bereiche der Maschinenhalle ab. Das Klopfen, Rasseln und Fauchen der Apparaturen erfüllte die Luft, die aufgeregten Stimmen der Besucher. So viele Menschen. Nein, es war nicht länger *Angst*, und doch blieb Mélanie eng an der Seite ihrer Cousine. Eine Szenerie wie im Innern eines gigantischen mechanischen Untiers, das all diese Menschen verschluckt hatte und bereits im Begriff war, sie zu verdauen, während noch immer Besucher durch den Schlund der Bestie nachdrängten. Ein fremdartiger metallischer Geruch lag in der Luft, der sich mit den Duftwässern der Zehntausende von Menschen mischte. Die Dachkonstruktion aus Stahl und Glas erhob sich vierzig Meter über ihnen, und doch fühlte es sich erstickend eng an, eingekesselt von all den Menschen, umgeben von den stählernen Apparaturen, die einschüchternd rings um sie aufragten: die Hauer des Untiers, bereit, die Beute zu zermalmen.

Albertine de Rocquefort bog in einen Gang. Mélanie konnte jetzt erkennen, dass sich viele Besucher in diese Richtung bewegten. *Berneaus Ver-*

mächtnis. Schon der Name des großen Ingenieurs reichte aus, um die Menschen an der Ausstellungsfläche der *Societé Torteuil* zusammenströmen zu lassen. Die Aussicht, mit dabei zu sein, wenn Berneaus letztes großes Werk das Licht der Öffentlichkeit erblickte. Mélanie erinnerte sich gut an das Gefühl an jenem Morgen kurz nach Eröffnung der Exposition, als sie in Deux Églises um den Tisch gesessen hatten, vor ihnen die Ausgabe des *Temps* mit der Abbildung, für die der Illustrator in den hintersten Winkel der Auvergne gereist war. An den Anblick des zerstörten Labors, in dem der große Konstrukteur seine wissenschaftliche Neugier mit dem Leben bezahlt hatte. Und an die Bildunterschrift: *Kein Le Roy, kein Edison wird diesen großen Franzosen jemals ersetzen können.*

Berneaus letzte Maschine war ein Monstrum. Dreifach mannshoch ragte der Umriss in die Höhe. Noch aber war die Apparatur unsichtbar unter einer gewaltigen Plane aus silbrig schimmerndem Gewebe. Rings um den Mechanismus zog sich eine Reihe von Wimpeln, die abwechselnd die Trikolore der Französischen Republik und das Wappen Carpathiens zeigten, den Löwen des Balkans. Diese Linie schien eine Grenze zu markieren. Mit strengen Gesichtern gaben Herren in dunklen Anzügen acht darauf, dass niemand sie überschritt. Torteuil selbst stand zu Füßen des Maschinenkolosses, erteilte Anweisungen, nahm einen Zettel in Empfang, den er nahe vor die Augen hielt, bevor er den Boten mit knappen Worten wieder losschickte. Wie schon am Morgen trug auch er einen dunklen Anzug, darüber allerdings einen langen, durchgeknöpften Mantel, für den es im Innern der Halle eigentlich zu warm war. *Weil er ihn aufrechter wirken lässt,* dachte Mélanie. *Und damit jünger.* Sie staunte über sich selbst. Ganz deutlich waren das Albertine de Rocquefort-Gedanken.

Jetzt hatte Torteuil die Damen entdeckt, kam auf sie zu, begrüßte die Vicomtesse mit einem Handkuss. Der Gesellschafterin nickte er zu, Mélanie und Agnès gegenüber deutete er eine Verneigung an. Luis war offensichtlich nicht vorhanden. «Madame la Vicomtesse. Mademoiselle Mélanie. Mademoiselle Agnès. Nur noch für wenige Minuten muss ich um Ihre Geduld bitten. Ich verspreche Ihnen: Sie werden es nicht bereuen.» Mit einer höflichen Geste bat er sie an einen Platz, von dem aus sie die Vorgänge an der Maschine aus nächster Nähe würden verfolgen können, und schon war er wieder auf dem Rückweg, ließ dabei die Hand in die Manteltasche wandern. Eine Taschenuhr. Die Stellung der Zeiger schien ihm keine Freude zu bereiten. Mit steifen Schritten ging er auf einen der Arbeiter zu und blaffte ihn in einer Lautstärke an, dass es noch für die Besucherinnen aus Deux Églises zu hören war.

«Eigentlich sieht es aus, als wäre alles vorbereitet.» Agnès reckte den Hals, versuchte, um die Maschine herumzuspähen. «Aber wo ist der Regent?»

Mélanie konnte beobachten, wie ihre Mutter nickte. Die Augen Albertine de Rocqueforts gingen in dieselbe Richtung wie sämtliche Blicke. Unterhalb der stählernen Träger, in denen sich die Stromversorgung der Halle verbarg, führten mehrere Stufen zu einer Tribüne empor. Im Hintergrund erhoben sich Masten mit den Flaggen der französischen wie der carpathischen Nation, zwischen ihnen eine nahezu mannshohe Hebelkonstruktion. Der Mechanismus offenbar, der das technische Wunderwerk in Gang setzen würde. Zu Füßen der Stufen stand ein Herr mit Zylinder. Der Dolmetscher zweifellos, der sich bemühte, kein allzu unglückliches Gesicht zu machen.

Noch immer drängten weitere Schaulustige heran. Mélanie legte den Kopf in den Nacken, musste ihn *weit* in den Nacken legen, wenn sie nach oben sehen wollte unter der breiten Hutkrempe hindurch und den Straußenfedern, die sich immer wieder in ihr Blickfeld schoben. Doch tatsächlich: Selbst dort oben hatten sich Zuschauer eingefunden, die gespannt der Dinge harrten. Die rollende Plattform, die sich zwischen den beiden Enden der Halle hin und her bewegt hatte, war oberhalb der Tribüne zum Stillstand gekommen. Die Fahrgäste würden das denkwürdige Geschehen wie von einem Logenplatz verfolgen, und gleich in der ersten Reihe ...

«Der Prinz», murmelte Mélanie.

«Was?» Agnès' Augen huschten in die gewiesene Richtung, Luis' Blick genauso.

Der Duke of Avondale sah neugierig in die Tiefe. Rings um ihn standen Männer in französischen Gardeuniformen. Mélanie hielt Ausschau nach dem lustigen Mister Basil, konnte ihn aber nirgendwo entdecken.

«Was ist denn mit seinem Auge?», flüsterte Agnès.

Mélanie sah genauer hin. Der Duke befand sich fast zwanzig Meter rechts von ihnen und mehrere Meter *über* ihnen, aber ihre Cousine hatte sich nicht getäuscht. Sein rechtes Auge war von einem Schatten umgeben. Er schien nicht in der Lage, es vollständig zu öffnen, doch königlicher Besuch war königlicher Besuch. Nur nicht jener königliche Besuch, auf den alles wartete. Doch in diesem Moment trat Torteuil mit erleichterter Miene einen Schritt vor. «*Înălţimea Sa!* Eure Königliche Hoheit!»

Die Herren in den dunklen Anzügen setzten sich in Bewegung. Höflich, aber mit Nachdruck drängten sie die Zuschauer beiseite, bis eine Gasse entstand, an deren Ende die gedrungene Gestalt des carpathischen Regenten sichtbar wurde. Der Duc eilte auf seinen hochrangigen Gast zu, dass sich seine Mantelschöße bauschten, verneigte sich tief, bevor er ihm die Hand schüttelte. Die beiden Männer hielten inne, noch immer Hand in Hand, die Gesichter allerdings nicht zueinander gewandt, sondern ungefähr in Richtung der Besucherinnen aus Deux Églises. Ein Aufblitzen. Erst jetzt sah Mélanie den Rücken des Fotografen, der den Moment im Bilde festgehalten hatte.

«Für die Geschichtsbücher.» Ihre Mutter, hinter ihr, die Stimme nur eine Spur amüsiert. «Der Duc ist kein Mann, der irgendetwas dem Zufall überlässt.»

«Aber ...» Das war Agnès.

«Wenn der carpathische Regent einige Minuten später eingetroffen ist als erwartet, so gibt es dafür einen einzigen Grund.» Die Vicomtesse sprach leise. «Es bedeutet, dass François-Antoine de Torteuil *wollte*, dass er später eintrifft.»

Sie beobachteten, wie der Duc mit ausgestrecktem Arm in Richtung der verhüllten Maschine wies, der Regent mit feierlichen Schritten auf das Monstrum zusteuerte. Eine Hand wurde auf das silbrige Gewebe gelegt, unter dem sich die Umrisse der Apparatur abzeichneten. Sie verharrte für mehrere Sekunden. Ein Aufblitzen, und der Fotograf nickte den beiden Männern zu.

«Der Regent ist der oberste Vertreter eines souveränen Staates», erklärte Albertine de Rocquefort mit gedämpfter Stimme. «Und sei dieser Staat auch noch so klein und abgelegen. Das Protokoll hat sich seinen Wünschen zu fügen. Und wenn er beliebt, verspätet zu erscheinen ...» Sie hob die Schultern. «Es kann nicht schaden, den Rang des Gastes zu betonen, den der Duc für diese Zeremonie gewinnen konnte.»

«Aber Torteuil hat sich geärgert, dass er zu spät kommt!» Agnès. «Bis hier hat man ihn fluchen hören!»

«Das ...» Mélanie fuhr sich über die Lippen, sah zu ihrer Mutter. «Das bedeutet genau das Gegenteil, oder? Der Duc hat sich geärgert, damit die Leute sehen, dass er sich ärgert. Weil sie ihm sonst nicht glauben würden, dass er nicht alles mit dem Regenten abgesprochen hat.»

«Was François-Antoine de Torteuil anbetrifft, so wirst du immer genau das sehen, was er dir zeigen möchte.» Die Vicomtesse warf nur einen kurzen Blick in ihre Richtung. «Wenn er sich wirklich geärgert hätte, hätte das niemand von uns mitbekommen.»

«Dann scheint er sich also jetzt zu ärgern», murmelte Agnès, nickte zu der Maschine, zu Torteuil und dem Carpathier.

Albertine de Rocquefort beugte sich nach vorn. Torteuil hatte sich halb umgewandt, bereits im Begriff, die Stufen zum Podest zu erklimmen. Irgendetwas aber hielt ihn zurück. Ein Dolmetscher war zu ihm und seinem Gast getreten. Torteuil drehte sich wieder vollständig um, sah zwischen den beiden Männern hin und her, schien fast unmerklich zu blinzeln. Der Carpathier sagte etwas, wies mit einer Armbewegung auf die Maschine. Der Duc hörte die Übersetzung, fuhr sich über die Lippen, antwortete, doch deutlich war zu erkennen, wie der Regent vom Balkan den Kopf schüttelte, seine Worte wiederholte. Ganz kurz nur legte Torteuils Stirn sich in Falten, bevor blitzartig ein ganz anderer Ausdruck auf sein Gesicht trat, überdeutlich jetzt: ein verständnisvolles Lächeln. Rasch winkte er zwei seiner Arbeiter heran und erteilte ihnen eine Anweisung.

«Sie ziehen die Plane beiseite», flüsterte Agnès, sah zu Albertine de Rocquefort. «Doch das hätten sie ja sowieso getan, oder? Wenn der Regent die Maschine in Betrieb nehmen soll.»

«Das hätten sie getan.» Es war Mélanie, die wispernd antwortete. «Aber erst in dem Moment, wenn der Regent auf der Bühne steht. Kurz bevor er den Hebel umlegt. Die Plane wird weggezogen, er betätigt den Hebel, und die Maschine nimmt den Betrieb auf. In dem Moment muss es ganz schnell gehen. Das ist eindrucksvoller.»

Die Vicomtesse nickte stumm. Die Apparatur war jetzt zum Vorschein gekommen. Glänzender Stahl, ein gewaltiger Kessel und ein Förderband, mehrere Anordnungen von Kolben und Transmissionen. Ohne jede Frage war es eine gewaltige Maschine. Gewaltig wie etliche andere Apparaturen auf der Exposition Universelle auch, obendrein allerdings von einer gewissen Eleganz, wie sie Berneaus Konstruktionen von jeher ausgezeichnet hatte. Doch der eigentliche Effekt ...

Die Hand des Carpathiers tätschelte den Brennkessel. Er beugte sich vor, und sein Oberkörper verschwand zwischen den Kolben und Röhren. Was er dort tat, war nicht zu erkennen, doch als er wieder zum Vorschein kam, ließ er die Finger über die Achsen der Transmission gleiten, strich hier über einen Rauchabzug, dort über die Aufhängung der Riemen, schien fachkundig den Sitz einer Verschraubung zu prüfen. Wie man es von einem Kenner der Materie erwarten konnte, der die Gelegenheit erhält, eine Erfindung aus nächster Nähe in Augenschein zu nehmen. Hochinteressant für den Betreffenden selbst, doch für die Zuschauer von eher begrenztem Schauwert, für Männer und Frauen, ganze Familien mit ihren Kindern am letzten Tag der Ausstellung, da im Halbstundentakt spektakuläre Aktionen anstanden. Und da es doch die patriotische Pflicht gebot, der letzten Entwicklung des großen Berneau Reverenz zu erweisen. Die Besucher betrachteten einen bärtigen, untersetzten Mann, der um die Apparatur seine Kreise zog und hin und wieder etwas vor sich hin murmelte, das niemand verstehen konnte.

Dann, endlich, war der Regent offenbar zufrieden. Torteuil atmete auf. Jeder der Anwesenden konnte sehen, wie er aufatmete, doch vermutlich spielte das keine Rolle mehr. Mit dem Arm vollführte der Duc nunmehr eine mehr als deutliche Geste an den Regenten, der sich mit einer angedeuteten Verneigung der Tribüne zuwandte und, den Gastgeber dicht an seinen Fersen, gravitätisch die Stufen emporstieg.

Torteuil wartete eben lange genug, bis der Carpathier sich in Position befand, dann wandte er sich an das Publikum: «Mesdames. Messieurs.» Eine kurze Pause, damit die Worte die Versammelten erreichten. «Franzosen. Menschen der ganzen Welt. Die Exposition Universelle hat ein neues Kapitel in der Geschichte der Menschheit aufgeschlagen. Was uns vor so kurzer Zeit noch unerreichbar schien, ist heute Wirklichkeit geworden. Ein neues Zeitalter hat begonnen, und die *Societé Torteuil* hat nun, am letzten Tag dieses großen Ereignisses, die Freude und ...» Wieder eine kleine Pause. «... die außerordentliche Ehre, das letzte Werk des verewigten Monsieur Berneau seiner Bestimmung zu übergeben.»

Erwartungsvolles Gemurmel.

«Wir leben in einzigartigen Zeiten», verkündete der Duc. «Niemals zuvor hat sich die Welt in einer solchen Geschwindigkeit verändert. Doch Veränderung ...», er senkte die Stimme, «Veränderung bedeutet auch Gefahr. Die Französische Republik bemüht sich um bestes Einvernehmen mit *allen* unseren Nachbarn, und doch ist es eine betrübliche Tatsache, dass der Friede in unserer Zeit mit jeder Minute in Gefahr ist. An ebendieser Stelle kann die *Societé Torteuil* einen wichtigen Beitrag leisten.» Er wandte sich ein Stück zur Seite, nahm die Maschine in den Blick. «Mesdames, Messieurs, Sie kennen unser Unternehmen als Hersteller höchst zuverlässiger Geräte des täglichen Bedarfs. Unsere Teekessel sind auch deswegen in nahezu jedem Haushalt der Republik vertreten, weil unsere Produktion höchste handwerkliche Qualität mit einem günstigen Preis zu verbinden versteht. Dies aber ist wiederum eine Folge unserer neuartigen Produktionsmethoden, welche die Technik in den Dienst des Menschen stellen, anstatt Heere zerlumpter Arbeiter zu beschäftigen, im Schweiße ihres Angesichts. Monsieur Berneau nun hat uns mit diesem seinen Vermächtnis ermöglicht, dieses einzigartige Erfolgskonzept auf ein gänzlich anderes Produkt zu übertragen.» Wieder ein Moment des wohlkalkulierten Schweigens. «Auf Kanonen.»

Ein Raunen erwachte in der Menge.

«Hat er *Kanonen* gesagt?», flüsterte Agnès.

Mélanie nickte stumm und sah zu Torteuil, der jetzt eine längere Pause einlegte, die Überraschung des Publikums zu genießen schien.

«Hat er nicht eben erzählt, dass er mithelfen will, den Frieden zu bewahren?», wisperte ihre Cousine. «Mit *Kanonen*?»

«Schon jetzt, Mesdames et Messieurs ...» Mit lauter Stimme zog der

Mann auf dem Podium die allgemeine Aufmerksamkeit wieder an sich. «Schon jetzt verfügen wir über Abreden mit dem Kriegsministerium, das unsere gesamte Produktion des kommenden Jahres übernehmen wird. Geschütze von einer ungeahnten Präzision und Feuerkraft, produziert von Monsieur Berneaus letzter großer Erfindung, welche nicht weniger leisten wird, als die Waffentechnik zu revolutionieren. Bis zur Stunde ist der Guss von Kanonen ein langwieriges, ein schmutziges und kostspieliges Unterfangen. Ein Unterfangen, das den Einsatz vieler hundert Männer erfordert – für ein einziges Geschütz. Unsere neue Maschine lässt all das Vergangenheit werden. Eine einzige Maschine, die sämtliche Arbeitsschritte in sich vereint, vom Erhitzen des Stahls bis zur Fertigstellung des Geschützes, bereit, auf die Lafette montiert zu werden und sich zu den Streitkräften unserer Republik auf den Weg zu machen. Einzigartige Präzision. Einzigartige Feuerkraft. Und eine einzigartige Geschwindigkeit, in der wir diese noch nicht da gewesene Waffe zur Verfügung stellen können. In jeder nur gewünschten Zahl. – Natürlich ...»

Er hob die Hand, als das Raunen unter den Versammelten anschwoll. «Natürlich sind Waffen Werkzeuge des Krieges. Doch wir alle wissen, dass unser Präsident und sein Sekretär nichts anderes wünschen als den Frieden. Eine solche Waffe in der Hand der französischen Streitkräfte wird daher das genaue Gegenteil sein. Sie wird ein Werkzeug des Friedens sein. Ihre bloße Existenz wird jeden Gegner zurückschrecken lassen, seine Hände nach unserer Nation auszustrecken. Französischer Erfindungsreichtum und carpathisches Erz: Auf einzigartige Weise werden sie dazu beitragen, den Frieden in unserer Zeit zu sichern.»

Sekundenlanges Schweigen. Dann, unvermittelt, begann irgendwo in der dritten oder vierten Reihe ein einzelner Mann in die Hände zu klatschen, dann ein zweiter, ein dritter, immer mehr. Beifall, der binnen Sekunden anschwoll, sich in ein ohrenbetäubendes Donnern verwandelte, während Torteuil jetzt reglos verharrte, in staatsmännischer Pose, der Carpathier an seiner Seite.

Mélanie starrte die beiden Männer an. Ein Gedanke. Plötzlich war er da. «Solange unsere Streitkräfte tatsächlich den Frieden wollen», flüsterte sie. Aufgabe von Soldaten war es, Kriege zu führen, nicht Kriege zu ver-

502

eiteln. Jeder Mensch in Frankreich wollte das Elsass zurück, das die Nation nach der Niederlage von Sedan verloren hatte. Und wenn das Elsass zurückgewonnen war: Was würde als Nächstes kommen? Was würde den anderen Staaten im Angesicht dieser Wunderwaffe übrigbleiben, als klein beizugeben? Und da war der nächste Gedanke. «Was wird die anderen Länder daran hindern, selbst solche Maschinen zu bauen?», wisperte sie. «Größere Maschinen und immer größere, und dann, wenn es wirklich zum Krieg kommt ...»

Sie verstummte. Die Augen ihrer Mutter lagen auf ihr. *Wenn dir nicht wohl ist ...* Sie sprach es nicht aus, doch Mélanie wusste, dass die Worte kommen würden, wenn es ihr nicht gelang, sich zur Ruhe zu zwingen. Politik. Und Technik. Nichts, das eine Frau etwas anging, wenn man dachte wie Torteuil. Und wie Albertine de Rocquefort. Nur dass Mélanie ganz anders dachte, selbst wenn ihr klar war, dass das keine Rolle spielte. Dass sie keine Chance hatte. Sie wusste, dass ihre Befürchtungen unausweichlich Wahrheit werden, ein Schritt sich aus dem nächsten ergeben würde, sobald der carpathische Regent den Hebel zog und Berneaus letzte Erfindung den Betrieb aufnahm.

Torteuil hob beide Hände, um dem Beifall Einhalt zu gebieten. Er wandte sich an den Carpathier, der seine Ansprache mit höflicher Miene verfolgt hatte, sehr aufmerksam, wenn man bedachte, dass er kein Wort französisch sprach.

«Înălțimea Sa.» Mit einer Verneigung. «Königliche Hoheit, wenn Ihr uns nun die Ehre erweisen würdet, den Hebel zu betätigen, der den Stahl im Kessel erhitzt und den Vorgang einleitet.» An das Publikum gerichtet: «Ganze zwei Arbeiter sind notwendig, um bei dem Prozess zu assistieren.»

Der Fotograf hatte sich vor der Tribüne aufgebaut und war bereits hinter seinem Apparat verschwunden. Der Regent legte die Finger um den Hebel. Es war zu erkennen, wie er Luft holte. Mit einem entschlossenen Ruck zog er den Mechanismus in seine Richtung.

* * *

Zündung in 12 Stunden, 54 Minuten
Exposition Universelle, Galerie des Machines, Paris,
7. Arrondissement – 31. Oktober 1889, 11:06 Uhr

«Ganze zwei Arbeiter sind notwendig, um bei diesem Prozess zu assistieren.»

Pierre Trebut stieß eine Verwünschung aus. Zu spät. Der Deutsche in seiner Hauptmannsuniform war in der Menschenmenge verschwunden, unter Hunderten von Besuchern, die sich um einen Koloss aus Röhren, Riemen und gezahnten Rädern drängten: Berneaus letzte und größte Erfindung, die der carpathische Regent ihrer Bestimmung übergeben sollte.

«Lassen Sie mich durch!» Grob stieß er einen älteren Herrn beiseite, der zu einem wütenden Protest ansetzte, doch schon war der junge Beamte an ihm vorbei. Es war so deutlich! Pierre verfluchte sich. Der Carpathier stand auf der Tribüne, an der Seite des Duc de Torteuil, ein perfektes Ziel aus sämtlichen Richtungen, wenn man eine Pistole zu bedienen wusste. Wovon bei einem Hauptmann des preußischen Militärs auszugehen war. Ein Anschlag! In genau diesem Moment kamen sämtliche Zutaten zusammen, die sich ihr unsichtbarer Gegner nur wünschen konnte: einer der illustren Besucher der Exposition Universelle. Und eine große Zahl von Menschen, deren Augen auf das auserwählte Opfer gerichtet waren. Das *musste* es sein. Mit Sicherheit war der deutsche Hauptmann nicht das Hirn hinter den gespenstischen Vorgängen der letzten Tage. Warum aber gerade die Deutschen ein Interesse daran hatten, den Carpathier auszuschalten, lag auf der Hand. In diesem Moment trat der Regent hinter den mächtigen Hebel, um eine Maschine einzuweihen, die die Waffentechnik revolutionieren und dafür sorgen würde, dass der Feind von jenseits des Rheins endgültig ins Hintertreffen geriet.

Ein junges Paar blockierte den Weg, unzertrennlich. Pierre suchte sich eine Gasse um die beiden herum, verlor damit eine weitere kostbare Sekunde.

«Lassen Sie mich durch!», zischte er. «Deuxième Bureau! – *Hoheit!*»

Doch das aufgeregte Murmeln der Menge schwoll von Sekunde zu Sekunde an. Der Carpathier hörte ihn nicht. Zehn Meter bis zum Fuß der

Tribüne, verstellt von etlichen Reihen neugieriger Zuschauer, jetzt eine dunkle Gestalt, die in den Weg trat: breites Kreuz, ein sehr formeller Anzug. Der Wachdienst.

Pierre öffnete den Mund – und begriff, dass es zu spät war. Die Finger des Regenten legten sich um den Hebel. Mit einem Ruck zog er das Monstrum zu sich heran und …

Es geschah überhaupt nichts. Sekundenlang. Dann: ein leichtes Zischen, wie Wasser, das in einen glühenden Kessel gegeben wird. Sämtliche Augen waren jetzt auf die Maschine gerichtet.

Pierres Blick ging zur Tribüne: der Duc de Torteuil mit selbstzufriedenem Gesicht, der Regent abwartend neben ihm. Der Deutsche: nirgendwo zu sehen. Der junge Beamte hielt inne, spähte links, dann rechts um den Wachmann herum, der ihn mit forschenden Blicken musterte. Der preußische Hauptmann war nirgendwo zu entdecken, doch er konnte überall sein, überall in der Menge. Aber hatte er den entscheidenden Augenblick nicht schon verpasst, den Augenblick, in dem sich die gesamte Aufmerksamkeit auf den Regenten gerichtet hatte? Suchend gingen Pierres Augen umher, konnten keine verdächtigen Bewegungen erkennen. Der Wachmann warf ihm einen letzten finsteren Blick zu, schien dann das Interesse an ihm zu verlieren. Damit war zumindest der Blick auf die Maschine frei.

Beinahe unmerklich begannen sich Kolben und Zahnräder in Bewegung zu setzen, Zoll um Zoll. Dampf drang aus dem gewaltigen Kessel, und ein metallischer Geruch erfüllte die Luft. Eine mächtige mechanische Bestie, die nach langem Schlaf ihre Glieder streckte. Pierre sah ein Förderband, sah unterschiedliche Greif- und Hebelarme – und die beiden Arbeiter in frisch gestärkten Hemden, die sich bereithielten, in den Vorgang einzugreifen. Er vermochte nicht zu erkennen, wie genau der Mechanismus funktionierte, doch mit Sicherheit war jeder Handgriff Dutzende von Malen geübt worden.

Nun war das Zischen kaum noch zu hören. Es wurde überlagert von anderen Geräuschen, von den Lauten, mit denen die Kolben sich hoben und senkten, dem metallischen Klicken, mit dem die Räder ineinanderfassten, die straffgespannten Riemen Kraft auf andere Teile der Maschine übertrugen, gewaltig und undurchschaubar, präzise und minuziös.

Suchend sah Pierre sich um, doch noch immer war die blaue Uniform des Deutschen nirgends zu sehen, und die Umstehenden …

Er kniff die Augen zusammen. Sie stand auf einem Ehrenplatz, umgeben von einigen jüngeren Leuten, und er erkannte sie sofort: das Kinn vorgestreckt, mit einem hoheitsvollen Blick, wie er einer Persönlichkeit von ihrer gesellschaftlichen Stellung nur angemessen war. Albertine de Rocquefort. Die Vicomtesse. Und plötzlich war da etwas. Pierre konnte spüren, wie die Gedanken in seinem Kopf gleich den Kolben der Berneau'schen Maschine Fahrt aufnahmen. Sie folgten zwei Spuren in dieser Ermittlung, zwei Spuren, die vermeintlich in keinerlei Verbindung standen. Vermeintlich. Der Fährte ihres Gegners, die sie ins Vernet gelockt hatte, und den Fotografien der ermordeten Frau, die zum Zugriff auf das Chou-Chou geführt hatten und zum Tod von dreißig Polizisten. Spuren ohne jeden Zusammenhang? Nein! Diese Frau, die Vicomtesse, war heute Morgen im *Temps* zu bewundern – an der Seite des Duke of Avondale, der in dieser Nacht blutverschmiert durch die Tür des Vernet gespäht hatte! Vor dem Palais *dieser* Frau war der Körper der Ermordeten gefunden worden, die auf den Fotografien mit dem Inhaber des Chou-Chou zu sehen war. Es *gab* eine Verbindung, und ihr Name war Albertine de Rocquefort. Und wieder war sie hier: Die legendäre Vicomtesse aus dem achten Arrondissement, an einer Maschine, die Kanonen produzierte. Was interessierte die Königin der Pariser Salons an einer solchen Maschine?

«Das kann kein Zufall sein», flüsterte Pierre Trebut.

Ein unterdrückter Knall. Jetzt von mehreren Damen nervöse Laute, doch es war nur einer der Kolben gewesen, der für einen Moment nicht richtig funktionierte. Die Maschine arbeitete weiter, mit wachsender Kraft, während der Kessel sich mehr und mehr erwärmte. Die Menschen blieben an Ort und Stelle, bestaunten die Apparatur, die Gewalt, mit der sie zunehmend Fahrt aufnahm.

Wieder sah Pierre sich um, und diesmal erstarrte er in seiner Haltung. Der Mann stand drei Reihen hinter ihm. Und er sah nicht auf die Maschine. Er sah ihn, sah Pierre Trebut an, wandte den Blick jetzt eilig ab. Nein, es war nicht der Deutsche. Es war das zweite Gesicht von der Tür des Vernet, der Blondschopf, der an der Seite des Duke of Avondale ins Innere gespäht hatte. Ein Brite. Mit einem Mal kam Pierre eine Erinnerung. Worte, die Alain Marais fast nebenbei gesprochen hatte, mit düsterem Blick auf seine improvisierte Galerie aus fadenscheinigen Betttüchern, als er noch davon ausgegangen war, dass nicht der Duke, sondern dessen Vater die Exposition aufsuchen würde: *Wenn wir uns unter seinem Gefolge auf die Suche nach einem Nachrichtenoffizier begeben, dürften wir nicht vollständig daneben-liegen. Am allerwenigsten können wir den Briten trauen.*

Ganz eindeutig gehörte dieser Mann zum Gefolge des Dukes, und dort, ja: Eine der rollenden Plattformen hatte oberhalb der neuen Maschine haltgemacht, und gleich in der ersten Reihe stand er selbst: Albert Victor, der Duke of Clarence and Avondale, der die Vorgänge an der Apparatur aufmerksam beobachtete. Die Briten. Die *rosbifs*. Und die Deutschen. Die *boches*. Sie waren hier, alle beide, genau wie die Vicomtesse. Hier, an Bernaus letzter großer Erfindung, wo sich die Fäden der Ermittlung auf undurchschaubare Weise kreuzten, und die Maschine ...

Ein Knall. *Sehr* viel lauter diesmal. Ein vernehmliches Rasseln. Ein Geräusch, als ob ein Mensch den Atem ausstieß, aber lauter, hundertmal lauter und ... Hitze! Ein Schwall von glühender Hitze, der über die Zuschauer hinwegschoss.

Schreie! Menschen wichen zurück, rempelten gegeneinander. Ein Ruck an Pierres Arm, als sich jemand an ihm vorbeidrängte, im nächsten Moment stolperte und sich bemühte, wieder auf die Füße zu kommen, doch schon drängten andere Besucher nach. Mit einem Mal war alles in Bewegung. Ellenbogen und trampelnde Füße und – Panik. Panik binnen Sekunden.

Die Maschine: der Kessel, in dessen Glut der Stahl erhitzt wurde. Der Kessel selbst glühte, so hell und rot, dass das Hinsehen Schmerzen bereitete. Glutheiße Luft drang den Besuchern entgegen. *Sie wird explodieren! Genau wie im Chou-Chou! Die Maschine selbst wird explodieren!*

Pierres Blick jagte zum Podium. Der Duc de Torteuil, der Schritt für Schritt zurückwich, bis er gegen die Träger der elektrischen Leitungen stieß. Wo war der Carpathier? Wo war der Deutsche, wo der junge Brite? Unwichtig. Der Carpathier war nicht das Ziel, Pierre begriff jetzt. Sie alle waren das Ziel, wenn die Maschine explodierte. *Das* war der Anschlag!

Die ungeschlachte Gestalt des Wachmanns, die sich durch die Reihen der zurückweichenden Besucher drängte, eine junge Frau streifte, welche bereits Mühe hatte, sich auf den Beinen zu halten. Pierre fasste zu, ohne nachzudenken, hielt sie aufrecht. Die Maschine ... *Verflucht, verflucht, verflucht!*

Er stützte die junge Frau. Sie humpelte, konnte nicht laufen. Ein Funkenregen, der auf die Flüchtenden niederging, und ein Gestank, der Gestank von verbranntem Fleisch. Raus hier! *Raus!*

***

Zündung in 12 Stunden, 52 Minuten
Conciergerie, Paris, 1. Arrondissement –
31. Oktober 1889, 11:08 Uhr

Versonnen wippte Madeleine Royals rechter Fuß auf und ab. Die Fußspitze sah einige Zentimeter unter dem Saum des eher schlichten Tageskleides hervor: Die Knopfleiste über dem Spann war gut zu erkennen, die schlanke Form des Fußes immer wieder zu erahnen. Der Knöchel blieb gerade eben unsichtbar.

Ihr Rücken lehnte entspannt an der Wand. Ihre linke Hand lag müßig auf der Fensterbank. Hin und wieder schienen ihre Finger beiläufig einen Rhythmus zu klopfen, um nach einer gewissen Zeit selbstvergessen innezuhalten.

Sie waren zu sechst. Sie hielten sich am entgegengesetzten Ende des Raumes, an der schweren, hölzernen Tür. Flüsternd und kichernd steckten sie die Köpfe zusammen. Hin und wieder sah einer von ihnen auf, warf einen Blick in Richtung der Kurtisane, die diesen Blick frei und offen erwiderte. Mit hochrotem Gesicht wandte er den Kopf wieder ab.

Das größte Problem war der Puder.

Wie kein anderer Mensch war Madeleine Royal in der Lage, sich zu verwandeln, wenn sie ihre imaginäre Bühne betrat vor dem kleinsten, erlesensten Publikum der Welt. Jede Geste, jede Regung gehorchte ihrem

508

Befehl: Pinselstriche, die jenes Bild erschufen, das zu einer Wahrheit aus sich selbst heraus wurde vor den Augen, Ohren, Lippen ihres jeweiligen Kavaliers. Und doch gab es Dinge, die sich ihrem Zugriff entzogen. Der Herzschlag rauschte in ihren Ohren, in feinen Tröpfchen sickerte Schweiß unter ihrem Haaransatz hervor. Sie hatte es sich zur Gewohnheit gemacht, eine Puderdose mit sich zu führen, sobald sie das Haus verließ. Irgendwo fand sich immer eine Möglichkeit, sich kurz zurückzuziehen, ihre Toilette aufzufrischen, wenn es notwendig wurde.

Nicht jetzt. Nicht hier. Ein verrostetes Gitterkreuz füllte die Fensterlaibung. Eine hölzerne Pritsche war in die Mauer eingelassen. Die Wände der Kerkerzelle bestanden aus rohem Mauerwerk, in welchem Generationen armer Seelen ihre Spuren hinterlassen hatten. Kryptische Zeichen: Zoten und Gebete, dazwischen die detaillierte Darstellung eines weiblichen Schoßes.

Antworten, Mademoiselle Royal. Von Ihren Lippen. Die Rekruten machten keinerlei Anstalten, ihr auch nur eine Frage zu stellen. Wispernd redeten sie durcheinander. Immer wieder Blicke in ihre Richtung, die sich im nächsten Moment hastig abwandten.

Madeleines rechter Fuß wippte. *Herausfordernd.* Deutlich sah sie vor sich, was Gaston Longueville sich vorgestellt hatte: die Rekruten, die sie zu einer der Zellen schleifen würden. *Sie werden sie bitte beim Nachdenken unterstützen. Nachdrücklich.* Madeleine, die sich zur Wehr setzen würde. Und was dann geschehen würde, konnte Madeleine Royal sich sehr deutlich ausmalen: Natürlich würde sie sich wehren, chancenlos selbstverständlich gegen ein halbes Dutzend junger Männer. Zwei von ihnen würden sie festhalten, und die übrigen würden sie nehmen, gleich dort vorne auf der Pritsche, einer nach dem anderen – falls sie sich so viel Zeit lassen würden. Schläge, falls ihr Widerstand zu heftig wurde. Möglicherweise auch ohne jeden Widerstand ihrerseits, je nachdem, wie die jungen Herren gestimmt waren. Und anschließend würden sie sich überlegen, was sie immer schon mal hatten ausprobieren wollen, bedauerlicherweise aber noch niemals hatten in die Tat umsetzen können, weil die Huren für derlei Wünsche einen zu hohen Preis berechneten. Und obendrein Wert legten auf körperliche Unversehrtheit.

Wie in jenen ersten Tagen im Chou-Chou. Mit dem Unterschied, dass dieses Mal kein Materne an ihrer Seite wachen würde, dass sein bestes Pferdchen im Stall nicht sogleich zuschanden geritten wurde.

Danach würde Madeleine Royal in aufgeschlossener Stimmung sein, um dem Monsieur le Secretaire die gewünschten Auskünfte zu erteilen.

Ihr Fuß wippte. Und ihr Rücken schmerzte durch die erzwungene Haltung: Sie hatte die Beine im Stehen übereinandergeschlagen. Nur so wich der Rocksaum auf die richtige Höhe zurück. Jene Höhe, die nicht mehr preisgab als eine *Ahnung*. Sie hatte eine Reihe von Möglichkeiten: Eine Handbewegung, und sie konnte den Saum bis an die Knie anheben oder sogar darüber hinaus. *Mère de Dieu*, sie konnte ihre Brüste freilegen und sie den pickligen Jünglingen ins Gesicht drücken! Sie hätte keine Sekunde gezögert, genau das zu tun, hätte sie die Reaktion kalkulieren können. *Wahrscheinlich* hätte sie sich binnen Sekunden allein in der Zelle befunden. Mindestens die Hälfte von ihnen hatte vermutlich noch nicht einmal eine Hure gehabt. *Möglich* war aber auch die gegenteilige Reaktion. Nicht aus Gier oder Lust, sondern weil die Angst, vor den Kameraden als Feigling dazustehen, größer war als die Angst vor *ihr*.

Denn natürlich hatten sie Angst vor ihr. Einer Frau in ihrer Situation blieben zwei Möglichkeiten: Den Raubtieren klein, furchtsam und willfährig die Kehle darzubieten, in der Hoffnung, dass es dann schneller vorbei war, oder aber wie eine Wildkatze ihr Fell bis zum Letzten zu verteidigen und die Spur ihrer Krallen in den Gesichtern der Sieger zurückzulassen. Dass sie keine dieser beiden Reaktionen zeigte, *musste* die Jünglinge verunsichern, und wo Verunsicherung war, da lauerte die Angst nebenan. Und von der Angst war der Weg nicht weit bis zum Hass. Und das würde alles noch schlimmer machen.

Ihr Rücken brannte wie Feuer. Ihre Wade war so verkrampft, dass sie kaum noch Gefühl hatte in der Fußspitze, die nun neckisch kreisende Bewegungen beschrieb. Auf ihrem Gesicht stand ein rätselhaftes Lächeln, mit dem sie ihre Wärter betrachtete.

Welche Chance hatte sie überhaupt? Konnte sie mehr tun, als das Unvermeidliche hinauszuschieben? *Friedrich von Straten.* Dem Lichteinfall nach musste es auf den Mittag zugehen. Vielleicht um dreizehn Uhr würde er am Boulevard de Clichy vor ihrer Tür stehen und feststellen, dass sie nicht dort war. Vermutlich würde er die annähernd richtigen Schlüsse ziehen: dass irgendetwas nicht funktioniert hatte. Und dann? Die Zellen der Conciergerie waren nicht der Keller des Chou-Chou. Selbst wenn er gewusst hätte, wo er sie zu suchen hatte. Selbst wenn er so weit gehen würde für Madeleine Royal. Nein, es war aussichtslos.

Sie hatte genau eine Chance, diesen Raum unversehrt zu verlassen. In jenem Moment, in dem sie den Rekruten signalisierte, dass sie bereit war, dem Sekretär ihre Beichte abzulegen, würde sich die Situation in Wohlgefallen auflösen. Die hoffnungsvollen jungen Männer würden sie zurück in Longuevilles Kabinett eskortieren, insgeheim froh, der unbehaglichen Situation entronnen zu sein. Und sich in den kommenden Wochen übertrumpfen in ihren Schilderungen, was sie mit der dreckigen Hure angestellt hätten, hätten sie nur die Gelegenheit bekommen. Womit Madeleine Royal hätte leben können. Hätte sie nur Antworten gehabt für den Monsieur le Secretaire.

Nicht mehr als Fragmente konnte sie zusammensetzen. *Deine Freunde haben dreißig Männer in den Tod gerissen.* Wer die dreißig Männer waren, war keine Frage. Die Beamten, die in das Chou-Chou eingedrungen waren. Und wer ihre Freunde sein sollten, stand ebenfalls fest, nachdem Longueville ihr Luciens Fotografien präsentiert hatte, Madeleines Porträt und die Folge von Bildern, auf denen Materne über eine todkranke Frau herfiel. Lucien und Materne. Was den beiden vorgeworfen wurde, konnte sie nicht sagen. Offenbar hatte es ausgereicht, einen Sturmangriff auf das Chou-Chou zu veranlassen. Warum Longueville ausländische Geheimdienste ins Spiel brachte, wusste sie nicht, und am allerwenigsten war zu erklären, was all das mit der vermaledeiten blauen Mappe zu tun haben sollte, der Mappe aus Longuevilles Schreibtisch, die alle Welt unbedingt haben oder zurückhaben wollte.

Was Madeleine dagegen auf Anhieb verstehen konnte, war die Tatsache, dass Longueville offenbar Blut und Wasser schwitzte. Dreißig tote Polizisten in Maternes Etablissement. Und im Atelier seines Geschäftspartners ein stimmungsvoll ausgeleuchtetes Porträt der offiziellen Favoritin des außerordentlichen Sekretärs. Jene Art von Geschichten, mit denen der *Figaro* wochenlang die Titelseiten füllen konnte. Politische Karrieren hatten bereits wegen weit Geringerem ihr Ende gefunden.

Bewegung an der Tür. Der Wortführer der jungen Männer, der verpickelte Junge, der Madeleine bereits an der Pforte der Conciergerie und auf dem Korridor vor dem Büro angesprochen hatte. Er drehte den Kopf in ihre Richtung, für einen Lidschlag geriet ihr Fuß aus dem Takt – und damit war es vorbei. Der Junge schlug den Blick nicht nieder. Stattdessen kam er mit langsamen Schritten auf sie zu. Madeleine setzte den Fuß auf dem Boden ab. Ein neutrales Gesicht konnte sie wahren.

«Nun, Mademoiselle Royal.» Er baute sich vor ihr auf. «Sie haben zwei Möglichkeiten, wie das hier passieren kann. Sie können sich entschließen zu kooperieren ...» Er machte eine Pause, gab ihr die Gelegenheit, sich diese Möglichkeit auszumalen. Sie nutzte sie, um die Entfernung abzuschätzen. Zu weit weg für ihr Knie, doch er würde näher kommen. Sein Gemächt, keine Frage, würde das ausschalten. Nicht aber seine Fäuste.

«Oder aber Sie wählen die andere Möglichkeit.» Langsam kam er weiter auf sie zu. «Doch das glaube ich nicht.» Flüsternd. «Ich bin mir sicher, dass Sie daran interessiert sind, sich Ihren Lebensunterhalt weiterhin auf die bewährte Weise zu verdienen. Mit Ihrer Hände Arbeit.» Seine Finger, die nach ihrer Hand griffen, sie an seinen Mund führten, ohne dass sie sich wehrte. «Mit ihren Lippen», fuhr er fort, ließ ihre Finger los, um stattdessen über ihren Mund zu streichen, neu anzusetzen, den Zeigefinger ungeschickt zwischen ihre Lippen zu zwängen, die sich – noch – widersetzten.

Er drängte sich noch näher an sie heran, ließ sie spüren, dass sie den Mund in jedem Fall sehr voll nehmen würde. «Und gar ...» Jetzt direkt an ihrem Ohr, während seine Hand sich an ihrem Körper hinabbewegte, schmerzhaft in ihre linke Brust kniff, weiter abwärtsglitt. «Und gar ...» Mit heiserer Stimme.

Ein Donnern. Madeleines Herz überschlug sich. *Friedrich!* Er musste es sein! Sie taumelte, als der Rekrut von ihr abließ, fand Halt an der Wand, im selben Moment, in dem die Tür auffog.

Es war nicht Friedrich von Straten. Es waren Soldaten der *garde républi-*

caine, der Elitetruppe des Kriegsministeriums: schneeweiße Hosen, dunkelblaue Uniformjacken, die glänzenden Helme geschmückt mit rotem Federbusch und schwarzem Rosshaar. Der Anführer warf einen Blick durch den Raum, während seine Gefolgsleute nachdrängten. «Messieurs! Sie sind angewiesen, uns die Gefangene zu übergeben.»

Madeleines Peiniger schüttelte sich wie ein Hund, kam einen Schritt auf den Mann zu. «Wie? Haben Sie ...»

Haben Sie einen schriftlichen Befehl? Die Worte blieben unausgesprochen. Die Gardesoldaten handelten wie in einer einzigen Bewegung. In einer Geschwindigkeit, dass Madeleine für einen Augenblick nichts sah als – Blut. Blut, das aus den Kehlen der Rekruten schoss. Einem einzigen gelang ein Schritt zurück, sodass der betreffende Gardesoldat ein zweites Mal ansetzen musste. Die nadelspitze Klinge, die er in seiner Handfläche verborgen hatte, drang senkrecht in den Kehlkopf des jüngeren Mannes. Die Füße des Jungen trommelten auf den Boden, während der Gardist ihn festhielt – und dann war es vorbei, und die entseelten Körper der Rekruten lagen leblos am Boden. Der gesamte Vorgang hatte weniger als eine Minute gedauert.

Madeleine Royal stand aufrecht. Die Wand, immer noch dieselbe Wand, hielt sie aufrecht. Ihr Mund öffnete sich, doch es kam kein Wort. Die Gardesoldaten wichen von der Tür zurück. Ein Umriss wurde sichtbar.

«Ich muss Sie um Verzeihung bitten, Mademoiselle Royal.»

Der Mann betrat den Raum. Der Mann aus den Gärten des Trocadéro, der Mann mit der Rose, auch wenn er jetzt keine Rose mit sich führte. Er trug seinen schwarzen Mantel, den hohen Zylinder hielt er in der Hand, sein streng zurückgekämmtes Haar und sein hageres Gesicht waren deutlich zu erkennen.

«Wie ich Ihnen bereits erläuterte, ist mein Wort mir heilig. Zuweilen ...» Er rümpfte die Nase, als sein Fuß den Leichnam ihres Peinigers zur Seite stieß. «Zuweilen aber wird es einem Mann bedauerlicherweise sehr schwer gemacht, sein Wort zu halten.»

Madeleine öffnete den Mund, doch es wollten keine Worte kommen. In Wahrheit waren sie auch unnötig. Der Fremde verschränkte die Hände auf dem Rücken und begann, in der Kammer auf und ab zu gehen. Den am Boden liegenden Körpern wich er jetzt aus.

«Sehen Sie, Mademoiselle, ich habe einen Fehler gemacht», erklärte er. «Einen nachvollziehbaren Fehler, könnten wir einwenden, weil ich nicht darauf vorbereitet war, wie Sie reagieren würden, doch nichtsdestotrotz einen Fehler.» Ein Eingeständnis. Allerdings nur den Worten nach. Selbst in diesem Moment schwang eine Arroganz in seiner Stimme mit: als ob er ihr einen Vorwurf machte. Er blieb stehen, musterte sie. «Wie Sie mit Sicherheit schon vermutet haben, habe ich Sie gestern Vormittag beobachtet, wie Sie den Sekretär aufgesucht haben. Und wie Sie die Conciergerie nach einer gewissen Zeit wieder verlassen haben, offensichtlich mit leeren Händen. Was mich veranlasste, Ihnen eine Nachricht zukommen zu lassen. Und das, Mademoiselle ...», mit einer tiefen Verneigung, «das war ein Fehler, weil es gegen den Geist unserer Vereinbarung verstieß. Schließlich hatte ich Ihnen bis Mitternacht Zeit gegeben. Es war zwar über alle Maßen *unwahrscheinlich*, dass Sie doch noch an die Mappe gelangen könnten, aber eben nicht *unmöglich*. Was diese impulsive Handlung allerdings ausgelöst hat ...»

«Sie haben Materne getötet», flüsterte Madeleine.

Ein unwirsches Verziehen der Mundwinkel. «Natürlich habe ich ihn getötet. Diese Stadt ist Paris, Mademoiselle. Die Leute bringen sich ständig gegenseitig um oder schmieden Pläne, wie sie einander umbringen können. Sie gehen miteinander ins Bett, oder sie bringen einander um, manchmal auch beides gleichzeitig. Doch das ist nicht der Punkt. Was genau habe ich getan, Mademoiselle?»

Sie blinzelte, sah ihn an. «Sie ...»

«Ich tötete Monsieur Materne.» Er hob einen knochigen Finger, jetzt einen zweiten. «Aus dem Büro des Toten entwendete ich einen Umschlag mit Fotografien, Aufnahmen von Monsieur Dantez, welche Monsieur Materne bei fürchterlich albernen Spielen mit einer Hure zeigten. Meine Mitarbeiter» – ein Nicken auf die Männer in den Uniformen der *garde républicaine* – «deponierten diesen Umschlag daraufhin auf dem Schreibtisch des außerordentlichen Sekretärs in der Conciergerie. Schließlich waren sie ohnehin genötigt, Monsieur Longuevilles Büro zu betreten, nachdem Sie, Mademoiselle, mir die Mappe ja nicht verschaffen konnten. Oh, und sollten unsere wackeren Behördenvertreter mein Anliegen damit noch immer nicht begreifen, tötete ich auch die Hure, die auf den Fotografien zu sehen war. Woraufhin der Sekretär und seine Getreuen die naheliegende Entscheidung trafen, in Monsieur Maternes Etablissement einzudringen. Wo meine kleine Überraschung wartete.» Er hob die Schultern. «So simpel.»

«Aber ...»

«Dreißig tote Beamte, Mademoiselle. Und eine tote Hure. Und ein toter Monsieur Materne – dass er schon tot war, als das Haus explodierte, spielt keine Rolle. Auf wen muss unter diesen Umständen der Verdacht der Ermittler fallen?»

Ihre Augenbrauen zogen sich zusammen. Auf wen hätte der Verdacht fallen sollen? Nein, nicht auf sie. Wenn der Mann bereute, ihr die Nachricht geschrieben zu haben, war es niemals seine Absicht gewesen, sie ins Chou-Chou zu locken. Und hätte sie den Salon nicht betreten, wäre sie nicht in Gefahr geraten, als Mörderin dazustehen. Doch wenn nicht *sie* ...

«Lucien», flüsterte sie.

Ein schwerer Atemzug. «Wenigstens das begreifen Sie. – Ich bin ein vielbeschäftigter Mann, Mademoiselle. Verständlicherweise fehlt mir die Zeit, Geschichten aus Ihrer belanglosen Vergangenheit auszugraben. Ihre größte Schwäche: Lucien Dantez.»

Madeleine schluckte. Hatte er recht? Vermutlich war das tatsächlich der Fall. Sie war bereit gewesen, ihr Leben aufs Spiel zu setzen, um Lucien aus dem Keller des Hurenhauses zu befreien. Und Friedrichs Leben dazu. Ein Missverständnis. Dass sie selbst in die Ereignisse im Chou-Chou verwickelt worden war, war nichts gewesen als ein grandioses Missverständnis. Nicht sie hatte auf der Guillotine enden sollen – sondern Lucien.

«Sie ...» Ihre Stimme war ein Flüstern. «Sie haben ihn ...»

Eine abwinkende Geste. «Was interessiert mich Dantez? Wir beide, Sie und ich, hatten eine Vereinbarung, Mademoiselle, und ich habe einen Fehler begangen, der Sie letzten Endes hierhergeführt hat, wo diese hoffnungsvollen jungen Herren alles Mögliche in Sie hineingesteckt hätten. Zum Abschluss vermutlich ihre Säbel. Ein sehr klarer Verstoß gegen den Geist unserer Vereinbarung. Mein Wort ist mir heilig. Das konnte ich nicht zulassen.» Eine knappe Geste, zwei Finger an die Stirn. «Einen schönen Tag, Mademoiselle.»

Womit er an der Spitze seiner Männer aus dem Raum marschierte und die Zellentür offen stehen ließ.

* * *

ZÜNDUNG IN 12 STUNDEN, 51 MINUTEN
**Exposition Universelle, Galerie des Machines, Paris,
7. Arrondissement – 31. Oktober 1889, 11:09 Uhr**

Basil Fitz-Edwards duckte sich. Der Franzose hatte ihn gesehen, und Basil hatte keinen Zweifel, dass er ihn wiedererkannt hatte. Doch das war nicht der Grund, aus dem er in Deckung ging.

Der Grund war ein rötlich glühendes Zahnrad mit einem Durchmesser von vielleicht sechseinhalb Zoll, das fünf Fuß über dem Boden auf ihn zuschoss. Basil spürte die Hitze, als das Geschoss an jener Stelle durch die Luft fegte, an der sich vor einer halben Sekunde noch sein Kopf befunden hatte. Ob es jemand anderen traf, bekam er nicht mit. Überall waren Schreie, überall glühende Teile der Apparatur des Duc de Torteuil, die mit schaurigem Heulen durch die Luft sausten, während die Maschine sich schüttelte wie eine Panzerechse im Todeskampf. Beißender Qualm lag in der Luft. Eddy … Basils Blick ging nach oben. Die rollende Plattform entfernte sich mit einer Geschwindigkeit, die er dem trägen Untersatz nicht zugetraut hätte. Der Prinz wurde in Sicherheit gebracht.

Nicht so Basil Fitz-Edwards. Auf Händen und Knien versuchte er, aus der Gefahrenzone zu kommen. Es gab nichts, was er hier noch tun konnte. Der Franzose, der Deutsche, der Carpathier: Keiner von ihnen war mehr zu sehen. Und wären sie zu sehen gewesen, es hätte keinen Unterschied gemacht. Das Verhängnis war bereits im Gange. Lauter und lauter das Stampfen und Poltern, das Zischen, mit dem unkontrolliert glühend heißer Dampf entwich. Er spürte die Vibrationen im gefliesten Boden der Halle. Dann ein Splittern, als unmittelbar vor ihm die erste Kachel zersprang, und von oben ...

Sein Blick ging in die Höhe. Ob sich die Erschütterungen durch die stählernen Träger fortpflanzten, ob es die plötzliche Hitze war, auf welche Glas und Stahl auf unterschiedliche Weise reagierten: Es war ein Knirschen, ein nahezu *beiläufiger* Laut, der fast unterging inmitten der ohrenbetäubenden Geräuschkulisse. Doch es war jener Laut, der Schlimmeres ankündigte.

Die schwindelerregende Konstruktion des Hallendachs: Tonnen um Tonnen von Stahl, die schwerelos vierzig Meter über den Besuchern zu schweben schienen. Gigantische offene Flächen aus Glas, dass man die Fenster eines ganzen Stadtviertels mit ihnen hätte ausstatten können. Jeder einzelne stählerne Träger, jede einzelne gläserne Scheibe würde sich in ein tödliches Geschoss verwandeln, wenn die Hitze, die Vibration weiter zunahm und die Bestandteile der gewaltigen Konstruktion in die Tiefe donnern würden.

Die Maschine. Wie hypnotisiert legten sich Basils Augen auf den zuckenden, bockenden Mechanismus. Als ob die Apparatur sich aus ihrer Verankerung losreißen wollte mit Sekunde um Sekunde wachsender Wut. Der Kessel selbst, dessen rötliches Glühen sich in stechende, weiße Hitze verwandelte, während die mächtigen Leitungsstränge weiterhin elektrischen Strom in den Mechanismus pumpten.

Basil verharrte, die Augen auf die Maschine gerichtet. Berneau. Natürlich war der Name des legendären Ingenieurs auch auf den Britischen Inseln bekannt, natürlich hatte auch der Manchester Guardian über die dramatischen Umstände berichtet, unter denen er ums Leben gekommen war, neben einem Porträt des greisen Erfinders. Und natürlich eilte seinem Namen ein Ruf voraus. Der Ruf eines der bedeutendsten Konstrukteure der Gegenwart, aber auch der Ruf eines Mannes, der sich nicht allein der Chancen neuer technischer Entwicklungen bewusst war, sondern im selben Maße ihrer Gefahren. Fluch und Segen der neuen Technik lagen dicht beieinander, und vor dem Fluch hatte Berneau gewarnt wie kein Zweiter. Ein solcher Mann sollte nicht einkalkuliert haben, dass etwas schiefgehen könnte, wenn die Apparatur in Betrieb ging?

Eine Sicherung. Irgendeine Art von Sicherung. Ein Ventil, das den Dampfkreislauf unterbrach, eine bewusste Schwachstelle in der elektrischen Leitung, die die weitere Stromzufuhr abschneiden würde. *Irgendetwas.* Ein Mann wie Berneau musste an dieser Stelle Vorsorge getroffen haben, und längst hätte diese Sicherung in Aktion treten müssen.

Basil erstarrte. Es sei denn, genau diese Sicherung wäre manipuliert worden.

Ein Rumpeln. Ein Bersten. Und diesmal kam es von oben. Die metallenen Träger! Er konnte sehen, wie sie erzitterten, sich gegeneinanderschoben, als ob sie im nächsten Augenblick ...

Basil Fitz-Edwards kniff die Augen zusammen. Sie war vierzig Meter entfernt. Vierzig Meter *über* ihm. Doch es war überhaupt keine Frage, dass sie es war. *Sie*, Minuit, in ihrem Anzug aus nachtdunkler Faser. Flink bewegte sie sich an einer der Streben entlang, die zum Scheitel der Konstruktion führten, alles andere als unsichtbar gegen den hellen Vormittagshimmel, doch selbst jetzt mit einer Grazie, mit einer katzenhaften Eleganz, als wäre es undenkbar, dass die Schwerkraft ihr irgendetwas anhaben könnte. Das aber war ein Irrtum. Wenn die Tonnen von Stahl und Glas dem Boden entgegenrasten, würden sie die junge Frau mit sich reißen. Sekunde um Sekunde nahmen die Erschütterungen zu. Wenn der kritische Punkt erreicht war, das stählerne Gefüge nachgab, würde selbst Minuit die Verstrebungen nicht daran hindern, mit ihrer gesamten zermalmenden Wucht in die Tiefe zu stürzen. Was tat sie dort oben?

Ein Ruck! Eine einzelne Strebe löste sich, beinahe unmittelbar über Basil. Ein markerschütternder, quietschender Laut, als sie wie ein bizarres Uhrpendel unter dem Scheitel der Konstruktion hin und her schwang, an einem Ende von einigen letzten Nuten in Position gehalten. Minuit ... Sie hatte am benachbarten Metallträger Halt gefunden, doch schon bewegte sie sich wieder der pendelnden Strebe entgegen. Tonnen von Stahl wieder in Position bringen? Unmöglich. Berneaus Maschine, die sich schüttelte, bockte, das stählerne Gerüst, das zitterte, bebte. Sekunden noch, und die Konstruktion *musste* kollabieren.

«Was zum Himmel tut sie da», flüsterte Basil. Er holte Luft, doch würde sie ihn hören? Und wenn sie ihn hörte: Würde sie *auf* ihn hören? Es war zu spät, die Katastrophe zu verhindern. Minuit selbst aber konnte sich immer noch in Sicherheit bringen, wenn sie nur ...

Im nächsten Augenblick ging alles ganz schnell. Das Pendel, das seinen Schwung veränderte, für Bruchteile von Sekunden reglos zu verharren schien – und senkrecht in die Tiefe sauste.

Ein Splittern. Eine Erschütterung, die Basil von den Füßen warf. Schreie, ein metallischer Gestank in seiner Nase und statische Energie wie nach einem Blitzeinschlag. Ein Knirschen und Ächzen.

Dann, Stille. Unvollständige Stille: das Wimmern der Verletzten, weiter entfernt Rufe von Helfern, im nächsten Moment der schrille Klang von Alarmglocken. Die Maschine aber: Sie war verstummt.

Basil Fitz-Edwards lag flach auf dem Bauch. Instinktiv hatte er die Arme schützend über Kopf und Nacken geschlagen, löste sie jetzt, blickte vorsichtig auf.

Schmale Fesseln in dunklem Textil, die nahtlos in schlanke, aber muskulöse Waden übergingen, in Oberschenkel, die sich unter der geheimnisvollen nachtschwarzen Faser abzeichneten, als wären sie nackt.

«Du bist in Ordnung, *copain?*» Mit Interesse. Und einer *Spur* Besorgnis.

«Ich ...» Seine Stimme kam krächzend. «Wie ...»

«Eine Stützstrebe. Kein tragendes Element. War etwas knifflig, und die Bolzen saßen auch ziemlich fest. Aber zum Glück war sie genau an der richtigen Stelle.» Ein Nicken. Ein Nicken über die Schulter.

«Du ...» Basil blinzelte, während er sich ächzend auf ein Knie aufrichtete. «Du hast sie mit Absicht ...»

Schweigend ragten die Überreste der Maschine von ihrem Podest auf. Um den Kessel lag ein Echo der verzehrenden Glut, doch der irrsinnige Tanz der Kolben war zum Stillstand gekommen und mit ihm der tödliche Hagel glühender Geschosse.

Die tonnenschwere Stützstrebe. Sie konnte den Kessel nur um wenige Zentimeter verfehlt haben. Basil mochte sich nicht ausmalen, was geschehen wäre, wenn sie die Maschine getroffen hätte. Doch sie war hart neben der Apparatur eingeschlagen, hatte die Tribüne zum Einsturz gebracht, von der aus der Duc de Torteuil das Wort an die Zuschauer gerichtet hatte. Und sie hatte die Kabel und Walzen durchtrennt, die Berneaus letzte Erfindung mit der zentralen Stromleitung verbunden hatten.

«So einfach», flüsterte Basil.

Eine höchst effektvoll gehobene Augenbraue. «Wenn es so einfach ist, kannst ja beim nächsten Mal du da hochkraxeln, *copain*.» Doch sofort veränderte sich ihre Miene. «Dein Duke ist in Sicherheit?»

«Wie?» Basil hatte einen vergeblichen Versuch unternommen, sich den Schmutz vom Anzug zu klopfen. «Ja», murmelte er. «Aber ich muss zu ihm. Er wird in Sorge sein, und ...»

«Und dazu hat er allen Grund. Jeder hier hat allen Grund dazu.» Ihre Stirn legte sich in Falten. Grüne Augen, die die Szenerie in den Blick nahmen, und aus irgendeinem Grund war Basil sich sicher, dass sie mehr wahrnahmen, als er zu sehen in der Lage war. «Es war der Carpathier, oder?», fragte sie unvermittelt. «Er war als Einziger nahe genug dran.»

«Wie?» Basil biss sich auf die Zunge. Doch es war klar, wovon sie sprach. Es *musste* eine Sicherung gegeben haben. «Da war ein Deutscher», erklärte er. «Ein Hauptmann, wenn ich die Uniform richtig erkannt habe. Blonde Haare. Er ist dem Carpathier gefolgt, dem kleinen Dicken mit den seltsamen Haaren. Dem Mann, der die Maschine in Betrieb genommen hat. Das war der Carpathier? Ja? Der Deutsche ist ihm hinterher, und dem Deutschen ist dann wieder ein Franzose hinterher, ein Ermittler von ihrer ... also von eurer, von der französischen Polizei oder vom Geheimdienst. Der Franzose war gestern Nacht im Vernet, zusammen mit einem anderen Ermittler, als ich mit dem Duke zurückgekommen bin. Ich habe ihn gestern doch noch gefunden, den Duke, und ...» Er hielt inne. «Vorhin habe ich ihn entdeckt. Den Franzosen. Ich bin ihm einfach gefolgt. Ihnen allen dreien. Was hätte ich tun sollen?»

Ihr Gesicht war bei jedem seiner Worte finsterer geworden. Jetzt schüttelte sie den Kopf. «Nichts hättest du tun können. Aber weder der Deutsche noch der Franzose sind der Maschine nahe gekommen, richtig? Nur der Carpathier.»

«Ja.» Zögernd. «Ich denke schon. Aber der Carpathier *sollte* ihr doch auch nahe kommen, oder? Als Ehrengast?»

«Dass er die Ventile manipuliert und die Sicherungen entfernt, war jedenfalls nicht vorgesehen», murmelte Minuit mit einem Blick über die Szenerie. «Aber das kann er nicht in so kurzer Zeit erledigt haben. Höchstens letzte Hand angelegt. Das müssen sie vorbereitet haben, in den letzten Tagen. Und ich habe es nicht gesehen.»

«Sie?» Eine deutliche Gänsehaut hatte sich auf Basils Körper eingestellt. «Was in der Stadt passiert, warum du die ganze Zeit unterwegs warst und alles beobachtet hast: Du meinst, es gehört irgendwie zusammen? Sie gehören zusammen, die Deutschen und ... und ... eure Leute ...»

«Wer sind *unsere* Leute?» Sie verzog das Gesicht zu einer Grimasse. «In dieser Stadt hat jeder seine eigenen Pläne.»

«Offensichtlich», murmelte er. Die Gedanken schwirrten durch seinen Kopf: Wenn der Carpathier die Maschine manipuliert hatte und der Deutsche ihm gefolgt war: Hatte der Deutsche dann verhindern wollen, dass der Carpathier die Manipulation vornahm? Doch ergab das einen Sinn? Musste er sich nicht im Gegenteil die Hände reiben, dass nicht mehr viel übrig war von der Apparatur? Einer Maschine, die die französischen Streitkräfte mit Geschützen versorgen sollte, deren Feuerkraft und Präzision allen herkömmlichen Waffen überlegen war: Wen würde eine solche Maschine mehr als jeden anderen in die Bredouille bringen? Die Deutschen. Es sei denn ...

O'Connells Worte an Bord der Fähre. *Am allerwenigsten können wir den Franzosen trauen.* – «Wissen wir mit Sicherheit, gegen wen all die Bündnisse der Deutschen in Wahrheit gerichtet sind?», flüsterte Basil.

Die junge Frau verzog das Gesicht, sagte aber kein Wort.

«Was, wenn sie in Wahrheit ein Bündnis vorbereiten, einen Krieg, die Deutschen und ... jemand von euren Leuten – gegen uns? Gegen das Empire?» Er hielt inne, legte die Stirn in Falten. «Doch wenn die Maschine gegen uns gerichtet war, und der Carpathier hat sie explodieren lassen, dann müsste er ja für *uns* ...»

«Darüber können wir jetzt nicht nachdenken.» Sie schnitt ihm das Wort ab. «Wir müssen mit jemandem reden.»

«Wir?»

«Dein Duke braucht dich gerade nicht. Dein Duke hat ein Ehrengeleit. Es ist wichtig.»

Basil biss die Zähne aufeinander. Daran zweifelte er keine Sekunde mehr. Er blickte sich um und bückte sich. Ein Cape in vage aufdringlichem Violett, das einer flüchtenden Dame von den Schultern geglitten war. «Vielleicht solltest du besser ...», schlug er vor, streckte es Minuit entgegen. «Tagsüber?»

Ein verkniffenes Lächeln, doch sie erhob keinen Widerspruch, legte es um ihre Schultern. Mit einer Handbewegung zog sie die enganliegende Kapuze von ihrem Kopf, und für einen Moment machte Basil Fitz-Edwards' Herz einen deutlichen, aber nicht unangenehmen Hüpfer. Eine Flut von leuchtend kupferfarbenem Haar fiel auf den Kragen des Capes.

«Viel ... besser.» Er räusperte sich, warf einen letzten Blick über die Schulter. «Und wohin gehen wir? Mit wem müssen wir reden?»

Ihr Gesichtsausdruck veränderte sich auf der Stelle, ohne dass er sich einen Reim darauf machen konnte. War es möglich, dass zum ersten Mal eine Spur von Nervosität zu erkennen war? «Du wirst eine Überraschung erleben, *copain*», murmelte sie.

***

Zündung in 12 Stunden, 43 Minuten
Exposition Universelle, Galerie des Machines, Paris,
7. Arrondissement – 31. Oktober 1889, 11:17 Uhr

Sie konnte nicht atmen. Das war das Erste, was Albertine de Rocquefort zu Bewusstsein kam. Sie lag am Boden, und irgendetwas lag auf ihr. Ihre Hände tasteten über ihre Brust, heftiger in plötzlicher Panik, schoben es beiseite. Im nächsten Augenblick füllte Atem ihre Lungen, Atem, der nach Blut und Feuer schmeckte.

Rauch waberte zwischen den Trümmern des Berneau'schen Apparats. Schweflig gelb und zweifellos giftig. Sie drückte den Ärmel ihres Kostüms vor Mund und Nase, warf einen Blick auf das Etwas, das ihren Körper zu Boden gepresst hatte: eine Standarte in den Farben des carpathischen Königreichs. Der Löwe des Balkans schien ihr bösartig zuzugrinsen. Mélanie ... Ihr Herz tat einen Sprung. Zwei Schritte entfernt richtete ihre Tochter sich auf, Agnès eilte ihr soeben zu Hilfe. Marguerite kam ebenfalls in die Höhe. Nach der Miene, mit der sie ihren verknitterten Hut betrachtete, konnte sie sonst keinen Schaden davongetragen haben. Luis ... Der Junge stand bereits aufrecht, schüttelte sich. Langsam bewegte seine Hand sich in seine Beinkleider, kam wieder zum Vorschein und förderte ein metallenes Schrapnell zutage, mehrere Zentimeter lang.

«Es brennt ein bisschen», murmelte er. «Also, um den ...» Er verstummte, als er Albertines Blick gewahrte. «Aber ich glaube, mir fehlt nichts Ernstes. Es ist einfach stecken geblieben.»

«Hilf mir hoch!», befahl Albertine, die Hand bereits ausgestreckt.

Gehorsam kam er zu ihr, griff nach ihren Fingern und zog sie auf die Beine. Die Vicomtesse zuckte ein wenig zusammen, als sie den rechten Fuß belastete, doch offenbar ging es ihr nicht anders als dem Hilfskutscher. Ihr fehlte nichts Ernstes. Ihr Blick ging über die Szenerie.

Menschen, die sich stöhnend vom Boden erhoben, auf Helfer gestützt davonhumpelten. Aus der Gegenrichtung Besucher, die neugierig herandrängten, dazwischen uniformierte Männer mit einer Feuerspritze, die auf den qualmenden Torso von Torteuils grandioser Maschine zueilten.

Ruckartig bewegte Albertine den Kopf, versuchte, ihn klar zu bekommen. Es hatte sich angefühlt wie der Weltuntergang. Feuer aus der Apparatur und in ihrem Rücken die dichten Reihen der Zuschauer. Keine Möglichkeit zurückzuweichen. Die Maschine. Albertine de Rocquefort verstand nichts von derlei Apparaten, empfand einen gewissen Stolz, nichts von ihnen zu verstehen. Doch selbst für sie war erkennbar, dass das Monstrum ein Haufen Schrott war. Torteuil ... Ihr Blick ging zur Tribüne – und sie erstarrte. Ein tonnenschwerer Metallträger hatte das Podest zertrümmert. Wer auch immer sich in diesem Moment dort aufgehalten hatte, *konnte* nicht mehr am Leben sein. *Torteuil!* Ihre Hand wanderte an ihre Brust.

Bewegung, undeutlich hinter dem Rauch, der zu Füßen der Maschine lagerte. Eine Gestalt, die sich aufrichtete, breite Schultern in den zerfetzten Resten einer kornblumenblauen Uniform. Albertine kniff die Augen zusammen. *Friedrich von Straten*. Es war zu erkennen, dass er mühsam etwas in die Höhe hievte, einen Körper in einem langen Mantel.

«Luis.» Ihre Stimme war heiser. Sie räusperte sich. «Luis!» Ihr Blick huschte zur Seite. Der Junge stand drei Schritte entfernt und betrachtete nach wie vor voller Faszination das Projektil, während die freie Hand noch einmal versuchsweise in die Hose tastete, ob tatsächlich nichts abhandengekommen war.

«Luis!» Mit Schärfe in der Stimme, einem Nicken zur Tribüne. «Hilf dem Hauptmann!»

«D'a... D'accord.» Er ließ das Projektil fallen und kletterte über mehrere Trümmerteile hinweg in Richtung der Reste des Podests, zuckte an einer Stelle kurz zusammen, als wäre er gegen ein Metallstück gestoßen, in dem noch die Hitze glomm.

Albertine spürte, wie Marguerite an ihre Seite trat, irgendetwas murmelte, doch sie hatte keine Ohren dafür. Angespannt beobachtete sie die Bergung des Verletzten. Doch war er tatsächlich nur verletzt? Torteuil. Nicht allein, dass sich eine Vertrautheit eingestellt hatte in Jahrzehnten der hintergründigen Spiele und genussvollen Wortgefechte. Entscheidender als solche Sentimentalitäten war der Mann selbst. Jetzt, in diesem Moment, da sich Albertines Pläne eben zu fügen schienen, seine Verbindung mit Mélanie in greifbare Nähe rückte. Geld *und* einer der bedeutenden Namen des Ancien Régime, des großen alten Frankreich: eine Kombination, wie sie im ganzen Land kein zweites Mal existierte. Eine Verbindung, die ein für alle Mal beweisen würde, welch weiten Weg sie selbst gegangen war. Sie, die Tochter eines kleinen Grundbesitzers, die um ein Haar alles fortgeworfen hätte als Hure eines Mannes, der ...

Sie atmete auf, als sie sah, wie Torteuil den Kopf hob. Sein Gesicht aber war grau wie Asche. Der deutsche Hauptmann und Albertines Hilfskutscher hatten ihn aus der unmittelbaren Gefahrenzone geborgen und ließen den Verletzten vorsichtig zu Boden. Die beiden Mädchen waren ebenfalls zögernd hinzugetreten. Es war Agnès, die sich zu Boden gleiten ließ und Torteuils Kopf in ihren Schoß bettete. Ganz kurz huschte der unstete Blick des Duc zu seiner guten Fee.

«Der rechte Oberschenkel.» Friedrich von Straten sah auf, blinzelte überrascht, als er Albertine erkannte. Sein Gesicht war rußverschmiert. «Er verliert noch immer Blut.»

Kurz nur sah Albertine auf das Bein des Verletzten. Dunkel durchnässtes Gewebe; kein schöner Anblick. Rasch kehrten ihre Augen zurück zu dem jungen Deutschen. Es war nicht mehr als ein Moment. Vielleicht war es die Art, in der seine Wangenknochen hervortraten, die Stirn sich in Falten legte, als er die Szenerie in den Blick nahm. Eine Haltung, die keinen Zweifel daran ließ, dass er jedes Detail zur Kenntnis nahm, und zugleich eine innere Sicherheit und Ruhe: ein Mann, der die Situation auf selbstverständliche Weise beherrschte. Ein Mann, dessen Stunde in ebenjenen Momenten kam, in denen anderen die Nerven versagten.

Sie staunte. Wenn sie ihn betrachtete, war es tatsächlich bemerkenswert. Vom ersten Augenblick an hatte der junge Offizier sie an *ihn* erinnert. In keinem bestimmten Detail, wohl aber in seiner Ausstrahlung. Denn natürlich: In den Tagen auf dem Gut ihrer Eltern war Albertine ein Mädchen von vierzehn Jahren gewesen, *er* dagegen ein Mann, der sichtbar in den besten Jahren stand, sich eher schon dem Ende jenes Abschnitts näherte, den Friedrich von Straten vielleicht in ein oder zwei Jahrzehnten erreichen würde. Den jungen Deutschen zeichnete eine ganz andere Spannkraft aus, eine Eleganz in der Abfolge der Bewegungen. Doch wenn sie versuchte, sich ihn in zwanzig oder dreißig Jahren vorzustellen ...

«Er verliert zu viel Blut», murmelte Friedrich von Straten. «Wir können nicht warten. Madame la Vicomtesse?» Entschuldigend, während er seine Uniformjacke aufzuknöpfen begann.

Eine Sekunde lang verstand sie nicht. Aber doch, natürlich: Sie hatte den Krieg erlebt, die Lazarette. Es war erwartet worden, dass Damen und insbesondere Damen von Stand dort aushalfen, den Verwundeten tröstend zur Seite standen. Viel mehr hatte man in den Tagen nach Sedan nicht tun können für die dahinsiechenden Männer. Mit Grausen erinnerte sie sich an den Schmutz und das Blut, an die Schreie. An die Versuche, eine Blutung durch Abbinden der Gliedmaßen zum Stillstand zu bringen, bevor man entscheiden konnte, wie die Wunde sich versorgen ließ oder ob man zur Amputation schreiten musste.

Nur dass in diesem Augenblick nichts zur Hand war, um die Abbindung vorzunehmen. Die Uniformjacke des Deutschen. Wieder bewies er seine Erziehung, indem er sich nicht etwa an die Damen wandte mit der Bitte um eine Stoffspende aus der Flut ihrer Röcke. Wie schon mit seiner Warnung. Der Warnung, dass er nunmehr gezwungen sein würde, sich zu entblößen. Es war der Augenblick, in dem eine Dame von Stand sich abwenden *musste*, ohne jeden weiteren Gedanken. Nur dass es Albertine aus irgendeinem Grund nicht möglich war. Ihre Augen lagen auf seinen langen, schmalen Fingern, zartgliedrig für einen Mann, und woher auch immer diese Verbindung kam, ertappte sie sich bei dem Gedanken, wie *seine* Finger ausgesehen hatten, als er nach ihrer Hand gegriffen, den winzigen Anhänger mit der einzelnen Perle in ihre Handfläche gelegt hatte.

Die Finger des Hauptmanns öffneten mit geübten Bewegungen die Knöpfe. Sein Blick war auf den Verletzten gerichtet. Dass Albertine die Augen nicht von ihm gelöst hatte, nahm er nicht wahr. Das gestärkte Hemd klaffte von alleine auf, zerfetzt vom Hagel der glühenden Geschosse, nicht anders als die Jacke selbst.

Seine Haut war blass. Wie es zu erwarten war bei einem Offizier von Stand und ganz anders als bei einem Landburschen wie Luis. Breite Schultern, der Oberkörper muskulös von den Übungen zu Pferde. Auf dem Schlüsselbein ... Ein Muttermal. Ein unregelmäßig geformter dunkler Fleck von der Größe eines Daumennagels. In etwa trapezförmig, und wenn man ihn im Spiegel betrachtete ...

Wenn man ihn im Spiegel betrachtete, musste er fast exakt die Umrisse des Königreichs Belgien besitzen. Ein Geräusch erwachte sehr weit hinten in Albertines Kopf. Ein leises Summen, unaufdringlich und nicht einmal unangenehm.

«Madame?» Ihre Gesellschafterin, Besorgnis in der Stimme.

Dieser Fleck: einem ausgefransten, unregelmäßigen Trapez gleich, doch Albertine hätte die Abweichungen exakt bezeichnen können, weil sie diesen Fleck, genau diesen Fleck Abend für Abend betrachtete, wenn das Licht der Öllampe auf ihren Frisiertisch fiel, wenn sie ...

«Madame?»

Das Summen. Es wurde lauter, Sekunde um Sekunde. Friedrich von

Stratens Haltung, *seiner* Haltung so ähnlich und nun, mit einem Mal, so viele Dinge, Details, die sie nicht gesehen hatte, die sie unmöglich hatte sehen können. Die Form der Ohrmuscheln, als er sich über den Verletzten beugte, den Ärmel der Jacke um den Oberschenkel führte. Die Art, in der er den Kopf eine Idee auf die Seite legte. Der Haarwirbel knapp rechts neben dem Scheitel: ein Haarwirbel, den nicht etwa *er* besessen hatte. Ein Haarwirbel, der Marguerite immer aufs Neue zur Verzweiflung trieb, wenn sie sich bemühte, *sie*, Albertine de Rocquefort, zu frisieren.

Ihr Blick traf Torteuil. Er lag am Boden, den Kopf in Agnès' Schoß gebettet, das Gesicht noch immer blass, doch er war bei Bewusstsein. Sah er sie an? Lag ein bestimmter Ausdruck in diesen Augen?

Eine Bemerkung. Eine beiläufige Bemerkung, die Albertine de Rocquefort den Schlaf einer gesamten Nacht gekostet, sie in Grübeleien gestürzt hatte, wieder und wieder. *Sollten gerade Sie es für unmöglich halten, dass es Seiten gibt an einem jungen Menschen... Dinge, die uns überraschen würden, wenn wir von ihnen wüssten?*

Torteuil. Er wusste es. Und der Junge, der kleine Junge... Der Deutsche. Der deutsche Offizier. *Frédéric.* Alles, was sie ihm hatte geben können: seinen Namen. Und sie hatten ihm diesen Namen gelassen, in seiner deutschen Form. Aufgewachsen in Deutschland. Frédéric. *Friedrich.* Friedrich von Straten.

«Madame!» Marguerite, die nach ihrer Schulter fasste.

Doch Albertine reagierte nicht. Das Summen, und ein anderer, ein schrillerer Laut. Ein Gesicht, das sich überrascht zu ihr umwandte, und für diese eine Sekunde war es nicht das Gesicht des jungen Mannes, sondern *sein* Gesicht, das Gesicht seines Vaters. Sein Mund, der sich öffnete. Seine Hand, die sich instinktiv in ihre Richtung streckte.

Ihre Finger fuhren an ihre Brust, krallten sich in den Stoff ihres Kleides, kniffen durch das Gewebe schmerzhaft in ihre Haut. Doch selbst dieser Schmerz konnte Albertine de Rocquefort nicht bei Bewusstsein halten.

***

ZÜNDUNG IN 12 STUNDEN, 37 MINUTEN
**Exposition Universelle, Galerie des Machines, Paris,
7. Arrondissement – 31. Oktober 1889, 11:23 Uhr**

«Mesdemoiselles.»

Eine rasche Verneigung an Albertine de Rocqueforts Gesellschafterin, an Mélanie und ihre Cousine, womöglich sogar an Luis. Und schon entfernte sich Friedrich von Straten mit eiligen Schritten, dass Mélanie eben noch erkennen konnte, wie er das sonst so sorgfältig gescheitelte Haar fahrig aus der Stirn strich.

Seinen Uniformrock hatte er zurückbekommen, nachdem die Sanitäter Torteuil auf eine Trage gebettet hatten. Eine Partie an der Schulter war blutdurchtränkt, sodass er nun tatsächlich aussah wie frisch aus dem Gefecht. Für einen Moment konnte Sie seinen Rücken noch ausmachen zwischen den Besuchern, dann war er in der Menschenmenge verschwunden.

Sein Aufbruch war so plötzlich gekommen, dass sie erst jetzt begriff: Soeben brachte einer der Helfer ihre Mutter vorsichtig in eine sitzende Position. Genau das musste den eiligen Aufbruch veranlasst haben: Albertine de Rocquefort kam wieder zu Bewusstsein, gestützt auf den Arm des bärtigen Veteranen in der Uniform der Gendarmerie, den nur die Binde mit dem roten Kreuz um den Oberarm als Angehörigen des Sanitätskorps auswies.

Mélanie drehte sich um. «Maman ...»

Die Lider ihrer Mutter flatterten. Vom Sanitäter ein strenges Brummen. Die Vicomtesse hatte einen Versuch unternommen, sich sofort wieder zu erheben. Die Lippen aufeinandergepresst, blieb sie sitzen. Es ist nur eine Schwäche, hatte der Helfer festgestellt, nachdem er zwei Finger an den Hals der Ohnmächtigen gelegt und eines ihrer Augenlider angehoben hatte. Albertine de Rocqueforts Begleiter hatten aufgeatmet. Das folgende Gemurmel von üblen Dünsten in der Halle, die der Konstitution abträglich seien, hatte niemand von ihnen kommentiert. Was auch immer für die Ohnmacht der Vicomtesse verantwortlich gewesen war: Irgendwelche Dünste waren es nicht gewesen.

Mélanie hatte jede Regung ihrer Mutter verfolgen können, als der junge Deutsche sich über Torteuil gebeugt hatte. Ganz bewusst hatte das Mädchen sich hinter Friedrich gestellt, sodass sein Rücken die blutende Wunde verdeckte. Der Tod eines Rehs war der Beginn von Mélanies Krankheit gewesen. Der Anblick der toten Frau schien sie auf unerklärliche Weise geheilt zu haben. In Zukunft würde sie sich von blutenden Körpern fernhalten. Ihre Mutter aber ...

Der Blick der Vicomtesse war seltsam gewesen. Blässe war auf ihr Gesicht getreten, die Augen gebannt auf den Hauptmann gerichtet. Sie hatte den Mund eine Winzigkeit geöffnet, und Mélanie war sich *sicher*, etwas gehört zu haben, und wenn nicht gehört, dann musste sie das Wort aus den Lippenbewegungen erschlossen haben. Hatte ihre Mutter *Friedrich* gesagt? Nein. Und dennoch ganz ähnlich. *Frédéric?* Die Brust ihrer Mutter, die sich gehoben hatte, krampfhaft atmend, heftiger und heftiger. Und dann dieses unheimliche Geräusch: kein Wimmern, kein Schrei, sondern etwas dazwischen und dann ... Marguerite hatte sie eben noch aufgefangen, sie vorsichtig zu Boden gleiten lassen, und Sekunden später waren auch schon die Sanitäter zur Stelle gewesen.

Frédéric. Die französische Form von Friedrichs Namen. Mélanie konnte sich keinen Reim darauf machen, und doch gab es keinen Zweifel: seinetwegen, Friedrich von Stratens wegen, wegen des geheimnisvollen Beobachters in der Zufahrt nach Deux Églises ... Seinetwegen waren ihrer Mutter die Sinne geschwunden.

«Ja ...» Albertine de Rocquefort, mit schwacher Stimme. Ein Räuspern, dann etwas deutlicher. «Ja, die üblen ... Dünste. Doch ich bin wieder bei mir. Marguerite ...»

Rasch waren die Gesellschafterin und Agnès ihr behilflich. Zwei Atemzüge, und Albertine de Rocquefort stand wieder aufrecht, und auch die Farbe begann, langsam in ihr Gesicht zurückzukehren.

«Haben Sie Dank, Monsieur.» An den Sanitäter gewandt, der sich mit einer Verneigung entfernte.

Ihre Augen trafen auf Mélanie und schenkten ihr ein flüchtiges Lächeln, doch schon glitten sie weiter über die apokalyptische Szenerie aus Trümmern und verbeultem Stahl, in der sich die Helfer um die Verletzten bemühten. *Sie sucht nach ihm.* Der Gedanke schoss Mélanie durch den Kopf.

«Der Duc wird in sein Palais gebracht», erklärte Marguerite, die die Blicke der Vicomtesse offenbar anders deutete. «Sein Leibarzt wird schon unterrichtet. Ich denke nicht, dass wir über die Maßen in Sorge sein sollten. Und ...» Sie fingerte etwas aus ihrem Ärmel. «Hauptmann von Straten hatte eine dringende Verabredung.» Sie reichte der Vicomtesse ein Kärtchen. «Unter dieser Adresse ist er heute Nachmittag zu erreichen.»

Albertine de Rocquefort strich sich über die Augen. Ihre Stirn legte sich in Falten, als sie die Karte musterte, einen Moment lang zu überlegen schien, sie dann zurückreichte. «Gut.»

«Es geht dir wieder gut, ta... Tante Albertine?», erkundigte sich Agnès.

Der Gesichtsausdruck, mit dem die Vicomtesse die Augen über die Erscheinung des Mädchens gleiten ließ, war Antwort genug. «Deine Rockfalten sind in Unordnung. Bitte helfen Sie ihr, Marguerite.»

«Ich ...» Agnès. «Ich habe aufgepasst, dass nichts von dem Blut an die ... autsch!» Schon hatte sich die Gesellschafterin an die Falten an der Rückseite des Kleides gemacht. Das Mädchen zuckte zusammen.

«Es ist in Ordnung.» Mélanies Mutter, nun doch wieder eine Spur abwesend. Ihre Fingerspitzen massierten ihre Schläfen. «Aber nach allem, was hier geschehen ist, ist es besser, wenn wir jetzt ...»

«Maman ...» Mélanie unterbrach sie eilig. Sie hatte den Seitenblick gesehen. Nach rechts, zu den Ausgängen, die auf die Avenue de la Motte-Picquet führten. «Uns fehlt eigentlich nichts, Maman. Ich glaube nicht, dass überhaupt jemand ernsthaft verletzt worden ist. Bis auf den Duc. Wenn wir um dich nicht in Sorge sein müssen: Könnten wir nicht hierbleiben, Agnès und ich? Zusammen mit Marguerite natürlich.» Rasch angefügt. «Bitte, Maman. Es ist der letzte Tag heute.»

Die Vicomtesse schwieg. Mélanie ahnte, was ihr durch den Kopf gehen musste. Wenn Marguerite bei den Mädchen blieb, würde sie ihrerseits gezwungen sein, sich ohne Begleitung auf den Rückweg zu machen. Zusammen mit Luis im Höchstfall, der von einer Anstandsdame nicht weiter entfernt sein konnte. Doch war es das allein?

Für die Gesellschaft des achten Arrondissements stellte die Vicomtesse de Rocquefort ein großes Geheimnis dar. Ihr Einfluss, der auf wundersame Weise darauf gründete, dass sie diesen Einfluss eben besaß und unzählige entscheidende Fäden durch ihre Finger liefen. Weil sie jeden zu kennen schien, auf den es ankam. Weil sie über Abläufe, Pläne, Zusammenhänge im Bilde war, von denen vielleicht das Deuxième Bureau Kenntnis besitzen mochte, niemals aber eine Dame der Gesellschaft. Und dennoch war es so, auf magische Weise scheinbar.

Wobei es sich um Magie natürlich nicht handelte. Und doch war es seltsam genug. Denn Mélanie hatte es gesehen, mehr als einmal, in den Abendstunden, wenn Albertine de Rocquefort sich in ihr Schlafzimmer zurückgezogen hatte, das auf den Innenhof hinausging in der Residenz an der Rue Matignon. Von einem wenig genutzten Raum im Gesindeflügel aus war dieses Schlafzimmer nämlich einsehbar, wenn die Vorhänge nicht geschlossen waren. Ja, mehr als ein Mal hatte Mélanie es beobachtet, wenn sie keinen Schlaf hatte finden können und das Haus durchstreift hatte. Reglos saß die Vicomtesse auf dem Stuhl vor ihrem Sekretär und schien ins Nichts zu blicken, auf die geschlossenen Schubladen. Und Mélanie wusste, dass ihre Mutter nachdachte. Dass sie all die Fäden, die an diesem Tag durch ihre Finger gewandert waren, entwirrte, sie prüfend betrachtete, um sie am Ende kunstvoll zu verflechten in dem verwirrenden Netz ihres Wissens, in dem sich früher oder später jeder verfing, der über Macht und Einfluss verfügte im achten Arrondissement.

Friedrich von Straten. Irgendetwas hatte die Königin der Pariser Salons in einem Maße entsetzt oder überrascht, dass sie in aller Öffentlichkeit die Besinnung verloren hatte. Ein Geschehen, das Albertine de Rocquefort unmöglich akzeptieren konnte. Das sich keinesfalls wiederholen durfte. Sie muss darüber nachdenken, ging dem Mädchen durch den Kopf. Sie braucht Zeit. Zeit, die neuen Fäden zu verknüpfen.

«D'accord.»

Mélanie zuckte zusammen. Ihre Mutter betrachtete sie, während sie die nächsten Worte sprach. «Ihr könnt hierbleiben. Luis wird mich zur Kutsche begleiten. Ich werde ein wenig ruhen, und heute Abend treffen wir hier wieder zusammen. Eine Stunde vor Beginn des Feuerwerks. Sagen wir: am Eingang des Palais des Beaux Arts.»

«Danke, Maman.» Mélanie atmete auf, und über die Schulter sah sie das Grinsen ihrer Cousine. Ein Grinsen, über das Albertine de Rocquefort sich mokiert hätte, weil das Mädchen schon wieder zu viele Zähne zeigte, anstatt den Mund dezent mit der Hand zu verbergen. Die Exposition Universelle mit all ihren Wundern, das Kolonialgelände an der Explanade des Invalides: Den ganzen Tag würden sie ihnen gehören.

Doch das war nicht das Entscheidende, dachte Mélanie. Da war ein Geheimnis, und im Zentrum dieses Geheimnisses stand *er*, Friedrich von Straten. Vor ein paar Tagen noch hätte Mélanie vielleicht versucht, im geflüsterten Gespräch mit ihrer Cousine das Mysterium zu ergründen. Oder durch Nachdenken, wie ihre Mutter auch, wobei sie nicht weit gekommen wäre, weil in ihrem Kopf kein vergleichbares Netz von Fäden existierte. Doch es gab andere Möglichkeiten.

Das Kärtchen. Die Vicomtesse hatte es Marguerite zurückgegeben, und die Gesellschafterin hatte es sorgfältig wieder verstaut. Wie konnte Mélanie de Rocquefort dieses Kärtchen in die Hände bekommen?

***

ZÜNDUNG IN 12 STUNDEN, 23 MINUTEN
Boulevard de Clichy, Paris, 9. Arrondissement – 31. Oktober 1889, 11:37 Uhr

«Sie sehen fürchterlich aus», bemerkte Alain Marais.

Genau das, was ich gerade sagen wollte.

«Ich weiß.» Der Agent sah sich um. Mit der Rechten massierte er seinen Nacken. Die Mütze, die er am Stand mit den modischen Accessoires erworben hatte, saß auf seinem Kopf, sehr viel unkonventioneller allerdings als in jenem Moment, da er sich aus Pierre Trebuts Blickfeld entfernt hatte. Was einer massiven Beule zu verdanken war, hart über dem linken Ohr, deren Umfang noch zuzunehmen schien, während der junge Beamte sie betrachtete.

«Also ...» Pierre räusperte sich. «Die Maschine ist explodiert.» Er nickte in Richtung der vorhöllenhaften Szenerie, in die sich dieser Abschnitt der Halle verwandelt hatte. «Ich bin ...» Er zögerte. Im Grunde war es unnötig zu beichten, dass er seinen Posten vorzeitig verlassen hatte. «Als Sie nicht zurückgekommen sind, habe ich mich hierher auf den Weg gemacht. Aber unterwegs habe ich etwas beobachtet: einen deutschen Offizier, der dem carpathischen Regenten gefolgt ist. Dem Regenten, der die Maschine in Betrieb nehmen sollte, und ... ich meine ... Er hat sie dann auch in Betrieb genommen, aber dann ist sie explodiert, und ...»

Mit einem Mal hatte er selbst Mühe, noch vollständig zusammenzubekommen, wer sich wann aus welchem Grund verdächtig gemacht hatte: der deutsche Hauptmann, Albertine de Rocquefort, der Begleiter des britischen Prinzen, der Carpathier selbst. Jedenfalls war die Maschine explodiert, und den Briten und den Carpathier hatte Pierre Trebut seither nicht mehr zu Gesicht bekommen. Der Deutsche dagegen hatte den Duc de Torteuil aus den Trümmern geborgen, und in diesem Moment war auch Albertine de Rocquefort dazugekommen. Und gleich darauf ohnmächtig geworden. Doch das war vor einer Viertelstunde gewesen; inzwischen waren sie allesamt fort: der Deutsche, die Vicomtesse, der Duc. Letzterer auf einer Trage abtransportiert. Zurückgeblieben waren lediglich Albertine de Rocqueforts Gesellschafterin und die beiden Mädchen, und auch diese hatten sich mittlerweile wieder auf den Weg gemacht.

«Ich vermute, dass die Vicomtesse ihnen den Besuch auf der Ausstellung nicht verderben wollte», erklärte Pierre abschließend. «Also hat sie sie in der Obhut der Gouvernante zurückgelassen.»

Alain Marais betrachtete ihn. Schweigend. Schließlich, höflich: «Eine wohldurchdachte These, Pierre Trebut. Und unsere Ermittlung berührt das an *welcher* Stelle?»

«Unsere ...» Pierre verstummte.

«Zumindest ergibt jetzt alles einen Sinn.»

Pierre blinzelte. «Tut es das?»

«Wir nannten ihn den Lächler», erklärte der Agent. «Wobei er natürlich nicht wirklich lächelt. Eine Auseinandersetzung am Montmartre, mit den Savoyern. Sie wollten ihm die Kehle durchschneiden, von einem

Ohr zum anderen, aber er wird zu sehr gezappelt haben, sodass sie den Schnitt ...» Er beschrieb eine Handbewegung – von einem Ohr zum anderen, quer über die Mundwinkel allerdings. Pierre Trebut schauderte. «Der Lächler war eine der besten und kostspieligsten Klingen im Geschäft zu seiner Zeit», fuhr Marais fort. «Vor meinem Ausscheiden aus dem Bureau. Unzählige Auftragsmorde in Paris gingen auf sein Konto. Bis er die Stadt verlassen hat, was nachvollziehbar erschien angesichts des Preises, der auf seinen Kopf ausgesetzt wurde. Woraus sich im Übrigen ergibt, dass die Summe, die ihn zur Rückkehr bewogen hat, noch beachtlicher gewesen sein muss. Denn vorhin glaubte ich ihn gesehen zu haben. Doch natürlich war es dunkel.»

«Dunkel?»

«In einer Dunkelkammer ist es dunkel. Das ist ihr Sinn und Zweck, Pierre Trebut. Ich bin ihm in diese Dunkelkammer gefolgt, am Gang mit der fotografischen Ausstellung.»

Eine Gänsehaut legte sich auf Pierre Trebuts Nacken. «An der Mündung dieses Ganges habe ich die Fährte des carpathischen Regenten aufgenommen», flüsterte er.

«Nein, das haben Sie nicht. Der carpathische Regent ist tot. Bei ihm haben sie die Klinge richtig angesetzt. Worum sie sich auch in meinem Fall bemüht haben.»

«Was?»

«Es gestaltet sich schwierig, Pierre Trebut, einen Mann an den Haaren zu packen, um ihm die Kehle durchzuschneiden, wenn dieser Mann keine Haare besitzt.» Eine Grimasse. «Wir sind gegen die Becken mit den Chemikalien gestoßen. Was danach geschehen ist, entzieht sich meiner Kenntnis. Als ich neben dem toten Carpathier wieder zu mir kam, waren sie fort, was aber keinen besonderen Unterschied macht. Diese Leute sind Handlanger, und Handlangern ist es gleichgültig, wer sie bezahlt. Entsprechend wird es sie auch nicht stören, wenn sie niemals erfahren, um wen es sich überhaupt handelt.»

«Und ...» Pierre blinzelte. «Und der Mann, der die Maschine in Betrieb genommen hat?»

«Das war einer von ihnen. Die Leute sehen, was sie zu sehen erwarten.

Einen kleinen dicken Mann mit seltsamen Haaren. Die Größe passte, die Uniform passte. Hat der Mann auch nur ein Wort gesprochen?»

Pierre schüttelte den Kopf. «Nicht in unserer Sprache.»

«Weil der echte Regent sie vermutlich nicht beherrschte. Was unser Gegner mit Sicherheit gewusst hat.»

Aus zusammengekniffenen Lidern ließ der Agent den Blick über die Stätte des Unheils schweifen. Eine Handvoll Beamter der Gendarmerie hatte an der Absperrung Posten bezogen und gab acht, dass niemand den Trümmern zu nahe kam. Ringsum aber schienen die Dinge beinahe schon wieder ihren gewohnten Gang zu gehen. Torteuils Maschine war ein Haufen verbogenes Blech, doch der Vorfall war weder das erste noch das einzige Unglück in den Monaten der Exposition. Nur dass es kein *Unglück* gewesen war. Und dass alles noch bedeutend schlimmer hätte kommen können. Wäre die Apparatur nicht unvermittelt zum Stillstand gekommen.

«Aber ...» Pierre fuhr sich über die Lippen. «Es hat trotzdem nicht funktioniert, wie er es vorhatte. Unser Gegner. Niemand scheint wirklich schwer verletzt zu sein – bis auf den Duc. Die Leute waren in Panik, ja, für einige Minuten, aber die Ausstellung geht weiter. Wer auch immer dafür verantwortlich ist: Er hat es nicht geschafft.»

«Nein», bestätigte Alain Marais, dessen Miene sich keine Spur aufgehellt hatte. «Der Carpathier ist tot, doch fürs Erste ist es nicht notwendig, diese Nachricht publik zu machen. Ich habe einige Beamte der Polizei hinzugebeten, die den Leichnam in diesen Minuten diskret vom Gelände entfernen. Irgendwann werden wir die Öffentlichkeit vom Ableben des Regenten unterrichten müssen, doch wie es dazu gekommen ist, liegt auf der Hand: die Explosion der Maschine, an der sein Land schließlich selbst beteiligt war mit dem carpathischen Erz. Ein Grund zur Trauer – aber sicherlich nicht zum Säbelrasseln. Nein, von dieser Seite sind keine Verwicklungen zu befürchten.»

Aber?

«Sie sagen es selbst, Pierre Trebut: Unser Gegner hat es nicht geschafft. Keine Panik. Kein Chaos. Natürlich war dies noch nicht der große Anschlag. Was er tatsächlich vorhat, das werden wir um Mitternacht wissen.

Und doch ...» Ein nachdenklicher Blick nach oben. «Er denkt mechanisch, in Kategorien von Ursache und Wirkung. Es scheint erstaunlich, dass er seinen Hebel in diesem Fall so nachlässig berechnet hat.»

«Da ...» Pierre räusperte sich. «Da war noch etwas anderes. Der Qualm war überall, deshalb habe ich es nicht genau erkennen können, aber da war ... eine Gestalt.»

Ganz langsam drehte Alain Marais sich wieder in seine Richtung, sah ihn jetzt sehr aufmerksam an. «Eine Gestalt?»

Pierre schluckte. «Da oben», murmelte er. «In der Dachkonstruktion. Ich habe gedacht, es sind vielleicht ... also, die Gase, der Rauch aus der Maschine. Dass ich etwas sehe, das nicht wirklich da ist. Aber ich bin mir sicher: Da war eine dunkle Gestalt, die sich zwischen den Trägern bewegt hat, unter der Decke. Und im nächsten Moment ist ...» Ein Nicken nach rechts, zu den Resten des Podiums. «Einer der Träger ist heruntergekommen, und ein paar Sekunden später war es vorbei. Er muss die elektrischen Kabel getroffen haben. Wenn das nicht geschehen wäre ...»

«Hm.»

Pierre verstummte. Fragend sah er den Agenten an.

«Hmm.»

«Das bedeutet?»

«Das bedeutet, dass sich die Dinge ineinanderzufügen beginnen. Sie erinnern sich, wem wir diese Apparatur verdanken?»

«Dem Duc de ...» Pierre brach ab. «Berneau», murmelte er.

«Unser Täter denkt technisch. Er denkt mechanisch. Er denkt wie ein Ingenieur. Die Sprengung des Chou-Chou wurde durch eine mechanische Apparatur ausgelöst. Und Morimond und Crépuis sind auf einer mechanischen Apparatur gestorben, auf einem Werk Berneaus. Torteuils Maschine explodiert, und auch sie war ein Werk Berneaus.»

«Aber die ...» Pierre verhaspelte sich. «Die tote Hure. Der tote Wachmann an der Rue Richard Lenoir. Der Einbruch in die Conciergerie ...»

«Die Hure und der Einbruch sollten uns zum Vorgehen gegen das Chou-Chou bewegen, wo die Maschine wartete. Der Wachmann musste sterben, damit wir uns an die Spur der Deutschen haften und nicht über die Dinge nachdenken, über die wir jetzt gerade nachdenken.»

«Aber der Deutsche war hier! Der deutsche Hauptmann. Er hat den Regenten verfolgt und ... Albertine de Rocquefort! Sie kennt den Duke of Avondale, und sie war ebenfalls hier. Genau wie der Duke selbst. Und die Leiche lag vor *ihrer* Haustür. Und der andere Brite, der Blonde, der Begleiter des Duke: Er hat mich *beobachtet*, und ...»

«Es gibt Zusammenhänge, Pierre Trebut», unterbrach ihn der Ältere mit strengem Blick. «Und es gibt Koinzidenzen. Koinzidenzen können Zufall sein oder aber auf einen Zusammenhang weisen, den wir noch nicht erkennen. Ein Zusammenhang ist jedoch eindeutig, und dieser Zusammenhang trägt einen Namen: Berneau.»

«Aber Berneau ist tot! Er ist mit einem Staatsbegräbnis beigesetzt worden, auf dem Cimetière du Montparnasse!»

«Genau.» Der Agent wandte sich auf dem Fuße um und begann, zum nächsten Ausgang zu marschieren.

«Aber ...» Pierre verstummte. Der Mann konnte doch nicht ernsthaft ...

«Oh doch, Pierre Trebut.» Marais, ohne sich auch nur umzudrehen. «Wir werden Schaufel und Spaten brauchen.»

***

Zündung in 12 Stunden, 09 Minuten
**Place du Tertre, Paris, 18. Arrondissement –
31. Oktober 1889, 11:51 Uhr**

«Ist ... es ... noch ...» Basil Fitz-Edwards brach ab.

Weit. Das letzte Wort wollte nicht mehr heraus. Das Atemvolumen fehlte. Wobei Basils Kurzatmigkeit mit Entfernungen gar nichts zu tun hatte, zumindest soweit es Entfernungen in der Horizontalen anbetraf. Sein Problem bewegte sich in einer anderen Dimension. Einer Dimension, mit welcher sie, Minuit, natürlich keine Schwierigkeiten hatte. Schließlich war die Vertikale ohnehin ihre bevorzugte Bewegungsrichtung.

Es ging aufwärts, seit einer Viertelstunde schon. Basil hatte nicht geahnt, dass in Paris solche Höhenunterschiede überhaupt existierten. Vom

Champ de Mars bis zum Fuß des Montmartre hatten sie einen der Pferdeomnibusse genommen. Solange man sich vom Ausstellungsgelände entfernte, stellte es kein Problem dar, einen Sitzplatz zu ergattern. Die Fuhrwerke, die das Gelände ansteuerten, platzten dagegen aus allen Nähten, der Rauchfahne zum Trotz, die über der Galerie des Machines in den Himmel stieg. Die Lage in der Halle war unter Kontrolle, und die größte Schau der Welt ging weiter, strebte ihrem Höhepunkt und Abschluss entgegen. Mehr und mehr Menschen machten sich auf den Weg zum Champ de Mars.

Minuit bog scharf nach rechts, bergauf selbstverständlich. Basil legte den Kopf in den Nacken: Eine Windmühle ragte zwischen den Häusern auf. Mitten in einem Viertel, in dem das Leben pulsierte – jetzt zur Mittagsstunde etwas schläfriger als vermutlich zu anderen Tageszeiten. Denn um was für eine Art von Viertel es sich handelte, war ihm nicht verborgen geblieben. Ein Torbogen gewährte Zugang zu einer Art Teegarten rings um das Mühlengebäude, flankiert von Aushängen, die eine junge Dame zeigten, vollständig bekleidet zwar, nichtsdestotrotz in lasziver Pose. Vom Haus an der Cleveland Street an diesen sündigen Ort. Es waren bemerkenswerte Tage im Leben Basil Fitz-Edwards'. Atemberaubend, im wahrsten Sinne des Wortes. Er bemühte sich, Minuit auf den Fersen zu bleiben. Wohin auch immer sie unterwegs waren.

Sie mussten mit jemandem reden, hatte sie verkündet. Eine eher lapidare Eröffnung angesichts der qualmenden Trümmer von Torteuils Apparat, der einzig dank ihres Eingreifens nicht Hunderte von Menschen in den Tod gerissen hatte. Und Basil werde eine Überraschung erleben. Zumindest im letzteren Punkt bestand kein Zweifel mehr. Er hatte recht genaue Vorstellungen, was für Kreaturen eine solche Gegend bevölkern mussten, Kreaturen, denen er in der Tat allerlei kleinkriminelle Delikte zutraute. Doch eine Rolle in einer Verschwörung, in die der gesamte Kontinent verwickelt war? In der das Schicksal ganz Europas auf dem Spiel stehen konnte? Ein Mensch, der *hier oben* hauste, sollte ihnen sachdienliche Hinweise liefern?

Die Gassen wurden verwinkelter und enger. Und steiler. Das Straßenpflaster verwandelte sich in Treppenstufen, und Basil war sich keineswegs mehr sicher, dass sie sich noch im öffentlichen Verkehrsraum befanden.

«Ist es … noch …»

Unvermittelt blieb sie stehen. Rechts von ihnen erhob sich eine fensterlose Mauer, geradeaus endete die Treppe an einer eher unscheinbaren Tür, die in einen Lagerschuppen führen mochte. Warum auch immer sich jemand der Plackerei unterziehen sollte, eine schier endlose Folge von Stufen zum Eingang eines Lagerschuppen anzulegen. Oder einen Lagerschuppen am Ende einer endlosen Folge von Stufen.

Minuit betrachtete ihn. Erst jetzt wurde ihm bewusst, wie schweigsam sie geworden war, seitdem sie dem Omnibus entstiegen waren. Die Sonne stand so senkrecht, wie es zu dieser Zeit des Jahres nur möglich war, sodass ihr Licht selbst in dem abgelegenen Häuserwinkel Reflexe auf ihrem kupferfarbenen Haar hervorrief. Schließlich nickte sie stumm – und beförderte zu seiner Verblüffung einen Schlüssel ans Tageslicht. Wo immer sie ihn verborgen hatte in einer Bekleidung, deren hervorstechendstes Merkmal darin bestand, dass sie nichts verbergen konnte. Das Cape, das sie um die Schultern trug, hatte schließlich erst Basil aufgesammelt.

Kein Laut war zu vernehmen, als sie die Tür öffnete. Die Angeln wurden offenbar sorgfältig geölt. Und ehe er das Innere des Gebäudes noch recht in den Blick nehmen konnte, wurde die Tür ebenso leise wieder geschlossen. Halbdunkel herrschte, Minuit stand schattenhaft an seiner Seite, undeutlich waren die Umrisse eines ausgedehnten, mit allerlei Gerätschaften vollgestellten Raumes zu erkennen. Basil hob den Blick und sah, dass weit oben in den Wänden sehr wohl Fenster existierten, die indessen mit schweren Stoffbahnen verhängt waren.

«Wo sind wir hier?» Er stellte fest, dass er flüsterte. «Ist es hier immer so dunkel?»

«Er braucht nicht diese Art von Licht.» Ebenfalls leise. Und nicht vollständig bei der Sache. Sie schien nach etwas Ausschau zu halten.

«Du wartest hier.» In einem Ton, der keine Widerrede zuließ. Ein Atemzug, und sie war mit der unvollkommenen Dunkelheit verschmolzen, nur für Sekunden allerdings, dann fiel unvermittelt Licht in den Raum, als sich einige Schritte entfernt und mehrere Meter über Basil eine Tür öffnete, durch die die junge Frau verschwand. Für einen Atemzug hatte er sie noch einmal im Blick, und es kam ihm vor, als ob sich ihre Haltung verändert hätte: angespannt, die Schultern durchgedrückt.

Die Tür ließ sie offen. Langsam drehte Basil sich um – und zuckte ruckartig zurück, stieß gegen irgendetwas, fing es auf. Ein Buch. Fahrig legte er es auf einen Stapel ähnlicher Folianten.

Aus wenigen Zentimetern Entfernung starrte ihn ein einzelnes Auge an, glänzend wie ein Flusskiesel und – tot. Mausetot. Es gehörte zum Präparat eines mächtigen Vogels, eines Weißstorchs mit majestätisch gebreiteten Schwingen, das auf einer Art Anrichte thronte, scheinbar bereit, jeden Moment zu einem Flug durch die Rumpelkammer abzuheben.

«Darv», flüsterte Basil.

Er sah sich um. Ein Lagerschuppen, meterhoch vollgestopft, doch auf den ersten Blick ließ sich nicht auf einen Nenner bringen, was der Besitzer hier verwahrte. Röhren und Zahnräder, die die unangenehme Erinnerung an die Galerie des Machines aufkommen ließen, daneben aber aufgerollte Schiffstaue, eine Anzahl von Stoffballen, tausend andere Dinge, und etwas weiter hinten ...

Basil warf einen sichernden Blick zu jener Tür, durch die Minuit verschwunden war, lauschte. Nichts war zu hören. Wachsam, Schritt für Schritt, schob er sich zwischen den Gerätschaften hindurch, auf eine Reihe großer, eckiger Umrisse zu, die an der Wand lehnten. Ein klirrendes Geräusch ertönte, als sein Fuß gegen etwas stieß, und ertappt hielt er inne, lauschte erneut. Ein gedämpftes Rascheln war zu vernehmen. *Ratten.* Doch das war alles. Noch vorsichtiger setzte er seinen Weg fort, bis er die Wand erreichte, seine Hände über die eckigen Formen tasteten. Worum auch immer es sich handelte: Es war fachmännisch verpackt worden. Seine Finger fanden einen Stoffzipfel, lösten ihn, hoben ihn beiseite. Ein Gemälde kam zum Vorschein, von monumentalen Dimensionen. Die obere linke Ecke zeigte effektvoll in Szene gesetztes Gewölk, weiter allerdings konnte er das Werk in der Enge nicht enthüllen.

Er verharrte, ließ den Blick von neuem durch den Raum schweifen. Muffiger Geruch stieg in seine Nase, Staubflocken tanzten in der Luft. Der eingelagerte Hausrat aus einem begüterten Anwesen? Dazu wollte der technische Krimskrams nicht passen, der eindeutig den Löwenanteil ausmachte. Und wer ein solches Anwesen sein Eigen nannte, würde kaum ein Viertel wie den Montmartre wählen, um dort Gegenstände von Wert zu verwahren. Einen Bau zudem, der an einem der unzugänglichsten Punkte der Stadt thronte.

Eine Räuberhöhle? Sein Blick hielt auf dem ausgestopften Vogel inne. Wer darauf zählte, so etwas zu Geld zu machen, kam nicht ernsthaft in Frage als Teilnehmer einer Verschwörung, die das Zeug hatte, die Balance des Kontinents zu erschüttern. *In dieser Stadt hat jeder seine eigenen Pläne.* Welche Pläne konnte ein Mensch verfolgen, der an einem solchen Ort hauste?

Basil griff nach dem Buch, das er um ein Haar vom Tisch gefegt hatte. Überall lagen Bücher umher, brav in einer Reihe einsortiert, genauso aber offen aufgeschlagen. Das Exemplar, das er in der Hand hielt ... Seine Brauen zogen sich zusammen. Er hatte den Band an einer willkürlichen Stelle geöffnet. Technische Skizzen füllten die Seite, doch nicht sie waren es, die ihn stutzen ließen. Es war die Sprache. Eine Sprache, die er kaum ansatzweise beherrschte, aber doch auf der Stelle identifizieren konnte. *Deutsch.*

«Die Deutschen», flüsterte er, doch im nächsten Moment ertönte ein Geräusch, und er drehte sich um.

Minuit trat durch die Türöffnung, tastete rechts neben den Rahmen, und auf der Stelle kniff Basil die Augen zusammen. Gleißendes Licht, welches das Halbdunkel der Rumpelkammer auf einen Schlag zum hellen Tag machte. Aber ... Sobald er wieder sehen konnte, begann er den Raum mit neuen Augen zu betrachten. Elektrizität! *Hier!* Ein privates Anwesen mit elektrischem Licht auszustatten, war eine Angelegenheit der oberen Zehntausend!

Ein Schatten wurde in der Tür sichtbar, verwandelte sich in eine klar erkennbare Gestalt, die, nein, den erleuchteten Raum nicht *betrat.* Der Mann *saß.* Er saß auf einem Stuhl, der den *fauteuils roulants* auf der Exposition ähnelte, allerdings mit einem entscheidenden Unterschied: Auf dem Champ de Mars ließen sich die Herrschaften von liviertem Personal über das Gelände chauffieren. Diese Apparatur dagegen schien sich von alleine zu bewegen. Jetzt vernahm Basil das diskrete Surren eines Motors, wobei in Wahrheit ...

In Wahrheit kamen ihm die Beobachtungen kaum zu Bewusstsein. In Wahrheit war es die Gestalt, an der sich seine Augen festsaugten: eine Gestalt, die schmal und gebrechlich wirkte, der Oberkörper gerade aufgerichtet, die Beine mit einer Decke verhüllt.

Basil kannte den Mann. Er sah älter aus, noch älter und sehniger als auf der Illustration im Manchester Guardian, die Wangen eingefallen, die Züge von Krankheit und Schwäche gezeichnet. Aus den Augen allein sprach Wachsamkeit, sprach Feuer. Und nein, es war keine Frage, ob Basil sich womöglich täuschte in der Identität des Greises. Weil nun, mit einem Mal, *alles* passte.

Gedämpfte Klänge drangen durch die verhängten Fenster. Die Schläge der Glocken von Paris, zwölf an der Zahl: Mittag – *midi*.

«Berneau», flüsterte Basil Fitz-Edwards.

TEIL SIEBEN

31. Oktober 1889
L'après-midi / Am Nachmittag

ZÜNDUNG IN 11 STUNDEN, 30 MINUTEN
Hôtel Vernet, Paris, 8. Arrondissement –
31. Oktober 1889, 12:30 Uhr

«*Ist das eine Überraschung?*» Das wohlgenährte Gesicht des Gesandten leuchtete vor Stolz. «*Ist das eine Überraschung?* – Vorsicht, Strielow, Donnerkeil!»

Drakensteins Finger krampften sich um die Armlehnen des *fauteuil roulant*, als der Beamte eben noch abbremsen konnte, bevor der Stuhl – und der Gesandte in diesem Stuhl – mit der Rezeption kollidierte.

«Helfen Sie mir raus!», schimpfte Drakenstein, um sich im nächsten Moment mit Hilfe seines Untergebenen aus dem Gefährt zu wuchten.

Celeste Maréchal beobachtete, wie Colonel O'Connell auf seinen Stock gestützt näher trat, um mit skeptischer Miene das *Mitbringsel* in Augenschein zu nehmen, das der deutsche Gesandte auf der Exposition organisiert hatte. Für den *Herrn Kollegen*, wie er sich ausgedrückt hatte. Eine Bezeichnung, die streng genommen nicht zutraf. Drakenstein war offizieller Emissär des Kaiserhofs, während es sich beim Colonel um den bloßen Adjutanten eines hochwohlgeborenen Gesandten handelte. So oder so war das Ganze eine anrührende Geste, wenn man bedachte, wie die Dinge standen zwischen Deutschen und Briten. Doch wo standen sie schon zum Besten? Jedenfalls bekam O'Connell mit diesem Stuhl die Gelegenheit, die Abschlussveranstaltung doch noch aufzusuchen. Wenn er das offensichtliche Angebot annahm.

«Erstaunliche Dinge, mein Guter. Wirklich erstaunliche Dinge auf dieser Schau.» Drakenstein bot dem Briten nun seinerseits den Arm, um ihm beim Einstieg behilflich zu sein. «Mr. Tail, mein neuer Freund vom Volke der Lakota, würde bei Ihrem Gebrechen übrigens ein Totem zum Einsatz bringen. Wollte mir aber leider keins mitgeben. – Na, was sagen Sie? Gemütlich?»

Im Augenblick sagte der Colonel noch gar nichts. Würde er auf das Angebot eingehen? Beinahe würde Celeste das bedauern. O'Connell hatte keine Erklärung gegeben, warum er sich wieder in ihrem Büroraum eingefunden hatte, kaum dass der Duke und Fitz-Edwards das Haus verlassen hatten. Eigentlich hatte er überhaupt nicht viel gesagt, den ganzen Vormittag nicht, im Höchstfall verhalten vor sich hingebrummt, während Celeste sich über ihre Bücher gebeugt hatte.

Drakenstein begab sich nun höchstselbst hinter den Stuhl und begann, den Briten probehalber einige Runden durch das Foyer zu kutschieren. Celeste biss die Zähne zusammen bei den Geräuschen, die die stählernen Räder auf dem empfindlichen Marmorboden verursachten. Doch der Boden würde in Kürze nicht mehr ihr Problem sein, so wenig wie der Rest des Vernet. Das zumindest stand nunmehr fest, nachdem sie Zahlungsaufforderungen und Außenstände noch einmal in ihrer Gesamtheit gesichtet hatte, sich der Anwesenheit des alten Offiziers dabei jeden Augenblick bewusst gewesen war. Und, ja, diese Anwesenheit war tröstlich gewesen. Als ob er gespürt hätte, wie es um sie bestellt war. Was natürlich Unsinn war. Wer konnte weiter entfernt sein von einem Gespür, was in einem anderen Menschen vorging, einer Frau zumal? Weiter als dieser ungehobelte Klotz?

Warum nur war sie ausgerechnet heute auf den Gedanken verfallen, sich mit dem bevorstehenden Ruin ihres Hauses zu beschäftigen, um den sie doch ohnehin wusste? Ein selbstquälerischer Akt? Nein. Es war die einzige Chance gewesen, ihren Kopf fernzuhalten von anderen, von noch schwärzeren Gedanken.

Alain Marais, auferstanden von den Toten. Ja, sie hätte ihn mit bloßen Händen erwürgen können, als er mit einem Mal im Foyer gestanden hatte, und das nicht etwa, um sie zu sehen, sondern im Zuge irgendeiner Ermittlung. Und doch war ein Gefühl stärker gewesen als jedes andere: Erleichterung, eine Form von Dankbarkeit beinahe. Alain war am Leben. Doch dann, heute Nacht ... Ein Haus am Montmartre, das in die Luft geflogen war, als die Beamten versucht hatten, in das Etablissement einzudringen. Natürlich war er dabei gewesen. Seit Glockenschlag zehn hatte Celeste auf die Schritte gelauscht, mit denen er sich ihrem Büro nähern würde, um das angekündigte Verhör zu führen. Und er war nicht erschienen. War das nicht der letzte Beweis?

Sie schüttelte den Kopf. Niemand nahm es zur Kenntnis. Stunden nachdem sie begriffen hatte, dass sie über Jahre hinweg fälschlich um Alain Marais getrauert hatte, sollte sie beginnen, von neuem seinen Tod zu beklagen?

Bewegung in ihrem Augenwinkel: Charlotte, blass wie ein Gespenst, in der Arbeitskleidung der Küchenhelferinnen. Charlotte, die sich mit Alains jungem Kollegen angefreundet hatte. *Als hätten meine Gedanken sie herbeigerufen.* Doch vermutlich waren es eher die Fahrmanöver der beiden hochrangigen Gäste gewesen. Immer mehr Zuschauer fanden sich ein, Gäste des Hauses wie Angehörige des Personals. Soeben betrat der Concierge von der Straße her den Raum, noch im dunklen Straßenmantel. Er betrachtete die Szene mit missbilligendem Gesichtsausdruck, offensichtlich kurz davor, ein Machtwort zu sprechen, schwieg aber, als er Celestes Blick einfing.

«Und?» Endlich hielt Drakenstein heftig atmend inne. «Was sagt das verlängerte Rückgrat?»

O'Connell blickte finster. Was nichts bedeuten musste, dachte Celeste Marêchal. Schließlich sah er eigentlich immer finster aus unter seinem buschigen Schnauzer. Jetzt räusperte er sich. «Es schmerzt nicht übermäßig», gestand er zögernd.

«Famos.» Der Deutsche rieb sich die Hände. «Was denken Sie, Colonel? Spielen Sie Pharo? Der indische Teepavillon ist eine äußerst stimmungsvolle Örtlichkeit. Vielleicht könnten wir unsere Runde mit Monsieur Marais ja auf der Exposition ...»

«Marais?» Erst als der Gesandte den Kopf drehte, begriff Celeste, dass sie den Namen laut ausgesprochen hatte.

«Ah, Madame Marêchal.» Drakenstein beschrieb eine Verneigung in ihre Richtung. Er schien sie bis zu diesem Augenblick nicht wahrgenommen zu haben, zu fasziniert von seiner Erwerbung. «Was für ein bezauberndes Kostüm, das Sie heute wieder angelegt haben. Ja, Marais – er war nicht hier, vermute ich? Ein beträchtlicher Fauxpas nach all dem Aufhebens, das er mitten in der Nacht veranstaltet hat. Wobei er – zu seiner Verteidigung – heute Morgen doch etwas mitgenommen aussah.»

«Sie haben ihn gesehen?» Celestes Stimme war rau. «Er ...»

«Pierre auch?» Charlottes Stimme überschlug sich. «Ich ... Verzeihen Sie. Agent Candidat Trebut, sein Begleiter. Haben Sie ihn auch gesehen?»

«Ich fürchte, nein», gestand der Deutsche. «Was den jungen Mann anbetrifft. Und Agent Marais hatte es ziemlich eilig. Vielleicht ja gerade wegen seines Partners, nachdem die Explosion …»

«Noch eine Explosion?» Das war Celeste.

«Bei all den Maschinen auf der Ausstellung sollte uns eine Explosion hin und wieder nicht verwundern, Madame. Ich hatte nicht den Eindruck, dass jemand ernsthaft zu Schaden gekommen ist. Bei Verbrennungen und Schürfwunden empfiehlt Iron Tail übrigens das ausgelassene Fett einer Bisamratte.»

Celeste nickte stumm, warf einen aufmunternden Blick zu der jüngeren Frau, auf deren Miene sich zögernd Erleichterung breitmachte. Celeste selbst wusste nicht, was sie denken sollte, hin- und hergerissen. Er lebte. Aber …

«Madame?»

Sie sah sich um. «Monsieur Serge.»

«Ob es möglich wäre …» Eine steife Verbeugung. «Auf ein Wort in Ihrem Büro?»

Sie hob die Augenbrauen. Ein Wunsch, den er nur selten äußerte, und schon gar nicht mit diesem Ausdruck auf dem Gesicht. Sie nickte den Umstehenden zu, wandte sich um, und er folgte ihr, noch immer im Mantel. Er hatte sie gebeten, ihn an diesem Vormittag für zwei Stunden von seinen Pflichten zu entbinden, und wie hätte sie ihm das verwehren können, nachdem sie ihn an seinem freien Abend in das Hotel beordert hatte für einen Auftrag, der sich dann als unnötig erwiesen hatte? Wenn sie überhaupt bis heute durchgehalten hatte in den Monaten der Exposition, dann war das mehr als jedem anderen diesem Mann zu verdanken.

«Bitte.» Sie öffnete die Tür ihres Büroraums. Es war ein Impuls, der sie hinter den Schreibtisch treten ließ. Sie ließ sich auf dem Stuhl nieder, sah ihn auffordernd an.

Er straffte sich. «Ich möchte mich kurzfassen, Madame. Als ich im Frühjahr zu Ihnen kam und Sie mir diese Beschäftigung gewährt haben …»

Nun bewegten ihre Augenbrauen sich deutlich in die Höhe. Wollte er mehr Geld? Jetzt? Ihm musste klar sein, dass der Zeitpunkt ungünstig war, nun, da die Ausstellung so gut wie zu Ende war.

«Ihre Referenzen waren gut», sagte sie ausweichend. «Etablissements in den Vereinigten Staaten natürlich, aber angesichts unseres internationalen Publikums ...»

«Bitte, Madame.» Er hob die Hand, sah sie sehr direkt an. «Ich möchte Ihnen danken», sagte er nachdrücklich. «Ich bin als Fremder zu Ihnen gekommen, und die Zeit im Vernet hat mir Möglichkeiten eröffnet, die ich mir nicht hätte träumen lassen. Ein Publikum, wie dieses Haus es beherbergt, in diesen Tagen, den Tagen der Exposition, dem Zeitraum, auf den wir uns verständigt hatten. Doch ich möchte Ihnen mitteilen, dass ich Sie heute verlassen werde.»

Es war wie ein Schlag. Sekundenlang war Celeste nicht in der Lage, sich zu rühren. Nicht der geringste Hinweis, dass es ihm insgeheim um Geld ging. Ganz einfach, weil das nicht der Fall war. Sie begriff auf der Stelle: Er hatte sich die Möglichkeiten ruhig durch den Kopf gehen lassen, und er hatte seine Entscheidung getroffen. Nichts würde ihn dazu bewegen, sie noch einmal zu überdenken. Und dennoch: Mit einem Mal schien es unvorstellbar, dass sie das Haus jemals wieder ohne diesen Mann würde führen können. – Doch würde sie das Vernet nicht ohnehin verlieren? *Nein.* Nichts stand ohne Zweifel fest. Mit Ausnahme der Tatsache, dass er sie verlassen würde. Aber das durfte er nicht! Mit einem Mal erschien das wichtiger als alles andere.

«Monsieur Serge ...» Sie holte Atem, versuchte, die Heiserkeit zu vertreiben. «Ich weiß, dass es keinen Sinn hat, Sie umstimmen zu wollen, aber ...» Sie schüttelte den Kopf, hob in einer hilflosen Geste die Hände von der Tischplatte. «Ich hatte niemals einen Mitarbeiter wie Sie. Es gab Zeiten, in denen ich davon überzeugt war, dass wir einen Concierge überhaupt nicht brauchen, weil ich selbst die Position ebenso ausfüllen könnte. Die Stelle war monatelang unbesetzt, mehr als ein Mal. Erst Sie haben mir gezeigt ...» Wieder schüttelte sie den Kopf. «Sie begreifen, wie dieses Haus funktioniert», sagte sie. «Wie eine ... wie der Mechanismus einer der Maschinen auf der Exposition. Niemand vermag diesen Mechanismus zu durchschauen wie Sie, niemand hat all die tausend Details im Blick wie Sie, all die Punkte auf Ihren Listen. Ich weiß einfach nicht, wie ...»

«Nein, Madame.» Er hob abwehrend die Hand. «Niemand versteht dieses Haus so, wie *Sie* das tun. Wie Sie die Herrschaften die Zimmer haben tauschen lassen, Monsieur Søndergracht und die Dame in der Nummer sechs. Niemals wäre ich auf einen solchen Gedanken gekommen. Ich habe so viel von Ihnen gelernt, Madame. Ich habe Ihnen so sehr zu danken.»

«Dann ...» Es gelang ihr nicht länger, den gehetzten Ton zu verbergen. «Dann lernen Sie weiter! Bleiben Sie hier und ...» Sie biss sich auf die Unterlippe. Es war die Anspannung, die Anspannung all der Monate, die sie jetzt zusammenbrechen ließ. «Ich ...» Hilflos, mit einer Handbewegung zu ihrem Sekretär, den überquellenden Fächern. «Ich werde dieses Haus verlieren, Serge. Auf dem Vernet liegen Verbindlichkeiten, die ich unmöglich erfüllen kann. Vielleicht werde ich es sogar dann verlieren, wenn Sie bleiben. Aber wenn Sie gehen, dann habe ich nicht den Hauch einer Chance, und die Menschen, Menschen, die Sie kennen: Charlotte, Ference, Sophie, Giselle, der alte Gustave ... Das Vernet ist ihre Heimat und unter einer neuen Führung ...»

«Das bedaure ich aufrichtig.» Der Concierge hielt sich kerzengerade. Der Schein der Lampe spiegelte sich auf seinem streng aus der Stirn frisierten Haar, als seine Hand über die Knöpfe des Mantels fuhr, im Begriff, sie zu schließen. «Doch wir hatten eine Vereinbarung, Madame: bis zum Ende der Ausstellung. Ihr Wort und das meine.»

«Aber ...» Ein einziger Strohhalm, den sie sehen konnte, und halb blind griff sie zu. «Noch läuft die Ausstellung. Zwölf Stunden lang, Monsieur Serge. Und bis um zehn sind Sie zum Dienst eingeteilt. So lange habe ich Sie im Wort, und ...» Sie brach ab, schämte sich für den unwürdigen Ausbruch. «Aber ...» Eilig schob sie nach: «Ich habe keinen Grund, Ihnen so etwas ...»

Wieder hob er die Hand. Doch diesmal blieb er für Atemzüge stumm. Sie konnte *sehen*, wie er nachdachte, bevor er sich über die Lippen fuhr. «Sie haben recht.» Als spräche er zu sich selbst. «Ich habe Ihnen mein Wort gegeben, und doch kann ich ...» Er schüttelte den Kopf. «Unter gar keinen Umständen kann ich bleiben.»

«Serge ...», setzte sie an, brach sofort wieder ab. Nein, ganz gleich, ob er blieb oder ging und selbst dann, wenn sie das Haus verlor: Sie würde weiterhin in den Spiegel sehen können. Wenn sie diesen loyalen Mann aber mit einer lächerlichen Forderung zwang, seinen Dienst bis zur letzten Minute zu erfüllen: *So will ich nicht sein. So will ich nicht von mir denken müssen.*

«Nein.» Und noch einmal hob er abwehrend die Hand. «Nein, Madame. Sie haben recht, und Sie sehen mich ...» Beinahe geflüstert: «Hilflos. Ratlos. Ich kann nichts tun, als Sie zu *bitten*, mich schon zu dieser Stunde freizugeben.»

Er sprach mit einem solchen Nachdruck: Ob er sich verpflichtet hatte, seine neue Position noch heute anzutreten? In den beiden Stunden, die er fort gewesen war?

«Das Vernet.» Er fuhr sich über die Lippen. Etwas an ihm war verändert: in Panik beinahe, wie fortgewischt die Sicherheit, die ihn bis vor wenigen Augenblicken ausgezeichnet hatte. «Mir ist bewusst, dass das nur eine Bitte sein kann und kein Angebot, aber ...» Er schüttelte den Kopf. «Aber wenn ich Ihnen mein Wort gebe, dass Sie das Haus behalten: Wären Sie dann bereit, mich von meiner Verpflichtung zu entbinden?»

Sie konnte ein bitteres Auflachen mit Mühe unterdrücken. Dafür sorgen, dass sie das Haus behielt? Wie wollte er das wohl anstellen? Nein, es war sinnlos. Sie konnte diese Situation nur mit allem Anstand hinter sich bringen, zu dem sie noch in der Lage war. Sie beschrieb eine Handbewegung. Mochte er sie als Zustimmung ansehen, es war gleichgültig. Sie hatte gespielt, und sie hatte verloren, und was sie in den nächsten Tagen erwartete ...

«Madame.» Er reckte das Kinn vor und verneigte sich steif. «Ich danke Ihnen, Madame.» Ohne ein Wort des Abschieds wandte er sich um, und die Tür ihres Büroraums schloss sich hinter ihm.

Celeste Marêchal starrte sie an, minutenlang, kaum dass sich der Atem regte in ihrer Brust. «Jetzt ist alles verloren», flüsterte sie.

***

ZÜNDUNG IN 9 STUNDEN, 28 MINUTEN
Im Dunkeln – 31. Oktober 1889, 14:32 Uhr

War es ein Fiebertraum? War er bei Bewusstsein?

Die Zustände wechselten. Manches war ihnen gemein, der quälende Durst, das Gefühl, dass nicht ausreichend Luft durch seine Kehle drang. Sie war wund von seinen Schreien, die sich an unsichtbaren Wänden gebrochen hatten, irgendwo in der Dunkelheit.

Das ist nicht das Chou-Chou. Ein zusammenhangloser Gedanke in Luciens Kopf. Immer wieder spürte er, wie sein Geist für Sekunden davontrieb, und nur unter Aufbietung aller Kräfte wollte es ihm gelingen, ihn zurückzuzwingen und bei Bewusstsein zu bleiben. Um sich im nächsten Augenblick, wenn er den grellen Schmerz in beiden Ohrläppchen spürte, das dumpfere Pochen in den Fingern der linken Hand ... Um sich im nächsten Moment zurückzusehnen nach dem kühlen Schlaf der Besinnungslosigkeit. Der doch kein Schlaf war, weil die Schmerzen ihm auf die andere Seite zu folgen schienen oder ein Echo dieser Schmerzen wie verwischte Schatten auf dem fotografischen Positiv, wenn Magnesiumblitz und Auslöser nicht vollständig synchronisiert wurden.

Er konnte nicht sagen, wie viel Zeit vergangen war, als er feststellte, dass er nunmehr in der Lage war, einen Gedanken an den anderen zu reihen. Nein, er befand sich nicht in den Kellern des Chou-Chou. Es war dunkel um ihn her, doch nicht vollständig. Der Raum, in dem er sich befand, wies völlig andere Dimensionen auf. Noch immer spürte er Schmerzen. Sie waren allgegenwärtig, aber sie waren zu ertragen, solange er die Hand nicht bewegte. Der Durst war über den Punkt hinaus, an dem sich das Gefühl hätte als Durst identifizieren lassen. Es war ein Schmerz wie die anderen auch und genauso wenig zu lindern wie der Rest. Lucien erinnerte sich jetzt, dass er irgendwann einen unerträglichen Druck auf der Blase gespürt hatte, doch davon war jede Spur verschwunden. Und er ahnte, was das bedeutete.

Erinnern. Er bemühte sich, möglichst flach zu atmen, flach und gleichmäßig. Er konnte das Murmeln ihrer Stimmen hören. Er durfte ihnen nicht verraten, dass er bei Bewusstsein war. *Erinnern.*

Seine Ohrläppchen: Das war die Alte gewesen. Die gebrochenen Finger verdankte er Dodo. Und immer wieder dieselben Sätze: *An Ihrer Kleidung findet sich kein einziger Tropfen Blut, Monsieur Dantez. Wenn Sie es nicht waren: Wer hat Materne dann getötet?* – Hatte er ihnen geantwortet? Er hatte geschrien. Was er geschrien hatte, konnte er nicht sagen. Flüche, Gebete, den Namen der Kurtisane? Die Bitte, es endlich zu Ende zu bringen? Er konnte, er *durfte* Madeleine nicht verraten haben. Wenn er das getan hatte, waren alle Schmerzen und sein unausweichlicher Tod vergebens gewesen.

Viele Stunden. Darauf wagte er sich festzulegen. Viele Stunden mussten vergangen sein, seit er die Tür zum Garten des Chou-Chou geöffnet und Madeleine hinaus in die Dunkelheit gestoßen hatte mit der Anweisung, in die Wohnung am Boulevard de Clichy zurückzukehren, ein ausgiebiges Bad zu nehmen, das blutdurchtränkte Kleid zu vernichten. Wenn sie all das getan hatte ... Wenn sie dazu in der Lage gewesen war, musste sie fähig gewesen sein, einigermaßen klar zu denken und aus eigener Kraft Schlussfolgerungen anzustellen: Lucien Dantez war im Hurenhaus zurückgeblieben. Früher oder später würde er Maternes Hofstaat in die Hände fallen. Und wozu Martha und der schwachsinnige Türsteher in der Lage waren, wusste Madeleine vermutlich besser als jeder andere Mensch. Sie musste damit rechnen, dass er irgendwann redete, und damit musste ihr klar sein, dass sie in der Wohnung nicht sicher war, vermutlich in der ganzen Stadt nicht. Dann musste sie jetzt bereits fort sein, in der Eisenbahn nach Brüssel oder Baden-Baden oder sonst wohin. An einen Ort, an den die Hinterbliebenen des Zuhälters ihr nicht folgen konnten, weil sie nicht wussten, wo sie sie zu suchen hatten. Wenn ihr all das nicht klar gewesen war ...

«Man *könnte* behaupten, dass Sie sich als eine *Spur* undankbar erweisen.»

Jäh brach sein Gedanke ab. Doch die Stimme sprach nicht zu ihm, sondern war ein Stück entfernt, wurde deutlich gehoben, und weder war es Marthas Stimme noch jene des einäugigen Türstehers. Im Übrigen klang sie zu kultiviert, als dass sie in Maternes Dunstkreis gehören konnte.

Jemand antwortete. Die Worte konnte Lucien nicht verstehen, war sich aber sicher, dass es sich diesmal um die alte Martha handelte. Dann wieder die unbekannte Stimme.

«Die pure Tatsache, dass Sie noch am Leben sind, sollte Beweis genug dafür sein, dass ich auf Ihrer Seite stehe. Mit der allergrößten Phantasie will mir kein Grund einfallen, aus dem Sie mir nicht vertrauen sollten.»

«Na ja.» Das war Dodo. «Hat er kein Unrecht nicht, oder? Wären wir in die Luft geflogen mit dem Chou-Chou, wenn er uns nicht ...»

In die Luft geflogen? Einen Moment lang bekam Lucien nicht mit, was weiter gesprochen wurde. Er hatte eine unwillkürliche Bewegung gemacht: Schmerz schwemmte durch seinen Körper. Für Sekunden schien sein Bewusstsein zu flackern. Schweiß auf seiner Stirn, doch mit aller Kraft blieb er bei Besinnung.

Das Hurenhaus war in die Luft geflogen? Wer war der Unbekannte, dem Maternes Getreue ihr Leben verdankten? Was wollte er jetzt von ihnen?

«Sehen Sie, Madame ...» Das war er wieder. Nach wie vor war Lucien in einer unnatürlichen Haltung auf seiner Folterbank fixiert. Es gelang ihm, den Kopf eben weit genug zu drehen, dass er den Schatten des Sprechers ausmachen konnte, den das Licht einer Öllampe gegen eine grobbehauene Felswand warf. Ein unförmiger, gespenstisch hagerer Schatten, verzerrt in seinen Dimensionen, der nun tentakelgleich einen Arm ausstreckte und eine Geste beschrieb.

«Zufällig bin ich ein Mann, der sich von einer Reihe eherner Prinzipien leiten lässt», erklärte er geduldig. «Und das bedeutendste dieser Prinzipien bindet mich an mein gegebenes Wort. Was wiederum zur Folge hat, dass ich in einer gewissen, meinem Vorhaben förderlichen Angelegenheit nicht tätig werden kann, mir umgekehrt aber nicht verwehrt, Sie beide zu einem Schritt zu ermuntern, der sich aus von meiner Person vollständig unabhängigen Erkenntnissen ergibt.»

«Häh?» Dodo.

«Ursache und Wirkung.» Der Fremde. *«Kausalität.»*

«Häh?»

«Sie geben es also zu!» Die Alte schien jetzt lauter zu sprechen. Jedenfalls konnte Lucien ihre Worte verstehen. «Sie geben zu, dass Sie am Ende ganz eigene Pläne haben!»

Der Schatten vollführte eine Bewegung, die Lucien für eine angedeutete Verneigung hielt. «Ich kann mich nicht entsinnen, mich Ihnen als Florence Nightingale vorgestellt zu haben, Madame. Doch muss eine Entwicklung, die meinen Interessen dient, den Ihren zuwiderlaufen?»

Schweigen, sekundenlang. Dann die Alte: «Auf keinen Fall bleibe ich mit dem Mann allein hier! Ganz gleich, ob er gefesselt oder ohnmächtig ist.»

«Kein Problem.» Lucien hörte das Schulterzucken aus der Stimme des Fremden. «Meine Mitarbeiter stehen Ihnen zur Verfügung.»

Erneutes Schweigen. Erst dann wieder Marthas Stimme, mit einem härteren Klang. Sie musste sich zu den Mitarbeitern umgewandt haben. «Es ist das Gebäude an der Einmündung der Rue de Martyrs in den Boulevard de Clichy. Sie wohnt auf der bel étage und sie lebt allein. Wenn sie einen Kunden hat, töten Sie ihn. Aber sie bringen Sie uns lebend.»

Lucien bäumte sich auf. *Die Adresse! Madeleine!* Etwas explodierte: wie ein Magnesiumblitz im Innern seines Schädels. Ganz kurz nur glücklicherweise, aber doch nicht kurz genug, als dass ihn nicht ein Wissen in die Dunkelheit begleitet hätte. Das Wissen, dass er versagt hatte.

***

ZÜNDUNG IN 8 STUNDEN, 15 MINUTEN
Boulevard de Clichy, Paris, 9. Arrondissement –
31. Oktober 1889, 15:45 Uhr

Ein korpulenter Mann näherte sich dem Haus. Torkelnd bewegte er sich die Rue des Martyrs hinab, sein Frack war am Rücken eingerissen, dass der Futterstoff hervorsah. Drei Schritte, und er stützte sich gegen den Mast einer Gaslaterne, legte den Kopf in den Nacken, und Friedrich von Straten konnte sehen, wie sein Mund sich öffnete. Vorwürfe, mit denen er das Gaslicht einzudecken schien, das indessen unbeeindruckt schwieg.

Eine Gruppe kleiner Mädchen spielte mit einem Springseil. Auf der anderen Straßenseite öffnete sich eine Tür, und ein Eimer Wasser wurde auf das Pflaster gekippt. Eine alte Frau wich ungeschickt auf dem Trottoir zur Seite, schüttelte drohend die Faust in Richtung Tür. Jetzt kam von rechts die Gestalt eines uniformierten Polizisten in den Blick, und rasch ließ Friedrich das dunkle Samtgewebe des Vorhangs wieder an Ort und Stelle gleiten. Einzig ein schmaler Spalt blieb offen. Angespannt folgten seine Augen den Schritten des Mannes. Sah er zum Fenster hinauf?

Begütigend legte der Beamte die Hand auf die Schulter der Alten, die sich brüsk abwandte. Achselzuckend drehte der Polizist sich um, warf einen skeptischen Blick in Richtung des Betrunkenen, doch offensichtlich war das Eingreifen der Staatsmacht nicht erforderlich. Mit bedächtigen Schritten setzte er seinen Weg fort, bog auf den Boulevard ein und war aus dem Blick verschwunden. Schwer stieß Friedrich den Atem aus.

«Draußen sieht alles friedlich aus», murmelte er.

«Natürlich ist alles friedlich.» Er wandte sich um, und Madeleine Royal schenkte ihm ein aufmunterndes Lächeln. Verkehrte Welt: *Sie* musste *ihn* beruhigen, nachdem sie stundenlang dem Tod ins Auge gesehen hatte in ihrer Kerkerzelle. «Selbst ein Mann wie Longueville wird an so einem Tag anderes zu tun haben, als mir hinterherzulaufen», erklärte die junge Frau. «Gerade er. Nachdem der Fremde verschwunden war mit seinen angeblichen Gardisten, bin ich durch einen der Nebeneingänge einfach aus dem Gebäude spaziert, und niemand hat mich aufgehalten. Wahrscheinlich hat Longueville die ganze Sache längst vergessen.»

Friedrich nickte stumm, doch seine Miene blieb finster. Gut möglich, dass der Sekretär für den Augenblick andere Dinge im Kopf hatte. Nur lagen in einer Zelle der Conciergerie nun die Körper der toten Rekruten, die ihm die Erinnerung rasch wieder ins Gedächtnis rufen würden, sobald sie gefunden wurden. Wobei es sich um eine denkbar abgelegene Zelle handelte, wenn er die Kurtisane richtig verstanden hatte. Ein Bereich der uralten Anlage, der kaum noch in Gebrauch war, weit ab von den Augen der offiziellen Stellen. In einem Land, das sich so viel einbildete auf seine Freiheit, Gleichheit und den ganzen Rest, konnte auch ein außerordentlicher Sekretär des Präsidenten nicht schalten und walten, wie es ihm in den Kopf kam. Doch wenn die Toten trotz allem gefunden wurden und seine Abgesandten mit einem Mal vor der Tür standen ...

Die Kiefer des jungen Deutschen pressten sich aufeinander. Er war in diplomatischer Mission in der Stadt, Teil der offiziellen Gesandtschaft des Reiches. Und Longueville hatte zum Ausdruck gebracht, welche Stücke er auf ihn hielt. Friedrich würde nicht zulassen, dass Madeleine Royal ein zweites Mal in eine solche Lage geriet. Seinetwegen, immer seinetwegen. Er würde es verhindern, und sei es mit der Waffe in der Hand.

Madeleine beugte sich mit der Teekanne über den niedrigen Tisch, goss zunächst Friedrich, dann sich selbst ein von dem dunkel kupferfarbenen Gebräu, das nach Zimt und fremdländischen Gewürzen duftete. Vom Champ de Mars, wie sie im Plauderton bemerkt hatte, aus dem Indischen Pavillon an der Porte Desaix. Im Plauderton!

Nein, er glaubte nicht daran, dass sie das Erlebnis des Vormittags so rasch verwunden hatte. Er kannte jene bestimmte Art von Geschichten. Von Soldaten, die erlebt hatten, wie Kartätschen den Kameraden links von ihnen, rechts von ihnen die Köpfe weggerissen hatten. Die einfach weitermarschiert waren, weil der menschliche Geist schlicht keine Zeit hatte, sich im Grauen einer tobenden Schlacht mit dem Erlebten auseinanderzusetzen. Und ebenso wenig offenbar für eine gewisse Zeit danach. Bis die Träume kamen. Träume, die die Überlebenden auch heute, nach Jahrzehnten noch, quälten. Nein, was ihr widerfahren war, würde sie noch lange Zeit begleiten.

«Und damit bin ich wieder hier.» Auf der anderen Seite des kleinen Tischleins ließ sie sich auf einen Stuhl gleiten. «Ohne die blaue Mappe. Ohne irgendeine Auskunft darüber, was diese Mappe enthalten könnte. Mit Ausnahme der Tatsache, dass es mit Ihnen vermutlich nichts zu tun hat, sondern mit Materne und Lucien Dantez. Nichts also, das uns im Augenblick weiterhilft.»

Uns. Trotz allem spürte Friedrich ein auf fremdartige Weise wärmendes Gefühl. *Uns.* Sie hatte seine Sache zu der ihren gemacht. Auch jetzt noch, nachdem nicht allein sie ihre Geschichte erzählt hatte vom Mann mit der Rose, der in den Gärten des Trocadéro auf sie gelauert und nun ihr Leben gerettet hatte.

Quid pro quo. Sie hatte alles erfahren, was es nur zu berichten gab über Friedrich von Straten. Sein Leben als Ziehsohn des Obersts, seine Träume und Hoffnungen. Die Suche nach dem Namen *Starkenfels*. Sein Eintritt in die Sektion beim Generalstab des Heeres. Dass er für den Geheimdienst tätig war, war ihr ja ohnehin bekannt, ebenso wie der gesamten Stadt offenbar. Und worin sein konkreter Auftrag bestand, hatte er bis heute selbst nicht erfahren und würde es auch nicht erfahren, solange er nicht ein weiteres Mal bei Fabrice Rollande vorstellig wurde. Was erst möglich war, wenn er die unausgesprochene Erwartung des Seidenhändlers erfüllt hatte: zu klären, wer er, Friedrich von Straten, wirklich war. Die Manöver seines Kontaktmanns, die ihn weit schneller in unmittelbare Berührung mit Albertine de Rocquefort gebracht hatten, als er sich hatte träumen lassen. Bis zum spektakulären Höhepunkt zwischen den Trümmern von Torteuils Maschine. All das hatte er Madeleine Royal berichtet. Doch in Wahrheit hatte die Kurtisane weit mehr für ihn getan, als dass auf diese Weise ein Gleichstand erreicht worden wäre.

«Ein schmucker Offizier reißt sich vor der Vicomtesse de Rocquefort das Hemd vom Leibe», murmelte sie mit nur der Andeutung eines Lächelns. «Und wie einem jungen Mädchen schwinden ihr die Sinne.» Sie musste seinen Gedanken gefolgt sein, setzte ihre Tasse ab, um ihn aufmerksam zu betrachten. «Hätten wir nicht den letzten Tag der Exposition, würde morgen die ganze Stadt darüber reden. Ohne zu ahnen, warum sie *wirklich* die Besinnung verloren hat.» Ernster. «Weil sie begriffen hat, wer Sie sind. Weil sie das Mal wiedererkannt hat, das Muttermal auf Ihrem Schlüsselbein.» Ein Blick, der dieses Schlüsselbein musterte, das jetzt natürlich verborgen war unter dem Kragen seiner Uniform, einer frischen Uniform, der Galauniform, die er erst zu den Feierlichkeiten am Abend hätte anlegen sollen. Ein Blick, der dennoch ein verunsicherndes Gefühl in ihm auslöste – weniger eingedenk ihrer Profession. Sondern weil sie diese ganz besondere Frau war, die sich den Namen Madeleine Royal gegeben hatte.

«Was werden Sie jetzt tun, Friedrich von Straten?», wollte sie wissen. Sie sah ihn an, unverblümt, voll offener Neugier. Genau das, was Madeleine Royal ausmachte, die sich inmitten der Intrigen und Spiegelfechtereien dieser Stadt bewegte und die doch so anders war als die Gesellschaft, die sich im Trocadéro oder im Salon der Vicomtesse zusammenfand. Ein

Mensch, der frei war in seinem Denken, stark, mutig und klug. Und als Gipfel der Verwirrung bei all diesen Eigenschaften eine *Frau*.

Er verzog das Gesicht. «Was sollte ich denn tun, Ihrer Meinung nach? Sie hat mich erkannt und ist ohnmächtig geworden. Ich denke, das ist eine ziemlich eindeutige Reaktion.»

«Die wir der Dame zugestehen sollten in diesem Augenblick. – Und Sie sind sicher, dass sie bei dem Unglück nicht verletzt worden ist?»

Er zögerte. Seine Gedanken gingen in eine andere Richtung. «Es war kein Unglück.» Er stellte seine Tasse ebenfalls ab, hauchfeines, beinahe durchschimmerndes Porzellan mit einem Motiv, das wie die Tasse selbst direkt aus dem geheimnisvollen Osten stammen musste. «Ich weiß nicht, was es war, aber es war kein Unglück. Und der Mann, der sich minutenlang an der Maschine herumgedrückt hat, bevor er sie in Betrieb genommen hat, war nicht der carpathische Regent. Nicht derselbe Mann jedenfalls, dem ich auf dem Empfang vorgestellt wurde.»

«Also ein Akt der ... Wie sagt man in Ihrem Geschäft? Der Sabotage?» Ihre Stirn zog sich zusammen, dass eine feine, senkrechte Falte entstand. «Wobei gerade Sie – das Reich – eigentlich nicht unglücklich sein sollten, wenn die Republik nun doch nicht so rasch an diese unerhört präzisen Geschütze kommt, die die Maschine hätte produzieren sollen.»

Er nickte knapp. «Nein. Das sollten wir in der Tat nicht. Doch wenn es tatsächlich Sabotage war, und Rollande hätte mich nicht eingeweiht ...»

«Natürlich», murmelte sie. «Zumindest hätte er Ihnen den Rat geben können, sich von der Maschine fernzuhalten. Es sei denn, er hätte selbst nichts davon gewusst. Woraus sich ergibt, dass Ihre Leute vermutlich nichts damit zu tun hatten. Aber wer dann?»

«Der...» Er fuhr sich über die Lippen. «Der britische Thronfolger ...»

Sie hob fragend die Augenbrauen.

Er schüttelte den Kopf. «Nein, nicht der Thronfolger. Der Sohn des Thronfolgers, der Duke of Avondale. Er logiert in meinem Hotel, im Vernet. Er hat sich die Vorführung angesehen, und die Briten ...» Er stockte. «Die Franzosen sind unsere Todfeinde. Und den Briten können wir nicht über den Weg trauen. Wenn sie sich zusammentun und mit einer solchen Waffe ...» Er biss sich auf die Lippen. *Nicht weiter!*, befahl er sich. Was immer diese Frau auch war: Sie war Französin, Favoritin des außerordentlichen Sekretärs des Präsidenten der Republik. Selbst wenn er Zweifel hegte, dass sie auf Longueville noch sonderlich gut zu sprechen war nach den jüngsten Ereignissen.

Noch einmal schüttelte er den Kopf, entschiedener diesmal. «Gleichgültig. Gerade dann könnten die Briten kein Interesse haben an einer Zerstörung der Maschine. Und nein.» Er straffte sich. «Ich glaube nicht, dass die Vicomtesse bei dem Vorfall verletzt wurde. Ich bin mir sicher, dass ihr nichts fehlte, bis sie ...» Unwillkürlich bewegte seine Hand sich ans Schlüsselbein.

Die Kurtisane betrachtete ihn unverwandt. Mit keiner Regung hatte sie zu erkennen gegeben, was sie von seinen Überlegungen hielt, die sie selbst letzten Endes als Todfeindin einschlossen. «Sie wissen nicht, warum sie tatsächlich das Bewusstsein verloren hat», sagte sie schließlich. «Sie haben mir von dem Moment an den Stufen des Palais' erzählt, Friedrich von Straten. Vom Körper der ermordeten Frau.» Leiser. «Der Frau von Lucien Dantez' Fotografien. Sie haben mir erzählt, wie die Damen reihenweise in Ohnmacht gefallen sind in diesem Moment. An keinem anderen Ort der Welt beherrschen wir diese Kunst mit einer solchen Perfektion, doch in diesem Fall erscheint die Reaktion mehr als nachvollziehbar: Es war die Überraschung, als sie Sie plötzlich erkannt hat. Der Schreck, mehr nicht.»

Er schwieg.

«Wie jung muss sie gewesen sein, als Sie damals von ihr getrennt wurden?», fragte sie. «Können Sie wissen, ob das auch nur mit ihrem Willen geschah? Ob die Frau nicht ihr Leben lang nach Ihnen gesucht hat? Das aber werden Sie nur von ihr selbst erfahren. Und nach dem, was Sie mir von Ihrem Leben in Ostpreußen erzählt haben, könnte das auf jeden Fall einige Dinge für Sie verändern. Und zwar entschieden zum Positiven. Was auch immer Albertine de Rocquefort sonst noch ist: Sie zählt zu den reichsten Frauen von Paris.»

«Das ist mir gleichgültig.» Er hielt inne, lauschte den Worten nach. «Das ist mir gleichgültig», wiederholte er, leiser.

Es war seltsam. Doch es war die Wahrheit: der Reichtum seiner Mutter, ihre gesellschaftliche Stellung in der Stadt, ihre zweifellos vorhandene Macht, selbst wenn sie darauf verzichtete, von dieser Macht Gebrauch zu machen, um politische Ziele zu erreichen: All das war ihm gleichgültig. Aber war es nicht genau das, wovon er sein Leben lang geträumt hatte? Einer Familie von Macht und Einfluss zu entstammen. Die verzweifelte und doch niemals wirklich eingestandene Hoffnung, dass er in Wahrheit mehr war, unendlich mehr als ein Gottleben. War nicht genau das der Grund, aus dem er nach Paris gekommen war? Er spürte die Augen der Frau auf sich und wusste, dass er seine Miene nicht unter Kontrolle hatte. Dass sie seine Gedanken lesen konnte.

«Ich bin preußischer Offizier», sagte er und straffte die Schultern. «Das weiß ich mit Sicherheit. Und ich habe noch immer eine Verabredung mit der Vicomtesse. Ich habe keine Ahnung, ob sie unter diesen Umständen noch bereit sein wird, mich zu empfangen, doch ich will es erfahren. Ich will *wissen*, Mademoiselle. Ich ...» Er hielt inne.

Sie betrachtete ihn. Die ganze Zeit sah sie ihn an, genau wie er seinerseits Mühe hatte, die Augen von ihr zu lösen. Denn da war etwas zwischen ihnen; vom ersten Moment an war es da gewesen, im Trocadéro, und seitdem hatte es sie mit jeder Minute begleitet, wann immer sie aufeinandergetroffen waren. Eine Spannung. Mehr als eine Spannung: ein Zwang. Ja, diese Frau war eine Hure. Und sie war etwas, das ihm in seinem Leben noch nicht begegnet war. Verwirrend und stark und begehrenswert auf eine Weise, die weit darüber hinausging, dass sie eine der schönsten Frauen war, die er jemals zu Gesicht bekommen hatte. Was es von ihrer Seite war, konnte er nicht beurteilen, doch es war *da*. Mit jedem Atemzug war es da.

«Ich will *wissen*», wiederholte er. Eine winzige Pause. «Ich will wissen, Madeleine. – Doch was ich bin, das wird sich nicht ändern.»

«In der Tat.» Ihre Stimme war ein Murmeln. «Sie sind ein erstaunlicher Mann – Friedrich.»

Und sie war eine erstaunliche Frau. Er stand ganz nah davor, ihr das zu sagen, doch er konnte nicht. Er *durfte* nicht. Er wusste, was dann geschehen würde. Und mit Sicherheit wusste sie es ebenfalls, und es war so deutlich, dass es tatsächlich wie Bilder war, Fotografien, in einem Licht gezeichnet, das selbst die Kunst eines Lucien Dantez nicht hätte zustande bringen können. Wie er sie nehmen würde, hinter der Tür in ihrem Schlafzimmer oder gleich hier auf dem Tisch, in einem Akt, der Wahnsinn war und doch so viel mehr als Lust und Begehren. Als die Faszination, mit der sie umeinander strichen wie zwei große, stolze, einsame Tiere. Doch wenn sie das taten, wissend, dass es keine Zukunft geben konnte, während doch alles nach Zukunft, nach Ewigkeit schrie ... Danach würde tatsächlich alles ausgelöscht sein. Alles, was er war oder nicht war, Albertine de Rocquefort, der preußische Offizier.

Sie öffnete die Lippen. «Friedrich ...»

Er holte Luft, räusperte sich. «Gleichgültig.» Seine Stimme war rau, und seine Schultern, sein Nacken schmerzten, als er sich noch eine Spur aufrechter hinsetzte. «Gleichgültig, ob sie Reichtümer besitzt. Es ist das Geld ihres toten Mannes. Des Vicomte. Es macht keinen Unterschied – für mich. Es ist das Geld des Mädchens – meiner Schwester.»

Madeleine sah ihn an. Sie hatte sich nicht bewegt, ihr Gesichtsausdruck unverändert, und doch: als hätte er sie geschlagen.

Hatten seine Worte darauf gezielt? Waren sie ein Versuch gewesen, die Spannung zwischen ihnen auf irgendeine Weise zu lösen? Was auch immer er beabsichtigt hatte: Es hatte nicht funktioniert. Nichts war geschehen zwischen ihnen, und trotzdem waren sie einander so nahe gekommen: Es konnte nicht länger verleugnet werden. Kaum länger *bekämpft* werden. Sie mussten ...

Ein Klopfen von der Tür.

Friedrich fuhr in die Höhe. Seine Hand streifte die Teetasse, hielt sie in letzter Sekunde fest. Ein Blick zu Madeleine, während seine Hand an die Hüfte glitt, sich um den Knauf der Waffe schloss.

Die Kurtisane war blass geworden. Friedrichs Blick wies sie tiefer in den Raum. Er selbst postierte sich neben der Tür, Anspannung in seinem Körper, die Klinge zwei Zoll weit aus der Scheide gezogen. Knapp nickte er ihr zu.

«Entrez!» Madeleine, mit heiserer Stimme. Ihre Finger strichen über die Falten ihres Kleides, und er konnte sehen, wie ihre Brust sich hob und senkte.

Nichts geschah. Friedrich lauschte, lauschte auf Stimmen, ein geflüstertes Gespräch der Sendboten des Sekretärs. Doch da war nichts. Die Tür war massiv, doch irgendetwas hätte zu hören sein müssen. Nichts.

«*Entrez!*» Noch einmal, und wieder geschah nichts.

Jetzt ging eine Veränderung vor mit Madeleine. Sie trat an ihm vorbei, bevor er sie daran hindern konnte, den Blick ... Seine Stirn legte sich in Falten: den Blick nach *unten* gerichtet.

Sie öffnete. «Hallo, Yve.» Er hörte das Lächeln aus ihrer Stimme.

Ein kleines Mädchen mit zerzaustem Haar stand in der Tür, in einem adretten, allerdings schon etwas aus der Form geratenen Kleidchen. Die Kleine spitzte den Mund, setzte neu an: «'leine.»

«Das war ...» Madeleine brach ab, als die Kleine den Blick senkte, in den Ärmeln ihres Kleidchens zu tasten begann. Ein Briefumschlag.

Für einen Moment nahm Madeleines Miene einen erschrockenen Ausdruck an. Der Mann mit der Rose, dachte Friedrich. Inzwischen verstand er einiges, das sich ihm bisher nicht eröffnet hatte. Doch schon entspannten ihre Züge sich wieder. Die Umschläge des Fremden mussten anders ausgesehen haben. Sie streckte dem Kind die Hand entgegen, doch die kleine Yve schüttelte ernst den Kopf, hob den Arm – und wies auf Friedrich.

«Für mich?»

Das Mädchen kam auf ihn zu, präsentierte ihm das Kuvert, das mit einem Wachssiegel verschlossen war. Ein Moment, und er hatte sich von seiner Überraschung erholt, nahm es entgegen. Die Kleine griff nach den Falten ihres Kleidchens und beschrieb einen sehr konzentrierten Knicks.

Mit langsamen Schritten trat Madeleine an Friedrichs Seite. Die kleine Yve blickte zu ihr auf, wartete, bis sie ihre Aufmerksamkeit hatte, machte dann einen Schritt zurück.

«Sie kann nicht sprechen», murmelte die Kurtisane.

Die Kleine hob das Kinn, holte Luft, dass sich ihr Brustkorb aufpumpte, ballte die Fäuste, brachte sie mit angewinkelten Armen vor die Brust, einen grimmigen Ausdruck auf dem Gesicht.

«Ein Mann hat ihr den Brief übergeben», erklärte Madeleine. «Offenbar ein sehr ... athletischer Mann. Und er ...» Das Mädchen beschrieb eine wedelnde Handbewegung. «Er ist schon wieder gegangen.» Die Kleine schüttelte den Kopf, bewegte die Fäuste jetzt rhythmisch vor dem Oberkörper auf und ab.

«Nein.» Madeleine hob die Augenbrauen. «Er ist nicht *gegangen*. Er war zu Pferde hier. – Du kanntest ihn nicht?»

Ein entschiedenes Kopfschütteln. Die Kleine griff in ihr Haar, zupfte die zotteligen Strähnen bis an die Schultern, richtete dann den Zeigefinger auf Madeleine.

«Lange Haare», übersetzte die Kurtisane. «Lang – und dunkel wie meine.»

Das Mädchen öffnete den Mund, riss die Augen übertrieben auf.

«Und offenbar hält sie ihn für keinen besonders klugen Mann», murmelte Friedrich. Er senkte den Blick auf den Umschlag. Das Siegel: ein starker, zinnengekrönter Turm auf einem stilisierten Bergrücken.

Seine Kehle zog sich zusammen. «*Rocquefort*», flüsterte er. «Der Mann war Luis, der Dienstbote der Vicomtesse.»

***

ZÜNDUNG IN 5 STUNDEN, 43 MINUTEN
**Boulevard de Clichy, Paris, 9. Arrondissement –
31. Oktober 1889, 18:17 Uhr**

Der Abend war hereingebrochen, doch auf dem Boulevard de Clichy war es nicht dunkel. Laternen erhellten die Trottoirs, und *überall* waren Lichter, in den Fenstern der *halbseidenen Etablissements*, von denen Agnès so oft mit wissender Miene berichtet hatte – als wäre sie es, die in der Stadt aufgewachsen war. Und nicht etwa Mélanie, die sich indessen kaum als Expertin für das verruchte Viertel bezeichnen konnte. Von der Rue Matignon waren es nur wenige Kilometer an die berühmte Prachtstraße, und doch hatte Mélanie de Rocquefort noch niemals einen Fuß auf den Montmartre gesetzt. Bis zu diesem Tag.

Auf der Straße herrschte Trubel. Das Mädchen sah ganz unterschiedliche Herrschaften, Herren mit ihren Gehstöcken, die beim Flanieren miteinander plauderten, Damen am Arm ihrer Kavaliere. Die meisten Leute wirkten im Grunde ziemlich respektabel. War es einfach zu früh am Abend? Doch nach Agnès' Aussage gab man sich in dem zwielichtigen Viertel sogar mitten am helllichten Tage der Sünde hin.

Mélanies Hand hob sich und brachte das Kärtchen ins Licht. Die Adresse stimmte. Ein herrschaftliches Gebäude, das Eckhaus an der Einmündung der Rue des Martyrs. In ihrem Rücken ragte der Bau in die Höhe, einige Fenster in den oberen Etagen waren von Licht erhellt.

Es hatte Stunden gedauert, an das Kärtchen zu kommen. Marguerite als *pflichtbewusst* zu beschreiben, wäre pure Untertreibung gewesen. Unvorstellbar, dass sie die beiden Mädchen eine Minute aus den Augen lassen würde, nachdem die Vicomtesse sie ihrer Obhut anvertraut hatte. Doch Albertine de Rocquefort hatte eindeutige Anweisungen erteilt: Die Cousinen sollten sich ansehen, wonach immer ihnen der Sinn stand. Die mechanischen Wunder auf dem Champ de Mars, genauso aber die exotische Welt, welche die Esplanade des Invalides bevölkerte. Die Senegalesen, Chinesen, Kanaken, die Berberstämme aus dem Norden des afrikanischen Kontinents. Die Berber waren am Ende die Rettung gewesen, oder genauer ein unternehmungslustiger Winzer, der sich bemühte, in den Hügeln südlich von Algier den Clairette heimisch zu machen.

Nahezu gleichzeitig hatten die beiden Cousinen die Gelegenheit erkannt. Der minarettgekrönte Pavillon der Kolonie Algerien verfügte über einen großzügigen Innenhof. Hier existierten hundert Möglichkeiten, sich die Zeit zu vertreiben: der Musik eines verknitterten Flötenspielers zu lauschen, die Geschicklichkeit einer verschleierten Dame an der Töpferscheibe zu bewundern. Zudem aber war der Hof nach allen Seiten abgeschlossen. Die Gesellschafterin würde keine Notwendigkeit erblicken, den Mädchen auf Schritt und Tritt zu folgen. Eine einmalige Gelegenheit auch für sie: die Gelegenheit zu einer Pause von unbestimmter Länge am Stand mit dem kühlen Rebsaft.

Um die Hälfte des Nachmittags hatten die Cousinen entschieden, dass es an der Zeit war, einen Versuch zu wagen. Mélanie hatte die Gesellschafterin in ein Gespräch verwickelt, Agnès hatte sich neugierig über den

Tisch gebeugt. Und irgendwie musste sie dabei gegen den zum wiederholten Mal gefüllten Rotweinbecher gestoßen sein. Rein versehentlich natürlich. Der funkelnde Clairette hatte sich über den Ärmel von Marguerites Kleid ergossen, und der Rest ... Nachdem sie die Karte einmal hatten, war der Rest ein bloßes Abwarten gewesen, dass der Rotwein weiterhin seine Wirkung tat. Das Ganze war jetzt mehr als zwei Stunden her, doch mit etwas Glück hatte Marguerite selbst zu dieser Stunde noch nicht bemerkt, dass eines der Mädchen verschwunden war.

Ewig würde Mélanie ihrer Cousine dankbar sein, dass sie an der Esplanade die Stellung hielt, hin und wieder gar zum Schein das Wort an Mélanie richten würde. Nun, da die Dämmerung eingesetzt hatte, war es mit Sicherheit schwierig, die Besucherinnen überhaupt noch auseinanderzuhalten unter ihren phantasievollen Hutkreationen. Unwahrscheinlich, dass die weinselige Gesellschafterin misstrauisch wurde. Und zum Treffen mit Maman, eine Stunde vor Beginn des Feuerwerks, würde Mélanie längst wieder zurück sein.

Eilig hatte sie sich entfernt. Erst am Quai d'Orsay war sie stehen geblieben, um die Adresse auf dem cremefarbenen Karton zu entziffern. Ihr Herz hatte sich überschlagen. Der Montmartre! In jenem verrufenen Viertel hatte er Quartier genommen! Das Mädchen, das Mélanie bis gestern gewesen war, wäre in diesem Moment ins Zweifeln gekommen, hätte das Unternehmen womöglich sogar abgebrochen angesichts des schwindenden Tageslichts. Anders die Mélanie, die sie jetzt war. Friedrich von Straten, der Scherenschnitt in der Dunkelheit: Vom ersten Augenblick an hatte sie gespürt, dass ihren nächtlichen Beobachter ein Geheimnis umgab. Dass er im verruchtesten Viertel der gesamten Stadt logierte, verlieh dem Ganzen nur noch eine weitere wilde und romantische Note.

Mélanie hatte den Pferdeomnibus bestiegen, und nun war sie hier, der Abend legte sich in die Straßen, und sie konnte selbst nicht sagen, was sie so dicht vor dem Ziel zögern ließ. Sie war sich sicher, dass es keine Angst war. Nicht jene Angst jedenfalls, dass ihr etwas geschehen könnte. Aber möglicherweise eine *andere* Art von Angst? Die Angst, dass sie sich trotz allem getäuscht haben könnte? Dass er ganz besondere Gründe hatte, aus denen er ausgerechnet in diesem Teil der Stadt abgestiegen war? Gründe, die weder wild noch romantisch waren, sondern mit irgendeinem losen Frauenzimmer zu tun hatten, das er hier oben …

«Unsinn!» Das Wort war ein Zischen. Zwei Herren, die in ihrem Rücken über das Trottoir flanierten, warfen einen Blick in ihre Richtung, und glühende Röte stieg ihr ins Gesicht. *Du bist kein Kind mehr.* Die Worte ihrer Mutter. *Du bist eine junge Dame.*

Entschlossen wandte sie sich um, richtete ihren Hut, dass die Straußenfedern elegant, ja, mit einer gewissen Verwegenheit über die Augen fielen, wie sie es bei einigen Besucherinnen auf dem Champ de Mars gesehen hatte. Ein Torweg führte zuseiten des herrschaftlichen Gebäudes in einen Hinterhof, und im Widerschein des Laternenlichts konnte Mélanie Stufen ausmachen, abwärts, ins Souterrain und tiefer in die Schatten: zur Wohnung des Concierge oder der Hauswirtin. Jener Person jedenfalls, die ihr Auskunft geben konnte, auf welcher Etage Hauptmann von Straten logierte.

Jetzt Bewegung im Hinterhof. Doch es war ein Kind, ein kleines Mädchen in einem verschossenen Kleidchen, das im Hopserschritt auf den Gehsteig kam, der ihr unbekannten Dame kurz zugrinste, dabei eine Zahnlücke entblößte und an Mélanie vorbei verschwand – zur Treppe, die zum repräsentativen Haupteingang des Gebäudes führte, dem Zugang zu den Appartementwohnungen der begüterten Bewohner.

«Warte!» Ohne nachzudenken, war das Wort heraus. «Kleine, kannst du mir …»

Doch das Mädchen schien sie nicht zu hören, streckte sich nach der Klinke, öffnete. Ganz selbstverständlich war Mélanie davon ausgegangen, dass die Tür verschlossen sein würde, aber offenbar hatte sie sich getäuscht. Die Kleine schlüpfte ins Innere, zog die Tür wieder zu sich heran.

Mélanie blickte auf den Eingang, hob dann langsam den Kopf. Das Gebäude besaß fünf Etagen. Zwei Wohnungen würden sich ein Stockwerk teilen, wie in solchen Häusern üblich. Selbst wenn an den Türen Namensschilder angebracht waren, galt das mit Sicherheit nicht für die Bleibe des deutschen Hauptmanns. Aus irgendeinem Grund war sie sich sicher, dass er sich nur für kurze Zeit in der Stadt aufhielt, anlässlich der Abschlussfeierlichkeiten.

Sie hielt inne. Ja, sie konnte die Hauswirtin um Auskunft bitten. Doch sie war kein Kind mehr; sie war eine Dame. Welche Auswirkungen würde es auf den Ruf des deutschen Offiziers haben, wenn eine junge Dame erschien – mutterseelenallein – und sich nach seinem Appartement erkundigte? Und viel wichtiger: Welche Auswirkungen würde das auf *ihren eigenen* Ruf haben? Selbst wenn natürlich kein Anlass bestand, sich dem Pförtnerpersonal namentlich vorzustellen. Nein, ausgeschlossen! Völlig undenkbar für eine Dame der Gesellschaft. Sie stieg die Stufen empor, und ihre Hand legte sich auf die Klinke. Ein letztes Zögern, und Mélanie trat ein.

Ein gefliestes Foyer, das unmittelbar in das Treppenhaus überging. Gaslichter brannten auf niedriger Flamme, in den Winkeln lauerten Schatten. Links und rechts gingen Türen ab zu den Appartements im Hochparterre, und ja, es gab Namensschilder. Doch keines von ihnen trug Friedrich von Stratens Namen.

Die oberen Etagen. Mélanie holte Atem. Sie spürte ihren Herzschlag, laut und unruhig. Was würde sie sagen, wenn sie ihm gegenüberstand? Wie würde er reagieren? Was überhaupt versprach sie sich von dieser Begegnung? Mit ihm reden. Herausfinden, worin sie bestand, die unfassbare Verbindung, die sie vom ersten Augenblick an gespürt hatte. Dem Geheimnis auf die Spur kommen. *Jetzt.* Wenn sie die richtige Tür fand.

So leise wie möglich begann sie, die Treppe hinaufzusteigen, konnte nicht sagen, warum sie sich bemühte, kein Geräusch zu verursachen. Das kleine Mädchen? Es musste in einer der Wohnungen verschwunden sein. Vielleicht hauste direkt unter dem Dach eine Dienstbotenfamilie. Mit angehaltenem Atem erreichte Mélanie den Treppenabsatz. Der erste Stock, die bel étage. Wenn er hier logierte ...

Wie angewurzelt blieb sie stehen. Wiederum Türen, doch auf der linken Seite ein Schatten auf der Fußmatte. *Zwei* Schatten: schwere Soldatenstiefel, staubbedeckt und angeschrammt. Wie es von Stiefeln zu erwarten war, deren Besitzer durch die qualmenden Trümmer von Berneaus letzter großer Erfindung geklettert war, um den verletzten Torteuil zu bergen.

Mélanie starrte die Stiefel an. Damit war zumindest ein Rätsel gelöst. Die Hausbewohner mussten eine Vereinbarung mit einem *decrotteur* haben, einem der Schuhputzer, die in den Straßen ihre Dienste anboten. Irgendwann, gegen Morgen vermutlich, kam er ins Haus und sah sich um, ob es Arbeit für ihn gab. Mit klopfendem Herzen trat sie an die Tür.

M. Royal.

Sie verharrte, die Hand bereits ausgestreckt. Ein vollkommen fremder Name! Doch die Stiefel ...

Entschlossen wischte sie die Bedenken beiseite. Die neue Mélanie de Rocquefort war kein kleines Mädchen, das stundenlang nachgrübelte und das Für und Wider abwog. Die neue Mélanie de Rocquefort vermochte schnell und entschlossen zu handeln. Wenn es die falschen Leute waren, würde sie sich eben höflich entschuldigen.

Sie hob die Hand – und klopfte.

Stille. Sie hielt den Atem an. Die Tür machte einen massiven Eindruck. Wenn sich im Innern etwas regte, war es nicht zu hören. Mélanie wartete einige Sekunden, klopfte erneut, dann, rascher jetzt, ein weiteres Mal. Doch sie wusste es bereits. Am Nachmittag werde er unter dieser Adresse erreichbar sein, hatte er der Gesellschafterin mitgeteilt. Inzwischen aber war es beinahe dunkel draußen. Sie war zu spät gekommen, trotz allem zu spät. Er war schon fort. Die Feierlichkeiten zum Abschluss der Exposition würde er auf keinen Fall versäumen. Alles war umsonst gewesen. In diesem Moment konnte er sonst wo sein.

«Verflixt!», zischte sie. «Verflixt, verflixt, verflixt!» Ihre Hand streckte sich nach der Klinke, gerade *weil* sie jetzt wusste, dass er fort war und die Tür verschlossen sein musste. Schließlich wäre sie niemals auf den Gedanken verfallen, in die Wohnung eines fremden Menschen ...

«Sie wollen eine Promenade unternehmen, Mademoiselle?»

Sie fuhr herum. Eine Gestalt, nein, *zwei* Gestalten auf der Treppe, die aus dem Foyer nach oben führte, wenige Schritte hinter ihr. Der vordere von ihnen ... Das Mädchen fuhr zurück. Sein Gesicht! Er lächelte – und lächelte doch nicht. Eine grauenhafte, ausgefranste Narbe quer über den Mund verwandelte seine Miene in eine grinsende Grimasse. Langsam kam er näher, in einen abgetragenen Anzug gekleidet, der irgendwann einmal von passablem Schnitt gewesen sein mochte. Der andere trug ausgeblichene weite Hosen wie ein Hafenarbeiter, war auffällig kurz gewachsen, und für eine Sekunde schien ihr sein Gesicht auf gespenstische Weise vertraut. Doch, nein, unmöglich: Aus seinem Hemdkragen sahen dunkle Tätowierungen hervor.

Stolpernd wich Mélanie weiter zurück, doch sie kam keinen halben Schritt weit, bevor sie gegen die verschlossene Tür stieß. Ihr Herz hatte zu jagen begonnen. Sie befand sich in einem wildfremden Haus in einer wildfremden Gegend der Stadt. Selbst wenn sie um Hilfe rief, selbst wenn man sie hörte: Würde irgendjemand für sie einen Finger rühren – auf dem Montmartre?

«Ziemlich duster da draußen, Mademoiselle», bemerkte der Mann mit der Narbe. «Nicht ungefährlich für eine hübsche Mademoiselle, wenn sie ihre Wohnung verlässt und niemand auf sie achtgibt. Aber keine Sorge: Dafür sind wir ja da. Nicht wahr, Bernard?»

Von seinem Nebenmann nichts als ein Grunzen.

Mélanies Kehle: Mit einem Mal war alles wieder da. Die Angst, der Schwindel, der Druck auf ihrer Brust. «Das ist nicht meine ...» Sie verhaspelte sich. Zu wenig Luft. Das Bild vor ihren Augen wurde undeutlich.

Plötzlich stand der Mann mit der Narbe neben ihr. Sein Arm legte sich um ihre Schulter, ein plötzliches kaltes Gefühl an ihrem Hals: eine Messerklinge.

«Ich denke nicht, dass wir Sie festhalten müssen, Mademoiselle.» Er flüsterte es dicht an ihrem Ohr, und sein Atem stank nach Absinth. «Denken Sie einfach daran, dass wir Messer haben. Alle beide. Und dass wir mit ihnen umgehen können. Wobei wir Sie natürlich nicht verletzen wollen, wo Sie doch bereits sehnlichst erwartet werden.»

«Aber ...»

Sofort verstärkte sich der Druck an ihrer Kehle. *«Pssst!»* Die Stimme an ihrem Ohr, in einem gespenstischen Ton.

Sie wurde vorwärtsgestoßen. In Wahrheit kaum mehr als ein leichter Stupser, aber da war kein Gedanke, sich zu verweigern. Sie konnte überhaupt nicht denken, und doch jagten Fetzen durch ihren Kopf. *Fäden*. Fäden, die sich nicht verknüpfen ließen. *Wo Sie doch bereits sehnlichst erwartet werden*. Wie war das möglich? Niemand wusste, dass sie hier war. Nicht einmal Agnès wusste, welche Adresse auf der Karte stand. Doch wenn die beiden Männer nicht zufällig auf sie gestoßen waren, und so sah es nicht aus ...

Ihre Knie waren weich, ihre Beine wollten unter ihr nachgeben, als sie auf der Treppe einen Fuß vor den anderen setzte. Wenn sie nicht zufällig auf sie gestoßen waren, dann mussten sie das Mädchen mit jemandem verwechseln. Dann mussten sie nach jemand anderem gesucht haben. Doch in der Wohnung logierte Friedrich von Straten. Sie war sich jetzt sicher, dass es das Appartement des Deutschen war, das er vielleicht bis zum Ende der Ausstellung von jenem Monsieur Royal gemietet hatte.

Das gefliese Foyer. Der Mann mit der Narbe blieb hinter dem Mädchen, und so erleichtert Mélanie war, dass sie sein Gesicht nicht mehr sehen musste, so deutlich spürte sie die Klinge, wusste sie, dass sie in den Fingern des Mannes war, selbst wenn er sich jetzt einen halben Schritt hinter ihr hielt. Der kurzgewachsene Mann dagegen beschleunigte seine Schritte, hielt auf die Außentür zu und spähte ins Freie, bevor er sie vollständig öffnete. Die Straße hatte sich geleert. In dieser Nacht strömten die Menschen zur Exposition Universelle.

Mélanie stolperte, stolperte jetzt tatsächlich, als sie auf den Boulevard de Clichy trat, doch wie eine eiserne Fessel schlossen sich die Finger des Mannes um ihr Handgelenk. Sie konnte nicht fallen.

Wo bringen sie mich hin? Was hat das zu bedeuten?

***

ZÜNDUNG IN 4 STUNDEN, 35 MINUTEN
**Palais Rocquefort, Paris, 8. Arrondissement –
31. Oktober 1889, 19:25 Uhr**

Friedrichs Lippen pressten sich aufeinander. Aus seiner gesamten Haltung sprach Anspannung, das war ihm bewusst. Wie hätte es auch anders sein können in diesem Moment, da er erneut auf den Stufen des Palais Rocquefort stand, zentnerschwer sein Arm, als er sich nach der Türglocke streckte. Ein tiefer Ton aus dem Inneren des Gebäudes. Er spürte den

Herzschlag in seiner Kehle. Genau hier hatte er schon einmal gestanden, keine vierundzwanzig Stunden zuvor, ohne Kutsche, wenn auch im Besitz einer Einladung. Welch ein Unterschied zum Besuch an diesem Abend, nun, da Albertine de Rocquefort begriffen hatte, wer ihr seine Aufwartung machen würde. Da ihr überraschendes Schreiben ausdrücklich um diese Aufwartung gebeten hatte, *sept heures et demie.* Halb acht Uhr am Abend.

Davon abgesehen, dass sie heute tatsächlich mit der Kutsche vorgefahren waren. Sie: Friedrich von Straten – und Madeleine Royal. Noch als sie in die Rue Matignon gebogen waren, hatte die Kurtisane ihm angeboten, in der Kalesche zu bleiben und an den Boulevard de Clichy zurückzukehren, doch, nein: Unnachgiebig hatte Friedrich darauf bestanden, dass sie ihn begleitete. Sie besaß das Recht, nun, im entscheidenden Augenblick mit dabei zu sein nach allem, was sie für ihn getan hatte. Dass sie im nächsten Moment sogar den Kutscher hatte entlohnen müssen, hatte die Erhabenheit seines ritterlichen Entschlusses möglicherweise ein klein wenig beeinträchtigt. Und dass Madeleine Royal ihre lautlose Heiterkeit nun hinter der Handfläche verbergen musste, trug das seine dazu bei, dass Friedrich seine Gesichtsmuskulatur am entschlossensten unter Kontrolle halten musste.

Die Tür öffnete sich.

«Monsieur von Straten.» Das Gesicht des Lakaien war auf Friedrich gerichtet, die Pupillen bewegten sich sekundenkurz zur Seite. «Ihre Gemahlin?» Die Augenbrauen hoben sich überdeutlich.

Friedrich holte Luft. *Ich habe ihr Palais noch niemals von innen gesehen.* Madeleines Worte am Quai de la Conference, als er ihr eröffnet hatte, dass er bei Albertine de Rocquefort zu Gast gewesen war. *Sie lehnt es ab, wenn ein Herr sich von einer Dame begleiten lässt, ohne dass die beiden zumindest ihr Aufgebot bestellt haben.* Doch er kam nicht dazu, dem Mann zu antworten.

«Joseph, bitten Sie die Herrschaften herein.»

Der Lakai trat zurück, ohne seine Überraschung vollständig verbergen zu können. Sie stand im Foyer, kerzengerade, in einem dunklen Nachmittagskleid. Blass – aber entschlossen. Eine einladende Handbewegung, und sie drehte sich wortlos um, schritt in den Salon, der am Vorabend

Stätte ihres Empfangs gewesen war, durchquerte ihn auf die gegenüberliegende Wand zu. Die beiden Gäste folgten ihr. Erst als die Vicomtesse die Hand ausstreckte, gewahrte Friedrich den goldlackierten Knauf, der aus dem Seidenbrokat hervorsah. Eine Tapetentür. Mehr als eine Stunde hatte er sich im Salon aufgehalten und sie nicht zur Kenntnis genommen.

Albertine de Rocquefort öffnete, und überrascht hielt er den Atem an: Regale aus dunklem Holz füllten das Zimmer bis zur Decke. Eine Bibliothek, wie er sie in einem privaten Haushalt noch nicht zu Gesicht bekommen hatte. Hunderte, nein, Tausende von Bänden, gebunden in schwerem Leinen, dunklem Leder. *Königsberg*. Die Erinnerung blitzte in seinem Kopf auf, ohne dass er sie gerufen hatte. Seine verzweifelte Suche in den schweren Folianten, den Adelsregistern. Starkenfels. Rocquefort.

Doch davon konnte sie nichts wissen. Die Vicomtesse wies auf eine Reihe von Fauteuils, die in einem Winkel des Raumes einen niedrigen Tisch umstanden, wartete, bis ihre Gäste saßen, und ließ sich dann mit geradem Rücken ebenfalls nieder.

«Ich nehme an, dass das ein Zeichen sein soll.» Sie begann ohne jede Eröffnung. Nur ganz kurz streifte ihr Blick die Kurtisane, eben lange genug, um deutlich zu machen, wovon die Rede war. «Dass Sie sich der Familientraditionen bewusst sind.» Ihre Stimme war ruhig. Und doch war ein Echo in den Worten, das Friedrich nicht einordnen konnte. Bitterkeit? Wovon sprach sie?

Sie nickte zum Tisch. Dunkler Wein in einer Dekantierkaraffe; eine Auswahl von Gläsern stand bereit. Auf ein Zeichen von ihr begann Friedrich, ihnen einzuschenken, spürte die Augen der Frau auf sich.

«Wenn man es weiß ...» Albertine de Rocquefort nahm ihren Wein entgegen. Kein Zittern, doch Friedrich spürte ihre Anspannung, als wollte sie das Glas zerspringen lassen. «Wenn man Sie ansieht, ist es recht deutlich.» Versonnen. «Aber dann wieder nicht *so* deutlich. Nicht so deutlich, dass irgendjemandem ein Verdacht kommen könnte. Jemandem, der nichts davon weiß. – Seit wann wissen Sie es? Ihr ganzes Leben lang?»

Friedrich hatte Madeleine, zuletzt sich selbst eingegossen. Er setzte sich im Fauteuil zurecht, unbehaglich. Er war sich nicht sicher, was er erwartete hatte. Distanz sicherlich. Doch sie sprach in einem Tonfall, als unterhielte sie sich über eine Geschichte von Fremden. Und ganz selbstverständlich schien sie davon auszugehen, dass er, Friedrich von Straten, Bescheid wusste.

«Ich ...», begann er, doch im selben Augenblick setzte Albertine de Rocquefort ihr Glas an die Lippen, und sie taten es ihr gleich. Der Wein war so herb, dass sich sein Gaumen zusammenzog. Er spürte Madeleine Royal an seiner Seite, ruhig und beherrscht. Mit ausgestrecktem Arm hätte er sie eben berühren können, was natürlich undenkbar war. Doch er war schon dankbar für ihre reine Gegenwart. «Ich habe es herausgefunden», sagte er. «Mit vierzehn Jahren. Aus einem ... aus seinem Tagebuch. Gottlebens Aufzeichnungen.»

«Gottleben.» Sie wiederholte den Namen, schien ihm nachzulauschen.

«Sie kennen den Namen nicht?» Eine Spur zu laut, zu überrascht.

«Ich muss ihn gehört haben.» Leise. «Vor langer Zeit.»

«Er war Oberst in der preußischen Armee; inzwischen ist er im Generalstab. Auf seinem Schloss bin ich aufgewachsen, in Ostpreußen. – Es war eine Notiz aus der Zeit kurz vor dem Krieg, kurz vor ... Sedan.» Einen Moment lang zögerte er. Wenig taktvoll, wenn er von sich aus auf die Schlacht kam gegenüber einer Französin. *War sie nun Französin?* Ihr Haar besaß eine eher unbestimmte Farbe. Doch in ihrer Kindheit musste es blond gewesen sein wie das seine. «Er schrieb von Ihnen: *Starkenfels. –* Rocquefort. Von einem Schriftwechsel mit einem O., den er abgebrochen habe wegen der internationalen Lage.»

«Octavien.» Erst jetzt hob sie wieder den Kopf, sah in seine Richtung. «Mein Vater. Jetzt erinnere ich mich. Sie kannten sich von der Krim, doch dass es diese Familie war, zu der sie das Kind ...» Sie brach ab, schüttelte den Kopf. «Das habe ich nie erfahren.»

Friedrich schluckte schwer. *Wie jung muss sie gewesen sein, als Sie damals von ihr getrennt wurden? Wie wollen Sie wissen, ob die Frau nicht Ihr Leben lang nach Ihnen gesucht hat?* Er vermied es, in Madeleine Royals Richtung zu sehen. Oder noch einmal nach dem Wein zu greifen, ganz gleich, wie seine Kehle danach schrie. Er wollte nicht für schwach gehalten werden, nicht in diesem Moment.

«Ich wollte es Ihnen sagen.» Er sah sie an, sah in die distanzierten blauen Augen, die so anders waren als die seinen. «Gestern. Doch ...» Er schüttelte den Kopf. «Doch so, wie sich der Abend entwickelt hat: Ich konnte nicht.»

Ein rasches Verziehen der Mundwinkel. «Was ihm vermutlich nicht gefallen hat.» Eine kurze Pause. «Wenn das sein Plan war.»

«Ihm?» Friedrich hatte nun doch nach dem Glas gegriffen, setzte es wieder ab. «Torteuil?»

Eine ihrer Augenbrauen hob sich. «Wer sonst?»

Sekretär Longueville. Fabrice Rollande. Der Marquis de Montasser. Oder wer sonst noch Bescheid wusste. Doch, nein ... Er strich sich über die Schläfe, warf nun doch einen Seitenblick zu Madeleine. *Dass sie misstrauisch wird, wenn er gerade jetzt in die Stadt kommt.* Die Worte des außerordentlichen Sekretärs. Die Worte, die die Kurtisane belauscht hatte und mit denen alles begonnen hatte, was ihre Verwicklung in Friedrich von Stratens Geschichte anbetraf. Albertine de Rocquefort wusste selbst nicht Bescheid. Aber sie *musste* mehr wissen als Friedrich. Zumindest wusste sie, dass Torteuil verwickelt war. Wusste sie auch, wer ihm den Auftrag gegeben hatte?

Er holte Luft. Wie weit konnte er gehen, wie weit dieser Frau vertrauen? Himmel, sie war seine Mutter! Und zugleich war sie das Herz sämtlicher Intrigen in dieser Stadt, selbst jetzt, da sich diese Intrigen gegen sie selbst zu richten schienen.

«Was ich nicht verstehe ...» Er formulierte vorsichtig. «Wo liegt das Interesse solcher Kreise? Torteuils und ...» Er schüttelte den Kopf. «Ihr Interesse an mir. Ich weiß, dass ich nicht der Sohn des Vicomte bin. Das hier ...» Er beschrieb eine Armbewegung. «Das hier gehört Ihrer Tochter, und ...» Hilfloses Gestammel, selbst in seinen eigenen Ohren. Er brach ab.

Sie hatte ihn nicht aus den Augen gelassen. Lediglich ihr Gesicht hatte einen anderen Ausdruck angenommen. Verärgert? Nein, so deutlich war es nicht. Verwirrt? Jetzt löste sich ihr Blick, die Brauen nun sichtbar zusammengezogen, ging zu Madeleine Royal. Das erste Mal überhaupt, dass sie die Kurtisane tatsächlich zur Kenntnis nahm: forschend. Als ob sie nach etwas suchte.

Bis ihre Miene sich veränderte. Es war überhaupt kein Ausdruck mehr.

Mehr als Irritation: Unglaube. Sie schüttelte den Kopf. Noch einmal, bevor sie wieder zu ihm aufsah. «Sie wissen es gar nicht.»

Er kniff die Augen zusammen: «Was weiß ich nicht?»

Unvermittelt erhob sie sich, schien einen Moment zu zögern, steuerte dann ein Tischlein an, einen Leseplatz vor einem der hohen Fenster, und brachte einen winzigen Gegenstand zum Vorschein: einen Schlüssel. Der Tisch besaß ein einziges Schubfach. «Gewöhnlich verwahre ich es ... anderswo.» Beinahe entschuldigend. Mit dem Rücken zu ihren Besuchern, während sie die Lade mit dem Schlüssel öffnete.

Als sie zu den Gästen zurückkehrte, balancierte sie ein hölzernes Kästlein auf den Händen, andächtig beinahe. Gold, Weihrauch und Myrrhe, fuhr ihm durch den Kopf. Für das Kind von Bethlehem. Doch sie hatte ihr Kind zurückgelassen, bei Menschen, die sie nicht beim Namen kannte.

Sie setzte das Kästlein auf den niedrigen Tisch. Er konnte beobachten, wie ihre Brust sich hob und senkte, bevor sie es öffnete, die schlanken Finger ins Innere gleiten ließ, einen Moment lang suchte.

Ein flacher, goldener Gegenstand. Er wurde Friedrich entgegengestreckt. «Öffnen Sie es.»

Ein Medaillon. Friedrich nahm es entgegen, betrachtete es kurz von beiden Seiten: aufwendig verziert; der Stil vergangener Jahrzehnte. Und eindeutig war es echtes Gold. Vorsichtig prüfte er den filigranen Mechanismus und ließ es aufschnappen.

Ein gemaltes Porträt. Ein junger Mann in Uniform, und ... Friedrich kniff die Lider zusammen. Die Augen des Unbekannten blickten nachdenklich, beinahe träumerisch und doch mit einer gewissen Neugier in die Welt. Das lockige Haar wollte sich nicht recht in den strengen Seitenscheitel fügen. Der Kopf war eine Winzigkeit nach links geneigt. Die kräftige Nase und das eher rundliche Kinn waren anders, doch wenn er sich den kurzen Schnurrbart und Kinnbart wegdachte ...

«Mein Vater», flüsterte er. Seine Finger waren plötzlich unsicher, doch vorsichtig drehte er das Medaillon noch einmal um, musterte die Außenseite. Nein. Ein Wappen war nirgendwo angebracht. Albertine de Rocquefort betrachtete ihn. Abwartend, mit einer gewissen Spannung. Als ob sie eine bestimmte Reaktion erwartete.

Wieder sah er auf das Porträt. Sollte er den Mann kennen? Nachdem er die Ähnlichkeit festgestellt hatte, sah er nur noch sein eigenes Gesicht. «Wer ...»

Bewegung in seinem Augenwinkel. Madeleine Royal erhob sich, beugte sich über seine Schulter. So nah, dass er die Wärme ihrer Haut spürte. Ein unterdrückter Laut. Überrascht sah Friedrich sie an. «Sie kennen ihn?»

Sie hatte sich aufgerichtet, trat einen Schritt zurück, sah ihn an. Blinzelte. Sah ihn noch einmal an. «Ich ...»

«Diese Miniatur war ein Geschenk von ihm. Sie muss viele Jahre vor unserer ersten Begegnung entstanden sein.» In Albertine de Rocqueforts Stimme schwang eine Spur Heiterkeit: «In Wahrheit dürfte sie sogar vor meiner Geburt entstanden sein.»

«Aber ...» Madeleine Royal, die ungläubig hin und her sah zwischen Albertine de Rocquefort, Friedrich von Straten und der winzigen Miniatur. «Aber Sie hätten ...»

«Ich war vierzehn Jahre alt, Mademoiselle. Es war die Entscheidung meines Vaters. Ich ...» Ein tiefer Atemzug. «Ich habe sie nicht in Frage gestellt. Doch es hat Jahre gedauert ...» Ein Stoßseufzer. «... bis ich begriffen habe, dass es eine weise Entscheidung war. – Hinter Ihnen im Bücherschrank. Der schwere Band in dunklem Leder. Bitte bringen Sie ihn her.»

Verwirrt beobachtete Friedrich, wie die Kurtisane mit raschen Schritten an das Regal trat, den Folianten hervorzog, gezwungen war, ihr Gewicht zu verlagern. Das Buch war tatsächlich schwer. Zurück am Tisch, war sie im Begriff, es vor der Vicomtesse abzulegen, die jedoch den Kopf schüttelte und auf Friedrich wies.

«Eine Naturgeschichte», erklärte sie mit leiser Stimme. «Doch das ist unwichtig. Schlagen Sie vorne auf.»

Er starrte den ledergebundenen Wälzer an. Seine Finger waren kalt, die Berührung des ledergebundenen Einbands drang kaum zu ihm durch, als er den Buchdeckel anhob, und ganz vorne ...

Vor dem Beginn des Textes war eine Farbtafel eingeklebt, wie Friedrich es von hochwertigen Büchern kannte. Der Autor des Werkes oder der wohlhabende Gönner, der die Ausgabe veranlasst hatte.

Der Mann mochte fünfzig Jahre zählen. Seine Rechte stützte sich in die Hüfte, die Linke lagerte auf einem Podest. Der dunkle Gehrock stand offen, sodass ein gestärktes weißes Hemd sichtbar wurde, eine scharlachrote Schärpe um Brust und Bauch gegürtet. Die dunklen Hosen endeten unmittelbar unter dem Knie, gaben den Blick auf die von nachtschwarzen Seidenstrümpfen verhüllten Waden frei. Eine Garderobe, die ein letztes Erbe des Ancien Régime darstellte und die Friedrich in seinem Leben nur an einem einzigen Menschen gesehen hatte: Gestern Abend, am Marquis de Montasser.

Doch der Dargestellte war nicht der Gesandte des Zaren. Das Medaillon lag auf dem Tisch und ließ die Ähnlichkeit deutlich werden. Dieselbe hohe Stirn, dieselben dunklen Augen, die nunmehr verschlossener und skeptischer blickten, der Kinnbart ausgeprägter, der Schnurrbart an den Enden aufgezwirbelt. Aber dieselbe Haltung des Kopfes, eine Idee nach links geneigt, wie auch Friedrich es sich angewöhnt hatte, wenn seine Nackenmuskeln sich am Ende eines langen Tages versteiften.

Ein Mantel war über das Podest drapiert: purpurnes Rot und weißer Hermelin. Krone und Zepter ruhten auf einem samtenen Kissen.

Napoleon, dritter seines Namens, nach der Gnade Gottes und dem Willen des Volkes Kaiser der Franzosen.

* * *

ZÜNDUNG IN 4 STUNDEN, 10 MINUTEN
Laboratoires nouveaux, Paris, 18. Arrondissement – 31. Oktober 1889, 19:50 Uhr

«Eine Vision.» Das Wort wurde in die Nacht gesprochen, in den klaren Himmel, der sich über dem Meer der Häuser wölbte. Unzählige Sterne standen am Firmament hoch über der Stadt. Unzählige Lichter, von Menschen erschaffene Sterne, glitzerten in der Tiefe. Man hätte das eine für das Spiegelbild des anderen halten können, dachte Basil Fitz-Edwards.

«Das ist es, was am Anfang steht, wenn Sie Ingenieur sind.» Ein Murmeln von den Lippen des alten Mannes. Wie aus dem Nichts erschien Minuit an seiner Seite, um eine wärmende Decke über seine Knie zu breiten. «Eine Vision», erklärte er. «Der Gedanke, diese Welt zu verändern. – Sagen Sie es nur, Monsieur le Connétable.» Mit durchdringendem Blick sah Berneau den Jüngeren an, der sich an die französische Interpretation seines Dienstgrades erst allmählich zu gewöhnen begann.

«Sagen Sie es nur.» Ja, Berneau sah ihn an, schien aber dennoch zu sich selbst zu sprechen. «Es sind Kleinigkeiten. Alles sind Kleinigkeiten: die Kondensatoren, die Sodiumröhre, der Funkeninduktor, die pneumatische Bremse und mehr als alles andere die mechanische Uhr in der Galerie des Machines. All das sind nicht mehr als winzige Bausteine. Doch stapeln Sie diese Bausteine in der rechten Weise aufeinander, so kann ein jeder von ihnen einen Beitrag leisten für eine andere Welt. Eine Welt, in der Not und Unglück, Hunger und Krankheit eines Tages nur noch eine schaurige Erinnerung sein werden an alte, böse Zeiten.» Er schüttelte sich. Sein ganzer Körper schüttelte sich jetzt.

«Grand-père.» Beruhigend legte die junge Frau die Hand auf seine Schulter, und fasziniert betrachtete Basil das Bild.

Großvater. Seine Retterin: die Enkelin des großen Berneau. Basil hatte es erst dem Gespräch der beiden entnommen, doch mittlerweile erschien es dermaßen selbstverständlich: Hätte er die Zusammenhänge nicht längst erkennen müssen? Ihr Anzug aus einem Textil, das die Welt noch nicht gesehen hatte. Ihr handwerkliches Geschick, selbst wenn sie es vorrangig einsetzte, um Dachfenster zu öffnen, die nach dem Willen der Besitzer hätten verschlossen bleiben sollen. Oder die Konstruktion der Galerie des Machines in ihre Einzelteile zu zerlegen. Ihr fieberhaftes Interesse an den Vorgängen rund um die Exposition. Er hätte darauf kommen können. Hätte er geahnt, dass der Mann, um den die zivilisierte Welt seit Monaten trauerte, noch am Leben war. *Noch.* Berneau war ein Krüppel. Nichts als schiere Willenskraft schien ihn am Leben zu halten.

«Doch ich habe mich getäuscht.» Die Stimme des Alten war nur noch ein Flüstern. «Erfindungen haben keine Seele. Es gibt keine *guten* Erfindungen. Was der menschliche Geist auch ersinnt: Es ist nicht mehr als ein Werkzeug. Der Funkeninduktor etwa wird heute in der reformierten Rühmkorff'schen Leuchte eingesetzt. Mit dieser Leuchte können Sie

Minenarbeiter ausstatten im ewigen Dunkel ihrer Stollen – ebenso aber können Sie sie Soldaten in die Hand geben, damit ihre Kugeln auch in der Nacht ihr Ziel finden. Es gibt keine *unschuldigen* Erfindungen. Eine jede Erfindung ist so gut oder so schlecht wie die Hand des Mannes, der sich ihrer bedient.»

Schweigen. Gelächter aus der Dunkelheit zu ihren Füßen, Menschen auf dem Weg zum Champ de Mars. Die Dachterrasse, von der aus der Ingenieur und seine Gäste in die Nacht blickten, gehörte zu einem Gebäude nahe dem höchsten Punkt des Montmartre, wo just in diesen Jahren ein neues, ehrfurchtgebietendes Gotteshaus entstand. Berneau war in die Lichterstadt zurückgekehrt – und niemand ahnte etwas davon.

«Natürlich habe ich all das gewusst.» Der Alte wandte sich um, suchte Basils Blick. «Natürlich bin ich mir der Gefahr bewusst gewesen, die eine jede neue Technologie bedeutet. Der Gefahr, dass dieses Wissen in die falschen Hände gerät.» Leiser. «In die Hände von Männern mit Geld, mit dem Drang nach Macht und Einfluss. Und doch ist ein gewisses Maß der Zusammenarbeit mit solchen Männern unerlässlich, weil eben sie unsere Forschungen überhaupt erst ermöglichen. Männer wie der außerordentliche Sekretär des Präsidenten. Ich schäme mich dieser Zusammenarbeit nicht.»

«Der Sekretär ...» Basil verschluckte sich. «Sekretär Longueville *weiß*, dass Sie am Leben sind?»

Ein kurzes Lachen. Wie ein erschöpftes Aufbellen. «Was glauben Sie, wem ich diese Zuflucht verdanke? Dieses ganze Versteckspiel. Einen Toten kann niemand mehr ermorden. Gaston Longueville ist ein Mann von einem gewissen Weitblick. Das Wichtigste, Monsieur le Connétable, ist die Balance, und in lichten Momenten ist ihm das bewusst. Mir ist es nach einem ganzen langen Leben bewusst geworden ... Und nach gewissen Einblicken in die Seelen der Menschen.» Schwer wurde der Atem ausgestoßen. Der alte Mann zögerte, schüttelte dann den Kopf. Ein leises Klirren, als er aus der Hand seiner Enkeltochter eine Tasse mit dampfendem Tee entgegennahm. «*Merci, ma puce.*» Gemurmelt. *Ma puce. – Mein Floh.* Kein vollständig unpassender Kosename für das dunkle Wesen der Dächer, dachte Basil Fitz-Edwards.

«Sein Name ist Nicolas Le Roy», erklärte Berneau. «Vermutlich kennen Sie ihn – den Namen. Es ist kein vollständig unbekannter Name, und doch reicht er nicht an die Bekanntheit meines Namens heran. Ein Zustand, der zu keinem Zeitpunkt in meiner Absicht lag. Das Gegenteil ist der Fall. Wir waren *ein* Verstand. Wir hatten dieselben Gedanken, dieselben Visionen. Ja, es mag sein, dass ich es war, der in den meisten Fällen den Anstoß gegeben hat, die zündende Idee: Doch was zählt die Idee, wo die Fähigkeit fehlt, sie Wirklichkeit werden zu lassen?»

Basil hatte Mühe, den Blick nicht niederzuschlagen. Wie musste es sich anfühlen für einen der größten Geister der Gegenwart, in diesem Stuhl gefangen zu sein, hinfällig, nicht länger in der Lage, seinen Ideen Gestalt zu geben?

«Nein», sagte Berneau mit prüfendem Blick auf den Jüngeren. «Ich weiß, woran Sie denken, und, nein, ich kann nicht behaupten, dass mich meine gegenwärtige Situation zufriedenstellt. Und dennoch ist es ganz genau so schon immer gewesen: Ich war niemals ein Mann, der selbst Hand angelegt hat bei der Konstruktion eines neuen Apparats. Keine meiner Ideen hätte Gestalt gewonnen ohne die technischen Fähigkeiten eines Nicolas Le Roy. Wer nur das Große im Blick hat, übersieht allzu schnell die tausend entscheidenden Kleinigkeiten.» Ein freudloses Verziehen der Mundwinkel. «Auch das ist eine Form von Balance. – Ich habe immer Wert darauf gelegt, dass es sich nicht um *meine* Erfindungen handelte, sondern um *unsere*. Nur zu deutlich erkannte ich, wie sehr er danach hungerte, dass auch sein Name auf diese bestimmte Weise ausgesprochen würde. Und als er sich an seine eigenen Entwicklungen gemacht hat, auf eigene Faust, habe ich ihn darin bestärkt.»

«Die Elektrompete.»

«Ja.» Ein Nicken. «Unter anderem. Eine wunderschöne Maschine.»

«Aber was sie spielt, ist keine Musik! Beim Konzert in Covent Garden hat kein einziger Zuhörer bis zum Schluss durchgehalten!»

«Und trotzdem handelt es sich um eine technisch perfekte Konstruktion.» Berneaus Tonfall klang rügend. «Von einer einzigartigen Eleganz und Präzision. – Nur dass die Menschen der Ansicht waren, dieses Instrument nicht zu brauchen.»

«Sein Name wird niemals auf dieselbe Weise ausgesprochen werden wie der Ihre.»

«Nein.» Leiser. «Das ist zu befürchten, und das muss auch er begriffen haben, obwohl ich mittlerweile glauben muss, dass es in Wahrheit weniger der Ruhm war, der ihn umtrieb. Dass es in Wahrheit das Geld war.»

«Geld?»

«Sie können äußerst wohlhabend werden als Konstrukteur und Erfinder. Sehen Sie sich Monsieur Eiffel an. Oder Monsieur Edison. Namen wie diese müssen es gewesen sein, die er im Kopf hatte.» Nach einem Atemzug: «Unsere letzten Begegnungen waren keine schönen Erlebnisse. Nicolas bestand auf seinem Anteil an unseren Einnahmen, und er hatte jedes Recht dazu. Doch selbstverständlich waren sämtliche Gewinne längst in neue Forschungen geflossen, in die Ausstattung des Laboratoriums. Ich habe ihn auf die neuen Projekte vertröstet, und ... Möglicherweise habe ich das einmal zu oft getan. Er verschwand. In die Vereinigten Staaten, wie ich später erfuhr. Heute weiß ich, dass er seinen Weg am Ende doch noch gemacht hat. Keine Erfindungen, die die Welt bewegen, doch er hat sein Geld auf kluge Weise angelegt, und es kann kein Zweifel daran bestehen, dass er heute ein reicher, ein *sehr* reicher Mann ist.»

Basil nickte. «Er kann also zufrieden sein.»

Schweigen. Es dauerte an, so lange, dass sich Basil dabei ertappte, wie er sich langsam vorbeugte, um zu prüfen, ob der alte Mann überhaupt noch atmete.

«Die Exposition», erklärte Berneau unvermittelt. Basil zuckte zurück. «Wenige Stunden, und die Ausstellung wird ihre Tore schließen. Ich habe das Geschehen aus der Ferne verfolgt, soweit mir das möglich war, und ich bin sicher, dass sich diese Monate unserer Nation auf alle Zeit eingeprägt haben. Und doch steht das Eindrucksvollste nach dem Willen des außerordentlichen Sekretärs erst noch bevor.»

Basil legte die Stirn in Falten. «Die *Sensation*? In den Londoner Zeitungen war davon die Rede. Und in meinem Hotel spricht man von nichts anderem.»

Ein langsames Neigen des Kopfes. «Jene Konstruktion, an der ich in den vergangenen beiden Jahren gearbeitet habe. Auf irgendeine Weise muss Nicolas Le Roy davon erfahren haben.»

«Er ist hier? In der Stadt?»

«Er ist hier.» Ein knappes Nicken und – Schweigen. Und dieses Mal schien es sich zu dehnen. Die Brust des alten Mannes hob und senkte sich; im Abglanz des Sternenlichts konnte Basil es jetzt deutlich erkennen.

«Es war im Frühjahr.» Minuit. Basil drehte den Kopf. Sie hatte so lange geschwiegen, dass er ihre Anwesenheit beinahe vergessen hatte. Sie sah ihn nicht an. Ihr Blick war in die Ferne gerichtet, auf das Band des Flusses in der Dunkelheit, als könnte sie dort in der Schwärze vor sich sehen, wovon sie jetzt mit leiser Stimme zu berichten begann. «Grand-père hatte sich schon vor einigen Jahren in die Auvergne zurückgezogen, bald nachdem die Partnerschaft mit Le Roy zerbrochen war. Dort draußen war es ...»

«Ruhiger», brummte Berneau, und wie zum Beweis ertönte neues Gelächter aus der Tiefe. Stunden nur noch, die die Lichterstadt vom größten Augenblick ihrer Geschichte trennten.

«Du hast grand-père gehört, copain», fuhr Minuit fort. «Eine jede neue Erfindung ist eine Chance für die Menschheit – und eine Gefahr. Das Laboratorium, das er in vielen Jahren dort draußen aufgebaut hatte ... Dort bin ich aufgewachsen, mehr als hier in der Stadt. Es gab nichts Vergleichbares an irgendeinem anderen Ort der Welt. Ein Ort, der ein kleines bisschen näher am Himmel war als jeder andere Ort. Und dort sind seine letzten Erfindungen entstanden.» Sie bemerkte Basils Blick, der auf der Faser verharrte, die ihren Körper umgab wie flüssige Dunkelheit. «Ja, richtig, auch das. Und sehr, sehr viel mehr. Dinge, bei denen er sich nicht sicher war, ob die Menschheit bereits so weit ist, um sie ihr auszuliefern.»

«Anders als Torteuils Maschine?» Basil konnte sich die Frage nicht verkneifen.

«Diese Maschine war ein Versuch, diesem Land einen Verbündeten zu gewinnen.» Berneau, unwirsch. «Das carpathische Königreich. Die Balance der Mächtigen, Monsieur le Connétable. Solange Ihr Empire sich nicht entschließt, endlich Farbe zu bekennen, ist unsere Republik auf sich allein gestellt, und niemand setzt der Macht der Deutschen Grenzen. – Allerdings kann ich Ihnen versichern, dass diese neue Maschine keineswegs die Erwartungen erfüllt hätte, die der Duc und gewisse Kreise des Militärs in sie zu setzen scheinen. Was hingegen gelungen wäre: die Deutschen von den Grenzen Frankreichs fernzuhalten. Aus Respekt vor dieser neuen Entwicklung von unbekannter Kampfkraft. Für eine Weile. – Wobei ich im Übrigen nur am Rande beteiligt war an dieser Entwicklung.» Er nickte zu Minuit. «Die wichtigsten Teile stammen von ihr.»

«Du weißt, dass das nicht wahr ist, grand-père.»

Ein Schnauben. «Solange du nicht lernst, groß zu denken, wirst du auch nicht groß werden. Du kannst größer als Le Roy werden. Größer als ich, wenn du nur willst.» Versöhnlicher: «Ma petite puce.»

Die junge Frau stieß ein Seufzen aus. Basil konnte nur ahnen, dass er lediglich einen Teil eines ständig fortgesetzten Streitgesprächs mitbekommen hatte.

«Die meiste Zeit hat grand-père am Auftrag des außerordentlichen Sekretärs gearbeitet», zog Minuit das Wort wieder an sich. «Der Krönung der Exposition Universelle. Wir waren beinahe fertig. Ich bin nicht Le Roy, und noch viel weniger bin ich Berneau, doch den technischen Teil der Konstruktion habe ich in den vergangenen Jahren übernommen und … Sie war schön, copain. Einfach nur schön.»

«Die Maschine?»

«Ja, die Maschine. Bis *seine* Leute kamen.»

Eine Gänsehaut trat auf Basils Nacken. *«Seine?»* Doch er ahnte die Antwort.

«Sie sind in der Nacht gekommen. Rund um das Laboratorium lebte nur eine Handvoll Arbeiter in ihrer Siedlung, und welchen Grund hätten wir gehabt, Wachen aufzustellen? Das Laboratorium selbst befand sich in einer Höhle, tief in den Fels gehauen. Die Hügel der Auvergne sind von Wald bedeckt, und das eine oder andere Experiment hatte mit einer Menge Feuer zu tun.» Sie hielt einen Moment lang inne, und er konnte sehen, wie ihre Brust sich hob unter der zweiten, nachtschwarzen Haut. «Sie haben Sprengladungen angebracht, an den Eingängen zum Labor. Grand-père saß noch über einem Versuch, und …» Sie stieß den Atem aus. «Den Rest kennst du. Die ganze Welt glaubt, dass es ein Unfall war. Als einer von einer Handvoll Menschen kennst du nun die Wahrheit.»

«Er ...» Basils Kehle war wie zugeschnürt. «Le Roy ist der Mann, den du verfolgt hast? In den letzten Tagen? Seinetwegen hattest du das Vernet im Auge und das Palais der Vicomtesse und die Weltausstellung und ...»

«In dieser Stadt geschehen Dinge, copain. Das habe ich dir schon einmal gesagt. Menschen sterben. Zwei Agenten des Deuxième Bureau sind auf den Zeigern von grand-pères Uhr gestorben. Zwei Rekruten wurden gestern Nacht auf dem Quai unterhalb der Conciergerie getötet, und ihre Mörder sind in das Gebäude eingedrungen, wo sie etwas zurückgelassen haben: Fotografien der Frau, deren Körper du ein paar Stunden später auf den Stufen zum Palais der Vicomtesse gefunden hast. Und noch einmal einige Stunden später ist ein Haus am Montmartre in die Luft geflogen, nur ein paar Straßen von hier. Wir konnten nicht wissen, ob das alles zusammenhängt. Und wenn es tatsächlich zusammenhängt, ob es dann mit Le Roy zu tun hat. Bis heute Vormittag die Maschine explodiert ist. Jetzt ist es deutlich.»

«Aber warum ...» Basil schüttelte den Kopf. «Warum sollte er das tun?»

«Weil Nicolas Le Roy ein Mensch ist, für den einzig die eigenen Maßstäbe zählen.» Berneau brachte sich mühsam in eine aufrechtere Position in seinem Rollsessel. «Dessen fester Glaube darin besteht, dass unsere großen Erfindungen ihm so viel wie mir zu verdanken haben, was, wie ich Ihnen nun mehrfach erläutert habe, auch vollständig zutrifft. Der sich nicht vorstellen kann, dass ich allein zu solchen Entwicklungen in der Lage bin, was, wie Sie jetzt wissen, ebenfalls der Wahrheit entspricht.» Ein Nicken zu Minuit. «Ich hatte Hilfe. Was für ihn vermutlich keinen Unterschied macht, weil er davon überzeugt ist, dass niemand ihn ersetzen könnte. Wenn nun mir die einzigartige Auszeichnung zufällt, dass *meine* Arbeit die Monate der Exposition krönen soll, dann kann er das nur als Betrug ansehen. Was für ihn nicht akzeptabel ist, dem schon sein bloßes Wort heilig ist und der diese Maßstäbe auch an andere anlegt. Wo er sich übergangen fühlt, wird er versuchen, diesen Betrug zu ahnden. Mit allen Mitteln.»

«Indem er Menschen tötet, die damit überhaupt nichts zu tun haben?»

«Um *mich* zu bestrafen. Hätte ich den Auftrag nicht angenommen, wäre er niemals in Aktion getreten. Nicht er, sondern ich bin verantwortlich für den Tod dieser Menschen, wenn Sie denken wie Nicolas Le Roy. Er seinerseits ist nichts als das Werkzeug einer höheren Gerechtigkeit. Alles, was ich erreichen wollte, wird er in sein Gegenteil verkehren. Torteuils Maschine und das Abkommen mit den Carpathiern sollten den Ring von Feinden um dieses Land durchbrechen und den Gegner auf Abstand halten. Was ist stattdessen geschehen? Die Maschine ist explodiert, und niemand, der auf einen Angriff gegen diese Republik sinnt, wird die französische Waffentechnologie nun noch als ernstzunehmenden Faktor ansehen. Und die Carpathier, unsere vermeintlichen Freunde? Wir können uns glücklich schätzen, wenn der Tod ihres Regenten keinen bewaffneten Konflikt auslöst. Und all das ist nicht mehr als ein Vorgeschmack, Monsieur le Connétable. Denn nicht um diese Maschine geht es in seinem Feldzug. Es geht um jene Arbeit, die in wenigen Stunden, wenn die Welt rund um Eiffels Turm zusammenkommt, das Fest des Friedens krönen soll. – Stellen Sie sich vor, Sie wären Nicolas Le Roy: Was würden Sie tun in dieser Situation als Sachwalter der Gerechtigkeit, der Rache, der Vergeltung?»

«Ich ...» Aus Basils Kehle kam kaum mehr als ein Pfeifen. «Der Duc de Torteuil hat behauptet, dass eine Waffe, die den Krieg verhindert, in Wahrheit ein Werkzeug des Friedens ist. Wenn Le Roy nun umgekehrt ...»

«Wenn meine Arbeit den Kontinent in einen Krieg stürzt, dann wäre das gerade Rache genug. Das ist sein Ziel. Wie er es erreichen will, können wir nicht mit Sicherheit wissen, aber das ist seine Absicht.»

«For God's sake.» Basil sah hin und her zwischen dem legendären Erfinder und dessen Enkeltochter, seiner dunklen Retterin. «Das begreife ich. Was ich nicht begreife ...» Er schüttelte den Kopf. Warum hatte die junge Frau ihm wirklich geholfen? Warum stand er jetzt hier? Ein Wahnsinniger bedrohte den Frieden des Kontinents, doch was hatte all das mit einem Constable der Metropolitan Police der City of London zu tun, der vor achtundvierzig Stunden noch friedlich seinen Dienst in den Straßen von Fitzrovia versehen hatte? Hilflos: «Warum ...»

«Weil wir Ihre Hilfe brauchen.» Berneau, in einem Tonfall, wie man ihn gemeinhin nicht anschlug gegenüber einem Mann, den man gerade um Hilfe bat. «Ich bin eben noch rausgekommen aus dem Laboratorium.

Das, was von mir übrig ist. Es musste schnell gehen; das Feuer war schon überall, doch die Mappe mit den Plänen konnte ich retten. Und es war gut, dass wir sie hatten. Gaston Longueville ist ein Mann, der die Dinge schwarz auf weiß haben will, ganz gleich, ob sie am Ende über seinen Horizont gehen. Es hat eine Weile gedauert, den Monsieur le Secretaire zu überzeugen, doch am Ende konnten wir uns von neuem an die Arbeit begeben. Hier in diesem Gebäude, wo er uns Zuflucht bietet.»

«Aber ...», setzte Basil an.

«Es ist uns gelungen, die Maschine zu rekonstruieren.» Minuit unterbrach ihn. «Aber sie muss von zwei Menschen bedient werden. Ich habe grand-père gesagt, dass wir dir vertrauen können.»

«Mir?»

«Wir haben sogar noch eine Reihe von Verbesserungen vornehmen können.» Berneau. «Ich stehe in Korrespondenz mit einigen Herrschaften diesseits wie jenseits der Grenzen. Herrn von Lilienthals Buch über den Storchenflug hatten Sie vorhin in der Hand. Doch eine Vorrichtung, mit der eine Person allein ihn fliegen könnte, wollte mir nicht gelingen.»

«Fliegen?»

«Dann, ma puce, lass uns dem Monsieur le Connétable unseren Aeroplan einmal zeigen.»

***

ZÜNDUNG IN 3 STUNDEN, 41 MINUTEN
Cimetière du Montparnasse, Paris, 14. Arrondissement – 31. Oktober 1889, 20:19 Uhr

«Eine Schnapsidee!» Keuchend stieß Pierre Trebut die Schaufel in die Erde. «Eine gottverfluchte Schnapsidee!»

Er befand sich auf dem Cimetière du Montparnasse, und es war Nacht. Nicht, dass die Tageszeit noch einen *entscheidenden* Unterschied gemacht hätte bei seinem grausigen Tun. Der Gottesacker hätte eine

587

komplette kleine Stadt aufnehmen können. Ja, er nahm eine komplette
Stadt auf, eine Stadt der Toten. Was schnell in Vergessenheit geriet,
wenn sich die Flaneure an den duftenden Anpflanzungen erfreuten.
Flaneure, deren Anwesenheit dazu geführt hatte, dass Pierre Trebut seine Ausgrabung auf die Nachtstunden hatte verlegen müssen. Er allein.
Marais hatte sich vor Stunden verabschiedet. Wenn irgendetwas verdächtig gewesen war am Ableben des großen Berneau, mochte das seinen
Quellen in der Unterwelt bekannt sein. Wobei die eigentliche Unterwelt
Pierre überlassen blieb, die Grabstätte des Konstrukteurs zu Füßen eines
schneeweißen Marmorblocks in Form eines stilisierten Zirkels. Er war
allein mit den Toten, wissend, dass sie nichts als die Spitze eines schau-
rigen Eisbergs von Gebeinen waren in diesem Teil der Stadt. Zu seinen
Füßen dehnte sich ein System von Stollen und Höhlungen, Überreste
unterirdischer Steinbrüche, weit älterer Begräbnisstätten mit Millionen
von Toten, die in den letzten Jahren des Ancien Régime umgebettet worden waren in die lichtlosen Katakomben von Paris, als die Gottesäcker
in der Stadt dem Platzbedarf der lebenden Bevölkerung hatten weichen
müssen. Allein, mit Schaufel und Spaten. Und einer Argand-Lampe nebst
der Anweisung, den Docht auf die niedrigste Stufe zu verkürzen, wenn
er sich ans Werk machte.

Wütend stieß er die Schaufel ein letztes Mal in den Boden. Und diesmal ließ er sie stecken, wuchtete seinen schmerzenden Leib ins Freie,
blieb schwer atmend auf dem Rücken liegen. Sollte der legendäre Marais
die nächsten beiden Meter übernehmen, wenn er denn wieder auftauchte.
Falls er sich blicken ließ, bevor es zu spät war.

«Die Zeit läuft uns davon, und ich hebe ein Grab aus», murmelte er.
Wenn es sich denn tatsächlich um ein Grab handelte und ein Toter in der
Ruhestätte lag – was Marais zu bezweifeln schien. Was aber, wenn der
Agent recht hatte? Ihr Täter: der leibhaftige große Berneau?

«Der Name beginnt nicht einmal mit einem R!» Pierre stieß den Atem
aus, dass er zu hören glaubte, wie es über ihm in den Blättern einer Zypresse raschelte.

Und in der Tat: Es raschelte. Und raschelte. Und raschelte immer noch.
Obwohl Pierre Trebuts Stoßseufzer bereits vor mehreren Sekunden abge-

ebbt war. Jetzt atmete der junge Beamte überhaupt nicht mehr. Stattdessen hielt er die Luft an, während sich ein höchst unangenehmes Gefühl in seinem Nacken auszubreiten begann.

An diesem Nachmittag war es noch einmal auffallend warm gewesen für einen Tag Ende Oktober. Nun, mit der Kälte des Abends, begann weißer Dunst aus den Rasenflächen aufzusteigen, sich um die Umfriedungen der Grabstätten zu legen. Die Entfernungen waren undeutlich, Umrisse nur waren zu erkennen, Umrisse, die sich bewegten. Eine Erscheinung, blass und fahl, und, nein, es war nicht der Agent, der von seinen Ermittlungen zurückkehrte. In Wahrheit waren es mehrere Erscheinungen, und sie kamen näher.

Eine Gänsehaut hatte sich auf Pierre Trebuts Rücken aufgestellt, doch er würde *nicht* mit den Zähnen klappern. Schon weil das seine Anwesenheit verraten hätte.

Die Gestalten waren jetzt nahe genug, dass der schwache Schimmer der Argand-Lampe sie erfasste, und zumindest dieses Licht würde Pierre Trebut nicht verraten. Hier und da in der Weite des Friedhofs gab es Lichter, die aus der Entfernung ganz ähnlich wirkten, Kerzen an einzelnen Gräbern, zum Andenken an Verstorbene.

Die vorderste der Erscheinungen war schmal, leichenhaft blass. Eine Frauengestalt, die dem jungen Beamten für eine Sekunde vage vertraut erschien, doch die Formen waren undeutlich, nicht klar zu erkennen, und über der Stirn schien etwas zu wippen, zu wabern, als ob aus ihrem breitkrempigen weißen Hut etwas *hervorwüchse*, etwas, das sich selbsttätig im Luftzug bewegte. Dahinter zwei eindeutig männliche Gestalten. *Sehr* nahe hinter ihr – wie zwei Bewacher, die eine Gefangene eskortierten. Für eine Sekunde sah einer der Männer in Richtung des jungen Beamten, und sein Gesicht ...

Es war kein Gesicht. Nicht das Antlitz eines lebenden Menschen. Ein Mensch, dessen Gesicht auf diese Weise entstellt war, *konnte* nicht mehr am Leben sein. Und doch musste Pierre Trebut davon ausgehen, dass der Lächler am Vormittag ebendieses Tages noch auf Erden gewandelt war, und zwar mit schlagendem Herzen. Falls Alain Marais sich nicht getäuscht hatte.

Pierre Trebut kam auf die Beine, schwankte, musste sich auf dem Marmor abstützen. Die Frau, die beiden Männer: Sie entfernten sich nach rechts, auf eine Reihe höherer Umrisse zu, einen Hain zu Ehren der Toten von Sedan. Oder irgendwelcher anderer Toter. Die beiden Agenten hatten ihn am Mittag durchquert. Jetzt tauchten sie ein in die Schatten, für einen Moment noch das geisterhafte Weiß der schmalen Gestalt an der Spitze, dann gar nichts mehr.

Vorsichtig setzte Pierre Trebut einen Fuß vor den anderen. Der Pfad war kiesgestreut, seine Schritte hätten Geräusche verursacht. Er hielt sich hart jenseits des Weges, war immer wieder gezwungen, Grabstätten auszuweichen, die erst im letzten Moment zu erkennen waren. Jetzt die ersten Bäume, immergrüne Gewächse.

Er blieb stehen, spähte in die Dunkelheit, lauschte. Stille. Doch sie konnten nicht weit sein. Er war sich sicher, dass sie ihn nicht bemerkt hatten, und sie hatten keine Eile gehabt. Beinahe, als ob sie ihn ...

Eine Klaue schloss sich um seine Schulter. Keuchend fuhr er herum.

«Haben Sie gesehen, wohin sie verschwunden sind?»

Marais!

«Agent ...»

«Still!»

Die beiden Beamten verharrten. Pierre massierte seine Schulter, versuchte, seinen Atem, seinen Herzschlag zu beruhigen. Die Umrisse der Bäume in der Dunkelheit und kein Hinweis, dass sich irgendetwas, irgendjemand dort bewegte. Der Agent stand reglos, einer der Skulpturen gleich, die über ausgewählten Gräbern aufragten. Pierre Trebut wagte es nicht, das Wort an ihn zur richten, bis Marais' Haltung sich schließlich entspannte, die Legende des Deuxième Bureau vernehmlich den Atem ausstieß.

«Henri hat sie gesichtet», murmelte der Agent. «Ich bin ihnen seit dem Fluss gefolgt, und jetzt ... *Merde!* Hier in der Nähe gibt es mehr als einen Zugang, und sie führen an vollkommen unterschiedliche Punkte!»

«Einen Zugang? Wohin denn ei...» Pierre Trebut brach ab. Zwischenzeitlich hatte der Himmel sich bezogen, doch genau diesen Augenblick suchte der Mond sich aus, um wieder ins Freie zu treten, sodass die Schatten der Bäume sich Wegweisern gleich auf den Boden legten: unter die Erde, in eine noch tiefere Dunkelheit.

«Nein», flüsterte der junge Beamte. «Bitte nicht.»

«Oh doch, Pierre Trebut. *Oh doch.*»

***

Zündung in 3 Stunden, 23 Minuten
**Palais Rocquefort, Paris, 8. Arrondissement –
31. Oktober 1889, 20:37 Uhr**

«Ich war allein in der Stadt in jenem Winter.» Unverwandt betrachtete Albertine den Wein in ihrem Glas. «Sedan lag zwei Jahre zurück. Damals begann Paris, mit jedem Tag etwas zurückzugewinnen von dem, was es auf dem Schlachtfeld verloren hatte, aber der Vicomte konnte ohnehin immer weniger anfangen mit dieser Sorte Zerstreuungen. Während die Ärzte bei mir der Meinung waren, dass der Trubel mir guttun würde. Schließlich waren wir seit mehreren Jahren vermählt und doch noch immer ohne Erben, und ...» Sie brach ab. Sohn oder nicht. Über gewisse Dinge würde sie sich ihm und seiner Gespielin gegenüber mit Sicherheit nicht verbreiten. Davon abgesehen, dass die Gedanken an den Fortbestand des Hauses Rocquefort keine Rolle gespielt hatten in ihren ersten Jahren in Paris. Nicht für sie. Sie war berauscht gewesen von dieser Stadt und nicht minder von ihrer eigenen Jugend und Schönheit. Attribute, denen Paris schon immer bereit gewesen war Reverenz zu erweisen. Eben in jenem Winter hatte man begonnen, als *Königin der Salons* von ihr zu sprechen.

«An jenem Abend hatte ich eine Soirée besucht. Als ich in die Rue Matignon zurückkehrte, lag das Schreiben auf meinem Sekretär. Ein Kurier muss es während meiner Abwesenheit gebracht haben.» Sie nahm den jungen Mann, ihren Sohn, in den Blick. Am Anfang hatte er immer wieder zu der hohen Standuhr gesehen. Er hatte noch eine Verpflichtung an diesem Abend, der Grund, aus dem er offiziell in der Stadt weilte: die Abschlussfeierlichkeiten der Exposition, an der Seite des Grafen Drakenstein.

Seitdem er aber begriffen hatte, seitdem seine Augen sich minutenlang nicht hatten lösen können von der Porträtdarstellung des dritten Napoleon, war sein Gesicht blasser und blasser geworden, was die Ähnlichkeit mit seinem Vater nur noch verstärkte. Bereits in jenem Sommer mit Albertine hatte ein Schatten der Krankheit auf dem Antlitz des Kaisers gelegen. «Ich schwöre, dass ich es *wusste*», sagte sie mit leiser Stimme. «Schon beim Blick auf den verschlossenen Umschlag. Dass das Schreiben von *ihm* stammte, obwohl nichts als mein Name auf dem Kuvert stand. Und dass er nicht mehr am Leben war.»

«Sie haben seine Handschrift erkannt?»

«Nein.» Sie schüttelte den Kopf. «Die Handschrift auf dem Umschlag war mir unbekannt, und was im Innern lag ...» Ein Nicken auf den niedrigen Tisch zwischen ihnen. Auf das auseinandergefaltete Schriftstück, auf das mächtige purpurne Siegel, welches mit seidener Schnur befestigt war. Das Staatssiegel des Französischen Kaiserreichs: ein martialischer Adler unter einem stilisierten Baldachin, den hoheitsvollen Blick nach rechts gewandt.

«Dieses Dokument *kann* nicht gültig sein.» Friedrich von Straten flüsterte. «Es *kann* nicht rechtmäßig sein. Er war seit Jahren im Exil. Er hatte kein Recht, dieses Siegel zu führen, und ...»

«Er hatte jedes Recht dazu», unterbrach Albertine ihn streng. «Wer sonst besäße das Recht, das kaiserliche Siegel zu führen als der Kaiser? Und auf diese Würde hat er bis zu seinem Tod nicht verzichtet. – Er hat darauf bestanden, die Armee in den Krieg zu begleiten. Trotz seiner Krankheit. Als er begriffen hat, dass die preußische Kavallerie die Anhöhen rings um die Stadt besetzt hatte und seine Regimenter den Deutschen ausgeliefert waren, hat er den Tod gesucht im Feuer ihrer Feldgeschütze. Wäre ihm das gelungen, hätte das die Dynastie vielleicht gerettet.»

Sie hielt inne. «Aber es ist ihm nicht gelungen, und er ist in Gefangenschaft gegangen und später in sein britisches Exil. Die Menschen in der Stadt haben sich erhoben, haben die Republik ausgerufen zum dritten Mal in weniger als achtzig Jahren. Sie haben auf sein Bildnis *gespuckt*, und mehr als alles andere haben sie ihre eigene Dummheit verflucht, wie sie einem Mann die Krone hatten aufsetzen können, nur weil er den Namen des größten Strategen der Geschichte trug. *Bonaparte. Louis-Napoleon Bonaparte.* Erstaunlich genug, wo er doch so ziemlich alles mehr geliebt hat als den Krieg: die Feste. Seine prachtvollen neuen Straßenzüge. Die Oper. Das Ballett.» Eine Pause. «Und speziell die Balletttänzerinnen. – Natürlich sind die Franzosen ihm nicht länger gefolgt, die eingefleischten Bonapartisten einmal ausgenommen, und das waren sehr, sehr wenige in jener Zeit. Für diese wenigen aber, und ebenso für alle, die heute dem Kaiserhaus anhängen, besitzen seine Beschlüsse absolute Gültigkeit. Bei diesem Dokument, vom Kronrat bestätigt, bezeugt durch sein kaiserliches Siegel, kann die Rechtmäßigkeit überhaupt nicht in Zweifel stehen.» Sie verstummte, nickte zu dem Schreiben.

«Aber ...» Hilflos hob der junge Mann die Hände. Ein Blick, der sowohl Albertine als auch die Kurtisane einbezog. «Warum hat er das getan?»

Albertine stieß den Atem aus. «Weil die Erbfolge schon immer ein Problem darstellte für die Bonapartes. Der einzige Sohn des ersten Napoleon hat kaum die zwanzig erreicht. In der weiteren Verwandtschaft waren bestimmte Zweige von vornherein vom Erbe ausgeschlossen. Zu Ihres Vaters Zeiten bestand das Kaiserhaus aus ihm selbst, seinem Sohn aus der Ehe mit der Kaiserin und verschiedenen entfernten Vettern. Und wie hier zu verfahren war, lag bei ihm, in Abstimmung mit dem Kronrat, der ihm weder vor noch nach der Niederlage zu widersprechen pflegte.»

Ihre Finger streckten sich über den Tisch, zogen das Schreiben heran. «An die erste Stelle hat er natürlich den Sohn der Kaiserin gesetzt. Etwas anderes wäre kaum möglich gewesen. Ich bin dem Jungen niemals begegnet. Dass er ein paar Jahre später in der britischen Kapkolonie den Tod finden würde, war natürlich nicht absehbar. Selbst so aber ...»

Sie holte Luft, las die Worte vor, ohne sie wirklich lesen zu müssen, weil sie noch auf dem Sterbebett in der Lage sein würde, sie im Geiste zu wiederholen. «*So aber bestimmen Wir, dass unmittelbar nach dem genannten kaiserlichen Prinzen jener Sohn in die Reihe Unserer Erben treten soll, den Albertine, heute Vicomtesse de Rocquefort, Unserer Majestät im Winter des Jahres 1863 geboren hat. Und zugleich erklären Wir seine Ebenbürtigkeit, einem ehelichen Erben gleichgestellt, und vor allen anderen berufen zur Krone des Französischen*

Kaiserreichs, sollte es der Hand des Allmächtigen gefallen, Uns und den genannten kaiserlichen Prinzen aus diesem Leben abzuberufen.»

«Dann hat er alles gewusst? Von Königsberg? Von Gottleben? Dass sein Sohn dort ...»

Albertine blickte auf, und ihre Brauen zogen sich zusammen. Madeleine Royal. Die Kurtisane. Was immer der Deutsche, nein, der Hauptmann ... Was immer ihr Sohn sich dabei gedacht hatte, sie an diesem Abend mitzubringen.

«Nein.» Entschieden schüttelte Albertine den Kopf. «Natürlich hat er versucht, den Kontakt wieder aufzunehmen, nachdem ich aus Königsberg zurück war. Und ebenso natürlich habe ich mich verweigert. Alles andere wäre widersinnig gewesen, nachdem ich das Kind zurückgelassen und mein Vater mit einer solchen Mühe über die Affäre hatte hinwegdeuten können. Doch dass ich im Ausland gewesen war, dürfte ihm kaum verborgen geblieben sein, und der Grund war nicht schwer zu erraten.» Sie sah die junge Frau, dann ihren Sohn an. «Dass das Kind aber ein *Sohn* war ... Dass es auch nur *lebte* ... Das hat er unmöglich wissen können.»

«Und trotzdem hat er dieses Dokument abfassen lassen.» Diesmal war es Friedrich.

Sie betrachtete ihn. «Weil er mich geliebt hat», sagte sie leise. Sie lauschte den Worten nach. Hatte sie sie jemals laut ausgesprochen? Wie fühlte es sich an, sie jetzt auszusprechen, jetzt, da sein Sohn, ihr gemeinsamer Sohn vor ihr saß? Wieder schüttelte sie den Kopf. «Weil er ein Bonaparte war. Ein Hasardeur. Ein mutiger Mann – auf seine Weise. Dieses Land hat sehr viele schlechtere Männer auf dem Thron erlebt, doch damals, so kurz nach Sedan, war die Verachtung gegenüber seinem Namen allgegenwärtig. Frankreich hatte sich in eine Wüste verwandelt, hatte das Elsass verloren und Lothringen. Es hatte Reparationen zu leisten, wie die Geschichte sie noch nicht gesehen hatte, und als Gipfel der Demütigung haben die Deutschen ihren preußischen König zum Deutschen Kaiser ausgerufen, im Herzen *unseres* Landes, im Spiegelsaal von Versailles. Und drei Monate später, nach dem Aufstand der Commune, war Paris eine Schutthalde. All das war verbunden mit *seinem* Namen: *Bonaparte*. Und wenn ich dem Henker von Paris einen Sohn geboren hätte», murmelte sie.

594

«Nichts hätte in derselben Weise ein Todesurteil bedeutet für eine Frau in meiner gesellschaftlichen Position.»

«Also haben Sie geschwiegen.» Sein Blick lag auf dem Dokument. «Was hätten Sie sonst auch tun können? Selbst wenn Ihr Vater Ihnen verraten hätte, wo Sie mich finden konnten. Die Sache der Bonapartes war hoffnungslos. Außerdem war der eheliche Erbe noch am Leben.» Sie sah, wie sein Adamsapfel sich bewegte. «Mein Halbbruder.»

«Anders als heute.» Ein halblauter Einwurf von Madeleine Royal.

«Anders als heute.» Unvermittelt stand Friedrich von Straten auf. Mit geballten Fäusten begann er, im Raum auf und ab zu gehen, baute sich schließlich vor dem Fenster auf, den Rücken zum Raum. Albertine sah, wie die Sehnen in seinem Nacken hervortraten.

«Sie wissen es.» Anspannung in jeder Silbe. «Sie alle. Torteuil und der außerordentliche Sekretär. Der Marquis de Montasser. Und Fabrice Rollande. Woher auch immer. Von ihren Geheimdiensten vermutlich. Sie wissen, dass ich der Sohn des Kaisers bin, doch ebenso ist ihnen klar, dass dieses Wissen wertlos ist – ohne diesen Fetzen Papier.»

«Der Marquis?» Albertines Augenbrauen bewegten sich in die Höhe.

«Jeder einzelne dieser Männer hat in den vergangenen Tagen zum Ausdruck gebracht, dass er insgeheim mein bester Freund ist.» Er drehte sich zu ihr um, und der Ausdruck in seinen Augen ließ sie den Blick niederschlagen. «Ausgenommen Rollande. Mein Kontaktmann, der mir nicht verraten wollte, worin mein Auftrag in dieser Stadt überhaupt besteht. Weil nämlich genau *das* mein Auftrag ist.» Den Finger auf das Dokument gerichtet. «Dieses Stück Papier in die Hände zu bekommen.»

«Aber ...» Albertine schüttelte den Kopf. War das tatsächlich möglich? Dass Männer, die regelmäßig auf ihren Salons zu Gast waren, die ganze Zeit Bescheid wussten?

«Hätten Sie einem von ihnen dieses Schreiben ausgeliefert?», wollte er wissen.

«Natürlich nicht. Ich ...» Sie brach ab.

Er sah sie an. Auf seinem Gesicht lag das düsterste Lächeln, das ihr jemals begegnet war. «Nur *mir* würden Sie es ausliefern. Und am ehesten würden Sie es mir ausliefern, wenn ich ganz genau so zu Ihnen käme, wie ich nun gekommen bin: nichtsahnend, unvorbereitet, hilf- und machtlos auf Ihre Unterstützung angewiesen. Ich bin ein Nichts, ein Hauptmann in einer subalternen Abteilung des preußischen Generalstabs. Alles, was ich bin, hängt von diesem Papier ab, mit dem ich auf einen Schlag alles sein kann: Frédéric, erster seines Namens, Kaiser der Franzosen.»

«Frédéric-Napoleon vermutlich.» Die Kurtisane griff nach ihrem Glas, führte es an die Lippen. «Um die Familientradition zu betonen.»

Der junge Mann fuhr herum. «Eine Vorstellung, die Sie zu amüsieren scheint.»

Madeleine Royal hob die Schultern, bewegte das Weinglas sachte hin und her. «Die Soldaten und die einfachen Leute würden den Namen lieben. Diese gesamte Geschichte ist von einer Sorte, die diese Stadt lieben würde: der kühne junge Prinz, der nichts von seiner Herkunft geahnt hat und der nun in seine Heimat zurückkehrt, um das Volk zu erlösen. Von irgendetwas wollen die Menschen immer erlöst werden, und sei es von der Langeweile. Gerade jetzt, wo sie in den Monaten der Exposition dieses besondere Gefühl wieder kennengelernt haben nach zwanzig Jahren republikanischem Grau in Grau. Das Gefühl, sich als Hauptstadt der Welt zu fühlen.»

Er antwortete nicht.

Ihr Blick war versunken in dem funkelnden Wein, auf dem sich das gedämpfte Licht brach. «Man muss Ihren Vater nicht gekannt haben, um zu wissen, dass er zumindest eines war: eindrucksvoll. Und je länger seine Herrschaft zurückliegt, desto stärker fangen die Leute an, sich an seine guten Seiten zu erinnern: an seine Fürsorge für die Armen, an die prachtvollen Bauten und Alleen, die sie jeden Tag vor Augen haben. Wer ihnen glaubhaft versichern kann, diesen Glanz zurückzubringen: Die einfachen Leute wären auf seiner Seite. Ebenso der größte Teil der Armee. Und der größte Teil der Gendarmerie.»

Mit zusammengezogenen Brauen sah er sie an. «Und damit wollen Sie was andeuten?»

«Wie Sie bereits sagten, Sire ...» Eine winzige Pause, die die Anrede zur Geltung brachte. Jene Anrede, die dem französischen Herrscher vorbehalten war. «Sie haben unzählige Möglichkeiten, je nachdem, mit welchem der Herren Sie sich verständigen wollen. Longueville könnte die gesamte republikanische Verwaltung auf Ihre Seite ziehen und würde dafür vermutlich nicht mehr erwarten, als dass Sie ihn im Gegenzug zu Ihrem leitenden Minister ernennen. Was sich der Mann mit den Teekesseln verspricht ...»

Albertine spannte sich an. Torteuil war mehr als wohlhabend, und sein Name stand vielleicht den Bourbonen und den Orleans nach, aber gewiss nicht den Vicomtes de Rocquefort. Was hatte er sich in Wahrheit von der Ehe mit ihrer Tochter versprochen? «Schwager des Kaisers zu sein», flüsterte sie. «Das dürfte ihm gefallen.»

Die Kurtisane hob eine Augenbraue, fuhr dann aber fort. «Wobei Sie den Marquis de Montasser auf keinen Fall unterschätzen sollten, *Frédéric-Napoléon*. Wer dieses Geschäft seit einem halben Jahrhundert betreibt, verfügt über eine Erfahrung, die Ihrer Regentschaft mit Sicherheit zugutekommen würde. Möge sie lang und ruhmreich sein.»

«Sie machen sich lustig über mich!» Friedrichs Gesicht hatte eine dunkle Farbe angenommen.

«Und welchen Vorteil ein Bündnis mit Fabrice Rollande verspricht, versteht sich von selbst.» Madeleine Royal sprach seelenruhig weiter. «Schon aus Ihrer Vertrautheit, *Sire*, mit den Gebräuchen im Reich der Deutschen, von Kindesbeinen an. Und wenn sich das Britische Empire bisher noch nicht ...»

«Von Kindesbeinen an.» Friedrich stand reglos. «Gottleben hat es immer gewusst. Ich *sollte* den Eintrag in seinen Aufzeichnungen finden und meine Schlüsse daraus ziehen. Und es war kein Zufall, dass ich einen Posten in gerade dieser Sektion des Generalstabs bekommen habe. Jener Sektion, die sich der Überwachung fremder Mächte widmet. Genauso wenig, wie es Zufall ist, dass ich *hier* bin, dass ich die Gesandtschaft begleiten durfte. Ich bin, was immer diese Leute wollen, dass ich es bin. Deutscher. Franzose. Nichts von alledem. Ich hatte niemals eine eigene Entscheidung, vom Tage meiner Geburt an.»

«Wenn Sie mich fragen, *votre Majesté*: Die Herrschaften von jenseits des Rheins wissen, was sie tun. An die sollten Sie sich halten.»

Der Blick des jungen Mannes durchbohrte die Kurtisane, doch Friedrich von Straten sagte kein Wort mehr. Stattdessen trat er zu Albertine.

Eine steife Verbeugung. «Madame la Vicomtesse, ich danke Ihnen. Doch an dieser Stelle muss ich mich verabschieden. Ich habe eine Verabredung auf der Exposition.»

Madeleine Royal erhob sich, doch sein Blick ließ sie innehalten.

«Nein. Die Gesandtschaft ist zu Gast auf Eiffels Turm heute Abend. Wir sind Gäste des Präsidenten, und mit Sicherheit wird auch sein Sekretär anwesend sein. Sie können nicht mitkommen.» Er holte Luft. «Doch unter keinen Umständen kehren Sie allein an den Boulevard de Clichy zurück. Sie bleiben hier. Wir reden, wenn ich zurück bin. – Madame la Vicomtesse: Sie werden der Dame Obdach gewähren?»

Einer Kurtisane? Der berüchtigsten Kurtisane der ganzen Stadt? Albertine de Rocquefort schüttelte den Kopf. «Sie ist schon in meinem Haus. Zu jedem anderen Zeitpunkt in meinem Leben und jedem anderen Menschen gegenüber hätte ich nur eine Antwort gekannt.» Sie stieß den Atem aus. «Gehen Sie zu Ihrem Gesandten.»

«Zum *deutschen* Gesandten.» Sein Satz war ein Peitschenhieb.

Eine Verneigung, dann wandte er sich um, die Tür fiel ins Schloss. Sie konnten hören, wie seine Schritte sich entfernten.

Albertine de Rocquefort saß in ihrem Fauteuil, wie betäubt. Langsam drehte sie den Kopf in Richtung der jüngeren Frau. «Warum haben Sie das getan?», fragte sie. «Ihn auf diese Weise gereizt?»

Die Kurtisane schwieg, blickte unverwandt auf ihr Rotweinglas, das jetzt kaum mehr als eine Neige enthielt. Schon glaubte Albertine, dass sie überhaupt nicht antworten würde. Dann wandte Madeleine Royal den Kopf in ihre Richtung.

«Es ist gleichgültig, wo Sie herkommen, Madame la Vicomtesse», sagte sie mit leiser Stimme. «Alles, was zählt, ist, was Sie *sind*.»

Albertine de Rocquefort war sich nicht sicher, ob sie verstand. Und sie fragte sich, ob *er* verstanden hatte. Er, ihr Sohn, Erbe des Throns der Bonapartes, wenn er nur den Versuch unternahm. Wenn sie ihn bei diesem Versuch unterstützte. Das Dokument hatte er zurückgelassen.

Sie saßen beieinander, schweigend, eine merkwürdige, seltsam ermattete Gemeinschaft. Die Exposition, dachte Albertine de Rocquefort. Mélanie und ihre Begleiterinnen würden sie dort erwarten, eine Stunde vor Beginn des Feuerwerks. Doch sie fühlte sich nicht in der Lage dazu, die Ausstellung noch einmal aufzusuchen. Nicht jetzt. Davon abgesehen, dass sie einen Gast hatte, der sie keinesfalls begleiten konnte. Sie würde Luis schicken, um Marguerite und den Mädchen Nachricht zu geben. Sie erhob sich. Die Klingelschnur hing neben dem schweren Bücherschrank von der Decke. Doch bevor sie sie erreicht hatte, ertönte ein höfliches Klopfen von der Tür.

Überrascht hielt sie inne. Friedrich von Straten war erst seit wenigen Minuten fort. Kehrte er zurück? «Entrez!»

«Madame.» Joseph, einer der beiden Domestiken, die den Türdienst versahen. «Verzeihen Sie, dass ich ...»

Ein Poltern aus dem Salon im Rücken des Hausdieners. Im nächsten Moment ein Aufkeuchen, ein Schmerzenslaut, geknurrte Worte, die Albertine de Rocquefort ihrem Personal entschieden nicht gestattete. Und noch etwas anderes, eine andere Stimme, doch das waren keine Worte. Aus dem Augenwinkel sah sie, wie die Kurtisane langsam in die Höhe kam.

«Merde! Lass mich ...» Der andere Domestik, aus dem Salon.

Schon war Madeleine Royal an der Vicomtesse vorbei. Albertine de Rocquefort folgte, während Joseph rasch beiseite wich.

«Was zum Himmel ist hier ...» Albertine verstummte.

Der jüngere der beiden Hausdiener stand im Salon und presste die rechte Hand vor die Brust, umklammerte sie mit den Fingern der linken. «Sie ... Sie hat mich *gebissen*!»

Sie. Ein kleines Mädchen, ein Gossenmädchen, sechs oder sieben Jahre alt. Die struppigen Haare standen nach allen Seiten ab; das Kleidchen musste einmal in einen Bürgerhaushalt gehört haben. Die Kleine hatte sich mehrere Schritte von dem Domestiken entfernt, ihre Augen funkelten, doch sie sagte kein Wort. Jetzt entdeckte sie die Kurtisane, und ihre Miene hellte sich auf.

«Ich darf davon ausgehen, dass das Ihr Kind ist?», bemerkte Albertine de Rocquefort.

«Sie gehört zu mir», murmelte die Kurtisane. Was keine zufriedenstellende Antwort darstellte. Mit raschen Schritten ging Madeleine Royal auf das Mädchen zu.

«Yve, woher wusstest du …» Sie brach ab. «Nein, natürlich wusstest du, wo ich bin. Du hast den Brief gebracht. Aber was …»

Sie verstummte. Die Kleine presste die Lippen zusammen, ein konzentrierter Ausdruck, der Albertine für eine Sekunde an jemanden erinnerte, doch schon war er wieder fort. Das Mädchen holte Luft, hob dann die Hände und legte sie vor der Brust wie zu einem Dach zusammen, hielt inne, wies auf sich, dann auf Madeleine.

«Ein Haus», murmelte die Kurtisane. «Das Haus am Boulevard de Clichy.»

Albertines Brauen zogen sich zusammen. Wozu dieses Gestikulieren? Das Mädchen war *stumm*? Sie sah genauer hin. Der Blick der Kleinen war auf Madeleine Royal, auf deren Lippen gerichtet. Stumm *und* taub.

Das Mädchen streckte zwei Finger in die Höhe, ballte dann die Fäuste, reckte die Schultern: *zwei Männer*. Eine Faust, jetzt nur locker geschlossen. Sie zuckte vor, hierhin, dorthin, als ob sie …

«Sie hatten Messer», übersetzte die Frau. «Und sie wollten zu mir?»

Ein Nicken, mit sehr ernstem Gesichtsausdruck, dann ein Moment des Zögerns, bevor das Mädchen sich von neuem zu konzentrieren schien. Die Gesten für die beiden Männer, dann ein Schritt zur Seite. Die Kleine zupfte an ihrem Rock, strich sich durch das zottelige Haar.

«Eine Frau war bei ihnen», flüsterte Albertine. Die Kleine beschrieb einen Kussmund. «Eine hübsche Frau?»

Der Blick der Kleinen blieb auf die Kurtisane gerichtet. Eine Bewegung, als ob sie etwas – oder *jemanden* – vor sich her stieße.

Madeleine Royals Haltung war aufs äußerste angespannt. «Sie haben die Frau gezwungen, sie zu begleiten? Vor meiner Wohnung?» Zwei Mal Nicken. «Kanntest du die Frau? Hast du gesehen, wohin sie sie …»

Kopfschütteln, dann ein Nicken, dann schien die Kleine unschlüssig innezuhalten. Ihr Blick ging durch den Raum, und … Er fiel auf die Vicomtesse, hielt inne. Das Kind riss die Augen auf. Nicht auf übertriebene Weise diesmal, sondern in purer Überraschung. Ein plötzliches eisiges Gefühl begann sich in Albertine de Rocquefort auszubreiten, noch bevor das Mädchen den Arm hob, auf sie wies, die Hand auf Nasenhöhe brachte, als ob sie eine Körpergröße andeuten wollte.

«Die Frau sah aus wie ich», flüsterte Albertine. «Aber sie war kleiner: *jünger*.»

Die Karte. Die Karte, auf der Friedrich von Straten eine Adresse notiert hatte: *Madeleine Royals Adresse*, an der er an diesem Nachmittag zu finden sein würde. Albertine hatte nur einen Blick darauf geworfen, sich die Adresse eingeprägt, sie an Marguerite zurückgegeben. Marguerite, die mit den Mädchen auf der Exposition geblieben war.

«Mélanie», flüsterte sie. «Sie haben meine Tochter.»

***

Zündung in 2 Stunden, 53 Minuten
Im Dunkeln – 31. Oktober 1889, 21:07 Uhr

Als Lucien das nächste Mal zu Bewusstsein kam, war etwas anders.

Es war nicht das Licht. Noch immer herrschte unbestimmtes Grau um ihn her, das es unmöglich machte, wirklich etwas zu erkennen. Eine gewisse Unruhe und eine beiläufige gelbliche Tönung verrieten, dass der schwache Schimmer von einer Petroleumlampe stammte. Auch waren es nicht die Geräusche. Die gedämpften Stimmen von Dodo und der alten Martha. Der Hall machte es schwierig, die Worte zu deuten. Und schließlich waren es auch nicht die Schmerzen, das fiebrige Pochen in seiner linken Hand, der beißende Schmerz in den Ohrläppchen und das dumpfere, an- und abschwellende Gefühl in seinem Hinterkopf: jene Verletzung, die er sich ganz zu Beginn zugezogen hatte, als er, an den Stuhl gefesselt, den Versuch unternommen hatte, die Verschnürung zu sprengen. Und ausgerechnet dieser Schmerz war es, der ihn daran hinderte, klar zu denken. Er hob die Hand, um seinen Schädel zu betasten …

Und in diesem Moment wurde ihm klar, *was* anders war. Er war nicht länger gefesselt, nicht länger fixiert auf der Folterbank. Er lag in gekrümmter Haltung am Boden, halb auf der Seite, und klamme Kälte strömte aus dem unebenen, feuchten Untergrund in seinen Körper, ließ ihn zusammenzucken, als er versuchte, sein rechtes Bein zu bewegen.

Es war kalt, schrecklich kalt, er spürte die Weite eines geräumigen Gewölbes, und ein Geruch nach Moder stieg in seine Nase. Mit einem Mal war kein Zweifel möglich: Er befand sich in den Pariser Katakomben.

Irgendwie mussten sie ihn auf die andere Seite des Flusses geschafft haben. Wie auch immer sie das angestellt hatten. Doch es war dunkel gewesen zum Zeitpunkt seiner letzten Erinnerung an die Welt dort draußen. Der Garten des Chou-Chou hatte im Zwielicht gelegen, als er die Tür von Maternes Büro geöffnet hatte und Madeleine ...

Madeleine! Auf einen Schlag war alles wieder da. *Wenn sie einen Kunden hat, töten Sie ihn. Aber sie bringen Sie uns lebend.* Lucien hatte sie verraten, musste unter der Folter ihren Namen geschrien haben. Und natürlich wussten der Türsteher und die Alte, wo Madeleine Royal wohnte, und der affektierte Mensch, mit dem sie getuschelt hatten, hatte ihnen seine Mitarbeiter zur Verfügung gestellt, um sie herbeizuschaffen. Waren die Männer bereits zurück? Unter Schmerzen stemmte er sich auf den Ellenbogen, lauschte.

«... hat er also gelogen.» Dodos Stimme. «Monsieur Materne hat gesagt, soll ich die Zunge rausschneiden, wenn einer lügt. Ist gar nicht so einfach, die Zunge rauszuschneiden. Soll ich's trotzdem versuchen?»

Zischende Laute. Martha, doch Lucien konnte ihre Worte nicht verstehen.

«Hat er aber gesagt, dass ...» Diesmal wurde der Türsteher mitten im Satz unterbrochen, und was immer die Alte auch von sich gab: Es klang aufgebracht. Lucien spürte, wie sein Herz sich überschlug. Irgendetwas musste nicht funktioniert haben. War Madeleine ihnen durch die Finger geschlüpft?

«Müsste ich dann also *den beiden* die Zunge rausschneiden.» Dodo, in gedankenschwerem Tonfall. «Bernard und dem Lächler. Der Lächler sieht noch aus wie früher, finden Sie nicht, Madame Martha? Lächelt immer noch.» Pause. «Wobei: Haben sie eigentlich gar nicht gelogen. Nur das falsche Mädchen gebracht.»

Lucien horchte auf. *Das falsche Mädchen?*

«Jetzt halt endlich den Mund, du Holzkopf!» Mit einem Mal konnte er die alte Frau deutlich verstehen. Sie musste sich umgedreht haben. «Ich muss nachdenken. Hast du gesehen, was sie anhat? Das ist eine Mademoiselle, nach der man suchen wird. Und das können wir nicht gebrauchen. Allerdings könnte sie gleichzeitig eine Mademoiselle sein, für die man zahlen wird, damit sie wieder freikommt.»

«Stimmt. Müssten wir dann nur wissen, wo sie herkommt. Soll ich sie überzeugen, damit sie verrät?»

Das Wort überzeugen in einem Tonfall, bei dem sich Lucien der Magen umdrehte. Denn es war ein Tonfall, den er kannte. Wenn eine Hure im Chou-Chou es wagte, einem besonders ausgefallenen Wunsch eines Kunden zu widersprechen, wurde Dodo hinzugebeten, um sie zu überzeugen.

Ein Laut in seinem Rücken: ein zitterndes Wispern, unmoduliert, sodass keine Worte zu unterscheiden waren. Kein Flüstern. Eher ein unterdrücktes Wimmern. Ganz langsam drehte er sich um, biss die Zähne aufeinander, als die Finger der verletzten Hand den Boden streiften.

Sie war so nahe, dass er sie hätte berühren können. Sie sah schmal aus und verletzlich, ganz in helle Farben gekleidet, drückte einen Hut mit ausladender Krempe schützend vor die Brust, aus dem eine abgeknickte Straußenfeder ragte. Ihr Rücken presste sich gegen die Wand, die Knie waren an den Leib gezogen, dass der Saum ihres Kleides bis über die Knöchel nach oben gerutscht war. Rasch wandte er den Blick ab, und wie von selbst traf er auf ihre Augen, die aufgerissen waren in Angst. Eine Mademoiselle? Sie war beinahe noch ein Kind. Und er kannte sie.

Lucien war ihr bereits nahe gewesen, nur wenige Schritte entfernt, obwohl er bezweifelte, dass sie sich an ihn erinnern konnte. Seine Gestalt war unter dem Tuch aus dunklem Gewebe verborgen gewesen an jenem Tag, da er seine Kamera in einem Café in Chantilly aufgestellt hatte, um zum Entzücken des Betreibers Aufnahmen des Interieurs anzufertigen.

Diese Mademoiselle: Schon damals war ihm die Ähnlichkeit mit ihrer Mutter aufgefallen. Und doch war das Mädchen vollkommen anders als Albertine de Rocquefort, zarter und weicher mit seinem feinen, beinahe weißen Haar, sehr viel scheuer – und auf eine ganz bestimmte Weise bezaubernd. Es war dieser Punkt gewesen, an dem er seinen Gedanken verwehrt hatte, den einmal eingeschlagenen Weg fortzusetzen.

Und jetzt war dieses Mädchen hier. Anstelle von Madeleine. Wie war das geschehen? – Spielte das eine Rolle? Es war hier, und Dodo bereitete sich darauf vor, zu seiner Überzeugungsarbeit anzusetzen.

«Ma...» Seine Lippen hatten sich geöffnet. Kam überhaupt ein verständlicher Ton heraus? Ihre Augen, immerhin, bewegten sich in seine Richtung, mit einem Ausdruck, der nicht vollständig im Hier und Jetzt war. Er räusperte sich. Leise. Der Türsteher und die Alte schienen für den Moment nicht auf sie zu achten. Ihr Disput hatte an Lautstärke zugenommen. Doch was wollte er dem Mädchen überhaupt sagen?

«Keine Angst, Mademoiselle», murmelte er. «Ich bin hier.»

Ihr Gesichtsausdruck veränderte sich höchstens um eine Winzigkeit. Wer hätte es ihr verdenken können? Lucien Dantez musste aussehen wie ein Häuflein Elend. Er *war* ein Häuflein Elend mit seiner verkrüppelten Linken, seinen verkohlten Ohrläppchen, seinen von übelriechender Feuchtigkeit durchnässten Beinkleidern.

«Sie ...» Er hatte Mühe, die Worte zu formen aus seinen zerschundenen Lippen. «Was auch immer die beiden Sie fragen», wisperte er. «Reden Sie. Sagen Sie die Wahrheit. Wenn Sie irgendeine Chance haben, hier lebendig ...»

«... geht das endlich in deinen Holzschädel?» Die Stimme der alten Martha wurde mit jedem Wort lauter. «Es reicht nicht aus, wenn sie sie lebendig zurückbekommen. Wenn du sie dir vornimmst, hat sie keinen Wert mehr.»

Lucien schluckte. Er wollte nicht länger zuhören. Und schlimmer war, dass das Mädchen jedes Wort mit anhörte.

«Das ...» Er räusperte sich. «Das werde ich nicht zulassen. Sie müssen ...» Seine Gedanken überschlugen sich. Er hatte Madeleine gerettet. Es musste irgendeine Möglichkeit geben, auch dieses Mädchen zu retten. Dodo und die Alte hatten ihn losgebunden. Er hatte Madeleine verraten; ihnen musste klar sein, dass sie mehr nicht von ihm erfahren würden. Und für ihn würde niemand zahlen, damit er freikam; er war dem Tode geweiht, so oder so. Wenn es ihm gelang, die beiden für einige Sekunden abzulenken ... Wenn er der Tochter der Vicomtesse die Gelegenheit zur Flucht verschaffen konnte ... Doch die Katakomben waren ein Labyrinth, in das sich selbst die übelsten Galgenstricke der Stadt nicht ohne Not wagten. Es wäre gnädiger, ihr mit eigener Hand die Kehle durchzuschneiden.

Lucien stützte sich auf die unverletzte Hand, kam mühsam auf die Knie. Er hatte keine Chance gegen den Türsteher, doch er musste es versuchen. Die andere Hand. Wenn er den Boden nur ganz vorsichtig berührte ...

Ein Fuß. Ein Fuß in einem altmodischen Lederschuh, dessen Spitze mit einem Mal Zentimeter über seinen zerschundenen Fingern schwebte.

«Monsieur Dantez?» Madame Martha sah auf ihn herab, mit einem äußerst interessierten Gesichtsausdruck. «Sie hatten darüber nachgedacht, uns zu verlassen?»

Er hatte darüber nachgedacht, der alten Hexe den Hals umzudrehen. Doch das sagte er nicht laut. Es gab nichts mehr, das er sagen, das er tun konnte. In seinem Zustand würde selbst die Alte mit ihm fertigwerden.

Sie musterte ihn. Schien plötzlich ganz leicht zusammenzuzucken. Hinter ihr ein gedämpfter Laut: wie Luft, die aus einem mechanischen Ventil entwich. Dodo zweifellos, der sich bereit machte für seine Überzeugungsarbeit. Die alte Martha sah den Fotografen an, und für einen Moment hatte er das Gefühl, dass sich ihr Blick auf eine schwer zu deutende Weise veränderte. Sie beugte sich unsicher nach vorn und ...

Er rollte zur Seite. Eben noch rechtzeitig. Eben noch rechtzeitig, bevor der greise Leib nach vorn kippte, in sich zusammensackte. Lucien blickte auf den Nacken der Alten, aus dem das Heft eines Messers herausragte.

Ein wortloser Laut von seinen Lippen. Im selben Moment nahm sein Blick etwas wahr, einen Umriss im Schatten des klobigen Tisches, der Folterbank, auf der er seine Qualen erlitten hatte. Ein Umriss, der sich ebenfalls nicht mehr regte, und obwohl Lucien kein Messer erkennen konnte, wusste er, dass auch Dodo sein tumbes Leben ausgehaucht hatte.

Noch weiter hinten verlor sich die geräumige Felsenkammer in den Schatten. Ein Gang, der in den Raum mündete: Der Widerschein des Lichtes konnte ihn nicht erreichen. Die Petroleumlampe hing in einer improvisierten Halterung zwei Schritte von Lucien Dantez entfernt. Und doch glaubte er in der nahezu vollkommenen Finsternis etwas auszumachen, einen noch etwas tieferen Schatten, eine Gestalt, nein, zwei Gestalten.

Ihre Retter? Polizei und Gendarmerie, die gekommen waren, Maternes Erben das Handwerk zu legen? Er wusste, dass das nicht so war. Das eisige Gefühl auf seinem Nacken war deutlich. Die Mitarbeiter. Bernard und der Lächler, die Schergen, die der unheimliche Fremde Martha zur Verfügung gestellt hatte.

Eine raue Stimme, die sich an der felsigen Höhlung brach. Sie sagte nur ein einziges Wort: «*Lauft!*»

***

ZÜNDUNG IN 2 STUNDEN, 47 MINUTEN
**Der Turm der Welt, Paris, 7. Arrondissement –
31. Oktober 1889, 21:13 Uhr**

Unter Friedrich von Straten breitete sich die Nacht und mehr als die Nacht. Der Champ de Mars war ein Taumel von Lichtern, die Galerie des Machines ein in tausend Facetten geschliffener Edelstein. Die tiefere Dunkelheit des gewundenen Flusslaufs teilte die Stadt in zwei Hälften, durchzogen von den geometrischen Linien der Boulevards, an denen sich Lichter reihten wie Perlen an einer Schnur.

Hatte er etwas Schöneres gesehen in seinem Leben? Eiffels Turm mochte im Betrachter Staunen auslösen, Bewunderung angesichts der kühnen, stählernen Konstruktion. Welch ganz anderes Gefühl stellte sich jedoch ein, wenn man nahe der Spitze dieses Turmes verharrte, der samtene Schleier der Nacht seinen Zauber über die Stadt breitete und eine Ergriffenheit sich in das Herz des Schauenden senkte, ganz gleich, welche Gedanken es eben noch beschwert haben mochten.

Ich bin kein Deutscher. Ich bin Franzose. Ich bin ein Bonaparte. War all das nicht weit fort? Erschien es nicht unbedeutend, wie ein einzelnes unter Tausenden von Lichtern, das man nach Belieben dort unten zurücklassen konnte? Und sei es nur für den Moment, den sich Friedrich an den Rand der festlichen Gesellschaft verzogen hatte, auf der obersten Plattform des stählernen Turms.

«Dreihundert Kilometer.»

Er fuhr herum. Ein Mann, mittelgroß, die dunklen Haare über der hohen Stirn bereits zurückweichend. Ein Gesicht, das schwer im Gedächtnis blieb, sodass selbst Friedrich zweimal hinsehen musste: *Fabrice Rollande!*

Sein Kontaktmann musterte ihn, gab sich keine Mühe, es zu verbergen, nickte dann knapp. «Dreihundert Kilometer. – Sie haben eher Richtung Belgien geschaut. Noch eine Idee weiter nach rechts.»

Friedrich straffte sich. «Wovon reden Sie?»

«Ich bin mir gerade nicht sicher, ob Sie mir genau dieselbe Frage vor achtundvierzig Stunden schon einmal gestellt haben. Wenn das so war, war sie zu jenem Zeitpunkt ehrlich. – Sie lernen schnell, *Frédéric-Napoleon*.»

Friedrich konnte ein Zusammenzucken nicht vollständig unterdrücken. Nicht, weil der Mann soeben eingestanden hatte, dass er tatsächlich um seine Herkunft wusste. Das hatte nicht ernsthaft in Frage gestanden. Sondern weil der Seidenhändler ihn mit jenem Namen ansprach, den auch Madeleine Royal gewählt hatte. War es so selbstverständlich, unter welchem Namen der nächste Bonaparte den Thron des französischen Kaiserreichs besteigen würde?

Wachsam gingen seine Augen über Rollandes Schulter. Dutzende von Menschen bevölkerten die oberste Plattform des Turmes: Taft und Seide, funkelnde Juwelen, schwer mit Orden behängte Uniformen. Kabinettsminister samt ihrer Gemahlinnen, Würdenträger aus dem Ausland. Graf Drakenstein war in ein Gespräch mit dem Erben des Erben des Britischen Empire und dessen Adjutanten vertieft, den er eigenhändig in einem der fahrbaren Stühle aus dem obersten der hydraulischen Aufzüge geschoben hatte. Eine unkonventionelle Form der Annäherung an eine der wenigen anderen verbliebenen Weltmächte.

«Keine Sorge, *Sire*.» Rollande, in ruhigem Tonfall. «Wie Sie wissen, ist meine Profession kein Geheimnis in dieser Stadt. Unwahrscheinlich, dass wir unvermittelt in die Gewehrläufe wackerer junger Herren in Uniform blicken.» Ein Zögern, dann deutlich vernehmbarer: «Und genauso wenig in die Waffen der beiden jungen Herren dort drüben, die ihre Abendanzüge mit einer Überzeugungskraft tragen, als wären sie zu Gast auf einem Kostümball. – Oh, jetzt schauen Sie weg.» Ein Seufzen. «Es gab eine

Zeit, da man sich durch eine gewisse Kaltblütigkeit auszeichnete, wenn man auf unserem Felde tätig war. Offensichtlich ist sie Vergangenheit.» Er schüttelte den Kopf. «Mit einem Satz: Seit vorgestern Nacht hat sich wenig geändert. Ausgenommen das nicht vollständig unbedeutende Detail, dass Ihnen nun also klar ist, warum Sie hier sind. – Sie kennen das Dokument?»

Nur ein kurzer Blick zu Friedrich. Eine Antwort schien nicht notwendig. «Gut. In Teilen des Apparats existierten Zweifel, doch ich war mir sicher, dass wir mit diesem Vorgehen erfolgreich sein würden. Welche Entwicklungen damit möglich werden, dürfte Ihnen bewusst sein. Die Franzosen sind bis heute nicht richtig warm geworden mit der Republik. Den Thronanspruch der Bonapartes offen ins Feld zu führen, hat bisher die Uneinigkeit der kaiserlichen Vettern verhindert. Eine Uneinigkeit, die von diesem Tage an keine Rolle mehr spielt. Der Wille Ihres Vaters ist staatsrechtlich bindend dokumentiert. Einsprüche haben Sie nicht zu fürchten.» Ein nachdenklicher Blick über die Festgesellschaft. «Dass einige der heute Abend Anwesenden offenbar etwas umfassender im Bild sind, als zu erwarten war, braucht uns nicht zu stören. Im Großen und Ganzen, *Sire*, ließe sich wohl behaupten, dass unsere Mission bis zu diesem Punkt ein Erfolg war.»

«Dann sind Sie also zufrieden?» Kälte sprach aus Friedrichs Stimme. «Zufrieden, weil ich ganz genau die Schritte gemacht habe, die Sie sich ausgerechnet haben, nachdem Sie mir die Augen verbunden und mich blind durch diese Geschichte haben stolpern lassen?»

«Aber *Sire*.» Im Tonfall einer milden Rüge. «Wenn Sie es nur für einen Moment vom Ende her betrachten: Können Sie leugnen, dass es funktioniert hat? Sie waren ein Hauptmann in einer Abteilung des Generalstabs, von der kein Mensch je gehört hat – und wo sind Sie *jetzt*? Jeder einzelne unserer Schritte, *votre Majesté*, war einzig und allein in Ihrem Interesse, bis nun, heute Nacht, die Masken fallen. Da es an Ihnen ist, den großen Sprung zu wagen. Von diesem Moment an ...» Er hielt inne, musterte Friedrich eindringlich. «Die Vorbereitungen laufen seit Monaten. Von diesem Moment an benötigen wir nicht mehr als Ihr Wort. Und es kann beginnen.»

Friedrich starrte ihn an. Natürlich hatte er damit gerechnet, dass Rollande an diesem Abend vor ihm stehen würde. Unter keinen Umständen sollte der Mann ihn noch einmal auf dem falschen Fuß erwischen. Und dennoch war es ihm gelungen. «*Heute?*», flüsterte Friedrich. «*Jetzt?*»

«Heute Nacht.» Nun doch in gedämpfterem Tonfall. «Polizei und Gendarmerie haben die Stadt zu sichern und das Gelände der Ausstellung dazu. Auf einen Umsturz ist niemand vorbereitet, und eine solche Gelegenheit wird nicht wiederkehren. Eine Liste geneigter Offiziere trage ich bei mir. Ihre Loyalität wird demjenigen gehören, auf den ich mit dem Finger zeige. Den führenden Vertretern der bonapartistischen Partei werden bestimmte Dokumente genügen, beglaubigte Abschriften aus dem Kirchenbuch der katholischen Gemeinde in Königsberg, die Sie als Sohn Ihrer Mutter ausweisen, geboren im Winter des Jahres 1863, Name des Vaters zu jenem Zeitpunkt nicht bekannt. Sie werden sich erinnern, *Sire*, dass meine Kuverts Sie noch niemals enttäuscht haben.» Unverwandt betrachtete er Friedrich, der kein Wort erwiderte.

Rollande hob die Schultern. «Für den Zulauf unter dem einfachen Volk bürgt der Name *Bonaparte*, und binnen achtundvierzig Stunden werden Sie über reguläre Truppen verfügen, bereit, für den legitimen Herrscher Frankreichs zu den Waffen zu greifen. Weniger als dreihundert Kilometer in *dieser* Richtung liegt das Elsass, wo sich in den vergangenen Tagen Regimenter aus der preußischen Rheinprovinz gesammelt haben. Dem Reich liegt es *selbstverständlich* fern, in einem souveränen Staat militärisch zu intervenieren. Sollte allerdings das rechtmäßige Oberhaupt dieses Staates Berlin um Hilfe ersuchen ...» Einen Augenblick Schweigen. «Die Angelegenheit wäre neu zu bewerten. Ein Chaos jenseits der Grenze kann nicht im Interesse des Deutschen Reiches liegen.»

«Sie vergessen, wer ich bin!» Friedrich konnte die Bitterkeit nicht aus seiner Stimme heraushalten. «Wer ich bis vor kurzer Zeit *war*. Ein Chaos jenseits der Grenze ist das Beste, was dem Deutschen Reich passieren kann. Jeder Schuss, den ein Franzose auf einen anderen Franzosen abgibt, wird dafür sorgen, dass dieses Land auf absehbare Zeit ausfällt als ernsthafter Konkurrent für das Deutsche Kaiserreich.»

«Ist das so?» Das Lächeln war nun eine Spur deutlicher. «Nun, die Unterstützung für eine Wiedereinsetzung der Bonapartes mag in den vergangenen Jahren gewachsen sein, doch die Zeiten Ihres Vaters und Ihres Großonkels sind dennoch vorüber. Noch einmal wird man Ihnen die Krone nicht ohne Gegenwehr ausliefern. Sie werden Hilfe brauchen. Und vielleicht ist es ja der Augenblick, da Sie sich darauf besinnen, wer Ihr ganzes Leben lang auf Ihrer Seite stand.»

«*Auf meiner Seite?*» So heftig, dass eine der Damen einige Schritte entfernt den Kopf in Friedrichs Richtung wandte. Rasch sah er zurück zu Rollande. «Sie haben alles gewusst!», zischte er. «Sie selbst und wer auch immer Ihnen Anweisungen erteilt! Vom Tage meiner Geburt an! Und *mir* haben Sie sämtliches Wissen vorenthalten! Und wenn Sie nicht beschlossen hätten, dass die Gelegenheit günstig ist, würde ich jetzt für meinen Ziehvater die Säcke der Roggenernte zählen!»

Rollande sah ihn an, mit geduldiger Miene. Dann ein Heben der Augenbrauen: *Fertig?* «Wenn das Ihre Einschätzung ist, *Sire* ...», sagte er mit leiser Stimme. «Wobei Sie natürlich auch bedenken könnten, dass die Bonapartes nicht allein Freunde haben, sondern ebenso *Feinde*. Feinde, die ein erhebliches Interesse daran haben müssten, die unliebsame Karte namens *Frédéric-Napoleon* komplett aus dem Spiel zu nehmen. Die Anhänger der Republik, dazu die Bourbonen und die Orleans. Vor allen Dingen aber Ihre geschätzten Verwandten, die anderen Zweige der Bonapartes, welche der kaiserliche Erlass so perfide nach hinten geschoben hat. Was wäre wohl geschehen, hätten diese Leute Kenntnis erlangt von Ihrer Existenz, Ihrem Aufenthaltsort? Vor fünfzehn oder zwanzig Jahren? Das Leben kleiner Kinder ist jeden Augenblick in Gefahr.» Noch leiser. «Wägen Sie ab. Mit Sicherheit werden Sie heute noch weitere ... interessante Vorschläge erhalten, doch unser Angebot steht. Heute Nacht, *Sire*, steht es. Bedenken Sie einfach, wem Sie es zu danken haben, dass Sie noch am Leben sind.»

Ein Nicken, das Friedrich knapp erwiderte. Er sah der Gestalt hinterher, die sich schlendernden Schrittes entfernte. *Warum* war er noch am Leben? Weil die Deutschen vorsichtig waren. Weil der alte Bismarck immer einen zweiten oder dritten Plan in der Schublade hatte. Einen Trumpf, den man jetzt ausspielen konnte, um dann abzuwarten, wie sich *Frédéric-Napoleon* auf dem Thron des wiedererrichteten Französischen Kaiserreichs gebärdete. Sollte er einen Weg einschlagen, der den deutschen Absichten entgegenstand, konnte man immer noch entscheiden, ob es weiterhin den deutschen Interessen diente, dass er am Leben blieb.

Sein Blick glitt über die Gästeschar. Es war ein unwirkliches Gefühl: Dutzende von Menschen in festlichen Kleidern, dreihundert Meter über dem Boden auf einer Plattform, die die Ausmaße eines mittelgroßen Ballsaals besaß. Und die gen Himmel strebende Konstruktion zu ihren Füßen bestand nicht etwa aus solidem Mauerwerk, sondern aus einem Gerüst von Stahl. Im dritten und letzten der hydraulischen Aufzüge, die die Gäste nach oben befördert hatten, hatte er zwischen den Verstrebungen hindurch in die leere Luft blicken können. Eiffels Turm war eine einzigartige Leistung des Ingenieursgeistes, und es war nur angemessen, dass die Zeremonie an diesem Ort stattfand, der Präsident und sein Sekretär höchstpersönlich jene letzte große Sensation präsentieren würden, über die die Stadt seit Tagen orakelte.

Personal in Livree, ausgesuchter Wein aus kristallenen Gläsern, Damen der Gesellschaft, die dem Anlass entsprechend ihre verlockendste Garderobe angelegt hatten. Und doch war etwas nicht so, wie er erwartet hatte. Waren es die Gardisten? Es verstand sich von selbst, dass ein Ehrengeleit anwesend war, wenn das Oberhaupt der Französischen Republik einen Anlass beehrte und Dutzende hoher Würdenträger von mehreren Kontinenten dazu. Doch Gardisten in einer solchen Zahl, die neueste Generation von Schnellfeuergewehren an der Seite? Auch das unwillige Murmeln am Aufzug war ihm nicht entgangen. Herrschaften, wie sie hier versammelt waren, waren es entschieden nicht gewohnt, einer Durchsuchung unterzogen zu werden.

Nein, die für die Sicherheit Verantwortlichen gingen kein Risiko ein. Friedrich sah Anspannung auf den Gesichtern, die er der Polizei zuordnete, der Gendarmerie oder der *garde republicaine*. Er sah einen korpulenten Mann mit gerötetem Gesicht, der mit dem Rücken gegen das brusthohe Geländer lehnte und die Versammlung mit misstrauischen Blicken musterte. Der Präfekt der Polizei, der ihm im Trocadéro vorgestellt worden war. Nahezu auf der gegenüberliegenden Seite der Plattform ein hoher Offizier der Gendarmerie, von hagerer Gestalt. Den aufgezwirbelten Schnurrbart und den Kinnbart trug er in jener *façon* wie Friedrichs Vater, und aus seiner Haltung sprach genau derselbe Argwohn, genau dieselbe Unruhe, die auch den Polizeipräfekten auszeichnete.

Meinetwegen? Wenn Rollande einen Umsturz noch in dieser Nacht für möglich hielt, dann hatten sie allen Grund zum Argwohn. *Doch warum sieht dann keiner von ihnen in meine Richtung?* Hätte Friedrich nicht *spüren* müssen, wenn sich immer wieder Augen in seine Richtung bewegt hätten? Es war, als ob da noch etwas ganz anderes wäre, etwas Ernsteres und Tödlicheres. Etwas, das die Anspannung würde erklären können, die über Teilen der Festgesellschaft zu liegen schien. Als wenn Longueville die Order ausgegeben hätte ...

«Eine solche Miene an einem solchen Abend, Herr Hauptmann?»

Friedrich drehte sich um. Der außerordentliche Sekretär stand vor ihm, und natürlich hatte er den Gast aus Berlin und Potsdam wiederum auf Deutsch angesprochen. Hatte Friedrich ihn nicht vor wenigen Minuten noch in der entgegengesetzten Richtung ausgemacht, im Gespräch mit dem italienischen Botschafter, dem Vertreter des österreich-ungarischen Kaiserhauses? Doch inmitten der Plattform strebte die äußerste Spitze des stählernen Turms in die Höhe, mit mechanischen Aufbauten, gewaltigen elektrischen Leuchten, die ihr Licht auf die Festgesellschaft warfen. Was auf der anderen Seite vor sich ging, blieb unsichtbar. Es war ohne weiteres möglich, einmal die Runde zu machen, sich unauffällig von hinten zu nähern.

Ruhig erwiderte Friedrich Longuevilles Blick, doch es war eine Ruhe, die Kraft kostete. Vor ihm stand der Mann, der Madeleine seinen Schergen überantwortet hatte, und der Wunsch war übermächtig: Longueville mitteilen, dass die Kurtisane unter seinem, Friedrichs, Schutz stand. Einen Schlag auf die Wange, und morgen bei Sonnenaufgang würden sie die Sache wie Ehrenmänner ausfechten. Wann war es geschehen? Wann hatte er aufgehört, in Begriffen von Ehre zu denken, und begonnen, sich in einen Diplomaten zu verwandeln? Er biss die Zähne aufeinander.

«Nun ...» Longueville, nachdenklich. Konnte er ahnen, woran Friedrich gedacht hatte? Unmöglich. Woher hätte der Mann auch nur von seiner Verbindung zu Madeleine wissen sollen? «Ich denke, Ihre Antwort ist eindeutig», bemerkte der Sekretär. «Oder sagen wir: die Abwesenheit einer

Antwort. Sie wissen es also.» Eine Sekunde Schweigen. «Die Vicomtesse ist bereit, Ihnen die Urkunde auszuhändigen.» Eine einladende Handbewegung, sich noch etwas weiter von den Festgästen zu entfernen.

Stumm ging Friedrich neben ihm her. Rollande hatte es vorhergesagt: *Frédéric-Napoleon* würde an diesem Abend noch weitere Angebote erhalten. Wie würde das Angebot des außerordentlichen Sekretärs aussehen?

In einem Winkel der Plattform blieb Longueville stehen. Mehrere Meter über ihnen warfen elektrische Scheinwerfer Lichtbahnen in den Himmel, veränderten ihre Ausrichtung, schienen jetzt ein Areal der Stadt, dann einen Abschnitt des Firmaments einzufangen. Techniker balancierten in schwindelerregender Höhe zwischen den Aufbauten, um den Mechanismus zu lenken.

Longueville warf nur einen kurzen Blick in diese Richtung. «Wir wussten bereits seit einer Weile von diesem Schriftstück, und in einer Hinsicht bestand auf allen Seiten Einigkeit.» Erneut betrachtete er Friedrich, formulierte langsam und sorgfältig, als er fortfuhr. «Wenn es bekannt würde, würden die Auswirkungen beträchtlich sein. Bourbonen und Orleans hatten ihre Chance. Von ihnen spricht niemand mehr. Schauen Sie sich Joinville an.» Ein Blick in Richtung des taubstummen Prinzen, der eine höfliche Miene auf dem Gesicht trug, während Isabella von Spanien ihn offenbar mit einem Wortschwall eindeckte. Kopfschütteln. «Dieser Mann ist ein Orleans, ein Sohn von Louis-Philippe. Eine absurde Vorstellung. Die einzigen ernsthaften Anwärter auf den Thron dieses Landes stellen in unserer Zeit die Bonapartes dar, in jenem Augenblick, da sie mit *einer* Stimme sprechen. Und nunmehr werden sie mit einer einzigen Stimme sprechen. Und nicht wenige Franzosen dürften zu der Überzeugung kommen, dass das eine positive Entwicklung darstellt.»

«Eine denkwürdige Aussage für einen Diener der Republik», bemerkte Friedrich.

«Einen Diener Frankreichs – Herr Hauptmann.» Eine winzige Pause vor der Anrede. Beinahe widerwillig musste Friedrich dem Mann einen gewissen Respekt zollen. Kein *Sire*, kein *Frédéric-Napoleon*. «Republik oder Monarchie.» Longueville beschrieb eine wegwerfende Handbewegung. «Was dient diesem Land? Das ist die Frage, die mich leitet. Freiheit, Gleichheit, Brüderlichkeit sind hehre Worte, doch waren die stolzesten Stunden unserer Geschichte nicht immer diejenigen, in denen ein Mann an der Spitze Frankreichs stand, der in der Lage war, den Willen der Nation entschlossen gegen jede Kleingeisterei durchzusetzen? Ein Mann wie der Sonnenkönig, ein Mann wie Ihr Großonkel, der erste Napoleon? Benötigt dieses Land einen solchen Mann nicht dringender denn je in unserer Zeit, da wir uns noch immer nicht vollständig von der Niederlage erholt haben? Nach der Katastrophe von Sedan war die Nationalversammlung kurz davor, die Herrschaft über Frankreich in die Hände des letzten Bourbonen zu legen. Was am Ende wegen Detailfragen nicht zustande kam. Wenn aber die gewählten Repräsentanten dieses Landes bereit waren, zum Wohle der Nation ein solches Angebot zu unterbreiten – dann sollte ein kleiner Staatsbeamter sich einem solchen Schritt verweigern?»

Friedrich schwieg. Von einem kleinen Staatsbeamten konnte der mächtigste Mann hinter dem Präsidenten nicht weiter entfernt sein.

«*Zum Wohle der Nation.*» Tonfall und Miene des Sekretärs veränderten sich schlagartig. «Natürlich beobachten wir Rollande. Und natürlich ist mir bewusst, dass er Ihnen Angebote gemacht hat. Und ebenso natürlich werden Sie den Deutschen gegenüber eine gewisse Loyalität hegen.» Leiser. «Ein Mann, der seinen Eid der einen Seite gegenüber leichtfertig bricht, wird auch jeden anderen Eid brechen. Doch der Mann, der an der Spitze dieses Landes steht ...» Eine winzige Pause. «*Il doit être Français.*» Unvermittelt ins Französische wechselnd. Er *muss Franzose sein.* «Im Blute wie im Handeln. Dieser Mann wird keine andere Loyalität kennen als die Loyalität zu diesem Land. Er wird zuerst an dieses Land denken – und dann an sich selbst und alles andere. Er wird nicht darüber nachdenken, ob er von den Menschen geliebt wird, sondern er wird sich mit jedem Atemzug die Frage stellen, wie er diesen Menschen am besten dienen kann. Denn das wird er tun: dienen. Er wird sich aufzehren für dieses Land. Und wenn die Interessen dieser Nation in irgendeiner Weise berührt werden, wird er keinen Lidschlag zögern, zur Waffe zu greifen. *Wer immer der Gegner auch sein mag.* Einem solchen Mann wird meine Loyalität gehören, und einem solchen Mann wird selbst der Präsident ohne Blutvergießen seine Befugnisse abtreten.»

Unruhe über ihnen. Friedrich blickte in die Höhe. Die Mechaniker machten sich an den Leuchten zu schaffen, schienen sie in eine neue Position zu bringen.

«Der Höhepunkt dieser Monate», bemerkte Longueville. «Der Höhepunkt der Exposition Universelle. Beinahe ist es so weit. Über das, was Sie in Kürze sehen werden, *Hauptmann*, wird morgen die gesamte Welt sprechen. Frankreich hat in den vergangenen Monaten bewiesen, dass es nicht allein die Niederlage verwunden hat, sondern dass diese Stadt bereit ist, von neuem zur Hauptstadt der Welt zu werden. Und aus welchem Stoff der Mann an der Spitze dieser Nation geschaffen sein muss, habe ich Ihnen geschildert. Ihr Großonkel war ein solcher Mann. Ihr Vater war ein solcher Mann in einer ganz anderen Weise. Seine Gesetze zum Schutz der Arbeiter haben sich bemüht, das Los dieser Menschen zu lindern. Seine neuen Straßen, seine Bauten, seine Opern und Ballette haben die Stadt schöner gemacht; seine Balletttänzerinnen konnten die Menschen ihm verzeihen. Dafür war er Franzose. Dass er den Krieg nicht verhindert hat, war ein Fehler. Dass er in Sedan das Unglück hatte, den Geschossen der preußischen Kavallerie zu entgehen – das hat seinen Namen vernichtet, zumindest für eine gewisse Zeit. Denn trotzdem war er ein Mann, der es wert war, an der Spitze dieser Nation zu stehen, und einem solchen Mann würde ich dienen.»

Der Sekretär schwieg. Friedrich spürte einen Kloß im Hals. Das war Gaston Longueville, der Madeleine seinen Schergen überlassen hatte?

«Sollte indessen ...» Der Sekretär rückte einen halben Schritt näher an Friedrich heran, die Stimme so leise, dass sie zum Flüstern wurde. «Sollte indessen jemand nach der Krone greifen, der *weniger* ist als diese beiden Männer – so werde ich ihn zerstören.»

Abrupt trat Longueville einen Schritt zurück. «Hauptmann von Straten.» Eine angedeutete Verneigung und im Plauderton angefügt: «Unsere kleine Überraschung wird Sie beeindrucken.» Auf dem Absatz drehte er sich um und war in Richtung auf die Festgesellschaft verschwunden.

***

Zündung in 2 Stunden, 40 Minuten
Über den Dächern, Paris, 9. Arrondissement –
31. Oktober 1889, 21:20 Uhr

«Beine nach oben! – Höhenseil! – Nach links lehnen!»

Schweiß stand auf Basils Stirn. Seine Finger klammerten sich in das Gestänge, an einer Stelle, von der er sich sicher war, dass sie jedenfalls nicht dafür vorgesehen war. «Du lehnst dich nach rechts!»

«*Mein* links! – Noch weiter! Wir schaffen es!»

Sie schafften es. Um vielleicht zwei Handbreit verfehlte die Spitze der rechten Schwinge den Giebel eines Hauses. Im nächsten Moment gab Minuit die Anweisung, das Höhenseil von neuem zu betätigen – kräftig! –, und Sekunden später gewann der Apparat zögernd wieder an Höhe, in einer nicht uneleganten Rechtskurve.

«Du ...» Basils Zähne schlugen aufeinander. «Du willst mir sagen, du hast *das hier* gebaut und kannst links und rechts nicht unterscheiden?»

«Wer alles allein macht, muss das nicht können.» *Das hier* beschrieb jetzt einen stetigen Aufwärtskurs, grob der Île de Cité entgegen. Schon lagen die Dächer tief unter ihnen. Wie tief, das ließ sich nicht aussagen. Dazu hätte Basil in die bewusste Richtung sehen müssen. «Berneau hat nur grobe Skizzen gemacht», erklärte die junge Frau, «die Feinheiten kommen von mir. Siehst du die Verstrebung davorn? Die hatte er gar nicht drin. Jetzt bricht der Flieger nicht mehr ganz so leicht auseinander.»

«*Nicht mehr ganz so leicht?*» Mit Grausen in der Stimme.

«Nach rechts lehnen! Die Winde über dem Fluss sind tückisch.»

Basil tat wie geheißen, spürte, wie die Maschine sekundenlang Widerstand leistete, die Spannung auf dem Gestänge zunahm. Eine der Verstrebungen – er war sich nicht sicher, ob es diejenige war, auf die sie gewiesen hatte, quer über den Korpus zur rechten Tragfläche – gab ein äußerst unangenehmes Geräusch von sich. Dann, endlich, legte sich die Apparatur sichtbar widerwillig in den Wind.

Der Aeroplan. Eine Konstruktion, die aus einem metallenen Korpus bestand und besonders dicht gewebter Seide, welche sich über die Tragflächen spannte, deren Skelett zum größten Teil aus Bambus gefertigt war, um das Gewicht zu reduzieren. Der Apparat maß gut achtzehn Meter von einer Flügelspitze zur anderen, oder genauer von jeweils einer Flügelspitze zur jeweils anderen, besaß er doch vier davon, vier Flügel, vier Spitzen, zwei links, zwei rechts. Wegen des Auftriebs, wie Minuit dem jungen Briten anvertraut hatte. Irgendetwas müsse die Maschine schließlich in der Luft halten.

In der Luft. Zig Meter, womöglich Hunderte von Metern in der Luft. Mit *Sicherheit* Hunderte von Metern, wenn ihre Mission darin bestand, den Aeroplan der hochwohlgeborenen Gesellschaft zu präsentieren, die sich an der Spitze von Eiffels Turm versammelt hatte. Und noch immer begriff Basil nicht, was sie in der Luft hielt. Es gab einen Motor, eine Angelegenheit voller klebriger Kolben, die sich auf und ab bewegten und ihre Kraft an den Propeller an der Spitze der Maschine übertrugen. *Hélice*, Propeller; das Wort, das die junge Frau gebraucht hatte, obwohl die rotierenden Stahlblätter denkbar wenig von einer Schiffsschraube an sich hatten. Der Zusammenhang, in dem Basil Fitz-Edwards der Begriff geläufig war. Ungefähr so geläufig wie die Tatsache, dass alles, was schwerer war als Luft, wie ein Stein in die Tiefe stürzte.

Nicht unbedingt, hatte Minuit ihn korrigiert. *Nicht wenn es sich schnell genug bewegt. Vögel stürzen nicht in die Tiefe. Vögel sind schnell genug.*

Vögel schlagen mit den Flügeln! Basils Antwort, während er wider besseres Wissen nach der Tragfläche gegriffen hatte, mit aller Kraft, doch das Gestänge hatte gehalten wie ineinandergeschweißt. Weil es ineinandergeschweißt war, unter Einsatz besonders hoher Temperaturen, wie Minuit ihn unterrichtet hatte. Eine jener Entwicklungen, die Berneau vorläufig nicht mit der Welt zu teilen bereit war.

Jedenfalls flog der stählerne Vogel, auf welche Weise auch immer, und eines der kniffligsten Probleme schien in der notwendigen Leistung des Motors zu bestehen. Es war ein Verbrennungsmotor, was bedeutete, dass er ständig gekühlt werden musste, mit Wasser herkömmlicherweise, dessen Gewicht aber wiederum verhindert hätte, dass sich die Maschine überhaupt in die Luft erhob. Das undurchschaubare System, das Berneau und seine Enkelin stattdessen ersonnen hatten, erforderte Minuits ständige ungeteilte Aufmerksamkeit, woraus sich von selbst ergab, dass der Aeroplan von einer Person allein nicht zu fliegen war.

Eine Tonne Wasser, dachte Basil Fitz-Edwards. Oder ich. Keine sonderlich charmante Abwägung. Und wenn er an den Augenblick dachte, als sich die Luken in der obersten Etage von Berneaus neuem Laboratorium geöffnet hatten und der Aeroplan auf abschüssigen Schienen der Nacht und der Tiefe entgegengerauscht war ... Nun. Solange Basil den Blick geradeaus richtete, war es zu ertragen.

Die Stadt lag unter ihnen im Glanz ihrer Lichter. Das menschliche Bewusstsein schrie bekanntlich danach, getäuscht zu werden. *Du stehst auf einem hohen Berg und genießt die Aussicht.* Ein Satz, den er im Geiste gebetsmühlenartig wiederholte. Und der tatsächlich funktionierte. Die meiste Zeit jedenfalls. So lange nämlich, wie die tückischen Winde vom Fluss her nicht auf das achte Arrondissement ausgriffen. Irgendwo unter ihnen musste jetzt die Rue Matignon liegen, ihre Fluchtroute über die Dächer und das Palais der Vicomtesse. Dunst lag über dem dunklen Band des Flusses, und der Turm der Welt stieg im Schimmer seiner elektrischen Lichter aus dem Nebel empor wie etwas, das wahrhaftig einer neuen Zeit, einer neuen Welt anzugehören schien. Einer Welt, in der selbst das Fliegen dem Menschen nicht länger verwehrt war.

Neue Manöver schienen für den Augenblick nicht notwendig zu sein. Ruhig glitten sie dahin, die Geräusche des Propellers hin und wieder verändert, wenn Minuits Finger eine neue, rätselhafte Justierung vornahmen, die Details hinter ihrem schmalen Leib unsichtbar. Und noch immer schwieg sie. Am Himmel trieben Wolkenfetzen dahin, der zur Hälfte sichtbare Mond näherte sich bereits dem Horizont. Jetzt zog der tiefe Schatten eines großen Vogels an der leuchtenden Scheibe vorüber. Eines *sehr* großen Vogels. Eines ...

Das Tier schlug nicht mit den Flügeln. Und die Form dieser Flügel war ungewöhnlich, wie gespalten, wie *gedoppelt.* Starr. Er flog hoch, sodass ein Größenvergleich nicht möglich war, doch aus irgendeinem Grunde wusste Basil, dass der Umriss zu groß war, zu groß für einen Vogel.

«Minuit.» Heiser. – Sie regte sich nicht. – «*Minuit!*» Lauter.

«Ich sehe ihn.» Kaum zu hören. «Ich sehe ihn die ganze Zeit. Er muss

außerhalb der Stadt aufgestiegen sein. In Saint-Cloud, vom Montre-
tout.»

«Er? Aufgestiegen?»

«Die Fallwinde sind ein Risiko. – Höhenseil! So stark du kannst! – Doch
genau das kann er nutzen.»

«Le ...» Basil legte all seine Kraft in die Bewegung, zog das Seil langsam
nach unten, spürte, wie sich der Schnabel des Aeroplans zu heben begann.
«Le Roy? Das ist ein zweiter Aeroplan, mit Le Roy an Bord?»

«Wie es aussieht, verwendet er eine andere Kühlung. Er kann ihn allein
fliegen. – Er ist schneller als wir.»

«Aber wie ...» Basil verhaspelte sich. «Warum? Wohin?»

Sie antwortete nicht. «Nach links lehnen!», befahl sie knapp. «Und halt
dich fest, copain!»

Seine Finger schlossen sich um das Gestänge, sein Blick ging geradeaus: der Turm. Der Nebel über dem Fluss war jetzt nahe, und die Sicht
wurde ungünstiger, doch er sah den Kurs der anderen Flugmaschine, die
sich im Licht des Mondes von Saint-Cloud her näherte. Konnte es einen
Zweifel geben, was ihr Ziel war?

Eine Flugmaschine, schwerer als Luft und doch in der Lage, sich hoch
über dem Boden zu halten. Berneaus letzte und größte Erfindung, Höhepunkt und Sensation der Exposition Universelle. Eine Flugmaschine, die
sich dem Turm der Welt näherte, ganz wie es der Präsident und seine Vertrauten erwarteten. Nur dass es sich um die falsche Maschine handelte, ge-
lenkt von einem Mann, der sich geschworen hatte, die Träume Berneaus
in ihr Gegenteil zu verkehren. Die Träume von einer friedlichen Zukunft
der Welt.

***

ZÜNDUNG IN 2 STUNDEN, 37 MINUTEN
Der Turm der Welt, Paris, 7. Arrondissement –
31. Oktober 1889, 21:23 Uhr

Der Augenblick war da. Der Augenblick, auf den die Pariser wie ihre Gäste seit Monaten gewartet hatten. Friedrich konnte es spüren: Minute um Minute schien die gespannte Erwartung zuzunehmen auf der obersten Plattform des stählernen Turmes. Die Geräuschkulisse steigerte sich, als Brust und Oberkörper des Präsidenten der Republik über den Häuptern der Versammelten sichtbar wurden, sein Rücken zur Brüstung und dahinter nichts als dreihundert Meter Tiefe. Er musste ein Podest erklommen haben, und zumindest einer der Scheinwerfer setzte ausschließlich das Oberhaupt der französischen Republik in Szene, bis der Präsident die Hand ausstreckte und seinen außerordentlichen Sekretär zu sich ins Licht zog, der sich um die Ausstellung in so hohem Maße verdient gemacht hatte.

Friedrich suchte sich einen Platz am Rande der Festgemeinschaft.

Frédéric-Napoleon. Kaiser der Franzosen: War das möglich? War das denkbar? Sein Leben lang hatte er sich danach gesehnt, insgeheim einer mächtigen Familie zu entstammen. Einer mächtigen *deutschen* Familie. Doch, nein, sein Vater war der Mann, der die Albträume eines ganzen Kontinents wieder zum Leben erweckt hatte. Die Albträume an jene Zeit, da Europa gestöhnt hatte unter der eisernen Knute von Friedrichs Großonkel, dem ersten Napoleon!

Sohn einer Bestie, Großneffe einer noch größeren Bestie. In die Erbfolge dieser Männer einzutreten ... Eine Nachtbrise war erwacht, fuhr ihm durchs Haar, mehr als eine Brise in Wahrheit, dreihundert Meter über dem Champ de Mars. Herrscher über Frankreich zu sein: eine bizarre Vorstellung – doch was würde alles möglich werden in einer solchen Position? Er konnte das Land eng an die Seite des deutschen Kaiserreichs führen. Zu seiner Gemahlin würde er selbstverständlich eine deutsche Fürstentochter wählen. Unter deutscher Führung würde man Europa seinen Stempel aufdrücken. Und all das war so nahe ... Die Möglichkeiten des Deutschen Reiches waren unerschöpflich. An der Grenze im Elsass warteten Einheiten aus dem Reich, die spielend mit allem fertigwerden würden, was die Republik in ihrer Verzweiflung noch zusammenraffen könnte. Friedrichs unbestrittene Herrschaft konnte binnen Wochen, wenn nicht Tagen Wirklichkeit sein.

«Doch ist es das, was ich will?», wisperte er.

Was wiederum Gaston Longueville dem Erben der Bonapartes anzubieten hatte, klang wenig erstrebenswert: Dienen. Ein Aufzehren für das Land. Und Friedrich war sich bewusst, dass er sehr viel stärker unter Beobachtung stehen würde als jeder Herrscher Frankreichs vor ihm. Und seine Aufgabe würde eine gigantische sein: Republikaner und Monarchisten miteinander zu versöhnen. Den Adel nicht zu verprellen, der stärker denn je auf seinen Privilegien beharren würde unter dem neu errichteten Kaisertum. Aufstrebende Unternehmer wie Torteuil zu unterstützen, um das Land nicht ins Hintertreffen geraten zu lassen im Wettlauf um immer neue Erfindungen und aus dem Boden wachsende Industriezweige. Vor allem aber das Los der Heerscharen von Armen zu erleichtern, die draußen vor der Stadt unter kaum besseren Bedingungen hausten als in jener Zeit, da Madeleines Familie ihre Tochter an einen Hurenwirt hatte verkaufen müssen, um überleben zu können. *Madeleine* ... Doch er durfte jetzt nicht an sie denken.

Und das waren nur die Dinge, die er im *Innern* des Landes würde leisten müssen. Nach außen sah alles noch viel verzweifelter aus. Die Deutschen würde er sich zu Todfeinden machen, wenn er ihre Unterstützung ablehnte. Die Briten würden ihm nicht über den Weg trauen, weil er in Deutschland aufgewachsen war und sie nichts mehr fürchteten als ein Bündnis der beiden mächtigsten Staaten auf dem Kontinent. Sie würden ihrerseits die Nähe zu den Deutschen suchen, und der Ring um Frankreich würde sich würgend und erstickend schließen.

«Will ich *das*?», flüsterte er. Die Herausforderung schien gewaltig, doch war es nicht gerade deshalb nahezu unmöglich, ihr aus dem Weg zu gehen? Doch sie würde deswegen auf ihn zukommen, weil er der Sohn eines Kaisers war, so wie seine einfältigen Ziehbrüder die Söhne Gottlebens waren, des Schlossherrn und der Nummer zwei im Generalstab. Er selbst hatte nichts dazu beigetragen. Er war ...

Er war kein Deutscher, kein Franzose. Er wusste nicht, was er war. Er war ein Mann der Ehre, doch Ehre würde nicht zählen bei dem, was ihn erwartete. Ein Summen in seinem Kopf, und Meter neben ihm gähnte ein Abgrund, dreihundert Meter tief. Abertausende von Menschen, die zwischen den Lichtern des Champ de Mars zu ihm, zu ihm allein emporzublicken schienen. Er wusste nicht, wie er sich entscheiden würde, entscheiden *sollte*, ohne dass bereits diese Entscheidung alles vernichten würde, was er war oder noch glaubte zu sein. Er *wusste* es nicht.

«Einhundert Jahre, mesdames et messieurs, sind vergangen seit den Tagen der großen Revolution.» Friedrich blickte auf. Der Präsident hatte mit seiner Rede begonnen. «Einhundert Jahre seit jenem großen Ereignis unserer Geschichte, welches der Menschheit die Ideale der Freiheit, der Gleichheit und der Brüderlichkeit gebracht hat. Um dennoch am Ende in eine Herrschaft des Terrors zu münden, in deren Verlauf auch die Häupter vieler Unschuldiger unter der Guillotine gefallen sind. Von einer Rückkehr in jene Zeiten werden wir uns hüten müssen, wie auch vor einer Rückkehr in die Zeit davor, da das rechtlose Volk dem Elend und dem Hunger preisgegeben war, während der degenerierte Adel in seinen Schlössern prasste.»

Zögernd trat Friedrich näher. Links von ihm der Prinz von Joinville, der den Worten des Präsidenten mit aufgeschlossener Miene zu lauschen schien. Taubheit konnte ein Segen sein angesichts der letzten Bemerkung des Staatsoberhaupts.

Der Präsident hielt für einen Moment inne, veränderte seine Haltung, schien einen Punkt über Friedrichs Scheitel ins Auge zu fassen. Der junge Hauptmann drehte den Kopf: Eine Uhr mit mächtigem Zifferblatt zeigte wenige Minuten vor halb zehn. Was auch immer der Präsident zu verkünden beabsichtigte: Offensichtlich war das Ereignis für einen festen Zeitpunkt vereinbart, auf den seine Rede zusteuerte. Die letzte große Sensation, der Höhepunkt und Abschluss der Exposition Universelle. Der Augenblick, der der französischen Nation endgültig ihren alten Stolz zurückgeben sollte.

Unauffällig sah Friedrich sich um. Die hochrangigen Gäste waren zu Füßen des Podests versammelt. Einigen von ihnen hatte man Ehrenplätze zugewiesen: Der Duke of Avondale saß in einem thronartigen Fauteuil, in einem ganz ähnlichen Möbel Graf Drakenstein; der schnauzbärtige Adjutant des britischen Prinzen in seinem Rollsessel zwischen den beiden. Und rings um sie die übrige Festgesellschaft. Der Rest der Plattform wirkte wie ausgestorben. Die Mechaniker waren mit der Ausrichtung ihrer elektrischen Scheinwerfer beschäftigt, schienen sich noch auf keine bestimmte Richtung einigen zu können. Die Gardisten mit ihren Schnellfeuerwaffen hatten ein Stück entfernt Stellung bezogen, den Rücken zur Brüstung, und Friedrich konnte erkennen, wie sie beinahe schon unhöflich jede Bewegung der Versammelten im Auge hatten.

Kein Anzeichen dafür, dass sich an der Spitze des stählernen Turms jene besondere, letzte Sensation vorbereitete, wenn sie denn von einer irgendwie nennenswerten Größe war. Der geschlossene Aufbau im Zentrum der Plattform hütete die Aufzugschächte und einige kleinere Räume für die technische Wartung. Unwahrscheinlich, dass sich dort die große Überraschung verbarg. Doch wenn nicht dort, wo sollte die spektakuläre Enthüllung dann stattfinden? Am Boden, auf dem Champ de Mars? Zwischen den Gestalten zweier Gardisten hindurch warf Friedrich einen Blick in die schwindelerregende Tiefe. Dann musste es sich um etwas Großes, etwas Gewaltiges handeln. Warum sonst hätte man die Ehrengäste zu einer Zeremonie Hunderte von Metern entfernt, Hunderte von Metern über dem Geschehen bitten sollen?

«Und ebenfalls vor etwa hundert Jahren ...» Der Präsident hob wieder an.

«*Nun mach schon!*», raunte eine gedämpfte Stimme aus der Menge.

«Und ebenfalls vor etwa einhundert Jahren begann die Menschheit in jenes beispiellose neue Zeitalter einzutreten, dessen Höhepunkt wir in diesen Monaten erleben. Wie klein und unbedeutend uns jene Anfänge heute auch erscheinen mögen: Die erste Dampfmaschine eines gewissen Mister Watt, eines britischen Mechanikers von zweifelhafter Ausbildung» – an dieser Stelle verfinsterte sich die ohnehin schon grimmige Miene des Adjutanten des Duke of Avondale – «oder an die Gebrüder Montgolfier, die hier in dieser Stadt bewiesen haben, dass ein mit Gas gefüllter Ballon in der Lage ist, selbst Menschen in die Lüfte zu tragen.»

An dieser Stelle setzte unter den Versammelten zustimmendes Gemurmel ein. Doch Friedrich war abgelenkt. Das Summen in seinem Kopf war nicht abgeebbt, sondern im Gegenteil stärker geworden. Es klang wie das Brummen einer wütenden Hornisse, und es schien aus unterschiedlichen Richtungen zu kommen, von rechts, über der Stadt, nein, jetzt ganz eindeutig von geradeaus, wo im Rücken des Präsidenten die Lichter des Montmartre gen Himmel strebten. Und es kam näher.

«Wie auch dieser Turm ein Zeichen ist», setzte der Präsident von neuem ein. «Für den Wunsch des Menschen, sich in die Lüfte zu erheben. Wobei Monsieur Eiffels Konstruktion, zugegeben, nicht fliegen kann.» Der Ansatz zu einem Scherz. «Schließlich ist sie bedeutend schwerer als Luft mit ihren mehr als siebentausend Tonnen Stahl.»

Amüsierte Geräusche unter den Anwesenden. Wo wären die jahrzehntelangen Irrwege der Ingenieurskunst besser bekannt gewesen als in der Stadt der Exposition Universelle? Die absurde Vorstellung, dass sich etwas, das schwerer war als die umgebende Atmosphäre, in die Luft erheben könne – während Tag für Tag die wasserstoffgefüllten Fesselballons zu bestaunen waren, die in aller Behaglichkeit über dem Champ de Mars im Luftstrom dahintrieben, und das französische Militär vor wenigen Jahren mit der stolzen *La France* gar ein *lenkbares* Luftschiff präsentiert hatte, das fünfmal hintereinander an seinen Ausgangspunkt zurückgekehrt war.

Friedrich rieb seine Schläfen. Das Summen. Das *Brummen*. Jetzt kam es von der linken Seite, bewegte sich in seinen Rücken, und im selben Moment beobachtete er, wie einer der Gardisten die Augen in dieselbe Richtung wandte und dem Geräusch zu folgen schien. Also war es nicht in Friedrichs Kopf. Es war tatsächlich da. Das Geräusch von etwas, das in der Dunkelheit über dem Ausstellungsgelände unsichtbar war und um den stählernen Turm seine Kreise zu ziehen schien, schneller als jeder Vogel. Und definitiv schneller als jeder Ballon und jedes Luftschiff, lenkbar oder nicht.

«Mesdames et Messieurs, verehrte Gäste der Französischen Republik!» Der Präsident musste beinahe schreien, so laut war das Geräusch jetzt geworden, und alle konnten es hören. Konnten hören, wie es rasend schnell lauter wurde, sich zu nähern schien aus der Nacht in seinem Rücken. «Was, wenn wir einem Irrtum erlegen wären? – *Das* ist die Botschaft Frankreichs an die Welt!»

Die Scheinwerfer verloschen. Stattdessen glomm über den Köpfen der Versammelten ein einzelnes Licht auf, ein Strahl gleißender Helligkeit, der sich über den Fluss richtete. Das Gemurmel der Menge war lauter geworden, die Menschen drängten zur Brüstung, während der Präsident und sein Sekretär vom Podium stiegen. Selbst Drakenstein und der britische Prinz hatten sich erhoben; der Duke of Avondale erkletterte das Podium, um besser sehen zu können. Ohne dass ihn jemand dazu aufgefordert hatte.

In der Nacht über dem Fluss: Es war ein Umriss, und er war dunkel, dem Körper eines mächtigen Raubvogels gleich mit ausgebreiteten Schwingen, dabei aber noch größer, *sehr viel größer* und noch immer nur undeutlich zu erkennen, während der Lichtstrahl ihn einzufangen suchte. Und es konnte kein Zweifel daran bestehen, dass er die Quelle des Geräusches war, das immer stärker anschwoll, ein Summen, ein Brummen, ein *Motorengeräusch*.

Der Umriss bewegte sich schnell, der Plattform entgegen, war jetzt für eine Sekunde vollständig unsichtbar im Dunst über dem Fluss, kam wieder schemenhaft zum Vorschein, wobei sich Friedrich sicher war, dass die meisten der Anwesenden ihn noch immer nicht erspäht hatten. Oder schlicht nicht erkannten, um was es sich handelte.

Er konnte nicht sagen, was seine Schritte lenkte. Wie von selbst hatte er sich in Bewegung gesetzt, ebenfalls der Brüstung entgegen, auf das Podium zu, wo der Duke fasziniert die Hände um das metallene Geländer gelegt hatte. Friedrich verharrte zu Füßen des Podests.

Der Schatten. Die *Flugmaschine*. Wer begriffen hatte, was er vor sich sah, musste auf der Stelle erkennen, dass es keinen Ballon gab, keine mächtigen gasgefüllten Kammern. Und dass die Maschine trotzdem flog, wider alle Gesetze der Physik. Dass sie näher kam, mit der Plattform kollidieren musste, wenn sie ihren Winkel nicht veränderte. Doch sie veränderte den Winkel, war von neuem in Wolken verborgen, und näherte sich noch immer, summend, *boshaft* summend, ein gigantisches Insekt, das dazu ansetzt, den tödlichen Stachel in das Fleisch des Gegners zu bohren.

War es ein Gedanke? Eine Ahnung? Es war keine Zeit, für nichts davon. Der Duke of Avondale, der sich über die Brüstung beugte. Der Schnabel der Flugmaschine, der aus den Wolken stach.

Friedrich warf sich nach vorn gegen den Prinzen, der überrascht aufkeuchte, das Gleichgewicht verlor und nach hinten taumelte, im selben Augenblick, da Friedrich ein mechanisches Geräusch hörte, über das Brummen des Antriebs hinweg. Im nächsten Moment ein Knallen, ein *Knattern*. Friedrich *spürte* den Luftzug, als die Projektile über seinen Scheitel hinwegschossen, einen Lidschlag nur, bevor sie in den einzelnen Scheinwerfer schlugen und die Welt schwarz wurde.

***

ZÜNDUNG IN 2 STUNDEN, 32 MINUTEN
**Über den Dächern, Paris, 9. Arrondissement –
31. Oktober 1889, 21:28 Uhr**

«Er *schießt!*» Basils Stimme überschlug sich.

Im selben Moment ein Aufblitzen – und die oberste Plattform des stählernen Turms war in Dunkelheit gehüllt.

«Wo ist er?» Basil beugte sich zur Seite, versuchte, um die junge Frau herumzusehen.

«*Hör auf zu zappeln, verflucht!* – Nach rechts lehnen! Höhenseil freigeben!»

Mit jagendem Herzen klammerte sich Basil ins Gestänge, zwang seine verkrampften Finger, dem Seil Raum zu geben, spürte den Zug, mit dem sich das Höhenruder wieder in seine Ausgangsposition legte.

Stimmen. Schreie, die der Wind von der Plattform her zu ihnen trug. Der Turm war vielleicht zweihundert Yards entfernt, der Rest der Konstruktion nach wie vor beleuchtet, ihre Position klar zu erkennen. Die Plattform mit der Festgesellschaft aber lag im Dunkel. Ein Schatten, der sich hinter dem Turm schräg in die Tiefe bewegte, dann von neuem Höhe gewann.

«Er muss den Strahler getroffen haben», flüsterte Basil. «Aber sie werden die gewöhnlichen Leuchten in Betrieb nehmen. Dann haben sie wieder Licht.»

«Bete zu Gott, dass sie das nicht tun.» Minuits Stimme klang gepresst. «Was er nicht sieht, kann er nicht treffen. – Höhenseil anziehen! Nicht zu fest! Beine hoch!»

Der Aeroplan stieg um eine Idee. Sie passierten die Turmkonstruktion in vielleicht fünfzig Yards Entfernung, knapp unterhalb der Plattform. Was dort vor sich ging, war nur zu hören: verwirrte, verängstigte Laute, eher Rufe gottlob als schmerzerfüllte Schreie. Gebellte Befehle in militärischem Tonfall.

Im nächsten Moment hob das Knattern und Knallen von neuem an. Wie eine Salve von Schüssen: als wenn eine Formation in regelmäßigem Abstand feuerte, ein Soldat nach dem anderen. Doch Basil wusste, dass es nicht so war.

«Er hat eine *Maxim*», flüsterte er.

«Eine eurer neuen Maschinenkanonen?»

«Eher ... Eher ein Maschinen*gewehr*. Der Rückstoß des Schusses schiebt die nächste Patrone in den Lauf, und ...» Zögernd. «Habe ich gelesen. Sie wird noch erprobt, doch man will sie in den Kolonien einsetzen. Die Maxim ist leicht, aber mir war nicht klar, dass sie so leicht ist, dass er sie ...»

«Nach links lehnen! – *Eure* Maxim ist mit Sicherheit nicht so leicht. Aber das ist Nicolas Le Roy, *copain*. Er wird sie variiert haben. So ist er reich geworden. Er kauft Patente, verbessert sie im Detail und verkauft sie für das Zwanzigfache wieder. – Höhenruder!»

Am Turm vorbei bewegte sich der Aeroplan von neuem auf den Fluss zu. Basil verrenkte sich den Hals, doch der Schatten der anderen Maschine war nicht mehr auszumachen.

«Hat er abgedreht?» Er bemühte sich, seiner Stimme keinen zu hoffnungsvollen Klang zu geben. «Wenn er glaubt, dass seine Mission erfüllt ist, und ...»

«Solange er nicht einmal sichergehen kann, dass die Leute da drüben auch nur begriffen haben, was passiert? Träum weiter, *copain*! – Nach links lehnen! Wir fliegen zurück zum Turm. Bring uns auf eine Höhe mit der Plattform! – Im Leben wollte er den Strahler nicht treffen. Und im Moment schießt er in die Luft. Er muss sehen, worauf er schießt, wenn er auf die Plattform zielt. Und den Leuten soll klarwerden, was sie angreift. Die Sensation, die die Regierung den Besuchern seit Wochen versprochen hat. Berneaus große Erfindung. Wenn er einen Krieg auslösen will …»

«… dann wäre es ungeschickt, im Dunkeln euren Präsidenten zu erschießen», murmelte Basil. «Wie könnten wir oder die *krauts* dann eure Leute dafür verantwortlich machen?»

Die Maschine legte sich leicht auf die Seite, beschrieb einen Bogen über dem Fluss, und jetzt konnte Basil auch Le Roys Flieger wieder erkennen, der sich dem Turm erneut von schräg unten näherte. In der Tiefe Tausende von Lichtern: Der gesamte Champ de Mars war in ihren Glanz getaucht. Basil bezweifelte, dass die Menschenmassen die beiden Aeroplane vor dem dunklen Himmel überhaupt sehen konnten aus diesem Lichtermeer heraus. Und die Schüsse würde an diesem Abend jeder Mensch für einen Teil des angekündigten Feuerwerks halten, für Fehlzündungen, zwei Stunden zu früh. Der Friede der Welt stand auf dem Spiel, und niemand ahnte etwas davon. Solange die Plattform im Dunkeln lag …

Ein Ring von Lichtern glomm über der Festgesellschaft auf. Ihr Aeroplan war bereits nahe genug, um einzelne Gestalten ausmachen zu können, die sich am Zugang zu den Aufzügen drängten. Ob sie ahnten, was im Gange war oder nicht: Nach Feiern schien niemandem mehr zumute zu sein. Die Menschen wollten die Plattform verlassen, so schnell wie möglich. Doch nicht schnell genug.

Le Roy hatte eben eine Kurve beschrieben, über die Dächer des neunten Arrondissements hinweg. Basil konnte erkennen, wie er seinen Kurs auf der Stelle korrigierte, auf direktem Wege auf die Plattform zu.

«In Ordnung.» Minuit, nüchtern und sachlich, vielleicht eine Winzigkeit angespannt. «Wir fliegen direkt auf ihn zu.»

Basil versuchte, an ihr vorbeizuspähen. «Auf den Turm?»

«Auf Le Roy. – Höhenruder!»

«Aber …»

«Höhenruder!»

628

Er gehorchte auf der Stelle. «Aber er ... er wird auf uns schießen, und ... Wir haben nichts zum Zurückschießen. – Wir haben doch nichts?»

«Nein. – Nach rechts lehnen! Bring uns zwischen ihn und den Turm!»

«Aber ...» Er brach ab, während er das Manöver ausführte, der Aeroplan auf den neuen Kurs ging, für eine Sekunde durchgeschüttelt wurde, als ihn eine unvermittelte Böe traf. «Aber ... Der Patronengurt einer Maxim hat *zweihundertfünfzig Schuss*. Er kann uns in aller Ruhe vom Himmel holen, und trotzdem wird er noch genug übrig haben, um ...»

In diesem Moment korrigierte der andere Aeroplan seinen Kurs. Le Roy hatte sie gesichtet.

«Höhenruder!» Minuit, scharf. «Zieh das Seil bis ans Ende durch.»

Er sparte sich weitere *Abers*, wand das knapp fingerdicke Seil um sein Handgelenk und begann, langsam zu ziehen.

Der Aeroplan gehorchte sofort. Der Schnabel der Flugmaschine hob sich. Basil spürte, wie er auf der Längsstrebe nach hinten zu rutschen begann, die junge Frau ebenso, sodass ihr Rücken – und dessen Verlängerung – sich gegen seinen Körper presste. Seine Finger krallten sich in das Gestänge, ohne das Höhenseil loszulassen.

«Stärker!», presste Minuit hervor. Ihre Finger waren hektisch mit der Kühlung beschäftigt, gaben ihr keine Möglichkeit, sich ihrerseits festzuhalten. Der Winkel wurde zusehends steiler, und im selben Maße presste sich der schlanke Leib von Basils dunkler Verbündeter gegen den seinen, und ... Es war eine vage kompromittierende Situation, doch wenn das seine größte Sorge war ...

«Steiler! Bring uns senkrecht nach oben!»

Senkrecht? Er erhob keinen Widerspruch mehr. Vor seinen Augen nun die Sterne – und Strähnen von Minuits duftendem, kupferrotem Haar. Die Farbe war in der Dunkelheit natürlich nicht zu erkennen. Ihr Körper wurde nachdrücklich gegen den seinen gedrückt, und ... Wenn es denn auf diese Weise enden sollte, würde Basil Fitz-Edwards zumindest als glücklicher Mann sterben.

In diesem Moment begann das Maxim-Gewehr zu feuern. Das Knattern der Salven erfüllte die Nacht. Basil hatte den Eindruck, dass sie knapp rechts an ihnen vorbeigingen, doch der Konstrukteur würde sich binnen Sekunden einschießen. Solange sie ein starres Ziel bildeten ...

Er begann, sich zu bewegen. Einen Moment lang schien die junge Frau nicht zu begreifen, dann machte sie die Bewegungen mit, während ihre Finger sich weiterhin fieberhaft mit der Kühlung beschäftigten. Hektischer als zuvor, er täuschte sich nicht. Aber er spürte den Effekt, spürte ihn in höchst unterschiedlicher Hinsicht, doch entscheidend war, dass der Aeroplan unruhiger flog, für den Verfolger schwieriger zu erfassen war. Eine neue Salve, die rechts an ihnen vorbeiging.

«Wie ...» Er räusperte sich. «Wie hoch wollen wir?»

«Höher!» Eine Spur heiser. «Noch höher!» Ihre Faust, die ausholte, dem Motor einen Schlag versetzte. Klang er anders als zuvor? «Bis wir ...»

Ein plötzlicher Ruck. Im selben Moment das Geräusch der Schüsse. Plötzlich ein Schwindel.

«Nach rechts lehnen! Er hat den Flügel getroffen!»

Basil gehorchte. Irritation in seinem Kopf, doch der Flieger folgte der Bewegung. Basil stellte fest, dass er instinktiv auch mit dem Höhenseil nachgegeben hatte. Sie flogen in einem schrägeren Winkel als zuvor, kaum zu steuern, doch nicht *unmöglich* zu steuern.

Mit einem Mal ein Aufflammen. Links unter ihnen. Ein zischender Laut.

«Le Roy!» Basils Stimme überschlug sich. «Sein Aeroplan!»

Flammen. Der Flieger des Konstrukteurs war vielleicht dreißig Yards entfernt, und er schien zu trudeln, in der Luft zu bocken, sich zu schütteln, während Flammen aus dem Motor schlugen. Eine Sekunde lang war eine Gestalt zu erkennen, die hektisch im Gestänge des Fliegers herumfuhrwerkte.

Eine Explosion. Basils Herz überschlug sich. Ein *Fauchen*, als die Flammen auf die Bespannung von Le Roys Flieger übergriffen, das Trudeln sich in einen Sturz verwandelte, schneller und schneller, Basil und Minuit die Augen auf das Lodern richteten, das binnen Sekunden kleiner und kleiner wurde in der Tiefe, während ihr eigener Flieger sich wieder ruhiger bewegte. Der Treffer musste durch die Bespannung geschlagen sein, ohne größeren Schaden anzurichten. Wäre der Flügel ernsthaft beschädigt worden, hätten sie keine Chance gehabt, auch nur ansatzweise die Kontrolle zurückzuerlangen.

Der Aeroplan legte sich in die Waagerechte. Der Turm kam wieder in den Blick. Unter ihnen die gesamte Stadt mit Tausenden von Lichtern.

«*Sainte Marie, Mère de Dieu*», flüsterte Minuit, für eine Sekunde reglos, die Finger um die Halterung des Motors gekrampft. Dann schien die Spannung ihren Körper zu verlassen, und sie rutschte eine Spur nach vorn, während Basil dem Höhenruder weiter Raum gab, der Flieger in den Sinkflug ging, spürbar unsicherer als zuvor, aber doch zu kontrollieren. «Das war ...» Sie schüttelte den Kopf. Noch einmal. Ihr Atem heftig; erst allmählich schien er sich zu beruhigen, bis sie mit einem vernehmlichen Laut die Luft ausstieß. «Es hat funktioniert, copain.»

«Ja», murmelte Basil. «Das hat es.» Er stutzte. Seine Finger lösten sich vom Seil. «*Was* hat funktioniert?»

Minuit schwieg. Sie hatten die Höhe der obersten Turmplattform erreicht. Basil glaubte Gestalten zu erkennen, die sich nach wie vor um die Aufzüge drängten. In seinem Augenwinkel zog ein rötlich glühender Gegenstand seine Aufmerksamkeit auf sich, der ein letztes Mal aufflammte, bevor er auf das Wasser der Seine traf und unsichtbar wurde. Es war vorbei, tatsächlich vorbei. Und trotzdem ...

«*Was* hat funktioniert?», wiederholte er, während sie sich, ohne sich ausdrücklich darauf verständigt zu haben, nach rechts lehnten, den Flieger über den Fluss brachten, dem Trocadéro entgegen.

Ein seufzender Laut. Minuit schien zu zögern, dann nickte sie. Mit einer matten Bewegung nahm sie eine neue Manipulation am Motor vor. «Ich war in der Conciergerie», sagte sie.

Basil nickte. «Ja, du hast beobachtet, wie Le Roys Männer Fotografien auf dem Tisch des Sekretärs ...»

«Ich war schon einmal dort», unterbrach sie ihn. «Vor mehr als einer Woche. Ich war mir nicht sicher, ob wir es mit Le Roy zu tun hatten, aber *wenn* er es war, dann stand fest, dass er versuchen würde, an die Mappe zu kommen.»

«Die Mappe?»

«Berneaus Mappe mit den Konstruktionszeichnungen. Eine blaue

Mappe. Longueville hatte sie unbedingt haben wollen mit unseren Skizzen und Entwürfen, schwarz auf weiß. – Ich war mir nicht sicher, was Le Roy aus dem Laboratorium hatte bergen können nach der Explosion. Wahrscheinlich gerade genug, um zu erkennen, woran wir gearbeitet hatten, aber mehr hätte er sowieso nicht gebraucht. Dafür war er Nicolas le Roy. Wir hatten etwas zum Fliegen gebracht, das schwerer ist als die Luft, also musste das auch für ihn möglich sein. Und wie wir gesehen haben, war es tatsächlich möglich. Seit dem Frühjahr muss er an seinem Aeroplan gearbeitet haben. Was nun nicht bedeutete, dass ihn nicht interessiert hätte, was wir hier in der Stadt vorbereiten. Wenn er also wusste, wo die Mappe lag, im Schreibtisch des Sekretärs …»

Basil bemühte sich, der Geschichte zu folgen. «Er würde versuchen, die Mappe in die Finger zu bekommen.»

«Ganz genau. – Also habe ich sie ausgetauscht.»

«Du hast sie …»

«Stell dir das nicht zu einfach vor!» Der Trocadéro-Palast glitt unter ihnen dahin. «Le Roy ist vorsichtig. War vorsichtig. Und er wusste, was er tat. Wenn ich einen groben Fehler eingebaut hätte, hätte er das unmöglich übersehen. Unser größtes Problem war die Kühlung für den Motor, und das muss ihm ganz genauso gegangen sein. Und genau da hatte grand-père einen wirklich hübschen Mechanismus entdeckt: beinahe zu schön, um wahr zu sein. Ein fast perfektes System, und dieses System habe ich in den Plänen in der blauen Mappe dargestellt.»

«Fast perfekt?»

«Man muss die Kleinigkeiten im Auge behalten. Es versagt, sobald der Aeroplan senkrecht fliegt. Der Motor überhitzt. Im günstigsten Fall bleibt er einfach stehen, im schlimmsten Fall fängt er Feuer. Den Rest hast du gesehen. Das System in diesem Flieger hier ist improvisierter. Man muss ständig irgendwas zurechtfummeln, doch wenn man aufpasst, funktioniert es sogar in der Senkrechten.» Ein erneutes Schulterzucken. «Zumindest hat es heute funktioniert.»

«Du …» Ihm blieb die Luft weg. Sie hatte sich darauf verlassen, dass Le Roy seine Konstruktion verändern, eine Kühlung nach dem Muster der Pläne einbauen würde? In letzter Minute, vierundzwanzig Stunden vor dem entscheidenden Moment? Und wenn er das nicht getan hätte? Oder wenn sie festgestellt hätten, dass auf den Alternativmechanismus genauso wenig Verlass war? Ein paar hundert Yards über der Spitze des stählernen Turms?

Doch es hatte funktioniert. War das nicht das einzig Entscheidende? Sie hatten es geschafft. Sie hatten den Kontinent vor einem mörderischen Krieg bewahrt. Es war vorbei.

«Du hast ihn überlistet», murmelte Basil. «Tagelang hat er uns an der Nase herumgeführt. Und eure Ermittler dazu. Unmöglich kann es Zufall gewesen sein, dass derselbe Beamte, der gestern Nacht im Vernet ermittelt hat, heute Mittag diesen Deutschen verfolgt hat und mit einem Mal neben Torteuils Maschine stand. Eure Polizei, euer Deuxième Bureau war Le Roy auf der Spur. Doch er muss ihnen meilenweit voraus gewesen sein. Und *du* hast ihn überlistet. Wir haben gewonnen.»

«So sieht es aus, *copain*. So sieht es aus.» Minuits Gestalt verharrte beinahe regungslos, während der Aeroplan über den Dächern des achten Arrondissements Kurs hielt.

«Natürlich.» Er nickte nachdrücklich. «So ...» Er brach ab. War es der Klang ihrer Worte gewesen? Die Tatsache, dass sie ihnen überhaupt keine Betonung gegeben hatte? «So sieht es aus?», murmelte er. Wie kam es, dass der Satz mit einem Mal nach einer Frage klang?

«Wenn es einen Menschen gibt, der sich darauf versteht, einen Mechanismus abzusichern, dann ist es Nicolas Le Roy.» Die Stimme der jungen Frau war ein Murmeln. Einzig der Fahrtwind, nein, der Flugwind trug sie an sein Ohr. «Einen Mechanismus, auf den auch dann Verlass ist, wenn unerwartete Ereignisse eintreten. Verborgene Zugvorrichtungen, Hebel und Transmissionen, die in jenem Augenblick in Aktion treten, in dem die offen sichtbare Maschinerie versagt.»

«Aber es gab keine verborgene Maschinerie! Der Aeroplan hat Feuer gefangen! Er ist vor unseren Augen in den Fluss gestürzt! Der Mann ist mausetot!»

Schweigen, für mehrere Sekunden. «Das mag sein. Und doch erinnerst du dich, wo du mich zum ersten Mal gesehen hast: am Hôtel Vernet. Und später am Palais der Vicomtesse. Und dass ich dort war, hatte nichts mit dir und deinem Duke zu tun. Weil Le Roys Mechanismus nämlich nicht dieser Flieger war, *copain*. Der Flieger ist grand-pères Erfindung. Le Roys Mechanismus ist sein gesamter Plan, mit dem er den Moment von Berneaus größtem Triumph, den Abschluss der Exposition Universelle, in eine Katastrophe verwandeln will.»

Fast unmerklich schüttelte sie den Kopf. «Doch wenn es eine zweite, verborgene Maschinerie gibt, wird es sehr viel schwieriger sein, sie auch nur zu erkennen, weil er sie nämlich mit ganz genau derselben Konzentration zusammengebastelt hat wie eine jede seiner Erfindungen. Dieser Mann war ein Genie. Seine einzige Schwäche war, dass er das wusste. Ein Genie *und* ein arrogantes Ekelpaket. Ein Ekelpaket, das dann doch immer wieder Fehler gemacht hat, aus reiner Überheblichkeit. Nur deshalb hatten wir beide überhaupt eine Chance gegen ihn. Wenn Le Roy tot ist ...» Sie hielt inne, die Augen geradeaus gerichtet. Geradeaus, wo nicht etwa der Montmartre in den Blick kam – sondern die Silhouette des Arc de Triomphe im Zentrum ihres großzügigen Platzes.

«Wenn er tot ist», murmelte Minuit. «Dann werden ihm keine Fehler mehr unterlaufen. Dann ist er gefährlicher als jemals zuvor.»

TEIL ACHT

31. Oktober 1889
La nuit / In der Nacht

ZÜNDUNG IN 2 STUNDEN, 00 MINUTEN
Hôtel Vernet, Paris, 8. Arrondissement, Paris,
14. Arrondissement – 31. Oktober 1889, 22:00 Uhr

Hitze. Celeste Marêchals Atem ging stoßweise. Übelkeit in ihrem Magen, und zumindest *das* war keine Überraschung. Wenn sie nämlich nachdachte – so gut sie in ihrer Verfassung dazu in der Lage war –, musste es irgendwann vor dem Mittag gewesen sein, dass sie eine Kleinigkeit gegessen hatte. Irgendwann, bevor Serge ihr mitgeteilt hatte, dass er das Vernet verlassen würde.

Mehr als zwei Jahrzehnte lang hatte sie ihr Haus ohne die Hilfe des Concierge geführt, und doch war sein Entschluss, ihre Vereinbarung nicht zu verlängern, der eine entscheidende Tropfen gewesen, der die mit einer solchen Verbissenheit verteidigten Deiche ihrer Selbstbeherrschung endgültig mit sich gerissen hatte.

Tropfen. Celeste stützte sich gegen das Mauerwerk des Vernet in der schmalen, unbeleuchteten Nebengasse, die zu den Champs-Élysées führte. Seit Monaten machten die Veränderungen in ihrem Körper ihr zu schaffen, doch noch niemals war es so fürchterlich gewesen wie an diesem Abend. Nahezu sämtliche Gäste befanden sich auf der Ausstellung; sie hätte sich in ihre Privaträume zurückziehen können und war doch nicht in der Lage gewesen dazu und noch weniger in der Lage zu arbeiten. Sie hatte es nicht mehr ausgehalten in ihrem Büro, stand vornübergebeugt in der Dunkelheit, die Hitze flutete in Wellen durch ihren Leib, und ihr war unerträglich heiß, unerträglich kalt zugleich. Schweiß perlte von ihrer Stirn, sammelte sich in den Brauen, brannte in ihren Augen, suchte sich einen Weg zu ihrer Nasenspitze, um in dicken Tropfen auf das Pflaster zu rinnen.

Es war ein ekelhaftes Gefühl. Ein *demütigendes* Gefühl. Sie hatte die Gewalt über die Ausgaben des Vernet verloren. Die Gewalt über den alltäglichen Gang der Dinge hatte sie aus freien Stücken in die Hände des Concierge gelegt, mehr und mehr. Und nun verlor sie die Gewalt über ihren eigenen Körper.

Glockenschläge aus der Ferne. Sie versuchte, sie zu zählen, verheddterte sich, doch ohne jede Spur von Zweifel musste es zweiundzwanzig Uhr sein. In diesen Sekunden machte sich Gustave daran, die schweren Flügeltüren zu schließen und pflichtbewusst wie immer den Riegel vorzuschieben. Celeste besaß natürlich einen Generalschlüssel, doch der würde ihr nicht helfen. Sie würde den Glockenzug betätigen, der alte Mann würde ihr öffnen und selbstverständlich keinen Kommentar abgeben. Kein Mensch auf der Welt aber konnte den derangierten Zustand der *patronne* des Hauses übersehen. Nein, keine Demütigung würde ihr in dieser Nacht erspart bleiben. Tränen brannten in ihren Augen, Tränen der Erschöpfung, der Scham, der Wut. Sie mischten sich mit dem Schweiß auf ihrem Gesicht, und ...

«Haben Sie einen Schnupfen?» Eine Kinderstimme. Ein kleiner Junge. «*Autsch!*»

«Halt den Mund! Du siehst doch, dass sie weint.» Eine zweite Stimme, ein kleines Mädchen diesmal.

Celeste war zusammengezuckt, löste sich von der Mauer, musste sich sofort wieder abstützen, versuchte, Schweiß und Tränen wegzublinzeln.

«Tut Ihnen denn was weh?» Neugierig sah der kleine Junge zu ihr hoch. *Pierre*, erinnerte sich Celeste. Aus der Nachbarschaft. «Mein Vater sagt, wenn mir was weh tut, soll ich die Zähne zusammenbeißen. Außer bei Zahnschmerzen natürlich. Wenn ich Zahnschmerzen habe, dann ... *Autsch!*»

«Halt – endlich – deinen – Mund!» Das Mädchen, das ihm nachdrücklich auf den Fuß getreten war. «Du bist fürchterlich unhöflich. Entschuldige dich wenigstens!»

Fabienne. Sophies Nichte. Die beiden Kinder fanden sich gelegentlich gemeinsam ein, um die Rezeptionistin nach Dienstschluss abzuholen, auch zu ungewöhnlichen Dienstzeiten. Diese Stadt war Paris, dachte Celeste, und der Schatten eines Lächelns huschte über ihr Gesicht. War es verwunderlich, wenn schon die Kinder Geschöpfe der Nacht waren?

«Pardon, Madame.» In zerknirschtem Tonfall. Der Junge neigte den Kopf.

«Das ...» Endlich gelang es Celeste, ihre Finger tatsächlich zu lösen. Ein leichter, für den Moment nicht einmal unangenehmer Schwindel war in ihrem Kopf, und für den Augenblick hatte selbst der Schweißausbruch nachgelassen. Sie stand ohne Hilfe. «Das ist nicht schlimm», sagte sie. «Und mir tut nichts weh. Ich bin nur etwas müde.»

«Mein Vater ...» Der Junge verstummte, als er sah, dass der Fuß seiner kleinen Freundin schon wieder drohend über seinen Zehen schwebte.

«Madame?»

Celeste drehte sich um. Sophie, im Begriff, ihren Mantel zu schließen. «Ich hoffe, die beiden waren nicht frech zu Ihnen. Ich habe ihnen versprochen, dass wir zur Exposition gehen. Selbst wenn wir die große Sensation wahrscheinlich schon verpasst haben. Aber das Feuerwerk lassen wir uns jedenfalls nicht entgehen, was?» An die Kinder gewandt.

«Claude aus der vierten Etage hat gesagt, dass es schon ein Feuerwerk gegeben hat.» Der kleine Pierre. «Er sagt, er hat es selbst gesehen. Ein Feuerball, der in die Seine gefallen ist. – Aber Claude ist ein Dummkopf.»

Fabienne betrachtete ihn einen Moment lang nachdenklich, unternahm aber keinen Versuch, wieder den Fuß zu heben. Für dieses Mal schien sie sich seiner Auffassung anzuschließen.

Sophie griff nach der Hand des kleinen Jungen. «Dann machen wir uns besser schnell auf den Weg. Bonne nuit, Ma...»

«Der Brief.» Der kleine Pierre, gewispert. Vorsichtig stupste er den Ellenbogen gegen die Hüfte seiner etwas größeren Spielkameradin.

Celeste sah, wie Fabienne sich auf die Lippen biss. «Madame.» Ein Neigen des Kopfes. Ein Kuvert, das Celeste entgegengestreckt wurde. «Von Monsieur Serge.»

«Serge?» Überrascht gingen Celestes Augenbrauen in die Höhe, als sie den Umschlag entgegennahm.

«Er wäre ganz bestimmt selbst gekommen. Aber er hatte es ganz *schrecklich* eilig.» Eine Betonung, die zu einer Matrone gepasst hätte.

«Sie sollen es um zehn Uhr aufmachen.» Der kleine Junge. Er legte den Kopf auf die Seite, sichtbar erwartungsvoll. «Gerade eben hat es zehn geschlagen.»

Celeste sah, wie Fabienne den Mund öffnete, hob rasch die Hand. «Danke.» Verwirrung in ihrem Kopf. Zehn Uhr, genau jetzt. Der Zeitpunkt, zu dem die reguläre Schicht des Concierge geendet hätte. Doch was wollte er noch von ihr?

Sie ließ einen Finger unter die Lasche des Umschlags gleiten, und ... Ein Geräusch. Irritiert hielt sie inne. Die Stadt war voller Geräusche, und die belebten Champs-Élysées waren nur einen Steinwurf entfernt. Doch dieses Geräusch war *anders*, ungewöhnlich. Oder ... Sie lauschte, und ihre Stirn legte sich in Falten. War es gar nicht das Geräusch als solches gewesen, das sie hatte stutzen lassen? War es die *Richtung*, aus der es ertönte? Ein Summen, ein Brummen: Kam es von *oben*?

Mit einem Mal war sie sich nicht mehr sicher, denn da waren andere Laute, und diese Laute waren ihr vertraut, und tatsächlich: eine Kutsche, nein, zwei Kutschen, die in die Gasse bogen. Neue Gäste? Um diese Zeit? Celeste trat einen Schritt nach vorn. Das Vernet war endgültig bis auf den letzten Platz belegt.

Sie kniff die Augen zusammen, als sie das vordere der beiden Gefährte erkannte: die offene Kutsche, die am Morgen den Duke of Avondale und Mister Fitz-Edwards aufgenommen hatte, und tatsächlich konnte Celeste auf den Polstern die schlaksige Gestalt von Berties Sohn ausmachen, allerdings nicht seinen jungen Begleiter. Und im selben Augenblick öffnete sich die Tür der hinteren Kutsche, eines geschlossenen Gefährts, und Hauptmann von Straten kletterte ins Freie, half dann, zunächst den Rollsessel und anschließend den Colonel ins Freie zu wuchten, während Drakenstein aus dem Innern Anweisungen gab.

Celeste Marêchal sah von einem zum anderen, spürte Sophie und die Kinder an ihrer Seite, die ihren Aufbruch offenbar um einige Momente verschoben hatten.

«Königliche Hoheit?» Verwirrt wandte sie sich an den Prinzen. «Die Feierlichkeiten sind bereits vorüber?»

«Nichts Schlimmes, meine Teuerste.» Graf Drakenstein, der ebenfalls ins Freie kletterte, dem Hauptmann bedeutete, dass er das Privileg in Anspruch nahm, den Sessel mit seinem Gegenstück von den Britischen Inseln bis vor die Tür des Vernet zu schieben. «Überhaupt nichts Schlimmes.» Den Rollsessel vor sich her lenkend, kam er auf die Inhaberin des Hauses zu. «Lediglich ein Beweis, wie unzuverlässig dieser elektrische

Krimskrams am Ende doch ist. Ein großer, lauter Knall, und alles ist duster. Fast ein bisschen unheimlich, was, Hoheit?»

Der Duke of Avondale sah in Richtung des Gesandten und nickte zögernd, während er sich mit nachdenklicher Miene den Hinterkopf rieb.

«Ich möchte mich noch einmal ausdrücklich entschuldigen, Königliche Hoheit.» Hauptmann von Straten trat zu ihnen, deutete eine Verneigung an. «Dass ich im Dunkeln gegen Sie gestoßen bin vorhin auf der Plattform.»

«Wie? – Gewiss.» Der Prinz nickte zerstreut. «Gewiss. Im Dunkeln.»

«Wir haben beschlossen, dass das Feuerwerk von der Rue Vernet aus doch bedeutend mehr Charme haben dürfte», verkündete Drakenstein. «Weit beschaulicher, als wenn man mittendrin steht auf diesem seltsamen Turm, und überall pafft es und pufft es, hier und da und dort ...» Die Richtungen pantomimisch unterstreichend.

«Exzellenz?» Der Colonel.

«Ja?» Drakenstein, besorgt über den Briten gebeugt.

«Dieses Fauteuil ist *kein* Kinderwagen. Und es besteht *keine* Notwendigkeit, mich in den Schlaf zu wiegen.»

«Oh, das tut mir ...» Der Gesandte brach ab. O'Connells Haltung hatte sich plötzlich verändert. Er schien sich in seinem Sessel aufzurichten, in die Straße zu spähen.

«Verfluchte Hölle.» Geflüstert. Dann, mit einem Mal sehr viel lauter: «*Constable! Wo zum Teufel kommen Sie her?*»

Celeste drehte sich um. Sämtliche Anwesenden drehten sich um. Charlotte, Ference: mehrere ihrer Mitarbeiter, die zum Dienstschluss aus dem Hotel getreten waren und sich zu ihnen gesellten.

Der junge Begleiter des Duke näherte sich aus Richtung des Arc de Triomphe, mit eiligen Schritten und doch ein wenig steif, wie ein Mann, der einen anstrengenden Tag im Sattel hinter sich hatte. An seiner Seite eine junge Frau, die Celeste noch niemals gesehen hatte, mit langem kupferfarbenem Haar und in einer Garderobe, angesichts deren sich die Augenbrauen der *patronne* in die Höhe bewegten.

«Colonel.» Fitz-Edwards, mit einem raschen Nicken. «Königliche Hoheit.» Diese Verneigung deutlicher. «Sie sind in Ordnung?»

«Was Ihnen mit Sicherheit nicht zu verdanken ist!» O'Connell blaffte ihn an, bevor der Duke auch nur dazu kam, den Mund aufzumachen. «Ich komme auf diesen vermaledeiten Turm, und ich sehe Seine Hoheit, und ich sehe die französische Ehrengarde Seiner Hoheit, aber wen sehe ich nicht: *Sie*, Constable! Und wie ich erfahre, sind Sie *seit heute* Mittag nicht gesehen worden, während Seine Hoheit zwischen Horden von Anarchisten und verbrecherischen Elementen ...»

«Dann werden die Verbrecher immer noch gejagt?» Eine Kinderstimme. Neugierig sah der kleine Pierre die Gestalt im Rollsessel an.

«Still!» Sophie, die sich eilig bemühte, den Jungen aus dem Kreis der Erwachsenen zurückzuziehen.

«Der Monsieur hat sie bis ins Vernet gejagt!» Der Kleine ließ sich nicht bremsen. Mit bedeutungsvoller Miene sah er zu den Erwachsenen auf. «Monsieur Pierre, der Freund von Mademoiselle Charlotte. *Pierre*, so wie ich. Er hat die Verbrecher ...»

«Bist du still!» Sophie, gezischt, mit einem entschuldigenden Blick zu Celeste, dann wieder an den Kleinen gewandt: «Ich hab dir doch gesagt ...»

«Verbrecher?»

Celeste kniff die Augen zusammen: Fitz-Edwards' Begleiterin ging vor dem Kleinen in die Hocke. «Das erzählst du doch einfach nur so. Oder?»

Celestes Brauen zogen sich zusammen. Die Unbekannte klang freundlich, neckisch beinahe, als wollte sie den Jungen ein wenig auf den Arm nehmen. Und doch ging von dieser jungen Frau etwas aus, nein, *alle beide*, sie und Fitz-Edwards, strahlten eine tiefe Unruhe aus. Drängende Eile. Als hätten sie etwas mitgebracht, einen kalten Windhauch, der unvermittelt in der Rue Vernet erwacht war. Etwas, das die aufgeräumte Stimmung, die Frotzeleien zwischen den Gästen verstummen ließ. Sie sah Fitz-Edwards' Gesichtsausdruck, und dieser Ausdruck war ernst. Todernst.

«Na?» Die rothaarige Frau. «Das hast du dir doch nur ausgedacht mit den Verbrechern im Hotel?»

«Mmm-mmm.» Der Kleine schüttelte den Kopf, mit ernster Miene.

«Madame Marêchal, es tut mir wirklich ...» Sophie, die die Hand nach dem Jungen ausstreckte.

«Nein ...» Celeste, gemurmelt. Ein Gedanke in ihrem Kopf. Alain ...

«Der Junge sagt die Wahrheit.» Celeste drehte sich um: Charlotte, und die Hotelwirtin sah, wie blass das neue Küchenmädchen geworden war, einen beinahe flehenden Blick in ihre Richtung warf: *Bitte verzeihen Sie mir*. Doch nein, im selben Moment wurde es ihr selbst klar. *Monsieur Pierre.* Pierre Trebut – und Alain Marais!

«Es stimmt tatsächlich», murmelte sie, warf einen Blick zu Fitz-Edwards, zu der rothaarigen Frau. «Zwei Ermittler des Deuxième Bureau waren gestern Abend hier. Pierre Trebut und Alain Marais.»

«Können Sie uns sagen, was diese beiden Ermittler ... ermittelt haben? In welcher Angelegenheit?» Fitz-Edwards, und es war seltsam. Obwohl er sich soeben verhaspelt hatte: Der etwas schüchterne junge Mann schien sich unversehens in eine Amtsperson verwandelt zu haben, gerade aufgerichtet, bedächtig und konzentriert. Dabei trug er nicht einmal Uniform. Unübersehbar wirkte er besorgt, und sein Blick war auf die Hotelwirtin, dann auf Charlotte gerichtet.

«Die beiden hatten Fragen. Sie wollten die Bücher sehen.» Celeste zögerte. Das Deuxième Bureau war keine gewöhnliche Polizeibehörde. Es war ein militärischer Geheimdienst. Und sie beantwortete gerade die Fragen des Repräsentanten einer Macht, deren Absichten gegenüber der Französischen Republik zumindest als zweifelhaft einzuschätzen waren. Während Repräsentanten einer anderen Macht danebenstanden, deren Absichten höchst eindeutig waren. Und wenig erfreulich. Und doch: Sie sah das beunruhigte Flackern in den Augen des jungen Briten und seiner Begleiterin. Und sie spürte, dass sich auch bei den anderen Anwesenden etwas verändert hatte: bei O'Connell, der keinen Versuch unternahm, Fitz-Edwards zu unterbrechen, bei Drakenstein und seinem jungen Hauptmann. Als wäre ein eisiger Regenguss auf das Pflaster vor dem Vernet niedergegangen.

Sie holte Luft. «Ich kann Ihnen nicht sagen, *warum* sie hier waren, doch natürlich ist das eine der Aufgaben des Deuxième Bureau: Verbrechern der Handwerk zu legen. Und die Herren ...» Sie nahm den Colonel, dann Drakenstein in den Blick. «Was immer Sie persönlich von ihm halten, Sie werden bestätigen, dass Agent Marais zu den fähigsten Köpfen gehört, die das Bureau besitzt. Ein Auftrag, auf den er angesetzt wird, muss wichtig sein. Alain Marais und der junge Mann wollten heute wiederkommen», sagte sie. «Ich habe den ganzen Tag auf sie gewartet. Aber sie sind nicht gekommen. – Haben Sie denn einen Grund anzunehmen, dass tatsächlich von irgendjemandem Gefahr droht, Mister Fitz-Edwards?» Gleichermaßen an seine Begleiterin gerichtet. Doch keiner der beiden kam zum Antworten.

«Madame.» Das Küchenmädchen fuhr sich unsicher über die Lippen. «Agent Candidat Trebut ... Über die Ermittlung hat er mir nichts erzählt. Das würde er niemals tun. Er ist ein sehr pflichtbewusster junger Beamter. Aber ...» Sie holte Luft. «Aber ich weiß, dass es einen Toten gegeben hat. Einen Mann, der vom Dach gestürzt ist, aus dem vierten Stock.» Sie stieß den Atem aus. «Mehr weiß ich nicht.»

«Es hat nicht nur den einen Toten gegeben, sondern mindestens zwei und vermutlich noch einige mehr.»

Wieder drehten alle die Köpfe. Hauptmann von Straten hatte gesprochen. Er nahm den Briten und dessen Begleiterin in den Blick. «Eine Hure. Abgelegt auf den Stufen des Palais Rocquefort.» Zu ihrer Überraschung sah Celeste, wie Fitz-Edwards düster nickte, eine Spur misstrauisch mit Blick auf den Deutschen. «Einen Zuhälter mit Namen Materne», zählte von Straten auf. «Und vermutlich auch einen Fotografen namens Lucien Dantez.» Er zögerte. «Und dreißig Polizisten, die in einem Haus auf dem Montmartre ein Sprengsatz in Stücke gerissen hat.»

Mehrere der Umstehenden sogen den Atem ein.

«Madame Marêchal.» Fitz-Edwards richtete die Augen auf sie. «Bitte versuchen Sie, sich zu erinnern: Hat Agent Marais irgendetwas angedeutet hinsichtlich der Spur, die er verfolgte? Wir ...» Wieder ein kurzer Blick zu seiner Begleiterin und, ja, auch zum deutschen Hauptmann. «Es ist etwas im Gange in dieser Stadt, etwas, das uns alle hier betrifft. Und wir müssen befürchten, dass die Bedrohung noch nicht vorüber ist.»

Celestes Mund war trocken. Sie fror, und es war mehr als der kalte Schweiß, der auf ihrem Körper zu trocknen begann. Was Alain gesagt hatte? Sie hatte ihm überhaupt keine Chance gegeben, ein vernünftiges Wort zu äußern. Sie verfluchte sich, doch jetzt war es zu spät.

«Ich ...» Sie schüttelte den Kopf. «Nein. Mit einem Mal stand er im Foyer, und ...» Ein Gedanke. «Mandeln. Er hat gesagt, es rieche nach Mandeln.» Sie schüttelte den Kopf. «Was kaum ein Wunder war. Die beiden standen direkt vor der Küche.»

«Mandeln?» Sie sah sich um: Ference. Das ewig gut gelaunte Gesicht des *chef de cuisine* lag in Falten. «Er hat Mandeln gerochen?»

«Ja.» Celeste, irritiert. «Candidat Trebut hat sie ebenfalls gerochen, wie ich es verstanden habe, aber ...» Sie schüttelte den Kopf. «Aber nachdem Sie gerade die gefüllte Gans zubereitet hatten ...»

«Madame ...» Ference mit einem Gesichtsausdruck, dass sich ihr Herz überschlug: ein Kummer, eine Scham, eine *Verzweiflung*. Er war nicht länger in der Lage, ihr in die Augen zu sehen.

Unwillkürlich rückte sie einen Schritt von ihm ab. «Sie wollen sagen, dass *Sie* mit diesen Vorgängen ...»

«Ja.» Geflüstert. «Ich habe das Rezept verändert.»

Sie blinzelte. «Sie haben *was*?»

«Ich ...» Es war zu sehen, dass der Mann mit den Tränen kämpfte. «Ich habe die Mandeln weggelassen. All ... All die Jahre ... Ich vertrage keine Mandeln, Madame. Meine Nase verstopft, wenn ich Mandeln rieche.» Ein schwerer Atemzug. «Ich habe Sie all die Jahre betrogen. Ganz gleich, ob ein Rezept es erforderte: In meiner Küche ist niemals ein Gericht mit Mandeln zubereitet worden. Erinnern Sie sich, wie ich ein einziges Mal krank war? Vor drei Jahren? – Ich habe gelogen. Ich musste überhaupt nicht das Bett hüten. Die gebratenen Garnelen mit Marzipan: Das konnte ich nicht. Ich wäre gestorben, ich ...»

Celeste hob die Hand. «Aber ...» Jetzt schüttelte sie selbst den Kopf. «Aber wie konnten die Agenten Mandeln riechen, wenn überhaupt keine Mandeln da waren?»

«*Serge*», flüsterte Charlotte. Celeste konnte sehen, wie sie die Hände vor den Bauch legte, sicherlich unbewusst, doch die typische beschützende Geste einer schwangeren Frau. «Agent Marais wollte wissen, was Pierre ... was Agent Candidat Trebut riecht. Und dann hat er noch etwas gesagt. Er sagte, dass Serge mit Sicherheit auch einen Nachnamen hätte.»

«Einen Nachnamen?» Celeste hob die Augenbrauen. «Dubois. Ein

Allerweltsname. Ich habe seine Zeugnisse aus den Vereinigten Staaten, und ...»

«Aus den Vereinigten Staaten?» Fitz-Edwards' Begleiterin, mit plötzlicher Schärfe.

Irritiert sah Celeste sie an, doch im selben Moment ... Der Umschlag: Das Schreiben des Concierge, noch immer ungeöffnet. Sie hielt es die ganze Zeit in der Hand. «Moment», murmelte sie. Eine rasche Bewegung, und der Umschlag war offen. Mehrere Schriftstücke glitten in ihre Hand. Sie trat einen Schritt in den Lichtkreis der Gaslaterne, senkte den Blick.

Celeste Marêchal erstarrte. Blätterte zum folgenden Dokument. Zum nächsten. Und zum nächsten. Kälte, die sich über ihren Körper ausbreitete. Alle. Sie war sich sicher, dass es alle waren. Sämtliche Verbindlichkeiten, die auf dem Vernet lasteten.

«Aber ...» Ihre Stimme war ein ersticktes Flüstern. *Aber wenn ich Ihnen mein Wort gebe, dass Sie das Haus behalten ...»*

«Madame?» Charlotte, mit Besorgnis in der Stimme.

Der Concierge musste die Schuldbriefe aufgekauft haben: *alle.* Ein Mann, der in seinem gesamten Leben nicht genug verdienen konnte, um eine solche Summe aufzubringen. Und all das, um ihr die Briefe nun auszuliefern. Um sein Wort zu halten. Das Vernet war gerettet, aber ... Ihre Augen zogen sich zusammen. Ein kleines, seinerseits verschlossenes Kuvert. Ein Name. Sie blickte auf.

«Für *Sie.*» An den Hauptmann aus Deutschland gewandt.

Überrascht hob Friedrich von Straten die Augenbrauen, nahm den Umschlag entgegen, öffnete ihn. Seine Augen senkten sich auf das Schreiben. Wenige Sekunden, und er sah wieder auf, das Gesicht weiß wie die Wand.

«Wie kommen wir auf dem kürzesten Weg in die Katakomben?»

* * *

ZÜNDUNG IN 1 STUNDE, 17 MINUTEN
**Katakomben, Paris, 14. Arrondissement –
31. Oktober 1889, 22:43 Uhr**

Noch drei Schritte. Noch zwei. Noch einen. Und dann wieder von vorn. Dieses Stück noch. Drei Schritte noch. Und immer von neuem drei Schritte. In den Beinen hatte er kein Gefühl mehr, sein Kopf fühlte sich an, als wäre er auf die doppelte Größe angeschwollen. Die zerquetschte Hand presste er gegen seinen Körper. Vor ihm das junge Mädchen: Mélanie. Der Name musste zu ihm zurückgekommen sein zwischen Wachen und Fiebertraum, während er ihr und der Petroleumlampe hinterherstolperte, die er selbst mit zitternden Fingern aus der Halterung genommen hatte in der Kammer mit der Folterbank. Die schattenhaften Gestalten, Bernard und der Lächler, hatten es zugelassen. *Sie wollen nicht, dass wir uns hoffnungslos verirren.* Der Gedanke, an dem er sich festklammerte. Nein, genau das Gegenteil war der Fall. Wann immer sie stehen blieben, Lucien um Luft rang für die nächsten Meter: Schritte, die mit gespenstischem Hall zu ihnen aufzuschließen schienen. Und genau dieselben Geräusche, wenn sie an eine Abzweigung gelangten, an einen Punkt, an dem zwei Gänge sich kreuzten. Dann ertönten die Schritte aus mehreren Richtungen, aus *allen* Richtungen – bis auf eine: dem einzigen Ausweg für die Flüchtenden. Wohin auch immer sie sich bewegten: Es geschah nach dem Willen ihrer Verfolger, und das Ziel kannten einzig die Männer, von deren Hand Dodo und die Alte gestorben waren.

Es ging abwärts. Tiefer und immer tiefer in das Labyrinth der lichtlosen Pfade. Jetzt eine besonders steile Passage, Stufen waren in das Gestein gehauen. Von Bergleuten erloschener Generationen? Von zwielichtigen Bruderschaften, die sich zusammenfanden in der ewigen Dunkelheit der Katakomben zu namenlosen, orgiastischen Spielen? Die Gerüchte über die Stadt unter der Stadt waren ohne Zahl.

Wasser: Das war das Schlimmste. Er konnte es hören. Er konnte es spüren, wenn er die unverletzte Hand gegen die grobbehauene Felswand stützte. Mächtige Quellen entsprangen im Untergrund der Lichterstadt. Vor undenklichen Zeiten hatten die Schöpfer des Tunnelsystems ein Netz gesonderter Stollen angelegt, die den Wasserstrom den unterirdischen Reservoirs und letztendlich dem Fluss entgegenlenkten. Zu hören, zu spüren, und doch unerreichbar für seine aufgesprungenen Lippen, seine Zunge, die rau in seiner ausgedörrten Mundhöhle klebte. Ein Rauschen, ein Strömen … Ein unterdrückter Laut. Das Mädchen: Zwei Schritte vor ihm war es stehen geblieben. Er stolperte, krallte sich in das Gestein, um selbst zum Stehen zu kommen, fing sich.

«Schauen Sie sich das an!», flüsterte Mélanie de Rocquefort.

Humpelnd trat Lucien an ihre Seite – und war sekundenlang unfähig, sich zu bewegen. Steile, in den Fels gehauene Stiegen führten hinab in einen Raum, der so gewaltig war, dass das Licht der Petroleumlampe nicht in der Lage war, seine Dimensionen zu enthüllen. Ein Saal, ein Dom im Felsen, der sich kuppelartig über ihren Köpfen wölbte, sich in der Dunkelheit verlor. Die Wände waren geglättet, zeigten das knochenfarbene Weiß des Kalkgesteins, auf dessen Schultern Paris ruhte. Lediglich ein winziger Teil der Katakomben war der Öffentlichkeit zugänglich. In den Monaten der Ausstellung hatten sich jene ausgetretenen, gesicherten Pfade großer Beliebtheit erfreut unter den Besuchern der Exposition. Die Beinhäuser insbesondere, die Stadt der Toten, in der sich der flüchtige Gast für eine Stunde der eigenen Vergänglichkeit bewusst werden konnte, mit einem beinahe wohligen Schaudern. Genau jene Abschnitte aber gehörten zu den jüngsten Teilen der Anlage, waren zum Teil eigens angelegt worden seit dem Ende des vergangenen Jahrhunderts, um die Überreste von Millionen Verstorbener aufzunehmen. Dies hier war sehr viel älter, und es war sehr viel tiefer, in die Knochen der Erde selbst gehauen.

Und dort unten, wo die Treppe den Boden der mächtigen Kaverne erreichte, ertönte ein Plätschern. Ein unterirdisches Rinnsal, das aus der Wand hervorkam, in eine steinerne Vertiefung gefasst für einige Meter deren Verlauf folgte, um schließlich gurgelnd in unergründlichen Tiefen zu verschwinden. Lucien Dantez hatte in seinem Leben noch kein so wundervolles Geräusch gehört. Er stolperte die Stufen hinab, taumelte an die steinerne Rinne, fiel auf die Knie, ohne auf den Schmerz zu achten. Minutenlang war er damit beschäftigt, mit der hohlen Hand kühles, erquickendes Wasser zu schöpfen und es in seine brennende Kehle rinnen zu lassen.

Er blickte auf, als er aus dem Augenwinkel einen Schatten wahrnahm.

«Es ist nichts mehr zu hören.» Mit langsamen Schritten folgte Mélanie de Rocquefort ihm die Stufen hinab. «Keine Schritte mehr. Als ob sie uns nicht mehr verfolgten.»

Es war bemerkenswert: Eine blutjunge Mademoiselle aus einer der besten Familien der Stadt, unvermittelt in die Nacht der Katakomben verschleppt, mit dem Tode bedroht und Schlimmerem: Hätte sie sich zitternd und bebend zu Boden gekauert, unfähig, einen Schritt vor den anderen zu setzen – wer hätte es ihr verdenken können? Doch keine Spur davon. Ihre Haltung, ihre Sicherheit war erstaunlich. Geradezu verunsichernd dagegen ihr Blick, mit dem sie ihn unvermittelt zu betrachten schien.

«Mademoiselle?» Fragend.

«Sie sind Monsieur Dantez. Richtig? – Ich habe eine Fotografie von Ihnen, also ...» Eine Handbewegung. «Also, keine Fotografie, auf der Sie zu sehen sind, sondern eine Aufnahme, die Sie angefertigt haben. Von Pierrefonds, der kaiserlichen Residenz.»

Überrascht sah er sie an. «Ja», murmelte er. «Dort habe ich Aufnahmen gemacht.» Aufnahmen, an die er sich nur zu gut erinnerte. Pierrefonds war ein Herzensprojekt des dritten Napoleon gewesen, eine Ruine noch bei seiner Thronbesteigung, die er aufwendig hatte restaurieren lassen. Eine Spur zu perfekt allerdings, mit dem Ergebnis, dass die Anlage am Ende wirkte wie frisch auf die grüne Wiese gestellt. Lucien war der Verzweiflung nahe gewesen angesichts der Herausforderung, diesen Klotz als Märchenschloss abzulichten, das den Adel hohen Alters atmete. Er hatte zu Kniffen und Verschleierungen greifen müssen, am Ende auf eine bestimmte Sorte Licht gewartet, das schräg durch die Wolken brach und selbst einen Kuhstall in etwas Magisches verwandelt hätte. Und schon ...

«Meine Mutter hatte das Bild von einem ihrer Verehrer.» Sein Gedankengang brach ab, als das junge Mädchen fortfuhr. «Von Tor... Vom Duc de Torteuil wahrscheinlich. Doch sie hat es mir geschenkt, und dieses

Bild ...» Mélanie de Rocquefort schüttelte den Kopf. «Es ist eine besondere Aufnahme, Monsieur Dantez. Das Bild zeigt ein Gebäude, doch es ist, als ob dieses Gebäude atmen würde, ganz langsam, wie ein sehr alter Mann im Schlaf. Und das wollte ich unbedingt sehen. – Meiner Mutter reicht es schon aus, wenn ich etwas unbedingt will. Sie meint, das sei ein gutes Zeichen. Also sind wir hingefahren, und ...»

Lucien sah sie an. Ihre Augen hatten zu leuchten begonnen, während sie erzählte. Bei der Bemerkung über das *atmende* Gemäuer, den alten Mann im Schlaf, hatte sich eine Gänsehaut auf seinem Handrücken aufgestellt.

«Doch da war gar nichts Besonderes», sagte das Mädchen und betrachtete ihn. «Das, was ich gesehen habe, ist nicht in dem Schloss. Es ist in Ihrem Bild.»

Lucien schluckte. «Das ...» Er schüttelte den Kopf. Hatte irgendjemand, selbst Madeleine, es jemals so klar in Worte fassen können? Wie es sich anfühlte, wenn eine Fotografie zu einer eigenen Wahrheit wurde? Er holte Atem, betrachtete das Mädchen. Es war eine merkwürdige Situation; die Umstände hatten sie zu Schicksalsgefährten gemacht, doch er konnte spüren, dass da noch mehr war. Dass da etwas war, ein Blick auf die Welt, den sie miteinander teilten.

«Mademoiselle. Können Sie ...» Er brach ab, begann noch einmal neu. «Mögen Sie mir erzählen, wie Sie diesen Männern ... Warum die beiden Sie entführt haben? Wo Sie ihnen begegnet sind?»

Gespannt beobachtete er sie, und tatsächlich schien sie einen Moment zu überlegen, bevor sie zu erzählen begann und ihm nichts blieb, als zuzuhören. Verblüfft zu lauschen, zu versuchen, die Zusammenhänge zu begreifen. Friedrich von Straten? An *Madeleines* Adresse? Wobei das Mädchen nicht von Madeleine sprach, sondern von einem *Monsieur Royal*. Und weit ausführlicher ohnehin über von Straten, und zwar in einem Ton, bei dem er seltsamerweise einen Stich der Eifersucht spürte. Was lächerlich war, denn *deswegen*, wegen dieses Mädchens, hatte er mit Sicherheit keinen Grund zu solchen Gefühlen. Aber Madeleine – und Friedrich von Straten? Er musste daran denken, wie der Deutsche auf ihr Porträt gestarrt hatte. Konnte er sich auf die Suche nach der Dargestellten gemacht haben, und ...

Unsinn! Er hatte ja nicht einmal gewusst, wer auf der Fotografie zu sehen war. Er schüttelte den Kopf.

Das Mädchen schwieg. Musterte ihn. «Und Sie?»

Er blinzelte. «Wie?»

«Wie sind Sie dort hingekommen?» In ruhigem Tonfall. «Warum haben sie ... Warum haben die alte Frau und ... dieser Mann das mit Ihnen gemacht?»

Schlagartig wurde er daran erinnert, in welchem Zustand er sich befand. Seine Hand. Seine Ohrläppchen. Und mehr als alles andere seine durchnässten Beinkleider, die auf ekelhafte Weise an seiner Haut klebten. Er erhob sich auf ein Knie, versuchte aufzustehen, mit so viel Würde wie möglich. Beim zweiten Mal gelang es ihm.

«Manchmal muss ein Mann Dinge tun für eine Frau», erklärte er mit fester Stimme.

Sehr deutlich konnte er erkennen, wie sich ihre Augenbrauen hoben. Nicht etwa, weil sie seine Worte bezweifelte. Sie schien über die Aussage nachzudenken.

«Sie waren bereit, dasselbe auch für mich zu tun», sagte sie schließlich leise. Eine Pause, dann, nachdenklich: «Ich hätte niemals gedacht, dass ein Fotograf ein so tapferer Mann sein kann.»

Warum nicht? Sein erster Impuls. Dann der zweite: *Tapfer? Bin ich das?*

Doch er kam nicht dazu, ein Wort zu erwidern, denn im selben Moment veränderte sich der Blick der jungen Frau. Ihre Augen weiteten sich, auf einen Punkt in Luciens Rücken gerichtet.

Ungeschickt kam er herum. Eine Silhouette, im nächsten Moment eine Gestalt im Licht der Petroleumlampe. Der Umriss eines Schädels, eines *kahlen* Schädels. Luciens Herz überschlug sich. Unmöglich! Der Türsteher war tot! Er hatte am Boden gelegen, und ... Doch konnte Lucien sich sicher sein? Bei der alten Martha hatte er das Messer gesehen. Dodo dagegen hatte einfach nur am Boden gelegen. Er stolperte zurück, versuchte, sich zwischen das junge Mädchen und den Mann zu bringen.

«Monsieur Dantez, nehme ich an?» Eine völlig unbekannte Stimme. Nicht etwa bedrohlich, im Gegenteil hoch interessiert. «Und, ah, da sind Sie ja, Mademoiselle Mélanie.» Mit einer Verneigung: «Alain Marais vom

Deuxième Bureau. Zu Ihren Diensten. – Madame la Vicomtesse, ich wür- de sagen ...»

Agent Marais wandte sich über die Schulter, wo in diesem Moment weitere Gestalten sichtbar wurden, die steile Treppe hinab auf dem Weg zu ihnen, doch da geschah schon alles auf einmal: Mélanie de Rocquefort flog ihrer Mutter entgegen, die für diesen Moment nur wenig von der di- stinguierten Dame an sich hatte, die Lucien in Chantilly abgelichtet hatte, und hinter ihr ...

Lucien Dantez öffnete den Mund. «Madeleine», flüsterte er.

***

ZÜNDUNG IN 53 MINUTEN
Katakomben, Paris, 14. Arrondissement –
31. Oktober 1889, 23:07 Uhr

Ein Knurren. Ein beinahe *röchelnder* Laut, der sich an den grobbehauenen Wänden brach.

Basil Fitz-Edwards hielt sich unmittelbar hinter seinem königlichen Schutzbefohlenen. Da sich niemand von ihnen in den unbekannten Be- reichen der Katakomben auskannte – was möglicherweise in der Natur der Sache lag; dafür waren es unbekannte Bereiche –, hatte der Duke of Avondale als ranghöchster Teilnehmer darauf bestanden, die Führung der Expedition ins unterirdische Reich ihres Widersachers zu über- nehmen. Und Basil würde ihm nicht noch einmal von der Seite weichen. Die Nachhut bildeten Graf Drakenstein und ebenjener deutsche Haupt- mann, dessen Schritte Basil in der Galerie des Machines beobachtet hatte: Friedrich von Straten. Während man den Damen den sicheren Platz in der Mitte zugewiesen hatte: Madame Celeste und ihrem Küchenmädchen Charlotte Dupin. Natürlich hatten sich die Herren zunächst gegen eine Teilnahme der Damen gewehrt, am Ende aber die Waffen strecken müs- sen angesichts der nicht zu verachtenden Tatsache, dass Hotelwirtin und Küchenfee ihren Widersacher kannten wie niemand sonst.

Nicolas le Roy, genialer Ingenieur und teuflischer Attentäter. Die ganze Zeit war er unter ihrer aller Augen seiner Tätigkeit nachgegangen: einer Tätigkeit als *Serge der Concierge* in einem noblen Hotel unweit der Champs-Élysées. Basil hatte eine Weile gebraucht, bis ihm aufgegangen war, wie geschickt der Mann seine Camouflage gewählt hatte. Die bedeutendsten internationalen Besucher der Exposition unter einem Dach und Nicolas Le Roy mitten unter ihnen. Niemand hatte ihn verdächtigt, oder, gut: Agent Alain Marais hatte offenbar etwas gewittert, im wahrsten Sinne des Wortes. Was auch immer der Geruch von Mandeln im Foyer des Hotels zu bedeuten hatte. Es machte keinen Unterschied mehr: Sie wussten, wer ihr Gegner war. Sie kannten seine Tarnung. Und ihr Gegner war tot.

Und doch war sein verwirrendes Spiel noch nicht zu Ende. In dem Schreiben, das die Hotelwirtin dem jungen Hauptmann übergeben hatte, wurde von Straten in verbindlichem Ton mitgeteilt, dass seine Liebste, eine Kurtisane namens Madeleine Royal, sich in den Katakomben aufhalte. Natürlich verbürge sich der Konstrukteur für ihr Wohlergehen. Und zwar exakt bis zum Ende der Exposition Universelle. Um Mitternacht.

Die angefügte Kartenskizze führte nunmehr der königliche Anführer der Expedition mit sich. In einem Hinterhof an den Hängen des Montrouge hatten sie das Labyrinth der Gänge betreten und waren mittlerweile schon ein gehöriges Stück in die Finsternis vorgedrungen, die das Licht ihrer Petroleumlampen nur spärlich erhellte. Doch würden sie schnell genug sein? Basil biss die Zähne aufeinander, als sich das röchelnde Geräusch wiederholte. Bei jedem Schritt glaubte er heißen Atem im Nacken zu spüren.

«Und wenn es ...» Ein mühsamer Atemzug. «Und wenn es das Letzte ist, was ich ... *For God's sake!* Ich werde eine Dame nicht diesem verfluchten ...»

Basil war sich nicht sicher, wen im Speziellen der Colonel verfluchte. Zum Teil wurde mit Sicherheit der verstorbene Nicolas Le Roy mit phantasievollen Wünschen bedacht, doch Basil-Fitz Edwards hätte schwören können, dass zumindest an einer Stelle von einer *Möchtegern-Legende* die Rede gewesen war. Womit Agent Marais vom Deuxième Bureau gemeint sein musste. Und der *barmherzige Samariter* folgte vermutlich hinten im

Zug. Selbst wenn es Drakenstein jetzt nicht mehr möglich war, seine fürsorglichen Dienste anzubieten, und O'Connell mit einem gewöhnlichen Gehstock vorliebnehmen musste. Was dafür sorgte, dass sie weit langsamer vorankamen als erhofft, und das war das Problem. Außer Frage stand indessen die Identität der Dame aus dem Gebrummel des alten Offiziers. Celeste Marêchal folgte unmittelbar hinter dem Colonel und kommentierte dessen Lamento mit keinem Wort. Wobei Basil Fitz-Edwards ein Gedanke nicht aus dem Kopf ging. Dass zuweilen auch Schweigen Bände sprach. Wenn der Colonel doch jede freie Minute mit dieser Frau verbrachte, die er so ausdrücklich nicht ausstehen konnte.

«Stehen bleiben!» Der Duke of Avondale, flüsternd. Eben erreichten sie eine Kammer im Felsen, in der sich seine Begleiter versammeln konnten. Der Prinz wartete ab, bis sie ihn erwartungsvoll ansahen. Erst dann legte er die Hand an sein Ohr. «Hören Sie es?», wisperte er so leise, dass sie Mühe hatten, die Worte zu verstehen, so überdeutlich, wie dieses *es* zu vernehmen war: Schritte, die sich aus einem Stollen zu nähern schienen, der links in ihrem Rücken in die Kammer mündete.

Basil wechselte einen Blick mit Friedrich von Straten, der ihm zunickte und beiläufig die Hand auf die kleine Pistole an seinem Gürtel legte, die er vor ihrem Aufbruch aus dem Vernet eilig aus seinem Zimmer geholt hatte. Nein, überraschen würde ihr Gegner sie nicht. Doch angesichts der Lautstärke, mit der die Schritte ertönten, schien das auch nicht in seiner Absicht zu liegen.

«Unsere Fähigkeit, unbekannte Laute zu deuten, kann entscheidend sein für unser aller Überleben!» Der Duke, nicht ohne ein gewisses Pathos, einen nach dem anderen ins Auge fassend. «Geräusche aus dem Dunkel. Wie solche Laute mir vertraut sind von tausend Fährnissen unter den sieben Winden. Wie ich hinaus in die Nacht lauschte, nahe den gefürchteten Riffen vor den Fidschi-Inseln …»

«Ich fress einen Pelikan, wenn die Geräusche, die er *da* gehört hat, Schritte waren», bemerkte Graf Drakenstein mit gedämpfter Stimme. Das Küchenmädchen presste unauffällig einen Kleiderärmel vor den Mund.

O'Connell dagegen warf lediglich einen kurzen – und nicht sehr freundlichen – Blick in Richtung des Grafen, bevor er sich räusperte.

«Recht so, Hoheit. Die Situation war vergleichbar. Auch damals war die Gefahr mit Händen zu greifen. Offensichtlich will unser Gegner uns deutlich machen, dass er uns im Auge hat, doch auf ein Zusammentreffen scheint er es zu diesem Zeitpunkt nicht anzulegen. – Ob wir uns wieder auf den Weg machen sollten?»

«Wie?» Ein Blinzeln. «Gewiss. Gewiss. – Folgen Sie mir, mesdames, messieurs, aber bleiben Sie dicht beieinander! Die Damen in die Mitte! Mister Fitz-Edmunds, Sie bilden die Nachhut!» Hoch aufgerichtet verschwand der Erbe des Erben des Empire im weiter in die Tiefe führenden Stollen, mit einer Petroleumlampe den Weg leuchtend.

Seufzend beobachtete Basil, wie die Angehörigen der kleinen Gruppe ihm einer nach dem anderen folgten. Während er selbst verharrte, wartete. *Nachhut.* Eine ehrenvolle Aufgabe an und für sich, wenn man denn tatsächlich damit rechnen musste, dass sich jemand aus der Dunkelheit heranschlich und …

«Seltsam.»

Basil fuhr herum. Minuit sah ihn an, aus dreißig Zentimetern Entfernung, ein katzenhaftes Lächeln auf dem Gesicht, das nun wieder als Einziges aus ihrer atemberaubenden dunklen Montur hervorsah.

«Was ist seltsam?» Seine Stimme klang nicht zu freundlich. Er hätte schwören können, dass sie gerade noch nicht dort gestanden hatte. *Weil sie nämlich noch nicht dort gestanden hatte.* Er wusste überhaupt nicht zu sagen, wann er sie zuletzt gesehen hatte, nachdem sie das Labyrinth betreten hatten.

«Die Schritte», erklärte sie, nickte auf die beiden Gänge, die in ihrem Rücken in die Kaverne mündeten. Die Schritte waren aus beiden Tunneln zu vernehmen, und noch immer schienen sie näher zu kommen.

Basil legte die Stirn in Falten. «Kommen sie tatsächlich näher?», fragte er.

Sie hob die Schultern. «Wie lange ist es her, dass wir in diese Höhle gekommen sind? Ein paar Minuten, denke ich. Weder ist bisher jemand aufgetaucht, noch scheinen sich die Geräusche zu entfernen. Wo also läuft da jemand rum?, würde ich mich fragen. – Aber hör mal ganz genau hin.»

«Ich höre die ganze Zeit ...» Doch er verstummte, lauschte in den Stollen, durch den sie die Kaverne betreten hatten. Schritte. Die Schritte mehrerer Männer. Zwei, vermutete er. Tapp-tapp-*tapp*-tapp-tapp-*tapp*-tapp. Er legte die Stirn in Falten. «Einer von ihnen scheint zu humpeln», murmelte er.

«Richtig.» Zustimmendes Nicken. «Und jetzt hier.» Eine Geste auf den Stollen, der linker Hand auf die Felsenkammer stieß.

Basil lauschte. «Dort auch», flüsterte er. «Einer der beiden humpelt. Was hat das zu bedeuten?»

Ein auf schwer zu beschreibende Weise *genüssliches* Schweigen, bevor die junge Frau ein wenig dramatisch Atem holte. «Nun, es könnte die besondere Akustik sein hier unten.» Pause. «Oder Nicolas Le Roy beschäftigt mit Vorliebe Schergen mit einem Gehfehler.»

«Du weißt, dass das Unsinn ist.»

«Oder es ist eine seiner Spielereien. Jedenfalls sind beide Gänge bis zur nächsten Kaverne leer. Wenn man aber einmal in dieser Kaverne ist, kommt das Geräusch aus der Gegenrichtung. Von *hier*.»

«Du hast ...» Basil blieb die Luft weg. «Du hast die Gänge abgesucht? Was, wenn du dich verlaufen hättest!»

«Es ist unmöglich, sich in einem Gang zu verlaufen, solange kein anderer Gang abzweigt.» In einem Tonfall, in dem man einen Lehrsatz verkündete. «Jedenfalls sind diese Tunnel menschenleer, und trotzdem sind dort Schritte zu hören. Ich finde das ziemlich seltsam.»

«Das ist mehr als seltsam», brummte er. «Doch wahrscheinlich hast du auch gleich eine Lösung.»

Sie musterte ihn. «Die habe ich nicht, *copain*. Ich stelle lediglich fest, dass Le Roy speziell für uns etwas einigermaßen Kompliziertes vorbereitet hat. Und ich *fresse einen Pelikan*, wenn er sich das alles erst gestern überlegt hat. Und das bedeutet, dass ich recht hatte. Das hier unten: *Das* ist der eigentliche Mechanismus, an dem er gearbeitet hat. Und Nicolas Le Roy war viel zu eitel, um mit einem solchen Aufwand etwas vorzubereiten, das dann niemand zu sehen kriegt. Was immer er in den letzten Tagen angestellt hat: All das war nichts als ein Mittel zum Zweck. All das hatte keine andere Aufgabe, als *das hier* in die Wege zu leiten.»

«Uns in die Katakomben zu locken.»

«Uns alle.» Ein Nicken. «Nicht allein den Hauptmann. Jeden, der in den letzten Tagen in Le Roys Plänen eine Rolle spielte, ohne dass der eine vom anderen wusste. Nicht einmal ich, obwohl ich versucht habe, jeden, auf den es ankommt, im Auge zu behalten. Die beiden Männer vom Deuxième Bureau. Die Vicomtesse und ihre Tochter. Herrn von Stratens *bien-aimée*.» Eine einladende Handbewegung. «Wenn wir uns jetzt wieder auf den Weg machen könnten, *copain*? Soweit ich weiß, ist das die Aufgabe einer Nachhut. Dass sie hütet.»

Mit einem Brummen folgte Basil Fitz-Edwards ihr in die Enge des Stollens, kniff die Augen zusammen, als sie den Zug ihrer Begleiter erreichten. Eine in den Fels gehauene Treppe führte weiter in die Tiefe, und O'Connell vermochte sie nur langsam, Stufe für Stufe, zu passieren, auf die Schulter des Grafen gestützt. *Sehr gut machen Sie das. Und noch ein Schritt. Und noch ein Schritt.*» Drakensteins Stimme. Die Antwort des Colonel konnte Basil nicht verstehen. Ihrem Tonfall nach handelte es sich nicht um ein höfliches Dankeschön.

«Schön und gut», murmelte Basil. «Nur wenn uns das allen klar ist, dass wir Le Roy auf den Leim gehen: Warum laufen wir dann wie die Lemminge in den Abgrund?»

«Weil er Mademoiselle Royal hat», schlug Minuit vor, um dann leiser zu werden. «Was Hauptmann von Straten anbetrifft. Weil die beiden Männer des Deuxième Bureau in Gefahr sein könnten, wenn du die beiden Damen aus dem Vernet fragst. Und weil wir beide nicht recht daran glauben können, dass es vorbei ist, selbst wenn er tot ist. Weil wir alle es im Grunde *wissen*. Dass es hier unten enden muss. Um Mitternacht, mit dem Ende der Exposition. Darauf ist alles hinausgelaufen, von Anfang an. Und wenn wir nicht kommen ...»

«Dann wird er gewinnen», murmelte Basil. «Selbst wenn er tot ist. *Weil* er tot ist. Und keine Fehler mehr machen kann.»

Sie nickte. *Du sagst es, copain.*

«Stehen bleiben!» Die Stimme des Prinzen. «Löschen Sie die Lichter!»

Der Rest der Expedition hatte sich einige Schritte voraus in einer neuen, diesmal wirklich winzigen Felsenkammer versammelt, eben groß genug, um sie vollzählig aufzunehmen. Ein um das andere Licht verlosch. Sie hatten Zündhölzer dabei und konnten sie mit etwas Mühe wieder zum Leuchten bringen.

«Wir sind da», wisperte der Duke of Avondale. Er trat einen halben Schritt beiseite und gab ihnen den Blick frei: Der Gang setzte sich fort, doch an seinem Ende war jetzt überdeutlich ein Schimmer von Helligkeit zu erkennen und die Silhouette eines Mannes. Eines auffallend muskulösen Mannes, wenn Basil es richtig erkannte. Blickte er in den Tunnel? Nein. Wäre das der Fall gewesen, hätte er längst auf sie aufmerksam werden müssen. Er wandte der Einmündung des Stollens den Rücken zu.

«Sie rechnen mit uns», flüsterte der Duke. «Das können wir nicht verhindern. Doch offensichtlich ist ihnen nicht klar, wie nahe wir bereits sind. – Mesdames, messieurs: Wir werden ihnen eine Überraschung bereiten. Wir werden ihnen beweisen, dass wir dieses Spiel nach *unseren* Regeln spielen. *Ich* werde es ihnen beweisen.»

«Hoheit ...» O'Connell, mit einem unterdrückten Husten. «Wenn ich vorschlagen dürfte, den Constable oder Hauptmann von Straten mit dieser Aufgabe zu betrauen? Sie als ... als unser Anführer haben geradezu die Pflicht, sich auf keinen Fall einer unnötigen Gefahr ...»

«Meine Pflicht gebietet mir, als ermunterndes Beispiel voranzugehen.» Im trüben Zwielicht glaubte Basil zu erkennen, wie die Gestalt des Prinzen sich streckte – um im nächsten Moment durch den Stollen zu verschwinden.

«Verflucht!» O'Connell, mit heiserer Stimme. «Constable!»

«Sir?» Basil schob sich an der Hotelwirtin vorbei, war an seiner Seite.

«Er hat eine Kampfausbildung erhalten.» Der Colonel, hektisch. «Doch wer schlägt richtig zu, wenn er dem Sohn des Prince of Wales gegenübersteht? Und im Einsatz musste er sie nie erproben. Hinterher!»

Basil befand sich bereits im Tunnel, bevor der alte Mann den letzten Satz vollendet hatte. Raues Gestein unter seinen Fingern. Erkennen konnte er wenig mehr als den hochgewachsenen Schatten des Prinzen, der dem Ausgang zustrebte. Basil fluchte lautlos. In dieser Nacht hatte er nicht einmal seinen Schlagknüppel zur Hand.

Eddy wurde langsamer. Wenige Schritte trennten ihn von dem Wächter, dessen Gestalt Basil jetzt deutlich erkennen konnte. Dahinter war gelbliches Licht und der Eindruck eines sehr großen Raumes. Der Prinz sog die Luft ein. Basil spannte sich, und ...

Er konnte nicht erkennen, was genau vorging. Eddy löste sich aus seiner Position, doch im selben Moment fuhr der Posten herum, ein Manöver, auf das der Prinz nicht gefasst gewesen war. Eddy stolperte, versuchte, sich abzustützen. Was ein Faustschlag hätte werden sollen, wurde zu einem blinden Griff in die Kleidung des Unbekannten, und ...

«Du, verflucht?» Der Fremde.

Zwei Schritte. Basil war heran. Verzweifelt versuchte der Prinz, sich aufzurichten, die Hand in die Jacke, nein, die Beinkleider des Unbekannten gekrampft.

Doch es war kein Unbekannter. *Luis!* Der Dienstbote der Vicomtesse de Rocquefort war einen Schritt zurückgewichen. Eine Reihe von Stufen führte in die Tiefe, und Luis kämpfte sich hinab; so gut das möglich war mit Eddy, der wie eine Klette an ihm hing, sich im Stoff der Hose verhakt haben musste. Meter unter den beiden sah Basil jetzt weitere Gestalten, die sich überrascht umdrehten.

«Lass mich los!» Luis' Stimme überschlug sich. «Verfluchter ... Verfluchter Sodomit! Hast du immer noch nicht ...»

Sodomit?

Endlich: Dem Prinzen gelang es, seine Finger zu lösen, was ihn unsanft die letzten Stufen in die Tiefe kullern ließ.

«*Hast du immer noch nicht genug?*» Schon war Luis hinterher, baute sich über dem Adelsmann auf, während er sich die Hemdsärmel hochschob. «*Muss ich dir erst richtig ...*»

In diesem Moment schob sich Basil zwischen die beiden, sah, wie sich im Rücken des Jungen die beiden Agenten des Deuxième Bureau mit eiligen Schritten näherten. Der Mann namens Marais packte den Dienstboten, zog ihn von Eddy weg, doch Basil sah den Blick des Jungen, aus dem blanke Wut sprach, oder nein, ein anderes Wort traf es besser: *Entrüstung*, grenzenlose Entrüstung.

Basils Blick ging zu Eddy, der einen Arm zur Abwehr erhoben hatte, sich mühte, auf die Beine zu kommen, auf dem Gesicht noch immer die

Blessuren vom Vorabend, und mit einem Mal war es da: Stundenlang hatte sich Basil Fitz-Edwards den Kopf zermartert. Das Blut. Der schillernd leuchtende Bluterguss um das rechte Auge des Duke of Avondale. Sein von dunklem Rot durchnässter Hemdkragen, die zerrissene Anzugjacke. So war er Basil in die Arme gestolpert, der kaum eine Stunde zuvor am Palais Rocquefort auf den Körper der toten Frau gestoßen war. Einer Frau, die sich bis zum Letzten gegen ihren Mörder zur Wehr gesetzt hatte? Möglich. Doch der Täter, den Basil auf der Rue Matignon verfolgt hatte, war Nicolas Le Roy gewesen. Eddys Blessuren dagegen …

Der Prinz hatte sich tatsächlich zum Palais Rocquefort auf den Weg gemacht. Doch der Empfang der Vicomtesse war vermutlich niemals sein Ziel gewesen. Sein Ziel war der Dienstbotentrakt des Palais gewesen, der junge Mann, an dem er bereits auf dem Bahnsteig in Creil ein solches Interesse gezeigt hatte. Ein Interesse, von dem er vermutet hatte, dass es erwidert wurde? So musste es sich verhalten haben. Doch unübersehbar war der Erbe des Erben des Britischen Empire einer erheblichen Täuschung erlegen.

Die beiden Agenten zogen Luis von dannen, sodass Basil nun sämtliche Menschen ausmachen konnte, die sich in dem mächtigen, kuppelartigen Raum versammelt hatten: die Ermittler des Deuxième Bureau, die Vicomtesse und ihre Tochter und ein junger Mann, den Basil noch nie gesehen hatte, der allerdings aussah, als hätte Le Roy ihn schon in den Fingern gehabt. Und eine auffallend hübsche junge Frau, die von Stratens Liebste sein musste.

Eisige Kälte legte sich auf Basils Nacken, als er begriff, dass Minuit recht gehabt hatte. *Jetzt hat er uns dort, wo er uns haben wollte,* dachte er. *Alle an einem Ort. Was zur Hölle hat er jetzt mit uns vor?*

***

ZÜNDUNG IN 36 MINUTEN
Katakomben, Paris, 14. Arrondissement –
31. Oktober 1889, 23:24 Uhr

Ca ira! Ca ira! Les aristocrates à la lanterne! Der Hilfskutscher der Vicomtesse hatte den legendären Gesang der großen Revolution zwar nicht auf den Lippen. Doch er starrte den britischen Adelsspross an, als ob exakt darin seine Absicht bestünde: den Prinzen an der nächsten Straßenlaterne aufzuknüpfen.

Doch Madeleine hatte kaum Augen für ihn. Die Katakomben. Die kleine Yve hatte mit Händen und Füßen deutlich gemacht, wohin die Tochter der Vicomtesse verschleppt worden war. Und auf wen es die Entführer in Wahrheit abgesehen hatten im Haus am Boulevard de Clichy, das konnte nicht in Frage stehen. Auf der Stelle war die Kurtisane an Albertine de Rocqueforts Seite gewesen, als diese nach ihrem Mantel gegriffen und nach dem Jungen Luis gerufen hatte. Es war die letzte Nacht der Exposition. Gendarmerie oder Polizei: Niemand würde sich in dieser Nacht mit dem Fall auseinandersetzen – jeder verfügbare Mann wurde am Champ de Mars gebraucht.

Sie hatten sich nur selbst auf den Weg machen können, Luis als männlichen Beschützer an ihrer Seite. Zumindest eine Kutsche hatten sie auftreiben können, die sie am Rande des Cimetière du Montparnasse abgesetzt hatte, bis wohin die Kleine den Entführern gefolgt war. Was den Weg durch die Dunkelheit selbst anbetraf: Natürlich war es ein Albtraum gewesen, doch etwas anderes hatte Madeleine Royal überhaupt nicht erwartet. Dunkelheit und eine schreckliche Enge, die im zitternden Licht der Lampe erst richtig deutlich wurde. Schritte, immer wieder Schritte, aus dieser, aus jener Richtung. Schritte, denen die Frauen und ihr Begleiter zu entgehen suchten. Längst hatten sie sich vollständig verirrt gehabt, als sie auf die beiden Ermittler des Deuxième Bureau gestoßen waren. Und an der Seite der beiden auf das entführte Mädchen.

Und auf Lucien. «Madeleine?» Seine Stimme in ihrem Rücken.

Sie nahm ihn nicht zur Kenntnis. Ihre Augen waren auf die Einmündung des Stollens gerichtet, aus der hinter dem Gefolgsmann des Prinzen jetzt ein Herr mit eisgrauem Schnauzbart in die Kuppel unter den Felsen trat, gestützt auf einen Gehstock die Stufen hinabhumpelte. Sein Blick richtete sich auf der Stelle auf den Prinzen, und in der Tat sah der Mann unübertroffen britisch aus. Und hinter ihm ... Madeleine kniff die Lider zusammen: zwei Frauen.

«Madeleine!» Lucien war jetzt dicht an ihrer Seite. Sie konnte ihn *riechen*. Scham überkam sie. Er war grauenhaft zugerichtet, und all das hatte er für *sie* getan. Mit stockender Stimme hatte er sich bemüht, ihr zu erklären, *warum* er mit Materne gemeinsame Sache gemacht hatte: *Zweitausend Francs*. Bald, so bald schon. Madeleine werde sich *zur Ruhe setzen* können, und dann würden sie beide ... Hatte er an dieser Stelle einen Blick über die Schulter geworfen? Einen beinahe schuldbewussten Blick? Wohin? Auf die Tochter der Vicomtesse?

Madeleine konnte jetzt nicht darüber nachdenken. Ihre Augen hafteten an der Mündung des Tunnels. Die französischen Ermittler waren hier. Und der britische Prinz samt Begleitern. Albertine de Rocquefort und ihre Tochter waren hier, ebenso Madeleine selbst, und die Entführer hätten Sorge tragen sollen, dass sie noch auf sehr viel direkterem Weg in die Katakomben gelangt wäre.

Sie wusste nicht, *wie* alles zusammenhing, und doch war der Zusammenhang jetzt mit Händen zu greifen. Die blaue Mappe. Die Explosion des Chou-Chou. Die Verwicklung ausländischer Geheimdienste, mit denen Longueville Madeleine selbst im Bunde glaubte. Eines hing mit dem anderen zusammen, und alles hing mit *ihm* zusammen, mit dem Mann mit der Rose. Wer wusste besser als sie, zu welchen Manipulationen er in der Lage war? Jeder, der sich in diesem Moment unter der gewaltigen Kuppel aufhielt, hatte eine Rolle gespielt in seinen Plänen. Und irgendwie war es dem Fremden gelungen, sie jetzt, Minuten bevor die Exposition Universelle zu Ende ging, an diesem Ort zu versammeln.

Nur einer fehlte. Friedrich. In den nächsten Sekunden musste er durch die Einmündung des Stollens treten. Alles andere hätte keinen Sinn ergeben, und Madeleine ahnte sogar, wie der Mechanismus aussah, der ihn in die Tunnel locken sollte. Sie selbst war der Lockvogel. Einer jener diskreten Umschläge, die der Fremde überbringen ließ, und

Friedrich von Straten würde zur Rettung Madeleine Royals in die Katakomben ...

Noch eine Frau trat in den Dom unter dem Felsen. Die erstaunlichste Erscheinung von allen, in etwas gehüllt, dem der Begriff Kleidung nicht gerecht wurde. Keine Sekunde war Madeleine Royal im Zweifel: In den Gassen des Montparnasse gab es Dutzende von Männern, die für ein solches Geschöpf *getötet* hätten. Die junge Frau betrat die mächtige Kaverne und sah sich aufmerksam um. Und die Mündung des Ganges blieb leer.

Er ist nicht hier. Ein Gefühl in der Brust der Kurtisane, eine unvermittelte Leere. Friedrich war nicht gekommen. Dass die Botschaft des Fremden ihn erreicht hatte, war keine Frage. Der Mann mit der Rose war niemand, der in dieser Hinsicht irgendetwas dem Zufall überließ. Wenn Friedrich von Straten nicht kam, dann bedeutete das, dass er sich anders entschieden hatte. Für seinen Kontaktmann, für Longueville oder für den Marquis de Montasser. Gleichgültig, für wen von ihnen. Er hatte sich für seine Krone entschieden. Er hatte gelogen.

«*Ich will wissen, Madeleine*», flüsterte sie, und die Worte schmeckten bitter. «*Doch was ich bin, das wird sich nicht ändern.*»

Ein Schatten in der Tunnelöffnung! Doch, nein, es war eine völlig andere Gestalt. Es war ... Graf Drakenstein, skeptisch in die Runde blickend. Und hinter ihm ...

Seine Miene war düster. Erst als er sie erblickte: ein erleichtertes Lächeln – doch da war sie bereits die Stufen hinauf, dass Drakenstein mit einem *Holla!* zur Seite wich. Sie lag an Friedrichs Brust, spürte, wie er sich einen Moment lang überhaupt nicht bewegte, dann fast ungeschickt die Arme um sie legte, ihr Gelegenheit gab, für Sekunden diese ungewohnte Nähe zu genießen.

«Du bist ...» Scheu strichen seine Hände über ihr Haar. «Dir fehlt nichts? Dir ist nichts geschehen?»

«Ich ...» Sie verstummte. Die Worte wollten nicht heraus. Ob ihr nichts geschehen war? *Alles* war geschehen. Was sie niemals für möglich gehalten hatte, war geschehen. Und der Mann war der unmöglichste Mensch, den eine Frau mit Verstand sich hätte aussuchen können. Doch wann war sie jemals eine Frau gewesen, die sich leiten ließ von ihrem Verstand?

Sie blickte zu ihm auf. «Erzähl mir nicht, dass sie es nicht versucht haben. Longueville und dein Seidenhändler.»

Er sah sie an. Auf seinem Gesicht ein Ausdruck: Sie wusste, dass ihr eigenes Gesicht denselben Ausdruck trug: *Angekommen*. Beim unmöglichsten Menschen der Welt. Und sie sah, wie er nur widerwillig ins Hier und Jetzt zurückkehrte oder, nein, zu dem, was nicht hier und nicht jetzt war, sondern die Welt dort draußen.

«Sie haben es versucht», sagte er zögernd. «Und ich habe mich noch nicht entschieden.» Überrascht sah sie auf, doch seine Haltung machte deutlich, dass er noch nicht fertig war. «Rollande besteht darauf, dass ich mich heute Nacht entscheide, doch so lange, wie er auf die Sache hingearbeitet hat, wird er nicht alles abblasen, wenn er meine Antwort erst morgen bekommt. Und es ist keine Frage, dass das hier ...» Er holte Luft. «Dass *du* wichtiger bist.»

Aufmerksam sah sie zu ihm auf, ohne sich von ihm zu lösen. Mit einem Nicken bat sie ihn fortzufahren.

«Ich habe darüber nachgedacht, ob ich beides haben kann: dich und ... das. – Der Kaiser ...» Er setzte neu an. «*Mein Vater* hat den größten Teil seines Lebens im Exil verbracht. Nicht anders als ich. Die Bourbonen und die Orleans konnten nicht dulden, dass ein Bonaparte ins Land zurückkehrte, doch nach ihrem Sturz hat sich das Volk in freier Wahl entschieden, dass es *ihn* zum Kaiser haben wollte. Er wusste, dass er unzählige Feinde hatte. Was hätte er dringender gebraucht als mächtige Verbündete? Und wie gewinnt ein Herrscher Verbündete?»

«Verbündete?» Im nächsten Moment verstand sie. «Indem er heiratet», murmelte sie. «Eine Königs- oder Kaisertochter.»

Er nickte. «Aber das hat er nicht getan. Seine Frau – die Kaiserin – stammte aus kleinem Adel irgendwo in Spanien. Nichts, das ihm irgendwelche politischen Vorteile gebracht hätte. Er muss diese Frau tatsächlich geliebt haben. Vielleicht etwas anders als ...» Ein Blick nach hinten. Albertine de Rocquefort war in ein angeregtes Gespräch mit dem Grafen Drakenstein vertieft. «Anders als sie. Doch er hat die Frau geheiratet, die er liebte. Und niemand hat sich ihm widersetzt, jedenfalls nicht mit Erfolg. Warum sollte es mir nicht ...»

Sie hob die Hand. Was er da andeutete ... «Bitte», flüsterte sie. «Ich ...»

Sein Finger, der sich auf ihre Lippen legte. Sein Atem an ihrem Ohr. «Wir haben Zeit», sagte er leise. «Rollande kann warten. Und ich glaube nicht einmal, dass ich ihn beim Wort nehmen werde. Vorausgesetzt, ich entscheide mich, überhaupt jemanden beim Wort zu nehmen. Ich glaube, dass du Longueville falsch einschätzt, ganz gleich, was er getan hat. Was er mir gesagt hat ...»

Friedrich brach ab. Die junge Frau in dem Etwas, das von Kleidung weit, weit entfernt war, ging dicht an ihnen vorbei. Sie hatte etwas Katzenhaftes an sich, eine Eleganz der Bewegung. Unmöglich, sich der Faszination zu entziehen, die von diesem außergewöhnlichen Geschöpf ausging.

«Ich habe von solchen Gewölben gehört.» Die Frau sprach zu dem jungen britischen Offizier, der versucht hatte, sich zwischen Luis und den Prinzen zu stellen, doch der Hall unter der Kuppel sorgte dafür, dass jeder im Raum sie verstehen konnte. «Auf den untersten Ebenen», ergänzte sie, «noch unter den Stollen, in denen der Kalkstein abgebaut wurde. Weit unter den Beinhäusern. – Reservoirs für Zeiten der Dürre. Das Wasser der unterirdischen Quellen sollte hier zusammenfließen, und ...» Ein musternder Blick über die Wände. «Da!» Sie deutete nach oben, auf einen etwas tieferen Schatten, mehrere Meter über dem Boden, in einem Bereich, den das schwache Lampenlicht, das die unterschiedlichen Gruppen mit sich führten, nicht erreichte. «Das ist eine der Einmündungen. Doch jemand muss sie versiegelt haben. Weil er die Kuppel für etwas anderes nutzen wollte.»

«Vollkommen richtig, Mademoiselle Berneau.»

Die junge Frau fuhr zusammen. Die Stimme schien aus dem Nichts zu kommen, aus der Kuppel selbst. Eine Stimme, die ...

Madeleine war erstarrt. Kälte. Kälte in ihrem Körper. Sie spürte, wie Friedrich besorgt zu ihr herabsah, doch ihr Blick war nach oben, war in den Raum gerichtet, wo *nichts* war. «Das ist er», flüsterte sie. «Der Mann mit der Rose.»

«Wer?» Madeleine musste lauter gesprochen haben, als sie geglaubt hatte. Sie war sich nicht sicher, zu wem diese Stimme gehörte. Luis? Der jüngere der beiden Beamten des Deuxième Bureau?

«Le Roy.» Eine Gestalt wandte sich mit bedächtigen Schritten in die Mitte des Gewölbes: Alain Marais. Der große Ermittler des Deuxième Bureau, über den Geschichten in Umlauf waren, so lange Madeleine zurückdenken konnte. Der Retter der Republik, den sie sich ... anders vorgestellt hatte. Mehr Haare vor allem. Doch fasziniert beobachtete sie, wie der Agent am Rande des Lichtkreises innehielt, den die Petroleumlampen warfen, den Blick ruhig in die Weite des Gewölbes gerichtet.

«Le Roy. Mit einem R. – Nicolas le Roy, geboren im März 1846 in Châlus. Langjähriger Mitarbeiter von Monsieur Berneau, sodann aber mit Drang nach Höherem sowie über den Großen Teich. Schöpfer des Hydraulischen Schuhanziehers und der Elektrompete, Mehrheitseigner gut eines Dutzends florierender Gesellschaften an der amerikanischen Ostküste. All das, um nun zur Exposition Universelle auf heimischen Boden zurückzukehren, weil nicht sein *kann*, was nicht sein *darf*: dass Monsieur Berneau sein Lebenswerk krönt, das doch Ihrer Tüftelei so unendlich viel zu verdanken hat.»

Schweigen, für mehrere Sekunden. Dann die Stimme aus dem Verborgenen: «*Präzise und – wie ich vermute – erschöpfend dargelegt, Agent Marais. Ich darf Sie beglückwünschen, dass Sie auch dieses Rätsel gelöst haben. Zu spät, aber Sie haben es gelöst.*»

«Das ist unmöglich.» Der junge britische Offizier, der an der Seite der katzenhaften Frau verharrt hatte, schloss jetzt mit zögernden Schritten zu Marais auf. «Das kann er nicht sein. Der Mann ist tot! Ich habe gesehen, wie er ...»

«*Bin ich tot?*» Die Stimme fiel ihm ins Wort. «*Dass ich tot bin, ergibt sich als logische Schlussfolgerung aus der Tatsache, dass Sie hier sind, Mister Fitz-Edwards, und meine Worte hören können. Kausalität: die Abfolge von Ursache und Wirkung, welche einen jeden präzisen Mechanismus auszeichnet. Auf die Gefahr hin, uncharmant zu klingen: Es ist vollkommen unnötig, am Leben zu sein, um Ihre Reaktionen vorherzusehen.*»

«Aber ...» Fitz-Edwards verstummte. Schüttelte den Kopf. Er holte Luft, und jetzt mischte sich etwas Neues in seine Stimme. Staunen, Ehrfurcht beinahe. «Er kann tatsächlich tot sein», flüsterte er. «Und trotzdem hören wir ihn. Dr. Edisons Phonograph kann die menschliche Stimme aufzeichnen und sie jederzeit wiedergeben. Jemand kann in diesen Phonographen sprechen, und noch nach hundert Jahren kann man seinen Worten lauschen.»

«Er kann die Worte auch einfach aufschreiben.» Der Duke of Avondale klang fast beleidigt.

Eine Bemerkung, die Nicolas le Roy offenbar nicht vorhergesehen hatte. Jedenfalls würdigte die Stimme sie keiner Antwort. Stattdessen trat eine andere Gestalt nach vorn, mit langsamen Schritten, wie eine Schlafwandlerin. Sie war beinahe an Marais' Seite, als der Agent sich umwandte, seine angesengten Brauen in die Höhe fuhren. «Celeste, was zur Hölle ...»

Die Frau nahm ihn nicht zur Kenntnis. «Serge», flüsterte sie. Kaum zu verstehen. «Ich habe es nicht glauben wollen. Ich *hätte* es nicht geglaubt, wenn ich nicht selbst ...»

«Madame», unterbrach sie die Stimme Le Roys in einem beinahe entschuldigenden Tonfall. «Bitte verzeihen Sie, wenn ich Ihnen an dieser Stelle ins Wort falle. Ihre Reaktion, wie ich gestehen muss, ist in der Tat nur unter Schwierigkeiten vorherzusehen, die Hebel und Mechanismen, die Sie unter Umständen entdecken.» Einen Augenblick Schweigen. «Lassen Sie sie die Zimmer tauschen.» In verändertem Ton. «Brillant. Wahrhaft brillant. Zu meiner Überraschung stelle ich fest, dass ich in der Tat eine gewisse Erleichterung verspüre angesichts des Wissens, dass Sie Ihr Etablissement behalten werden. Bei einem der Dokumente aus meinem Umschlag, die Sie vor Ihrem Aufbruch im oberen rechten Schubfach Ihres Sekretärs verwahrt haben dürften, handelt es sich übrigens um eine Bankanweisung über zwanzigtausend Francs. Nur für den Fall, dass ich einen Ihrer Wechsel übersehen haben sollte in dieser etwas komplexen Angelegenheit. Komplexe Angelegenheiten, wie wir beide wissen, regelt man am besten aus dem Zentrum der Dinge heraus, und, auf die Gefahr, mich zu wiederholen: Die Zeit im Vernet hat mir Möglichkeiten eröffnet, die ich mir nicht hätte träumen lassen. Bestimmte Aufgaben lassen sich delegieren, doch auf die entscheidenden Dinge muss man selbst ein Auge haben. Ich habe mein Beschäftigungsverhältnis in Ihrem Haus zu keinem Zeitpunkt bereut.»

Die Frau namens Celeste öffnete den Mund, schüttelte dann den Kopf. Sie sagte kein Wort mehr.

Madeleine sah sich um. Die übrigen Anwesenden hielten sich im Hintergrund. Der Duke of Avondale mit gekränkter Miene sogar *sehr* weit im Hintergrund, während die Vicomtesse und ihre Tochter ... Madeleine sog die Luft ein, als ihr aufging, dass der Mann mit der Rose – Le Roy, Serge, oder wie auch immer er heißen mochte – an Albertine de Rocquefort keinesfalls das Wort richten würde. Weil er nicht wusste, dass sie da war. Er konnte nicht wissen, dass seine Schergen nicht Madeleine, sondern die Tochter der Vicomtesse ergriffen hatten. Er konnte nicht wissen, dass die beiden Frauen überhaupt hier waren. Schwindel griff nach ihr. Das wiederholte Zögern der Stimme, bevor sie eine Antwort gab, nur um bei der nächsten Gelegenheit einem Sprecher ins Wort zu fallen: Die Vermutung des Briten war richtig. Sie lauschten keinem lebenden Menschen, sondern der Aufzeichnung eines Phonographen. Der Stimme eines Toten.

«Ich habe Sie aus einem bestimmten Grund an diesem Ort versammelt, Mesdames, Messieurs, und möchte mir erlauben, an dieser Stelle zum Kern zu kommen. Lebenszeit ist kostbar; Sie werden mir zugestehen, dass ich weiß, wovon ich rede. Ich habe etwas für Sie vorbereitet. – Mademoiselle Royal, wenn Sie so gut wären, an die Wasserrinne zu treten.»

Madeleine war erstarrt, zu keiner Regung fähig. Sie spürte Friedrichs Hand auf ihrer Schulter, doch gleichzeitig hatte sie das Gefühl, weit fort zu sein. Der Mann mit der Rose – Nicolas le Roy – gab ihr eine Anweisung. Sie wusste, was es bedeutete, wenn man seinen Anweisungen zuwiderhandelte. Sie löste sich, bewegte sich wie im Schlaf.

«Oberhalb der Stelle, an der der Wasserlauf im Boden verschwindet, befindet sich eine Höhlung.»

Sie ging rascher. Das Rinnsal unterhalb der Wand. Der Ablauf. Die Höhlung, etwa auf Schulterhöhe.

«Sie bewegen den Hebel bitte langsam auf sich zu.»

Ein Hebel? Die in den Fels getriebene Nische war vielleicht zwei Handteller groß. Sie spähte hinein. Ja, da war ein undeutlicher Schatten. Sie tastete hinein, zuckte kurz zusammen; die Nische besaß nadelspitze Kanten. Ihre Finger schlossen sich um den Hebel und zogen ihn langsam zu sich heran.

***

ZÜNDUNG IN 18 MINUTEN
Katakomben, Paris, 14. Arrondissement –
31. Oktober 1889, 23:42 Uhr

Licht. – Friedrich kniff die Augen zusammen, doch die plötzliche Helligkeit drang noch durch die geschlossenen Lider. In seinem Rücken ein Aufkeuchen, das er mit dem britischen Prinzen in Zusammenhang brachte. Licht. Doch es war ... Er blinzelte. Es war nicht so grell, wie es im ersten Augenblick erschienen war. Im Gegenteil war es ein eher graues Licht, das von der entgegengesetzten Seite der gigantischen Kaverne auf die Versammelten fiel, und es stammte ... Es stammte von einer Fotografie, einer meterhohen Fotografie, die den gesamten oberen Bereich der jenseitigen Wand einnahm und aus sich selbst heraus zu leuchten schien. Das Bild zeigte den Rücken eines Mannes in einer dunklen Anzugjacke, und ...

Dies war der Augenblick, in dem Friedrich aufkeuchte, aus sämtlichen Kehlen Laute des Erschreckens, des *Entsetzens* zu hören waren, Menschen ungläubig zurückstolperten, Fitz-Edwards' Begleiterin dagegen, *Mademoiselle Berneau*, wie hypnotisiert einige Schritte auf die Fotografie zutrat.

Auf die Fotografie, die sich bewegte.

Der Mann hatte sich umgedreht, und Friedrich von Straten erkannte den hageren Herrn wieder, der sich am Tag zuvor angeboten hatte, ihm für den Weg zur Rue de Lubeck eine Kutsche zu rufen: den Concierge des Hôtel Vernet. Nicolas Le Roy, ihren großen Gegner. *Groß.* Sechs oder sieben Meter groß, und einzig sein Oberkörper war zu sehen, hinter ihm eine Phalanx von Buchrücken.

Nein. Es war nicht Le Roy. Es war eine Aufzeichnung des Bildes von Le Roy, wie sie eine Aufzeichnung seiner Stimme gehört hatten. Es war ein Toter, der sich vor ihren Augen regte, nachdenklich über sein Kinn strich, wobei die Bewegung für einen Moment etwas hastiger zu werden schien, bevor er den Arm langsam wieder sinken ließ. Und im nächsten Moment begann der Tote von neuem zu sprechen.

«*Ich möchte Sie um Verzeihung bitten, mesdames et messieurs*», erklärte er. «*Dieses Verfahren ist bedauerlicherweise noch nicht vollständig ausgereift.*»

Noch nicht ausgereift? Im selben Moment erkannte Friedrich, wovon der Mann sprach. Er sprach – und seine Lippen bewegten sich. Doch jetzt, als der Konstrukteur bereits schwieg, konnte Friedrich sehen, wie sich sein Mund noch einmal öffnete und die Worte *au point* formte. *Ausgereift.* Die Worte und die Bilder aus dem Totenreich waren auf gespenstische Weise Sekunden gegeneinander verschoben.

Aus dem Augenwinkel sah Friedrich, wie sich eine weitere Gestalt mit langsamen Schritten dem überdimensionalen Bild des Konstrukteurs näherte, welches die Gruppe jetzt unverwandt zu beobachten schien. Lucien Dantez, die linke Hand vor die Brust gepresst. Er sah fürchterlich aus, doch in seinen Augen war ein Staunen, eine Faszination ...

«*Edward Muybridge*», flüsterte er. «Das Zoopraxiskop!» Aufgeregt wandte er sich zu seinen Begleitern um. «Mister Muybridge hat eine Möglichkeit gefunden, Fotografien eines bewegten Objektes in winzigen Abständen hintereinander anzufertigen. Eines galoppierenden Pferdes oder ...» Ein Kopfschütteln. «Wenn diese Aufnahmen auf eine Trommel montiert und von hinten beleuchtet werden und wenn man diese Trommel in Rotation versetzt, dann scheint sich das Pferd zu bewegen. Man kann erkennen, wie sich die Hufe vom Boden lösen. Doch ich habe noch niemals eine Bildfolge von vergleichbarer Länge gesehen und mit ...»

«*An dieser Stelle dürfte Ihnen unser Monsieur Dantez einen Exkurs zu den Erkenntnissen Eadweard Muybridges geliefert haben.*» Der Tote spitzte die Lippen. Mit übertriebener Betonung: «*Eadweard. Nicht Edward. Wer Besonderes leistet, verdient es, dass wir ihn in angemessener Weise würdigen. Unter seinem richtigen Namen.*»

Verkündete der Mann, der der Meinung gewesen war, dass sein eigener Name nicht ausreichend gewürdigt wurde, dachte Friedrich. Wenn er Fitz-Edwards richtig verstanden hatte. Fast gegen seinen Willen trat er nun ebenfalls einige Schritte auf den Toten zu, zuckte im nächsten Moment zusammen.

«*Hauptmann von Straten*», sprach der Tote ihn an. «*Constable Fitz-Edwards. Oh, und Agent Candidat Trebut. – Mit Ihnen habe ich bitte etwas Besonderes zu bereden. Wenn Sie so freundlich wären, näher zu kommen? Ich gebe Ihnen mein Wort, dass Ihnen nichts geschehen wird.*»

Friedrichs Brauen zogen sich zusammen. Er sah und hörte den Mann ganz hervorragend von dort, wo er gerade stand. Fitz-Edwards dagegen setzte sich kurz entschlossen in Bewegung. Friedrich erkannte die Neugier auf seinem Gesicht. Der junge Franzose ...

«Passen Sie auf sich auf, Pierre Trebut vom Deuxième Bureau!», rief das Küchenmädchen aus dem Vernet, mit besorgtem Ton in der Stimme.

Ein kurzes Lächeln huschte über Trebuts Gesicht, dann trat er ebenfalls auf die Leinwand zu, vorbei an seinem Ermittlungspartner, an Fitz-Edwards' Begleiterin, Madame Marêchal und dem Fotografen. Friedrich warf einen Blick über die Schulter. Madeleine lehnte neben der Wandnische mit dem Hebel, der das bewegte Bild ausgelöst hatte. Sie wirkte blass, doch war es ein Wunder? Niemand wusste besser als sie, wozu ihr Mann mit der Rose in der Lage war.

Sie räusperte sich. «Tu, was er sagt. Er hat euch sein Wort gegeben. Das bricht er nicht.»

Friedrich nickte knapp. Mit langsamen Schritten ging er auf die Leinwand zu, bis er neben den beiden anderen Männern angelangt war, und ...

Ein Geräusch. Ein Schrammen, im nächsten Moment ein Beben, eine Erschütterung. Friedrich machte unwillkürlich einen Schritt zurück, fing sich eben noch: Unvermittelt hatte sich im Rücken der drei jungen Männer ein meterbreiter Abgrund aufgetan, und im selben Moment war ein dumpfes Geräusch zu vernehmen, ein Gurgeln, als sich der Graben mit schäumendem Wasser zu füllen begann. Unübersehbar: Le Roy wollte mit seinen besonderen Gästen ungestört sein.

Gleichzeitig aber war noch etwas anderes geschehen: Unterhalb des bewegten Bildes hatte sich eine Pforte geöffnet, die in das Gestein hineinzuführen schien. Dahinter ein unbestimmtes Glimmen: ein verborgener Raum. Und jetzt, als Friedrich genauer hinsah, glaubte er dort eine hoch aufragende Bücherwand zu erkennen. Dort musste die Aufzeichnung entstanden sein, die vor ihren Augen ablief.

«Meine Herren. Wie Sie richtig erkannt haben, steht die Tür zu meinem Laboratorium Ihnen nunmehr offen.» Le Roy strich wie zur Bestätigung über die Buchrücken. «Ich möchte Sie dennoch bitten, sich noch einige Augenblicke zu gedulden, bevor Sie eintreten.» Ein verbindliches Nicken. «Der Vorgang, dessen

Zeuge Sie soeben geworden sind, kommt übrigens bis zu diesem Zeitpunkt ohne jede Elektrizität aus. Der Mechanismus wurde allein durch Ihr Gewicht ausgelöst, als Sie gemeinsam vorgetreten sind. Erst jetzt ...» Eine winzige Pause, in die hinein ein unvermitteltes knisterndes Geräusch ertönte. «Erst jetzt wird das Wasser unter elektrische Hochspannung gesetzt, was Sie bitte als Ermunterung verstehen mögen, an Ort und Stelle zu bleiben, während wir unser Gespräch führen. Und Ihre Begleiter ebenso – auf ihrer Seite des Grabens. Sehr viele Dinge, Messieurs, gestalten sich im Grunde sehr viel simpler als auf den ersten Blick vermutet. Nicht selten gerade die genialen Ideen, die unsere Spezies ein weites Stück voranbringen können. Ideen, die ich mit Ihnen teilen möchte.»

Friedrich hob die Augenbrauen, sah zur Seite. Fitz-Edwards' Blick war nach wie vor gefesselt auf den Toten gerichtet, Trebut wirkte skeptischer. Wie auch Friedrich selbst erheblichen Zweifel verspürte. Dieser Mann war alles ... War alles *gewesen*. Aber mit Sicherheit kein selbstloser Wohltäter.

«Mir ist bewusst, messieurs, dass sich Ihre jeweiligen Nationen in einer schwierigen Situation befinden», fuhr Le Roy fort. «Sieht sich die Französische Republik nicht von einem Ring von Feinden umgeben, Agent Candidat Trebut? Und das Britische Empire, Constable, mag im Augenblick noch als führende Macht dastehen, doch beginnt ihm nicht das Deutsche Reich den Rang abzulaufen unter den Mächten Europas? Und droht ihm nicht dasselbe Schicksal im Ringen um den afrikanischen Kontinent, in diesem Fall vonseiten der Französischen Republik? Und das Deutsche Reich, Hauptmann von Straten, wenn ich Sie für den Augenblick noch als Deutschen, als Hauptmann und als von Straten ansprechen darf ... Ist nicht die Stunde gekommen, da das Reich seine Machtstellung zementieren sollte, auf eine Weise, die es nicht länger in Furcht leben lässt, dass Frankreich und das Empire eben doch insgeheim ein Bündnis eingehen könnten? Sie alle drei, da bin ich mir gewiss, haben diese oder ähnliche Gedanken im Kopf, wenn Sie an die Zukunft Ihrer Nationen denken. Und der einzige Weg aus dieser verfahrenen Situation ist der Weg der Stärke. Stärke, die in etwa so aussehen könnte.»

Friedrich blinzelte. Das bewegte Bild: Auf einen Schlag hatte es sich verändert. Schon hatte er sich beinahe daran gewöhnt, dass ein Toter zu ihnen sprach, der sich in entspannter Haltung gegen seinen Bücherschrank lehnte. Doch plötzlich war nichts mehr davon zu sehen. Das bewegte Bild schien zum Stillstand gekommen zu sein, wirkte mit einem Mal wie ein mächtiges Fenster in eine ausgedehnte, kahle Landschaft. Ein Dorf inmitten der Wüste, in Afrika, vermutete Friedrich. Niedrige Häuser, die sich zwischen Sanddünen duckten. Jetzt doch Bewegung, als eine dunkel verhüllte Gestalt aus einem der Gebäude ins Freie trat, sich ohne Eile quer über den Dorfplatz in Bewegung setzte, und …

Die Gestalt hielt inne. Schien den Kopf auf die Seite zu legen, zu lauschen. Ein Brummen, das von der Kuppel widerhallte, und Friedrich erkannte es auf der Stelle wieder. Ein Aeroplan, derselbe Aeroplan womöglich, den er beim Anflug auf den stählernen Turm beobachtet hatte, und da war er, vielleicht zwei Handspannen groß, über dem Wüstendorf, doch er kam näher, noch näher, während die einzelne Gestalt den Kopf in den Nacken legte, dann staunend die Hände hob und jetzt weitere Gestalten aus den Häusern kamen und …

War da ein winziger Gegenstand, der sich vom Flugapparat löste, eben als die Maschine über dem Dorf war? Ein Donner! Das Aufblitzen einer Explosion inmitten der Menschen! Im nächsten Augenblick ein zweites Aufflammen, neuer Donner, dann eine dritte Erschütterung.

Fitz-Edwards war zwei Schritte zurückgewichen, starrte auf das Bild. Sie alle starrten auf das Bild, sahen Rauch, der in die Luft aufstieg, Feuer, das aus einem der Gebäude schlug, eine Gestalt, die mit schwankenden Schritten aus dem Rauch hervorstolperte, in die Knie brach. Und sie hörten Schreie, gellende, entsetzte Schreie aus dem Dorf, das eben noch in tiefstem Frieden dagelegen hatte unter einer afrikanischen Sonne.

«Nur ein Beispiel.» Wieder hatte sich das Bild verändert, und erneut war Le Roy vor seinen Büchern zu sehen. «Ganz kurz vielleicht ein zweites.»

Für den Bruchteil einer Sekunde schien das Bild schwarz zu werden, doch schon war es wieder da und zeigte diesmal eine ruhige Wasserfläche. Ein Küstengewässer, vermutete Friedrich, denn ein Fischkutter trieb auf den Wellen dahin, und Männer waren dabei, die Netze einzuholen. Friedrich spürte eine tiefe Kälte, ertappte sich, wie er bereits auf das Geräusch lauschte, nach dem Aeroplan Ausschau hielt, der kommen musste, um seine tödliche Fracht … Ein Bersten. Ein Auflodern von Feuer, im nächsten Augenblick dichter Rauch, der die Sicht auf das Boot verhüllte, doch nach

Sekunden kamen Trümmer in den Blick, und der Umriss des brennenden Wasserfahrzeugs schien sich auf die Seite zu legen, dem Meer entgegen.

«Da war keine Flugmaschine», flüsterte Pierre Trebut. Ein Blick zu Friedrich, beinahe flehend. «Haben Sie eine Flugmaschine gesehen?»

Stumm schüttelte Friedrich den Kopf, und im selben Augenblick sah er einen neuen Schatten, einen Schatten im Vordergrund, der aus dem Wasser emportauchte, einem gigantischen Walfisch gleich.

«Ein Unterseeboot», wisperte er. «Ein Unterseeboot mit einer Feuerkraft ...»

«Ich kann Ihnen versichern, dass die Torpedos ohne Schwierigkeiten in der Lage sind, auch einen stahlummantelten Bug zu durchdringen.» Le Roy, der von neuem im Bild erschien. *«Gewiss aber haben Sie Verständnis, dass meine Mitarbeiter bei diesen Demonstrationen mit einer gewissen Diskretion vorzugehen hatten.»*

«For God's sake.» Fitz-Edwards' Worte waren kaum zu hören. «Ein mechanisches Seeungeheuer.» Grausen in der Stimme, doch Friedrich hörte auch die Faszination, denn es war dieselbe Faszination, die auch er selbst spürte angesichts der Bilder. Der unglaublichen Macht, der Zerstörungskraft dieser Erfindungen, von denen er sich hätte vorstellen können, dass sie vielleicht, ja, in hundert Jahren tatsächlich möglich sein würden, aber noch nicht jetzt. Jetzt, da sich die Militärtechnik ...

«Das U-Boot dürfte speziell für Ihre Nation von Interesse sein, Constable.» Le Roy, mit einem Nicken nach rechts. Dort stand der Franzose, doch das konnte der tote Mann nicht wissen. *«Oder für die Ihre, Hauptmann.»* Ein kurzes Verziehen der Mundwinkel. *«Welche das auch sei. Ich muss gestehen, dass ich die Vorgänge um Ihre Person, die sich in diesen Tagen ganz ohne mein Zutun ergeben haben, mit großem Interesse verfolgt habe. Was bleibt mir also noch zu sagen?»*

Schweigen. Einen Moment lang glaubte Friedrich, dass der Konstrukteur seinen Worten in der Tat nichts mehr anzufügen hatte, doch dann wandte sich der Blick des Toten nach links.

«Mir ist bewusst, Agent Candidat Trebut, dass Sie kein Mann sind, dem der Sinn nach Höherem steht. Dass Sie mit Ihrem Leben als Beamter in den Diensten des französischen Staates keineswegs unzufrieden sind, wie Ihre Väter und Vorväter auch. Doch hat sich Ihnen nicht eine neue Welt eröffnet in den letzten Tagen?

Können Sie sich noch vorstellen, an Ihren Schreibtisch zurückzukehren und dort weiterzumachen, wo Sie Ihren Griffel vor drei Tagen abgelegt haben? Gewiss nicht. Und ganz gewiss würde man so etwas auch nicht erwarten von einem Mann, dem es gelingt, der Französischen Republik dieses Arsenal an Waffen zu sichern. Der neuen Legende des Deuxième Bureau. Dem neuen Alain Marais.»

Friedrich sah in Richtung des jüngeren Mannes, dessen Mund eine Winzigkeit offen stand. Sein Backenbart schien sich zu sträuben. Was er von dem Vorschlag hielt, war beim besten Willen nicht auszumachen.

«Constable Fitz-Edwards.» Le Roy sah nach rechts, wo immer noch Trebut stand und nicht der Brite. «In Ihrem Fall habe ich keinen Zweifel daran, dass Ihre Träume mit den größten Verheißungen mithalten können, die ich Ihnen nur anzubieten habe. Das Empire beherrscht die Meere, und an fähigen Männern hat es jederzeit Bedarf. Der Mann, der Waffen von dieser Wirksamkeit in die Hände des Vereinigten Königreichs legen könnte: Dieser Mann hätte mit Sicherheit die freie Wahl, in welcher der exotischen Dépendancen Ihrer Nation er mit seinem Werk beginnen wollte. Wobei es vermutlich überflüssig ist zu erwähnen, dass es sich kaum um eine Tätigkeit an subordinierter Stelle handeln dürfte.»

Friedrich blickte zu dem jungen Briten. Fitz-Edwards' Lippen bewegten sich, aber nichts war zu hören. Und dennoch glaubte er, das Wort lesen zu können, das die Lippen formten: Mombasa.

«Und was nun Sie anbetrifft.» Der Tote sah geradeaus, und es war gespenstisch, denn tatsächlich war es, als ob sein Blick Friedrichs Augen fand. «Was nun Sie anbetrifft, Friedrich von Straten, Frédéric-Napoleon Bonaparte: Sie haben unzählige Möglichkeiten. Sie können Großes erreichen, selbst ohne meine Hilfe. An Unterstützern wird es Ihnen nicht mangeln, wenn Sie sich daran begeben, Ihren Thron zurückzugewinnen.»

Friedrich war nicht in der Lage, seinen Blick von den Augen des Konstrukteurs zu lösen, und doch, schattenhaft, nahm er wahr, wie sich Trebuts Kopf ganz langsam in seine Richtung drehte, der Agent ihn aus großen Augen anstarrte.

«Und alle diese Unterstützer werden einen Preis von Ihnen fordern», fuhr Le Roy fort. «Wenn Sie sich der Hilfe Berlins bedienen, wird das Deutsche Reich auf jede Ihrer Entscheidungen Einfluss zu nehmen suchen. Sekretär Longueville und seine Verwaltung hingegen werden eine jede Ihrer Anweisungen in ihrem eigenen

Sinne auszulegen wissen, ganz gleich, wie sie lautet. Und wann immer Sie es wagen sollten, eine Maßnahme anzuordnen, die irgendeinem entfernten Vetter eines Unterstaatssekretärs Ungemach verursachen könnte, werden sie Ihnen mit dem Entzug ihrer Gunst drohen. Sie werden gefesselt sein, vom ersten Tage an, ganz gleich, mit wem Sie einig werden. All das können Sie sich ersparen. Sie können groß werden, Frédéric-Napoleon, wahrhaft groß. Sie können einer Epoche Ihren Namen geben. Sie können größer werden als Ihr Vater, ja, als Ihr Großonkel gar. Ihr Zeitalter, Sire, wird man als das wahre napoleonische Zeitalter bezeichnen. Mit dem, was hinter dieser Tür auf Sie wartet.»

Schweigen. Und diesmal dauerte es an. Der Mann im bewegten Bild sah geradeaus, und beinahe schien dieses Bild jetzt starr. Doch nein, nun hob Le Roy wieder die Hand, fuhr sich nachdenklich über das Kinn, warf dann einen Blick nach oben, auf etwas, das sich hinter der fotografischen Kamera befinden musste. Eine Uhr. Friedrich war sich sicher. Der Konstrukteur wartete. Er würde noch einmal das Wort an sie richten.

Schließlich senkte der Mann den Blick. «Ich bin mir recht sicher, dass Sie alle noch immer an Ort und Stelle stehen. Lassen Sie mich daher mein Angebot wiederholen: Die Pläne zu den Waffen, die Sie soeben gesehen haben, und zu weiteren mächtigen militärischen Werkzeugen befinden sich dort vorne in diesem Raum. Beeilen Sie sich! Nehmen Sie, so viel Sie tragen können! Verhindern Sie, dass sie den impertinenten Franzosen in die Hände fallen! Den hochmütigen Briten! Den tumben Deutschen! Kämpfen Sie! Einem von Ihnen, einem Ihrer Völker wird die ganze Welt gehören!»

* * *

ZÜNDUNG IN 7 MINUTEN
**Katakomben, Paris, 14. Arrondissement –
31. Oktober 1889, 23:53 Uhr**

Der neue Alain Marais. Streng genommen war der alte noch da, fuhr es Pierre Trebut durch den Kopf. Und soeben hatte er diesen unglaublichen Fall gelöst. Zu spät, wie Le Roy betont hatte, doch gelöst hatte er ihn.

Sein Blick ging über die Schulter. Die Gestalt des Agenten war nur schemenhaft zu erkennen jenseits des Wassergrabens. Doch, ja, Charlotte war an seine Seite getreten. Pierre Trebut, die neue Legende des Deuxième Bureau, würde diesem wundervollen Geschöpf ein Leben bieten können, wie Charlotte Dupin es sich nur wünschen konnte. Wenn das Kleine einmal da war, würde es in aller Sicherheit aufwachsen. Sicherheit. Es waren nur ein paar Schritte in die erleuchtete Kammer, und dort lagen die Bücher, die Pläne und Konstruktionszeichnungen, die der Französischen Republik eine Stellung verschaffen würden, dass sie keinen Gegner mehr zu fürchten hatte. Der Republik, oder ... Ganz kurz ging sein Blick zu dem deutschen Offizier. *Bonaparte*. Wenn man es wusste, war die Ähnlichkeit eindeutig da. Wenn Pierre nun entschied, mit dem Deutschen gemeinsame Sache zu machen, würde er sogar die Staatsform seines Landes neu bestimmen können, und das wieder eingesetzte Kaiserhaus würde die Nation einer goldenen Zukunft entgegenführen. Den Briten ausschalten, und ...

Die Druckwelle. Der Stoß aus Feuer, der Agent Marais die Haare vom Kopf gesengt hatte. Eine einzige Sprengladung, die das Hurenhaus bis auf die Grundmauern zerstört, die Trümmer über ganze Straßenzüge verstreut und dreißig Männer in den Tod gerissen hatte. Und die Waffen, die der tote Mann ihnen präsentierte, waren noch einmal um so vieles mächtiger und zerstörerischer. Tödlicher. Wie viele Opfer würde ein Krieg fordern, der mit solchen Waffen ausgetragen wurde? Hunderttausende? Millionen? Millionen von Menschen, die sich auf der Exposition Universelle versammelt hatten zu einem Fest des Friedens.

Seine Kehle schnürte sich zusammen. Doch hatte er eine Wahl? Hatte er eine andere Wahl als diejenige, ob jene Millionen von Toten Franzosen sein würden – oder Deutsche und Briten? Wenn *ich* nicht zugreife, werden *sie* zugreifen. Ganz langsam wandten sich seine Augen nach rechts.

***

Zündung in 6 Minuten
Katakomben, Paris, 14. Arrondissement –
31. Oktober 1889, 23:54 Uhr

Mombasa? Oder die Bermudas? Oder eine Militärmission gegen die aufständischen Mahdisten im zentralen Afrika, um sie endlich zu schließen, die so wenig standesgemäße Lücke zwischen den Besitzungen des Britischen Empire im Norden und im Süden des Kontinents. Basil Fitz-Edwards durfte davon ausgehen, dass man ihm mehr oder minder die freie Entscheidung lassen würde bei der Wahl der Herausforderung, die er anzunehmen gedachte.

Wenn die Gegner auf dem europäischen Festland einmal niedergerungen waren, die Deutschen ihre Vormachtpläne wieder in der Schublade verstaut und die Franzosen ihre Träumereien von einem eigenen Kolonialreich aufgegeben hatten: Dann würden ganz andere Dinge möglich werden für das Britische Empire. Dinge, die der gesamten Menschheit zugutekommen würden. Was konnte dieser Menschheit schließlich Besseres passieren als eine Vorherrschaft des Britischen Weltreichs? Wenn die Mächte des Kontinents einmal bezwungen waren – was kein größeres Problem mehr darstellen sollte mit Le Roys Unterseebooten und Fliegerbomben. Und das ganze Land würde wissen, wem es in letzter Konsequenz zu danken hatte, wenn kein Geringerer als der Erbe des Erben des Empire höchstselbst Zeuge gewesen war, wie Basil Fitz-Edwards den Franzosen und den Deutschen ausgeschaltet und die Pläne an sich gebracht hatte.

Eine neue Art von Krieg. Ein Krieg, in dem die Gegner einander nicht mehr ins Auge sahen. In dem der Tod aus der Luft zu den Menschen kam oder unsichtbar aus dem Wasser. In dem die Feuergarben der Maxim-Gewehre über die Reihen der Gegner strichen oder, nein, in dem die Gegner es überhaupt nicht mehr wagen würden, den Kopf ins Freie zu strecken. Unter Flüchen und Gebeten würden sie ausharren, in Schützengräben und Erdlöcher gekrallt, den Blick zum Himmel gerichtet, den die Maschinerie des Todes verdunkelte.

Aber: die Armbrust. Das Schießpulver. Die Repetierbüchse. *Jede* Errungenschaft der Militärtechnik hatte immer nur für einige wenige Jahre

einer Partei allein gehört. Wurde der Gegner nicht rasch genug nieder-
geworfen, schloss er zur technischen Entwicklung auf. Rasch genug ...
Wenn Basil schneller war als Trebut und der Hauptmann, würde das
einen Vorsprung für die britischen Waffen bedeuten, doch am Ergebnis
würde es nichts ändern. Krieg. Ein Krieg, der mörderischer werden würde,
als die Menschheit es sich auszumalen vermochte. Ein *Weltkrieg*. In jenem
Moment, in dem sich einer der drei Männer einen Schritt bewegte, hatte
Nicolas Le Roy gewonnen. Das Fest des Friedens würde in ein Töten münden, das die Welt noch nicht gekannt hatte.

***

Zündung in 5 Minuten
Katakomben, Paris, 14. Arrondissement –
31. Oktober 1889, 23:55 Uhr

Le Roy schwieg. Sein Bild war nach wie vor zu sehen, und der Mann, tot
oder nicht, schien jede Regung der drei jungen Männer zu beobachten.
Kämpfen Sie!

Keiner von ihnen rührte sich. Friedrich holte Luft. Trebut war waffen-
los. Fitz-Edwards' Hand hatte sich irgendwann an seinen Gürtel bewegt,
als ob dort wie durch ein Wunder ein Degen zum Vorschein kommen
könnte, doch das war nicht der Fall. Ganz langsam wanderte Friedrichs
Hand an seinen eigenen Gürtel und zog die Pistole. Abschätzend hielt er
sie in der Hand, musterte den Mann im bewegten Bild. Dann drehte er
sich zur Seite, sah Fitz-Edwards an, der nur einen kurzen Blick in seine
Richtung warf. Er drehte sich zur anderen Seite. Trebut sah ihn noch
immer aus großen Augen an, doch jetzt war Erschrecken in seinen Blick
getreten.

Friedrich entsicherte die Waffe.

Er drehte sich um. Die übrigen Angehörigen der Expedition, Madeleine ganz klein, am weitesten zurück, schwer gegen die Wand neben dem
Hebel gelehnt. Hoch über ihnen ein kleiner Punkt, von dem ein Licht-

schimmer ausging, quer durch die Wölbung. Auf irgendeine Weise wurde das bewegte Bild von diesem Punkt aus an die gegenüberliegender Wand geworfen. Friedrich hob den Arm – und schoss.

«Hauptmann!» Drakensteins Stimme überschlug sich. Friedrich achtete nicht auf ihn. Die Waffe war ein Revolver, und sieben Kugeln waren noch in der Trommel. Doch dann ... er zögerte. Sein Blick ging nach rechts, weiter nach oben. Einer Erinnerung in seinem Kopf. Die Worte von Fitz-Edwards' Begleiterin, die wie nackt durch die Gegend lief, wie in dunkle Tinte getaucht: *Das Wasser der unterirdischen Quellen sollte hier zusammenfließen. Das ist eine der Einmündungen. Doch jemand muss sie versiegelt haben. Weil er die Kuppel für etwas anderes nutzen wollte.* Sein Blick fand den Schatten hoch über dem Boden. Er hob die Waffe, visierte und zog den Abzug durch.

Ein Schlag auf Metall. Die Kugel pfiff zur Seite. Ein zweiter Schuss. Mit dem dritten klang der Einschlag anders, und im nächsten Moment sah Friedrich, wie sich die Wand unterhalb des versiegelten Schachts dunkel zu verfärben begann. *Wasser.* Er feuerte weiter, der Schatten breitete sich aus, und im nächsten Moment sprudelte am Rande der Versiegelung ein feiner Wasserstrahl hervor. Friedrich schoss, bis die Trommel leer war.

Schweigen. Der Wasserstrom begann sich jetzt aus eigener Kraft seinen Weg zu bahnen, wurde von Sekunde zu Sekunde kräftiger. Die Frauen und Männer auf der anderen Seite des Grabens wichen mit raschen Schritten in Richtung auf die Stufen zurück, die zu den höher gelegenen Tunneln führten. Friedrich dagegen und seinen beiden Gefährten war der Fluchtweg versperrt. Der breite, wassergefüllte Graben zog sich quer durch die Halle, und Le Roy hatte ihn unter elektrische Spannung gesetzt. Da der Konstrukteur alles im Voraus geplant hatte, ging Friedrich davon aus, dass irgendein Mechanismus existierte, der den elektrischen Strom automatisch abgeschaltet hätte, sobald alles vorbei gewesen wäre. Sobald zwei von ihnen dreien tot am Boden lagen vermutlich.

«Warum ...» Friedrich wandte sich um: Pierre Trebut fuhr sich über die Lippen. «Warum haben Sie das getan? Sie haben ... Sie hatten die Pistole. Sie hätten uns ...»

«Weil Le Roy etwas nicht bedacht hat in seinem perfekten Plan.» Fitz-

Edwards suchte Friedrichs Blick. «Dass wir nämlich *lernen* können. Und erkennen, wenn der Preis zu hoch ist.»

Ein winziges diskretes Geräusch – und im nächsten Augenblick war es dunkel. Nicht vollkommen finster; jenseits des Abgrunds glommen die Petroleumlampen ihrer Gefährten, doch das gigantische Abbild Nicolas Le Roys war erloschen. Das Wasser hatte die elektrischen Stromkreise erreicht, und das bedeutete ...

Friedrich warf einen Blick zu seinen beiden Begleitern. «Meine Herren: Kommen Sie?»

Im unsteten Licht war gerade eben zu erkennen, wie sich Trebuts Adamsapfel bewegte. Schon nickte der Franzose knapp, war mit zwei Schritten an der tiefen Rinne im Gestein, die jetzt fast bis zum Rand mit Wasser gefüllt war. Kurz entschlossen tauchte er hinein, hatte mit wenigen Zügen das jenseitige Ufer erreicht.

Fitz-Edwards warf Friedrich ein schiefes Grinsen zu. Gleichzeitig waren sie im Wasser, das eiskalt über ihnen zusammenschlug. Der Brite war als Erster wieder oben, streckte Friedrich die Hand entgegen, half ihm hochzukommen. Ein Gefühl wie der Tod in seinen durchnässten Kleidern, und doch verspürte er eine Erleichterung, die er nicht für möglich gehalten hätte.

Auch hier, auf dem vor Minuten noch trockenen Boden strömte ihnen das Wasser nun knöchelhoch entgegen. Die meisten ihrer Begleiter hatten sich bereits die Treppen hinauf in Sicherheit gebracht. Lediglich Drakenstein, die Petroleumlampe erhoben, blickte ihnen unverwandt entgegen, musterte Friedrich von oben bis unten, mit einem Ausdruck, der sich nicht deuten ließ. Er sagte kein Wort, nickte schließlich knapp und leuchtete ihnen den Weg in Richtung auf die Stufen.

Doch Friedrich hatte keinen Blick für die Stufen. Noch nicht. *Madeleine.* Jetzt entdeckte er sie, tatsächlich noch immer an derselben Stelle, an dem in der Wand verborgenen Hebel, während ihr das Wasser bereits um die Waden spülte. Eilig watete Friedrich ihr entgegen, bis auf die Knochen durchnässt, doch gleichzeitig hüpfte das Herz in seiner Brust, weil er es spürte, es wusste: dass er das Richtige getan hatte.

«Madeleine!» Er strahlte sie an. Griff nach ihrer Hand.

Ihre Finger waren kalt. Sie hob den Blick, und ... Sie war furchtbar blass. Mehr als blass. Sie sah krank aus.

«Madeleine?» Ein plötzliches, eisiges Gefühl in Friedrichs Brust. «Was ist mit dir?»

Ihre Zunge fuhr über ihre Lippen. Ihre Lippen, die ... Nein, es war nicht das fahle Licht. Ihre Lippen schimmerten bläulich. «Ich ...» Sie holte Atem. «Ich kann meine Hand nicht mehr spüren.»

«Madeleine?» Er begann, ihre Finger zwischen seinen Händen zu reiben. Sie reagierten nur schwach.

«Der Hebel ... Die Kanten an der Nische ...» Ein mühsames Einatmen. «Nein! Fass sie nicht an. Sie sind spitz. Spitz wie die Dornen einer Rose.»

Er starrte sie an, ohne auf das Wasser zu achten, das nun Sekunde um Sekunde anstieg, brüllend aus dem so lange versiegelten Tunnel hervorschoss. Eine Erinnerung an etwas, das sie gesagt hatte. Über Le Roy, der ihre Finger um den Stiel der Rose geschlossen hatte.

«Ein Gift», wisperte er. «Aber er ...» Er schüttelte sich. «Es war kein Gift. Er wollte dich nur ...»

«Ich werde nicht sterben», flüsterte sie. «Ganz gleich, ob ich an die Mappe komme. Sterben ...» Ein kurzes Aufkeuchen, bevor wieder Luft in ihre Lungen kam. «Sterben werde ich nur dann, wenn ich um Mitternacht nicht ... nicht zum Trocadéro komme. Um Mitternacht ...» Sie versuchte, die Hand zu heben, doch sie fiel kraftlos zurück. «Um Mitternacht waren wir am Quai de la Conference.»

«Madeleine!» Seine Stimme überschlug sich. Gehetzt sah er über die Schulter. Drakenstein hielt die Lampe, doch er entdeckte den Fotografen. «Dantez!», brüllte er. «Helfen Sie mir!»

Der junge Mann kam die Stufen herunter, sah Madeleine voller Sorge an, sah zu Friedrich.

«Wir müssen sie nach oben bringen.» Friedrich. «Nehmen Sie den linken Arm!»

Er sah die Panik in den Augen des Fotografen, doch ohne Zögern gehorchte Dantez. Sie luden Madeleine auf ihre Schultern, und auch dieses Gefühl war ein Schock. Nicht allein ihre Hände: Von ihrem gesamten Körper begann die Kälte Besitz zu ergreifen.

Bis zu ihren Oberschenkeln reichte nun das Wasser. Verzweifelt kämpften sie sich den Stufen entgegen, die Treppe empor, zur Einmündung des Ganges. Fitz-Edwards und seine Begleiterin hatten auf sie gewartet. Konnten sie begreifen, was vorging?

«Hier entlang!» Der Brite, leise. Er hielt seine Lampe empor, leuchtete den Weg durch den Stollen.

Nach oben. Der Weg nach oben, Stufen und Steigungen, Kavernen, die Friedrich nie zuvor gesehen zu haben glaubte. Und er sah sie auch jetzt nicht wirklich. Immer wieder ging sein Blick zu Madeleines Gesicht, lauschte er auf ihren Atem, der schwerer und schwerer ging. Hinauf! Hinaus! Stollen und Tunnel, die kein Ende nehmen wollten. Fitz-Edwards mit der Lampe vor ihnen, Drakenstein und die junge Frau hinter ihnen. Fitz-Edwards' Worte hallten in Friedrichs Kopf wider: *Manchmal erkennen wir, wenn der Preis zu hoch ist.* Dieser Preis *war* zu hoch! Friedrich war nicht bereit, ihn zu zahlen!

Die Oberfläche: ein heller Schimmer und gleich darauf die letzten Stufen und dann der Hinterhof irgendwo an den Hängen des Montrouge. Die Luft hatte noch niemals so wundervoll geschmeckt. *Luft.* Und hoch am Himmel eine Explosion von Farben. Das Feuerwerk, das die Verantwortlichen der Exposition Universelle um Mitternacht gezündet hatten.

Madeleines Lippen bewegten sich. Friedrich glitt zu Boden, hielt sie fest, ihr Körper an seiner Brust. «Madeleine», flüsterte er. «Bitte, du darfst nicht ...»

Ihre Lider öffneten sich flatternd. Sie sah in seine Richtung, doch er spürte, dass sie ihn nicht mehr klar erkennen konnte. «Friedrich.» Kaum zu verstehen. Dann löste sich ihr Blick. Lichter zogen am Nachthimmel ihre Bahn, tauchten die Szenerie in unwirkliche Farben. Von Menschen erschaffene Sterne, für Sekunden hell aufleuchtend, bevor sie in einem Regen winziger Funken niedertaumelten. «Die Sterne», flüsterte sie. «Schau sie dir an. Wusstest du, dass sie überhaupt keine Wahl haben – als zu leuchten?»

Die Kutsche verschwand in der Tordurchfahrt, und Albertine de Rocquefort trat zurück. Mit gemischten Gefühlen. Marguerite begleitete das Mädchen, insofern hatte alles seine Ordnung. Dennoch war sie sich eine Spur unsicher. Unsicher, was Alphonse und Bernadette von der Sache halten würden. Blieb das Ganze doch ein ungewöhnliches Ansinnen angesichts der Tatsache, dass das Mädchen noch immer nicht in die Gesellschaft eingeführt war. Torteuils Ansinnen, Agnès seine Produktionsstätten vorzuführen zum Dank für die aufopferungsvolle Pflege nach seiner Verletzung durch die Explosion in der Galerie des Machines. Wofür das Mädchen sogleich Feuer und Flamme gewesen war. Doch letztendlich ... Letztendlich war es eben ein Problem ihres Schwagers und ihrer Schwägerin, wie Albertine de Rocquefort beschlossen hatte. Und Mélanie ...

«Sie hat sich verändert.»

Albertine drehte sich um.

Friedrich wandte ihr den Rücken zu, betrachtete über den Innenhof des Palais Rocquefort hinweg, wie Mélanie das Pferd mit sicherer Hand dazu bewegte, seine Position zu verändern, sodass nicht allein Albertines Tochter im Sattel voll zur Geltung kam, sondern auch das kleine Mädchen, Yve, das mit glänzenden Augen auf dem Rücken des Rosses thronte. Das kleine, taubstumme Mädchen, das Albertine in ihrem Haushalt aufgenommen hatte, durchaus um seiner selbst willen, ebenso natürlich aus Dankbarkeit, nachdem das Kind ihnen den Weg in die Katakomben gezeigt hatte. Und eine Winzigkeit vielleicht mit dieser Verwunderung im Kopf, welche Ähnlichkeit dieses kleine, taubstumme Mädchen doch mit dem großen, taubstummen Prinzen von Joinville aufwies, diesem Fixpunkt der Pariser Gesellschaft. Und mit dem Gedanken an die Möglichkeiten, die vielleicht daraus entstehen konnten.

Das Pferd blieb stehen, vollständig ruhig. Die Kleine grinste über das ganze Gesicht, und auch Mélanie lächelte, völlig entspannt. Dantez hob den Arm, gab ein Zeichen, und ... Ein Aufblitzen. Der Fotograf hob beide Daumen. Er schien mit der Aufnahme zufrieden zu sein.

Wozu er auch allen Grund hatte, dachte die Vicomtesse düster. Er konnte schon zufrieden, konnte *dankbar* sein, dass er überhaupt hier sein durfte, dass Albertine de Rocquefort ihrer Tochter diesen Umgang gestattete. Selbst wenn sie Friedrich recht geben musste. In der Tat hatte Mélanie sich verändert. Und einem Mädchen, bei dem sie jahrelang auch die geringste Willensäußerung begrüßt hatte, mit einem Mal einen Wunsch abzuschlagen ... Sie schüttelte den Kopf.

«Dieser Umgang ist nicht im Entferntesten standesgemäß.» Mit gedämpfter Stimme, und es war nicht allein die Tatsache, dass sie zu sich selbst sprach. Sie hörte sich an, als ob sie sich selbst von etwas zu überzeugen versuchte.

«Sie ist jung.» Friedrich bot ihr den Arm, und höflich legte sie die Finger auf den Stoff seiner Uniform, während sie sich mit langsamen Schritten zur Tordurchfahrt bewegten.

«Wenn Sie mir jetzt erklären, dass es Seiten an ihr gibt, die uns überraschen würden, werde ich meine Contenance verlieren», murmelte Albertine de Rocquefort.

Aus dem Augenwinkel nur sah sie, wie er ihr einen skeptischen Blick zuwarf. Er war ... Es fiel ihr nicht leicht, es auf einen Begriff zu bringen. Er war, was er war, und auch er hatte sich verändert. Wie hätte es auch anders sein können, nachdem die Kurtisane in seinen Armen gestorben war. Er kam ihr älter vor, wesentlich älter als seine Jahre; als ob nahezu überhaupt kein Altersunterschied zwischen ihnen beiden bestünde. Er war still, höflich, zurückgenommen, und sie konnte *spüren*, wie in seinem Kopf beständig Gedanken am Werk waren, Selbstvorwürfe, ein Zorn, dem er nicht erlaubte, an die Oberfläche zu treten, ein Überdruss ... ein Überdruss an allem.

Er hatte so viel gewonnen; erst im Nachhinein hatte sie die volle Tragweite der Ereignisse in den Katakomben zu ermessen vermocht. Er hatte so viel gewonnen. Für sie alle. Und er hatte alles verloren. Und was diese Stadt, dieses Land, dieses Leben ihm anzubieten hatte, hatte keine Bedeutung mehr für ihn ohne Madeleine Royal, die Paris für ihn ausgemacht hatte. Was Albertine de Rocquefort nicht am geringsten überraschte, war im Übrigen der Umstand, dass sie selbst all das verstand.

Sie stieß den Atem aus. Auch das war überraschend: Sie ertappte sich dabei, dass sie sich in seiner Gegenwart keine gesonderte Mühe gab, eine bestimmte Haltung einzunehmen. All diese Dinge schienen sich von selbst zu verstehen.

Sie hob den Kopf. «Sie haben sich also entschieden?», fragte sie.

Ein ganz knappes Nicken. «Graf Drakenstein hat mir eine Position im Diplomatischen Dienst angeboten, und ...» Ein kurzes Schweigen, dann die Stimme einen Moment lang verändert, beinahe wie ein Anflug von Interesse, von Beteiligung. «Es könnte sein, dass wir den Grafen ein wenig unterschätzt haben, wir alle.» Erneutes Schweigen, doch dann schüttelte er den Kopf, und der Eindruck war wieder fort. «Ich habe mich entschlossen, das Angebot anzunehmen», sagte er. «Meine erste Mission wird mich nach Konstantinopel führen.»

Das ist weit genug weg, dachte sie. Doch das wusste er selbst. Sie holte Luft, zögerte, bevor sie von neuem dem Kopf hob. «Da ist etwas, über das ich lange nachgedacht habe», sagte sie. «Etwas, das ... *sie* gesagt hat. Nachdem Sie fort waren, zum Empfang auf dem Turm.»

Er sagte kein Wort, sah sie nicht einmal an. Doch sie wusste, dass sie jetzt seine vollständige Aufmerksamkeit hatte. «Es ist gleichgültig, wo Sie *herkommen*», sagte sie mit leiser Stimme. «Alles, was zählt, ist, was Sie *sind*.» Sie holte Luft. «Nicht heute, nicht morgen. Aber du wirst in dieser Stadt immer etwas haben, wohin du zurückkehren kannst. Du wirst eine Familie haben.»

Er war stehen geblieben. Ihr Sohn, ihr großer, erwachsener Sohn, den sie in diesem Moment vielleicht zum ersten Mal als das wahrnahm, was er allein war, ohne dass auch nur ein Schatten seines Vaters auf ihm gelegen hätte. Sie wusste, dass er es nicht annehmen konnte, noch nicht. Doch sie wusste, dass die Zeit kommen würde.

Und später, als sie an der Rue Matignon stand, Mélanie neben ihr und der junge Fotograf und sie Friedrich gemeinsam hinterherblickten: Da kam Albertine der Gedanke, dass auch sie in Wahrheit nur das war, was sie in langen Jahren geworden war. Und für den Moment ... Für den Moment fühlte sich das gar nicht so schlecht an.

* * *

«... sind ebenfalls per Kabel unterrichtet. Ebenso der Nizam in Hyderabad und die Stellen in Mandalay, wo Sie die Feiertage verbringen werden. Sowie in Kalkutta, wo man Sie zum neuen Jahr erwartet. – Sie haben die Wechsel?»

«Jederzeit greifbar, Sir.» Basil wies auf die rechte Tasche seiner Uniformjacke. «Und sorgfältig gehütet.»

«Sie werden sie bis auf den letzten Penny abrechnen. Lassen Sie sich Quittungen ausstellen, auch in Ägypten. *Gerade* in Ägypten. – Das Empfehlungsschreiben an den Pascha?»

Basil pochte auf die linke Tasche.

«Ihr Hemd hat keine Taschen?» Misstrauisch legte O'Connell den Kopf auf die Seite. «Dann werden Sie diese Jacke keine Minute ablegen, bis Sie den Brief übergeben haben. – Die Liste unserer diplomatischen Vertretungen in den Hafenstädten ... Sie haben die Liste?»

«Ich denke, dass ich alles Wichtige bedacht habe, Sir.»

Ein Brummen. *Das haben Sie natürlich nicht.* Doch es war möglich, dass Basil sich die Worte nur einbildete. Natürlich war der Colonel nervös. Die Reise des Duke of Avondale in die indische Kronkolonie war seit Monaten vorbereitet worden. Dass es allerdings schon zu diesem Zeitpunkt ernst wurde und speziell unter diesen Umständen – das stand auf einem anderen Blatt. Der Colonel wandte sich um zu Eddy.

«Hoheit ...» Ein Räuspern. «Wenn Sie sich wirklich sicher sind, dass Sie sich allein auf dieses Abenteuer ...»

«Wie?» Der Duke of Avondale blinzelte. «Gewiss. Gewiss. Und Mr. Fitz-Edmunds ist ja dabei. Nicht wahr, Fitz-Edmunds, mein Guter? Werden große Zeiten.» Ein nachdrückliches Nicken. «Große Zeiten.»

«Dann ...» Unschlüssig trat der Colonel einen halben Schritt zurück.

Doch Eddy überraschte ihn. Sämtliche Anwesenden überraschte er, die sich zum Anlass seiner Abreise auf dem Bahnsteig des Gare de l'Est versammelt hatten. Mannhaft griff er nach der Hand des alten Offiziers, sah ihm fest in die Augen. «Danke, Colonel. Für alles. – Und alles, alles Gute für das, was Sie jetzt ... machen.»

Basil wahrte seine steife Oberlippe. Die Inhaberin des Vernet – die Frau, die auch Inhaberin des Vernet *bleiben* würde – stand einen halben Schritt hinter dem Colonel. In den letzten Tagen hatte es auf den Fluren des Hotels die unterschiedlichsten Gerüchte gegeben. Die Geschichte über einen Antrag des Offiziers, den Celeste Marêchal zumindest *in Erwägung ziehen* würde, wollte Basil keineswegs ins Reich des Unmöglichen verbannen. Nicht nachdem er das ein oder andere beiläufige Gespräch mit dem Personal des Hauses geführt hatte und nunmehr etwas klarer sehen konnte, *warum* O'Connell zwei Jahrzehnte gebraucht hatte, um der *patronne* gegenüber seine Avancen verständlich zum Ausdruck zu bringen. Wenn man bedachte, dass Madame Marêchal einst zu den Favoritinnen von O'Connells königlichem Herrn gezählt hatte, dem Prince of Wales: Doch, das war nachvollziehbar.

Basil holte Luft. Jetzt kam der *schwierige* Moment. Er hatte sich noch immer nicht vollständig daran gewöhnt, die junge Frau in einem Kleid zu sehen, musste aber offen zugeben, dass sie keinen minder atemberaubenden Anblick bot in verschwenderischem, dunkel schimmerndem Samt, die kupferroten Haare hochgesteckt. Zumal, wenn man sehr genaue Vorstellungen besaß, wie sie unter all diesen Lagen von Stoff aussah.

«Dann ...» Er musste schlucken. «Ich schreibe dir. Sofort aus Brindisi und dann aus jedem Hafen. Und sobald wir wieder zurück sind, also, wenn wir in Paris sind, werde ich mich ...»

Ein kurzes Funkeln aus den katzenhaften Augen. «Keine Sorge, copain. Solltest du noch einmal einen Fuß in diese Stadt setzen, werde ich dich finden.»

Wieder schluckte er, sah über ihre Schulter hinweg, wie der Schaffner einen strengen Blick auf seine Taschenuhr warf, und Minuten später hatten sie ihr Abteil bezogen. Basil stand am offenen Fenster und blickte auf das Verabschiedungskommando. Sekunden, und die Reise würde beginnen: Italien, das antike Griechenland, das faszinierende Ägypten und jenseits davon, weit jenseits des Horizonts die verlockenden Wunder Indiens. Eine ganze Welt, die auf Basil Fitz-Edwards wartete. Sobald ...

Die Frage! Er hatte sie bis zum letzten Augenblick hinausgeschoben, aber er musste sie stellen. Er war sich sicher, dass er diesmal eine Antwort bekommen würde.

Die junge Frau stand unmittelbar unter dem Fenster, blickte mit rätselhafter Miene zu ihm hoch. «Dein Name», sagte er eilig. «Ich ... Ich weiß noch immer nicht, wie du wirklich heißt. Ich kann doch nicht ...»

Mein Name? Minuit öffnete den Mund und ...

Der markerschütternde Ton des Signalhorns, der alle anderen Geräusche übertönte. Der stampfende Rhythmus der Kessel erwachte, und der Orient-Express ruckte an. Das Letzte, was Basil Fitz-Edwards von der jungen Frau zu sehen bekam, war ein spitzbübisches Grinsen.

***

Ob er nachdachte? Pierre Trebut beschloss, dass es sich so verhalten musste. Alain Marais war in Bewegung. Wenn der Agent sich etwas durch den Kopf gehen ließ, war dieses Herummarschieren nach Pierres Beobachtungen unerlässlich. Warum sollte es sich umgekehrt anders verhalten?

Der junge Beamte wich einem Stück Treibholz aus, an dem etwas klebte, bei dem er nicht zu genau hinsah. Weiterhin blieb er auf der Spur des Agenten, wenige Schritte vom Ufer. Hier draußen, in einer der unerfreulichsten Gegenden jenseits der Stadtmauern, wo mehrere Kloaken aus den Arrondissements an der Rive Gauche in den Fluss mündeten.

Ja, mit Sicherheit war Marais tief in Gedanken. Schließlich gab es mehr als genug zu bedenken, angefangen mit seiner Rolle als Brautführer, die er für die bevorstehende Eheschließung zwischen seinem Ermittlungspartner und Charlotte Dupin akzeptiert hatte. Nebst manchem weniger Erfreulichen. Dass Madame Maréchal sich höchst erleichtert gezeigt hatte, dass der Agent *im Wesentlichen* unversehrt sei, ihm aber im selben Atemzug ein schönes Leben in seinem Domizil auf dem Montrouge gewünscht hatte, fiel mit ziemlicher Sicherheit in die Kategorie der eher unerfreulichen Gedanken.

Die beiden Männer hörten ihn, bevor sie ihn sehen konnten: Ein metallisches Geklimper über die Geräusche der Strömung hinweg, und als sie ein verkrüppeltes Gebüsch umrundeten, stand Philippe Auberlon vor ihnen in seiner Uniform voller Orden und Abzeichen, hin und her gestikulierend, während er mehreren Beamten der Gendarmerie Anweisungen erteilte, die soeben an langen Leinen etwas ans Ufer zogen.

«Mon général.» Marais, mit einer angedeuteten Verneigung.

Die Antwort des alten Mannes bestand aus einem Brummen, dem unter Umständen die Worte *Heute morgen gefunden* zu entnehmen waren. Die beiden Agenten traten näher, um den Fund in Augenschein zu nehmen, bei dem es sich ... Ja, worum handelte es sich? Seidenstoff. Große Mengen von durchweichtem Seidenstoff, die sich verknäult und teilweise um die Schleppleinen gewickelt hatten. Oder gehörten die Schleppleinen zum Fundstück?

Auberlon gab den Gendarmeriebeamten ein Zeichen, die daraufhin mit ihren Leinen auseinanderwichen, sodass die aneinandergenähten Stoffbahnen sich am Ufersaum ausbreiteten, die grobe Form erkennbar wurde. Nur wie war diese Form zu deuten? Die Unterröcke einer Elefantendame aus der *Ménagerie du Jardin des Plantes*?

«Nein.» Marais, gemurmelt, während er noch einige Schritte näher trat. «Es ist oben geschlossen. Wo sollte die Dame hineinschlüpfen?»

Ein kurzer Windstoß kam den Fluss herauf, fuhr unter den Stoff, war aber nicht in der Lage, das durchweichte Gewebe vom Boden zu heben. Der Agent hielt inne.

«Ballonseide», sagte er leise. «Strapazierfähig, dabei aber sehr, sehr leicht. Nicht leichter als Luft natürlich, solange sie nicht mit speziellem Gas befüllt wird, aber mit einem entsprechenden Zuschnitt ...» Er wandte sich zu Auberlon. «Auf jeden Fall in der Lage, einen Sturz aus großer Höhe entscheidend zu *bremsen*.»

Von Auberlon nicht mehr als ein düsteres Nicken, während in Pierre Trebuts Kopf ein Gedanke an Raum gewann. Ganz langsam drehte er sich um. Die Häuser der Stadt waren über Wipfel und Gestrüpp hinweg unsichtbar. Nichts als Eiffels mächtiger Turm ragte in den wolkigen Novemberhimmel, stählerne Erinnerung an die glanzvollsten Monate der Lichterstadt. Wenn man die vorherrschenden Windverhältnisse einberechnete und die Strömung des Flusses ...

«Aber das ist unmöglich», flüsterte Pierre Trebut. «Er ist tot! Er hat uns selbst erzählt, dass er tot ist! Und Madame Marêchal und Hauptmann von Straten haben beschworen, dass er immer die Wahrheit sagt! Er kann nicht ...»

«*Dass ich tot bin, ergibt sich als logische Schlussfolgerung aus der Tatsache, dass Sie hier sind.*» Marais, tatsächlich in exakt derselben Betonung wie die Erscheinung des Konstrukteurs in ihrem gigantischen bewegten Bild. «Er hat nicht behauptet, tot zu sein, Pierre Trebut. Was er beschrieben hat, ist das Ergebnis unserer Schlussfolgerungen.»

«Aber ...»

«Sein Laboratorium haben Sie vernichtet.» Auberlon, mit heiserer Stimme. «Er hat eine empfindliche Niederlage erlitten, und im Grunde ist es fast gleichgültig, ob er lebt oder nicht. Weil nicht er unser Gegner ist.» Einen Augenblick Schweigen. «Sondern die Zeit. Nur das ist uns gelungen: Wir haben Zeit erkauft. Für dieses Mal haben wir die Dunkelheit zurückgehalten. Ob für einen Monat, ein Jahr oder eine Generation, weiß kein Mensch. Denn dies ist nicht das Ende. Die Welt ist im Wandel, die Balance der Mächtigen erschüttert, und Kräfte gewinnen an Boden, die es nicht allein aufgegeben haben, einen großen Krieg verhindern zu wollen, sondern die bewusst auf diesen Krieg hinarbeiten. Und die technologische Entwicklung wird weitergehen. Der Krieg, wenn er kommt, wird das Gesicht dieses Kontinents verändern, wie wir es uns heute noch nicht ausmalen können. Es ist nicht vorbei, Agent Marais, Agent Trebut. Es fängt gerade erst an.»

Alain Marais verharrte. Unverwandt betrachtete er den alten Mann, bis er sich mit einem Atemzug und einer – Pierre hätte schwören können: *erleichterten* – Miene auf dem Fuße umwandte, dem Gebüsch entgegenstapfte, aus dem sie hervorgetreten waren, und der Stadt, von der nichts als der Turm der Welt zu sehen war.

Ohne sich noch einmal umzudrehen und doch sehr deutlich an Pierre Trebut gerichtet: «Mitkommen!»

NACHBEMERKUNG UND DANK

Mehr als vierunddreißig Millionen Menschen haben zwischen Mai und Oktober / November 1889 die Exposition Universelle aufgesucht. Zahlen, die für das 19. Jahrhundert so gigantisch erscheinen, dass im Lektorat immer wieder die Frage kam: Ist das realistisch? – Es ist nicht allein realistisch; es ist die Wahrheit. Nun soll ein zeithistorischer Roman natürlich nicht in erster Linie historische Fakten wiedergeben. Täte er das, wäre er ein Sachbuch. Allerdings bemüht er sich um Exaktheit, wenn er das Gefühl einer Epoche einfangen möchte: von der Straßenbeleuchtung über die weltpolitischen Verwicklungen bis zum Glanz und Elend der Kurtisanen.

Von unseren Hauptfiguren sind nur zwei im engeren Sinne historisch: Henri de Toulouse-Lautrec und Albert-Victor, genannt Eddy, Duke of Clarence and Avondale. Für Verbindungen des großen kleinen Künstlers zum Deuxième Bureau gibt es keine Hinweise. Offenbar hat er sehr diskret gearbeitet. Bezüglich unseres Duke of Avondale – dem dieser Titel offiziell erst im folgenden Jahr verliehen wurde – existieren eine Vielzahl von Gerüchten über eine Verwicklung sowohl in den Jack-the-Ripper-Fall als auch in den schlagzeilenträchtigen *Cleveland Street Scandal*, die Aushebung eines «Männerbordells» an besagter Straße. Bewiesen werden konnte bis heute nichts; «Eddy» starb zwei Jahre nach den hier geschilderten Ereignissen mit nur achtundzwanzig Jahren. Sein Nachfolger wurde sein jüngerer Bruder, der zukünftige George V, der Großvater der heutigen Queen.

Historisch ist die politische Gesamtsituation mit den Staaten Europas, die sich gegenseitig belauern. Zwei Jahrzehnte hatte sich der Kontinent dank Bismarcks vorsichtiger Bündnispolitik ein Gleichgewicht bewahren können; ein Gleichgewicht, das im Winter 1889 / 90 zu zerbrechen begann. Die Kräfte, die in Deutschland auf eine Ablösung Bismarcks drängen, ver-

körpern in unserer Geschichte die Herren Rollande und Gottleben. In
Frankreich selbst stellten die Monarchisten unterschiedlicher Couleur
bis in die 1880er Jahre hinein die tonangebende Gruppe in der Nationalversammlung. Heillos zerstritten war man allerdings in der Frage des
Thronprätendenten. Eine entsprechende offizielle Bestimmung Napoleons III. bezüglich eines seiner diversen außerehelichen Nachkommen
hätte hier entscheidend für Klarheit sorgen können.

Die genialen Erfindungen, die in unserer Geschichte eine so große
Rolle spielen, sind ihrer Zeit nur um einige wenige Jahre voraus. Edisons
Phonograph war ebenso auf der Exposition vertreten wie Gottlieb Daim-
lers auto-mobile Kreation (wobei die stolzen dreißig Glühlampen an
seinem Stand in der Tat das größere Interesse auf sich zogen). Otto Lilienthals Buch über den Storchenflug war 1889 eben frisch erschienen; aktuell
bereitete er seine ersten Gleitflugexperimente vor, wobei bis zu den ersten
Aeroplanen im Stile Berneaus noch eineinhalb Jahrzehnte ins Land gehen
würden; das größte Problem stellte tatsächlich die Kühlung des Motors
dar. Eadweard Muybridges Experimente mit dem bewegten Bild waren
1889 bereits bekannt, und in Edisons Werkstätten arbeitete man fieberhaft am «Kinetographen»; die erste Filmvorführung der Gebrüder Lu-
mière datiert auf 1895.

***

Die Schau, die am Ende des neunzehnten Jahrhunderts sämtliche Völker
des Globus in Paris versammelte, war das Werk unzähliger Menschen. Es
versteht sich von selbst, dass ein Roman über diese atemberaubende Veranstaltung eine zu große Angelegenheit ist für einen Menschen allein.
Ich möchte vor allen anderen meiner Frau Katja danken. Ich weiß, dass
du dir dieses Mal gerade in den Wochen um die Manuskriptabgabe und
das Lektorat große Sorgen um mich gemacht hast. Ich glaube nicht, dass
ich es geschafft hätte ohne deine Hand auf meiner Schulter. Ich möchte meinen Betalesern danken, die mich auf einzigartige Weise begleitet
haben. Matthias Fedrowitz hat in der langen Zeit, die er über das Œuvre

des Autors wacht, fast immer mit Begeisterung auf einen Schwung neuer Kapitel reagiert. Um dieses Mal auf die erste Version der Schlusskapitel hin völlig aus der Rolle zu fallen. Dein Hinweis, Matthias, dass diese erste Version schlicht suboptimal war: Das ist gar nicht aufzuwiegen. Antje Adamson, was du, gerade hinzugekommen, hier beigesteuert hast – das wird sehr, sehr schwer zu toppen sein. Deine Sicht auf logische Widersprüche, nicht nachvollziehbares Verhalten der Figuren hat dieses Buch erst rund gemacht. Daniel von Velde: scharfe Sache mit den Säbeln und Degen. Helmut Schwerin: diese Macarons – Paris mit allen Sinnen genießen. Diana Sanz, Christian Hesse, Vero Nefas, Waltraud und Michael Rother, ihr alle habt mitgeholfen, dass «Der Turm der Welt» zu der Geschichte geworden ist, die nun den Weg zwischen zwei Buchdeckel gefunden hat. Denise Wiwit und Serge Lapierre danke ich für ein immer offenes Ohr bei Fragen zu einer der schönsten Sprachen der Welt, Manuel Gurtner für viele technische Details, die ich leider nur zum Bruchteil umsetzen konnte. Mein Freund und Agent Thomas Montasser: Diese Geschichte ist die deine im selben Maße wie die meine. Ohne dich wäre dieser Paris-Roman gar nicht erst begonnen worden, und am Ende wäre er womöglich nicht fertig geworden. Grusche Juncker – in ihren Händen liegt all die unermüdliche Koordinationsarbeit – sollten sämtliche Leser danken, die sich (wie der Autor) ein wenig in Madeleine Royal verliebt haben. Lange vor dem Autor hat sie das Potenzial dieser Figur erkannt. Johanna Schwering: Das war das mit großem Abstand kurzweiligste Lektorat, das ich jemals erleben durfte. Ich habe sehr vielen Menschen in meiner Rowohlt-Familie zu danken. Auch stellvertretend für den Vertrieb möchte ich an dieser Stelle Marion Bluhm nennen: Sie sind schlicht einmalig. Und last, but – surely – not least geht mein Dank an alle diejenigen, die mithelfen, dass so viele Menschen diese inhaltsschweren Schmöker für sich entdecken. Karla Paul: Für eine Gerölllawine braucht es immer einen ersten Stein, der sich aus seiner Position löst. *Das* war ein Felsbrocken. Andrea Kammann: Wie du dich dieses Autors und seiner Geschichten angenommen hast, ist beispielhaft.

***

Von der Geschichte eingeholt zu werden, ist ein einigermaßen ekelhaftes Gefühl. Am 13. November 2015 starben bei einer Serie von Anschlägen in der französischen Hauptstadt einhundertdreißig Menschen. Zu den Tatorten mit der höchsten Opferzahl zählte die Bar *La Belle Équipe* an der Rue de Charonne, nahe der Einmündung der Rue Richard Lenoir, wo sich unser Quartier befindet, wenn wir in der Stadt sind.

Ich war zu jenem Zeitpunkt nicht in Paris. Seit bald einem Jahr war ich mit dem Szenario eines gewaltigen Anschlags beschäftigt, der die Stadt im Jahre 1889 ins Chaos zu stürzen droht. Gefühlt war ich damit jeden Tag in der Stadt, und auf die Ereignisse hin war ich tagelang paralysiert, habe mich gefragt, ob ich diese Geschichte überhaupt zu Ende schreiben könnte. Mein Dank gilt den Menschen, die mich davon überzeugt haben, dass ich sie gerade jetzt zu Ende schreiben muss. Weil sie ein Zeichen sein kann.

Dieses Buch ist den Opfern jener Anschläge gewidmet. Es ist eine Kampfansage an alle jene, die es wagen, Ideen der Freiheit, des Friedens und des weltweiten Miteinanders zu attackieren, wie sie in jenen Tagen des Jahres 1889 zum ersten Mal schemenhaften Ausdruck fanden. Und ebenso an jene, die versuchen, aus dem Leid der Opfer ihr eigenes Süppchen zu kochen, indem sie ganze Gruppen von Menschen unter einen Generalverdacht stellen. Ihr – werdet – nicht – gewinnen.

Bad Bodenteich / Paris im Mai 2016, Benjamin Monferat

DRAMATIS PERSONAE

Auf Deux-Églises

ALBERTINE, Vicomtesse de Rocquefort
MÉLANIE, ihre Tochter
AGNÈS, Mélanies Cousine
MARGUERITE, Gesellschafterin der Vicomtesse
LUIS, ein Hilfskutscher

In der Pariser Gesellschaft

FRANÇOIS-ANTOINE, Duc de Torteuil, Unternehmer in Sachen
    Teekessel
ISABELLA VON SPANIEN, ehemalige Königin aus der gestürzten
    Dynastie Bourbon
PRINZ VON JOINVILLE, taubstummer Adelsmann aus der gestürzten
    Dynastie Orléans
DER REGENT DES KÖNIGREICHS CARPATHIEN
MARQUIS DE MONTASSER, Geschäftsträger des russischen Zaren und
    des Schahs von Persien
BEATRICE LA FALAISE, Albertine de Rocqueforts Nachbarin

Im Hôtel Vernet

CELESTE MARÊCHAL, ehemalige Favoritin des Prince of Wales, Inhaberin
SERGE DUBOIS, Concierge
FERENCE, Chef de Cuisine
SOPHIE, Rezeptionistin
CHARLOTTE DUPIN, Zimmermädchen

Auf dem Montmartre

MADELEINE ROYAL, eine legendäre Kurtisane
LUCIEN DANTEZ, ein junger Fotograf, Verehrer Madeleines
YVE, ein taubstummes Waisenkind
MATERNE, Inhaber des Salon Chou-Chou
DER DICKE DODO, Türsteher, Maternes Faktotum
DIE ALTE MARTHA, Maternes einstige Amme
HENRI DE TOULOUSE-LAUTREC, ein Plakatmaler

In Diensten der Französischen Republik

GASTON LONGUEVILLE, Sekretär des Präsidenten der Republik
GÉNÉRAL PHILIPPE AUBERLON, graue Eminenz des Deuxième Bureau
ALAIN MARAIS, legendärer Agent des Bureau
PIERRE TREBUT, ein Nachwuchsagent
CLAUDE GUISCARD, Pierres Schreibtischkollege

In Diensten des Deutschen Reiches

FERDINAND, GRAF DRAKENSTEIN, Oberhaupt der Gesandtschaft
HAUPTMANN FRIEDRICH-WILHELM VON STRATEN,
    Nachrichtenoffizier beim Generalstab
FABRICE ROLLANDE, Weinhändler, insgeheim in Diensten des Reiches

In Diensten des Britischen Empire

ALBERT EDWARD, Prince of Wales (genannt Bertie), Thronfolger
ALBERT VICTOR, Duke of Clarence and Avondale (genannt Eddy),
    dessen Sohn
COLONEL JAMES O'CONNELL, Adjutant der beiden
BASIL ALGERNON FITZ-EDWARDS, ein Constable der Metropolitan
    Police

Auf der Exposition Universelle

TRISTAN, Sekretär Longuevilles Adjutant
BUFFALO BILL, Westernheld und Unternehmer
GOTTLIEB DAIMLER, Erfinder aus dem schönen Schorndorf
MINUIT, ein Geschöpf der Nacht